LEO TOLSTOI

Krieg und Frieden

LEO TOLSTOI

Krieg und Frieden

Band II

BECHTERMÜNZ

Ausgabe Verlagsgruppe Weltbild GmbH,
Augsburg 2001
Gesamtherstellung: Clausen & Bosse, Leck
Printed in Germany
ISBN 3-8289-7047-8

Leo N. Tolstoi
Krieg und Frieden

Teil Drei

ERSTE ABTEILUNG

I

Zu Ende des Jahres 1811 hatte die verstärkte Rüstung und Zusammenziehung der Streitkräfte Westeuropas begonnen, und 1812 rückten diese Kräfte: Millionen Menschen (die mitgezählt, die die Truppen von Ort zu Ort schafften und verpflegten) von Westen nach Osten an die Grenzen Rußlands, an denen ebenfalls seit 1811 die russischen Streitkräfte zusammengezogen wurden.

Am 24.[1] Juni überschritten die Heere Westeuropas die russische Grenze und der Krieg brach los, das heißt, es trat ein Ereignis ein, das dem menschlichen Verstand sowohl wie der menschlichen Natur durchaus zuwider ist.

Millionen Menschen begannen sich gegenseitig so viel Böses zu tun – durch Betrug, Verrat, Diebstahl, Fälschung, Ausgabe falscher Banknoten, Plünderung, Brandstiftung und Mord –, daß die Akten aller Gerichte der Welt jahrhundertelang daran zu sammeln hätten, während die Menschen, die dies alles verübten, es in jener Zeit durchaus nicht als etwas Verbrecherisches ansahen.

Was brachte diese ungewöhnlichen Erscheinungen hervor? Was waren die Ursachen?

Die Geschichtsschreiber in ihrer naiven Zuversichtlichkeit behaupten, daß die Ursachen dieses Krieges in dem Unrecht zu suchen sind, das dem Herzog von Oldenburg angetan wur-

1 Die zahlreichen in diesem Bande folgenden geschichtlichen Daten bringen wir nach dem in Westeuropa gebräuchlichen Kalender neuen Stils, in Abweichung vom russischen Original, in dem die Daten nach dem in Rußland gültigen alten Stil angegeben werden. Der letztere bleibt für das 19. Jahrhundert hinter der neuen Zeitrechnung um 12 Tage zurück. Anm. d. Hg.

de; in der Nichtachtung des Kontinentalsystems; in der Herrschsucht Napoleons, der Festigkeit Alexanders, den Mißgriffen der Diplomaten und dergleichen mehr.

Mit anderen Worten heißt das also: wenn sich Metternich, Rumjanzow oder Talleyrand zwischen Morgenempfang und Abendgesellschaft die rechte Mühe gegeben, oder ihre Noten besser abgefaßt, oder wenn Napoleon an Alexander geschrieben hätte: Mein Herr Bruder, ich willige ein, das Herzogtum Oldenburg dem Herzog zurückzugeben, so würde der Krieg nicht zum Ausbruch gekommen sein.

Daß den Zeitgenossen die Sachlage in diesem Lichte erschien, ist erklärlich; erklärlich, daß Napoleon die Ursache des Krieges in Englands Intrigen sah (wie er noch auf der Insel St. Helena gesagt hat); erklärlich, daß die Mitglieder des englischen Oberhauses die Ursache des Krieges in der Herrschsucht Napoleons fanden; daß der Herzog von Oldenburg sie in der gegen ihn verübten Gewalttat suchte; daß den Kaufleuten als Hauptanlaß die Kontinentalsperre erschien, die Europa zu Grunde richtete; daß die alten Generale und Soldaten den eigentlichen Grund des Krieges in der Notwendigkeit fanden, ihre Kräfte zu gebrauchen; daß die Legitimisten jener Zeit glaubten, es handle sich darum, *les bons principes* wieder herzustellen; die Diplomaten, die Katastrophe wäre durch den Umstand herbeigeführt, daß 1809 das Bündnis zwischen Rußland und Österreich nicht geschickt genug vor Napoleon verheimlicht wurde, und daß das Memorandum Nr. 178 nicht fein genug abgefaßt war. Und so gab es für die Zeitgenossen noch eine unendliche Zahl von Ursachen, die von der unendlichen Verschiedenheit ihrer Gesichtspunkte abhingen.

Für uns Nachkommen aber, die wir die Größe der damaligen Ereignisse in ihrem genauen Umfange übersehen und in ihre einfache und fürchterliche Bedeutung einzudringen vermögen, erscheinen alle diese Ursachen ungenügend. Für uns ist es unfaßbar, daß Millionen Menschen, Christen, sich gegenseitig quälten und töteten, weil Napoleon herrschsüchtig, Alexander eigenwillig, die Polen und Engländer listig waren, und der Herzog von Oldenburg beeinträchtigt wurde.

Wir können nicht begreifen, in welchem Zusammenhang diese Umstände mit der Tatsache des Massenmordes stehen und warum, weil ein Herzog beeinträchtigt wurde, Tausende von Menschen vom anderen Ende Europas die Bewohner des Smolenskischen und Moskauischen Gouvernements töteten und zu Grunde richteten, oder von ihnen getötet wurden.

Uns Nachkommen, die wir keine Historiker sind und nicht durch den Eifer der Forschung irregeleitet werden, und daher mit ungetrübten, gesunden Sinn dies große Ereignis betrachten, stellen sich eine Unzahl Ursachen dar. Je mehr wir uns in die Erforschung der Ursachen vertiefen, desto mehr entdecken wir. Jede einzeln betrachtet oder eine ganze Reihe von Ursachen stellen sich uns gleich berechtigt, gleich unberechtigt in ihrer Nichtigkeit im Vergleich zu der gewaltigen Größe des Ereignisses dar und gleich unberechtigt in ihrer Unfähigkeit (ohne die Mitwirkung aller anderen begleitenden Ursachen) das Ereignis hervorzurufen.

Als ebenso wichtige Ursache wie die Weigerung Napoleons, seine Regimenter hinter die Weichsel zurückzuziehen und das Herzogtum Oldenburg herauszugeben, erscheint uns der Wunsch des ersten besten französischen Korporals, aufs neue zu dienen; denn wenn er das nicht gewollt, und auch der zweite, dritte und tausendste Korporal oder Soldat nicht – so wären so viel weniger Menschen in Napoleons Heere gewesen und der Krieg hätte nicht stattfinden können.

Wäre Napoleon nicht über das Verlangen, sich hinter die Weichsel zurückzuziehen, in Zorn geraten, und hätte er seinem Heere nicht Befehl gegeben, vorwärtszumarschieren, so kam der Krieg nicht zum Ausbruch. Er hätte aber ebensowenig stattgefunden, wenn alle Sergeanten sich geweigert hätten, im Dienst zu bleiben, oder wenn England keine Intrigen gesponnen, wenn es keinen Herzog von Oldenburg gegeben hätte, wenn Alexander sich nicht in seinen Empfindungen verletzt gefühlt, Rußland keine absolute Regierung gehabt, in Frankreich keine Revolution stattgefunden hätte, keine Diktatur, kein Kaiserreich entstanden wäre – nichts von alledem, was die französische Revolution hervorgebracht hatte. Ohne jede einzelne dieser Ursachen hätte nichts geschehen können. Es sind also alle diese Ursachen – Milliarden Ursachen – zusammengenommen, um das hervorzubringen, was geschah. Folglich war nichts ausschließlich die Ursache des Krieges – er fand eben statt, weil er stattfinden mußte. Es mußten Millionen Menschen ihre menschlichen Gefühle und ihren Verstand verleugnen und von Westen nach Osten gehen und ihresgleichen töten, – ganz so wie einige Jahrhunderte zuvor Scharen von Osten nach Westen zogen, um ebenfalls ihresgleichen umzubringen.

Die Handlungsweise Napoleons und Alexanders, von deren Worten scheinbar das Eintreten oder Nichteintreten des grossen Ereignisses abhing, war ebensowenig eine willkürliche, wie die Handlungsweise jedes einzelnen Soldaten, der durch Los oder Werbung dem Zuge eingereiht war. Es konnte nicht anders sein. Damit der Wille Napoleons und Alexanders (der Menschen, von denen das Geschehene abzuhängen schien) erfüllt werden konnte, war das Zusammentreffen unzähliger Umstände notwendig, und hätte nur ein Glied in dieser Kette gefehlt, so wäre das Resultat nicht dasselbe gewesen. Es war notwendig, daß die Millionen, in deren Händen die wirkliche Kraft lag, die Soldaten, die Kanonen, Munition und Proviant mit sich führten, den Willen hatten, die Befehle dieser schwachen Einzelwesen zu erfüllen, und daß sie dazu durch eine Masse komplizierter Umstände gebracht wurden.

Um die vernunftslosen Erscheinungen der Geschichte zu begreifen (das heißt diejenigen, deren Vernunft wir nicht begreifen), ist ein gewisser Fatalismus unentbehrlich. Je mehr wir diese Ereignisse zu erklären suchen, desto unvernünftiger und unverständlicher werden sie erscheinen.

Jeder Mensch lebt sein eigenes Leben, gebraucht seine Freiheit, um persönliche Ziele zu erreichen, und fühlt mit seinem ganzen Wesen, daß er im Augenblick diese oder jene Tat vollbringen oder unterlassen kann. Aber sobald er sie vollbracht hat, wird diese in einem bestimmten Augenblick vollzogene Tat etwas Unumstößliches, wird sie Eigentum der Geschichte, in der sie keine freie, sondern eine vorher bestimmte Wirkung hat.

Für jeden Menschen gibt es zwei verschiedene Arten des

Lebens: ein persönliches Leben, das um so freier ist, je abstrakter seine Interessen sind, und ein Triebleben, ein Massenleben, in dem der Mensch unvermeidlich das ihm vorgeschriebene Gesetz erfüllt.

Der Mensch lebt bewußt für sich selbst, ist aber zugleich unbewußt ein Werkzeug zur Erfüllung der geschichtlichen, allgemein menschlichen Ziele. Die vollbrachte Tat ist nicht wieder zurückzunehmen, und ihre Wirkung, die in der Zeit mit Millionen Handlungen anderer Menschen zusammenfällt, bekommt eine historische Bedeutung. Je höher der Mensch auf der gesellschaftlichen Stufenleiter steht, mit je einflußreicheren Menschen er verbunden ist, je mehr Gewalt er über andere ausübt, um so unverkennbarer ist die Vorausbestimmung und Unvermeidlichkeit jeder seiner Handlungen.

»Das Herz des Kaisers ist in Gottes Hand.« Der Kaiser ist der Sklave der Geschichte.

Die Geschichte, das heißt das unbewußte, allgemeine Massenleben der Menschheit benützt jede Minute im Leben des Kaisers als Werkzeug für ihre Ziele.

Napoleon war, obwohl er sich 1812 mehr als je der Meinung hingab, daß es von ihm abhinge, das Blut seiner Völker zu vergießen oder nicht zu vergießen (wie Alexander in seinem letzten Briefe an ihn geschrieben hatte), doch niemals mehr als jetzt den unvermeidlichen Gesetzen unterworfen, die ihn zwangen (während er nach Willkür zu handeln glaubte), für das Allgemeine, für die Geschichte gerade das zu tun, was geschehen mußte.

Die Völker des Westens bewegten sich nach Osten, um ein gegenseitiges Morden zu veranstalten. Und nach dem Gesetze des Zusammenwirkens der Ursachen fielen mit diesem Ereignis tausend kleine, bestimmende Gründe für diese Bewegung und für den Krieg zusammen: die Unzufriedenheit über die Nichtbeachtung des Kontinentalsystems; der Herzog von Oldenburg; der Einmarsch der französischen Heere in Preußen, der (wie Napoleon meinte) nur stattgefunden hatte, um einen bewaffneten Frieden zu erreichen; die Neigung des französischen Kaisers für den Krieg, die mit den Neigungen seines Volkes zusammenfiel; die Begeisterung für die Größe der Rüstungen und die Ausgaben dafür; das Verlangen, sich aller Vorteile zu bedienen, die diese Ausgaben ausgleichen konnten; die betäubenden Huldigungen in Dresden; die diplomatischen Unterhandlungen, die nach der Meinung der Zeitgenossen mit dem aufrichtigen Wunsche geführt wurden, den Frieden zu erwirken, aber nur die Eigenliebe der einen oder anderen Partei verletzten – und Millionen und Abermillionen anderer Ursachen, die sich dem bevorstehenden Ereignisse unterordneten und mit ihm zusammentrafen.

Wenn der Apfel reif ist, so fällt er vom Baume! Warum fällt er? Weil ihn die Erde anzieht? Weil sein Stiel welk geworden ist? Weil ihn die Sonne ausgedörrt hat? Weil er zu schwer wird? Weil der Wind ihn abschüttelt? Weil ihn der Knabe, der unter dem Baume steht, essen will?

Nichts Einzelnes ist die entscheidende Ursache, sondern nur das Zusammenwirken der Bedingungen, unter denen jedes Ereignis, jedes organische und elementare Ereignis sich vollzieht. Und der Botaniker, der der Ansicht wäre, daß der Apfel herabfällt, weil sein Zellengewebe sich zersetzt hat und dergleichen mehr, würde ebenso recht haben wie der Knabe, der sagt, der Apfel sei abgefallen, weil er ihn essen wollte und darum gebeten habe. Ebenso wird der recht und unrecht haben, der da meint, daß Napoleon nach Moskau gezogen ist, weil er es gewollt, und daß er zu Grunde ging, weil Alexander seinen Untergang beabsichtigt hatte. Ganz ebenso recht und unrecht hat der, welcher sagt, daß ein Berg von Millionen Pud Gewicht eingestürzt sei, weil der letzte Arbeiter daran den letzten Spatenstich gemacht habe. Bei geschichtlichen Ereignissen sind sogenannte große Menschen nur die Etikette, die dem Ereignis den Namen gibt, und sie haben, wie alle Etiketten, nur sehr wenig mit dem Ereignis selbst zu tun.

Ihre Taten, die sie geneigt sind für freiwillig zu halten, sind im geschichtlichen Sinne nicht freiwillig, sondern stehen im Zusammenhange mit dem ganzen Gange der Geschichte und sind von Ewigkeit vorherbestimmt.

II

Am 10. Juni brach Napoleon von Dresden auf, wo er drei Wochen lang gewesen war, umgeben von seinem Hofstaat, den Prinzen, Herzoge, Könige und sogar ein Kaiser bildeten. Vor der Abreise war er huldvoll gegen die Fürsten, die Könige und den Kaiser, die sich dessen würdig gezeigt, und ungnädig gegen die Könige und Prinzen, die sich seine Unzufriedenheit zugezogen hatten. Er beschenkte die Kaiserin von Österreich mit Perlen und Diamanten, die er anderen Königen geraubt hatte, und nachdem er die Kaiserin Marie Louise zärtlich umarmt, verließ er sie, wie einer seiner Geschichtsschreiber sagt, »tief bekümmert über die Trennung, die Marie Louise (die für Napoleons Gemahlin galt, obwohl eine andere Gemahlin von ihm in Paris zurückgeblieben war) kaum ertragen zu können schien«.

Obwohl die Diplomaten noch immer an die Möglichkeit des Friedens glaubten und in dieser Richtung eifrig arbeiteten; obwohl Napoleon selbst einen Brief an Kaiser Alexander schrieb, in dem er ihn »Mein Herr Bruder« nannte und versicherte, daß er den Krieg nicht wünsche und daß er Alexander immer lieben und achten würde, begab er sich zu der Armee und erteilte auf jeder Station neue Befehle, die den Zweck hatten, die Bewegung des Heeres von Westen nach Osten zu beschleunigen.

Er reiste in einer sechsspännigen Kalesche, die von Pagen, Adjutanten und einer Eskorte begleitet war, auf dem Wege, der über Polen, Thorn, Danzig und Königsberg führte. In jeder dieser Städte wurde er von Tausenden teils mit Furcht, teils mit Begeisterung empfangen.

Die Armee bewegte sich von Westen nach Osten und das oft gewechselte Sechsgespann trug Napoleon in derselben Richtung fort. Am 22. Juni erreichte er das Heer und übernachtete im Walde von Wilkowiski, in dem für ihn bereiteten Quartier, auf dem Gute eines polnischen Grafen.

Nachdem er am folgenden Tage das Heer überholt hatte, näherte er sich in seiner Kalesche dem Niemen, und um die Stelle des Übergangs in Augenschein zu nehmen, kleidete er sich in eine polnische Uniform und ritt an das Ufer des Flusses.

Als er auf dem jenseitigen Ufer die Kosaken erblickte und die weiten Steppen, in deren Mitte »die heilige Stadt Moskau« liegt, die Hauptstadt des Reiches, das dem der Skythen glich, wohin Alexander von Makedonien gezogen war, gab er unerwartet und gegen alle strategische und diplomatische Vorsicht den Befehl zum Vorrücken, und am folgenden Tage begannen die französischen Regimenter den Niemen zu überschreiten.

Am 24. morgens früh trat Napoleon aus dem Zelte, das an diesem Tage auf dem steilen linken Ufer des Niemen für ihn aufgeschlagen war und beobachtete durchs Fernrohr, wie die Regimenter aus dem Walde von Wilkowiski hervorströmten und die drei über den Niemen geschlagenen Brücken überfluteten. Die Truppen wußten von der Anwesenheit des Kaisers und suchten ihn mit den Augen, und wenn sie auf der Höhe vor dem Zelte die von dem Gefolge abgetrennte Gestalt in Rock und Hut erkannten, warfen sie die Mützen in die Höhe und schrien »Es lebe der Kaiser!« – Und Schar auf Schar flutete unerschöpflich vorüber aus dem großen Walde, der sie bisher verdeckt hatte, und zog über die drei Brücken an das andere Ufer hinüber. »Das wird einen Feldzug geben! Der Kaiser? Oh, wenn er selbst sich darum kümmert; dann wird's heiß! Bei Gott! ... Da ist er ... Hoch der Kaiser! Das sind sie also, die asiatischen Steppen ... Häßliches Land, das muß ich sagen. Auf Wiedersehen, Beauché ... Ich werde dir den schönsten Palast in Moskau reservieren. Auf Wiedersehen und Glück auf den Weg. Hast du den Kaiser gesehen? Es lebe der Kaiser! Wenn er mich zum Gouverneur von Indien macht, Gérard, mache ich dich zum Minister von Kaschmir, das steht fest! Es lebe der Kaiser! hoch! hoch! hoch! ... Diese Schufte von Kosaken, wie sie ausreißen! ... Es lebe der Kaiser! da ist er ... Siehst du ihn? ... Ich habe ihn zweimal gesehen, wie ich dich jetzt sehe. Der kleine Korporal ... Ich habe gesehen, wie er einem von den Alten die Ehrenlegion erteilte ... Es lebe der Kaiser!«

So riefen die Stimmen der Alten und Jungen von den verschiedensten Truppengattungen und den verschiedensten Stellungen in der Gesellschaft. Auf den Gesichtern aller dieser Menschen lag der Ausbruch gemeinsamer Freude über den Beginn des längst erwarteten Kriegszuges und der Begeisterung und Ergebenheit für den Mann im grauen Rock, der auf der Anhöhe stand.

Am 25. Juli ließ sich Napoleon ein kleines arabisches Vollblutpferd vorführen, bestieg es und ritt im Galopp zu einer der Brücken über den Niemen, unaufhörlich von dem betäubenden Jubelgeschrei begleitet, das er offenbar nur duldete, weil er einen Ausbruch der Liebe nicht verbieten durfte. Das Geschrei, das ihm überallhin folgte, war ihm zur Last und lenkte ihn ab von seinen militärischen Aufgaben, die ihn, seit er das Heer erreicht hatte, völlig in Anspruch nahmen. Über eine der auf Kähnen schwankenden Brücken ritt er an das andere Ufer hinüber, wandte sich dann zur Linken und sprengte im Galopp in der Richtung von Kowno weiter, umgeben von den in Glück und Begeisterung ersterbenden Gardeschützen zu Pferde, die ihm vorausritten, um ihm den Weg durch die Truppen zu bahnen. Als er den breiten Weichselstrom erreicht hatte, hielt er an, dicht neben einem polnischen Husarenregimente, das am Ufer stand.

Vivat! schrien begeistert auch die Polen, indem sie sich aus der Front vordrängten, um Napoleon zu sehen.

Napoleon betrachtete den Fluß, stieg vom Pferde und setzte sich auf einen Balken, der am Ufer lag. Auf ein stummes Zeichen wurde ihm sein Fernrohr gebracht; er legte es auf die Schulter des herbeieilenden, glückstrahlenden Pagen und fing an, das andere Ufer zu betrachten; dann vertiefte er sich in die Landkarte, die auf dem Balken ausgebreitet war, endlich gab er, ohne den Kopf zu erheben, einen Befehl, und zwei seiner Adjutanten eilten zu den polnischen Ulanen.

Was ... was hat er gesagt? ging es flüsternd durch die Reihen der Polen, als der erste Adjutant sich näherte.

Er überbrachte den Befehl, eine Furt zu suchen und an das andere Ufer hinüberzugehen. Der Ulanenoberst, ein schöner, alter Mann, der vor Aufregung rot wurde und stotterte, fragte den Adjutanten, ob es ihm gestattet sein würde, den Strom zu durchschwimmen, ohne erst eine Furt zu suchen. Mit unverkennbarer Furcht vor einer abschlägigen Antwort, wie ein Knabe, der um Erlaubnis bittet, ein Pferd zu besteigen, bat er um die Erlaubnis, den Fluß vor den Augen des Kaisers durchschwimmen zu dürfen.

Der Adjutant antwortete, der Kaiser würde gegen diesen überflüssigen Eifer schwerlich etwas einzuwenden haben.

Kaum hatte der Adjutant diese Worte ausgesprochen, als der alte, schnauzbärtige Offizier mit glücklichem Gesicht und blitzenden Augen den Säbel schwang, Vivat! schrie, seinen Ulanen befahl, ihm zu folgen, das Pferd spornte und nach dem Flusse sprengte. Wütend trieb er das Tier an, das sich unter ihm sträubte, stürzte sich ins Wasser und schwamm mitten in die Strömung hinein. Hunderte von Ulanen folgten ihm.

In der Mitte des Stromes war das Wasser kalt und reißend. Die Ulanen drängten sich durcheinander; viele stürzten von den Pferden; Pferde ertranken, Menschen ertranken ... die übrigen suchten hinüberzukommen, einige im Sattel, andere an die Mähnen geklammert. Sie bemühten sich, an das andere Ufer zu gelangen, und obwohl der Übergang nur tausend Schritt entfernt lag, waren sie stolz darauf, daß ihnen das Schwimmen und Ertrinken unter den Augen des Mannes gestattet wurde, der am Ufer auf dem Balken saß und sie und ihr Tun kaum beachtete.

Nachdem der zurückgekehrte Adjutant einen günstigen Augenblick gefunden, in dem er sich erlauben konnte, die Aufmerksamkeit des Kaisers auf den Enthusiasmus zu lenken, den die Polen für seine Person bewiesen, stand der kleine Mann im grauen Rock auf, rief Berthier heran und begann mit ihm am Ufer hin und her zu gehen, wobei er ihm Befehle erteilte und dann und wann verdrießlich auf die ertrinkenden Ulanen blickte, die seine Aufmerksamkeit zerstreuten.

Es war für ihn nichts Neues, daß seine Gegenwart die Menschen an allen Enden der Welt, von Afrika bis zu den Steppen Moskowiens, hinriß und in wahnsinnige Selbstvergessenheit stürzte. Er befahl, sein Reitpferd vorzuführen und ritt nach seinem Zelte zurück.

Etwa vierzig Ulanen ertranken trotz der zur Hilfe ausgeschickten Kähne. Der größte Teil wurde an das linke Ufer zurückgetrieben. Der Oberst und einige Mann schwammen über den Strom und kletterten am anderen Ufer in die Höhe – und sobald sie mit ihren nassen Kleidern aus der Strömung herausgekrochen, schrien sie »Vivat!«, blickten mit Entzücken auf die Stelle, wo Napoleon gestanden hatte, aber jetzt nicht mehr stand, und fühlten sich in diesem Augenblicke hochbeglückt.

Abends, als Napoleon zwei Befehle erteilte, erstens den: das angefertigte falsche russische Papiergeld rasch herbeizuschaffen, um es in Rußland zu verbreiten, und zweitens den: einen Sachsen zu erschießen, in dessen aufgefangenen Briefen sich Nachrichten über die Bewegungen der französischen Armee gefunden, schaltete er den dritten Befehl ein, jenen polnischen Oberst, der sich freiwillig in den Fluß gestürzt hatte, für die auserwählte Schar (*légion d'honneur*) vorzumerken, an deren Spitze Napoleon selber stand.

Quos vult perdere, dementat. (Wen er vernichten will, dem raubt er den Verstand.)

III

Der russische Kaiser hatte inzwischen schon über vier Wochen in Wilna zugebracht, wo er Revuen und Manöver abhielt. Nichts war fertig für den Krieg, den alle erwarteten, und zu dessen Vorbereitung der Kaiser von Petersburg gekommen war. Einen allgemeinen Operationsplan gab es nicht. Das Schwanken über die Vorzüge der vorgelegten Pläne, die Unsicherheit, welcher von ihnen angenommen werden solle, wurden nach der monatelangen Anwesenheit des Kaisers im Hauptquartier nur noch stärker. Die drei Heere hatten jedes einen besonderen Befehlshaber, aber ein gemeinsamer Oberbefehlshaber über alle Heere war nicht vorhanden, und auch der Kaiser nahm den Titel eines solchen nicht an.

Je länger Alexander in Wilna verweilte, um so weniger bereitete man sich zum Kriege vor, da man schon von der Erwartung müde war. Das Streben derer, die den Kaiser umgaben, schien einzig darauf gerichtet, ihm durch angenehmen Zeitvertreib den bevorstehenden Krieg vergessen zu machen.

Nach vielen Festen und Bällen bei polnischen Magnaten, den Würdenträgern des Hofes und dem Kaiser selbst, kam im Juni einer der polnischen Generaladjutanten Alexanders auf den Gedanken, Sr. Majestät solle von seinen Generaladjutanten ein Diner und Ball gegeben werden. Dieser Einfall wurde mit allgemeinem Jubel aufgenommen. Der Kaiser erklärte seine Zustimmung. Die Generaladjutanten brachten durch Subskription das nötige Geld zusammen. Eine Dame, die dem Kaiser besonders angenehm war, wurde aufgefordert, die Wirtin zu machen. Graf Bennigsen, ein Edelmann aus dem Wilnaschen Gouvernement, bot sein Landhaus zu dem Feste an, und am 25. Juni fanden im Sakret – so hieß das Landhaus des Grafen Bennigsen – Diner, Ball, Kahnfahrten und Feuerwerk statt.

An demselben Tage, an dem Napoleon den Befehl gab, den Niemen zu überschreiten, und seine ersten Regimente die Kosaken zurückwarfen und über die russische Grenze gingen, brachte Alexander den Abend in dem Landhause Bennigsens auf dem Balle zu, den ihm seine Generaladjutanten gaben.

Es war ein heiteres, glänzendes Fest. Die Sachverständigen sagten, es wären selten so viele Schönheiten auf einem engen Raume versammelt gewesen. Die Gräfin Besuchow, eine von den russischen Damen, die dem Kaiser von Petersburg nach Wilna gefolgt waren, befand sich ebenfalls auf diesem Balle, wo sie durch ihre üppige, sogenannte russische Schönheit die schlanken polnischen Damen verdunkelte. Sie wurde vom Kaiser bemerkt, und er würdigte sie eines Tanzes.

Auch Boris Drubezkoj, der seine Frau in Moskau gelassen hatte, war auf diesem Balle – als Junggeselle, wie er sagte. Obwohl kein Generaladjutant, hatte er sich an der Subskription für das Fest mit einer bedeutenden Summe beteiligt. Boris war jetzt ein reicher Mann, der hoch in Ehren stand und nicht mehr Protektion suchte, sondern mit seinen höher gestellten Altersgenossen auf gleichem Fuße verkehrte. Er traf

Helène in Wilna, nachdem er sie lange nicht gesehen hatte, und schien sich des Vergangenen nicht mehr zu erinnern. Aber Helène, die bei einer hohen Persönlichkeit in Gunst stand, und Boris, der junge Ehemann, verkehrten miteinander als gute, alte Freunde.

Um Mitternacht wurde noch getanzt. Helène, die keinen ihr zusagenden Tänzer hatte, forderte Boris zur Masurka auf. Sie saßen so, daß sie das dritte Paar bildeten. Boris betrachtete dann und wann mit größter Kaltblütigkeit die nackten Schultern Helènes, die aus dem dunklen, mit Gold durchwirkten Gazekleide glänzend hervortraten, und erzählte von alten Bekannten, hörte aber, ohne daß er sich dessen bewußt war und ohne daß es andere bemerkten, keinen Augenblick auf, den Kaiser zu beobachten, der sich in demselben Saale befand. Der Kaiser tanzte nicht; er stand an der Tür und redete bald diesen, bald jenen mit den liebenswürdigen Worten an, die nur er zu sagen wußte.

Beim Beginn der Masurka sah Boris, daß der Generaladjutant Balaschow, der zu Alexanders Vertrauten gehörte, sich ihm näherte und, gegen alle Hofsitte, dicht neben dem Kaiser stehenblieb, der eben mit einer polnischen Dame sprach. Nach einer Weile blickte der Kaiser auf; er schien zu verstehen, daß Balaschow nur aus einem wichtigen Grunde so gehandelt habe, nickte der Dame leicht zu und wandte sich zu seinem Adjutanten.

Kaum hatte Balaschow zu sprechen begonnen, als sich ein Ausdruck der Verwunderung auf dem Gesicht des Kaisers zeigte. Er nahm Balaschows Arm und ging mit ihm durch den Saal, ohne zu beachten, daß sich für ihn, inmitten der von beiden Seiten schnell Zurückweichenden, ein drei Ellen breiter Weg öffnete.

Boris bemerkte, wie aufgeregt das Gesicht Araktschejews aussah, als der Kaiser mit Balaschow vorüber ging. Indem er unter der Stirn hervor Alexander nachsah und mit der roten Nase schnaufte, trat Araktschejew aus dem Gedränge hervor, als ob er erwartete, daß der Kaiser sich zu ihm wenden würde. (Boris erriet, das Araktschejew auf Balaschow eifersüchtig und unzufrieden darüber war, daß dem Kaiser eine unverkennbar wichtige Neuigkeit durch einen anderen als durch ihn zugekommen war.)

Der Kaiser aber ging mit Balaschow durch die Ausgangstür in den Garten, ohne Araktschejew zu bemerken. Araktschejew nahm den Säbel unter den Arm und ging, mit bösen Blikken umhersehend, in einer Entfernung von zwanzig Schritten hinter den beiden her.

Während Boris den Figuren der Masurka folgte, hörte er nicht auf, sich in Gedanken mit der Nachricht zu beschäftigen, die Balaschow gebracht hatte, und sich mit der Frage zu quälen, auf welche Weise er sie früher erfahren könnte als andere. In der Tour, wo er eine Dame wählen mußte, flüsterte er Helène zu, daß er die Gräfin Potozka holen wolle, die auf die Veranda hinausgegangen zu sein schien, eilte, über das Parkett gleitend, aus der Tür in den Garten, und als er den Kaiser erblickte, der mit Balaschow auf der Terrasse daherkam, blieb er stehen.

Alexander und sein Begleiter kamen auf die Tür zu. Boris, der sich den Anschein gab, als ob er nicht Zeit hätte zurückzutreten, drückte sich ehrerbietig an den Türpfosten und neigte den Kopf.

Der Kaiser, der mit der Aufregung eines persönlich Beleidigten sprach, sagte gerade:

Ohne Kriegserklärung in Rußland einzudringen! Ich schliesse nur dann Frieden, wenn kein bewaffneter Feind mehr auf meinem Grund und Boden steht. Boris kam es vor, als ob der Kaiser diese Worte mit einer gewissen Befriedigung ausspräche: die Form, die er seinen Gedanken gegeben, schien ihm zu gefallen. Aber daß Boris sie gehört hatte, war ihm unbequem.

Niemand darf es wissen! fügte der Kaiser hinzu, und sein Gesicht verfinsterte sich. Boris begriff, daß diese Worte sich auf ihn bezogen; er schloß die Augen und neigte den Kopf. Alexander trat wieder in den Saal und blieb noch etwa eine halbe Stunde auf dem Balle.

Boris war der erste, der die Nachricht von dem Übergang der französischen Regimenter über den Niemen gehört. Dank dieser Kunde fand er Gelegenheit, einigen einflußreichen

Personen zu beweisen, daß er manches erfuhr, was anderen verborgen blieb, und er wußte sich dadurch in der Meinung dieser Personen zu heben.

Die unerwartete Nachricht von dem Übergange der Franzosen über den Niemen wirkte besonders überraschend, weil sie, nach einem Monat vergeblichen Harrens, während eines Balles eintraf. Im ersten Moment nach dem Empfang dieser Kunde, unter dem Einflusse der Aufregung und des Zornes, fand der Kaiser jenen Ausspruch, der später berühmt geworden ist, der ihm selbst so gefiel und ganz seine Empfindungen ausdrückte. Nachdem Alexander vom Balle zurückgekehrt war, ließ er um zwei Uhr nachts den Sekretär Schischkow holen und befahl ihm, eine Ordre an das russische Heer aufzusetzen, ein Reskript an den Feldmarschall, Fürsten Soltikow, in dem – wie er ausdrücklich befahl – die Worte enthalten sein sollten, daß er nicht Frieden schließen würde, solange ein einziger bewaffneter Franzose auf russischem Boden bliebe.

Am nächsten Tage wurde folgender Brief an Napoleon geschrieben:

»Mein Herr Bruder! Gestern habe ich erfahren, daß trotz der Gewissenhaftigkeit, mit der ich meine Verpflichtungen gegen Ew. Majestät erfüllt habe, Ihre Truppen die Grenzen Rußlands überschritten haben, und in diesem Augenblicke erhalte ich eine Note aus Petersburg, in der Graf Lauriston als Grund dieses Einfalls angibt, daß Ew. Majestät sich, von dem Momente an, da Fürst Kurakin seine Pässe verlangt hat, als mit mir im Kriegszustande befindlich angesehen haben. Die Gründe, auf die der Herzog von Bassano seine Verweigerung der Pässe gestützt hat, hätten mich nie auf die Vermutung bringen können, daß dieser Schritt meines Gesandten jemals zum Vorwand eines Überfalls werden könnte. Außerdem ist dieser Gesandte, wie er das auch selbst erklärt hat, in keiner Weise dazu autorisiert gewesen, und sobald ich davon benachrichtigt worden war, habe ich ihm gezeigt, wie sehr ich seine Handlungsweise mißbillige, indem ich ihm befohlen habe, in seiner Stellung zu bleiben. Wenn Ew. Majestät nicht die Absicht haben, um eines solchen Mißverständnisses willen das Blut unserer Völker zu vergießen, und wenn Sie sich dazu verstehen, Ihre Truppen von dem russischen Grenzgebiete zurückzuziehen, so werde ich das Vorgefallene als nicht geschehen betrachten, und es wird eine Verständigung zwischen uns möglich sein. Im entgegengesetzten Falle würde ich mich jedoch genötigt sehen, einen Angriff, der von meiner Seite durch nichts herausgefordert worden, zurückzuschlagen. Noch hängt es von Ew. Majestät ab, der Menschheit die Schrecknisse eines Krieges zu ersparen.

Ich bin usw.

(gez.) Alexander.

IV

Den 25. Juni, um zwei Uhr nachts, ließ der Kaiser Balaschow rufen, las ihm seinen Brief an Napoleon vor und trug ihm auf, dies Schreiben persönlich zu überbringen und es eigenhändig dem französischen Kaiser zu übergeben. Während er Balaschow seine Befehle erteilte, wiederholte Alexander abermals, daß er nicht Frieden schließen würde, solange auch nur ein einziger bewaffneter Franzose auf russischem Boden stände, und er befahl aufs strengste, Napoleon diese Worte mitzuteilen.

In den Brief an Napoleon hatte der Kaiser diesen Satz nicht aufgenommen, weil er mit seinem feinen Takte fühlte, daß diese Worte in dem Moment, wo der letzte Friedensversuch gemacht werden sollte, nicht am Platze waren. Aber er befahl Balaschow ganz ausdrücklich, Napoleon diese Worte mündlich zu wiederholen.

In der Nacht vom 25. auf den 26. Juni ritt Balaschow fort, begleitet von zwei Kosaken und zwei Trompetern, und kam bei Tagesanbruch an das Dorf Rikonti, wo die französischen Vorposten diesseits des Niemen standen. Eine französische Kavalleriewache hielt ihn an.

Der französische Husarenwachtmeister in scharlachroter Uniform und zottiger Mütze schrie dem herankommenden Balaschow zu, daß er stillhalten solle. Balaschow gehorchte nicht sogleich, sondern ritt langsam auf der Straße weiter.

Aber nun kam der Wachtmeister mit finsterem Gesicht, ein Schimpfwort vor sich hin murmelnd, dicht herangeritten, faßte an den Säbel und schrie den russischen General unhöflich an: ob er etwa taub sei – da er nicht zu hören scheine, was man ihm sage. Balaschow nannte seinen Namen; der Wachtmeister schickte einen seiner Soldaten ab, um einen Offizier herbeizuholen und begann, ohne auf den russischen General Rücksicht zu nehmen, mit seinen Kameraden über Dienstangelegenheiten zu sprechen.

Für Balaschow, der der höchsten Macht und Gewalt so nahe stand, der eben erst eine dreistündige Unterredung mit dem Kaiser gehabt hatte und überhaupt an hohe Ehren gewöhnt war, hatte es etwas seltsam Überraschendes, hier auf russischem Grund und Boden der Grobheit und Feindseligkeit roher Kraft ausgesetzt zu sein.

Die Sonne fing eben an, sich hinter den Wolken zu zeigen, die Luft war tauig, frisch; auf den Wegen wurden die Herden vorübergetrieben und aus den Feldern stiegen, wie Blasen aus dem Wasser, eine nach der anderen, die Lerchen singend zum Himmel auf.

Balaschow betrachtete seine Umgebung, während er die Ankunft des französischen Offiziers erwartete. Die französischen Husaren und die Kosaken und der russische Trompeter sahen sich schweigend an.

Ein französischer Husarenoberst, der offenbar eben aus dem Bette kam, ritt auf einem schönen, grauen, wohlgenährten Pferde in Begleitung zweier Husaren aus dem Dorfe heran. Offizier, Soldaten und Pferde sahen behäbig aus und wohlgepflegt.

Es war die erste Zeit des Feldzuges, in der die Truppen sich noch in voller Ordnung zu befinden pflegen; jene Zeit, die beinahe der einer Revue gleicht, nur daß die Armee äußerlich die Färbung einer aufgeputzten Kriegsbereitschaft trägt, und daß sie innerlich von der Freude und Unternehmungslust erfüllt ist, die den Anfang eines Feldzuges begleiten.

Der französische Offizier konnte nur mit Mühe das Gähnen

unterdrücken, aber er war höflich und schien die Bedeutung Balaschows einzusehen. Er führte ihn an den Soldaten vorüber durch die Postenkette und teilte ihm mit, daß sein Wunsch, sich dem Kaiser vorzustellen, wahrscheinlich bald erfüllt werden könne, da sich das kaiserliche Hauptquartier, soviel er wisse, in der Nähe befinde.

Sie ritten durch das Dorf Rikonti, vorüber an den angepflöckten französischen Husarenpferden, an Wachen, die das Gewehr präsentierten und neugierig die russischen Uniformen betrachteten, und kamen an die andere Seite des Dorfes.

Nach der Aussage des Obersten war in der Entfernung von zwei Kilometern der Chef der Division einquartiert, der Balaschow empfangen und weiterführen würde.

Die Sonne war schon hoch emporgestiegen und glänzte heiter auf dem hellen Grün.

Sie hatten kaum den Gipfel des Hügels hinter dem Kruge erreicht, als sie an seinem Fuße, auf der anderen Seite, eine Reiterschar erblickten, die ihnen entgegenkam. An der Spitze ritt auf einem schwarzen Pferde, dessen Sattelzeug in der Sonne glänzte, ein großer Mann mit Federhut, schwarzen, krausen, bis auf die Schultern herabhängendem Haar, einem roten Mantel und langen, nach vorn gestreckten Beinen, wie die Franzosen zu reiten pflegen. Dieser Mann ritt Balaschow im Galopp entgegen, und seine Federn, Edelsteine und goldene Schnüre glänzten in der hellen Junisonne.

Balaschow war nur noch um zwei Pferdelängen von dem ihm entgegengaloppierenden Reiter mit dem feierlich-theatralischen Gesicht, den Achselschnüren, Federn, Halsketten und Goldstickereien entfernt, als Julner, der französische Oberst, ihm ehrerbietig zuflüsterte:

Der König von Neapel.

Und in der Tat war es Murat, jetzt König von Neapel genannt, obgleich es durchaus unverständlich blieb, warum. Aber man nannte ihn so, und er glaubte daran, und so hatte er noch ein feierlicheres und wichtigeres Aussehen als früher. Er war so fest davon überzeugt, König von Neapel zu sein, daß, als am Vorabend seiner Abreise von Neapel, während er mit seiner Gemahlin in den Straßen spazieren ging, einige

Italiener »Es lebe der König« schrien, er sich mit kummervollem Lächeln zu seiner Gemahlin wandte und sagte:

Die Unglücklichen, sie wissen nicht, daß ich sie morgen verlasse.

Aber obwohl er fest überzeugt war, König von Neapel zu sein, und seine Untertanen beklagte, weil er sie verlassen mußte, hatte er, als er Befehl erhielt, wieder zum Heere zu stoßen, und besonders nach seinem Zusammentreffen mit Napoleon in Danzig, wo ihm der erlauchte Schwager gesagt hatte: »Ich habe Sie zum Könige gemacht, damit Sie nach meiner Weise regieren, und nicht nach Ihrer«, voll Freuden die ihm vertraute Tätigkeit wieder aufgenommen. Wie ein Pferd, das sich gut genährt hat, aber nicht fett geworden ist, fing er an, als er sich wieder im Zügel fühlte, in der Deichsel zu tanzen, und nachdem er sich so kostbar und bunt als möglich herausgeputzt hatte, sprengte er lustig und zufrieden, ohne zu wissen wohin und warum, auf den polnischen Landstraßen umher.

Als er den russischen General erblickte, warf er mit königlichem Anstande den Kopf mit dem krausen, auf die Schultern herabhängenden Haar zurück und sah den französischen Obersten fragend an. Dieser unterrichtete ehrerbietig Se. Majestät über die Bedeutung Balaschows, dessen Namen er jedoch nicht aussprechen konnte.

»De Bal-Machève!« sagte der König, der entschlossen die Schwierigkeit überwand, die den Obersten erschreckte. Ich bin erfreut, Ihre Bekanntschaft zu machen, fügte er mit königlich gnädiger Gebärde hinzu. Plötzlich aber verließ ihn seine königliche Würde; er fing an, rasch und laut zu sprechen und ging, ohne daß er es merkte, in den Ton einer gutmütigen Vertraulichkeit über. Indem er die Hand auf die Mähne von Balaschows Pferd legte:

Nun, General, alles ist zum Kriege fertig, wie es scheint, sagte er, als ob er etwas bedauerte, über daß er nicht urteilen durfte.

Sire, der Kaiser, mein Gebieter, wünscht den Krieg durchaus nicht, wie Ew. Majestät ja sehen, antwortete Balaschow, der im Verlaufe der Unterredung so oft als möglich »Ew. Majestät« hinzufügte, und zwar mit jenem unvermeidlich affektierten Ausdruck, den ein oft wiederholter Titel gewöhnlich erhält.

Aber er wandte sich hier an eine Persönlichkeit, für die dieser Titel noch etwas Neues war. Das Gesicht Murats erglänzte in alberner Selbstgefälligkeit, während er Balaschow anhörte. Aber ein Königstitel verpflichtet. Er fühlte die Notwendigkeit, mit dem Abgesandten Alexanders wie ein König und Bundesgenosse über Staatsangelegenheiten zu sprechen.

Er stieg vom Pferde, nahm Balaschows Arm, entfernte sich mit ihm auf einige Schritte von dem ehrerbietig wartenden Gefolge und fing an, mit ihm hin und her zu gehen, indem er bedeutsam zu sprechen suchte. Er sagte, daß Kaiser Napoleon über die Forderung, seine Heere aus Preußen zu entfernen, erzürnt wäre – um so mehr, da dies Verlangen allgemein bekannt geworden und dadurch die Ehre Frankreichs verletzt sei. Balaschow erwiderte, daß in diesem Verlangen nichts Ehrenrühriges liegen könne, weil ... Murat unterbrach ihn.

Sie halten also nicht den Kaiser Alexander für den Angreifenden? sagte er unerwartet, mit gutmütig-dummem Lächeln.

Balaschow erklärte, warum er glaube, daß der Anstifter des Krieges Napoleon sei.

O, mein lieber General, unterbrach ihn Murat abermals, ich wünsche von Herzen, daß die Kaiser sich verständigen mögen und daß der gegen meine Wünsche begonnene Krieg so rasch als möglich beendigt werde, sagte er in jenem Tone der Dienenden, die trotz aller Streitigkeiten der Herren gute Freunde bleiben wollen. Dann begann er nach dem Großfürsten zu fragen, nach seinem Befinden, und erinnerte sich der fröhlichen Zeiten, die er mit ihm in Neapel verlebt hatte. Plötzlich aber reckte sich Murat, als ob er sich auf seine königliche Würde besänne, hoch auf, nahm die Haltung an, in der er zur Krönung geschritten und sagte, indem er mit der Rechten winkte: Ich halte Sie nicht länger fest, General, und wünsche Ihrer Sendung guten Erfolg, und indem sein roter, gestickter Mantel wehte, seine Federn wallten, seine Edelsteine blitzten, kehrte er zu dem ehrerbietig wartenden Gefolge zurück.

Balaschow ritt weiter, indem er den Worten Murats zufolge annahm, sehr bald Napoleon selbst vorgestellt zu werden. Aber anstatt Napoleon zu finden, hielt ihn im nächsten Dorfe die Vorhut der Davoustschen Infanterie ebenso an, wie die erste Vorpostenkette getan, und ein herbeigerufener Adjutant des Korpskommandeurs begleitete ihn ins Dorf zu dem Marschall Davoust.

V

Davoust war der Araktschejew Napoleons. Wie Araktschejew war auch er kein Feigling, und wie dieser, pünktlich und grausam, außerstande, seine Ergebenheit anders als durch Grausamkeit zu beweisen.

Im Mechanismus der Staatseinrichtungen sind diese Menschen ebenso notwendig wie die Wölfe im Organismus der Natur. Sie sind immer vorhanden, kommen immer aufs neue und halten sich, wie unpassend ihre Gegenwart auch erscheinen mag, in der Nähe der obersten Gewalt. Nur durch diese Notwendigkeit läßt sich erklären, daß der grausame Araktschejew, der eigenhändig den Grenadieren die Schnurrbärte ausriß, und der wegen seiner Nervenschwäche keiner Gefahr ins Auge sehen konnte, daß der ungebildete unhöfische Araktschejew so fest in der Gunst bei dem ritterlich edlen und zarten Charakter Alexanders stehen konnte.

Balaschow fand den Marschall Davoust in dem Schuppen eines Bauernhofes, wo er auf einer Tonne saß und mit schriftlichen Arbeiten beschäftigt war. Er prüfte Rechnungen; sein Adjutant stand neben ihm. Es wäre nicht unmöglich gewesen, ein besseres Quartier zu finden, aber Marschall Davoust gehörte zu den Menschen, die geflissentlich die unbehaglichen Lebensbedingungen aufsuchen, um das Recht zu haben, mürrisch zu sein. Aus demselben Grunde sind sie auch immer eifrig und beschäftigt.

»Wie kann ich Zeit finden, an die Annehmlichkeiten des

Lebens zu denken, wenn ich, wie Sie sehen, in einem schmutzigen Schuppen auf einer Tonne sitze und arbeite«, sagte der Ausdruck seines Gesichts. Das Hauptvergnügen solcher Menschen besteht darin, sooft sie im Leben der Heiterkeit begegnen, ihr ihre finstere, hartnäckige Tätigkeit ins Gesicht zu schleudern.

Dies Vergnügen machte sich Davoust, als Balaschow bei ihm eingeführt wurde. Sobald der russische General hereintrat, versenkte er sich noch mehr in seine Arbeit, blickte durch die Brille in das heitere, unter dem Eindruck des schönen Morgens und des Gesprächs mit Murat strahlende Gesicht Balaschows, stand aber nicht auf, rührte sich nicht einmal, sondern runzelte die Stirn noch mehr und lächelte ärgerlich. Dann, nachdem er auf dem Gesicht Balaschows den unangenehmen Eindruck bemerkt hatte, den dieser Empfang hervorgerufen, erhob er den Kopf und fragte kalt, was er wünsche.

In der Voraussetzung, daß ihm ein solcher Empfang nur zuteil werden könne, weil Davoust nicht wußte, daß er ein Generaladjutant Alexanders war, und sogar sein Stellvertreter Napoleon gegenüber, beeilte sich Balaschow, seine Würden und Titel zu nennen. Gegen seine Erwartung wurde Davoust, nachdem er ihn angehört hatte, noch finsterer und gröber.

Wo ist denn Ihr Brief? fragte er. Geben Sie ihn mir, ich werde ihn dem Kaiser schicken.

Balaschow antwortete, daß er Befehl habe, das Schreiben persönlich an den Kaiser abzugeben.

Die Befehle Ihres Kaisers werden in Ihrem Heere befolgt, hier haben Sie sich nach dem zu richten, was Ihnen gesagt wird, antwortete Davoust.

Und als ob er die Absicht hätte, dem russischen General seine Abhängigkeit von der rohen Gewalt noch fühlbarer zu machen, schickte Davoust seinen Adjutanten zu dem diensttuenden Offizier.

Balaschow zog das Kuvert hervor, in dem der Brief des Kaisers enthalten war, und legte es auf den Tisch (dieser bestand aus einer auf zwei Tonnen liegenden Tür, an der noch die ausgerissenen Haspen hingen). Davoust nahm die Depesche und las die Aufschrift.

Sie haben durchaus das Recht, mir nach Belieben Achtung zu beweisen oder nicht, sagte Balaschow, aber erlauben Sie mir zu bemerken, daß ich die Ehre habe, Generaladjutant Sr. Majestät zu sein.

Davoust sah ihn schweigend an, und die leichte Aufregung und Verwirrung, die sich auf dem Gesichte Balaschows ausdrückten, machten ihm sichtlich Freude.

Was Ihnen zukommt, soll Ihnen zuteil werden, antwortete er, steckte den Brief in die Tasche und verließ den Schuppen.

Gleich darauf erschien der Adjutant des Marschalls, Monsieur de Castré und führte Balaschow in das für ihn bereitete Quartier.

Mittags aß Balaschow mit dem Marschall in dem Schuppen, an dem Brette auf den Tonnen.

Am folgenden Tage ritt Davoust frühmorgens fort. Vorher ließ er Balaschow kommen, sagte ihm eindringlich, er bitte ihn, hier zu bleiben und nur mit der Bagage weiterzugehen, wenn diese Befehl erhalten würde, sich in Bewegung zu setzen. Ferner machte er ihn verbindlich, mit niemandem zu sprechen als mit Monsieur de Castré.

Nach vier Tagen der Einsamkeit, der Langeweile, des Gefühls einer Unterordnung und Machtlosigkeit, die ihm besonders zum Bewußtsein kam, da er sich kurz zuvor noch in Macht und Glanz befunden; nach einigen Märschen mit der Bagage des Marschalls und den französischen Truppen, die die ganze Umgegend besetzten, wurde Balaschow nach Wilna gebracht, das jetzt in den Händen der Franzosen war, durch dasselbe Stadttor, aus dem er vor vier Tagen herausgeritten.

Am folgenden Tage kam der kaiserliche Kammerherr Graf Turenne zu Balaschow und brachte ihm die Nachricht, daß ihm Kaiser Napoleon eine Audienz bewilligt habe.

Vier Tage früher standen vor dem Hause, nach dem Balachow jetzt gefahren wurde, die Wachen des Preobrashenzen-Regimentes; jetzt standen da zwei französische Grenadiere in aufgeknöpften blauen Uniformen und zottigen Mützen, eine

Eskorte von Husaren und Ulanen und eine glänzende Suite von Adjutanten, Pagen und Generalen, welche den Spazierritt Napoleons erwarteten und um sein Reitpferd und seinen Mamelucken Rustan an der Freitreppe herumstanden.

Das Haus, in dem Napoleon Balaschow in Wilna empfing, war dasselbe, aus dem ihn Alexander abgeschickt hatte.

VI

Obwohl Balaschow an Hofglanz gewöhnt war, überraschte ihn der Prunk und Luxus des Napoleonischen Hofhaltes.

Graf Turenne führte ihn in ein großes Empfangszimmer, wo viele Generale, Kammerherren und polnische Magnaten warteten. Unter letzteren waren mehrere, die Balaschow am Hofe des russischen Kaisers gesehen hatte. Duroc sagte, Se. Majestät würde den russischen General vor seinem Spazierritt empfangen.

Nach einigen Minuten der Erwartung kam ein Kammerherr *du jour* und forderte Balaschow nach höflicher Begrüßung auf, ihm zu folgen.

Balaschow trat in ein kleines Zimmer, aus dem eine Tür in das Kabinett führte – in dasselbe Kabinett, aus dem ihn der russische Kaiser entlassen hatte.

Balaschow hatte etwa zwei Minuten zu warten, dann wurden hinter der Tür eilige Schritte hörbar, die beiden Flügel öffneten sich schnell, alles wurde wieder still und aus dem Kabinett erklang ein anderer, fester, entschlossener Schritt; das war Napoleon.

Er hatte eben seine Toilette zum Ausreiten beendigt, trug eine blaue, offenstehende Uniform, eine weiße Weste, die auf den runden Bauch hinabreichte, weiße Lederhosen, die die fetten Schenkel der kurzen Beine fest umschlossen, und hohe Reitstiefel. Sein kurzes Haar war offenbar eben gekämmt, aber ein Büschel hing mitten über die breite Stirn nieder. Sein weißer, zarter Hals stach auffallend von dem schwarzen Uniformkragen ab; er roch nach Eau de Cologne, und auf seinem jugendlichen, vollen Gesicht mit dem vortretenden Kinn lag der Ausdruck eines gnädigen, majestätisch kaiserlichen Grußes.

Er kam rasch aus der Tür, bei jedem Schritt leicht zitternd und den Kopf ein wenig zurückgeneigt. Seine gedrungene, kurze Gestalt mit den breiten, fetten Schultern, dem hervortretenden Bauche und der gewölbten Brust, hatte jene feste, sichere Haltung, wie sie vierzigjährige Männer in guten Lebensverhältnissen zu haben pflegen. Überdies war es unverkennbar, daß er sich an diesem Morgen in bester Stimmung befand.

Er neigte den Kopf als Antwort auf die tiefe, ehrerbietige Verbeugung Balaschows, trat auf ihn zu und begann sogleich zu sprechen, wie ein Mann, dem jede Minute seiner Zeit kostbar ist und der nicht die Vorsicht braucht, seine Reden vorzubereiten, weil er sicher sein kann, auch ohne dies alles Notwendige gut zu sagen.

Guten Morgen, General! fing er an. Ich habe den Brief des Kaisers erhalten und freue mich, Sie zu sehen. Er sah Balaschow mit seinen großen Augen ins Gesicht, blickte dann aber sogleich wieder ins Weite.

Es war unverkennbar, daß ihn die Persönlichkeit Balaschows nicht im mindesten interessierte, und daß nur, was in ihm selber vorging, von Wichtigkeit für ihn war. Alles, was außer ihm lag, hatte keine Bedeutung für ihn, weil, wie er glaubte, alles in der Welt von seinem Willen abhing.

Ich will den Krieg nicht und habe ihn nicht gewollt, sagte er; man hat mich dazu gezwungen. Auch *jetzt* (er betonte das Wort) bin ich bereit, alle Erklärungen anzunehmen, die Sie mir geben können. Und er fing an, kurz und bündig die Gründe seiner Unzufriedenheit mit der russischen Regierung darzulegen.

Dem ruhigen, ziemlich freundlichen Tone nach, in dem der französische Kaiser sprach, war Balaschow überzeugt, daß er den Frieden wünsche und die Absicht hätte, in Unterhandlungen einzutreten.

Sire, mein kaiserlicher Herr, fing Balaschow seine lang vorbereitete Rede an, als Napoleon, nachdem er zu sprechen aufgehört, den russischen Abgesandten fragend ansah. Aber der Blick der auf ihn starrenden Augen des Kaisers brachte ihn in Verwirrung.

»Sie sind in Verlegenheit, fassen Sie sich!« schien der Blick Napoleons zu sagen, der mit kaum merkbarem Lächeln die Uniform und den Degen Balaschows betrachtete.

Balaschow nahm sich zusammen und fing wieder an zu sprechen. Er sagte, Kaiser Alexander halte die Ursache des Krieges, die Forderung der Pässe von seiten Kurakins, für ungenügend; Kurakin habe nach Willkür und ohne Genehmigung des Kaisers gehandelt; Alexander wünsche den Krieg nicht, und mit England habe kein Verkehr stattgefunden.

Noch nicht! schaltete Napoleon ein, und als ob er fürchte, sich seinem Gefühle hinzugeben, runzelte er die Stirn und nickte leicht mit dem Kopfe, wodurch er Balaschow zu verstehen gab, daß er fortfahren könne.

Nachdem Balaschow alles gesagt, was ihm befohlen war, fügte er hinzu, daß Kaiser Alexander den Frieden wünsche, aber die Unterhandlungen nicht anders beginnen würde, als unter der Bedingung, daß ... Hier stockte Balaschow: er erinnerte sich genau jener Worte, die Kaiser Alexander in seinem Brief nicht geschrieben, die er aber befohlen hatte in dem Reskripte Saltykows anzuführen, sowie auch, sie mündlich Napoleon zu wiederholen. Balaschow erinnerte sich der Worte: »bis kein bewaffneter Feind mehr auf russischem Boden steht« – aber ein gemischtes Gefühl hielt ihn zurück; er konnte diese Worte nicht aussprechen, obwohl er es wollte, stockte und sagte: »unter der Bedingung, daß das französische Heer hinter den Niemen zurückgeht«.

Napoleon hatte die Verlegenheit Balaschows bei den letzten Worten bemerkt. Sein Gesicht zuckte, seine linke Wade fing leicht an zu beben, und ohne von der Stelle zu gehen, begann er in einer höheren Tonlage und in schnellerem Tempo als bisher abermals zu sprechen. Während des Verlaufs dieser Rede wandte Balaschow nicht einmal die Augen; unwillkürlich beachtete er das Zittern der linken Wade Napoleons, das um so stärker hervortrat, je mehr er die Stimme erhob.

Ich wünsche den Frieden nicht weniger als Kaiser Alexander, sagte er. Wer anders als ich hat seit achtzehn Monaten alles getan, ihn zu ermöglichen? Seit achtzehn Monaten warte ich auf Erklärungen, aber was verlangt man von mir, um die Unterhandlungen anzufangen? Er runzelte die Stirn, indem er mit seiner kleinen, weißen vollen Hand eine ausdrucksvolle, fragende Bewegung machte.

Das Zurückgehen Ihrer Truppen hinter den Niemen, Majestät, antwortete Balaschow.

Hinter den Niemen! wiederholte Napoleon. Also Sie verlangen jetzt nur, daß ich mich hinter den Niemen zurückziehe ... nur hinter den Niemen? wiederholte er, indem er Balaschow gerade ins Gesicht sah.

Balaschow neigte ehrerbietig den Kopf.

Statt der Forderung vor vier Monaten, daß ich Pommern räume, verlangt man jetzt nur noch, daß ich mich hinter den Niemen zurückziehe! Napoleon wandte sich rasch um und fing an, im Zimmer hin und her zu gehen.

Sie sagten, daß man, um Unterhandlungen anknüpfen zu können, von mir verlangt, daß ich hinter den Niemen zurückgehe. Aber zwei Monate früher hat man den Rückzug hinter die Oder und Weichsel verlangt, und doch sind Sie jetzt bereit, die Unterhandlungen zu beginnen.

Schweigend ging er von einem Ende des Zimmers zum anderen und blieb dann wieder vor Balaschow stehen. Balaschow bemerkte, daß Napoleons linkes Bein noch stärker zitterte als vorher, und daß sich sein Gesicht im Ausdruck der Strenge gleichsam versteinerte. »Dieses Zittern meiner linken Wade ist ein wichtiges Anzeichen«, pflegte er dann zu sagen.

Bedingungen wie die, das Oder- und Weichselgebiet zu räumen, kann man dem Herzog von Baden stellen, aber nicht mir! schrie Napoleon so plötzlich auf, daß er selbst überrascht war. Wenn man mir Petersburg und Moskau böte, würde ich diese Bedingungen nicht annehmen. Sie sagen: ich hätte diesen Krieg begonnen. Wer ist früher zum Heere abgegangen? Kaiser Alexander, nicht ich! ... Und nun bietet Ihr mir Unterhandlungen an! Nachdem ich Millionen ausgegeben habe, nachdem Ihr ein Bündnis mit England geschlossen, nachdem Eure Lage sich verschlechtert hat, bietet Ihr sie an! ... Und was ist der Zweck Eures Bündnisses mit England? Was hat es Euch gegeben? sagte er schnell. Offenbar beabsichtigte er mit seiner Rede schon nicht mehr, die Vorteile und die Möglichkeit des Friedensschlusses zu besprechen, sondern sein Recht und seine Stärke, und das Unrecht und die Fehler Alexanders darzulegen.

Den Anfang seiner Rede hatte er offenbar in der Absicht gesprochen, die Vorteile seiner Lage klarzumachen und zu zeigen, daß er trotzdem auf die Eröffnung der Unterhandlungen eingehe. Aber er hatte einmal angefangen zu sprechen, und je weiter er kam, um so weniger war er imstande, seine Rede zu beherrschen.

Ihr einziger Zweck war jetzt nur noch der, sich selbst zu erhöhen und Alexander zu erniedrigen, das heißt, gerade das zu tun, was er zu Anfang des Zusammentreffens am wenigsten beabsichtigte.

Es heißt, Sie hätten mit den Türken Frieden geschlossen? sagte er.

Balaschow neigte bejahend den Kopf. Der Friede ist geschlossen, fing er an, aber Napoleon ließ ihn nicht weiterreden; er schien allein das Wort führen zu wollen und sprach mit jener Beredsamkeit und unaufhaltsamen Aufregung weiter, deren verwöhnte Menschen fähig sind.

Ja, ich weiß, Sie haben mit der Türkei Frieden geschlossen, ohne die Moldau und Walachei zu erhalten; ich aber hätte Ihrem Kaiser diese schönen Provinzen gegeben, so gut wie ich ihm Finnland gab. Ja, fuhr er fort, ich hatte es versprochen und würde Kaiser Alexander die Moldau und Walachei gegeben haben. Nun aber hat er diese schönen Provinzen nicht. Er hätte sie doch so gut zu seinem Reiche fügen können und unter *einer* Regierung hätte sich Rußland dann vom Bothnischen Meerbusen bis an die Donau ausgebreitet. Die große Katharina wäre nicht imstande gewesen, mehr zu tun, fuhr Napoleon fort, der mehr und mehr in Feuer geriet, im Zimmer umherging und Balaschow fast dieselben Worte wiederholte, die er in Tilsit zu Alexander gesagt: Das alles hätte er meiner Freundschaft verdankt. O was für eine herrliche Regierung hätte die Regierung Kaiser Alexanders sein können, o was für eine herrliche Regierung, wiederholte er mehrmals, hielt an, nahm eine goldene Tabaksdose aus der Tasche und zog gierig ihren Inhalt in die Nase.

Er betrachtete Balaschow mitleidig, und kaum wollte Balaschow etwas bemerken, als Napoleon ihn schnell unterbrach.

Was kann er wünschen und suchen, das er in meiner Freundschaft nicht gefunden hätte? fragte er, die Achseln zuckend. Nein, er fand es besser, sich mit meinen Feinden zu umgeben, und mit wem? Er hat die Steins, die Armfelts, die Winzingerodes und Bennigsens zu sich gerufen. Stein, den aus seinem Vaterlande vertriebenen Verräter; Armfelt, den liederlichen, intriganten Menschen; Winzingerode, einen geflüchteten Untertan Frankreichs; Bennigsen, der etwas mehr Soldat ist als die anderen, aber doch ein unfähiger Kopf, der 1807 nichts zu erreichen gewußt hat und der in Kaiser Alexander schreckliche Erinnerungen erwecken muß ... Wenn es noch befähigte Menschen wären, die man gebrauchen könnte, fuhr Napoleon fort, der kaum Zeit hatte, mit Worten den rasch aufsteigenden Gedanken zu folgen, die ihm sein Recht und seine Macht zeigten (was seinen Begriffen nach eins und dasselbe war). Aber auch dies ist nicht der Fall; sie sind untauglich, im Kriege wie im Frieden. Barclay soll tüchtiger sein als die anderen, aber ich glaube das nicht, nach seinen letzten Bewegungen zu urteilen. Und was tun sie denn, alle diese Höflinge? Pfuel macht Vorschläge, Armfelt bestreitet sie, Bennigsen prüft und Barclay, der herbeigerufen wurde, um zu handeln, weiß nicht, wozu er sich entschließen soll, und die Zeit vergeht – ungenützt. Nur Bagration ist ein Feldherr; er ist beschränkt, aber er hat Erfahrung, Augenmaß und Entschlossenheit ... Und was für eine Rolle spielt denn Ihr junger Kaiser in dieser häßlichen Schar? Sie kompromittieren ihn und wälzen auf ihn die Verantwortung für alles, was geschieht. Ein Herrscher soll sich nur dann beim Heere befinden, wenn er Feldherr ist. Diese Worte waren gleichsam eine Herausforderung, die Napoleon dem russischen Kaiser ins Gesicht schleuderte. Er wußte, wie lebhaft Alexander wünschte, ein Feldherr zu sein.

Eine ganze Woche ist vergangen, seit der Feldzug begonnen, fuhr Napoleon fort, und Ihr habt Wilna nicht zu verteidigen gewußt. Nun seid Ihr in zwei Teile getrennt, aus den polnischen Provinzen vertrieben. Euer Heer beginnt zu murren ...

Im Gegenteil, Majestät! sagte Balaschow, der kaum imstande war, alles zu behalten, was ihm gesagt wurde, und mit Mühe diesem Feuerwerk von Worten folgte. Das Heer brennt vor Verlangen ...

Ich weiß alles! unterbrach ihn Napoleon; ich weiß alles und kenne die Zahl Eurer Bataillone ebenso genau wie die der meinigen. Ihr habt keine 200 000 Mann, und ich habe dreimal mehr. Ich geben Ihnen mein Ehrenwort (er vergaß, daß dies Wort keine Bedeutung haben konnte), ich gebe Ihnen mein Ehrenwort, daß ich 530 000 Mann an diesem Ufer der Weichsel stehen habe. An den Türken habt Ihr keine Hilfe; sie sind untauglich, das haben sie bewiesen, indem sie mit Euch Frieden schlossen. Die Schweden haben das Schicksal, von verrückten Königen regiert zu werden. Ihr König war ein Blödsinniger; sie tauschten den anderen, Bernadotte, dafür ein, der sofort verrückt wurde ... denn ein Schwede, der Bündnisse mit Rußland schließt, muß ein Verrückter sein.

Napoleon lächelte boshaft und führte wieder die Dose an die Nase.

Auf jede Phrase Napoleons hätte Balaschow etwas einzuwenden gewußt: er machte immer wieder die Gebärde eines Menschen, der sprechen will, Napoleon aber unterbrach ihn. Gegen die Verrücktheit, die der Kaiser Schweden vorwarf, wollte Balaschow einwenden, daß dies Land zur Insel wird, wenn ihm Rußland befreundet ist; aber Napoleon schrie zornig, um Balaschows Stimme zu übertäuben. Er befand sich in jenem Zustande der Aufregung, in dem man sprechen und immer wieder sprechen muß, um sich selbst das eigene Recht zu beweisen. Balaschow war in einer schwierigen Lage. Als Gesandter fürchtete er, seine Würde zu verletzen und empfand die Notwendigkeit zu antworten; als Mensch aber schrumpfte er moralisch zusammen vor der Selbstvergessenheit des grundlosen Zornes, in dem sich Napoleon offenbar befand. Balaschow wußte, daß alles, was Napoleon jetzt sagte, keine Bedeutung hatte, daß er selbst, wenn er darüber nachdachte, sich dessen schämen würde. Mit niedergeschlagenen Augen stand Balaschow da, beobachtete die dicken zuckenden Beine Napoleons und suchte seinen Blick zu vermeiden.

Was sind mir diese Euere Verbündeten? sagte Napoleon. Meine Verbündeten sind die Polen, 80 000 Mann, die sich schlagen wie die Löwen ... und es werden in Zukunft 200 000 sein.

Und indem er wahrscheinlich in noch größere Aufregung geriet, weil er mit dieser Behauptung eine unleugbare Unwahrheit gesagt hatte, und weil Balaschow in derselben ehrerbietigen Haltung stehen blieb, drehte sich Napoleon kurz um, trat dicht vor Balaschows Gesicht hin und schrie ihn an, während er mit seinen weißen Händen schnelle und energische Bewegungen machte:

Wißt Ihr, was geschieht, wenn Ihr Preußen von mir abwendig macht? Ich werde es von der Karte Europas wegwischen! rief er mit bleichem, vor Wut entstelltem Gesicht, indem er heftig mit der einen kleinen Hand in die andere schlug. Ich werfe Euch hinter die Düna, den Dnjepr, und werde Euch jene Bollwerke wieder aufrichten, deren Vernichtung zu gestatten Europa verbrecherisch und schwach genug war. Ja, da sehen Sie, was mit Euch geschehen wird, das ist's, was Ihr gewonnen habt, indem Ihr Euch von mir lossagtet! rief er und ging schweigend einigemal im Zimmer hin und her, wobei er mit den dicken Schultern zuckte. Er steckte die Tabaksdose in die Westentasche, nahm sie wieder heraus, hielt sie einigemale an die Nase und blieb endlich wieder vor Balaschow stehen.

Eine Weile schwieg er, blickte spöttisch in die Augen des russischen Generals und sagte mit leiser Stimme: Und doch, welch eine schöne Regierung hätte Ihr Gebieter *haben können*!

Balaschow fühlte die Notwendigkeit, etwas zu erwidern und sagte, daß man in Rußland die Dinge nicht in so düsterem Lichte sehe. Napoleon schwieg und fuhr fort ihn spöttisch zu betrachten, wobei er sichtlich nicht auf seine Worte hörte. Balaschow sagte weiter, daß man in Rußland alles Gute vom Kriege erwarte, und Napoleon nickte dazu, als ob er sagen wollte: »Ich weiß, so spricht Ihre Pflicht, aber Sie glauben selbst nicht daran, ich habe Sie überzeugt.«

Mitten in der Rede Balaschows zog Napoleon wieder die Dose aus der Tasche, schnupfte und trat, als ob er ein Signal geben wollte, zweimal mit dem Fuße auf den Boden. Sogleich öffnete sich die Tür. Ein Kammerherr trat ein und reichte dem Kaiser mit ehrfurchtsvoller Verneigung Hut und Handschuhe, ein zweiter brachte das Schnupftuch. Ohne sie anzusehen, wandte sich Napoleon wieder zu Balaschow.

Versichern Sie dem Kaiser Alexander in meinem Namen, sagte er, indem er seinen Hut ergriff, daß ich ihm ergeben bin wie früher. Ich kenne ihn genau und schätze seine edlen Eigenschaften. Ich halte Sie nicht länger, General. Meinen Brief an den Kaiser werden Sie bekommen.

Und Napoleon ging rasch zur Tür hinaus. Aus dem Empfangszimmer eilten alle vor ihm hinaus und die Treppe hinunter.

VII

Nach allem, was ihm Napoleon gesagt, nach seinen Zornesausbrüchen und den letzten kalten Worten »Ich halte Sie nicht länger, General, meinen Brief an den Kaiser werden Sie bekommen«, war Balaschow überzeugt, daß Napoleon nicht nur keinen Anlaß, ihn wiederzusehen, herbeiführen, sondern daß er vermeiden würde, dem beleidigten Gesandten, dem Zeugen seiner unpassenden Heftigkeit, noch einmal zu begegnen. Aber zu seiner Verwunderung bekam Balaschow durch Duroc eine Einladung zur Tafel des Kaisers.

Außer ihm waren Bessières, Caulaincourt und Berthier befohlen.

Napoleon empfing Balaschow mit freundlicher, heiterer Miene. Es war nicht nur keine Spur von Beschämung oder von Selbstvorwürfen über den Wutausbruch von heute morgen in seinem Wesen zu entdecken; im Gegenteil – er suchte

Balaschow aufzumuntern. Es war unverkennbar, daß Napoleons Überzeugung nach die Möglichkeit zu irren für ihn längst nicht mehr vorhanden war, nicht weil es mit der Idee des Guten übereinstimmte, sondern weil er es tat.

Der Kaiser war sehr heiter von seinem Ritt durch Wilna zurückgekehrt. Scharen von Menschen waren ihm entgegengekommen und gefolgt; alle Fenster der Straßen, durch die er ritt, waren mit Teppichen, Fahnen und Namenszügen geschmückt gewesen, und die polnischen Damen hatten ihn mit flatternden Tüchern begrüßt.

Während der Tafel war er nicht nur freundlich gegen Balaschow, den er an seine Seite gerufen hatte, sondern benahm sich gegen ihn, als ob er ihn zu der Zahl seiner Hofleute zählte, zu der Zahl derer, die mit seinen Plänen sympathisieren und sich seiner Erfolge freuen mußten.

Im Verlauf der Unterhaltung begann er von Moskau zu sprechen und fragte Balaschow nach der russischen Hauptstadt, nicht nur, wie ein Reisender wißbegierig nach einem Ort fragt, den er zu besuchen beabsichtigt, sondern wie von der Überzeugung erfüllt, daß Balaschow, als Russe, sich durch diese Wißbegierde geschmeichelt fühlen müsse.

Wie viele Einwohner hat Moskau? Wie viele Häuser? Ist es wahr, daß man die Stadt das heilige Moskau nennt? Und wie viele Kirchen sind in Moskau? fragte er.

Auf die Antwort, daß mehr als 200 Kirchen dort wären, sagte er:

Wozu eine solche Masse von Kirchen?

Die Russen sind sehr fromm, antwortete Balaschow.

Die große Zahl der Kirchen und Klöster beweist immer, daß ein Volk zurückgeblieben ist, sagte Napoleon, indem er sich nach Caulaincourt umsah, wie dieser den Ausspruch aufnehmen würde.

Balaschow erlaubte sich in aller Ehrerbietung, der Ansicht des Kaisers nicht beizustimmen.

Jedes Land hat seine Sitten, sagte er.

Aber nirgends in Europa ist etwas Ähnliches zu finden, antwortete Napoleon.

Bitte um Verzeihung, Majestät, sagte Balaschow; nicht nur

in Rußland, auch in Spanien gibt es zahlreiche Kirchen und Klöster.

Diese Antwort, die auf die Niederlage anspielte, welche die Franzosen unlängst in Spanien erlitten hatten, wurde nach Balaschows Erzählung am Hofe Alexanders hoch aufgenommen, hier aber, an der Tafel Napoleons, ging sie unbemerkt vorüber.

Die gleichgültigen, verwunderten Gesichter der Herren Marschälle ließen erkennen, daß sie die Pointe, auf welche die Betonung Balaschows hindeutete, nicht verstanden. »Wenn eine vorhanden war, haben wir sie nicht herausgefunden – oder sie ist nicht geistreich«, sagte der Ausdruck im Gesicht der Marschälle. So wenig wurde diese Antwort gewürdigt, daß Napoleon sie tatsächlich nicht beachtete, und Balaschow sehr naiv fragte, über welche Städte der gerade Weg von hier nach Moskau führe.

Balaschow, der die ganze Zeit über auf seiner Hut war, antwortete, wie jeder Weg nach Rom führt, so führe auch jeder Weg nach Moskau, es gebe viele Wege, unter ihnen einen, der über *Poltawa* führe, – der Weg, den Karl XII. gewählt hatte, fügte er hinzu, unwillkürlich vor Freude erglühend, daß ihm diese Antwort gelungen war. Aber er hatte kaum Zeit gehabt, die letzten Worte über Poltawa zu beendigen, als Caulaincourt einfiel und über die Unbequemlichkeit der Straßen von Petersburg nach Moskau und über Petersburger Erinnerungen zu sprechen begann.

Nach dem Essen ging man zum Kaffee in das Kabinett Napoleons, das vier Tage früher das Kabinett Alexanders gewesen war. Napoleon setzte sich, indem er seinen Kaffee in der Sèvres-Tasse umrührte, und wies Balaschow einen Stuhl an seiner Seite an.

Nach der Mahlzeit pflegt der Mensch in einer Stimmung zu sein, die, allen Verstandesgründen zum Trotz, eine gewisse Selbstzufriedenheit einflößt und uns veranlaßt, alle Menschen als unsere Freunde zu betrachten. Auch Napoleon befand sich in dieser Stimmung. Er hatte das Gefühl, von Menschen umgeben zu sein, die ihn vergötterten, und war überzeugt, daß nach seinem Diner auch Balaschow sein Freund und Verehrer geworden. Mit liebenswürdigem, etwas spöttischem Lächeln wandte sich Napoleon zu ihm.

Dies ist, wie ich höre, dasselbe Zimmer, das Kaiser Alexander innehatte. Sonderbar, nicht wahr, General? sagte er, offenbar überzeugt, daß diese Bemerkung seinem Gegenüber nicht unangenehm sein könne, da sie die Überlegenheit Napoleons über Alexander hervorhob.

Balachow konnte darauf nicht antworten und neigte schweigend den Kopf.

Ja, in diesem Zimmer haben sich vier Tage früher Stein und Wintzingerode bewegt, fuhr Napoleon mit demselben spöttischen, selbstzufriedenen Lächeln fort. Was ich nicht begreife, ist, daß Kaiser Alexander alle meine persönlichen Feinde an sich heran zieht ... das be ... greife ich nicht! Er bedenkt wohl nicht, daß ich dasselbe tun könnte? wandte er sich wieder an Balaschow, und es war nicht zu verkennen, daß ihn diese Erinnerung wieder zu dem Zorn vom Vormittag zurückführte, der noch frisch in ihm nachklang. Aber er soll wissen, das ich es tun werde, fuhr Napoleon fort, indem er aufstand und seine Tasse zurückstieß. Ich werde alle seine Verwandten, die Württemberger, die Badenser, die Weimaraner aus Deutschland vertreiben, ... ja, das werde ich tun. Mag er in Rußland ein Asyl für sie bereiten.

Balaschow neigte den Kopf, und seine Miene drückte aus, daß er dringend wünschte, sich zu verabschieden, und nur noch zuhöre, weil er sich nicht entziehen konnte. Napoleon beachtete jedoch diesen Ausdruck nicht. Er behandelte Balaschow nicht wie den Abgesandten seines Feindes, sondern wie einen Menschen, der von jetzt an ihm allein ergeben war und sich der Erniedrigung seines früheren Gebieters freuen mußte.

Warum hat Kaiser Alexander den Oberbefehl über das Heer übernommen? Wozu das? Der Krieg ist mein Gewerbe, seine Sache das Regieren, aber nicht die Führung einer Armee. Warum hat er eine solche Verantwortung an sich genommen?

Wieder zog Napoleon die Tabaksdose hervor, ging schweigend ein paarmal durchs Zimmer, trat plötzlich auf Balaschow zu, und mit dem Ausdruck des Selbstvertrauens, rasch und sicher, als ob er nicht nur etwas Wichtiges, sondern auch für Balaschow Angenehmes täte, erhob er seine Hand zu dem Gesicht des vierzigjährigen russischen Generals, nahm ihn beim Ohr und zog daran, indem er nur mit den Lippen lächelte.

Von dem Kaiser am Ohre gezogen zu werden, galt am französischen Hofe als größte Ehre und Gnade.

Nun, Sie sagen nichts, Sie Bewunderer und Hofmann des Kaiser Alexanders? sagte er, als ob es lächerlich wäre, in seiner Gegenwart der Hofmann und Bewunderer eines anderen zu sein. Sind die Pferde für den General bereit? fügte er hinzu und nickte leicht mit dem Kopfe als Antwort auf die Verbeugung Balaschows. Geben Sie ihm die meinigen, er hat *einen weiten Weg zu machen.*

Der Brief, den Balaschow zurückbrachte, war der letzte Brief Napoleons an Alexander. Alle Einzelheiten der Unterredung zwischen Balaschow und Napoleon wurden dem Kaiser mitgeteilt, und der Krieg begann.

VIII

Nach dem Zusammentreffen mit Pierre in Moskau war Fürst Andrej nach Petersburg gereist – in Geschäften, wie er seinen Angehörigen sagte, in Wahrheit aber, um den Fürsten Anatol Kuragin zu treffen; er hielt es für notwendig, ihn aufzusuchen.

Aber Kuragin, nach dem sich Fürst Andrej gleich nach seiner Ankunft in Petersburg erkundigte, war nicht mehr da. Pierre hatte seinen Schwager benachrichtigt, daß Fürst Andrej ihm nachreise, und Anatol Kuragin bekam sofort eine Ordre vom Kriegsministerium, die ihn zwang, sich auf der Stelle zu dem moldauischen Heere zu begeben.

Zu derselben Zeit traf Fürst Andrej in Petersburg mit Kutusow, seinem ehemaligen General, zusammen, der ihm noch immer gewogen war und ihn bat, mit zu der moldauischen Armee zu gehen. Der alte Feldheer war zum Oberbefehlshaber ernannt und Bolkonskij reiste, nachdem er dem Stabe Kutusows zugeteilt war, nach der Türkei.

Fürst Andrej hielt es für unpassend, Kuragin schriftlich zu fordern. Da dieser keinen neuen Anlaß zum Duell gegeben hatte, wäre eine Herausforderung von seiten des Fürsten Andrej kompromittierend für Komtesse Rostow gewesen. Fürst Andrej suchte deshalb persönlich mit Kuragin zusammenzutreffen und hatte die Absicht, bei der Gelegenheit einen Grund zum Zweikampf herbeizuführen.

Aber auch in der türkischen Armee gelang es ihm nicht, Kuragin zu finden. Gleich nach der Ankunft des Fürsten Andrej bei der türkischen Armee, war Anatol nach Petersburg zurückgekehrt.

In dem neuen Lande, inmitten der neuen Verhältnisse, wurde dem Fürsten Andrej das Leben leichter. Nach dem Treuebruch seiner Braut, der ihn um so tiefer beugte, je sorgfältiger er seine Wirkung vor jedermann verbarg, waren für ihn alle Lebensbedingungen, in denen er einst glücklich gewesen, zu schwer zu ertragen, und noch schwerer die Freiheit und Unabhängigkeit, die er früher so hoch geschätzt hatte. Er beschäftigte sich jetzt nie mehr mit den Gedanken, die ihm zum ersten Male durch den Sinn gezogen waren, als er auf dem Schlachtfelde von Austerlitz zum Himmel emporsah, die er später gern mit Pierre verfolgte, und die seine Einsamkeit in Bogutscharawo und später in der Schweiz und in Rom ausgefüllt hatten. Er fürchtete sogar, sich dieser Gedanken, die ihm einen unendlichen, hellen Horizont enthüllten, auch nur flüchtig zu erinnern. Ihn interessierten jetzt nur die nächsten, nicht an Früheres gebundenen, praktischen Aufgaben, die er mit um so größerer Begier ergriff, je mehr sie ihm die Vergangenheit verdeckten. Jenes unermeßliche Firmament, das früher über ihm gestanden, hatte sich gleichsam in ein niedriges, begrenztes, auf ihm lastendes verwandelt, in dem alles hell, aber nichts ewig und geheimnisvoll war.

Unter allen Tätigkeiten, die sich ihm darboten, war der Militärdienst die einfachste und ihm vertrauteste. Als General *du jour* im Stabe Kutusows beschäftigte er sich so eifrig und anhaltend mit allem was vorkam, daß er Kutusow durch seine Arbeitslust und Pünktlichkeit überraschte.

Nachdem Fürst Andrej Kuragin auch in der Türkei nicht

gefunden hatte, hielt er es nicht für notwendig, ihm wieder nach Rußland nachzueilen. Aber wieviel Zeit auch vergehen mochte, ehe er Anatol begegnete, trotz aller Verachtung, die er für ihn fühlte, und obwohl er sich selber sagte, daß es sich nicht für ihn schicke, sich zu einem Zweikampfe mit diesem Menschen herabzulassen, wußte er, daß, wenn er ihm begegnete, es ihm unmöglich war, ihn nicht zu fordern, wie es für den Hungrigen unmöglich war, nicht über Essen herzufallen. Das Bewußtsein der ungesühnten Beleidigung, der nicht gestillten Rache, das ihm beständig auf der Seele lag, vergiftete jene künstliche Ruhe, in die sich Fürst Andrej mit Hilfe einer anstrengenden, ehrgeizigen und ruhmsüchtigen Tätigkeit in der Türkei einzuleben suchte.

Als 1812 die Nachricht des Krieges mit Napoleon nach Bukarest kam (wo Kutusow zwei Monate lang Tag und Nacht in der Gesellschaft seiner Walachin zubrachte), bat Fürst Andrej um seine Versetzung in die Westarmee.

Kutusow, dem Bolkonskij durch seinen Arbeitseifer unbequem geworden war, der dem Feldherrn wie ein Vorwurf für sein eigenes Nichtstun erschien, Kutusow entließ ihn gern und gab ihm einen Auftrag an Barclay de Tolly.

Ehe er sich zu der Armee begab, die sich im Mai im Lager an der Drissa befand, ging Fürst Andrej nach Lyssyja-Gory, das, da es nur drei Werst von der Smolenskischen Poststraße entfernt war, auf seinem Wege lag. In den letzten drei Jahren hatten im Leben des Fürsten Andrej so viele Umwälzungen stattgefunden, er hatte so viel durchdacht, empfunden, gesehen, hatte den Westen und Osten Europas bereist, daß es ihn seltsam überraschte, als er nach Lyssyia-Gory kam, alles bis zu den kleinsten Einzelheiten im Gange des Lebens so zu finden wie ehemals. Wie ein bezaubertes, in Schlaf versunkenes Schloß erschien ihm sein Vaterhaus, als er durch das steinerne Tor und in die Allee kam. Überall im Hause dieselbe Nüchternheit, dieselbe Sauberkeit, dieselbe Stille. Da waren noch dieselben Möbel, dieselben Wände, dieselben Töne, derselbe Geruch, dieselben furchtsamen Gesichter; alles war nur etwas älter geworden. Die Prinzessin Maria war ganz dasselbe schüchterne, unschöne, alternde Mädchen und brachte die besten Jahre ihres Lebens, ohne Nutzen und Freude, in Furcht und ewigen Kränkungen zu. Mademoiselle Bourienne war dieselbe, jede Minute ihres Lebens genießende, benutzende, von den freudigsten Hoffnungen erfüllte, eitle Kokette; nur noch selbstbewußter war sie geworden, wie es dem Fürsten Andrej schien. Der Erzieher Dessalle, den er aus der Schweiz mitgebracht hatte, trug einen Rock nach russischem Schnitt und sprach radebrechend Russisch mit den Domestiken; aber auch er war derselbe, beschränkt-kluge, gebildete, tugendhafte, pedantische Erzieher wie früher. Der alte Fürst hatte sich körperlich nur insofern verändert, daß an einer Seite des Mundes eine Zahnlücke sichtbar wurde. Geistig war er ganz wie früher, nur noch heftiger und noch mißtrauischer gegen alles, was in der Welt geschah.

Nur Nikoluschka war herangewachsen, hatte sich verändert, rote Wangen und krauses, dunkles Haar bekommen, und wenn er heiter war und lächelte, hob er, ohne daß er es wußte, die Oberlippe des schönen Mündchens ebenso, wie die verstorbene kleine Fürstin das getan. Er allein gehorchte nicht dem Gesetze der Unwandelbarkeit in diesem schlafenden, verzauberten Schlosse. Aber obgleich alles dem Äußeren nach beim alten geblieben, waren die innerlichen Verhältnisse aller dieser Menschen seit der Zeit, da Fürst Andrej sie nicht gesehen hatte, sehr verändert. Die Hausgenossen waren in zwei Lager geteilt, die sich fremd und feindlich gegenüberstanden, nur jetzt, während seiner Anwesenheit zusammenkamen, und ihm zuliebe ihre Lebensweise veränderten.

Zu dem einen Lager gehörten der alte Fürst, Mlle. Bourienne und der Architekt; zu dem anderen Prinzessin Maria, Dessalle, Nikoluschka und sämtliche Ammen und Wärterinnen.

Während der Anwesenheit des Fürsten Andrej aßen die Hausgenossen mittags zusammen; aber es war allen unbehaglich, und Fürst Andrej fühlte, daß er ein Gast war, für den man eine Ausnahme machte, und daß er durch seine Anwesenheit belästigte.

Bei der Mittagstafel am ersten Tage war Fürst Andrej, der

das fühlte, schweigsam, und der alte Fürst, der das gezwungene Wesen des Sohnes bemerkt hatte, schwieg ebenfalls still und begab sich gleich nach Tisch wieder in sein Zimmer.

Als Fürst Andrej abends zu ihm kam, und um ihn zu erheitern, von dem Feldzuge des jungen Grafen Kamenskij zu erzählen anfing, lenkte der alte Fürst das Gespräch plötzlich auf die Prinzessin Maria und tadelte sie wegen ihres Aberglaubens und ihrer Unfreundlichkeit gegen Mlle. Bourienne, die allein, nach seiner Behauptung, ihm wirklich ergeben war.

Der alte Fürst sagte, wenn er krank sei, so hätte nur seine Tochter schuld, die ihn absichtlich kränke und aufrege und durch Verziehen und albernes Gerede den kleinen Fürsten Nikolaj verderbe. Der alte Herr wußte sehr gut, daß er seine Tochter quälte; daß ihr Leben ein schweres war – aber er wußte auch, daß er es nicht lassen konnte, sie zu peinigen, und daß sie das verdiente.

Warum nur Fürst Andrej, der dies alles sieht, mir nichts über seine Schwester sagt? fragte sich der alte Fürst. Was denkt er denn? ... Daß ich ein schlechter Mensch oder ein alter Narr bin, daß ich mich ohne Not von der Tochter entfernt und diese Französin herangezogen habe? ... Er versteht nichts von alledem, und darum muß es ihm erklärt werden ... Es ist notwendig, daß er es hört! dachte der alte Fürst und fing an auseinanderzusetzen, warum er den albernen Charakter der Tochter nicht ertragen könne.

Da Sie mich fragen, sagte Fürst Andrej, ohne den Vater anzusehen (es war das erste Mal im Leben, daß er ihm Unrecht gab); ich wollte nicht davon sprechen, aber da Sie mich fragen, muß ich Ihnen über alles aufrichtig meine Meinung sagen. Wenn es zwischen Ihnen und Mascha zu Zwiespalt und Mißverständnissen gekommen ist, so kann ich der Schwester nicht die mindeste Schuld beimessen. Ich weiß, welche Liebe und Verehrung Mascha für Sie hat. Da Sie mich fragen, fuhr er aufgeregt fort – er war in letzter Zeit immer geneigt, heftig zu werden –, so kann ich nur das eine sagen: wenn eine Verstimmung besteht, so ist ihre Ursache das untergeordnete Frauenzimmer, das sich nicht zur Gesellschaft für meine Schwester eignet.

Der alte Herr, der den Sohn mit starren Augen anblickte, lächelte gezwungen und enthüllte dabei die neue Zahnlücke, an die sich Fürst Andrej nicht gewöhnen konnte.

Nicht zur Gesellschaft geeignet, mein Täubchen! Hm – Ihr habt also darüber gesprochen ... hm!

Väterchen, ich hatte nicht die Absicht, zwischen Ihnen beiden Richter zu sein, sagte Fürst Andrej in ärgerlichem, herbem Tone; aber Sie haben mich aufgefordert, meine Meinung auszusprechen, und so habe ich gesagt und werde immer wieder sagen, daß Prinzessin Maria keine Schuld hat ... die Schuld haben ... hat diese Französin ...

Hm! also verurteilt! verurteilt! sagte der alte Fürst mit leiser Stimme, und wie es dem Sohne schien, mit einer gewissen Beschämung; aber plötzlich sprang er auf und schrie:

Fort! Mach, daß du fortkommst, und daß auch nicht eine Spur von dir zurückbleibt! ...

Fürst Andrej wollte sofort abreisen, aber Prinzessin Maria bat ihn, noch einen Tag zu bleiben. Den Vater sah Fürst Andrej nicht; er kam nicht aus seinem Zimmer und ließ niemanden herein als Mlle. Bourienne und Tichon und fragte einige Male, ob sein Sohn abgereist wäre.

Am anderen Tage vor der Abreise ging Fürst Andrej in die Zimmer des Sohnes: der frische Junge, mit dem krausen Haar der Mutter, setzte sich ihm auf den Schoß. Fürst Andrej fing an, ihm das Märchen von Blaubart zu erzählen. Aber ehe er zu Ende kam, versank er in Gedanken; was ihn beschäftigte, war nicht das schöne Kind, das er auf den Knien hielt, sondern er selbst. Voll Besorgnis prüfte er sein Inneres, fand aber weder Reue darüber, daß er den Vater erzürnt hatte, noch Bedauern, daß er (zum ersten Mal in seinem Leben) in Unfrieden von ihm ging. Noch mehr beschäftigte ihn, daß er vergebens die frühere Zärtlichkeit für den Sohn in sich suchte, die er durch das Liebkosen und auf den Schoß nehmen in sich zu erwecken gehofft.

Nun, erzähle doch! sagte der Knabe; aber Fürst Andrej hob ihn, ohne zu antworten, vom Schoße und verließ das Zimmer.

Sobald Fürst Andrej seine täglichen Beschäftigungen aufgegeben hatte, und besonders, seit er sich wieder inmitten der früheren Lebensverhältnisse befand, in denen er einstmals glücklich gewesen war, überfiel ihn sein Kummer mit der alten Kraft, und er eilte so schnell als möglich, von diesen Erinnerungen fortzukommen und wieder eine Tätigkeit zu finden.

Du willst wirklich abreisen, Andrej? fragte ihn die Schwester.

Gott sei Dank, daß ich fortkann, antwortete Fürst Andrej. Es tut mir nur leid, daß du nicht mitreisen kannst.

Warum sagst du das? fragte Prinzessin Maria, und warum gerade jetzt, da du in diesen schrecklichen Krieg gehst, und er so alt ist? Mademoiselle Bourienne sagt, daß er nach dir gefragt hat ... Sobald sie davon zu sprechen begann, zitterten ihre Lippen, und ihre Tränen flossen. Fürst Andrej wandte sich von ihr ab und ging im Zimmer umher.

Ach! mein Gott, mein Gott! ... Und wenn man bedenkt, wer und was ... welche Erbärmlichkeiten am Unglück der Menschen schuld sein können! sagte er mit einem Zorn, der die Prinzessin erschreckte.

Es war ihr klar, daß er mit dem Ausdruck »Erbärmlichkeit« Menschen bezeichnete, und daß er darunter nicht nur Mademoiselle Bourienne verstand, die *ihr* Unglück war, sondern auch den Mann, der *sein* Glück zu Grunde gerichtet hatte.

Andrej, um eines bitte ich dich, flehe ich dich an, sagte sie, indem sie seinen Ellbogen berührte und ihn mit ihren glänzenden tränenvollen Augen ansah. Ich verstehe dich. (Sie senkte die Augen.) Glaube nicht, daß Menschen diesen Kummer über dich gebracht haben. Die Menschen sind Sein Werkzeug ... Sie sah über den Kopf des Fürsten Andrej hinweg ins Weite mit jenem sicheren, gewohnten Blick, mit dem man nach der bekannten Stelle eines Bildes hinzusehen pflegt. Der Kummer ist von Ihm gesandt, nicht von Menschen bereitet ... die Menschen sind nur Sein Werkzeug ... Sie haben keine Schuld. Wenn du glaubst, daß sich jemand gegen dich versündigt hat, vergiß es und vergib. Wir haben kein Recht zu strafen ... Du mußt das Glück des Verzeihens kennenlernen.

Wenn ich ein Weib wäre, würde ich das tun, Maria ... Das

ist die Tugend der Frauen. Aber ein Mann kann und soll nicht vergessen und verzeihen, sagte er, und obgleich er bis zu diesem Augenblicke nicht an Kuragin gedacht hatte, erhob sich der ganze noch ungestillte Rachedurst in seinem Herzen. »Wenn Maria mir zuredet, zu verzeihen, so heißt das mit anderen Worten, daß ich schon lange hätte strafen sollen«, dachte er, und ohne der Schwester zu antworten, stellte er sich den beglückenden, schrecklichen Augenblick vor, wenn er Kuragin begegnen würde, der sich, wie er gehört hatte, bei der Armee befand.

Prinzessin Maria bat den Bruder, noch einen Tag länger zu bleiben, sie sagte, sie wisse, wie unglücklich der Vater sein würde, wenn Andrej fortreiste, ohne sich mit ihm versöhnt zu haben; Fürst Andrej aber antwortete, daß er wahrscheinlich bald von der Armee zurückkommen, daß er dem Vater jedenfalls schreiben würde, daß aber der Zwiespalt zwischen ihnen durch sein längeres Dableiben nur verschlimmert werden könnte.

Lebewohl, Andrej, erinnere dich, daß das Unglück von Gott kommt, das waren die letzten Worte, die er von seiner Schwester hörte, als er von ihr Abschied nahm.

»So muß es sein! dachte Fürst Andrej, während er durch die Allee von Lyssja-Gory davonfuhr. Sie, das bedauernswerte, unschuldige Wesen bleibt das Schlachtopfer des um den Verstand gekommenen Greises. Der alte Herr fühlt, daß er Unrecht hat, kann sich aber nicht ändern. Mein Junge wächst heran und freut sich des Lebens, in dem es ihm ergehen wird wie uns allen – das heißt, er wird betrogen werden oder betrügen. Ich gehe zur Armee, warum, weiß ich selbst nicht, und wünsche jenem Menschen zu begegnen, den ich verachte, um ihm Gelegenheit zu geben, mich zu töten und zu verlachen.« Auch früher schon waren die Verhältnisse wie jetzt gewesen, aber sie hatten einen gewissen Zusammenhang gehabt, während jetzt alles zersplittert war. Fürst Andrej sah in allem nur sinnlose Erscheinungen ohne allen Zusammenhang.

IX

Anfang Juli kam Fürst Andrej im Hauptquartier an. Die Mannschaften der ersten Armee, bei der sich der Kaiser befand, hatten das befestigte Lager an der Drissa bezogen. Die Regimenter der zweiten Armee waren vor dem Feinde zurückgewichen, indem sie versuchten, sich mit der ersten Armee zu vereinigen, von der sie, wie es hieß, durch bedeutende französische Streitkräfte abgeschnitten waren. Jedermann war unzufrieden mit dem Gange der Dinge im russischen Heere, aber an die Möglichkeit eines Überfalls der russischen Provinzen dachte man noch nicht, und niemand glaubte, daß der Krieg weiter als in die östlichen Provinzen Polens vordringen könnte.

Fürst Andrej fand Barclay de Tolly, zu dem er kommandiert war, am Ufer der Drissa. Da sich kein Flecken, kein großes Dorf in der Nähe des Lagers befand, hatte sich die große Zahl der Generale und Hofleute, die die Armee begleiteten, in einem Umkreise von zehn Werst in den besten Häusern der Ortschaften diesseits und jenseits des Flusses einquartiert. Barclay de Tolly stand vier Werst vom Kaiser entfernt.

Steif und kalt nahm er Bolkonskij auf und sagte mit seinem deutschen Akzent, daß er dem Kaiser Meldung über ihn machen würde, um ihm eine endgültige Stellung zu geben. Einstweilen bitte er ihn, sich seinem Stabe einzureihen.

Anatol Kuragin, den Fürst Andrej beim Heere zu finden hoffte, war nicht da, sondern in Petersburg – eine Nachricht, die Bolkonskij angenehm berührte. Die Interessen des großen Krieges, der jetzt geführt wurde, nahmen ihn vollständig in Anspruch, und er war froh, sich auf einige Zeit von der gereizten Stimmung befreien zu können, in die der Gedanke an Kuragin ihn versetzte.

Im Laufe der ersten vier Tage, einer Zeit, in der niemand Ansprüche an ihn machte, durchritt Fürst Andrej das ganze befestigte Lager und suchte sich mit Hilfe seiner Kenntnisse und durch Gespräche mit sachverständigen Männern eine bestimmte Ansicht darüber zu bilden. Aber die Frage, ob dieses Lager zweckmäßig oder unzweckmäßig war, blieb ungelöst für ihn. Durch seine militärischen Erfahrungen war er zu der Überzeugung gekommen, daß in Kriegsangelegenheiten auch die am tiefsten durchdachten Pläne ohne Bedeutung sind (wie er dies bei dem Marsche nach Austerlitz gesehen), daß vielmehr alles davon abhängt, wie man auf die unerwarteten und nicht vorhergesehenen Bewegungen des Feindes antwortet, wie und durch wen die Sache geführt wird. Um sich diese letzte Frage klarzumachen, suchte Fürst Andrej, indem er seine Stellung und seine Bekanntschaften benutzte, in den Charakter der Führung des Heeres, der Personen und Parteien, die daran beteiligt waren, einzudringen, und machte sich selbst den Stand der Dinge folgendermaßen klar:

Solange sich der Kaiser in Wilna befand, war die Armee noch in drei Teile geteilt: die erste Armee stand unter dem Oberbefehl Barclay de Tolly, die zweite unter Bagration, die dritte unter Tormassow. Der Kaiser befand sich bei der ersten Armee, aber nicht als Oberbefehlshaber. In den Tagesbefehlen hieß es, der Kaiser würde nicht kommandieren, aber es hieß, der Kaiser würde beim Heere sein. Überdies hatte der Kaiser auch nicht den Generalstab um sich versammelt, sondern nur den Stab des kaiserlichen Hauptquartiers. In seinem Gefolge waren: der Chef des kaiserlichen Stabes, General-Quartiermeister Fürst Wolkonskij, Generale, Flügeladjutanten, Diplomaten, Beamte und eine große Zahl von Ausländern, aber nicht der Stab der Armee. Außerdem begleiteten den Kaiser, ohne besondere Chargen auszufüllen, Araktschejew, der frühere Kriegsminister; Graf Bennigsen, dem Range nach der älteste der Generale; der Cäsarewitsch Großfürst Konstantin Pawlowitsch; der Kanzler Graf Rumjanzow; Stein, der ehemalige preußische Minister; Armfelt, der schwedische General; Pfuel, der den jetzigen Feldzugsplan ausgearbeitet hatte; Paulucci, Generaladjutant und sardinischer Flüchtling; Wolzogen und viele andere. Obwohl sich diese Männer ohne besondere Chargen bei der Armee befanden, übten sie vermöge ihrer Stellung einen bedeutenden Einfluß aus, und oft wußten weder die Korpskommandeure noch sogar der Oberbefehlshaber, in welcher Eigenschaft Bennigsen, oder der Großfürst, oder Araktschejew, oder Fürst Wolkonskij über dies und jenes Fragen stellten und Rat erteilten. Sie wußten nicht, ob diese Herren in ihrem eigenen Namen oder in dem des Kaisers erschienen, um diese oder jene Ordre in Form eines Rates zu erteilen – ob es also notwendig war, ihn zu befolgen oder nicht.

Aber dies war nur die äußere Szenerie. Die eigentliche Bedeutung der Anwesenheit des Kaisers und aller dieser Männer war – vom Standpunkte eines Höflings betrachtet – ganz klar (in Anwesenheit des Kaisers wird jedermann zum Höfling). Der Kaiser nahm den Titel des Oberbefehlshabers nicht an, aber er schaltete nach Gutdünken mit der Armee, und die Personen, die ihn umringten, waren seine Gehilfen. Araktschejew war der treue Vollstrecker aller Befehle, der Wächter der Ordnung, der Leibgardist des Kaisers. Bennigsen, jener Edelmann aus dem Wilnaschen Gouvernement, der gleichsam die Honneurs des Landes gemacht hatte und in Wirklichkeit ein guter General, war jetzt ein nützliches Mitglied des Rates, und man hielt ihn in Bereitschaft, um Barclay de Tolly zu ersetzen. Der Großfürst war hier, seinem persönlichen Wunsche zufolge; der ehemalige Minister Stein, weil er im Rate nützlich sein konnte, und weil Kaiser Alexander seine persönlichen Eigenschaften hochschätzte. Armfelt war ein haßerfüllter Gegner Napoleons und ein selbstbewußter General, was immer Einfluß auf Alexander übte. Paulucci verdankte seine Stellung der Gabe, dreist und entschieden zu reden. Die Generaladjutanten waren mitgekommen, weil sie überall zu sein pflegten, wo sich der Kaiser befand – und schließlich die Hauptperson Pfuel mußte da sein, weil er den Feldzugsplan gegen Napoleon abgefaßt, und nachdem er Alexander vermocht, die Zweckmäßigkeit dieses Planes anzuerkennen, alle Angelegenheiten des Krieges leitete.

Im Pfuels Gefolge befand sich Wolzogen, der die Gedanken Pfuels in faßlicher Form darstellte, als dieser selbst, als ein alle anderen verachtender, selbstbewußter Theoretiker und Stubenhocker zu tun vermocht hätte.

Außer den genannten Russen und Ausländern (unter denen besonders die Ausländer mit jener Dreistigkeit, die tatkräftige Menschen inmitten einer fremden Umgebung zu gewinnen pflegen, täglich neue, überraschende Pläne vorlegten) waren noch viele Männer zweiten Ranges im Gefolge des Kaisers zur Armee gekommen, weil sich ihre Vorgesetzten hier befanden.

Aus allen Ideen und Meinungen dieser großen, unruhigen, glänzenden, stolzen Gesellschaft fand Fürst Andrej folgende, genauere Einteilung der Richtungen und Parteien heraus.

Die erste Partei bildeten Pfuel und seine Anhänger, die Theoretiker des Krieges, die glaubten, daß es eine Kriegswissenschaft gibt und daß in dieser Wissenschaft unveränderliche Gesetze herrschen – Gesetze der Vor- und Rückwärtsbewegung, der Umzingelung usw. Pfuel und seine Anhänger verlangten nach den bündigen Gesetzen, die durch die vermeintliche Kriegstheorie vorgeschrieben waren, den Rückzug unserer Armee ins Innere des Landes. In jeder Abweichung von dieser Theorie sahen sie nur Barbarei, Mangel an Bildung oder böse Absichten. Zu dieser Partei gehörten die deutschen Prinzen, Wolzogen, Winzingerode und andere, hauptsächlich Deutsche.

Die zweite Partei war der ersten entgegengesetzt. Wie es gewöhnlich ist; wo wir ein Extrem haben, haben wir auch das andere und seine Vertreter. Die Männer dieser Partei waren diejenigen, die von Wilna aus den Vormarsch der Armee durch Polen und das Aufgeben aller vorausgefaßten Pläne verlangten. Die Anhänger dieser Partei waren nicht allein die Männer des kühnen Handelns, sie waren zugleich die Vertreter des Nationalen, was sie in allen Streitfragen noch einseitiger machte. Es waren die Russen Bagration, Jermolow, der eben anfing emporzukommen, und andere. In dieser Zeit machte der bekannte Witz Jermolows die Runde: daß er den Kaiser um die eine Gnade bitten wolle, ihn zum Deutschen zu befördern.

Die Männer dieser Partei waren der Ansicht, daß man nicht denken, nicht die Landkarte mit Nadeln bestecken, sondern sich schlagen solle, und daß man den Feind zurückwerfen, ihn nicht in Rußland eindringen lassen und den Mut der Truppen aufrechterhalten müsse.

Zu der dritten Partei, zu welcher der Kaiser das meiste Vertrauen hatte, gehörten die, die eine Verständigung zwischen den ersten beiden befürworteten. Die Männer dieser Partei, meistens Militärpersonen (Araktschejew gehörte zu ihnen), dachten und sprachen, wie gewöhnliche Menschen tun, die keine Überzeugung haben, sich aber gern den Anschein geben möchten, als hätten sie dergleichen. Sie sagten, der Krieg verlange ohne allen Zweifel, besonders mit einem solchen Genie wie Bonaparte – man nannte ihn wieder Bonaparte –, die tiefsinnigsten Berechnungen, eine tiefe Kenntnis der Wissenschaft, und daß darin Pfuels Bedeutung feststehe. Aber man dürfe doch auch nicht verkennen, daß die Theoretiker häufig einseitig sind, und deswegen solle man nicht ihnen allein alles anvertrauen. Man müsse auch die Ansichten der Gegner Pfuels berücksichtigen, das, was praktische Menschen vorgeschlagen, die in Kriegsangelegenheiten Erfahrung gesammelt hatten, und müsse in allem die Mittelstraße gehen. Die Männer dieser Partei bestanden darauf, daß – während man das Lager an der Drissa nach dem Plane Pfuels besetzt hatte – die Bewegung der anderen Heere geändert werde. Obgleich durch dies Verfahren weder das Ziel der einen noch das der anderen zu erreichen war, hielten die Vertreter der dritten Partei diese Handlungsweise für das Richtige.

Die vierte Richtung war die, an deren Spitze der Großfürst Thronfolger stand, der seine Enttäuschung von Austerlitz noch nicht verschmerzen konnte. Damals war er wie zur Parade in Helm und Kolett von der Garde einhergeritten und hatte sich eben vorgestellt, wie er durch seine Tapferkeit die Franzosen über den Haufen werfen wollte, als er unvermutet in die erste Schlachtlinie geriet und sich in dem allgemeinen Gewühl kaum zu retten vermochte. Die Männer dieser Partei hatten in ihren Aussprüchen die Vorzüge und Fehler der Offenherzigkeit. Sie fürchteten Napoleon, sahen in ihm die Kraft, in sich selbst die Schwäche und sprachen dies unumwunden aus. Sie sagten: »Wie die Dinge liegen, steht uns nur Elend, Schmach und Vernichtung bevor. Wir haben Wilna geräumt, sagten sie, Witebsk geräumt, wir werden auch die Drissa aufgeben. Das einzig vernünftige, was uns zu tun übrig bleibt, ist Frieden zu schließen, und das so schnell als möglich, ehe man uns auch aus Petersburg vertreibt.«

Diese Ansicht, die in den höheren Sphären der Armee stark verbreitet war, fand auch Unterstützung in Petersburg bei dem Kanzler Rumjanzow, der aus Staatsgründen für den Frieden stimmte.

Die fünfte Partei bildeten die Anhänger Barclay de Tollys, die sich sowohl um den Menschen als um den Oberbefehlshaber scharten. »Mag er sonst sein, wie er will, sagten sie – der Anfang ihrer Rede war immer derselbe –, er ist ein tüchtiger, ehrlicher Mensch, es gibt keinen besseren. Man verleihe ihm nur eine wirkliche Macht – der Krieg kann ohne einheitlichen Oberbefehl nicht erfolgreich geführt werden – und er wird zeigen, was er leisten kann, wie er es in Finnland gezeigt hat. Wenn unsere Armee in Kraft und Ordnung bis an die Drissa zurückgewichen ist, ohne eine Niederlage zu erleiden, so verdanken wir das nur Barclay, und wenn man diesen jetzt mit Bennigsen vertauschen wollte, so würde alles verlorengehen. Hat doch Bennigsen schon 1807 seine Unfähigkeit bewiesen.«

Die sechste Partei, die Anhänger Bennigsens, behaupteten im Gegenteil, niemand sei tüchtiger und erfahrener als Bennigsen, man könne sich drehen und wenden wie man wolle, schließlich müsse man doch auf ihn zurückkommen. Man möge jetzt nur immerhin Fehler machen – die Männer dieser Partei bewiesen, daß unser Rückmarsch an die Drissa die schreckliche Niederlage und eine fortgesetzte Reihe von Fehlern gewesen –, je mehr Mißgriffe man jetzt begehe, um so besser. Man würde dadurch um so schneller zu der Einsicht kommen, daß es in dieser Weise nicht fortgehen könne, und daß wir nicht eines Barclay bedürfen, sondern eines Mannes wie Bennigsen, der sich schon 1807 bewährt hätte und den selbst Napoleon anerkannt hatte. Einem solchen solle man die Macht geben; er allein wäre wert, sie zu besitzen.

Die siebente Partei bestand aus Personen, wie sie immer und vorzugsweise in der Umgebung eines jungen Kaisers zu finden sind, und besonders zahlreich bei Alexander zu finden waren. Generale und Flügeladjutanten, die ihm leidenschaftlich ergeben waren, die nicht den Kaiser, sondern den Menschen in ihm vergötterten – aufrichtig und uneigennützig, wie ihn 1805 Rostow vergöttert hatte – und die in ihm nicht nur alle Tugenden, sondern auch alle menschlichen Eigenschaften verkörpert sahen. Diese Männer, obwohl von der Bescheidenheit des Kaisers, der den Oberbefehl des Heeres ablehnte, entzückt, tadelten doch diese übertriebene Bescheidenheit und wünschten und verlangten, daß ihr angebeteter Kaiser das hemmende Mißtrauen in sich selbst überwinde und offen erkläre, er wolle sich an die Spitze des Heeres stellen, wolle, wie es dem Oberbefehlshaber zukommt, den Generalstab um sich versammeln, wolle, wo es wichtig wäre, erfahrene Theoretiker und Praktiker um Rat fragen, die Truppen aber, die nur dadurch zur höchsten Begeisterung angefeuert werden könnten, selbst befehligen.

Die achte Gruppe – ihrer Zahl nach die ansehnlichste –, die sich zu den anderen wie neunundneunzig zu eins verhielt, bestand aus Leuten, die weder den Krieg noch den Frieden, weder ein aggressives Vorrücken noch das defensive Lager an der Drissa oder irgendwo anders – weder Barclay, noch den Kaiser, weder Pfuel noch Bennigsen wollten, sondern als das wesentlichste Vergnügungen begehrten und die größtmöglichsten Vorteile für sich selbst. In den trüben Wassern der sich kreuzenden und verwickelnden Intrigen, die das Hauptquartier des Kaisers unterwühlten, ließen sich viele, sehr viele Vorteile erringen, die zu anderen Zeiten unerhört gewesen wären. Der eine stimmte, um seine bevorzugte Stellung nicht zu verlieren, heute mit Pfuel, morgen mit dessen Gegner, und versicherte übermorgen, um nur jede Verantwortung zu vermeiden und sich dem Kaiser angenehm zu machen, keine Meinung über den fraglichen Gegenstand zu haben. Ein anderer, der gewisse Vorteile erringen wollte, erregte die Aufmerksamkeit des Kaisers, indem er laut verfocht, was Alexander gestern angedeutet hatte, im Rate stritt und schrie, sich auf die Brust schlug, die Andersdenkenden zum Zweikampf forderte und damit bewies, daß er bereit war, dem Gemeinwohl seine Person zum Opfer zu bringen. Der dritte suchte einfach sich zwischen zwei Ratssitzungen, während der Abwesenheit seiner persönlichen Feinde, eine Belohnung für treue Dienste auszuwirken, überzeugt, daß man jetzt nicht Zeit hatte, etwas abzuschlagen. Der vierte wußte dem Kaiser immer, mit Arbeit überladen, zufällig in die Augen zu fallen. Der fünfte suchte ein längst ersehntes Ziel – zur Tafel des Kaisers befohlen zu werden – dadurch zu erreichen, daß er voll Leidenschaft für die Richtigkeit oder Unrichtigkeit der neu auftauchenden, Aufsehen erregenden Meinungen eintrat und mehr oder weniger harte, triftige Gründe dafür anführte.

Alle Mitglieder dieser Partei suchten Rubel, Kreuze, Beförderungen zu erhaschen und verfolgten bei diesen Bemühungen unablässig die Wetterfahne der kaiserlichen Gnade. Und bemerkten sie, daß diese Fahne sich nach einer bestimmten Seite drehte, so fing die ganze Drohnenbevölkerung im Heere nach dieser Richtung zu blasen an, so daß es dem Kaiser schwer wurde, die Fahne nach einer anderen Seite zu wenden. Inmitten der Ungewißheit der Lage, inmitten der drohenden, ernsten Gefahr, die allem eine besondere Wichtigkeit gab, mitten in diesem Sturm der Intrige und der Eigenliebe, diesem Zusammenstoß der Ansichten und Gefühle, bei der Stammesverschiedenheit aller dieser Menschen, beschäftigte sich die achte, das heißt die zahlreichste Partei, nur mit persönlichen Angelegenheiten und brachte eine große Trübung und Verwirrung in die öffentlichen Interessen. Welche Frage auch immer angeregt wurde, der Schwarm dieser Drohnen flog, ohne daß erste Thema fallenzulassen, zu dem neuen hinüber und verwirrte und übertäubte mit seinem Gesumme die ehrlichen streitenden Stimmen.

Aus allen diesen Parteien bildete sich zu der Zeit, als Fürst Andrej zum Heere kam, eine neunte Partei, die ihre Stimme zu erheben anfing. Es war die der alten, erfahrenen Staatsmänner, die keiner der sich widersprechenden Meinungen zustimmten, alles vom objektiven Standpunkte anzusehen wußten, was im Stabe des Hauptquartiers vorging, und Mittel und Wege suchten, aus dieser Unbestimmtheit, Unentschlossenheit, Verwirrung und Schwäche herauszukommen.

Die Vertreter dieser Partei glaubten und sagten, die meisten Übelstände rührten von der Anwesenheit des Kaisers und seines Kriegshofes bei der Armee her; sie sagten, daß dadurch jenes Unbestimmte, Bedingte, Schwankende der Beziehungen in die Armee hineingetragen werde, das am Hofe in der Ordnung sein mag, im Lager aber verderblich sei. Sie sagten, der Kaiser solle den Staat regieren und nicht das Heer, und waren überzeugt, daß die einzige Rettung aus diesen Zuständen die Entfernung des Kaisers und seines Hofstaates sei, daß allein durch die Anwesenheit des Kaisers 50 000 Mann paralysiert würden, die zu seiner persönlichen Sicherheit nötig waren, und kamen zu dem Schlusse, daß der unbedeutendste, aber unabhängige Oberbefehlshaber besser sein würde als der vortrefflichste, der durch die Anwesenheit und Macht des Kaisers eingeschränkt war.

In den Tagen, als sich Fürst Andrej ohne Beschäftigung im Lager an der Drissa aufhielt, schrieb der Staatssekretär Schischkow, einer der Hauptvertreter dieser Partei, dem Kaiser einen Brief, den Balaschow und Araktschejew mit unterzeichneten. Indem er von dem Recht Gebrauch machte, das ihm der Kaiser gegeben hatte, sein Urteil über die Lage der Dinge auszusprechen, machte er Alexander den ehrerbietigen Vorschlag, die Armee zu verlassen, unter dem Vorwande, es sei eine Notwendigkeit, daß der Kaiser die Bevölkerung der Residenz für den Krieg begeisterte.

Die Begeisterung des Volkes durch den Kaiser und ein Aufruf zum Schutze des Vaterlandes – eine Begeisterung, die auch in Moskau durch die persönliche Einwirkung Alexanders hervorgerufen wurde und die Hauptursache des russischen Sieges geworden ist – wurde dem Kaiser vorgeschlagen und von ihm als Vorwand zum Verlassen der Armee angenommen.

X

Dieser Brief war dem Kaiser noch nicht überreicht, als Barclay bei der Tafel Bolkonskij mitteilte, daß der Kaiser geruhen wolle, den Fürst Andrej persönlich zu empfangen, um ihn über die Zustände in der Türkei zu befragen, und daß er sich deshalb um sechs Uhr abends in Bennigsens Quartier zu melden habe.

An demselben Tage war im kaiserlichen Hauptquartier die Nachricht von einem neuen Vorrücken Napoleons, das für unsere Armee gefährlich werden konnte, eingegangen – eine Nachricht, die sich später als falsch erwies. Und an demselben Morgen begleitete der Oberst Michaud den Kaiser durch das Lager an der Drissa und bewies Sr. Majestät, daß dies von Pfuel geschaffene, befestigte Lager, das bis jetzt als ein Meisterstück der Taktik gegolten, das Napoleon vernichten mußte, ein Wahnsinn wäre und das Verderben der russischen Armee herbeiführen würde.

Fürst Andrej kam ins Quartier des Generals Bennigsen, das einen kleinen Edelhof dicht am Flusse einnahm. Weder Bennigsen noch der Kaiser waren anwesend; aber Tschernischow, der Flügeladjutant Alexanders, empfing Bolkonskij und teilte ihm mit, daß der Kaiser mit Bennigsen und dem Marquis Paullucci schon zum zweiten Mal am heutigen Tage die Befestigungen des Lagers an der Drissa besichtige, an dessen Zweckmäßigkeit man stark zu zweifeln beginne.

Tschernischow saß mit einem Buche, einem französischen Roman, am Fenster des ersten Zimmers, das wahrscheinlich der Salon gewesen war. Es stand noch eine kleine Orgel darin, auf der jetzt Teppiche durcheinanderlagen, und in einer Ecke befand sich das zusammengerollte Bett von Bennigsens Adjutanten. Auch dieser Adjutant war anwesend; sichtlich ermüdet von einem Gelage oder einer Arbeit saß er auf dem zusammengerollten Kissen und schlummerte. Aus diesem Salon führten zwei Türen, die eine, geradeaus, in den Saal, die andere, rechts, in das Kabinett. Aus der ersten Tür hörte man Stimmen, die deutlich sprachen, dann und wann auch französisch.

Dort, im ehemaligen Saale, waren auf Befehl des Kaisers nicht der Kriegsrat (der Kaiser liebte das Unbestimmte), wohl aber einige Männer versammelt, deren Meinung über die bevorstehenden Schwierigkeiten er zu hören wünschte. Es war kein Kriegsrat, sondern, gleichsam persönlich für den Kaiser, eine Ratssitzung der Auserwählten, zur Prüfung und Beantwortung einiger Fragen.

Zu diesem Halb-Rate waren eingeladen: der schwedische General Armfelt, der Generaladjutant Wolzogen, Winzingerode, den Napoleon einen geflüchteten französischen Untertanen genannt hatte, Michaud, Toll, Freiherr von Stein, obwohl er kein Kriegsmann war, und endlich Pfuel selbst, der, wie Fürst Andrej gehört hatte, bisher die Haupttriebfeder aller Ereignisse gewesen war.

Fürst Andrej hatte Gelegenheit, Pfuel genau zu sehen, da er auf seinem Wege nach dem Saale an ihm vorbeikam und ein paar Minuten stehenblieb, um mit Tschernischow zu sprechen.

Auf den ersten Blick kam Pfuel in seiner schlecht sitzenden russischen Generalsuniform, die ihm so wenig paßte, daß er darin wie ein Verkleideter aussah, dem Fürsten Andrej bekannt vor, obgleich er ihn niemals gesehen hatte. In ihm waren Werrother, Mack, Schmidt und viele andere deutsche Kriegstheoretiker vereinigt, die Fürst Andrej 1805 zu sehen Gelegenheit gehabt. Aber Pfuel war typischer als sie alle; einen solchen deutschen Theoretiker, der alles in sich vereinigte, was in jenen vereinzelt lag, hatte Fürst Andrej noch nie gesehen.

Pfuel war nicht groß, sehr mager, aber starkknochig, von großem, derbem Gliederbau, hatte breite Hüften und starke Schulterblätter. Sein Gesicht war mit Runzeln bedeckt, und seine Augen lagen tief im Kopfe. Sein Haar, an den Schläfen offenbar in aller Eile glattgebürstet, stand am Hinterkopfe naiv in einzelnen Büschelchen heraus. Mit unruhigen, finsteren Blicken trat er ins Zimmer; er sah aus, als ob er in dem Saale, nach dem er sich begab, alles Mögliche zu finden fürchte. Mit steifer Haltung den Degen tragend, wandte er sich an Tschernischow und fragte deutsch, wo der Kaiser wäre. Es war unverkennbar, daß er wünschte, so schnell als möglich durch die Zimmer zu kommen, die Begrüßungen und Verneigungen abgemacht zu haben und sich zur Arbeit an die Landkarte zu setzen, wo er sich am Platze fühlte. Während er Tschernischow anhörte, nickte er rasch mit dem Kopfe und lächelte ironisch, als er erfuhr, daß der Kaiser die Befestigungen besichtigt habe, die er, Pfuel, nach seiner Theorie angelegt. Mit einer Baßstimme und jenem barschen Ton, in dem selbstbewußte Deutsche zu sprechen pflegen, brummte er dabei vor sich hin:

»Dummkopf« ... oder: »Zum Teufel die ganze Geschichte« ... oder: »'s wird was Gescheites draus werden.«

Fürst Andrej hatte nichts gehört und wollte sich entfernen, aber Tschernischow machte Pfuel mit Bolkonskij bekannt und bemerkte, er komme aus der Türkei, wo der Krieg so glücklich beendet worden sei. Pfuel blickte weniger den Fürst Andrej an als über ihn hinaus, und sagte lächelnd: Das muß ein schöner, taktischer Krieg gewesen sein! Dann lachte er verächtlich auf und begab sich in das Zimmer, aus dem die Stimmen erklungen waren.

Pfuel, der jederzeit zu ironischen Ausfällen geneigt war, schien heute besonders aufgeregt, wahrscheinlich, weil man sich erdreistet hatte, sein Lager ohne ihn zu besichtigen und darüber abzuurteilen. Dank seiner Erinnerungen an Austerlitz konnte sich Fürst Andrej schon nach diesem kurzen Zusammensein mit Pfuel eine klare Vorstellung von seinem Charakter machen. Pfuel war von jenem unverbesserlichen, sich bis zur Qual steigernden Selbstvertrauen erfüllt, dessen nur ein Deutscher fähig ist, weil nur ein Deutscher auf Grund einer abstrakten Idee einer Wissenschaft, das heißt einer vermeintlichen Erkenntnis der Wahrheit, zum Selbstvertrauen zu kommen vermag. Der Franzose ist voll Selbstbewußtsein, weil er sich persönlich hochschätzt und sich sowohl körperlich wie geistig, sowohl Männern wie Frauen gegenüber, für unwiderstehlich bezaubernd hält. Der Engländer ist voll Selbstbewußtsein, weil er sich als Bürger des bestorganisierten Staates auf Erden fühlt, als Engländer immer weiß, was er zu tun hat, und weiß, daß alles, was er als solcher tut, unzweifelbar richtig ist. Der Italiener ist voll Selbstbewußtsein, weil er in seiner Aufregung sowohl sich selbst als andere leicht vergißt. Der Russe ist voll Selbstbewußtsein, weil er nichts weiß, nichts wissen will und nicht glaubt, daß man etwas wissen kann. Das Selbstgefühl des Deutschen aber ist stärker als jedes andern, ist größer und widerwärtiger, weil er sich einbildet, er kenne die Wahrheit, eine Wissenschaft, die er sich selbst geschaffen hat, die aber für ihn absolute Wahrheit ist.

Dies war unverkennbar mit Pfuel der Fall. Er besaß eine Wissenschaft, die Theorie der Bewegungen, aus der Geschichte der Kriege Friedrichs des Großen abgeleitet. Alle neueren Kriegsereignisse erschienen ihm als Unsinn, Barbarei und elende Balgereien, bei welchen von beiden Seiten so viele Fehler gemacht worden waren, daß diese Kriege gar nicht Kriege genannt werden durften. Da sie sich nicht in seine Theorie einfügen ließen, konnten sie nicht als Gegenstand der Wissenschaft gelten.

Im Jahre 1806 war Pfuel einer der Urheber des Kriegsplanes gewesen, der zu Jena und Auerstädt führte; aber in dem Ausgange dieses Krieges sah er nicht den geringsten Beweis für die Unrichtigkeit seiner Theorie. Im Gegenteil, nur die Abweichungen von ihr, die leider stattgefunden, waren seiner Überzeugung nach die Ursache des ganzen Mißerfolgs, und mit der ihm eigenen freundlichen Ironie pflegte er zu sagen: »Ich wußte ja, daß die ganze Geschichte zum Teufel gehen würde!«

Pfuel war einer von den Theoretikern, die die Theorie so inbrünstig lieben, daß sie ihren Zweck, die Praxis, vergessen. In seiner Liebe zur Theorie war Pfuel jede Praxis verhaßt, und er wollte nichts von ihr wissen. Er freute sich sogar des Mißlingens, weil dieses – immer durch Abweichungen von der Theorie verschuldet – ihm nur die Richtigkeit seiner Theorie bewies.

Die wenigen Worte, die er über den jetzigen Krieg zu dem Fürsten Andrej und Tschernischow sagte, sprach er mit dem Ausdruck eines Menschen, der im voraus weiß, daß alles schlecht gehen muß, und der damit nicht einmal unzufrieden ist. Auch die am Hinterkopfe hervorstehenden Haarbüschel und die oberflächlich glattgebürsteten Vorderhaare sprachen das mit besonderem Nachdruck aus.

Er ging in das anstoßende Zimmer, und sogleich wurden von dort aus die tiefen, mürrischen Töne seiner Stimme hörbar.

XI

Kaum war Pfuel den ihm nachsehenden Augen des Fürsten Andrej entschwunden, als Graf Bennigsen rasch ins Zimmer trat, Bolkonskij zunickte und ohne stehenzubleiben in das Kabinett ging, um seinem Adjutanten Befehle zu erteilen. Der Kaiser folgte ihm. Bennigsen war vorausgeeilt, um einiges vorzubereiten und den Kaiser empfangen zu können.

Tschernischow und Fürst Andrej traten auf die Freitreppe hinaus. Der Kaiser stieg eben mit ermüdetem Gesicht vom Pferde, während der Marquis Paullucci mit ihm sprach. Alexander neigte den Kopf auf die linke Seite, hörte Paullucci, der mit besonderem Feuer redete, mit unzufriedener Miene an und ging weiter, unverkennbar mit dem Wunsche, das Gespräch abzubrechen. Aber der erregte, erhitzte Italiener ging, allen Anstand vergessend, hinter ihm her und fuhr fort zu sprechen.

Was den Menschen betrifft, der das Lager an der Drissa angeraten hat –, sagte Paullucci in dem Augenblick, als der Kaiser auf die Treppenstufen trat und beim Anblick des Fürsten Andrej das ihm fremde Gesicht betrachtete –, was den Menschen betrifft, Majestät, wiederholte Paullucci entrüstet, als könne er nicht mehr an sich halten, der das Lager an der Drissa angeraten hat, so sehe ich keine andere Alternative für ihn als das gelbe Haus (Irrenhaus) oder den Galgen.

Aber Alexander hörte ihn nicht zu Ende an: er tat vielmehr, als ob er die Worte des Italieners nicht verstanden hätte, und wandte sich, da er Bolkonskij erkannte, gnädig zu diesem.

Ich freue mich, dich zu sehen, sagte er; geh dort hinein, wo die Herren versammelt sind, und erwarte mich.

Der Kaiser begab sich in das Kabinett. Fürst Peter Michailowitsch Wolkonskij und der Freiherr von Stein folgten ihm, dann wurde die Tür geschlossen.

Fürst Andrej benützte die Erlaubnis des Kaisers und trat mit Paullucci, den er in der Türkei kennengelernt hatte, in den Saal, wo der Rat versammelt war.

Fürst Peter Michailowitsch Wolkonskij, der gleichsam den Chef des kaiserlichen Stabes vorstellte, kam aus dem Kabinett mit mehreren Landkarten in den Saal, legte sie auf den Tisch und teilte die Fragen mit, über die der Kaiser die Ansichten der versammelten Herren hören wollte.

Es handelte sich um die im Laufe der Nacht eingegangene Nachricht (die sich später als falsch erwies) von einer Bewegung der Franzosen, welche die Umgehung des Lagers an der Drissa zum Zwecke haben sollte.

General von Armfelt sprach zuerst. Zur Beseitigung der eingetretenen Schwierigkeiten machte er zum allgemeinen Erstaunen den Vorschlag, der durch nichts begründet war (außer etwa durch den Wunsch, den Beweis zu liefern, daß auch er eine Meinung haben könne). Der Vorschlag war, eine neue Position seitab von der Petersburger und Moskauer Straße einzunehmen; hier sollte die Armee, nachdem sie sich vereinigt, den Feind erwarten. Es war nicht zu verkennen, daß Armfelt diesen Plan schon lange ausgeklügelt hatte, und daß er ihn jetzt nicht sowohl in der Absicht vorlegte, auf die gestellte Frage zu antworten (dieser Plan war eben keine Antwort darauf), als vielmehr, um die Gelegenheit zur Darlegung seiner Ansicht zu benutzen. Es war eine aus der Million von Voraussetzungen, deren jede mit demselben Rechte aufgestellt werden konnte wie jede andere – war doch niemand imstande, vorauszusagen, welchen Charakter der Krieg in seinem weiteren Verlauf annehmen würde. Einige der Anwesenden bestritten Armfelts Meinung, einige verteidigten sie. Der junge Oberst Toll erklärte sich heftiger als alle anderen gegen die Ansichten des schwedischen Generals und zog während des Streites aus seiner Brusttasche ein eng beschriebenes Heft hervor, das er bat, vorlesen zu dürfen.

In dieser weitläufig abgefaßten Schrift schlug er einen Feldzugsplan vor, der sowohl den Plänen Armfelts wie denen Pfuels entgegengesetzt war.

Paullucci, der die Vorschläge Tolls beantwortete, stimmte für rasches Vordringen und für den Angriff, der seiner Behauptung nach allein im Stande sein würde, uns aus der Ungewißheit zu erlösen und uns aus der Falle, in der wir steckten (so nannte er das Lager an der Drissa) herauszuführen.

Pfuel und sein Dolmetscher Wolzogen (seine Brücke in den

Beziehungen zum Hofe) schwiegen während dieses Streits. Pfuel schnaubte verächtlich und drehte der Versammlung den Rücken, um anzuzeigen, daß er sich nie dazu erniedrigen würde, auf den Unsinn zu erwidern, den er jetzt anhören mußte.

Als ihn Fürst Wolkonskij, der die Debatte leitete, aufforderte, seine Meinung auszusprechen, sagte er nur:

Was hat man mich zu fragen! General Armfelt hat eine schöne Position mit ungedecktem Rücken vorgeschlagen ... Dieser italienische Herr ist für den Angriff – auch gut ... andere wollen den Rückmarsch – auch sehr schön! Was hat man mich zu fragen! Sie wissen ja doch alles besser als ich ... Als aber Fürst Wolkonskij mit gerunzelter Stirn bemerkte, daß er im Namen des Kaisers Pfuels Meinung zu hören verlange, stand dieser auf und fing plötzlich an, mit großer Lebhaftigkeit zu sprechen.

Alles hat man zugrunde gerichtet, alles in Verwirrung gebracht! sagte er. Jeder wollte alles besser wissen als ich, und jetzt kommt man zu mir und fragt: wie sind die Dinge wieder gut zu machen? ... Sie sind gar nicht gutzumachen! Man hat nur alles genau nach den Gründen, die ich dargelegt habe, auszuführen, sagte er, indem er mit den knochigen Fingern auf den Tisch schlug.

Wo soll die Schwierigkeit liegen? ... Unsinn! Kinderspiel! rief er, trat an die Karte und fuhr, indem er mit den dürren Fingern auf einzelne Punkte stieß, in noch schnelleren Worten zu beweisen fort, daß kein Zufall die Zweckmäßigkeit des Lagers an der Drissa beeinträchtigen könne. Alles ist vorgesehen, sagte er; und wenn wirklich der Feind es zu umgehen versucht, so wird er dabei unvermeidlich vernichtet werden.

Paullucci, der nicht Deutsch konnte, begann Pfuel auf Französisch zu befragen. Wolzogen kam seinem Meister, der schlecht französisch sprach, zu Hilfe und fing an, seine Aussprüche zu übersetzen. Er war aber kaum imstande, Pfuel zu folgen, der in raschen Worten bewies, daß alles, nicht nur alles, was geschehen war, sondern alles, was irgend geschehen konnte, in seinem Plane vorgesehen sei, und daß, wenn sich jetzt Schwierigkeiten zeigten, die ganze Schuld nur darin zu suchen sei, daß man seine Vorschriften nicht genau erfüllt habe.

Er lachte ironisch, während er seine Beweise führte, und schließlich hörte er verächtlich auf zu sprechen – wie der Mathematiker aufhört, die einmal bewiesene Richtigkeit der Aufgabe weiter zu begründen.

Wolzogen trat an Pfuels Stelle, indem er fortfuhr, seine Gedanken französisch darzulegen, wobei er dann und wann fragte: Nicht wahr, Exzellenz? Pfuel aber, wie ein im Schlachtgewühl Berauschter endlich auf die Seinigen losschlägt, schrie seinen Anhänger Wolzogen zornig an:

Nun ja, was ist denn da noch zu erklären!

Paullucci und Michaud überfielen Wolzogen zweistimmig auf Französisch; Armfelt wandte sich deutsch an Pfuel; Toll erklärte dem Fürsten Wolkonskij etwas auf Russisch; Fürst Andrej hörte schweigend zu und beobachtete.

Unter allen diesen Persönlichkeiten weckte die Teilnahme des Fürsten Andrej am meisten der heftige, energische, bis zum Wahnsinn selbstbewußt Pfuel. Er allein von allen hier Anwesenden wollte nichts für sich selbst, war gegen niemand feindlich gesinnt und wünschte nur seinen Plan zur Ausführung zu bringen, den er theoretisch mit jahrelangem Fleiß ausgearbeitet hatte. Er war komisch, war unangenehm durch seine Ironie, aber zugleich flößte er durch seine grenzenlose Hingabe an eine Idee unwillkürlich Achtung ein.

Übrigens war in allem, was die Anwesenden gesagt hatten, außer in den Worten Pfuels, eine Färbung bemerklich, die im Kriegsrate von 1805 noch nicht zur Erscheinung gekommen war: eine, wenn auch versteckte, aber wahrhaft panische Furcht vor dem Genie Napoleons, die sich in jeder Rede und Widerrede verriet. Man setzte alles bei Napoleon voraus, erwartete ihn von allen Seiten, vernichtete mit seinem schrecklichen Namen jeden Vorschlag, der gemacht wurde. Pfuel allein hielt, wie es schien, auch Napoleon für denselben Barbaren wie jeden Gegner seiner Theorie.

Außer dem Gefühle der Achtung flößte Pfuel dem Fürsten Andrej aber auch ein Gefühl des Mitleids ein. Aus dem Tone, in dem die Hofleute mit ihm verkehrten, aus dem, was sich

Paullucci erlaubt hatte dem Kaiser zu sagen, hauptsächlich aber aus einer gewissen verzweifelten Kraft in Pfuels eigener Ausdrucksweise war zu entnehmen, daß sein nahe bevorstehender Fall von allen vorausgesehen, von ihm selbst vorausgefühlt wurde. Trotz seines Selbstvertrauens und seiner deutschen, mürrischen Ironie machte er mit dem glattgekämmten Vorderhaar und den am Hinterkopfe hervorstehenden Haarbüscheln einen Mitleid erregenden Eindruck. Er suchte zwar seine Stimmung unter dem Anscheine der Heftigkeit und Verachtung zu verbergen, aber es ließ sich nicht verkennen, daß er in Verzweiflung darüber war, die einzige Gelegenheit zu verlieren, der ganzen Welt durch ein großes Experiment den Beweis von der Richtigkeit seiner Theorie geben zu können.

Die Debatten dauerten lange, und je länger sie währten, um so heftiger wurde der Streit, der sich bis zu Persönlichkeiten und zum lauten Geschrei erhitzte, und um so weniger war es möglich, aus allem, was gesagt wurde, irgendeinen allgemeinen Schluß zu ziehen. Fürst Andrej, der dies in verschiedenen Sprachen geführte Gespräch, dies Geschrei, alle diese Vermutungen, Pläne und Widerlegungen mit anhörte, wunderte sich über alles, was gesagt wurde. Der Gedanke, den er schon oft während seines Militärdienstes gehabt, daß es keine Kriegswissenschaft gibt und geben kann, und daß niemand im Stande ist, ein sogenanntes Kriegsgenie zu sein, bekam jetzt für ihn die Unumstößlichkeit einer Wahrheit.

»Wie sollte eine Theorie und Wissenschaft des Krieges möglich sein, da dessen Bedingungen und Umstände unbekannt und nicht festzustellen sind, dachte er, und da sich noch weniger die Kraft der Kriegsführenden ermessen läßt? ... Niemand weiß und kann wissen, in welcher Lage sich unsere Armee oder die des Feindes nach Verlauf von vierundzwanzig Stunden befinden wird, und niemand kann wissen, welche Kraft dieser oder jener Truppenteil entwickeln wird. Zuweilen, wenn, anstatt eines Feiglings, der den Schrei ausstößt: ›Wir sind abgeschnitten!‹ und davonläuft, ein frischer, wackerer Bursche voranrennt, der ›Hurra!‹ schreit, wird eine Abteilung von 5000 Mann ihre 30 000 wert sein – wie bei Schöngraben –, während ein andermal 50 000 Mann vor 8000 die Flucht ergreifen wie bei Austerlitz. Wie kann von Wissenschaft die Rede sein bei Dingen, in welchen sich, wie in allem, was der Praxis angehört, nichts bestimmen läßt und alles von den zahllosen Bedingungen abhängt, deren Bedeutung von einer gewissen Minute bestimmt wird – einer Minute, von der niemand weiß, wann sie eintritt. Armfelt sagt, unsere Armee ist abgeschnitten, und Paullucci behauptet, wir haben die französische Armee zwischen zwei Feuer gebracht. Michaud sucht die Untauglichkeit des Lagers an der Drissa in dem Umstande, daß der Fluß dahinterliegt, und Pfuel behauptet, daß gerade darin seine Kraft besteht. Toll schlägt den einen Plan vor, Armfelt den anderen, und jeder ist gut und jeder schlecht, und die Vorteile jedes Vorschlags können nur in dem Moment klar werden, wenn er zur Ausführung kommt. ... Und warum sprechen sie alle von einem Feldherrngenie? Ist denn der Mann, der zur rechten Zeit befiehlt, die Zwiebacke zu bringen und diesen Truppenteil rechts, jenen links marschieren läßt, ein Genie? Nur weil die Feldherren mit Glanz und Macht bekleidet sind und Massen niedrig gesinnter Menschen der Macht schmeicheln und ihr die Eigenschaften eines Genies zuschreibt, nennt man sie Genies. Im Gegenteil, die besten Generale, die ich gekannt habe, waren beschränkte oder zerstreute Menschen. Der beste – Bagration, was auch Napoleon anerkannt hat. Und Bonaparte selbst? ... Ich erinnere mich seines selbstzufriedenen, beschränkten Gesichtsausdrucks auf dem Schlachtfelde von Austerlitz. Ein guter Feldherr bedarf nicht allein keines Genies oder irgendwelcher besonderen Eigenschaften, im Gegenteil, die Abwesenheit der höchsten, besten menschlichen Eigenschaften: der Liebe, der Poesie, der Zärtlichkeit, des philosophischen, forschenden Zweifels ist für ihn eine Notwendigkeit. Er muß beschränkt sein; stets überzeugt, daß alles, was er tut, richtig ist (sonst fehlt ihm die nötige Beharrlichkeit). Nur unter solchen Bedingungen vermag er ein tapferer Heerführer zu sein. Gott behüte ihn vor den menschlichen Regungen des Mitgefühls, der Liebe und vor dem Nachdenken über das, was gerecht und ungerecht ist. Daß man seit langer Zeit die Theorie vom Genie zugunsten der Feldherren gefälscht hat, ist erklärlich:

dadurch wurden sie eine Macht. Aber Ruhm und Erfolg des Krieges hängen nicht von ihnen ab, sondern von dem Soldaten, der in Reih und Glied aufschreit: ›Verloren!‹ oder ›Hurra!‹ Und nur, wer in Reih und Glied dient, darf sich der Überzeugung hingeben, von irgendwelchem Nutzen zu sein.«

Diese Gedanken beschäftigten den Fürsten Andrej, während er den Gesprächen zuhörte, und er besann sich erst wieder auf sich selbst, als Paullucci ihn anredete und alle auseinandergingen.

Am folgenden Tage fragte der Kaiser den Fürsten Andrej auf der Parade, wo er dienen wolle – und Fürst Andrej verdarb es ein für allemal mit der Hofgesellschaft, als er nicht darum bat, in der Umgebung des Kaisers bleiben zu dürfen, sondern um die Erlaubnis nachsuchte, in der Armee zu dienen.

XII

Vor der Eröffnung des Feldzuges empfing Rostow einen Brief der Eltern, durch den er in Kürze von Nataschas Krankheit und ihrem Zerwürfnis mit dem Fürsten Andrej unterrichtet wurde (dieses Zerwürfnis führte man ihm auf eine Absage Nataschas zurück) und worin sie ihn baten, den Abschied zu nehmen und wieder nach Hause zu kommen.

Nach dem Empfange dieses Briefes bemühte Nikolaj sich weder um Urlaub noch um den Abschied; er schrieb seinen Eltern, daß er Nataschas Krankheit und ihr Zerwürfnis mit dem Verlobten tief bedauere, und daß er alles, was möglich wäre, tun wolle, um die Wünsche der Seinigen zu erfüllen. An Sonja schrieb er besonders.

»Angebetete Freundin meiner Seele, schrieb er. Nichts als die Ehre kann mich an der Rückkehr zum Landleben hindern. Aber jetzt, dicht vor der Eröffnung des Feldzugs, würde ich mich nicht nur in den Augen der Kameraden, sondern auch in meinen eigenen entehren, wenn ich mein Glück der Pflicht und der Liebe zum Vaterlande vorzöge. Aber dies ist die letzte Trennung. Sei überzeugt, daß, wenn ich leben bleibe und noch von dir geliebt werde, ich gleich nach Beendigung des Krieges alles aufgebe und zu dir fliege, um dich für immer an meine glühende Brust zu drücken.«

Es war in der Tat nur die Eröffnung des Feldzuges, die Nikolaj abhielt, nach Hause zurückzukehren – wie er versprochen hatte – und Sonja zu heiraten. Der Herbst in Otradnoje mit seinen Jagden, der Winter mit dem Weihnachtsfest und Sonjas Liebe eröffneten ihm eine Perspektive stillen, ländlichen Wohlbehagens und einer Ruhe, die er früher nicht geschätzt hatte, die ihn jetzt aber lockte.

»Eine prächtige Frau, Kinder, eine schöne Meute, zehn, zwölf Koppeln wilder Hetzhunde, die Wirtschaft, die Nachbarn, die Wahlen zu den Provinzialämtern …« dachte er. Aber jetzt war der Feldzug da, er mußte beim Regiment bleiben, und da er dies als notwendig erkannte, so war Nikolaj, seinem Charakter nach, auch mit dem Leben zufrieden, das er im Regimente führte, und verstand es, sich dies Leben angenehm zu machen.

Nachdem Rostow vom Urlaube zurückgekehrt und von den Kameraden mit Freuden begrüßt worden war, wurde er häufig zur Remonte kommandiert und holte aus Kleinrußland schöne Pferde, die ihn selbst freuten und ihm das Lob seiner Vorgesetzten eintrugen. Er war in seiner Abwesenheit zum Rittmeister befördert worden, und als sein Regiment auf Kriegsfuß gestellt und komplettiert war, bekam er seine frühere Schwadron wieder.

Der Feldzug begann. Das Regiment wurde nach Polen geschickt, doppelte Gehälter wurden gezahlt, neue Offiziere und Mannschaften traten ein und vor allem – es verbreitete sich jene angeregte heitere Stimmung, die den Anfang eines Krieges zu begleiten pflegt, und Rostow, der sich seiner bevorzugten Stellung im Regimente bewußt war, gab sich ganz den Vergnügungen und Interessen des Soldatenlebens hin, obwohl er wußte, daß er es früher oder später verlassen würde.

Aus verschiedenen komplizierten Gründen der Staatspolitik und Strategie befanden sich die Truppen auf dem Rückmarsche von Wilna, und jeder Schritt dieses Rückmarsches wurde im Generalstabe von einem komplizierten Spiele von

Interessen, Beschlüssen und Leidenschaften begleitet. Für die Husaren des Pawlogradschen Regiments aber war dieser ganze Zug in der besten Sommerzeit, mit genügendem Proviant, die einfachste und heiterste Sache von der Welt. Den Mut verlieren, sich fragen und intrigieren, konnte man nur im Hauptquartier, in der Armee fragte man gar nicht, warum und wohin der Marsch ging. Wenn man den Rückzug bedauerte, so geschah dies nur, weil man ein Quartier verlassen mußte, in dem eine hübsche Panna lebte. Kam irgendeinem in den Sinn, daß die Sachen schlecht ständen, so suchte er – wie es einem guten Kriegsmann zukommt – heiter zu sein und nicht an den allgemeinen Gang der Ereignisse zu denken, sondern an das, was ihm am nächsten lag. Anfangs stand man fröhlich und guter Dinge bei Wilna, machte Bekanntschaft mit polnischen Edelleuten, erwartete und hielt Paraden vor dem Kaiser und den Oberkommandeuren ab. Später kam die Ordre, nach Swenzjany zurückzugehen und den Proviant, den man nicht mitnehmen konnte, zu vernichten.

Swenzjany blieb den Husaren im Gedächtnis, weil sie dort – wie es im ganzen Heere genannt wurde – ein »besoffenes Lager« gehalten hatten, und weil dort vielfache Klagen über ihr Regiment laut wurden. Auf Grund der Ordre, die Vorräte mitzunehmen, hatten sie auch die Pferde, Equipagen und Teppiche polnischer Pans mitgeschleppt.

Auch Rostow blieb Swenzjany im Gedächtnis, weil er am Tage des Einmarsches in das Städtchen den Wachtmeister ablösen lassen mußte und mit den Leuten der Schwadron nicht fertig werden konnte. Sie hatten ohne sein Vorwissen fünf Fässer altes Bier mitgenommen und sich sämtlich betrunken. Von Swenzjany ging es weiter und weiter an die Drissa, und von dort wieder weiter, der russischen Grenze zu.

Am 25. Juli sollten die Pawlograder zum ersten Male an einem ernsten Treffen teilnehmen.

Am Abende des 24. Juli, dem Tage vor der Schlacht, gab es ein heftiges Gewitter mit Hagel und Regen. Überhaupt war der Sommer von 1812 auffallend reich an Gewittern.

Zwei Schwadronen der Pawlograder biwakierten mitten auf dem von Pferden und Viehherden vollständig zerstampften Kornfelde, das schon in Ähren gestanden hatte. Der Regen goß in Strömen. Rostow saß mit einem jungen Offizier, namens Iljin, dessen Gönner er war, unter einem in aller Eile aufgeschlagenen Zelte. Ein Offizier ihres Regimentes, der zum Stabe gehörte und einen langen Schnurrbart hatte, der ihm von den Wangen niederhing, trat – vom Regen überrascht – bei Rostow ein.

Ich komme aus dem Stabe, Graf, sagte der Offizier, haben Sie von der Heldentat Rajewskijs gehört? und er erzählte die Einzelheiten der Schlacht von Saltanowo, die er soeben erfahren hatte.

Rostow zog den Hals ein, an dem das Wasser niederlief, rauchte seine Pfeife und hörte zerstreut zu, indem er dann und wann auf den jungen Iljin blickte, der sich an ihn drängte. Dieser junge Offizier, ein sechzehnjähriger, kürzlich erst ins Regiment eingetretener Knabe, war jetzt für Rostow dasselbe, was dieser sieben Jahre früher für Denissow gewesen. Iljin suchte Rostow in allen Dingen nachzuahmen und war wie ein Mädchen in ihn verliebt.

Zdrzynski, der Offizier mit dem Doppelschnurrbart, erzählte in schwülstigen Worten, wie der Damm von Saltanowo gleichsam das Thermopylae der Russen geworden, und daß auf diesem Damme eine Tat vollbracht worden sei, durch die sich General Rajewskij des Altertums würdig bewiesen.

Zdrzynski schilderte die Tat Rajewskijs, der seine beiden noch im Knabenalter stehenden Söhne unter dem fürchterlichen Feuer auf den Damm geführt und mit ihnen in die Attacke gegangen war. Rostow hörte den Bericht an und stimmte nicht mit seinen Worten in Zdrzynskis Entzücken ein, sondern hatte im Gegenteil die Miene eines Menschen, dem das, was ihm erzählt wird, peinlich ist, und der nicht die Absicht hat, etwas dazu zu sagen.

Rostow wußte von Austerlitz her und aus dem Feldzuge von 1807 aus eigener Erfahrung, daß jeder lügt, der Kriegsgeschichten erzählt, wie er selbst das auch tat, sooft er welche erzählte. Und zweitens hatte er auch Erfahrung genug, um zu wissen, daß nichts im Kriege sich so vollzieht, wie wir es uns vorstellen und anderen darstellen können. Aus diesen

Gründen gefiel ihm weder die Erzählung Zdrzynskis noch der Mann selbst, der sich, seiner Gewohnheit nach, mit seinem langen, hängenden Schnurrbarte dicht an das Gesicht seines Zuhörers neigte und ihn in dem engen Zelte zurückdrängte.

Schweigend sah ihn Rostow an. »Erstens – dachte er – war er auf dem Damme, den der Feind attackierte, höchstwahrscheinlich ein so großes Gewirr und Gedränge, daß, wenn auch Rajewskij seine Söhne hinführte, dies doch auf niemand wirken konnte, außer auf etwa zehn Menschen, die sich ganz in seiner Nähe befanden. Die Übrigen konnten nicht sehen, wie und mit wem Rajewskij auf dem Damme stand, und auch die, die es gesehen haben, konnten sich kaum dafür begeistern, denn was lag ihnen an den zärtlichen Vatergefühlen Rajewskijs, wo es sich um die eigene Haut handelte? – Und dann hing von dem Umstande, ob der Damm genommen wurde oder nicht, keineswegs das Geschick des Vaterlandes ab – wie das von Thermopylae berichtet wird. Wozu also war es nötig, ein solches Opfer zu bringen? Und wozu überhaupt seine Kinder in den Kampf hineinziehen? ... Ich würde nicht allein meinen Bruder Petja nicht mitnehmen, sondern nicht einmal Iljin, diesen mir fremden, guten Knaben, ich würde vielmehr suchen, ihn irgendwo an eine geschützte Stelle zu bringen«, fuhr Rostow zu denken fort, während er Zdrzynski anhörte.

Aber er sprach seine Gedanken nicht aus. Auch in dieser Beziehung hatte er seine Erfahrungen gemacht; er wußte, daß solche Erzählungen zum Preise unserer Waffen dienen, und daß man sich darum den Anschein geben muß, sie nicht anzuzweifeln. So tat er denn auch.

Es ist keine Möglichkeit, hier auszuhalten, sagte Iljin, der wohl bemerkt hatte, daß Rostow Zdrzynskis Gespräch nicht gefiel; sogar Hemd und Strümpfe sind naß, und unter unseren Füßen fließt ein Bach. Ich will gehen, uns ein Obdach zu suchen. Der Regen scheint etwas nachgelassen zu haben.

Iljin ging, und Zdrzynski ritt fort.

Nach fünf Minuten kam Iljin, im Schmutze patschend, an das Zelt zurückgelaufen.

Hurrah, Rostow, gefunden! laß uns so schnell als möglich gehen. Etwa zweihundert Schritt von hier ist ein Krug ... Die Unsrigen sind schon drin! ... Wir trocknen uns wenigstens ... Und Maria Henrichowna ist auch da.

Maria Henrichowna war die Frau des Regimentsarztes, eine junge, schöne Deutsche, die der Doktor in Polen geheiratet hatte und die er – entweder weil es ihm an Mitteln fehlte, oder weil er sich in den Flitterwochen nicht von seiner jungen Frau trennen wollte – überall mit sich führte; die Eifersucht des Ehemannes war bei den Offizieren des Husarenregiments ein stehender Gegenstand des Scherzes geworden.

Rostow warf sich den Mantel über, rief Lawruschka zu, er solle mit den Sachen nachkommen, und folgte Iljin, bald über den Schmutz hingleitend, bald gerade durchpatschend, unter den stiller werdenden Regen, indes das Abenddunkel von fernen Blitzen zerrissen wurde.

Rostow, wo bist du?

Hier ... Was für ein Gewitter! sagten sie zueinander.

XIII

Am Kruge, vor dem die Kibitka[1] des Arztes stand, befanden sich schon etwa fünf Offiziere. Maria Henrichowna, eine üppige, blonde Deutsche in Jacke und Nachthaube, saß in der vorderen Ecke auf einer breiten Bank. Hinter ihr lag ihr Mann, der Doktor, und schlief. Freudige Zurufe und Gelächter begrüßten Rostow und Iljin, als sie eintraten.

Ei, wie lustig geht es bei euch her! sagte lächelnd Rostow.

Wäre euch Gähnen lieber?

Ihr seht gut aus! ... Ihr seid ja ganz durch! Macht unseren Salon nicht naß!

Macht Maria Henrichownas Kleid nicht schmutzig! riefen mehrere Stimmen.

Rostow und Iljin beeilten sich, ein Eckchen zu finden, wo

1 Kibitka = halbgedeckter russischer Reisewagen. Anm. d. Hg.

sie, ohne Maria Henrichownas Schamhaftigkeit zu verletzen, ihre nassen Kleider wechseln konnten.

Sie gingen zuerst hinter den Verschlag, um sich dort umzukleiden, aber in der kleinen Kammer saßen drei Offiziere, die den Raum vollständig füllten, mit einem Lichte auf einer leeren Kiste, spielten Karten und wollten ihre Plätze nicht abtreten.

Maria Henrichowna gab auf eine Weile ihren Rock her, um ihn als Vorhang zu benutzen, und hinter diesem Vorhang zogen Rostow und Iljin, mit Hilfe Lawruschkas, der ein Bündel Sachen brachte, die nassen Kleider aus und trockene an.

Dann wurde im zerbrochenen Ofen Feuer gemacht; man holte ein Brett herbei, legte es auf zwei Sättel, breitete eine Pferdedecke darüber, brachte einen kleinen Samowar, das Reisekästchen und eine halbe Flasche Rum, und nachdem man Maria Henrichowna gebeten, die Wirtin zu machen, versammelten sich alle um sie herum.

Der eine bot ihr ein reines Schnupftuch an, um die reizenden Händchen abzutrocknen; der andere legte ihr seinen Dolman unter die Füßchen, damit sie nicht kalt würden; der dritte verhängte das Fenster mit seinem Mantel, um den Zug abzuhalten, und der vierte wehrte die Fliegen vom Gesichte des Doktors ab, damit er nicht aufwache.

Lassen Sie ihn, sagte Maria Henrichowna mit schüchternem, glückseligem Lächeln. Er schläft auch ohnedies gut nach einer schlaflosen Nacht.

O nein, Maria Henrichowna, antwortete der Offizier. Man muß sich dem Doktor dienstfertig erweisen, vielleicht hat er dann auch mit mir Mitleid, wenn er mir einmal den Arm oder das Bein abschneidet.

Gläser gab es nur drei Stück. Das Wasser sah so schmutzig aus, daß sich nicht bestimmen ließ, ob der Tee stark oder schwach war, und der Samowar faßte nur sechs Tassen. Aber um so angenehmer war es, der Reihe und dem Range nach, aus den rundlichen Händen Maria Henrichownas mit den kurzen Fingern und nicht ganz reinen Nägeln, sein Glas zu bekommen. Alle Offiziere schienen oder vielmehr waren diesen Abend in Maria Henrichowna verliebt. Selbst die in dem

Verschlage Karten spielten, warfen die bunten Blätter beiseite, siedelten in die Nähe des Samowars über und schlossen sich der allgemeinen Neigung an, Maria Henrichowna den Hof zu machen.

Die junge Frau strahlte vor Glück, sich von diesen glänzenden höflichen jungen Leuten umringt zu sehen, wie sehr sie dies auch zu verbergen suchte und wie unbehaglich es ihr auch bei jeder Bewegung ihres schlafenden Mannes zu werden schien.

Es gab nur einen Löffel; Zucker war zur Genüge da, aber man kam nicht dazu, ihn umzurühren, und deshalb wurde ausgemacht, daß Maria Henrichowna das für alle besorgen solle.

Nachdem Rostow sein Glas empfangen und Rum hineingegossen hatte, bat auch er, die junge Frau möge umrühren.

Sie haben ja keinen Zucker! antwortete sie und lächelte beständig, als ob alles, was sie sagte, und was die anderen sagten sehr komisch wäre und einen verborgenen Sinn hätte.

Ich brauche keinen Zucker; ich will nur, daß Sie mit Ihrem Händchen umrühren.

Maria Henrichowna willigte ein und fing an, den Löffel zu suchen, den sich schon jemand angeeignet hatte.

Mit Ihrem Fingerchen, Maria Henrichowna! sagte Rostow. Das wird noch angenehmer sein!

Es ist heiß, antwortete die junge Frau, die vor Vergnügen errötete.

Ilja nahm einen Eimer Wasser, tröpfelte Rum hinein, kam damit zu Maria Henrichowna und bat sie, ebenfalls mit dem Finger umzurühren.

Dies ist meine Tasse, sagte er; stecken Sie nur Ihr Fingerchen hinein, und Sie werden sehen, daß ich alles austrinke.

Als der Samowar geleert war, griff Rostow zu den Karten und schlug vor, das Königsspiel mit Maria Henrichowna zu spielen. Man loste darum, wer ihr Partner sein sollte, und die Regeln des Spiels waren, nach dem Vorschlage Rostows, die: Wer König würde, hätte das Recht, Maria Henrichowna das Händchen zu küssen, und wer Knecht bliebe, müsse einen neuen Samowar für den Doktor zurechtmachen, wenn dieser aufwachte.

Nun, und wenn Maria Henrichowna Königin wird? fragte Iljin.

Sie ist auch so Königin, und ihre Befehle sind Gesetz!

Kaum hatte das Spiel begonnen, als sich hinter Maria Henrichowna plötzlich der zerzauste Kopf des Doktors erhob. Er hatte schon lange nicht mehr geschlafen, hatte zugehört und fand offenbar nichts Heiteres, Komisches oder Unterhaltendes in allem, was gesagt und getan wurde. Sein Gesicht war finster und niedergeschlagen. Er begrüßte die Offiziere nicht, kratzte sich den Kopf und bat um die Erlaubnis, durchzugehen, da man ihm den Weg versperrte.

Kaum war er hinausgegangen, als alle Offiziere in ein lautes Gelächter ausbrachen. Maria Henrichowna errötete bis zu Tränen und wurde dadurch in den Augen der Offiziere nur noch reizender.

Als der Doktor zurückkehrte, sagte er zu seiner Frau – die nun nicht mehr glückselig lächelte und ängstlich, seines Urteils gewärtig, zu ihm aufsah –, der Regen wäre vorüber, und sie müßten sich zur Nachtruhe in die Kibitka begeben, damit sie nicht ausgeplündert würden.

Hören Sie auf, Doktor! sagte Rostow; ich werde einen Burschen als Wache hinstellen, oder zwei.

Ich werde selbst Wache stehen! rief Iljin.

Nein, meine Herren, Sie haben ausgeschlafen, aber ich habe zwei Nächte durchwacht, sagte der Doktor, und setzte sich verdrießlich neben seine Frau, um das Ende des Spiel zu erwarten.

Die Offiziere wurden noch lustiger, da sie das finstere Gesicht des Arztes sahen, der beständig nach seiner Frau hinüberschielte, und viele konnten das Lachen nicht unterdrücken, für das sie dann schnell einen glaubwürdigen Vorwand zu finden suchten.

Als der Doktor sich entfernt und seine Frau mitgenommen hatte, legten sich die Offiziere in der Schankstube nieder und deckten sich mit ihren nassen Mänteln zu.

Aber sie konnten nicht einschlafen. Bald sprachen sie miteinander; erinnerten sich an den Verdruß des Doktors und an die Lustigkeit der Doktorsfrau; bald liefen sie auf die Freitreppe hinaus und brachten Bescheid über die Vorgänge in der Kibitka. Ein paarmal machte Rostow den Versuch, einzuschlafen, indem er sich den Kopf verhüllte; aber dann machte wieder einer der Kameraden eine Bemerkung, die ihn ermunterte, das Gespräch begann aufs neue, und wieder brach ein grundloses, heiteres, kindisches Gelächter los.

XIV

Es war zwischen zwei und drei Uhr, und noch hatte niemand geschlafen, als der Wachtmeister erschien und den Befehl brachte, sich nach dem Städtchen Ostrowno in Marsch zu setzen.

Mit demselben Schwatzen und Lachen machten sich die Offiziere eilig bereit und brachten wieder den Samowar mit dem schmutzigen Wasser herbei. Aber Rostow begab sich zu seiner Schwadron, ohne den Tee abzuwarten.

Es tagte schon; der Regen hatte aufgehört, die Wolken zerteilten sich, aber es war feucht und kalt, besonders in den immer noch nicht getrockneten Kleidern. Als Rostow und Iljin aus dem Kruge traten, blickten sie im Morgengrauen unter das lederne, vom Regen glänzende Verdeck der Kibitka, unter deren Spritzleder die Füße des Doktors hervorsahen, während sich in der Mitte auf dem Kissen die Haube der Doktorsfrau zeigte und ihr gleichmäßiger Atem zu hören war.

Sie ist wirklich sehr nett, sagte Rostow zu Iljin, der mit ihm ging.

Reizend ist die Frau! gab Iljin mit sechzehnjährigem Ernst zur Antwort.

Eine halbe Stunde später war die Schwadron zum Aufbruch fertig. Das Kommando: »Aufsitzen« erschallte, die Soldaten bekreuzten sich und stiegen zu Pferde. Rostow, der sich an die Spitze seiner Leute gestellt hatte, kommandierte »Marsch!« und in einer Form von je vier Mann ritten die Husaren auf dem breiten, mit Birken besetzten Wege, dicht hinter der vorausziehenden Infanterie und Artillerie dröhnend dahin – die Pferdehufe plantschten durch die Sümpfe, die Säbel klirrten, und die Leute führten leise Gespräche.

Die zerrissenen blau-violetten Wolken, die sich beim Sonnenaufgang röteten, wurden rasch vom Winde fortgetrieben; es wurde heller und heller; deutlich waren die krausen, vom gestrigen Regen nassen Gräschen zu sehen, die an allen Landwegen stehen, und die ebenfalls nassen, hängenden Birkenzweige, die sich im Winde schaukelten, ließen nach allen Seiten helle Tropfen niederfallen. Immer deutlicher traten die Gesichter der Husaren hervor; Rostow ritt mit Iljin, der nicht hinter ihm zurückblieb, auf der Seite der Straße zwischen zwei Birkenreihen hin.

Während des Feldzugs nahm sich Rostow die Freiheit, ein Kosakenpferd zu reiten, statt eines Kavalleriepferdes. Als Kenner und Liebhaber hatte er sich unlängst einen großen, wilden, guten donischen Schweißfuchs angeschafft, auf dem er von niemandem überholt wurde. Dies Tier zu reiten war Rostow ein Genuß. Er dachte jetzt an sein Pferd, an den Morgen, an die Doktorsfrau, aber nicht einen Augenblick an die bevorstehende Gefahr.

Früher, wenn Rostow in die Schlacht ging, beschlich ihn eine gewisse Furcht; jetzt empfand er nicht die leiseste Regung. Diese Furchtlosigkeit kam aber nicht daher, daß er sich an das Feuer gewöhnt hatte – an die Gefahr gewöhnt man sich nicht –, sondern weil er gelernt hatte, seine Seele davon abzulenken. Er hatte gelernt, während er in ein Treffen ging, an alles zu denken, nur nicht an das, was scheinbar im Augenblick das Interessanteste gewesen wäre: die bevorstehende Gefahr. Wieviel Mühe er sich auch gegeben, wie ernst er sich seine Feigheit vorgeworfen hatte, in der ersten Zeit seines Dienstes hatte er die rechte Ruhe nicht erreichen können ... jetzt aber, nach Jahren, machte sich das von selbst.

Er ritt mit Iljin unter den Birken hin, riß dann und wann die Blätter von den Zweigen, die ihm unter die Hände kamen, berührte zuweilen mit dem Fuße die Weichen des Pferdes oder reichte, ohne sich umzuwenden, die ausgerauchte Pfeife dem Husaren, der hinter ihm ritt, mit einer so ruhigen, sorglosen Miene, als ob es zur Promenade ginge. Voll Teilnahme sah er in das unruhige Gesicht Iljins, der viel und aufgeregt sprach. Aus Erfahrung kannte er diesen qualvollen Zustand der Furcht und der Todeserwartung, in dem sich der Kornet befand, und wußte, daß nichts als die Zeit ihm helfen konnte.

Eben hatte sich die Sonne in einem klaren Streifen zwischen den Wolken gezeigt, als der Wind sich legte; es war, als ob er diesen schönen, dem Gewitter folgenden Sommermorgen nicht stören dürfe. Die Tropfen fielen noch, aber sie kamen senkrecht hernieder, und alles wurde still.

Die Sonne kam ganz hervor, zeigte sich am Horizonte und verschwand wieder in der langen, schmalen Wolke, die über ihr stand; nach einigen Minuten erschien sie jedoch noch leuchtender am oberen Rande der Wolke, den sie zerriß. Alles wurde hell und fing an zu leuchten – und gleichsam als Antwort auf dieses Licht erschallten in der Ferne vor ihnen Kanonenschüsse.

Rostow hatte noch nicht Zeit gehabt, zu überlegen und zu bestimmen, in welcher Entfernung diese Schüsse sein mochten, als aus der Richtung von Witebsk der Adjutant des Grafen Ostermann-Tolstoj heransprengte mit dem Befehle, im Trabe vorzugehen.

Die Schwadron überholte die Infanterie und Artillerie, die sich ebenfalls schneller in Bewegung setzten, ritt bergab, und nachdem sie durch ein leeres, von den Einwohnern verlassenes Dorf gekommen, ging es wieder bergauf. Die Pferde begannen sich mit Schaum zu bedecken, die Mannschaft erhitzte sich.

Halt! Richt't euch! wurde weiter vorn das Kommando eines Divisionsgenerals gehört.

Tête rechts schwenkt, marsch! klang es wieder.

Die Husaren ritten an den Regimentern entlang, auf die linke Flanke der Stellung, und hielten hinter unseren Ulanen, welche in der ersten Linie standen.

Rechts befand sich eine dichte Kolonne unserer Infanterie – das war die Reserve. Über dieser, auf dem Hügel, hoben sich in der klaren, reinen Luft und der schrägen, hellen Morgenbeleuchtung unsere Kanonen vom Horizonte ab. Weiterhin, jenseits der Talmulde, waren die feindlichen Kolonnen und Kanonen zu sehen. In der Tiefe ließ sich unsere Vorpostenkette hören, die schon in Tätigkeit war und mit dem Feinde Schüsse wechselte.

Rostow fühlte sich von diesen Tönen erheitert, wie von einer lustigen Musik, die er lange nicht gehört hatte. Piff ... paff ... puff ... knallten bald nacheinander, bald gleichzeitig einige Schüsse; dann war es wieder still, und dann war es abermals, als ob Knallerbsen platzten, die jemand zertreten hätte.

Beinahe eine Stunde lang blieben die Husaren auf einer Stelle stehen. Die Kanonade begann. Graf Ostermann ritt mit seinem Gefolge hinter der Schwadron vorüber, hielt an, sprach mit dem Regimentskommandeur und ritt weiter zu der Batterie auf der Höhe.

Gleich, nachdem Ostermann vorübergeritten war, erklang bei den Ulanen das Kommando:

In Kolonnen ... zur Attacke! ... Fertig!

Die Infanterie, die vor den Ulanen stand, zog ihre Glieder zusammen, um die Reiterei durchzulassen. Die Ulanen setzten sich in Bewegung; die Fähnchen der Lanzen wehten, und im raschen Trabe ritten sie bergunter auf die französische Kavallerie los, die sich links am Fuße der Anhöhe zeigte.

Während die Ulanen unten am Berge hinritten, erhielten die Husaren Befehl, sich zur Deckung der Batterie auf die Höhe zu begeben. Während sie vorrückten, flogen heulend und pfeifend von den Vorposten Kugeln herüber, die jedoch nicht trafen.

Dieser lange nicht gehörte Ton wirkte noch freudiger und anregender auf Rostow als die Schüsse von vorhin. Indem er sich im Sattel hoch aufrichtete, übersah er das Schlachtfeld, das sich von der Höhe herab zeigte, und nahm mit ganzer Seele an den Bewegungen der Ulanen teil. Sie sprengten an die französischen Dragoner heran; im Pulverdampf entstand ein Gewirr, und nach fünf Minuten eilten die Ulanen zurück; nicht nach der Stelle, wo sie früher gestanden, sondern mehr nach links. Mitten unter den gelben Ulanen, die in einem

Haufen auf ihren braunen Pferden heranritten, und hinter ihnen wurde eine große Schar französischer Dragoner auf grauen Pferden sichtbar.

XV

Rostow mit seinem scharfen Jägerauge war einer der ersten, die die blauen französischen Dragoner erblickten, die unsere Ulanen verfolgten. Näher und näher kamen in verwirrten Scharen die Ulanen und die französischen Dragoner, ihre Verfolger, heran. Schon ließ sich erkennen, wie diese scheinbar kleinen Gestalten am Fuße des Berges zusammenstießen, sich untereinander mengten und mit Armen oder Säbeln durch die Luft fuhren.

Rostow beobachtete alles, was da vor seinen Augen vorging, als ob es eine Hetzjagd wäre. Sein Instinkt sagte ihm, daß, wenn jetzt die Husaren auf die französischen Dragoner losschlügen, diese nicht standhalten würden. Wenn aber losgeschlagen werden sollte, mußte es gleich, auf der Stelle geschehen, sonst war es zu spät. Er sah sich um; auch der Rittmeister, der neben ihm stand, verwandte kein Auge von der Kavallerie in der Tiefe.

Andrej Sewastianytsch, wir können sie zusammenhauen! sagte Rostow.

Ein tolles Stück Arbeit wär's! antwortete der Rittmeister, aber wirklich ...

Rostow hörte ihn nicht weiter an, gab seinem Pferde die Sporen und hatte noch nicht Zeit gehabt, zur Attacke zu kommandieren, als die ganze Schwadron, die dasselbe empfand wie er, hinter ihm dreinsauste.

Rostow wußte selbst nicht, wie und warum er dies getan hatte. Wie er es auf der Jagd zu machen pflegte, war er auch hier zu Werke gegangen, ohne zu denken, ohne zu überlegen. Er sah, daß die Dragoner noch herankamen, daß sie galoppierten und in Verwirrung waren; er wußte, daß sie nicht standhalten würden; wußte, daß nur diese eine Minute günstig war, und daß sie nicht wiederkehrte, wenn man sie vorübergehen ließ. Es war so aufregend, als die Kugeln um ihn her pfiffen und heulten, sein Pferd wollte so ungestüm vorwärts, daß er nicht widerstehen konnte. Er spornte das Pferd, kommandierte, und in demselben Augenblicke hörte er auch schon hinter sich den Ton der stampfenden Rosse und ritt mit der ganzen Schwadron im vollen Trabe den Berg hinunter auf die Dragoner zu.

Kaum waren die Husaren unten angekommen, als unwillkürlich das Tempo des Trabes in einen Galopp überging, der immer schneller und schneller wurde, je mehr sie sich unseren Ulanen und den hintendreinsprengenden französischen Dragonern näherten. Die Dragoner waren schon ganz nah. Sobald die vordersten die Husaren erblickten, machten sie kehrt, und die Nachfolgenden hielten still. Mit demselben Gefühle, mit dem er querfeldein dem Wolfe nachjagte, ließ Rostow jetzt seinem Kosakenpferd die Zügel schießen und sprengte im vollen Trabe querfeldein den verwirrten Reihen der französischen Dragoner zu. Ein Ulan hielt an; ein Mann, der zu Fuß war, legte sich an die Erde, um nicht fortgerissen zu werden, und ein reiterloses Pferd mischte sich unter die Husaren. Fast alle französischen Dragoner machten kehrt.

Rostow, der einen von ihnen auf grauem Pferde ins Auge gefaßt hatte, eilte ihm mit verhängten Zügeln nach. Ein Gebüsch war ihm im Wege, aber das gute Roß sprang darüber weg, und Nikolaj hatte sich kaum im Sattel zurechtgerückt, als er sah, daß es im nächsten Augenblick den Feind erreichen müßte, den er sich zum Ziele erkoren hatte.

Dieser Franzose, der Uniform nach ein Offizier, saß gebückt auf seinem grauen Pferde, das er mit dem Säbel antrieb. Im nächsten Augenblick stieß Rostows Pferd mit der Brust an den Hinterteil des Pferdes des Franzosen und hätte es beinahe über den Haufen gerannt, während Rostow, ohne zu wissen warum, den Säbel erhob und auf den Franzosen losschlug.

Aber sobald Rostow dies getan hatte, war plötzlich seine Aufregung verschwunden. Der Offizier fiel vom Pferde, weniger von dem Säbelhiebe, der ihm kaum den Arm über dem Ellbogen gestreift hatte, als von dem Stoße und vor Schrekken. Rostow, der sein Pferd anhielt, suchte seinen Feind mit den Augen, um zu sehen, wen er besiegt hatte. Der französische Dragoneroffizier hüpfte mit einem Fuß auf der Erde, mit dem anderen hing er im Steigbügel, kniff erschreckt die Augen zu, als ob er jede Sekunde einen neuen Hieb erwartete, verzog das Gesicht mit dem Ausdruck der Furcht und sah Rostow von unten herauf an.

Er war bleich, mit Kot bespritzt, jung, blond, hatte ein Grübchen am Kinn, helle, blaue Augen und ein nichts weniger als kriegerisches Aussehen, sondern ein wahres Stubengesicht.

Noch ehe sich Rostow klar war, was er mit ihm machen solle, schrie der Offizier: Ich ergebe mich! und gab sich vergebliche Mühe, seinen Fuß aus dem Steigbügel loszumachen, während er die erschrockenen blauen Augen nicht von Rostow abwandte. Die heransprengenden Husaren machten seinen Fuß los und hoben ihn wieder in den Sattel. Auf allen Seiten hatten Rostows Leute mit den Dragonern zu tun. Der eine war verwundet, aber trotz seines mit Blut überströmten Gesichts weigerte er sich, sein Pferd zu verlassen; ein anderer umfaßte einen Husaren, hinter welchem er aufgestiegen war; der dritte kletterte, unterstützt von einem Husaren, auf dessen Pferd. Weiter vorn begann die französische Infanterie zu schießen. Die Husaren galoppierten mit ihren Gefangenen zurück.

Rostow sprengte mit den anderen davon. Ein unangenehmes Gefühl preßte ihm das Herz zusammen; etwas Wirres, Unklares, das er sich auf keine Weise deuten konnte, lag seit der Gefangennahme des Offiziers und dem Hiebe, den er ihm versetzt hatte, auf seiner Seele.

Graf Ostermann-Tolstoij begegnete den zurückkehrenden Husaren, ließ Rostow heranrufen, dankte ihm und sagte, er würde dem Kaiser von seiner tapferen Tat Meldung machen, und das Georgskreuz für ihn erbitten. Als Rostow zu dem Grafen Ostermann gerufen wurde, war er fest überzeugt – da er sich erinnerte, daß seine Attacke ohne Befehl erfolgt war –, der Graf verlange ihn zu sehen, um ihn für seine eigenmächtige Handlung zu bestrafen. Die schmeichelhaften Worte

Ostermanns und die Verheißung des Ordens hätten Rostow also um so freudiger überraschen müssen; aber dasselbe unangenehme, unklare Gefühl erregte in ihm eine Art von moralischer Übelkeit.

»Was quält mich denn? fragte er sich selbst, als er den General verließ. Iljin? ... Nein, er ist unversehrt. Habe ich mich irgendwie zu schämen? ... Nein, auch das nicht.« – Etwas anderes quälte ihn: die Reue. »Ja, ja, dieser französische Offizier mit dem Grübchen am Kinn ... und ich erinnere mich genau, daß meine Hand wie festgebannt blieb, als ich sie aufhob!«

Rostow sah die Gefangenen, die eben fortgeführt wurden, und eilte ihnen nach, um seinen Franzosen mit dem Grübchen im Kinn zu sehen. In seiner sonderbaren Uniform saß er auf einem Husarenpferde und sah sich unruhig nach allen Seiten um. Seine Armverletzung war kaum eine Wunde zu nennen. Gezwungen lächelte er Rostow zu und winkte grüßend mit der Hand. Rostow war noch immer unbehaglich zumute, und er schämte sich.

Diesen ganzen Tag und den folgenden bemerkten die Freunde und Kameraden Rostows, daß er – nicht gerade traurig, auch nicht böse – aber schweigsam, nachdenklich und in sich gekehrt war. Er hatte keine Lust zum Trinken, suchte allein zu sein und grübelte.

Er dachte an seine Waffentat, die ihm zu seiner Verwunderung das Georgskreuz eintrug und überdies den Ruf der Tapferkeit erwarb. Und dann beschäftigte ihn noch etwas, das er nicht verstehen konnte.

»Also auch *sie* fürchten sich und noch mehr als wir, dachte er. Und das nennt man Heldentum! ... Habe ich es denn für das Vaterland getan? Und was hat er verschuldet mit seinem Grübchen und seinen blauen Augen? Und wie er erschrak! Er glaubte, daß ich ihn umbringen würde ... Warum sollte ich ihn umbringen? ... Mir zauderte die Hand ... Und dafür hat man mir das Georgskreuz gegeben? ... Ich kann nichts, gar nichts von alledem begreifen.«

Aber während Nikolaj diese Frage in sich verarbeitete und sich doch keine klare Rechenschaft über das, was ihn bedrückte, zu geben vermochte, drehte sich das Rad des Dienstglücks, wie das oft zu gehen pflegt, zu seinen Gunsten. Er wurde befördert, erhielt nach dem Treffen bei Ostrowno ein Husarenbataillon und das Versprechen, daß man sich seiner erinnern würde, sobald man eines tapferen Offiziers bedürfte.

XVI

Sobald die Gräfin von Nataschas Krankheit Nachricht erhalten hatte, kam sie, obwohl noch immer leidend und schwach, mit Petja und der Dienerschaft nach Moskau, und die ganze Familie siedelte von Maria Dmitriewna in das eigene Haus über und richtete sich vollständig in Moskau ein.

Nataschas Krankheit war so ernst, daß zu ihrem Glück und zu dem der Verwandten die Erinnerungen an die Ursache dies Übels, an Nataschas Handlungsweise und ihren Bruch mit dem Verlobten in den Hintergrund traten. Sie war so krank, daß man nicht daran denken konnte, inwieweit sie an dem, was geschehen, schuld war. Denn da sie nicht aß, nicht schlief, sichtlich abmagerte, hustete und, wie die Ärzte zu verstehen gaben, in Gefahr war, konnte man nur darauf sinnen, ihr Hilfe zu schaffen. Die Ärzte kamen bald einzeln zu Natascha, bald als Konzilium; sprachen viel französisch, deutsch und lateinisch miteinander, machten sich gegenseitig Vorwürfe, verschrieben die verschiedenartigsten Arzneien gegen alle ihnen bekannten Krankheiten, aber keinem von ihnen kam der einfache Gedanke in den Sinn, daß sie die Krankheit, an der Natascha litt, jedenfalls nicht zu erkennen vermöchten – wie sie ja überhaupt nie im Stande sind, die Krankheit eines lebendigen Menschen zu ergründen, weil jeder lebendige Mensch seine Eigentümlichkeiten hat und an einem besonderen, eigentümlichen, neuen, den Ärzten unbekannten Übel leidet. Er leidet nicht an einer Krankheit der Lunge, der Leber, des Herzens, der Haut, der Nerven usw., wie sie in der Heilkunde angegeben sind, sondern an einem Übel, das aus der Vereinigung zahlreicher Leiden in allen diesen Organen besteht. Auf diesen einfachen Gedanken konnten die Ärzte jedoch nicht kommen (wie auch ein Zauberer nicht darauf kommen wird, daß er nicht zu zaubern vermag), weil das Heilen ihr Lebensberuf war, weil sie dafür ihr Geld empfingen und ihre besten Jahre daran gesetzt hatten. Sie konnten aber hauptsächlich darum nicht auf diesen Gedanken kommen, weil sie sahen, daß sie ohne allen Zweifel von Nutzen waren, und zwar für alle Rostowschen Familienmitglieder. Sie waren von Nutzen, nicht weil sie die Kranke zwangen, Dinge zu schlucken, die größtenteils schädlich sind (diese Schädlichkeit war indessen gering, weil die Medikamente in kleinen Dosen gegeben wurden), sondern sie waren nützlich, notwendig, unentbehrlich aus demselben Grunde, aus dem es alle vermeintlichen Helfer, Zauberer, Homöopathen und Allopathen sind, weil sie dem seelischen Bedürfnis der Kranken und ihrer Angehörigen genügten ... jenem ewigen, menschlichen Bedürfnis nach Hoffnung, nach Erleichterung, dem Bedürfnis nach Mitgefühl und Tätigkeit, das der Mensch zur Zeit des Leidens empfindet ... jenem ewigen, menschlichen Bedürfnis, das schon im Kinde in der ursprünglichsten Form zu finden ist ... dem Bedürfnis, die Stelle zu reiben, an die es sich gestoßen hat. Sobald sich das Kind verletzt, läuft es in die Arme der Mutter, der Wärterin, damit man es küsse und die schmerzhafte Stelle streichle, und es wird ihm besser bei diesem Küssen und Streicheln. Das Kind kann sich nicht denken, daß klügere und stärkere Menschen nicht Mittel haben sollten, seine Schmerzen zu lindern, und die Hoffnung auf Erleichterung und der Ausdruck des Mitgefühls, wenn die Mutter seine Beule streichelt, trösten es. Auch Natascha waren die Ärzte dadurch nützlich, daß sie ihr »Weh-weh« streichelten und versicherten, es würde sogleich vergehen, wenn der Kutscher nach der Arbat-Apotheke führe, für einen Rubel und fünfzig Kopeken Pulver und Pillen in hübschen Schächtelchen holte, und wenn dies Pulver genau alle zwei Stunden, aber weder mehr noch weniger in abgekochtem Wasser von der Kranken eingenommen würde.

Was hätten Sonja, der Graf und die Gräfin angefangen, wenn sie nichts zu tun gehabt hätten, wenn nicht diese Pillen pünktlich nach der Uhr zu geben gewesen wären, so wie das warme Getränk und das gehackte Hühnerfleisch, wenn nicht alle Einzelheiten der vom Arzte vorgeschriebenen Pflege den Angehörigen Beschäftigung und Trost gegeben hätten?

Wie hätte der Graf die Krankheit seiner Lieblingstochter ertragen sollen ohne das Bewußtsein, daß ihn diese Krankheit bereits tausend Rubel gekostet hatte, und daß er noch weitere Tausend nicht scheuen würde, um ihr Hilfe zu schaffen? Wenn er nicht gewußt hätte, daß, im Falle sie sich nicht besserte, er noch weitere Tausend hingeben würde, um sie ins Ausland zu bringen und dort Konsultationen zu veranstalten? Was wäre aus ihm geworden, ohne die Möglichkeit, von den Einzelheiten der Krankheit zu erzählen, und wie Métivier und Feller nichts davon verstanden hätten, Fries aber die Sache richtig erkannt und Mudrow noch besser die Diagnose gestellt? ... Und was wäre aus der Gräfin geworden, hätte sie nicht dann und wann mit Natascha schelten können, daß sie die Verordnungen der Ärzte nicht genau befolgte.

Auf solche Weise, sagte sie, indem sie über dem Ärger ihren Kummer vergaß, wenn du den Ärzten nicht gehorchst und nicht zur rechten Zeit einnimmst, kannst du nicht gesund werden ... Es ist nicht damit zu scherzen, denn es ist die Gefahr vorhanden, daß sich eine Pneumonie bei dir ausbildet, fügte sie hinzu, und das Aussprechens dieses – nicht ihr allein – unverständlichen Wortes gewährte ihr eine gewisse Erleichterung.

Und was hätte Sonja anfangen sollen ohne das freudige Bewußtsein, in der ersten Zeit drei Nächte lang nicht aus den Kleidern gekommen zu sein, um jeden Augenblick die Vorschriften des Arztes erfüllen zu können? Und welch ein Trost war es ihr, auch jetzt keine Nacht ordentlich zu schlafen, um die Stunde nicht zu versäumen, in denen sie die unschädlichen Pillen aus den vergoldeten Schächtelchen geben mußte.

Sogar Natascha selbst – obgleich sie sagte, daß keine Arznei sie heilen könne, und daß dies alles Unsinn wäre – war es angenehm zu sehen, daß man so viele Opfer brachte, damit sie zur bestimmten Stunde ihre Arznei bekam. Es war ihr sogar angenehm, durch das Nichtbefolgen der ärztlichen Vorschriften zeigen zu können, wie wenig sie an Heilung glaubte und wie gering sie ihr Leben achtete.

Der Arzt kam täglich zu Natascha, befühlte ihren Puls, besah ihre Zunge und scherzte mit ihr, ohne Rücksicht auf ihr niedergeschlagenes Wesen. Dafür aber nahm er, wenn er in das andere Zimmer ging und die Gräfin ihm eilig nachkam, eine ernste Miene an und sagte mit nachdenklichem Wiegen des Kopfes, es wäre zwar Gefahr vorhanden, er hoffe aber auf die Wirkung dieser letzten Arznei, man müsse abwarten und sehen, die Krankheit wäre mehr moralischer Natur ... aber ...

Dabei schob ihm die Gräfin, indem sie diese Handlung vor sich selbst wie vor dem Arzte zu verheimlichen suchte, ein Goldstück in die Hand und kehrte jedesmal mit ruhigerem Herzen zu der Kranken zurück.

Die Symptome von Nataschas Krankheit waren Mangel an Appetit, Schlaflosigkeit, Husten und Niedergeschlagenheit. Die Ärzte waren der Ansicht, daß man die Kranke nicht ohne ärztliche Hilfe lassen dürfe. So mußte sie denn in der erstikkenden Stadtluft bleiben. Und den Sommer 1812 gingen Rostows nicht aufs Land.

Aber trotz der großen Menge von Pillen, Pulvern und Tropfen, die sie aus Fläschchen und Schächtelchen, von denen Madame Schoß, eine Liebhaberin solcher Dinge, eine ganze Sammlung anlegte, verschluckt hatte, und trotz der Entbehrung des angewohnten Landlebens, tat die Jugendkraft das Ihrige. Nataschas Gram fing an, sich mit einer Schicht neuer Lebenseindrücke zu bedecken, er hörte auf, ihr mit so quälendem Schmerz auf dem Herzen zu lasten, ging an, etwas Vergangenes zu werden, und Natascha begann sich körperlich zu erholen.

XVII

Natascha war ruhiger, aber nicht heiterer geworden; sie mied nicht nur alle äußerlichen Anlässe der Freude: Bälle, Spazierfahrten, Konzerte, Theater, sie lachte auch nur so, daß unter dem Lachen die Tränen zu merken waren. Singen konnte sie nicht; sobald sie anfing zu lachen, oder – wenn sie allein war – zu singen versuchte, wurde sie von Tränen erstickt. Tränen der Reue, Tränen der Erinnerung an die unwiederbringliche, reine Zeit; Tränen des Zorns, daß sie umsonst, um nichts ihr junges Leben vernichtet, das so glücklich hätte sein können. Besonders erschienen ihr Lachen und Singen wie eine Lästerung ihres Helden. Jede Koketterie lag ihr fern, sie brauchte sich in der Beziehung keinen Zwang anzutun: sie sagte und fühlte, daß ihr in dieser Zeit alle Männer so viel galten wie der Narr Nastassia Iwanowna. Eine innere Mahnung verbot ihr jede Freude – aber sie hatte auch nicht mehr alle Interessen der sorglosen, hoffnungsreichen, ersten Mädchenzeit. Oft und schmerzlich erinnerte sie sich der Herbstmonate, der Jagd, des Onkels und des Weihnachtsfestes, das sie mit Nikolaj in Otradnoje verlebt. Was hätte sie darum gegeben, um auch nur *einen* Tag aus jener Zeit zurückzuhaben! Aber das war für immer vorbei! Die Ahnung trog sie nicht, die ihr sagte, daß jener Zustand der Freiheit, der Empfänglichkeit für alle Freuden nie zurückkehren würde. Aber sie mußte leben.

Es war ihr tröstlich zu denken, daß sie nicht besser – wie sie früher meinte –, sondern schlechter, viel schlechter wäre als alle, alle Menschen in der Welt. Aber damit war wenig erreicht. Sie wußte das und fragte sich selbst, »was weiter?« – und weiter gab es nichts, keine Freude im Leben, und das Leben ging fort. Natascha gab sich unverkennbare Mühe, niemandem zur Last zu sein und niemanden zu betrüben, aber für sich selbst brauchte sie nichts. Sie zog sich von allen Hausgenossen zurück, nur mit dem Bruder Petja war sie gern zusammen, lieber als mit allen anderen, und zuweilen, wenn sie mit ihm unter vier Augen war, lachte sie. Sie machte fast nie Besuche, und von allen, die zu ihnen kamen, freute sie sich nur mit einem Menschen – mit Pierre. Es war unmöglich, zarter, rücksichtsvoller und dabei ernster mit ihr umzugehen, als es Graf Besuchow tat. Unbewußt fühlte Natascha diese Zartheit des Verkehrs und war deshalb sehr gern mit ihm zusammen. Aber sie war ihm nicht einmal dankbar für diese Zartheit. Nichts Gutes erschien ihr bei Pierre wie eine Anstrengung. Es war so natürlich für ihn, gegen alle gut zu sein, daß kein Verdienst in seiner Güte lag. Zuweilen bemerkte Natascha eine gewisse Verwirrung, ein gewisses Unbehagen in Pierres Wesen, besonders wenn er etwas für sie Angenehmes tun wollte, oder wenn er fürchtete, daß irgendeine Gesprächswendung Natascha auf ihre trüben Erinnerungen zurückführen könnte. Sie merkte das und schrieb es seiner allgemeinen Güte und Schüchternheit zu, die, wie sie meinte, allen anderen gegenüber ebenso groß war, wie im Verkehr mit ihr. Nach jenen überraschenden Worten, daß er, wenn er frei wäre, auf den Knien um ihre Hand und ihre Liebe bitten würde, Worte, die in einem Momente großer Aufregung gesagt waren, hatte Pierre nie wieder von seinen Gefühlen für Natascha gesprochen, und sie war überzeugt, daß jene Versicherung, durch die sie sich damals so sehr getröstet fühlte, nicht mehr bedeutete als alle die sinnlosen Redensarten, durch die man ein weinendes Kind zu trösten sucht. Nicht weil Pierre verheiratet war, sondern weil Natascha zwischen sich und ihm im höchsten Grade die Macht jener moralischen Schranke fühlte – deren Nichtvorhandensein sie Kuragin gegenüber so deutlich empfunden –, kam es ihr niemals in den Sinn, daß aus ihren Beziehungen zu Pierre, von ihrer oder gar von seiner Seite eine Liebe werden könnte; sie glaubte nicht einmal zwischen ihnen beiden an jene Art zarter poetischer Freundschaft, wie sie deren einige Beispiele zwischen Männern und Frauen kannte.

Zu Ende der Fasten von St. Peter (Juli) kam Agrafjona Iwanowna Bjelowa, Rostows Nachbarin in Otradnoje, nach Moskau, um den dortigen Reliquien ihre Verehrung zu bezeugen. Sie schlug auch Natascha vor, sich zum Abendmahl zu bereiten, und das junge Mädchen griff diesen Gedanken freudig auf. Obwohl ihr die Ärzte verboten hatten, am frühen Morgen auszugehen, bestand Natascha darauf, ihre Bußübungen vorzunehmen – nicht wie es bei Rostows üblich war, indem man im eigenen Hause drei Messen lesen ließ –, sondern wie es Agrafjona Iwanowna machte, das heißt acht Tage lang, weder Abend-, noch Mittag-, noch Frühgottesdienst zu versäumen.

Die Gräfin freute sich über diesen Eifer Nataschas. Nachdem sich die ärztliche Behandlung als erfolglos erwiesen hatte, hoffte sie, daß ihr das Gebet besser helfen würde als die Medikamente. So ging sie denn – wenn auch nicht ohne Sorge, aber ohne daß es der Arzt erfuhr – auf den Wunsch der Tochter ein und vertraute sie dem Schutze der Frau Bjelow.

Um drei Uhr morgens erschien Agrafjona Iwanowna, um Natascha zu wecken, fand sie aber gewöhnlich schon wach, denn sie hatte Furcht, die Frühmesse zu verschlafen. Eilig wusch sich Natascha, zog bescheiden ihr schlechtestes Kleid an, hüllte sich in eine alte Mantille und ging zitternd in der Frische des Morgens durch die öden, vom Frührot beleuchteten Straßen.

Auf Agrafjona Iwanownas Rat kommunizierte Natascha nicht in der eigenen Gemeinde, sondern in einer Kirche, deren Priester nach der Schilderung der frommen Frau Bjelow ein strenger, sittenreiner Mann war. In dieser Kirche befanden sich nur wenige Menschen. Natascha und Frau Bjelow nahmen ihren Platz vor dem Bilde der Mutter Gottes ein, das in der Rückwand des linken Chorgitters eingefügt war; und ein ihr neues Gefühl der Andacht vor dem Großen, Unbegreiflichen erfüllte Natascha, wenn sie in dieser ungewöhnlichen Morgenstunde auf das schwarze Antlitz der Mutter Gottes blickte, das teils durch die vor ihm brennenden Kerzen, teils durch das in die Fenster dringende Morgenlicht beleuchtet war; und wenn sie die Klänge der Messe hörte und sich bemühte, den Worten zu folgen und sie zu verstehen. Wenn sie sie verstand, mischte sich ihr persönliches Gefühl in allen Abstufungen in ihre Gebete ein; wenn sie sie nicht verstand, war es ihr süß zu denken, daß der Wunsch, alles zu verstehen, Stolz ist, und daß wir nicht alles verstehen können, sondern nur glauben und uns Gott hingeben sollen, der in diesem Augenblick – das fühlte sie – ihre Seele erfüllte. Sie bekreuzte sich, beugte sich tief nieder und bat, vor ihrer Sündigkeit erschreckend, daß Gott ihr alles, alles verzeihen und sie begnadigen möge. Die Gebete, in die sie sich am innigsten versenkte, waren die der Reue. Und wenn sie dann nach Hause zurückkehrte, in so früher Morgenstunde, daß sie nur den Maurern begegnete, die auf ihre Arbeit gingen, oder Hauswärtern, die die Straße fegten, während in den Häusern noch alles schlief, war Natascha von einer ihr neuen Empfindung, dem Glauben an die Möglichkeit der Besserung von ihren Fehlern und der Hoffnung auf die Möglichkeit eines neuen Lebens und Glücks erfüllt.

Im Laufe der ganzen Woche, in der sie dies Leben führte, wuchs diese Empfindung von Tag zu Tag. Und das Glück, das Abendmahl zu nehmen, zu kommunizieren, wie sich Agrafjona Iwanowna ausdrückte, indem sie gern mit diesem Worte spielte, erschien ihr so groß, daß sie glaubte, sie würde diesen beseligenden Sonntag nicht erleben.

Aber der glückliche Tag kam heran, und als Natascha an diesem unvergeßlichen Sonntage im weißen Wollkleide vom Abendmahl zurückkehrte, fühlte sie sich zum ersten Male seit vielen Monaten ruhig und nicht beängstigt von dem Leben, das vor ihr lag.

Der Arzt, der Natascha an diesem Tage besuchte, verordnete, mit dem letzten Pulver, das er vor vierzehn Tagen verschrieben hatte, fortzufahren.

Es muß jedenfalls morgens und abends genommen werden, sagte er sichtlich überrascht über den Erfolg. Nur bitte, noch pünktlicher als bisher. Seien Sie ruhig, Gräfin, fügte er scherzend hinzu, indem er das Goldstück, das sie ihm gab, geschickt im Handteller festhielt; die Komtesse wird bald wieder singen und heiter sein. Die letzte Arznei hat ihr sehr gut getan ... sehr gut!

Die Gräfin sah rasch auf ihre Nägel und spuckte darauf[1], während sie mit heiterem Gesicht in den Salon zurückkehrte.

1 Nach einem verbreiteten Aberglauben: Mittel gegen das »Berufen«. A. d. Üb.

XVIII

Mitte Juli verbreiteten sich in Moskau immer beunruhigendere Gerüchte über den Fortgang des Krieges. Man sprach von einem Aufruf des Kaisers an das Volk, von einer Reise des Kaisers nach Moskau. Und da bis zum 23. Juli weder Manifest noch Aufruf eingetroffen waren, so kamen immer beunruhigendere Gerüchte über den Inhalt dieser Schriftstücke und die Lage Rußlands in Umlauf. Es hieß, der Kaiser müsse das Heer verlassen, weil es in Gefahr sei; hieß, daß sich Smolensk ergeben, daß Napoleon eine Million Soldaten hätte, und daß Rußland nur durch ein Wunder gerettet werden könnte.

Sonnabend, den 23. Juli, war endlich das Manifest angekommen, aber es war noch nicht gedruckt; und Pierre, der Rostows besuchte, versprach am folgenden Tage, Sonntag, zum Essen zu kommen, und Manifest und Aufruf, die er sich vom Grafen Rostoptschin geben lassen wollte, mitzubringen.

Diesen Sonntag fuhren Rostows wie gewöhnlich zum Gottesdienst in die Hauskirche der Familie Rasumowskij. Es war ein heißer Julitag. Schon um 10 Uhr morgens, als Rostows vor der Kirche aus dem Wagen gestiegen, war in der heißen Luft, im Geschrei der Verkäufer, in den hellen, glänzenden Kleidern der Menge, in dem mit Staub bedeckten Laube der Bäume auf dem Boulevard, in der Musik des Bataillons, das in weißen Beinkleidern auf Parade zog, im Dröhnen des Pflasters und in dem blendenden Glanz der heißen Sonne jene Sommermüdigkeit, jenes Unbehagen zu merken, das besonders an hellen, heißen Tagen in der Stadt fühlbar wird.

In der Kirche des Fürsten Rasumowskij war das ganze vornehme Moskau versammelt, lauter Bekannte der Rostows. (Viele dieser Familien, die sonst auf ihre Güter gingen, waren dieses Jahr, als ob sie etwas Besonderes erwarteten, in der Stadt geblieben.) Während Natascha mit der Mutter hinter dem Livreebediensteten herging, der einen Weg durch die Menge bahnte, hörte sie die Stimme eines jungen Mannes, der in durchdringendem Flüsterton von ihr sprach.

Das ist die Komtesse Rostow … die bewußte! sagte er.

Wie mager sie geworden ist, aber doch hübsch, antwortete ein anderer.

Dann hörte sie, oder glaubte zu hören, daß die Namen Kuragin und Bolkonskij genannt wurden. Es schien ihr überhaupt immer, als ob aller Augen auf sie sähen und jeder an das dächte, was ihr widerfahren war. Unglücklich und mit zitterndem Herzen wie immer, wenn sie unter Menschen war, ging sie in ihrem lila seidenen, mit schwarzen Spitzen besetzten Kleide dahin, wie Frauen zu gehen wissen – um so stolzer und ruhiger, je schmerz- und schamvoller ihre Seele ist. Natascha war sich mit vollem Recht ihrer Schönheit bewußt, aber sie freute sich nicht mehr darüber wie einst; es quälte sie vielmehr, besonders die letzte Zeit, und am meisten heute, an diesem hellen, heißen Sommertage in der Stadt.

»Wieder ein Sonntag, wieder eine Woche, sagte sie zu sich selbst, indem sie sich erinnerte, wie sie vergangenen Sonntag hier gewesen war. Und immer dasselbe Leben, das kein Leben ist; immer dieselben Verhältnisse, in denen früher so leicht zu leben war. Ich bin schön und jung und weiß, daß ich jetzt gut bin ... Früher war ich schlecht, aber jetzt bin ich gut, das weiß ich! dachte sie; und doch vergehen meine schönsten, schönsten Jahre ganz umsonst, niemand zur Freude!«

Sie stellte sich neben die Mutter, nickte den nahestehenden Bekannten zu, begann, nach ihrer Gewohnheit, die Anzüge der Damen zu betrachten und tadelte in Gedanken das Benehmen einer ihrer Nachbarinnen und die unpassende Weise, in der sie sich bekreuzte. Plötzlich aber dachte sie mit Schrecken wieder daran, wie sie verurteilt wurde, während sie hier über andere urteilte, und als in diesem Augenblick die ersten Töne der Messe erklangen, schauderte sie vor ihrer Schlechtigkeit, und daß sie ihre Seeleneinheit so schnell wieder verloren hatte.

Ein schöner Greis mit edlen Zügen las die Messe mit jener milden Feierlichkeit, die so erhebend und beruhigend auf die Seele der Andächtigen wirkt. Die Tür zum Allerheiligsten schloß sich, langsam zog sich der Vorhang zusammen, eine sanfte, geheimnisvolle Stimme sagte etwas. Tränen, die Natascha selbst unerklärlich waren, preßten ihr die Brust zusammen, und ein süßes, ermattendes Gefühl durchströmte sie.

»Lehre mich, was ich tun soll, wie ich mein Leben gestalten soll, wie mich bessern auf immer, auf immer!« dachte sie.

Der Diakon trat auf die Emporkirche, schob mit dem Daumen sein Haar aus dem Chorhemde heraus, schlug ein Kreuz über die Brust und begann laut und feierlich zu lesen:

»Lasset uns in Frieden beten zu dem Herrn.«

»In Frieden, alle insgesamt, ohne Unterschied des Ranges, ohne Feindschaft, geeinigt in brüderlicher Liebe – lasset uns beten«, dachte Natascha.

»Um den Frieden von oben und um das Heil unserer Seelen – lasset uns beten zu dem Herrn!«

»Um den Frieden der Engel und der Seelen aller körperlosen Wesen, die über uns sind«, betete Natascha.

Bei dem Gebet für das Heer dachte sie an ihren Bruder und Denissow. Bei dem Gebet für die, so da reisen zu Wasser und zu Lande, dachte sie an den Fürsten Andrej, betete für ihn und bat, Gott möge ihr das Böse verzeihen, das sie ihm getan. Bei dem Gebet für die, die uns lieben, betete sie für ihre Angehörigen: den Vater, die Mutter, Sonja, indem sie sich zum ersten Male ihrer ganzen Verschuldung gegen sie bewußt wurde und die ganze Kraft ihrer Liebe zu ihnen fühlte. Bei dem Gebet für die, die uns hassen, erdachte sie sich Feinde, um für diese beten zu können. Sie zählte zu den Feinden alle Gläubiger ihres Vaters und alle, die mit ihm Geschäfte hatten. Auch an Anatol, der ihr so viel Böses getan, dachte sie bei der Erwähnung der Feinde, und obwohl er sie nicht haßte, betete sie mit Freuden für ihn, als für einen ihrer Feinde. Nur im Gebete war sie im Stande, klar und ruhig an den Fürsten Andrej und an Anatol zu denken, wie an Menschen, gegen die ihre Gefühle – im Vergleiche zu der Furcht und Ehrerbietung, die sie vor Gott empfand – in nichts versanken.

Besonders tief beugte sie sich nieder, als für die kaiserliche Familie und den Synod gebetet wurde. Sie bekreuzte sich und sagte sich selbst, daß sie nicht zweifeln dürfe, wo sie nicht verstand, und daß sie den regierenden Synod lieben und für ihn beten müsse.

Nachdem die Fürbitten beendigt waren, legte der Diakon die Stola über Kreuz um seine Brust und sagte:

»Uns selbst und unseren Leib übergeben wir dem Herrn Christus, unserem Gott.«

»Wir übergeben uns Gott!« wiederholte Natascha in ihrer Seele. »Mein Gott, ich übergebe mich deinem Willen ... Nichts wünsche, nichts will ich ... Lehre mich, was ich zu tun habe, wie ich meinen Willen gebrauchen soll ... Nimm mich hin! Nimm mich hin!«

Natascha betete mit andächtiger Inbrunst. Ohne sich zu bekreuzen, ließ sie die zarten Hände niedersinken und war wie in Erwartung, daß sogleich, auf der Stelle eine unsichtbare Kraft sie erfassen und von sich selbst befreien müsse, von ihrer Reue, ihren Wünschen, ihren Selbstvorwürfen, ihren Hoffnungen und Fehlern.

Die Gräfin sah sich während des Gottesdienstes ein paarmal nach dem andächtigen Gesicht und den glänzenden Augen der Tochter um und bat Gott, daß Er ihr beistehen möge.

Plötzlich mitten im Gottesdienst und außer der gewöhnlichen Ordnung, die Natascha genau kannte, brachte der Kirchendiener ein Bänkchen herbei, dasselbe, auf welchem der Priester am Pfingstfest zum Gebet niederkniete, und stellte es vor der Tür des Allerheiligsten nieder. Der Priester kam im lila Samtkäppchen, glättete sein Haar und kniete mit Anstrengung nieder. Alle Anwesenden taten dasselbe und sahen sich verwundert an. Es handelte sich um ein Gebet, das eben vom heiligen Synod gekommen war, ein Gebet um die Errettung Rußlands von dem feindlichen Überfall.

»Gott, Herr der Allmacht, Gott unserer Erlösung!« begann der Priester mit jener deutlichen, getragenen, sanften Stimme, mit der nur die slawischen Geistlichen lesen und die so unwiderstehlich auf das russische Herz einwirkt:

»Gott, Herr der Allmacht, Gott unserer Erlösung, schaue heute mild und gnädig auf deine gehorsamen Menschenkinder hernieder, erhöre uns, erbarme dich unser in deiner Liebe! Der Feind, der deine Erde in Verwirrung bringt und alles vernichten will, ist wider uns aufgestanden; eine Rotte gesetzloser Menschen hat sich vereinigt, um Dein Reich zu vernichten, Dein treues Jerusalem zu zerstören, Dein geliebtes Rußland! ... um Deine Tempel zu schänden, Deine Altäre zu zertrümmern und unsere Heiligtümer zu entweihen. Wie lange, o Herr, wie lange sollen die Sünder frohlocken, und wie lange soll der Feind seine Gewalt wider Gesetz und Recht mißbrauchen?

»Allmächtiger Gott! erhöre uns, die wir zu Dir beten. Stärke mit Deiner Kraft unseren gottesfürchtigen, selbstherrschenden Großherrn, den Kaiser Alexander Pawlowitsch. Gedenke seiner Wahrhaftigkeit und Güte, vergilt ihm nach seinem Verdienste, und um seinetwillen behüte uns, Dein geliebtes Israel. Segne seine Pläne, seine Taten und seine Werke. Befestige mit Deiner allmächtigen Rechten sein Reich und verleihe ihm den Sieg über seine Feinde, wie Moses über Amalek, Gideon über Midian und David über Goliath. Schirme sein Heer; mache den Arm derer, die sich in Deinem Namen waffnen, zu Stahl und gürte sie mit Deiner Kraft zum Kampf. Nimm Schwert und Schild und stehe auf zu unserer Hilfe! ... Mögen, die da Böses gegen uns im Sinne haben, gestürzt und beschämt werden ... Mögen sie vor dem Angesicht Deiner treuen Krieger wie Staub vor dem Winde verwehen ... Möge Dein starker Engel sie schlagen und in die Flucht treiben ... Möge sich ein Netz über sie ausspannen, das sie nicht sehen, und eine Falle sie umstricken, auf daß sie zugrunde gehen ... Mögen sie zu den Füßen Deiner Knechte stürzen, auf daß unsere Krieger den Fuß auf ihren Nacken setzen.

»Gott! Du hast die Kraft, nach Deinem Willen wenige zu retten oder viele. Du bist Gott ... Der Mensch kann nicht wider Dich.

»Gott unserer Väter, gedenke Deiner Gnade und Milde, die von Ewigkeit sind. Verwirf uns nicht von Deinem Angesicht und grolle uns nicht, weil wir Deiner Gnade nicht wert sind. Aber um dieser großen Gnade willen und der Menge Deiner Wohltaten siehe nicht auf unsere Fehler und Sünden. Schaffe in uns ein reines Herz und erneuere den rechten Geist in unserem Leibe. Stärke uns alle im Glauben an Dich, stärke uns in der Hoffnung; erfülle uns mit der wahren Liebe füreinander, waffne uns mit Eintracht für die gerechte Verteidigung der Habe, die Du uns und unseren Väter gegeben hast. Auf daß nicht das Zepter der Gottlosen auf dem Anteile der Gerechten herrsche.

»Gott, unser Herr, wir glauben an Dich und hoffen auf Dich! Verschmähe uns nicht in Deiner Gnade und gib ein Zeichen zu unserem Glücke, auf daß unsere Feinde und die Feinde unseres rechten Glaubens es sehen und zu Schmach und Schande werden! ... Auf daß alle Lande erkennen, daß Du Gott bist und wir Deine Kinder! ... Gib uns, Herr, Deine Gnade und sende Deine Hilfe! Erfreue die Herzen Deiner Knechte durch Deine Gnade, tritt unsere Feinde zu Boden, wirf sie nieder, wirf sie zu den Füßen Deiner Treuen bald. Du bist der Beistand, die Hilfe und der Sieg für die, die auf Dich bauen, und Dich lobpreisen wir, den Vater, den Sohn und den heiligen Geist, heute und morgen und von Ewigkeit in Ewigkeit, Amen!«

In dem Zustande seelischer Empfänglichkeit, in dem sich Natascha befand, wirkte dies Gebet stark auf sie ein. Sie hörte jedes Wort von dem Siege Moses über Amalek, Gideons über Midian, Davids über Goliath und von der Zerstörung »Deines Jerusalems«, und betete zu Gott mit jener Weichheit und Innigkeit, von der ihr Herz übervoll war, aber um was sie Gott in diesem Gebete anflehte, wußte sie nicht recht. Von ganzer Seele nahm sie teil an den Bitten um den rechten Geist, um die Festigung des Herzens im Glauben und in der Hoffnung, und um die Läuterung des Herzens durch die Liebe. Aber sie konnte nicht beten, daß ihre Feinde unter die Füße getreten werden möchten, nachdem sie wenige Minuten vorher erst gewünscht, ihrer mehr zu haben, um alles Gute für sie zu erflehen. Aber sie konnte auch nicht zweifeln an der Gerechtigkeit des knieend vorgelesenen Gebetes. Sie fühlte in ihrer Seele eine ehrerbietige, bange Scheu vor der Strafe, die die Menschen für ihre Sünden und besonders sie selbst treffen würde, und bat Gott, daß er allen vergeben möge und auch ihr ... daß er allen und auch ihr Glück und Ruhe im Leben geben möge. Und ihr war, als ob Gott ihr Gebet erhörte.

XIX

Seit dem Abend, als Pierre, nachdem er Rostows verlassen hatte, in der Erinnerung an Nataschas dankbaren Blick den Kometen am Himmel gesehen und gefühlt, daß sich ihm etwas Neues erschlossen hatte, hörte die ewig quälende Frage nach der Nutzlosigkeit und Sinnlosigkeit alles Irdischen auf, ihn zu verfolgen. Die schreckliche Frage warum? wozu? die sich ihm früher mitten in jeder Beschäftigung aufgedrängt, wurde jetzt – nicht durch eine andere Frage und nicht durch die Antwort auf die erste, sondern durch den Gedanken an *sie* ersetzt. Ob Pierre nichtssagende Gespräche anhörte oder selbst führte, ob er von allerlei Erbärmlichkeiten und Dummheiten der Menschen las oder erfuhr, er erschrak nicht mehr wie früher, fragte nicht mehr wie früher, warum die Menschen sich mühen, da alles so kurz und so ungewiß ist, sondern er erinnerte sich an *sie*, in dem Zustande, in welchem er sie das letzte Mal gesehen hatte, und alle seine Zweifel schwanden; nicht weil sie auf die Fragen geantwortet hätte, die in ihm aufstiegen, sondern weil der Gedanke an sie ihn im Nu in eine andere helle Region der Seelentätigkeit hinüberführte, in der es weder Gerechte noch Ungerechte gab, in die Region der Liebe und der Schönheit, um derentwillen es sich der Mühe verlohnte zu leben. Welche Schlechtigkeiten sich ihm auch darbieten mochten, er sagte zu sich selbst: »Nun gut, mag N.N. den Staat und den Kaiser bestehlen, und mögen ihm Staat und Kaiser dafür Ehren und Würden verleihen ... aber *sie* hat mir gestern zugelächelt und mich gebeten, wiederzukommen ... und ich liebe sie und niemand wird es je erfahren.« Und in seiner Seele war es klar und ruhig.

Pierre besuchte dieselben Gesellschaften wie früher, trank ebensoviel wie früher und führte dasselbe müßige und zerstreute Leben, weil er außer den Stunden, die er bei Rostows verlebte, auch die übrige Zeit hinbringen mußte, und seine Gewohnheiten und seine Moskauer Bekanntschaften ihn unwiderstehlich in jenes Leben hineinzogen, das ihn gefesselt hielt. Aber in der letzten Zeit, als vom Kriegsschauplatze immer beängstigendere Gerüchte kamen, und als die Gesundheit Nataschas sich zu bessern anfing, so daß sie mehr und mehr aufhörte, die frühere Empfindung sorgender Teilnahme in ihm zu erwecken, wurde er von einer ihm unerklärlich wachsenden Unruhe erfaßt. Er fühlte, daß der Zustand, in dem er sich befand, nicht lange dauern konnte, daß eine Katastrophe nahe war, die sein ganzes Leben verändern mußte, und voll Ungeduld suchte er in allem nach den Vorzeichen dieser herannahenden Umwandlung.

Durch einen seiner Freimaurerbrüder ward Pierre die folgende aus der Offenbarung Johannis geschöpfte Prophezeiung über Napoleon mitgeteilt.

In der Offenbarung Kapitel 13, Vers 18 heißt es:

»Hier ist Weisheit, wer Verstand hat, der überlege die Zahl des Tiers, denn es ist eines Menschen Zahl, und seine Zahl ist sechshundertsechsundsechzig.«

Und in demselben Kapitel, Vers 5: »Und es ward ihm gegeben ein Mund, zu reden große Dinge und Lästerung, und ward ihm gegeben, daß es mit ihm währte zweiundvierzig Monate lang.«

Die französischen Buchstaben, nach Art der hebräischen in Zahlen ausgedrückt, nach der die ersten zehn Buchstaben die Einer und die übrigen die Zehner bezeichnen, stellen sich folgendermaßen dar:

a	b	c	d	e	f	g	h	i	k	l	m	n	o	p	q
1	2	3	4	5	6	7	8	9	10	20	30	40	50	60	70

r	s	t	u	v	w	x	y	z
80	90	100	110	120	130	140	150	160

Wenn nun nach diesem Zahlenalphabet das Wort *l'empereur Napoléon* geschrieben wird, so ergibt die Summe dieser Zahl 666; folglich ist Napoleon jenes Tier, von dem in der Offenbarung gesprochen wird. Ferner, wenn nach diesem Alphabet die Worte *quarante deux*, das heißt die Zeitdauer, die dem Tiere gegeben ward, »große Dinge und Lästerung zu sprechen«, geschrieben werden, so ist die Summe der Zahlen, welche die Buchstaben von *quarante deux* ergeben, abermals 666, woraus folgt, daß die Grenze der Macht Napoleons mit dem Jahre 1812, in dem der französische Kaiser zweiundvierzig Jahre alt wurde, gekommen war.

Diese Prophezeiung setzte Pierre sehr in Erstaunen, und häufig legte er sich die Frage vor, wodurch der Macht dieses Tieres, das heißt Napoleons, eine Grenze gesteckt werden würde, und auf Grund derselben Buchstaben- und Zahlenberechnung suchte er die Antwort auf diese Frage zu finden, die ihn so sehr interessierte.

Als Antwort auf diese Frage schrieb Pierre die Worte: *»l'empereur Alexandre«* und *»la nation russe«* hin. Er zählte die Buchstaben zusammen, aber die Summe der Zahlen war bald mehr, bald weniger als 666. Einstmals, als er sich wieder mit diesen Berechnungen beschäftigte, schrieb er seinen Namen: *»Comte Pierre Besuhof«*. Die Zahl kam nicht heraus. Er änderte die Orthographie, setzte ein z für das s, fügte *de* hinzu, den Artikel *le*, bekam aber immer nicht das gewünschte Resultat. Endlich kam er auf den Gedanken, daß, wenn die Antwort auf seine Frage in seinem Namen enthalten sein sollte, notwendig auch die Nationalität genannt werden müsse. Er schrieb also: *»le Russe Besuhof«*, und die zusammengezählten Ziffern ergaben 671.

Nur fünf war zu viel. Fünf ist das e – dasselbe e, das er in dem Artikel vor dem Worte *»l'empereur«* weggelassen hatte. So ließ er denn auch das e vor seinem Namen weg, schrieb, gegen allen Sprachgebrauch, *»l'Russe Besuhof«* und bekam die Summe 666.

Diese Entdeckung regte ihn außerordentlich auf. Wie, in welcher Weise er mit dem großen Ereignis, das in der Apokalypse prophezeit ist, in Zusammenhang stand, wußte er nicht; aber er zweifelte auch nicht einen Augenblick an diesem Zusammenhange. Seine Liebe zu der Komtesse Rostow, der Antichrist, der Überfall Napoleons, der Komet, die Zahl 666, *l'empereur Napoléon* und *l'Russe Besuhof* ... alle diese Dinge mußten reifen, zum Durchbruch kommen und ihn aus der nichtigen, verzauberten Welt der Moskauer Gewohnheiten, in denen er sich gefangen fühlte, erretten und ihn zu einer großen Tat, zu einem großen Glücke führen.

Am Vorabend jenes Sonntages, an dem das Gebet verlesen wurde, hatte Pierre Rostows versprochen, ihnen von dem Grafen Rostoptschin, mit dem er bekannt war, den Aufruf an Rußland und die letzten Armeeberichte mitzubringen.

Als er Sonntag morgens bei dem Grafen Rostoptschin vorfuhr, fand Pierre einen Kourier bei ihm, der eben von der Armee gekommen war. Diesen Kourier hatte Pierre auf den Moskauer Bällen kennengelernt.

Um Gottes Willen, können Sie mir nicht behilflich sein? fragte er. Ich habe eine ganze Tasche voller Briefe an Eltern mitgebracht.

Unter diesen Briefen war einer von Nikolaj Rostow an den Vater. Pierre nahm diesen Brief. Außerdem gab ihm Graf Rostoptschin den Aufruf des Kaisers an Moskau, der eben abgedruckt war, die letzten Armeeberichte und sein eigenes neuestes Flugblatt. Als Pierre die Armeeberichte durchsah, fand er in einem unter den Nachrichten über die Verwundeten, Getöteten und Dekorierten den Namen Nikolaj Rostow mit der Bemerkung, daß der junge Mann das Georgskreuz dritter Klasse für seine im Treffen von Ostrowno bewiesene Tapferkeit erhalten hatte. In demselben Tagesbefehl stand die Ernennung des Fürsten Andrej Bolkonskij zum Kommandeur des Jägerregiments. Obwohl er Rostows nicht gern an Bolkonskij erinnerte, konnte sich's Pierre nicht versagen, sie durch die Kunde von der Auszeichnung des Sohnes zu erfreuen, und während er den Aufruf, die Bekanntmachung und die anderen Armeeberichte einsteckte, um sie persönlich, wenn er zum Essen hinging, mitzubringen, schickte er den Brief und die Nachricht über die Ordensverleihung sofort zu ihnen hin.

Das Gespräch mit dem Grafen Rostoptschin, sein Ton voll Sorge und Hast, das Zusammentreffen mit dem Kourier, der beiläufig erzählte, wie schlecht die Sachen im Heere ständen, die Gerüchte über mehrere in Moskau entdeckte Spione, und über das Schriftstück, das in der Stadt kursierte und in dem gesagt war, daß Napoleon vor Einbruch der Herbstes in beiden russischen Hauptstädten zu sein gedroht, das Gespräch über die Ankunft des Kaisers, die am folgenden Tage erwartet wurde, dies alles weckte in Pierre mit neuer Kraft jenes Gefühl der Aufregung und Erwartung, das ihn seit der Erscheinung des Kometen und besonders seit dem Beginn des Krieges nicht verlassen hatte.

Pierre war schon längst auf den Gedanken gekommen, in die Armee einzutreten, und er würde ihn ausgeführt haben, wenn ihn nicht erstens daran gehindert hätte, daß er zu der Gesellschaft der Freimaurer gehörte, mit der er durch seinen Schwur verbunden war, und die den ewigen Frieden und die Abschaffung des Krieges predigte, zweitens aber ließ ihm der Anblick zahlloser Männer, welche die Uniform angezogen hatten und Patriotismus predigten, diesen Schritt als etwas Lächerliches erscheinen. Die Hauptursache aber, warum er den Gedanken, ins Heer einzutreten, nicht ausführte, lag in der dunklen Vorstellung, daß er *»l'Russe Besuhof«* war, der die Zahl des Tieres 666 hatte ... daß also seine Beteiligung an der großen Sache der Machtbegrenzung des Tieres, welches »große Dinge und Lästerung« redet, von Ewigkeit feststand, und daß er deswegen nichts vornehmen durfte, sondern harren mußte der Dinge, die da kommen sollten.

XX

Bei Rostows wurden, wie jeden Sonntag, einige der nächsten Bekannten zu Tisch erwartet.

Pierre kam früher, um die Familienmitglieder allein zu finden.

Er war in diesem Jahre so dick geworden, daß er häßlich anzusehen gewesen wäre, ohne seine Größe, seine mächtigen Glieder und die Kraft, die es ihm sichtlich leicht machte, seine ganze Last zu tragen.

Laut keuchend und etwas vor sich hin brummend, stieg er die Freitreppe hinauf. Der Kutscher fragte nicht erst, ob er warten solle; er wußte, daß sein Herr, wenn er bei Rostows war, bis zwölf Uhr dort blieb. Die Lakaien eilten dienstfertig herbei, ihm den Mantel abzunehmen, und Pierre ließ, wie es im Klub Gebrauch war, auch Stock und Hut im Vorzimmer.

Der erste Mensch, den er bei Rostows sah, war Natascha, und noch ehe er sie sah, hörte er sie, während er im Vorzimmer den Mantel abnahm, im Saale Solfeggien singen. Er wußte, daß sie seit ihrer Krankheit noch nicht wieder gesungen hatte, und darum überraschte und erfreute ihn der Ton ihrer Stimme. Leise machte er die Tür auf und sah Natascha in dem lila Kleide, in welchem sie in der Messe gewesen war, singend im Zimmer hin und hergehen. Sie war mit dem Rücken zu ihm gewandt, als er die Tür öffnete, aber als sie sich plötzlich umdrehte und sein dickes, verwundertes Gesicht erblickte, errötete sie und kam rasch auf ihn zu.

Ich will wieder versuchen zu singen, sagte sie. Es ist doch eine Beschäftigung, fügte sie wie zur Entschuldigung hinzu.

Das ist gut! antwortete er.

Wie freue ich mich, daß Sie gekommen sind! Ich bin heute so glücklich! sagte Natascha mit der früheren Lebhaftigkeit, die Pierre schon lange nicht an ihr gesehen hatte. Wissen Sie schon, Nikolaj hat das Georgskreuz erhalten, ich bin so stolz auf ihn!

Ob ich es weiß! ... Ich habe den Armeebericht hergeschickt ... Ich will Sie aber nicht stören, fügte er hinzu und wollte in den Salon gehen.

Natascha hielt ihn zurück.

Graf, ist es unrecht, daß ich singe? sagte sie errötend, aber ohne die Augen zu senken, und blickte ihn fragend an.

Nein! ... Warum denn? Im Gegenteil! Aber warum fragen Sie mich!

Ich weiß selbst nicht, antwortete Natascha schnell; aber ich möchte nichts tun, was Ihnen nicht gefiele. Ich vertraue Ihnen in allen Dingen. Sie wissen nicht, wie wert Sie mir sind und wieviel Sie für mich getan haben. Sie sprach schnell und bemerkte nicht, wie Pierre bei diesen Worten errötete. Ich habe aus demselben Bericht gesehen, daß er – Bolkonskij (diesen Namen sprach sie flüsternd, schnell aus), daß er in Rußland und wieder im Dienste ist. Was glauben Sie? fragte sie rasch, indem sie sich unverkennbar zu sprechen beeilte, weil sie der eigenen Kraft mißtraute, wird er mir je verzeihen? wird er kein feindliches Gefühl gegen mich haben? was glauben Sie ... was glauben Sie?

Ich glaube, daß er gar nichts zu verzeihen hat, sagte Pierre.

Wenn ich an seiner Stelle wäre ... die Erinnerung versetzte ihn plötzlich im Geiste in die Stunde zurück, in der er ihr tröstlich sagte, wenn er nicht er wäre, sondern der beste Mann der Welt und frei, würde er auf den Knien um ihre Hand bitten, und dasselbe Gefühl des Mitleids, der Zärtlichkeit, der Liebe erfüllte ihn, und dieselben Worte schwebten ihm auf den Lippen. Aber sie ließ ihm nicht Zeit, diese Worte auszusprechen.

Ja, Sie ... Sie! sagte sie, indem sie das Wort »Sie« mit Innigkeit betonte. Sie sind etwas anderes ... besser, großmütiger ... besser ist niemand und kann niemand sein. Wenn Sie damals nicht gewesen wären, ja, auch jetzt weiß ich nicht, was aus mir würde ... weil ... Plötzlich drangen ihr Tränen ins Auge. Sie wandte sich ab, hob die Noten vor das Gesicht, fing an zu singen und ging wieder im Saale hin und her.

In demselben Augenblicke kam Petja aus dem Salon hereingelaufen.

Er war jetzt ein schöner, frischer, fünfzehnjähriger Knabe mit vollen roten Lippen, und Natascha ähnlich. Er hatte sich zur Universität vorbereiten wollen, aber in der letzten Zeit hatte er mit seinem Kameraden Obolenskij im geheimen beschlossen, bei den Husaren einzutreten.

Petja kam jetzt zu seinem Namensvetter, um mit ihm davon zu sprechen. Er hatte Pierre gebeten, sich zu erkundigen, ob man ihn bei den Husaren annehmen würde. Aber Pierre ging im Saale auf und ab, ohne Petja anzuhören.

Endlich zupfte ihn Petja am Arme, um seine Aufmerksamkeit auf sich zu ziehen.

Nun, wie, um Gottes Willen, steht es mit meiner Angelegenheit, Peter Kirilytsch. Sie sind meine einzige Hoffnung, sagte Petja.

Ach ja, deine Angelegenheit ... wegen der Husaren ... ich werde dir Bescheid geben, werde dir Bescheid geben ... heute noch sollst du es wissen.

Nun, mein Lieber, wie steht's, haben Sie das Manifest bekommen? fragte der alte Graf, als Pierre in den Salon trat. Die Gräfin ist in der Kirche bei den Rasumowskijs gewesen und hat ein neues Gebet gehört. Sie sagt, es wäre sehr schön.

Ich habe das Manifest, antwortete Pierre. Morgen kommt der Kaiser. Es soll eine außerordentliche Adelsversammlung abgehalten werden, und man sagt, daß zehn Mann vom Tausend rekrutiert werden sollen. Und Ihnen kann man gratulieren!

Ja, ja, Gott sei Dank! Und sonst, was für Nachrichten von der Armee?

Die Unsrigen haben sich wieder zurückgezogen; sie sollen, wie es heißt, schon bei Smolensk stehen, sagte Pierre.

Mein Gott! mein Gott! rief der Graf. Wo ist das Manifest?

Der Aufruf ... ach ja! Pierre fing an, in seinen Taschen nach den Papieren zu suchen, konnte sie aber nicht finden. Die Gräfin trat ein; während er ihr die Hand küßte, fuhr er fort, seine Taschen zu betasten und sah sich dabei unruhig um. Er wartete unverkennbar auf Natascha, die nicht mehr sang, aber auch nicht in den Salon kam.

Auf mein Wort, ich weiß nicht mehr, wohin ich sie gesteckt habe, sagte er.

Nun ja, Sie verlieren immer alles! sagte die Gräfin.

Natascha kam herein mit wehmütig aufgeregtem Gesicht, setzte sich und sah Pierre schweigend an. Sobald sie ins Zimmer trat, erhellte sich Pierres Gesicht, das bisher düster gewesen war, und während er fortfuhr, die Papiere zu suchen, sah er Natascha mehrmals an.

Bei Gott, ich muß nach Hause fahren, sie holen ... ich habe sie liegenlassen ... auf jeden Fall muß ich hin.

Dann werden Sie zu spät zum Essen kommen.

Ach! der Kutscher ist ja auch fort.

Sonja ging ins Vorzimmer, um die Papiere zu suchen und fand sie in Pierres Hute, in dem er sie sorgfältig in das Futter gesteckt hatte.

Pierre wollte lesen.

Nein, nach Tisch! sagte der alte Graf, der sich von dem Lesen sichtlich ein großes Vergnügen versprach.

Bei der Tafel, während der auf die Gesundheit des neuen Georgsritters Champagner getrunken wurde, erzählte Schinschin allerlei Stadtneuigkeiten: von der Krankheit der alten grusinischen Fürstin, daß Métivier aus Moskau verschwunden sei, und daß man einen Deutschen zu Rostoptschin gebracht und ihn für einen Champignon (Spion) erklärt hatte (so hätte Graf Rostoptschin selbst erzählt); Rostoptschin aber hätte den Mann freigelassen und dem Volke die Versicherung gegeben, es sei kein Champignon, sondern einfach ein alter deutscher Pilz.

Man faßt sie! man faßt sie! rief der Graf. Ich sage der Gräfin immer, daß sie weniger Französisch sprechen soll. Die Zeit ist nicht danach.

Haben Sie denn gehört, daß Fürst Galizyn einen russischen Lehrer angenommen hat? fragte Schinschin. Er lernt Russisch ... Es fängt an, gefährlich zu werden, auf den Straßen französisch zu sprechen.

Wie ist's denn, Graf Peter Kirilytsch, wenn die Landwehr ausgehoben wird, müssen Sie wohl auch das Schwert ziehen, sagte der alte Graf, indem er sich an Pierre wandte.

Pierre war während der ganzen Mahlzeit schweigsam und nachdenklich gewesen. Als der Graf diese Worte sagte, blickte er auf, als ob er ihn nicht verstände.

Ja, ja, in den Krieg! sagte er dann. Aber was für ein Soldat werde ich sein! Es ist alles so sonderbar! so sonderbar! Ich verstehe auch nichts davon, weiß nichts, alle militärischen Dinge liegen mir so fern. Aber niemand kann in dieser Zeit für sich einstehen.

Nach dem Diner setzte sich der Graf bequem in einen Sessel und forderte Sonja, die für eine gute Vorleserin galt, mit ernstem Gesicht zum Lesen auf.

»An unsere erste Haupt- und Residenzstadt Moskau!«

»Der Feind ist mit großen Streitkräften über die Grenzen Rußlands gedrungen und geht darauf aus, unser geliebtes Vaterland zu zerstören«, las Sonja ausdrucksvoll mit ihrer feinen Stimme. Der Graf hörte mit geschlossenen Augen zu und brach bei gewissen Stellen in ein stoßweises Schnaufen aus.

Natascha lehnte in einem Sessel und sah forschend bald zu dem Vater, bald zu Pierre hinüber.

Pierre fühlte ihren Blick auf sich gerichtet und gab sich Mühe, sie nicht anzusehen. Die Gräfin nickte unwillig und nichts weniger als zustimmend nach jedem feierlichen Ausdruck des Manifestes mit dem Kopfe. Aus allen diesen Worten hörte sie nur heraus, daß die Gefahren, die ihrem Sohne drohten, nicht so bald aufhören würden.

Schinschin, der den Mund zu einem spöttischen Lächeln verzogen hatte, war sichtlich bereit, über alles herzufallen, was sich seinem Spott darbieten würde: über Sonjas Lesen, über die Äußerungen des Grafen, sogar über den Aufruf selbst, wenn sich nichts anderes finden ließ.

Nachdem Sonja von den Gefahren gelesen hatte, welche Rußland drohten, von den Hoffnungen, die der Kaiser auf Moskau und dessen ruhmreichen Adel gesetzt, las sie mit einem Zittern der Stimme, das hauptsächlich durch die Aufmerksamkeit hervorgerufen wurde, mit der man ihr zuhörte, die letzten Worte.

»Wir werden nicht zögern, selbst in der Mitte der Bevölkerung dieser Hauptstadt und in den anderen Orten unseres Reiches zu erscheinen, um über die Bildung unserer Landwehr zu beraten und sowohl diejenigen anzufeuern, die schon jetzt dem Feinde den Weg versperren, als auch diejenigen, die nun erst eintreten, um ihn zu vernichten, wo immer er sich zeigen mag. Möge das Verderben, in das er uns zu stürzen gedenkt, sich gegen sein eigenes Haupt wenden und möge in dem von der Knechtschaft befreiten Europa der Name Rußlands groß werden.«

So soll es sein! schrie der Graf, indem er die nassen Augen aufriß, und mit einem stoßweisen Schnaufen, als ob ihm ein Fläschchen Riechsalz an die Nase gehalten würde, fügte er hinzu:

Der Kaiser mag nur sagen, was er von uns will ... wir werden alles hingeben.

Schinschin hatte noch nicht Zeit gehabt, den Witz auszusprechen, den er über den Patriotismus des Grafen vorbereitet hatte, als Natascha von ihrem Sessel aufsprang und zum Vater hinlief.

Wie entzückend ist dieser Papa! sagte sie, indem sie ihn küßte, und dabei blickte sie wieder zu Pierre hinüber mit jener unwillkürlichen Koketterie, die mit ihrer früheren Lebhaftigkeit wiedergekehrt war.

Ei, seht doch, welche Patriotin! rief Schinschin.

Gar nicht Patriotin! antwortete Natascha gekränkt, sondern einfach ... Ihnen ist nun einmal alles lächerlich, aber hier handelt es sich nicht um einen Spaß.

Wieso um einen Spaß? unterbrach sie der Graf. Wenn er nur ein Wort sagt, gehen wir alle mit ihm ... Wir sind nicht wie die Deutschen ...

Aber haben Sie wohl bedacht, daß gesagt ist: »zu beraten«? fragte Pierre.

Nun, mag es sein, wie es wolle ...

In diesem Augenblicke hatte sich Petja, den niemand beachtete, dem Vater genähert und rief hochrot im Gesicht und mit einer sich überschlagenden, bald hohen, bald tiefen Stimme:

Papachen ... ich sage Ihnen ganz entschieden ... Ihnen und auch Mama ... so viel Sie dagegen haben mögen, ich sage Ihnen ganz entschieden, daß Sie mich Soldat werden lassen müssen ... weil ich nicht ... und damit basta ...

Die Gräfin hob entsetzt die Augen gen Himmel und wandte sich dann heftig an ihren Mann.

Das hast du von deinen Reden! sagte sie.

Aber der Graf hatte sich schon von seiner Erregung erholt.

So, so! sagte er; da haben wir also einen Soldaten! ... laß den Unsinn ... Du mußt lernen ...

Es ist kein Unsinn, Papachen! Fedja Obolenskij, der jünger ist als ich, geht auch ... Und was die Hauptsache ist ... es ist ganz gleich ... ich meine, ich kann jetzt doch nichts lernen, wenn ... Petja hielt inne, errötete und fügte dann hinzu: wenn das Vaterland in Gefahr ist.

Höre auf! höre auf! ... Unsinn!

Sie haben ja selbst gesagt, daß wir alles opfern wollen.

Petja, ich sage dir, schweig still! schrie der Graf, indem er sich nach seiner Frau umsah, die bleich, mit starren Augen den Sohn betrachtete.

Aber ich sage Ihnen, und auch Peter Kiryllowitsch wird es Ihnen sagen ...

Ich sage dir, Unsinn! Du bist noch grün hinter den Ohren, du willst Soldat sein? ... Ich sage dir ... und der Graf, der die

Papiere zusammennahm, wahrscheinlich, um sie in seinem Zimmer noch einmal in Ruhe durchzulesen, schickte sich an, das Zimmer zu verlassen.

Wie ist's, Peter Kiryllowitsch, wollen wir eine Pfeife rauchen? fragte er.

Pierre fühlte sich verlegen und unentschlossen; die ungewöhnlich glänzenden und lebhaften Augen Nataschas, die immerwährend mehr als freundlich auf ihn gerichtet waren, hatten ihn in diesen Zustand versetzt.

Nein, ich danke, ich fahre nach Hause.

Wieso, nach Hause? Sie wollten ja den Abend bei uns bleiben ... Sie fangen überhaupt an, uns selten zu besuchen, und doch ist hier meine ... sagte der Graf gutmütig, indem er auf Natascha zeigte, – nur vergnügt, wenn Sie da sind.

Ja, ich habe vergessen ... ich muß durchaus nach Hause ... Geschäfte ... antwortete Pierre hastig.

Nun denn, auf Wiedersehen! sagte der Graf und verließ das Zimmer.

Warum wollen Sie fort? Warum sind Sie verstimmt ... Warum? fragte Natascha, indem sie Pierre forschend in die Augen sah.

»Weil ich dich liebe!« wollte er sagen, tat es aber nicht, errötete bis zu Tränen und schlug die Augen nieder.

Weil es für mich besser ist, Sie seltener zu besuchen ... weil ... ja ... einfach, weil ich zu tun habe.

Warum? Nein, sagen Sie ... begann Natascha entschlossen, schwieg aber plötzlich. Erschreckt und verwirrt sahen sie sich gegenseitig an. Er versuchte zu lächeln, konnte aber nicht. Sein Lächeln drückte Leiden aus. Schweigend küßte er ihr die Hand und ging.

Er gelobte sich, Rostows nicht mehr zu besuchen.

XXI

Nach der entschiedenen Abweisung, die Petja erhalten, ging er in sein Zimmer, und dort, von allen ungesehen, weinte er bitterlich. Sie gaben sich auch alle den Anschein, nichts zu bemerken, als er schweigend und traurig mit verweinten Augen zum Tee kam.

Am folgenden Tag traf der Kaiser ein. Mehrere Leute vom Hausgesinde der Rostows baten um Erlaubnis, den Einzug mit ansehen zu dürfen. Petja kleidete sich an diesem Morgen lange und sorgfältig an, kämmte sich und ordnete seinen Hemdkragen wie ein Erwachsener. Dabei übte er sich vor dem Spiegel, ein ernstes Gesicht zu machen, gestikulierte, zuckte die Achseln, setzte endlich seine Mütze auf und ging, ohne jemand davon zu benachrichtigen, über die Hintertreppe aus dem Hause, weil er unbemerkt zu bleiben wünschte.

Petja hatte beschlossen, geraden Weges dahin zu gehen, wo sich der Kaiser befand, und dem ersten besten Kammerherren zu sagen (Petja glaubte, der Kaiser wäre immer von Kammerherren umgeben), daß er, Graf Rostow, trotz seiner Jugend, dem Vaterlande dienen wolle, daß Jugend kein Hindernis sein könne, und daß er bereit wäre ...

Während Petja sich fertig machte, bereitete er sich auf all die schönen Worte vor, die er dem Kammerherren sagen wollte. Er rechnete auf den Erfolg seiner Bitte beim Kaiser besonders darum, weil er noch ein Kind war (er malte sich aus, wie alle sich über seine Jugend wundern würden), und doch suchte er, durch die Anordnung seines Kragens, seines Haares und durch seinen langsam würdigen Gang einen Erwachsenen vorzustellen.

Aber je weiter er ging, um so mehr zerstreute ihn der Anblick des dem Kreml zuströmenden Volkes, und um so mehr vergaß er die Rücksicht auf jene Würde und Gemessenheit, die den Erwachsenen eigen sind.

Schon als er sich dem Kreml näherte, besorgte er, daß man ihn totdrücken würde, und stemmte entschlossen mit drohender Miene die Arme in die Seite. Aber im Troizator drückten ihn die Leute, die wahrscheinlich nicht ahnten, in welcher patriotischen Absicht er zum Kaiser ging, so an die Wand, daß er sich fügen und stehenbleiben mußte, während die Prunkwagen unter der dröhnenden Wölbung des Tores hinfuhren.

Um Petja herum standen eine Frau mit ihrem Diener, zwei

Kaufleute und ein verabschiedeter Soldat. Nachdem Petja eine Weile im Tore gewartet hatte, wollte er, ohne die letzten Wagen abzuwarten, weitergehen, und fing entschlossen an mit den Ellbogen zu arbeiten. Aber die Frau, die vor ihm stand und die er zuerst mit seinem Ellbogen stieß, schrie ihn zornig an:

Junker, warum fängst du so an zu stoßen? sieh doch, alle stehen still, warum willst du schon vorwärts?

Die anderen wollen auch gehen, sagte der Diener, setzte seine Ellbogen ebenfalls in Bewegung und drückte Petja in eine übelriechende Ecke unter dem Tor.

Petja wischte sich mit den Händen den Schweiß vom Gesicht und zupfte seinen weichgewordenen Rundkragen wieder glatt, den er erst so gut geordnet hatte. Er fühlte, daß er nicht mehr präsentabel aussah und fürchtete, daß man ihn, wenn er sich so den Kammerherren vorstellte, nicht zum Kaiser lassen würde. Aber einen anderen Platz zu gewinnen und sich zurechtzumachen war wegen des Gedränges nicht möglich. Einer der vorüberfahrenden Generale war ein Bekannter des Rostowschen Hauses. Petja dachte einen Augenblick daran, ihn zu Hilfe zu rufen, hielt es dann aber für unvereinbar mit seinem Mannesmut. Nachdem alle Wagen vorüber waren, strömte die Menge aus dem Tore auf den großen Platz, der schon dicht mit Menschen besetzt war, und trug auch Petja mit dahin. Nicht nur der Platz selbst, auch alle Mauern und Dächer waren mit Zuschauern bedeckt. Petja hörte die den ganzen Kreml erfüllenden Glockentöne und das fröhliche Schwatzen des Volkes.

Eine Weile war das Gedränge auf dem Platze weniger schlimm. Aber plötzlich entblößten sich alle Köpfe, und die ganze Menschenmenge stürzte vorwärts – Petja wurde so arg gedrückt, daß er nicht atmen konnte –, und alles schrie: Hurra! Hurra! Hurra!

Petja stellte sich auf die Zehen, stieß, kniff, aber er sah nichts als die Leute um sich her.

Auf allen Gesichtern lag der gleiche Ausdruck der Liebe und Begeisterung. Eine Kaufmannsfrau, die neben Petja stand, schluchzte, und die Tränen stürzten ihr aus den Augen.

Vater! Engel! Väterchen! rief sie, indem sie sich die Tränen mit den Fingern abwischte.

Hurra! erklang es von allen Seiten.

Eine Minute lang blieb die Menge stehen, aber dann drängte sie wieder vorwärts. Auch Petja, der sich selbst vergaß, biß die Zähne zusammen, riß mit wildem Ausdruck die Augen auf, arbeitete mit den Ellbogen und schrie Hurra! als ob er bereit wäre, in diesem Augenblick sich und alle umzubringen. Überall um ihn her bewegten sich ebenso wild aussehende Gesichter mit demselben Hurrageschrei.

»Da sieht man doch, was ein Kaiser ist! dachte Petja. Nein, ihm selbst kann ich meine Bitte nicht vortragen, das würde zu dreist sein!« Aber trotzdem schlug er sich verzweifelt durch, bis er zwischen den vor ihm Stehenden einen freien Raum und den mit rotem Tuch bedeckten Weg erblickte. In diesem Moment bewegte sich die Menschenmenge rückwärts (die Polizeidiener stießen die Vordrängenden zurück, denn eben ging der Kaiser aus dem Palais in die Himmelfahrtskathedrale), und Petja bekam unerwartet einen solchen Rippenstoß und wurde so gedrückt, daß plötzlich alles vor seinen Augen trübe wurde und er die Besinnung verlor.

Als er wieder zu sich kam, hielt ihn ein geistlicher Herr mit einem Büschel grauer Haare am Hinterkopfe und in einem abgetragenen blauen Priesterrocke, er mochte Küster sein, mit einem Arme umschlungen und schützte ihn mit dem anderen vor der herandrängenden Menge.

Ein Junker ist erdrückt, sagte der Küster.

Was? ... So! ... Wirklich erdrückt? ... Erdrückt! Erdrückt! schrien die Leute.

Der Kaiser trat in die Himmelsfahrtskathedrale. Die Menge verteilte sich wieder, und der Küster schleppte den bleichen, atemlosen Petja zu der »Kanonen-Königin« hin. Einige der Umstehenden bedauerten Petja, und plötzlich wandte sich alles zu ihm, und er wurde der Mittelpunkte des Gedränges. Die Zunächststehenden suchten ihm behilflich zu sein, knöpften sein Röckchen auf, setzten ihn auf das Untergestell der Kanone und machten denen, die ihn gedrängt hatten, Vorwürfe.

So kann man die Menschen totdrücken! ... Was ist denn das? ... Menschenmörder seid ihr! ... Seht nur den herzigen Jungen! ... Weiß wie ein Tischtuch ist er geworden!

Petja kam bald wieder zur Besinnung, seine Farbe kehrte zurück, die Schmerzen vergingen, und als Entschädigung für die überstandene Unannehmlichkeit bekam er einen Platz auf der Kanone, von wo aus er hoffte, den Kaiser zu sehen, der auf dem Rückwege vorbeikommen mußte. Petja dachte nicht mehr daran, seine Bitte vorzutragen. Wenn er *ihn* nur sehen konnte! auch das wäre schon genug, sich glücklich zu preisen.

Während des Gottesdienstes in der Kathedrale – eine Doppelfeier, die zugleich die Ankunft des Kaisers und dem Friedensabschluß mit der Türkei galt – zerstreute sich die Menge. Es erschienen laut schreiende Verkäufer von Kwas, Pfefferkuchen und Mohn, von dem Petja ein besonderer Liebhaber war, und die Gespräche nahmen wieder ihren gewöhnlichen Verlauf. Eine Kaufmannsfrau zeigte ihr zerrissenes Tuch und erzählte, wieviel es gekostet hatte; eine andere klagte, daß heutzutage alle Seidenstoffe teuer geworden wären; der Küster, Petjas Retter, nannte einem Beamten die Namen der Geistlichen, welche heute mit dem Metropoliten die Messe lasen; der Küster gebrauchte mehreremal das Wort »Klerisei«, das Petja nicht verstand. Zwei junge Bürger scherzten mit jungen Hausmädchen, die Nüsse knackten. Aber alle diese Gespräche, besonders die Scherze mit den Mädchen, – die sonst für einen Knaben in Petjas Alter von besonderem Reiz zu sein pflegen – interessierten ihn jetzt nicht. Er saß auf seiner Kanone und hatte nur den einen, aufregenden Gedanken an den Kaiser und an seine Liebe zu ihm. Die Vereinigung von Schmerz und Furcht, als er in Gefahr war, erdrückt zu werden, mit dem Gefühl des Entzückens verstärkte in ihm das Bewußtsein von der Bedeutung dieses Augenblicks.

Plötzlich wurden von der Uferstraße her Kanonenschüsse gehört (zur Feier des Friedensschlusses mit den Türken), und die Menge stürzte eilig dem Flusse zu, um das Schießen mit anzusehen.

Petja wollte ebenfalls hinlaufen, aber der Küster, der den

Junker unter seine Obhut genommen hatte, litt es nicht. Die Schüsse donnerten noch fort, als aus der Himmelfahrtskathedrale Offiziere, Generale und Kammerherren herauseilten, denen andere weniger schnell nachfolgten. Wieder wurden die Mützen heruntergerissen, und die Leute, die fortgelaufen waren, um die Kanonen zu sehen, kehrten zurück.

Endlich kamen noch vier Männer in Uniform mit vielen Ordensbändern aus der Kirche. Hurra! Hurra! schrie die Menge.

Welcher? Welcher? fragte Petja mit weinerlicher Stimme rings umher, aber niemand gab Antwort. Es waren alle selbst zu sehr in Anspruch genommen, und nachdem sich Petja einen von den vieren ausgewählt, den er aber, wegen der Tränen, die ihm vor Freude in die Augen traten, nicht ordentlich sehen konnte, wandte er ihm seinen ganzen Enthusiasmus zu, obwohl es nicht der Kaiser war, schrie mit schallender Stimme Hurra! und beschloß, was es auch kosten möge, morgen Soldat zu sein.

Die Menge drängte hinter dem Kaiser her, begleitete ihn bis an das Palais und fing an, sich zu zerstreuen. Es war spät, Petja hatte nichts gegessen, und der Schweiß strömte an ihm nieder. Aber er ging nicht nach Hause, sondern blieb mit der kleiner gewordenen, aber noch immer ansehnlichen Menge während der Tafel des Kaisers vor dem Schlosse stehen, sah in die Fenster, als ob er noch immer etwas erwartete, und beneidete sowohl jeden vornehmen Herren, der die Freitreppe hinaufstieg, wie jeden Lakaien, der bei der Tafel aufwartete und dann und wann an den Fenstern vorüberhuschte.

An der Tafel des Kaisers sagte Walujew, indem er sich nach den Fenstern umsah:

Das Volk hofft immer noch, Ew. Majestät zu sehen.

Die Tafel war zu Ende. Der Kaiser erhob sich und trat, indem er sein Biskuit weiteraß, auf den Balkon. Das Volk, und Petja in seiner Mitte, stürzte auf den Balkon zu.

Engel! Väterchen! Hurra! ... Vater! schrie die Menge, und Petja mit ihr. Und wieder weinten die Frauen, einige der Männer und Petja vor Glück und Freude.

Ein ziemlich großes Stück von dem Biskuit, das der Kaiser

in der Hand hielt, brach ab, fiel auf das Balkongeländer und dann auf die Erde. Ein dicht dabeistehender Kutscher im langen Kaftan warf sich auf das Kuchenstückchen und ergriff es; ein paar andere Männer fielen über ihn her.

Der Kaiser, der dies bemerkte, befahl, einen Teller mit Biskuits zu bringen, und warf sie vom Balkon hinunter. Petjas Augen füllten sich mit Blut. Die Gefahr, erdrückt zu werden, erregte ihn noch mehr; auch er warf sich auf die Biskuits ... er mußte – warum, wußte er nicht – ein Biskuit aus den Händen des Kaisers haben und durfte nicht nachgeben.

Er stürzte sich auf eine Alte, die das Biskuit aufnehmen wollte und stieß sie fort; aber sie hielt sich nicht für besiegt, obwohl sie an der Erde lag, und griff abermals nach dem Kuchen; Petja stieß jedoch ihre Hand mit dem Knie zurück, erfaßte das Biskuit und schrie, als ob er etwas zu versäumen fürchtete, mit heiser gewordener Stimme: Hurra!

Der Kaiser entfernte sich, und der größte Teil der Menge fing an auseinanderzugehen.

Ich wußte ja, daß man noch dableiben sollte ... und so war es auch! hörte man von allen Seiten im Volke sagen.

Wie glücklich sich Petja jetzt auch fühlte, er fand es traurig, nach Hause zu gehen und zu wissen, daß der ganze Genuß dieses Tages zu Ende war. Er begab sich deshalb nicht gleich aus dem Kreml nach Hause, sondern zu seinem Kameraden Obolenskij, der fünfzehn Jahre alt war und der ebenfalls Soldat werden wollte.

Als er zu den Eltern zurückgekehrt war, erklärte er fest und entschlossen, daß er fortlaufen würde, wenn man ihn nicht freiwillig gehen ließe. Und am folgenden Morgen fuhr Graf Ilja Andreitsch (obwohl er noch nicht entschieden seine Zustimmung gegeben hatte) aus, um Erkundigungen einzuziehen, wie er Petja irgendwo möglichst gefahrlos unterbringen könnte.

XXII

Am Morgen des 27. Juli, drei Tage nach diesen Vorgängen, hielt eine zahllose Menge Equipagen vor dem alten Vorstadtschloß.

Die Säle waren überfüllt. Im ersten befanden sich die Edelleute in ihren Uniformen, im zweiten die Kaufleute mit Medaillen, in Bärten und blauen Kaftans. Im Saale der Adelsversammlung herrschte eine brausende Bewegung. Die vornehmsten Männer saßen an einem großen Tische unter dem Bilde des Kaisers auf hochlehnigen Stühlen; der größte Teil der Edelleute aber ging im Saale umher.

Alle diese Edelleute, die Pierre täglich bald im Klub, bald in ihren eigenen Häusern zu sehen pflegte, waren in Uniform. Der eine trug eine Uniform aus der Zeit der Kaiserin Katharina, der andere eine aus der Zeit Kaiser Pauls, der dritte die neue Alexandrinische; noch andere waren in der gewöhnlichen Adelsuniform erschienen, und diese allgemeine Uniformierung gab allen den verschiedenartigen, alten und jungen, wohlbekannten Gesichtern etwas Fremdartiges und Phantastisches. Am seltsamsten sahen die Greise aus, die halb blind, zahnlos, kahlköpfig, bald gelb, fett und gedunsen, bald zusammengeschrumpft und mager am Tische saßen und schwiegen, oder wenn sie gingen und sprachen, sich an irgendeinen jüngeren Mann anzuschließen suchten. Ebenso wie auf den Gesichtern der Menge, die Petja auf dem Platz gesehen hatte, lag auch auf allen diesen Gesichtern der scharfe Gegensatz der allgemeinen Erwartung von etwas Feierlichem, zu dem Alltäglichen, Gestrigen – einer Partie Boston etwa, oder dem Interesse für den Koch Petruschka oder dem Befinden der Sinaida Dmitriewna und dergleichen.

Pierre, der vom frühen Morgen an in eine unbequeme, zu eng gewordene Adelsuniform eingepreßt war, befand sich ebenfalls im Saale. Er war in großer Erregung. Die ungewöhnliche Versammlung nicht nur des Adels, sondern auch der Kaufleute – der Stände, *états généraux* – rief in ihm eine ganze Reihenfolge lange verblaßter, aber tief in seine Seele eingegrabener Gedanken über den *Contrat social* und die französische Revolution hervor. Die Worte des Aufrufs, die ihm besonders aufgefallen waren, der Kaiser wolle zur Beratung mit seinem Volke in die Hauptstadt kommen, befestigten ihn in dieser Ansicht und in dem Glauben, daß etwas in diesem Sinne bevorstände, etwas Wichtiges, das er schon längst erwartet hatte. Er ging umher, sah sich um, lauschte auf die Gespräche, fand aber nirgends einen Ausdruck *der* Gedanken, die ihn beschäftigten.

Das Manifest des Kaisers wurde verlesen und rief einen Sturm der Begeisterung hervor; dann teilte sich die Versammlung in verschiedene, lebhaft redende Gruppen. Mit dem größten Interesse wurde, wie Pierre hörte, darüber verhandelt, wo die Adelsmarschälle stehen sollten, um den Kaiser zu empfangen, an welchem Tage ihm ein Ball gegeben werden könnte, und ob man sich nach Bezirken oder nach Gouvernements aufstellen müsse usw. Sobald die Gespräche aber den Krieg berührten, und das, weswegen der Adel hier versammelt war, wurden alle Äußerungen unbestimmt und schwankend; jeder wollte mehr hören als sagen.

Ein Mann von mittleren Jahren, schön, kräftig, in der Uniform eines verabschiedeten Marineoffiziers, fing in einem Saale zu sprechen an, und es bildete sich ein Kreis um ihn her. Pierre näherte sich dem Sprecher und hörte ebenfalls zu. Graf Ilja Andreitsch, der in seiner Wojewodentracht aus der Zeit der Katharina mit freundlichem Lächeln in der Menge umherging, in der er jeden kannte, gesellte sich ebenfalls zu dieser Gruppe und begann mit seinem gutmütigen Lächeln zuzuhören, wie er immer tat, indem er zum Zeichen seines Einverständnisses mit dem Sprechenden bejahend mit dem Kopfe nickte.

Der verabschiedete Marineoffizier sprach mit großer Dreistigkeit, wie das schon der Gesichtsausdruck der ihn Umstehenden verriet. Viele, die Pierre als untertänige, ängstliche Männer bekannt waren, entfernten sich von dem Kreise, indem sie den Redner tadelten, oder ihm geradezu widersprachen. Pierre hatte sich in die Mitte der Gruppe durchgedrängt, hörte zu und überzeugte sich, daß der Sprechende wirklich ein Liberaler war, aber in ganz anderem Sinne als

Pierre glaubte. Der Marineoffizier sprach in jenem besonders klangvollen, singenden, den Adligen eigenen Bariton, mit einem angenehmen Schnarren des R und einem gewissen Verschlucken der Konsonanten, in dem Tone, mit dem man zu rufen pflegt: Kellneeer ... Champagner! und dergleichen. Er sprach wie jemand, dem ein gebieterischer Ton Gewohnheit ist.

Was ist's denn weiter, daß der Adel von Smolensk dem Kaiser eine Landwehr angeboten hat? sagte er. Ist Smolensk etwa ein Vorbild für uns? Wenn es der Adel des Moskauischen Gouvernements für nötig hält, so kann er seine Ergebenheit für unseren Herrn und Kaiser durch andere Mittel beweisen. Haben wir denn die Landwehren von 1807 vergessen? ... Nur die Beamten sind dabei reich geworden und die Diebe und Räuber!

Graf Ilja Andreitsch nickte süß lächelnd Beifall mit dem Kopfe.

Und wie denn ... Sind unsere Landwehren dem Reiche von Nutzen gewesen? Ganz und gar nicht ... Nur unsere Güter haben wir damit zugrunde gerichtet. Rekrutieren ist viel besser, denn was aus dem Kriege zu uns zurückkommt, ist weder Soldat noch Bauer, sondern nichts als die verkörperte Liederlichkeit. Der Adel wird sein Leben nicht schonen. Wir alle werden uns stellen; dazu nehme man die Rekruten, und dann möge der Kaisa rufen (so sprach er das Wort aus), und wir sterben alle für ihn! fügte der Redner immer begeisterter hinzu.

Graf Ilja Andreitsch lief vor Vergnügen das Wasser im Munde zusammen; er stieß Pierre an. Aber dieser wollte auch sprechen. Er drängte sich vor. Er fühlte sich angeregt, ohne selbst zu wissen warum, und ohne sich klarzumachen, was er sagen wollte. Er hatte kaum den Mund geöffnet, um zu sprechen, als ein zahnloser Senator mit klugem, finsterem Gesicht, der in der Nähe des Redners stand, Pierre ins Wort fiel. Mit der unverkennbaren Gewohnheit, Reden zu halten und Fragen zu stellen, fing er deutlich, aber leise zu sprechen an.

Ich glaube, mein verehrter Herr, sagte er mit dem zahnlosen Munde wackelnd, wir sind hierherberufen, nicht um zu beurteilen, ob im jetzigen Augenblick Rekrutierung oder Landwehr vorteilhafter ist; wir sind vielmehr zusammenberufen, um den Aufruf zu beantworten, mit dem uns des Kaisers Majestät beehrt hat. Das Urteil, ob Rekrutierung oder Landwehr vorteilhafter ist, überlassen wir höheren Gewalten.

Jetzt fand Pierre einen Ausdruck für seine Aufregung. Er geriet in Wut gegen den Senator, der diese Beschränktheit und Einseitigkeit der Ansichten in die jetzt bevorstehende Aufgabe des Adels hineintrug, trat vor und hielt den alten Herrn an. Er wußte selbst nicht, was er sagen würde, aber er begann lebhaft, indem er hin und wieder ein französisches Wort einmischte und sich auch russisch in gewählter Buchsprache ausdrückte.

Entschuldigen Ew. Exzellenz, fing er an (Pierre war mit diesem Senator genau bekannt, hielt es aber für nötig, sich jetzt in aller Feierlichkeit an ihn zu wenden). Ich stimme zwar nicht überein mit meinem Herrn ... Pierre stockte, er wollte sagen: *»mon très-honorable préopinant!«* ... mit dem Herrn, den ich nicht die Ehre habe zu kennen; aber ich glaube, daß der Stand des Adels nicht nur zusammenberufen ist, um seiner Treue und Begeisterung Ausdruck zu geben, sondern auch in der Absicht, die Maßregeln zu besprechen, mit denen wir dem Vaterlande helfen können. Ich glaube, fuhr er noch lebhafter fort, daß der Kaiser sogar unzufrieden sein würde, wenn er hier nichts fände als Edelleute, die ihm ihre Leibeigenen geben wollen oder ... Kanonenfutter, wozu wir uns selber machen, als keinen R ... r ... rat!

Viele Zuhörer entfernten sich von dem Kreise, als sie das verächtliche Lächeln des Senators sahen und inne wurden, daß Pierre freisinnige Meinungen hatte. Nur Graf Ilja Andreitsch war mit seiner Rede zufrieden, wie er es auch mit der des Marineoffiziers gewesen, mit der des Senators, und überhaupt immer mit der Rede dessen, der eben sprach.

Ich glaube, daß wir vor der Besprechung dieser Angelegenheit den Kaiser befragen, Sr. Majestät gehorsamst bitten sollten, fuhr Pierre fort, uns zu ... *communiquer*, wieviel Militär wir haben, in welchem Zustande sich die einzelnen Regimenter befinden, und die ganze Armee, und dann ...

Aber Pierre hatte seinen Satz noch nicht vollendet, als er plötzlich von drei Seiten überfallen wurde.

Am heftigsten griff ihn ein alter Bekannter an, Stepan Stepanowitsch Adraksin, mit dem er Boston zu spielen pflegte und der immer freundlich gegen ihn gesinnt gewesen war. Stepan Stepanowitsch war heute in Uniform, und entweder deswegen, oder aus irgendeinem anderen Grunde sah Pierre einen ganz anderen Menschen vor sich als gewöhnlich. Mit einer plötzlich erwachten greisenhaften Heftigkeit schrie er Pierre an.

Erstens sage ich Ihnen, daß wir kein Recht haben, den Kaiser danach zu fragen, und zweitens, daß der Kaiser – wenn der russische Adel ein solches Recht hätte – diese Fragen nicht beantworten *könnte.* Die Regimenter bewegen sich, je nach der Bewegung des Feindes, sie werden kleiner und wieder größer ...

Jetzt fiel eine andere Stimme ein, die eines etwa vierzigjährigen Mannes, den Pierre in früheren Zeiten öfter bei den Zigeunern gesehen, und für einen nicht ganz ehrlichen Spieler gehalten hatte. Er war ebenfalls durch die Uniform verändert und fiel über Pierre her, indem er Adraksin unterbrach.

Ja, es ist jetzt nicht Zeit zum Räsonnieren, sagte die Stimme dieses Edelmannes; wir müssen handeln. Der Krieg ist bereits in Rußland. Der Feind sucht Rußland zu vernichten, die Gräber unserer Väter zu zerstören, unsere Frauen und Kinder zu entführen. Aber wir erheben uns, alle ... alle! hier schlug sich der Edelmann an die Brust. Jeder geht mit ... Alle für den Zaren, unser Väterchen! schrie er und rollte die mit Blut unterlaufenen Augen.

Einige zustimmende Ausrufe ließen sich hören. Der Redner fuhr fort:

Wir sind Russen und werden uns nicht scheuen, unser Blut für die Verteidigung des Glaubens, des Thrones und des Vaterlandes hinzugeben. Aber das Geschwätz müssen wir beiseite lassen, wenn wir Söhne des Vaterlandes sind. Wir werden Europa zeigen, wie Rußland für Rußland aufsteht! schrie der Edelmann.

Pierre wollte ihm antworten, aber er war nicht dazu im Stande; er fühlte, daß der Ton seiner Worte, unabhängig von den Gedanken, die sie enthielten, weniger zu hören sein würde als die Stimme des eifrigen Edelmannes.

Hinter der Gruppe drückte Graf Ilja Andreitsch seine Zustimmung aus; einige machten kehrt und wandten dem Redner am Ende seiner Phrase den Rücken und sagten:

Ja, ja, so ist es!

Pierre wollte sagen, er schlösse sich weder von den Opfern an Geld und an Leibeigenen noch von dem Opfer des eigenen Lebens aus. Aber um wirklich helfen zu können, müsse man den Stand der Dinge kennen. Er kam jedoch nicht zu Wort; eine Menge Stimmen sprachen und schrien zur gleichen Zeit, so daß es Ilja Andreitsch nicht möglich war, jedem der Sprechenden zuzunicken. Dabei vergrößerte sich die Gruppe, zerteilte sich, kam wieder zusammen, und im ganzen Saale sowohl wie an dem großen Tische wurden murmelnde Gespräche geführt.

Pierre war es nicht nur unmöglich zu sprechen, er wurde sogar grob unterbrochen. Man stieß ihn zurück und wandte ihm den Rücken, wie einem allgemeinen Feinde. Nicht etwa aus Unzufriedenheit mit dem Inhalt seiner Rede. Den hatte man, nach der großen Zahl von Reden, die auf die seinige gefolgt waren, bereits vergessen. Aber für die Anregung der Menge war es notwendig, einen greifbaren Gegenstand der Liebe und einen greifbaren Gegenstand des Hasses zu haben. Pierre wurde dieser letztere.

Viele Redner sprachen nach dem hitzigen Edelmanne und alle in demselben Eifer; viele sprachen schön und originell.

Glinka, der Herausgeber des »Russischen Boten« (ein Schriftsteller! ein Schriftsteller! wurde in der Versammlung gerufen, als man ihn erkannte), Glinka sagte, man müsse die Hölle mit der Hölle besiegen; er hätte ein Kind gesehen, das bei dem Zucken des Blitzes und dem Grollen des Donners gelächelt, wir aber glichen nicht diesem Kinde.

Ja, ja, beim Grollen des Donners! wiederholte man zustimmend in den hinteren Reihen.

Die Menge drängte sich um den großen Tisch, an dem graue, kahlköpfige, siebzigjährige vornehmen Herren in Uniform saßen, die Pierre fast alle in ihren eigenen Häusern mit ihren Hausnarren oder im Klub beim Boston öfter sah. Die Menge drängte sich um diesen Tisch, ohne mit ihrem Gemurmel aufzuhören. Ein Edelmann nach dem anderen hielt Reden, zuweilen mehrere zusammen, während sie durch die andrängende Menge gegen die hohen Lehnen der Sessel gedrückt wurden. Die um sie herumstanden, achteten auf das, was sie zu sagen vergaßen, und beeilten sich, das Versäumte hinzuzufügen. Andere durchwühlten in dieser Hitze und diesem Gedränge ihren Kopf, um einen Gedanken zu finden, und beeilten sich, ihn auszusprechen.

Die Bekannten Pierres, die alten Herren, saßen und sahen sich bald nach dem einen, bald nach dem anderen um, und der Gesichtsausdruck der meisten sagte nur, daß sie es heiß fänden. Aber Pierre fühlte sich aufgeregt, und der allgemeine Wunsch, zu zeigen, daß uns nichts zu viel war – ein Wunsch, der sich noch mehr in dem Ton und in den Mienen als im Sinne der Reden verriet, erfüllte auch ihn. Er verleugnete seine Gedanken nicht, aber er fühlte sich gewissermaßen schuldig und wollte sich rechtfertigen.

Ich habe nur gesagt, es würde leichter für uns sein, Opfer zu bringen, wenn wir wüßten, was uns nottut, fing er an, indem er andere Stimmen zu überschreien suchte.

Der ihm zunächst sitzende alte Herr wandte sich nach ihm um, aber er wurde gleich wieder durch ein Geschrei abgelenkt, das sich am anderen Ende des Tisches erhob.

Ja, Moskau wird sich erheben. Es wird unsere Retterin werden! rief der eine.

Er ist ein Feind der Menschheit! rief der andere. Erlauben Sie mir zu sprechen, meine Herren ... Sie drücken mich tot! ...

XXIII

In diesem Augenblick trat Graf Rostoptschin, mit seinem dicken Unterkinn und seinen scharfblickenden Augen, raschen Schrittes unter die zurückweichenden Gruppen der Adelsversammlung. Er trug Generalsuniform und hatte ein breites Band über der Schulter.

Se. Majestät der Kaiser wird gleich hier sein, sagte er. Ich glaube, es ist unnütz, in der Lage, in der wir uns befinden, lange zu prüfen. Se. Majestät hat uns die Ehre erwiesen, uns und die Kaufleute zusammenzurufen, fuhr Graf Rostoptschin fort. Von dorther werden die Millionen strömen – er wies auf den Saal der Kaufleute – unsere Sache ist es, die Landwehr zu stellen und uns selbst nicht zu schonen ... Das ist das Geringste, was wir tun können.

Die Beratungen begannen, aber nur unter den großen Herren, die um den Tisch saßen. Die ganze Verhandlung ging mehr als ruhig vorüber; es machte sogar einen kläglichen Eindruck, als jetzt, nach dem früheren, allgemeinen Gemurmel, einzelne alte Stimmen gehört wurden.

Ich stimme zu! sagte der eine und der andere, um sich anders auszudrücken: Das ist auch meine Meinung.

Dem Sekretär wurde aufgetragen, als Beschluß des Moskauer Adels niederzuschreiben, die Moskauer seien bereit, wie die Smolensker zehn Mann vom Tausend zu opfern und ihnen die vollständige Ausrüstung zu geben. Die Vorsitzenden standen wie erleichtert auf, rückten geräuschvoll die Stühle, fingen an im Saale hin und her zugehen, um sich die Füße zu vertreten, und nahmen dabei bald diesen, bald jenen am Arm, um mit ihm zu sprechen.

Der Kaiser! der Kaiser! klang es plötzlich durch die Säle, und die ganze Menge stürzte dem Ausgange zu.

Auf dem breiten Gange zwischen den beiden Spalieren, die die Edelleute gebildet hatten, trat der Kaiser in den Saal. Auf allen Gesichtern lag eine ehrerbietige, erschrockene Neugier. Pierre stand ziemlich fern und konnte die Worte des Kaisers nicht genau hören. Er verstand nur aus dem, was er vernahm, daß Alexander von einer Gefahr sprach, in der sich das Reich befinde, und von den Hoffnungen, die er auf den Adel Moskaus gesetzt. Darauf antwortete dem Kaiser eine Stimme, die ihm den soeben zustandegekommenen Beschluß der Versammlung mitteilte.

Meine Herren, begann der Kaiser mit bebender Stimme. Ein Rauschen ging durch den Saal, dann wurde es wieder still, und Pierre hörte deutlich die angenehm-freundliche, gerührte Stimme des Kaisers. Er sagte:

Ich habe nie an der Bereitwilligkeit des russischen Adels gezweifelt, aber an diesem Tage hat er meine Erwartungen übertroffen. Ich danke Ihnen im Namen des Vaterlandes. Meine Herren, jetzt laßt uns handeln – die Zeit ist das Kostbarste!

Der Kaiser schwieg. Die Anwesenden fingen an, ihn zu umdrängen, und von allen Seiten wurden Rufe des Entzückens laut.

Ja, das Kostbarste! ... Ein kaiserliches Wort ... sagte schluchzend im Hintergrunde die Stimme des Grafen Ilja Andreitsch, der nichts ordentlich gehört hatte, aber alles in seiner Weise verstand.

Aus dem Adelssaale ging der Kaiser in den der Kaufleute, wo er etwa zehn Minuten blieb. Pierre und andere sahen ihn den Saal der Kaufleute mit Tränen in den Augen verlassen. Wie man später erfuhr, hatte der Kaiser kaum zu sprechen begonnen, als ihm die Tränen aus den Augen stürzten; mit zitternder Stimme sprach er zu Ende. Als Pierre den Kaiser fortgehen sah, war er von zwei Kaufleuten begleitet. Der eine, den Pierre kannte, war ein dicker Branntweinpächter; der andere war das Stadtoberhaupt, ein hagerer, schmalbärtiger Mann mit gelbem Gesicht. Beide weinten. Dem hageren standen die Tränen nur im Auge, aber der dicke Branntweinpächter schluchzte wie ein Kind und wiederholte immer:

Nimm unser Vermögen! nimm unser Leben, Majestät!

Pierre fühlte in diesem Augenblicke nur noch den Wunsch, zu zeigen, daß ihm nichts zuviel, und daß er bereit war, alles zu opfern. Wie ein Unrecht erschien ihm seine Rede mit der konstitutionellen Färbung, und er suchte Gelegenheit, das wieder gutzumachen. Nachdem er erfahren, daß Graf Mamonow ein Regiment gab, erklärte Besuchow auf der Stelle, daß er tausend Mann nebst vollständigem Unterhalt geben würde.

Der alte Rostow konnte seiner Frau nicht ohne Tränen erzählen, was geschehen war. Er bewilligte auch sogleich Petjas Bitte und ging selbst, ihn einschreiben zu lassen.

Am folgenden Tage reiste der Kaiser ab. Alle versammelten Edelleute zogen die Uniformen aus, verteilten sich wieder in die Häuser und Klubs, gaben ihren Verwaltern unter Ächzen und Stöhnen die nötigen Befehle in bezug auf die Landwehr und wunderten sich über das, was sie getan hatten.

ZWEITE ABTEILUNG

I

Napoleon hatte den Krieg mit Rußland begonnen, weil er nicht anders konnte, als nach Dresden gehen; nicht anders konnte, als sich von dem allgemeinen Weihrauch betäuben lassen; nicht anders konnte, als eine polnische Uniform anziehen und dem zu Unternehmungen verlockenden Eindruck des Junimorgens nachgeben, und endlich, weil er sich des Zornes gegen Kurakin und später gegen Balaschow nicht zu erwehren vermochte.

Alexander wollte keine Verhandlungen anknüpfen, weil er sich persönlich beleidigt fühlte. Barclay de Tolly suchte auf die beste Weise mit dem Heere zu operieren, teils um seine Pflicht zu erfüllen, teils um den Ruhm eines großen Feldherrn zu erlangen. Rostow sprengte in die Attacke gegen die Franzosen, weil er sich den Wunsch nicht versagen konnte, über das flache Feld zu galoppieren. Und in derselben Weise wirkten infolge eigener persönlicher Eigenschaften, Gewohnheiten, Bestrebungen und Ziele alle die unzähligen Mitkämpfer dieses Krieges ein. Sie fürchteten sich, prahlten, freuten sich, waren unzufrieden, glaubten zu wissen, was sie taten, und glaubten nach freiem Ermessen zu handeln. Aber sie alle waren die willenlosen Werkzeuge der Geschichte und vollbrachten eine ihnen selbst verborgene, uns aber verständliche Aufgabe. Das ist das unabänderliche Schicksal aller Männer der Tat. Je höher sie in der Rangstufe der menschlichen Gesellschaft stehen, desto unfreier sind sie.

Jetzt sind die Männer von 1812 längst von ihren Plätzen abgetreten; ihrer persönlichen Interessen sind spurlos verschwunden, und nur die geschichtlichen Resultate jener Zeit liegen vor uns.

Wenn wir jedoch zugeben, daß die Völker Europas unter der Führung Napoleons ins Innere Rußlands eindringen *mußten*, um dort zugrunde zu gehen, so wird uns die ganze, sich selbst widersprechende, grausame, unsinnige Tätigkeit derer, die diesen Krieg führten, verständlich.

Die Vorsehung ließ alle diese Männer, indem sie ihre persönlichen Ziele zu erreichen suchten, zu der Erfüllung einer großen Aufgabe mitwirken, von der kein Mensch (weder Napoleon noch Alexander, noch weniger irgendein anderer der Mitwirkenden) die geringste Ahnung hatte.

Jetzt ist uns klar, was 1812 die Ursache der Vernichtung des französischen Heeres geworden. Niemand wird bestreiten, daß die Ursache des Unterganges der Armeen Napoleons: auf der einen Seite ihr in später Jahreszeit und ohne die nötigen Vorbereitungen für den Winter erfolgtes Eindringen in das Innere Rußlands war, auf der anderen Seite der Charakter, den der Krieg seit der Einäscherung der russischen Städte und der Erweckung des Volkshasses gegen den Feind angenommen hatte.

Damals aber wurde, was jetzt deutlich zutage liegt, von niemand vorausgesehen, daß nur auf diese Weise eine Armee von 800 000 Mann, die beste in der Welt, und geführt von dem besten Feldherrn, vernichtet werden konnte ... und zwar durch den Zusammenstoß mit der zweimal schwächeren, unerfahrenen, von unerfahrenen Generalen geführten russischen Armee ... *Dies wurde aber nicht nur von niemand vorausgesehen*, vielmehr waren *von seiten der Russen* unablässig alle Anstrengungen darauf gerichtet, das zu verhindern, was allein Rußlands Rettung werden konnte. *Von seiten der Franzosen* aber wurde, trotz ihrer Erfahrung und trotz des sogenannten Kriegsgenies Napoleons, alles getan, um zu Ende des Sommers nach Moskau zu gelangen, das heißt gerade das zu vollbringen, was sie vernichten mußte.

In den Geschichtswerken über die Ereignisse von 1812 sprechen die französischen Schriftsteller mit besonderer Vorliebe davon, daß Napoleon die Gefahr, die in der großen Ausdehnung seiner Operationslinie lag, sehr wohl erkannt habe. Sie behaupten, er hätte eine Schlacht gesucht, seine Marschälle hätten ihm geraten, bei Smolensk Halt zu machen, und dergleichen mehr ... lauter Behauptungen, welche dartun sollen, daß schon damals die Gefahren des Feldzugs erkannt worden sind. Die russischen Geschichtsschreiber dagegen erzählen mit großer Vorliebe, daß schon zu Anfang des Feldzugs der Plan eines Skythen-Krieges vorhanden, das heißt die Verlockung Napoleons in das Innere Rußlands beschlossen war, und sie schreiben diesen Plan bald Pfuel zu, bald einem Franzosen, bald Toll, bald dem Kaiser Alexander. Die verweisen in bezug auf Memoiren, Projekte und Briefe, in denen allerdings eine Hindeutung auf dergleichen zu finden ist. Aber alle diese Andeutungen eines Voraussehens dessen, was geschah, sowohl von seiten der Franzosen, wie von seiten der Russen, treten jetzt nur hervor, weil das Ereignis sie gerechtfertigt hat. Wäre das Ereignis nicht eingetreten, so wären diese Andeutungen ebensogut vergessen, wie tausend und Millionen entgegengesetzter Andeutungen, Voraussetzungen und Ansichten vergessen sind, die sich als unrichtig erwiesen haben. Es wird jederzeit vor dem Ausgange jeder wichtigen Begebenheit so viel vorausgesetzt, daß, wie die Sache auch verlaufen möge, sich immer Menschen finden werden, die behaupten können: »ich habe schon damals gesagt, daß es so kommen würde.« Dabei vergessen sie vollständig, daß in der Menge der unzähligen Vermutungen auch die äußerst entgegengesetzten aufgestellt werden.

Die Annahme, Napoleon hätte die Gefahr der Ausdehnung seiner Operationslinie erkannt, sowie die, wir Russen hätten den Plan gefaßt, den Feind in das Innere Rußlands zu locken, gehören augenscheinlich in diese Kategorie. Nur mit einer gewissen Gewaltsamkeit vermögen die Geschichtsschreiber auf der einen Seite Napoleon diese Erkenntnis, auf der anderen dem russischen Heerführer diese Pläne zuzuschreiben. Alle Tatsachen widersprechen diesen Voraussetzungen. Die Russen haben nicht nur während des ganzen Feldzugs nie den Wunsch gezeigt, die Franzosen in das Innere Rußlands zu locken, sondern haben im Gegenteil alles getan, um sie beim ersten Überschreiten der Grenze in ihrem Vordringen aufzuhalten. Napoleon hegte nicht nur keine Befürchtungen wegen der Ausdehnung seiner Operationslinie, sondern freute sich, wie über ein Fest, über jeden seiner Schritte nach vorwärts, während er nur zögernd – nicht wie in früheren Feldzügen – eine Schlacht herbeizuführen suchte.

Ganz zu Anfang des Feldzugs sind unsere Armeen getrennt, und das einzige Ziel, nach dem wir hinstreben, ist, sie wiederzuvereinigen, obgleich sich – wenn wir uns zurückziehen und den Feind ins Innere des Landes zu locken beabsichtigen – die Vereinigung der Armeen nicht als ein Vorteil darstellt. Der Kaiser befindet sich bei der Armee, um sie zur Verteidigung jedes Fußbreits russischer Erde zu entflammen, nicht aber um sie zum Rückzuge aufzufordern. Nach dem Plane Pfuels wird das ungeheure Lager an der Drissa aufgeschlagen, und ein weiteres Zurückgehen wird gar nicht als möglich angenommen. Der Kaiser macht dem Oberbefehlshaber über jeden Schritt nach rückwärts bittere Vorwürfe. Nicht nur das Einäschern Moskaus, auch das Heranlassen des Feindes bis Smolensk kann sich die Phantasie des Kaisers nicht vorstellen, und da die Heere sich vereinigen, zürnt der Kaiser, daß Smolensk übergeben und verbrannt worden ist, ohne daß vor seinen Mauern eine Hauptschlacht geliefert worden.

Dies sind die Ansichten des Kaisers, und noch unzufriedener sind die russischen Heerführer und alle Russen, als sich herausstellt, daß die Unsrigen sich immer tiefer in das Innere des Landes zurückziehen.

Napoleon dringt, nachdem er unsere Heere getrennt hat, immer tiefer ins Land hinein und versäumt mehrere Gelegenheiten zur Schlacht. Im August ist er in Smolensk und denkt nur daran, wie er weitergehen könnte, obwohl – wie wir jetzt einsehen – diese Bewegung nach vorwärts nur verderblich für ihn sein kann.

Die Tatsachen sagen also deutlich, daß weder Napoleon noch Alexander in dem Vordringen nach Moskau eine Gefahr vorhergesehen hatten, und daß die russischen Heerführer damals nicht im entferntesten an ein Hineinlocken Napoleons dachten, sondern das Gegenteil beabsichtigten. Das Hineinlocken Napoleons in die Tiefe des Landes war nicht das Resultat eines menschlichen Planes (niemand würde damals an die Zweckmäßigkeit eines solchen Planes geglaubt haben), es war vielmehr das Ergebnis der komplizierten Intrigen, Bestrebungen und Wünsche der kriegführenden Menschen, die durchaus nicht vorher wußten, was geschehen mußte, und was die einzige Rettung Rußlands war.

Alles vollzieht sich unerwartet. Zu Anfang des Feldzuges sind unsere Heere auseinandergerissen. Wir suchen sie zu vereinigen, in der unverkennbaren Absicht, eine Schlacht zu liefern und das Eindringen des Feindes zu verhindern. In diesem Streben nach Verreinigung vermeiden wir jedoch die Schlacht mit einem stärkeren Feinde, gehen unwillkürlich im spitzen Winkel immer weiter und führen die Franzosen bis Smolensk. Wir entfernen uns aber im spitzen Winkel nicht nur, weil die Franzosen sich zwischen unseren beiden Armeen bewegen, sondern dieser Winkel wird noch spitzer, und wir gehen noch weiter zurück, weil Barclay de Tolly ein wenig volkstümlicher Deutscher ist, den Bagration haßt, um so mehr haßt, da er sich unter dessen Oberbefehl stellen sollte. Bagration, der die zweite Armee kommandiert, sucht nun so lange als möglich die Vereinigung hinauszuschieben, um sich nicht unter sein Kommando stellen zu müssen.

Bagration sträubt sich ferner gegen die Vereinigung, obgleich alle Befehle darauf hinzielen, weil er der Ansicht ist, daß er auf diesem Marsche seine Armee in Gefahr bringen würde, und daß es am vorteilhaftesten für ihn wäre, mehr links und weiter nach Süden zurückzugehen, wobei er den Feind im Rücken und in der Flanke attackieren und das eigene Heer in der Ukraine vervollständigen könnte. Das scheint er aber nur erfunden zu haben, um sich nicht dem verhaßten und dem Range nach jüngeren Deutschen, Barclay de Tolly, unterordnen zu müssen.

Der Kaiser begibt sich zu der Armee, um sie anzufeuern. Aber seine Anwesenheit, seine Unentschlossenheit und die große Menge der Ratgeber und Pläne lähmen die Tatkraft der ersten Armee, und sie zieht sich zurück.

Im Lager an der Drissa sollte Halt gemacht werden, aber Paullucci, der für sich selbst die Stelle eines Oberbefehlshabers erstrebt, wirkt durch seine energischen Vorstellungen auf Alexander; der Plan Pfuel wird verworfen und die ganze Leitung Barclay übergeben. Da Barclay aber kein Vertrauen einflößt, wird seine Macht begrenzt; die Heere sind auseinandergerissen, unter den Befehlshabern herrscht kein Einverständnis, Barclay ist nicht populär. Aus diesem Gewirre, dieser Zersplitterung, dieser Unpopularität des deutschen Befehlshabers entsteht nun einerseits große Unentschlossenheit und Scheu vor der Schlacht (der man nicht hätte auszuweichen brauchen, wenn sich die Armeen vereinigt hätten und nicht Barclay Oberbefehlshaber gewesen wäre), andererseits aber entwickelt sich daraus eine stetig wachsende Abneigung gegen die Deutschen und das Erwachen des patriotischen Gefühls.

Endlich verläßt der Kaiser die Armee. Als einziger und bequemster Vorwand für sein Fortgehen wird die Erklärung gewählt, daß er das Volk in den Hauptstädten für den Nationalkrieg begeistern müsse. Und diese Reise des Kaisers nach Moskau verdreifacht die Kräfte des russischen Heeres.

Der Kaiser verläßt die Armee, um die Machteinheit des Oberbefehlshabers nicht länger zu beeinträchtigen, und hofft, daß nun entschiedenere Maßregeln getroffen werden. Aber die Lage des Höchstkommandierenden wird noch verwickelter, er selbst wird noch machtloser. Bennigsen, der Großfürst und ein Schwarm von Generaladjutanten bleiben bei der Armee, um die Handlungen des Oberbefehlshabers zu beobachten und ihn zur Energie anzustacheln. Barclay, der sich unter den Bildern aller dieser »kaiserlichen Augen« noch weniger frei fühlt als bisher, wird nun in betreff aller entscheidenden Schritte noch vorsichtiger und sucht die Schlacht zu vermeiden.

Barclay besteht auf Vorsicht; der Cäsarewitsch macht Anspielungen auf Verrat und verlangt eine Hauptschlacht. Lubornirskij Bronnizkij, Wlozkij und andere vergrößern diesen Wirrwarr dermaßen, daß Barclay unter dem Vorwande, dem Kaiser Papiere übersenden zu müssen, die polnischen Generaladjutanten nach Petersburg schickt und mit Bennigsen und dem Großfürsten in offene Fehde tritt.

Bei Smolensk treffen – sowenig dies Bagration beabsichtigt hatte – die Heere zusammen.

In einer Kalesche fährt Bagration an dem von Barclay bewohnten Hause vor. Barclay legt seine Schärpe um, geht ihm entgegen und stattet Bagration, der dem Range nach älter ist als er, Rapport ab, Bagration, im Wettstreit der Großmut, ordnet sich, trotz der Überlegenheit des Ranges, Barclay de Tolly unter; aber trotz der Unterordnung stimmt er noch weniger mit ihm überein als bisher. Auf Befehl des Kaisers erstattet er diesem persönlich Bericht. Er schreibt an Uraktschejew: Wie auch der Wille meines Kaisers sein möge, ich kann unter keiner Bedingung mit dem »Minister« (Barclay) zusammen operieren. Schicken Sie mich um Gottes Willen irgendwohin, wenn auch mit einem einzigen Regiment unter meinem Kommando, hier kann ich nicht bleiben. Das ganze Hauptquartier ist von Deutschen überfüllt, unter denen ein Russe nicht leben kann. Es ist kein Sinn in der ganzen Einrichtung. Ich glaubte, dem Kaiser und dem Vaterlande zu dienen, bei näherer Prüfung zeigt sich aber, daß ich Barclay diene. Ich gestehe, daß ich das nicht will.«

Der Schwarm der Bronnizkijs, der Winzigerodes usw. vergiftet den Verkehr zwischen den Oberbefehlshabern noch mehr und läßt sie noch weniger zur Eintracht kommen. Man hat die Absicht, die Franzosen vor Smolensk anzugreifen. Ein General wird zur Besichtigung der Stellungen abgeschickt. Dieser General, der Barclay haßt, reitet einfach zu seinem Freunde, dem Korpskommandeur, und nachdem er den ganzen Tag bei ihm gesessen, kommt er zu Barclay zurück und erklärt das Schlachtfeld, das er gar nicht gesehen, nach jeder Richtung für untauglich.

Während diese Streitigkeiten und Intrigen um das zukünftige Schlachtfeld stattfinden, während wir die Franzosen suchen und in betreff ihres Aufenthaltsortes fehlgehen, stoßen die Franzosen auf die Division Newjerowskijs und kommen dicht an die Mauern von Smolensk heran.

Unvorbereitet müssen wir, um den Verkehr unserer Armeen zu sichern, eine Schlacht vor Smolensk annehmen. Sie wird geliefert, und Tausende werden auf beiden Seiten getötet.

Gegen den Willen des Kaisers und des ganzen Volkes wird Smolensk aufgegeben. Durch seine eigenen Einwohner, die sich von ihrem Gouverneur betrogen sehen, wird es eingeäschert, und die zugrunde gerichtete Einwohnerschaft dieser Stadt, die ganz Rußland ein Beispiel gibt, geht nach Moskau, denkt an nichts als an ihren Verlust und stachelt das Volk zum Spaß gegen den Feind. Napoleon dringt vor, wir ziehen uns zurück, und so wird erreicht, was Napoleon besiegen sollte.

II

Am Tage nach der Abreise seines Sohnes rief Fürst Nikolai Andreitsch die Prinzessin Maria zu sich.

Nun, wie steht es – bist du jetzt zufrieden? fragte er sie. Hast mich mit meinem Sohne entzweit. Bist du nun zufrieden? Du hattest nichts weiter nötig, um zufrieden zu sein ... Mir aber tut es weh ... sehr weh! ... Ich bin alt und schwach! Aber du hast es so gewollt ... Freue dich, freue dich nur!

Darauf sah Prinzessin Maria ihren Vater eine ganze Woche nicht. Er war krank und kam nicht aus seinem Kabinett heraus.

Zu ihrer Verwunderung bemerkte Prinzessin Maria, daß der alte Fürst während dieser Krankheit auch Mademoiselle Bourienne nicht zu sich kommen ließ. Nur Tichon pflegte ihn.

Nach Verlauf von acht Tagen kam der Fürst wieder zum Vorschein und nahm seine frühere Lebensweise wieder auf. Mit besonderem Eifer beschäftigte er sich mit den Bauten und Gärten und brach alle Beziehungen zu Mademoiselle Bourienne ab. Seine Miene und sein kühles Verhalten gegen die Prinzessin Maria schienen zu sagen: Da siehst du nun ... Du hattest dir etwas über mich ausgedacht, hast dem Fürsten Andrej über mein Verhältnis zu dieser Französin etwas vorgelogen, hast mich mit ihm entzweit ... und nun siehst du, daß ich weder dich noch die Französin brauche!

Die eine Hälfte des Tages brachte die Prinzessin Maria bei Nikoluschka zu, verfolgte seinen Unterricht, gab ihm selbst

Unterricht im Russischen und in der Musik und unterhielt sich mit Dessalle. Die andere Hälfte des Tages widmete sie ihren Büchern, der greisen Wärterin und den Gottesleuten, die hin und wieder über die Hintertreppe zu ihr kamen.

Über den Krieg dachte Prinzessin Maria, wie Frauen darüber zu denken pflegen. Sie sorgte sich um den Bruder, der daran teilnahm, schauderte vor der ihr unbegreiflichen Grausamkeit der Menschen, die sich gegenseitig töteten – aber die Bedeutung dieses Krieges, der ihr wie alle anderen Kriege erschien, verstand sie nicht. Sie verstand seine Bedeutung nicht, obwohl Dessalle, ihr beständiger Gesellschafter, der sich leidenschaftlich für den Verlauf des Feldzugs interessierte, ihr seine Auffassung zu erklären suchte; obwohl alle Gottesleute, die zu ihr kamen, nach ihrer Weise, voll Entsetzen von den im Volke umlaufenden Gerüchten und von dem Einfall des Antichrists berichteten, und obwohl Julie, jetzt Fürstin Drubezkoj, die wieder mit ihr den Briefwechsel aufgenommen hatte, ihr aus Moskau patriotische Briefe schrieb.

»Ich schreibe Ihnen russisch, meine liebe Freundin – schrieb Julie – weil ich einen Haß gegen alle Franzosen wie auch gegen ihre Sprache habe, die ich weder hören noch sprechen mag. Alle Welt in Moskau ist von Enthusiasmus erfüllt für unseren vergötterten Kaiser.

»Mein armer Mann erträgt Mühen und Hunger in Judenschenken, aber die Nachrichten, die ich von ihm habe, begeistern mich noch mehr.

»Sie haben wahrscheinlich von der Heldentat Rajewskijs gehört, der seine beiden Knaben umarmt und ausgerufen hat: »Ich kann mit ihnen zugrunde gehen, aber wir weichen nicht!« Und wirklich, obgleich der Feind zweimal stärker war als wir, sind wir nicht gewichen. Wir bringen die Zeit hin wie wir können; Krieg ist eben Krieg! Fürstin Alina und Sophie sitzen tagelang mit mir zusammen, und wir armen Strohwitwen zupfen Scharpie und führen schöne Gespräche. Nur Sie, liebe Freundin, fehlen dabei usw.

Prinzessin Maria konnte die Bedeutung des jetzigen Krieges vor allem darum nicht verstehen, weil der alte Fürst nie davon sprach, ihn nicht anerkannte und Dessalle auslachte, sooft er bei Tische davon zu sprechen anfing. Der Ton des Fürsten war so ruhig und überzeugungsvoll, daß Prinzessin Maria ohne weiteres Nachdenken dem Vater glaubte.

Den ganzen Juli hindurch war der alte Fürst sehr tätig und sogar lebhaft. Er legte noch einen Garten an und begann einen Neubau, eine Dienstwohnung für Hofleute. Das einzige, was die Prinzessin Maria beunruhigte, war, daß er wenig schlief, seine Gewohnheit, im Kabinett zu schlafen, aufgab und täglich den Platz wechselte, an dem er die Nacht zubrachte. Bald befahl er, sein Feldbett auf der Galerie aufzuschlagen; bald blieb er auf dem Diwan oder in einem hochlehnigen Stuhle im Saale und schlummerte, ohne sich auszukleiden, ein, während ihm nicht mehr Mademoiselle Bourienne, sondern der Knabe Petruschka etwas vorlas; bald übernachtete er im Eßzimmer.

Den 13. August kam der zweite Brief vom Fürsten Andrej. In dem ersten Briefe, der bald nach seiner Abreise eingetroffen war, hatte Fürst Andrej seinen Vater demütig um Verzeihung gebeten wegen der Dinge, die er sich zu sagen erlaubt, und hatte das dringende Verlangen ausgesprochen, wieder zu Gnaden angenommen zu werden. Auf diesen Brief hatte ihm der alte Fürst mit einem freundlichen Schreiben geantwortet und hatte, gleich nachdem er den Brief des Sohnes erhalten, die Französin aus seiner Nähe verbannt. Der zweite Brief des Fürsten war von Witebsk geschrieben, nachdem sich die Franzosen der Stadt bemächtigt hatten; er enthielt einen kurzen Bericht über den ganzen Feldzug, einen in den Brief eingezeichneten Plan und verschiedene Andeutungen über den wahrscheinlichen weiteren Verlauf des Feldzuges. Endlich stellte Fürst Andrej dem Vater in diesem Briefe vor, daß es unbequem für ihn werden könnte, in solcher Nähe des Kriegsschauplatzes und in der Linie der Truppenmärsche zu bleiben, und er riet ihm, nach Moskau überzusiedeln.

Als Dessalle an diesem Tage bei Tisch sagte, daß die Franzosen schon in Witebsk eingezogen sein sollen, erinnerte sich der alte Fürst an das Schreiben des Sohnes.

Ich habe heute einen Brief vom Fürsten Andrej bekommen, sagte er zur Prinzessin Maria; hast du ihn gelesen?

Nein, Väterchen, gab die Prinzessin erschreckt zur Antwort. Sie konnte den Brief nicht gelesen haben, da sie nicht einmal von seinem Eintreffen gehört hatte.

Er schreibt vom Kriege, von diesem Kriege, sagte der Fürst mit jenem ihm zur Natur gewordenen, verächtlichen Lächeln, mit dem er immer von dem jetzigen Feldzuge sprach.

Gewiß sehr interessant! sagte Dessalle; der Fürst ist in der Lage zu wissen ...

Ach! sehr interessant! rief Mademoiselle Bourienne.

Gehen Sie und bringen Sie ihn her, wandte sich der Fürst an die Französin. Sie wissen, auf dem kleinen Tische unter dem Briefbeschwerer.

Mademoiselle Bourienne sprang eilfertig auf.

Ach nein, nicht Sie! schrie der Fürst ihr nach und runzelte die Stirn. Geh' du, Michail Iwanytsch!

Michail Iwanytsch stand auf und ging ins Kabinett, aber kaum war er fort, als der alte Fürst sich unruhig umsah, die Serviette wegwarf, ihm folgte und vor sich hin murmelte:

Nichts verstehen Sie ... Alles bringen Sie in Unordnung!

Prinzessin Maria, Mlle. Bourienne, Dessalle und sogar Nikoluschka sahen sich schweigend an. Der alte Fürst kam mit raschen Schritten zurück, begleitet von Michail Iwanytsch, einen Brief und einen Bauriß in der Hand, die er niemandem zeigte, sondern während des Essens neben sich liegen ließ.

Nachdem sie alle in den Salon gegangen waren, überreichte er den Brief der Prinzessin Maria und befahl ihr, nachdem er den Plan seines Neubaues vor sich ausgebreitet und seine Augen darauf geheftet hatte, laut zu lesen. Prinzessin Maria las, dann blickte sie den Vater fragend an; aber er sah auf seinen Plan und war sichtlich in Gedanken versunken.

Was denken Sie darüber, Fürst? erlaubte sich Dessalle zu fragen.

Ich? ich? antwortete der alte Herr, als ob er in unangenehmer Weise geweckt worden wäre und ohne die Augen von dem Plane abzuwenden.

Es kann möglich sein, daß der Kriegsschauplatz uns so nahe kommt ...

Ha, ha, ha! Der Kriegsschauplatz! fiel der Fürst ein. Ich

habe es immer gesagt und sagte es noch heute, der Kriegsschauplatz ist Polen, und weiter als bis an den Niemen wird der Feind keineswegs vordringen.

Dessalle sah verwundert den Fürsten an, der noch vom Niemen sprach, während der Feind schon am Dnjepr stand. Aber Prinzessin Maria, der die geographische Lage des Niemen im Augenblick nicht vorschwebte, glaubte den Aussprüchen des Vaters.

Wenn der Schnee auftaut, werden sie in den polnischen Sümpfen versinken; das können sie freilich nicht voraussehen, sagte der Fürst unverkennbar in der Erinnerung an den Feldzug von 1807, den er mit dem jetzigen verwechselte. Bennigsen hätte nur früher in Preußen einrücken sollen; dann hätte die Sache eine andere Wendung genommen.

Aber Fürst, wandte Dessalle schüchtern ein; im Brief ist die Rede von Witebsk.

Ah, in dem Briefe? ... ja! sagte der Fürst verdrießlich. Ja, ja! Sein Gesicht nahm plötzlich einen finsteren Ausdruck an, und er schwieg eine Weile. Ja, er schreibt, die Franzosen sind geschlagen ... an welchem Flusse doch?

Dessalle schlug die Augen nieder.

Darüber hat Fürst Andrej nichts geschrieben, sagte er leise.

So, schreibt er nichts davon? Nun, erfunden habe ich's doch nicht.

Alle schwiegen eine lange Weile.

So, so. Nun, Michail Iwanytsch, sagte der Fürst plötzlich, indem er den Kopf erhob und auf den Bauplan zeigte, erkläre mir, wie willst du das umbauen?

Michail Iwanytsch näherte sich dem Plane, der Fürst sprach mit ihm über den Neubau, dann warf er der Prinzessin Maria und Dessalle einen finsteren Blick zu und begab sich in sein Zimmer.

Prinzessin Maria bemerkte den verlegenen, verwunderten Blick, den Dessalle auf ihren Vater richtete, bemerkte sein Schweigen und war erstaunt, daß ihr Vater den Brief des Sohnes auf dem Tische im Salon vergessen hatte. Aber sie fürchtete nicht nur zu sprechen und Dessalle nach der Ursache seiner Verwunderung und seines Schweigens zu fragen, sie fürchtete sogar, nur darüber nachzudenken.

Abends kam Michail Iwanytsch, der vom Fürsten abgeschickt war, um den Brief des Fürsten Andrej zu holen; die Prinzessin überreichte ihm den Brief, und obwohl es ihr peinlich war, überwand sie sich, Michail Iwanytsch zu fragen, was ihr Vater mache.

Sie sind immer sehr geschäftig, antwortete Michail Iwanytsch mit einem halb ehrerbietigen, halb spöttischen Lächeln, vor dem die Prinzessin erbleichte. Sie beunruhigen sich sehr wegen des Neubaues, haben etwas gelesen; jetzt aber, fügte Iwanytsch hinzu, indem er die Stimme senkte, sitzen Sie am Schreibpult und haben wahrscheinlich wieder angefangen, sich mit dem Testamente zu beschäftigen. (In der letzten Zeit waren gewisse Papiere, die er nach seinem Tode zurücklassen wollte und die er sein Testament nannte, die Lieblingsbeschäftigung des Fürsten.)

Und wird Alpatytsch noch nach Smolensk geschickt? fragte Prinzessin Maria.

Ja, gewiß, er wartet schon eine ganze Weile.

III

Als Michail Iwanytsch mit dem Briefe in das Kabinett zurückkehrte, saß der Fürst mit der Brille auf der Nase und Lichtschirmen über Augen und Kerzen am geöffneten Schreibpult, hielt einige Papiere in der weit abgestreckten Hand und las in feierlicher Haltung seine Aufzeichnungen – Remarques, wie er sie nannte –, die nach seinem Tode dem Kaiser zugestellt werden sollten.

Als Michail Iwanytsch eintrat, standen dem Fürsten Tränen in den Augen; Tränen der Erinnerung an die Zeit, in welcher er niedergeschrieben hatte, was er jetzt las. Er nahm den Brief aus Michail Iwanytschs Händen, steckte ihn in die Tasche, packte die Papiere zusammen und rief den schon lange wartenden Alpatytsch.

Auf einem Blättchen Papier war aufgeschrieben, was Alpatytsch in Smolensk besorgen sollte, und der alte Fürst ging vor dem an der Tür Wartenden hin und her und erteilte ihm seine Befehle.

Erstens Briefpapier ... hörst du? ... Acht Buch, nach dieser Probe ... mit Goldschnitt, da, nach dieser Probe ... aber genau so wie die ... Zweitens, Lack, Siegellack, wie auf dem Zettel von Michail Iwanytsch steht.

Er ging wieder eine Weile im Zimmer hin und her und sah in sein Notizblatt.

Dann zu dem Gouverneur, ihm eigenhändig den Brief über die Zuwendung abzugeben.

Ferner waren Riegel für die Türen des neuen Gebäudes nötig, genau nach der vom Fürsten selbst angegebenen Form, und endlich sollte Alpatytsch beim Buchbinder einen Kasten zur Aufbewahrung des Testaments bestellen.

Die Erteilung der Befehle an Alpatytsch hatte über zwei Stunden gedauert. Der Fürst ließ ihn noch immer nicht fort. Er setzte sich, fing an zu grübeln, machte die Augen zu und schlief ein. Alpatytsch bewegte sich.

Nun, geh, geh! Wenn noch etwas nötig ist, lasse ich dich rufen, sagte der Fürst.

Alpatytsch entfernte sich; der alte Herr ging wieder an sein Schreibpult, sah auf seine Papiere nieder, berührte sie mit der Hand, machte wieder zu und setzte sich an den Tisch, um den Brief an den Gouverneur zu schreiben.

Es war spät, als er aufstand, nachdem er den Brief gesiegelt hatte. Er wollte zur Ruhe gehen, aber er wußte, daß er nicht einschlafen, sondern im Bette auf die schlimmsten Gedanken kommen würde. Er rief Tichon und ging mit ihm durch die Zimmer, um zu sagen, wohin er für die heutige Nacht gebettet werden wollte, und prüfte die verschiedenen Ecken.

Überall fand er es schlecht, doch am schlechtesten war die gewöhnliche Ecke im Kabinett. Dies Lager war ihm schrecklich, wahrscheinlich wegen der schweren Gedanken, die ihn beschäftigt hatten, als er hier lag.

Gut war es nirgends; aber am besten erschien ihm noch die Ecke im Diwanzimmer, hinter dem Klavier. Hier hatte er noch nie geschlafen.

Tichon und ein Diener brachten das Bett herein und fingen an, es zurechtzurücken.

Nicht so! nicht so! schrie der Fürst, rückte es selbst eine halbe Elle weit aus der Ecke vor und schob es dann wieder zurück.

»Nun, endlich ist alles fertig ... Nun kann ich ausruhen«, dachte der Fürst, indem er sich Tichon zum Auskleiden überließ.

Ärgerlich runzelte er die Stirn wegen der Anstrengungen, die nötig waren, um ihm Schlafrock und Beinkleider auszuziehen; aber endlich war er ausgekleidet, ließ sich schwer ins Bett sinken, sah nachdenklich und verächtlich auf seine gelben, trockenen Nägel und zögerte vor der ihm bevorstehenden Mühe, die Beine aufzuheben und sich im Bette auszustrecken.

»Ach, wie schwer! Ach, wenn es doch schneller mit all den Anstrengungen zu Ende wäre, und *Ihr* mich in Ruhe ließet!« dachte er, preßte die Lippen zusammen und machte zum zwanzigtausendsten Male das anstrengende Experiment, sich niederzulegen. Aber kaum hatte er das getan, als sich plötzlich das ganze Bett gleichsam keuchend und stoßend unter ihm zu bewegen schien. Das kam fast jede Nacht vor ... Er machte die geschlossenen Augen wieder auf.

»Keine Ruhe ... Verflucht! murmelte er, wie im Zorne gegen irgend jemand. Ja, ja ... es war noch etwas Wichtiges zu bedenken ... Etwas sehr Wichtiges habe ich mir für die Nacht im Bette aufgespart. Die Riegel? Nein, das habe ich gesagt ... Nein, etwas, etwas ... es war im Salon, Prinzessin Maria hat etwas geschwatzt ... Dessalle hat etwas gesagt ... Dieser Dummkopf hat etwas gesagt ... Etwas in meiner Tasche ... ich kann mich nicht besinnen!

Tischka, wovon haben wir bei Tisch gesprochen?

Vom Fürsten Michail ...

Sei still, sei still! Der Fürst klatschte mit der flachen Hand auf den Tisch und sagte: Ja, jetzt weiß ich's! Der Brief vom Fürsten Andrej. Prinzessin Maria hat ihn vorgelesen: Dessalle hat etwas von Witebsk gesagt ... Jetzt will ich es lesen.

Er befahl den Brief aus seiner Tasche zu holen und einen

Tisch mit der Limonade und dem Wachslicht an das Bett zu stellen, dann setzte er die Brille auf und fing an zu lesen. Hier in der Stille der Nacht, nachdem er bei dem schwachen Lichte hinter dem grünen Lichtschirm den Brief gelesen hatte, verstand er zum ersten Mal auf einen Augenblick die Bedeutung seines Inhalts.

»Die Franzosen in Witebsk ... in vier Tagesmärschen können sie bei Smolensk sein, vielleicht sind sie schon da!«

Tischka!

Tichon sprang auf.

Nein, es ist nicht nötig, nicht nötig! schrie der Fürst.

Er legte den Brief unter den Leuchter und machte die Augen zu. Und vor ihm stand die Donau, der helle Mittag, das russische Lager, und wie er als junger General, ohne eine Falte auf der Stirn, rüstig, munter, rotwangig in das gemalte Zelt Potjomkins eingetreten war, und jetzt noch regte sich ein Gefühl des Neides gegen den Günstling, so stark wie dazumal in seiner Seele. Und er erinnerte sich der Worte, die dazumal bei seinem ersten Zusammentreffen mit Potjomkin gesprochen wurden; und dann sah er eine kleine runde Frau, mit fettem, gelblichen Gesicht – die Kaiserin –, er sah ihr Lächeln, hörte ihre Worte, als sie ihn huldvoll zum ersten Mal empfing, und dann erinnerte er sich an ihr Gesicht auf dem Katafalk und an den Streit, den er mit Zubow gehabt hatte, um des Rechtes willen, ihm im Sarge die Hand zu küssen.

»Ach! könnt' ich mich schnell, schnell in jene Zeit zurückversetzen ... daß die Gegenwart schneller, schneller vorüber wäre ... daß sie mich in Ruhe ließen!«

IV

Lyssyja-Gory, das Gut des Fürsten Nikolai Andreitsch Bolkonskij, lag sechzig Werft von Smolensk und drei Werft von der Straße nach Moskau entfernt.

An demselben Abend, an dem der Fürst Alpatytsch seine Befehle erteilte, ließ Dessalle die Prinzessin Maria um eine Audienz bitten, und teilte ihr mit, daß er – da der Fürst nicht ganz wohl wäre und keine Maßregeln für seine Sicherheit getroffen hätte, aus dem Briefe des Fürsten Andrej aber hervorginge, daß ein längeres Verweilen in Lyssyja-Gory nicht ungefährlich sein möchte, sich erlauben wolle, ihr einen Rat zu geben. Dieser Rat war, durch Alpatytsch einen Brief an den Gouverneur in Smolensk mitzuschicken, in dem sie bat, sie von der Lage der Dinge und dem Maße der Gefahr, die Lyssyja-Gory etwa drohen könnte, zu benachrichtigen. Dessalle hatte den Brief an den Gouverneur im Namen der Prinzessin Maria bereits geschrieben. Sie unterzeichnete ihn, und dann wurde er Alpatytsch übergeben, mit dem Befehl, ihn dem Gouverneur einzuhändigen und im Falle der Gefahr so schnell als möglich zurückzukommen.

Nachdem Alpatytsch alle Aufträge empfangen hatte, trat er, begleitet von dem Hausgesinde, im weißen Plüschhut (einem Geschenk des Fürsten) mit einem Stocke, wie der Fürst ihn trug, vor das Haus, um sich in eine kleine lederne Kibitka zu setzen, die mit drei wohlgenährten Rotschimmeln bespannt war.

Das Glöckchen war festgehängt, und die Schellen waren mit Papier umwickelt. Der Fürst erlaubte niemandem in Lyssyja-Gory mit Geläut zu fahren, aber Alpatytsch liebte Glokken und Schellen auf seinen weiten Fahrten. Die Hofleute Alpatytschs, der Buchhalter, die Ober- und die Unterköchin, zwei alte Weiber, der Kosakenbube und die Kutscher gaben ihm das Geleite.

Seine Tochter legte mehrere Kissen von Kattun und Daunen auf den Sitz und in seinen Rücken; eine alte Verwandte schob verstohlen ein Bündelchen in den Wagen; einer von den Kutschern faßte Alpatytsch unter dem Arm und half ihm einsteigen.

Ach, ach! Weiberversammlung! Weiber ... Weiber! sagte Alpatytsch schnaubend und schnell, wie der Fürst zu sprechen pflegte, und setzte sich in die Kibitka.

Nachdem er dem Dorfschreiber die letzten Briefe wegen der Arbeiten erteilt hatte – wobei er den Fürsten nicht mehr nachahmte –, nahm Alpatytsch den Hut von seinem kahlen Kopfe und bekreuzte sich dreimal.

Wenn irgend etwas passiert ... kommen Sie gleich zurück, Jakow Alpatytsch ... Um Gottes Willen, habe Mitleid mit uns! schrie seine Frau, die damit auf den Krieg und den Feind hinwies.

Weiber, Weiber, Weiberversammlung, sagte Alpatytsch vor sich hin und fuhr davon, indem er die Felder um sich her betrachtete, die bald mit gelb gewordenem Roggen, bald mit noch grünem, dichten Hafer bestanden waren, bald noch die schwarze Erde zeigten, aus welcher nur eben die Halme hervorsprossen. Alpatytsch fuhr dahin, voll Freuden über den ungewöhnlich schönen Staub der Sommersaat in diesem Jahre, und blickte aufmerksam auf die Streifen der Roggenfelder, auf denen man hie und da zu ernten anfing, machte seine wirtschaftlichen Berechnungen über Saat und Ernte, und überlegte, ob nicht vielleicht irgendein Befehl des Fürsten vergessen worden war.

Nach zweimaliger Fütterung kam Alpatytsch am Abend des 16. August in Smolensk an.

Auf dem Wege traf und überholte er verschiedene Proviantzüge und Regimenter. Als er sich Smolensk näherte, hörte er ferne Schüsse, aber diesen Tönen schenkte er keine Beachtung; was ihm vielmehr auffiel, war, daß ein schönes Haferfeld von fremden Soldaten, wahrscheinlich zum Futter für die Pferde, abgemäht und daselbst ein Lager aufgeschlagen wurde. Dieser Umstand setzte Alpatytsch in Erstaunen, aber bald vergaß er ihn wieder und dachte an seine Geschäfte.

Alle Interessen in Alpatytschs Leben drehten sich seit länger als dreißig Jahren um die Befehle des Fürsten, und niemals war er aus diesem Kreise herausgekommen. Alles, was sich nicht auf die Befehle des Fürsten bezog, interessierte ihn nicht nur nicht, sondern war gar nicht für ihn vorhanden.

Nachdem Alpatytsch am Abend des 16. August in Smolensk angelangt, war er in der Vorstadt am Dnjepr, in der Ausspannung des Gastwirts Ferapontow eingekehrt, bei dem er seit dreißig Jahren auszuspannen gewohnt war.

Ferapontow hatte vor zwölf Jahren, nachdem er in einer glücklichen Stunde durch Alpatytsch einen Wald von dem

Fürsten gekauft, mit Holz zu handeln begonnen, und besaß jetzt ein Haus, eine Schenke und ein Mehlgeschäft. Ferapontow war ein dicker, schwarzhaariger, roter, vierzigjähriger Bauer, mit vollen Lippen, einer dicken Wulstnase, ebensolchen Wulsten über den schwarzen, finsteren Brauen und einem dicken Bauche.

In Weste und Zitzhemde stand Ferapontow vor seinem Laden, der an der Straße lag. Als er Alpatytsch erblickte, ging er auf ihn zu.

Wie geht's, Jakow Alpatytsch? Unser Volk geht aus der Stadt fort, und du kommst herein.

Warum aus der Stadt fort? fragte Alpatytsch.

Ich sage euch, das Volk ist dumm ... Es fürchtet sich vor den Franzosen.

Weibergeschwätz! Weibergeschwätz! rief Alpatytsch.

So meine ich auch, Jakow Alpatytsch. Der Befehl ist da, daß man *ihn* nicht hereinlassen soll, und der wird erfüllt werden. Denke dir, die Bauern verlangen drei Rubel für eine Fuhre ... ist das christlich?!

Jakow Alpatytsch hörte nur zerstreut zu; er bestellte den Samowar, Heu für die Pferde, und nachdem er Tee getrunken hatte, legte er sich schlafen.

Die ganze Nacht marschierten auf der Straße, an der die Schänke lag, Regimenter vorbei. Am anderen Morgen zog Alpatytsch sein Kamisol an, das er nur in der Stadt zu tragen pflegte, und machte sich auf, seine Geschäfte zu besorgen. Es war ein sonniger Morgen, und schon von acht Uhr an war es heiß, »ein kostbarer Tag für die Ernte«, wie Alpatytsch dachte. Jenseits der Stadt ließen sich vom frühen Morgen an Schüsse hören.

Von acht Uhr an gesellte sich zu dem Kleingewehrfeuer der Donner der Kanonen. Die Straßen waren mit Menschen angefüllt, die flüchteten, ohne zu wissen wohin. Dazwischen drängten sich Scharen von Soldaten; aber es fuhren auch wie sonst Kutscher und Wagen durch die Straßen, die Kaufleute standen vor ihren Läden, und in den Kirchen wurde Gottesdienst gehalten.

Alpatytsch ging in die Läden, in verschiedene Gerichtsämter, auf die Post und zum Gouverneur. In den Gerichtsstuben, in den Läden und auf der Post sprach alle Welt von der Armee und vom Feinde, der die Stadt bereits angriff. Alle fragten sich gegenseitig, was zu tun wäre, und alle suchten sich zu beruhigen.

Am Hause des Gouverneurs fand Alpatytsch einen großen Haufen Volks, Kosaken und den Reisewagen des Gouverneurs. Auf der Freitreppe begegnete er zwei Edelleuten, von denen er den einen kannte. Dieser ihm bekannte Edelmann, ein ehemaliger Isprawnik (Chef der Landpolizei) sprach mit großem Feuer.

Es ist jetzt nicht zu spaßen, sagte er. Wohl jedem, der in dieser Zeit allein ist, und wäre er noch so arm! Er hat dann doch nur für sich selbst zu sorgen ... Aber wenn dreizehn Personen in der Familie sind, und das ganze Vermögen in Gefahr ... Man hat es so weit kommen lassen, daß alles verloren gehen muß. Was ist das für eine Obrigkeit! ... Ich würde die Spitzbuben alle hängen lassen!

Nun, nun, still doch! sagte der andere.

Was liegt mir daran ... mögen sie es hören! ... Wie denn, wir sind doch keine Hunde! sagte der ehemalige Isprawnik, indem er sich umsah, und erblickte Alpatytsch.

Ah, Jakow Alpatytsch, wie kommst du hierher? fragte er.

Auf Befehl Sr. Durchlaucht zum Herrn Gouverneur, antwortete Alpatytsch, indem er stolz den Kopf erhob und die Hand in das Kamisol schob, wie er immer tat, wenn er den Fürsten nannte. Sie haben mir befohlen, über die Lage der Dinge Erkundigungen einzuziehen, fügte er hinzu.

Nun, da wirst du was Recht's erfahren, schrie der Edelmann. Man hat es so weit kommen lassen, daß keine Fuhrleute mehr zu haben sind, gar nichts ... da hast du's ... hörst du? fragte er und zeigte nach der Seite, von der die Schüsse gehört wurden. Sie haben es dahin gebracht, daß alles zugrunde gehen muß ... die Spitzbuben! wiederholte er und ging die Freitreppe hinunter.

Alpatytsch wiegte den Kopf, während er die Treppe hinaufstieg. Im Empfangszimmer befanden sich Kaufleute, Frauen, Beamte, die einander stumm ansahen. Die Tür des Kabinetts öffnete sich, alle standen ehrerbietig auf und traten vor. Ein Beamter kam schnell aus der Tür, sagte etwas zu einem Kaufmann, rief einen dicken Beamten mit einem Orden am Halse heran und verschwand wieder in der Tür, indem er sichtlich den an ihn gerichteten Blicken und Fragen zu entgehen suchte. Alpatytsch drängte sich vor, und bei dem nächsten Erscheinen des Beamten wandte er sich, nachdem er seine Hand in den zugeknöpften Rock geschoben, diesem Herrn zu und überreichte ihm zwei Briefe.

Dem Herrn Baron Asch vom General *en chef* Fürsten Bolkonskij, sagte er so feierlich und bedeutungsvoll, daß der Beamte sich zu ihm wandte und seinen Brief in Empfang nahm. Nach einigen Minuten ließ der Gouverneur Alpatytsch hereinkommen und sagte ihm hastig:

Melde dem Fürsten und der Prinzessin, daß ich von nichts gewußt und nur auf höheren Befehl gehandelt habe, da ...

Er gab Alpatytsch ein Papier.

Übrigens, da der Fürst nicht wohl ist, so wäre mein Rat, daß er nach Moskau ginge. Ich selbst werde sogleich abreisen. Melde ...

Aber der Gouverneur kam nicht zu Ende, denn ein bestaubter, schweißbedeckter Offizier trat eilig in die Tür und sagte etwas auf Französisch.

Auf dem Gesicht des Gouverneurs drückte sich Entsetzen aus.

Geh! sagte er, nickte Alpatytsch zu und fing an, den Offizier zu befragen.

Gierige, schreckensvolle, Hilfe suchende Blicke waren auf Alpatytsch gerichtet, als er aus dem Kabinett des Gouverneurs heraustrat. Indem er unwillkürlich auf die jetzt schon nahen und immer stärker werdenden Schüsse horchte, beeilte sich Alpatytsch in die Schänke zurückzukehren. Das Papier, das ihm der Gouverneur gegeben, hatte folgenden Inhalt:

»Ich versichere Sie, daß die Stadt Smolensk noch nicht die geringste Gefahr zu befürchten hat – es ist auch sehr unwahrscheinlich, daß sie bedroht wird. Ich marschiere von der einen Seite nach Smolensk, und Fürst Bagration kommt von der anderen, um sich bei dieser Stadt mit mir zu vereinigen. Das Zusammentreffen wird am 3. August stattfinden, und beide Armeen werden mit vereinten Kräften ihre Landsleute und das ihnen anvertraute Gouvernement beschützen, bis ihre Anstrengungen die Feinde des Vaterlandes vertrieben haben, oder bis in ihren tapferen Reihen alles bis auf den letzten Krieger vernichtet ist. Sie sehen daraus, daß Sie das Recht haben, die Einwohner von Smolensk zu beruhigen, denn wer von zwei tapferen Heeren verteidigt wird, kann ihres Sieges sicher sein. (Befehl Barclay de Tollys an den Zivilgouverneur von Smolensk, Baron Asch, 1812).

Das Volk schlich unruhig in den Straßen umher.

Vollgepackte Wagen, hochaufgetürmt mit Hausgerät, Stühlen, Schränken, fuhren aus allen Torwegen und zogen durch die Straßen. Vor dem Nachbarhause Ferapontows standen Fuhrwerke; die Weiber jammerten und weinten beim Abschied, und der Hofhund sprang bellend vor den angeschirrten Pferden hin und her.

Alpatytsch begab sich mit eiligerem Schritte als gewöhnlich auf den Hof und ging geradewegs nach dem Stalle zu seinen Pferden und dem Wagen. Der Kutscher schlief; Alpatytsch weckte ihn, befahl ihm anzuspannen und ging dann wieder in das Vorderhaus zurück.

Aus der Wirtsstube ließ sich das Weinen eines Kindes hören, das erstickte Schluchzen einer Frau und das zornige, heisere Geschrei Ferapontows. Die Köchin rannte wie eine erschreckte Henne im Flur umher, als Alpatytsch eintrat.

Beinahe totgeschlagen hat er sie ... die Hausfrau ... beinahe totgeschlagen! geprügelt ... herumgezerrt!

Warum denn? fragte Alpatytsch.

Sie wollte gern fort ... Wir bleiben hier! Bringe mich weg von hier, sagte sie, laß mich nicht zugrunde gehen mit den kleinen Kindern. Alle Leute, sagte sie, gehen schon fort ... was tun wir noch da? sagte sie. Und da fing er an, sie zu mißhandeln und hat sie geschlagen, herumgezerrt!

Alpatytsch nickte wie zustimmend zu diesen Worten, ging aber, da er nichts weiter hören wollte, durch die entgegengesetzte Tür in das Zimmer, wo seine Einkäufe lagen.

Du Bösewicht! Du Menschenverderber! schrie in diesem Moment eine hagere blasse Frau mit einem Kinde auf den Armen und in einem abgerissenen Kopftuch, indem sie aus der Tür stürzte, und über die Treppe nach dem Hofe lief. Ferapontow ging hinter ihr her; als er Alpatytsch erblickte, ordnete er seine Weste, sein Haar, gähnte und trat dann zu ihm ins Zimmer.

Du willst schon fortfahren? fragte er.

Ohne die Frage zu beantworten und ohne sich nach dem Wirte umzusehen, suchte Alpatytsch seine Sachen zusammen und fragte, was er für seine Herberge schuldig wäre.

Das werden wir schon verrechnen ... aber was hast du bei dem Gouverneur ausgerichtet ... was für ein Beschluß ist gefaßt.

Alpatytsch antwortete, der Gouverneur hätte ihm eigentlich nichts Bestimmtes gesagt.

Mit unserem Geschäfte kann man jetzt weit kommen, sagte Ferapontow. Eine Fuhre nach Dogorobush kostet sieben Rubel! Ich sage ja, es ist nicht mehr christlich.

Aber Seliwanow hat es gut getroffen, hat am Donnerstag sein Mehl für neun Rubel den Sack an die Armee verkauft. Wie ist's, werden Sie Tee trinken? fügte er hinzu.

Bis die Pferde angespannt waren, tranken Alpatytsch und Ferapontow Tee und sprachen über die Preise des Getreides, über die Ernte und über das günstige Erntewetter.

Es fängt an stiller zu werden, sagte Ferapontow, nachdem er drei Tassen Tee getrunken hatte, und stand auf; wahrscheinlich haben die Unsrigen die Oberhand. Es hieß ja gleich, daß wir den Feind nicht hereinlassen würden; da zeigt sich's, wo die Kraft steckt! Und neulich hieß es auch; Matwej Iwanytsch Platow hätte sie in die Marina getrieben, achtzehntausend oder so etwas hat er in einem Tage ersäuft.

Alpatytsch packte seine Einkäufe zusammen, übergab sie dem eintretenden Kutscher und bezahlte den Wirt, während vom Torwege Räderrollen, Pferdestampfen und das Schellengeklingel der Kibitka erschallte.

Es war weit über Mittag; die Hälfte der Straße lag im Schatten, die andere war hell von der Sonne beleuchtet. Alpatytsch blickte aus dem Fenster und ging an die Tür. Plötzlich wurde ein sonderbarer Ton gehört, wie fernes Pfeifen, ein Schlag, und gleich darauf erdröhnte dumpfer Kanonendonner, von dem die Fenster erzitterten.

Alpatytsch ging auf die Straße; zwei Männer liefen nach der Brücke zu. Von verschiedenen Seiten hörte man das Sausen und Einschlagen der Kanonenkugeln und das Platzen der in die Stadt geschleuderten Granaten. Aber diese Töne waren weniger zu hören und erregten die Aufmerksamkeit der Bewohner in geringerem Grade als der Kanonendonner, der von der Stadt erdröhnte. Es war das Bombardement von 130 Kanonen, das Napoleon um 5 Uhr gegen die Stadt hatte eröffnen lassen. Anfangs begriff das Volk die Bedeutung dieses Bombardements noch nicht.

Das Getöse der fallenden Kanonenkugeln und Granaten erweckte anfangs nur die Neugier der Leute. Die Frau Ferapontows, die immer noch im Schuppen saß und weinte, wurde still, kam mit dem Kinde auf dem Arme in den Torweg, sah schweigend auf das Volk und horchte auf das Schießen.

Auch die Köchin kam in den Torweg, und der Kaufmann sah mit heiterer Neugier den über ihre Köpfe fliegenden Geschossen nach.

Um die Ecke kamen einige Leute, die lebhaft miteinander sprachen.

Es ist etwas Gewaltiges! sagte der eine. Das Dach und die ganze Decke hat es in Splitter geschlagen.

Und die Erde hat es aufgewühlt, wie ein Schwein! rief der andere.

Es ist etwas Mächtiges, wirft alles über den Haufen, sagte der erste wieder und lachte. Kannst Gott danken, daß es abgesprungen ist, sonst hätte es dich gestreichelt.

Die Umstehenden wandten sich an diese Männer. Sie machten halt und erzählten, daß dicht vor ihnen Kanonenkugeln in ein Haus geschlagen hätten. Dabei flogen ohne Aufhören, bald mit raschem, drohenden Sausen Kanonenkugeln, bald mit unangenehmem Pfeifen Granaten über die Köpfe des Volkes hin. Aber kein Geschoß fiel in der Nähe nieder, alle flogen weiter.

Alpatytsch setzte sich in den Wagen; der Wirt stand unter dem Torwege.

Was hast du da zu sehen? schrie er der Köchin zu, die mit aufgestreiften Ärmeln, im roten Unterrock und mit den nackten Armen schlenkernd an die Ecke ging, um zu hören, was die Leute sagten.

Sind das Wunderdinge? wiederholte sie mehrmals; aber als sie die Stimme des Wirtes hörte, kehrte sie um und ließ den aufgeschürzten Unterrock nieder

Wieder, aber diesmal sehr nahe, pfiff etwas wie ein von oben nach unten fliegender Vogel, das Feuer blitzte mitten in der Straße auf, es knallte, und Rauch hüllte die Straße ein.

Bösewicht! was soll das heißen? schrie der Wirt, indem er auf die Köchin zulief.

In demselben Augenblick fingen von verschiedenen Seiten Weiberstimmen kläglich an zu jammern, erschrocken weinte ein Kind, und mit bleichen Gesichtern drängte sich das Volk um die Köchin, deren lautes Stöhnen und Klagen aus dem Gedränge hervorschallte.

A-a-ach! meine Täubchen, meine weißen Täubchen! lasset mich nicht sterben, meine weißen Täubchen! jammerte sie.

Nach fünf Minuten war niemand mehr auf der Straße. Der Köchin war von den Granatsplittern die Hüfte zerrissen; sie wurde in die Küche gebracht; Alpatytsch, sein Kutscher, die Frau Ferapontows mit den Kindern und der Hausknecht saßen im Keller und horchten.

Das Donnern der Kanonen, das Sausen der Geschosse und das klagende Stöhnen der Köchin verstummten keinen Augenblick. Dabei wiegte die Wirtin ihr Kind und sprach ihm zu oder fragte mit kläglicher Stimme jeden, der in den Keller kam, wo ihr Mann sein könnte, der auf der Straße zurückgeblieben war. Ein Krämer, der ebenfalls in den Keller kam, sagte ihr, der Wirt sei mit dem Volke in die Kathedrale gegangen, wo das wundertätige Heiligenbild von Smolensk gezeigt werde.

Beim Anbruch der Dämmerung wurde die Kanonade etwas stiller. Alpatytsch kam aus dem Keller und blieb in der Tür stehen.

Anfangs war der helle Abendhimmel in Rauch gehüllt. Und durch diesen Rauch leuchtete seltsam die neue, hochstehende Mondsichel hindurch. Nach dem Verstummen des bisherigen schrecklichen Kanonendonners schien eine verhältnismäßige Ruhe über der Stadt zu liegen, aber sie wurde durch ein gleichsam durch die ganze Stadt verbreitetes Getön von Schritten, Stöhnen, Geschrei und krachenden Feuersbrünsten unterbrochen. Das Jammern der Köchin war verstummt; von zwei Seiten erhoben und verbreiteten sich die schwarzen Rauchsäulen der Feuersbrünste; auf den Straßen gingen und liefen nicht in Reihen, sondern wie die Ameisen eines zerstörten Haufens, in verschiedenen Uniformen und nach verschiedenen Richtungen, Soldaten umher. Einige von ihnen liefen an Alpatytsch vorbei, auf den Hof Ferapontows. Alpatytsch trat in den Torweg. Ein Regiment, das eilig vorwärtsdrängte versperrte die Straße.

Die Stadt ergibt sich, fahren Sie, fahren Sie zu! sagte ihm ein Offizier, der ihn bemerkt hatte und sich dann heftig scheltend an seine Soldaten wandte.

Ich will euch lehren, in die Höfe laufen! schrie er.

Alpatytsch kehrte ins Haus zurück, rief den Kutscher und befahl ihm, zu fahren. Gleich nach Alpatytsch und dem Kutscher gingen alle Hausgenossen Ferapontows auf die Straße.

Als die Weiber, die bis jetzt geschwiegen hatten, den Rauch sahen und sogar die Flammen der Feuersbrünste, die jetzt in der beginnenden Dämmerung sichtbar wurden, fingen sie plötzlich an zu lamentieren, und wie zur Begleitung hörte man dasselbe Klageschrei am anderen Ende der Straße. Alpatytsch und der Kutscher ordneten unter dem Schuppen mit zitternden Händen die verwickelten Stränge und Zügel der Pferde.

Als Alpatytsch aus dem Torwege fuhr, sah er, daß in dem geöffneten Laden Ferapontows etwa zehn Mann Soldaten laut schwatzend ihre Säcke und Tornister mit Weizenmehl und Sonnenblumensamen füllten. In demselben Augenblick trat Ferapontow von der Straße in den Laden; als er die Soldaten erblickte, war er im Begriff, sie anzuschreien, schwieg aber plötzlich, fuhr sich ins Haar und lachte krampfhaft auf.

Schleppt alles fort, Jungens! … es soll nichts in die Hände der Teufel fallen! schrie er, indem er selbst die Säcke ergriff und sie mit eigener Hand auf die Straße warf. Einige der Soldaten liefen erschreckt hinaus, andere fuhren fort einzusakken. Als Ferapontow Alpatytsch erblickte, wandte er sich zu ihm.

Rußlands Schicksal ist gekommen! Alpatytsch, Rußlands Schicksal … Ich selbst werde alles in Brand stecken! Rußlands Schicksal ist gekommen … Ferapontow lief in den Hof.

Auf der Straße, die sie vollständig versperrten, zogen immerwährend Soldaten vorüber, so daß Alpatytsch nicht durchfahren konnte und warten mußte. Die Frau Ferapontows saß mit den Kindern ebenfalls in einer Telega[1] und wartete darauf, abfahren zu können.

Es war ganz dunkel geworden. Am Himmel glänzten die Sterne, und dann und wann leuchtete der junge Mond durch den Rauch. Auf dem zum Dnjepr hinunter führenden Wege mußte der Wagen Alpatytschs, wie der der Wirtin, die sich langsam zwischen Soldaten und Fuhrwerken fortbewegten, wieder stillhalten. Unweit der Straßenkreuzung, an der die Wagen stehenblieben, brannten in der Quergasse ein Haus und mehrere Läden. Die Feuersbrunst war im Erlöschen. Bald erstarb die Flamme und verlor sich im schwarzen Rauche, bald loderte sie hell auf, so daß sie seltsam deutlich die Gesichter der wirr durcheinander gedrängten Menge beleuchtete, die auf der Straße stand. Die dunklen Gestalten der Menschen streiften an dem Feuer vorüber, und durch das unaufhörliche Krachen und Knistern hörte man Sprechen und Schreien. Alpatytsch, der vom Wagen herunterstieg, weil er sah, daß er so bald nicht fortkommen würde, wandte sich nach der Querstraße, um das Feuer zu sehen. Soldaten trieben sich um das Feuer herum, und Alpatytsch sah, daß zwei von ihnen mit einem Manne im Friesmantel einen brennenden Balken auf der Feuersbrunst in den Nachbarhof schleppten; andere trugen Arme voll Heu herbei.

Alpatytsch näherte sich der dichten Menschenmenge, die

1 Telega = russischer Bauernwagen. (Anm. d. Hg.)

sich einer der hohen, lichterloh brennenden Scheunen gegenüber angesammelt hatte. Die Wände standen in voller Flammenglut, die Hinterwand stürzte zusammen, das Bretterdach sank ein, die Balken brannten. Die Menge wartete offenbar auf den Moment, wo das Dach zusammenstürzen mußte. Auch Alpatytsch wartete darauf.

Alpatytsch! rief plötzlich eine bekannte Stimme den Alten an.

Väterchen, Durchlaucht, antwortete Alpatytsch, der augenblicklich die Stimme seines jungen Herrn erkannt hatte.

Fürst Andrej hielt, in seinen Mantel gehüllt, auf einem Rappen außerhalb des Gedränges und sah Alpatytsch an.

Wie kommst du hierher? fragte er.

Euer Durchlaucht! sagte Alpatytsch und fing an zu schluchzen. Euer, Euer ... ach, sind wir denn wirklich verloren?

Wie kommst du hierher? wiederholte Fürst Andrej.

Die Flammen loderten hoch empor, so daß Alpatytsch das bleiche, abgezehrte Gesicht seines jungen Herrn hell beleuchtet sah. Der Alte berichtete, daß er hierhergeschickt worden, nun aber kaum imstande sei, wieder fortzukommen. Wie ist's, Ew. Durchlaucht, sind wir wirklich verloren? fragte er abermals.

Fürst Andrej antwortete nicht, nahm sein Notizbuch heraus, erhob das Knie und begann mit Bleistift auf einem ausgerissenen Blatt zu schreiben. Er schrieb an seine Schwester:

»Smolensk wird sich ergeben, Lyssyja-Gory wird im Laufe einer Woche vom Feinde besetzt sein. Geht sogleich nach Moskau und benachrichtige mich augenblicklich, wenn Ihr abreist, indem ihr mir einen expressen Boten nach Uswjash sendet.«

Als er fertig war und Alpatytsch das Blättchen überreicht hatte, erklärte er ihm mündlich, wie die Reise des Fürsten, der Prinzessin und des Lehrers mit dem Knaben eingerichtet werden müsse, und wann und wohin ihm sogleich geschrieben werden solle. Noch hatte er nicht Zeit gehabt, diese Befehle zu beendigen, als ein Stabsoffizier zu Pferde, von einem Gefolge begleitet, an ihn heransprengte.

Sie sind Oberst? schrie der Stabsoffizier mit deutscher Betonung und einer dem Fürsten Andrej bekannten Stimme. In Ihrer Gegenwart steckt man die Häuser in Brand, und Sie stehen ruhig dabei? Was soll das heißen? Sie werden es verantworten, schrie Berg, der jetzt Adjutant bei dem Stabschef der Infanterie des linken Flügels unserer ersten Armee war, eine sehr angenehme und weithin sichtbare Stellung, wie er selbst zu sagen pflegte.

Fürst Andrej sah ihn an und fuhr, ohne zu antworten, fort mit Alpatytsch zu sprechen.

Sage also, daß ich bis um zehn Uhr auf Antwort warten werde, daß ich aber, wenn bis zehn Uhr die Nachricht ihrer Abreise nicht da wäre, mich genötigt sehen würde, alles im Stiche zu lassen und nach Lyssyja-Gory zu kommen.

Ich sage Ihnen dies nur, Fürst, fing Berg wieder an, als er den Fürsten Andrej erkannte, weil ich meine Ordre erfüllen muß, wie ich das immer pünktlich zu tun pflege. Bitte, entschuldigen Sie mich.

Es krachte in der Flamme; auf einen Augenblick wurde das Feuer gedämpft, schwarze Rauchwirbel drangen aus dem Dachstuhl hervor. Wieder krachte es, lauter als zuvor, und etwas Ungeheures stürzte nieder.

Uh-hu-hu! heulte die Menge. Aus der zusammengestürzten Scheune kam von dem verbrannten Roggen ein Geruch wie von frischem Brote. Die Flamme loderte wieder auf und beleuchtete die zugleich aufgeregten und ermüdeten Gesichter der um die Feuersbrunst versammelten Menschen.

Der Mann im Friesmantel erhob die Arme und schrie:

Herrlich, Kinder! die Flamme leckt schon ... herrlich!

Es ist der Hausherr selbst! rief eine Stimme.

Nun denn, sagte Fürst Andrej, indem er sich an Alpatytsch wandte, bestelle alles, wie ich dir gesagt habe, und ohne Berg, der jetzt schweigend neben ihm hielt, nur ein Wort zu erwidern, trieb er sein Pferd an und ritt in die Gase.

V

Unsere Truppen zogen sich immer weiter von Smolensk zurück. Der Feind marschierte hinter ihnen her. Am 22. August kam das Regiment, das Fürst Andrej kommandierte, auf der großen Straße an dem Wege vorüber, der nach Lyssyja-Gory führte. Über drei Wochen schon herrschten Hitze und Dürre; täglich stiegen am Himmel krause Wolken auf, die dann und wann die Sonne verfinsterten, aber gegen Abend wurde es immer wieder hell und die Sonne ging in braunrotem Dunstkreise unter. Nur der starke Nachttau erfrischte die Erde. Das auf dem Halm gebliebene Getreide verdorrte und fiel aus, die Sümpfe waren ausgetrocknet; das Vieh, das auf den von der Sonne verbrannten Wiesen kein Futter fand, brüllte vor Hunger. Nur in der Nacht und im Walde war es kühl, solange sich der Tau hielt. Aber auf der großen Straße, auf welcher die Truppen dahinmarschierten, war selbst nachts und im Walde keine Erfrischung zu spüren. In dem Staube des Weges, der tiefer als eine Viertelelle aufgewühlt war, war nichts vom Tau zu spüren. Sobald sich die Morgendämmerung zeigte, wurde aufgebrochen; die Wagenzüge der Artillerie bewegten sich lautlos vorwärts, bis an die Nabe mit den Rädern in dem weichen, erstickenden, nicht ausgekühlten Staub, in den auch die Soldaten bis an die Knöchel einsanken. Ein Teil dieses Sandstaubes wurde von den Füßen und Rädern zusammengeknetet, der andere stieg empor und stand wie eine Wolke über dem Heer, indem er in Haar, Augen, Ohren, Nasen und hauptsächlich in die Lungen der Menschen und Tiere eindrang, die auf diesem Wege dahinzogen. Je höher die Sonne stieg, je höher stieg auch die Staubwolke, und durch diesen dünnen, heißen Qualm konnte man die wolkenlose Sonne, die wie eine große purpurrote Kugel erschien, mit bloßen Augen ansehen. Wind gab es nicht; die Menschen erstickten fast in dieser regungslosen Atmosphäre; sie banden sich Mund und Nase mit Tüchern zu, und wenn sie in ein Dorf kamen, stürzte alles an die Brunnen. Man schlug sich um das Wasser und trank es bis auf den schlammigen Grund.

Fürst Andrej kommandierte ein Regiment, und die Verpflegung, die Sorge um die Gesundheit seiner Mannschaften, die Notwendigkeit, Befehle zu erhalten und zu geben, beschäftigten ihn. Die Einäscherung von Smolensk und die Räumung der Stadt waren für den Fürsten Andrej epochemachend geworden. Ein neues Gefühl des Ingrimms gegen den Feind ließ ihn den eigenen Kummer vergessen. Er war ganz seinem Regimente ergeben, sorgte für seine Leute, für seine Offiziere und behandelte sie mit großer Leutseligkeit. Im Regimente nannte man ihn: »unser Fürst«, war stolz auf ihn und hatte ihn lieb. Aber nur gegen seine Mannschaften, gegen Timochin und seinesgleichen, das heißt gegen völlig neue Menschen und aus andern Kreisen, Menschen, die von seiner Vergangenheit nichts wissen und nichts verstehen konnten, war er gut und freundlich. Sobald er jedoch mit irgendeinem seiner früheren Bekannten oder Kameraden zusammenkam, nahm er einen herben, spöttischen, verächtlichen Ton an. Alles, was mit seinen Erinnerungen an die Vergangenheit zusammenhing, stieß ihn ab, und darum gab er sich Mühe, in den Beziehungen zu dieser Welt von früher nur kein Unrecht zu tun und seine Pflicht zu erfüllen.

Überhaupt erschien dem Fürsten Andrej alles in düsterem Lichte, besonders seit Smolensk aufgegeben war (das man, seiner Ansicht nach, hätte verteidigen können und müssen) und nachdem am 18. August der kranke Vater sich genötigt gesehen, nach Moskau zu flüchten und das vielgeliebte Lyssyja-Gory, das er bebaut und bevölkert hatte, der Plünderung zu überlassen. Aber trotz alledem war Fürst Andrej imstande, an einen von allgemeinen Fragen unabhängigen Gegenstand zu denken – an sein Regiment.

Am 22. August kam die Abteilung des Heeres, zu der sein Regiment gehörte, an Lyssyja-Gory vorüber. Zwei Tage zuvor hatte Fürst Andrej die Nachricht erhalten, daß sein Vater, seine Schwester und sein Söhnchen nach Moskau abgereist waren. Obgleich Fürst Andrej nun eigentlich nichts mehr in Lyssyja-Gory zu tun hatte, beschloß er, mit der ihm eigentümlichen Neigung, seinen Schmerz anzustacheln, einen Abstecher dahin zu machen.

Er befahl ein frisches Pferd zu satteln und ritt von der

Marschroute ab auf das väterliche Gut, wo er geboren war und seine Jugend verlebt hatte. Als er an dem Teiche vorüberkam, an dem gewöhnlich eine Anzahl von Weibern schwatzte, mit den Waschhölzern schlug oder Wäsche spülte, bemerkte Fürst Andrej, daß heute niemand da war und das abgerissene Floß, halb mit Wasser bedeckt, mitten auf dem Teiche schwamm.

Fürst Andrej näherte sich dem Wächterhäuschen. Am steinernen Tore der Einfahrt war niemand zu sehen, und das Tor stand offen. Die Gartenwege waren bereits mit Unkraut überwachsen, und Kälber und Pferde gingen im englischen Park umher. Fürst Andrej kam an die Orangerie; die Scheiben waren zerschlagen, und die Bäumchen in den Kübeln zum Teil vertrocknet, zum Teil umgeworfen.

Er rief den Gärtner Taras, niemand antwortete. Dann ritt er um die Orangerie herum nach dem Obstgarten und fand, daß der Bretterzaun zerbrochen war, und daß die Früchte der Pflaumenbäume mit den Zweigen abgerissen waren. Ein alter Bauer – Fürst Andrej hatte ihn in seiner Kindheit oft vor dem Tore gesehen – saß auf einer grünen Bank und flocht Bastschuhe. Er war taub und hatte den Fürsten Andrej nicht kommen hören. Er saß auf einer Bank, auf der der alte Fürst immer gern gesessen hatte, und über ihm hing der Bast auf den zerrissenen Ästen einer vertrockneten Magnolie.

Fürst Andrej ritt vor das Haus. Einige Linden des alten Gartens waren umgehauen, und ein Pferd weidete mit seinem Füllen zwischen den Rosenbeeten.

Alle Läden waren geschlossen, nur ein Fenster zu ebener Erde stand offen; ein leibeigener Knabe erblickte den Fürsten und eilte ins Haus.

Alpatytsch hatte die Seinigen fortgeschickt und war allein in Lyssyja-Gory zurückgeblieben. Er saß in seiner Stube und las das Leben der Heiligen. Als er die Ankunft des Fürsten Andrej erfuhr, ging er rasch, mit der Brille auf der Nase und indem er sich den Rock zuknöpfte, aus dem Hause, eilte auf den Fürsten zu, fing ohne ein Wort zu sagen, an zu weinen und küßte seinem jungen Herrn das Knie.

Dann wandte er sich ab, ärgerlich über seine Schwachheit

und fing an, ihm über die Lage der Dinge Bericht zu erstatten. Alle Kostbarkeiten und Wertsachen waren nach Bogutscharowo gebracht, auch an hundert Malter Korn waren dorthin geschafft. Das Gras aber und die – wie Alpatytsch sagte – ungewöhnlich reiche Sommersaat dieses Jahres, die noch auf dem Halme gestanden hatte, war von den Soldaten abgeschnitten worden. Die Bauern waren zugrunde gerichtet; viele von ihnen hatten sich ebenfalls nach Bogutscharowo begeben; nur ein kleiner Teil war hiergeblieben.

Fürst Andrej fragte, ohne ihn zu Ende zu hören:

Wann sind Vater und Schwester abgereist? er meinte damit, wann sie nach Moskau gereist waren.

Alpatytsch, in dem Glauben, daß von der Abreise nach Bogutscharowo die Rede sei, antwortete, die Herrschaft sei am 19. fortgefahren, verbreitete sich wieder über Wirtschaftsangelegenheiten und fragte nach den Befehlen des jungen Herrn.

Wünschen Sie, daß gegen die Quittungen der Kommandeure Hafer abgelassen wird? Wir haben an sechshundert Malter übrig, sagte er.

»Was soll ich ihm antworten?« dachte Fürst Andrej, indem er den kahlen, in der Sonne glänzenden Kopf des Alten ansah und im Ausdruck seines Gesichts das Bekenntnis las, daß er selbst die Unangemessenheit dieser Fragen fühlte und sie nur stellte, um seine eigene Betrübnis zu übertäuben.

Ja, laß nur ab, antwortete Fürst Andrej.

Sie werden im Garten Unordnung gefunden haben, fuhr Alpatytsch fort; aber es war nicht möglich, ihnen vorzubeugen. Drei Regimenter sind durchgekommen und haben hier übernachtet. Auch Dragoner. Ich habe Rang und Titel aufgeschrieben, um die Klage einzureichen.

Was willst du denn anfangen? Bleibst du, wenn der Feind die Gegend besetzt? fragte Fürst Andrej.

Alpatytsch wandte sein Gesicht dem Herrn zu, sah ihn an und hob mit feierlicher Gebärde die Hand gen Himmel.

Er ist mein Beschützer, sein Wille geschehe, antwortete er.

Eine Schar von Bauern und Hofleuten kam in bloßen Köpfen über den Anger auf den Fürsten zugelaufen.

Lebe wohl! sagte Fürst Andrej, indem er sich zu Alpatytsch niederbeugte. Geh auch du fort, nimm mit, was du kannst, und schicke die übrigen Leute auf die Güter in Rjasan und Moskau. Alpatytsch drückte sich an das Bein des Herrn und schluchzte. Fürst Andrej schob ihn vorsichtig beiseite, spornte sein Pferd und ritt im Galopp die Allee hinunter.

An dem Obststande saß noch immer der Alte teilnahmslos wie eine Fliege auf dem Antlitz eines teuren Toten, und klopfte an den Leisten seines Bastschuhs, während zwei Mädchen, die aufgehobenen Röcke voll Pflaumen, die sie im Obstgarten abgerissen hatten, von dort hergerannt kamen und auf den Fürsten Andrej stießen. Als das ältere Mädchen den jungen Herrn erblickte, griff sie mit dem Ausdrucke des Schreckens nach der Hand ihrer jüngeren Gefährtin und versteckte sich mit ihr hinter den Birken, ohne sich Zeit zu nehmen, die verschütteten, unreifen Pflaumen wieder aufzulesen.

Fürst Andrej wandte sich rasch von ihnen ab, um sie nicht merken zu lassen, daß er sie gesehen. Die hübschen, erschrockenen Mädchen taten ihm leid; er scheute sich, sie anzusehen und fühlte doch zu gleicher Zeit eine unüberwindliche Neigung, es zu tun. Ein neues, angenehmes, beruhigendes Gefühl erfüllte ihn, als er bei dem Anblick dieser Mädchen die Existenz anderer, ihm ganz fremder und ebenso berechtigter menschlicher Interessen erkannte, wie die waren, die ihn in Anspruch nahmen. Diese Mädchen hatten augenscheinlich das leidenschaftliche Verlangen, die grünen Pflaumen fortbringen und essen zu können, ohne dabei gesehen zu werden, und Fürst Andrej wünschte mit ihnen den Erfolg ihres Vorhabens. Er konnte sich nicht versagen, sie noch einmal anzusehen, als sie – in der Voraussetzung, der Gefahr entgangen zu sein – aus ihrem Versteck hervorsprangen, und indem sie mit ihren dünnen Stimmchen zwitscherten und die aufgehobenen Röcke festhielten, keck und rasch mit ihren sonnengebräunten nackten Füßchen über das Gras der Wiese liefen.

Fürst Andrej hatte sich etwas erfrischt, während er aus dem Bereich des Landstraßenstaubes, in dem die Truppen vorrückten, herausgekommen war. Aber unweit von Lyssyja-Gory gelangte er wieder auf die Heerstraße und holte sein Regiment bei dem Damme eines kleinen Teiches ein, wo es rastete.

Es war zwei Uhr nachmittags. Die Sonne, die im Staube wie eine rote Kugel aussah, brannte unerträglich heiß durch den schwarzen Rock auf den Rücken. Der Staub stand noch immer ganz so unbeweglich über dem summenden, rastenden Regimente. Es war windstill. Nur als Fürst Andrej über den Damm ritt, wehte es ihm aus dem Schilf des Teiches kühler entgegen. Ihn überkam die Lust, zu baden, so schmutzig das Wasser auch sein mochte, und er sah sich nach dem Teiche um, von dem Geschrei und Gelächter herüberklangen. Der kleine, trübe mit Schilf bewachsene Teich war von einer solchen Masse von Soldaten überfüllt, die mit weißen Körpern und ziegelroten Gesichtern, Händen und Hälsen darin herumplätscherten, daß er sichtlich um einen Fuß gestiegen war und den Damm überschwemmte. All dies weiße Menschenfleisch plätscherte mit Lachen und Juchzen in dieser schmutzigen Pfütze wie Karauschen in einem Wassereimer, und je lustiger das Plätschern klang, um so trauriger war der Eindruck, den es machte.

Ein junger blonder Soldat der dritten Kompagnie mit einem kleinen Riemen unter der Wade – Fürst Andrej kannte ihn – ging eben zurück, bekreuzte sich, um sich mit einem tüchtigen Anlauf ins Wasser zu stürzen. Ein anderer schwarzer, stets struppiger Unteroffizier stand bis an den Gürtel im Wasser, zuckte fröhlich mit dem muskulösen Oberleibe und sprudelte lustig, indem er sich den Kopf mit den schwarzen Händen begoß. Man hörte, wie sie sich gegenseitig klatschten, wie sie juchzten und schrien.

Am Ufer, auf dem Damme, im Teiche, überall war weißes, kerniges, muskulöses Fleisch zu sehen. Ein Offizier, der rotnasige Timochin, trocknete sich auf dem Damme mit einem Handtuche; er schämte sich, als er den Fürsten erblickte, entschloß sich aber doch, ihn anzureden.

Oh, das ist gut, Durchlaucht, Sie sollten es auch tun, sagte er.

Es ist so schmutzig, antwortete Fürst Andrej und runzelte die Stirn.

Wir werden sogleich für Sie reinigen! Und Timochin lief unangekleidet davon, um das Reinigen zu besorgen.

Der Fürst will baden!

Welcher? Unser Fürst? fragten mehrere Stimmen und alle fingen an, sich so zu überstürzen, daß Fürst Andrej sie kaum zur Ruhe sprechen konnte. Es fiel ihm ein, er wolle sich lieber im Speicher begießen.

»Fleisch, Körper, *chair à canon*!« dachte er, indem er seinen eigenen nackten Körper betrachtete und schauderte zusammen, nicht sowohl vor Kälte, als vor einem ihm selbst unverständlichen Abscheu und Schrecken, beim Anblick dieser großen Anzahl von Körpern, die sich in dem schmutzigen Wasser spülten.

Am 19. August schrieb Bagration von seinem Haltepunkt Michajlowka an der Heerstraße von Smolensk folgenden Brief:

»Hochverehrter Herr Graf Alexej Andrejewitsch!«

(Er schrieb an Araktschejew, aber er wußte, daß sein Brief vom Kaiser gelesen werden würde, und überlegte deshalb, soweit er dazu fähig war, jedes seiner Worte.)

»Ich denke mir, der Minister (Barclay de Tolly) wird schon von der Übergabe der Stadt Smolensk an den Feind Bericht erstattet haben. Ein schmerzliches, trauriges Ereignis! Die ganze Armee ist in Verzweiflung, daß man den wichtigsten Platz so ohne weiteres verlassen hat. Ich meinesteils habe ihn persönlich so dringend als möglich gebeten; endlich schrieb ich auch, aber nichts konnte ihn bestimmen. Ich schwöre Ihnen bei meiner Ehre, daß Napoleon sich in einer Sackgasse befand, wie noch nie, und daß er die Hälfte seiner Armee hätte verlieren müssen, ohne Smolensk nehmen zu können. Unsere Truppen haben sich geschlagen und schlagen sich noch, wie nie vorher. Ich habe mit 15 000 Mann über fünfunddreißig Stunden stand gehalten und den Feind geschlagen, er aber hat nicht vierzehn Stunden aushalten wollen! Das ist eine Schmach und ein Schandfleck für unsere Armee, und sein Leben, meine ich, müßte ihm zur Plage geworden sein. Wenn er meldet, daß unser Verlust groß war, so ist das nicht wahr. Vielleicht an 4000, nicht mehr, aber auch das kaum.

Und wenn es 10 000 wären – was liegt daran? –, es ist einmal Krieg! Dafür hat der Feind eine Unzahl verloren.

»Was hätte es uns gekostet, noch ein paar Tage zu bleiben. Die anderen würden dann von selbst gegangen sein, weil sie kein Wasser hatten, um Tiere und Menschen zu tränken. Er hatte mir sein Wort gegeben, sich nicht zurückziehen zu wollen, aber plötzlich traf er die Disposition, in der Nacht fortzugehen. Auf diese Weise ist kein Krieg zu führen, und wir können den Feind bald in Moskau sehen.

»Es geht das Gerücht, daß an Frieden gedacht wird. Frieden schließen – Gott behüte! Nach allen Opfern und nach so unsinnigen Rückzügen, Frieden schließen! Ganz Rußland würde sich dagegen auflehnen, und jeder von uns würde es für eine Schande halten, die Uniform zu tragen. Nachdem es so weit gekommen ist, müssen wir uns schlagen, solange Rußland kann und solange wir Menschen auf den Beinen stehen können.

»Einer muß das Kommando haben, nicht zwei. Euer Minister ist vielleicht gut im Rate, als General dagegen ist er nicht nur schlecht, sondern taugt gar nichts, und doch hat man ihm das Schicksal unseres ganzen Vaterlandes anvertraut. Ich werde geradezu verrückt vor Ärger; verzeihen Sie mir dies dreiste Schreiben – ist es doch ganz klar, daß der da den Rat gibt, Frieden zu schließen und dem Minister das Kommando der Armee zu überlassen, den Kaiser nicht liebt und uns alle verderben will. Darum schreibe ich Ihnen die Wahrheit. Setzen Sie alle Landwehren in Bereitschaft, denn der Minister führt in meisterhafter Weise den Feind hinter sich her, der Hauptstadt zu. Großen Verdacht erregt in der ganzen Armee der Flügeladjutant Wolzogen. Er soll, wie man sagt, mehr auf der Seite Napoleons stehen als auf der unsrigen, trotzdem ist er aber in allen Dingen der Ratgeber des Ministers. Ich bin nicht nur höflich gegen ihn, sondern ich gehorche wie ein Korporal, obgleich ich älter bin als er. Das ist schmerzlich, aber da ich meinen Wohltäter und Kaiser liebe, gehorche ich. Schade aber um den Kaiser, daß er solchen Leuten seine brave Armee anvertraut! Stellen Sie sich vor, daß wir durch unseren Rückzug über 15 000 Mann an Ermüdung und im Lazarett verloren haben. Wären wir vorgegangen, hätte das nicht geschehen können. Sagen Sie, um Gottes Willen, was wird unser Rußland, unsere Mutter, sagen, daß wir so feige sind, und daß wir dies gute, treue Vaterland solchem Gesindel preisgeben und in jedem Untertan Haß und Beschämung erwecken? Weswegen fürchten wir uns denn und vor wem? Ich kann nicht dafür verantwortlich gemacht werden, daß der Minister nicht entschlossener ist, sondern feig, dumm, langsam, und daß er alle schlechten Eigenschaften hat. Die ganze Armee wehklagt und verwünscht ihn in den Tod.«

VI

Unter den zahllosen Einteilungen, die wir mit den Erscheinungen des Lebens vornehmen können, lassen sie sich alle in solche einteilen, in denen der Inhalt überwiegt, und in solche, in denen die Form überwiegt. Zu diesen kann man, als Gegensatz zu dem ländlichen, provinziellen, ja sogar als Gegensatz zu den Moskauer Leben, das Petersburger Leben, besonders das der Salons, zählen. Dies Leben ist unveränderlich.

Seit 1805 hatten wir mit Napoleon Frieden geschlossen und aufs neue Streit begonnen, hatten wir Konstitutionen geschaffen und wieder vernichtet, aber der Salon Anna Pawlownas, der Salon Helènes waren immer dieselben, wie sie – der eine sieben, der andere fünf Jahre zuvor – gewesen.

Ebenso wie damals sprach man bei Anna Pawlowna mit Bestürzung von den Erfolgen Napoleons und sah sowohl in diesen Erfolgen wie in der Nachgiebigkeit der europäischen Souveräne eine boshafte Verschwörung, deren einziges Ziel darin bestand, jenem Hofkreise, dessen Vertreterin Anna Pawlowna war, Unannehmlichkeiten und Unruhe zu bereiten.

Andererseits wurde auch bei Helène, die selbst Rumjanzow seines Besuches würdigte und für eine außerordentlich kluge Frau hielt, wie im Jahre 1808, so auch jetzt, 1812, mit Begeisterung von der großen Nation und dem großen Manne gesprochen und voll Bedauern auf unseren Zwiespalt mit Frankreich gesehen, der nach der Ansicht derer, die sich in Helènes Salon versammelten, durch einen Friedensschluß zu Ende gebracht werden mußte.

In der letzten Zeit, nach der Rückkehr des Kaisers von der Armee, hatte in diesen sich gegenüberstehenden Salonkreisen ein Aufschwung stattgefunden, und es war zu gegenseitigen Demonstrationen gekommen, aber die Richtung der Kreise blieb dieselbe. Bei Anna Pawlowna wurden Franzosen nur unter der Bedingung zugelassen, daß sie eingefleischte Legitimisten waren, und als Ausdruck des Patriotismus machte sich die Ansicht geltend, daß man das französische Theater nicht mehr besuchen sollte, und daß der Unterhalt dieser Truppe ebensoviel kostete wie der eines ganzen Armeekorps. Den Kriegsereignissen folgte man begierig und verbreitete die unserem Heere günstigsten Nachrichten.

In dem Kreise Helènes, der zugleich der Rumjanzowsche, französische war, wurde allen Gerüchten von der Grausamkeit des Feindes und des Krieges widersprochen, und dagegen alle Versuche Napoleons, den Frieden herbeizuführen, betont. In diesem Kreise wurde der Mann, der den Rat gegeben, den Hof und die unter dem Schutze der Kaiserin-Mutter stehenden Lehranstalten für junge Mädchen so schnell als möglich nach Kasan zu bringen, streng getadelt. Überhaupt wurde im Salon Helènes der ganze Krieg als leere Demonstration dargestellt, die sehr bald durch einen Friedensschluß ein Ende finden würde, und es herrschte die Ansicht Bilibins vor, der jetzt in Petersburg lebte und Helènes Hausfreund war (jeder geistreiche Mann *mußte* bei ihr verkehren), die Ansicht, daß die Dinge nicht durch Pulver entschieden werden würden, sondern durch die, welche es erfunden haben. In diesem Kreise wurde fein und geistreich, wenn auch mit großer Vorsicht über den Enthusiasmus Moskaus gespottet, von dem die Kunde zugleich mit dem Kaiser nach Petersburg gekommen war.

In dem Kreise Anna Pawlownas dagegen begeisterte man sich für diesen Enthusiasmus und sprach von ihm wie Plutarch von den Helden des Altertums. Fürst Andrej, der noch immer dieselben einflußreichen Ämter bekleidete, bildete das Bindeglied zwischen den beiden Kreisen. Er besuchte sowohl »seine gute Freundin« Anna Pawlowna wie den »Diplomatensalon seiner Tochter«, und bei dem beständigen Verkehr in beiden Lagern kam er zuweilen in Verwirrung und sagte bei Anna Pawlowna, was er bei Helène hätte sagen sollen, und umgekehrt.

Kurz nach der Rückkehr des Kaisers kam Fürst Wassilij bei Anna Pawlowna in ein Gespräch über Kriegsangelegenheiten, klagte Barclay de Tolly heftig an, war aber im Zweifel darüber, wen er zum Oberbefehlshaber vorschlagen sollte.

Einer der Gäste, bekannt unter dem Namen des »Mannes von großen Verdiensten«, erlaubte sich – nachdem er erzählt hatte, daß er heute Kutusow, den Chef der Petersburger Landwehr, in der Kronkammer habe sitzen sehen zum Empfange der Krieger – mit großer Vorsicht die Vermutung auszusprechen, Kutusow würde der Mann sein, der allen Ansprüchen zu genügen vermöchte.

Anna Pawlowna lächelte schwermütig und bemerkte, Kutusow hätte dem Kaiser nur Unangenehmes bereitet.

In der Adelsversammlung habe ich geredet, fiel Fürst Wassilij ein, aber man hat mir nicht folgen wollen. Ich habe gesagt, seine Wahl als Anführer der Landwehr könne dem Kaiser nicht gefallen.

Sie haben sich nicht danach gerichtet.

Es herrscht jetzt eine wahre Manie, zu frondieren, fuhr er fort. Gegen wen aber und warum? ... Nur, weil wir den dummen Moskauer Enthusiasmus nachäffen wollen, sagte Fürst Wassilij, indem er auf einen Augenblick in Verwirrung geriet und vergaß, daß er bei Helène den Enthusiasmus der Moskauer verlachen, hier aber, bei Anna Pawlowna, sich dafür begeistern mußte. Er suchte sogleich wieder einzulenken.

Ist es wohl für Kutusow, den ältesten General in ganz Rußland, passend, in der Kronkammer zu sitzen? sagte er. Er wird sich vergeblich Mühe geben. Denn wie soll es möglich sein, einen Mann zum Oberbefehlshaber zu ernennen, der nicht mehr imstande ist, aufs Pferd zu steigen, einen Mann, der in der Ratssitzung einschläft, einen Mann von den schlechtesten

Sitten ... Er hat sich in Bukarest einen guten Namen gemacht! Ich sage nichts gegen seine Eigenschaften als General, aber ist es möglich, in diesem Augenblicke einen gebrechlichen und blinden, sage, blinden Mann zu wählen? Ein guter Anführer wird der Blinde sein! ... Er sieht gar nichts ... er kann höchstens Blindekuh spielen ... sieht positiv gar nichts!

Niemand erwiderte ein Wort.

Am 6. August war dies ganz richtig. Aber am 11. August wurde Kutusow in den Fürstenstand erhoben! Der Fürstentitel konnte freilich auch bedeuten, daß man sich auf gute Manier von ihm losmachen wollte, und deshalb blieb die Ansicht des Fürsten Wassilij noch immer richtig, obgleich er sich jetzt nicht mehr beeiferte, sie auszusprechen. Aber am 20. August wurde ein Komitee zur Beratung der Kriegsangelegenheiten zusammenberufen, das aus dem Generalfeldmarschall Saltykow, Araktschejew, Wjasminitow, Lopuchin und Kotschubej bestand. Dies Komitee kam darin überein, daß die Mißerfolge von der Uneinheitlichkeit der Oberbefehlshaberschaft herrührten, und obwohl alle diese Männer, die das Komitee bildeten, die Abneigung des Kaisers gegen Kutusow kannten, schlugen sie ihn nach kurzer Beratung zum Oberbefehlshaber vor. Denselben Tag noch wurde Kutusow als unbeschränkter Oberbefehlshaber der russischen Armee und des ganzen, von den Truppen besetzten Landstriches bestätigt.

Am 21. August traf Fürst Wassilij bei Anna Pawlowna abermals mit dem »Manne von großen Verdiensten« zusammen. Der »Mann von großen Verdiensten« machte Anna Pawlowna den Hof, weil er zum Kurator einer Mädchenlehransalt ernannt zu werden wünschte. Fürst Wassilij trat ein mit der Miene eines glücklichen Siegers, eines Menschen, der das Ziel seiner Wünsche erreicht hat.

Wissen Sie schon die große Neuigkeit? Fürst Kutusow ist Feldmarschall geworden ... Nun haben alle Meinungsverschiedenheiten ein Ende ... Ich bin so glücklich, so froh! sagte Fürst Wassilij. Das ist doch endlich ein Mann! fügte er bedeutungsvoll hinzu, indem er alle, die im Saale anwesend waren, ansah.

Aber der »Mann von großen Verdiensten« konnte sich trotz

seines Wunsches, die Stelle zu bekommen, nicht versagen, den Fürsten Wassilij an seine frühere Meinung zu erinnern. (Das war unhöflich nicht nur gegen den Fürsten Wassilij, sondern auch gegen den Salon Anna Pawlownas und gegen diese selbst, da sie die Neuigkeit ebenfalls mit Freuden begrüßt hatte, aber er konnte sich's trotzdem nicht versagen.)

Es heißt aber, er ist blind, der Fürst! sagte er, um den Fürsten Wassilij an seine Worte zu erinnern.

Lassen Sie's gut sein, er sieht genug! antwortete Fürst Wassilij mit seiner Baßstimme und mit einem leisen Hüsteln; jener Stimme und jenem Hüsteln, womit er alle Schwierigkeiten löste. Lassen Sie nur, er sieht genug! wiederholte er; und worüber ich mich freue, fuhr er fort, ist, daß der Kaiser ihm unbeschränkte Gewalt über alle Heere und das ganze Land gegeben – eine Macht, wie sie niemals ein Oberbefehlshaber vor ihm besessen hat ... Er ist ein zweiter Selbstherrscher, schloß er mit siegesfrohem Lächeln.

Gott gebe seinen Segen, seinen Segen! sagte Anna Pawlowna. Der »Mann von großen Verdiensten« aber, noch ein Neuling in den Hofkreisen, bemerkte, um Anna Pawlowna zu schmeicheln, indem er ihre ehemalige Meinung zu vertreten suchte:

Es heißt übrigens, daß der Kaiser Kutusow diese Macht nur ungern verliehen habe. Man sagt, er wäre rot geworden wie ein junges Mädchen, dem man »Joconde« vorliest, als er ihm sagte: »der Monarch und das Vaterland verleihen Ihnen diese Ehre«.

Vielleicht war sein Herz nicht bei der Sache, antwortete Anna Pawlowna.

Oh, nein, nein! rief Fürst Wassilij hitzig dazwischen. Jetzt konnte er den Fürsten Kutusow niemandem mehr überlassen, und seiner Meinung nach war Kutusow nicht nur selbst gut, sondern wurde auch von aller Welt vergöttert. Nein, das ist unmöglich! Der Kaiser hat ihn schon früher sehr hoch geschätzt, sagte er.

Gott gebe nur, bemerkte Anna Pawlowna, daß Fürst Kutusow zu einer wirklichen Macht gelange und *niemand* gestatte, ihm Knüppel zwischen die Beine zu werfen.

Fürst Wassilij verstand sogleich, wer dieser »niemand« sein sollte. Flüsternd sagte er:

Ich weiß aus sicherer Quelle, daß Kutusow zur Hauptbedingung gemacht hat, den Cäsarewitsch von der Armee zu entfernen. Wissen Sie, was er zum Kaiser gesagt hat? und Fürst Wassilij wiederholte die Worte, die Kutusow zum Kaiser gesagt haben sollte: »Ich kann ihn weder bestrafen, wenn er das Unrichtige tut, noch belohnen, wenn er das Richtige getan hat« ... Oh, er ist ein sehr kluger Mann, der Fürst Kutusow, ich kenne ihn seit langer Zeit, fügte er hinzu.

Man erzählt sogar, sagte der »Mann von großen Verdiensten«, der noch keinen Hoftakt besaß, Se. Durchlaucht habe als unabweisliche Bedingung die Forderung gestellt, auch der Kaiser selbst dürfe nicht zum Heere kommen.

Kaum hatte er diese Worte ausgesprochen, als sich im Nu Fürst Wassilij und Anna Pawlowna von ihm abwandten und, über seine Naivität mitleidig aufseufzend, sich gegenseitig ansahen.

VII

Zu der Zeit, als dies in Petersburg vorging, waren die Franzosen schon über Smolensk hinausgedrungen und rückten näher und näher auf Moskau zu. Thiers, der Geschichtsschreiber Napoleons, sagt, indem er seinen Helden zu rechtfertigen sucht (wie auch andere Historiker getan haben), Napoleon hätte nicht die Absicht gehabt, in die Mauern Moskaus einzuziehen – und er hat recht, wie alle Historiker recht haben, welche die Erklärung der geschichtlichen Ereignisse in dem Willen *eines* Menschen suchen. Er hat recht, ebenso wie die russischen Geschichtsschreiber recht haben, welche behaupten, daß Napoleon durch die Kunst der russischen Feldherren nach Moskau gelockt worden sei. Hier ist, außer dem Gesetz der Retrospektivität (der rückschauenden Verknüpfung), die alles Vergangene als Vorbereitung für das vollzogene Faktum darstellt, noch ein gegenseitiger Einfluß wirksam, der die ganze Sache verwickelt. Ein guter Schachspieler, der eine

Schachpartie verspielt, wird überzeugt sein, daß dieser Verlust durch einen von ihm begangenen Fehler verursacht ist, und er sucht diesen Fehler in der Anlage des Spieles. Aber er vergißt, daß in jedem seiner Schritte während der ganzen Partie ebensolche Fehler gemacht sind, und daß keiner seiner Züge völlig tadellos war. Der Fehler, auf welchen er sein Augenmerk richtet, ist ihm nur deshalb auffallend, weil der Gegner verstanden hat, ihn auszunützen. Um wieviel komplizierter ist nun das Spiel des Krieges, das unter gewissen Zeitbedingungen stattfindet und in dem nicht ein Wille leblose Figuren lenkt, wo vielmehr alles, was geschieht, den zahllosen Zusammenstößen der verschiedenartigsten Eigenwillen entspringt.

Nachdem Napoleon über Smolensk hinaus war, suchte er eine Schlacht bei Dogorobush, bei Wjasma, dann bei Zarewo-Sajmischtsche. Aber das Zusammentreffen unzähliger Umstände bewirkte, daß die Russen bis Borodino, 112 Werft von Moskau, keine Schlacht annehmen konnten. Von Wjasma aus hatte Napoleon einen Befehl erhalten, der seine Truppen geraden Weges nach Moskau dirigierte.

»Moskau, die asiatische Hauptstadt dieses großen Reiches, die heilige Stadt der Völker Alexanders, Moskau mit seinen zahllosen Kirchen, die wie chinesische Pagoden geformt sind« – dies Moskau ließ der Phantasie Napoleons keine Ruhe. Beim Abzuge von Wjasma und Zarewo-Sajmischtsche ritt er auf seinem isabellenfarbigen, anglisierten Paßgänger, begleitet von der Garde, seiner Leibwache, seinen Pagen und Adjutanten. Berthier, der Chef des Stabes, blieb zurück, um einen von der Kavallerie gefangen genommenen Russen auszufragen. Im Galopp, begleitet von dem Dolmetscher Lelorme-d'Ideville, holte er Napoleon ein, und brachte mit heiterer Miene sein Pferd zum Stehen.

Nun? fragte Napoleon.

Ein Platowscher Kosak sagt, Platows Korps habe sich mit der großen Armee vereinigt und Kutusow sei zum Oberbefehlshaber ernannt. Der Mann ist sehr verständig und redselig.

Napoleon lächelte, befahl, dem Kosaken ein Pferd zu geben

und ihn herbeizuführen; er wollte selbst mit ihm sprechen. Einige Adjutanten sprengten fort, und nach einer Stunde erschien Lawruschka, Denissows Leibeigener, den er an Rostow abgetreten hatte, in einer Burschenjacke, auf einem französischen Kavalleriepferde mit schlauem, heiterem, betrunkenem Gesicht und näherte sich Napoleon. Napoleon befahl dem Gefangenen, an seiner Seite zu reiten, und fing an, ihn auszufragen.

Sie sind ein Kosak?

Ein Kosak, Ew. Wohlgeboren!

»Der Kosak, der nicht wußte, in wessen Gesellschaft er sich befand, denn die Einfachheit Napoleons war nicht angetan, einer orientalischen Phantasie die Nähe eines großen Monarchen zu verraten, unterhielt sich mit der größten Vertraulichkeit über die Angelegenheiten des jetzigen Krieges«, sagt Thiers in der Erzählung dieser Episode. Lawruschka hatte sich tags zuvor betrunken, seinen Herrn ohne Mittagessen gelassen, war mit Ruten gepeitscht und ins Dorf geschickt worden, um Hühner zu holen. Hier hatte er sich von der Lust des Marodierens zu weit fortreißen lassen und war von den Franzosen gefangen worden. Lawruschka war einer jener groben, frechen Bedienten, die alles sehen, die es für ihre Pflicht halten, überall mit Schlauheit und Niederträchtigkeit zu Werke zu gehen, die bereit sind, ihrem Herrn jeden Dienst zu leisten und mit großer Pfiffigkeit seine schlechten Eigenschaften, besonders Eitelkeit und Kleinlichkeit erraten.

Als er Napoleon gegenübertrat, dessen Persönlichkeit er auf der Stelle erkannte, kam Lawruschka nicht im mindesten in Verlegenheit, und suchte nur von ganzer Seele diesem neuen Herrn gefällig und dienstbar zu sein.

Er wußte sehr gut, daß dies Napoleon selbst war; aber die Nähe des französischen Kaisers brachte ihn nicht mehr in Verlegenheit als die Gegenwart Rostows oder des mit Ruten bewaffneten Wachtmeisters; besaß er doch nichts, was ihm der Wachtmeister oder Napoleon zu nehmen vermocht hätte.

Er war von allem unterrichtet, was die Offiziersburschen zu besprechen pflegten, vieles davon war richtig. Als ihn Napoleon fragte: Was meinen die Russen, werden sie Bonaparte besiegen oder nicht? blinzelte Lawruschka mit den Augen und wurde nachdenklich.

Er glaubte hierin eine feine List zu sehen, wie Leute seines Schlages immer auf List zu stoßen glauben, nahm eine finstere Miene an und schwieg eine Weile.

Es heißt, gab er endlich zur Antwort, wenn die Schlacht stattfinden soll und sehr bald, so siegt Ihr – das ist gewiß! Wenn aber drei Tage vergehen und nach dieser Zeit, dann heißt es – ist die Schlacht verschoben.

Napoleon wurde dies so übersetzt: »Wenn die Schlacht vor Ablauf von drei Tagen geliefert wird, so würden die Franzosen sie gewinnen, wenn sie aber erst später stattfände, so möchte Gott wissen, was geschehen könnte«; lächelnd teilte dies Lelorme d'Ideville Napoleon mit. Dieser lächelte nicht, obwohl er sichtlich in der heitersten Stimmung war, und befahl ihm, den Ausspruch zu wiederholen.

Lawruschka hatte dies gemerkt, und um Napoleon günstig zu stimmen, sagte er, indem er sich stellte, als wüßte er nicht, wen er vor sich hatte:

Es ist uns bekannt, daß Ihr einen Bonaparte habt, der alle in der Welt geschlagen hat. Nun, mit uns ist es freilich ein anderes Ding! fügte er hinzu und wußte selbst nicht, wie und warum schließlich der prahlerische Patriotismus in seinen Worten zum Durchbruch kam.

Der Dolmetsch teilte Napoleon Lawruschkas Ausspruch, ohne den Endsatz, mit, und Napoleon lächelte.

»Der junge Kosak gewann dem mächtigen Manne, der mit ihm sprach, ein Lächeln ab, sagt Thiers. Nachdem er einige Schritte weit schweigend fortgeritten war, wandte sich Napoleon an Berthier und befahl ihm, zu prüfen, welche Wirkung auf den Sohn des Donlandes die Nachricht machen würde, daß der Mann, mit dem dieser Sohn des Donlandes gesprochen, der Kaiser war, derselbe Kaiser, der seinen unsterblich-siegreichen Namen auf den Phyramiden eingeschrieben hatte.«

Die Nachricht wurde mitgeteilt.

Lawruschka (der sogleich verstand, das dies geschah, um ihn zu verblüffen, und daß Napoleon erwartete, ihn in Bestürzung geraten zu sehen) stellte sich sogleich – um der neuen Herrschaft gefällig zu sein – aufs höchste verwundert, riß wie vom Schlage getroffen die Augen auf und machte dieselbe Miene, die ihm eigen war, wenn er abgeführt wurde, um die Knute zu bekommen.

»Kaum hatte der Dolmetsch Napoleons gesprochen, erzählt Thiers, als der Kosak wie versteinert dastand; er sagte kein Wort mehr und hielt, während er weiterging, die Augen unablässig auf den Eroberer geheftet, dessen Name durch die Steppe des Ostens bis zu ihm gedrungen war. Seine ganze Redseligkeit war plötzlich verstummt und hatte einem Gefühl naiver, stummer Bewunderung Platz gemacht. Napoleon beschenkte den Kosaken und befahl, ihm die Freiheit zu geben, wie einem Vogel, den man seinen heimischen Fluren zurückgibt.«

Napoleon ritt weiter und phantasierte von jenem Moskau, welches sein Gemüt so lebhaft beschäftigte, während der Vogel, der seinen heimatlichen Fluren wiedergegeben war, zu den Vorposten zurücksprengte, indem er sich allerlei ausdachte, was nicht geschehen war, und überlegte, was von dem wirklich Geschehenen er den Kameraden nicht erzählen wollte, hauptsächlich aus dem Grunde, weil es ihm nicht des Erzählens wert schien. Er ritt an die Kosaken heran, fragte, wo sich sein Regiment befände, das zu dem Platowschen Korps gehörte, und kam noch denselben Abend zu seinem Herrn Nikolaj Rostow, der in Jankowo einquartiert war und eben aufs Pferd stieg, um mit Iljin einen Spazierritt durch die umliegenden Dörfer zu machen. Er ließ auch Lawruschka ein Pferd geben und nahm ihn mit.

VIII

Prinzessin Maria war nicht in Moskau und nicht außer Gefahr, wie Fürst Andrej glaubte. Nach Alpatytschs Rückkehr aus Smolensk schien der alte Fürst plötzlich wie aus dem Schlafe zu erwachen. Er befahl die Landwehr der Dörfer zu sammeln und zu bewaffnen und schrieb dem Oberbefehlshaber einen Brief, in dem er ihn benachrichtigte, daß er die Absicht habe, in Lyssyla-Gory zu bleiben und sich bis zum Äußersten zu verteidigen; er fügte hinzu, daß er es seinem Ermessen überlasse, gleichfalls Maßregeln für die Sicherung von Lyssyja-Gory zu treffen oder nicht, wo im letzteren Falle einer der ältesten russischen Generale gefangen genommen oder getötet würde. Dann erklärte er auch seinen Hausgenossen, daß er in Lyssyja-Gory bleiben wolle.

Aber während er selbst dablieb, verfügte er, daß Prinzessin Maria mit Dessalle und dem kleinen Fürsten nach Bogutcharowo und von dort nach Moskau gehen solle. Aber Prinzessin Maria, voll Sorgen über die fieberhafte rastlose Tätigkeit des Vaters, welche an die Stelle seiner früheren Ermattung getreten war, konnte sich nicht entschließen, ihn allein zu lassen, und erlaubte sich zum ersten Mal im Leben, ihm ungehorsam zu sein. Sie weigerte sich zu reisen und hatte dafür einen heftigen Zornesausbruch des Vaters zu ertragen. Er erinnerte sie an alles Unrecht, was er je gegen sie begangen hatte, indem er sie anzuklagen suchte; er sagte, sie hätte ihn zu Tode gequält, hätte ihn mit seinem Sohne entzweit, hätte einen abscheulichen Verdacht gegen ihn gehegt, und die Aufgabe ihres Lebens darin gefunden, das seinige zu vergiften. Endlich trieb er sie aus seinem Kabinett hinaus und sagte, daß es ihm ganz gleichgültig wäre, ob sie abreise oder nicht; er wolle von ihrem Dasein nichts wissen und sage es ihr im voraus, daß sie sich nicht unterstehen dürfe, ihm vor die Augen zu kommen. Prinzessin Maria hatte gefürchtet, daß er befehlen würde, sie mit Gewalt fortzubringen, und war froh, als er ihr nur verbot, ihm vor die Augen zu kommen. Sie sah darin den Beweis, daß es ihm in innerster Seele lieb war, sie dableiben und nicht abreisen zu sehen.

Am nächsten Tage, nachdem Nikoluschka abgereist war, kleidete sich der alte Fürst an, um zu dem Oberbefehlshaber zu fahren. Der Wagen stand schon vor der Tür. Prinzessin Maria sah, wie der Vater in voller Uniform, mit allen seinen Orden aus dem Hause trat und in den Garten ging, um über die bewaffneten Bauern und Hofleute Revue abzuhalten. Prinzessin Maria saß am Fenster und lauschte auf seine Stimme, die aus dem Garten zu hören war, als plötzlich einige Leute mit erschreckten Mienen aus der Allee herbeiliefen.

Prinzessin Maria eilte über die Freitreppe und durch den Blumenweg der Allee zu. Eine große Schar von Landwehrmännern und Leibeigenen bewegte sich ihr entgegen, und in ihrer Mitte wurde von einigen Leuten, die ihn unter den Armen gefaßt hatten, die zusammengesunkene Gestalt des alten Fürsten in der mit Orden bedeckten Uniform herbeigeschleppt. Prinzessin Maria lief auf ihn zu und konnte sich im wechselnden Spiel der Sonnenlichter, die durch den Schatten der Lindenallee drangen, über die Veränderung, die in seinem Gesichte vorgegangen war, keine Rechenschaft geben. Eines aber erkannte sie, daß der bisherige strenge, energische Ausdruck seiner Züge einem Ausdruck von Schüchternheit und Unterwürfigkeit gewichen war. Als er die Tochter erblickte, regte er die kraftlosen Lippen und gab unartikulierte Laute von sich. Was er wollte, war nicht zu verstehen; man hob ihn auf, trug ihn ins Kabinett und legte ihn auf den Diwan nieder, den er in der letzten Zeit so ängstlich gemieden hatte.

Der Arzt, der noch in derselben Nacht herbeikam, öffnete eine Ader und erklärte, daß den Fürsten auf der rechten Seite der Schlag gerührt habe.

In Lyssyja-Gory zu bleiben erschien jedoch immer gefährlicher, und so wurde der Fürst am Tage nach dem Schlaganfall nach Bogutscharowo gebracht. Der Arzt begleitete ihn.

Als sie Bogutscharowo erreicht hatten, war Dessalle mit dem kleinen Fürsten schon nach Moskau gefahren. Der alte Fürst lag seit dem Tage, wo ihn der Schlag getroffen, immer in demselben Zustande, nicht besser und nicht schlechter, drei Wochen lang in Bogutscharowo in dem neuen, vom Fürsten Andrej erbauten Hause. Der Kranke war besinnungslos, er lag wie ein entstellter Leichnam da, hörte nicht auf, vor sich hin zu murmeln, zuckte mit den Lippen und Augenbrauen, und es war nicht zu erkennen, ob er wußte, was um ihn her geschah oder nicht. Unverkennbar war jedoch, daß er litt, und die Notwendigkeit fühlte, etwas zu sagen. Aber was das war, ob irgendeine Laune des Kranken oder halber Irrsinn, ob es sich auf die allgemeine Lage der Dinge bezog oder auf Familienangelegenheiten, konnte niemand ergründen.

Der Arzt sagte, die Unruhe des Fürsten hätte keine besondere Bedeutung und sei wohl nur körperlich. Aber Prinzessin Maria glaubte – und daß die Unruhe des Vaters in ihrer Anwesenheit sich immer verstärkte, befestigte diese Ansicht –, daß er ihr etwas sagen wollte.

Es ließ sich nicht verkennen, daß er sowohl körperlich wie geistig litt.

Hoffnung auf Genesung war nicht vorhanden. Transportiert werden konnte er nicht mehr, denn was hätte geschehen sollen, wenn er unterwegs starb!

»Wäre es nicht besser, wenn es schnell zu Ende ginge, ganz zu Ende?« dachte die Prinzessin mehr als einmal, während sie beinahe schlaflos Tag und Nacht seinen Zustand beobachtete, und zwar – es ist schrecklich, es auszusprechen! – nicht in der Hoffnung, ein Zeichen der Besserung zu finden, sondern mit dem Wunsche, den Anzeichen des nahen Endes zu begegnen.

So sonderbar es auf die Prinzessin wirkte, sich dieses Gefühls bewußt zu werden – es ließ sich nicht ableugnen. Noch schrecklicher für sie war, daß seit der Krankheit ihres Vaters, vielleicht etwas früher schon, vielleicht schon damals, als sie wie auf etwas wartend bei ihm geblieben war, alle in ihr entschlafenen, vergessenen Wünsche und Hoffnungen wieder erwachten. Alles, was jahrelang ihr nicht mehr in den Sinn gekommen war – Gedanken an ein freies Leben, ohne Furcht vor dem Vater, Gedanken sogar an die Möglichkeit der Liebe und des ehelichen Glückes. Wie eine Versuchung des Teufels schwebten diese Dinge vor ihrer Phantasie. Wie sie sich auch bemühte, ihn abzuwehren, immer wieder kam sie auf den Gedanken zurück, wie sie jetzt, *nachher*, ihr Leben einrichten wollte. Es waren Versuchungen des Teufels – das wußte sie –, sie wußte, daß das einzige Hilfsmittel gegen »ihn« im Gebet lag, und sie versuchte zu beten. Sie kniete nieder, ihr Blick war auf die Heiligenbilder gerichtet, sie las die Worte des Gebets, aber sie konnte nicht beten. Sie fühlte, daß sie jetzt von einer anderen Welt umgeben war, einem Leben wirklicher Tätigkeit, ganz entgegengesetzt jener sittlichen Welt, in die sie bisher eingeschlossen war und in der das Gebet der beste Trost gewesen. Sie konnte nicht beten, konnte nicht weinen, und die Sorgen des Lebens drangen auf sie ein.

In Bogutscharowo zu bleiben wurde gefährlich. Von allen Seiten hörte man von dem Herandringen der Franzosen, und in einem Dorfe, fünfzehn Werft von Bogutscharowo, war das Herrenhaus von französischen Marodeuren geplündert worden.

Der Arzt bestand darauf, den Kranken weiterzutransportieren. Der Adelsmarschall schickte einen seiner Beamten an die Prinzessin Maria, der ihr zuredete, so schnell als möglich abzureisen. Der Isprawnik suchte ebenfalls, als er nach Bogutscharowo kam, sie dazu zu bestimmen, indem er sagte, daß die Franzosen schon bis auf vierzig Werft herangekommen und in den umliegenden Dörfern französische Proklamationen im Umlaufe wären und daß er – wenn die Prinzessin nicht bis zum 27. des Monats mit ihrem Vater abreiste – für nichts einstehen könne.

Die Prinzessin entschloß sich endlich, am 27. abzureisen. Die Sorge für die nötigen Vorbereitungen, das Erteilen der Befehle, die alle von ihr erwarteten, nahm sie den ganzen Tag in Anspruch. Die Nacht vom 26. auf den 27. brachte sie, wie gewöhnlich, ohne sich auszukleiden, im Nebenzimmer des Gemaches zu, in dem der Fürst lag. Sooft sie erwachte, hörte sie ihn ächzen, murmeln, hörte sie das Krachen seiner Bettstelle und die Schritte Tichons und des Arztes, die ihn umlegten. Ein paarmal lauschte sie an der Tür, und es schien ihr, als ob er heute lauter murmelte als gewöhnlich, und sich öfter hin und her wälzte. Sie konnte nicht schlafen, näherte sich mehrmals der Tür, horchte und wollte hineingehen, aber sie konnte sich dann doch nicht entschließen, es zu tun. Obgleich ihr Vater nicht sprach, sah die Prinzessin und wußte, wie unangenehm ihm jeder Ausdruck der Besorgnis um ihn war. Sie merkte, wie unzufrieden er sich von ihren Blicken abwandte, wenn diese zuweilen unwillkürlich und anhaltend auf ihn gerichtet blieben, und fürchtete deshalb, daß ihr Erscheinen zur ungewöhnlichen Nachtstunde ihn aufregen könnte.

Aber nie vorher hatte ihr der Gedanke, ihn verlieren zu

müssen, so weh getan, nie war er ihr so schrecklich gewesen. Sie erinnerte sich an ihr ganzes Leben mit ihm und fand in jedem seiner Worte, in jeder seiner Handlungen den Beweis seiner Liebe für sie. Zuweilen drängten sich mitten in diesen Erinnerungen die Versuchungen des Teufels in ihre Phantasie, Gedanken an das, was nach seinem Tode sein würde, und wie sich ihr neues, freies Leben gestalten möchte, aber voll Abscheu verscheuchte sie diese Gedanken. Gegen Morgen wurde der Kranke still, und sie schlief ein.

Sie erwachte spät. Jene Wahrhaftigkeit, die uns beim Erwachen eigen ist, zeigte ihr deutlich, was sie während der Krankheit des Vaters am meisten beschäftigt hatte. Sie ermunterte sich, lauschte, was hinter der Tür vorging, und als sie sein Ächzen, hörte, sagte sie sich seufzend, daß alles beim alten wäre.

Was soll denn sein? ... Was habe ich denn gewünscht? ... ich habe seinen Tod gewünscht! schrie sie auf und schauderte vor sich selbst.

Sie wusch sich, kleidete sich an, las ihre Gebete und ging auf die Freitreppe.

Hier standen unbespannte Wagen, auf die das Gepäck geladen wurde.

Der Morgen war warm und grau. Prinzessin Maria blieb auf der Freitreppe stehen; sie konnte sich des Schauders vor ihrer Herzensschlechtigkeit nicht erwehren und suchte Ordnung in ihre Gedanken zu bringen, ehe sie zu dem Vater hineinging.

Der Arzt kam die Treppe herunter und ging auf sie zu.

Der Fürst ist heute besser! sagte er, ich habe Sie gesucht ... man kann etwas von dem, was er sagt, verstehen. Der Kopf ist freier ...Lassen Sie uns zu ihm gehen, er verlangt nach Ihnen.

Das Herz der Prinzessin Maria fing bei dieser Nachricht so stark zu pochen an, daß sie sich erbleichend an den Türpfosten lehnen mußte, um nicht umzusinken. Ihn zu sehen, mit ihm zu sprechen, ihm *jetzt* unter die Augen zu treten, da ihre Seele von schrecklichen, verbrecherischen Versuchungen erfüllt war, erschien ihr zugleich qualvoll und beglükkend.

Lassen Sie uns gehen! sagte der Arzt.

Prinzessin Maria ging zum Vater und trat an sein Bett. Er lag, durch hochaufgetürmte Kissen gestützt, auf dem Rücken, seine kleinen, knochigen, mit knotigen blauen Adern bedeckten Hände ruhten auf der Bettdecke, das gesunde linke Auge war starr, das rechte schielte, Brauen und Lippen waren bewegungslos. Er schien vor Magerkeit ganz klein geworden, sein Gesicht war zusammengetrocknet, seine Züge waren wie verwischt. Die Prinzessin Maria trat zu ihm und küßte ihm die Hand.

Seine Linke drückte ihre Finger so fest, daß sie erkennen konnte, wie lange er schon auf sie gewartet hatte. Dann zog er ihre Hand zitternd an sich, und seine Brauen und Lippen fingen an, sich wie im Zorn zu bewegen.

Erschrocken sah sie ihn an und suchte zu erraten, was er von ihr wollte. Als sie ihre Stellung veränderte und so weit vortrat, daß sein linkes Auge ihr Gesicht sah, beruhigte er sich und wandte mehrere Sekunden den Blick nicht von ihr ab. Dann fingen Lippen und Zunge an sich zu bewegen, er stieß undeutliche Töne hervor und sah schüchtern und flehend zu ihr auf, unverkennbar aus Furcht, daß sie ihn nicht verstehen würde.

Prinzessin Maria nahm ihre ganze Aufmerksamkeit zusammen, während sie ihn ansah, bis die komischen Anstrengungen, die er machte, um die Zunge zu bewegen, sie zwangen, die Augen niederzuschlagen und das Schluchzen, das ihre Kehle zusammenschnürte, mit aller Anstrengung zu unterdrücken.

Er sagte etwas, indem er seine Worte einigemal wiederholte. Prinzessin Maria konnte sie nicht verstehen, allein sie suchte sie zu erraten und wiederholte fragend die Laute, die er ausgestoßen hatte.

Se ... se ... we ... wiederholte er ein paarmal. Es war nicht möglich, ihn zu verstehen.

Auch der Arzt suchte ihn zu erraten und sagte fragend: ob die Prinzessin sich fürchtet? Aber der Kranke schüttelte verneinend den Kopf und wiederholte dieselben Laute.

»Die Seele, die Seele tut weh?« riet und sagte Prinzessin

Maria. Bejahend gurgelte er, nahm ihre Hand und drückte sie an verschiedene Teile seiner Brust, als ob er ein Ruheplätzchen für sie suchte.

Immer Gedanken! an dich ... Gedanken ... Er sprach jetzt, da er wußte, daß er verstanden wurde, viel deutlicher und besser als vorher. Prinzessin Maria legte den Kopf an seinen Arm und suchte ihr Schluchzen und ihre Tränen zu verbergen.

Er strich mit der Hand über ihr Haar.

Ich habe dich die ganze Nacht gerufen! ... sagte er.

Wenn ich das gewußt hätte! antwortete sie unter Tränen. Ich fürchtete mich, hereinzukommen.

Er drückte ihre Hand.

Hast du geschlafen?

Nein, gar nicht! sagte Prinzessin Maria, indem sie weinend den Kopf schüttelte. Sie schien unwillkürlich dem Vater nachzuahmen, sprach mehr durch Zeichen als durch Worte, und es war, als ob auch sie nur mühsam die Zunge bewegte.

Herzchen ... oder Liebchen ... flüsterte er, Prinzessin Maria verstand es nicht genau, aber nach dem Ausdruck seines Blickes mußte er ein liebevolles, zärtliches Wort ausgesprochen haben, wie er es früher nie gebraucht hatte. – Warum bist du nicht hereingekommen ...

»Und ich habe seinen Tod gewünscht!« dachte Prinzessin Maria. Er schwieg eine Weile.

Ich danke dir ... Tochter ... Herzchen ... für alles! ... Verzeih! ... Ich danke dir! ... Verzeih! Ich danke dir! und Tränen flossen aus seinen Augen. Ruft Andrjuscha! sagte er plötzlich, und bei diesen Worten drückte sich etwas Kindlich-Schüchternes, Unsicheres in seinem Antlitz aus, als ob er selbst wüßte, daß sein Wunsch unsinnig war. So wenigstens schien es der Prinzessin Maria.

Ich habe einen Brief von ihm bekommen, antwortete sie. Verwundert und schüchtern sah er sie an.

Wo ist er denn?

Er ist beim Heere, Väterchen, in Smolensk.

Er schwieg lange mit geschlossenen Augen. Dann nickte er bejahend, wie zur Antwort auf seine Zweifel und zur Bekräftigung, daß er jetzt alles verstand, sich an alles erinnerte. Endlich schlug er die Augen auf.

Ja! sagte er langsam und deutlich, Rußland ist verloren ... Man hat es zugrunde gerichtet! Dabei schluchzte er, und Tränen flossen ihm aus den Augen.

Prinzessin Maria konnte sich nicht mehr beherrschen und weinte laut, indem sie sein Gesicht betrachtete.

Abermals schloß er die Augen, sein Schluchzen verstummte; er machte eine Bewegung mit der Hand nach den Augen und Tichon, der ihn verstand, wischte ihm die Tränen ab.

Darauf öffnete er die Augen wieder und sagte etwas, das lange niemand zu verstehen vermochte, und endlich verstand es nur Tichon und teilte es den anderen mit. Prinzessin Maria suchte den Sinn dessen, was er sagte, aus der Stimmung abzuleiten, in der er vor wenigen Augenblicken gewesen. Bald dachte sie, daß er von Rußland spreche, bald riet sie auf den Fürsten Andrej, bald auf sich selbst, oder auf seinen Enkel, oder den Gedanken an seinen Tod, und deshalb konnte sie seine Worte nicht herausbringen.

Zieh dein weißes Kleid an ... das habe ich gern, hatte er gesagt.

Als ihr diese Worte mitgeteilt wurden, fing Prinzessin Maria noch lauter an zu schluchzen. Der Arzt nahm sie bei der Hand, führte sie aus dem Zimmer auf die Terrasse und bat sie, sich zu beruhigen und sich den Reisevorbereitungen zu widmen.

Sobald die Prinzessin Maria den alten Fürsten verlassen hatte, fing er wieder an, von seinem Sohne zu sprechen, vom Kriege, vom Kaiser, zuckte ärgerlich mit den Augenbrauen, erhob die heisere Stimme und wurde vom zweiten, letzten Schlage getroffen.

Prinzessin Maria war auf der Terrasse stehengeblieben. Der Tag wurde immer schöner, es war sonnig und heiß. Sie konnte sich nichts klarmachen, nichts denken und fühlte nur ihre leidenschaftliche Liebe für den Vater, eine Liebe, die sie, wie es ihr schien, bis zu diesem Augenblicke nicht gekannt hatte. Sie eilte in den Garten und lief schluchzend den Teich entlang durch die jungen, vom Fürsten Andrej angepflanzten Lindenalleen.

Und ich ... ich habe seinen Tod gewünscht! ... ja, ich habe ein schnelles Ende gewünscht ... ich wollte Ruhe haben ... aber was soll aus mir werden? Wozu brauche ich Ruhe, wenn er nicht mehr da ist? murmelte Prinzessin Maria vor sich hin, indem sie mit raschen Schritten durch den Garten ging und die Hände vor die Brust drückte, aus der ein krampfhaftes Schluchzen hervordrang.

Nachdem sie im Garten einen Kreislauf gemacht, der sie wieder nach dem Hause zurückführte, sah sie Mademoiselle Bourienne, die in Bogutscharowo geblieben war und nicht fortwollte, mit einem Unbekannten auf sich zukommen. Es war der Adelsmarschall des Bezirks, der persönlich erschienen war, um der Prinzessin die dringende Notwendigkeit der baldigen Abreise vorzustellen.

Prinzessin Maria hörte ihn an, verstand ihn aber nicht. Sie führte ihn ins Haus, lud ihm zum Frühstück ein und setzte sich zu ihm; aber plötzlich bat sie den Adelsmarschall, sie zu entschuldigen und ging an die Tür des alten Fürsten. Der Arzt trat ihr mit aufgeregtem Gesicht entgegen und sagte, daß sie nicht hereindürfe.

Gehen Sie, Prinzessin, gehen Sie, gehen Sie!

Prinzessin Maria ging wieder in den Garten und setzte sich am Fuße des Hügels am Teiche, an einer Stelle, wo sie nicht gesehen werden konnte, ins Gras. Wie lange sie da gesessen hatte, wußte sie nicht – endlich kam jemand; eilende weibliche Schritte auf dem Wege weckten sie. Sie stand auf und sah, daß es Dunjascha war, ihr Mädchen. Sie schien nach ihr ausgeschickt, blieb aber beim Anblick der Herrin, wie erschrekkend, plötzlich stehen.

Bitte, Prinzessin ... der Fürst ... sagte Dunjascha mit stokkender Stimme.

Gleich, ich komme ... ich komme! antwortete die Prinzessin, ohne Dunjascha Zeit zu lassen, das auszusprechen, was sie sagen wollte. Sie vermied, das Mädchen anzusehen und eilte dem Hause zu.

Prinzessin, es ist Gottes Wille ... Sie müssen auf alles gefaßt sein! sagte der Adelsmarschall, der ihr an der Eingangstür entgegentrat.

Lassen Sie mich ... Es ist nicht möglich! rief sie heftig. Der Arzt wollte sie zurückhalten, sie stieß ihn fort und lief nach dem Zimmer des Vaters.

Warum suchen mich wohl alle diese Menschen mit erschrockenen Gesichtern zurückzuhalten? dachte sie; ich brauche niemand! ... Was wollen sie hier?

Die Prinzessin machte die Tür auf. Das helle Tageslicht in diesem bisher halbdunklen Zimmer erfüllte sie mit Entsetzen. Mehrere Frauen und die Wärterin waren da. Sie entfernten sich von dem Bette, um ihr den Weg frei zu lassen. Er lag wie gewöhnlich auf seinem Lager, aber der strenge Ausdruck seines ruhigen Gesichts hielt die Prinzessin Maria auf der Schwelle des Zimmers fest.

»Nein, er ist nicht tot! ... Es kann nicht sein!« sagte sie zu sich selbst, trat zu ihm heran und indem sie ihren Schrecken überwand, drückte sie ihre Lippen auf seine Wagen. Aber im nächsten Moment fuhr sie zurück – die ganze Kraft der Zärtlichkeit für ihn, die sie in sich gefühlt, war verschwunden, und an ihre Stelle trat ein Gefühl des Grauens vor dem, was da vor ihr lag.

»Er ist nicht mehr! ... Er ist nicht! Er nicht ... aber an der Stelle, wo er lag, ist etwas Fremdes, Feindliches! ein furchtbares, schauderhaftes, abstoßendes Geheimnis!« Prinzessin Maria bedeckte das Gesicht mit den Händen und sank in die Arme des Arztes, der sie auffing.

In Tichons und des Arztes Anwesenheit wuschen die Frauen seine sterblichen Überreste, banden ihm ein Tuch um den Kopf, damit der offene Mund sich schließe, und ein zweites Tuch um die Beine, um sie zusammenzulegen, kleideten ihn in seine mit Orden geschmückte Uniform und legten den kleinen zusammengeschrumpften Körper auf den Tisch. Gott weiß, wer sich der Sache angenommen hatte, und wann es geschehen war, genug, es war wie von selbst geschehen. Gegen Abend brannten Lichter um den Sarg, darüber lag die Decke, auf den Fußboden waren Wacholderreiser gestreut, unter dem Kopfe des Toten lag ein gedrucktes Gebet, und in der Ecke saß ein Küster und las Psalmen.

Wie Pferde sich schnaubend um ein gefallenes Pferd drängen, so drängten sich im Saale fremde und eigene Leute, der Adelsmarschall, der Starost, Weiber um den Sarg, und alle bekreuzigten sich schreckensvoll, mit starren Augen, verneigten sich und küßten sie starre, kalte Hand des alten Fürsten.

IX

Ehe Fürst Andrej nach Bogutscharowo übergesiedelt war, hatte die Herrschaft dies Gut fast nie gesehen und seine Bauern hatten einen ganz anderen Charakter als die von Lyssyja-Gory, von denen sie sich auch durch Sprache, Kleidung und Sitten unterschieden. Sie wurden Steppenbauern genannt. Der alte Fürst lobte sie, wenn sie nach Lyssyja-Gory kamen, um bei der Ernte zu helfen oder Teiche und Kanäle auszugraben, wegen ihrer Ausdauer bei der Arbeit, mochte sie aber wegen ihrer Wildheit nicht leiden.

Auch der letzte Aufenthalt des Fürsten Andrej in Bogutscharowo und seine neuen Einrichtungen: die Gründung von Krankenhäusern und Schulen und die Ermäßigung der Abgaben, hatten ihre Sitten nicht gemildert, sondern im Gegenteil jenen Charakterzug in ihnen, den der alte Fürst »Wildheit« zu nennen pflegte, nur noch verstärkt. Beständig waren allerlei unklare Gerüchte unter ihnen im Umlauf; bald hieß es, daß man sie alle unter die Kosaken stecken wolle, bald daß sie zu einem neuen Glauben bekehrt werden sollten, bald war die Rede von einem »Zarenschreiben«, bald von dem Eide, den Paul Petrowitsch 1797 geschworen (durch den er, wie es hieß, damals die Leibeigenschaft aufgehoben haben sollte; die Edelleute aber hätten die Freiheit wieder unterdrückt). Bald erzählten sie sich von Peter Fjodorowitsch, der in sieben Jahren den Thron besteigen, alles frei machen und so einfache Zustände schaffen würde, daß es »nichts mehr gäbe«. Auch die Gerüchte vom Kriege, von Bonaparte und von seinem Einfall in Rußland verbanden sich bei ihnen mit den unklarsten Vorstellungen vom Antichrist, dem Weltuntergange und völliger Freiheit.

In der Nähe von Bogutscharowo lagen lauter große Dörfer, Kron- und Gutsdörfer, aber es lebten nur wenige Edelleute in der Gegend. Es gab auch nur eine geringe Anzahl von Hofgesinde und von Personen, die lesen und schreiben konnten, und im Leben der Bauern dieser Gegend waren stärker als in anderen jene geheimnisvollen Strömungen des russischen Volkslebens zu merken, deren Ursachen den Zeitgenossen sehr oft ganz unerklärlich bleiben. Eine dieser Erscheinungen war vor etwa zwanzig Jahren aufgetreten. Damals wurden die Landbewohner dieser Gegend plötzlich durch das Verlangen aufgestört, an »warme Flüsse«, wie es hieß, zu übersiedeln. Hunderte von Bauern, darunter auch die von Bogutscharowo, fingen plötzlich an, ihren Viehstand zu verkaufen und zogen mit ihren Familien nach Südosten. Wie die Vögel irgendwohin über das Meer fliegen, strebten diese Männer mit ihren Frauen und Kindern nach Südosten, wo nie vorher jemand von ihnen gewesen war. In ganzen Karawanen machten sie sich auf; einige kauften sich los, andere entflohen und wanderten oder fuhren den »warmen Flüssen« zu. Viele wurden bestraft, nach Sibirien geschickt; viele starben unterwegs vor Hunger und Kälte; viele kehrten freiwillig zurück, und die Bewegung hörte ebenso von selbst wieder auf, wie sie ohne erkennbaren Grund begonnen hatte. Aber die verborgenen Strömungen unter der Oberfläche des Lebens hörten bei diesem Volke nicht auf zu fließen, sammelten sich zu neuer Kraft und waren immer bereit, unverhofft wieder hervorzubrechen in der früheren Einfachheit, Naturwürdigkeit und Stärke.

Jetzt, im Jahre 1812, konnte jeder, der in nahem Verkehr mit dem Volke lebte, beobachten, daß die unterirdischen Strömungen in voller Tätigkeit und dem Hervorbrechen nahe waren.

Alpatytsch, der kurz vor dem Tode des alten Fürsten nach Bogutscharowo gekommen war, hatte beobachtet, daß eine Bewegung im Volke stattfand, und erfuhr, daß im Gegensatz zu dem, was in der Gegend von Lyssyja-Gory geschah, wo alle Bauern in einem Umkreise von sechzig Werst fortgingen (und es den Kosaken überließen, ihre Häuser zu plündern), in der

Steppengegend von Bogutscharowo die Bauern mit den Franzosen im Verkehr standen; daß sie gewisse Papiere von Hand zu Hand gaben, die die Feinde unter ihnen verbreiteten, und daß sie in ihren Wohnsitzen bleiben wollten. Durch ergebene Hausleute hatte er erfahren, daß der Bauer Karp, der in den letzten Tagen mit einer Kronfuhre fort gewesen – ein Mann, der großen Einfluß auf den ganzen Mir (Gemeinde) übte – mit der Nachricht zurückgekommen war, die Kosaken hätten alle von den Einwohnern verlassenen Dörfer zerstört, die Franzosen dagegen tasteten sie nicht an. Alpatytsch wußte ferner, daß ein anderer Bauer aus dem Dorfe Wisslouchowo, wo die Franzosen im Quartier lagen, am gestrigen Tage das Schreiben eines französischen Generals mitgebracht hatte, in welchem den Einwohnern erklärt wurde: es solle ihnen kein Schaden zugefügt werden, und für alles, was sie zu liefern hätten, würden sie, solange sie dablieben, volle Bezahlung erhalten.

Zum Beweise dafür brachte der Bauer eine Hundert-Rubel-Note aus Wisslouchowo mit (er wußte nicht, daß sie gefälscht war), die man ihm zum voraus für sein Heu gezahlt hatte.

Endlich – und das war das Wichtigste für Alpatytsch – wußte er, daß denselben Morgen, als er dem Starosten befohlen hatte, Pferde für die Packwagen der Herrschaft zu liefern, eine Versammlung der Bauern im Dorfe stattgefunden, in der man beschlossen hatte, nicht fortzugehen, sondern abzuwarten. Die Zeit aber wartete nicht! Der Adelsmarschall bestand selbst am Todestage des Fürsten, den 27. August, auf der sofortigen Abreise der Prinzessin Maria, weil es gefährlich wurde, in Bogutscharowo zu bleiben.

Er sagte, er könne nach dem 28. August für nichts mehr einstehen, fuhr am Todestage des Fürsten gegen Abend fort, versprach aber, am folgenden Tage zum Begräbnis zu kommen. Am anderen Morgen konnte er jedoch nicht Wort halten, da nach den Berichten, die er erhielt, die Franzosen unerwartet näher rückten, so daß er kaum noch Zeit hatte, seine Familienmitglieder und Wertsachen von seinem Gute fortzuschaffen.

Seit einigen zwanzig Jahren wurde Bogutscharowo durch

den Starosten Dron beaufsichtigt, den der alte Fürst Dronuschka zu nennen pflegte.

Dron war einer jener körperlich und geistig starken Bauern, die von dem Alter an, in dem sie sich mit einem Barte schmücken, das ganze Leben unverändert bleiben bis zum sechzigsten, siebzigsten Jahre, ohne ein einziges graues Haar oder eine Zahnlücke zu bekommen, und die mit sechzig Jahren ebenso stramm und kräftig sind wie mit dreißig.

Dron war bald nach der Auswanderung an die warmen Flüsse, an welcher er sich so gut wie die übrigen beteiligt hatte, zum Starosten von Bogutscharowo ernannt worden und hatte dies Amt nun seit dreiundzwanzig Jahren tadellos verwaltet. Die Bauern fürchteten ihn mehr als den Herrn. Die »Herren« aber, der alte Fürst und der Oberverwalter schätzten ihn und nannten ihn scherzweise den Minister. Während seiner ganzen Dienstzeit war Dron nicht einmal betrunken oder krank gewesen. Niemals, weder nach schlaflosen Nächten noch anderen Anstrengungen zeigte er die geringste Müdigkeit, und obwohl er nicht lesen konnte, kam nie ein Fehler in seinen Berechnungen vor, und niemals vergaß er eine Summe Geldes oder ein Pud Mehl auf den großen Wagenladungen, die er verkaufte, oder eine Garbe der Roggenernte auf irgendeiner Dessjatine der Feldmarken von Bogutscharowo.

Diesen Dron rief Alpatytsch, der aus dem zerstörten Lyssyja-Jory gekommen war, nach dem Begräbnis des Fürsten herbei und befahl ihm, zwölf Pferde für die Equipagen der Prinzessin bereitzuhalten und achtzehn Lastwagen für das Gepäck, das aus Bogutscharowo fortgeschafft werden sollte. Obwohl die Bauern bestimmte Abgaben zahlten, konnte die Erfüllung dieses Befehls nach der Meinung Alpatytschs keinem Hindernis begegnen, da in Bogutscharowo zweihundertunddreißig Familien lebten, und die Bauern wohlhabend waren.

Aber nachdem der Starost Dron den Befehl gehört hatte, sah er schweigend vor sich nieder. Alpatytsch nannte ihm einige Bauern, die er kannte und von denen er ihm befahl, die Pferde zu requirieren.

Dron antwortete, daß diese Bauern ihre Pferde nicht zu

Hause hätten. Alpatytsch nannte andere Namen, aber auch von diesen Leuten behauptete Dron, daß sie ihm keine Pferde liefern könnten. Einige der Gespanne wären bei den Kronfuhren beschäftigt; andere hätten zu schwache Tiere, noch anderen wären die Pferde aus Mangel an Futter krepiert. Nach Drons Meinung ließen sich die nötigen Gespanne überhaupt nicht zusammenbringen; für die Packwagen ebenso wenig wie für die Equipagen.

Alpatytsch sah Dron aufmerksam an und runzelte die Stirn. Wie Dron ein musterhafter Bauernstarost war, so verwaltete auch Alpatytsch nicht umsonst seit mehr als zwanzig Jahren die Güter des Fürsten und war ein musterhafter Verwalter. Er war im höchsten Maße befähigt, instinktiv die Bedürfnisse und Neigungen des Volkes zu verstehen, mit dem er zu tun hatte, und darum war er ein vortrefflicher Verwalter. Während er Dron beobachtete, erkannte er sogleich, daß dessen Antworten nicht sowohl der Ausdruck der Ansichten Drons, als ein Ausdruck jener allgemeinen Stimmung der Leute von Bogutscharowo waren, die auch den Starosten ergriffen hatte. Zugleich wußte er aber auch, daß der reich gewordene und von dem Mir gehaßte Dron zwischen zwei Lagern, dem der Herren und dem der Bauern, schwanken mußte. Alpatytsch erkannte dies Schwanken aus dem Blicke des Starosten und trat mit gerunzelter Stirn auf ihn zu.

Höre, Dronuschka! sagte er, sprich nicht solch dummes Zeug. Se. Exzellenz, Fürst Andrej Nikolaitsch selbst haben mir befohlen, alle Leute fortzuschicken und sie nicht mit dem Feinde zusammenkommen zu lassen. Außerdem gibt es einen kaiserlichen Befehl darüber. Wer bleibt, ist ein Verräter am Kaiser, hörst du?

Ich höre wohl! antwortete Dron, ohne die Augen aufzuschlagen.

Alpatytsch begnügte sich nicht mit dieser Antwort.

Ei, Dron, das wird schlimm werden! sagte er und schüttelte den Kopf.

Sie haben zu befehlen, erwiderte Dron mit trauriger Stimme.

Ei Dron, laß das! wiederholte Alpatytsch, indem er die

Hand aus dem Rocke zog und mit einer feierlichen Gebärde auf die Dielen unter den Füßen des Starosten zeigte. Ich sehe nicht nur durch dich hindurch, auch unter dir, drei Arschin tief, sehe ich alles, alles! sagte er, indem er auf den Fußboden niedersah.

Dron kam in Verwirrung, blickte flüchtig auf Alpatytsch und schlug abermals die Augen nieder.

Den Unsinn laß beiseite und sage den Leuten, daß sie sich fertig machen sollen, aus ihren Häusern fortzugehen nach Moskau. Außerdem sollen sie die Fuhrwerke für das Gepäck der Prinzessin stellen. Du selbst aber geh nicht in die Versammlung – hörst du?

Dron warf sich plötzlich Alpatytsch zu Füßen.

Jakow Alpatytsch, entlasse mich! nimm mir die Schlüssel ab, entlasse mich, um Christi willen!

Laß das! antwortete Alpatytsch streng, ich sehe unter dir drei Arschin tief! wiederholte er. Seine Meisterschaft in der Bienenzucht, seine genaue Kenntnis der Zeiten, wann der Hafer gesät werden mußte, und die Geschicklichkeit, mit der er zwanzig Jahre lang bei dem alten Fürsten in Gunst zu stehen vermocht, hatten ihm längst den Ruf eines Zauberers erworben, und er wußte, daß den Zauberern die Fähigkeit zugeschrieben wird, drei Arschin tief unter die Erdoberfläche zu sehen.

Dron stand auf und wollte etwas sagen, aber Alpatytsch fiel ihm ins Wort.

Was ist Euch denn in den Kopf gefahren? ... Was denkt ihr Euch denn? fragte er.

Ja, was kann ich mit den Leuten anfangen? sagte Dron. Sie sind toll geworden, ganz toll ... Ich habe es ihnen ordentlich gesagt ...

Nun ja, das meine ich auch! fing Alpatytsch wieder an, dann fragte er kurz: Sie saufen wohl?

Wie toll, Jakow Alpatytsch ... das zweite Faß ist schon angesteckt.

So hör also! Ich fahre zum Isprawnik, und du machst den Leuten bekannt, daß sie den Unsinn lassen und Fuhrwerk zur Stelle schaffen sollen.

Zu Befehl! antwortete Dron.

Mehr versuchte Jakow Alpatytsch nicht zu erzwingen; er hatte lange genug mit dem Volke zu tun gehabt, um zu wissen, daß das Hauptmittel, die Menschen zum Gehorsam zu bringen, darin besteht, sie keinen Zweifel an ihrem Gehorsam merken zu lassen.

Nachdem er von Dron das unterwürfige »Zu Befehl« erreicht hatte, begnügte sich Alpatytsch damit, obwohl er nicht nur zweifelte, daß die Fuhrwerke geliefert werden würden, sondern beinahe sicher war, daß sie nur mit Hilfe eines Militärkommandos herbeigeschafft werden konnten.

Und wirklich waren die Fuhrwerke gegen Abend noch nicht da. Im Dorfe fand wieder vor der Schenke eine Versammlung statt, und in der Versammlung wurde beschlossen, die Pferde in den Wald zu treiben und keine Wagen zu liefern. Alpatytsch sagte der Prinzessin nichts davon, er befahl nur, sein eigenes Gepäck von den aus Lyssyja-Gory gekommenen Wagen abzuladen und die Pferde, die er mitgebracht, für die Kaleschen der Fürstin bereit zu halten. Dann begab er sich zu der Obrigkeit des Bezirks.

X

Nach dem Begräbnisse des Vaters schloß sich die Prinzessin Maria in ihr Zimmer ein und ließ niemanden hinein.

Ein Mädchen kam an die Tür, ihr zu melden, daß Alpatytsch gekommen wäre, ihre Befehle für die Abreise in Empfang zu nehmen. – Es war noch vor dem Gespräch zwischen Alpatytsch und Dron.

Prinzessin Maria erhob sich von dem Diwan, auf dem sie gelegen hatte, und sagte durch die verschlossene Tür, sie würde unter keiner Bedingung fortfahren und wünsche, in Ruhe gelassen zu werden.

Die Fenster des Zimmers, in dem sich Prinzessin Maria befand, gingen nach Westen. Sie lag auf dem Diwan, das Gesicht nach der Wand gekehrt, und tastete an den Knöpfen des Lederkissens hin und her; sie sah nur dies Kissen, und ihre unklaren Gedanken waren wie festgebannt an einen Gegenstand. Sie dachte immerwährend an die unerbittliche Trennung des Todes und an ihre eigene Herzensschlechtigkeit, die sie bisher nicht gekannt hatte und die erst jetzt, während der Krankheit ihres Vaters, hervorgetreten war. Sie wollte beten, aber sie wagte es nicht – wagte nicht, sich in ihrer jetzigen Herzensbeschaffenheit an Gott zu wenden! Lange lag sie in diesem Zustande da.

Die Sonne, die von der anderen Seite des Hauses herübergekommen war, schien mit schrägen Abendstrahlen in die geöffneten Fenster und beleuchtete das Zimmer und einen Teil des Saffiankissens, auf dem der Blick der Prinzessin Maria ruhte.

Die Richtung ihrer Gedanken wurde plötzlich gestört. Unbewußt richtete sie sich auf, glättete ihr Haar, erhob sich und ging ans Fenster, indem sie unwillkürlich die frische Klarheit des windigen Abends einsog.

»Ja, jetzt kannst du dich in aller Ruhe des Abends erfreuen ... Er ist nicht mehr da ... Niemand wird dich stören!« sagte sie zu sich selbst, und indem sie sich auf einen Stuhl niederließ, senkte sie die Stirn auf die Fensterbank.

Eine zärtliche, leise Stimme rief im Garten ihren Namen, und gleich darauf fühlte sie einen Kuß auf ihrem Haar. Sie sah in die Höhe – es war Mademoiselle Bourienne im schwarzen Kleide mit Trauerbesatz. Sie näherte sich still der Prinzessin Maria, küßte sie und fing an zu weinen. Prinzessin Maria sah sie an. Alle früheren Mißhelligkeiten mit ihr, alle Eifersucht auf sie, kamen ihr ins Gedächtnis. Sie erinnerte sich auch, wie er die letzte Zeit sein Benehmen gegen Mademoiselle Bourienne geändert hatte, wie er sie nicht mehr sehen wollte, wie ungerecht also die Vorwürfe waren, die ihr Prinzessin Maria in Gedanken gemacht.

»Und als ob es mir, mir, die ich seinen Tod gewünscht habe, zukäme, jemand anzuklagen!« dachte sie.

Prinzessin Maria stellte sich deutlich die Lage der Mademoiselle Bourienne vor, die in der letzten Zeit aus ihrer Nähe verbannt gewesen war, und doch zugleich von ihr abhing und in einem fremden Hause leben mußte, und sie empfand Mitleid mit ihr. Zärtlich fragend sah sie die Französin an und streckte ihr die Hand entgegen. Mademoiselle Bourienne fing sogleich an zu weinen, küßte der Prinzessin die Hand und begann von dem Leid zu sprechen, das die Prinzessin getroffen, indem sie für sich selbst einen Anteil an diesem Leid in Anspruch nahm. Sie sagte, es wäre ihr einziger Trost, wenn ihr die Prinzessin gestatten wollte, ihr Leid mit ihr zu teilen; sie sagte, alle bisherigen Mißverständnisse würden durch diesen großen Schmerz ausgelöscht, sie fühlte sich von aller Schuld rein, und er sähe von dort her ihre Liebe und Dankbarkeit. Die Prinzessin hörte ihr zu, ohne ihre Worte zu verstehen, aber sie blickte dann und wann zu ihr auf und lauschte auf den Ton ihrer Stimme.

Ihre Lage ist jetzt doppelt schrecklich, liebe Prinzessin, sagte Mademoiselle Bourienne, nachdem sie eine Weile geschwiegen hatte. Ich verstehe, daß Sie selbst nicht an sich denken konnten und können, aber ich fühle mich durch meine Liebe für Sie gezwungen, es zu tun ... Alpatytsch ist bei Ihnen gewesen ... hat er mit Ihnen über die Abreise gesprochen? fügte sie fragend hinzu.

Prinzessin Maria antwortete nicht. Sie verstand nicht, wer reisen sollte und wohin. »Wie war es möglich, jetzt etwas vorzunehmen, an etwas zu denken? ... War denn nicht alles gleichgültig!« Sie antwortete nicht.

Wissen Sie, liebe Prinzessin, sagte Mlle. Bourienne, wissen Sie wohl, daß wir in Gefahr sind? daß uns die Franzosen umzingeln? ... Jetzt abzureisen wäre gefährlich; wenn wir jetzt fahren, ist es beinahe gewiß, daß wir in Gefangenschaft geraten, und Gott weiß ...

Prinzessin Maria sah ihre Gefährtin an, ohne zu verstehen, was sie sagte.

Ach, wenn jemand wüßte, wie gleichgültig mir jetzt alles, alles ist! sagte sie. Es versteht sich übrigens, daß ich jetzt um keinen Preis von ihm fortreisen möchte. Alpatytsch hat mir von der Abreise gesprochen ... bitte reden Sie mit ihm ... ich kann nichts, gar nichts ... und will nichts ...

Ich habe mit ihm gesprochen. Er hoffte, daß wir morgen noch abreisen können, aber ich glaube, daß es jetzt besser wäre, hierzubleiben, sagte Mlle. Bourienne, denn, gestehen Sie, Prinzessin, es wäre doch schrecklich, unterwegs in die Hände der Soldaten oder der aufsässigen Bauern zu fallen.

Mademoiselle Bourienne nahm aus ihrem Strickbeutel den (nicht auf gewöhnlichem russischen Papier) gedruckten Aufruf des französischen Generals Rameau, in dem gesagt war, die Einwohner sollten ihre Häuser nicht verlassen, es solle ihnen durch die französischen Machthaber der nötige Schutz gegeben werden, und reichte ihn der Prinzessin.

Ich glaube, daß es am besten wäre, sich an diesen General zu wenden, sagte sie, und ich bin überzeugt, daß man Ihnen die gebührende Achtung nicht versagen wird.

Die Prinzessin las das Papier, und ein stilles Weinen zuckte durch ihr Gesicht.

Wer hat Ihnen das gegeben? fragte sie.

Wahrscheinlich hat man aus meinem Namen geschlossen, daß ich eine Französin bin, gab Mademoiselle Bourienne errötend zur Antwort.

Prinzessin Maria stand mit dem Papier in der Hand vom Fenster auf, entfernte sich mit bleichem Gesicht aus dem Zimmer und ging in das Kabinett des Fürsten Andrej.

Dunjascha, rufe mir Alpatytsch oder Dronuschka, irgend jemand! befahl Prinzessin Maria, und sage Amalia Karlowna, sie soll jetzt nicht zu mir kommen, fügte sie hinzu, als sie Mademoiselle Bouriennes Stimme hörte. »Ich muß fort! schnell, schnell fort!« sagte sie zu sich selbst und schauderte vor dem Gedanken, in die Hände der Franzosen zu fallen.

»Wenn Fürst Andrej wüßte, daß sie Gefahr lief, in die Gewalt der Franzosen zu geraten! daß sie, die Tochter des Fürsten Nikolai Andreitsch Bolkonskij, dazu verurteilt sein sollte, den Herrn General Rameau um Schutz zu bitten und seine Wohltaten anzunehmen!« – dieser Gedanke erfüllte sie mit Abscheu. Sie zitterte, errötete und fühlte einen ihr bisher unbekannten Zorn und Stolz. Alles Schwere und Schmachvolle ihrer Lage stellte sich ihr lebhaft dar. »Sie, die Franzosen, werden sich's hier im Hause bequem machen. General Rameau wird das Kabinett des Fürsten Andrej einnehmen, wird zu seiner Unterhaltung seine Brief und Papiere lesen, und

Mademoiselle Bourienne wird ihn in Bogutscharowo mit allen Ehren empfangen, während man mir aus Gnade und Barmherzigkeit ein Zimmerchen einräumt. Die Soldaten werden das frische Grab des Vaters zerstören, um ihn seiner Kreuze und Sterne zu berauben; sie werden mir von ihren Siegen über die Russen erzählen und ihr erheucheltes Mitgefühl mit meinem Kummer ausdrücken ...« So dachte Prinzessin Maria, nicht mit der ihr eigenen Anschauungsweise, sondern wie von dem Bewußtsein erfüllt, daß sie jetzt für Vater und Bruder zu denken habe. Für sie selbst war ihr alles gleichgültig – wo sie blieb und was mit ihr geschah –, aber sie fühlte sich zugleich als die Vertreterin des verstorbenen Vaters und als die des Fürsten Andrej. Unwillkürlich dachte sie mit ihren Gedanken, fühlte sie mit *ihren* Gefühlen. Sie fragte sich, was Vater und Bruder jetzt sagen, wie sie jetzt handeln würden, und fühlte sich verpflichtet, ebenso zu handeln.

Sie ging in das Kabinett des Fürsten Andrej und suchte von seinen Gedanken erfüllt zu werden und ihre Lage in seinem Sinne zu betrachten. Die Ansprüche des Lebens, welche sie durch den Tod des Vaters vernichtet glaubte, erhoben sich mit einer neuen, ihr bisher noch nicht bekannten Macht, und nahmen sie ganz gefangen.

Rot vor Aufregung ging sie im Zimmer umher, verlangte bald Alpatytsch, bald Michail Iwanytsch, bald Tichon, bald Dron zu sprechen. Dunjascha, die Wärterin und die Mägde wußten nicht, ob die Behauptungen der Mlle. Bourienne richtig waren. Aber Alpatytsch war nicht zu Hause, er hatte sich zu dem Isprawnik begeben, und der Architekt Michail Iwanytsch, der mit verschlafenen Augen bei der Prinzessin Maria erschien, konnte ihr keine Auskunft geben. Mit demselben zustimmenden Lächeln, mit dem er seit fünfzehn Jahren auf die Reden des alten Fürsten zu antworten gewohnt war, ohne jemals seine eigene Meinung zu sagen, antwortete er jetzt auf die Fragen der Prinzessin Maria, so daß nichts Bestimmtes aus seinen Antworten herauszufinden war.

Der herbeigerufene alte Kammerdiener Tichon mit dem eingefallenen, langgezogenen Gesicht, das den Stempel eines unheilbaren Grams trug, antwortete auf alle Fragen der Prinzessin Maria mit einem »Zu Befehl«, und konnte sich, während er sie ansah, kaum des Schluchzens enthalten.

Endlich trat der Starost Dron ins Zimmer, verbeugte sich tief vor der Prinzessin und blieb an der Tür stehen.

Die Prinzessin, die im Zimmer auf und ab ging, blieb vor ihm stehen.

Dronuschka! sagte sie, in der festen Überzeugung, einen Freund in ihm zu sehen, denselben Dronuschka, der von seiner alljährlichen Reise nach der Messe von Wjasma eine besondere Sorte Pfefferkuchen mitbrachte und lächelnd überreichte; Dronuschka ... jetzt nach unserem Unglück ... fing sie an und schwieg wieder still, weil sie nicht die Kraft hatte, mehr zu sagen.

Wir alle sind in Gottes Hand! antwortete er mit einem Seufzer. Dann schwiegen sie eine Weile.

Dronuschka, Alpatytsch ist fortgefahren, ich habe niemand, an den ich mich wenden konnte ... ist es wahr, wie man behaupte, daß ich nicht mehr fortkann?

Warum solltest du nicht fortkönnen, Durchlaucht? sagte Dron. Man kann fahren.

Es wurde behauptet, daß es der Feinde wegen gefährlich wäre ... Liebster, ich weiß nichts, verstehe nichts ... habe niemand! ... Ich möchte durchaus diese Nacht fortfahren, oder morgen früh.

Dron schwieg und blickte unter der Stirn hervor auf die Prinzessin.

Es gibt keine Pferde! sagte er dann; ich habe schon mit Jakow Alpatytsch gesprochen.

Warum gibt es keine Pferde? fragte sie Prinzessin.

Eine Strafe Gottes, antwortete Dron. Die Pferde, die noch da waren, hat man für die Soldaten genommen, die anderen sind krepiert. Heuer ist so ein Jahr ... Wovon soll man die Pferde füttern! man muß zusehen, daß man nicht selbst verhungert. Auch so schon sitzen die Leute drei Tage ungegessen da! ... Es gibt gar nichts mehr ... Man hat uns ganz und gar zugrunde gerichtet.

Prinzessin Maria hörte ihn aufmerksam an.

Die Bauern zugrunde gerichtet? Sie haben kein Brot? fragte sie.

Den Hungertod sterben sie ... Nun gar die Pferde ...

Warum hast du denn das nicht gesagt, Dronuschka? Kann man ihnen denn nicht helfen? Ich werde alles tun, was ich kann ...

Es fiel der Prinzessin Maria schwer, sich in diesem Augenblicke, wo so tiefes Leid ihre Seele erfüllte, klarzumachen, daß es Arme und Reiche geben und daß die Reichen den Armen nicht helfen könnten. Sie wußte dunkel und erinnerte sich auch jetzt in aller Traurigkeit, daß es Herrschaftsgetreide gibt, von dem man den Bauern zu geben pflegt. Sie wußte auch, daß weder ihr Bruder noch ihr Vater den notleidenden Bauern etwas versagt haben würden; sie fürchtete nur, sich nicht der rechten Worte zu bedienen, wenn sie die Verteilung des Getreides an die Bauern anordnete. Überdies war es ihr lieb, daß sich ein Anlaß zur Sorge darbot, einer Sorge, um derentwillen sie sich nicht zu schämen brauchte, ihr Leid zu vergessen. Sie ging an, Dronuschka nach den Einzelheiten der Not unter den Bauern zu befragen und erkundigte sich nach den herrschaftlichen Vorräten in Bogutscharowo.

Wir haben doch herrschaftliches Getreide vom Bruder? fragte sie.

Das Herrschaftsgetreide ist ganz da, sagte Dron mit Stolz. Unser Fürst hat befohlen, nichts zu verkaufen.

Gib es den Bauern ... Gib alles, was sie brauchen; im Namen meines Bruders erlaube ich's dir, sagte Prinzessin Maria.

Dron antwortete nicht und seufzte schwer.

Verteile das Getreide unter sie, wenn es für alle genug ist. Verteile alles, ich befehle es dir im Namen meines Bruders, und sage ihnen, daß alles, was unser ist, auch ihnen gehört; wir werden nicht geizen ... das sage ihnen.

Dron sah die Prinzessin, während sie sprach, aufmerksam an.

Entlasse mich, Mütterchen! um Gottes Willen, befiehl, daß man mir die Schlüssel abnimmt! sagte er. Ich habe dreiundzwanzig Jahre gedient, habe nichts Unrechtes getan, entlasse mich jetzt, um Gottes Willen!

Prinzessin Maria begriff nicht, was er von ihr wollte und warum er sie bat, ihn zu entlassen. Sie antwortete ihm, daß sie niemals an seiner Ergebenheit gezweifelt hätte, und daß sie bereit wäre, alles für ihn und die Bauern zu tun.

XI

Eine Stunde später kam Dunjascha zu der Prinzessin mit dem Bescheid, daß Dron da wäre, daß sich die Bauern auf den Befehl der Prinzessin am Kornspeicher versammelt hätten und mit der Herrin zu sprechen wünschten.

Ich habe sie gar nicht rufen lassen, sagte Prinzessin Maria; ich habe nur Dronuschka aufgetragen, Korn unter sie zu verteilen.

Um Gottes Willen, Prinzessin, Mütterchen, befehlen Sie, die Leute fortzuschicken ... Gehen Sie nicht zu ihnen ... Es ist alles Betrug! sagte Dunjascha. Jakow Alpatytsch wird kommen, dann können wir fortfahren ... bitte, haben Sie die Güte ...

Wieso, Betrug? fragte die Prinzessin verwundert.

Ja, ich weiß es, folgen Sie mir, um Gottes Willen. Da fragen Sie nur die Wärterin ... Es heißt, die Leute sind nicht einverstanden mit dem Befehl zu Ihrer Abreise.

Das kann nicht richtig sein ... Ich habe noch gar keinen Befehl zur Abreise gegeben! sagte Prinzessin Maria. Rufe mir Dronuschka.

Dron kam und bestätigte die Worte Dunjaschas, daß die Bauern auf Befehl der Prinzessin erschienen wären.

Ich habe sie gar nicht rufen lassen, sagte die Prinzessin. Wahrscheinlich hast du die Bestellung falsch ausgerichtet. Ich hatte nur gesagt, daß du ihnen das Getreide übergeben möchtest.

Dron seufzte und antwortete nicht.

Wenn Sie befehlen, werden die Leute wieder fortgehen ...

Nein, nein, ich gehe zu ihnen! sagte Prinzessin Maria.

Obwohl Dunjascha und die Wärterin abredeten, ging Prinzessin Maria doch auf die Freitreppe hinaus. Dronuschka,

Dunjascha, die Wärterin und Michajl Iwanytsch begleiteten sie.

»Die Leute glauben wahrscheinlich, daß ich ihnen Getreide anbiete, damit sie hierbleiben sollen, während ich selbst fortfahre und sie der Willkür der Franzosen überlasse, sagte Prinzessin Maria zu sich selbst. Ich werde ihnen monatliche Unterstützungen und ein Unterkommen auf unserem Gute bei Moskau versprechen ... Ich bin überzeugt, daß Andrej an meiner Stelle noch mehr versprechen würde«, dachte sie weiter, indem sie sich in der Dämmerung der Menge näherte, die auf dem Anger vor dem Kornspeicher stand.

Die Menge drängte sich zusammen, geriet in Bewegung, und rasch wurden die Mützen heruntergerissen. Prinzessin Maria näherte sich mit niedergeschlagenen Augen und verwickelte sich im Gehen mit den Füßen im Kleide. Sie trat dicht an die Leute heran. So viele verschiedene alte und junge Augen waren auf sie gerichtet und so verschiedenartige Gesichter waren da, daß Prinzessin Maria keines deutlich sah. Sie fühlte die Notwendigkeit, zu allen auf einmal zu sprechen und wußte nicht wie. Aber wieder kam das Bewußtsein über sie, daß sie die Vertreterin des Vaters und des Bruders war, und gab ihr Kraft. Mutig fing sie ihre Rede an.

Ich freue mich, daß ihr gekommen seid, sagte sie, ohne die Augen aufzuschlagen, und sie fühlte, wie ihr Herz rasch und heftig schlug. Dronuschka hat mir gesagt, daß der Krieg euch zugrunde richtet; das ist unser aller Unglück, und ich werde nichts sparen, um euch zu helfen. Ich selbst reise fort, weil hierzubleiben gefährlich ist ... und weil der Feind da ist ... und weil ... ich gebe euch alles, meine Freunde, und bitte euch, alles zu nehmen ... alles Getreide, damit ihr keine Not leidet ... Und wenn man euch gesagt hat, daß ich euch das Getreide gebe, damit ihr hierbleibt, so ist das nicht wahr. Im Gegenteil! ich bitte euch, mit eurer ganzen Habe nach unseren Moskauischen Besitzungen zu gehen; und dort nehme ich es auf mich und verspreche euch, daß ihr nicht Not leiden sollet. Man wird euch Wohnung und Getreide geben ...

Die Prinzessin hielt inne; aus der Versammlung hörte man nur Seufzer.

Ich tue es nicht in meinem Namen, fuhr die Prinzessin fort; ich tue dies im Namen des verstorbenen Vaters, der euch ein guter Herr gewesen ist, und im Namen meines Bruders und seines Sohnes.

Sie hielt wieder inne. Niemand unterbrach das Schweigen.

Unser Unglück ist ein gemeinsames, und wir wollen alles teilen ... alles, was mein ist, gehört euch! sagte sie, indem sie die Gesichter der Bauern betrachtete, die vor ihr standen.

Aller Augen waren ihr zugewandt, alle mit dem gleichen Ausdruck, dessen Bedeutung sie nicht verstand. War es Neugier, Ergebenheit, Dankbarkeit oder Schrecken und Mißtrauen ... aber der Ausdruck aller Gesichter war derselbe.

Schönen Danke für Ihre Güte, aber das Getreide der Herrschaft zu nehmen, kommt uns nicht zu! sagte eine Stimme aus dem Hintergrunde.

Warum denn nicht? fragte die Prinzessin.

Keiner antwortete, und Prinzessin Maria, die sich in der Menge umsah, bemerkte, daß jetzt alle Augen, denen sie begegnete, niedersanken.

Nun, warum wollt ihr es nicht? fragte sie wieder. Niemand antwortete.

Prinzessin Maria wurde bei diesem Schweigen ängstlich zumute. Sie suchte den Blick eines oder des anderen der Männer aufzufangen.

Warum sprecht ihr nicht? wandte sie sich an einen Greis, der auf seinen Stock gestützt vor ihr stand. Sage nur, wenn du glaubst, daß noch etwas nötig ist – ich werde alles tun, fügte sie hinzu, indem sie seinen Blick erhaschte, er aber senkte, als ob er darüber böse wäre, den Kopf nieder und murrte:

Wie sollen wir zufrieden sein ... wir brauchen kein Brot!

Ja, wie denn ... wir sollen alles verlassen! damit sind wir nicht einverstanden ... nicht einverstanden! ... Keiner wird ja sagen! ... Wir bedauern dich, aber einwilligen können wir nicht! ... Fahre nur allein ... klang es von allen Seiten aus der Gruppe und wieder zeigte sich auf allen Gesichtern derselbe Ausdruck, und jetzt war es sicherlich nicht der Ausdruck der

Neugier oder Dankbarkeit, sondern der einer zornigen Entschlossenheit.

Ihr habt mich wahrscheinlich nicht verstanden, sagte Prinzessin Maria mit traurigem Lächeln. Warum wollt ihr nicht mitfahren? Ich verspreche euch anzusiedeln, zu ernähren ... hier wird euch der Feind zugrunde richten ... ihre Stimme wurde durch die Stimmen der Leute übertönt.

Dazu geben wir unsere Zustimmung nicht ... mag man uns zugrunde richten ... Dein Getreide wollen wir nicht haben ... wir sind nicht einverstanden!

Wieder suchte Prinzessin Maria dem Blicke eines der Männer zu begegnen, aber keiner der Blicke war auf sie gerichtet; die Augen der Leute wichen ihr sichtlich aus. Ihr wurde eigentümlich und unbehaglich zumute.

Sieh' mal, wie klug sie reden kann! ... Folg ihr nur! ... Geh nur wieder in die Leibeigenschaft! ... Zerstöre dein Haus und geh in die Knechtschaft! ... Schön gesagt! ich werde euch Getreide geben! ließen sich Stimmen in der Menge hören.

Prinzessin Maria senkte den Kopf, trat aus dem Kreise und kehrte ins Haus zurück. Nachdem sie Dron den Befehl wiederholt hatte, für morgen Pferde zur Abreise bereitzuhalten, begab sie sich in ihr Zimmer und blieb allein mit ihren Gedanken.

XII

Prinzessin Maria saß diese Nacht lange in ihrem Zimmer am offenen Fenster und lauschte auf die Stimmen der Bauern, die vom Dorfe herüberklangen. Aber sie dachte nicht an sie. Sie fühlte, daß, soviel sie auch über sie nachsinnen mochte, sie doch zu keinem Verständnis kommen würde. Sie beschäftigte sich nur mit einem, mit ihrem Kummer, der jetzt, nach der Unterbrechung, die die Sorge um die Gegenwart verursacht hatte, etwas Vergangenes für sie geworden war. Sie konnte sich jetzt schon erinnern, konnte weinen und konnte beten. Mit Sonnenuntergang hatte sich der Wind gelegt; die Nacht war frisch und still. Um zwölf Uhr fingen auch die Stimmen an zu verstummen. Der Hahn krähte; hinter den Linden ging der Vollmond auf; ein frischer, weißer Nebeltau stieg empor, und über dem Dorfe lag tiefe Stille.

Eines nach dem anderen traten der Prinzessin Maria die Bilder der letzten Vergangenheit vor die Seele: die Krankheit und die letzten Augenblicke des Vaters; und mit wehmütiger Freude verweilte sie bei diesen Vorstellungen, und wehrte nur das eine letzte Bild – das seines Todes – voll Entsetzen von sich ab. Dies Bild, auch nur in der Erinnerung, zu ertragen, war sie in dieser stillen, geheimnisvollen Nachtstunde nicht fähig. Mit solcher Deutlichkeit und so reich an Einzelheiten traten ihr diese Bilder vor Augen, daß sie ihr zuweilen als Wirklichkeit erschienen. Dann aber waren sie wieder bald Vergangenheit, bald Zukunft.

Einmal trat ihr lebhaft *der* Augenblick vor die Seele, als ihn der Schlag gerührt hatte und man ihn durch den Garten von Lyssyja-Gory schleppte, während er mit kraftloser Zunge vor sich hin murmelte, mit den grauen Augenbrauen zuckte und sie unruhig und schüchtern ansah.

»Schon damals hat er das aussprechen wollen, was er mir am Tage seines Todes gesagt hat, dachte sie. Er hat sich immerwährend mit dem beschäftigt, was er mir dann gesagt.«

Auch meine Nacht in Lyssyja-Gory, vor dem Schlaganfalle, als sie, das Unglück ahnend, gegen seinen Willen bei ihm blieb, kam ihr mit allen Einzelheiten ins Gedächtnis. Sie konnte nicht schlafen, ging mitten in der Nacht auf den Zehen hinunter, trat an die Tür der Blumenstube, in welcher der Vater gebettet war, und lauschte auf seine Stimme. In müdem, mattem Tone sprach er mit Tichon. Er erzählte von der Krim, von den warmen Nächten, von der Kaiserin. Es war unverkennbar, daß er sich gern unterhalten wollte.

»Warum hat er mich nicht rufen lassen? Warum hat er mir nicht erlaubt, Tichons Stelle einzunehmen? dachte Prinzessin Maria damals und auch jetzt wieder. Nun wird er nie mehr aussprechen, was in seiner Seele war; nie mehr kehrt für ihn und mich der Augenblick zurück, in dem er alles hätte sagen können, was er sagen wollte – der Augenblick, in dem ich und nicht Tichon ihn zu hören und zu verstehen vermocht hätte!

Warum bin ich damals nicht ins Zimmer gegangen? dachte sie. Vielleicht hätte er mir damals schon gesagt, was er an seinem Todestage ausgesprochen. Auch in jener Nacht, in dem Gespräch mit Tichon, hat er zweimal nach mir gefragt. Er wollte mich sehen, und ich stand hinter der Tür. Es war schwer und traurig für ihn, sich mit Tichon zu unterhalten, der ihn nicht verstand. Ich erinnere mich, daß er mit ihm von Lisa wie von einer Lebenden sprach. Er hatte vergessen, daß sie gestorben war, und Tichon erinnerte ihn, daß sie nicht mehr war, und er schrie: ›Dummkopf!‹ Es war schwer für ihn ... Ich hatte hinter der Tür gehört, wie er sich ächzend ins Bett legte und laut aufschrie: ›Mein Gott!‹ ... Ach, warum bin ich nicht hineingegangen, was hätte er mir tun können? ... Was hätte ich verlieren können? Vielleicht hätte er sich sogar damals schon mit mir ausgesöhnt, mir das Wort gesagt ...«

Und die Prinzessin Maria wiederholte laut das Kosewort, das sie am Todestage von ihm gehört hatte.

»Herzchen«, wiederholte sie und brach in Tränen aus, die ihr Herz erleichterten. Sie sah jetzt sein Gesicht vor sich – nicht das Gesicht, das sie kannte und das sie immer nur aus der Entfernung gesehen hatte; sondern jenes schüchterne, schwache Gesicht, welches sie – als sie sich über ihn niederbeugte, um in der Nähe zu hören, was er sprach – zum ersten Male mit allen seinen Einzelheiten und Runzeln erblickte.

»Herzchen«, wiederholte sie.

»Was hat er gedacht, als er das sagte; was denkt er jetzt?« fragte sie sich plötzlich und wie zur Antwort darauf sah sie ihn vor sich mit jenem Ausdruck, der im Sarge auf seinem mit dem weißen Tuch umwundenen Antlitze lag, und jenes Entsetzen, das sie damals ergriffen, als sie ihn berührte und sich überzeugte, daß dies nicht nur nicht er selbst war, sondern etwas Geheimnisvolles, Abstoßendes, ergriff sie auch jetzt. Sie wollte an etwas anderes denken, wollte beten und konnte nicht. Mit großen, weit geöffneten Augen sah sie in den Mondenschein und in die Schatten. Jede Sekunde erwartete sie sein totes Gesicht zu sehen und fühlte sich in der Stille, die über dem Hause lag und das Haus erfüllte, wie festgebannt.

Dunjascha! flüsterte sie. Dunjascha! schrie sie dann mit wilder Stimme, und indem sie sich gewaltsam aus der Stille losriß, lief sie in das Mägdezimmer der herbeieilenden Wärterin und Dunjascha in die Arme.

XIII

Am 29. August ritten Rostow und Iljin, nur von dem eben aus der Gefangenschaft zurückgekommenen Lawruschka und einer Ordonnanz begleitet, aus ihrem Quartier Jankowo, fünfzehn Werst von Bogutscharowo, spazieren. Sie wollten das neugekaufte Pferd Iljins probieren und sich erkundigen, ob in den umliegenden Dörfern Heu zu haben sei.

Bogutscharowo befand sich seit drei Tagen zwischen den beiden feindlichen Heeren, so daß ebenso gut die russische Nachhut, wie die französische Vorhut dort einrücken konnte. Darum wollte Rostow als sorgsamer Schwadronskommandeur den Franzosen zuvorkommen und sich etwas in Bogutscharowo vorhandenen Proviant zunutze machen.

Rostow und Jljin waren in der heitersten Stimmung auf dem Wege nach dem fürstlichen Gute mit dem Herrenhause, wo sie eine große Anzahl von Hofleuten und hübschen Mädchen zu finden hofften. Bald fragten sie Lawruschka über Napoleon aus und lachten über seine Berichte, bald ritten sie miteinander um die Wette, um Jljins Pferd zu prüfen.

Rostow wußte nicht und ahnte nicht, daß das Dorf, nach welchem er ritt, ein Gut desselben Bolkonskij war, der mit seiner Schwester verlobt gewesen.

Am Bergabhange von Bogutscharowo ließen Rostow und Jljin ihre Pferde zum letzten Male ausgreifen, um zu sehen, welches den Vorsprung gewinnen würde. Rostow, der Jljin überholt hatte, sprengte zuerst in die Dorfstraße ein.

Du hast einen Vorsprung gewonnen! sagte Jljin, der rot geworden war.

Ja, den hatte ich immer, sowohl auf der Wiese wie hier, antwortete Rostow, indem er sein schaumbedecktes Kosakenpferd streichelte.

Aber ich auf meinem Franzosen, Erlaucht, sagte Lawruschka aus dem Hintergrunde, indem er seinen alten Klepper den Franzosen nannte, ich würde Sie überholt haben ... wollte Sie nur nicht beschämen!

Im Schritt ritten sie an einen Speicher heran, vor dem eine große Menge Bauern standen.

Einige der Leute nahmen die Mützen ab, andere behielten sie auf und betrachteten die Heranreitenden. Zwei alte, große Bauern mit runzeligen Gesichtern und spärlichen Bärten kamen aus der Schänke. Sie lachten, schwankten hin und her und sangen ungereimte Worte, indem sie auf die Offiziere zukamen.

Jungens, fragte Rostow lächelnd, habt ihr Heu?

Wie gleichmäßig sie alle aussehen! sagte Jljin.

La-la-aßt uns lu-u-ustig sein! sang der eine Bauer mit glückseligem Lächeln.

Ein anderer trat aus der Menge hervor und näherte sich Rostow.

Zu welchen gehören Sie? fragte er Rostow.

Wir sind Franzosen, sagte Jljin lachend, und hier ist Napoleon selbst, fügte er hinzu, indem er auf Lawruschka zeigte.

Ach, ihr seid doch Russen? fragte der Bauer von neuem.

Und seid ihr viele Mannschaften hier? sagte ein anderer, kleiner Bauer und trat an sie heran.

Viele, sehr viele! antwortete Rostow. Aber warum seid ihr hier versammelt? fügte er hinzu; habt ihr einen Feiertag, oder was gibt es?

Die Alten haben sich in Gemeindeangelegenheiten versammelt, antwortete der Bauer, indem er sich von ihm entfernte.

In diesem Augenblicke erschienen auf dem Wege vom Herrschaftshause her zwei Frauen und ein Mann im weißen Hute und näherten sich den Offizieren.

Die im rosa Kleid gehört mir – Achtung, nicht wegnehmen! sagte Jljin, als der Dunjascha erblickte, die entschlossen auf ihn zulief.

Uns beiden wird sie gehören! sagte Lawruschka blinzelnd zu Jljin.

Was willst du, junge Schöne? sagte Jljin lächelnd.

Die Prinzessin läßt fragen, von welchem Regiment Sie sind, und bittet um Ihren Namen.

Das ist Graf Rostow, Schwadronskommandeur, und ich bin Euer gehorsamster Diener.

Lu-u-ustig sein! sang der betrunkene Bauer mit glückseligem Lächeln, indem er Jljin ansah, während dieser mit dem Mädchen sprach.

Gleich nach Dunjascha trat Alpatytsch auf Rostow zu, er hatte schon von weitem den Hut abgenommen.

Ich erdreiste mich, Sie zu belästigen, Ew. Wohlgeboren, sagte er ehrerbietig, aber doch mit einer gewissen Geringschätzung für die Jugend der Offiziere, und schob die Hand zwischen die Knöpfe seines Rockes. Meine Herrin, die Tochter des am 27. verstorbenen Fürsten und Generals *en chef*, Nikolaj Andrej Bolkonskij, die sich in Verlegenheit befindet wegen der Roheit dieser Leute – er zeigte auf die Bauern –, läßt Sie bitten, zu ihr hineinzukommen ... würden Sie nicht etwas zurückreiten ... sagte Alpatytsch mit traurigem Lächeln, es ist nicht geheuer hier ... Alpatytsch zeigte auf zwei Bauern, die hinter ihrem Rücken um sie herumstrichen wie Bremsen um ein Pferd.

Ah, Alpatytsch! Ah, Jakow Alpatytsch ... gut, gut! ... verzeih, um Christi Willen, gut so, ah? riefen die Bauern, indem sie ihm lustig zulachten. Rostow sah die Betrunkenen an und lächelte.

Aber vielleicht macht dies Ew. Erlaucht Vergnügen? fragte Alpatytsch mit gehaltener Miene, indem er mit der freien Hand auf die Bauern zeigte.

Nein, Vergnügen macht mir das nicht! antwortete Rostow und ritt etwas zurück. Um was handelt es dich denn? fragte er.

Ich erlaube mir Ew. Erlaucht zu melden, daß das hiesige rohe Volk meine Herrin nicht vom Gute fortlassen will und die Pferde auszuspannen droht. Von heute morgen an ist alles gepackt, aber Ihre Durchlaucht können nicht fort.

Das ist nicht möglich! schrie Rostow auf.

Ich hatte die Ehre, Ihnen die reine Wahrheit zu melden, versicherte Alpatytsch.

Rostow stieg vom Pferde, übergab es seinem Burschen, ging mit Alpatytsch dem Hause zu und erkundigte sich nach den Einzelheiten des Vorgangs.

Das gestrige Anerbieten der Prinzessin, den Bauern Getreide zu liefern, ihre Unterredung mit Dron und ihre Verhandlungen mit den versammelten Bauern hatten alles so gründlich verdorben, daß Dron seine Schlüssel abgegeben, sich zu den Bauern gesellt hatte und dem Verlangen Alpatytschs nicht nachgekommen war. Als die Prinzessin morgens anzuspannen befahl und fortfahren wollte, schickten die Bauern, die sich abermals in großer Menge vor dem Speicher versammelt hatten, den Bescheid, daß sie die Prinzessin nicht aus dem Dorfe herauslassen würden, daß der Befehl gekommen sei, nicht fortzugehen, und daß sie die Pferde wieder ausspannen würden. Alpatytsch war mehrmals zu ihnen gegangen und hatte ihnen ins Gewissen geredet. Aber man gab ihm zur Antwort (am meisten sprach Karp, Dron trat nicht aus dem Gedränge hervor), daß man die Prinzessin nicht reisen lassen könne, weil ein solcher Befehl da sei. Wenn die Prinzessin jedoch dabliebe, würden sie ihr wie früher dienen und in allen Dingen gehorsam sein. In dem Augenblick, als Rostow und Jljin auf der Landstraße herangaloppierten, hatte Prinzessin Maria – obwohl Alpatytsch, die Wärterin und Dunjascha dringend abredeten – den Befehl gegeben anzuspannen und war im Begriffe fortzufahren. Als nun aber die herankommenden Kavalleristen sichtbar wurden, hielt man sie für Franzosen; die Kutscher liefen davon, und im Hause erhob sich das Jammergeschrei der Weiber.

Väterchen! unser Vater! Dich hat Gott geschickt! riefen weinerliche Stimmen, als Rostow jetzt durch den Flur ging.

Prinzessin Maria saß matt und verweint im Saale, als Rostow zu ihr geführt wurde. Sie verstand nicht, wer er war und warum er kam, und wußte nicht, was mit ihr geschehen sollte. Aber als sie sein russisches Gesicht erblickte und ihn nach seinem Auftreten und seinen ersten Worten als einen Standesgenossen erkannte, sah sie mit ihren tiefen, leuchtenden Augen zu ihm auf, und ihre Stimme zitterte und versagte vor Aufregung, als sie zu sprechen anfing.

Rostow kam dies Zusammentreffen sehr romantisch vor.

»Ein schutzloses, von Kummer gebeugtes, einsames Mädchen, der Willkür roher, aufständischer Bauern preisgegeben! Und welche seltsame Fügung hat mich hierhergebracht! Und welche Sanftmut, welcher Adel in ihren Zügen und in ihrem Ausdruck!« dachte er, während er ihren schüchternen Bericht anhörte.

Als sie erzählte, daß dies alles am Tage nach dem Begräbnis ihres Vaters geschehen war, fing ihre Stimme an zu zittern; sie wandte sich ab, aber gleich darauf sah sie ihn erschrocken und fragend an, als ob sie fürchtete, daß er aus ihren Worten nur den Wunsch heraushören könnte, ihn zum Mitleid zu bewegen. Rostow standen Tränen in den Augen; Prinzessin Maria bemerkte sie und sah ihn dankbar an, mit jenem strahlenden Blicke, der die Unschönheit ihres Gesichtes vergessen ließ.

Ich weiß es nicht auszudrücken, Prinzessin, wie glücklich es mich macht, daß ich zufällig hierhergekommen bin und imstande sein werde, Ihnen meine Dienstfertigkeit zu beweisen, sagte Rostow, indem er sich erhob. Bitte, reisen Sie ab; ich stehe Ihnen mit meiner Ehre dafür, daß sich keiner der Leute erdreisten soll, Ihnen Unannehmlichkeiten zu bereiten, sobald Sie mir gestatten, Sie zu geleiten. Und indem er sich so tief vor ihr verneigte, wie man sich vor Frauen kaiserlichen Blutes zu neigen pflegt, wandte er sich der Tür zu.

Rostow schien durch die Ehrerbietung seines Tones zeigen zu wollen, daß, obwohl er es für ein Glück hielt, ihre Bekanntschaft gemacht zu haben, er sich dennoch nicht erlauben würde, ihr Unglück zu benutzen, um ihr näherzutreten. Prinzessin Maria verstand und schätzte diesen Ton.

Ich bin Ihnen sehr, sehr dankbar! sagte sie auf Französisch; aber ich hoffe, daß dies alles nur Mißverständnisse sind, und daß niemand eine Schuld trifft. Plötzlich fing sie an zu weinen. Entschuldigen Sie mich! bat sie.

Rostow verneigte sich noch einmal tief und ernst vor ihr und verließ das Zimmer.

XIV

Nun, wie, ist sie nicht reizend? Nein, Bruder, meine Rosafarbene ist wirklich allerliebst, und sie heißt Dunjascha! fing Jljin an, verstummte aber, als er in Rostows Gesicht blickte, denn er sah, daß sein Held und Meister in einer anderen Gedankenwelt weilte.

Rostow sah sich unwillig nach Jljin um und ging, ohne ihm zu antworten, mit raschen Schritten dem Dorfe zu.

Ich werde Ihnen zeigen ... werde sie lehren ... die Spitzbuben! sagte er vor sich hin.

Alpatytsch eilte im kurzen Trabe hinter ihm her, war aber kaum imstande, ihn einzuholen.

Welchen Entschluß haben Sie gefaßt? fragte er, als er ihn erreicht hatte. Rostow sah sich um und trat, die Fäuste ballend, ungestüm an Alpatytsch heran.

Entschluß ... welchen Entschluß, Graukopf! schrie er. Warum hast du ruhig zugesehen, he? ... die Bauern lehnen sich auf, und du weißt nicht mit ihnen fertig zu werden? Du bist selbst ein Verräter ... Ich kenne Euch ... Ich werde Euch allen das Fell abziehen! – und als fürchtete er, seinen Vorrat an Heftigkeit umsonst zu verschwenden, ließ er den Alten stehen und ging rasch wieder vorwärts.

Alpatytsch, der das Gefühl der Kränkung in sich erstickte, blieb Rostow mit langen Schritten zur Seite und fuhr fort, ihm seine Ansicht über die Dinge mitzuteilen.

Er sagte, daß die Bauern an Verstocktheit leiden, daß es im gegenwärtigen Augenblicke Unvernunft sein würde, ihnen »Widerstand« zu leisten, ohne ein Militärkommando zur Hilfe zu haben, und daß es vielleicht besser wäre, vor allen Dingen nach Militär zu schicken.

Ich will Ihnen zeigen, Militär! ... Ich werde ihnen schon *Widerstand* leisten! rief Nikolaj ohne Überlegung, denn er erstickte beinahe an seiner sinnlosen, tierischen Wut und an dem Bedürfnis, diese Wut auszulassen. Ohne zu bedenken, was er tun wollte, näherte er sich der Versammlung mit raschem, entschlossenem Schritte, und je näher er ihr kam, und so deutlicher fühlte Alpatytsch, daß auch eine unüberlegte Handlung zuweilen ein gutes Resultat haben kann.

Dasselbe Gefühl hatten auch die Bauern, als sie Rostows raschen, festen Gang und sein finsteres, entschlossenes Gesicht bemerkten.

Als die Husaren ins Dorf gekommen waren und Rostow zu der Prinzessin ging, trat in der versammelten Menge Verwirrung und Zwiespalt ein. Einige der Leute sagten, die eben Angekommenen wären Russen, und man dürfe sie nicht aufbringen, indem man sich der Abreise der Prinzessin widersetzte. Dron war auch dieser Ansicht. Aber kaum hatte er sie ausgesprochen, als Karp und andere Bauern über den ehemaligen Starosten herfielen.

Du hast den Mir jahrelang arm gefressen! schrie ihn Karp an. Dir ist es gleichgültig ... Du gräbst dir deine Geldtonne aus und bringst sie fort ... Was liegt dir daran, ob unsere Häuser zerstört werden oder nicht!

Es heißt ja doch, daß ein Befehl gekommen ist ... Keiner darf aus seinem Hause gehen, nichts darf fortgebracht werden, nicht ein Stäubchen Pulver. Alles muß so bleiben! rief ein anderer.

Dein Sohn wäre an der Reihe gewesen, fing plötzlich ein kleiner Alter eifrig an, indem er sich gegen Dron wandte, aber du hast deinen wohlgemästeten Jungen zu gut gehalten ... hast meinem Wanko den Kopf rasieren lassen ... wie? Aber wir müssen alle einmal sterben.

Ja, wir müssen sterben ... ich bin bereit ... ich habe nichts gegen den Mir getan! antwortete Dron.

Ei, nichts gegen ihn getan! ... Hast dir aber den Wanst gemästet! sagten zwei hagere Bauern.

Sobald sich Rostow, begleitet von Jljin, Lawruschka und Alpatytsch der Menge näherte, steckte Karp die Finger in den Gürtel und trat lächelnd vor; Dron dagegen zog sich in den Hintergrund zurück, und die Menge drängte sich dichter zusammen.

He, wer ist hier der Starost? schrie Rostow, als er mit schnellen Schritten an die Versammlung herangekommen war.

Der Starost? ... Was wollen Sie denn ... fragte Karp.

Aber er hatte nicht Zeit gehabt, den Satz zu vollenden, als ihm die Mütze herunterflog und sein Kopf sich unter dem starken Schlage beugte.

Die Mützen herunter, Verräter! schrie die heftige Stimme Rostows. Wo ist der Starost! fügte er ungestüm hinzu.

Den Starosten ... den Starosten will er haben ... Dron Sacharytsch, Sie werden gerufen! ließen sich hie und da schnell gehorsame Stimmen hören, und die Mützen wurden eilig abgenommen.

Wir dürfen uns nicht auflehnen, wir müssen Ordnung halten, sagte Karp, und im Hintergrunde fingen einige Stimmen an zu sagen:

Wie die Alten beschlossen haben ... Wir brauchen Eure Obrigkeit ...

Widersprechen wollt ihr? ... Auflehnung? ... Spitzbuben! ... Verräter! ... schrie Rostow wütend, mit fremd klingender Stimme und packte Karp am Kragen. Bindet ihn! Bindet ihn! rief er, obwohl niemand da war, der ihn hätte binden sollen, als Lawruschka und Alpatytsch.

Lawruschka lief herbei und faßte Karp von hinten bei den Armen.

Befehlen sie unsere Leute vom Berge herbeizurufen? fragte er.

Alpatytsch wandte sich zu den Bauern, indem er zwei bei Namen aufrief und ihnen auftrug, Karp zu binden.

Die beiden traten gehorsam aus der Menge vor und nahmen ihre Gürtel ab.

Wo ist der Starost? schrie Rostow wieder.

Dron trat mit bleichem, finsterem Gesicht aus dem Hintergrunde vor.

Du bist der Starost? ... Binden, Lawruschka! rief Rostow, als ob auch dieser Befehl keinen Widerstand finden könnte. Und wirklich machten sich abermals zwei Bauern daran, Dron zu binden, der selbst, als wollte er ihnen dabei helfen, seinen Gürtel abnahm und ihn den beiden reichte.

Ihr alle hört jetzt, was ich sage! wandte sich Rostow an die Bauern. Auf der Stelle marschiert ihr nach Haus, und daß ich kein Wort mehr höre.

Was denn? ... Wir haben ja nichts getan! ... Es war nur Dummheit, wenn wir was Unrechtes getan haben ... Ich habe gleich gesagt, daß es nicht richtig ist! wurden Stimmen gehört, die eine der anderen Vorwürfe machten.

Ich habe es euch gleich gesagt! rief Alpatytsch, sein Recht in Anspruch nehmend. Es war nicht hübsch, Jungens!

Unsere Dummheit, Jakow Alpatytsch! antworteten einige Stimmen; die Versammlung ging auseinander, und die Leute zerstreuten sich im Dorfe.

Die beiden Gebundenen wurden nach dem herrschaftlichen Hofe geführt; zwei betrunkene Bauern gingen hinter ihnen her.

Ei, dir geschieht ganz recht! sagte der eine von ihnen zu Karp.

Darf man so mit der Herrschaft sprechen? Was hast du dir gedacht, Dummkopf? bekräftigte der andere. So ein Dummkopf!

Zwei Stunden später standen die Wagen auf dem Gutshofe von Bogutscharowo, die Bauern trugen eifrig das Gepäck der Herrschaft herbei, luden es auf, und Dron, der auf Wunsch der Prinzessin Maria aus dem Verschlage unter der Treppe, wo man ihn eingesperrt hatte, herausgelassen war, beaufsichtigte die Arbeit.

Lege sie ordentlich, sagte er zu einem der Bauern, einem langen Menschen, mit rundem, lächelndem Gesicht, der aus den Händen des Kammermädchens eine Schatulle nahm. Sie kostet ja auch Geld! Wenn du sie so hinwirfst oder unter den Strick legst, wird sie sich reiben ... das leide ich nicht! Es muß alles ehrlich und ordentlich zugehen. Ja, so – lege sie unter die Matte und decke Heu darüber ... so, sehr gut!

Sieh mal, wieviel Bücher ... lauter Bücher! sagte ein anderer Bauer, der die Bibliothekschränke des Fürsten Andrej heraustrug. Stoßt nicht an – aber schwer sind sie, Jungens ... dicke Bücher.

Ja, wer die gemacht hat, der war nicht faul! sagte der lange Bauer mit dem runden Gesicht und zeigte mit bedeutungsvollem Blinzeln auf die Wörterbücher, die obenauf lagen.

Rostow, der sich der Prinzessin nicht aufdrängen wollte, ging nicht wieder zu ihr, sondern wartete im Dorfe auf ihre Abfahrt. Sobald sich die Wagen der Prinzessin in Bewegung gesetzt hatten, stieg er zu Pferde und begleitete sie, bis sie, zwölf Werft von Bogutscharowo, die von unseren Truppen besetzte Straße erreichte. In Jankowo im Kruge nahm er ehrerbietig von ihr Abschied und erlaubte sich zum ersten Mal, ihr die Hand zu küssen.

Oh, Sie beschämen mich! antwortete er errötend, als ihm Prinzessin Maria für die Hilfe dankte, die er ihr geleistet und die sie als »Rettung« bezeichnete. Ein jeder Gendarm hätte dasselbe getan ... Wenn wir nur mit solchen Bauern zu kämpfen hätten, wären unsere Feinde nicht so weit vorgedrungen, sagte er mit einem gewissen Schamgefühl und mit dem Wunsche, dem Gespräch eine andere Wendung zu geben. Es macht mich glücklich, daß ich Gelegenheit hatte, Sie kennenzulernen, Prinzessin. Leben Sie wohl! Ich wünsche Ihnen Glück und Trost und wünsche mir, Ihnen unter glücklicheren Verhältnissen wieder zu begegnen. Bitte, wenn Sie mich nicht zum Erröten zwingen wollen, so danken Sie mir nicht.

Aber wenn ihm die Prinzessin nicht mehr mit Worten dankte, so tat sie es mit dem Ausdruck ihres vor Erkenntlichkeit und Empfindung strahlendes Gesichtes. Sie konnte nicht glauben, daß sie keine Ursache hätte, ihm dankbar zu sein. Im Gegenteil – es war ihr unzweifelhaft, daß sie ohne seine Hilfe verloren gewesen wäre, da sie sowohl von den aufständischen Bauern wie von den Franzosen bedroht war, daß er, um sie zu retten, sich den augenscheinlichsten und schrecklichsten Gefahren ausgesetzt hatte. Noch unzweifelhafter aber war, daß er ein Mann von hoher, edler Seele sein mußte, der ihre Lage und ihren Kummer zu erkennen wußte. Seine guten, ehrlichen Augen, die voll Tränen standen, während sie weinend von ihrem Verluste mit ihm sprach, kamen ihr nicht aus dem Sinne.

Als er sich von ihr verabschiedet hatte und Prinzessin Maria wieder allein war, fühlte sie plötzlich Tränen in ihren Augen und richtete – nicht zum ersten Male – die Frage an sich, ob sie ihn liebte.

Und unterwegs, weiter nach Moskau zu, bemerkte Dunjascha, die mit der Prinzessin im Wagen saß, daß sie mehr als einmal, obwohl ihre Lage doch nichts weniger als angenehm war, sich aus dem Fenster lehnte, und wehmütig froh vor sich hin lächelte.

»Was soll daraus werden, wenn ich ihn wirklich liebe?«, dachte Prinzessin Maria.

Aber wie beschämend es auch für sie war, sich die Liebe zu einem Manne einzugestehen, der sie vielleicht niemals wiederliebte, tröstete sie sich doch mit dem Gedanken, daß es niemand jemals erfahren würde, und daß sie kein Unrecht tat, wenn sie in der Stille bis an ihr Lebensende den einen liebte, der ihre erste und einzige Neigung war.

Zuweilen, wenn sie sich an seine Blicke, seine Worte, seine Teilnahme erinnerte, schien ihr das Glück keine Unmöglichkeit zu sein, und in solchen Augenblicken bemerkte Dunjascha, daß sie lächelnd aus dem Wagenfenster sah.

»Wie eigen, daß er nach Bogutscharowo kommen mußte, und gerade in diesem Augenblick! dachte Prinzessin Maria; und wie eigen, daß es seine Schwester war, die Andrej abgewiesen hat.« Sie sah in alledem den Willen der Vorsehung.

Der Eindruck, den Rostow von der Prinzessin Maria empfangen, war ein sehr angenehmer. Wenn er sich an sie erinnerte, wurde ihm wohl zumut, und wenn ihn die Kameraden, nachdem sie von seinen Erlebnissen in Bogutscharowo gehört hatten, damit neckten, daß er nach Heu ausgeritten sei und eine der reichsten Erbinnen Rußlands aufgegabelt habe, ärgerte sich Rostow. Er tat es besonders darum, weil der Gedanke an eine Heirat mit der angenehmen, sanften, reichbegüterten Prinzessin Maria mehr als einmal gegen seinen Willen in ihm aufgestiegen war. Nikolaj hätte für sich keine bessere Frau als Prinzessin Maria finden können; diese Heirat würde seine Mutter beglücken, die Verhältnisse seines Vaters verbessern, und sie würde – das fühlte er deutlich – die Prinzessin Maria glücklich machen.

Aber Sonja? und das Wort, das er ihr gegeben? – darum ärgerte sich Rostow, wenn man ihn mit der Prinzessin Bolkonskij neckte.

XV

Nachdem Kutusow das Kommando der Armee übernommen hatte, erinnerte er sich des Fürsten Andrej und sandte ihm den Befehl, ins Hauptquartier zu kommen.

Fürst Andrej langte gerade an dem Tage und zu der Stunde in Zarewo-Sajmischtsche an, als Kutusow seine Truppen zum ersten Male Revue passieren ließ. Mitten im Dorfe, am Hause des Priesters, vor welchem die Equipage des Oberbefehlshabers stand, stieg Fürst Andrej ab und setzte sich auf ein Bänkchen am Torwege, um den Durchlauchtigen, wie Kutusow jetzt von aller Welt genannt wurde, zu erwarten.

Von dem Felde hinter dem Dorfe ließen sich bald die Klänge der Regimentsmusik, bald das Geschrei zahlloser Stimmen hören, die dem neuen Oberbefehlshaber Hurra zuriefen.

Am Torwege, zehn Schritte vom Fürsten Andrej entfernt, standen, die Abwesenheit Kutusows und das schöne Wetter benutzend, zwei Offiziersdiener, ein Kurier und ein Haushofmeister beisammen. Ein schwärzlicher, kleiner Husarenoberstleutnant mit Schnurr- und Backenbart näherte sich dem Torwege und fragte, ob hier das Quartier des Durchlauchtigen wäre und ob er bald kommen würde?

Fürst Andrej antwortete, daß er nicht zum Stabe des Durchlauchtigen gehöre, sondern eben angekommen sei. Der Husarenoffizier wandte sich an den fein gekleideten Diener des Oberbefehlshabers, und dieser sagte mit jener eigentümlichen Herablassung, welche die Burschen der Kommandeure den Offizieren gegenüber anzunehmen pflegen:

Was? Der Durchlauchtige? Er wird wahrscheinlich gleich kommen ... Was wünschen Sie?

Der Offizier lächelte in seinen Schnurrbart hinein über den Ton des Burschen, stieg vom Pferde, gab es der Ordonnanz und näherte sich Bolkonskij, indem er ihn leicht begrüßte. Bolkonskij machte ihm auf der Bank Platz, der Husarenoffizier setzte sich neben ihn.

Sie warten ebenfalls auf den Oberbefehlshaber? fing der Husarenoffizier an. Man sagt, daß jedermann bei ihm vorgelassen wird – Gott sei Dank! Früher, bei den Wurstfressern war's ein Elend! Nicht umsonst hat Jermolow gebeten, zum Deutschen befördert zu werden. Jetzt wird es vielleicht möglich, auch als Russe seine Meinung auszusprechen. Der Teufel weiß, was man bisher getrieben hat – immer zurückgegangen, immer zurück! Sie haben den Feldzug mitgemacht? fügte er fragend hinzu.

Ich hatte die Vergünstigung, antwortete Fürst Andrej, nicht nur am Rückzuge teilzunehmen, sondern auch während dieses Rückzuges alles zu verlieren, was mir teuer war – außer meinen Gütern und meinem Vaterhause auch den Vater selbst, der vor Kummer gestorben ist. – Ich bin aus dem Gouvernement Smolensk.

Ah, Sie sind Fürst Bolkonskij – ich freue mich, Ihre Bekanntschaft zu machen. Ich bin der Oberstleutnant Denissow, besser bekannt unter dem Namen »Wassjka«, sagte Denissow, indem er dem Fürsten Andrej die Hand drückte und ihm mit gutmütiger Aufmerksamkeit ins Gesicht sah. – Ja, ich habe davon gehört, fügte er voll Teilnahme hinzu, und nachdem er eine Weile geschwiegen hatte, fuhr er fort. Da haben wir nun den Skythenkrieg ... Das ist alles ganz gut so! nur nicht für die Leute, die sich mit ihren eigenen Ellbogen Raum schaffen müssen ... Und Sie sind Fürst Andrej Bolkonskij? Er nickte mit dem Kopfe. Ich freue mich, Fürst, freue mich sehr, Ihre Bekanntschaft zu machen, fügte er wieder mit traurigem Lächeln hinzu und drückte ihm abermals die Hand.

Fürst Andrej kannte Denissow aus den Erzählungen Nataschas von ihrem ersten Bewerber. Diese süß-schmerzliche Erinnerung führte ihn zu jenen krankhaften Empfindungen zurück, an die er die letzte Zeit nicht gedacht hatte, die aber immer noch in seiner Seele lebten. In der letzten Zeit hatten ihn so viel andere ernste Eindrücke in Anspruch genommen; bei dem Abzuge von Smolensk, bei seinem Besuche in Lyssyja-Gory, bei der Nachricht vom Tode des Vaters hatte er so viele schmerzliche Empfindungen gehabt, daß jene Erinnerungen ihn lange nicht mehr heimgesucht, und als sie jetzt kamen, wirkten sie längst nicht mehr mit der früheren Kraft. Für Denissow aber war jene Reihe von Erinnerungen, die der Name Bolkonskij hervorrief, eine ferne, poetische Vergangenheit. Wie lange schon war es her, daß er nach dem Abendessen und Nataschas Gesang, ohne recht zu wissen, wie, dem fünfzehnjährigen Mädchen eine Liebeserklärung gemacht. Er lächelte bei den Erinnerungen an jene Zeit und seine Liebe für Natascha und ging sogleich auf das über, was ihn jetzt leidenschaftlich und ausschließlich interessierte. Es war ein Feldzugsplan, den er während des Rückzugs, wo er zu der Avantgarde gehörte, ausgesonnen. Er hatte diesen Plan Barclay de Tolly mitgeteilt und war jetzt im Begriffe, ihn Kutusow vorzulegen. Der Plan gründete sich darauf, daß die Operationslinie der Franzosen zu weit ausgedehnt war und daß wir, anstatt allein gegen ihre Front zu operieren, indem wir ihnen den Weg versperrten, einen Angriff gegen ihre Verbindungslinien machen sollten. Denissow fing an, seinen Plan dem Fürsten Andrej auseinanderzusetzen.

Sie können unmöglich diese ganze Linie halten – es ist nicht durchzuführen. Ich versichere Sie, daß ich sie durchbreche. Geben Sie mir fünfhundert Mann, und ich durchbreche sie, das ist ganz gewiß ... Einfach mit dem Freischarensystem.

Denissow sprang auf und machte lebhafte Gebärden, indem er Bolkonskij seinen Plan darlegte. Mitten in seinen Erklärungen erscholl das unharmonische, weit ausgedehnte und mit Musik und Gesang untermischte Geschrei der Truppen vom Platze der Revue herüber. Auch im Dorfe ließ sich Geschrei und Pferdegetrappel hören.

Er kommt! schrie der Kosak, der am Torwege stand, er kommt!

Bolkonskij und Denissow traten an das Tor, vor dem ein Trupp Soldaten – die Ehrenwache – aufgestellt war, und erblickten den die Straße heraufkommenden Kutusow auf einem kleinen, braunen Pferde; ein großes Gefolge von Generalen ritt hinter ihm, nur Barclay de Tolly war beinahe an seiner Seite. Eine Schar von Offizieren lief hinter ihnen und um sie her und schrie Hurra!

Vor dem Oberbefehlshaber sprengten die Adjutanten auf den Hof. Kutusow trieb ungeduldig sein Pferd an, einen Paßgänger, der unter seiner Last schwankte; dabei nickte er unaufhörlich, indem er die Hand an die weiße, rotgeränderte, schirmlose Garde du Korpsmütze legte, die seinen Kopf bedeckte. Als er sich der Ehrenwache näherte, den braven, größtenteils mit Orden geschmückten Grenadiren, die ihm die Honneurs machten, sah er einen Moment schweigend und aufmerksam, mit dem festen Blick des Chefs auf sie nieder und wandte sich dann zu der Schar der Generäle und Offiziere, die ihn umgab. Sein Gesicht nahm plötzlich einen vielsagenden Ausdruck an, und er zuckte die Achseln mit einer Gebärde der Verwunderung.

Und mit solchen Braven immer rückwärts und rückwärts zu gehen! sagte er. Auf Wiedersehen, General! fügte er hinzu und trieb sein Pferd in den Torweg, an dem Fürsten Andrej und Denissow vorüber.

Hurra! Hurra! Hurra! schrien ihm die Umstehenden nach.

Kutusow war, seitdem ihn Fürst Andrej nicht gesehen hatte, noch dicker geworden, war noch mehr von Fett aufgeschwemmt und in seinem Äußern noch mehr vernachlässigt, aber das ihm bekannte weiße Auge, die Narbe und der Ausdruck der Müdigkeit in Gesicht und Gestalt waren unverändert. Er trug einen Interimsrock, eine Peitsche mit dünnen Riemen und eine weiße Garde du Korpsmütze. Schwerfällig und schwankend saß er auf seinem munteren Pferdchen.

Fü ... fü ... fü... pfiff er leise vor sich hin, als er in den Hof einritt. Sein Gesicht verriet die Ruhe und Zufriedenheit eines Menschen, der die Absicht hat, auszuruhen, nachdem die Pflichten der Repräsentation erfüllt sind. Er zog den linken Fuß aus dem Steigbügel, indem er den ganzen Körper zusammenbog und vor Anstrengung die Stirn runzelte. Mühsam hob er das Bein über den Sattel, stützte sich mit dem Knie, ächzte und ließ sich in die Arme der Kosaken und Adjutanten nieder, die zu seiner Hilfe herbeikamen.

Er richtete sich auf, sah sich mit zusammengekniffenen Augen um, und als er den Fürsten Andrej erblickte, den er nicht zu erkennen schien, fing er an, mit seinem schwankenden Gange auf die Freitreppe zuzuschreiten. Fü ... fü ... fü! pfiff er und sah sich wieder nach dem Fürsten Andrej um. Der Eindruck, den das Gesicht des Fürsten auf ihn hervorgebracht, verband sich (wie das bei Greisen oft der Fall ist) erst nach einigen Sekunden mit der Erinnerung an seine Persönlichkeit.

Ah, wie geht's, Fürst? Wie geht's, Liebster? kommen Sie! sagte er mit müder Stimme, indem er sich umsah und schwerfällig die Treppe betrat, die unter seiner Last knarrte. Er knöpfte sich den Rock auf und setzte sich auf die Bank, die auf der Freitreppe stand.

Nun, was macht der Vater?

Gestern habe ich die Nachricht von seinem Tode erhalten, sagte Fürst Andrej kurz.

Kutusow blickte den Fürsten mit weitgeöffneten, schrekkensstarren Augen an, nahm die Mütze ab und bekreuzte sich.

Friede seiner Asche, der Wille Gottes über uns allen! sagte er, atmete schwer aus voller Brust und schwieg. Ich habe ihn von Herzen geliebt und geachtet und fühle von ganzer Seele mit dir, fügte er dann hinzu, umarmte den Fürsten Andrej, drückte ihn an seine fette Brust und ließ ihn lange nicht los. Als er ihn endlich freigab, sah Fürst Andrej, daß die wulstigen Lippen Kutusows zitterten und daß ihm Tränen im Auge standen. Er seufzte tief und stützte sich mit beiden Händen auf die Bank, um aufzustehen.

Komm, komm mit mir! laß uns sprechen, sagte er dann. Aber in diesem Moment stieg Denissow, den die Gegenwart seiner Vorgesetzten ebensowenig einschüchterte wie die des Feindes, dreist mit den Sporen auf die Stufen schlagend, die Treppe herauf, obwohl ihn die Adjutanten mit zornigem Flüstern zurückzuhalten suchten. Kutusow, der noch die Hände auf die Bank gestützt hielt, sah ihn unfreundlich an. Denissow nannte seinen Namen und erklärte, daß er Sr. Durchlaucht eine Sache von großer Wichtigkeit für das Wohl des Vaterlandes mitzuteilen habe. Kutusow sah Denissow mit müdem Blicke an, löste mit unwilliger Gebärde die Hände von der Bank, faltete sie über dem Bauche und wiederholte: »Für das Wohl des Vaterlandes? Nun, was denn? Sprich!«

Denissow wurde rot wie ein Mädchen – es war eigentümlich, auf diesem schnurrbärtigen, alten versoffenen Gesicht ein Erröten zu sehen – fing aber dreist an, seinen Plan, die Sprengung der feindlichen Operationslinie zwischen Smolensk und Wjasma, auseinanderzusetzen. Denissow hatte in jener Gegend gelebt und war mit der Örtlichkeit genau bekannt. Sein Plan schien zweifellos gut zu sein, besonders nach der Überzeugungskraft seiner Worte.

Kutusow sah vor sich nieder auf seine Füße und blickte dann und wann nach dem Hofe der Nachbarhütte, als ob er von dort etwas Unangenehmes erwartete. Wirklich kam, während Denissow sprach, ein General mit einer Mappe unter dem Arme aus der Hütte, nach der sich Kutusow umgesehen hatte.

Was, schon fertig! sagte Kutusow mitten in Denissows Auseinandersetzungen hinein.

Fertig, Ew. Durchlaucht! antwortete der General. Kutusow wiegte den Kopf, als ob er sagen wollte: »wie kann ein Mensch das alles bewältigen?« dann hörte er Denissow wieder an.

Ich gebe mein Ehrenwort als russischer Offizier, sagte Denissow, daß ich die Verbindungen Napoleons durchbrechen werde.

Wie bist du mit Kirill Andrejewitsch Denissow, dem Oberintendanten verwandt? unterbrach ihn Kutusow.

Er ist mein leiblicher Onkel, Durchlaucht.

Ach, wir waren Freunde! sagte Kutusow heiter. Gut, gut, mein Lieber! Bleibe hier beim Stabe, morgen sprechen wir weiter. Und nachdem er Denissow zugenickt, wandte er sich ab und streckte die Hand nach den Papieren aus, die ihm Konownizyn gebracht hatte.

Wollen Ew. Durchlaucht nicht ins Zimmer kommen? fragte der diensttuende General mit unzufriedener Stimme. Es sind einige Pläne durchzusehen und Papiere zu unterschreiben.

Ein Adjutant, der eben aus der Tür trat, meldete, daß in der Wohnung alles in Bereitschaft sei; aber Kutusow hatte sichtlich noch keine Lust, ins Zimmer zu gehen; er runzelte die Stirn.

Nein, Liebster, lasse mir hierher einen Tisch bringen; ich werde hier arbeiten, sagte er. Du, geh nicht fort! fügte er hinzu, indem er sich an den Fürsten Andrej wandte. Fürst Andrej blieb mit dem diensttuenden General auf der Freitreppe.

Während des Vortrags hörte Fürst Andrej an der Eingangstür des Hauses weibliche Stimmen flüstern und Seidenstoffe rauschen. Als er ein paarmal nach jener Richtung sah, entdeckte er hinter der Tür im rosa Kleide, mit einem lila-seidenen Tuche auf dem Kopfe und einer Schüssel in den Händen, eine volle, rotwangige, schöne Frau, die unverkennbar auf den Eintritt des Oberbefehlshabers wartete. Der Adjutant Kutusows erklärte dem Fürsten Andrej flüsternd, daß dies die Wirtin des Hauses sei, die Priestersfrau, sie hätte die Absicht, Sr. Durchlaucht Salz und Brot zu überreichen. Ihr Mann hatte den Durchlauchtigen in der Kirche mit dem Kreuze begrüßt, sie wollte ihn zu Hause bewillkommnen.

Eine hübsche Frau! fügte der Adjutant lächelnd hinzu.

Bei diesen Worten sah sich Kutusow um. Er hörte auf den Vortrag des Generals (dessen Hauptgegenstand eine Kritik der Position bei Zarewo Sajmischtsche war) ebenso, wie vor kurzem Denissow und vor sieben Jahren die Streitigkeiten im Kriegesrate von Austerlitz angehört. Er hörte offenbar nur, weil er Ohren hatte, die nun einmal, obwohl in dem einen Hanf steckte, hören mußten. Es war jedoch klar, daß ihn nichts von allem, was ihm der diensttuende General vortrug, in Verwunderung setzte, noch interessierte, daß er vielmehr alles, was man ihm sagen mochte, vorausgewußt hatte und es nur anhörte, weil er mußte, wie man ja auch das Absingen einer Messe mit anhören muß. Alles, was Denissow gesagt hatte, war gut und vernünftig, was der diensttuende General sagte, war noch besser und vernünftiger, aber es war klar, daß Kutusow sowohl Kenntnisse wie Verstand verachtete und sich bei der Entscheidung der Dinge von etwas anderem leiten ließ – etwas anderem, das von Verstand und Kenntnissen unabhängig ist.

Fürst Andrej beobachtete die Miene des Oberbefehlshabers mit großer Aufmerksamkeit; das einzige, was er darin fand, war ein Ausdruck der Langeweile, eine Regung der Neugier, was das Frauengeflüster hinter der Tür bedeuten möge, und der Wunsch, den Anstand zu wahren. Es ließ sich nicht verkennen, daß Kutusow Verstand und Kenntnisse verachtete und sogar das patriotische Gefühl, das Denissow kundgegeben; aber diese Verachtung entsprang nicht seinem Verstande, nicht seinem Gefühle, nicht seiner Erkenntnis, sondern hatte ihren Grund in etwas anderem; in seinem Alter und seinen Lebenserfahrungen.

Eine Verordnung, die Kutusow während dieses Vortrags erließ, bezog sich auf das Marodieren der russischen Soldaten. Der diensttuende General hatte dem Durchlauchtigen nach vollendetem Rapport ein Schriftstück zur Unterzeichnung vorgelegt, das auf Grund der Beschwerden eines Edelmannes, dem man den unreifen Hafer abgeschnitten, die Bestrafung einiger Kommandeure beantragte.

Nachdem Kutusow den Vortrag über die Angelegenheit gehört hatte, schmatzte er mit den Lippen und wiegte den Kopf.

In den Ofen damit ... Ins Feuer! Und ein für allemal sage ich dir, Freundchen, alle solche Klageschriften ins Feuer. Mögen die Leute in Gesundheit das Getreide schneiden und das Holz verbrennen! Ich befehle es nicht, erlaube es nicht – aber bestrafen kann ich sie nicht dafür. Ohne das geht's einmal nicht! Wo man Holz haut, fallen Späne. Er warf noch einmal einen Blick auf das Papier. O über die deutsche Gründlichkeit! rief er und wiegte abermals den Kopf.

XVI

Nun, das ist alles! sagte Kutusow, indem er das letzte Papier unterschrieb, und nachdem er sich mühsam aufgerichtet und die Falten seines weißen, vollen Halses ausgereckt hatte, ging er mit erheiterter Miene der Tür zu.

Die Priestersfrau, der das Blut ins Gesicht gestiegen war, ergriff ihre Schüssel, die sie trotz der langen Vorbereitung doch beinahe nicht überreicht hätte, und bot sie mit einer tiefen Verneigung Kutusow an.

Er kniff die Augen zu, lächelte, faßte die Frau unter das Kinn und sagte:

Ei, welche Schönheit! Danke, mein Täubchen!

Dann nahm er einige Goldstücke aus der Hosentasche und legte sie auf die Schüssel.

Nun, wie geht es denn? fragte er, indem er sich nach dem für ihn bestimmten Zimmer wandte. Die Priestersfrau lächelte so, daß auf ihren roten Wangen Grübchen erschienen und trat hinter ihm ins Zimmer, während der Adjutant zu dem Fürsten Andrej auf die Freitreppe hinausging und ihn zum Frühstück einlud.

Eine halbe Stunde später wurde Fürst Andrej abermals zu Kutusow gerufen. Kutusow lag in einem Sessel in demselben aufgeknöpften Rocke; er hielt ein französisches Buch in der Hand, das er beim Eintritt des Fürsten Bolkonskij mit dem Falzbein einzeichnete und zusammenlegte. Es war *»Les chevaliers du cygne«* von Madame de Genlis, wie Fürst Andrej auf dem Umschlage las.

Nun setz' dich, setz' dich hierher, und laß uns miteinander sprechen, sagte Kutusow. Es ist traurig, sehr traurig, aber vergiß nicht, lieber Freund, daß ich dir ein Vater, ein zweiter Vater bin.

Fürst Andrej erzählte Kutusow alles, was er von dem Ende seines Vaters wußte und was er in Lyssyja-Gory vorgefunden hatte, als er durchgekommen war.

Wie weit ... wie weit ist's gekommen! rief Kutusow plötzlich mit aufgeregter Stimme, da er sich nach dem Berichte des Fürsten Andrej offenbar die Lage Rußlands klar vorstellen. Laß mir Zeit! Laß mir Zeit! fügte er dann mit finsterer Miene hinzu, er schien dies Gespräch, das ihn aufregte, nicht fortsetzen zu wollen. Ich habe dich herkommen lassen, um dich bei mir zu behalten, fügte er hinzu.

Ich danke Ew. Durchlaucht, aber ich fürchte, daß ich nicht mehr zum Stabsoffizier tauge, antwortete Fürst Andrej mit einem Lächeln, das Kutusow bemerkte; fragend sah er Bolkonskij an.

Die Hauptsache, fügte Fürst Andrej hinzu, ist, daß ich mich an das Regiment gewöhnt und meine Offiziere liebgewonnen habe; auch die Mannschaft scheint mich liebzuhaben ... Es würde mir schwerfallen, das Regiment zu verlassen. Wenn ich aber der Ehre entsage, in Ihrer Nähe zu sein, so glauben Sie mir …

Ein kluger, guter und zugleich fein spöttischer Ausdruck leuchtete in dem vollen Antlitz Kutusows auf. Er unterbrach Bolkonskij.

Bedauere, du könntest mir nützlich sein … Aber du hast Recht! Du hast Recht! Menschen haben wir hier nicht nötig. Ratgeber gibt es nur zu viele, aber Menschen wenig. Die Truppen wären anders, wenn alle, die jetzt nur Ratgeber sind, in Reih und Glied dienten, wie du. Ich erinnere mich deiner bei Austerlitz … ich erinnere mich … der Fahne erinnere ich mich! Eine helle Röte stieg bei diesen Worten im Antlitz des Fürsten Andrej auf.

Kutusow faßte seinen Arm, zog ihn an sich heran, reichte ihm die Wange zum Kuß, und Fürst Andrej sah wieder Tränen im Auge des Greises. Obwohl er wußte, daß Kutusow leicht weinte, und von dem Wunsche erfüllt, Mitgefühl für Bolkonskijs Verlust zu zeigen, heute besonders weich war, fühlte sich Fürst Andrej durch die schmeichelhafte Erinnerung an Austerlitz angenehm berührt.

Geh mit Gott deinen Weg! Ich weiß, dein Weg ist der Weg der Ehre! Dann schwieg er eine Weile. Ich habe dich auch in Bukarest vermißt, hätte nach dir senden mögen – er lenkte das Gespräch ab, und Kutusow fing an vom türkischen Kriege und dem damaligen Friedensschlusse zu sprechen.

Ja, man hat mir nicht wenig Vorwürfe gemacht, sagte er; sowohl des Krieges wie des Friedens wegen. Aber alles kam zur rechten Zeit. »Alles kommt zur rechten Zeit für den, der zu warten versteht«, sagte er mit dem französischen Sprichwort … Und auch dort gab es nicht weniger Ratgeber als hier, fuhr er fort, indem er das Thema, das ihn sichtlich beschäftigte, wieder aufnahm. – Oh, die Ratgeber, die Ratgeber! rief er. Wenn ich allen gefolgt wäre, hätten wir dort in der Türkei weder Frieden geschaffen noch den Krieg beendigt. Alles soll schneller geschehen, und das Schnelle kommt doch zuletzt auf das Langsame hinaus. Wäre Kamenskij nicht gestorben, so war er mit seinem Heere verloren. Mit dreißigtausend Mann stürmte er die Festungen … Eine Festung nehmen ist nicht schwer – viel schwerer ist es, einen Feldzug gewinnen, und dazu braucht man weder zu stürmen noch zu attackieren, sondern man muß *Geduld* und *Zeit* haben. Kamenskij schickte Soldaten gegen Rustschuk ... ich nur Geduld und *Zeit*, und ich habe eine Menge Festungen genommen und die Fürsten dahin gebracht, Pferdefleisch zu essen. Er wiegte den Kopf. Und die Franzosen werden auch dahin kommen, glaube meinem Worte! rief er, indem er in Feuer geriet und sich auf die Brust schlug. Sie werden Pferdefleisch essen! und Kutusows Auge glänzte wieder in Tränen.

Aber eine Schlacht werden wir doch annehmen müssen? sagte Fürst Andrej.

Wir werden müssen! Wenn es alle wollen, ist nichts dagegen zu machen ... Aber glaube mir, Liebster, es gibt nichts Stärkeres als jene zwei Streiter: *Geduld und Zeit*! Sie bringen alles zu Wege. Die Ratgeber aber sehen nicht mit denselben Augen, und das ist das Schlimme ... Die einen wollen, die anderen wollen nicht – was also tun? fragt er und schien auf Antwort zu warten. Ja, was würdest du zu tun befehlen? wiederholte er, und sein Auge glänzte in einem tiefen, klugen Ausdruck.

Ich will dir sagen, was man tun muß, fügte er hinzu, als Fürst Andrej nicht antwortete; ich will dir sagen, was man tun muß und was ich tue: »Bist du unentschlossen« ... er schwieg einen Augenblick, »handle nicht!« Er sprach das französische Sprichwort mit einer Pause in der Mitte. Und nun lebe wohl, Freundchen! bedenke, daß ich mit ganzer Seele an deinem Verlust Anteil nehme, und daß ich für dich nicht der Durchlauchtige, nicht der Fürst, nicht der Oberbefehlshaber, sondern ein Vater bin. Wenn du etwas brauchst, so wende dich ohne Umschweife an mich. Lebe wohl, mein lieber Junge!

Er umarmte ihn wieder und küßte ihn, aber Fürst Andrej war noch nicht aus der Tür heraus, als Kutusow wie erleichtert aufatmete und den unvollendeten Roman von Madame de Genlis *»Les chevaliers du cygne«* wieder zur Hand nahm.

Fürst Andrej vermochte sich nicht zu erklären, wie und woher die Wirkung kam; als er aber nach diesem Zusammentreffen mit Kutusow zu seinem Regimente zurückkehrte, war er beruhigt, über den allgemeinen Verlauf der Dinge sowohl, wie über die Wahl des Mannes, in dessen Händen er lag. Je mehr er erkannte, wie sehr alles Persönliche diesem Greise fern lag, dem gewissermaßen nur die Gewohnheiten der Leidenschaften und statt des Verstandes, der die Ereignisse gruppiert und Schlüsse macht, nur die Fähigkeit einer ruhigen Betrachtung des Ganges der Ereignisse geblieben war, um so mehr gab er sich der tröstenden Überzeugung hin, daß alles geschehen würde, wie es sollte.

»Er wird nichts Eigenes schaffen, wird nichts entdecken, nichts unternehmen, dachte Fürst Andrej, aber er wird alles anhören, sich alles merken, allem den rechten Weg anweisen, wird nichts Nützliches verhindern und nichts Schädliches zulassen. Er versteht, daß es etwas Stärkeres und Bedeutenderes gibt als seinen Willen: den unvermeidlichen Gang der Ereignisse. Und er versteht diese Ereignisse zu sehen, vermag ihre Bedeutung zu erkennen, und versteht – wegen dieser Bedeutung – sich den Eingriff in die Ereignisse zu versagen; versteht von seinem persönlichen Willen abzusehen. Die Hauptursache aber, warum ich an ihn glaube, schloß Fürst Andrej, ist, weil er trotz des Romans der Genlis und der französischen Sprüchwörter ein Russe ist ... weil seine Stimme zitterte, als er ausrief: ›Wie weit ist es gekommen!‹ und weil er schluchzte, als er die Versicherung gab, daß er sie ›dahin bringen würde, Pferdefleisch zu essen!‹«

In dieser Empfindung, die mehr oder weniger klar von allen geteilt wurde, lag auch der Grund zu der einmütigen und allgemeinen Zustimmung, die die Wahl Kutusows zum Oberbefehlshaber durch das Volk gegen die Anschauungen am Hofe begleitete.

XVII

Nachdem der Kaiser Moskau verlassen hatte, floß das Leben dieser Stadt in der früheren, gewöhnlichen Ordnung dahin, und der Strom dieses Lebens war so gleichförmig, daß es schwerfiel, die Erinnerung an die Tage der patriotischen Begeisterung und Hingabe zu bewahren. Und ebenso schwer war es, zu glauben, daß Rußland wirklich in Gefahr, und daß die Mitglieder des englischen Klubs zugleich Söhne des Vaterlandes waren, bereit, ihm jedes Opfer zu bringen. Das Einzige, was an die, während des Kaisers Anwesenheit in Moskau herrschende, patriotisch-begeisterte Stimmung erinnerte, war das Einfordern der Opfergaben an Leuten und Geld, die, sobald sie versprochen waren, in gesetzlich-offizieller Form eingetragen wurden und sich also nicht mehr umgehen ließen.

Als der Feind sich Moskau näherte, wurden die Ansichten der Moskauer über ihre Lage nicht nur nicht ernster, sondern im Gegenteil nur noch leichtsinniger, wie das gewöhnlich bei Menschen der Fall ist, die eine große Gefahr herannahen sehen. Beim Herannahen einer Gefahr sprechen immer zwei Stimmen mit gleicher Stärke in der Seele des Menschen; die eine gibt den eindringlichen Rat, das Wesen der Gefahr und die Mittel, sich vor ihr zu schützen, in Überlegung zu ziehen; die andere sagt ebenso eindringlich, daß es zu schwer und quälend ist, an die Gefahr zu denken, weil es doch nicht in der Macht des Menschen liegt, alles vorauszusehen und dem allgemeinen Gange der Dinge zu entrinnen, und daß es darum besser ist, sich von dem Drohenden abzuwenden, solange es noch nicht eingetroffen und an das Angenehme zu denken. In der Einsamkeit gibt der Mensch größtenteils der ersten Stimme Gehör, in der Gemeinschaft dagegen der zweiten. So war es auch jetzt mit den Einwohnern Moskaus. Lange hatte man hier nicht so heiter gelebt wie in diesem Jahre.

Rostoptschins Flugblätter, oben mit der Abbildung einer Schänke, eines Schankwirts und des Moskauer Bürgers Karpuschka Tschigirin, »der in der Landwehr dient, eines Tages ein Glas über den Durst trinkt, dabei hört, daß Bonaparte nach Moskau kommen wird, in Zorn gerät, die Franzosen mit Schimpfworten überhäuft, die Schänke verläßt und unter dem kaiserlichen Adler zu dem versammelten Volke spricht«, wurden mit demselben Interesse gelesen und besprochen wie die neuesten Scherzgedichte von Wassilij Lwowitsch Puschkin.

Man versammelte sich im Eßzimmer des Klubs, um diese Flugblätter zu lesen. Einigen gefiel es, wie sich Karpuschka über die Franzosen lustig machte, indem er sagte, daß sie »von Kohlessen anschwellen, von Grütze bersten, und an Kohlsuppe ersticken, daß sie alle Zwerge sind, und daß ein altes Weib drei von ihnen mit der Heugabel über den Haufen werfen kann«.

Andere billigten diesen Ton nicht und sagten, er sei abgeschmackt und dumm. Man erzählte, alle Franzosen und sogar alle übrigen Ausländer seien von Rostoptschin aus Moskau verwiesen worden, weil sich Spione und französische Agenten unter ihnen befunden hätten. Aber man erzählte dies hauptsächlich, um bei dieser Gelegenheit die geistreichen Worte zu wiederholen, die Rostoptschin bei ihrer Abfertigung gesagt hatte. Die Ausländer wurden auf einem Flußschiffe nach Rischnij gebracht, und Rostoptschin sagte zu ihnen: »Gehen Sie in sich, gehen Sie in den Kahn und sorgen Sie dafür, daß dieser Kahn Ihnen nicht zu Scharons Kahne werde«. Man erzählte auch, daß bereits alle Kanzleien und Gerichtsämter aus Moskau fortgeschafft wären und fügte das Witzwort Schinschins hinzu, daß Moskau schon dafür allein Napoleon dankbar sein müsse. Man erzählte, Mamonow würde sein Regiment 800 000 Rubel kosten, Besuchow hätte noch mehr für seine Landwehr verbraucht, aber das Beste an der Handlungsweise Besuchows sei doch, daß er selbst die Uniform anziehen und vor dem Regimente herreiten wolle – für die Plätze der Zuschauer aber nichts beanspruchen würde.

Sie sind mitleidslos! sagte Julie Drubezkaja, indem sie mit ihren spitzen, von Ringen bedeckten Fingern ein Häufchen Charpie zusammenfaßte.

Sie wollte am folgenden Tage Moskau verlassen und gab eine Abschiedsgesellschaft.

Besuchow *est ridicule*, fuhr sie fort, aber er ist so brav, so gut ... was für ein Vergnügen haben Sie davon, so *caustique* (scharfzüngig) zu sein?

Das kostet Strafe! rief ein junger Mann in Landwehruniform, den Julie »mein Ritter« nannte und der sie nach Nishnij begleiten wollte.

In Julies Gesellschaft, wie in vielen Kreisen Moskaus, war die Verabredung, nur Russisch zu sprechen, und alle, die dem zuwider handelten, indem sie französische Worte einmischten, zahlten eine Strafe zum Besten des Komitees für Opfergaben.

Eine zweite Strafe für den Gallizismus, sagte ein russischer Schriftsteller, der sich in der Gesellschaft befand. – *»Vergnügen haben zu sein«* ist nicht Russisch.

Sie sind mitleidslos! sagte Julie, zu dem Landwehroffizier gewandt, und ohne auf die Bemerkung des Schriftstellers Rücksicht zu nehmen. Für *caustique* bin ich straffällig und zahle ... aber für das Vergnügen, Ihnen die Wahrheit zu sagen, würde ich gern noch mehr geben. Für die Gallizismen dagegen kann ich nicht zur Verantwortung gezogen werden, wandte sie sich an den Schriftsteller. Ich habe weder Geld noch Zeit, wie Fürst Galizyn, einen Lehrer zu nehmen und Russisch zu lernen ...

Ah, da ist er! rief sie. *Quand on* ... nein, Sie sollen mich nicht wieder fangen! wandte sie sich zu dem Landwehroffizier. Wenn man von der Sonne spricht, sieht man ihre Strahlen, fügte sie hinzu, indem sie Pierre liebenswürdig zulächelte. Wir haben eben von Ihnen gesprochen, fuhr sie mit der den Weltdamen eigenen Gewandtheit im Lügen fort. Wir haben gesagt, daß Ihr Regiment sicher noch besser sein wird als das von Mamonow.

Ach, sprechen Sie mir nicht von meinem Regiment, sagte Pierre, indem er die Hand der Wirtin küßte und sich neben sie setzte. Es ist mir so widerwärtig.

Sie werden es doch wahrscheinlich selbst kommandieren? fragte Julie, die mit dem Landwehroffizier listig-spöttische Blicke tauschte.

Der Offizier war indessen in Pierres Gegenwart nicht mehr so »scharfzüngig«, und sein Gesicht verriet ein gewisses Erstaunen über Julies Lächeln. Trotz seiner Zerstreutheit und Gutmütigkeit machte die Persönlichkeit Pierres allen Versuchen, in seiner Gegenwart über ihn zu spotten, ein Ende.

Nein, gab Pierre lachend zur Antwort, indem er seinen großen, dicken Körper betrachtete, es wäre den Franzosen zu leicht, mich zu treffen, und ich fürchte auch, daß ich nicht aufs Pferd hinaufkomme.

Unter den Namen, die als Gesprächsstoff in Julies Gesellschaft genannt wurden, war auch der des Grafen Rostow.

Seine Verhältnisse sollen, wie es heißt, ganz zerrüttet sein, bemerkte Julie. Er ist so unvernünftig, der gute Graf. Rasumowksij wollte sein Haus und seinen Moskauer Landsitz kaufen, aber Graf Rostow zieht alles in die Länge. Er verlangt zu viel.

Nein, es scheint, der Verkauf wird in diesen Tagen zustande kommen, obgleich es Unsinn ist, jetzt etwas in Moskau zu kaufen.

Warum? fragte Julie. Sie glauben doch nicht etwa, daß Moskau in Gefahr ist?

Warum reisen Sie denn fort?

Ich? wie sonderbar! – Ich reise, weil ... nun weil alle reisen, und außerdem bin ich weder eine Jungfrau von Orleans noch eine Amazone.

Ja, ja! Geben Sie mir doch noch ein Flickchen! ...

Wenn er die Sache ordentlich zu führen verstände, könnte er alle seine Schulden bezahlen, sagte der Landwehroffizier in bezug auf den Grafen Rostow.

Ein guter, alter Herr, aber es geht ihm schlecht. Warum sind sie nur so lange hiergeblieben? Sie wollten doch längst auf ihr Landgut gehen; Natalie ist doch wieder gesund, wie es scheint? wandte sich Julie mit listigem Lächeln zu Pierre.

Sie erwarten den jüngeren Sohn, antwortete Pierre. Er war bei den Obolenskijschen Kosaken eingetreten und nach Bjelaja-Zerkow gefahren, wo das Regiment gebildet wird. Aber nun haben sie ihn in mein Regiment versetzen lassen und warten täglich auf seine Ankunft. Der Graf wollte schon lange fort, aber die Gräfin wird keinesfalls darein willigen, Moskau zu verlassen, solange der Sohn nicht da ist.

Vorgestern habe ich die Familie bei Archarows gesehen. Natalie ist wieder schöner und heiterer geworden. Sie sang eine Romanze. Wie doch an manchen Menschen alles leicht vorübergeht!

Was geht vorüber? sagte Pierre unwillig. Julie lächelte.

Wissen Sie, Graf, solche Ritter wie Sie kommen eigentlich nur in den Romanen von Madame Souza vor.

Was für Ritter? Wieso? fragte Pierre errötend.

Nun, lassen Sie's gut sein, lieber Graf. *C'est la fable de tout Moscou. Je vous admire, ma parole d'honneur.*

Strafe! Strafe! rief der Landwehroffizier.

Gut, gut! Man darf gar nicht mehr sprechen ... es ist recht langweilig.

Qu'est ce qui est la fable de tout Moscou? fragte Pierre zornig, indem er sich erhob.

Seien Sie doch still, Graf! Sie wissen es ja.

Ich weiß gar nichts! versicherte Pierre.

Ich weiß, daß Sie immer sehr freundschaftlich gegen Natalie gesinnt waren und deswegen ... Was mich betrifft, so habe ich immer mehr Zuneigung für Wjera gehabt, die liebenswürdige Wjera.

Nein, gnädige Frau, erwiderte Pierre in unzufriedenem Tone, ich habe durchaus nicht die Rolle eines Ritters der Komtesse übernommen. Seit beinahe vier Wochen bin ich nicht mehr bei ihnen gewesen. Aber ich kann die Grausamkeit nicht begreifen ...

Qui s'excuse, s'accuse! rief Julie drehte lächelnd die Charpie in ihrer Hand und – um das letzte Wort zu behalten, ging sie sogleich auf ein anderes Gesprächsthema über.

Denken Sie sich, die arme Maria Bolkonskaja ist gestern nach Moskau gekommen. Haben Sie schon gehört, daß sie den Vater verloren hat.

Ist es möglich? Wo ist sie denn? Ich möchte sie gern besuchen, antwortete Pierre.

Ich habe den gestrigen Abend bei ihr zugebracht. Heute oder morgen geht sie mit ihrem Neffen nach dem Moskauer Landhause.

Und wie geht es ihr denn? fragte Pierre.

Nicht besonders. Sie ist sehr traurig. Aber wissen Sie, wer sie gerettet hat? Es ist ein ganzer Roman. Nikolaj Rostow! Sie war umzingelt, man wollte sie umbringen, von ihren Leuten wurden welche verwundet. Er warf sich dazwischen und rettete sie.

Noch ein Roman! rief der Landwehroffizier. Diese allgemeine Flucht ist entschieden veranstaltet, damit sich alle alten Mädchen verheiraten. Erst Catiche, und nun die Prinzessin Bolkonskij.

Wissen Sie, ich glaube wirklich, sie ist *un petit peu amoureuse du jeune homme.*

Strafe! Strafe! Strafe!

Aber wie soll man denn das auf Russisch sagen?

XVIII

Als Pierre nach Hause zurückkehrte, wurden ihm zwei an diesem Tage erschienene Flugblätter Rostoptschins übergeben.

In dem ersten hieß es, das Gerücht, Graf Rostoptschin hätte verboten, Moskau zu verlassen, wäre nicht richtig. Im Gegenteil, es würde Graf Rostoptschin lieb sein, wenn die Edelfrauen und Kaufmannsfrauen fortgingen; es würde dann, wie es in der Bekanntmachung hieß, »weniger Furcht und weniger Neuigkeiten geben. Übrigens – so wurde ferner gesagt – stehe ich mit meinem Leben dafür ein, daß der Bösewicht nicht in Moskau eindringen wird«. Diese Worte gaben Pierre zum ersten Male die Überzeugung, daß die Franzosen in Moskau eindringen würden.

Im zweiten Flugblatt wurde bekanntgemacht, daß unser Hauptquartier sich bei Wjasma befände, daß Graf Wittgenstein die Franzosen besiegt hätte und daß, da viele Einwohner sich zu bewaffnen wünschten, im Arsenal die verschiedensten Waffenarten: Säbel, Pistolen, Flinten bereit lägen und zu billigen Preisen von den Einwohnern erworben werden könnten.

Der Ton dieses Flugblattes war nicht mehr so scherzhaft wie in den früheren Gesprächen Tschigirins. Pierre stimmten diese Flugblätter nachdenklich. Unverkennbar rückte die furchtbare Gewitterwolke, die er mit allen Kräften seiner Seele herbeisehnte und zugleich mit einem Gefühl des Schrekkens erwartete – unverkennbar rückte diese Wolke heran.

»In Militärdienste treten? Zu der Armee gehen oder warten?« Zum hundertsten Male legte sich Pierre diese Frage vor. Er nahm ein Spiel Karten, das auf dem Tische lag und schickte sich an, Patience zu legen.

Wenn die Patience aufgeht, sagte er zu sich selbst, indem er die Karten mischte und nach oben sah, wenn sie aufgeht, so heißt das ... er hatte noch nicht ausdenken können, was das heißen sollte, als von der Tür des Kabinetts die Stimme der ältesten Prinzessin hörbar wurde; sie erkundigte sich, ob sie herein kommendürfe.

Dann heißt es, daß ich zur Armee abreisen soll, beschloß Pierre. Treten Sie ein, treten Sie ein! fügte er hinzu, indem er sich an die Prinzessin wandte.

Die älteste Prinzessin mit der langen Taille und dem versteinerten Gesicht lebte noch immer in Pierres Hause. Die beiden andern hatten sich verheiratet.

Verzeihen Sie, Vetter, daß ich zu Ihnen komme, sagte sie mit vorwurfsvoll erhobener Stimme. Man muß doch endlich einen Entschluß fassen. Was soll denn nun werden! Alle Welt hat Moskau verlassen, und das Volk empört sich. Wie, bleiben wir denn hier?

Im Gegenteil, es scheint sich jetzt alles wieder zum Besten zu wenden, Kusine, sagte Pierre in dem scherzhaften Tone, der ihm in seiner Rolle als Wohltäter der Prinzessin zur Gewohnheit geworden war und den er ihr gegenüber immer anschlug.

So, zum Besten? Schön zum Besten. Heute erst hat mir Warwara Jwanowna erzählt, wie unsere Truppen sich auszeichnen. Man kann wahrhaftig stolz sein auf die Ehre ... Und dazu ist das Volk rebellisch, verjagt den Gehorsam ... Mein Mädchen sogar fängt an, grob zu werden. – Wenn das so fortgeht, werden wir bald Prügel bekommen. Man kann schon nicht mehr auf die Straße gehen ... und das Schlimmste ist, daß heute oder morgen die Franzosen kommen ... Was haben wir noch zu warten? ... Ich bitte Sie, Vetter, befehlen Sie, daß ich nach Petersburg gebracht werde, fügte die Prinzessin hinzu. Wie ich auch sein mag, ich kann doch nicht unter der Herrschaft Bonapartes leben.

Hören Sie auf, Kusine! woher schöpfen Sie denn Ihre Nachrichten? Im Gegenteil ...

Aber ich will mich Eurem Napoleon nicht unterwerfen, andere mögen das halten, wie sie wollen! ... Wenn Sie meine Bitte nicht erfüllen ...

Das will ich ja ... Ich werde sogleich die nötigen Befehle geben.

Der Prinzessin war es sichtlich unangenehm, daß sie sich über niemanden ärgern konnte. Sie setzte sich auf einen Stuhl, indem sie etwas vor sich hin flüsterte.

Man hat Ihnen alles unrichtig dargestellt, sagte Pierre. In der Stadt ist alles still und keine Gefahr vorhanden. Da habe ich es eben gelesen. Pierre zeigte der Prinzessin die Flugblätter. Der Graf schreibt, er stehe mit seinem Leben dafür ein, daß der Feind nicht in Moskau einrückt.

Ach, dieser Graf! fing die Prinzessin zornig an. Dieser Heuchler und Bösewicht, der selbst das Volk zum Aufstande reizt! Hat er nicht auch in diesen albernen Flugblättern geschrieben, man solle jeden, wer es auch sei, beim Schopf nach der Polizei schleppen? Wie dumm! Wer irgend jemand festnimmt, sagt er, soll Ehre und Ruhm davon haben. Nun hat er es durch seine Liebenswürdigkeiten dahin gebracht ... Warwara Iwanowna sagte mir, das Volk hätte sie fast zerrissen, als sie anfing, französisch zu sprechen.

Es ist wirklich, wie ich Ihnen sage ... Sie nehmen sich alles zu sehr zu Herzen, versicherte Pierre, und begann Patience zu legen.

Obwohl die Patience aufging, begab sich Pierre nicht zu der Armee, sondern blieb in dem verödeten Moskau in derselben Unruhe und Unentschlossenheit und erwartete halb in Furcht und halb in Freude, daß etwas Schreckliches geschehen sollte.

Am folgenden Tage, gegen Abend, reiste die Prinzessin ab, und zu Pierre kam der Oberverwalter mit der Nachricht, daß das Geld, das er zur Equipierung seines Regimentes verlangte, nur durch den Verkauf eines Gutes herbeizuschaffen wäre. Der Verwalter machte Pierre überhaupt darauf aufmerksam, daß ihn der Aufwand für sein Regiment zugrunde richten müsse. Pierre konnte, während er den Mann anhörte, nur mit Mühe sein Lächeln verbergen.

Verkauf immerhin. Da läßt sich nichts tun! Ich kann mich nicht mehr davon losmachen, antwortete er.

Je schlechter alle Verhältnisse und besonders seine Verhältnisse wurden, um so angenehmer war es Pierre, denn um so augenscheinlicher war es, daß die Katastrophe, die er erwartete, herannahte. Schon war beinahe keiner von Pierres Bekannten mehr in Moskau; Julie war abgereist, ebenso Prinzessin Maria. Von nahen Bekannten waren nur Rostows in der Stadt geblieben, aber er besuchte sie nicht.

An diesem Tage fuhr Pierre, um sich zu zerstreuen, nach dem Dorfe Woronzowo, um einen großen Luftballon zu sehen, den Leppich zum Verderben des Feindes gemacht hatte, und einen Probeballon, der am folgenden Tage steigen sollte. Dieser Luftballon war noch nicht vollendet, aber Pierre erfuhr, daß er auf Wunsch des Kaisers angefertigt war. Der Kaiser hatte dem Grafen Rostoptschin über diesen Luftballon geschrieben:

»Sobald Leppich fertig ist, bemannen Sie sein Luftschiff mit zuverlässigen und anstelligen Leuten, und schicken Sie einen Kurier an den General Kutusow, um ihm Nachricht zu geben. Ich habe ihn von der Sache unterrichtet. Schärfen Sie, bitte, Leppich ein, sehr vorsichtig in der Wahl des Ortes zu sein, an dem er sich das erste Mal niederläßt, um nicht in die Hände des Feindes zu fallen. Auch ist es durchaus notwendig, daß er seine Bewegungen mit denen des Oberbefehlshabers in Einklang bringt.«

Als Pierre von Woronzowo nach Hause fuhr und über den Bolotnijplatz kam, erblickte er einen Auflauf am Richtplatze, hielt an und stieg aus dem Wagen. Ein französischer Koch, der des Spionierens angeklagt war, hatte die Knute bekommen. Die Exekution war eben zu Ende, und der Scharfrichter band einen kläglich stöhnenden dicken Mann mit rotem Backenbart, grünem Kamisol und blauen Strümpfen von der Bank los. Ein anderer Verurteilter, der mager und bleich war, stand noch da; beide mußten, den Zügen nach zu urteilen, Franzosen sein. Mit einem Gesicht, das ebenso angstvoll und kläglich aussah wie das des hageren Franzosen, drängte sich Pierre durch die Menge.

Was ist das? Wer? Warum? fragte er, aber die Aufmerksamkeit der Zuhörer: Beamte, Bürger, Kaufleute, Bauern und Weiber in Pelzen und Pelzjacken hing so begierig an den Vorgängen auf dem Richtplatze, daß ihm niemand Antwort gab.

Der dicke Franzose stand auf, machte ein finsteres Gesicht, drückte die Schultern zusammen, wollte augenscheinlich seine Festigkeit beweisen und begann, ohne sich umzusehen, seine Jacke anzuziehen. Aber plötzlich zitterten seine Lippen, und er fing an zu weinen – wie erwachsene, sanguinische Menschen weinen –, indem er sich über sich selbst ärgerte. Die Umstehenden fingen sogleich laute Gespräche an – wie es Pierre schien, um das Gefühl des Mitleids in sich zu übertäuben.

Der Koch eines Fürsten ist es …

Ei, Musjö, man sieht wohl, russische Saucen sind dem Franzosen zu sauer. Er hat stumpfe Zähne bekommen! sagte ein mit Runzeln bedeckter Kanzleischreiber, der neben Pierre stand, als der Franzose zu weinen anfing. Dann sah der Beamte um sich her und wartete augenscheinlich auf die Anerkennung seines Scherzes. Einige lachten, andere fuhren fort, erschrocken auf den Scharfrichter zu sehen, der einen Zweiten entkleidete.

Pierre schnaufte, zog die Stirn in Falten, drehte sich um, kehrte rasch nach seiner Droschke zurück und brummte beständig vor sich hin, während er einstieg. Unterwegs schauderte er ein paarmal in sich zusammen und schrie so laut auf, daß der Kutscher nach seinen Befehlen fragte.

Wohin fährst du denn? schrie Pierre den Kutscher an, als er auf die Lubjanka kam.

Zum Oberbefehlshaber, wie Sie befohlen haben, antwortete der Kutscher.

Dummkopf! Rindvieh! rief Pierre, der seine Leute nur selten schimpfte. Nach Hause habe ich befohlen, und fahre schneller, du Dummkopf. Noch heute müssen wir fort! sprach Pierre vor sich hin.

Beim Anblick des geprügelten Franzosen und der Schar,

die den Richtplatz umgab, war Pierre so fest entschlossen, nicht länger in Moskau zu bleiben und noch heute zur Armee abzureisen, daß es ihm vorkam, als hätte er das entweder dem Kutscher schon gesagt, oder als müsse dieser von selbst Bescheid wissen.

Als Pierre nach Hause kam, erklärte er seinem in ganz Moskau bekannten Kutscher Ewstasjewitsch, der alles wußte und alles verstand, daß er diese Nacht noch nach Moshajsk zum Heere abreisen wolle, und daß sein Gepäck und seine Reitpferde dorthin geschickt werden müßten. Es war aber nicht möglich, alles so schnell vorzubereiten, und auf Ewstasjewitschs Vorstellungen verschob Pierre seine Abreise bis zum folgenden Tage, um den Wechselpferden Zeit zu lassen, vorauszueilen.

Am 5. September klärte sich der Himmel nach dem schlechten Wetter wieder auf, und am Nachmittag fuhr Pierre aus Moskau fort. Nachts wechselte er in Perchuschkowo die Pferde und hörte, daß abends eine große Schlacht stattgefunden hatte. Man erzählte ihm, daß hier in Perchutschkowo die Erde von den Kanonenschüssen gezittert hätte. Auf seine Frage, wer gesiegt habe, konnte ihm niemand Antwort geben. (Es war das Treffen vom 5. September bei Schewardino.) Bei Tagesanbruch näherte sich Pierre Moshajsk.

Alle Häuser des Orts waren mit Soldaten besetzt, und im Kruge, wo Pierre seinen Reitknecht und seinen Kutscher fand, war kein Platz in den Zimmern; alles war voll Offiziere.

In Moshajsk und hinter Moshajsk sah man überall Truppen stehen und marschieren. Überall erblickte man Kosaken, Infanterie, Kavallerie, Fuhrwerke, Munitionswagen und Kanonen. Pierre beeilte sich, vorwärtszukommen, und je weiter er sich von Moskau entfernte und je tiefer er sich in dies Meer von Soldaten versenkte, um so mehr erfüllte ihn die Unruhe der Erwartung und ein ihm unbekanntes Freudengefühl.

Es war ein Gefühl, dem ähnlich, das er im Stadtschloß zu Moskau bei der Ankunft des Kaisers empfunden hatte, ein Gefühl der Notwendigkeit, etwas zu unternehmen und etwas aufzuopfern. Er hatte die wohltuende Empfindung des Bewußtseins, daß alles, was das Glück der Menschen ausmacht: die Annehmlichkeiten des Lebens, Reichtum, ja, das Leben selbst, etwas Wertloses ist, das für etwas anderes wegzuwerfen ein Glück sein muß. Was dies andere war, konnte sich Pierre nicht klarmachen; er gab sich auch keine Mühe, herauszufinden, für wen und weswegen er einen besonderen Reiz darin fand, alles zu opfern. Nicht der Gedanke, wofür er Opfer bringen wollte, beschäftigte ihn, sondern das Opfern an und für sich war ihm ein neues, wohltuendes Gefühl.

XIX

Am 5. September hatte die Schlacht an der Schanze von Schewardino stattgefunden. Am 6. fiel weder von der einen noch von der anderen Seite ein Schuß – am 7. war die Schlacht bei Borodino.

Wie und warum kam es zu den Schlachten von Schewardino und Borodino? Warum wurde überhaupt die Schlacht von Borodino geliefert? Weder für die Russen noch für die Franzosen hatte sie den geringsten Sinn. Ihr nächstes Ergebnis war und mußte sein: für die Russen, daß sie den Verlust Moskaus beschleunigten (den wir über alles in der Welt zu fürchten hatten), und für die Franzosen, daß sie das Verderben ihres Heeres beschleunigen (das für sie ebenfalls über alles in der Welt zu fürchten war). Dies Resultat ließ sich schon damals deutlich voraussehen, und dennoch eröffnete Napoleon die Schlacht, und Kutusow nahm sie an.

Hätten sich die Heerführer durch verständige Erwägungen leiten lassen, so mußte Napoleon deutlich werden, daß nach einem Marsche von zweitausend Werst die Annahme einer Schlacht, mit dem wahrscheinlichen Verluste des vierten Teiles seiner Armee, sein sicheres Verderben war. Und ebenso deutlich mußte für Kutusow sein, daß, wenn er die Schlacht annahm und ebenfalls den vierten Teil seines Heeres zu verlieren Gefahr lief, damit auch Moskau verloren war. Für Kutusow war dies mathematisch gewiß, wie es im Damenspiel gewiß ist, daß ich, wenn ich einen Stein weniger habe als der

Gegner und mich auf Tauschen einlasse, verlieren muß ... mithin darf ich nicht tauschen. Wenn mein Gegner sechzehn Steine hat und ich vierzehn, so bin ich nur um ein Achtel schwächer als er. Tausche ich aber dreizehn Steine, so ist er dreimal stärker als ich.

Vor der Schlacht von Borodino verhielten sich unsere Kräfte zu denen der Franzosen wie fünf zu sechs, nach der Schlacht wie eins zu zwei, d. h., vor der Schlacht standen hunderttausend Mann gegen hundertundzwanzigtausend, nach der Schlacht fünfzigtausend gegen hunderttausend. Und trotzdem nahm der kluge, erfahrene Kutusow die Schlacht an. Napoleon aber, der »geniale Feldherr«, wie man ihn nennt, eröffnete die Schlacht, verlor ein Viertel seiner Armee und dehnte seine Operationslinie noch weiter aus. Man behauptet, Napoleon hätte, als er Moskau besetzte, wie bei der Einnahme von Wien, den Feldzug zu beenden beabsichtigt. Dagegen sprechen jedoch viele Beweise. Selbst die Geschichtsschreiber Napoleons erzählen, daß er schon bei Smolensk Halt machen wollte, die Gefahr seiner ausgedehnten Linie erkannt, und sehr wohl gewußt habe, daß die Einnahme von Moskau nicht das Ende des Feldzugs sein würde, weil er von Smolensk an sah, in welchem Zustande ihm die russischen Städte überliefert wurden, und weil er auf seinen vielfach kundgegebenen Wunsch, Unterhandlungen anzuknüpfen, nie eine Antwort erhielt.

Indem sie die Schlacht von Borodino eröffneten und annahmen, haben Napoleon und Kutusow willenlos und unvernünftig gehandelt. Aber die Geschichtsschreiber haben später den Ereignissen schlau ersonnene Beweggründe untergeschoben, Beweise für die Voraussicht und Genialität der Heerführer, die, wie aus allem hervorgeht, nur willenlose Werkzeuge im Gange der Weltbegebenheiten waren, nur sklavisch und mechanisch handelten.

Die Alten haben uns Muster von Heldengeschichten hinterlassen, in welchen die Helden das ganze Interesse der Geschichte in Anspruch nahmen, und wir können uns noch immer nicht daran gewöhnen, daß für unsere menschliche Zeit eine Geschichte dieser Art keinen Sinn hat.

In betreff der anderen Frage, wie die Schlacht von Borodino und die vorangegangene von Schewardino geliefert wurden, existiert ebenfalls eine bestimmte, allgemein verbreitete und völlig unrichtige Vorstellung. Alle Geschichtsschreiber schilderten den Hergang folgendermaßen:

»Die russische Armee soll auf ihrem Rückmarsche von Smolensk die beste Position für eine Hauptschlacht gesucht und eine solche bei Borodino gefunden haben. Darauf hätten sie diese Position befestigt – links von der Heerstraße zwischen Moskau und Smolensk, beinahe im rechten Winkel mit der von Borodino nach Utiza – genau an den Stellen, wo die Schlacht stattfand.

Vor dieser Position soll, zur Beobachtung des Feindes ein befestigter Vorposten auf dem Hügel von Schewardino aufgestellt gewesen sein. Am 5. soll Napoleon diesen Vorposten angegriffen und genommen, ab 7. aber die ganze russische Armee attackiert haben, die in ihrer festen Position auf der Ebene von Borodino stand.«

So wird in den Geschichtsbüchern erzählt, aber alles das ist unwahr, wie sich jeder leicht überzeugen kann, der den Willen hat, in das Wesen der Sache einzudringen.

Die Russen haben nicht die beste Position gesucht, sondern sind im Gegenteil auf ihrem Rückmarsche an vielen Positionen vorbeigegangen, die besser gewesen wären als die von Borodino. Sie haben in keiner dieser Positionen Halt gemacht, teils weil Kutusow keine Stellung einnehmen wollte, die er nicht selbst ausgesucht hatte, teils weil sich das Verlangen nach einer Völkerschlacht noch nicht deutlich genug ausgesprochen hatte, teils weil Miloradowitsch mit der Landwehr noch nicht herangekommen war – und wegen zahlloser anderer Ursachen. Tatsache ist, daß die früheren Positionen stärker waren, und daß die Position von Borodino (die, in welcher die Schlacht wirklich stattfand) nicht nur keine starke war, sondern überhaupt den Namen einer Position nicht mehr verdiente, als jeder andere Ort im russischen Reiche, den man auf gut Glück mit der Stecknadel auf der Karte bezeichnen könnte.

Die Russen haben nicht nur ihre Stellung auf dem

Schlachtfelde von Borodino, links im rechten Winkel von der Straße (wo die Schlacht wirklich stattfand), nicht befestigt, sondern sie haben bis zum 5. September 1812 nicht daran gedacht, daß die Schlacht an diesem Orte stattfinden könnte. Beweis dafür ist erstens, daß nicht nur bis zum 6. an dieser Stelle keine Befestigungen existierten, sondern daß die am 6. und 7. angefangenen nicht beendigt wurden.

Zweitens spricht dagegen die Lage der Verschanzung von Schewardino. Diese Verschanzung vor der Position, wo die Schlacht geliefert wurde, hat keinen Sinn. Warum war diese Schanze stärker befestigt als alle anderen Punkte? und warum wurden bei ihrer Verteidigung – am 5. September – bis in die späte Nacht hinein alle Anstrengungen erschöpft und sechstausend Mann geopfert? Zur Beobachtung des Feindes hätte eine Kosakenpatrouille genügt.

Als dritter Beweis dafür, daß die Position, in der die Schlacht stattfand, nicht vorher bestimmt ward, und daß die Verschanzung von Schewardino nicht der Vorposten dieser Position war, dient die Tatsache, daß Barclay de Tolly nach Bagration bis zu. 5. September sich in der Überzeugung befanden, die Schanze von Schewardino wäre die linke Flanke der Position, und daß selbst Kutusow in seinem Rapport, den er in der Aufregung, gleich nach Beendigung der Schlacht, geschrieben, die Schanze von Schewardino die *linke* Flanke nennt. Erst viel später, als die Berichte über die Schlacht von Borodino frei ausgearbeitet wurden (wahrscheinlich um die Mißgriffe des Oberbefehlshabers, der unfehlbar sein sollte, zu rechtfertigen), sind jene unrichtigen und seltsamen Behauptungen aufgestellt worden, daß die Schanze von Schewardino als Vorposten gedient habe, obwohl sie nur ein befestigter Punkt der linken Flanke war, und daß die Schlacht von Borodino von uns auf einem befestigten, vorher ausgesuchten Schlachtfelde angenommen worden sei, während sie im Gegenteil in einer unerwarteten, kaum befestigten Stellung geliefert wurde.

Die Sachlage war aber offenbar so: Wir hatten unsere Position am Flusse Kalotscha gewählt, der die große Heerstraße nicht in einem rechten, sondern in einem spitzen Winkel schneidet, so daß sich die linke Flanke in Schewardino, die rechte neben dem Dorfe Nowoje und das Zentrum in Borodino, am Zusammenfluß der Kalotscha und Wojna befand. Diese Position gewährte unserer Armee, welche die Absicht hatte, den Feind, der auf der Straße von Smolensk nach Moskau heranzog, aufzuhalten, eine Deckung durch die Kalotscha, die ist für jeden einleuchtend, der auf das Schlachtfeld von Borodino blickt und für den Augenblick vergessen kann, in welcher Weise die Schlacht stattgefunden.

Napoleon, der am 5. September nach Walujewo gegangen war, hatte nicht (wie es in der Geschichte heißt), die Russen in der Position von Utiza bis Borodino stehen sehen (er konnte das nicht, weil sie diese Stellung gar nicht eingenommen hatten) und war ebensowenig auf den Vorposten der russischen Armee gestoßen. Er stieß vielmehr bei der Verfolgung der russischen Nachhut auf die linke Flanke der russischen Position – auf die Schanze von Schewardino und führte, zur Überraschung der Russen, seine Truppen über die Kalotscha. Die Russen aber, die nicht Zeit hatten, eine allgemeine Schlacht zu beginnen, zogen ihren linken Flügel aus der Position zurück, die sie zu besetzen im Sinne gehabt, und nahmen eine neue Stellung ein, die weder zum voraus gewählt noch befestigt war.

Napoleon, der auf das linke Ufer der Kalotscha, links von der Hauptstraße, übergegangen war, hatte die ganze künftige Schlacht von links nach rechts geschoben (von russischer Seite gesehen) und war auf das Feld zwischen Utiza, Semjonowskoje und Borodino gerückt (auf ein Feld, welches an und für sich nichts Vorteilhafteres für unsere Stellung darbot als jedes andere Feld in Rußland). Auf diesem Felde fand die ganze Schlacht vom 7. September statt.

Wäre Napoleon am 5. September nicht an das Ufer der Kalotscha geritten, und hätte er nicht befohlen, die Schanze denselben Abend anzugreifen, sondern die Attacke auf den Morgen des folgenden Tages verschoben, so würde niemand bezweifeln, daß die Schanze von Schewardino die linke Flanke unserer Position bildete, denn die Schlacht hätte dann so stattgefunden, wie wir sie erwarteten. In diesem Falle hätten wir wahrscheinlich die Schanze von Schewardino – unsere linke Flanke – noch hartnäckiger verteidigt, hätten Napoleon im Zentrum und rechts attackiert, und die Hauptschlacht hätte am 5. September in der von uns erwählten, befestigten Position stattgefunden. Da aber die Attacke auf unsere linke Flanke abends stattfand, gleich nach dem Rückmarsch unserer Nachhut, das heißt gleich nach dem Gefecht bei Gridnjewa, und da die russischen Heerführer an diesem Tage – den 5. abends – entweder keine Lust oder keine Zeit hatten, die Hauptschlacht zu liefern, so war der erste und Hauptakt der Schlacht von Borodino schon am 5. verloren und führte unleugbar auch zu dem Verlust der Kämpfe, die am 7. geliefert wurden.

Nach dem Verlust der Schanze von Schewardino befanden wir uns am Morgen des 6. August auf der linken Flanke ohne Position und sahen uns in die Notwendigkeit versetzt, mit unserem linken Flügel abzubiegen und ihn, wo es eben ging, eilig zu befestigen.

Aber nicht genug, daß am 7. September die russischen Truppen sich nur unter dem Schutze schwacher, unbeendigter Befestigungen befanden; der Nachteil dieser Lage vergrößerte sich noch dadurch, daß die russischen Heerführer die vollendete Tatsache (den Verlust der Position ihres linken Flügels und die Verschiebung des ganzen künftigen Schlachtfeldes von rechts nach links) nicht eingestanden, in ihrer ausgedehnten Stellung vom Dorfe Nowoje bis Utiza verharrten, und infolge dessen ihre Truppen während der Schlacht von rechts nach links verschieben mußten. Auf diese Weise hatten die Russen während der ganzen Schlacht der ganzen französischen Armee gegenüber, die gegen unseren linken Flügel gerichtet war, halb so starke Kräfte. (Das Vorgehen Poniatowskis gegen Utiza und das Unwarows auf der rechten Flanke der Franzosen waren besondere, vom Gange der Schlacht unabhängige Gefechte.)

Die Schlacht von Borodino fand also durchaus nicht in der Weise statt, wie sie beschrieben wird (in dem Bestreben, die Fehler unserer Heerführer zu verdecken, was eine Verkleinerung des dem russischen Heere und Volke zukommenden

Ruhms zur Folge hat). Die Schlacht von Borodino wurde nicht in einer gewählten und befestigten Stellung, mit nur etwas schwächeren Streitkräften von seiten der Russen geliefert, sondern sie ist, infolge des Verlustes der Schanze von Schewardino, von den Russen in einer offenen, kaum befestigten Stellung, mit zweimal schwächeren Kräften als die der Franzosen, das heißt unter Bedingungen angenommen worden, unter welchen es nicht nur unmöglich gewesen wäre, zehn Stunden lang zu fechten und die Schlacht unentschieden zu lassen, sondern unmöglich, auch nur drei Stunden lang die Armee vor der vollständigen Auflösung und Flucht zu schützen.

XX

Am 6. September morgens fuhr Pierre von Woshajst fort. Oben an dem steilen Berge, von dem die Straße aus der Stadt an der Kathedrale vorüberführt, die rechts am Wege steht und in der eben Gottesdienst gehalten und geläutet wurde, stieg Pierre aus dem Wagen und ging zu Fuß. Hinter ihm her kam ein Kavallerieregiment mit vorausziehenden Sängern den Berg herunter, während ihm entgegen ein Zug von Lastwagen mit Verwundeten aus dem gestrigen Treffen den Berg hinauffuhr.

Die Fuhrleute, es waren Bauern, liefen von einer Seite zur anderen, indem sie die Pferde antrieben und peitschten. Die Wagen, auf denen die verwundeten Soldaten zu dreien und vieren lagen und saßen, fuhren rasselnd über die frisch aufgeschütteten Steine auf dem steilen Wege hin. Die mit Lappen verbundenen Verwundeten, die sich bleich, mit zusammengepreßten Lippen und finsteren Augenbrauen an den Wagenleitern festhielten, schwankten hin und her und fielen bei den Stößen der Wagen gegeneinander. Fast alle aber betrachteten mit naiver, kindlicher Neugier Pierres weißen Hut und grünen Frack.

Pierres Kutscher schrie den Zug mit Verwundeten zornig an, er möge sich an der Seite des Weges halten. Das Kavallerieregiment, das mit Gesang den Berg herunterkam, erreichte Pierres Wagen und verengte den Weg. Pierre hielt an, er war ganz an den Rand des durch den Berg gebahnten Weges gedrängt. Die Sonne kam noch hinter dem Gipfel des Hügels hervor, und ihre Strahlen reichten nicht bis in die Tiefe des Weges, wo es feucht und kalt war. Aber über Pierres Haupte glänzte ein heller Septembermorgen, und hinter ihm erklang das Geläute. Ein Wagen mit Verwundeten hielt am Rande des Weges, dicht neben Pierre. Der Fuhrmann lief in Bastschuhen keuchend um seinen Wagen herum, schob einen Stein unter das nicht mit Eisen beschlagene Hinterrad, und ordnete das Riemenzeug seiner Pferde.

Ein alter, verwundeter Soldat, mit verbundener Hand, der hinter dem Wagen ging, faßte ihn mit seiner heilen Hand an und sah sich nach Pierre um.

Nun, Landsmann, wird man uns hier einquartieren oder vielleicht nach Moskau bringen? Was?

Pierre war so tief in Gedanken versunken, daß er die Frage nicht hörte. Er sah bald auf das Kavallerieregiment, das jetzt an dem Zuge der Verwundeten vorüberkam, bald auf den Wagen, neben dem er stand, und auf dem zwei Verwundete saßen und einer lag, und es schien ihm, daß hier, in ihnen, die Lösung der Frage zu finden wäre, die ihn beschäftigte. Einer von den im Wagen sitzenden Soldaten hatte wahrscheinlich eine Wunde in der Backe. Sein ganzer Kopf war mit Lappen umwunden, die eine Backe war zu dem Umfang eines Kinderkopfes aufgeschwollen, und Mund und Nase waren schief gezogen. Dieser Soldat sah zur Kathedrale hinüber und bekreuzte sich. Ein Rekrut, ein junges Bürschchen, blond und weiß, mit beinahe blutlosem, feinem Gesicht, sah Pierre mit einem etwas starren, gutmütigen Lächeln an. Der Dritte lag auf der Brust, sein Gesicht war nicht zu sehen.

Die Kavalleriesänger zogen dicht an den Wagen vorüber.

Ach, verloren in der Ferne …
Mit geschornem Kopf …
Unter fremden Menschen leben …

improvisierten sie ein Soldatentanzlied. Und wie zur Begleitung, nur in einer anderen Art von Heiterkeit, tönten aus der Höhe die metallischen Glockenklänge hinein. Und wieder eine andere Art von Heiterkeit ergoß sich mit den heißen Sonnenstrahlen über den gegenüberliegenden Bergabhang. Aber unten am Berge, neben dem Wagen mit Verwundeten und dem keuchenden Gaul, wo Pierre stand, war es noch immer feucht, düster und traurig.

Der Soldat mit der verschwollenen Backe sah die Kavalleriesänger zornig an.

Oh, die Stutzer! rief er vorwurfsvoll.

Nicht nur Soldaten, auch Bauern habe ich heute marschieren sehen ... Auch die Bauern werden mitgeschleppt, sagte mit traurigem Lächeln ein Soldat, der hinter dem Wagen stand und sich zu Pierre wandte. Sie machen keinen Unterschied mehr ... Mit dem ganzen Volke will man über sie herfallen ... mit einem Worte, Moskau ... Ein Ende will man machen ...

Trotz der unklaren Ausdrucksweise des Soldaten verstand Pierre sehr gut, was er sagen wollte, und nickte zustimmend mit dem Kopfe.

Der Weg war inzwischen frei geworden; Pierre ging vollends bergab und fuhr weiter.

Unterwegs sah er sich beständig nach beiden Seiten um und spähte nach bekannten Gesichtern, sah aber überall nur fremde Physiognomien, Soldaten aller Truppengattungen, die mit derselben Verwunderung seinen weißen Hut und grünen Frack betrachteten.

Nachdem er etwa vier Werst weit gefahren war, begegnete er dem ersten Bekannten und wandte sich erfreut an ihn. Es war einer der Oberärzte des Heeres. Sein Wagen, in welchem noch ein jüngerer Arzt saß, kam Pierre entgegen. Als der Oberarzt Pierre erkannte, ließ er den Kosaken, der statt des Kutschers auf dem Bocke saß, anhalten.

Graf, Ew. Erlaucht! wie kommen Sie hierher? fragte der Arzt.

Ich wollte mal zusehen ...

Ja, ja, es wird etwas zu sehen geben ...

Auch Pierre hielt an, stieg aus, kam mit dem Doktor ins Gespräch und teilte ihm mit, daß er den Wunsch hegte, an der Schlacht teilnehmen zu können.

Der Arzt gab Besuchow den Rat, sich ohne weiteres an den Durchlauchtigen zu wenden.

Warum sollten Sie denn während der Schlacht, Gott weiß wo, in der Verborgenheit stecken, sagte er, nachdem er mit seinem jungen Kameraden einen Blick gewechselt hatte. Der Durchlauchtige kennt Sie doch und wird Sie gnädig aufnehmen ... Ja, Väterchen, machen Sie es nur so.

Der Doktor schien müde und eilig zu sein.

Also glauben Sie ... Und ich wollte Sie noch fragen, wo eigentlich unsere Position ist, sagte Pierre.

Die Position! wiederholte der Arzt; das ist nicht mehr meines Amtes ... Aber wenn Sie an Tatarinowo vorüberfahren, werden Sie eifrig graben sehen. Dort steigen Sie auf den Hügel, von dort aus werden Sie alles sehen ...

Und man sieht von dort? ... Wenn sie ...

Der Arzt unterbrach Pierre, indem er sich nach seinem Wagen zurückwandte.

Ich würde Sie begleiten, sagte er; aber bei Gott ... er zeigte auf seinen Hals, ich muß eilen, zu dem Korpskommandeur zu kommen. Bei uns geht's jetzt toll zu ... Sie wissen, Graf, morgen wird die Schlacht stattfinden. Auf 100 000 Mann Soldaten sind wenigstens 20 000 Verwundete zu rechnen, und wir haben weder Tragbahren noch Bettstellen noch Feldscher, noch Ärzte für mehr als 6000. Zehntausend Wagen haben wir, aber wir brauchen noch mancherlei; soll's nicht fehlen, so heißt's, sich umtun.

Pierre fühlte sich von dem Gedanken, daß aus der Zahl dieser lebenden, gesunden, alten und jungen Menschen, die mit heiterer Verwunderung seinen Hut betrachtet hatten, sicher 20 000 Mann zu Wunden und Tod verurteilt waren (vielleicht dieselben, die er gesehen hatte), eigentümlich ergriffen.

»Sie müssen vielleicht morgen sterben, warum denken sie an etwas anderes als an den Tod?« fragte er sich selbst, und plötzlich trat ihm, infolge einer unerklärten Gedankenverbindung, der Abstieg von der Höhe von Moshaijsk, der Wagen mit den Verwundeten, das Geläute, die schrägen Sonnenstrahlen und der Gesang der Kavalleristen vor die Seele.

»Diese Kavalleristen gehen in die Schlacht; sie begegnen einem Zuge mit Verwundeten, aber keinen Augenblick denken sie an das, was sie erwartet, gehen an den Verwundeten vorüber und blinzeln ihnen zu! Und doch sind 20 000 ihresgleichen dem Tode verfallen ... aber sie wundern sich über meinen Hut ... sonderbar!« dachte Pierre, indem er weiterfuhr nach Tatarinowo zu.

Neben dem Herrenhause, auf der linken Seite der Straße, standen Kutschen, Lastwagen, eine Schar von Offiziersburschen und die Wache. Es war das Quartier des Durchlauchtigen. Aber als Pierre ankam, war er nicht anwesend; auch von den Stabsoffizieren war fast niemand da. Alle waren zum Gottesdienst gegangen.

Pierre fuhr weiter nach Gorki.

Als er auf die Höhe in eine kleine Dorfgasse kam, sah er zum ersten Male die Bauernlandwehr mit Kreuzen an den Mützen und in weißen Hemden, die unter lautem Schwatzen und Lachen, lebhaft und mit Schweiß bedeckt, rechts vom Wege, an einem großen, mit Gras bewachsenen Hügel arbeiteten.

Einige von ihnen gruben mit dem Spaten Erde ab; andere fuhren sie in Schubkarren fort; noch andere standen untätig dabei.

Zwei Offiziere waren auf dem Hügel und leiteten die Arbeit. Als er diese Bauern erblickte, die augenscheinlich an ihrem neuen Soldatendienst noch Freude hatten, dachte Pierre wieder an die verwundeten Soldaten in Moshajsk, und ihm wurde verständlich, was der Soldat damit meinte, als er sagte, daß man »mit dem ganzen Volke *über sie herfallen*« wollte. Der Anblick aller dieser auf dem Schlachtfelde arbeitenden bärtigen Bauern mit ihren sonderbaren, ungeschickten Stiefeln, mit ihren schweißigen Hälsen und bei manchem aufgeknöpften schrägen Hemdkragen, unter denen sich die sonnenverbrannten Schlüsselbeine zeigten, wirkten viel stärker auf Pierre als alles, was er bisher von der Feierlichkeit und der Bedeutung des gegenwärtigen Augenblickes gesehen und gehört hatte.

XXI

Pierre stieg aus dem Wagen und ging an der arbeitenden Landwehr vorüber auf den Hügel, von dem aus, wie der Arzt gesagt hatte, das Schlachtfeld zu übersehen war.

Es konnte elf Uhr morgens sein. Die Sonne stand etwas links hinter Pierre und beleuchtete deutlich in der hellen, reinen Luft das große Panorama, dem das aufsteigende Terrain die Form eines Amphitheaters gab.

In der Höhe dieses Amphitheaters, zur Linken, schlängelte sich, es durchschneidend, die große Heerstraße von Smolensk, die durch das Dorf mit der weißen Kirche führte, das fünfhundert Schritt vor dem Hügel, an seinem Fuße lag. (Das war Borodino.) Die Heerstraße ging unterhalb des Dorfes über die Brücke und zog sich dann bergauf und bergab, immer höher und höher in der Richtung von Walujewo fort – das Dorf, wo jetzt Napoleon stand, und das in einer Entfernung von sechs Werst zu sehen war.

Hinter Walujewo verschwand der Weg in dem gelbwerdenden Walde, der den Horizont begrenzte. In diesem Walde zwischen Birken und Fichten glänzte ein fernes Kreuz in der Sonne und der Glockenturm des Klosters an der Kalotscha. Überall in der blauen Ferne, rechts und links vom Walde und der Straße, waren rauchende Wachtfeuer zu erkennen und formlose Massen unserer und feindlicher Truppen. Rechts, nach den Ufern der Kalotscha und Moskau zu, war das Terrain durch Hügel und Hohlwege zerschnitten; dazwischen in weiter Ferne zeigten sich die Dörfer Bessubowo und Sacharino. Links, wo das Terrain ebener war, lagen Kornfelder und ein rauchendes, eingeäschertes Dorf – Semjonowskoje.

Alles, was Pierre zur Rechten und zur Linken erblickte, war so unbestimmt, daß ihm weder die eine noch die andere Seite eine klare Vorstellung gab. Nirgends fand er das Schlachtfeld, das er zu sehen erwartete; er sah nur Felder, Waldblößen, Truppen, Gehölze, den Rauch der Wachtfeuer, Dörfer, Hügel, Bäche; und so sehr er sich bemühte, alle Einzelheiten zu unterschreiben, konnte er nirgends eine Position entdekken, und konnte selbst unsere Truppen nicht von denen des Feindes unterscheiden.

»Ich muß einen Sachverständigen fragen«, dachte er und wandte sich an einen Offizier, der neugierig Pierres kolossale, unmilitärische Gestalt betrachtete.

Erlauben Sie mir die Frage, sagte Pierre, was dies dort vor uns für ein Dorf ist?

Burdino ... oder ähnlich? antwortete der Offizier, indem er sich mit dieser Frage an seinen Kameraden wandte.

Borodino! verbesserte ihn dieser.

Der erste Offizier, sichtlich erfreut, Gelegenheit zu einer Unterhaltung zu finden, trat an Pierre heran.

Sind das dort die Unsrigen? fragte Pierre.

Ja, und da weiter hin die Franzosen, erwiderte der Offizier. Da sind sie zu sehen ... da!

Wo? wo? fragte Pierre.

Mit bloßem Auge sind sie zu erkennen, dort! Der Offizier deutete mit der Hand auf die Rauchwolken, die links hinter dem Flusse aufstiegen, und auf seinem Antlitz zeigte sich jener ernste, strenge Ausdruck, den Pierre auf vielen Gesichtern der ihm Begegnenden gesehen hatte.

Ach, das sind Franzosen! Aber dort? Pierre zeigte auf einen Hügel zur Linken, auf welchem Truppen zu erkennen waren.

Das sind die Unsrigen.

Ach! die Unsrigen! ... Und dort?

Pierre zeigte nach einem anderen, weit entfernten Hügel mit einem großen Baume. Dicht daneben war an einem Hohlwege ein Dorf zu sehen, neben welchem Wachtfeuer rauchten und etwas Schwarzes zu erkennen war.

Das ist wieder er, sagte der Offizier – es war die Schanze von Schewardino – gestern war der Punkt von uns besetzt, jetzt gehört er *ihm*.

Wie ist also unsere Position?

Unsere Position? wiederholte der Offizier mit vergnügtem Lächeln. Das kann ich Ihnen genau erklären, weil ich fast alle

Befestigungsarbeiten geleitet habe. Sehen Sie, unser Zentrum ist in Borodino – da! er zeigte auf das Dorf mit der weißen Kirche, das zu ihren Füßen lag. Dort ist der Übergang über die Kalotscha – dort, sehen Sie, wo noch unten die Reihen frisch gemähtes Gras liegen. Da ist auch die Brücke ... Das ist unser Zentrum ... Unsere rechte Flanke ist da ... (Er zeigte auf einen steilen Hohlweg zur Rechten). Dort ist die Moskwa, und dort haben wir drei starke Verschanzungen aufgeworfen ... Unsere linke Flanke ... Hier stockte der Offizier. Ja, sehen Sie, das ist schwer zu erklären. Gestern befand sich unsere linke Flanke dort drüben, bei Schewardino ... sehen Sie, dort, wo die Eiche steht ... aber nun haben wir unseren linken Flügel zurückgezogen, und er ist jetzt da ... sehen Sie da, das Dorf und den Rauch? das ist Semjonowskoje ... da, hier, – er zeigte auf den Hügel Rajewskijs. – Aber es ist zweifelhaft, ob die Schlacht dort stattfinden wird. Daß er seine Truppen hierher führt, ist Spiegelfechterei – er wird sicher weiter rechts nach Moskau zu gehen. Nun, wo es auch sei ... morgen werden uns viele fehlen! schloß der Offizier.

Ein alter Unteroffizier, der während dieser Erklärungen herangetreten war, erwartete schweigend das Ende der Unterredung. Aber bei dieser Wendung war er sichtlich unzufrieden mit den Worten seines Vorgesetzten und unterbrach ihn.

Es muß nach den Schanzkörben geschickt werden, sagte er ernst.

Der Offizier schien gewissermaßen in Verlegenheit zu kommen – als ob er verstanden hätte, daß man wohl daran denken könne, wie viele morgen fehlen würden, aber nicht davon sprechen dürfe.

Nun ja, schicke die dritte Kompanie danach aus, sagte er. Und wer sind Sie, doch kein Arzt? fragte er Pierre.

Nein, ich bin nur so gekommen, antwortete Pierre, und ging den Berg hinunter, wieder an der Landwehr vorüber.

Ach, verfluchte Kerle, rief der Offizier, der mit ihm ging, hielt sich die Nase zu und rannte an den Arbeitenden vorüber.

Da sind sie! ... die bringen es ... gleich kommen sie her ... wurden plötzlich Stimmen gehört, und Offiziere, Soldaten und Landwehrleute liefen der Heerstraße zu.

Den Berg herauf von Borodino zeigte sich eine Prozession. Voran auf der staubigen Straße ging Infanterie in geordneten Reihen, mit abgenommenen Tjchakos und abwärts gekehrten Gewehren. Hinter den Soldaten ließ sich Kirchengesang hören.

Barhäuptige Soldaten und Landwehrleute liefen, Pierre überholend, der Prozession entgegen.

Das Mütterchen bringen sie ... die Schützerin! ... die Iberische ...

Das Smolenskische Mütterchen! verbesserte ein anderer.

Die Landwehrleute, sowohl die aus dem Dorfe, wie die, welche an der Befestigung gearbeitet hatten, warfen die Spaten weg und eilten herbei.

Hinter dem Bataillon, das auf dem staubigen Wege marschierte, gingen Priester im Meßgewande, ein Greis in der Mönchskutte, Kirchendiener und Sänger. Hinter diesen trugen Soldaten und Offiziere ein großes Heiligenbild mit schwarzem Antlitz, in Silber- und Goldbeschlag. Es war das aus Smolensk gerettete Muttergottesbild, das seitdem der Armee nachgetragen wurde. Hinter diesem Bilde und rund um es herum gingen und liefen von allen Seiten Scharen von Soldaten mit bloßem Kopfe, die sich bis zur Erde verneigten.

Als das heilige Bild die Höhe erreicht hatte, wurde Halt gemacht. Die Leute, die es auf Teppichen trugen, wurden abgelöst, die Kirchendiener zündeten die Rauchfässer wieder an, und der Gottesdienst nahm seinen Anfang.

Die heißen Strahlen der Sonne fielen senkrecht nieder, ein schwacher, frischer Wind spielte mit den Haaren der entblößten Köpfe und mit den Bändern, die das heilige Bild verzierten. Der Gesang erklang wie gedämpft unter dem freien Himmel. Eine große Menge barhäuptiger Offiziere, Soldaten und Landwehrmänner umgab das heilige Bild. Hinter dem Priester und dem Küster auf einer rein gefegten Stelle standen die höheren Offiziere. Ein kahlköpfiger General, mit dem Georgskreuze am Halse, stand hinter dem Rücken des Priesters und wartete, ohne sich zu bekreuzen – es war offenbar ein Deutscher – geduldig auf das Ende des Gottesdienstes, dem beizuwohnen er für notwendig hielt, wahrscheinlich um den

Patriotismus des russischen Volkes anzufeuern. Ein anderer General stand in kriegerischer Haltung da und schlug sich die Brust, während der sich nach allen Seiten umsah. In diesem Kreise von Beamten bemerkte Pierre, der zwischen den Bauern stand, mehrere seiner Bekannten, aber er sah sie nicht an; seine ganze Aufmerksamkeit war auf den ersten Ausdruck der Soldaten und Landwehrmänner gerichtet, die andächtig zu dem Heiligenbilde emporsahen. Sobald die ermüdeten Kirchendiener, welche schon das zwanzigste Gebet sangen, lässig und gleichgültig anfingen:

»Errette vom Unglück deine Knechte, Gottesgebärerin!« und der Priester und der Diakonus einfielen: »Zu dir nehmen wir unsere Zuflucht, du bist unser unerschütterlicher Hort und Schirm«, leuchtet auf allen Gesichtern wieder der Ausdruck des Verständnisses für die Erhabenheit des herannahenden Moments, den er am Berge von Moshajsk, und dann und wann auf den Gesichtern der ihm Begegnenden gesehen hatte. Und immer häufiger wurden die Häupter gesenkt, die Haare wieder zurückgeworfen, und man hörte seufzen und auf die Brust schlagen.

Plötzlich teilte sich die Menge, die das heilige Bild umringte, und drängte auf Pierre zu. Ein Mann, wahrscheinlich eine sehr einflußreiche Persönlichkeit, nach der Eile zu urteilen, womit ihm alle auswichen, näherte sich dem Muttergottesbilde.

Es war Kutusow, der die Position rekognosziert hatte. Nach Tatarinowo zurückkehrend, war er in die Nähe des Gottesdieners gekommen. Pierre erkannte Kutusow sogleich an seiner eigentümlichen, sich von allen anderen unterscheidenden Gestalt.

Sein dicker, großer Körper war in einen langen Rock gehüllt; dicknackig, hochschultrig, mit bloßem, weißem Kopfe und dem toten, weißen Auge in dem verschwommenen Gesicht, ging Kutusow mit seinem schwankenden, schaukelnden Gange in den Kreis hinein und blieb hinter dem Priester stehen. Er bekreuzte sich in der herkömmlichen Weise, faßte mit der Hand auf die Erde, seufzte schwer, und senkte den weißen Kopf. Hinter Kutusow befand sich Bennigsen und das

Gefolge. Trotz der Anwesenheit des Oberbefehlshabers, der die Blicke aller höher Chargierten auf sich zu, sahen die Landwehrsoldaten nicht auf ihn, sondern fuhren fort zu beten.

Als der Gottesdienst zu Ende war, näherte sich Kutusow dem heiligen Bilde, ließ sich schwerfällig auf die Knie nieder, beugte sich zur Erde und versuchte, durch seine Schwere und Schwäche gehemmt, lange vergeblich, sich wieder aufzurichten. Sein grauer Kopf zitterte vor Anstrengung. Endlich stand er auf, und mit einem kindlich-naiven Langziehen der Lippen küßte er das heilige Bild und neigte sich wieder, indem er mit der Hand die Erde berührte. Die Generale folgten seinem Beispiele, dann die Offiziere und endlich, sich gegenseitig drängend, stoßend, tretend kamen die keuchenden Soldaten und Landwehrmänner mit aufgeregten Gesichtern heran.

XXII

Pierre wankte in dem Gedränge, das ihn umwogte, und sah sich nach allen Seiten um.

Graf, Peter Kirilytsch, wie kommen Sie hierher? fragte eine Stimme. Pierre sah sich um. Boris Drubezkoj kam lächelnd auf ihn zu, indem er seine Knie abstäubte, die er wahrscheinlich bei dem Küssen des Heiligenbildes beschmutzt hatte. Er war elegant gekleidet, aber mit kriegerischem, feldzugsmäßigem Anstrich, denn er trug einen langen Rock und eine Peitsche über der Schulter, wie Kutusow.

Kutusow hatte sich inzwischen dem Dorfe genähert und setzte sich im Schatten des nächsten Hauses auf die Bank, die ein Kosak rasch herbeigebracht und ein zweiter schnell mit einem Teppich bedeckt hatte. Eine große, glänzende Suite umgab den Oberbefehlshaber.

Das heilige Bild bewegte sich weiter, gefolgt von der Menge. Pierre blieb etwa dreißig Schritt von Kutusow stehen und sprach mit Boris, dem er seinen Wunsch eröffnete, an der Schlacht teilzunehmen und die Position zu besichtigen.

Machen Sie es so, sagte Boris: Ich will Ihnen das Lager vorstellen. Am besten werden Sie alles dort sehen, wo sich Graf Bennigsen befindet. Ich gehöre zu seinem Gefolge, werde ihm Meldung machen, und wenn Sie die Position bereiten wollen, reiten wir zusammen. Wir begeben uns sogleich auf die linke Flanke, kehren dann zurück – ich bitte Sie, gefälligst bei mir zu übernachten – und machen eine Partie. Sie kennen Dmitrij Sergjeitsch? er steht hier, – hier! Boris zeigte auf das dritte Haus in Gorki.

Aber ich möchte die rechte Flanke sehen, sie soll sehr stark sein, sagte Pierre. Ich möchte von der Moskwa an die ganze Position bereiten.

Nun, das können Sie später tun ... die linke Flanke ist die Hauptsache.

So, so! und wo ist das Regiment des Fürsten Bolkonskij? ... können Sie es mir nicht zeigen? fragte Pierre.

Andrej Nikolajewitsch meinen Sie? ... Wir reiten vorüber. Ich werde Sie zu ihm bringen.

Was ist es denn mit der linken Flanke? fragte Pierre.

Die Wahrheit zu sagen, unter uns, unsere linke Flanke ist, Gott weiß, in welcher Lage, antwortete Boris, indem er vertraulich die Stimme dämpfte. Graf Bennigsen hat etwas ganz anderes beabsichtigt ... Er wollte dort den Hügel befestigen ... aber nicht so ... indessen ... – Boris zuckte die Achseln – der Durchlauchtige war nicht einverstanden, aber man hatte ihm abgeredet ... es ist ja ... Boris vollendete nicht, weil in diesem Augenblick Kajssarow, der Adjutant Kutusows, auf Pierre zutrat.

Ach, Paissij Sergjeitsch! sagte Boris mit unbefangenem Lächeln, indem er sich an Kajssarow wandte. Ich suche dem Grafen unsere Position zu erklären ... Es ist merkwürdig, wie richtig der Durchlauchtige die Absichten der Franzosen erraten hat.

Sie sprechen von der linken Flanke, fragte Kajssarow.

Ja, ja, hauptsächlich von ihr ... Unsere linke Flanke ist jetzt sehr, sehr stark.

Obwohl Kutusow alle überflüssigen Elemente aus dem Stabe verbannt hatte, wußte Boris auch in den Veränderungen, welche der Oberbefehlshaber angeordnet, seine Stellung im

Hauptquartier zu behaupten. Er hatte sich an Bennigsen angeklammert, und dieser hielt, wie alle, denen sich Boris anschloß, den Fürsten Drubezkoj für einen unschätzbaren Menschen.

In der Führung der Armee herrschten zwei scharfgeschiedene Parteien; die Partei Kutusows und die Partei Bennigsens, der Chef des Generalstabs war.

Boris gehörte zu dieser letzten Partei, und niemand verstand wie er, Kutusow eine sklavische Ehrerbietung zu bezeigen und dabei anzudeuten, der alte Herr wäre schwach geworden und alles würde von Bennigsen geleitet.

Jetzt nahte der entscheidende Moment der Schlacht, der entweder Kutusow vernichten und Bennigsen die Macht übertragen mußte, oder nach welchem – wenn Kutusow die Schlacht gewann – die Ansicht verbreitet werden mußte, daß Bennigsen alles angeordnet hätte. Jedenfalls sollten morgen zahlreiche Belohnungen erteilt werden, und zahlreiche Beförderungen stattfinden, und darum war Boris den ganzen Tag in aufgeregter Stimmung.

Nach Kajssarow kamen noch andere Bekannte zu Pierre, und er hatte kaum Zeit, die Fragen nach Moskau zu beantworten, mit denen er überschüttet wurde, und die Berichte anzuhören, die man ihm machte. Aus allen Gesichtern sprach Unruhe und Aufregung, aber Pierre kam es vor, als ob die Ursache der Erregung, die sich hier zeigte, mehr den Fragen persönlicher Erfolge galt, und er konnte jenen anderen Ausdruck nicht vergessen, den er auf anderen Gesichtern gesehen und der nicht von persönlichen Interessen sprach, sondern von den allgemeinen Fragen des Lebens und des Todes.

Kutusow hatte die Gestalt Pierres bemerkt und die Gruppe, die um ihn versammelt war.

Rufen Sie ihn zu mir! sagte Kutusow.

Der Adjutant teilte den Wunsch des Durchlauchtigen mit, und Pierre begab sich zu der Bank. Aber noch ehe er sie erreichte, näherte sich Kutusow ein Landwehrsoldat. Es war Dolochow.

Wie kommt der hierher? fragte Pierre.

Das ist eine solche Bestie … Überall drückte er sich durch,

erhielt Pierre zur Antwort. Er ist degradiert und muß jetzt auf Avancement dienen. Er hat gewisse Pläne eingereicht ... hat sich nachts in die feindliche Vorpostenkette geschlichen ... Tapfer ist er!

Pierre nahm den Hut ab und verneigte sich ehrerbietig vor Kutusow.

Ich weiß sehr wohl, sagte Dolochow, daß, wenn ich Ew. Durchlaucht mit meiner Meldung belästige, Sie mich fortjagen können, oder erklären, daß Sie schon wissen, was ich mitzuteilen habe; aber das wäre auch keine Schande für mich.

So, so!

Und wenn ich Recht habe, so nütze ich dem Vaterlande, für das ich zu sterben bereit bin ...

So, so!

Und wenn Ew. Durchlaucht eines Menschen bedürfen, der seine Haut nicht schont, so bitte ich, an mich zu denken ... Vielleicht können mich Ew. Durchlaucht gebrauchen.

So, so! wiederholte Kutusow lächelnd, während er mit dem zugekniffenen Auge auf Pierre sah.

In diesem Augenblicke trat Boris mit höfischer Gewandtheit neben Pierre in die Nähe des Oberbefehlshabers und sagte mit der natürlichsten Miene und leiser Stimme, als ob er ein angefangenes Gespräch fortsetzte:

Die Landwehr hat reine, weiße Hemden angezogen, um sich zum Tode vorzubereiten. Was für ein Heldenmut, Graf!

Boris sagte dies zu Pierre, aber unverkennbar in der Absicht, von dem Durchlauchtigen gehört zu werden. Er wußte, daß Kutusow diese Worte beachten würde, und wirklich wandte sich der Durchlauchtige zu ihm.

Was hast du da von der Landwehr gesagt? fragte er Boris.

Ew. Durchlaucht, sie hat sich zu morgen zum Tode vorbereitet und hat dazu reine Hemden angezogen.

Oh, wunderbares, unvergleichliches Volk! rief Kutusow, indem er die Augen schloß und den Kopf wiegte. Unvergleichliches Volk! wiederholte er mit einem Seufzer. Dann wandte er sich zu Pierre.

Sie wollen Pulver riechen? sagte er; ja, es ist ein angenehmer Geruch ... Habe die Ehre, ein Anbeter Ihrer Frau zu sein ... Geht es ihr gut? ... Mein Quartier ist zu Ihrer Verfügung. Nach diesen Worten sah sich Kutusow, wie alte Leute oft zu tun pflegen, zerstreut um, als ob er vergessen hätte, was er sagen oder tun wollte.

Endlich schien er sich zu erinnern, was er suchte, und winkte Andrej Sergjeitsch Kajssarow, den Bruder seines Adjutanten, herbei.

Wie, ach, wie sind doch die Verse von Marin, die er gegen Gerakow gemacht hat? wie sind sie doch! »Wenn du Lehrer bist im Korps ...« Weiter, weiter! rief Kutusow, der lachen zu wollen schien. Kajssarow rezitierte, und der Oberbefehlshaber wiegte lächelnd den Kopf im Takt der Verse.

Als Pierre sich von Kutusow entfernte, trat Dolochow an ihn heran und faßte seine Hand.

Ich freue mich, Ihnen hier zu begegnen, Graf, sagte er, ohne sich um die Anwesenheit der fremden Menschen zu kümmern, mit außergewöhnlicher Entschlossenheit und in einem gewissen feierlichen Tone. Vor dem Tage, an dem Gott weiß wem von uns beschieden ist, am Leben zu bleiben, freue ich mich der Gelegenheit, Ihnen zu sagen, daß ich die Mißverständnisse zwischen uns bedauere und daß ich wünschte, Sie hätten keinen Groll mehr gegen mich ... Ich bitte Sie, mir zu verzeihen ...

Pierre lächelte und sah auf Dolochow nieder, ohne zu wissen, was er ihm antworten sollte. Dolochow umarmte und küßte Pierre mit Tränen in den Augen.

Boris sagte etwas zu seinem General, und Graf Bennigsen wandte sich zu Pierre und bot ihm an, mit ihm zusammen die Schlachtlinie zu besichtigen.

Es wird interessant für Sie sein! sagte er.

Ja, sehr interessant, antwortete Pierre.

Nach einer halben Stunde kehrte Kutusow nach Tatarinowo zurück, und Bennigsen mit seinem Gefolge, in dem sich auch Pierre befand, ritt der Schlachtlinie zu.

XXIII

Bennigsen begab sich von Gorki auf die große Heerstraße hinunter, an die Brücke, neben welcher am Ufer entlang die Reihen frischgemähten, wohlriechenden Grases lagen, und die der Offizier auf dem Hügel Pierre als das Zentrum der Position bezeichnet hatte. Über diese Brücke ritten sie nach dem Dorfe Borodino, bogen dort links ab und begaben sich, an einer großen Zahl von Regimentern und Kanonen vorüber, auf einen Hügel, auf dem die Landwehr mit Befestigungsarbeiten beschäftigt war. Diese Schanze, die jetzt noch keinen Namen hatte, wurde später als die Schanze Rajewskijs oder Hügelbatterie bezeichnet.

Pierre schenkte dieser Schanze keine besondere Beachtung; er ahnte nicht, daß dieser Fleck Erde für ihn der erinnerungsreichste auf dem ganzen Schlachtfelde von Borodino werden sollte. Von hier aus ritten sie durch den Hohlweg nach Semjonowskoje, wo die letzten Balken der Hütten und Scheunen von den Soldaten fortgeschleppt wurden, dann führte ihr Weg wieder bergauf und bergab, durch das zerstampfte, zerwühlte, wie vom Hagel zerschlagene Korn, die Straße entlang, welche die Artillerie durch das Ackerfeld gebahnt hatte, und durch die Gräben, die zu einer Pfeilschanze gegraben wurden.

Bei der Pfeilschanze hielt Bennigsen und blickte auf die Schanze von Schewardino (die noch gestern uns gehört hatte), und auf der sich einige Reiter zeigten. Die Offiziere meinten, daß Napoleon oder Murat darunter wäre, und alle sahen begierig nach diesem Reiterhäuschen hinüber. Pierre blickte ebenfalls hinüber und suchte zu erraten, welcher von jenen kaum zu erkennenden Reitern Napoleon sein möchte. Endlich ritten alle vom Hügel hinunter und verschwanden.

Bennigsen wandte sich an einen auf ihn zukommenden General und fing an, ihm die Ausstellung unserer Truppen zu erklären. Pierre hörte Bennigsens Worte, strengte alle seine Geisteskräfte an, um das Wesentliche der bevorstehenden Schlacht zu begreifen, fühlte jedoch zu seinem Kummer, daß seine Fähigkeiten nicht dazu ausreichten. Er verstand nicht das Mindeste.

Bennigsen hörte auf zu sprechen, und als er den aufmerksam lauschenden Pierre bemerkte, sagte er, sich plötzlich zu ihm wendend:

Für Sie kann dies, wie ich glaube, eben nicht interessant sein?

Oh, im Gegenteil – sehr interessant! versicherte Pierre nicht ganz aufrichtig.

Von der Pfeilschanze ritten sie noch mehr nach links, auf dem Wege, der sich durch ein dichtes, niedriges Birkenwäldchen schlängelte. Mitten in diesem Gehölz sprang vor ihnen auf dem Wege ein grauer Hase mit weißen Läufen auf und geriet vor Schrecken über den Hufschlag der vielen Pferde in solche Verwirrung, daß er lange vor ihnen hersprang und allgemeines Aufsehen und Gelächter erregte. Erst als einige Stimmen auf ihn losschrien, wandte er sich zur Seite und verschwand im Dickicht.

Nachdem sie ungefähr zwei Werst durch den Wald geritten waren, kamen sie auf eine Lichtung, wo die Regimenter des Tutschkowschen Korps standen, welche die linke Flanke decken sollten.

Hier auf dem äußersten linken Flügel sprach Bennigsen viel und lebhaft und erließ, wie es Pierre schien, einen wichtigen, militärischen Befehl. Vor der Position der Regimenter Tutschkows befand sich eine Anhöhe; diese war nicht von Truppen besetzt, und Bennigsen tadelte das laut als einen Fehler und sagte, es sei unsinnig, eine Höhe, welche die Umgegend beherrscht, unbesetzt zu lassen und die Truppen unter ihr aufzustellen. Mehrere Generale sprachen dieselbe Ansicht aus; einer vor allen erklärte mit soldatischer Heftigkeit, daß man sie hier wie auf der Schlachtbank postiert habe. Bennigsen befahl, auf seine Verantwortung die Truppen auf die Anhöhe vorrücken zu lassen.

Bei diesem auf der linken Flanke erteilten Befehl zweifelte Pierre noch mehr an seiner Befähigung, das Kriegshandwerk zu verstehen. Während er Bennigsen und die Generale anhörte, die die Ausstellung der Truppen am Fuße des Berges tadelten, hatte er alles eingesehen, war mit ihrer Ansicht einverstanden und konnte nicht begreifen, wie derjenige, der sie am Fuße des Hügels postiert hatte, einen so unverkennbaren, groben Fehler zu begehen vermochte.

Pierre wußte nicht, daß diese Regimenter nicht zur Verteidigung der Position bestimmt waren, wie Bennigsen annahm, sondern daß sie im Verborgenen aufgestellt wurden, als Hinterhalt, das heißt, unbemerkt zu bleiben und plötzlich auf den herannahenden Feind loszustürzen. Bennigsen wußte das nicht und schob die Truppen nach seinem persönlichen Gutdünken vor, ohne dem Oberbefehlshaber etwas davon zu sagen.

XXIV

An diesen hellen Septemberabend – es war der sechste des Monats – saß Fürst Andrej mit aufgestütztem Arm in einer zerfallenen Scheune des Dorfes Knjaskowo, an der Grenze des Lagers seines Regiments. Durch die Lücken der zerbröckelnden Wand sah er eine Reihe dreißigjähriger Birken, die am Zaun entlang standen und deren untere Äste abgehauen waren, sah das Ackerfeld mit den zerrissenen Hafergarben und das Gebüsch, aus welchem die Rauchwolken der Wachtfeuer und Feldküchen aufstiegen.

Wie öde und schwer, wie unnütz dem Fürsten Andrej sein Leben auch erscheinen mochte, dennoch fühlte er sich, wie vor sieben Jahren bei Austerlitz, am Vorabend der Schlacht unruhig und aufgeregt.

Die Befehle für die morgende Schlacht waren erteilt, und er hatte sie empfangen, zu tun hatte er nichts mehr, aber die einfachsten, klarsten und deshalb ergreifendsten Gedanken ließen ihm keine Ruhe. Er wußte, daß die morgige Schlacht die furchtbarste von allen werden mußte, an denen er teilgenommen, und zum ersten Male in seinem Leben trat ihm die Möglichkeit des Todes, ohne jede Beziehung zu allem, was außer ihm lag, ohne jede Erwägung, wie er auf andere wirken würde, sondern nur in Beziehung zu ihm selbst, zu seiner

Seele, lebhaft, fast mit der Gewißheit einer Tatsache, einfach und schrecklich vor Augen. Und vor der Höhe dieser Vorstellung wurde plötzlich alles, was ihn früher gequält und beschäftigt hatte, von einem kalten, farblosen Lichte erhellt, ohne Schatten, ohne Perspektive, ohne Unterschied in den Umrissen. Sein ganzes Leben stellte sich ihm wie in einem Guckkasten dar, in den er lange durch das Glas und bei künstlicher Beleuchtung hineingesehen. Jetzt sah er plötzlich die schlecht gemalten Bilder bei hellem Tageslicht und ohne Glas.

»Ja, ja, da sind sie – die aufregenden, entzückenden, quälenden Trugbilder, sagte er zu sich selbst, indem er in seiner Phantasie die Hauptbilder seines Lebens-Guckkastens durchsah, und sie bei diesem kalten, weißen Tageslichte, in dem klaren Gedanken an seinen Tod, betrachtete. Da sind sie, diese grobgemalten Gestalten, die sich als etwas Schönes, Geheimnisvolles darstellten. Ruhm, Volksbeglückung, Liebe, Vaterland ... wie groß erschienen mir diese Bilder, von welchem tiefen Sinn durchdrungen ... Und alles das ist so nüchtern, blaß und grob, bei dem kalten, weißen Lichte des Morgens, der jetzt, ich fühle es, für mich anbricht.«

Drei Hauptschmerzen seines Lebens nahmen vor allem seine Aufmerksamkeit in Anspruch: die Liebe für seine Braut, der Tod seines Vaters und die französische Invasion, welche die Hälfte Rußlands überflutete.

»Meine Liebe! ... dieses Mädchen, das mir voll geheimnisvoller Eigenschaften zu sein schien ... und dann! ... Ich habe sie geliebt ... ich gründete poetische Pläne auf ihre Liebe und das Glück an ihrer Seite ... ich törichter Knabe! sagte er laut und zornig. Wie? Ich habe an eine ideale Liebe geglaubt, in der sie mir ein ganzes Jahr der Abwesenheit treu bleiben könnte! Wie das zarte Täubchen der Fabel sollte sie sich abhärmen in der Trennung ... Aber alles das ist viel einfacher ... ganz einfach, gewöhnlich, ekelhaft!«

»Und mein Vater! ... Er hatte Lyssyja-Gory bebaut; er glaubte, das sei sein Eigentum, sein Grund und Boden, seine Luft, seine Bauern ... Aber da kam Napoleon, und ohne von der Existenz meines Vaters zu wissen, stieß er ihn wie ein

Stück Holz aus dem Wege, und Lyssyja-Gory und das ganze Leben seines Besitzers war zerstört. Prinzessin Maria sagt, das wäre eine Prüfung, von oben gesandt. Wozu die Prüfung, wenn er nicht mehr da ist? nicht mehr sein wird ... nie, niemals mehr? Er ist nicht mehr da, wen also trifft diese Prüfung? Und das Vaterland; der Untergang Moskaus ... Und morgen werde ich fallen. Und vielleicht nicht einmal durch die Hand eines Franzosen, sondern durch die des eigenen Waffenbruders, wie ja auch gestern ein Soldat dicht an meinem Ohr seine Flinte abschoß. Und wenn dann die Franzosen kommen, werden sie mich beim Kopfe und bei den Füßen nehmen und mich in eine Grube werfen, damit ich ihnen nicht die Luft verpeste. Und neue Bedingungen des Lebens werden sich entwickeln, die anderen als das Gewöhnliche erscheinen, ich aber werde nichts von ihnen wissen und werde nicht sein.«

Er blickte auf die Birkenreihe mit ihrem unbeweglichen, gelbgrünen Laube und der weißen, in der Sonne glänzenden Rinde.

»Sterben ... Morgen wird man mich töten ... Ich werde nicht mehr sein! ... Alles wird sein, aber ich nicht mehr!«

Deutlich stellte er sich das Leben vor, in dem er nicht mehr war; und die Birken mit ihrem Licht und Schatten, die krausen Wolken und der Rauch der Wachtfeuer, alles um ihn her verwandelte sich und schien etwas Grausames und Drohendes zu werden. Ein Schauder lief ihm über den Rücken; er stand schnell auf und fing an umherzugehen.

Vor der Scheune ließen sich Stimmen hören.

Wer ist da? sagte Fürst Andrej.

Der rotnasige Kapitän Timochin, der ehemalige Kompagniechef Dolochows, jetzt, nach dem großen Verlust an Offizieren, zum Bataillonskommandeur befördert, kam schüchtern in die Scheune. Hinter ihm erschienen der Adjutant und der Regimentszahlmeister.

Fürst Andrej blieb stehen und hörte an, was ihm die Offiziere in Dienstsachen mitzuteilen hatten, gab ihnen noch einige Befehle und wollte sie eben entlassen, als er vor der Scheune eine bekannte lispelnde Stimme hörte.

Hol's der Teufel! rief der Herankommende, der sich an etwas gestoßen hatte. Fürst Andrej sah aus der Scheune heraus und erblickte Pierre, der über eine dort liegende Stange gestolpert war und beinahe gefallen wäre.

Dem Fürsten Andrej war es überhaupt unangenehm, Menschen seines Kreises zu sehen, am peinlichsten aber war ihm ein Zusammentreffen mit Pierre, der ihn an alle die schweren Momente erinnerte, die er während seiner letzten Anwesenheit in Moskau erlebt hatte.

Siehe da! sagte er; welche Schickung führt dich her? ... Dich hätte ich nicht erwartet!

Als er dies sagte, lag in seinen Augen und in seinem ganzen Gesicht mehr als Unfreundlichkeit; es war etwas Feindseliges, das Pierre sogleich bemerkte. Er hatte sich der Scheune in der begeistertsten Stimmung genähert, aber nachdem er den Gesichtsausdruck des Fürsten Andrej gesehen, fühlte er sich bedrückt und unbehaglich.

Ich bin gekommen ... ja ... wissen Sie ... gekommen ... es ist mir interessant, sagte Pierre, er gebrauchte das Wort »interessant« heute schon zum hundertsten Mal. Ich wollte die Schlacht mit ansehen.

Ach so! Aber was sagen denn die Brüder Freimaurer zu dem Kriege? Auf welche Weise soll er vermieden werden? fragte Fürst Andrej spöttisch. Und wie steht es in Moskau? Was machen die Meinigen? Sind sie endlich in Moskau angekommen? fügte er ernst hinzu.

Sie sind angekommen. Julie Drubezkaja hat es mir gesagt; ich war bei ihnen, fand aber niemand mehr; sie hatten sich nach dem Landhause bei Moskau begeben.

XXV

Die Offiziere wollten sich empfehlen, aber Fürst Andrej schien nicht zu wünschen, mit seinem Freunde unter vier Augen zu bleiben. Er bat sie, sich niederzusetzen und bei ihm Tee zu trinken. Es wurden Bänke gebracht und Tee. Voll Verwunderung betrachteten die Offiziere Pierres große, dicke

Gestalt und hörten seine Berichte über die Zustände in Moskau und über die Disposition unserer Truppen, die er in Augenschein genommen hatte. Fürst Andrej schwieg, und sein Gesicht war so unfreundlich, daß Pierre sich mehr an den gutmütigen Bataillonschef Timochin wandte als an Bolkonskij.

Du hast also die Disposition der Truppen verstanden? unterbrach ihn Fürst Andrej.

Ja, das heißt bedingungsweise, sagte Pierre. Als Laie kann ich natürlich nicht behaupten, daß ich alles genau begriffen hätte, aber im allgemeinen habe ich die Disposition verstanden.

Nun, dann weißt du mehr als irgend jemand, sagte Fürst Andrej.

So! rief Pierre verwundert, indem er Bolkonskij durch die Brille anstarrte. Was haben Sie zu der Ernennung Kutusows gesagt?

Ich habe mich über diese Ernennung sehr gefreut, antwortete Fürst Andrej, das ist alles, was ich darüber zu sagen weiß.

Aber noch eines möchte ich wissen. Wie ist Ihre Meinung über Barclay de Tolly? In Moskau spricht man, Gott weiß was, über ihn. Was ist Ihre Ansicht über ihn?

Frage nur diese Herren, antwortete Fürst Andrej, indem er auf die Offiziere zeigte.

Pierre sah Timochin fragend an, mit jenem herablassenden Lächeln, mit dem sich unwillkürlich alle Welt an Timochin wandte.

Wir sahen Licht, Ew. Erlaucht, als der Durchlauchtigste kam, gab Timochin schüchtern zur Antwort, indem er sich nach seinem Regimentskommandeur umsah.

Wieso denn? fragte Pierre.

Ja, zum Beispiel nur wegen Holz und Futter ... Wir sind doch von Swenzjany aus wieder zurückgegangen, da hieß es: unterstehe dich nicht, ein Reisigbündel anzurühren, oder Heu, oder irgend etwas anderes! Und wir gingen doch weg, also blieb es *ihm*, nicht wahr, Durchlaucht? wandte er sich an den Fürsten. Aber du darfst es nicht nehmen, hieß es. In unserem Regiment sind zwei Offiziere für solche Sachen vor das

Gericht gestellt worden. Als nun aber der Durchlauchtige eintraf, ist in dieser Hinsicht alles ganz einfach geworden ... wir sahen wieder Licht.

Warum hatte man es denn verboten?

Timochin sah sich verlegen um; er wußte nicht, wie und was er auf eine solche Frage antworten solle. Pierre wiederholte sie, indem er sich an den Fürsten Andrej wandte.

Nun, um das Land nicht zu Grunde zu richten, ehe wir es dem Feinde überließen, sagte Fürst Andrej mit zornigem Spott. Das war doch sehr vernünftig! Es konnte nicht gestattet werden, das Land zu plündern und die Soldaten an das Marodieren zu gewöhnen! Auch in Smolensk hatte er ganz richtig bedacht, daß die Franzosen uns umgehen könnten, und daß sie größere Streitkräfte hätten. Aber das eine hat er nicht begreifen können! – rief Fürst Andrej plötzlich mit schriller Stimme – er konnte nicht begreifen, daß wir dort zum ersten Male für Rußland gekämpft haben, daß in den Truppen ein Geist war, wie ich ihn vorher niemals gesehen hatte, daß wir zwei Tage hintereinander die Franzosen zurückgeschlagen haben, und daß diese Erfolge unsere Kräfte verzehnfachten. Aber er befahl den Rückzug, und alle Anstrengungen und Verluste waren umsonst. Er dachte nicht an Verrat, er suchte vielmehr alles so gut als möglich, und besser als möglich zu machen. Er bedachte alles, und gerade darum war er untauglich. Er ist es gerade darum, weil er alles vernünftig und genau überlegt, wie das jedem Deutschen eigen ist. Wie soll ich's dir erklären? Nimm zum Beispiel an, dein Vater hätte einen deutschen Diener; er ist ein vortrefflicher Dienstbote, genügsam, zuverlässig und besser als du zum Dienen geschickt. Aber wenn dein Vater todkrank ist, wirst du doch den Diener fortschicken und mit deinen ungeübten Händen den Vater besser pflegen, ihn besser beruhigen als ein geschickter Krankenwärter, der ihm fern steht. So war es auch mit Barclay! Solange Rußland gesund war, konnte ihm der Fremde Dienste leisten und war ein vortrefflicher Minister; aber nun das Land in Gefahr ist, wird es notwendig, daß der leibliche Sohn dafür eintritt. In eurem Klub hat man sich ausgedacht, Barclay wäre ein Verräter. Dadurch aber, daß man ihn verleumdet, wird nur erreicht, daß wir später, beschämt über unsere eigene, falsche Beschuldigung, aus dem Verräter plötzlich einen Helden oder ein Genie machen werden – was ebenso ungerecht sein wird. Er ist ein ehrlicher und sehr gewissenhafter Deutscher.

Aber man sagte auch, er wäre ein geschickter Heerführer, sagte Pierre.

Ich verstehe nicht, was es heißt, ein geschickter Heerführer sein, sagte Fürst Andrej spöttisch.

Ein geschickter Heerführer, antwortete Pierre; nun, einer der, alle Zufälle vorhergesehen, also auch die Gedanken des Gegners erraten hat.

Das ist unmöglich! sagte Fürst Andrej, als ob dies eine längst entschiedene Sache wäre.

Pierre sah ihn verwundert an.

Aber man sagt doch, der Krieg ist wie das Schachspiel, meinte er.

Ja, antwortete Fürst Andrej, nur mit dem kleinen Unterschiede, daß man beim Schachspiel über jeden Zug so lange nachdenken kann als man will, daß man dort also außerhalb der Bedingungen der Zeit steht, und dann noch mit dem Unterschiede, daß der Springer immer stärker ist als der Bauer, und zwei Bauern immer mehr wert sind als einer; im Kriege dagegen ist zuweilen ein Bataillon stärker als eine ganze Division und zuweilen schwächer als eine Kompagnie. Relative Kraft kann niemand abschätzen. Glaube mir, wenn irgend etwas von den Anordnungen des Generalstabes abhinge, so würde ich dort sein und die Verordnungen mit erlassen; aber statt dessen habe ich die Ehre, hier zu dienen … mit diesen Herren hier, und ich glaube, daß der Erfolg des morgenden Tages wirklich von uns abhängen wird und nicht von jenen dort … Niemals ist der Erfolg abhängig gewesen und niemals wird er es sein, weder von der Position noch von der Bewaffnung, ja nicht einmal von der Zahl … am allerwenigsten freilich von der Position …

Aber wovon denn?

Von dem Geist, der in mir, in ihm – er zeigte auf Timochin –, in jedem Soldaten lebt.

Fürst Andrej blickte auf Timochin, der erschreckt und erstaunt seinen Kameraden ansah. Im Gegensatz zu seiner bisherigen zurückhaltenden Schweigsamkeit schien Fürst Andrej jetzt aufgeregt zu sein. Es drängte ihn unverkennbar, den Gedanken, die unwillkürlich in ihm aufstiegen, Ausdruck zu geben.

Die Schlacht gewinnt der, der den festen Vorsatz hat, sie zu gewinnen, fuhr er fort. Warum haben wir bei Austerlitz die Schlacht verloren? – der Verlust der Franzosen war dem unserigen beinahe gleich, aber wir haben uns zu früh gesagt, daß wir die Schlacht verlieren würden, und so ging sie verloren! Und wir haben dies gesagt, weil wir eigentlich nicht nötig hatten, uns dort zu schlagen. Wir wollten nur schneller vom Schlachtfelde fortkommen. Verloren haben wir nun einmal, wohlan, da ist's am besten, Reißaus nehmen ... und wir nahmen Reißaus. Wenn wir dies bis zum Abend nicht gesagt hätten, so mag Gott wissen, was geschehen wäre! Aber morgen sagen wir das nicht. Du meinst, unsere Position wäre auf der linken Flanke schwach, auf der rechten zu weit ausgedehnt ... das ist alles Unsinn ... ist auch gar nicht der Fall. Was steht uns morgen bevor? Hundert Millionen der verschiedenartigsten Zufälligkeiten, die plötzlich hereinbrechen: ob sie oder wir gelaufen sind, oder laufen werden; ob man diesen tötet oder jenen ... aber was jetzt geschieht, ist alles nur Spielerei ... Die Sache ist die, daß die Männer, mit denen du die Positionen besichtigt hast, den allgemeinen Verlauf der Dinge nicht nur nicht fördern, sondern ihn hemmen. Sie sind nur mit ihren kleinen Interessen beschäftigt.

In einem solchen Augenblick! sagte Pierre vorwurfsvoll.

In einem solchen Augenblick! wiederholte Fürst Andrej. Für sie ist es nur ein Augenblick, in dem man seinem Widersacher eine Grube graben und ein Kreuz oder ein Bändchen mehr erlangen kann. Für mich liegen morgen die Dinge folgendermaßen: Hunderttausend Russen und hunderttausend Franzosen treffen zusammen, um sich zu schlagen. Tatsache ist nun, daß diese Zweimalhunderttausend sich schlagen werden und daß, wer sich am wenigsten schont und am wütendsten schlägt, siegen wird ... Und, ich sage dir, was auch geschehen möge, welchen Wirrwarr man auch dort oben anrichte, wir gewinnen morgen die Schlacht! Morgen, was auch geschehen möge, gewinnen wir die Schlacht!

Da sagen Ew. Durchlaucht die Wahrheit, die volle Wahrheit! rief Timochin. Wer wird sich jetzt schonen? ... Die Soldaten meines Bataillons – wollen Sie's glauben? – haben heute keinen Branntwein trinken wollen. An einem solchen Tage, sagten sie.

Alle schwiegen.

Die Offiziere erhoben sich. Fürst Andrej ging mit ihnen vor die Scheune und gab dem Adjutanten die letzten Befehle.

Als die Offiziere gegangen waren, näherte sich Pierre dem Fürsten Andrej und wollte eben ein Gespräch anfangen, als auf dem Wege, unweit der Scheune, der Hufschlag von drei Pferden hörbar wurde, und als Fürst Andrej nach der Richtung hinsah, erkannte er Wolzogen und Clausewitz, begleitet von einem Kosaken.

Sie ritten dicht vorbei, indem sie ihr Gespräch fortsetzten, so daß Pierre und Fürst Andrej unwillkürlich folgende Sätze hörten:

Der Krieg muß räumlich ausgedehnt werden ... dieser Ansicht kann ich nicht genug Gewicht beilegen, sagte der eine deutsch.

Ja, erwiderte die andere Stimme. Unser Zweck ist nur, den Feind zu schwächen, auf die Verluste einzelner Menschen darf keine Rücksicht genommen werden.

Ja, ja! antwortete die erste Stimme.

So, räumlich ausgedehnt! wiederholte Fürst Andrej mit zornigem Schnauben, während sie vorbeiritten. Diese räumliche Ausdehnung hat mein Vater empfunden, und mein Sohn, und meine Schwester, und Lyssyja-Gory ... Diesen Leuten ist das einerlei! ... Da hast du, was ich dir gesagt habe: diese Herren Deutschen werden morgen nicht die Schlacht gewinnen, sondern nur so viel Schaden als möglich anrichten, weil sie in ihren deutschen Köpfen nichts als Theorien haben, die nicht so viel wert sind wie ein hohles Ei, und weil ihnen im Herzen fehlt, was allein für morgen notwendig ist ... das, was zum Beispiel Timochin erfüllt. Ganz Europa haben sie *ihm* überlassen und sind dann gekommen, uns zu belehren … nette Lehrmeister! rief er mit schriller Stimme.

Sie glauben also, daß wir morgen die Schlacht gewinnen?

Ja, ja! antwortete Fürst Andrej zerstreut. Aber eins würde ich festhalten, wenn ich zu befehlen hätte, fing er wieder an; ich würde keine Gefangenen machen. Was heißt denn Gefangene machen? … Eine Ritterlichkeit! … Die Franzosen haben mein Haus zerstört und gehen darauf aus, Moskau zu zerstören. Sie haben mich geschädigt und tun das jede Sekunde aufs neue … Sie sind meine Feinde, sie sind, meinen Begriffen nach, Verbrecher, alle, – und dieser Ansicht ist auch Timochin und die ganze Armee. Man sollte sie strafen! … Wenn sie meine Feinde sind, können sie nicht meine Freunde sein, wie sie auch in Tilsit gesprochen haben mögen.

Ja, ja, antwortete Pierre und sah den Fürsten Andrej mit glänzenden Augen an, ich bin ganz Ihrer Ansicht.

Jene Frage, welche ihn am Berge von Moshajsk beunruhigt hatte, schien ihm jetzt klar und gelöst zu sein. Jetzt verstand er den ganzen Sinn, die volle Bedeutung dieses Krieges und der bevorstehenden Schlacht. Alles, was er an diesem Tage gesehen, jede ausdrucksvolle, ernste Miene, die er im Vorbeigehen erblickt hatte, war jetzt für ihn mit neuem Lichte beleuchtet. Er begriff jene, wie es in der Physik heißt, latente patriotische Wärme, die alle die Menschen erfüllte, die er gesehen hatte und die ihm erklärte, warum sie sich so ruhig und gleichsam leichtsinnig zum Tode rüsteten.

Keine Gefangenen machen! fuhr Fürst Andrej fort. Das allein würde den ganzen Krieg umgestalten und seine Grausamkeit mildern. Bisher haben wir Krieg gespielt, und das ist schlimm. Wir spielen auch die Großmütigen und Sentimentalen, ganz wie eine Frau, der übel wird, wenn sie ein Kalb schlachten sieht. Sie ist so weichmütig, daß sie kein Blut sehen kann; aber mit dem größten Appetit ißt sie dasselbe Kalb, wenn es ihr in Sauce serviert wird. Man predigt von Kriegsrecht, von Ritterlichkeit, vom Parlamentieren, von Schonung der Unglücklichen usw. … Alles Unsinn! Ich habe 1805 Ritterlichkeit und Parlamentieren kennengelernt: wir wurden betrogen und haben betrogen! Man plündert fremde Häuser, bringt falsches Papiergeld in Umlauf, ja ärger noch – man tötet meine Kinder, meinen Vater, und dabei spricht man von Kriegsrechten und von Großmut gegen den Feind. Darunter keine Gefangenen machen, sondern töten, kämpfen auf Leben und Tod! Wer durch solche Sachen dahin gekommen ist, wie ich …

Fürst Andrej, der meinte, daß es ihm gleich wäre, ob Moskau genommen würde oder nicht, nachdem Smolensk einmal genommen, hielt auf einmal in seiner Rede inne, weil ihm ein plötzlicher Krampf die Kehle zusammenschnürte. Er ging ein paarmal schweigend hin und her, aber seine Augen glänzten fieberhaft und seine Lippen zitterten, als er wieder anfing zu sprechen:

Gäbe es keine Großmut-Spielerei im Kriege, so würden wir nur dann das Schwert ziehen, wenn es, wie jetzt, der Mühe wert ist, in den sicheren Tod zu gehen. Es könnte dann nie zum Kriege kommen, weil Pawel Iwanytsch den Michail Iwanytsch beleidigt hat, sondern wenn es zum Kriege käme – wie jetzt –, so wäre es wirklich Krieg. Auch die Kraft-Anspannung der Truppen wäre eine andere als jetzt. Alle diese Westfalen und Hessen, die Napoleon mit sich schleppt, wären nicht mit ihm nach Rußland gegangen, und wir wären nicht ins Ausland, nach Österreich und Preußen gezogen, um zu kämpfen, ohne zu wissen, warum. Der Krieg ist kein Austausch von Höflichkeiten, sondern die größte Scheußlichkeit im Leben. Das müssen wir begreifen lernen und nicht Krieg spielen … wir müssen ernst und streng diese schreckliche Notwendigkeit hinnehmen; so nur ist der Krieg – Krieg, und keine Spielerei. Jetzt ist der Krieg das Lieblingsspielzeug unbeschäftigter und leichtsinniger Menschen … der Militärstand ist der geachteste. Und was ist der Krieg? Und was ist zum Erfolg des Krieges erforderlich? Und welches sind die Sitten des Militärstands? Das Ziel des Krieges ist Mord, die Hilfsmittel des Krieges sind: Spionage, Verrat, Verleitung zum Verrat, der Ruin der Einwohner, das Ausplündern oder andere Räubereien zur Verproviantierung der Armee; endlich Betrug und Lüge, die man Kriegslist bezeichnet. Die Sitten des Soldatenstandes sind: der Verzicht auf jede Freiheit, das heißt die Disziplin,

Müßiggang, Rohheit, Grausamkeit, Unzucht, Völlerei. Und trotz alledem ist dieser Stand der höchste und wird von allen geachtet. Alle Herrscher, außer denen von China, tragen Militäruniformen und wer die meisten Menschen getötet hat, erhält die meisten Belohnungen. Morgen kommen wir zusammen, um einer den anderen zu morden. Wir töten Zehntausende oder machen sie zu Krüppeln, und dann werden Dankgebete gehalten, daß so viele Menschen getötet worden sind (ihre Zahl wird sogar noch vergrößert), und wir rufen Sieg, in dem Glauben, daß je mehr Menschen hingemordet sind, um so größer das Verdienst ist. Aber wie sieht und hört dies Gott von dort oben an? schrie Fürst Andrej, mit feiner, schriller Stimme. Ach mein Freund – die letzte Zeit ist es mir schwergeworden zu leben! Ich sehe, daß ich anfing, zu viel zu verstehen. Der Mensch soll nicht essen vom Baum der Erkenntnis des Guten und des Bösen ... Nun, es währet nicht mehr lange! ... Aber du schläfst ... auch für mich ist es Zeit, fügte er hinzu. Reise nach Gorki, sagte Fürst Andrej plötzlich.

O nein! antwortete Pierre und sah den Fürsten Andrej mit erschrockenen, bittenden Augen an.

Reite, reite! Vor der Schlacht muß man ausschlafen, sagte Fürst Andrej, trat rasch auf Pierre zu, umarmte und küßte ihn. Lebe wohl, geh! rief er. Sehen wir uns wieder? Nein? – und indem er sich hastig umdrehte, verließ er die Scheune.

Es war schon dunkel, und Pierre konnte nicht erkennen, ob der Ausdruck im Gesicht des Fürsten Andrej zornig oder zärtlich war.

Pierre stand eine Weile schweigend still und überlegte, ob er ihm nachgehen oder nach Hause reiten sollte.

Nein, er braucht mich nicht! entschied sich Pierre. Ich weiß, daß dies unser letztes Zusammentreffen ist! Er seufzte schwer auf und ritt nach Gorki zurück.

Nachdem Fürst Andrej in die Scheune zurückgekehrt war, legte er sich auf seine Decken, aber er konnte nicht schlafen. Er schloß die Augen – wechselnde Bilder stiegen vor ihm auf. Bei einem verweilte er mit besonderer Freude: er erinnerte sich deutlich eines Abends in Petersburg; Natascha erzählte mit lebhaftem, aufgeregtem Gesicht, wie sie sich im vergangenen Sommer beim Pilzesuchen im tiefen Walde verirrt hatte. Zusammenhanglos schilderte sie die Öde des Waldes, ihre Gefühle und ihre Gespräche mit dem Bienenzüchter, dem sie begegnet war, und unterbrach ihre Erzählung jeden Augenblick, indem sie sagte: »Nein, ich kann nicht – ich erzähle nicht ordentlich; nein, Sie verstehen mich nicht!« Obwohl Fürst Andrej sie durch die Versicherung zu trösten suchte, daß er sie verstehe, was auch wirklich der Fall war, da er erriet, was sie sagen wollte, war Natascha unzufrieden mit ihren Worten; sie fühlte, daß sie nicht die leidenschaftlich-poetische Stimmung ausdrückten, die sie an jenem Tage erfüllt hatte, und der sie jetzt Ausdruck geben wollte. »Dieser Alte war so reizend ... und im Walde war es so finster ... und er hatte so gute, nein, ich kann nicht erzählen!« sagte sie, indem sie rot wurde und sich erregte. Fürst Andrej lächelte jetzt mit demselben fröhlichen Ausdruck, mit dem er damals gelächelt, als er ihr in die glänzenden Augen sah.

»Ich verstand sie, dachte er; verstand nicht nur ihre Worte, sondern die Kraft, die Lauterkeit, die Offenheit ihrer Seele – vor allem diese Seele selbst, die gleichsam ihren Körper trug und hielt. Und diese Seele vor allem war es, die ich in ihr liebte ... so innig, so glückselig liebte ich sie ... Plötzlich erinnerte er sich, wie seine Liebe zu Ende gegangen war. Er brauchte nichts von alledem – er sah es nicht und verstand es nicht. Für ihn war sie nur ein hübsches, frisches Mädchen, das er nicht würdig fand, sein Schicksal zu teilen ... und ich? ... Und bis jetzt lebt er und ist seines Lebens froh.«

Fürst Andrej sprang auf, als ob ihn jemand mit einem glühenden Eisen berührt hätte, und fing wieder an, vor der Scheune hin und her zu gehen.

XXVI

Am 6. September, am Tage vor der Schlacht von Borodino, kamen Herr de Beausset, der Haushofmeister des französischen Kaisers, und Oberst Fabvier, der eine aus Paris, der andere aus Madrid, in Walujewo, dem Quartier Napoleons an.

Nachdem sich Herr de Beausset in die Hofuniform geworfen, befahl er die Kiste, die er für den Kaiser mitgebracht hatte, herbeizuschaffen, und begab sich in die erste Abteilung des kaiserlichen Zeltes, wo er sich, während des Gespräches mit den ihn umringenden Adjutanten Napoleons damit beschäftigte, den Kasten auszupacken.

Fabvier blieb am Eingange des Zeltes stehen und unterhielt sich mit einigen ihm bekannten Generalen.

Kaiser Napoleon hatte sein Schlafzimmer noch nicht verlassen und war noch mit der Vollendung seiner Toilette beschäftigt. Schnaufend und stöhnend wand er sich, bald mit dem breiten Rücken, bald mit der fetten, haarigen Brust unter der Bürste, mit der der Kammerdiener seinen Körper abrieb, während ein anderer mit dem Finger das Fläschchen zuhielt, aus welchem er den wohlgepflegten Körper des Kaisers mit Eau de Cologne besprengte – mit einer Miene, die zu sagen schien, daß er allein zu beurteilen wisse, wieviel und wohin gespritzt werden müßte. Das kurze Haar Napoleons war naß und lag wirr über die Stirn, aber sein Gesicht – obwohl es gedunsen und gelb aussah – drückte physisches Wohlbehagen aus.

Nur fest, nur immer weiter! sagte er, indem er sich krümmte und stöhnte, zu dem bürstenden Kammerdiener. Der Adjutant, der ins Schlafzimmer eingetreten war, um dem Kaiser zu melden, wieviel Gefangene in dem gestrigen Treffen gemacht waren, blieb, nachdem er seine Meldung abgestattet hatte, an der Tür stehen und wartete auf die Erlaubnis sich zurückzuziehen. Napoleon runzelte die Stirn und sah den Adjutanten von unten herauf an.

Keine Gefangenen, wiederholte er die Worte des Offiziers.

Sie lassen sich niederhauen. Um so schlimmer für die russische Armee ... Nur fest, nur immer weiter! fügte er hinzu, indem er sich krummbog und seinen dicken Rücken der Bürste darbot. Es ist gut, lassen Sie de Beausset und Fabvier eintreten, sagte er endlich und nickte dem Adjutanten zu.

Zu Befehl, Sire! – und der Adjutant verschwand in der Tür des Zeltes.

Die beiden Kammerdiener kleideten Se. Majestät eilig an, und er begab sich in einer blauen Gardeuniform mit festen, raschen Schritten ins Empfangszimmer.

Beausset war in diesem Augenblick beschäftigt, mit eiligen Händen das ihm von der Kaiserin anvertraute Geschenk auf zwei Stühlen aufzustellen, ehe der Kaiser hereinkam. Aber dieser hatte sich ungewöhnlich schnell angekleidet, so daß Beausset nicht Zeit genug blieb, die Überraschung gehörig vorzubereiten.

Napoleon bemerkte sogleich, was vorging, und erriet, daß noch nicht alles fertig war. Er wollte den eifrig Beschäftigten nicht des Vergnügens berauben, ihm die Überraschung zu bereiten, stellte sich, als ob er Beausset nicht sähe und rief Fabvier herbei.

Ernst, schweigend, mit gerunzelter Stirn hörte er an, was Fabvier von der Tapferkeit und Ergebenheit seiner Truppen sagte, die bei Salamanca, am anderen Ende Europas, gekämpft und nur den einen Gedanken hatten, sich ihres Kaisers wert zu zeigen – und nur die eine Furcht, ihm nicht Genüge zu tun. Das Resultat der Schlacht war ein trauriges. Napoleon machte während Fabviers Bericht ironische Bemerkungen, als ob er gar nicht erwartet hätte, daß die Sache in seiner Abwesenheit anders verlaufen könnte.

Ich muß dies in Moskau gut machen, sagte Napoleon. Auf Wiedersehen! fügte er hinzu und rief Beausset herbei, der inzwischen mit seiner Überraschung fertig geworden war, indem er etwas auf Stühle gestellt und mit einer Decke verhüllt hatte.

De Beausset verneigte sich tief, mit jener höfisch-französischen Verbeugung, mit der nur die alten Diener der Bourbonen zu grüßen verstanden, und näherte sich dem Kaiser, indem er ihm ein Kuvert überreichte.

Napoleon wandte sich heiter zu ihm und zupfte ihn am Ohrläppchen.

Sie haben sich beeilt, das freut mich! Nun, was sagt Paris? fragte er, und sein bis dahin ernstes Gesicht nahm den heitersten Ausdruck an.

Sire, ganz Paris beklagt Ihre Abwesenheit, wie es nicht anders sein kann! antwortete Beausset. Und obwohl Napoleon wußte, daß Beausset dies oder etwas Ähnliches sagen mußte, und obwohl er sich in klaren Augenblicken gestand, daß es die Unwahrheit war, machte es ihm Vergnügen, dergleichen aus Beaussets Munde zu hören. Er würdigte ihn abermals eines Zupfens am Ohrläppchen.

Es tut mir leid, Sie zu einem so weiten Wege veranlaßt zu haben, sagte er.

Sire, ich habe nichts anderes erwartet, als Sie an den Toren Moskaus zu finden, antwortete Beausset.

Napoleon lächelte, wandte zerstreut den Kopf und sah nach rechts; der Adjutant näherte sich mit elastischem Schritt und reichte dem Kaiser die goldene Tabaksdose.

Ja, es trifft sich gut für Sie, sagte er, indem er die geöffnete Dose an die Nase hielt. Sie reisen gern! In drei Tagen sollen Sie Moskau sehen. Sie hätten wohl nicht erwartet, die asiatische Hauptstadt kennenzulernen ... Sie machen eine angenehme Reise.

Beausset verneigte sich voll Dank für die gnädige Beachtung seiner (ihm selbst bisher unbekannten) Reiselust.

Und das dort ... was ist das? fragte Napoleon, als er bemerkte, daß alle seine Hofleute einen verhüllten Gegenstand ansahen.

Beausset machte mit höfischer Gewandtheit, ohne den Rücken zu zeigen, mit einer Halbwendung zwei Schritte rückwärts, riß gleichzeitig die Hülle weg und sagte:

Ein Geschenk Ihrer Majestät der Kaiserin.

Es war das mit hellen Farben von Gérard gemalte Bildnis des Knaben, den die Tochter des österreichischen Kaisers Napoleon geboren hatte und den man, aus unbekannten Gründen, den König von Rom nannte.

Ein schöner, krausköpfiger Knabe, mit einem Blick, der dem des Christus der Sixtinischen Madonna glich, war dargestellt, wie er Fangball spielte. Die Kugel war die Erde, das Stäbchen in der anderen Hand ein Zepter.

Obgleich nicht ganz klar war, was der Maler eigentlich ausdrücken wollte, indem er den sogenannten König von Rom die Erde mit einem Stäbchen durchbohren ließ, schien diese

Allegorie allen, die das Bild in Paris gesehen, und auch Napoleon verständlich zu sein und sehr zu gefallen.

Der König von Rom! sagte er und zeigte mit einer anmutigen Handbewegung auf das Bild. Wundervoll! und mit der den Italienern eigentümlichen Fähigkeit, den Ausdruck des Gesichts willkürlich zu ändern, näherte er sich dem Porträt, indem er die Miene nachdenklicher Zärtlichkeit annahm. Er fühlte, daß alles, was er jetzt sagte oder tat, Geschichte war, und als das Beste, was er tun konnte, erschien ihm gerade wegen seiner Größe, der zufolge sein Sohn mit der Erdkugel Fangball spielte – als Gegensatz zu dieser Größe die einfachste, väterliche Zärtlichkeit zu zeigen. Seine Augen verschleierten sich; er trat näher, sah sich nach einem Stuhl um – der Stuhl war im Augenblick da – und setzte sich dem Bilde gegenüber. Ein Wink von ihm, und alle Anwesenden gingen auf den Zehen hinaus, um ihn sich selbst und seinem Gefühl zu überlassen, dem Gefühl eines großen Mannes.

Nachdem er eine Weile dagesessen und ohne zu wissen warum, die rauhe Bildfläche betastet hatte, stand er auf, rief Beausset und den diensttuenden Offizier und befahl, das Porträt vor das Zelt hinaus zu tragen, um die alte Garde, die um sein Zelt postiert war, nicht des Glückes zu rauben, den König von Rom, den Sohn und Thronfolger ihres vergötterten Kaisers, zu sehen.

Und wie er es erwartet hatte, wurden, während er mit Herrn Beausset frühstückte, der dieser Ehre gewürdigt wurde, vor dem Zelte die begeisterten Ausrufungen der um das Zelt versammelten Offiziere und Soldaten der alten Garde gehört.

»Vive l'Epereur! Vive le roi de Rome! Vive l'Empereur!« riefen enthusiastische Stimmen.

Nach dem Frühstück diktierte Napoleon in Beaussets Anwesenheit seinen Armeebefehl.

Kurz und bündig, sagte der Kaiser, als er die schnell und ohne Änderungen diktierte Proklamation durchgelesen hatte. In diesem Armeebefehl hieß es:

»Soldaten! die Schlacht, nach der Ihr so lange verlangt habt, ist da. Der Sieg hängt von Euch ab, er ist eine Notwendigkeit für uns und wird uns alles geben, was wir brauchen, bequemes Obdach und baldige Rückkehr ins Vaterland. Haltet Euch, wie Ihr Euch bei Austerlitz, Friedland, Witebsk und Smolensk gehalten habt! Möge sich die späte Nachwelt mit Stolz Euerer Großtaten von diesem Tage erinnern, möge man von jedem von Euch sagen: er hatte Teil an der großen Schlacht an der Moskwa.«

An der Moskwa! wiederholte Napoleon, und nachdem er Herrn de Beausset, der so gern reiste, zum Spazierritt aufgefordert hatte, verließ er das Zelt und begab sich zu den gesattelten Pferden.

Ew. Majestät sind zu gütig, sagte Beausset auf die Einladung des Kaisers; er hätte gern geschlafen, er konnte auch nicht reiten und fürchtete sich davor.

Aber Napoleon nickte dem »Reisenden« mit dem Kopfe zu, und Beausset mußte reiten. Als Napoleon aus dem Zelte heraustrat, verstärkte sich das Geschrei der Garde vor dem Bilde seines Sohnes. Er runzelte die Stirn.

Nehmt ihn fort! sagte er und zeigte mit einer anmutig-majestätischen Gebärde auf das Bild. Es ist noch zu früh für ihn, das Schlachtfeld zu sehen.

Beaussett schloß die Augen, neigte den Kopf auf die Seite und atmete tief auf, um damit anzuzeigen, wie er die Worte des Kaisers zu würdigen wußte.

XXVII

Diesen ganzen Tag, den 6. September, brachte Napoleon, wie seine Geschichtsschreiber sagen, zu Pferde zu. Er besichtigte die Örtlichkeiten, prüfte die Pläne, welche ihm seine Marschälle vorlegten, und erteilte persönlich seinen Generalen die nötigen Befehle.

Die ursprüngliche Schlachtlinie der russischen Armee an der Kalotscha war zerrissen, und ein Teil dieser Linie, namentlich die linke Flanke, infolge der Wegnahme der Schanze von Schewardino (am 5. September) zurückgeschoben. Dieser Teil der Linie war unbefestigt, nicht mehr durch den

Fluß gedeckt, und vor ihr dehnte sich ein flaches, offenes Terrain aus. Für jeden Kriegskundigen und Laien war es klar, daß die Franzosen auf diesen Teil der Linie den Angriff richten mußten.

Dem Anschein nach hätte es dazu nicht erst langer Überlegung bedurft, nicht der großen Sorgfalt und Geschäftigkeit des Kaisers und seiner Marschälle und nicht jener besonderen, höheren Fähigkeit, *Genialität* genannt, die man Napoleon so gern zuschreibt. Aber die Geschichtsschreiber, die später diese Vorgänge und die Menschen, die Napoleon umgaben, geschildert haben, und Napoleon selbst waren anderer Meinung.

Napoleon ritt über die Ebene hin, betrachtete tiefsinnig die getroffenen Dispositionen, wiegte den Kopf, bald wie mit sich selbst zufrieden, bald wie im Zweifel, teilte aber den Generalen, die ihn umgaben, seinen tiefsinnigen Gedankengang nicht mit, sondern nur das Endergebnis in Form von Befehlen. Nachdem er den Vorschlag Davousts, Herzog von Eckmühl genannt – die linke Flanke der Russen zu umgehen –, angehört hatte, sagte Napoleon, das sei nicht nötig, erklärte aber nicht, warum er dagegen war. Zu dem Vorschlage des Generals Compan dagegen, der die Pfeilschanze angreifen sollte, seine Division durch den Wald führen zu dürfen, gab er seine Zustimmung, obwohl der sogenannte Herzog von Elchingen, das heißt Ney, sich zu bemerken erlaubte, daß der Marsch durch den Wald seine Gefahren hätte und die Division in Unordnung bringen könnte.

Nachdem er die Position vor der Schanze von Schewardino besichtigt hatte, dachte Napoleon eine Weile schweigend nach, und bezeichnete dann die Punkte, auf welchen bis morgen zwei Batterien errichtet werden sollten, um gegen die russischen Befestigungen zu operieren, so wie die Punkte, wo sich neben ihnen die Feldartillerie aufzustellen hätte.

Nachdem er diese und andere Befehle erteilt, kehrte Napoleon nach seinem Zelte zurück und diktierte die Disposition der Schlacht.

Diese Disposition, von der die französischen Geschichtsschreiber mit Begeisterung, andere Geschichtsschreiber mit hoher Achtung sprechen, war folgende:

»Bei Tagesanbruch eröffnen die zwei neuen, in der Nacht auf der Ebene errichteten Batterien, welche der Herzog von Eckmühl besetzt, das Feuer gegen die zwei gegenüberstehenden Batterien des Feindes.

»Zu derselben Zeit rückt General Pernetti, Chef der Artillerie des ersten Korps, mit dreißig Kanonen der Division Compan und allen Haubitzen der Divisionen Dessaix und Friant vor, eröffnet das Feuer und überschüttet die feindliche Batterie mit Granaten. Es sind also gegen diese in Tätigkeit:

24 Geschütze der Gardeartillerie,
30 Geschütze der Division Compan,
8 Geschütze der Division Friant und Dessaix,
Summa 62 Geschütze.

»Der Chef der Artillerie des dritten Korps, General Foucher, stellt alle Haubitzen des dritten und achten Korps, im ganzen sechzehn, auf die Flanken der Batterie, welche bestimmt ist, die Befestigungen zur Linken zu beschießen. Es werden im ganzen 40 Geschütze gegen diese in Wirksamkeit sein.

»General Sorbier soll sich bereit halten, auf den ersten Befehl mit allen Haubitzen der Gardeartillerie sich gegen die eine oder die andere Befestigung vorzuschieben.

»Während der Kanonade wird sich Fürst Poniatowski durch den Wald nach dem Dorfe wenden, und wird die feindliche Position umgehen.

»General Compan rückt durch den Wald, um die ersten Befestigungen zu nehmen.

»Nachdem die Schlacht in dieser Weise eröffnet ist, werden weitere Befehle, je nach den Bewegungen des Feindes, erteilt werden.

»Die Kanonade auf der linken Flanke beginnt, sobald die Kanonade der rechten Flanke gehört wird. Die Schützen der Division Morand und die des Vizekönigs eröffnen ein starkes Feuer, sobald sie den Anfang der Attacke der rechten Flanke sehen.

»Der Vizekönig nimmt das Dorf (Borodino), geht über seine drei Brücken und marschiert in gleicher Höhe mit den Divisionen Morand und Gérard weiter, welche unter seiner Führung sich gegen die Schanze richten und in die Schlachtlinie der übrigen Truppen eintreten werden.

»Dies alles wird mit Ordnung und Genauigkeit (*le tout se fera avec ordre et méthode*) und mit möglichster Schonung der Reserven ausgeführt.

»Kaiserliches Lager bei Moshajsk, 6. September 1812.«

Diese Disposition, deren Fassung sehr unklar und verwikkelt ist, wenn man sich, ohne eine Gotteslästerung zu begehen, erlauben darf, die Genialität Napoleonischer Anordnungen anzugreifen, enthielt vier Punkte – vier Anordnungen. Nicht eine dieser Anordnungen konnte ausgeführt werden und wurde ausgeführt.

In der Disposition hieß es: 1. »die Batterien, welche auf dem durch Napoleon bezeichneten Punkte aufgestellt waren, nebst den Kanonen Pernettis und Fouchers – im ganzen 102 Kanonen – hatten das Feuer zu eröffnen und die russischen Schanzen und Kanonen mit Geschossen zu überschütten.« Das konnte aber nicht ausgeführt werden, weil von dem durch Napoleon bestimmten Punkte aus die Geschosse nicht bis an die russischen Befestigungswerke reichten. Diese 102 Kanonen schossen demnach so lange umsonst, bis einer der Generale, gegen den Befehl Napoleons, sie vorrücken ließ.

Die zweite Verordnung befahl, daß »Poniatowski sich nach dem Dorfe wenden, durch den Wald marschieren und die linke Flanke der Russen umgehen sollte.« Das konnte nicht geschehen und geschah nicht, weil Poniatowski, als er sich nach dem Dorfe durch den Wald wandte, dort auf den ihm entgegenkommenden Tutschkow stieß, so daß es ihm unmöglich wurde, die russische Position zu umgehen.

Die dritte Verordnung war: »General Compan rückt in den Wald, um die erste russische Befestigung zu nehmen.« Die Division Compan nahm jedoch die erste Befestigung nicht, sondern wurde zurückgeschlagen, weil sie sich, als sie aus dem Walde hervorkam, unter dem Feuer unserer Kartätschen formieren mußte, was Napoleon nicht vorausgesehen.

Der 4. Befehl lautete: »der Vizekönig nimmt das Dorf (Borodino) und geht über seine drei Brücken, marschiert in einer

Höhe mit den Divisionen Morand und Gérard (von denen nicht gesagt war, wenn und wohin sie ausrücken sollten), und diese wenden sich, unter seiner Führung, der Schanze zu und treten in die Linie der anderen Regimenter ein.«

Soviel man, nicht gerade aus dieser sinnlosen Periode, sondern aus den Versuchen, welche der Vizekönig machte, um die erhaltenen Befehle zu erfüllen, beurteilen kann, sollte er durch Borodino von der linken Seite auf die Schanze losrükken, die Divisionen Morand und Friant aber sollten gleichzeitig in der Front heranmarschieren.

Dies wurde ebensowenig ausgeführt wie die anderen Punkte der Disposition und konnte es nicht werden. Denn als der Vizekönig an Borodino vorübermarschieren wollte, wurde er nach der Kalotscha zurückgeschlagen und vermochte nicht weiterzugehen. Auch die Divisionen Morand und Friant nahmen die Schanze nicht, sondern wurden zurückgeworfen, und erst gegen das Ende der Schlacht wurde die Schanze von der Kavallerie genommen, eine wahrscheinlich nicht von Napoleon vorausgesehene und darum unerhörte Tat.

Von den Bestimmungen der Disposition wurde also nicht eine erfüllt und konnte keine erfüllt werden. In der Disposition ist aber ferner gesagt, daß, nachdem die Schlacht in solcher Weise eröffnet worden, weitere Befehle, je nach dem Vorgehen des Feindes, gegeben werden sollten. Es könnte demnach scheinen, als ob während der Schlacht alle nötigen Anordnungen von Napoleon getroffen worden wären. Dies war jedoch nicht der Fall und konnte es nicht sein, weil sich Napoleon während der ganzen Dauer der Schlacht zu weit von ihr befand – wie dies sich auch später zeigte –, als daß es möglich gewesen wäre, ihn vom Gange der Schlacht zu unterrichten, oder die Befehle auszuführen, die er während dieser Zeit erteilte.

XXVIII

Viele Geschichtsschreiber behaupten, die Schlacht von Borodino wäre nur darum nicht von den Franzosen gewonnen worden, weil Napoleon den Schnupfen gehabt hätte; seine Dispositionen vor und während der Schlacht würden, hätte er nicht den Schnupfen gehabt, so viel genialer gewesen sein, Rußland wäre vernichtet worden, und das Antlitz der Welt wäre ein anderes geworden. Für Historiker, welche der Ansicht sind, daß Rußland sich nach dem Belieben eines Menschen – Peters des Großen – gebildet hat, und daß Frankreich nach dem Willen eines anderen – Napoleons – sich aus einer Republik in ein Kaiserreich verwandelt und seine Heere nach Rußland geschickt hat, für solche Historiker ist die Behauptung, daß Rußland mächtig geblieben ist, weil Napoleon am 7. September den Schnupfen hatte, eine folgerichtige und unabweisbare.

Wenn es von Napoleons Belieben abhing, die Schlacht von Borodino zu liefern oder nicht, und wenn es von seinem Ermessen abhing, diese Befehle zu erlassen oder andere, so ist es einleuchtend, daß der Schnupfen, der auf die Betätigung seines Willens Einfluß hatte, die Ursache zur Rettung Rußlands zu werden vermochte, und daß folglich der Kammerdiener, welcher vergaß, Napoleon am 5. September die wasserdichten Stiefel anzuziehen, der Retter Rußlands geworden ist.

Bei diesen Gedankengange zu einem solchen Schlusse zu gelangen, ist unvermeidlich, und es läßt sich gegen ihn ebensowenig einwenden als gegen die Behauptung Voltaires, daß die Bartholomäus-Nacht stattgefunden, weil sich Karl IX. den Magen verdorben hatte. Für Menschen dagegen, welche nicht zugeben, daß Rußland sich nach dem Willen eines Menschen, Peters I., gebildet, und daß das französische Kaiserreich nach dem Willen eines Menschen, Napoleons, entstanden ist und den Krieg mit Rußland begonnen habe, erscheint diese Schlußfolgerung nicht nur unrichtig und unvernünftig, sie verstößt geradezu gegen alle menschlichen Verhältnisse. Auf die Frage: was ist die Ursache der geschichtlichen Ereignisse? bietet sie eine andere Antwort dar, und zwar die, daß der Gang der Weltbegebenheiten von oben bestimmt ist, daß er von dem Zusammenwirken aller Lebensäußerungen der Menschen abhängt, die an diesen Ereignissen teil haben, und daß der Einfluß der Napoleone auf den Gang dieser Ereignisse nur ein äußerlicher und fiktiver sein kann.

Und wie sonderbar auch auf den ersten Blick die Annahme erscheint, daß die Bartholomäus-Nacht, zu welcher *Karl IX.* den Befehl gegeben hatte, nicht die Folge seines Willens gewesen, sondern daß es ihm nur so vorkam, als hätte er sie befohlen, und daß das mörderische Hinschlachten von achtzigtausend Menschen bei Borodino nicht die Folge des Willens Napoleons war (obwohl er vom Anbeginn der Schlacht alle Befehle erteilte), sondern daß es ihm nur so vorkam, als hätte er alle diese Anordnungen getroffen – wie sonderbar diese Annahme auch erscheinen mag, so befiehlt doch die menschliche Würde, welche mir sagt, daß jeder von uns, wenn nicht mehr, so doch durchaus nicht weniger Mensch ist als ein Napoleon –, dieser Ansicht zuzustimmen, und die historischen Forschungen bestätigen diese Ansicht in reichstem Maße.

In der Schlacht von Borodino hat Napoleon auf niemand geschossen und niemand getötet ... Alles, was geschah, taten die Soldaten ... so hätten sie, nicht er, die Menschen getötet.

Die Soldaten der französischen Armee richteten das Blutbad von Borodino auch nicht infolge der Befehle Napoleons an, sondern infolge des eigenen Verlangens. Die ganze Armee, Franzosen, Italiener, Deutsche, Polen; hungrig, abgerissen, ermattet durch den Feldzug, angesichts des Heeres, das ihnen den Weg nach Moskau versperrte, fühlte, *le vin est tiré et qu'il faut le boire.* Wenn Napoleon ihnen jetzt verboten hätte, sich mit den Russen zu schlagen, so hätten sie ihn umgebracht und sich dann auf die Russen gestürzt, weil dies eine Notwendigkeit für sie war.

Als sie die Proklamation Napoleons hörten, die ihnen als Lohn für Verkrüppelung und Tod die Worte der Nachwelt in Aussicht stellte, daß auch sie in der Schlacht an der Moskwa gekämpft, schrien sie: »*Vive l'Empereur!*« ebenso, wie sie geschrien, als sie das Bildnis des Knaben erblickten, das mit dem Fangball-Stäbchen die Erdkugel durchbohrte – ebenso, wie sie bei jedem Unsinn geschrien haben würden, den er ihnen sagte. Es blieb ihnen eben nichts anderes übrig, als zu rufen: *»Vive l'Empereur!«* und sich dann in den Kampf zu stürzen, um in Moskau Lebensmittel und die Ruhe des Siegers zu finden. Darum, nicht infolge der Befehle Napoleons, haben sie ihresgleichen getötet.

Und nicht Napoleon leitete die Schlacht, denn von seinen Dispositionen wurde nichts ausgeführt, und während der Schlacht wußte er nicht, was vor seinen Augen vorging. Also auch die Art und Weise, auf welche die Menschen sich umbrachten, hatte nichts mit dem Willen Napoleons zu tun, sondern entsprang, unabhängig von ihm, dem Willen der Hunderttausende von Menschen, die dabei beteiligt waren. Napoleon *schien es nur*, als ob alles nach seinem Willen geschähe, und deshalb ist die Frage, ob Napoleon den Schnupfen hatte oder nicht, für die Geschichte von keinem größeren Interesse, als die Frage nach dem Schnupfen des letzten Trainsoldaten.

Der Schnupfen Napoleons am 7. September hat um so weniger Bedeutung als die Behauptung der Historiker, daß der Schnupfen Napoleons an seinen schlechteren Vorbereitungen und seiner schlechteren Führung der Schlacht schuld gewesen, eine völlig falsche ist.

Die hier mitgeteilte Disposition war nicht bloß nicht schlechter, sondern sogar besser als alle früheren Dispositionen, nach denen Schlachten gewonnen wurden. Auch die vermeintlichen Befehle während der Schlacht waren nicht schlechter als früher, sondern ebenso gut wie immer. Aber diese Dispositionen und Befehle erscheinen nur darum schlechter als die früheren, weil die Schlacht von Borodino die erste war, die Napoleon nicht gewann. Alle, auch die schönsten und tiefsinnigsten Dispositionen und Anordnungen erscheinen schlecht, und jeder Kriegskundige kritisiert sie mit vielsagender Miene, wenn die danach geführte Schlacht nicht gewonnen wurde, und die schlechtesten Dispositionen und Anordnungen erscheinen sehr gut, und gescheite Männer beweisen in ganzen Bänden ihren Wert und Verdienst, wenn die Schlacht danach gewonnen wurde.

Die Dispositionen, die Weyrother bei Austerlitz getroffen hatte, waren Muster der Vollkommenheit in derartigen Entwürfen, aber man hat sie doch getadelt, und zwar wegen ihrer Vollkommenheit, d. h., weil sie zu genau ins Einzelne gingen.

Napoleon erfüllte seine Aufgabe als Repräsentant der Macht bei Borodino ebenso gut und besser als in anderen Schlachten. Er hatte nichts getan, was den Gang der Schlacht beeinträchtigen konnte, war den Ansichten der Vorsichtigen zugeneigt, verwirrte nichts, widersprach sich selber nicht, erschrak nicht und lief nicht vom Schlachtfelde fort, sondern führte mit dem ihm eigenen großen Takte und seiner großen Kriegserfahrung ruhig und würdig seine Rolle eines scheinbaren Befehlshabers durch.

XXIX

Als Napoleon von seinem zweiten, vorsorglichen Umritt über die Wahlstatt zurückgekommen war, sagte er:

Die Schachfiguren sind aufgestellt, das Spiel fängt morgen an.

Nachdem er befohlen hatte, Punsch zu bringen und Beausset herbeizurufen, begann er mit ihm, von Paris zu sprechen und von einigen Veränderungen, die er im Haushalt der Kaiserin vorzunehmen beabsichtigte, und setzte den Haushofmeister durch sein Gedächtnis für alle kleinlichen Einzelheiten der Hofverhältnisse in Erstaunen.

Er interessierte sich für jede Kleinigkeit, scherzte über Beaussets Reiselust und plauderte mit jener Nachlässigkeit, die ein berühmter, seiner selbst vollkommen sicherer und mit seiner Aufgabe vertrauter Operateur zur Schau trägt, während er seine Ärmel aufstreift, seine Schürze umbindet, den Kranken auf seinem Lager fesselt, und dabei denkt: »Die ganze Sache ist in meinen Händen und in meinem Kopfe klar und bestimmt. Sobald es nötig wird, ans Werk zu gehen, werde ich alles tun, wie kein Zweiter, aber jetzt kann ich scherzen, und je mehr ich scherze und je ruhiger ich bin, um so ruhiger, sicherer solltet auch ihr sein und um so überzeugter von meinem Genie.«

Nachdem Napoleon das zweite Glas Punsch ausgetrunken hatte, ging er zur Ruhe vor der ernsten Arbeit, die ihm, wie er glaubte, morgen bevorstand. Aber seine Aufgabe nahm ihn so sehr in Anspruch, daß er nicht schlafen konnte. Obwohl sein Schnupfen durch die gestrige Feuchtigkeit stärker geworden war, kam er um drei Uhr morgens mit lautem Räuspern in die große Abteilung seines Zeltes. Er fragte, ob die Russen sich nicht zurückgezogen hätten, und als er zur Antwort erhielt, die Wachtfeuer des Feindes befänden sich noch an den früheren Stellen, nickte er zufrieden mit dem Kopfe.

Ein diensttuender Adjutant kam in das Zelt.

Nun, Rapp, glauben Sie, daß wir heute gute Geschäfte machen werden? fragte ihn Napoleon.

Ganz ohne Zweifel, Sire! antwortete Rapp. Napoleon sah ihn an.

Erinnern Sie sich, Sire, was Sie mir bei Smolensk zu sagen die Gnade hatten? fragte Rapp. Der Wein ist abgezogen und muß getrunken werden.

Napoleon runzelte die Stirn und saß lange schweigend da, indem er den Kopf in der Hand ruhen ließ.

Das arme Heer! sagte er plötzlich; es ist seit Smolensk viel kleiner geworden. Das Glück ist eine feile Buhlerin, Rapp. Das habe ich immer gesagt, und jetzt muß ich es erfahren. Aber die Garde, die Garde ist doch unversehrt? sagte er in fragendem Tone.

Ja, Sire! antwortete Rapp.

Napoleon nahm eine Pastille, steckte sie in den Mund und sah auf die Uhr. Schlafen wollte er nicht, und bis zum Morgen war es noch lange hin. Neue Anordnungen konnte er nicht mehr treffen, um die Zeit zu töten, denn er hatte schon alle seine Befehle erteilt, und sie wurden erst jetzt zur Ausführung gebracht.

Hat man Zwieback und Reis unter die Garde verteilt? fragte Napoleon ernst.

Ja, Sire!

Aber auch den Reis?

Rapp antwortete, er habe die Befehle des Kaisers in bezug auf den Reis ausgerichtet, aber Napoleon schüttelte verdrießlich den Kopf, als ob er nicht glaubte, daß seine Anordnungen erfüllt wären.

Ein Diener brachte Punsch. Napoleon befahl, ein zweites Glas für Rapp zu bringen und trank schweigend, schluckweise aus dem seinigen.

Ich habe weder Geschmack noch Geruch, sagte er, indem er in sein Glas roch. Dieser Schnupfen ist mir widerwärtig! Da schwatzen sie von Arzneikunst. Eine schöne Kunst, wenn sie nicht einmal einen Schnupfen kurieren können. Corvisard hat mir diese Pastillen gegeben, aber sie nützen gar nichts. Was können sie kurieren? Kurieren kann man überhaupt nicht. Unser Körper ist eine Lebensmaschine, als solcher ist er eingerichtet, das ist seine Natur. Man lasse das Leben darin ungestört, mag es sich selbst verteidigen, und es wird mehr tun, als wenn ihr den Körper mit Medikamenten vollpropft. Unser Körper ist wie eine vortreffliche Uhr, die eine bestimmte Zeitlang zu gehen hat. Der Uhrmacher besitzt nicht die Fähigkeit, sie zu öffnen; er kann sie nur tastend und mit verbundenen Augen handhaben. Unser Körper ist eine Lebensmaschine – das ist alles! Und als ob er auf dem Wege der Definitionen, den er gern hatte, plötzlich eine neue Definition gemacht hätte, fragte er: Wissen Sie, Rapp, was Kriegskunst ist? Die Kunst, in einem gewissen Momente stärker zu sein als der Feind, das ist alles!

Rapp gab keine Antwort.

Morgen werden wir mit Kutusow zu tun haben, sagte Napoleon. Wir wollen sehen! Erinnern Sie sich, bei Braunau, er kommandierte eine Armee, und da hat er sich in drei Wochen nicht *einmal* aufs Pferd gesetzt, um die Befestigungen in Augenschein zu nehmen ... Nun, wir wollen sehen!

Er blickte auf die Uhr – es war erst vier. Schlafen mochte er nicht, der Punsch war ausgetrunken und zu tun gab es nichts. Er stand auf, ging hin und her, zog einen warmen Überrock an, setzte den Hut auf und verließ das Zelt.

Die Nacht war dunkel und feucht. Ein feiner Tau fiel von oben. Die Wachtfeuer brannten, wenn auch nicht mehr hell, in der Nähe, wo die französische Garde stand, und schimmerten fern durch den Rauch auf der russischen Linie. Es war still überall, nur von einer Seite ließ sich schon das stampfende Getöse hören, mit dem die französischen Truppen zur Besetzung ihrer Positionen aufbrachen.

Napoleon ging am Zelte entlang, blickte auf die Wachtfeuer, lauschte auf das Marschieren und kam beim Weitergehen an einen großen Gardisten in einer zottigen Mütze, der vor dem Zelte Wache stand und beim Erscheinen des Kaisers wie eine schwarze Säule stramm stehenblieb.

Seit welchem Jahre im Dienst? fragte Napoleon mit jener gewohnten treuherzig rauhen Manier, die er den Soldaten gegenüber anzunehmen pflegte. Der Soldat antwortete ihm. Ah, ein alter Soldat! Hat das Regiment Reis bekommen?

Zu Befehl, Ew. Majestät!

Napoleon nickte mit dem Kopfe und verließ ihn.

Um halb sechs Uhr ritt Napoleon nach dem Dorfe Schewardino.

Es fing an zu tagen, der Himmel wurde klar; nur im Osten stand eine Wolke. Die verlassenen Wachtfeuer waren im schwachen Morgenlichte dem Erlöschen nahe.

Rechts erschallte ein lauter, einzelner Kanonenschuß, verhallte und erstarb in der allgemeinen Stille. Einige Minuten vergingen, dann erschallte ein zweiter, ein dritter Schuß; die Luft fing an zu zittern. Ein vierter und fünfter ertönte ganz in der Nähe mit feierlichem Klange.

Noch waren die ersten Schüsse nicht verhallt, als bereits andere wieder und wieder erschallten, sich vereinigten und einer den anderen übertönte.

Napoleon erschien mit seinem Gefolge an der Schanze von Schewardino. Das Spiel hatte begonnen.

XXX

Nachdem Pierre von dem Fürsten Andrej nach Gorki zurückgekehrt war und dem Reitknecht befohlen hatte, die Pferde bereit zu halten und ihn frühmorgens zu wecken, legte er sich sofort hinter dem Wandschirm in der Ecke nieder, die ihm Boris abgetreten hatte, und schlief ein.

Als er am folgenden Morgen erwachte, befand sich schon niemand mehr in der Hütte; die Scheiben der kleinen Fenster zitterten, und der Reitknecht stand vor ihm und schüttelte ihn.

Ew. Erlaucht! Ew. Erlaucht! Ew. Erlaucht! wiederholte der Bursche hartnäckig, ohne Pierre anzusehen, und sichtlich auch ohne Hoffnung, ihn erwecken zu können, indem er fortfuhr, ihn an den Schultern zu rütteln.

Was? Schon angefangen? Schon Zeit? fragte Pierre, als er aufwachte.

Sie hören das Schießen? sagte der Reitknecht, ein verabschiedeter Soldat. Alle Herrschaften sind schon fort, der Durchlauchtige selbst ist längst vorbeigeritten.

Pierre kleidete sich eilig an und lief auf die Freitreppe hinaus. Draußen war es frisch, tauig, hell und heiter. Die Sonne, die eben hinter den Wolken hervorkam, die sie bedeckten, ergoß ihre noch halb von der Wolke gebrochenen Strahlen auf die Dächer der gegenüberliegenden Häuser, auf den vom Tau benetzten Staub des Weges, auf Mauern, Fenster, Zäune und auf Pierres Pferde, die neben der Hütte standen.

Der Donner der Kanonen ließ sich hier draußen deutlicher hören. Auf der Straße ritt im Trabe ein Adjutant mit einem Kosaken vorüber.

Es ist Zeit, Graf! es ist Zeit! rief der Adjutant.

Nachdem er befohlen, ihm die Pferde nachzuführen, ging Pierre die Straße entlang nach dem Hügel, von dem er gestern auf das Schlachtfeld geblickt hatte. Auf dieser Anhöhe stand eine Schar von Offizieren, und man hörte das französische Gespräch der Herren vom Stabe, in deren Mitte der graue Kopf Kutusows mit seiner weißen, rotgeränderten Mütze und dem fetten Nacken zu sehen war, der in die Schultern versank. Kutusow sah durchs Fernrohr die Landstraße hinunter.

Als Pierre die Stufen am Aufgange des Hügels hinaufgestiegen war, sah er um sich und verstummte vor Entzücken über die Schönheit des Anblickes, der sich ihm darbot. Es war dasselbe Panorama, das er gestern von diesem Hügel bewundert hatte, aber jetzt war die ganze Weite von Truppen besetzt und vom Rauch der Geschütze bedeckt, und die hellen, schrägen Strahlen der Sonne, die hinter Pierre emporstieg, warfen in der reinen Morgenluft ein scharfes, mit goldigen und rosenfarbigen Schattierungen gemischtes Licht und lange, dunkle Schatten über das Ganze. Die fernen Wälder, die das Panorama abschlossen, zeichneten sich, wie aus kostbarem, gelbgrünem Stein gehauen, mit den Schlangenlinien ihrer Wipfel am Horizonte ab, und unter ihnen hinter Walujewo zeigte sich die Straße nach Smolensk ganz bedeckt von Truppen. Weiter vorn schimmerten goldene Felder und junges Gehölz. Überall, im Vordergrunde, rechts und links waren Truppen zu sehen; alles war belebt, erhaben, überwältigend. Was Pierre aber am meisten überraschte, war der Anblick des Schlachtfeldes von Borodino selbst und der Niederung an der Kalotscha zu ihren beiden Ufern.

An der Kalotscha, in Borodino und auf beiden Seiten, besonders zur Linken, wo zwischen sumpfigen Ufern die Wojna in die Kalotscha einmündet, lag jener Nebel, der sich beim Sonnenaufgange zerteilt, verschwimmt, durchsichtig wird und alles was hinter ihm liegt, zauberhaft färbt und malt. Zu diesem Nebel gesellte sich der Dampf der Schüsse, und durch Nebel und Rauch blitzten überall die Strahlen des Morgenlichts, bald auf dem Wasser, bald im Tau, bald auf den Bajonetten der Regimenter, die sich an den Ufern des Flusses und in Borodino vereinigten. Durch diesen Nebel schimmerte hier eine weiße Kirche, dort die Dächer der Hütten von Borodino, oder dichte Massen von Soldaten, grüne Munitionskasten, Kanonen. Und alles dies bewegte sich, oder schien sich zu bewegen, während Nebel und Rauch darüber hinzogen.

Und wie in diesen von Nebelschleiern bedeckten Niederungen um Borodino, entstanden auch außerhalb, höher hinauf, und besonders zur Linken auf der ganzen Linie an den

Wäldern, den Feldern, in der Ebene, auf den Hügeln und Anhöhen, immerwährend, bald in längeren Zwischenpausen, bald schnell hintereinander, jetzt vereinzelt, dann in Masse, neue Rauchwolken, die sich dehnten, wuchsen, sich zusammenballten, ineinanderflossen und die ganze Landschaft bedeckten.

Die Rauchwolken der Geschütze und – so sonderbar es klingt – ihre Töne machten die Hauptschönheit des Anblickes aus.

»Puff!« erklang es, und plötzlich war eine runde, dichte, bald grau, bald lila, bald milchweiß schimmernde Rauchwolke zu sehen und »Bum!« erschallte nach einer Sekunde der Ton dieser Rauchwolke.

Puff! Puff! stiegen zwei Rauchwolken auf, von denen eine die andere anstieß und dann mit ihr zusammenfloß und Bum, Bum! fielen die Töne ein, wie zur Bestätigung dessen, was das Auge sah.

Pierre blickte sich nach der ersten Rauchwolke um, die er aus den Augen gelassen, und schon fand er einen runden, dichten Wolkenballen, der sich nach der Seite zog, während Puff! Puff! Puff! in kleinen Pausen noch drei, vier andere entstanden und auf jede von ihnen, in denselben Pausen Bum! Bum! Bum! schöne, laute, volle Töne antworteten. Bald war es, als ob diese Rauchwolken fortzögen, bald als ob sie stillständen und die Wälder, die Felder, die glänzenden Bajonette schnell vorüberzögen.

Zur Linken auf den Feldern und in den Gebüschen entstanden immerwährend neue, große Rauchwolken mit feierlichem Echo, und noch näher, in den Niederungen und Gehölzen, stiegen die kleinen Rauchwölkchen der Flintenschüsse auf, die nicht Zeit hatten, sich zu Kugeln zu ballen, und ließen ihr kleines Echo hören. Paff – piff – piff – paff! knatterten die Flinten; aber diese oft wiederholten Schüsse klangen unregelmäßig und schwächlich im Vergleich mit dem Donner der Kanonen.

Pierre hätte dort sein mögen, wo diese Rauchwolken, diese glänzenden Bajonette, diese Bewegung, diese Töne waren! Er sah sich nach Kutusow und dessen Gefolge um, um seinen

Eindruck mit dem der anderen zu vergleichen. Alle blickten, wie er, auf das Schlachtfeld nieder und, wie es ihm schien, mit demselben Gefühl. Auf allen Gesichtern leuchtete jetzt jene »latente Wärme« der Empfindung, die Pierre gestern beobachtet hatte, und die er jetzt, nach seinem Gespräche mit dem Fürsten Andrej, vollständig begriffen hatte.

Reite hin, Freundchen! reite! Christus sei mit dir! sagte Kutusow zu einem General, der neben ihm stand, ohne ein Auge von dem Schlachtfeld abzuwenden.

Nachdem er den Befehl empfangen, ging der General an Pierre vorüber, dem Abhang des Hügels zu.

Zur Übergangsstelle! antwortete der General kurz und ernst, als ihn ein Stabsoffizier fragte, wohin er reiten wolle.

»Ich reite mit! ich reite mit!« dachte Pierre und ging in der Richtung fort, die der General eingeschlagen hatte.

Der Genannte bestieg das Pferd, das ihm ein Kosak vorführte. Pierre kam zu dem Reitknecht, der seine Pferde hielt.

Nachdem er sich erkundigt, welches das ruhigste wäre, stieg er auf, griff fest in die Mähne, drückte die Absätze der nach auswärts gekehrten Füße an den Leib des Tieres, und mit dem Gefühl, daß seine Brille herunterrutschte, und daß er nicht imstande war, seine Hände aus Mähne und Zügel loszumachen, sprengte er hinter dem General drein und erregte das Lächeln der Stabsoffiziere, die ihm vom Hügel aus nachsahen.

XXXI

Der General, dem Pierre nachritt, wandte sich, nachdem er den Fuß der Höhe erreicht hatte, zur Linken, und Pierre, der ihn aus den Augen verloren hatte, ritt mitten in die Reihen der Infanterie hinein, die vor ihm her marschierte. Er versuchte herauszukommen, bald nach vorn, bald links, bald rechts; aber überall waren Soldaten mit gleichmäßig ernsten Gesichtern, alle mit derselben, nicht sichtbaren, aber unverkennbar wichtigen Sache beschäftigt, und alle blickten mit derselben unwillig-fragenden Miene auf diesen dicken Menschen im weißen Hute, der sie aus unbekannten Gründen mit seinem Pferde belästigte.

Warum reiten Sie mitten im Bataillon? schrie ihn einer der Soldaten an. Ein anderer stieß das Pferd mit dem Kolben, während Pierre sich an den Sattelknopf drückte und kaum imstande war, sein Pferd zu halten. Endlich sprengte er aus den Reihen der Soldaten heraus auf einen freien Raum.

Vor ihm war eine Brücke, und an der Brücke standen andere Soldaten, welche schossen. Pierre näherte sich ihnen und ritt, ohne zu wissen warum, an die Brücke über die Kalotscha, die zwischen Gorki und Borodino lag, und die bei dem ersten Treffen der Schlacht, nachdem die Franzosen Borodino eingenommen hatten, von diesen attackiert wurde. Pierre sah, daß eine Brücke vor ihm lag, und daß auf beiden Seiten der Brücke und auf jener Wiese mit dem frisch gemähten Heu, das er gestern im Rauch nicht bemerkt hatte, Soldaten standen, die mit etwas beschäftigt waren. Aber trotz des unaufhörlichen Schießens, das an diesem Punkte stattfand, glaubte er durchaus nicht, hier auf dem eigentlichen Schlachtfelde zu sein. Er hörte nicht die Töne der Kugeln, die von allen Seiten vorüberpfiffen, und der Geschosse, die über ihn hinflogen; sah nicht den Feind, der auf der anderen Seite des Flusses stand, und sah selbst lange Zeit die Toten und Verwundeten nicht, obwohl viele in seiner Nähe niedersanken. Mit einem Lächeln, das sein Gesicht nicht verließ, sah er umher.

Was reitet der da vor der Linie? schrie ihn wieder jemand an.

Links ... rechts ... aus dem Wege! schrien andere.

Pierre wandte sich nach rechts und stieß unerwartet mit dem ihm bekannten Adjutanten des Generals Rajewskij zusammen. Der Adjutant sah Pierre zornig an und war sichtlich auch im Begriff, ihn anzuschreien; aber er erkannte ihn und nickte ihm zu.

Wie kommen Sie hierher? fragte er und ritt weiter.

Piere, der sich nicht an seinem Platze und ohne bestimmte Aufgabe fühlte, fürchtete wieder jemand im Wege zu sein und sprengte hinter dem Adjutanten her.

Was ist denn das hier? Kann ich mit Ihnen reiten? fragte er.

Gleich, gleich! antwortete der Adjutant; er ritt an einen dicken Obersten heran, der auf der Wiese hielt, machte ihm eine Meldung und wandte sich dann erst zu Pierre.

Aus welchem Grunde sind Sie hergekommen, Graf? fragte er lächelnd. Immer aus Wißbegier?

Ja ja! sagte Pierre! Der Adjutant, der sein Pferd gewendet hatte, ritt weiter.

Hier geht es, Gott sei Dank! sagte er; aber auf der linken Flanke, bei Bagration, da geht es verflucht heiß her.

Wirklich? fragte Pierre. Wo ist denn das?

Wir wollen auf die Anhöhe reiten, da können Sie es sehen. Auf der Batterie bei uns ist's noch erträglich, antwortete er Adjutant. Wie, kommen Sie mit?

Gut, ich begleite Sie, antwortete Pierre, indem er mit den Augen seinen Reitknecht suchte. Jetzt bemerkte er zum ersten Male Verwundete, welche sich teils zu Fuß fortschleppten, teils auf Bahren getragen wurden. Auf derselben kleinen Wiese mit dem wohlriechenden Heu, über die er gestern geritten war, quer über den Haufen, lag mit unbequem verdrehtem Kopfe, von dem der Tschako abgefallen war, ein Soldat.

Warum hat man den nicht aufgehoben? fing Pierre an; aber als er die ernste Miene des Adjutanten sah, der sich nach derselben Seite gewandt hatte, hielt er inne.

Pierre fand seinen Reitknecht nicht und ritt mit dem Adjutanten durch die Niederung auf die Rajeskij-Batterie zu. Sein Pferd blieb hinter dem des Adjutanten zurück und warf ihn hin und her.

Sie scheinen das Reiten nicht gewohnt zu sein, Graf? fragte der Adjutant.

Nein, nicht sehr. Aber das Pferd springt auch so, ich weiß nicht warum, antwortete Pierre.

Ei, es ist ja verwundet! rief der Adjutant. Da, am rechten Vorderbeine, über dem Knie ... Wahrscheinlich ein Streifschuß ... gratuliere, Graf! die Feuertaufe.

Nachdem sie im Rauch durch das sechste Armeekorps, hinter der Artillerie hergeritten waren, die vorrückte und aus ihren Geschützen ein betäubendes Feuer eröffnete, kamen sie in ein kleines Gehölz. Hier war es kühl und still und roch nach Herbst. Pierre und der Adjutant stiegen ab und begaben sich zu Fuß auf die Anhöhe.

Der General hier? fragte der Adjutant, als sie den Gipfel erreichten.

Eben waren sie hier ... Sie sind dorthin geritten, antwortete ein Soldat und zeigte nach rechts.

Der Adjutant sah sich nach Pierre um, als ob er nicht wüßte, was er jetzt mit ihm anfangen sollte.

Kümmern Sie sich nicht um mich, sagte Pierre; ich gehe auf die Anhöhe hinauf ... man darf doch?

Ja, gehen Sie nur ... von dort ist alles zu übersehen und die Gefahr nicht so groß ... später komme ich wieder zu Ihnen.

Pierre ging auf die Batterie und der Adjutant ritt weiter.

Aber sie sahen sich nicht wieder, und erst lange nachher erfuhr Pierre, daß diesem Adjutanten denselben Tag der Arm abgerissen wurde.

Der Hügel, auf den Pierre jetzt kam, war jene berühmte (später bei den Russen unter dem Namen *Hügelbatterie* oder *Batterie Rajewskij*, und bei den Franzosen unter dem Namen *la grande redoute, la fatale redoute, la redoute de centre* bekannte) Schanze, um derentwillen Zehntausende von Menschen niedergestreckt wurden und welche die Franzosen für den wichtigsten Punkt der ganzen Position hielten.

Die Schanze bestand aus einem Hügel, der auf drei Seiten von Gräben umgeben war. Auf dem von den Gräben umschlossenen Raume waren zehn in voller Tätigkeit befindliche Kanonen an die Öffnungen der Wälle herangeschoben, und in einer Linie mit dem Hügel standen zu beiden Seiten unaufhörlich feuernde Geschütze. Etwas hinter ihnen war Infanterie postiert.

Als Pierre auf dieser Anhöhe anlangte, dachte er keineswegs, daß der mit kleinen Gräben umschlossene Punkt, auf welchem einige Kanonen standen und schossen, der wichtigste Punkt des Schlachtfeldes sein könnte. Ihm schien es vielmehr, als müßte diese Stelle des Schlachtfeldes (besonders darum, weil er sich hier befand) eine der wenigst bedeutenden sein.

Als Pierre auf den Hügel gekommen war, setzte er sich an das Ende des Grabens, der die Batterie umschloß, und beobachtete mit einem unveränderlich-freudigen Lächeln, was um ihn her geschah. Dann und wann stand er – immer mit demselben Lächeln – auf und spazierte auf der Batterie umher, indem er sich Mühe gab, die Soldaten nicht zu stören, welche die Kanonen luden, abfeuerten, zurückzogen und immerwährend mit Kugeln und Stückpatronen an ihm vorüberliefen.

Die Kanonen dieser Batterie schossen unaufhörlich eine nach der anderen mit betäubendem Getöse und hüllten die ganze Umgebung in Pulverdampf.

Im Gegensatz zu dem drückenden Gefühl, das die Infanteriesoldaten der Bedeckung empfanden, herrschte hier auf der Batterie, wo eine kleine Zahl von Menschen ganz mit ihrer Aufgabe beschäftigt und von den anderen durch einen Graben getrennt war, ein gleichmäßiges, allen gemeinsames, belebendes Familiengefühl.

Die Erscheinung Pierres, eines Zivilisten in einem weißen Hute, hatte diese Leute anfangs unangenehm überrascht. Die Soldaten, die an ihm vorübergingen, schielten mürrisch und sogar mit einer gewissen Scheu auf seine Gestalt. Ein älterer Artillerieoffizier, ein großer Mann mit langen Beinen und blatternarbigem Gesicht, kam, als ob er die Wirkung der am Ende stehenden Kanone beobachten wollte, in Pierres Nähe und sah ihn neugierig an.

Ein junges Offizierchen mit rundem Gesicht, noch ganz Kind und augenscheinlich eben erst aus dem Kadettenkorps gekommen, das mit großem Eifer die ihm anvertrauten zwei Kanonen überwachte, wandte sich an Pierre und sagte streng:

Herr, erlauben Sie, daß ich Sie bitte, aus dem Wege zu treten ... hier darf man nicht stehen ...

Die Soldaten schüttelten mißbilligend die Köpfe, indem sie Pierre ansahen, aber nachdem sie sich überzeugt hatten, daß dieser Mann im weißen Hut nichts Störendes tat, sondern ruhig an dem Rande des Walles saß, oder – indem er den Soldaten mit schüchternem Lächeln höflich auswich – auf der Batterie unter den Schüssen so ruhig umherspazierte, wie auf der Promenade, ging das Gefühl mißbilligender Verwunderung allmählich in eine freundliche und humoristische Teilnahme über, ähnlich der, welche die Soldaten für ihre Haustiere: Hunde, Hähne, Ziegen, überhaupt für alle Tiere empfinden, die bei den Militärkommandos leben. Sie nahmen denn auch in Gedanken Pierre sofort in ihren Familienverband auf, eigneten ihn sich an und gaben ihm einen Spitznamen (»Unser gnädiger Herr!« nannten sie ihn), indem sie gutmütig unter sich über ihn lachten.

Eine Kanonenkugel wühlte sich zwei Schritte von Pierre in die Erde. Er schüttelte den Sand ab, den die Kugel auf seine Kleidung geworfen hatte, und sah sich lächelnd um.

Wie, fürchten Sie sich denn nicht, gnädiger Herr, wirklich nicht? wandte sich ein breitschultriger Soldat mit rotem Gesicht an Pierre, indem er seine großen, weißen Zähne zeigte.

Und du ... fürchtest du dich? fragte Pierre.

Warum denn nicht? antwortete der Soldat. Sie würde mich auch nicht verschonen ... Wen sie trifft, dem reißt sie die Därme aus dem Leibe. Furcht kann man schon haben! fügte er lächelnd hinzu.

Einige Soldaten blieben mit freundlichen, vergnügten Gesichtern vor Pierre stehen, als ob sie nicht erwartet hätten, daß er spräche wie alle anderen, und diese Entdeckung sie freute.

Wir sind Soldaten. Aber der gnädige Herr ... das ist ein Wunder! Das nenne ich einen Herrn!

Auf die Plätze! rief der junge Offizier den um Pierre versammelten Soldaten zu. Unverkennbar erfüllte er seinen Dienst zum ersten oder zweiten Male und ging darum mit besonderer Pünktlichkeit und Strenge zu Werke.

Das auf- und abwogende Schießen der Kanonen und Flinten verstärkte sich besonders zur Linken, wo die Pfeilschanzen Bagrations lagen. Aber wegen des Pulverrauches konnte man von dem jetzigen Standpunkte Pierres beinahe nichts sehen. Außerdem verschlang auch die Beobachtung dieser, wie ein Familienkreis von anderen abgetrennten Menschen, die sich auf der Batterie befanden, seine ganze Aufmerksamkeit. Die erste, unbewußte, freudige Aufregung, die der Anblick und die Töne des Schlachtfeldes hervorgerufen, verwandelte sich jetzt, besonders nach dem Anblick des verlassen auf der Wiese daliegenden Soldaten in eine andere Empfindung, und da er an dem Rande des Grabens saß, beobachtete er die Gesichter derer, die ihn umgaben.

Gegen zehn Uhr waren schon an zwanzig Menschen von der Batterie weggeschafft, zwei Kanonen waren zerschossen, und immer häufiger kamen von fern her pfeifend und summend Kugeln geflogen und schlugen ein. Aber die Leute, welche die Batterie bedienten, schienen dies nicht zu bemerken, und von allen Seiten ließen sich heitere Gespräche und Scherze hören.

Eine Gefüllte! schrie ein Soldat der pfeifend herbeifliegenden Granate entgegen. Nicht hierher, zur Infanterie! fügte lachend ein anderer hinzu, als er bemerkte, daß die Granate vorüberflog und in die Reihen der Bedeckung einschlug.

Was, eine Bekannte? rief ein anderer Soldat lachend dem Bauern zu, der sich vor der vorbeifliegenden Kugel niederbeugte.

Einige Soldaten sammelten sich am Walle und betrachteten, was vor ihnen geschah.

Sie haben die Kette weggenommen ... siehst du ... sie sind zurückgegangen, sagten die Leute, indem sie über den Wall zeigten.

Sehet nach eueren Sachen! schrie sie ein alter Unteroffizier an. Sind sie zurückgegangen, so gibt es was zu tun, hinter ihnen her! und der Unteroffizier packte einen der Soldaten bei den Schultern und stieß ihn mit dem Knie. Man hörte Gelächter.

An das fünfte Geschütz! wurde von der einen Seite gerufen.

Alle auf einmal, wie die Flößer! riefen heiter die ablösenden Kanoniere.

Ei, unserem gnädigen Herrn hätte es bald das Hütchen weggerissen! lachte der Soldat mit dem roten Gesicht, und zeigte die Zähne. He, du Ungeschickte! fügte er vorwurfsvoll hinzu, als die Kugel das Rad seines Geschützes und das Bein eines Artilleristen traf.

Nun, Ihr Füchse! lachte ein anderer über die sich bückenden Landwehrsoldaten, die auf die Batterie kamen, um die

Verwundeten zu holen. Schmeckt die Grütze nicht? Oho, ihr Krähen, was zögert ihr? schrie ein dritter die Landwehrleute an, die vor dem Soldaten mit dem abgerissenen Beine zaudernd stillstanden.

Heute mir, morgen dir! neckte wieder ein anderer die Bauern; aber das habt ihr nicht gern!

Pierre bemerkte, daß nach jeder Kugel, die getroffen hatte, nach jedem Verluste, die allgemeine Lustigkeit immer mehr aufloderte. Es war, als ob aus einer herannahenden Gewitterwolke öfter und öfter und heller über die Gesichter aller dieser Menschen – wie zum Gegengewicht gegen das, was geschah – die Blitze eines aufflammenden Feuers zuckten.

Pierre sah nicht mehr auf das Schlachtfeld hinaus, interessierte sich nicht mehr für das, was dort geschah, sondern war ganz vertieft in die Beobachtung dieser mehr und mehr entbrennenden Flamme, die auch – das fühlte er – in seiner Seele aufloderte.

Um zehn Uhr zog sich die Infanterie, welche vor der Batterie in dem Gebüsch und an dem Kamjenkaflüßchen stand, zurück. Von der Batterie aus konnte man sehen, wie sie vorbei nach rückwärts eilten, und ihre Verwundeten auf den Flinten mit forttrugen.

Ein General mit einer Suite kam auf den Hügel und nachdem er mit dem Obersten gesprochen und Pierre finster angesehen hatte, ging er wieder hinunter und befahl der als Deckung dienenden Infanterie, die hinter der Batterie aufgestellt war, sich niederzulegen, um den Schüssen weniger ausgesetzt zu sein.

Bald darauf hörte man in den Reihen der Infanterie, rechts von der Batterie, Trommeln und Kommandorufe und konnte von der Batterie aus sehen, wie die Reihen der Infanterie vorwärtsrückten.

Pierre sah über den Wall. Ein Gesicht fiel ihm besonders in die Augen; es war das eines jungen Offiziers, der mit bleichem Gesicht, rückwärts gehend, vor seinen Soldaten hermarschierte, indem er den Säbel nach unten hielt und sich unruhig umsah.

Die Reihen der Infanterie verschwanden im Rauche. Man

hörte ihr langgezogenes Geschrei und häufiges Schießen. Nach einer Minute kamen eine Menge von Tragbahren mit Verwundeten von dort her.

Noch häufiger fielen jetzt die Geschosse auf die Batterie nieder. Einige Menschen lagen da und wurden nicht aufgehoben. Um die Kanonen bewegten sich die Artilleristen in lebhafter Geschäftigkeit. Niemand kümmerte sich um Pierre; ein paarmal nur schrie man ihn zornig an, daß er im Wege stehe. Der Oberst ging mit frischem Gesicht in langen, raschen Schritten von einer Kanone zur anderen. Das junge Offizierchen, das noch röter geworden war, befehligte die Soldaten mit noch größerem Eifer. Die Artilleristen reichten sich die Patronen, luden und erfüllten ihre Aufgaben mit sichtlicher Eitelkeit. Sie bewegten sich wie auf Sprungfedern.

Die Gewitterwolke kam immer näher; in allen Gesichtern loderte jenes Feuer, nach dessen Aufflammen Pierre forschte. Er stand neben dem Obersten. Das junge Offizierchen kam herbei und legte die Hand an den Tschako.

Ich habe die Ehre zu melden, Herr Oberst, sagte er, daß wir nur noch acht Patronen besitzen. Befehlen Sie das Feuer fortzusetzen?

Kartätschen! schrie der Oberst, ohne zu antworten, indem er über den Wall blickte.

Plötzlich geschah etwas: Das Offizierchen schrie auf und sank in sich zusammengekauert zu Boden, wie ein im Fluge geschossener Vogel. Alles wurde seltsam trübe und dunkel vor Pierres Augen.

Schnell nacheinander kamen pfeifende Kanonenkugeln geflogen und schlugen in die Brustwehr, in die Mannschaft und in die Geschütze. Pierre, der früher diese Töne nicht beachtet hatte, hörte jetzt nur sie. Auf der rechten Seite der Batterie liefen Soldaten mit Hurrageschrei nicht vorwärts, wie es Pierre schien, sondern zurück.

Eine Kugel schlug in den Rand des Walles gerade an der Stelle, wo Pierre stand; die Erde fiel herunter, vor seinen Augen fuhr ein schwarzer Ball vorüber und klatschte in demselben Augenblick mit etwas zusammen. Die Landwehrleute, die auf der Batterie waren, zogen sich schnell zurück.

Alle an die Kartätschen! schrie der Oberst.

Der Unteroffizier wandte sich zu ihm und sagte mit erschrockenem Flüstern (wie während der Tafel ein Haushofmeister dem Hausherrn mitteilt, daß die verlangte Weinsorte nicht mehr da ist), daß sie keine Munition mehr hätten.

Spitzbuben! Was machen sie denn? rief der Oberst, indem er sich zu Pierre umwandte. Sein Gesicht war rot, mit Schweiß bedeckt; die finsteren Augen blitzten.

Lauf zu der Reserve und hole die Munitionskasten her! schrie er zornig, und sein Blick streifte Pierre, während er sich an den Soldaten wandte.

Ich gehe! sagte Pierre.

Der Offizier antwortete ihm nicht und ging mit großen Schritten nach der anderen Seite.

Nicht schießen ... warten! rief er.

Der Soldat, dem befohlen war, die Munition herbeizuholen, stieß mit Pierre zusammen.

Ach, gnädiger Herr, hier ist kein Platz für dich! rief er und lief hinunter.

Pierre eilte dem Soldaten nach, indem er die Stelle vermied, wo das junge Offizierchen zusammengekauert lag.

Eine Kugel, zwei, drei Kugeln flogen über ihn hin, schlugen vor ihm, neben ihm, hinter ihm ein.

Pierre war hinuntergelaufen – »Wozu?« Plötzlich, als er sich einem grünen Munitionskasten nährte, fiel es ihm wieder ein. Er blieb stehen, unentschlossen, ob er vorwärts- oder zurückgehen solle, als ihn ein furchtbarer Stoß zurück und zu Boden schleuderte. Zu gleicher Zeit beleuchtete ihn das Aufblitzen eines starken Feuerscheins, und es erscholl ein betäubendes, in den Ohren dröhnendes Donnern, Krachen und Pfeifen.

Als Pierre wieder zur Besinnung kam, saß er mit langgestreckten Armen aufgestützt an der Erde; der Munitionskasten, neben dem er gestanden, war weg, aber auf dem versengten Grase lagen grüne, verbrannte Bretter und Lappen umher, und das eine Pferd, das an den Stücken der Deichsel zerrte, sprengte fort, während das andere, das wie Pierre an der Erde lag, in langgezogenen Tönen stöhnte.

XXXII

Pierre, der in seinem Schrecken zu keiner klaren Erinnerung kam, sprang auf und lief auf die Batterie, wie nach dem einzigen Zufluchtsorte von all den Greueln, die ihn umringten.

Als er in die Verschanzung hereintrat, fiel ihm auf, daß auf der Batterie nicht mehr geschossen wurde, und daß Leute da waren, die etwas Besonderes taten. Er hatte jedoch nicht Zeit zu erkennen, was für Leute das sein mochten, denn er bemerkte den Obersten, der mit dem Rücken zu ihm gekehrt am Walle lehnte, als ob er an dessen Fuße etwas beobachtete, und sah einen Soldaten, der ihm früher aufgefallen war, sich von den Männern losreißen, die ihn am Arme packten, indem er schrie »Brüder« ... und dann geschah noch etwas Merkwürdiges.

Kaum hatte sich Pierre klargemacht, daß der Oberst gefallen war, und daß der Soldat, der geschrien hatte, »Brüder!« gefangengenommen wurde, und hatte vor seinen Augen einen anderen Soldaten von hinten niederstechen sehen, als – nachdem er eben auf die Schanze zurückgekehrt war – ein hagerer, gelber Mann, mit schweißbedecktem Gesicht, in blauer Uniform, mit dem Säbel in der Hand auf ihn zulief und ihm etwas zuschrie. Pierre, der sich instinktiv gegen den Stoß wehrte, da sie, ohne zu sehen, gegeneinandergerannt waren, streckte die Hände aus und ergriff diesen Mann – es war ein französischer Offizier – an der Schulter und an der Kehle. Der Offizier ließ seinen Säbel fallen und packte Pierre am Kragen.

Ein paar Sekunden lang sahen sie sich gegenseitig mit erschrockenen Augen in die fremden Gesichter, und beide wunderten sich über das, was sie getan hatten oder tun wollten.

»Bin ich gefangen, oder habe ich ihn gefangengenommen?« dachte jeder von ihnen; aber sichtlich neigte sich der französische Offizier mehr zu dem Gedanken, daß er gefangengenommen sei, weil Pierres starke Hand, von Furcht regiert, unwillkürlich seinen Hals stärker und stärker drückte. Der Franzose wollte etwas sagen, als plötzlich über ihren Köpfen, erschreckend niedrig, eine Kanonenkugel hinsauste. Pierre kam es vor, als ob der Kopf des französischen Offiziers abgerissen wäre, so schnell hatte er ihn heruntergebeugt.

Auch Pierre beugte den Kopf und ließ die Hände sinken, ohne weiter daran zu denken, wer den anderen gefangengenommen hätte. Der Franzose lief auf die Batterie zurück, und Pierre eilte bergab und stolperte über Tote und Verwundete, die ihn, wie ihm däuchte, an den Beinen festhielten. Aber kaum war er am Fuße der Höhe angelangt, als ihm dichte Massen russischer Soldaten entgegenrannten, welche stolpernd, fallend, schreiend, heiter und stürmisch auf die Batterie eilten. (Es war jene Attacke, die sich Jermolow zuschrieb, indem er sagte, daß diese Heldentat nur seiner Tapferkeit und seinem Glück möglich gewesen wäre – jene Attacke, in welcher er die Georgskreuze, die er in der Tasche trug, auf den Hügel geworfen haben soll.) Die Franzosen liefen, nachdem sie die Batterie eben eingenommen hatten, wieder davon, und unsere Truppen jagten sie mit Hurrageschrei so weit fort, daß es schwerfiel, sie wieder aufzuhalten.

Von der Batterie wurden die Gefangenen weggebracht, unter ihnen ein verwundeter französischer General, den viele Offiziere umringten. Scharen von Verwundeten, Bekannte und Unbekannte für Pierre, Russen und Franzosen mit schmerzentstellten Gesichtern, gingen und krochen von der Batterie herunter, oder wurden auf Bahren fortgetragen. Pierre fand auf dem Hügel, wo er über eine Stunde zugebracht hatte, keinen mehr aus jenem Familienkreise, der ihn aufgenommen hatte. Viele lagen hier tot, die ihm fremd waren, aber einige erkannte er wieder. Das junge Offizierchen saß noch wie früher, zusammengekrümmt, am Rande des Walls, in einer Blutlache; der Soldat mit dem roten Gesicht zuckte noch, aber er wurde nicht fortgetragen.

Pierre eilte hinunter.

»Nun, jetzt müssen sie aufhören, jetzt müssen sie schaudern vor dem, was sie getan haben!« dachte Pierre, indem er sich ziellos den Tragbahren anschloß, die vom Schlachtfelde fortgeschleppt wurden.

Aber die vom Rauch verschleierte Sonne stand noch hoch, und vor Pierre, zur Linken besonders bei Semjonowskoje, brodelte es noch immer im Dampfe, und das Geheul der Schüsse, das Flintengeknatter und der Kanonendonner wurden nicht nur nicht schwächer, sondern immer stärker, bis zur Raserei, wie das verzweiflungsvolle Geschrei eines Menschen, der seine letzten Kräfte aufbietet.

XXXIII

Die Hauptaktion der Schlacht von Borodino wurde auf einer Fläche von tausend Klaftern zwischen Borodino und der Pfeilschanze Bagrations geliefert. Außerhalb dieses Punktes wurde auf einer Seite bei den Russen um die Mittagszeit eine Demonstration von Uwarows Kavallerie gemacht, und auf der anderen Seite fand jenseits der Utiza ein Zusammentreffen zwischen Poniatowski und Tutschkow statt. Aber das waren zwei vereinzelte und im Vergleich mit dem, was auf dem Schlachtfelde geschah, unbedeutende Kämpfe.

Auf jedem Felde zwischen Borodino und den Pfeilschanzen am Walde wurde auf einem offenen, von allen Seiten zu überschauenden Terrain das Hauptgefecht der Schlacht, und zwar auf die einfachste Weise, ohne jede List geliefert.

Die Schlacht begann mit der beiderseitigen Kanonade aus einigen hundert Geschützen.

Dann, als der Rauch der Geschütze das ganze Feld bedeckte, bewegten sich in diesem Rauch (von seiten der Franzosen) von rechts her die zwei Divisionen Dessaix und Compan gegen die Pfeilschanze und von links die Regimenter des Vizekönigs gegen Borodino.

Von der Schanze von Schewardino, auf der Napoleon stand, waren die Pfeilschanze in gerader Richtung eine Werst und Borodino mehr als zwei Werst entfernt; Napoleon konnte also nicht sehen, was dort vorging, um so weniger, da der Rauch sich mit dem Nebel vereinigte und die ganze Strecke verhüllte.

Die Regimenter der Division Dessaix, welche gegen die Pfeilschanze marschierten, waren nur so lange sichtbar, bis sie in die Schlucht hineingingen, die sie von den Schanzen trennte. Als sie in die Schlucht hinunterzogen, wurde der Dampf der Kanonen und Flintenschüsse auf den Pfeilschanzen so dicht, daß er den ganzen Zugang jener Seite der Schlucht bedeckte. Im Dampfe zeigte sich etwas Schwarzes, wahrscheinlich Menschen, und zuweilen leuchtete der Glanz der Bajonette auf; aber ob sie sich bewegten oder auf einer Stelle standen, ob es Franzosen oder Russen waren, konnte man von der Schanze von Schewardino aus nicht erkennen.

Die Sonne ging in Klarheit auf und ihre schrägen Strahlen fielen Napoleon ins Gesicht, der unter der Hand hervor auf die Pfeilschanzen sah. Der Rauch lagerte sich vor den Schanzen, und bald schien es, als ob der Rauch sich bewegte, bald, als ob sich die Truppen bewegten. Zuweilen ließ sich durch das Schießen das Geschrei der Menschen hören, aber was sie taten, ließ sich nicht unterscheiden.

Napoleon, der auf dem Hügel stand, sah durch das Fernrohr und erblickte in dem kleinen Kreise des Fernrohrs Dampf und Menschen, zuweilen die Seinigen, zuweilen Russen; aber sobald er wieder mit unbewaffnetem Auge umhersah, wußte er nicht, wo das war, was er eben beobachtet hatte.

Er stieg den Hügel hinunter und begann an seinem Fuße hin und her zu gehen. Zuweilen stand er still, lauschte auf das Schießen und warf einen Blick auf das Schlachtfeld.

Nicht nur von dem Platze, wo er stand, nicht nur von dem Hügel, wo sich jetzt einige Generale befanden, sondern auch auf der Pfeilschanze selbst, auf welcher sich bald Russen, bald Franzosen, bald beide zusammen befanden – Lebendige, Verwundete, Tote, vor Angst Wahnsinnige – war nicht zu übersehen, was geschah. Während einiger Stunden erschienen auf diesem Platze, mitten im unaufhörlichen Flinten- und Kanonenfeuer bald Russen, bald Franzosen, bald Kavallerie, bald Infanterie ... sie erschienen, schossen, trafen zusammen, ohne zu wissen, was sie miteinander machen sollten, schrien und liefen wieder fort.

Vom Schlachtfelde kamen unaufhörlich die an Napoleon abgeschickten Adjutanten und Ordonnanzoffiziere seiner Marschälle und erstatteten Meldung über den Gang der Dinge. Aber alle diese Meldungen waren falsch – teils, weil es in der Hitze der Schlacht unmöglich ist, zu sagen, was in dem gegebenen Augenblick stattfindet; teils, weil viele Adjutanten gar nicht an die wirkliche Schlacht herankamen, sondern nur berichteten, was sie von anderen gehört hatten; endlich auch darum, weil sich die Sachlage, während der Adjutant die zwei, drei Werst weiter ritt, die ihn von Napoleon trennten, bereits wieder verändert hatte, so daß die Nachricht, die er brachte, nicht mehr richtig war.

So zum Beispiel kam der Adjutant des Vizekönigs mit dem Berichte, daß Borodino genommen und die Brücke über die Kalotscha in den Händen der Franzosen sei. Der Adjutant fragte Napoleon, ob er den Befehl habe, daß die Truppen hinübergingen, und Napoleon verfügte, daß die Regimenter sich auf dem jenseitigen Ufer formieren und dann warten sollten. Aber nicht nur, als Napoleon diesen Befehl erteilte, sondern schon als der Adjutant sich eben von Borodino entfernt hatte, war die Brücke bereits von den Russen wiedererobert und verbrannt, in jenem Zusammenstoß, an welchem Pierre ganz zu Anfang der Schlacht teilgenommen hatte.

Ein von der Pfeilschanze mit bleichem, erschrockenem Gesicht heransprengender Adjutant meldete Napoleon, die Attacke sei zurückgeschlagen, Compan verwundet, Davoust getötet – in Wirklichkeit war diese Schanze von einem anderen Truppenteil der Franzosen genommen worden, gerade in der Zeit, wo man ihm gesagt hatte, daß die Franzosen zurückgeworfen seien, und Davoust lebte und hatte nur eine leichte Quetschung. Solchen, notwendigerweise falschen Berichten gemäß traf Napoleon seine Anordnungen, die entweder schon ausgeführt waren, ehe er sie erließ, oder nicht ausgeführt werden konnten.

Marschälle und Generale, die sich dem Schlachtfelde näher befanden, aber auch wie Napoleon nicht an der Schlacht selbst teilnahmen, sondern nur dann und wann in das Kugelfeuer ritten, trafen – ohne Napoleon zu fragen – ihre Dispositionen und gaben Befehl, wohin und von wo aus zu schießen sei, wohin die Kavallerie zu reiten und die Infanterie zu marschieren habe. Aber auch ihre Anordnungen wurden, wie die

Napoleons, nur zum geringsten Teile und nur selten ausgeführt – meist geschah das Gegenteil von dem, was sie befohlen hatten. Soldaten, die den Befehl erhalten hatten, vorwärtszugehen, liefen zurück, wenn sie unter das Kartätschenfeuer kamen; Soldaten, denen befohlen war, stehenzubleiben, liefen, wenn sie unerwartet Russen vor sich sahen, zurück oder fielen über sie her, und die Kavallerie sprengte, ohne Befehl zur Verfolgung, den fliehenden Feinden nach. So jagten zwei Kavallerieregimenter durch die Schlucht von Semjonowskoje, und kaum waren sie auf der Höhe angelangt, als sie umkehrten und in Karriere zurücksprengten. Ebenso marschierte die Infanterie zuweilen gar nicht dahin, wohin ihr zu gehen befohlen war. Alle Befehle, wohin und wann die Kanonen vorgerückt werden sollten, wann die Infanterie Feuer geben oder die Kavallerie das russische Fußvolk niederreiten sollte, alle diese Meldungen erließen die Chefs der verschiedenen Truppenteile, die sich in der Schlachtlinie selbst befanden, ohne auch nur Davoust, Ney, Murat, geschweige denn Napoleon selbst zu fragen. Sie fürchteten weder für die Nichterfüllung erhaltener Befehle noch für ihr willkürliches Tun eine Strafe, weil es sich in der Schlacht um das teuerste Gut des Menschen, das eigene Leben, handelt. Zuweilen schien Rettung im Vorwärtslaufen, zuweilen im Zurücklaufen zu liegen, und nach diesem augenblicklichen Impulse handelten die Menschen, die sich in der Hitze des Gefechts befanden. Im Wesentlichen trugen aber die Bewegungen vorwärts und rückwärts nichts zur Erleichterung oder Änderung der Lage der Truppen bei. Alle Anläufe und Angriffe der Truppen gegeneinander taten ihnen beinahe keinen Schaden. Verderben, Tod und Verkrüppelung brachten die Kanonen- und Flintenkugeln, die überall über das Schlachtfeld flogen, auf dem diese Menschen sich hin und her bewegten. Sobald die Leute aus dem Bereich herauskamen, wo die Kanonen- und Flintenkugeln herumflogen, formierten die Chefs, die hinter ihnen standen, ihre Regimenter von neuem, unterwarfen sie der gewohnten Disziplin und führten sie unter dem Einfluß dieser Disziplin in das Bereich des Feuers zurück, bis sie – unter dem Einfluß der Todesfurcht – die Disziplin abermals verloren und sich, je nach den zufälligen Impulsen der Menge, hin und her warfen.

XXXIV

Die Generale Napoleons, Davoust, Ney und Murat, die sich in der Nähe des Feuerbereiches befanden, und zuweilen auch in ihn eintraten, führten mehrmals große wohlformierte Truppenmassen hinein, aber im Gegensatz zu dem, was in allen früheren Schlachten geschehen war, kamen – anstatt der erwarteten Nachricht von der Flucht des Feindes – die eben formierten Regimenter aufgelöst und in verwirrten Scharen zurück. Sie formierten sich wieder, aber es wurden immer weniger Menschen. Gegen Mittag schickte Murat seinen Adjutanten zu Napeleon und ließ um Hilfstruppen bitten.

Napoleon saß am Fuß des Hügels und trank Punsch, als der Adjutant Murats heransprengte, mit der Versicherung, daß die Russen unfehlbar geschlagen würden, wenn Se. Majestät noch eine Division zur Verstärkung senden wollte.

Verstärkung! sagte Napoleon streng und verwundert, als ob er dies Wort nicht verstände, und blickte den Adjutanten an, einen schönen Jüngling mit langem, krausem, schwarzem Haar, wie das Murats. »Verstärkung! dachte Napoleon. Was will man denn von mir? Meine halbe Armee steht ja dort … und noch dazu gegen einen nur schwach befestigten Flügel der Russen« … Sagen Sie dem König von Neapel, fügte Napoleon streng hinzu, daß es noch nicht Mittag ist, und daß ich mein Schachbrett nicht deutlich übersehe. Gehen Sie!

Der schöne, jugendliche Adjutant mit dem langen Haar atmete schwer auf, ohne die Hand vom Tschako zu nehmen, und sprengte dahin zurück, wo die Menschen hingemordet wurden.

Napoleon stand auf, rief Caulaincourt und Berthier herbei und begann mit ihnen von Dingen zu sprechen, die sich nicht auf die Schlacht bezogen.

Mitten in dem Gespräch, das Napoleon zu interessieren anfing, richteten sich Berthiers Augen auf einen General, der sich auf schweißbedecktem Pferde mit einem Gefolge dem Hügel näherte. Es war Belliard. Er sprang vom Pferde, trat mit raschen Schritten auf den Kaiser zu, und begann dreist mit lauter Stimme die Notwendigkeit einer Verstärkung zu beweisen. Er schwur bei seiner Ehre, daß die Russen verloren seien, wenn der Kaiser noch eine Division gäbe.

Napoleon zuckte die Achseln, antwortete nicht, und setzte seinen Spaziergang fort.

Belliard fing an, laut und lebhaft mit den Offizieren des Gefolges zu sprechen, die ihn umringten.

Sie sind zu hitzig, Belliard, sagte Napoleon, indem er sich dem General näherte. Man kann sich im Feuer des Gefechts leicht irren. Reiten Sie zurück, sehen Sie sich die Dinge nochmals an, und dann kommen Sie wieder zu mir.

Belliard war noch nicht aus Napoleons Augen verschwunden, als von der anderen Seite ein neuer Bote vom Schlachtfelde herangesprengt kam.

Nun, was gibt es denn? fragte Napoleon im Tone eines Menschen, der durch immerwährende Störungen gereizt wird.

Sire, der Prinz ... fing der Adjutant an.

Bittet um Verstärkung? unterbrach ihn Napoleon mit zorniger Gebärde. Der Adjutant nickte bejahend und fing an zu berichten; aber der Kaiser wandte sich von ihm ab, machte zwei Schritte, kam zurück und rief Berthier.

Wir müssen die Reserven hergeben, sagte er, indem er leicht die Hände ausstreckte. Wen schicken wir hin? Was meinen Sie? wandte er sich fragend zu Berthier, zu jenem »Gimpel, den ich zum Adler gemacht habe«, wie er später sagte.

Schicken Sie die Division Claparède, sagte Berthier, der alle Divisionen, Regimenter und Bataillone auswendig wußte.

Zustimmend nickte Napoleon mit dem Kopfe. Der Adjutant begab sich zu der Division Claparède, und nach einigen Minuten verließ die junge Garde, die hinter dem Hügel gestanden hatte, ihre bisherige Position. Schweigend sah ihr Napoleon nach.

Nein, ich kann Claparède nicht schicken, sagte er plötzlich zu Berthier. Lassen Sie die Division Friant marschieren.

Obwohl es nicht den mindesten Vorteil bot, anstatt Claparède die Division Friant zu schicken, und sogar eine unleugbare Störung und Verzögerung mit dem Zurückrufen Claparèdes und dem Aufbruche Friants verbunden war, wurde der Befehl genau erfüllt. Napoleon bemerkte nicht, daß er seinen Soldaten gegenüber die Rolle eines Arztes spielte, der mit seinen Arzneien stört, eine Rolle, die er so richtig auffaßte und verurteilte.

Die Division Friant verschwand wie alle früheren im Rauch des Schlachtfeldes. Von allen Seiten kamen die Adjutanten herangesprengt, und alle, als ob sie sich verabredet hätten, sagten dasselbe; alle baten um Unterstützung, alle sagten, daß die Russen sich in ihren Positionen hielten und ein Höllenfeuer auf die französischen Truppen richteten, durch das diese zusammenschmölzen.

Napoleon saß nachdenklich auf einem Feldstuhle.

Herr de Beausset, der so gern reiste, und der seit dem frühen Morgen hungrig geworden war, näherte sich dem Kaiser und erdreistete sich, Se. Majestät ehrerbietigst zum Frühstück aufzufordern.

Ich hoffe, daß ich Ew. Majestät jetzt auch zum Siege gratulieren kann, sagte er.

Napoleon schüttelte, ohne ein Wort zu sprechen, verneinend den Kopf. In der Annahme, daß sich diese Verneinung auf den Sieg, nicht aber auf das Frühstück beziehe, erlaubte sich Beausset mit ehrerbietigem Scherze zu bemerken, daß es keine Gründe in der Welt geben könnte, die uns am Frühstücken zu verhindern vermöchten, sobald dazu Gelegenheit geboten wäre.

Gehen Sie ... sagte Napoleon finster und wandte sich ab.

Ein Lächeln des Bedauerns, der Reue und des Entzückens erglänzte auf dem Gesicht des Herrn de Beausset, und mit elastischem Schritt entfernte er sich und ging zu den Generalen.

Napoleon empfand das quälende Gefühl, dem ähnlich, welches den lange Zeit glücklichen Spieler packt, der, so unsinnig er sein Geld gesetzt, doch immer gewonnen hat, plötzlich aber – gerade wenn er alle Möglichkeiten des Spiels berechnet zu haben glaubte – die Empfindung hat, daß je sorgfältiger seine Schritte bedacht waren, um so sicherer sein Verderben ist.

Die Truppen waren dieselben, die Generale dieselben, die Vorbereitungen dieselben. Es war dieselbe Proklamation, kurz und bündig; er selbst war derselbe – das wußte er –, er wußte, daß er jetzt sogar erfahrener und geschickter war als früher; selbst der Feind war der nämliche, wie bei Austerlitz und Friedland ... und doch fiel der mächtig geschwungene Arm kraftlos, wie verzaubert, nieder!

Alle jene gewohnten Manöver, die immer mit Erfolg gekrönt zu sein pflegten: das Konzentrieren der Batterien auf einen Punkt, die Attacke der Reserven, um die Schlachtlinie zu durchbrechen, die Attacke der Kavallerie, der »Eisenmänner«, alle diese Hilfsmittel waren bereits aufgebraucht, und es war nicht nur kein Sieg errungen, sondern von allen Seiten kamen dieselben Nachrichten, von toten und verwundeten Generalen, von der Notwendigkeit einer Verstärkung, von der Unmöglichkeit, die Russen zu verdrängen und von der Auflösung der französischen Regimenter.

Früher, nach zwei, drei Befehlen, zwei, drei Phrasen, eilten Marschälle und Adjutanten mit Gratulationen und heiteren Mienen herbei, berichteten von ganzen Korps von Gefangenen, von Kriegstrophäen, ganzen Haufen feindlicher Fahnen und Standarten, von Kanonen und Proviantwagen; und dann kam Murat und bat um die Erlaubnis, seine Kavallerie abzuschicken, um die Wagenzüge des Feindes zu nehmen.

So war es bei Lodi, Marengo, Arcole, Jena, Austerlitz, Wagram usw. gewesen. Jetzt ging etwas Eigentümliches mit seinen Truppen vor.

Trotz der Nachricht von der Einnahme der Pfeilschanzen, sah Napoleon, daß es anders war, ganz anders als in allen früheren Schlachten. Er sah, daß das Gefühl, welches ihn erfüllte, auch von allen geteilt wurde, die ihn umringten und in Kriegsangelegenheiten Erfahrung besaßen. Alle Mienen waren traurig, alle Augen vermieden sich zu begegnen. Nur Beausset war es möglich, die Bedeutung dessen, was geschah, nicht zu verstehen. Napoleon aber wußte, nach so langer Kriegserfahrung, sehr wohl, was es heißt, wenn nach achtstündigen Anstrengungen die Schlacht nicht durch den gewonnen ist, der den Angriff gemacht hat. Er wußte, daß dies beinahe einer Niederlage gleich kam, und daß der geringste Zufall jetzt – auf diesem höchst gespannten Punkt des Schwankens, zu dem die Schlacht gelangt war – ihn und seine Truppen verderben konnte.

Als er jetzt in Gedanken den ganzen seltsamen russischen Feldzug durchnahm, in dem keine Schlacht gewonnen und zwei Monate lang keine Fahne, keine Kanone erbeutet, keine Gefangenen gemacht worden, als er auf die niedergeschlagenen Mienen der ihn Umgebenden sah und aus allen Berichten vernahm, daß die Russen noch immer in ihren Positionen standen – packte ihn ein beängstigendes Gefühl, dem ähnlich, das wir oft im Traum empfinden, und es kamen ihm alle unglücklichen Möglichkeiten in den Sinn, die ihn verderben konnten. Die Russen konnten sein Zentrum sprengen; eine unsinnige Kugel konnte ihn selbst töten – alles dies war möglich. In seinen früheren Schlachten hatte er nur an die Möglichkeit des Erfolges gedacht, jetzt aber stellte sich ihm eine zahllose Menge unglücklicher Zufälle dar, und er war auf jeden gefaßt. Ja, es war wie im Traume, wenn ein Räuber kommt, wo der Träumende den Arm zum Schlage erhebt, zu einem Schlage, von dem er weiß, daß er den Räuber vernichten muß, plötzlich aber fühlt er, daß seine Hand weich und kraftlos wie ein Lappen niedersinkt, und das Entsetzen des unabwendbaren Verderbens packt den hilflosen Menschen.

Die Nachricht, daß die Russen den linken Flügel der französischen Armee attackierten, war es vor allem, die dies Gefühl in Napoleon weckte. Schweigend saß er am Fuße des Hügels auf seinem Feldstuhle, senkte den Kopf und legte die Ellbogen auf die Knie. Berthier trat zu ihm und forderte ihn auf, die Linie entlangzureiten, um sich zu überzeugen, wie die Lage der Dinge war.

Was? Was sagen Sie? fragte Napoleon. Ja, lassen Sie mir mein Pferd vorführen.

Er stieg zu Pferde und ritt nach Semjonowskoje.

Auf der ganzen Strecke, die er in dem sich langsam verbreitenden Pulverrauche durchritt, lagen in Blutlachen Pferde und Menschen, einzeln und haufenweise. Etwas so Entsetzliches, eine solche Zahl von Toten auf einer so kleinen Strecke hatte weder Napoleon noch einer seiner Generale jemals gesehen. Der seit zehn Stunden unablässig fortdauernde, das Ohr ermüdende Kanonendonner verstärkte noch – wie die Musik bei lebenden Bildern – die Wirkung des Anblicks. Endlich erreichte Napoleon die Höhe von Semjonowskoje und sah durch den Pulverdampf Reihen von Menschen in Uniformen, deren Farbe seinem Auge nicht vertraut war. Das waren Russen.

In dichten Reihen standen die Russen hinter Semjonowskoje, und in ihrer Schlachtlinie dröhnten und rauchten die Kanonen ohne Aufhören. Die eigentliche Schlacht war zu Ende, es war nur noch ein fortgesetztes Morden, das zu nichts führen konnte, weder für die Russen noch für die Franzosen.

Napoleon hielt sein Pferd an und verfiel wieder in jenes Nachdenken, aus dem ihn Berthier aufgerüttelt hatte: er konnte das Werk, das vor ihm geschah und das für ein von ihm geleitetes und abhängiges gehalten wurde, nicht hemmen, aber zum ersten Male – infolge des Mißlingens, erschien ihm dies Werk als ein unnötiges und entsetzliches.

Einer der Generale, die an Napoleon herangekommen waren, erlaubte sich, ihn aufzufordern, die alte Garde ins Gefecht zu schicken. Ney und Berthier, die neben Napoleon standen, wechselten einen Blick und lächelten spöttisch zu dem törichten Vorschlage.

Napoleon senkte den Kopf und schwieg lange.

Dreitausendfünfhundert Meilen von Frankreich entfernt werde ich meine Garde nicht zerschmettern lassen, sagte er, wandte sein Pferd und ritt nach Schewardino zurück.

XXXV

Kutusow saß mit tief gesenktem grauem Kopfe und schwer niedergelassenem Körper auf derselben, mit einem Teppich bedeckten Bank, auf der ihn Pierre am Morgen gesehen hatte. Er gab keine Befehle, sondern stimmte nur zu oder wies ab, wenn ihm Vorschläge gemacht wurden. Ja, ja, reite hin, Freundchen, such nach, wandte er sich bald zu diesem, bald zu jenem seiner Umgebung. Oder er sagte: Nein, es ist nicht nötig – wir warten lieber. Er hörte die Berichte, die ihm gemacht wurden, an und traf verschiedene Anordnungen, wenn seine Untergebenen sie verlangten; aber während er ihre Berichte anhörte, schien er sich nicht für den Sinn der Worte zu interessieren, die man ihm sagte, sondern Ton und Miene des Berichterstatters interessierten ihn.

Seine langjährige Kriegserfahrung hatte ihn gelehrt und sein Greisenverstand hatte begriffen, daß es für *einen* Menschen unmöglich ist, Hunderttausende zu lenken, die um Leben und Tod zu kämpfen haben. Er wußte, daß das Schicksal der Schlachten entschieden wird nicht durch die Anordnungen des Oberbefehlshabers, nicht durch die Aufstellung der Truppen, nicht durch die Zahl der Kanonen und die Summe der Gefallenen, sondern durch jene unberechenbare Kraft, die der Geist des Heeres genannt wird, und nach dieser Kraft forschte er und leitete sie, soviel das in seiner Macht lag.

Der vorhersehbare Ausdruck in Kutusows Gesicht war der einer konzentrierten, ruhigen Aufmerksamkeit und Anspannung, die aber kaum imstande war, die Ermüdung des alten, schwachen Körpers zu überwinden.

Um elf Uhr morgens erhielt er die Nachricht, daß die von den Franzosen besetzten Pfeilschanzen zurückerobert wären, daß aber Fürst Bagration verwundet sei. Kutusow schrie auf und wiegte den Kopf.

Reite zum Fürsten Peter Iwanytsch und erkundige dich genau, wie und was … sagte er zu einem Adjutanten. Gleich darauf wandte er sich an den Prinzen von Württemberg, der hinter ihm stand.

Werden Sie die Güte haben, königliche Hoheit, das Kommando der ersten Armee zu übernehmen? fragte er.

Kurz nach dem Aufbruch des Prinzen, so schnell, daß er noch nicht nach Semjonowskoje gelangt sein konnte, erschien einer seiner Adjutanten und meldete dem Durchlauchtigen, daß der Prinz um Truppen bitten lasse.

Kutusow runzelte die Stirn, schickte Dochturow den Befehl, das Kommando der ersten Armee zu übernehmen, den Prinzen – den er, wie er sagte, in diesem wichtigen Augenblick nicht entbehren könne – ließ er bitten, zu ihm zurückzukehren.

Als die Nachricht von Murats Gefangennahme gebracht wurde und die Stabsoffiziere Kutusow gratulierten, lächelte er.

Warten Sie, meine Herren, sagte er: die Schlacht ist noch nicht gewonnen, auch Murats Gefangenschaft bedeutet nicht viel ... besser warten, ehe wir uns freuen! Er schickte jedoch einen Adjutanten mit diesen Nachrichten nach dem Schlachtfelde.

Von der linken Flanke kam Schtscherbinin mit der Kunde, daß die Schanzen bei Semjonowskoje und das Dorf selbst von den Franzosen genommen waren. Kutusow, der aus dem Getöse auf dem Schlachtfelde und aus Schtscherbinins Miene erriet, daß die Nachricht, die er brachte, keine gute war, stand auf, als ob er sich die Füße vertreten wollte, nahm Schtscherbinin unter den Arm und führte ihn beiseite. Reite hin, Liebster, sagte er, zu Jermolow, und siehe zu, ob nicht irgend etwas zu tun ist.

Hier in Gorki befand sich Kutusow im Zentrum unserer Positionen. Die von Napoleon gegen unsere linke Flanke gerichtete Attacke war ein paarmal zurückgeschlagen worden. Im Zentrum drangen die Franzosen von Borodino aus nicht weiter vor, und von der rechten Flanke trieb die Kavallerie Uwarows die Franzosen in die Flucht.

Gegen drei Uhr hörten die Attacken der Franzosen auf. Alle Gesichter derer, die vom Schlachtfelde kamen, sowie derer, die um ihn her standen, zeigten Kutusow den Ausdruck einer aufs höchste gestiegenen Anspannung. Kutusow war über Erwartung mit dem Erfolge des Tages zufrieden, aber die Körperkräfte verließen den alten Mann; ein paarmal senkte sich sein Kopf, und er schlummerte ein. Man brachte ihm das Essen.

Der Flügeladjutant Wolzogen, der Mann, der im Vorbeireiten zu dem Fürsten Andrej gesagt hatte, daß der Krieg »räumlich ausgedehnt werden« müsse, und der Bagration so tief verhaßt war, kam während der Mahlzeit zu Kutusow. Er war von Barclay geschickt, um über den Gang der Dinge auf der linken Flanke Bericht zu erstatten. Der besonnene Barclay hielt, als er die Menge der Zurücklaufenden und Verwundeten und die verwirrten Überbleibsel der Armee sah und nachdem er alle Umstände erwogen hatte, die Schlacht für verloren und schickte seinen Liebling mit diesem Bericht an den Oberbefehlshaber.

Kutusow, der mühsam ein gebratenes Huhn kaute, sah Wolzogen mit zusammengezogenem, heiter blickendem Auge entgegen.

Wolzogen näherte sich mit nachlässigem Schritt und einem spöttischen Lächeln auf den Lippen, indem er leicht mit der Hand den Mützenschirm berührte.

Wolzogen behandelte den Durchlauchtigen mit einer gewissen affektierten Nachlässigkeit, die ausdrücken sollte, daß er als hochgebildeter Militär es den Russen überlasse, aus diesem alten, unbrauchbaren Manne einen Götzen zu machen, daß er selbst aber sehr gut wisse, mit wem er es zu tun habe.

»Der alte Herr (so nannten die Deutschen Kutusow in ihrem Kreise) macht sich's recht bequem«, dachte Wolzogen, und indem er mißbilligend auf die vor Kutusow stehenden Teller sah, begann er dem »alten Herrn« von der Lage der Dinge auf der linken Flanke zu berichten, wie es ihm Barclay befohlen und er selbst gesehen und verstanden hatte.

Alle Punkte unserer Position sind in den Händen des Feindes, und sie wieder zu erobern ist nicht denkbar, weil wir keine Truppen haben. Sie fliehen und es ist nicht möglich, sie zu halten, meldete er.

Kutusow hörte auf zu kauen und starrte Wolzogen mit Verwunderung an, als ob er nicht verstände, was dieser sagte. Wolzogen, der die Aufregung des »alten Herrn« bemerkte, fügte lächelnd hinzu:

Ich halte mich nicht für berechtigt, Ew. Durchlaucht zu verheimlichen, was ich gesehen ... die Regimenter sind in voller Verwirrung ...

Haben Sie das gesehen? Haben Sie das gesehen? rief Kutusow, indem er sich mit finsterem Gesicht erhob und rasch auf Wolzogen zutrat. Wie ... wie unterstehen Sie sich ... schrie er wieder, indem er mit zitternden Händen eine drohende Bewegung machte, wie unterstehen Sie sich, mein Herr, *mir* das zu sagen? ... Sie wissen nichts, gar nichts! Melden Sie dem General Barclay von mir, daß seine Nachrichten unrichtig sind, und daß der wahre Gang der Schlacht mir, dem Oberbefehlshaber, besser bekannt ist als ihm!

Wolzogen wollte etwas entgegnen, aber Kutusow unterbrach ihn.

Der Feind ist zurückgeschlagen auf der Linken und besiegt auf der rechten Flanke. Wenn Sie schlecht sehen, so erlauben Sie sich nicht, zu sagen, was Sie nicht wissen! Bitte, reiten Sie zu dem General Barclay und teilen Sie ihm mit, daß ich die Absicht habe, morgen den Feind zu attackieren ... sagte Kutusow streng. Alle schwiegen, und es war nur der schwere Atem des alten Feldherrn zu hören.

Zurückgeschlagen überall, wofür ich Gott und unserem tapferen Heere danke! Der Feind ist besiegt, und morgen treiben wir ihn aus dem heiligen russischen Reiche hinaus, sagte Kutusow, indem er sich bekreuzte; dann schluchzte er plötzlich von den aufsteigenden Tränen.

Wolzogen zuckte die Achseln, zog den Mund schief und trat schweigend zur Seite, voll Verwunderung »über diesen Dünkel des alten Herrn«.

Ach, da ist ja mein Held! sagte Kutusow, indem er sich zu dem breitschultrigen, schönen, schwarzhaarigen General wandte, der in diesem Augenblick die Anhöhe heraufkam. Es war Rajewskij, der den ganzen Tag auf dem Hauptpunkte der Schlacht von Borodino zugebracht hatte.

Rajewskij berichtete, seine Truppen ständen fest auf ihrem Platze, und die Franzosen wagten nicht mehr, sie anzugreifen.

Nachdem er ihn gehört hatte, sagte Kutusow französisch:

Sie glauben also nicht wie die »anderen«, daß wir genötigt sind, uns zurückzuziehen?

Im Gegenteil, Ew. Durchlaucht! In zweifelhaften Fällen ist

es immer der Hartnäckige, der Sieger bleibt, antwortete Rajewskij. Und meine Meinung ...

Kajssarow! rief Kutusow seinem Adjutanten zu, setze dich nieder und schreibe den Tagesbefehl für morgen ... und du, wandte er sich zu einem anderen, reite die Schlachtlinie entlang und mache bekannt, daß morgen wir attackieren.

Während Kutusow das Gespräch mit Rajewskij fortsetzte und den Tagesbefehl diktierte, kehrte Wolzogen von Barclay zurück und meldete, General Barclay de Tolly wünsche eine schriftliche Bestätigung des Befehls, den der Feldmarschall gegeben hatte.

Kutusow befahl, ohne Wolzogen anzusehen, den Befehl zu schreiben, den der ehemalige Oberbefehlshaber mit vollem Recht begehrte, um jeder Verantwortlichkeit zu entgehen.

Und infolge jenes unerklärlichen, geheimnisvollen Zusammenhanges, der in der ganzen Armee eine und dieselbe Stimmung, die wir »den Geist des Heeres« nennen, hervorruft, und der im Kriege ihren eigentlichen Nerv bildet, wurden auch die Worte Kutusows, sein Befehl zum Kampf auf morgen, gleichzeitig an allen Ecken und Enden des Heeres bekannt.

Es waren nicht die Worte, nicht der Befehl selbst, die bis in die letzten Glieder dieses nur lose verbundenen Ganzen eindrangen; es war sogar nichts von den Aussprüchen Kutusows Ähnliches in den Mitteilungen, welche einer dem anderen an den verschiedenen Enden des Heeres machte. Aber der Sinn seiner Worte wurde überall wiederholt, weil – was er gesagt hatte, nicht aus ausgeklügelten Theorien hervorging, sondern aus dem Gefühl, das ebenso gut in der Seele des Oberbefehlshabers wie in der jedes anderen Russen lebte.

Und sobald sie erfahren hatten, daß wir den Feind morgen angreifen würden, sobald sie aus den höheren Sphären der Armee die Bestätigung dessen gehört, was sie glauben wollten, fühlten sich die erschöpften, wankenden Mannschaften erfrischt und wie neu belebt.

XXXVI

Das Regiment des Fürsten Andrej gehörte zu der Reserve, die bis gegen zwei Uhr untätig unter dem heftigen Feuer der Artillerie hinter Semjonowskoje stand.

Gegen zwei Uhr rückte das Regiment, welches schon über zweihundert Mann verloren hatte, auf das zusammengestampfte Haferfeld innerhalb des Raumes zwischen Semjonowskoje und der Hügelbatterie vor, wo im Laufe dieses Tages Tausende von Menschen getötet worden, und auf welches gegen zwei Uhr nachmittags das verstärkte, konzentrierte Feuer einiger hundert feindlicher Kanonen gerichtet war.

Ohne sich von dieser Stelle zu bewegen und ohne eine einzige Patrone abzufeuern, verlor hier das Regiment den dritten Teil seiner Mannschaft. Von vorn und besonders von der rechten Seite bumbumten die Kanonen inmitten des Rauches, der sich nicht mehr zerteilte, und aus dieser geheimnisvollen Dampfregion, welche die ganze Umgebung bedeckte, flogen unaufhörlich mit raschem, zischendem Sausen Kanonenkugeln und langsam pfeifende Granaten herbei. Zuweilen verging eine Viertelstunde, während der die Kanonenkugeln und Granaten über sie hinwegflogen, wie um ihnen die Ruhe zu gönnen; aber zuweilen verlor das Regiment innerhalb einer Minute mehrere Menschen, so daß immerwährend Tote und Verwundete fortgetragen wurden.

Mit jedem neue Schlage wurde für die noch nicht Getöteten die Wahrscheinlichkeit des Lebens geringer. Das Regiment war in Bataillonskolonnen, in einer Entfernung von dreihundert Schritten, aufgestellt; aber trotzdem sich alle seine Glieder unter dem Einflusse einer und derselben Stimmung befanden, war die ganze Mannschaft des Regiments gleich schweigsam und finster. Selten nur hörte man Gespräche in den Reihen, und sie verstummten jedesmal, wenn das Einschlagen einer Kugel und der Ruf: »Tragbahren!« gehört wurde. Meistenteils saßen die Leute, auf den Befehl ihrer Vorgesetzten, am Boden. Der eine, der den Tschako abgenommen hatte, nahm das Futter auseinander und legte es sorgsam wieder zusammen; der andere zerrieb einen trockenen

Lehmklumpen in der Hand zu Pulver und putzte damit sein Bajonett; der dritte trocknete seinen Riemen und zog die Schnalle des Bandeliers fester; noch ein anderer schob seine Fußlappen zurecht oder band sie von neuem und zog den Stiefel wieder an. Einige bauten Häuschen aus den Erdklößen des Ackers, oder flochten die auf dem Stoppelfelde liegenden Strohhalme zusammen. Alle schienen ganz in diese Beschäftigungen vertieft zu sein; wenn Menschen verwundet oder getötet wurden, wenn die Tragbahren vorüberdefilierten, wenn die Unsrigen zurückliefen und man durch den Rauch große Massen von Feinden sah, nahm keiner Rücksicht auf diese Vorfälle. Wenn die Artillerie vorrückte, oder eine Bewegung unserer Infanterie oder Kavallerie zu sehen war, hörte man von allen Seiten lobende Bemerkungen; aber die größte Beachtung fanden solche Ereignisse, welche mit der Schlacht in keinem Zusammenhange standen. Es war, als ob die Aufmerksamkeit dieser moralisch abgequälten Menschen auf den gewöhnlichen Vorkommnissen des Lebens ausruhte. So fuhr eine Batterie an der Front des Regiments vorüber, und das Seitenpferd eines Munitionswagens trat über den Strang. »Oho ... das Seitenpferd ... macht es doch los, es wird fallen! ... ach, sie sehen es nicht!« ging ein Geschrei durch das ganze Regiment. Ein anderes Mal erregte ein kleines braunes Hündchen die allgemeine Aufmerksamkeit, das mit stramm aufgehobenem Schwanze Gott weiß woher kam und in gleichmäßigem Trabe vor den Reihen herlief, plötzlich aber, von einer nahe einschlagenden Kanonenkugel erschreckt, aufwinselte und mit eingeklemmtem Schwanze beiseite sprang. Auch hierbei ging ein wieherndes Gelächter durch das ganze Regiment; aber derartige Zerstreuungen währten nur minutenlang, und die Menschen standen schon über acht Stunden, ohne Essen und ohne Beschäftigung, unter dem unaufhörlichen Schrecken des Todes, und die bleichen, finsteren Gesichter wurden immer bleicher und gefurchter.

Auch Fürst Andrej hatte, wie die gesamte Mannschaft des Regiments, tiefe Falten auf der Stirn und ging mit bleichem Gesicht auf der Wiese neben dem Haferfelde hin und her, von einem Rain zum anderen; er hatte die Hände auf den

Rücken gelegt und den Kopf gesenkt. Zu tun und zu befehlen hatte er nichts; alles machte sich von selbst. Die Toten wurden hinter die Front geschleppt, die Verwundeten weggetragen, die Reihen schlossen sich wieder; wenn einmal einige Soldaten fortgingen, so kamen sie immer eilig zurück. Anfangs war Fürst Andrej, da er es für seine Pflicht hielt, die Tapferkeit der Soldaten zu wecken und ihnen ein gutes Beispiel zu geben, durch die Reihen gegangen; aber bald überzeugte er sich, daß er die Leute in keiner Weise zu belehren brauchte.

Alle Kräfte seiner Seele waren, wie die jedes Soldaten, unbewußt darauf gerichtet, sich von der Betrachtung der schreckensvollen Lage, in der sie sich befanden, abzuwenden. Bald wanderte er auf der Wiese auf und ab, indem er die Füße nachschleppte, das Gras zertrat und den Staub betrachtete, der seine Füße bedeckte. Bald machte er große Schritte und bemühte sich in die Fußstapfen zu treten, welche die Mäher auf der Wiese hinterlassen hatten. Bald zählte er seine Schritte und berechnete, wie oft er von einem Rain zum anderen gehen müsse, um eine Werst zurückzulegen. Bald streifte er die Wermutbüschel ab, welche auf dem Raine wuchsen, zerrieb die Blümchen zwischen den Handtellern und atmete ihren starken, bitteren Duft ein. Von der ganzen gestrigen Gedankenarbeit war nichts zurückgeblieben. Er dachte an nichts, lauschte nur mit ermüdetem Ohr auf das immer fortdauernde Getöse und unterschied das Pfeifen der fliegenden Kugeln vom Donner der Geschütze, blickte dann und wann auf die wohlbekannten Gesichter der Soldaten des ersten Bataillons und wartete. »Da ist sie ... und wieder zu uns«, dachte er, wenn er das herannahende Pfeifen eines Etwas belauschte, das aus der verhüllten Rauchregion herankam. »Auch diese zweite wird treffen!« - Er blieb stehen und blickte auf die Reihen. »Nein, sie ist vorüber ... Aber diese trifft!« Und er fing wieder an, hin und her zu gehen, und bemühte sich, weit auszugreifen, um mit sechzehn Schritten an den Rain zu kommen.

Ein Pfeifen, ein Schlag: fünf Schritte von ihm war die trokkene Erde aufgewühlt, und die Kugel verschwand. Ein unwillkürlicher Schauder lief ihm über den Rücken. Er blickte wieder auf die Reihen; wahrscheinlich waren viele getroffen; eine große Schar sammelte sich um das zweite Bataillon.

Herr Adjutant! rief Fürst Andrej, befehlen Sie, daß die Leute sich nicht so zusammendrängen.

Der Adjutant näherte sich, nachdem er den Befehl erfüllt, dem Fürsten. Von der anderen Seite kam der Bataillonskommandeur herangeritten.

Vorsicht! ließ sich der Schreckensruf eines Soldaten hören, und im raschen Fluge, pfeifend wie ein sich dann und wann auf die Erde setzendes Vögelchen, klatschte zwei Schritte weit vom Fürsten Andrej, dicht neben dem Pferde des Bataillonskommandeurs, eine Granate in die Erde. Das Pferd schnaubte, ohne zu fragen, ob es passend oder unpassend war, seine Furcht zu zeigen, zuerst, bäumte sich, so daß es den Major beinahe abwarf und sprang auf die Seite. Der Schrecken des Pferdes teilte sich den Menschen mit.

Duckt euch! rief die Stimme des Adjutanten, der sich zu Boden warf. Fürst Andrej stand unentschlossen da, während sich die rauchende Granate wie ein Kreisel zwischen ihm und dem an der Erde liegenden Adjutanten auf dem Rande des Stoppelfeldes und der Wiese, neben dem Wermutstrauche, drehte.

»Ist das der Tod!« dachte Fürst Andrej, indem er mit einem ganz neuen Schauder auf das Gras, die Wermutbüschel und das Rauchwölkchen blickte, das in krausen Ringeln von dem sich drehenden schwarzen Balle aufstieg. »Ich kann nicht, ich will nicht sterben, ich liebe das Leben … liebe dies Gras, die Erde, die Luft!« … so dachte er und erinnerte sich zugleich, daß er beobachtet wurde.

Schämen Sie sich, Herr Offizier! sagte er zu dem Adjutanten. Was für ein … er sprach nicht zu Ende, denn in demselben Augenblicke wurde ein Platzen und Pfeifen von Splittern, wie von einem zerbrochenen Rahmen gehört, ein erstickender Pulverdampf stieg auf, und Fürst Andrej warf sich zur Seite und fiel mit erhobenen Armen auf die Brust.

Einige Offiziere eilten auf ihn zu; von der rechten Seite des Körpers floß ein breiter Blutstrom über das Gras.

Die herbeigerufenen Landwehrleute blieben mit den Tragbahren hinter den Offizieren stehen. Fürst Andrej lag auf der Brust, hatte das Gesicht ins Gras gedrückt und atmete mit schwerem Röcheln.

Nun, was steht ihr da ... kommt heran!

Die Bauern näherten sich und packten ihn bei den Schultern und Beinen; aber er fing so kläglich an zu stöhnen, daß die Bauern, nachdem sie einen Blick miteinander gewechselt hatten, ihn wieder losließen.

Faßt an, legt ihn hin ... nur zu! rief eine Stimme. Man hob ihn zum zweiten Male bei den Schultern und Füßen und legte ihn auf die Bahre.

Ach, mein Gott! Mein Gott! was ist das? ... der Leib ... ach! es ist aus! hörte man die Stimmen der Offiziere.

Auf ein Haar breit von meinem Ohre summte sie vorbei, sagte der Adjutant.

Nachdem die Bauern die Bahre auf den Schultern zurechtgerückt hatten, machten sie sich auf und schlugen eilig den von ihnen ausgetretenen Weg nach dem Verbandplatze ein.

In gleichen Schritten gehen ... he! ihr Bauern! schrie ein Offizier, indem er die ungleich marschierenden Leute, die die Bahre dadurch hin- und herschaukelten, bei den Schultern packte.

Schritt halten, Fjodor, hörst du! sagte der Vordermann.

So, jetzt ist's recht, antwortete freudig der zweite, indem er in den Schritt des ersten einfiel.

Ew. Durchlaucht ... he! Fürst! sagte der herbeieilende Timochin mit zitternder Stimme, indem er sich über die Bahre beugte.

Fürst Andrej öffnete die Augen, erblickte hinter der Bahre, in welche sein Kopf tief eingesunken war, das Gesicht des Sprechers und ließ die Lider wieder sinken.

Die Landwehrsoldaten brachten den verwundeten Fürsten Andrej in den Wald, wo sich die Wagen und der Verbandplatz befanden. Der Verbandplatz bestand aus drei Zelten mit zurückgeschlagenen Vorderwänden am Rande des Birkenwaldes. Im Walde standen Wagen und Pferde. Die Pferde fraßen

Hafer aus ihren Futterbeuteln, und die Sperlinge flogen um sie her, um die verschütteten Haferkörner aufzusuchen; die Krähen, die das Blut rochen, flogen ungeduldig krächzend von einer Birke auf die andere. Um die Zelte, in einem Umkreise von fünftausend Faden, lagen, saßen und standen mit Blut bedeckte Menschen in den verschiedensten Bekleidungen. Um die Verwundeten standen mit traurigen, aufmerksamen Gesichtern Scharen von Krankenträgern, welche die beaufsichtigenden Offiziere umsonst von diesem Platze wegzuschicken suchten. Statt den Befehlen zu gehorchen, stützten sich die Soldaten auf die Bahren und sahen aufmerksam, als ob sie die ernste Bedeutung des Anblicks zu verstehen suchten, auf das, was vor ihnen geschah. Aus den Zelten hörte man bald lautes, heftiges Geschrei, bald klägliches Stöhnen. Dann und wann liefen die Feldscher nach Wasser oder bezeichneten diejenigen, welche in die Zelte hereingebracht werden sollten. Die Verwundeten, die vor dem Zelte darauf warteten, daß sie an die Reihe kamen, röchelten, stöhnten, weinten, schrien, schimpften und baten um Branntwein; einige phantasierten. Den Fürsten Andrej, als den Regimentskommandeur, trugen die Landwehrleute an den noch nicht Verbundenen vorbei, dicht an eines der Zelte, und blieben, auf weitere Befehle wartend, davor stehen.

Fürst Andrej machte die Augen auf, konnte aber lange nicht begreifen, was um ihn her geschah. Die Wiese, der Wermutstrauch, der Acker, der schwarze, sich drehende Ball und sein leidenschaftlicher Ausbruch der Liebe zum Leben zogen durch seinen Sinn. Zwei Schritt weit von ihm erregte ein laut sprechender, großer, schöner schwarzhaariger Unteroffizier mit verbundenem Kopfe, der sich auf einen Ast stützte, die allgemeine Aufmerksamkeit. Er war in den Kopf und ins Bein geschossen. Um ihn her versammelte sich eine Schar von Verwundeten und Bahrenträgern, die begierig seine Reden anhörten.

Als wir *sie* von dort wegpelzten, haben *sie* alles weggeworfen, und ihren König sogar haben wir gefangengenommen! rief der Soldat und sah mit den blitzenden schwarzen Augen feurig umher. Wenn zu der Zeit die Reserven gekommen wären, Bruder, so hätten wir keine Spur von denen dort übrig gelassen ... kannst es glauben ... es ist so! ...

Fürst Andrej, wie alle, die den Erzähler umringten, sah ihn mit leuchtenden Augen an, und eine tröstliche Empfindung kam über ihn.

»Aber ist denn nicht alles ganz gleich, dachte er dann; und was wird dort sein ... und was war hier? ... warum erschien es mir so beklagenswert, mich vom Leben zu trennen? ... Es war etwas in diesem Leben, das ich nicht verstand, das ich noch nicht verstand, das ich noch nicht verstehe.«

XXXVII

Einer der Ärzte, mit blutbespritzter Schürze und blutbefleckten kleinen Händen, in deren einer er – um sie nicht zu beschmutzen – mit dem kleinen Finger und dem Daumen eine Zigarre hielt, trat aus dem Zelte. Er erhob den Kopf und sah umher, aber über die Verwundeten weg. Es war unverkennbar, daß er ein wenig ausruhen wollte. Nachdem er ein paarmal den Kopf links und rechts gewendet, atmete er schwer und schlug die Augen nieder.

Ja, sogleich! antwortete er auf die Bemerkung des Feldschers, der ihm den Fürsten Andrej zeigte, und befahl dann, ihn ins Zimmer zu tragen.

In der Menge der wartenden Verwundeten ließ sich ein Murren hören.

Da sieht man wieder, daß in dieser Welt nur die Herren leben können! sagte der eine.

Man trug den Fürsten Andrej ins Zelt und legte ihn auf den eben freigewordenen Tisch, den der Feldscher abspülte. Fürst Andrej konnte nicht im einzelnen unterscheiden, was sich im Zelte befand. Klägliches Stöhnen von verschiedenen Seiten und qualvolle Schmerzen in seiner Hüfte, seinem Leibe und Rücken störten ihn. Alles, was er um sich sah, floß für ihn in den allgemeinen Eindruck nackter, blutbedeckter Menschenkörper zusammen, welche das ganze niedrige Zelt auszufüllen schienen, ebenso wie einige Wochen zuvor, an jenem heißen Septembertage, dieselben Körper den schmutzigen Teich auf der Straße von Smolensk erfüllten. Ja, das war dasselbe Fleisch, dasselbe »Kanonenfutter«, dessen Anblick ihn schon damals, wie ein Vorhersehen dessen, was ihn jetzt umgab, mit Grausen durchdrang.

In dem Zelte standen drei Tische. Zwei waren besetzt, auf den dritten legte man den Fürsten Andrej. Eine Weile ließ man ihn allein, und unwillkürlich sah er, was auf den anderen beiden Tischen vorging. Auf dem zunächst stehenden saß ein Tatar, wahrscheinlich ein Kosak, der Uniform nach, die neben ihm am Boden lag. Vier Soldaten hielten ihn fest. Ein Arzt, der eine Brille trug, schnitt etwas an seinem braunen, muskulösen Rücken.

Uch! uch! uch! grunzte der Tatar, und indem er plötzlich das breitbackige, schwarze, stulpnasige Gesicht erhob und die weißen Zähne entblößte, fing er an zu zucken und in langgezogenen Jammertönen zu winseln.

Auf dem anderen Tische, um den sich viele Menschen drängten, lag ein großer, starker Mann mit zurückgebogenem Kopfe auf dem Rücken. (Seine krausen Haare, ihre Farbe und die Form des Kopfes erschienen dem Fürsten Andrej seltsam bekannt.) Einige Feldscher beugten sich über die Brust dieses Mannes und hielten ihn fest; sein eines volles, weißes Bein zuckte rasch und wie mit unaufhaltsam fieberhafter Bewegung, und er schluchzte und schluckte krampfhaft, währen zwei Ärzte – einer von ihnen war bleich und zitterte – an seinem anderen, roten Beine schweigend etwas vornahmen.

Nachdem der Arzt mit der Brille den Tataren, über den man schnell einen Mantel warf, fertig verbunden hatte, näherte er sich, die Hände abwischend, dem Fürsten Andrej.

Er sah dem Fürsten gerade ins Gesicht und wandte sich eilig ab.

Auskleiden! was steht Ihr da? schrie er die Feldscher an.

Die erste ferne Kindheit kam dem Fürsten Andrej in Erinnerung, als der Feldscher mit eilig aufgestreiften Ärmeln ihm die Kleider aufknöpfte und herunterzog. Der Arzt beugte sich tief über die Wunde, betastete sie und atmete schwer auf.

Dann machte er jemandem ein Zeichen, und ein qualvoller Schmerz im Innern des Leibes nahm dem Fürsten Andrej die Besinnung.

Als er wieder zu sich kam, waren die zerschmetterten Knochen des Schenkels herausgenommen, die Fleischfetzen abgeschnitten und die Wunde verbunden. Man spritzte ihm Wasser ins Gesicht. Kaum hatte Fürst Andrej wieder die Augen aufgeschlagen, als der Arzt sich über ihn beugte, ihn schweigend auf den Mund küßte und rasch davonging.

Nach dem überstandenen Leiden fühlte Fürst Andrej eine Wonne, wie lange nicht mehr. Alle besten, glücklichsten Momente seines Lebens, die früheste Kindheit besonders, als man ihn auskleidete, ins Bettchen legte und die Wärterin, indem sie ihn einwiegte, Lieder sang, während er, mit dem Kopfe ins Kissen gesunken, sich glücklich fühlte im Bewußtsein des Lebens, traten vor seine Phantasie, - aber nicht wie etwas Vergangenes, sondern als Wirklichkeit.

Um jenen Verwundeten, dessen Kopfumrisse dem Fürsten Andrej bekannt erschienen, bewegten sich die Ärzte, hoben ihn und suchten ihn zu beruhigen.

Zeigen Sie mir ... oh! oh, oh, oh, oh! hörte man ihn, von Schluchzen unterbrochen, angstvoll und resigniert sagen. Als Fürst Andrej dies hörte, war er nahe daran zu weinen. Vielleicht, weil er ruhmlos sterben mußte, oder weil es ihm leid tat, sich vom Leben zu trennen, oder um seine unwiederbringlichen Kindheitserinnerungen, oder um seine Leiden und die Leiden anderer, und weil dieser Mensch neben ihm so kläglich stöhnte ... jedenfalls war er im Begriff, in kindliche, wohltuende, beinahe freudige Tränen auszubrechen.

Man zeigte dem Verwundeten sein abgeschnittenes Bein, das noch im Stiefel steckte und mit geronnenem Blut bedeckt war.

Oh! oh, oh, oh, oh, oh! schluchzte er, wie ein Weib. Der Arzt, der vor ihm stand und dadurch sein Gesicht verdeckte, entfernte sich.

»Mein Gott, was ist das? Warum ist der hier?« fragte sich Fürst Andrej.

In dem unglücklichen, schluchzenden, kraftlosen Manne,

dem man eben das Bein amputiert, hatte er Anatol Kuragin erkannt.

Man hielt ihn unter den Armen und bot ihm Wasser in einem Glase, dessen Rand er mit den zitternden, geschwollenen Lippen nicht fassen konnte. Anatol schluchzte laut.

»Ja, das ist er, dieser Mensch ist durch irgend etwas nah und schwer mit mir verbunden, dachte Fürst Andrej, der noch nicht deutlich begriff, wen er vor sich hatte. Worin besteht der Zusammenhang zwischen diesem Menschen und meiner Kindheit, meinem Leben?« fragte er sich selbst, ohne die Antwort zu finden. Aber plötzlich kam eine neue Erinnerung, wie aus der Welt der Kindheit, der reinen, lieben Kindheit über den Fürsten Andrej.

Er erinnerte sich Nataschas, wie er sie auf dem Balle im Jahre 1810 zum ersten Male gesehen hatte, mit hageren Armen und Schultern, zur Freude bereit, mit ängstlichem, glücklichem Gesicht – und die Liebe und Zärtlichkeit für sie erwachten, stärker als je zuvor, in seiner Seele. Er erinnerte sich jetzt auch des Zusammenhanges, der zwischen ihm und diesem Manne bestand, der ihn trüb mit seinen geschwollenen, tränenerfüllten Augen ansah. Fürst Andrej erinnerte sich an alles, und ein wehmütiges Bedauern und eine wehmütige Liebe zu diesem Menschen erfüllten sein glückliches Herz.

Er konnte sich nicht mehr beherrschen und weinte liebevolle Tränen über die Menschen und über sich selbst, über ihre und seine Verirrungen.

»Mitleid, Liebe für unsere Brüder, für die, welche uns lieben, wie für die, welche uns hassen … Liebe für unsere Feinde … ja, jene Liebe, die Gott auf Erden gepredigt hat, von der mir Prinzessin Maria gesagt, und die ich nicht verstand … das ist's, weswegen es mir leid tut, das Leben zu lassen … das ist's, was ich noch gehabt hätte, wenn ich am Leben geblieben wäre … aber jetzt ist's zu spät … das weiß ich!«

XXXVIII

Der schreckliche Anblick des mit Leichen und Verwundeten bedeckten Schlachtfeldes, in Verbindung mit Kopfschmerzen und den Berichten über seine Verluste an Toten und Verwundeten – zwanzig namhafte Generale waren darunter – sowie das Bewußtsein von der Kraftlosigkeit seiner sonst so starken Hand, brachten einen unerwarteten Eindruck auf Napoleon hervor; bisher hatte er die Toten und Verwundeten gern betrachtet, weil er sich dabei seiner eigenen Geistesstärke – wie er das nannte – bewußt wurde.

Aber an diesem Tage wurde jene Geistesstärke, in der er sein Verdienst und seine Größe suchte, von dem entsetzlichen Anblick des Schlachtfeldes besiegt. Eilig entfernte er sich von der Wahlstatt und kehrte an den Hügel von Schewardino zurück. Gelb, geschwollen, schwerfällig, mit trüben Augen, roter Nase und heiserer Stimme saß er auf seinem Feldstuhle, horchte unwillkürlich auf das Getöse der Kanonade und schlug die Augen nicht auf. Mit krankhafter Ungeduld erwartete er das Ende des Werkes, für dessen Urheber er sich hielt, und das er doch nicht aufzuhalten vermochte.

Für einen kurzen Augenblick gewann ein menschliches Gefühl die Oberhand über jenes künstliche Trugbild des Lebens, dem er so lange gehuldigt hatte. Er übertrug auf sich selbst die Leiden und den Tod, die er auf dem Schlachtfelde gesehen. Die Schwere in seinem Kopfe und seiner Brust mahnte ihn an die Möglichkeit des Leidens und Sterbens auch für ihn. In diesem Augenblick hätte er für sich selbst weder Moskau, noch Ruhm, noch Sieg begehrt – welchen Ruhm brauchte er noch! – was er jetzt wünschte, war Ruhe, Muße und Freiheit.

Als er auf die Höhe von Semjonowskoje gekommen war, hatte ihm der Chef der Artillerie vorgeschlagen, noch einige Batterien daselbst aufzustellen, um das Feuer gegen die bei Knjaskowo vereinigten russischen Truppen zu verstärken. Napoleon hatte eingewilligt und befohlen, ihm über die Wirkung dieser Batterien Bericht zu erstatten.

Jetzt kam ein Adjutant und meldete, daß dem Befehl des

Kaisers gemäß, 200 Kanonen gegen die Russen gerichtet wären, aber daß die Russen wie bisher standhalten.

Unser Feuer vernichtet sie reihenweise, aber sie stehen fest, sagte der Adjutant.

Sie wollen noch mehr davon, sagte Napoleon mit heiserer Stimme.

Sire? fragte der Adjutant, welcher ihn nicht verstanden hatte.

Sie wollen noch mehr davon, wiederholte Napoleon mit gerunzelter Stirn und klangloser Stimme, geben Sie es ihnen.

Auch ohne seinen Befehl würde das geschehen sein, was er eigentlich nicht wollte, und er sagte dies nur, weil er glaubte, daß man einen solchen Befehl von ihm erwartete.

Und wieder versetzte er sich in seine frühere erkünstelte Trugwelt, in die Welt scheinbarer Größe und wieder – wie das Roß, welches sich trotz Zaum und Zügel einbildet, seinem eigenen Willen zu folgen – begann er gehorsam jene grausame, traurige, schwere, unmenschliche Rolle zu spielen, die ihm beschieden war.

Und nicht nur für diese Stunde und diesen Tag waren Sinn und Gewissen dieses Mannes getrübt, der von allen Teilnehmern an jenem Werke die schwerste Last der Verantwortung auf sich nahm. Niemals, bis ans Ende seines Lebens nicht, vermochte er das Gute, das Schöne, das Wahre zu begreifen, oder die Bedeutung seiner eigenen Taten, die dem Guten und Wahren zu schroff entgegenstanden und von allem Menschlichen zu weit entfernt waren, als daß er ihre Bedeutung zu begreifen vermocht hätte. Er konnte seine Handlungen – welche durch die halbe Welt gepriesen wurden – nicht verleugnen, und deshalb mußte er die Wahrheit und das Gute und alle Menschlichkeit verleugnen. Nicht allein an diesem Tage, als er das mit (wie er meinte, nach seinem Willen) getöteten und verkrüppelten Menschen bedeckte Schlachtfeld erblickte, zählte er, wie viel Russen auf einen Franzosen kamen, und indem er sich selbst betrog, glaubte er eine Ursache zur Freude in dem Umstande zu finden, daß auf einen Franzosen fünf Russen kamen. Nicht nur an diesem Tage schrieb er in Briefen nach Paris, »das Schlachtfeld war herrlich«, weil es von

50 000 Leichen bedeckt war. Noch auf der Insel St. Helena, in der Stille der Einsamkeit, wo er die Absicht aussprach, seine Mußestunden der Erzählung seiner großen Taten zu widmen, sagte er:

»Der russische Feldzug ist jedenfalls der volkstümlichste aller Kriege der Neuzeit gewesen. Es war der Krieg der gesamten Vernunft und der wahren Interessen – der Krieg für die Ruhe und Sicherheit aller; er war durchaus friedlicher und konservativer Natur.

»Es handelte sich um ein großes Ziel: das Ende der Zufälligkeiten und den Beginn der allgemeinen Sicherheit. Ein neuer Horizont, eine neue Aufgabe waren im Begriff sich zu erschließen, erfüllt von der Wohlfahrt und dem Gedeihen aller. Das europäische System war begründet, und es handelte sich nur noch darum, es zu organisieren.

»War ich in betreff dieser Hauptpunkte zufriedengestellt und überall der Ruhe gewiß, so würde ich auch meinen Kongreß und meine heilige Allianz gehabt haben. Es sind die Ideen, die man mir gestohlen hat. In dieser Versammlung großer Souveräne hätten wir unsere Interessen wie im Familienkreis besprochen und wären den Völkern gegenübergetreten wie ein Verwalter seinem Herrn.

»Auf diese Weise wäre Europa binnen kurzer Zeit in Wahrheit nur noch ein Volk gewesen, und jeder hätte überallhin reisen können und sich überall in dem gemeinsamen Vaterlande befunden.

»Ich hätte die schiffbaren Flüsse für alle beansprucht und den Gemeinbesitz der Meere, und hätte verlangt, daß die großen Armeen künftig auf eine Leibwache der gekrönten Häupter reduziert worden wären.

»Sobald ich nach Frankreich, in den Schoß des großen, starken, herrlichen, ruhigen, glorreichen Vaterlands zurückgekehrt war, hätte ich seine Grenzen für unwandelbar, jeden künftigen Krieg für rein defensiver Natur, jede neue Ausdehnung für antinational erklärt. Ich hätte meinem Sohn am Regimente Teil gegeben; meine Diktatur wäre zu Ende gewesen, und seine konstitutionelle Regierung hätte begonnen.

»Paris wäre die Hauptstadt der Welt geworden, und Frankreich der Gegenstand des Neides für alle Nationen.

»Meine Mußestunden und meine alten Tage endlich hätte ich – während der Königlehrzeit meines Sohnes – damit ausgefüllt, mit der Kaiserin, wie ein paar Landbewohner, im eigenen Wagen alle Winkel des Reiches zu besuchen, Beschwerden anzuhören, Mißstände zu beseitigen und überall und allerorten Denkmäler und Wohltaten zu hinterlassen.«

Er, den die Vorsehung zu der traurigen, unfreien Rolle eines Henkers der Völker bestimmt hatte, redete sich ein, daß das Ziel seiner Handlungen das Wohl der Völker gewesen sei, und daß er das Schicksal der Millionen zu leiten und ihnen durch seine Macht Wohltaten zu erweisen vermocht hätte!

Von den 400 000 Mann, welche die Weichsel überschritten, – schreibt er weiter über den russischen Krieg, waren die Hälfte Österreicher, Preußen, Sachsen, Polen, Bayern, Württemberger, Mecklenburger, Spanier, Italiener und Neapolitaner. Das sogenannte kaiserliche Heer bestand zu einem Drittel aus Holländern, Belgiern, Rheinländern, Piemontesen, Schweizern, Genfern, Toskanern, Römern, Bewohnern der 32. Militärdivision (Bremen, Hamburg) und so weiter. Es enthielt kaum 140 000 Mann französischer Zunge.

»Der russische Feldzug hat Frankreich eigentlich weniger als 50 000 Mann gekostet. Die russische Armee hat auf dem Rückzuge von Wilna nach Moskau und in den verschiedenen Schlachten viermal mehr verloren als das französische Heer. Der Brand von Moskau hat 100 000 Russen das Leben gekostet, die in den Wäldern vor Hunger und Kälte gestorben sind. Endlich hat die russische Armee auf ihrem Marsch von Moskau nach der Oder ebenfalls von der Härte der Jahreszeit zu leiden gehabt. Als sie Wilna erreichte, zählte sie nur noch 50 000, in Kalisch kaum noch 18 000 Mann.«

Er bildete sich ein, daß der Krieg mit Rußland nach seinem Willen stattgefunden, aber kein Schauder vor dem Geschehenen stieg in seiner Seele auf. Kühn übernahm er die volle Verantwortung für diese Ereignisse, und sein getrübter Sinn sah eine Rechtfertigung in dem Umstande, daß in der Zahl der

100 000 zugrunde gegangenen Menschen sich weniger Franzosen befanden als Hessen oder Bayern.

XXXIX

Zehntausende von Menschen lagen tot in verschiedenen Stellungen und Uniformen auf den Feldern und Wiesen, die zum Teil den Familien Dawydow, zum Teil Kronbauern gehörten – auf jenen Feldern und Wiesen, auf denen viele hundert Jahre lang die Bauern der Dörfer Borodino, Gorki, Schewardino und Semjonowskoje ihre Ernte eingesammelt und ihr Vieh geweidet hatten. Auf den Verbandplätzen waren im Umkreise von 2000 Faden Gras und Erde mit Blut getränkt. Scharen von verwundeten und unverwundeten Soldaten verschiedener Kommandos zogen mit erschrockenen Gesichtern auf einer Seite nach Moshajsk zurück, auf der anderen nach Walujewo. Andere abgemattete, hungrige Scharen gingen, von ihren Befehlshabern geführt, vorwärts; noch andere standen fest auf ihren Posten und fuhren fort zu schießen.

Über dem ganzen Felde, das anfangs mit dem Blitzen der Bajonette und dem Schimmern der Rauchwolken im Morgensonnenschein so schön und heiter gewesen war, lag jetzt ein Nebelschleier von Dampf und Feuchtigkeit, und es roch seltsam säuerlich nach Salpeter und Blut. Wölkchen sammelten sich und Regentropfen fielen auf die Getöteten, Verwundeten, Erschrockenen, Ermatteten und Verzweifelten, als ob sie sagen wollten: »Genug, genug, ihr Menschen, hört auf … Kommt zur Besinnung … was tut Ihr!«

In den abgematteten, verhungerten, ruhebedürftigen Mannschaften dieser und jener Seite erwachten gleichzeitig Zweifel, ob sie noch einer den anderen vernichten sollten, und auf allen Gesichtern war ein Schwanken zu merken und in jeder Seele erhob sich gleichzeitig die Frage: »Wozu? für wen soll ich töten und getötet werden? … tötet ihr, wen ihr wollt, macht ihr, was ihr wollt – ich will nicht mehr!« Dieser Gedanke kam, als es Abend wurde, auf eine und dieselbe Weise in die Seele eines jeden zur Reife! Jeden Augenblick konnten alle diese Leute vor dem, was sie taten, zurückschaudern, konnten alles von sich werfen und laufen, so weit ihre Füße sie tragen wollten.

Aber obgleich gegen Ende der Schlacht die Menschen den ganzen Schauder ihres Tuns empfanden, obgleich sie froh gewesen wären, aufzuhören, fuhr eine gewisse unerklärliche, geheimnisvolle Kraft noch immer fort, sie zu lenken, und die in Blut und Pulver auf ein Drittel zusammengeschmolzenen Artilleristen brachten – obwohl sie vor Ermüdung stolperten und mit Anstrengung atmeten, Patronen herbei, luden, zielten, legten die Lunte an, und die Kugeln flogen noch ebenso oft und schrecklich wie früher von beiden Seiten hin und her und schlugen menschliche Körper zu Boden – das schreckliche Werk, das nicht nach menschlichem Willen geschieht, sondern nach dem Willen dessen, der Menschen und Welten leitet, nahm seinen Fortgang.

Wer jetzt die zersprengten Überbleibsel der russischen Armee gesehen hätte, würde der Ansicht gewesen sein, daß die Franzosen nur noch einer kleineren Anstrengung bedurften, um die russische Armee zu vernichten; und wer die Überbleibsel der französischen Armee gesehen, würde gemeint haben, daß eine kleine Anstrengung der Russen genügen müßte, die Franzosen zu verderben. Aber weder Russen noch Franzosen machten diese Anstrengung, und die Flammen des Kampfes fingen allmählich an zu erlöschen.

Die Russen machten diese Anstrengung nicht, weil nicht sie die Attacke begonnen hatten. Zu Anfang der Schlacht standen sie eben nur auf dem Wege nach Moskau, den sie versperrten – und so standen sie auch noch zu Ende der Schlacht. Aber selbst wenn es die Absicht der Russen gewesen wäre, die Franzosen zurückzuschlagen, so konnten sie diese letzte Anstrengung nicht machen, weil alle Regimenter der Russen zersprengt waren, weil jeder ihrer Truppenteile gelitten hatte und sie – indem sie ihre Positionen behaupteten – die *Hälfte* ihrer Armee verloren.

Für die Franzosen – mit der Erinnerung ihrer bisherigen, fünfzehnjährigen Siege, mit der Überzeugung von der Unbesiegbarkeit Napoleons, mit dem Bewußtsein, daß sie einen Teil des Schlachtfeldes beherrschten, daß sie nur ein Viertel ihrer Mannschaft verloren hatten und eine noch aus 20 000 Mann bestehende, unberührte Garde besaßen – wäre es leicht gewesen, diese Anstrengung zu machen. Und da die Franzosen das russische Heer in der Absicht attackiert hatten, es aus seinen Positionen zu vertreiben, hätten sie diese Anstrengung machen müssen. Solange die Russen noch – wie vor der Schlacht – den Weg nach Moskau versperrten, war das Ziel der Franzosen nicht erreicht, und alle ihre Mühen und Verluste blieben ergebnislos. Aber die Franzosen machten diese Anstrengung nicht.

Einige Historiker behaupten, daß es zum Gewinnen der Schlacht genügt haben würde, wenn Napoleon seine noch unberührte alte Garde in den Kampf geschickt hätte. Aber zu behaupten, was geschehen wäre, wenn Napoleon die alte Garde ins Feuer geschickt hätte, heißt ebensoviel, wie sagen wollen, was werden würde, wenn im Herbst der Frühling käme. Es konnte nicht sein. Nicht Napoleon verhinderte seine Garde mitzukämpfen, weil es gegen seinen Willen war, sondern es konnte nicht geschehen. Alle Generale, Offiziere und Soldaten der französischen Armee wußten, daß es unmöglich war, weil der gesunkene Geist des Heeres es nicht erlaubte.

Und nicht Napoleon allein hatte jenes traumhafte Gefühl, daß der drohend geschwungene Arm kraftlos niedergefallen war, sondern alle Generale, wie alle kämpfenden und nichtkämpfenden Soldaten der französischen Armee, hatten – nach ihren Erfahrungen früherer Schlachten, in denen bei zehnfach geringeren Anstrengungen der Feind geflohen war – ein gleiches Gefühl des Schreckens vor diesem Feinde, der, nachdem die *Hälfte* seiner Truppen vernichtet war, zu Ende der Schlacht ebenso furchtbar dastand wie zu Anfang.

Die moralische Kraft der attackierenden französischen Armee war erschöpft. Nicht jener Sieg, welcher durch erbeutete, an Stangen hängenden Zeugstücken, Fahnen genannt, bestimmt wird, oder durch die Behauptung des Bodens, auf dem die Truppen standen oder stehen, sondern ein moralischer

Sieg – welcher den Gegner von dem geistigen Übergewicht seines Feindes und der eigenen Kraftlosigkeit überzeugt, war bei Borodino von den Russen errungen worden.

Der französische Angreifer, der wie ein wütendes Tier in seinem Laufe eine tödliche Wunde bekommen, fühlte sein Verderben herannahen; aber er konnte nicht stehenbleiben, ebensowenig wie das zweimal schwächere russische Heer sich nach eigenem Willen zu regieren vermochte. Nach dem gegebenen Anstoße konnte das französische Heer noch bis Moskau vordringen: aber dort mußte es, auch ohne neue Anstrengung von seiten der Russen, an dem Blutverlust aus der bei Borodino erhaltenen tödlichen Wunde zugrunde gehen.

Die unmittelbaren Folgen der Schlacht von Borodino waren die grundlose Flucht Napoleons aus Moskau; die Rückkehr auf den alten Weg nach Smolensk; das Verderben eines Heeres von 500 000 Mann und das Verderben des Napoleonischen Frankreichs, auf welches zum ersten Male, bei Borodino, die Hand eines an Geist stärkeren Gegners niedergefallen war.

DRITTE ABTEILUNG

I

Die absolute Stetigkeit der Bewegung vermag der menschliche Verstand nicht zu begreifen. Nur wenn er willkürlich herausgegriffene Einzelteile dieser Bewegung ins Auge faßt, begreift er ihre Gesetze, während zugleich aber aus dieser willkürlichen Teilung der ununterbrochenen Bewegung in unterbrochene Einzelteile die meisten der menschlichen Irrtümer entspringen.

Es ist ein bekannter sogenannter Sophismus der Alten, daß Achilles eine vor ihm herkriechende Schildkröte, obwohl er zehnmal schneller vorwärtskommt als sie, niemals einzuholen vermöge – denn, während Achill die Strecke zurücklege, welche ihn von der Schildkröte trennt, mache die Schildkröte ein Zehntel dieses Weges; lege nun Achilles dies Zehntel zurück, so komme die Schildkröte wieder um ein Hundertstel weiter, und so fort, bis ins Unendliche. Diese Aufgabe erschien den Alten unlösbar. Die Sinnlosigkeit der Behauptung (daß Achill die Schildkröte niemals einholen könne) entstand nur daraus, daß man willkürliche getrennte Einzelteile der Bewegung annahm, während die Bewegung Achills und der Schildkröte stetig waren.

Wenn wir immer kleinere und kleinere Teile der Bewegung in Betracht ziehen, nähern wir uns zwar der Lösung der Frage, erreichen sie aber nie. Nur wenn wir eine unendlich kleine Größe und eine von ihr ausgehende bis zu einem Zehntel steigende Progression ansetzen und die Summe dieser geometrischen Progression nehmen, gelangen wir zur Lösung der Frage. Ein neuer Zweig der Mathematik, der die Kunst des Operierens mit unendlich kleinen Größen erreicht hat, gibt auch in den kompliziertesten Fragen der

Bewegung die Antwort auf bisher unlösbar scheinende Fragen.

Durch diesen, den Alten unbekannten Zweig der Mathematik, durch die Betrachtung der Fragen der Bewegung unter Ansetzung unendlich kleiner Größen, d. h. solcher, bei denen die Hauptbedingung der Bewegung (absolute Stetigkeit) wiederhergestellt ist, wird jener unvermeidliche Fehler wieder gutgemacht, den der menschliche Geist nicht umgehen kann, wenn er anstatt einer stetigen Bewegung gesonderte Einzelteile in Betracht zieht.

Bei der Erforschung der Gesetze der historischen Bewegung geschieht ganz dasselbe.

Die Bewegung der Menschheit, welche aus der unendlichen Zahl der menschlichen Willensäußerungen entspringt, ist eine stetige.

Die Gesetze dieser Bewegung zu verstehen ist das Ziel der Geschichte. Um aber die Gesetze dieser stetigen Bewegung – der Summe aller menschlichen Willensäußerungen – zu verstehen, nimmt der menschliche Verstand willkürlich gewählte, unstetige Einheiten an. Das erste Verfahren der Geschichte, nachdem sie eine willkürliche Reihe von Ereignissen auserkoren hat, ist, daß sie diese, gesondert von den anderen, einer Prüfung unterwirft, während es doch keinen Anfang irgendeines Ereignisses gibt und geben kann, weil jedes Ereignis stetig aus einem andern hervorgeht. Das zweite Verfahren besteht darin, die Taten eines einzelnen Menschen, eines Kaisers, eines Feldherrn, als Summe der menschlichen Willensäußerungen zu betrachten, obwohl sich diese niemals in der Tätigkeit einer einzelnen historischen Persönlichkeit ausdrückt.

Die Geschichts-Wissenschaft nimmt zwar in ihrem Fortschreiten immer kleinere und kleinere Einheiten der Betrachtung an und sucht auf diesem Wege der Wahrheit näher zu kommen. Aber so klein auch die Teile sein mögen, welche die Geschichte annimmt, wir fühlen doch, daß die Annahme einer von den anderen getrennten Einheit, die Annahme des *Anfangs* irgendeiner Erscheinung, die Annahme endlich, daß die Willensäußerungen aller Menschen, sich in der Tätigkeit einer einzelnen geschichtlichen Persönlichkeit auszudrükken vermögen, an sich falsch ist.

Jede Schlußfolgerung der Geschichte wird daher, ohne die geringste Anstrengung seitens der Kritik, in Staub zerfallen und nichts zurücklassen, sobald die Kritik zum Gegenstand ihrer Betrachtung größere oder kleinere getrennte Einheiten auswählt – wozu sie jederzeit das Recht hat, weil auch der Einzelteil der Geschichte willkürlich herausgegriffen ist.

Nur wenn wir, die unendlich kleine Einheit, die Differentiale der Geschichte, das heißt die gleichartigen Bestrebungen der Menschen, zum Gegenstande der Betrachtung nehmen, und die Kunst der Intergrale erlernt haben (die Summen dieser unendlich kleinen Einheiten zu ziehen), dürfen wir hoffen, die Gesetze der Geschichte zu verstehen.

Die ersten fünfzehn Jahre des neunzehnten Jahrhunderts in Europa zeigen uns eine ungewöhnliche Bewegung von Millionen Menschen. Diese Menschen verlassen ihre gewöhnliche Beschäftigung; streben von einem Ende des Erdteiles zum anderen; rauben, töten sich gegenseitig, jubeln oder verzweifeln, und der ganze Gang des Lebens ändert sich auf Jahre und weist eine verstärkte, anfangs anwachsende, dann wieder schwächer werdende Bewegung auf. Der Menschengeist stellt nun die Frage: aus welcher Ursache diese Bewegung entstand oder nach welchen Gesetzen sie stattfand.

Die Geschichtsschreiber antworten auf diese Frage, indem sie uns die Taten und Reden von zehn oder zwanzig Menschen in einem der Gebäude von Paris schildern, und diese Taten und Reden mit dem Namen Revolution bezeichnen. Dann geben sie uns eine ausführliche Biographie Napoleons und einiger mit ihm befreundeter oder ihm feindlicher Persönlichkeiten, erzählen von dem Einfluß, den sie aufeinander geübt und sagen: das sind die Gründe dieser Bewegung, und das sind ihre Gesetze.

Aber der menschliche Verstand weigert sich nicht nur, dieser Erklärung zu glauben, sondern sagt geradezu, daß die Art und Weise der Erklärung nicht richtig ist, weil sie eine schwächere Erscheinung als Grund einer stärkeren ansetzt. Die Summe der menschlichen Willensäußerungen schuf die Revolution und schuf Napoleon, und nur die Summe dieser Willensäußerungen duldete und vernichtete sie.

Jedesmal, wenn Eroberungen stattfanden, gab es Eroberer; jedesmal, wenn im Staate Umwälzungen eintraten, gab es »große Männer«, lehrt uns die Geschichte. Gewiß, antwortet der menschliche Verstand, wenn Eroberer erschienen, gab es Kriege; aber das beweist nicht, daß die Eroberer die Ursache des Krieges waren, oder daß es möglich wäre, die Gesetze des Krieges aus der persönlichen Tätigkeit eines Menschen zu begründen. Jedesmal, wenn ich auf meiner Uhr sehe, daß sich der Zeiger der Zehn nähert, höre ich in der benachbarten Kirche das Geläut beginnen. Aber daraus, daß der Zeiger stets die Zehn erreicht, wenn das Glockengeläute anhebt, habe ich nicht das Recht zu schließen, daß die Stellung des Zeigers der Grund zur Bewegung der Glocken ist. Jedesmal, wenn ich die Bewegung der Dampfmaschine sehe und den Ton der Pfeife höre, sehe ich auch, daß sich die Klappen öffnen und schließen, und daß sich die Räder drehen; aber daraus habe ich kein Recht zu folgern, daß das Pfeifen und das Drehen der Räder Ursachen der Bewegung der Dampfmaschine sind.

Unsere Bauern sagen, daß im späten Frühling noch einmal kalter Wind weht, weil dann die Knospe der Eiche springt, und wirklich wehen jeden Frühling kalte Lüfte, wenn die Eiche blüht. Aber obgleich die Ursache des bei dem Blühen der Eiche wehenden kalten Windes mir nicht bekannt ist, kann ich nicht die Ansicht der Bauern teilen, daß das Blühen der Eiche die Ursache der kalten Lüfte ist, weil die Kraft des Windes vom Einfluß der Knospe unabhängig ist. Ich sehe nur das Zusammentreffen verschiedener Bedingungen, wie sie zu jeder lebendigen Erscheinung gehören; aber wie sorgfältig ich auch den Zeiger der Uhr, die Klappen und Räder der Dampfmaschine und die Knospen der Eiche beobachtete, – die Ursachen des Glockengeläutes und der Bewegung der Dampfmaschine und des kalten Frühlingswindes werde ich dadurch nicht erfahren. Ich muß vielmehr den Standpunkt meiner Betrachtung vollständig ändern und die Gesetze der Dampfkraft, des Windes und der Glockenbewegung erforschen.

Dasselbe soll auch die Geschichte tun. Versuche dazu sind schon gemacht worden.

Um die Gesetze der Geschichte zu erforschen, müssen wir den Gegenstand der Betrachtung wechseln. Wir müssen Kaiser, Minister und Generale beiseite lassen und an ihrer statt die gleichartigen, unendlich kleinen Elemente studieren, welche die Massen in Bewegung bringen. Niemand vermag zu bestimmen, inwieweit es dem Menschen gegeben sein wird, das Verständnis der historischen Gesetze zu erreichen; aber unleugbar ist, daß nur auf diesem Wege die Möglichkeit liegt, diese Gesetze zu erfassen, und ebenso unleugbar, daß der menschliche Verstand nach dieser Richtung hin noch nicht ein Millionstel der Tätigkeit entwickelt hat, die von den Historikern zur Beschreibung der Taten verschiedener Kaiser, Feldherrn und Minister oder zur Darlegung ihrer Gedanken über deren Taten aufgewendet worden ist.

II

Die Streitkräfte von zwanzig Völkerschaften Europas brachen in Rußland ein. Die russischen Truppen und die Bewohner des Landes ziehen sich zurück und vermeiden das Zusammentreffen mit dem Feinde bis Smolensk, und dann wieder von Smolensk bis Borodino. Das französische Heer eilt mit wachsendem Ungestüm Moskau – dem Ziele seiner Bewegung – zu, und sein Ungestüm vergrößert sich, da er sich dem Ziele nähert, gleich der Schnelligkeit des fallenden Körpers im Verhältnis zu seiner Annäherung an die Erde. Hinter dem französischen Heere liegen mehrere tausend Werst eines ausgehungerten feindlichen Landes; vor ihm mehrere hundert Werst, die es noch von seinem Ziele trennen. Das fühlt jeder einzelne Soldat der Napoleonischen Armee, und die Invasion vollzieht sich ganz von selbst, infolge des wachsenden Ungestüms dieser Menschenmasse.

In der russischen Armee entbrennt, je weiter sie sich zurückzieht, um so heftiger der Haß gegen den Feind. Indem die Russen zurückweichen, konzentrieren sie sich, und ihre Zahl wächst. Bei Borodino findet das Zusammentreffen statt. Keines der beiden Heere wird vernichtet; aber die russischen Truppen ziehen sich, gleich nach dem Zusammenstoß, abermals zurück, mit derselben Notwendigkeit, wie eine Kugel zurückrollt, nachdem sie mit einer anderen zusammengestoßen, die mit größerer Kraft herankommt. Und mit derselben Notwendigkeit rollt (obwohl sie durch den Anprall ihre Kraft verloren hat) die anstürmende Kugel der Invasion noch eine Strecke weiter.

Die Russen ziehen sich 120 Werst – hinter Moskau zurück; die Franzosen gelangen bis Moskau und machen halt. Dann aber kommt es innerhalb fünf Wochen nicht zu einer Schlacht. Die Franzosen regen sich nicht. Gleich einem tödlich verwundeten Tiere, das verblutend seine Wunde leckt, bleiben sie fünf Wochen in Moskau, ohne das Geringste zu unternehmen. Plötzlich aber, ohne irgendeinen neuen Grund, fliehen sie zurück, werfen sich auf die Kalugaer Heerstraße, und (selbst nach einem Siege, da sie bei Malo-Jaroslawjez wieder im Besitz des Schlachtfeldes blieben), lassen sie sich auf keinen ernsten Kampf mehr ein, sondern fliehen nur immer schneller bis Smolensk zurück, bis hinter Smolensk, hinter Wilna, hinter die Beresina und weiter.

Am Abend des 7. September war sowohl Kutusow wie die ganze russische Armee überzeugt, daß die Schlacht von Borodino gewonnen sei, und in diesem Sinne hatte Kutusow dem Kaiser geschrieben. Dann gab er den Truppen Befehl, sich zu einer neuen Schlacht vorzubereiten, um den Feind vollends zu vernichten – und er tat das nicht etwa in der Absicht, irgend jemanden zu täuschen, sondern weil er glaubte, daß der Feind besiegt sei, wie ja auch jeder andere Russe, der an der Schlacht teilgenommen hatte, davon überzeugt war.

Aber schon an demselben Abend und am folgenden Tage kam eine Nachricht nach der anderen über unerhörte Verluste, die uns die Hälfte der Armee gekostet hatten, so daß sich eine neue Schlacht als physisch unmöglich erwies.

Wir *konnten* keine Schlacht wieder liefern, ehe wir nicht

die genauesten Erkundigungen eingezogen, die Verwundeten fortgeschleppt, die Munition vervollständigt, die Toten gezählt, neue Anführer an Stelle der gefallenen ernannt, und die Mannschaften sich satt gegessen und ausgeschlafen hatten.

Und dann gleich am Morgen nach der Schlacht wälzte sich die französische Armee (infolge der vorwärtsstrebenden, jetzt noch nach dem Quadrat der Entfernungen verstärkten Kraft der Bewegung) von selbst dem russischen Heere entgegen. Kutusow wollte angreifen und ebenso die ganze Armee; aber der Wunsch zu attackieren ist nicht genügend, um es tun zu können; es muß die Möglichkeit dazu vorhanden sein, und diese Möglichkeit fehlte. Wir mußten um einen Tagesmarsch zurückgehen, dann wieder um einen, dann um einen dritten, und endlich am 13. September, als die Armee sich Moskau näherte, verlangte die Macht der Tatsachen – der Macht des Gefühls, das unsere Truppen beseelte, zum Trotz – daß wir noch um einen Tagesmarsch, den letzten, zurückwichen ... Es geschah, und Moskau wurde dem Feinde überliefert.

Die Menschen, die sich gewöhnt haben zu glauben, daß die Pläne der Kriege und Schlachten von den Feldherrn ebenso entworfen werden, wie sie jeder von uns in seinem Arbeitszimmer vor der Landkarte ausdenkt und dies und jenes anordnet, werden sich vielleicht fragen, warum Kutusow bei dem Rückzuge nicht so und so gehandelt, warum er nicht vor Fili Stellung genommen, oder warum er nicht von Haus aus auf die Kalugaer Straße zurückgegangen und Moskau hat liegen lassen und so weiter. Menschen, die so zu denken gewohnt sind, vergessen oder wissen nicht, von wie vielen unabwendbaren Umständen die Tätigkeit eines Oberbefehlshabers abhängig ist.

Die Aufgabe des Feldherrn hat keine Ähnlichkeit mit dem, was wir uns vorstellen, wenn wir in unserem Arbeitszimmer sitzen und dem Verlaufe irgendeines Feldzugs auf der Karte folgen; mit einer gewissen Truppenzahl auf der einen und anderen Seite, in einer bekannten Gegend, und indem wir mit unsern Kombinationen von irgendeinem bestimmten Momente beginnen. Der Oberbefehlshaber hat es nie mit solchen einfachen *Anfangs*bedingungen zu tun. Er befindet sich immer inmitten der fortschreitenden Reihe der Ereignisse, so daß er niemals, in keinem Moment imstande ist, die volle Bedeutung dessen, was eben geschieht, zu übersehen. Das Ereignis bereitet sich auf unbemerkte Weise vor, wächst von Moment zu Moment an Bedeutung, und in jedem Moment dieses folgerichtigen, steten Fortschreitens des Ereignisses befindet sich der Oberbefehlshaber im Mittelpunkt eines verwickelten Spiels von Intrigen, Sorgen, Abhängigkeiten, Gewalten, Projekten, Ratschlägen, Drohungen und Täuschungen und ist fortwährend genötigt, eine zahllose Menge an ihn gerichteter widersprechender Fragen zu beantworten.

Gelehrte Strategen behaupten allen Ernstes, Kutusow hätte seine Truppen schon viel früher als bei Fili auf die Kalugaer Straße vorrücken lassen müssen, und es wäre dieser Plan auch von jemandem vorgeschlagen worden. Dem Oberbefehlshaber pflegen aber, besonders in entscheidenden Momenten, nicht ein Plan, sondern zehn Pläne gleichzeitig vorzuliegen, und jedes dieser auf Strategie und Taktik gegründeten Projekte widerspricht dem anderen. Die Aufgabe des Feldherrn wäre nun, dem Anscheine nach, einen dieser Pläne auszuwählen; aber auch das vermag er nicht, denn Zeit und Ereignisse gehen unaufhaltsam weiter. Angenommen, man hätte ihm vorgeschlagen, am 9. auf die Kalugaer Straße vorzurücken; aber zu gleicher Zeit sprengt ein Adjutant von Miloradowitsch heran und fragt, ob jetzt der Kampf mit den Franzosen begonnen oder der Rückzug angetreten werden solle? Der Befehl muß sofort, auf der Stelle, gegeben werden. Und der Befehl zum Rückzuge verhindert uns, die Wendung nach der Kalugaer Straße auszuführen.

Gleich nach dem Adjutanten erscheint der Intendant und fragt, wohin der Proviant zu bringen ist; und der Chef der Hospitäler will wissen, wohin die Kranken geschafft werden sollen; ein Kurier aus Petersburg bringt einen Brief des Kaisers, der die Möglichkeit, Moskau preiszugeben, nicht zugeben will, und der Nebenbuhler des Feldherrn, ebender, der seine Stellung zu untergraben sucht (deren gibt es immer und nicht einen, sondern viele!), legt ein neues Projekt vor, das dem Plane, auf die Kalugaer Straße vorzugehen, diametral entgegengesetzt ist. Und die Kräfte des Oberbefehlshabers selbst verlangen Schlaf und Stärkung; und ein bei der Ordensverteilung übergangener, verdienstvoller General kommt, sich zu beschweren, und die Einwohner flehen um Schutz; ein zur Rekognoszierung der Gegend abgesandter Offizier kehrt zurück und meldet das Gegenteil von dem, was vor ihm ein anderer Offizier berichtet hat. Und ein Kundschafter, den wir ausgeschickt, und ein gefangener General machen ganz verschiedene Beschreibungen von der Stellung der feindlichen Armee. Wer nicht gewohnt ist, alle diese unabweisbaren Bedingungen der Tätigkeit eines Feldherrn ins Auge zu fassen, stellt sich z. B. vor, wie unsere Truppen bei Fili postiert waren, und nimmt an, daß der Oberbefehlshaber am 13. September ganz frei über die Frage entscheiden konnte, ob er Moskau verlassen oder verteidigen wolle, während diese Frage, da die russische Armee fünf Werst von Moskau stand, nicht existieren konnte.

Wann aber wurde sie denn entschieden? Schon an der Drissa und bei Smolensk, am fühlbarsten aber am 5. September bei Schewardino und am 7. bei Borodino, und mit jedem Tage, jeder Stunde, jeder Minute des Rückzuges von Borodino nach Fili.

III

Die russische Armee stand nach dem Rückzug von Borodino bei Fili. Jermolow, der von Kutusow abgeschickt war, um die Positionen in Augenschein zu nehmen, ritt auf den Feldmarschall zu.

Wir können uns unmöglich in dieser Position schlagen, sagte er. Kutusow sah in verwundert an und ließ ihn seine Meldung wiederholen. Nachdem er gesprochen hatte, streckte ihm Kutusow die Hand entgegen.

Gib mal deine Hand her, sagte er, und nachdem er sie so gefaßt hatte, daß er den Puls fühlen konnte, fügte er hinzu: Du bist krank, mein Täubchen! bedenke doch, was du sagst. – Kutusow vermochte noch nicht zu fassen, daß es möglich wäre, sich ohne Schlacht hinter Moskau zurückzuziehen.

Auf dem Poklonberge, sechs Werst von Dorogomilowtore, stieg Kutusow aus dem Wagen und setzte sich auf eine Bank am Rande des Weges. Eine große Schar von Generalen versammelte sich um ihn her. Graf Rostoptschin, der von Moskau gekommen war, gesellte sich zu ihm.

Diese ganze glänzende Gesellschaft teilte sich in mehrere Gruppen, in denen von den Vorteilen und Nachteilen unserer Positionen, von dem Zustande der Truppen, von den vorauszusetzenden Plänen, von der Lage Moskaus, überhaupt von Kriegsangelegenheiten gesprochen wurde.

Alle fühlten, daß, obgleich sie nicht dazu berufen waren und ihre Zusammenkunft offiziell nicht so genannt wurde, sie dennoch ein Kriegsrat war. Alle Gespräche bewegten sich auf dem Gebiete allgemeiner Interessen. Wo etwas Persönliches mitgeteilt oder beantwortet wurde, geschah es flüsternd, und sogleich ging man wieder zu den allgemeinen Fragen über. Von einem Scherze, einem Lachen, oder auch nur einem Lächeln war unter allen diesen Männern nicht die Rede. Alle suchten sich mit sichtlicher Anstrengung auf der Höhe der Lage zu halten; jede der Gruppen gab sich Mühe, in die Nähe des Oberbefehlshabers zu gelangen (so daß seine Bank den Mittelpunkt dieser verschiedenen Kreise bildete) und jeder der Anwesenden sprach so laut, daß Kutusow ihn hören konnte.

Der Oberbefehlshaber hörte auch wirklich zu und fragte wiederholt nach diesem und jenem, was um ihn her gesagt wurde; er selbst aber mischte sich nicht ins Gespräch und drückte keinerlei Meinung aus. Meist wandte er sich, nachdem er der Unterhaltung in einer der Gruppen gelauscht hatte, mit dem Ausdruck der Enttäuschung ab, als ob gerade von dem, was er zu wissen wünschte, nicht gesprochen worden wäre.

Einige sprachen von den Positionen, die unsere Truppen eingenommen, und kritisierten nicht sowohl die Positionen selbst als die geistigen Fähigkeiten derer, die sie ausgesucht hatten. Andere suchten zu beweisen, daß wir unsere Hauptfehler schon früher begangen und daß wir schon vorgestern eine Schlacht hätten annehmen müssen. Noch andere sprachen über die Schlacht von Salamanca, von der Crossard, ein soeben in spanischer Uniform angelangter Franzose erzählte. (Dieser Franzose stellte mit einem der deutschen Prinzen, die in der russischen Armee dienten, Betrachtungen über die Belagerung von Saragossa an und behauptete die Möglichkeit, auch Moskau in gleicher Weise zu verteidigen.) In der vierten Gruppe erklärte Graf Rostoptschin, daß er zwar bereit sei, sich mit der Heldenschar von Moskau unter den Mauern der Hauptstadt begraben zu lassen, daß er aber die Unkenntnis, in der man ihn erhalten habe, tief bedauern müsse, und daß alles anders sein könnte, hätte er früher Bescheid gewußt. Die fünfte Gruppe bewies die Tiefe ihrer strategischen Weisheit, indem sie von der Richtung sprach, die unsere Truppen einschlagen müßten. Die sechste Gruppe redete vollständigen Unsinn.

Kutusows Gesicht wurde immer finsterer und sorgenvoller. Aus allen diesen Gesprächen wurde ihm nur das eine klar: Moskau zu verteidigen war, der vollen Bedeutung des Wortes nach, *eine physische Unmöglichkeit.* Es war so durchaus unmöglich, daß, wenn wirklich ein wahnsinniger Anführer den Befehl gegeben hätte, eine Schlacht zu liefern, nur die größte Verwirrung entstanden sein würde, ohne daß es wirklich zur Schlacht gekommen wäre – schon darum nicht, weil alle Kommandoleute unsere Positionen für unhaltbar hielten und ihre Gespräche sich nur mit dem beschäftigten, was nach dem Aufgeben dieser Positionen geschehen müsse. Wie hätten sie ihre Truppen auf ein Schlachtfeld führen können, das ihnen untauglich erschien? Auch die Subalternoffiziere und die Soldaten sogar – die ja ebenfalls denken – hielten unsere Stellungen für unhaltbar und konnten deshalb nicht mit Siegeszuversicht in den Kampf gehen. Wenn Bennigsen auf der Verteidigung dieser Positionen bestand und einige andere sie in Erwägung zogen, so hatte dies an und für sich keine Bedeutung, sondern diente nur als Vorwand zu Streit und Intrigen. Das war Kutusow klar.

Bennigsen, der diese Positionen gewählt hatte, machte seinen russischen Patriotismus mit einer Heftigkeit geltend, die Kutusow nicht ohne Stirnrunzeln anhören konnte, und suchte die Möglichkeit der Verteidigung Moskaus zu beweisen. Kutusow war es klar wie der Tag, daß Bennigsen die Absicht hatte, im Falle des Mißlingens der Verteidigung die Schuld auf den Oberbefehlshaber zu werfen, der die Truppen, ohne eine Schlacht zu liefern, bis an die Sperlingsberge geführt hatte – im Falle des Erfolges dagegen, ihn sich selber zuzuschreiben. Wurde aber die Schlacht abgelehnt, so wollte er sich von dem Verbrechen der Preisgebung Moskaus reinwaschen können.

Aber diese Intrigen hatten jetzt kein Interesse für den alten Mann; nur *eine* schwere furchtbare Frage nahm ihn in Anspruch, und diese Frage, auf die niemand Antwort gab, lautete: »Bin ich daran schuld, daß Napoleon bis nach Moskau vorgedrungen ist? Habe ich das herbeigeführt? Wann ist es so weit gekommen? Ist es möglich, daß es gestern geschehen ist, als ich Platow die Ordre schickte, sich zurückzuziehen? Oder wann ist das Entsetzliche geschehen? Und nun muß Moskau preisgegeben werden, und die Truppen müssen sich zurückziehen, und ich muß den Befehl dazu geben.«

Diesen schrecklichen Befehl zu erteilen fiel Kutusow ebenso schwer, als dem Kommando zu entsagen, nicht allein weil er die Macht liebte und an sie gewöhnt war (die Verehrung, die dem Fürsten Prosorowskij gezollt worden war, unter dem er in der Türkei gedient hatte, spornte ihn an). Er war auch überzeugt, zur Rettung Rußlands berufen und nur deswegen, gegen den Willen des Kaisers, aber dem Willen des Volkes gemäß, zum Oberbefehlshaber ernannt zu sein. Er war überzeugt, daß er allein unter diesen schwierigen Umständen sich an der Spitze des Heeres zu halten vermöchte, daß er allein, in der ganzen Welt, imstande sein würde, ohne Zaudern dem unüberwindlichen Napoleon entgegenzutreten. Und er war entsetzt bei dem Gedanken an den Befehl, den er jetzt geben sollte.

Aber ein Entschluß mußte jetzt gefaßt, den Gesprächen um ihn her, die nach und nach einen zu freien Charakter annahmen, mußte ein Ende gemacht werden.

Er rief die älteren Generale herbei.

Mein Kopf, so gut oder schlecht er sein mag, kann sich nur

selbst helfen, sagte er, indem er sich von der Bank erhob, und er fuhr nach Fili, wo seine Wagen auf ihn warteten.

IV

In der geräumigen Hütte des Bauern Andrej Sawastjanow, der besten des Dorfes, kam um zwei Uhr der Kriegsrat zusammen. Männer, Weiber und Kinder der großen Verwandtschaft des Bauern drängten sich durch das Vorhaus in die Dunkelstube. Nur Malascha, die Großtochter Sawastjanows, ein sechsjähriges Mädchen, welcher der Durchlauchtige, nachdem er sie geliebkost, beim Teetrinken ein Stück Zucker gegeben hatte, blieb auf dem Ofen in der großen Stube. Halb schüchtern, halb freudig blickte Malascha von ihrem Ofenplatze auf die Gesichter, Uniformen und Orden der Generale, die einer nach dem andern in die Stube traten und sich in der Bilderecke auf die breiten Bänke unter die Heiligenbilder setzten. Der Großpapa, wie Malascha Kutusow in Gedanken nannte, saß abgesondert von ihnen in dem dunkeln Winkel hinter dem Ofen. Tief in Gedanken versunken, lehnte er in seinem Feldsessel, ächzte ohne Aufhören und zupfte am Kragen der Uniform, der ihn, obwohl er aufgeknöpft war, am Halse zu drücken schien.

Die Eintretenden näherten sich einer nach dem andern dem Feldmarschall. Einigen drückte er die Hand, anderen nickte er zu. Der Adjutant Kajssarow wollte den Fenstervorhang Kutusow gegenüber zurückschlagen, aber der Feldmarschall winkte ärgerlich mit der Hand, und Kajssarow begriff, daß der Durchlauchtige sein Gesicht nicht sehen zu lassen wünschte.

Um einen Bauerntisch von Tannenholz, auf dem Karten, Pläne, Bleistifte und Papier lagen, waren so viele Personen versammelt, daß die Offiziersburschen noch eine Bank herbeischaffen und an den Tisch stellen mußten. Auf diese Bank setzten sich die zuletzt gekommenen: Jermolow, Kajssarow und Toll. Dicht unter den Heiligenbildern, auf dem Ehrenplatze, saß mit dem Georgskreuz am Halse, mit bleichem, kränklichem Gesicht, hoher Stirn und kahlem Kopfe Barclay de Tolly. Schon zwei Tage quälte er sich mit dem Fieber, und gerade jetzt fröstelte er und schüttelte sich. Neben ihm saß Uwarow und machte flüsternd (wie auch die übrigen sprachen) und heftig gestikulierend Barclay seine Mitteilungen. Der kleine, dicke Dochturow, der die Augenbrauen in die Höhe gezogen und die Hände über dem Bauch gefaltet hatte, hörte aufmerksam zu.

Auf der anderen Seite saß, den dicken Kopf in die Hand stützend, mit keckem Gesicht und glänzenden Augen Graf Ostermann-Tolstoj, und schien in seine Gedanken versunken. Rajewskij, der mit dem Ausdruck der Ungeduld, seiner Gewohnheit nach, die schwarzen Haare an den Schläfen in Locken drehte, sah bald nach Kutusow, bald nach der Eingangstür hinüber. Das energische, schöne und gute Gesicht Konownizyns glänzte in einem feinen listigen Lächeln; seine Augen begegneten denen Malaschas, und er machte der Kleinen mit dem Blicke Zeichen, die sie zum Lachen brachten.

Alle warteten auf Bennigsen, der unter dem Vorwande einer erneuten Besichtigung unserer Positionen bei seinem trefflichen Mittagsmahle saß. Er ließ von vier bis sechs auf sich warten, und während dieser ganzen Zeit wurden die Beratungen nicht begonnen, sondern nur mit leiser Stimme Privatgespräche geführt.

Aber sobald Bennigsen die Stube betrat, rückte Kutusow aus seiner Ecke heraus und an den Tisch heran, aber nur so weit, daß sein Gesicht von den auf dem Tische stehenden Kerzen nicht beleuchtet wurde.

Bennigsen eröffnete die Verhandlungen mit der Frage: »Sollen wir die alte, heilige Hauptstadt Rußlands ohne Kampf verlassen oder sie verteidigen?«

Ein langes allgemeines Schweigen folgte; alle Gesichter verdüsterten sich, und in der plötzlich eintretenden Stille war nur das zornige Krächzen und Husten Kutusows zu hören, so daß sich aller Augen nach ihm umwandten.

Auch Malascha sah den Großpapa an; sie war ihm am nächsten und bemerkte, daß er das Gesicht zusammenzog, als ob er weinen wollte; das dauerte jedoch nicht lange.

Die alte, heilige Hauptstadt Rußlands! fing er plötzlich mit zorniger Stimme an, indem er Bennigsens Worte wiederholte und dadurch auf den falschen Ton hinwies, der durch diese Worte hindurchklang. Erlauben Sie mir, Ihnen zu sagen, Erlaucht, daß diese Frage für einen Russen keinen Sinn hat. (Dabei bog er den schweren Körper nach vorn.) Eine solche Frage darf überhaupt nicht gestellt werden, eine solche Frage hat keinen Sinn. Die Frage, um derentwillen ich die Herren zusammenberufen habe, ist eine militärische, und zwar folgende ist es: »Die Rettung Rußlands beruht auf der Armee. Ist es vorteilhafter, den Verlust der Armee und Moskaus zu riskieren, indem wir die Schlacht annehmen; oder sollen wir Moskau ohne Kampf preisgeben? Über diese Frage wünsche ich Ihre Meinung zu hören.« (Nach diesen Worten sank er wieder an die Lehne des Sessels zurück.)

Die Debatte begann.

Bennigsen gab das Spiel noch nicht verloren. Während er der Ansicht Barclays und anderer von der Unmöglichkeit einer Verteidigungsschlacht bei Fili zustimmte, machte er – von russischem Patriotismus und der Liebe zu Moskau durchdrungen – den Vorschlag, unsere Truppen im Laufe der Nacht von rechts nach links hinüber zu führen und am folgenden Tage gegen den rechten Flügel der Franzosen loszuschlagen.

Die Meinungen teilten sich; man stritt für und wider diesen Plan. Jermolow, Dochturow und Rajewskij stimmten der Ansicht Bennigsens zu. Ob sie durch das Gefühl beeinflußt wurden, daß es notwendig sei, vor der Preisgebung Moskaus ein Opfer zu bringen, oder ob sie durch andere, persönliche Rücksichten bestimmt wurden – genug, diese Generale schienen nicht zu begreifen, daß die Ratschläge, die sie jetzt erteilten, nicht imstande waren, den unabweislichen Gang der Ereignisse zu ändern, und daß Moskau jetzt schon verloren war. Die übrigen Generale sahen dies ein, und indem sie die Frage einer Verteidigung Moskaus beiseite ließen, berieten sie nur noch über die Richtung, die das Heer bei seinem Rückzuge einschlagen sollte.

Malascha, welche die Augen von dem, was hier vorging,

nicht einen Moment abwandte, hatte die Bedeutung der Verhandlungen in ihrer Weise aufgefaßt. Ihr kam es vor, als ob es sich um einen persönlichen Streit zwischen dem »Großpapa« und dem »Langrock« – wie sie Bennigsen in Gedanken nannte – gehandelt hätte. Sie sah, daß sich beide ärgerten, während sie miteinander sprachen, und in ihrem Herzen nahm sie für den Großpapa Partei. Sie hatte den schnellen, listigen Blick bemerkt, den der Großvater Bennigsen mitten im Gespräch zuwarf, und gleich darauf sah sie zu ihrer Freude, daß, nachdem der Großpapa dem Langrock etwas gesagt und ihm den Kopf zurechtgesetzt hatte, dieser plötzlich rot wurde und heftig in der Stube auf und nieder ging. Die Worte, die so auf ihn gewirkt hatten, war die mit leisem ruhigem Ton ausgesprochene Ansicht Kutusows über die Vorzüge und Nachteile der Vorschläge, die Bennigsen in bezug auf die nächtliche Umstellung der Truppen von der rechten auf die linke Seite gemacht hatte, um den rechten Flügel der Franzosen attakkieren zu können.

Ich, meine Herrren, sagte Kutusow, kann den Plan des Grafen nicht gutheißen. Eine Veränderung der Stellung im Angesicht des Feindes ist, meiner Ansicht nach, immer gefährlich, und die Kriegsgeschichte bestätigt diese Ansicht. So zum Beispiel – Kutusow schien nachzudenken und sah dabei Bennigsen mit einem hellen, naiven Blicke an –, so zum Beispiel die Schlacht von Friedland, an die sich, wie ich denke, der Herr Graf sicherlich erinnert, die nur darum ... nicht vom vollen Erfolg gekrönt war, weil unsere Truppen in zu großer Nähe des Feindes ihre Stellungen wechselten. Es trat eine minutenlange Pause ein, die allen sehr drückend schien.

Die Debatte fing von neuem an, aber es kamen immer wieder Pausen, und jeder fühlte, daß es nichts mehr zu sagen gab.

Während eines solchen Schweigens atmete Kutusow tief auf, als ob er sprechen wollte, und alle wandten sich ihm zu.

Wohlan, meine Herren, ich sehe schon, daß ich die zerbrochenen Töpfe zahlen werde, sagte er, stand auf und trat an den Tisch. Meine Herren, ich habe Ihre Meinung gehört. Mancher von Ihnen wird mir nicht zustimmen – er hielt inne –, aber kraft der Gewalt, die mir von dem Kaiser und dem Volke verliehen ist, befehle ich den Rückzug.

Unmittelbar nach diesen Worten brachen die Generale auf; sie gingen mit der schweigenden Feierlichkeit, mit der man sich nach einem Begräbnisse zu entfernen pflegt.

Einige der Generale machten flüsternd, in ganz anderer Stimmlage, als die gewesen war, mit der sie während der Beratungen gesprochen, dem Oberbefehlshaber verschiedene Mitteilungen.

Malascha, die längst zum Abendessen erwartet wurde, glitt jetzt rücklings von ihrem Lager herunter, wobei sie sich mit den nackten Füßchen an die Stufen des Ofens klammerte; dann suchte sie sich einen Weg zwischen den Beinen der Generale und verschwand durch die Tür.

Nachdem Kutusow die Generale entlassen, saß er lange mit aufgestütztem Kopfe am Tische und dachte immer noch über die eine schreckliche Frage nach.

»Wann, ja wann hat es sich so gewendet, daß Moskau preisgegeben werden muß? sagte er zu sich selbst. Wann ist es zu dieser Entscheidung gekommen, und wer ist schuld daran?«

Nein, das hatte ich nicht erwartet, sagte er zu dem Adjutanten Schneider, der spät in der Nacht bei ihm eintrat. Das hätte ich nicht erwartet … nicht geglaubt!

Sie sollten ausruhen, Durchlaucht, fing Schneider an.

Laß nur … Und sie werden dennoch Pferdefleisch fressen, wie die Türken! schrie Kutusow, anstatt zu antworten, und schlug mit der Faust auf den Tisch. Das werden sie … wenn nur …

V

Ganz anders als Kutusow handelte zu derselben Zeit Graf Rostoptschin, der gewöhnlich als der Urheber des Brandes von Moskau genannt wird, jenes Ereignisses, das noch folgenreicher werden sollte als der Rückzug unserer Heere. Dies Ereignis – die Preisgebung und Einäscherung Moskaus, war nach dem Tage von Borodino ebenso unvermeidlich wie der

Rückzug unserer Truppen, ohne daß sie eine weitere Schlacht geliefert hätten.

Jeder Russe hätte das, was geschah, vorher sagen können; nicht auf Grund von Schlußfolgerungen, sondern auf Grund des Gefühls, das in uns liegt und auch in unseren Vätern gelegen hat.

Von Smolensk ab vollzog sich in allen Städten und Dörfern Rußlands, ohne den Einfluß des Grafen Rostoptschin und seiner Flugblätter, dasselbe, was später in Moskau geschah. Sorglos erwartete das Volk die Ankunft des Feindes; empörte sich nicht, tobte nicht, riß niemand in Stücke, sondern blickte seinem Schicksal ruhig entgegen, weil es die Kraft in sich fühlte, im äußersten Augenblicke das zu finden, was geschehen mußte. Und als der Feind sich näherte, entfernten sich die reichen Elemente der Bevölkerung, indem sie ihr Hab und Gut zurückließen; die Armen aber blieben da und verbrannten und vernichteten, was zurückgeblieben war.

Das Bewußtsein, daß dies geschehen mußte und immer wieder geschehen würde, lag und liegt im Herzen jedes Russen, und dieses Bewußtsein oder vielmehr das Vorgefühl, daß Moskau preisgegeben werden würde, erfüllte im Jahre 1812 die russische, die Moskauer Gesellschaft, wie das alle diejenigen ihrer Mitglieder bewiesen, die schon im Juli und Anfang August Moskau zu verlassen begannen. Diejenigen, die sich entfernten, indem sie fortschafften, was mitzunehmen war, aber ihre Häuser, die Hälfte ihres Eigentums zurückließen, handelten so unter dem Einflusse jenes verborgenen – latenten – Patriotismus, der sich nicht in Phrasen ausspricht, nicht durch Ermordung der Kinder oder andere unnatürliche Handlungen das Vaterland zu retten sucht, sondern der sich in einfacher Weise äußert, einfach, organisch fortwirkt und darum die größten Resultate erreicht.

»Es ist eine Schmach, vor dem Feinde zu fliehen … nur Feiglinge verlassen Moskau!« hörte man sagen, und auch Rostoptschin erklärte in seinen Flugblättern, daß es schmachvoll sei, Moskau zu verlassen. Aber die Einwohner, obwohl sie sich schämten zu fliehen und Feiglinge zu heißen, gingen fort, weil sie fühlten, daß es sein müsse. Warum aber gingen sie? – Es ist nicht anzunehmen, daß sie sich durch die Grausamkeiten schrecken ließen, die Napoleon in den eroberten Ländern verübt hatte. Die ersten, die davongingen, waren die Wohlhabenden, Gebildeten, die sehr gut wußten, daß Wien und Berlin nicht zerstört worden waren, und daß die Einwohner dieser Städte während der Invasion sehr vergnügt in Gesellschaft jener bezaubernden Franzosen gelebt hatten, die damals auch in Rußland, besonders von den Damen, so sehr geliebt wurden.

Aber die Einwohner Moskaus gingen fort, weil es für Russen nicht in Frage kommen konnte, ob es in Moskau unter der Herrschaft der Franzosen gut oder schlecht sein würde. Sie konnten einfach in Moskau nicht unter französischer Herrschaft existieren. Die Franzosen dort zu sehen war an und für sich unerträglich. So gingen denn die Einwohner fort; schon vor der Schlacht von Borodino und mehr noch nach der Schlacht, trotz des Aufrufs zur Verteidigung der Stadt und trotz der Bekanntmachung des Gouverneurs von Moskau, daß er die Absicht habe, die Twersche Muttergottes in Prozession herumtragen zu lassen, und trotz der Luftballons, welche die Franzosen zugrunde richten sollten, und trotz allen Unsinns, den Rostoptschin in seinen Flugblättern verkündigte. Die Einwohner sagten sich selbst, die Armee müsse für sie kämpfen und, wenn *sie* nicht dazu imstande wäre, so könnten auch die Bewohner Moskaus nicht mit ihren Töchtern und ihrem Hausgesinde auf die Drei-Berge hinausziehen, um gegen Napoleon zu kämpfen, sie müßten vielmehr fortgehen, wie schwer es ihnen auch wurde, ihr Hab und Gut der Vernichtung preiszugeben. Sie gingen fort, ohne zu berechnen, welchen Eindruck es machen mußte, diese große reiche Stadt verlassen, und damit der Zerstörung preisgegeben zu sehen (denn leerstehende Häuser nicht zu demolieren und niederzubrennen wäre mit dem Charakter des russischen Volkes unvereinbar.) Die Einwohner gingen, und es war infolge ihrer Entfernung, daß sich jenes erhabene Ereignis vollzog, welches auf immer der beste Ruhm des russischen Volkes bleiben wird. Jene Dame, die sich schon im Juni mit ihren Mohren und Hausnarren auf den Weg machte, um mit der Erklärung, daß sie keine Untertanin Bonapartes sein wolle, Moskau mit einem Saratowschen Dorfe zu vertauschen, obwohl sie fürchten mußte, den Befehlen des Grafen Rostoptschin zufolge mit Gewalt zurückgehalten zu werden – diese Dame gab in Wahrheit den ersten Anlaß zu jenem Ereignisse, das Rußland gerettet hat. Graf Rostoptschin aber, der heute die Abreisenden mit Schmach überhäufte und morgen selbst die Kanzleien aus der Stadt schaffen ließ; der bald dem betrunkenen Pöbel unbrauchbare Waffen einhändigte, bald die Heiligenbilder umhertragen ließ, bald auf das strengste verbot, Reliquien und Heiligenbilder von der Stelle zu bewegen; der jetzt alle Gespanne Moskaus mit Beschlag belegte, dann den Leppichschen Luftballon auf hundertsechsunddreißig Wagen fortschaffen ließ; bald darauf anspielte, daß er Moskau einäschern würde, oder erzählte, wie er sein eigenes Haus angezündet hätte, bald eine Proklamation an die Franzosen richtete, in denen er ihnen den größten Vorwurf daraus machte, daß sie das Findelhaus zerstört hätten; der bald den Ruhm der Einäscherung Moskaus für sich beanspruchte, bald wieder leugnete, daß er dabei die Hand im Spiele gehabt; der jetzt dem Volke befahl, alle Spione gefangenzunehmen und ihm auszuliefern, und wenn es geschah, ungehalten darüber war; der alle Franzosen aus Moskau verbannte, aber die Frau Auber-Chalmé, den Mittelpunkt der französischen Gesellschaft, in der Stadt ließ; der den alten, ehrwürdigen Postdirektor Klutscharow, ohne daß er etwas begangen hatte, gefangennahm und in die Verbannung schickte; der jetzt das Volk auf die Drei-Berge berief, um gegen die Franzosen zu kämpfen, und gleich darauf, um sich von dem Pöbel zu befreien, ihm einen Menschen zum Opfer gab, während er selbst aus einer Hintertür flüchtete; der bald erklärte, daß er das Unglück Moskaus nicht zu überleben vermöge, bald über seine Beteiligung an diesen Ereignissen französische Verse in Albums schrieb[1] – dieser Mann

1 *Je suis né Tartare.* *Je voulus être Romain.* *Les Français m'appelèrent barbare,* *Les Russes – George Dandin.*	Ich bin von Geburt Tartar. Ich wollte Römer scheinen. In Frankreich hieß ich Barbar, George Dandin bei den Meinen.

hatte keinen Begriff von der Bedeutung dessen, was um ihn her geschah. Er wollte nur Erstaunen erregen, wollte etwas Heldenhaftes, Patriotisches tun. Wie ein Knabe jauchzte er dem furchtbaren Schauspiel des Moskauer Brandes zu und bildete sich ein, mit seiner schwachen Hand den Lauf der Volksströmung, die ihn gewaltsam mit sich fortriß, nach Gefallen antreiben oder aufhalten zu können.

VI

Helène, die mit dem Hofe von Wilna nach Petersburg zurückgekehrt war, befand sich in einer schwierigen Lage.

In Petersburg erfreute sie sich der besonderen Gunst eines großen Herrn, der eine der höchsten Stellen im Staate bekleidete, und in Wilna war sie einem jungen, ausländischen Prinzen näher getreten. In Petersburg waren nun der Prinz und der Großwürdenträger gleichzeitig anwesend; beide machten ihre Rechte geltend, und in Helènes Karriere bot sich die neue, schwierige Aufgabe, ihr inniges Verhältnis zu beiden aufrechtzuerhalten, ohne einen der Begünstigten zu verletzen.

Aber was jedem anderen schwer oder geradezu unmöglich erschienen wäre, machte der jungen Gräfin Besuchow auch nicht einen sorgenvollen Augenblick; hatte sie doch nicht umsonst den Ruf der klügsten Frau! Wenn sie versucht hätte, ihr Tun und Lassen zu verbergen, oder sich durch List aus ihrer unangenehmen Lage zu befreien, so hätte sie gerade dadurch alles verschlimmert und sich gleichsam schuldig bekannt. Sie aber benahm sich im Gegenteil wie ein wahrhaft großer Mann, der alles durchsetzt, was er will, das heißt, sie trat vom ersten Moment an so auf, als ob sie im vollen Rechte wäre – was auch ihre innerste Überzeugung war – und alle anderen im Unrecht.

Als die junge ausländische Persönlichkeit sich zum ersten Male erlaubte, ihr Vorwürfe zu machen, sagte sie stolz und fest, indem sie ihren schönen Kopf erhob und sich halb dem Prinzen zuwandte:

Das ist einmal wieder die Eigensucht und Grausamkeit der Männer! Ich habe auch nichts Besseres erwartet. Wir Frauen opfern uns für euch, wir leiden, und das ist unser Lohn! Welches Recht haben Sie denn, Hoheit, mir über meine Freundschaft, meine Zuneigung Rechenschaft abzuverlangen? Dieser Mann ist mir mehr als ein Vater gewesen.

Die Persönlichkeit wollte etwas sagen, aber Helène fiel ihr ins Wort.

Nun ja, sagte sie, vielleicht hat er für mich andere Gefühle gehabt als die eines Vaters, aber das ist doch kein Grund, ihm meine Tür zu verschließen. Ich bin kein Mann, bin solchen Undanks nicht fähig. Überhaupt, Hoheit, muß ich Ihnen sagen, daß ich in allem, was meine innerste Empfindung betrifft, nur Gott und meinem Gewissen Rechenschaft ablege. Bei diesen Worten drückte sie die Hand auf ihren wogenden, schönen Busen und schlug den Blick zum Himmel auf.

Aber hören Sie mich doch, um Gottes willen, an ...

Heiraten Sie mich, und ich bin Ihre Sklavin.

Das ist unmöglich! rief der Prinz.

Sie erzeigen mit nicht die Ehre, sich zur Ehe mit mir herabzulassen! Sie ... antwortete Helène und weinte.

Die Persönlichkeit suchte sie zufriedenzusprechen; Helène aber versicherte unter Tränen, als hätte sie alles um sich herum vergessen, daß sie nichts an einer Wiederverheiratung hindern könne ... es gäbe ja Beispiele! – sie waren damals noch selten, aber Helène nannte Napoleon und andere hohe Personen – und dann fügte sie hinzu: daß sie niemals die Gattin ihres Mannes gewesen sei und daß man sie zum Opfer gebracht hätte.

Aber die Gesetze, die Religion! ... sagte die Persönlichkeit, schon halb überwunden.

Die Gesetze, die Religion! ... wiederholte Helène. Wozu wären sie denn erfunden, wenn sie das nicht bewerkstelligen könnten?

Der hohe Herr wunderte sich, daß er selbst nicht auf eine so einfache Schlußfolgerung gekommen war, und suchte Rat bei den heiligen Brüdern der Gesellschaft Jesu, zu denen er in einem vertrauten Verhältnis stand. Einige Tage später, bei einem der bezaubernden Feste, die Helène auf ihrem Landhause auf Kamjennyj-Ostrow gab, wurde ihr ein liebenswürdiger Mann von mittleren Jahren, mit schneeweißem Haar und schwarzen, funkelnden Augen, ein Herr Jobert, ein »Jesuit in kurzem Rock«, vorgestellt, und er hatte im Garten, beim Schein der Illumination und den Klängen der Musik ein langes Gespräch mit Helène über die Liebe zu Gott, zu Christus, zu dem Herzen der Mutter Gottes und über die Tröstungen, die in diesem, wie im künftigen Leben die eine, wahre katholische Religion der Seele gibt.

Helène war gerührt, und ein paarmal standen ihr und Jobert Tränen in den Augen, und ihre Stimme zitterte. Ein Kavalier, der Helène zum Tanz aufforderte, unterbrach das Gespräch mit ihrem künftigen Gewissensrat, aber am folgenden Tage kam Jobert allein zu der Gräfin, und von der Zeit an besuchte er sie oft.

Eines Tages begleitete er sie in die katholische Kirche, wo sie vor dem Altare, zu dem man sie führte, auf die Knie sank. Der liebenswürdige, bezaubernde Franzose legte ihr die Hände auf den Kopf, und sie fühlte – wie sie später selbst erzählte – etwas wie das Wehen eines frischen Windes, der ihr bis in die Seele drang. Man erklärte ihr, daß dies die »Gnade« gewesen sei.

Darauf führte man ihr einen Abbé im langen Rock zu; er hörte ihre Beichte und erteilte ihr Absolution. Am folgenden Tage brachte man ihr ein Kästchen, das die Hostie enthielt und das ihr zum häuslichen Gebrauch gelassen wurde. Wieder nach einigen Tagen erfuhr sie dann zu ihrer Freude, daß sie nun in die wahre, katholische Kirche eingetreten sei, und daß in der nächsten Zeit auch der Papst von ihr hören und ihr ein gewisses Schriftstück senden würde.

Alles, was in dieser Zeit um sie her und mit ihr vorging: die Aufmerksamkeit, die so viele geistvolle Männer ihr schenkten und die sich in so feinen angenehmen Formen aussprach, die Taubenreinheit, in der sie sich fühlte – sie trug die ganze Zeit über nur weiße Kleider mit weißen Bändern –, alles dies machte ihr Vergnügen. Aber in allem Vergnügen ließ sie ihre Ziele nicht einen Augenblick aus den Augen, und wie es gewöhnlich geschieht, daß, wenn es auf List ankommt, der beschränkte Mensch den geistvollen übertrifft, so war es auch hier. Helène hatte sehr bald erkannt, daß, nachdem sie zur katholischen Religion bekehrt worden war, alle Reden darauf abzielten, zum Besten der Jesuiten-Stiftungen Geld von ihr zu erlangen, – was ihr auch durch Winke zu verstehen gegeben wurde. Ehe nun aber Helène das Geld gab, bestand sie darauf, daß alle Hilfsmittel, durch die sie von ihrem Manne loskommen konnte, in Anwendung gebracht wurden. Ihren Begriffen nach bestand die Aufgabe jeder Religion nur darin, daß sie den Menschen bei der Erfüllung ihrer Wünsche gewisse Anstandsregeln zu beobachten lehrte, und in dieser Voraussetzung hatte sie in einem Gespräche mit ihrem Beichtvater dringend eine Antwort auf die Frage verlangt, in welchem Maße sie jetzt noch durch ihre Ehe gefesselt sei.

Sie saßen im Salon am offenen Fenster. Es dämmerte. Blumendüfte strömten durch das Fenster herein; Helène trug ein weißes, an Schultern und Busen durchsichtiges Kleid, und der wohlgenährte Abbé mit dem vollen, glattrasierten Kinn, dem angenehmen, festen Munde und den weißen Händen, die er auf dem Knie gefaltet hatte, saß ihr dicht gegenüber, sah ihr mit einem feinen Lächeln auf den Lippen und einem über ihre Schönheit still entzückten Blick dann und wann ins Gesicht und setzte ihr seine Ansicht über die Frage, die sie so sehr interessierte, auseinander. Helène blickte unruhig lächelnd auf sein lockiges Haar, seine glattrasierten, bläulich schimmernden vollen Wangen und erwartete jeden Augenblick eine andere Wendung des Gesprächs. Aber der Abbé, obwohl ihm die Schönheit seines Gegenübers sichtlich Genuß gewährte, war doch noch mehr von seiner eigenen Beredsamkeit entzückt.

Die Argumentation des Gewissensrates war folgende: Ohne die Bedeutung dessen, was Sie taten, zu kennen, haben Sie das Versprechen der ehelichen Treue einem Manne gegeben, der seinerseits, da er in die Ehe eingetreten ist, ohne an die religiöse Aufgabe der Ehe zu glauben, eine Gotteslästerung beging. Diese Ehe war demnach nicht das Doppelband, das sie sein soll; aber dessenungeachtet waren Sie durch Ihr

Gelübde gefesselt. Sie haben sich nun von Ihrem Manne losgesagt. Was haben Sie damit begangen? Eine verzeihliche Sünde oder eine Todsünde? – Eine verzeihliche Sünde, weil Sie die Tat ohne böse Absicht begingen, und wenn Sie jetzt zu dem Zwecke, Kinder zu haben, in eine neue Ehe träten, so könnte Ihre Sünde verziehen werden ... Die Frage zerfällt übrigens in zwei Punkte. Erstens ...

Aber ich dächte, fiel plötzlich Helène, die sich langweilte, mit ihrem bezaubernden Lächeln ein, ich dächte, daß ich, nachdem ich zu der wahren Religion übergetreten bin, nicht mehr an das gebunden sein kann, was mir die falsche Religion auferlegt hat.

Der Seelsorger war aufs höchste überrascht von der Einfachheit, mit der dieses Ei des Kolumbus vor ihm hingestellt wurde. Er war entzückt über die erstaunlich schnellen Fortschritte seiner Schülerin, aber er konnte sich nicht sogleich von dem kunst- und liebevoll errichteten Gebäude seiner Argumentation losmachen.

Verständigen wir uns, Gräfin, sagte er lächelnd und fing an, die Schlußfolgerungen seines Beichtkindes zu bekämpfen.

VII

Helène begriff, daß ihre Angelegenheit vom religiösen Standpunkt aus leicht zu ordnen war, aber daß ihre geistlichen Führer Schwierigkeiten machten, weil sie das Urteil der weltlichen Macht fürchteten.

Infolgedessen beschloß Helène, die Gesellschaft auf die Wendung der Dinge vorzubereiten. Sie hatte die Eifersucht des alten, vornehmen Herrn erregt und ihm dasselbe gesagt, was sie dem jungen Verehrer geantwortet, das heißt, sie hatte auch ihm erklärt, daß das einzige Mittel, Rechte über sie zu erlangen, darin bestände, sie zu heiraten.

Der alte vornehme Herr war anfangs bei dem Vorschlag einer Heirat, während ihr erster Mann noch lebte, ebenso überrascht wie der Prinz; aber Helènes unerschütterliche Überzeugung, daß dies ebenso einfach und natürlich sei wie die

Verheiratung eines Mädchens, wirkte auch auf ihn. Hätte Helène das geringste Zeichen von Zweifel, Unsicherheit oder Scham verraten, so wäre ihre Sache höchstwahrscheinlich verloren gewesen. Aber nicht genug, daß alle diese Zeichen fehlten – Helène erzählte auch allen ihren vertrauten Freunden (das heißt ganz Petersburg) mit größter Einfachheit und gutmütiger Naivität, daß der Prinz sowohl wie der große Herr um ihre Hand geworben hätten, daß ihr beide teuer wären, und daß sie sich scheue, dem einen oder dem anderen weh zu tun.

So verbreitete sich denn binnen kurzem in Petersburg das Gerücht, nicht daß sich Helène von ihrem Manne scheiden lassen wolle (wäre dies gesagt worden, so würden sich viele gegen eine so ungesetzliche Handlungsweise erklärt haben); es hieß vielmehr: die unglückliche, interessante Helène wäre in der größten Unsicherheit, welchen von ihren Bewerbern sie heiraten solle. Die Frage lautete also nicht mehr, ob sie die Möglichkeit hätte, sich wieder zu verheiraten, sondern nur, welche Partie die vorteilhaftere wäre und wie der Hof die Sache ansehen würde? Es gab zwar auch einige verstockte Menschen, die sich nicht zu der Höhe der Frage zu erheben vermochten und in Helènes Vorhaben eine Verhöhnung des Sakraments der Ehe sahen; aber das waren nur wenige, und sie schwiegen. Der größte Teil dagegen interessierte sich lebhaft für die Frage, ob für Helènes Glück die eine oder andere Partie besser sei? Darüber, ob es recht oder unrecht war, sich bei Lebzeiten des ersten Mannes zu verheiraten, wurde nicht gesprochen, weil diese Frage für die, welche klüger sind als die große Menge, sichtlich schon gelöst war und weil jeder, der an der Richtigkeit dieser Lösung gezweifelt hätte, dadurch möglicherweise nur seine eigene Geistesbeschränktheit verriet oder den Beweis gab, daß er nicht gewohnt sei, in der großen Welt zu leben.

Nur Maria Dmitriewna Achrossimowa, die diesen Sommer nach Petersburg gekommen war, um einen ihrer Söhne zu sehen, erlaubte sich ihre, der Ansicht der Welt entgegengesetzte Meinung frei auszusprechen. Sie traf Helène auf einem Balle, hielt sie mitten im Saale fest und sagte mit ihrer lauten, tiefen Stimme, während ein allgemeines Schweigen eintrat:

Man verheiratet sich also hier bei Euch, während der erste Mann noch lebt? Glaubst du vielleicht, damit etwas Neues aufgebracht zu haben? Das hat man schon lange vor dir getan, Mütterchen, lange schon, alle ... machen es so! Nach diesen Worten ging Maria Dmitriewna, indem sie mit drohender Gebärde ihre weiten Ärmel aufstreifte und sich mit strengen Blicken umsah, durch den Saal.

Aber obwohl man Maria Dmitriewna fürchtete, betrachtete man sie gewissermaßen wie eine lustige Person, und so sah man in ihren Worten nur eine Derbheit, die einer dem anderen leise wiederholte, in der Meinung, daß in diesem Worte die ganze Schärfe des Gesagten enthalten sei.

Fürst Wassilij, der in der letzten Zeit noch häufiger als sonst vergaß, was er gesprochen hatte, und hundertmal dasselbe wiederholte, sagte, sooft er seine Tochter sah:

Helène, ich habe dir ein Wort zu sagen; dann führte er sie beiseite, und indem er in gewohnter Weise ihre Hand nach unten zog, fügte er hinzu: Ich habe von gewissen Plänen Wind bekommen in bezug auf ... nun, du weißt ja! ... Du weißt aber auch, mein liebes Kind, daß mein Vaterherz sich freut, zu sehen, daß du ... Du hast so viel gelitten ... aber, liebes Kind, frage nur dein Herz um Rat ... Das ist alles, was ich dir zu raten habe –, worauf er jedesmal dieselbe Aufregung dadurch zu verbergen suchte, daß er seine Wange an die der Tochter drückte und sich entfernte.

Bilibin, welcher noch immer den Ruf besaß, der klügste aller Menschen zu sein und der ein uneigennütziger Freund Helènes war, einer jener Freunde, wie sie immer in der Umgebung glänzender Frauen zu finden sind, befreundeter Männer, die niemals in die Rolle des Verliebten übergehen – Bilibin also sprach eines Tages in einem »engeren Kreis vertrauter Freunde« seiner Freundin Helène aus, was er über ihre Angelegenheit dachte.

Hören Sie, Bilibin, fing Helène an und berührte mit ihrer weißen, beringten Hand den Ärmel seines Fracks, hören Sie, Bilibin – solche Freunde nannte sie immer beim Familiennamen –, sagen Sie mir, wie Sie es einer Schwester sagen würden, was soll ich tun? Welchen von beiden?

Bilibin runzelte die Stirn und wurde nachdenklich, während sein Mund lächelte.

Sie werden mich nicht überrumpeln, wie Sie wissen, sagte er. Als wahrer Freund habe ich über Ihre Angelegenheiten wieder und wieder nachgedacht. Sehen Sie – hier bog er den kleinen Finger ein –, wenn Sie den Prinzen heiraten (das war der junge Mann), so verlieren Sie jede Aussicht, den andern zu heiraten, und überdies erregen Sie die Unzufriedenheit des Hofes. Wie Sie wissen, existiert eine Art von Verwandtschaft. Heiraten Sie dagegen den alten Grafen, so werden Sie das Glück seiner letzten Lebenstage, und wenn Sie die Witwe eines hohen Würdenträgers sind, begeht der Prinz keine Mesalliance mehr, wenn er sich mit Ihnen vermählt.

Nach diesen Worten glättete Bilibin die Stirn; Helène berührte abermals den Ärmel seines Fracks.

Das ist doch ein wahrer Freund, sagte sie. Aber ich liebe den einen wie den anderen, möchte keinem Kummer machen ... Ich gäbe gern mein Leben hin für beider Glück.

Bilibin zuckte die Achseln, als ob er sagen wollte, daß für solche Leiden selbst er keinen Rat wisse.

»Ein Prachtweib! Das nennt man gerade darauf losgehen – am liebsten heiratete sie alle drei«, dachte Bilibin. Aber sagen Sie mir, wie sieht Ihr Mann die Sache an? fragte er dann, durch die Festigkeit seines Rufes so kühn gemacht, daß er nicht fürchtete, sich durch diese naive Frage zu kompromittieren. Wird er darauf eingehen?

Oh, er liebt mich so sehr, antwortete Helène, die sich aus irgendwelchem unbekannten Grunde einbildete, auch von Pierre geliebt zu werden. Er würde alles für mich hingeben.

Als Vorbereitung auf ein »mot« runzelte Bilibin abermals die Stirn.

Auch die Scheidung geben? sagte er. Helène lachte.

Zu den Menschen, die sich erlaubten, an der Gesetzmäßigkeit einer Wiederverheiratung Helènes zu zweifeln, gehörte auch ihre eigene Mutter, die Fürstin Kuragin. Die Dame war noch immer neidisch auf ihre Tochter, und jetzt, wo der

Gegenstand des Neides noch dazu die Gewissensskrupel der Fürstin erregte, ließ es ihr keine Ruhe. Sie fragte einen russischen Priester, auf welche Weise es möglich sei, eine Ehe zu lösen und sich bei Lebzeiten des Mannes wieder zu verheiraten, und der Priester sagte ihr, das wäre unmöglich und zeigte ihr zu ihrer Freude einen Vers aus dem Evangelium, in welchem (wie es dem Priester schien) eine Wiederverheiratung bei Lebzeiten des ersten Mannes ausdrücklich verboten wird.

Bewaffnet mit diesen Argumenten, die ihr unwiderleglich schienen, fuhr die Fürstin eines Morgens in aller Frühe zu ihrer Tochter, um sie allein zu treffen.

Nachdem Helène die Einwendungen der Mutter angehört hatte, lächelte sie sanft und spöttisch.

Es steht ausdrücklich geschrieben: wer eine Abgeschiedene freiet ... fing die alte Fürstin an.

Ach, Mama, sprechen Sie doch keinen Unsinn! Sie verstehen davon nichts. In meiner Lage habe ich Pflichten, fiel Helène ein und führte das Gespräch aus dem Russischen ins Französische hinüber, weil sie immer, wenn sie russisch sprach, sich ihrer Sache nicht ganz sicher fühlte.

Aber, liebes Kind ...

Ach, Mama, können Sie denn nicht begreifen, daß der heilige Vater, der das Recht hat, Dispensationen zu erteilen ...

In diesem Augenblick erschien Helènes Gesellschafterin, um ihr zu melden, daß Se. Hoheit im Salon sei und sie zu sprechen wünsche.

Nein, sagen Sie ihm, daß ich ihn nicht sehen will, daß ich wütend bin, weil er nicht Wort gehalten hat ...

Gräfin, jede Sünde kann vergeben werden, sagte ein junger, blondlockiger Mann mit langem Gesicht und langer Nase, der eben ins Zimmer trat.

Die alte Fürstin stand ehrerbietig auf und machte einen Knicks.

Der junge Mann schenkte ihr keine Beachtung; die Fürstin nickte ihrer Tochter zu und ging stolz nach der Tür.

»Nein, sie hat recht! sagte die Fürstin zu sich selbst, denn beim Erscheinen Sr. Hoheit waren alle ihre Überzeugungen zusammengestürzt. Sie hat recht – aber wie schade, daß wir in unserer unwiederbringlich verlorenen Jugend das nicht gewußt haben ... und es ist doch so einfach!« fügte sie in Gedanken hinzu, als sie sich in ihren Wagen setzte.

Mitte August war Helène über ihre Angelegenheiten zur Klarheit gekommen, und sie schrieb ihrem Manne, der sie – wie sie glaubte – so sehr liebte, einen Brief, in dem sie ihn von ihrer Absicht, N. N. zu heiraten, benachrichtigte. Ferner teilte sie ihm mit, daß sie zu der einzigen wahren Religion übergetreten sei, und bat ihn schließlich, alle die zu ihrer Scheidung nötigen Formalitäten zu erfüllen, welche der Überbringer dieses Briefes ihm genauer angeben würde.

»Und nun bitte ich Gott, mein Freund, Sie in Seinen heiligen, mächtigen Schutz zu nehmen. Ihre Freundin Helène.«

Dieser Brief wurde in Pierres Hause abgegeben, während er sich auf dem Schlachtfelde von Borodino befand.

VIII

Nachdem Pierre zu Ende der Schlacht von Borodino zum zweiten Male von der Rajewskijschen Batterie hinuntergeeilt war, schlug er mit einem Trupp Soldaten den Hohlweg nach Knjaskowo ein. Er kam an den Verbandplatz, aber als er hier Blut sah und Schreien und Stöhnen hörte, ging er eilig weiter, indem er sich unter die Soldaten mischte.

Das einzige, was Pierre jetzt mit allen Kräften seiner Seele wünschte, war nur, so schnell als möglich den entsetzlichen Eindrücken zu entfliehen, unter welchen er diesen Tag verlebt hatte, zu den gewöhnlichen Lebensbedingungen zurückzukehren und ruhig in seinem Zimmer in seinem Bette einschlafen zu können. Nur unter den gewöhnlichen Lebensbedingungen, das fühlte er deutlich, würde er imstande sein, sich selbst und alles, was er heute gesehen und empfunden hatte, zu begreifen. Aber diese gewöhnlichen Lebensbedingungen waren nicht mehr zu finden.

Obwohl auf dem Wege, den er jetzt verfolgte, keine Flinten- und Kanonenkugeln um ihn her flogen, war doch sonst auf allen Seiten alles ebenso wie dort auf dem Schlachtfelde. Dieselben leidenden, abgehärmten oder seltsam gleichmütigen Gesichter; dasselbe Blut, dieselben Soldatenmäntel, dasselbe Getön des, wenn auch entfernteren, aber unablässigen, Schauder erregenden Schießens; dazu war es schwül und staubig.

Nachdem Pierre etwa drei Werst auf der großen Straße nach Moshajsk zurückgelegt hatte, setzte er sich am Rande des Weges nieder.

Die Dämmerung brach herein, und der Donner der Kanonen verstummte. Pierre legte sich nieder, stützte den Kopf in die Hand und beobachtete die im Dunkeln unablässig an ihm vorüberziehenden Schatten. Dann und wann hatte er das Gefühl, als ob eine Kanonenkugel mit schrecklichem Geheul auf ihn niedersauste; dann fuhr er zusammen und richtete sich auf. Wie lange er so dagelegen hatte, wußte er nicht. Mitten in der Nacht nahmen drei mit Reisig beladene Soldaten neben ihm Platz und zündeten ein Feuer an.

Als das Feuer brannte, stellten die Soldaten, die beständig nach Pierre hinüberschielten, einen Feldkessel mit Wasser darüber, brockten Zwieback hinein und taten Speck dazu. Bald vermischte sich der angenehme Geruch der fetten Suppe mit dem des Rauches. Pierre erhob sich und atmete auf. Die Soldaten – es waren ihrer drei – fingen an zu essen und sprachen miteinander, ohne auf Pierre Rücksicht zu nehmen.

Plötzlich wandte sich einer der Soldaten zu ihm.

Wer bist du eigentlich? fragte er, und verstand unter dieser Frage, was Pierre auch sogleich erriet, wenn du zu essen haben willst, so geben wir es dir; sage nur, daß du ein ehrlicher Mann bist.

Ich ... ich? ... antwortete Pierre und fühlte die Notwendigkeit, seine gesellschaftliche Stellung so bescheiden als möglich anzugeben, um dadurch den Soldaten näher zu kommen und ihnen verständlicher zu sein. Ich bin eigentlich ein Milizenoffizier, bin aber von meiner Mannschaft abgekommen. Wir gerieten in die Schlacht, und da habe ich sie verloren.

Seht mal an! sagte einer der Soldaten.

Der andere schüttelte den Kopf.

Nun gut, wenn du willst, iß von dem Brei, sagte der erste wieder und reichte Pierre den hölzernen Löffel, nachdem er ihn abgeleckt hatte.

Pierre setzte sich ans Feuer und fing an, aus dem Kessel zu essen, und der Brei schien ihm die schmackhafteste Speise zu sein, die er je genossen. Die Soldaten sahen ihm schweigend zu, während er, gierig über den Kessel gebeugt, große Löffel voll Brei zu Munde führte und kaute, und sein Gesicht vom Licht des Feuers bestrahlt war.

Wohin willst du nun gehen? sag's uns, begann endlich einer der Soldaten.

Nach Moshajsk.

Du bist ein Herr?

Ja.

Und wie ist dein Name.

Peter Kirillowitsch.

Nun, Peter Kirillowitsch, wollen wir gehen? Wir bringen dich hin.

In tiefer Dunkelheit gingen die Soldaten mit Pierre auf Moshajsk zu.

Die Hähne krähten schon, als sie dort ankamen und den steilen Stadtberg hinaufmarschierten. Pierre ging immer weiter mit den Soldaten und hatte ganz vergessen, daß seine Herberge unten am Berge lag und daß er schon an ihr vorbeigekommen war. Er würde sich auch nicht daran erinnert haben, so groß war die Verwirrung, in der er sich befand – wenn er nicht auf der Mitte des Weges mit seinem Reitknecht zusammengetroffen wäre, der sich aufgemacht hatte, ihn in der Stadt zu suchen und jetzt nach seinem Gasthause zurückkehrte. Der Reitknecht erkannte Pierre an seinem durch die Finsternis weißschimmernden Hute.

Erlaucht! rief er, wir waren schon in Verzweiflung … und warum sind Sie zu Fuß? … und, bitte, wohin gehen Sie denn?

Ach ja! antwortete Pierre.

Die Soldaten blieben stehen.

Nun, hast du die deinigen gefunden? fragte der eine.

Nun, gehab dich wohl, Peter Kirillowitsch! sagten die Stimmen der anderen.

Lebt wohl! antwortete Pierre und wandte sich mit seinem Reitknechte dem Wirtshause zu.

»Ich müßte ihnen wohl etwas geben?« dachte er, indem er an seine Tasche faßte, aber eine Stimme schien zu sagen: »Nein, das ist nicht nötig.«

In den Stuben des Wirtshauses war kein Platz mehr; alles war besetzt. Pierre ging auf den Hof, legte sich in den Wagen und zog den Mantel über sein Gesicht.

IX

Kaum hatte Pierre seinen Kopf auf die Kissen gelegt, als er fühlte, daß er einschlief. Aber plötzlich hörte er, fast so deutlich wie in der Wirklichkeit, das »Bum-Bum-Bum« der Geschütze, hörte Stöhnen, Geschrei und das Zischen der Geschosse, roch Blut und Pulver und wurde von einem Gefühl des Schreckens und der Todesfurcht gepackt. Erschrocken öffnete er die Augen und machte den Kopf aus dem Mantel frei. Im Hofe war alles still, nur ein Offiziersbursche sprach unter dem Torwege mit einem Hausknecht, während er durch die Schmutzlachen patschte. Über Pierres Kopf, unter dem dunklen Holzdache des Schuppens, schüttelten sich die Tauben, die er durch seine Bewegungen geweckt hatte. Den ganzen Hof erfüllte jener friedliche, für Pierre in diesem Augenblicke sehr angenehme Wirtshausgeruch, der aus einem Gemisch von Heu, Dünger und Teer besteht, und zwischen zwei schwarzen Schuppen sah er den gestirnten Himmel.

Gott sei Dank, daß das nicht mehr ist! dachte er, indem er seinen Kopf wieder zudeckte. Wie schrecklich ist die Furcht, und mit welcher Scham habe ich sie empfunden, während *sie* die ganze Zeit über und bis ans Ende fest und ruhig waren! dachte Pierre. Unter *ihnen* verstand er die Soldaten, sowohl die, welche auf der Batterie waren, wie die, welche ihm zu essen gegeben oder vor dem Heiligenbilde gebetet hatten ... *Sie,* die eigentümlichen, ihm bis jetzt völlig unbekannten Wesen, traten jetzt scharf und deutlich vor allen übrigen Menschen in seiner Erinnerung hervor.

»Soldat sein, einfacher Soldat, dachte Pierre, während er wieder einschlief. Mit seinem ganzen Wesen einzutreten in dies Gemeinleben und von dem durchdrungen werden, was sie zu dem macht, was sie sind! Aber auf welche Weise läßt sich das Überflüssige, das Teuflische, die ganze Bürde des äusserlichen Menschen abwerfen? Zu einer gewissen Zeit hätte ich werden können wie jene. Ich hätte, sobald ich es gewollt, meinem Vater davonlaufen können, und nach dem Duell mit Dolochow war's möglich, daß ich unter die Soldaten gesteckt wurde.« In Pierres Erinnerung tauchte das Diner im Klub wieder auf, bei dem er Dolochow gefordert hatte; dann dachte er an seinen väterlichen Freund in Torshok, und darauf sah er die feierliche Freimaurerloge. Sie war im englischen Klub, und jemand, der Pierre vertraut und lieb war, saß am Ende des Tisches. Ja, das ist er, der väterliche Freund, er ist ja gestorben? dachte Pierre. Ja, er ist gestorben, und ich wußte nicht, daß er lebt ... wie weh tat es mir, daß er gestorben war, und wie froh war ich, daß er wieder lebt! An der einen Seite des Tisches saßen Anatol, Dolochow, Reswizkij, Denissow und andere (die Kategorie, in die jeder von ihnen gehörte, war auch im Traume, in der Seele Pierres, deutlich bestimmt, wie auch die Kategorie der Leute, die er *sie* zu nennen pflegte). Anatol, Dolochow und die anderen schrien und sangen laut; aber durch ihr Geschrei ließ sich die Stimme des väterlichen Freundes hören, der unablässig sprach. Der Klang seiner Worte war ebenso gewaltig und ununterbrochen wie das Getöse auf dem Schlachtfelde, aber es war ein wohltuender, tröstlicher Laut. Was der väterliche Freund sagte, vermochte Pierre nicht zu verstehen, aber er wußte – und auch die Kategorie der Gedanken war ihm im Traume ganz klar –, daß der väterliche Freund von etwas Gutem sprach, von der Möglichkeit, das zu sein, was *sie* waren ... Und sie umringten mit ihren einfachen, guten, festen Gesichtern den väterlichen Freund von allen Seiten; aber obgleich sie freundlich waren, sahen sie Pierre nicht an, kannten ihn nicht. Er wollte ihre Aufmerksamkeit auf sich ziehen, wollte sprechen und stand auf; aber in demselben Augenblicke wurden seine Beine kalt, und er sah, daß sie nackt waren.

Er schämte sich und bedeckte seine Beine (von denen wirklich der Mantel heruntergefallen war) mit der Hand. Auf einen Moment, während er den Mantel wieder zurechtlegte, machte Pierre die Augen auf und erblickte denselben Schuppen, die Säulen, den Hof; dies alles war jetzt bläulich hell und mit schimmerndem Tau und Reif bedeckt.

»Es tagt, dachte Pierre, aber das geht mich nichts an, ich muß die Worte des väterlichen Freundes zu Ende hören und erfassen.«

Er deckte sich wieder mit dem Mantel zu, aber weder die Lage noch den väterlichen Freund fand er wieder, nur Gedanken, welche sich deutlich in Worten ausdrückten – Gedanken, welche irgend jemand aussprach oder Pierre selber dachte.

Er besann sich später auf diese Gedanken, aber obwohl sie durch die Eindrücke des vergangenen Tages hervorgerufen waren, hatte er die Überzeugung, daß jemand außer ihm sie ausgesprochen hatte. Niemals, das war seine unumstößliche Meinung, wäre er selbst imstande gewesen, so zu denken und seine Gedanken so auszudrücken.

»Das Schwerste – hatte die Stimme gesagt – ist die Unterordnung der menschlichen Freiheit unter die Gebete Gottes. Die Einfalt ist der Gehorsam gegen Gott; ihm kann man nicht entfliehen! *Sie* sind einfältig, *sie* sprechen nicht, sie tun; das gesprochene Wort ist Silber, das verschwiegene Gold. Solange der Mensch sich vor dem Tode fürchtet, vermag er keiner Sache Herr zu werden, aber alles gehört dem, der sich vor dem Tode nicht scheut. Wenn es keine Leiden gäbe, würde der Mensch keine Schranken kennen, würde sich selbst nicht kennen. Das Schwerste – fuhr Pierre im Traume zu denken oder zu hören fort – ist die Fähigkeit, in der eigenen Seele die Bedeutung aller Dinge zu verschmelzen ... Alles verschmelzen! sagte Pierre vor sich hin. Nein, nicht verschmelzen – man kann die Gedanken nicht verschmelzen, aber sie miteinander »vereinen«, das ist nötig. Ja, vereinen, vereinen! wiederholte Pierre mit hoher innerer Freude, denn er fühlte, daß sich nur durch dieses Wort ausdrücken ließ, was er ausdrücken wollte, und daß nur durch das Wort die Frage, die ihn quälte, zu lösen war.

Ja, vereinen, es ist Zeit dazu, es ist Zeit!

Ew. Erlaucht! Ew. Erlaucht! ... es ist Zeit ... es ist Zeit! rief die Stimme des Reitknechts, der Pierre weckte. Es ist Zeit zum Anspannen! Die Sonne strahlte Pierre gerade ins Gesicht; er blickte auf und sah den schmutzigen Hof der Schenke, an dessen Brunnen Soldaten ihre mageren Pferde tränkten und aus dessen Torwege Vorspanne herausfuhren. Pierre wandte sich voll Ekel ab, und indem er die Augen bedeckte, sank er schnell auf den Sitz des Wagens zurück.

»Das will ich nicht sehen! Nein, das nicht ... sehen und verstehen will ich, was sich mir im Traume offenbart hat ... Noch einen Augenblick, und es wäre mir alles klar gewesen ... Vereinen, aber wie alles vereinen?« fragte er sich selbst und fühlte schaudernd, daß die Macht und Herrlichkeit dessen, was er im Traume gesehen und gedacht hatte, zerstört war.

Reitknecht, Hausknecht und Kutscher erzählten Pierre, daß ein Offizier mit der Nachricht gekommen sei, die Franzosen näherten sich Moshajsk und die Unsrigen zögen fort.

Pierre stand auf, und nachdem er befohlen hatte, anzuspannen und ihm nachzukommen, ging er zu Fuß durch die Stadt.

Unsere Truppen marschierten ab und ließen an 10 000 Verwundete in Moshajsk zurück. Diese Verwundeten zeigten sich in den Höfen, an den Fenstern der Häuser und drängten sich in den Straßen. Um die Wagen, welche die Verwundeten fortschaffen sollten, hörte man Geschrei und Schimpfworte; hin und wieder kam es zu Schlägereien. Pierre bot einem ihm bekannten blessierten General einen Platz in seinem Wagen, der bald darauf nachkam, und fuhr mit dem Verwundeten nach Moskau.

Unterwegs erfuhr Pierre den Tod seines Schwagers und den Tod des Fürsten Andrej.

X

Es war der 11. September, als Pierre nach Moskau zurückkehrte. Dicht am Tore begegnete ihm ein Adjutant des Grafen Rostoptschin.

Wir suchen Sie überall, sagte der Adjutant. Der Graf muß Sie notwendig sprechen. Er bittet Sie, in einer wichtigen Angelegenheit sogleich zu ihm zu kommen.

Pierre nahm, ohne erst nach Hause zu gehen, einen Wagen und begab sich zum Gouverneur.

Graf Rostoptschin war erst diesen Morgen von seinem Landhause in Sokolniki nach der Stadt gekommen.

Sein Warteraum und Empfangszimmer waren überfüllt von Beamten, die auf seinen Befehl erschienen waren. Wassiltschikow und Platow hatten den Grafen schon gesprochen und ihm erklärt, daß es unmöglich sein würde, Moskau zu verteidigen, und daß die Stadt dem Feinde ausgeliefert werden müsse. Diese Nachrichten wurden zwar dem Volke verheimlicht, aber die Beamten und die Chefs der verschiedenen Behörden wußten so gut wie Graf Rostoptschin selbst, daß die Stadt dem Feinde überliefert werden würde. Um jedoch die Verantwortlichkeit von sich abzuwälzen, kamen sie alle zum Gouverneur, um zu fragen, was sie mit dem ihnen anvertrauten Stadtteil beginnen sollten.

In dem Augenblicke, als Pierre das Empfangszimmer betrat, kam ein Kurier, der von der Armee angelangt war, aus dem Kabinett des Grafen. Auf die Fragen, die von allen Seiten an ihn gerichtet wurden, winkte er hoffnungslos mit der Hand und ging schnell aus dem Zimmer.

Während Pierre wartete, beobachtete er mit müden Augen die alten und jungen Militär- und Zivilpersonen, die einflußreichen und untergeordneten Beamten, die hier versammelt waren. Alle schienen unruhig und unzufrieden zu sein. Pierre näherte sich einer Gruppe von Beamten, unter welchen er einen Bekannten erblickte. Nachdem die Herren Pierre begrüßt hatten, fuhren sie in ihrem Gespräche fort.

Wenn wir es hinschicken und es dann wieder zurückholen,

ist's kein Unglück ... in solchem Zustande kann man für nichts verantwortlich gemacht werden, sagte der eine.

Da schreibt er ja aber, fing ein anderer an, und zeigte auf ein Papier, das er in der Hand hielt.

Das ist etwas anderes ... dergleichen ist notwendig für das Volk, antwortete der erste.

Was ist es denn? fragte Pierre.

Ein neues Flugblatt.

Pierre nahm es in die Hand und las:

»Der durchlauchtige Fürst ist – um sich schneller mit dem Heere zu vereinigen, das zu ihm stoßen wird – durch Moshajsk gegangen und hat in einer festen Stellung halt gemacht, wo ihn der Feind nicht leicht überfallen kann. Von hier aus sind ihm 48 Kanonen mit Munition zugeschickt worden. Der Durchlauchtige hat erklärt, daß er Moskau bis zum letzten Blutstropfen verteidigen wird und bereit ist, sich selbst in den Straßen zu schlagen. Laßt euch nicht irre machen, Brüder, wenn ihr seht, daß die Behörden ihre Tätigkeit einstellen. Wir müssen uns jetzt vorsehen, werden aber seinerzeit über den Räuber Gericht halten! Wenn es zum Kampfe kommt, brauche ich Männer vom Dorfe so gut wie aus der Stadt. Ich werde den Ruf ertönen lassen – zwei Tage vorher. Noch ist es nicht an der Zeit, und ich schweige. Sie mögen mit Äxten kommen; auch Sensen sind gut, am besten dreizackige Heugabeln. Der Franzose ist nicht schwerer als eine Korngarbe. Morgen nachmittag lasse ich die Iberische Muttergottes nach dem Katharinenhospital zu den Verwundeten bringen, und wir werden dort das Wasser weihen, damit sie schneller genesen. Was mich betrifft, so bin ich wieder gesund; mir hat das eine Auge weh getan, aber jetzt sehe ich mit beiden.«

Mir haben Offiziere gesagt, daß es nicht möglich ist, sich in der Stadt zu schlagen, bemerkte Pierre, und daß unsere Positionen ...

Nun ja, davon sprechen wir ja eben, antwortete der erste Beamte.

Und was soll dies bedeuten: »mir hat das eine Auge weh getan, aber jetzt sehe ich mit beiden?« fragte Pierre.

Der Graf hatte ein Gerstenkorn, gab der Adjutant lächelnd

zur Antwort, und es beunruhigte ihn sehr, als ich ihm mitteilte, daß sich das Volk herbeidrängte, um zu fragen, was ihm fehle ... Aber wie ist's denn, Graf, fuhr er abermals lächelnd fort, indem er sich an Pierre wandte, es heißt ja, daß es in Ihrer Familie Zerwürfnisse gegeben hat ... die Gräfin, Ihre Frau, soll, wie es heißt ...

Ich weiß nichts, entgegnete Pierre kalt. Was haben Sie denn gehört?

Nun, Sie wissen ja, es wird so viel erfunden ... ich sage nur, daß ich gehört habe ...

Was haben Sie denn gehört?

Es heißt, antwortete der Adjutant mit demselben Lächeln, daß Ihre Frau, die Gräfin, ins Ausland gehen will ... wahrscheinlich ist's Unsinn ...

Es ist möglich, sagte Pierre, indem er zerstreut umherblickte. Aber wer ist denn das? fügte er hinzu und zeigte auf einen kleinen, alten Mann, in einem saubern blauen Rocke, mit langem, schneeweißem Barte, ebensolchen Augenbrauen und frischem Gesicht.

Der? Das ist ein Kaufmann oder vielmehr ein Schänkwirt, Wereschtschagin ... Die Geschichte von der Proklamation haben Sie wohl gehört?

Ach, das also ist Wereschtschagin! sagte Pierre, indem er das ruhige, energische Gesicht des alten Kaufmanns betrachtete und darin den Ausdruck der Verräterei zu finden suchte.

Nein, nicht er selbst. Das ist der Vater von dem, der die Proklamation geschrieben hat, sagte der Adjutant, der junge Mann sitzt im Loche, und es wird ihm, allem Anschein nach, schlecht ergehen.

Ein alter Herr mit einem Stern und ein anderer Beamter, ein Deutscher, mit einem Kreuz auf der Brust, näherten sich den Sprechenden.

Sehen Sie, fuhr der Adjutant fort, das ist eine verwickelte Geschichte. Die Proklamation erschien vor etwa zwei Monaten; der Graf wurde davon benachrichtigt und befahl, die Sache zu untersuchen ... Gawrilo Iwanytsch hat die Untersuchung geleitet. Die Proklamation war durch nicht weniger als 63 Hände gegangen. Endlich kommt sie an einen Mann, der fragt: Von wem haben Sie sie? – Von dem und dem. Er begibt sich zu dem Bezeichneten: Von wem haben Sie die Schrift? und so weiter, bis man endlich bei Wereschtschagin anlangt ... einen halbfertigen Kaufmannsjungen ... Sie wissen ja, Händler ist Tändler (hier lächelte der Adjutant). Man fragt ihn: Woher hast du die Schrift? – und das Merkwürdigste ist, daß wir wissen, von wem er sie hat; nur der Postdirektor kann sie ihm gegeben haben. Aber es ist klar, daß sie sich vorher verabredet hatten. Von niemandem, sagt der junge Mensch, ich selbst habe die Proklamation abgefaßt. Man drohte, man bat; er blieb dabei: ich habe sie abgefaßt. Das hat man denn auch dem Grafen berichtet, und dieser hat ihn rufen lassen. »Von wem hast du die Proklamation?« - »Ich habe sie selbst verfaßt.« Nun, Sie kennen ja den Grafen, fuhr der Adjutant mit stolzem, siegesbewußtem Lächeln fort. Er wurde sehr heftig. Denken Sie sich aber auch, solche Frechheit, Lüge und Hartnäckigkeit! ...

Ach so, ich verstehe! Der Graf wollte, daß der junge Mann Klutscharow angäbe ... sagte Pierre.

Das war nicht nötig! antwortete der Adjutant mit erschrockener Miene. Klutscharow hat auch ohnehin Sünden genug auf dem Gewissen und steckt in Sibirien. Aber der Graf war empört. »Wie konntest du solche Proklamation abfassen? sagte er und nahm die Hamburger Zeitung vom Tische. Da steht sie – du hast sie nicht verfaßt, sondern übersetzt, und noch dazu schlecht übersetzt, weil du, Dummkopf, nicht Französisch kannst.« Was denken Sie aber, was er zur Antwort gibt? »Nein, sagt er, ich habe keine Zeitungen gesehen, ich habe die Proklamation selbst verfaßt.« – »So, wenn es so ist, bist du ein Verräter, und ich übergebe dich dem Gericht, und du wirst gehängt. Sprich also, von wem hast du die Schrift bekommen?« – »Ich habe keine Zeitungen gesehen, ich habe sie selbst verfaßt.« – Dabei blieb er. Der Graf hat auch den Vater kommen lassen, aber der Sohn blieb fest bei seiner Aussage. Man übergab ihn dem Gericht, und das hat ihn, wie ich glaube, zur Zwangsarbeit verurteilt, und nun kommt der Vater für ihn bitten. Aber es ist ein nichtsnutziger Bengel! So ein Kaufmannssöhnchen, wissen Sie, so ein Stutzerchen und

Mädchenverführer, der irgendwo Vorlesungen angehört hat und nun meint, daß er klüger ist als der Teufel. Ein sauberes Bürschchen, wahrhaftig! Sein Vater besitzt hier an der steinernen Brücke eine Schänkwirtschaft, in der sich ein Bild von Gott beim All-Herrscher befand. Er ist dargestellt, wie er in der einen Hand das Zepter, in der anderen die Weltkugel hält. Der Sohn aber nimmt diese Abbildung mit nach Hause, und was macht er damit? ... er findet einen nichtswürdigen Maler ...

XI

Mitten in dieser neuen Geschichte wurde Pierre zu dem Gouverneur gerufen.

Als er in das Kabinett des Grafen Rostoptschin eintrat, rieb sich dieser die Augen und runzelte finster die Stirn. Ein mittelgroßer Mann sprach mit ihm, verstummte aber und entfernte sich, als Pierre erschien.

Ah, willkommen, großer Held! sagte Rostoptschin, sobald sich der Mann entfernt hatte. Wir haben von Ihren Heldentaten gehört. Aber das ist es nicht, um was es sich handelt. Mein Lieber, unter uns, Sie sind Freimaurer? sagte er mit strengem Tone, als ob das etwas Böses wäre, er jedoch die Absicht hätte, dies Unrecht zu verzeihen. – Pierre schwieg. – Mein Lieber, ich bin gut unterrichtet, aber ich weiß, daß es verschiedene Arten von Freimaurern gibt, und hoffe, daß Sie nicht zu denen gehören, die unter dem Vorwande, die Menschheit zu retten, Rußland zugrunde richten wollen.

Ja, ich bin Freimaurer, antwortete Pierre.

Nun, sehen Sie, mein Lieber, es wird Ihnen, wie ich vermute, nicht unbekannt sein, daß die Herren Speranskij und Magnizkij dahin geschickt sind, wohin sie gehören; dasselbe ist auch mit Klutscharow geschehen und mit den anderen, die unter dem Vorwande, einen Tempel Solomonis bauen zu wollen, den Tempel ihres Vaterlandes zu zerstören suchen. Sie begreifen, daß ich meine Gründe dazu haben muß, und daß ich den hiesigen Postdirektor nicht nach Sibirien hätte schicken können, wenn er nicht ein gefährlicher Mensch wäre. Jetzt ist mir nun aber mitgeteilt worden, daß Sie ihm Ihren Wagen gesandt haben, damit er die Stadt verlassen könne, und daß Sie sogar Papiere von ihm zur Aufbewahrung übernommen haben. Ich habe Sie lieb, und Sie können überzeugt sein, daß ich Ihnen nichts Böses wünsche; aber da ich doppelt so alt bin wie Sie, rate ich Ihnen wie ein Vater, jeden Verkehr mit Menschen dieser Art aufzugeben und selbst so bald als möglich von hier fortzugehen.

Aber was hat denn Klutscharow begangen, Herr Graf? fragte Pierre.

Das ist meine Sache, und Sie haben nicht das Recht, mich danach zu fragen, rief Rostoptschin.

Wenn man ihm Schuld gibt, die Proklamationen Napoleons verbreitet zu haben, so ist das doch nicht bewiesen, sagte Pierre, ohne Rostoptschin anzusehen; und Wereschtschagin ...

Das ist es eben! fiel Rostoptschin mit erhobener Stimme und finsterem Gesicht Pierre ins Wort. Wereschtschagin ist ein Verräter und Rebell, der die verdiente Strafe bekommen wird, fuhr er mit jener zornigen Heftigkeit fort, mit der die meisten Menschen bei der Erinnerung an erlittene Beleidigungen zu sprechen pflegen. Ich habe Sie aber nicht rufen lassen, um meine Handlungen zu beurteilen, sondern um Ihnen einen Rat, oder wenn Sie wollen, einen Befehl zu geben. Ich bitte Sie, dem Verkehr mit solchen Herren wie Klutscharow ein für allemal ein Ende zu machen und Moskau zu verlassen. Was mich betrifft, so werde ich jedem – es mag sein, wer da will – dergleichen Torheiten auszutreiben wissen!

Plötzlich schien er sich zu besinnen, daß er Besuchow, der noch nichts begangen hatte, ungebührlich anschrie, und fügte, indem er Pierres Hand ergriff, freundlicher hinzu:

Wir stehen am Vorabend eines allgemeinen Unglücks, und ich habe nicht Zeit, allen denen, die mit mir zu tun haben, etwas Liebenswürdiges zu sagen. Der Kopf ist mir zuweilen ganz wirr ... Nun, mein Lieber, was wollen Sie beginnen, Sie persönlich?

Gar nichts! antwortete Pierre, immer, ohne den Blick zu erheben und ohne den nachdenklichen Ausdruck seiner Miene zu verändern.

Der Graf machte ein finsteres Gesicht.

Ein Freundschaftsrat, mein Lieber! sagte er; machen Sie so schnell als möglich, daß Sie fortkommen. Das ist alles, was ich Ihnen sage. Wer Ohren hat zu hören, der höre! Adieu, mein Lieber ... Ach, ja! rief er ihm dann noch in der Tür nach, ist es wahr, daß die Gräfin in die Klauen der heiligen Väter der Gesellschaft Jesu geraten ist?

Pierre antwortete nicht; finster und zornig, wie man ihn noch nie gesehen hatte, verließ er Rostoptschin.

Als er nach Hause kam, brach schon die Dämmerung herein. Im Laufe des Abends stellten sich nacheinander acht Personen bei ihm ein: der Sekretär des Komitees, der Oberst seines Regiments, der Haushofmeister, der Gutsverwalter und mehrere Bittsteller. Alle hatten Anliegen an Pierre, die er erfüllen sollte; aber er hörte kaum, was sie sagten, interessierte sich nicht für ihre Angelegenheiten und gab auf alle Fragen nur die Antwort, die ihn am schnellsten von den Leuten befreien konnte.

Als er endlich allein war, öffnete er den Brief seiner Frau und las ihn.

»*Sie* – die Soldaten auf der Batterie – Fürst Andrej erschossen ... der Alte ... die Einfalt ist der Gehorsam gegen Gott ... leiden müssen wir ... die Bedeutung aller Dinge ... wir müssen das alles zu vereinen suchen ... meine Frau wieder verheiratet ... vergessen und verstehen ...« Mit diesen abgerissenen Gedanken trat er an sein Bett, fiel, ohne sich auszukleiden, darauf hin und schlief sofort ein.

Als er am nächsten Morgen erwachte, erschien der Haushofmeister, um ihn zu benachrichtigen, daß ein expresser Bote, ein Polizeibeamter, gekommen, um zu fragen, ob Graf Besuchow abgereist sei oder abreisen werde.

An die zehn verschiedene Personen, die mit Pierre zu tun hatten, warteten auf ihn im Salon. Pierre kleidete sich eilig an, aber anstatt sich zu denen zu begeben, die auf ihn harrten, ging er über die Hintertreppe und von hier durch das Hoftor.

Von diesem Augenblick an und bis nach der Zerstörung Moskaus konnte, trotz allen Suchens, keiner der Hausgenossen Besuchows eine Spur von ihm finden oder erfahren, wohin er geraten war.

XII

Bis zum 13. September, das heißt bis zum Vorabend des feindlichen Einmarsches in Moskau, waren Rostows in der Stadt geblieben.

Nachdem Petja bei den Obolenskijschen Kosaken eingetreten und nach Belaja-Zerkow abgegangen war, wo dieses Regiment in Quartier lag, überfiel die Gräfin eine große Angst. Der Gedanke, daß beide Söhne sich im Kriege befanden, daß beide ihren mütterlichen Fittichen entflohen waren, daß heute oder morgen jeder von ihnen oder vielleicht beide zusammen – wie die drei Söhne einer ihrer Bekannten – getötet werden könnten, trat ihr diesen Sommer zum ersten Mal mit grausamer Deutlichkeit vor die Seele. Sie versuchte Nikolaj zurückzurufen und nahm sich vor, selbst zu Petja zu reisen und ihn irgendwo in Petersburg unterzubringen; aber beides erwies sich als unmöglich. Petja konnte nicht anders zurückkommen als mit seinem Regiment oder durch Versetzung in ein anderes aktives Regiment. Nikolaj befand sich irgendwo bei der Armee, und nach dem Briefe, in welchem er sein Zusammentreffen mit der Prinzessin Maria ausführlich geschildert, hatte er keine Nachricht von seinem Ergehen gegeben. Die Gräfin konnte nachts nicht schlafen, und wenn sie endlich einschlief, sah sie im Traume die gefallenen Söhne. Endlich, nach vielen Beratungen und Besprechungen, hatte der Graf ein Mittel zur Beruhigung der Gräfin ausgeklügelt. Er hatte Petja aus dem Regimente Obolenskij in das Regiment Besuchows, das bei Moskau lag, versetzen lassen. Obgleich Petja im Militärdienst blieb, hatte die Gräfin durch diese Versetzung doch den Trost, wenigstens einen Sohn wieder unter ihren Fittichen zu sehen. Sie hoffte, ihren Petja nun nicht mehr aus den Augen zu verlieren und ihm eine dienstliche

Tätigkeit anweisen lassen zu können, die ihn unter jeder Bedingung davor schützte, an einer Schlacht teilnehmen zu müssen. Solange Nicolaj allein in Gefahr gewesen war, glaubte die Gräfin – und sie machte sich selbst Vorwürfe darüber –, daß sie den Ältesten mehr liebte als alle anderen Kinder. Als aber Petja, ihr Jüngster, ihr Unband, der schlecht lernte, alles im Hause zerbrach und allen lästig war, mit seiner Stulpnase, seinen lustigen, schwarzen Augen, seinem frischen Gesicht und dem kaum sichtbaren Flaum auf den Wangen, unter jene großen, schrecklichen, grausamen Männer geraten war, die in weiter Ferne Krieg führten und darin etwas Erfreuliches fanden, glaubte die Mutter, daß sie *ihn* mehr liebte als alle seine Geschwister. Je näher die Zeit heranrückte, in welcher der ersehnte Petja nach Moskau zurückkehren sollte, um so mehr steigerte sich die Unruhe der Gräfin, und sie war überzeugt, daß sie dies Glück nicht erleben würde. Nicht nur Sonjas Gegenwart, auch die der geliebten Natascha und sogar die ihres Mannes wurde ihr lästig und machte sie nervös.

»Was gehen die mich an, ich brauche niemand, außer Petja«, dachte sie.

In den ersten Tagen des September erhielten Rostows abermals einen Brief von Nikolaj. Er schrieb aus dem Gouvernement Woronesh, wohin er geschickt war, um Pferde zu holen. Dieser Brief gab jedoch der Gräfin keinen Trost. Nun sie den ältesten Sohn außer Gefahr wußte, fing sie an, sich noch mehr um Petja zu ängstigen.

Obwohl die meisten Bekannten Rostows Moskau schon seit dem 1. September verlassen hatten, und obwohl alle der Gräfin zugeredeten, so schnell als möglich abzureisen, wollte sie nichts vom Fortgehen hören, bis ihr Kleinod, der vergötterte Petja, zurückgekehrt war.

Am 9. September traf Petja ein. Die krankhafte, leidenschaftliche Zärtlichkeit, mit der ihm die Mutter entgegenkam, gefiel dem sechzehnjährigen Offizier nicht, und obwohl die Gräfin den Plan, ihn unter ihren Fittichen festzuhalten, nicht aussprach, erriet Petja ihre Absichten, und in der instinktiven Furcht, von der Mutter verzärtelt und – wie er sich in Gedanken sagte – weibisch zu werden, behandelte er sie kalt, wich ihr aus und hielt sich während seiner Anwesenheit in Moskau vorzüglich an Natascha, an welcher er mit einer besonderen, beinahe verliebten brüderlichen Zärtlichkeit hing.

Infolge der gewöhnlichen Sorglosigkeit des Grafen war am 9. September noch nichts für die Abreise in Bereitschaft, und die aus den Dörfern im Gouvernement Rjasan und Moskau erwarteten Wagen zum Fortschaffen der beweglichen Habe kamen erst am 11. an.

Vom 9. bis 12. September war ganz Moskau in Angst und Aufregung. Täglich wurden durch das Dorogomilowtor Tausende von Verwundeten aus der Schlacht von Borodino in die Stadt geschafft und in den Häusern verteilt, und Tausende von Wagen mit Menschen mitsamt ihrem Hab und Gut fuhren durch die anderen Tore hinaus. Trotz der Flugblätter Rostoptschins oder doch unabhängig von ihnen, oder auch infolge dieser, verbreiteten sich die widersprechendsten und sonderbarsten Gerüchte. Der eine sagte, es sei niemand erlaubt, fortzugehen, der andere erzählte im Gegenteil, daß man die Heiligenbilder aus den Kirchen geholt hätte und die Einwohner mit Gewalt forttreiben würde; wieder ein anderer berichtete, daß nach Borodino noch eine Schlacht stattgefunden, in der die Franzosen geschlagen wären; andere behaupteten, daß das ganze russische Heer vernichtet sei. Dieser wußte, daß die Moskauer Milizen, mit der Geistlichkeit an der Spitze, auf die Drei-Berge ziehen würden; jener erzählte im geheimen, daß man Augustin nicht erlaubt habe, sich zu entfernen, daß man Verräter verhaftet habe, daß die Bauern alle Abreisenden plünderten und beraubten, und so weiter und so weiter. Aber das waren nur Gerüchte. Im wesentlichen fühlten sowohl die, welche abreisten, wie die, welche blieben (obwohl der Kriegsrat von Fili, in dem beschlossen wurde, Moskau preiszugeben, noch nicht stattgefunden hatte), fühlten, auch wenn sie es nicht aussprachen, daß Moskau jedenfalls dem Feinde überliefert würde, und daß man so schnell als möglich fortgehen und sein Hab und Gut in Sicherheit bringen müsse. Man fühlte, daß alles sich plötzlich umgestalten und aus den Fugen gehen würde, und doch blieb bis zum 13. September scheinbar alles beim alten. Wie der Verbrecher, der zum Tode geführt wird, weiß, daß er jetzt sterben muß, aber noch immer nach allen Seiten umherschaut und die schiefsitzende Mütze geraderückt, so setzte auch Moskau unwillkürlich seine gewohnte Lebensweise fort, obwohl es wußte, daß die Zeit des Unterganges nahe, der die bisherigen Lebensbedingungen zerstörte.

Während der letzten drei Tage, die der Einnahme Moskaus vorangingen, wurden alle Glieder der Familie Rostow von verschiedenen Sorgen und Aufgaben in Anspruch genommen. Das Haupt der Familie, Graf Ilja Andreitsch, fuhr beständig in der Stadt umher, um alle im Umlauf befindlichen Gerüchte einzusammeln, und wenn er nach Haus kam, gab er in betreff der Reisevorbereitungen allgemeine, oberflächliche und ungenügende Befehle.

Die Gräfin beaufsichtigte hin und wieder das Einpacken der Sachen, war mit allen unzufrieden und ging beständig dem ihr ausweichenden Petja nach, voll Eifersucht auf Natascha, von der er unzertrennlich war. Sonja allein nahm sich des Praktischen an und leitete das Einpacken; aber sie war traurig und schon die ganze letzte Zeit schweigsam gewesen. Der Brief Nicolajs, in dem er von der Prinzessin Maria geschrieben, hatte die Gräfin in Sonjas Gegenwart zu der freudigen Äußerung veranlaßt, daß sie im Zusammentreffen ihres Sohnes mit der Prinzessin Maria die Hand Gottes sähe.

Über die Verlobung Nataschas mit Bolkonskij habe ich mich niemals gefreut, fügte die Gräfin hinzu, aber ich habe immer gewünscht, daß Nikolenka die Prinzessin heiraten möchte, und habe jetzt die Ahnung, daß es geschehen wird. Das wäre ein Glück für uns.

Sonja fühlte, daß es so war, daß die einzige Möglichkeit einer Verbesserung der Rostowschen Verhältnisse in der Heirat Nikolajs mit einem reichen Mädchen lag, und daß die Prinzessin eine gute Partie war, wußte sie auch ... Für sie selbst aber war dies sehr bitter. Aber trotz ihres Kummers oder vielleicht infolgedessen, übernahm sie jetzt die schwere Aufgabe, bei dem Räumen und Einpacken die Aufsicht zu führen, war tagelang damit beschäftigt, und wenn ein Befehl gegeben werden sollte, wandten sich der Graf und die Gräfin an sie.

Petja und Natascha dagegen waren nicht nur keine Hilfe für die Eltern, sondern wurden meistens auch noch allen im Hause lästig und störten sie. Fast den ganzen Tag hörte man ihr Laufen, Rufen und grundloses Lachen durch die Räume schallen. Sie lachten und freuten sich, nicht weil sie eine besondere Veranlassung dazu hatten; nur weil sie froh gestimmt waren, wurde ihnen alles, was geschah, eine Ursache des Lachens und der Freude. Petja war fröhlich gestimmt, weil er, der als Knabe aus dem Hause gegangen war, jetzt – wie jedermann ihm sagte – als junger Mann zurückgekehrt war; er war froh, zu Hause zu sein; froh, daß er aus Belaja-Zerkow, wo er keine Aussicht gehabt hätte, an einer Schlacht teilzunehmen, nach Moskau versetzt war, wo es in den nächsten Tagen zum Kampf kommen mußte; hauptsächlich aber war er froh, weil auch Natascha, deren Stimmungen er sich immer unterordnete, vergnügt schien. Natascha aber war vergnügt, weil sie lange genug traurig gewesen war und sie jetzt nichts an den Grund ihrer Traurigkeit erinnerte; weil sie gesund war und weil sie einen Menschen um sich hatte, der sich an ihr erfreute. Die Bewunderung anderer war die bewegende Kraft, deren sie bedurfte, um ihr ganzes Wesen zu entfalten – und Petja bewunderte sie. Endlich aber waren sie beide vergnügt, weil bei Moskau eine Schlacht stattfinden sollte, weil es hieß, daß man sich an den Stadttoren schlagen würde, weil Waffen verteilt wurden, weil die Einwohner abreisten, flüchteten, weil überhaupt etwas Ungewöhnliches geschah, was uns Menschen, besonders in der Jugend, jederzeit heiter stimmt.

XIII

Sonnabend, den 12. August, schien im Rostowschen Hause alles auf dem Kopfe zu stehen. Alle Türen waren weit geöffnet, alle Möbel fortgeschafft oder umgestellt, alle Bilder und Spiegel abgenommen. In den Zimmern standen Kisten umher, lag Heu, Packpapier und Bindfaden verstreut; Bauern und Hofleute zerstampften das Parkett, und im Hofe drängten sich die Bauernwagen, einige bereits hoch bepackt und festgezurrt, andere noch leer.

Die Stimmen und Schritte der zahlreichen Dienerschaft und der mit den Fuhren gekommenen Bauern erschallten abwechselnd im Hofe und im Hause. Der Graf war vom frühen Morgen an abwesend. Die Gräfin, die von dem Trubel und Lärm Kopfschmerzen bekommen hatte, lag, mit Essigumschlägen auf der Stirn, im neuen Diwanzimmer. Petja war ausgegangen; er besuchte einen Freund, mit dem er von der Miliz in die aktive Armee überzugehen beabsichtigte. Sonja war im Saale bei dem Einpacken von Kristall und Porzellan beschäftigt. Natascha saß in ihrem ausgeräumten Zimmer auf dem Fußboden, zwischen durcheinandergeworfenen Kleidern, Bändern und Schleifen und sah starr vor sich nieder, während sie ein altes Ballkleid in den Händen hielt – das jetzt schon altmodische Kleid, in dem sie den ersten Petersburger Ball besucht hatte.

Natascha schämte sich, nichts im Hause zu tun, während alle so beschäftigt waren, und hatte diesen Morgen versucht, irgend etwas zu leisten. Aber ihr Herz war nicht dabei, und sie konnte nichts begreifen, nichts ausführen, was nicht ihre ganze Seele, alle ihre Kräfte in Anspruch nahm. Sie hatte eine Weile neben Sonja gestanden und versucht, beim Einpacken des Porzellans zu helfen, gab aber wieder auf und ging in ihr Zimmer, ihre eigenen Sachen zu ordnen.

Eine Weile machte es ihr Freude, Kleider und Bänder an die Kammerjungfrauen zu verschenken; aber nachher, als sie das Übrigebliebene einpacken sollte, wurde ihr die Sache langweilig.

Dunjascha, Liebchen, du wirst einpacken, nicht wahr, nicht wahr? sagte sie, und als sich Dunjascha willig bereit erklärte, alles zu besorgen, setzte sich Natascha auf den Fußboden, nahm ihr altes Ballkleid in die Hände und versank in Gedanken – aber nicht über das, was sie jetzt eigentlich interessieren mußte. Aus dem Nachdenken, in das sie versunken war, weckte sie das Gespräch der Mägde im anstoßenden Zimmer und der Klang eiliger Schritte aus dem Mägdezimmer nach der Hintertreppe. Sie stand auf und sah aus dem Fenster. Auf der Straße hielt ein großer Wagenzug mit Verwundeten.

Dienstmädchen, Lakaien, die Wirtschafterin, die Bonne, Köche, Kutscher, Reitknechte und Küchenjungen standen am Torwege und betrachteten die Verwundeten.

Natascha warf ein weißes Taschentuch über den Kopf, hielt es an beiden Zipfeln fest und ging auf die Straße.

Die ehemalige Wirtschafterin, die alte Mawra Kusmischna, trat aus der am Torwege stehenden Menge hervor, näherte sich einer Telega, über welche eine Matte als Verdeck gespannt war, und sprach mit dem darunter liegenden jungen, bleichen Offizier. Natascha trat ebenfalls um einige Schritte heran, blieb aber wieder schüchtern stehen, indem sie fortfuhr, ihr Tuch an den Zipfeln festzuhalten, und horchte auf die Worte der Wirtschafterin.

Wie denn, haben Sie denn niemand hier in Moskau? fragte Mawra Kusminischna. Sie hätten aber doch mehr Ruhe in irgendeinem Privathause, zum Beispiel bei uns, unsere Herrschaft geht fort.

Ich weiß nicht, ob das erlaubt ist, antwortete der Offizier mit schwacher Stimme. Da ist unser Kommandant, fragen Sie den. Dabei zeigte er auf einen dicken Major, der längs der Wagenreihe die Straße heraufkam.

Natascha blickte erschrockenen Auges in das Gesicht des verwundeten Offiziers und ging sogleich auf den Major zu.

Dürfen die Verwundeten bei uns im Hause bleiben? fragte sie.

Der Major legte lächelnd die Hand an den Mützenrand.

Welchen wünschen Sie, Mamsell? fragte er und kniff die Augen zusammen.

Natascha wiederholte ruhig ihre Frage, und obwohl sie fortfuhr, ihr Tuch an den Zipfeln zu halten, machte ihr Gesicht und ihr ganzes Wesen einen so ernsten Eindruck, daß der Major zu lächeln aufhörte, und nachdem er eine Weile nachgedacht, als fragte er sich selber, ob die Sache möglicherweise sei, gab er eine zustimmende Antwort.

O ja, warum nicht, das geht schon! sagte er.

Natascha nickte leicht mit dem Kopfe und kehrte rasch zu Mawra Kusminischna zurück, die neben dem Offizier stand und ihm voll herzlicher Teilnahme zusprach.

Es geht ... Er hat gesagt, es geht, flüsterte Natascha.

Der Offizier wurde in seiner Kibitka auf den Hof gefahren; und viele Dutzende Wagen mit Verwundeten fuhren, auf die Bitte der Nachbarn, in die Höfe ein und hielten vor den Einfahrten der Powarskaja.

Natascha hatte ein sichtliches Wohlgefallen an diesen ungewöhnlichen Zuständen und diesem Verkehr mit fremden Menschen. Sie und Mawra Kusminischna suchten beide auf ihrem väterlichen Hofe möglichst viele Verwundete unterzubringen.

Man muß es aber doch dem Papa melden, meinte Mawra Kusminischna.

Gar nicht nötig! gar nicht nötig! was kommt's darauf an? rief Natascha. Für diesen einen Tag können wir uns mit dem Salon begnügen. Alle anderen Zimmer können den Verwundeten eingeräumt werden.

Nun, Fräulein, Sie stellen sich das leicht vor! Wenn wir sie auch nur im Seitenflügel oder im Stall unterbringen wollen, fragen müssen wir doch.

Gut, ich werde fragen!

Natascha lief ins Haus und ging auf den Zehen in das Diwanzimmer, dessen Tür halb geöffnet war und aus dem ein Geruch von Essig und Hoffmannstropfen herausströmte.

Schlafen Sie, Mama?

Ach, wie könnte ich schlafen! sagte die Gräfin, die eben eingeschlummert war, und fuhr in die Höhe.

Mamachen, Liebste, seien Sie nicht böse! bat Natascha, indem sie am Sofa niederkniete und ihr Gesicht an das der Mutter legte. Verzeihen Sie mir ... ich habe Sie geweckt ... es soll nicht wieder geschehen ... Mawra Kusminischna schickt mich. Man hat Verwundete hergebracht, Offiziere ... Sie erlauben wohl ... die armen Menschen können nirgends hin ... ich weiß, daß Sie es erlauben werden! fügte sie rasch hinzu und atmete kaum.

Was für Offiziere? Wen hat man gebracht? Ich verstehe dich nicht, sagte die Gräfin.

Natascha lachte; auch die Gräfin lächelte leicht.

Ich wußte, daß Sie es erlauben werden ... so werde ich es auch bestellen! und Natascha küßte die Mutter, stand auf und ging aus dem Zimmer.

Im Saale begegnete ihr der Vater, der mit schlimmsten Nachrichten nach Hause gekommen war.

Das haben wir von dem langen Zögern, sagte er ärgerlich. Der Klub ist geschlossen, und sogar die Polizei geht fort.

Papa, nicht wahr, es schadet nichts, daß ich Verwundete ins Haus genommen habe? fragte Natascha.

Natürlich schadet das nichts, gab der Graf zerstreut zur Antwort. Darauf kommt es jetzt nicht an ... aber jetzt bitte ich, sich nicht mehr mit Dummheiten zu beschäftigen, sondern beim Einpacken zu helfen, damit wir morgen reisen, reisen, reisen ...

Denselben Befehl teilte der Graf dem Haushofmeister und den Dienstboten mit.

Mittags berichtete auch der heimgekehrte Petja, was er an Neuigkeiten erfahren hatte.

Er erzählte, dem Volke seien heute im Kreml Waffen ausgeteilt worden, und obwohl es in Rostoptschins Flugblatt versprochen worden sei, die Einwohner zwei Tage vorher aufzurufen, sei dem Volke durch eine heutige Verordnung befohlen worden, gleich morgen mit den Waffen in der Hand auf die Drei-Berge zu ziehen, wo eine große Schlacht geliefert werden solle.

Die Gräfin blickte mit geheimem Grauen in das heitere, glühende Gesicht ihres Sohnes, als er dies erzählte. Sie wußte, daß sie, wenn sie nur ein einziges Wort sagte, Petja bitten müßte, nicht in die Schlacht zu gehen. Sie wußte aber auch, daß er sich auf den bevorstehenden Kampf freute, daß er etwas Unsinniges von Männern, Ehre und Vaterland sagen und mit männlicher Hartnäckigkeit darauf bestehen würde, so daß sie nichts erwidern könnte und die Sache nur um so schlimmer wäre. Aus diesem Grunde, oder weil sie hoffte, es dahin bringen zu können, daß sie noch vorher abreisten, und daß sie Petja als Stütze und Beschützer mitnahm, schwieg sie jetzt. Nachmittags aber rief sie den Grafen und bat ihn unter

Tränen, sie schnell fortzuschaffen, diese Nacht noch, wenn es möglich wäre. Mit der den Frauen eigenen List der Liebe versicherte sie – die bisher die vollständigste Furchtlosigkeit bewiesen hatte –, daß sie vor Angst sterben müßte, wenn sie nicht in dieser Nacht noch abreisten, und das war keine Übertreibung; jetzt fürchtete sie sich wirklich vor allem, was geschah.

XIV

Madame Schoß, die häufig ausging, um ihre Tochter zu besuchen, vergrößerte noch die Furcht der Gräfin, indem sie erzählte, was sie bei dem Branntweinladen in der Mjasnizkajastraße gesehen hatte. Als sie durch diese Straße zurückgehen wollte, konnte sie nicht durch die betrunkene Volksmenge kommen, die sich vor dem Branntweinladen tummelte. Sie nahm den Wagen, fuhr durch Seitengassen nach Hause, und der Kutscher erzählte ihr, daß das Volk die Fässer in dem Branntweinladen zerschlüge, und daß dies anbefohlen worden sei.

Nach dem Mittagessen machte sich die gesamte Rostowsche Dienerschaft mit freudiger Eile an das Geschäft des Einpackens und der Reisevorbereitungen. Selbst der alte Graf beteiligte sich plötzlich an der Sache, ging den ganzen Nachmittag unaufhörlich vom Hofe ins Haus, vom Hause in den Hof, gab die sinnlosesten Befehle und versuchte die Leute, die sich schon nach Kräften beeilten, durch sein Anschreien noch mehr anzutreiben. Petja wirtschaftete draußen herum. Sonja wußte nicht, wie sie die widersprechenden Befehle des Grafen erfüllen sollte, und verlor vollständig den Kopf. Die Dienstleute liefen schreiend, streitend und lärmend durch die Zimmer und auf dem Hofe umher. Plötzlich machte sich mit der ihr in allen Dingen eigenen Leidenschaftlichkeit auch Natascha ans Werk. Anfangs wurde ihre Einmischung beim Packen mit Mißtrauen angesehen; man glaubte, daß sie nur zum Spaß etwas anfinge, und wollte ihr nicht gehorchen. Sie aber verlangte heftig und entschieden Gehorsam; ärgerte sich, weinte fast, daß man ihr nicht gehorchen wollte, und erzwang es endlich, daß man sich ihr fügte.

Ihre erste Heldentat, die große Anstrengung kostete, war das Einpacken der Teppiche, unter denen sich kostbare Gobelins und persische Teppiche befanden. Als Natascha an die Arbeit ging, standen zwei offene Kisten im Saale. Die eine fast bis zum Rande mit Porzellan vollgepackt, die andere mit Teppichen. Außerdem stand noch sehr viel Porzellan auf den Tischen umher, und es wurde immer noch welches aus den Vorratskammern herbeigeschleppt. Eine dritte Kiste schien erforderlich, und die Leute gingen sie holen.

Sonja, warte mal! wir werden auch ohne das alles packen können, sagte Natascha.

Es geht nicht, Fräulein; wir haben es schon versucht, antwortete der Büfettdiener.

Nein, wartet nur mal, ich bitte! und Natascha fing an, die in Papier gewickelten Teller und Schüsseln wieder aus der Kiste herauszunehmen.

Die Teller kann man hier zwischen die Teppiche legen, sagte sie.

Gott gebe, daß wir die Teppiche allein in drei Kisten unterbringen, antwortete der Büfettdiener.

Warte nur, bitte! Und Natascha begann rasch und gewandt das Geschirr zu sortieren. Dies brauchen wir nicht mitzunehmen, sagte sie, indem sie die Kiewer Schüsseln und Teller beiseite stellte. Dies aber legen wir zwischen die Teppiche, fuhr sie fort und bezeichnete das sächsische Porzellan.

Laß es gut sein, Natascha, es ist genug, wir werden schon einpacken, sagte Sonja vorwurfsvoll.

Ja, gewiß, Fräulein! bestätigte der Haushofmeister. Aber Natascha ließ nicht nach. Rasch hatte sie alles herausgenommen und fing ebenso rasch wieder an, einzupacken, entschlossen, die gewöhnlichen Hausteppiche und das schlechtere Geschirr gar nicht mitzunehmen. Und wirklich, als das Gewöhnliche, das nicht der Mühe verlohnte, mitgenommen zu werden, ausgeschieden war, hatte alles Wertvolle in zwei Kisten Platz. Nur der Deckel der Teppichkiste ging nicht zu.

Man wollte wieder etwas herausnehmen, das litt aber Natascha nicht; sie bestand darauf, daß alles darin bleiben müsse, packte, packte um, drückte die Teppiche zusammen, ließ den Büfettdiener und Petja, den sie ebenfalls herbeigezogen hatte, den Deckel festdrücken und machte selbst verzweifelte Anstrengungen.

Höre auf, Natascha! sagte Sonja wieder. Du hast ganz recht, es wäre gut, wenn alles Platz fände; aber du mußt einen der oberen Teppiche herausnehmen.

Ich will aber nicht! schrie Natascha, indem sie mit einer Hand das aufgelöste Haar aus dem erhitzten Gesicht strich und mit der anderen die Teppiche zusammendrückte. – Drücke doch, Petka! drücke, Wassilitsch. Drückt alle beide! rief sie. Die Teppiche gaben nach, und der Deckel ging zu.

Natascha klatschte in die Hände, jauchzte vor Freude, und Tränen traten ihr in die Augen. Aber das dauerte nur eine Sekunde, dann machte sie sich wieder an etwas anderes; und man vertraute ihr jetzt, und der Graf ärgerte sich nicht mehr, wenn sie ihm sagte, daß Natalia Iljinischna seine Befehle abgeändert hätte, und die Hofleute kamen zu ihr, um zu fragen, ob sie die Wagen zuschnüren sollten oder ob noch mehr aufgeladen würde. Nataschas Anordnungen zufolge machte sich alles besser; man ließ die überflüssigen Sachen zurück und packte das Wertvolle so fest als möglich zusammen.

Aber wie fleißig auch alle Hausgenossen bis in die späte Nacht hinein waren, fertig wurden sie mit dem Einpacken doch nicht. Die Gräfin legte sich nieder, und der Graf ging, nachdem er die Abreise auf den folgenden Morgen verschoben hatte, gleichfalls zu Bett.

Sonja und Natascha schliefen, ohne sich auszukleiden, im Diwanzimmer.

In dieser Nacht brachte man noch einen Verwundeten durch die Powarskaja, und Mawra Kusminischna, die am Tore stand, ließ ihn zu Rostows bringen.

Dieser Verwundete mußte nach Mawra Kusminischnas Meinung ein vornehmer Mann sein. Er wurde in einer Kalesche gefahren, war ganz verborgen unter dem Spritzleder und dem aufgeschlagenen Verdeck; auf dem Bocke, neben dem Kutscher, saß ein alter, würdiger Kammerdiener. In einem Wagen folgten der Doktor und zwei Soldaten.

Bitte, fahren Sie zu uns herein, bitte! Unsere Herrschaften reisen fort; das ganze Haus ist leer, sagte die Alte, sich an den Diener wendend.

Was hilft das! gab dieser seufzend zur Antwort; wir dürfen kaum hoffen, ihn noch lebendig hineinzubringen. Wir haben unser eigenes Haus in Moskau, aber es ist zu weit von hier, und es ist auch niemand dort.

Kommen Sie zu uns, bitte sehr! Hier bei unserer Herrschaft finden Sie alles im Überfluß, bitte! sagte Mawra Kusminischna Ist er sehr krank? fügte sie hinzu.

Wir hoffen kaum, ihn lebendig hineinzubringen, wir wollen den Doktor fragen. Und der Kammerdiener stieg vom Bock und ging an den zweiten Wagen.

Gut, sagte der Doktor.

Der Kammerdiener kehrte zu dem ersten Wagen zurück, sah hinein, schüttelte den Kopf, befahl dem Kutscher, in den Hof zu fahren, und gleich darauf hielt er vor Mawra Kusminischna an.

Ach, Herr Jesus! rief sie aus.

Mawra Kusminischna schlug vor, den Kranken ins Haus zu bringen.

Die Herrschaften würden nichts dagegen haben, aber für ihn selbst ist's besser, wenn er nicht die Treppe hinaufgeschafft wird, sagte sie. So brachte man ihn denn in den Seitenflügel und legte ihn in das ehemalige Zimmer der Madame Schoß. Dieser Verwundete war der Fürst Andrej Bolkonskij.

XV

Moskaus letzter Tag war gekommen. Es war ein Sonntag und helles, heiteres Herbstwetter. Wie an allen Sonntagen wurde in allen Kirchen zur Messe geläutet. Niemand schien bis jetzt von dem, was der Stadt bevorstand, eine Ahnung zu haben.

Nur zwei Anzeichen in dem Zustande der Gesellschaft deuteten auf die Lage hin, in der sich Moskau befand: das Verhalten des Volkes, das heißt der armen Leute, und der Wechsel im Wert verschiedener Gegenstände. Arbeiter, Hofleute und Bauern in großen Haufen, zu welchen sich einige Beamte, Seminaristen und Adelige gesellten, waren heute morgen in aller Frühe auf die Drei-Berge hinausgezogen. Nachdem sie eine Weile dort gestanden, ohne daß Rostoptschin gekommen war, und nachdem sie die Überzeugung gewonnen, daß Moskau preisgegeben werden würde, zerstreuten sich diese Menschen in der Stadt in Schenken und Garküchen. Das zweite Vorzeichen waren die Veränderungen im Werte der Dinge. Waffen, Wagen, Pferde und Gold stiegen fortwährend, indes das Papiergeld fortwährend sank und die Preise für Luxusgegenstände immer geringer wurden. Um die Mitte des Tages wurden teure Waren, wie zum Beispiel Tuch, für die Hälfte des Wertes verkauft, während man für ein Bauernpferd 500 Rubel zahlte; Möbel aber, Spiegel, Bronzen und dergleichen gab man umsonst her.

In dem alten, ruhigen Rostowschen Hause war von dieser Auflösung der bisherigen Lebensbedingungen wenig zu merken. In bezug auf die Leute nur dadurch, daß aus ihrer großen Zahl im Laufe der Nacht drei verschwanden; gestohlen hatten sie aber nichts. Was freilich den Wert der Dinge betrifft, so zeigte sich, daß die dreißig von den Dörfern hereingekommenen Bauernwagen einen großen Reichtum ausmachten, der bei vielen Neid erweckte, und für den man dem Grafen große Summen bot. Und nicht allein, daß man ihm die Wagen abkaufen wollte, schon abends zuvor und am Morgen des 13. September kamen Offiziersburschen und Diener der Verwundeten, und diese selbst, die bei Rostows Nachbarn einquartiert waren, schleppten sich auf den Hof und flehten die Dienerschaft an, ihnen einen Wagen zum Verlassen Moskaus zu besorgen. Der Haushofmeister, an den man sich mit solchen Bitten wandte, schlug – obwohl er die Verwundeten bedauerte – ihre Bitte entschieden ab, indem er sagte, daß er sich nicht erdreisten dürfe, dem Grafen ein Wort davon zu sagen. Daß die Verwundeten zurückbleiben mußten, tat ihm sehr leid, aber es war klar, daß, wenn man einen Wagen bewilligte, es kaum möglich war, nicht auch den zweiten, nicht alle Wagen, auch die eigenen, hinzugeben. Aber die dreißig Rostowschen Wagen genügten doch nicht, um alle Verwundeten zu retten, und in dem allgemeinen Unglück mußte jeder für sich selbst und die eigene Familie zu sorgen suchen. So dachte der Haushofmeister für seinen Herrn.

Als Graf Ilja Andreitsch am Morgen des 13. September erwachte, ging er leise aus dem Schlafzimmer, um die Gräfin, die erst gegen Morgen eingeschlafen war, nicht zu wecken, und trat in seinem lila-seidenen Schlafrock auf die Paradetreppe hinaus.

Festgepackte Wagen füllten den Hof. An der Freitreppe standen die Kutscher; daneben der Haushofmeister, der mit einem alten Offiziersburschen und einem bleichen Offizier mit verbundenem Arme eifrig sprach. Als der Haushofmeister den Grafen erblickte, machte er dem Offizier und dem Burschen ein ernstes, bedeutungsvolles Zeichen, daß sie sich entfernen möchten.

Wie steht's, ist alles fertig, Wassiljitsch? fragte der Graf, indem er sich seine kahle Platte rieb, wobei er den Offizier und den Burschen freundlich ansah und ihnen zulächelte. (Fremde Gesichter sah der Graf gern.)

Es kann sogleich angespannt werden, wenn's sein muß, Erlaucht! antwortete der Haushofmeister.

Nun, das ist schön! die Gräfin wird gleich aufwachen ... also, in Gottes Namen! Und Sie, meine Herren? wandte er sich zu dem Offizier. Was wünschen Sie? Sind Sie bei mir im Hause?

Der Offizier trat näher heran. Sein blasses Gesicht wurde plötzlich von Röte übergossen.

Graf, haben Sie die Güte, erlauben Sie mir, um Gottes willen, mich auf einem Ihrer Wagen unterzubringen. Ich habe gar kein Gepäck ... meinetwegen auf einem Bauernwagen ... jedes Plätzchen ist mir recht.

Kaum hatte der Offizier diese Worte gesagt, als der Bursche mit derselben Bitte für seinen Herrn herantrat.

O, ja, ja, ja! sagte der Graf schnell; ich freue mich sehr! freue mich sehr! ... Wassiljitsch, du wirst dort abräumen lassen ... einen oder zwei Telegen ... dort irgendwo ... wie denn ...

was nötig ist … fügte er hinzu, indem er in seiner gewohnten Weise unbestimmte Befehle gab. Der Ausdruck der warmen Dankbarkeit, der in demselben Augenblick im Gesicht des Offiziers aufleuchtete, befestigte ihn jedoch in dem, was er angeordnet hatte. Er sah sich um; im Hofe, unter dem Torwege, an den Fenstern des Seitenflügels zeigten sich Verwundete und Offiziersburschen.

Bitte, Erlaucht, kommen Sie einen Moment in die Galerie. Was befehlen Sie wegen der Bilder? fragte der Haushofmeister. Und der Graf ging mit ihm ins Haus, indem er den Befehl wiederholte, daß man den Verwundeten, die mitfahren wollten, ihre Bitte nicht abschlagen solle.

Was ist's denn weiter, man kann ja etwas abpacken, fügte er mit leiser, geheimnisvoller Stimme hinzu, als ob er fürchtete, gehört zu werden.

Um neun Uhr erwachte die Gräfin, und Matrjona Timofjewna, ihre ehemalige Kammerjungfer, die für die Herrin den Dienst eines Polizeichefs versah, kam zu melden, daß Maria Karlowna sehr beleidigt sei, und daß man die Sommerkleider der jungen Damen nicht zurücklassen dürfe. Auf die Erkundigung der Gräfin, warum Madame Schoß sich beleidigt fühle, kam heraus, daß man ihren Koffer wieder abgeladen hatte, und daß alle Wagen wieder abgepackt würden, um – wie der Graf in seiner Einfalt befohlen habe – die Verwundeten fortzuschaffen.

Die Gräfin befahl, ihren Gatten zu ihr zu rufen.

Was hat das zu bedeuten, lieber Freund, ich höre, daß die Sachen wieder abgeladen werden?

Weißt du, Herzchen, ich muß dir sagen … Herzchen, liebe Gräfin … ein Offizier kam zu mir und bat, ihnen einige Wagen für die Verwundeten zu geben … Es sind ja nur Sachen, die man wieder anschaffen kann … aber bedenke, was es für sie wäre, wenn sie hierbleiben müßten … Wahrhaftig, bei uns auf dem Hofe, wir haben sie selbst gerufen, sind Offiziere … Weißt du, mein Herzchen, ich meine, wahrhaftig … sieh, mögen sie sie doch mitnehmen … wir haben ja keine Eile! Der Graf sprach in so schüchterner Weise, wie er immer zu tun pflegte, wenn es sich um Geldangelegenheiten handelte.

Aber die Gräfin war gewohnt, immer zu widersprechen, sobald der Graf in diesem Tone sprach, der immer zu hören war, wenn etwas in Aussicht stand, das die Kinder beeinträchtigte: ein Bau, eine Bildergalerie, ein Gewächshaus, die Errichtung eines Haustheaters oder einer Kapelle – und sie hielt es für ihre Pflicht, dies zu tun.

So machte sie denn auch jetzt ihr unterwürfig-weinerliches Gesicht und sagte:

Höre, lieber Graf, du hast es so weit gebracht, daß wir für das Haus nichts mehr bekommen, und jetzt willst du auch unser ganzes, das Vermögen der *Kinder*, preisgeben ... Du sagst selbst, daß für etwa 100 000 Rubel Sachen im Hause sind. Darum, lieber Freund, bin ich mit deinem Befehl unter keiner Bedingung einverstanden ... Aber wie du willst ... Siehe nur, da drüben bei Lopuchins hat man erst vorgestern alles fortgeschafft. So machen es alle, nur wir Toren nicht! Habe doch Mitleid, wenn nicht mit mir, so doch mit den Kindern.

Der Graf machte mit beiden Händen eine abwehrende Bewegung und ging stumm aus der Tür.

Papa, warum sind Sie denn so aufgeregt? fragte Natascha, die gleich nach ihm aus dem Zimmer der Mutter kam.

Um nichts! Was geht es dich an? antwortete der Graf zornig.

Papa, ich habe es gehört, sagte Natascha. Warum will es denn Mama nicht zugeben?

Was geht es dich an! schrie der Graf. Natascha trat ans Fenster und wurde nachdenklich; dann sagte sie:

Papachen, eben fährt Berg in den Hof.

XVI

Berg, Rostows Schwiegersohn, war bereits Oberst, hatte den Wladimir- und den Annenorden und bekleidete noch immer dieselbe ruhige, angenehme Stelle als Adjutant eines Stabschefs im zweiten Armeekorps.

Am 13. September war er von der Armee nach Moskau gekommen. In Moskau gab es für ihn nichts zu tun; aber er sah, daß alle Offiziere nach Moskau zu kommen strebten, schloß daraus, daß hier etwas im Werke sein müsse, und hielt es für nötig, sich ebenfalls wegen häuslicher und Familien-Angelegenheiten von der Armee zu beurlauben.

In seiner gutgehaltenen Droschke mit zwei runden Rotschimmeln – Fürst Soundso besaß ganz ähnliche Pferde – fuhr Berg am Hause seines Schwiegervaters vor. Nachdenklich betrachtete er die Frachtwagen im Hofe, zog, während er die Freitreppe hinaufstieg, sein reines Taschentuch hervor und machte einen Knoten hinein.

Aus dem Vorzimmer ging Berg mit raschen, ungeduldigen Schritten in den Salon, umarmte den Grafen, küßte Natascha und Sonja die Hand und erkundigte sich eifrig nach der Gesundheit der Mama.

Wie sollte sie jetzt gesund sein! Aber erzähle doch! rief der Graf. Wie steht es bei der Armee? Zieht sie sich zurück oder gibt es noch eine Schlacht?

Nur Gott, der ewige, Papa, kann das Schicksal des Vaterlandes bestimmen, sagte Berg. Die Armee ist begeistert für den Kampf, und eben jetzt haben sich die Heerführer zu einer Art von Kriegsrat versammelt. Was geschehen wird, ist unbekannt, aber ich sage Ihnen, Papa, die Tapferheit unserer Soldaten, der alte Heldengeist des russischen Heeres, sie – es – verbesserte er sich – hat ihn auch in der Schlacht vom 7. bewiesen. Es gibt keine Worte, um dies zu beschreiben. Ich sage Ihnen, Papa (dabei schlug er sich auf die Brust, wie das ein von der Armee erzählender General in seiner Gegenwart einmal getan hatte; nur kam seine Gebärde etwas zu spät – sie hätte die Worte »russisches Heer« begleiten müssen), ich sage Ihnen, aufrichtig, daß wir Anführer die Soldaten nicht allein nicht anzutreiben oder etwas Ähnliches zu tun brauchten, sondern daß wir sie kaum zurückhalten konnten. Diese ... diese ... ja, es waren große und tapfere Taten, fuhr er hastig fort. General Barclay de Tolly hat überall an der Spitze der Truppen sein Leben aufs Spiel gesetzt, sage ich Ihnen. Unser Korps war am Abhang des Berges postiert; Sie können sich denken ...« und nun erzählte Berg alles, was er aus den verschiedenen Berichten, die er in dieser Zeit gehört, behalten hatte.

Natascha wandte ihre Blicke nicht von ihm ab; es war, als ob sie auf seinem Gesicht die Lösung einer Frage suche, und das brachte Berg in Verlegenheit.

Solche Tapferkeit, solchen Heldenmut, wie die russischen Soldaten bewiesen haben, kann man gar nicht beschreiben, sie sind alles Lobes wert, fuhr er fort, indem er sich nach Natascha umsah und ihr, als ob er sie gewinnen wollte, als Antwort auf ihren unverwandten Blick, zulächelte. »Rußland ist nicht in Moskau, es ist im Herzen seiner Söhne«, nicht wahr, Papa?

In diesem Augenblick kam die Gräfin mit müdem, verdrießlichem Gesicht aus dem Diwanzimmer. Berg sprang auf, küßte ihr die Hand, erkundigte sich nach ihrem Befinden und blieb, indem er sein Mitgefühl durch Kopfschütteln ausdrückte, vor ihr stehen.

Ja, Mama, ich sage Ihnen, es sind schwere, traurige Zeiten für jeden Russen. Aber warum ängstigen Sie sich so sehr? Sie kommen noch früh genug fort.

Ich begreife nicht, was die Leute machen, sagte die Gräfin, indem sie sich an ihren Mann wandte. Man sagt mir eben, daß noch nichts fertig ist; es müßte doch jemand Anordnungen treffen ... Jetzt fehlt uns der Mitjenka ... Wir werden mit nichts zustande kommen!

Der Graf wollte etwas sagen, zwang sich aber sichtlich zum Schweigen, stand von seinem Stuhle auf und ging auf die Tür zu.

In diesem Augenblick hatte Berg sein Taschentuch herausgezogen, erblickte den Knoten, wurde nachdenklich und nickte schwermütig und bedeutungsvoll mit dem Kopfe.

Ich habe eine große Bitte an Sie, Papa, sagte er.

Hm! antwortete der Graf, indem er stehenblieb.

Ich kam eben an dem Jussupowschen Hause vorbei, fuhr Berg lächelnd fort. Der Verwalter, den ich kenne, kam herausgelaufen und fragte, ob ich nicht etwas kaufen wolle. Ich ging hinein, aus Neugier, wissen Sie, und da fand ich eine Chiffonière mit Toilette. Sie wissen, wie sehr sich Wjeruschka eine solche gewünscht hat, und wie wir uns darum gestritten haben. (Bei dem Gedanken an seine wohleingerichtete Wohnung ging Berg unwillkürlich in einen heiteren Ton über.) Und so reizend ist das Ding! – es läßt sich herausziehen und hat ein englisches Geheimfach. Wjeruschka wünscht es sich schon lange; so will ich ihr denn eine Überraschung bereiten. Ich habe gesehen, daß Sie eine Menge Bauern im Hofe haben, geben Sie mir einen, bitte, ich werde ihn gut bezahlen.

Der Graf runzelte die Stirn und räusperte sich.

Fragen Sie die Gräfin, ich habe nichts zu bestimmen.

Oh, bitte, wenn es irgendeine Störung verursacht, ist's nicht nötig! sagte Berg. Ich wollte das Ding nur gern für Wjeruschka haben.

Ach, packt euch doch alle zum Teufel – zum Teufel – und nochmals zum Teufel! schrie der alte Graf. Man wird ja ganz wirr im Kopfe! Damit ging er aus dem Zimmer.

Die Gräfin fing an zu weinen.

Ja, ja, Mamachen, sehr schwere Zeiten! sagte Berg.

Natascha folgte dem Vater. Anfangs schien sie ernsthaft nachzudenken und ging langsam hinter ihm her; dann aber lief sie hinunter.

Auf der Freitreppe stand Petja, der sich mit der Ausrüstung der Fuhrleute zu tun machte, die im Begriff waren, Moskau zu verlassen. Im Hofe standen noch immer die angespannten Frachtwagen. Zwei waren abgepackt, und von dem einen kletterte eben der verwundete Offizier, von seinem Burschen unterstützt, wieder herunter.

Weißt du, warum? sagte Petja zu Natascha. Sie verstand, daß er fragte, warum sich Vater und Mutter miteinander gezankt hätten, und gab keine Antwort.

Weil Papa alle Wagen den Verwundeten geben wollte – Wassiljitsch hat es mir gesagt, fuhr Petja fort. Meiner Ansicht nach ...

Meiner Ansicht nach!, schrie Natascha, indem sie ihr zorniges Gesicht dem Bruder zuwandte, meiner Ansicht nach ist es eine Schlechtigkeit, eine Schändlichkeit ... eine, ich weiß nicht was! ... Sind wir Deutsche oder was? Ihre Brust zitterte von unterdrücktem, krampfhaftem Schluchzen, und vor Angst, schwach zu werden und ihren Zorn nutzlos zu verschwenden, drehte sie sich um und eilte die Treppe hinauf.

Berg saß neben der Gräfin und redete ihr in ehrfurchtsvoller Vertraulichkeit tröstend zu; der Graf ging, mit der Pfeife in der Hand, auf und nieder, als Natascha mit zornentstelltem Gesicht wie ein Sturmwind ins Zimmer hereinbrach und mit raschen Schritten auf die Mutter zueilte.

Das ist eine Schlechtigkeit! eine Schändlichkeit! rief sie. Es ist unmöglich, daß Sie das befohlen haben!

Berg und die Gräfin sahen sie erstaunt und erschrocken an; der Graf blieb am Fenster stehen und horchte auf.

Mama, das ist unmöglich ... sehen Sie nur, was im Hofe vorgeht! rief Natascha. Sie sollen hierbleiben ...

Was hast du? Wer sind *sie?* Was willst du denn?

Die Verwundeten sind es! Das darf nicht sein, Mamachen! Das ist unmöglich! Nein, Mamachen, Täubchen, es geht nicht! ... Verzeihen Sie, Mamachen, ich bitte Sie! ... Was haben wir davon, wenn wir die Sachen mitnehmen! ... Sehen Sie nur, was da draußen vorgeht, Mamachen, das kann nicht sein!

Der Graf stand am Fenster und horchte, ohne das Gesicht umzuwenden, auf Nataschas Worte. Plötzlich fing er an zu schnaufen und drückte die Stirn an die Scheiben.

Die Gräfin sah die Tochter an, sah ihr, um der Mutter willen, mit Schamröte bedecktes Gesicht, sah ihre Aufregung, begriff, warum ihr Mann sich von ihr abwandte, und blickte mit verwirrter Miene um sich her.

Ach, macht, was ihr wollt, habe ich denn jemand gehindert? sagte sie, um sich nicht gleich zu ergeben.

Mamachen, Liebste, verzeihen Sie mir!

Aber die Gräfin stieß die Tochter fort, stand auf und ging auf den Grafen zu.

Mein Lieber, mache doch alles, wie es sein muß; ich verstehe das nicht, sagte sie und schlug schuldbewußt die Augen nieder.

Das Ei ... das Ei ist klüger als die Henne! rief der Graf mit Freudentränen und umarmte seine Frau, der es wohltat, ihr beschämtes Gesicht an seiner Brust verbergen zu können.

Mamachen, Papachen, darf ich Anordnungen geben … darf ich? fragte Natascha. Wir können doch noch alles Notwendige mitnehmen.

Der Graf nickte bejahend zu, und Natascha lief schnell, wie ehemals, wenn sie »Fangen« spielte, durch den Saal, das Vorzimmer, die Treppe hinunter und in den Hof.

Die Leute versammelten sich um Natascha und konnten lange nicht an den seltsamen Befehl glauben, den sie erteilte, bis der Graf selbst im Namen seiner Frau bestätigte, daß man alle Wagen den Verwundeten überlassen und Kisten und Kasten in die Keller schaffen solle.

Sobald die Leute den Befehl erfaßt hatten, gingen sie mit freudiger Geschäftigkeit ans Werk. Die neue Anordnung erschien den Leuten nicht allein gar nicht mehr sonderbar, im Gegenteil, sie hatten das Gefühl, als ob es nicht anders sein könnte. Und wie sich eine Viertelstunde vorher niemand gewundert hätte, daß die Verwundeten zurückbleiben und die Sachen mitgenommen werden sollten, so fanden es jetzt alle natürlich, daß das Gegenteil geschah. Die ganze Dienerschaft, als ob sie wieder gutmachen wollte, daß sie nicht früher ans Werk gegangen, bemühte sich eifrig, die Verwundeten auf den Wagen unterzubringen.

Mit bleichen, aber freudevollen Gesichtern krochen die armen Menschen aus ihren Zimmern heror und umringten die Fuhrwerke. Auch in den Nachbarhäusern verbreitete sich das Gerücht, daß es hier Wagen gäbe, und so kamen auch die Verwundeten aus den umliegenden Höfen in dem Rostowschen Hofe zusammen. Viele unter ihnen baten, daß man die Sachen nicht abladen möge, sie wollten sich zwischen und auf ihnen einrichten. Aber dem einmal begonnenen Werke konnte nicht mehr Einhalt getan werden. Es war einerlei, ob man alles zurückließ oder nur die Hälfte. Auf dem Hofe standen die Kisten mit Geschirr, Bronze, Gemälden, Spiegeln, die man in vergangener Nacht so sorgfältig eingepackt und aufgeladen hatte, und man suchte immer weiter und fand immer noch eine Möglichkeit, dies und jenes abzupacken und noch mehr Wagen zu liefern.

Es können noch vier Personen mitgenommen werden; ich

gebe meinen Wagen her, sagte der Verwalter. Wohin sollen wir sie denn bringen?

Gebt nur meinen Garderobewagen auch noch dazu, befahl die Gräfin. Dunjascha wird sich zu mir in die Kalesche setzen.

Man räumte auch den Garderobewagen ab und schickte ihn den Verwundeten im Nachbarhause. Alle Hausgenossen, die ganze Dienerschaft inbegriffen, waren froh erregt, und Natascha war in einer so glücklichen Stimmung, wie sie sie lange nicht mehr gekannt hatte.

Wo sollen wir ihn anbinden? fragten die Leute, indem sie vergebens versuchten, einen Koffer auf dem Trittbrett des einen Kutschwagens zu befestigen. *Einen* Frachtwagen müßten wir doch behalten.

Was ist darin? fragte Natascha.

Die Bücher des Herrn.

Laßt sie nur hier, Wassiljitsch wird sie aufbewahren; ich brauche sie nicht, sagte der Graf.

Die Kutschwagen waren so besetzt, daß für Peter Ijitsch kein Platz zu finden war.

Er kann auf dem Bocke fahren, du steigst doch auf den Bock, Petja rief Natascha.

Sonja, die nicht aufhörte, zu sorgen, hatte viel zu tun, aber ihre Aufgabe war der Nataschas gerade entgegengesetzt. Sie verwahrte die Sachen, die zurückbleiben sollten, schrieb sie nach dem Wunsche der Gräfin auf und suchte so viel als irgend möglich mitzunehmen.

XVII

Gegen zwei Uhr standen die vier Rostowschen Kutschen, bepackt und angespannt, vor der Freitreppe. Die Wagen mit den Verwundeten fuhren einer nach dem andern zum Hofe hinaus. Als die Kalesche, in der Fürst Andrej transportiert wurde, an der Freitreppe vorüberkam, erregte sie die Aufmerksamkeit Sonjas, die sich mit der Kammerjungfer in der großen hohen Kutsche vor der Freitreppe befand, um einen Sitz für die Gräfin einzurichten.

Wer ist in dem Wagen? fragte Sonja, indem sie sich aus dem Kutschfenster lehnte.

Wissen Sie das noch nicht, Fräulein? antwortete die Kammerjungfer. Der verwundete Fürst; er hat bei uns übernachtet und fährt nun mit uns.

Wer ist er denn? wie heißt er?

Unser gewesener Bräutigam ist's, Fürst Bolkonskij, sagte die Kammerjungfer mit einem Seufzer. Es heißt, daß er sterben muß.

Sonja sprang aus der Kutsche und lief zur Gräfin. Die Gräfin ging, schon reisefertig in Hut und Schal, ungeduldig im Salon hin und her und erwartete die Ihrigen, um bei geschlossener Tür das Abschiedsgebet zu halten. Natascha war nicht im Zimmer.

Mama, sagte Sonja, Fürst Andrej ist hier, verwundet, dem Tode nah ... Er fährt mit uns.

Die Gräfin öffnete erschrocken die Augen, faßte Sonjas Hand und sah sich um.

Natascha? flüsterte sie.

Für Sonja, wie für die Gräfin hatte diese Nachricht im ersten Augenblick nur eine Bedeutung. Sie kannten ihre Natascha, und die Furcht vor dem Eindrucke, den diese Trauerkunde auf sie machen würde, erstickte die Teilnahme für den Mann, der ihnen beiden lieb gewesen war.

Natascha weiß noch nichts, aber er fährt mit uns, sagte Sonja.

Und du sagst, daß er sterben wird?

Sonja nickte mit dem Kopfe.

Die Gräfin umarmte sie und fing an zu weinen.

»Gottes Wege sind unerforschlich!« dachte sie und hatte das Gefühl, daß in allem, was jetzt geschah, eine den menschlichen Blicken bisher verborgene, allmächtige Hand sichtbar wurde.

Nun, Mama, alles ist fertig, rief Natascha, die mit lebhafter Miene ins Zimmer trat. Was habt Ihr denn? fügte sie hinzu.

Nichts! antwortete die Gräfin. Es ist also fertig ... so wollen wir fahren. Dabei beugte sie sich über den Ridikule, um ihr verstörtes Gesicht zu verstecken. Sonja umarmte Natascha und küßte sie.

Natascha blickte sie fragend an.

Was hast du? ... Was ist geschehen?

Nichts ... nichts ist geschehen.

Etwas Schlimmes für mich? ... Was denn? fragte Natascha ahnungsvoll. Sonja seufzte und gab keine Antwort.

Der Graf, Petja, Madame Schoß, Mawra Kusminischna, Wassiljitsch traten in den Salon. Die Tür wurde zugemacht, dann setzten sie sich und blieben, ohne sich anzusehen, schweigend einige Sekunden sitzen.

Der Graf erhob sich zuerst und bekreuzte sich laut seufzend vor dem Heiligenbilde. Alle taten dasselbe. Darauf umarmte der Graf Mawra Kusminischna und Wassiljitsch, die in Moskau zurückblieben, und während sie seine Hand faßten und ihn auf die Schulter küßten, klopfte er sie auf den Rükken, indem er freundlich etwas Unverständliches zum Troste murmelte. Die Gräfin begab sich in das Heiligenbilderzimmer, und Sonja fand sie dort auf den Knien vor den jetzt vereinzelt an der Wand hängenden Gemälden. (Die durch Familientradition besonders wertvollen Bilder waren eingepackt und wurden mitgenommen.)

Auf der Freitreppe und dem Hofe nahmen die abreisenden Dienstleute von den Zurückbleibenden Abschied. Petja hatte die ersteren mit Dolchen und Säbeln bewaffnet, sie hatten die Hosen in die Stiefel gesteckt und waren fest mit Lederriemen und Stoffgürteln umgürtet.

Wie gewöhnlich bei einer Abreise war vieles vergessen oder nicht gehörig untergebracht, und lange Zeit standen zwei Heiduken an beiden Seiten des offenen Kutschenschlages bereit, der Gräfin beim Einsteigen behilflich zu sein, während die Mägde mit Kissen und Paketen umherliefen vom Hause nach der großen Kutsche, dem Landauer, der Britschke und wieder zurück.

Dies Volk, ihr Leben lang vergessen sie alles! klagte die Gräfin. Du weißt ja, daß ich so nicht sitzen kann. Und Dunjascha sprang, die Zähne zusammenpressend, mit verdrießlichem Gesicht und ohne zu antworten, in die Kutsche, um den Sitz anders zurechtzumachen.

Ach, dies Volk! wiederholte der Graf und schüttelte den Kopf.

Jefim, der alte Kutscher, der einzige, mit dem die Gräfin fahren wollte, saß hoch auf seinem Bocke und sah sich nach dem, was hinter ihm geschah, gar nicht um. Aus dreißjähriger Erfahrung wußte er, daß es noch eine Weile dauerte, bis man ihm durch die Worte: »mit Gott!« das Zeichen zum Abfahren gab. Hatte man es aber gegeben, so konnte er darauf rechnen, daß man ihn noch ein paarmal halt machen lassen würde, um nach vergessenen Sachen zu schicken; und wenn das abgemacht war, so wurde er noch einmal angerufen, und die Gräfin selbst bog sich aus dem Wagen und bat ihn, um Jesu Christi willen auf Bergwegen vorsichtig zu fahren. Das wußte er und wartete der Dinge, die da kommen sollten, geduldiger als seine Pferde – besonders als das linke, der rote Falbe, das mit den Hufen stampfte und an der Trense kaute. Endlich waren alle eingestiegen. Der Wagentritt wurde in die Höhe geschlagen, die Tür geschlossen. Dann wurde noch nach einer Schatulle geschickt, die Gräfin lehnte sich aus dem Wagenfenster und sagte, wie immer, was nun geschehen solle. Dann nahm Jefim langsam seinen Hut ab und bekreuzte sich. Der Postillon und alle anderen taten dasselbe.

Mit Gott! sagte Jefim, indem er den Hut wieder aufsetzte. Vorwärts! rief er; der Postillon gehorchte. Das linke Deichselpferd legte sich in die Stange, die Federn krachten, der Kutschkasten fing an zu schwanken, der Lakai sprang während des Fahrens auf den Bock; die Kutsche rumpelte aus dem Hofe auf das holperige Straßenpflaster, die anderen Wagen folgten, und der ganze Zug setzte sich in Bewegung und fuhr die Straße hinauf. Die Insassen der Kutsche, des Landauers und der Britschke bekreuzten sich, als sie an der gegenüberliegenden Kirche vorbeikamen; die in Moskau zurückbleibenden Diener gingen zu beiden Seiten der Kutschen, ihnen das Geleit zu geben.

Natascha hatte selten solche Freude empfunden wie jetzt, als sie im Wagen neben der Mutter saß und die Häuser und Mauern Moskaus langsam an sich vorüberziehen sah. Dann und wann lehnte sie sich aus dem Wagenfenster und betrachtete den langen Zug von Verwundeten, der vor ihnen herfuhr und hintendrein zog. Immer wieder bemerkte sie das

Verdeck der Kalesche, in der Fürst Andrej lag. Sie wußte nicht, wer darin fortgeschafft wurde, fand aber jedesmal mit schnellem Blick diesen Wagen heraus, von dem sie wußte, daß er den anderen voranfuhr.

Auf dem Kudrinaplatz kamen aus der Nikitskajastraße, von der Presnja und dem Podnowinksij noch mehrere solcher Züge mit dem Rostowschen zusammen, und auf der Sadowajastraße fuhr schon eine Doppelreihe von Wagen und Equipagen.

Als sie an den Wasserturm kamen, schrie Natascha, die das fahrende und gehende Publikum mit raschen, neugierigen Blicken musterte, plötzlich vor Freunde und Bewunderung laut auf.

Väterchen, Mama, Sonja, seht mal, er ist's!

Wer denn? Wer?

Seht, wahrhaftig, Besuchow, sagte Natascha, indem sie sich aus dem Wagenfenster lehnte und einem großen, dicken Menschen in Fuhrmannskleidung nachsah. Dem Gange und der Haltung nach war es unverkennbar ein verkleideter Herr, der da mit dem gelben, bartlosen Alten im Friesmantel unter der Wölbung des Turmes hinging.

Bei Gott, Besuchow, in einem Kaftan, mit einem unbekannten alten Knaben, bei Gott, seht! seht! sagte Natascha.

Nein, das ist er nicht; wie kann man solche Dummheiten reden!

Mama, ich wette meinen Kopf, daß er es ist, rief Natascha. Ich versichere Sie, halt! halt! rief sie dem Kutscher zu; aber der Kutscher konnte nicht anhalten, weil aus der Mjeschtschanskaja andere Wagen und Kutschen kamen und Rostows angeschrien wurden, weiterzufahren, um die Nachfolgenden nicht zu hemmen.

Wirklich erblickten jetzt alle Rostows, wenn auch weiter entfernt als früher, einen Menschen, der entweder Pierre selbst war oder eine auffallende Ähnlichkeit mit ihm besaß. Er trug einen Fuhrmannskaftan und ging mit gesenktem Kopfe und ernster Miene seines Weges, begleitet von einem kleinen, bartlosen Alten, der aussah wie ein Bedienter. Dieser Alte bemerkte, daß sich eine Dame aus dem Wagen bog, er berührte ehrerbietig Pierres Ellbogen und machte ihn auf die Kutsche aufmerksam. Pierre verstand erst nicht, was der Alte sagte, so vertieft war er in seine Gedanken. Endlich, als er daraus erwachte, sah er nach der Richtung, die dieser bezeichnete, und als er Natascha erkannte, ging er mit raschen Schritten, dem ersten Eindruck folgend, auf den Wagen zu; plötzlich, als er kaum zehn Schritte weit gegangen war, schien ihm jedoch etwas einzufallen, und er blieb stehen.

Das Gesicht Nataschas, die sich noch immer aus dem Fenster lehnte, strahlte in spöttisch-heiterem Lächeln.

Peter Kirillytsch, kommen Sie doch ... wir haben Sie erkannt ... das ist aber sonderbar! rief sie und streckte ihm die Hand entgegen. Wie kommen Sie hierher? Und wie sehen Sie denn aus?

Er nahm die Hand, die sie ihm reichte, und küßte sie in unbeholfener Weise, da die Kutsche sich weiterbewegte.

Was geht denn mit Ihnen vor, Graf? fragte die Gräfin mit verwundertem, teilnahmsvollem Ton.

Was? was? fragen Sie mich nicht! antwortete Pierre und sah sich nach Natascha um, deren strahlender, spöttisch-heiterer Blick – er fühlte das, ohne sie anzusehen – ihn mit seinem Zauber umfing.

Wohin wollen Sie? Oder bleiben Sie in Moskau?

In Moskau? wiederholte er fragend. Ja, in Moskau ... leben Sie wohl ...

Ach! ich wollte, daß ich ein Mann wäre, dann bliebe ich jedenfalls bei Ihnen. Ach, wie gut wäre das! sagte Natascha. Mama, erlauben Sie, daß ich hierbleibe?

Pierre sah zerstreut zu Natascha auf und wollte etwas sagen; aber die Gräfin kam ihm zuvor.

Sie waren in der Schlacht, wir haben es gehört, sagte sie.

Ja, ich war dort, antwortete Pierre, und morgen wird wieder eine Schlacht stattfinden, fuhr er fort; Natascha unterbrach ihn.

Was ist denn mit Ihnen vorgegangen, Graf? Sie gleichen sich selbst nicht mehr.

Ach, fragen Sie mich nicht! fragen Sie mich nicht, ich weiß es selbst nicht ... Morgen ... Aber nein ... leben Sie wohl, leben Sie wohl! ... Eine schreckliche Zeit! Er trat vom Wagen zurück und ging auf den Bürgersteig.

Natascha lehnte sich noch lange aus dem Wagenfenster, mit strahlend-freundlichem und etwas spöttischem Lächeln.

XVIII

Es war der zweite Tag, seitdem Pierre aus seinem Hause verschwunden war, und er hatte diese Zeit in der leeren Wohnung des verstorbenen Basdjejew zugebracht. Das war folgendermaßen gekommen:

Als Pierre am Tage nach seiner Rückkehr und der Unterredung mit dem Grafen Rostoptschin in Moskau erwachte, konnte er sich lange nicht besinnen, wo er sich befand und was von ihm verlangt wurde. Als man ihm unter anderen Personen, die ihn im Empfangszimmer erwarteten, auch den Franzosen meldete, der den Brief der Gräfin Helena Wassiljewna gebracht hatte und dringend wünschte, den Grafen zu sprechen, überfiel ihn plötzlich jene Verwirrung und Hoffnungslosigkeit, denen er so leicht geneigt war, sich hinzugeben. Er stellte sich vor, daß jetzt alles zu Ende wäre, alles verwirrt, zerstört, daß es weder Gut noch Böse gäbe, daß ihm die Zukunft nicht das Mindeste bringen könne, und daß aus dieser Lage kein Ausweg zu finden sei.

Indem er gezwungen lächelte und etwas vor sich hin brummte, setzte er sich bald mit dem Ausdruck der Hilflosigkeit auf den Diwan, bald stand er auf, näherte sich der Tür und blickte durch die Ritze in das Empfangszimmer, machte eine abwehrende Bewegung mit beiden Händen, kehrte zum Diwan zurück und nahm ein Buch, um zu lesen.

Der Haushofmeister erschien zum zweiten Male, Pierre zu melden, daß der Franzose, der den Brief der Gräfin gebracht, dringend bäte, ihn, wenn auch nur auf einen Augenblick, sprechen zu dürfen, und daß ein Bote von der Witwe Jossif Aleksejewitsch Basdjejews gekommen sei, um wegen der Bücher zu fragen, da Frau Basdjejew aufs Land gehen wolle.

Ach ja, sogleich, warte ... oder nein, nein ... ja doch ...

nein! ... geh nur und sage, ich käme gleich, gab Pierre dem Haushofmeister zur Antwort.

Aber kaum war der Haushofmeister gegangen, als Pierre seinen Hut nahm, der auf dem Tische lag, und sein Arbeitszimmer durch die Hintertür verließ.

Im Korridor war niemand zu sehen; Pierre ging den Korridor entlang bis an die Treppe, und indem er die gerunzelte Stirn mit beiden Händen rieb, stieg er bis auf den ersten Treppenabsatz hinunter. Der Schweizer stand am Haupteingange und sah ihn nicht. Von dem Treppenabsatze, auf welchem Pierre Halt gemacht hatte, führte eine zweite Treppe nach der Hintertür. Pierre nahm diesen Weg und kam auf den Hof. Noch immer hatte ihn niemand gesehen; aber als er das Haus verließ, erkannten ihn die Kutscher, die neben ihren Wagen standen, und sein Hausdiener nahm vor dem Herrn den Hut ab. Pierre aber tat, als er die auf ihn gerichteten Blicke fühlte, wie der Vogel Strauß, der seinen Kopf in ein Gebüsch steckt, um nicht gesehen zu werden; er senkte den Kopf und eilte raschen Schrittes die Straße hinauf.

Von allen Geschäften, die sich Pierre diesen Morgen aufdrängten, erschien ihm die Aufgabe am wichtigsten, die Bücher und Papiere Jossif Aleksejewitschs zu ordnen.

Er nahm den ersten Mietswagen, den er fand, und befahl dem Kutscher, nach dem Patriarchenteiche zu fahren, wo das Haus der Witwe Basdjejews lag.

Während er sich unablässig nach den von allen Seiten vorüberkommenden Wagen derer umsah, die Moskau verließen, und sich mit seinem dicken Körper zurechtrückte, um nicht aus der alten, wackligen Droschke herauszustürzen, empfand Pierre eine Regung der Freude, der eines Knaben verwandt, der der Schule entwischt ist.

Er knüpfte eine Unterhaltung mit dem Kutscher an, und dieser erzählte ihm, daß man heute Waffen verteile und morgen das ganze Volk aus dem Dreibergentor hinaustreiben würde, und daß dort eine große Schlacht stattfinden sollte.

An dem Patriarchenteiche suchte Pierre das Haus Basdjejews, in dem er lange nicht gewesen war. Gerassin, derselbe bartlose, gelbe Greis, den Pierre vor fünf Jahren in Torshok bei Jossif Aleksejewitsch gesehen hatte, kam auf sein Klopfen herbei.

Ist die gnädige Frau zu Hause? fragte Pierre.

Wegen der hiesigen Zustände sind Sofia Danilowna mit den Kindern auf das Gut im Torshokschen gefahren, Ew. Erlaucht.

Ich will doch hinein, ich muß die Bücher aussuchen, antwortete Pierre.

Bitte, treten Sie gütigst ein! Der Bruder des verstorbenen Herrn – Gott habe ihn selig! – Makar Aleksejewitsch, sind hiergeblieben; aber wie Ew. Erlaucht wissen, sie sind sehr schwach von Geist.

Makar Aleksejewitsch, der Bruder seines väterlichen Freundes, war, wie Pierre wußte, halb verrückt und ein Gewohnheitstrinker.

Ja, ja, ich weiß, lassen Sie uns hineingehen, lassen Sie uns hineingehen, sagte Pierre, und trat ins Haus. Ein langer, kahlköpfiger alter Mann mit roter Nase, im Schlafrock und mit Überschuhen an den nackten Füßen, stand im Vorzimmer. Als er Pierre erblickte, fing er unwillig an zu brummen und ging in den Korridor.

Sie waren von großem Verstande, jetzt aber, wie Ew. Erlaucht sehen, sind sie schwach geworden, sagte Gerassim. Wollen Sie ins Kabinett?

Pierre nickte bejahend.

Das Kabinett ist noch in demselben Zustande, wie an dem Tage, als es versiegelt wurde. Sofia Danilowna haben befohlen, wenn ein Bote von Ihnen käme, die Bücher mitzugeben.

Pierre trat in das düstere Arbeitszimmer, das er bei Lebzeiten seines väterlichen Freundes mit solchem Herzklopfen betreten hatte. Dies Zimmer, das jetzt mit Staub bedeckt und seit dem Tode Jossif Aleksejewitschs unberührt war, erschien jetzt noch düsterer als ehemals.

Gerassim öffnete einen Fensterladen und schlich auf den Zehen hinaus. Pierre ging im Kabinett umher, kam an den Schrank, in dem die Papiere lagen, und nahm eines der wichtigsten Heiligtümer des Freimaurerordens heraus. Es waren die Originalakten aus Schottland, von Jossif Aleksejewitsch mit Bemerkungen und Erläuterungen versehen. Pierre setzte sich an den verstaubten Schreibtisch, legte die Manuskripte vor sich hin, schlug sie auf und wieder zu, dann schob er sie endlich beiseite, stützte den Kopf auf den Arm und versank in Nachdenken.

Ein paarmal blickte Gerassim vorsichtig ins Zimmer und bemerkte, daß Pierre immer in derselben Stellung dasaß. Über zwei Stunden vergingen. Endlich erlaubte sich Gerassim an der Tür ein Geräusch zu machen, um Pierres Aufmerksamkeit auf sich zu ziehen, aber Pierre hörte ihn nicht.

Der Alte faßte sich ein Herz. Befehlen Sie, daß ich den Mietskutscher abfertige? fragte er.

Ach ja! antwortete Pierre, der plötzlich zu sich kam und eilig aufstand.

Höre mal! sagte er, faßte Gerassim beim Rockknopf und sah ihn von oben bis unten mit feuchten, blitzenden, begeisterten Augen an. Höre mal, weißt du, daß morgen eine Schlacht stattfinden soll?

Man sagt's! antwortete Gerassim.

Ich bitte dich, niemand wissen zu lassen, wer ich bin, und zu tun, was ich dir auftrage.

Zu Befehl! antwortete Gerassim; wünschen Sie etwas zu essen?

Nein, aber ich brauche etwas anderes; ich brauche einen Bauernwagen und eine Pistole, sagte Pierre mit unwillkürlichem Erröten.

Zu Befehl! antwortete Gerassim nach einigem Nachdenken.

Den ganzen Rest des Tages verlebte Pierre einsam im Arbeitszimmer seines väterlichen Freundes, wo er, wie Gerassim deutlich hörte, mit sich selber sprach und aus einer Ecke in die andere wanderte. Die Nacht brachte er auf einem Lager zu, das im Kabinett für ihn zurechtgemacht wurde.

Gerassim, als alter Diener, der schon viel sonderbare Dinge im Leben gesehen hatte, nahm die Übersiedelung Pierres ohne Verwunderung hin. Es schien ihm sogar angenehm, daß er jemanden zu bedienen hatte. Denselben Abend noch trieb er, ohne zu fragen, wozu es dienen sollte, einen Kaftan und eine Mütze für Pierre auf und versprach, am nächsten Morgen auch die verlangte Pistole zu schaffen.

Im Laufe des Abends kam Makar Aleksejewitsch, mit seinen Überschuhen klappernd, auf die Türschwelle, blieb dort stehen und blickte Pierre unverwandt an. Aber sobald dieser sich nach ihm umsah, schlug er beschämt und ärgerlich seinen Schlafrock übereinander und ging rasch wieder fort.

Am anderen Morgen, als Pierre in dem Fuhrmannskaftan, den ihm Gerassim verschafft und ausgeräuchert hatte, mit diesem ausging, um am Wasserturm die Pistole zu kaufen, war er mit den Rostows zusammengetroffen.

XIX

Am 13. September nachts gab Kutusow den Befehl zum Rückzuge der russischen Armee; sie sollte sich durch Moskau auf die Straße nach Rjasan begeben.

Die ersten Regimenter marschierten noch im Laufe der Nacht. Sie hatten keine Eile und zogen langsam und ruhig ihres Weges; die beim Anbruch der Morgendämmerung aufbrechenden Truppen aber erblickten, als sie sich der Dorogomilowbrücke näherten, vor sich auf der Brücke ungestüm vorwärtsdrängende Truppenmassen, die am jenseitigen Ufer aufwärts stiegen und die Haupt- und Nebenstraßen versperrten, während auch hinter ihnen eine unzählige Menge von Soldaten heranrückte.

Alle wurden plötzlich von grundloser Hast und Unruhe gepackt. Alles drängte auf die Brücke zu, über die Brücke, durch die Furt und in die Kähne. Kutusow befahl, daß man ihn durch Seitenstraßen auf die andere Seite Moskaus bringe. Um zehn Uhr morgens waren nur die Truppen der Nachhut noch in der Dorogomilowvorstadt in Bewegung. Der übrige Teil der Armee war schon auf der anderen Seite der Moskwa und über die Stadt hinaus.

In demselben Augenblicke, den 14. September um zehn Uhr morgens, stand Napoleon inmitten seiner Truppen auf dem Poklonberge und sah auf das Schauspiel nieder, das sich vor ihm entfaltete. Vom 4. bis zum 14. September, von der Schlacht bei Borodino bis zum Einzuge des Feindes in Moskau, an jedem Tage dieser ereignisvollen, unvergeßlichen Woche, herrschte jenes alle Welt entzückende Herbstwetter, wo die niedrigstehende Sonne mehr wärmt als im Frühjahr, wo alles in der reinen klaren Luft blitzt und schimmert und die Augen blendet, wo die Brust beim Einatmen der wonnigen Herbstluft stark und frisch wird, wo die Nächte sogar warm sind und in diesen dunkeln, warmen Nächten unaufhörlich, Furcht und Freude weckend, goldene Sterne niederfallen.

Am 14. September um zehn Uhr früh war solches Wetter. Der Glanz des Morgens war bezaubernd. Am Fuße des Poklonberges breitete sich Moskau an seinem Flusse aus, mit seinen Gärten, seinen Kirchen, seinem eigentümlichen Leben, seinen im Sonnenlicht wie Sterne schimmernden Kuppeln.

Bei dem Anblick dieser sonderbaren Stadt, mit den nie gesehenen Formen ihrer Architektur, empfand Napoleon etwas von jener unruhigen Neugier, welche die Menschen beim Anblick der fremdartigen Formen eines ihnen fernliegenden, unbekannten Lebens zu fühlen pflegen. Diese Stadt hatte unverkennbar ein ganz eigenartiges Leben. Aus jenen unbestimmten Zeichen, durch die auch in großer Entfernung ein lebendiger Körper von einem toten unfehlbar zu unterscheiden ist, sah Napoleon von dem Poklonberge aus den Pulsschlag des Lebens der fernen Stadt und fühlte gleichsam den Atem dieses großen, schönen Körpers.

Jeder Russe fühlt beim Anblick Moskaus, daß dies die Mutterstadt ist, der Fremde, der ihre mütterliche Bedeutung nicht kennt, muß beim Anblick der Stadt ihren weiblichen Charakter empfinden; auch Napoleon empfand ihn.

Da liegt sie, die berühmte asiatische Stadt mit den zahllosen Kirchen, das heilige Moskau! Es war Zeit! sagte Napoleon, stieg vom Pferde, befahl, den Plan der Stadt Moskau vor ihm auszubreiten und rief den Dolmetsch Lelorme d'Ideville.

»Eine Stadt, die vom Feinde besetzt ist, gleicht einem Mädchen, das seine Unschuld verloren hat«, dachte er – wie er es in Smolensk Tutschkow gegenüber ausgesprochen hatte –, und von diesem Gesichtspunkte aus betrachtete er die vor ihm liegende, bisher ungekannte, orientalische Schönheit. Es kam ihm seltsam vor, daß sein lange genährter, unerfüllbar scheinender Wunsch sich erfüllt hatte. Im hellen Morgenlicht sah er bald auf die Stadt, bald auf den Plan, verglich alle Einzelheiten, und die Überzeugung, diese Stadt in Besitz genommen zu haben, erregte und erschreckte ihn.

»Hat es denn anders sein können? dachte er. Da liegt sie, diese Hauptstadt ... zu meinen Füßen und erwartet ihr Schicksal. Was tut jetzt Alexander, und was beabsichtigt er? Eine sonderbare, schöne, majestätische Stadt ... und sonderbar und majestätisch ist dieser Augenblick! ... In welchem Lichte mag ich ihnen erscheinen? fragte er sich selbst in bezug auf seine Truppen. Da ist sie, die Belohnung für alle diese Kleingläubigen! dachte er weiter, indem er sich nach den umstehenden Offizieren und den heranrückenden, aufmarschierenden Regimentern umsah. Ein einziges Wort von mir, ein Wink mit meiner Hand, und diese alte Hauptstadt der Zaren ist verloren. Aber meine Gnade ist immer bereit, die Besiegten zu schonen. Ich muß großmütig sein, wahrhaftig groß. Aber ist es denn auch wahr, daß ich vor Moskau bin? dachte er plötzlich. Ja, da liegt die Stadt zu meinen Füßen, und die Sonnenstrahlen spielen und zittern auf ihren goldenen Kuppeln und Kreuzen ... Ja, ich werde sie schonen! Auf die alten Denkmäler der Barbarei und des Despotismus werde ich die Worte der Gerechtigkeit und Großmut schreiben ... gerade das wird Alexander am schmerzlichsten empfinden ... Ich kenne ihn!« (Für Napoleon schien die Hauptbedeutung alles dessen, was geschah, in dem persönlichen Kampf zwischen ihm und Alexander zu bestehen.)

»Von den Höhen des Kreml ... ja, das ist der Kreml ... ja! ... werde ich ihnen Gesetze der Gerechtigkeit geben, werde ihnen die wahre Zivilisation offenbaren, werde die Nachkommen der Bojaren zwingen, mit Liebe an den Namen ihres Eroberers zu denken. Ich werde den Abgesandten Moskaus sagen, daß ich den Krieg nicht wollte und nicht will; daß ich nur mit der falschen Lügenpolitik ihres Hofes Krieg geführt habe; daß ich Alexander liebe und achte, und daß ich bereit bin, in Moskau auf alle Friedensbedingungen einzugehen, die meiner und meiner Völker würdig sind. Ich will das Glück des Krieges nicht zur Demütigung ihres verehrten Kaisers benützen ... ›Bojaren‹, werde ich ihnen sagen, ›Ich will keinen Krieg, ich will Frieden und das Glück aller meiner Untertanen‹ ... Übrigens bin ich überzeugt, daß ihre Anwesenheit mich begeistern wird, und daß ich mit ihnen sprechen werde, wie ich das schon so oft getan, eindringlich, feierlich, erhaben ... Ist es aber auch wahr, daß ich in Moskau bin? ... Ja, da liegt es!«

Man führe mir die Bojaren her, wandte er sich an sein Gefolge. Ein General mit glänzendem Gefolge sprengte sogleich fort, die Bojaren aufzusuchen.

Zwei Stunden vergingen. Napoleon hatte gefrühstückt und stand wieder an derselben Stelle auf dem Poklonberge und erwartete die Deputation. Im Geiste hatte er seine Rede an die Bojaren genau formuliert; sie war erfüllt von dem, was Napoleon Würde und Größe nannte.

Jener Geist der Großmut, in dem er in Moskau zu handeln beabsichtigte, riß ihn immer weiter mit sich fort; in Gedanken bestimmte er schon gewisse Tage zur Vereinigung im Palast der Zaren, wo die russischen Großen mit den Großen des französischen Kaisers zusammenkommen sollten. In Gedanken ernannte er auch einen Gouverneur, der es verstehen würde, die Einwohner an sich zu ziehen. Da er erfahren hatte, daß es in Moskau zahlreiche Wohltätigkeitsanstalten gab, beschloß er ferner, sie alle mit seinen Gunstbezeugungen zu überhäufen. Wie er es in Afrika für nötig gehalten, in einen Burnus gehüllt in die Moschee zu gehen, so hielt er es in Moskau für angemessen, freigebig zu sein wie ein Zar. Da er sich aber, wie alle Franzosen, nichts Herzbewegendes denken konnte ohne »meine liebe, meine zärtliche, meine arme Mutter«, nahm er sich vor, um die Russen zu rühren, an alle Wohltätigkeitsanstalten mit großen Buchstaben schreiben zu lassen: »Meiner teueren Mutter gewidmete Anstalt« ... Nein, einfach: »Haus meiner Mutter«, sagte er zu sich selbst, und dann dachte er wieder: »Bin ich denn wirklich in Moskau? ja, da liegt es vor mir ... aber warum ist die Deputation der Stadt immer noch nicht da?

Während dieser Zeit fand in den letzten Reihen des Gefolges des Kaisers, unter seinen Generalen und Marschällen eine leise, aufgeregte Beratung statt. Die nach der Deputation ausgesandten Offiziere waren mit der Nachricht zurückgekommen, daß Moskau leer und alle seine Einwohner geflüchtet seien. Die Gesichter derer, die darüber berieten, waren bleich und aufgeregt. Nicht daß Moskau von seinen Einwohnern verlassen war (so bedeutungsvoll dies Ereignis auch sein mochte), erschreckte sie; was sie am meisten ängstigte, war, wie sie den Kaiser davon benachrichtigen sollten; auf welche Weise sie ihm, ohne Se. Majestät in jene schreckliche, von den Franzosen das Lächerliche genannte Lage zu bringen, mitteilen könnten, daß er umsonst so lange auf die Bojaren gewartet, und daß in der Stadt wohl Scharen von Betrunkenen, aber sonst niemand zu finden sei. Einige meinten, man müsse, was es auch kosten möge, irgendeine Deputation zusammenbringen. Andere bestritten diese Ansicht und behaupteten, man müsse den Kaiser klug und vorsichtig auf die Wahrheit vorbereiten.

Man wird es ihm doch endlich sagen müssen, sagten die Herren vom Gefolge; aber, meine Herren ... – Die Lage war um so schwieriger, als der Kaiser, beim Überdenken seiner Großmutspläne, geduldig vor dem Grundriß der Stadt hin und her ging, zuweilen unter der Hand hervor auf die Straße nach Moskau blickte und stolz und heiter lächelte; aber, meine Herren, es ist schwierig, unmöglich, sagten die Herren vom Gefolge wieder und zuckten die Achseln, erdreisteten sich aber nicht, das schreckliche Wort *le redicule*, – das sie im Sinne hatten, auszusprechen.

Inzwischen war aber auch der Kaiser von dem vergeblichen Warten müde geworden; er fühlte überdies mit seinem Schauspielerinstinkt, daß der erhabene Augenblick, da er zu lange währte, seine Erhabenheit zu verlieren begann. So gab er denn ein Zeichen mit der Hand; ein vereinzelter Schuß der Signalkanone ertönte, und die französischen Truppen, die Moskau von allen Seiten umzingelten, rückten vor und zogen durch das Twersche, Kalugasche und Dorogomilowsche Tor in die Stadt ein. Rascher und rascher, eins das andere überholend, bewegten sich die Regimenter im Geschwindschritt, im Trab, verschwanden in den Staubwolken, die sie aufwühlten, und erfüllten die Luft mit vieltausendstimmigem Geschrei.

Durch die Bewegung der Truppen mit fortgerissen, ritt auch Napoleon bis an das Dorogomilowtor. Hier aber hielt er an, stieg vom Pferde, ging am Kammerkollegiumwalle auf und nieder und wartete abermals auf die Deputation.

XX

Moskau aber war verödet. Es gab noch immer Menschen in der Stadt, denn etwa der fünfzigste Teil ihrer ehemaligen Einwohner war zurückgeblieben; – aber es war öde, wüst und öde wie ein absterbender, weiselloser Bienenstock.

Auch in dem Bienenstocke, der seine Königin verloren hat, ist kein Leben mehr, und doch erscheint er bei oberflächlicher Betrachtung noch ebenso lebensvoll wie die anderen. Ebenso emsig kreisen in den heißen Strahlen der Mittagssonne die Bienen um ihn her; ebenso wie aus den anderen lebendigen Bienenstöcken riecht es in seiner Umgebung nach Honig, ebenso fliegen hier die Bienen ein und aus. Aber es genügt, ihn aufmerksam zu betrachten, um zu erkennen, daß in diesem Stocke kein Leben mehr ist. Nicht wie in dem gesunden Stocke fliegen hier die Bienen ab und zu, und der Bienenzüchter findet in dem kranken Stocke weder denselben Geruch noch dasselbe Gesumme. Klopft er an die Wand des Korbes, so hört er anstatt der früheren gemeinsamen Antwort, des Summens von Zehntausenden von Bienen, die drohend den Hinterleib unter sich biegen und mit raschen Flügelschlägen jenen vollen Ton hervorbringen, nur vereinzelt, von verschiedenen Seiten des Stockes antwortendes Summen. Aus der Öffnung des Bienenkorbes dringt nicht wie früher der feine, aromatische, bitterliche Duft des Honigs, weht nicht die Wärme der gefüllten Zellen, sondern mit dem Geruch des Honigs mischt sich der der Leere und Fäulnis. An der Öffnung des Korbes fehlen auch die Schildwachen, die, auf Tod und Leben gerüstet, mit erhobenen Hinterleibern bei jeder drohenden Gefahr zur Verteidigung bereit, Alarm schlagen; und verstummt ist jenes gleichmäßige Getön der ruhig fortschreitenden Arbeit, das dem Geräusch des Brodelns gleicht. Stattdessen lassen sich ungeregelte, zusammenhanglose Töne hören. In den Bienenstock und aus demselben schlüpfen gewandt und schüchtern schwarze, längliche, mit Honigschleim beladene Raubbienen. Sie stechen nicht, sondern fliehen vor der Gefahr. Früher flogen nur beladene Bienen ein und leere wieder aus; jetzt fliegen sie vollgepackt aus dem Korbe fort.

Der Bienenzüchter öffnet den Stock und betrachtet den unteren Teil. Anstatt der früher bis auf den Boden hängenden schwarzen, mit ruhiger Emsigkeit arbeitenden Kette von Bienen, welche eine die andere an den Füßen haltend, mit immerwährendem leisen Gesumme das Wachs auseinanderzogen, wandern jetzt am Boden und an den Wänden des Korbes einzelne, verkümmerte Bienen umher. Statt der reinlich verklebten und mit Flügelfächeln abgeputzten Zellen liegen Überbleibsel von Wachs, Unreinlichkeiten der Bienen, halbtote, kaum noch die Füßchen bewegende und ganz tote Bienen umher, die man noch nicht weggeschafft hat.

Der Bienenzüchter öffnet den Oberteil des Korbes und betrachtet den Kopf des Bienenstockes, wo sonst alle Zellen gefüllt und zum Teil von Larven eingenommen waren. Die künstliche, komplizierte Arbeit der Zellen ist zwar noch immer zu sehen, aber nicht mehr in ihrer früheren Gestalt. Alles ist vernachlässigt und beschmutzt. Schwarze Raubbienen schlüpfen verstohlen zwischen den Arbeitsbienen hin; vertrocknete, schläfrige, träge, altersschwache Bienen irren umher, beachten nichts mehr, erstreben nichts mehr und haben gleichsam das Bewußtsein des Lebens verloren. Drohnen, Bremsen, Hummeln, Schmetterlinge schlagen unbeachtet im Fluge gegen die Wände des Korbes. Hin und wieder wird zwischen den Wachszellen mit den toten Larven ein heftiges Summen gehört; irgendwo suchen ein paar Bienen, nach alter Gewohnheit und Erinnerung, das Innere des Stockes zu reinigen, indem sie sorgsam, ihre Kräfte überanstrengend, eine tote Biene oder Hummel wegschleppen, ohne selbst zu wissen, warum sie das tun. In einer anderen Ecke beißen sich zwei alte, träge Bienen oder reinigen sich gegenseitig oder füttern eine die andere, ohne zu wissen, ob sie sich freundlich oder feindlich gesinnt sind. An einer dritten Stelle überfällt eine Schar sich drängender Bienen irgendein Opfer und schlägt und drückt es, bis die ermattete oder getötete Biene leicht wie eine Feder auf den Haufen der am Grunde des Korbes liegenden Toten fällt.

Der Bienenzüchter bricht zwei der inneren Zellen auf, um das Nest zu sehen. Statt der schwarzen Kreise zusammengedrängter, Rücken an Rücken sitzender, das hohe Geheimnis der Arterhaltung hütender Bienen, findet er nur kranke, halblebende oder tote Gerippe der Tierchen. Die meisten sind gestorben, ohne es zu ahnen, während sie auf dem Heiligtum saßen, das sie hüteten und das nicht mehr ist. Rings um sie her riecht es nach der Fäulnis des Todes. Nur einige von ihnen regen sich noch, richten sich auf, fliegen träge fort und setzen sich auf die Hand des Feindes, den sie im kraftlosen Hinsterben stechen. Die übrigen Toten fallen wie Fischschuppen zu Boden. Der Bienenzüchter schließt den Stock, macht mit Kreide ein Zeichen daran, schneidet die Waben und drückt sie aus.

So wüst und öde sah es auch in Moskau aus, als Napoleon, müde, unruhig und verdrießlich am Kammerkollegienwalle auf- und niederging und auf die, wenn auch rein äußerliche, aber seinen Anstandsbegriffen nach unerläßliche Zeremonie einer Begrüßung durch die städtischen Abgesandten wartete.

Nur in einigen Winkeln Moskaus herrschte noch das gewohnheitsmäßige, sinnlose Treiben, von dem die Menschen selbst nicht wußten, was sie damit wollten.

Als man Napoleon mit der gehörigen Vorsicht mitgeteilt, daß Moskau menschenleer sei, sah er den Meldenden zornig an, wandte sich ab und begann schweigend wieder auf und ab zu gehen.

Den Wagen her! rief er, stieg mit dem diensttuenden Adjutanten hinein und fuhr in die Vorstadt.

»Moskau verödet, welch ein unglaubliches Ereignis!« sagte er zu sich selbst.

In das Innere der Stadt fuhr er nicht, sondern machte Halt an einem Gasthause der Dorogomilowvorstadt.

Der Haupteffekt der Komödie war mißlungen.

XXI

Von zwei Uhr nachts bis zwei Uhr mittags zogen die russischen Truppen durch Moskau und rissen die letzten der flüchtenden Einwohner und Verwundeten mit sich fort.

Das größte Gedränge während des Durchmarschs der Regimenter entstand auf der Kamennoj-, Moskwa- und der Jausabrücke.

Während die Truppen in verschiedenen Abteilungen um den Kreml, die Moskwa- und Kamennojbrücke zusammendrängten, machte sich eine große Zahl von Soldaten das Stillstehen und die Verwirrung zu Nutzen, kehrten von den Brücken um, schlichen still und vorsichtig an der Wassilijkirche vorüber und durch das Borowizkijtor zurück auf die Höhe des Roten Platzes, wo sie einem Gefühl nach, das sie nicht zu erklären vermocht hätten, die Besitzergreifung fremden Eigentums für erlaubt hielten.

Ein Menschengedränge, wie es auf billigen Märkten vorzukommen pflegt, erfüllte den Bazar in allen seinen Gängen und Arkaden; aber es fehlten die freundlich-lockenden, heuchlerischen Stimmen der Verkäufer, die Hausierer und die bunte Schar der kaufenden Männer und Frauen. Nur die Uniformen und Mäntel unbewaffneter Soldaten waren zu sehen, die still mit einer Last davongingen und ohne Last wiederkamen. Kaufleute und Höker – sehr gering an Zahl – irrten unter den Soldaten umher, öffneten und schlossen ihre Buden, oder brachten selbst mit Hilfe der Burschen dies und jenes irgendwo in Sicherheit.

Auf dem Platze vor dem Bazar standen Trommler und schlugen Appell. Aber der Trommelschall rief die räuberischen Soldaten nicht wie sonst zusammen, sondern trieb sie nur weiter fort. Inmitten der Soldaten in den Magazinen und Durchgängen waren Männer in grauen Kaftans mit rasierten

Köpfen zu sehen. Zwei Offiziere, von denen der eine ein schlichtes dunkelgraues Pferd ritt und eine Schärpe trug, der andere im Mantel und zu Fuß war, standen an der Ecke der Iljinka und plauderten. Ein dritter Offizier kam auf sie zugesprengt.

Der General hat befohlen, die Leute sogleich mit aller Strenge hier fortzutreiben. Was soll denn das bedeuten! dergleichen ist ja niemals vorgekommen! Die Hälfte der Mannschaften ist auseinandergelaufen ...

Ha, wohin gehst du? ... und ihr da, wohin? schrie er drei Infanteristen an, die ohne Gewehre, mit zusammengehaltenen Mantelzipfeln an ihm vorüber in die Trödelbuden schlichen.

Ja, belieben Sie nur, die Kerls zu sammeln! sagte einer der anderen Offiziere. Die lassen sich nicht festhalten. Das einzige Hilfsmittel ist, daß wir schneller vorwärtsgehen, damit nicht auch die letzten Reißaus nehmen. Das ist das einzige!

Aber wie sollen wir denn vorwärtskommen? Wir sind ja nur stehengeblieben, weil ein Gedränge auf der Brücke entstanden war ... wir können nicht weiter.

Nun, so soll man eine Postenkette aufstellen, damit die letzten nicht fortlaufen können.

Gehen Sie hinein! Treiben Sie sie fort! rief ein älterer Offizier.

Der Offizier mit der Schärpe stieg vom Pferde, rief den Tambour und begab sich mit ihm zusammen unter die Arkaden. Eine Schar von Soldaten ergriff die Flucht; ein Kaufmann, mit dem Ausdruck ruhiger Berechnung auf dem roten, fetten Gesichte, trat eilig, geckenhaft mit den Händen gestikulierend, auf den Offizier zu.

Haben Sie die Güte, Ew. Wohlgeboren, sagte er; beschützen Sie uns. Es wird uns nicht auf eine Kleinigkeit ankommen, mit dem größten Vergnügen, bitte sehr! Ich werde gleich Tuch herausbringen, wie es für einen adeligen Herrn passend ist. Zwei Stück mit dem größten Vergnügen ... wir sind ja nicht ohne Gefühl! ... Das hier aber ist einfacher Raub. Darum, bitte sehr, eine Wache oder was dergleichen ... stellen Sie eine Wache auf ... Wenn man uns nur wenigstens Zeit ließe, die Buden zuzumachen.

Noch mehr Kaufleute drängten sich an den Offizier heran.

Ach was, umsonst gebellt! sagte einer von ihnen, ein hagerer Mann mit strengem Gesicht. »Wer den Kopf lassen muß, weint nicht um das Haar.« Laßt sie doch nehmen, was jeder haben will! Dabei winkte er energisch mit der Hand und wandte sich wieder ab.

Da hast gut sprechen, Iwan Sidorytsch, fing der erste Kaufmann wieder an. Bitte, Ew. Wohlgeboren ...

Was nützt das Gerede! schrie der Hagere. Ich habe hier in drei Magazinen für mehr als 100 000 Rubel Ware, wer soll die beschützen, wenn unser Heer fort ist? – Ha, ihr Leute, die Macht Gottes werdet ihr nicht mit den Händen aufhalten.

Bitte, Ew. Wohlgeboren! sagte der erste Kaufmann wieder, indem er eine Verbeugung machte. Der Offizier stand nachdenklich da und seine Mienen verrieten seine Unentschlossenheit.

Was geht's mich an! schrie er plötzlich und ging mit raschem Schritt durch die Arkaden weiter. In einem geöffneten Laden hörte man Schlägerei und Schimpfworte, und als der Offizier sich näherte, stolperte eben ein Mann mit rasiertem Kopfe und in grauer Jacke aus der Tür, aus der ihn andere hinauswarfen.

Dieser Mensch schlüpfte in gebückter Stellung zwischen den Kaufleuten und Offizieren durch, während der Offizier mit der Schärpe die im Laden befindlichen Soldaten auszankte. In diesem Augenblick aber wurde von der Moskwabrücke das Geschrei einer großen Menschenmenge gehört, und der Offizier eilte auf den Platz hinaus.

Was ist denn? Was gibt's? fragte er. Aber sein Kamerad sprengte schon nach der Richtung des Geschreies fort, an der Wassilijkirche vorbei. Der Offizier stieg aufs Pferd und ritt ihm nach.

Als er sich der Brücke näherte, sah er eine abgeprotzte Kanone, Infanterie, die auf der Brücke hin und her ging, einige umgeworfene Telegen, Zivilpersonen mit erschrockenen Gesichtern und lachende Soldaten. Neben der Kanone stand ein Wagen mit zwei Pferden bespannt. Hinter dem Wagen drängten sich vier Hetzhunde mit Halsbändern zusammen. Auf dem Wagen lag ein Berg von Sachen und oben darauf, neben einem Kinderstühlchen, das die Beine gen Himmel kehrte, saß ein Weib, das in durchdringendem Tone verzweiflungsvoll wehklagte.

Die Kameraden erzählten dem Offizier, das Geschrei der Menge und das Geheul des Weibes habe General Jermolow veranlaßt. Als er hierhergekommen war und erfahren hatte, daß die Soldaten in die Läden eingedrungen seien und die Brücke durch Scharen von Einwohnern versperrt war, hatte er befohlen, die Kanonen abzuprotzen, als ob die Brücke beschossen werden sollte. Die Menge war darauf in ein verzweifeltes Geschrei ausgebrochen, hatte die Wagen umgeworfen und sich – einer über den anderen stürzend – von der Brücke heruntergedrängt, so daß diese freigeworden war und die Regimenter vorwärtsrücken konnten.

XXII

In der Stadt selbst war es inzwischen immer leerer geworden. In den Straßen zeigte sich fast keine Seele mehr. Die Hoftore und Läden waren geschlossen. In der Nähe der Schenken hörte man hie und da vereinzelt Schreien oder den Gesang eines Betrunkenen. Kein Wagen fuhr durch die Straßen und selten nur hörte man den Schritt eines Fußgängers. Die Powarskaja war still und öde; auf dem großen Hofe des Rostowschen Hauses lagen Strohreste und Schmutz umher, und kein menschliches Wesen ließ sich sehen. Im Hause aber, in dem beinahe die ganze Einrichtung zurückgeblieben war, befanden sich zwei Personen im Empfangszimmer, der Hausknecht Ignat und der Laufbursche Mischka, ein Enkel des Haushofmeisters Wassiljitsch, den man bei seinem Großvater in Moskau gelassen hatte. Mischka hatte das Klavier geöffnet und spielte darauf mit einem Finger, während der Hausknecht, die Arme in die Seiten gestemmt, vergnügt grinsend vor dem großen Spiegel stand.

Ach, Onkelchen Ignat, wie hübsch das ist! rief der Knabe, indem er plötzlich mit beiden Händen auf die Tasten schlug.

Seh mal einer an! antwortete Ignat, verwundert über sein eigenes Gesicht, das ihm aus dem Spiegel immer breiter und breiter grinsend entgegensah.

Ihr Unverschämten! o ihr Unverschämten! rief eine Stimme hinter ihnen; es war die der alten Mawra Kusminischna, die leise ins Zimmer getreten war. So ein dickfratziger Kerl wird hier stehen und grinsen, fuhr sie fort, dazu braucht man euch, wahrhaftig! ... Und es ist noch nichts in Ordnung ... und Wassiljitsch ist todmüde ... warte mal!

Ignat hörte auf zu lachen, zog seinen Gürtel fester, schlug die Augen nieder und verließ gehorsam das Zimmer.

Tantchen, ich werde leise Musik machen, sagte der Knabe.

Ich werde dir geben leise, du Nichtsnutz! schrie Mawra Kusminischna und hob drohend die Hand gegen ihn auf. Geh zum Großvater, mache ihm den Samowar zurecht.

Darauf wischte Mawra Kusminischna den Staub ab, schloß das Instrument, ging mit schwerem Seufzer aus dem Salon und verschloß die Tür.

Als sie auf den Hof hinter kam, wurde sie zweifelhaft, wohin sie sich jetzt begeben sollte. In den Seitenflügel zu Wassiljitsch, um Tee zu trinken, oder in den Keller, um zurechtzustellen, was noch nicht in Ordnung war?

In diesem Augenblicke ließen sich in der stillen Straße rasche Schritte hören. Sie machten am Torwege halt, und die Klinke klirrte unter der Hand des Kommenden, der das Tor zu öffnen suchte.

Mawra Kusminischna trat an das Tor heran.

Zu wem wollen Sie?

Zu dem Grafen Ilja Andreitsch Rostow.

Wer sind Sie denn?

Ich bin Offizier, ich muß ihn sprechen! sagte eine echt russische, gebildete, angenehme Stimme.

Mawra Kusminischna öffnete das Seitenpförtchen und ein etwa achtzehnjähriger Offizier mit rundem Gesicht, dessen Züge den Familientypus der Rostows trugen, trat auf die Schwelle.

Sie sind abgereist, Väterchen, gestern zur Vesperzeit sind sie weggefahren, sagte Mawra Kusminischna freundlich.

Der junge Offizier, der unentschlossen, ob er eintreten solle oder nicht, im Pförtchen stand, schnalzte mit der Zunge.

Ach, wie ärgerlich! sagte er. Wenn ich doch gestern ... ach, wie mir das leid tut ...

Inzwischen betrachtete Mawra Kusminischna aufmerksam und teilnehmend die ihr so wohlbekannten Züge der Rostowschen Familie und den zerrissenen Mantel und die schiefgetretenen Stiefel des jungen Menschen.

Warum wollten Sie den Grafen sprechen? fragte sie.

Es kann nichts nützen! antwortete der Offizier ärgerlich und nahm die Klinke in die Hand, als ob er gehen wollte. Dann besann er sich wieder und blieb unentschlossen stehen.

Sehen Sie, sagte er plötzlich; ich bin ein Verwandter des Grafen, und er war immer sehr gut gegen mich ... und nun sehen Sie (dabei warf er mit gutmütig heiterem Lächeln einen Blick auf Mantel und Stiefel), ich bin völlig abgerissen und habe kein Geld ... und so wollte ich den Grafen bitten ...

Mawra Kusminischna ließ ihn nicht ausreden. Wollen Sie nicht einen Augenblick warten, Väterchen, nur einen einzigen Augenblick? Und kaum hatte der Offizier die Klinke losgelassen, als Mawra Kusminischna sich umdrehte und sich mit den kurzen, raschen Schritten einer alten Frau nach dem Hinterhofe und in den Seitenflügel begab.

Während die Alte in ihre Stube ging, spazierte der Offizier mit gesenktem Kopfe im Hofe auf und nieder und besah seine zerrissenen Stiefel.

»Wie schade, daß ich den Onkel nicht gefunden habe! eine nette Alte! Wohin mag sie gelaufen sein? und wie kann ich erfahren, durch welche Straßen ich gehen muß, um so schnell als möglich mein Regiment zu erreichen, das jetzt wohl an der Rogoshskaja-Straße sein muß?« dachte er, als Mawra Kusminischna mit verlegener und doch entschlossener Miene an der Ecke des Hauses erschien. Sie hatte ein zusammengeschlagenes, kariertes Tüchelchen in den Händen, schlug es, als sie dem Offizier näher kam, auseinander, nahm einen weißen Fünfundzwanzig-Rubelschein heraus und hielt ihn dem Offizier rasch entgegen.

Wenn Erlaucht zu Hause wären, natürlich ... gewiß würden Sie wie ein Verwandter aufgenommen werden, fing sie an; aber ... jetzt ... vielleicht, sie wurde verlegen und stockte. Der junge Mensch aber nahm den Schein, ohne sich zu sträuben und ohne besondere Hast und bedankte sich bei Mawra Kusminischna.

Wenn der Graf zu Hause wäre, fing diese aufs neue in entschuldigendem Tone an. Nun, Väterchen, Christus sei mit Ihnen ... Gott segne Sie! schloß sie und gab ihm das Geleit.

Der Offizier lief, indem er sich selbst belachte und den Kopf schüttelte, fast im Trabe durch die leeren Straßen, um sein Regiment einzuholen und auf die Jausa-Brücke zu gelangen.

Mawra Kusminischna aber stand noch lange mit nassen Augen an dem geschlossenen Pförtchen, wiegte nachdenklich den Kopf und fühlte eine seltsame Regung mütterlicher Teilnahme und Zärtlichkeit für den ihr fremden jungen Offizier.

XXIII

Aus dem halbfertigen Hause an der Warwarka, in dessen Erdgeschoß ein Ausschank war, erscholl das Geschrei und der Gesang Betrunkener. In dem kleinen schmutzigen Zimmer saßen auf den Bänken etwa zehn Fabrikarbeiter, alle betrunken, schweißig, mit verglasten Augen und aufgedunsenen Gesichtern. Sie sangen mit weit aufgerissenem Munde ein Lied. Sie sangen jeder für sich, mit Mühe und Anstrengung, offenbar nicht, weil sie etwa Lust hatten, zu singen, sondern nur um zu zeigen, daß sie betrunken waren und sich belustigten. Einer von ihnen, ein hochgewachsener blonder Bursche in seinem sauberen, blauen Wams, stand höher als die anderen. Sein Gesicht mit der feinen gradlinigen Nase hätte man schön nennen können, wenn er nicht so dünne, zurückliegende und beständig bewegliche Lippen und verschleierte, düster blickende, unbewegliche Augen gehabt hätte. Er stand höher als die Sänger und fuchtelte offenbar, mit einer bestimmten Vorstellung, feierlich und linkisch über ihren Häuptern mit seiner weißen Hand, deren schmutzige Finger er sich unnatürlich auseinanderzuspreizen bemühte, und von der der Ärmel bis weit über den Ellbogen zurückgestreift war. Dieser Rockärmel fiel immer wieder herunter, und der Bursche schlug ihn immer wieder mit der linken Hand sorgfältig zurück, als läge etwas besonders Wichtiges darin, daß diese weiße, von Adern durchzogene fuchtelnde Hand enblößt sei. Mitten in das Lied hinein ertönte von dem Flur und der Treppe her Geschrei, Streit und Schläge. Der stämmige Bursche fuhr mit der Hand durch die Luft.

Genug! schrie er in befehlerischem Tone, da gibt's Hiebe, Kinder, und immer wieder seinen Ärmel zurückschlagend, ging er hinaus auf den Treppenflur.

Die Fabrikarbeiter, die diesen Vormittag in der Schenke unter der Führerschaft des stämmigen Burschen tranken, hatten dem Kneipwirt Felle aus der Fabrik gebracht, und dafür hatten sie Branntwein bekommen. Die Schmiedegesellen aus der benachbarten Schmiede hatten den Lärm in der Schenke gehört. Sie vermuteten, die Schenke werde mit Gewalt gestürmt, und wollten hineindringen. Auf der Treppe war eine Schlägerei entstanden.

Der Kneipwirt schlug sich in der Tür mit einem Schmied, und in dem Augenblick, wo die Fabrikarbeiter herauskamen, riß sich der Schmied von dem Kneipwirt los und fiel mit dem Gesicht auf das Straßenpflaster.

Ein anderer Schmied drängte sich gewaltsam durch die Tür, die Brust gegen den Kneipwirt gestemmt.

Der Bursche mit den aufgestreiften Ärmeln versetzte noch im Vorübergehen dem eindringenden Schmied einen Schlag ins Gesicht und schrie wütend: Kinder, man schlägt die Unsrigen.

In diesem Augenblick raffte sich der erste Schmied vom Boden wieder auf, fuhr mit der Hand über sein blutig geschlagenes Gesicht und schrie mit weinerlicher Stimme:

Hilfe! Mord ... sie morden einen Menschen, Freunde! ...

Ach, Kinder, totgeschlagen haben sie ihn, totgeschlagen einen Menschen, kreischte ein altes Weib, das aus der Tür des Nachbarhauses trat. Um den blutig geschlagenen Schmied sammelte sich die Volksmenge.

Hast du noch nicht genug Menschen beraubt, ihnen das letzte Hemd abgenommen, sagte die Stimme eines Unbekannten zu dem Schenkwirt gewandt. Nun hast du einen Menschen getötet, Räuber! Der stämmige Bursche stand auf dem Treppenabsatz und ließ seine trüben Augen bald über den Schenkwirt, bald über die Schmiedegesellen hinschweifen, als sänne er darüber nach, mit wem er sich jetzt schlagen sollte.

Mörder, schrie er plötzlich den Schenkwirt an – bindet ihn, Kinder!

Hütet euch, einen Kerl wie mich wollt ihr binden?! schrie der Schenkwirt und wehrte die andrängenden Leute ab. Dann riß er seine Mütze ab und warf sie zu Boden. Als hätte diese Handlung eine geheimnisvolle, drohende Bedeutung, blieben die Fabrikarbeiter, die den Schenkwirt umringten, plötzlich unschlüssig stehen.

Ich kenne die Ordnung sehr gut, Freundchen. Ich finde den Weg zur Polizei. Du denkst, ich finde ihn nicht? Krawall darf niemand machen, schrie der Schenkwirt und der stämmige Bursche, einer nach dem anderen, und beide gingen die Straße hinauf. Der blutige Schmied ging neben ihnen. Die Fabrikarbeiter und fremdes Volk folgte ihnen unter Geplauder und Geschrei.

An der Ecke der Marossejka, gegenüber dem großen Hause mit den geschlossenen Fensterläden, an dem ein Schuhmacherschild hing, standen etwa zwanzig Schuhmacher mit niedergeschlagenen Gesichtern. Die Leute sahen mager und erschöpft aus und trugen zerrissene Röcke oder Überröcke.

Er soll dem Volk zahlen, wie sich's gehört, sagte ein Meister, ein hagerer Mann mit dünnem Kinnbart und düstern Brauen. Wie? unser Blut hat er ausgesogen, und dabei soll's bleiben? An der Nase herumgeführt hat er uns, eine ganze Woche lang herumgeführt. Nun hat er uns ans Äußerste geführt, nun macht er sich aus dem Staube.

Als der Meister das Volk und den blutig geschlagenen Mann sah, hielt er in seiner Rede inne, und alle Schuhmacher schlossen sich mit hastiger Neugier der drängenden Menge an.

Wohin geht das Volk?

Das sieht doch jeder, klagen geht's. Wie, haben wir denn nicht die Übermacht behalten?

Und was glaubst du? sieh doch, was das Volk sagt.

Man hörte Fragen und Antworten. Der Schenkwirt benutzte das stetige Anwachsen der Menge, blieb zurück und ging wieder in seine Schenke.

Der stämmige Bursche, der das Verschwinden seines Feindes, des Schenkwirts, gar nicht bemerkt hatte, hörte nicht auf zu sprechen und mit dem entblößten Arm durch die Luft zu fuchteln, und lenkte dadurch die allgemeine Aufmerksamkeit auf sich. Auf ihn drängte auch hauptsächlich die Menge zu, sie erwarteten von ihm die Entscheidung, die Lösung all der Fragen zu hören, die sie beschäftigten.

Ich will ihm Ordnung beibringen, ich will ihm das Gesetz beibringen, dazu ist die Polizei da! Das sage ich euch, Rechtgläubige, sagte der stämmige Bursche und lächelte kaum wahrnehmbar.

Glaubt er, es gibt keine Obrigkeit? Kann es denn ohne Obrigkeit gehen? Es gibt genug Gesindel, das plündern will.

Was drischt der für leeres Stroh? ließen sich Stimmen in der Menge hören; sollten wir etwa Moskau verlassen? Gefoppt haben sie dich, und du hast's ihnen geglaubt. Ist nicht unser Heer groß genug, das herankommt, darum haben sie ihn losgelassen, dazu ist die Obrigkeit da, hört, hört, was das Volk sagt, hieß es, und alles zeigte auf den stämmigen Burschen hin.

An der Mauer von Kitajgorod stand eine andere kleine Menschengruppe um einen Mann in einem Friesmantel herum, der ein Schriftstück in seinen Händen hielt.

Ein Ukas, ein Ukas wird verlesen. Ein Ukas wird verlesen! schrie die Menge, und das Volk drängte zu dem Vorleser hin.

Der Mann im Friesmantel las ein Flugblatt vom 12. September. Als die Menge ihn umdrängte, schien er verlegen zu werden, aber auf den Wunsch des stämmigen Burschen, der sich zu ihm durchgedrängt hatte, begann er mit leicht zitternder Stimme den Anschlag von Anfang zu lesen:

»Ich fahre morgen zu dem durchlauchtigsten Fürsten …«

las er (durchlauchtigen! wiederholte der stämmige Bursche feierlich, indem sein Mund lachte und seine Brauen sich zusammenzogen) »um mit ihm zu verhandeln, zusammenzuwirken und die Heere zu unterstützen bei der Ausrottung der Übeltäter. Auch wir wollen ihnen das Lebenslicht« – fuhr der Vorleser fort und hielt inne. (Habt ihr gehört? rief der Bursche triumphierend, er wird dir die ganze Distanze klarmachen …) »auszublasen suchen und die lieben Gäste zum Teufel schikken. Gegen Mittag komme ich zurück, dann gehen wir ans Werk, dann setzen wir uns in Bewegung, setzen alles durch und setzen den Schurken tüchtig zu.«

Bei diesen letzten Worten des Vorlesers herrschte vollkommenes Schweigen; der stämmige Bursche hatte den Kopf traurig gesenkt. Es war klar, niemand hatte die letzten Worte verstanden, besonders die Worte: »gegen Mittag komme ich zurück« ärgerten offenbar den Vorleser und die Hörer. Die Empfänglichkeit des Volks war auf Höheres gestimmt, und dies war zu einfach, was allzu leicht faßlich; so etwas hätte jeder von ihnen sagen können, darum bedurfte es keines Ukases, der von der höchsten Behörde kam. Alle standen in dumpfem Schweigen da, der stämmige Bursche regte die Lippen und bewegte sich hin und her.

Der soll's uns sagen! Da ist er ja selbst! … – gewiß, er soll's uns sagen! – Warum auch nicht? Er soll klarmachen … ertönte es plötzlich aus den hintersten Reihen der Menge, und aller Augen richteten sich auf den Polizeimeister, der, von zwei berittenen Dragonern geleitet, auf den Platz gefahren kam.

Der Polizeimeister war an diesem Morgen auf Befehl des Grafen in die Stadt gefahren, um die Barken in Brand zu stecken, und er hatte zur Ausführung dieses Befehls eine große Summe Geldes erhalten, die er jetzt in der Tasche trug; als er die herandrängende Menge sah, befahl er dem Kutscher zu halten.

Was ist das für Volk? schrie er die Leute an, die sich vereinzelt und zaghaft seinem Wagen näherten. Was ist das für ein Volk, frage ich euch? wiederholte der Polizeimeister, da er keine Antwort bekommen hatte.

Die Leute, Euer Wohlgeboren, sagte der Beamte in dem Friesmantel, die Leute, Euer Hochwohlgeboren, wollen nach der Ankündigung des erlauchtigsten Grafen ihr Leben hingeben im Dienst, das ist kein Aufstand, wie der erlauchtigste Herr Graf sagt ...

Der Graf ist nicht fort, er ist hier, und was euch betrifft, wartet den Erlaß ab, sagte der Polizeimeister. – Weiter! sagte er zu dem Kutscher. Die Menge machte halt und umdrängte die, welche gehört hatten, was der Vorgesetzte gesagt hatte und schauten dem weiterfahrenden Wagen nach.

Der Polizeimeister sah sich in diesem Augenblick erschrocken um, sagte seinem Kutscher etwas, und die Pferde setzten sich noch schneller in Trab.

Schwindel, Kinder! Zu ihm! schrie die Stimme des stämmigen Burschen. Nicht nachgeben, Kinder! Er muß uns Rechenschaft geben, halt ihn, schrien verschiedene Stimmen, und das Volk stürzte rennend dem Wagen nach.

Die Menge schlug unter lautem Stimmengewirr die Richtung nach der Lubjanka ein, wohin der Polizeimeister gefahren war.

Seht ihr, auch die Herren Kaufleute haben die Stadt verlassen, sollen wir darum zugrunde gehen? Was, sind wir Hunde? tönte es von allen Seiten aus der Menge.

XXIV

Am Abend des 13. September, nach seiner Begegnung mit Kutusow, kehrte Graf Rostoptschin gekränkt und beleidigt, weil man ihn nicht zur Teilnahme an dem Kriegsrat eingeladen, weil Kutusow seinem Anerbieten an der Verteidigung der Hauptstadt teilzunehmen nicht die geringste Aufmerksamkeit geschenkt, und erstaunt über die neue Ansicht, die er im Lager vorgefunden hatte, nach welcher die Frage über die Sicherheit der Hauptstadt und über ihre patriotische Stimmung nicht nur als eine nebensächliche erschien, sondern als eine gänzlich überflüssige und nichtige – gekränkt, beleidigt und erstaunt über all dies, kehrte Graf Rostoptschin nach Moskau zurück. Er nahm sein Abendessen ein und legte sich, ohne sich auszukleiden, auf das Kanapee. Um ein Uhr wurde er durch einen Kurier geweckt, der ihm einen Brief von Kutusow brachte. In diesem Brief hieß es, da die Armee sich auf die Straße von Rjasan hinter Moskau zurückziehe, möchte der Graf gefälligst Polizeibeamte entgegenschicken, um die Armee durch die Stadt zu begleiten. Diese Mitteilung war für Rostoptschin nichts Neues; nicht erst seit der gestrigen Begegnung mit Kutusow auf dem Poklon-Berg, sondern schon seit der Schlacht von Borodino, als alle Generale, die nach Moskau gekommen waren, einstimmig meinten, man dürfe noch keine Schlacht liefern, und als auf Befehl des Grafen allnächtlich schon das Kronseigentum aus der Stadt geführt wurde und die Einwohner zur Hälfte den Ort verlassen hatten, wußte Graf Rostoptschin, daß Moskau preisgegeben werden müsse. Trotzdem verwunderte und kränkte den Grafen diese Mitteilung, die ihm in der Form einer einfachen Zuschrift mit einem Befehle von Kutusow zugegangen und in der Nacht im ersten Schlaf überbracht worden war.

Als Graf Rostoptschin später über seine Wirksamkeit in dieser Zeit Rechenschaft gab, schrieb er in seinen Erinnerungen zu wiederholten Malen, er habe sich damals zwei wichtige Ziele gesteckt. »Die Ruhe in Moskau zu erhalten und die Einwohner aus der Stadt zu führen.« Nimmt man diese doppelte Aufgabe an, so erweist sich alle Wirksamkeit Rostoptschins als eine untadelige. Warum hat man nicht das Heiligtum, die Waffen, die Patronen, das Pulver, die Getreidevorräte aus Moskau fortgeführt, warum hat man Tausende von Einwohnern dadurch zu Grunde gerichtet, daß man ihnen vorlog, Moskau würde nicht preisgegeben werden? – Weil man die Ruhe in der Hauptstadt erhalten wollte, antwortet die Erklärung des Grafen Rostoptschin. Warum hat man Haufen unnützer Schriftstücke der Behörde und Leppichs Ballon und andere Gegenstände aus der Stadt geschafft? – Weil man die Stadt veröden wollte, antwortet da die Erklärung des Grafen Rostoptschin. Man braucht nur anzunehmen, daß der Ruhe des Volkes irgendeine Gefahr drohte, so wird jede Handlung gerechtfertigt erscheinen.

Alle Greuel des Terrors hatten ihren Grund nur in der Sorge um die Ruhe des Volkes.

Worin aber hatte die Besorgnis des Grafen Rostoptschin um die Sicherheit des Volkes in Moskau im Jahre 1812 ihren Grund? Welche Ursache gab es zu der Vermutung, daß in der Stadt eine Neigung zur Empörung herrschte? Die Einwohner hatten die Stadt verlassen, die Armee füllte bei ihrem Rückzuge Moskau, warum sollte infolgedessen das Volk rebellieren?

Nicht nur in Moskau, sondern in ganz Rußland geschah bei dem Eindringen des Feindes nichts, was einem Aufruhr ähnlich war. Am 13. und 14. September blieben mehr als zehntausend Menschen in Moskau, und außer einem Zusammenrotten der Menge, die sich auf dem Hofe des Oberbefehlshabers versammelt hatte und die er selbst herbeigezogen hatte, gab es nichts. Man sah deutlich, eine Erregung im Volke war noch weniger zu erwarten, wenn Rostoptschin nach der Schlacht von Borodino, als die Preisgebung Moskaus klar oder wenigstens wahrscheinlich war, wenn Rostoptschin damals, anstatt das Volk durch die Verteilung von Waffen und Flugblättern aufzuregen, Mittel ergriffen, alle Heiligtümer, Pulver, Munition und Geld hinauszuschaffen, und dem Volke gerade heraus angekündigt hätte, daß die Stadt geräumt werde.

Rostoptschin, ein erregter, sanguinischer Mann, der sich stets in den höchsten Verwaltungskreisen bewegt hatte, besaß, obgleich von patriotischer Gesinnung beseelt, nicht das geringste Verständnis für das Volk, das er zu lenken dachte. Von der ersten Stunde an, da der Feind in Smolensk eingedrungen war, hatte Rostoptschin in seiner Phantasie sich die Rolle eines Leiters der nationalen Empfindungen – des Herzens Rußlands zuerteilt. Er glaubte nicht nur (wie das jeder Administrator glaubt), daß er die äußeren Handlungen der Einwohner Moskaus leite, er glaubte ihre Stimmung zu leiten, vermittelst der Aufrufe und Flugblätter, die in einer verlogenen Sprache geschrieben waren, die das Volk in seinen Kreisen verachtet und die es nicht versteht, wenn sie von oben herab gesprochen wird. Die schöne Rolle eines Leiters der Volksempfindungen gefiel Rostoptschin so sehr, er hatte sich so in sie hineingelebt, daß die Notwendigkeit, diese Rolle aufzugeben, die Notwendigkeit, Moskau zu räumen, ohne irgendeinen heroischen Effekt, ihn in Furcht versetzte, und er verlor plötzlich den Boden unter den Füßen und wußte nicht, was er tun sollte. Obwohl er es wußte, glaubte er doch in innerster Seele bis zur letzten Minute nicht an die Räumung Moskaus und tat nicht das Geringste mit Rücksicht darauf. Die Einwohner verließen die Stadt gegen seinen Wunsch. Wenn die Behörden fortzogen, so geschah das nur auf Verlangen der Beamten, denen der Graf nur ungern seine Zustimmung gab. Er selbst war nur von der Rolle in Anspruch genommen, die er sich selbst zurechtgemacht hatte. Wie es Menschen mit starker Einbildungskraft oft zu gehen pflegt, wußte er schon lange, daß Moskau geräumt würde, er wußte es aber nur mit dem Verstande, mit dem Herzen dagegen glaubte er nicht daran, da er sich mit der Phantasie nicht in die neue Lage versetzte.

Seine ganze mühevolle und energische Tätigkeit (inwieweit sie nützlich war und auf das Volk einwirkte, ist eine andere Frage) seine ganze Tätigkeit war nur darauf gerichtet, in den Einwohnern das Gefühl zu erwecken, das ihn selbst bewegte – patriotischen Haß gegen die Franzosen und Selbstvertrauen.

Als aber die Ereignisse ihren gewaltigen, historischen Umfang annahmen, als es sich als unzureichend erwies, seinen Franzosenhaß in Worten auszudrücken, als es sogar unmöglich war, seinen Haß durch eine Schlacht auszudrücken, als das Selbstvertrauen sich als unnütz erwies in bezug auf die eine Frage der Rettung Moskaus, als die ganze Bevölkerung wie ein Mann diese negative Handlung die ganze Stärke ihres nationalen Empfindens offenbarte, da erwies sich die Rolle, die sich Rostoptschin erwählt hatte, plötzlich als sinnlos. Er fühlte sich plötzlich vereinsamt, schwach, lächerlich, ohne Boden unter den Füßen.

Als man Rostoptschin aus dem Schlaf geweckt und ihm die kühle und befehlerische Zuschrift Kutusows gebracht hatte, fühlte er sich um so mehr gereizt, als er sich schuldig fühlte. In Moskau war alles zurückgeblieben, was ihm anvertraut war, alles Kronseigentum, das er hätte retten müssen; alles zu retten gab es keine Möglichkeit.

»Wer ist nun schuld daran, wer hat es dahin kommen lassen? dachte er. Natürlich ich nicht. Bei mir war alles in Bereitschaft, ich hätte Moskau so festgehalten! ... Und wohin haben sie es gebracht ... diese Schurken, diese Verräter«, dachte er, ohne sich besonders klarzumachen, wer diese Schurken und Verräter waren, nur in dem Gefühl, diese Verräter, die an der schiefen und lächerlichen Lage, in der er sich befand, schuld waren, hassen zu müssen.

Diese ganze Nacht hindurch erteilte Rostoptschin Befehle, von allen Seiten Moskaus kam man zu ihm, um sie in Empfang zu nehmen. Seine nähere Umgebung hatte den Grafen nie so finster und erregt gesehen.

Euer Erlaucht, Boten aus dem Landschaftsamt, vom Direktor, erwarten Ihre Befehle ... Aus dem Konsistorium, aus dem Senat, aus der Universität, aus dem Findelhaus, der Vikar hat hergeschickt ... läßt fragen ... Was befehlen Erlaucht der Feuerwehr? Der Gefängnisaufseher. Der Aufseher aus dem gelben Hause (Irrenhause) ... So ging es die ganze Nacht hindurch.

Auf alle Fragen gab der Graf kurze und ärgerliche Antworten, die deutlich zeigten, daß seine Befehle jetzt überflüssig waren, daß dies ganze Werk, das er so mühsam vorbereitet hatte, durch irgend jemanden zerstört ist, und daß dieser jemand die ganze Verantwortung für alles, was von jetzt ab geschieht, wird tragen müssen.

Schön, sag dem Tölpel, antwortete er auf die Anfrage aus dem Landschaftsamt, er solle dableiben und seine Akten bewachen.

Was fragst du für Unsinn über die Feuerwehr? Haben sie Pferde, so mögen sie nach Wladimir fahren. Nicht den Franzosen dalassen.

Euer Erlaucht, der Aufseher der Irrenanstalt ist da, was befehlen Sie?

Was ich befehle? Mögen sie alle davongehen, alle, alle ... die Verrückten in der Stadt freilassen. Wenn bei uns Verrückte Armeen kommandieren, so will Gott, daß diese frei seien.

Auf die Frage über die Gefangenen, die im Turme saßen, schrie der Graf den Aufseher wütend an.

Was, sie sollen dir wohl zwei Bataillone zum Geleit geben, wo soll ich sie hernehmen? Loslassen, alle loslassen.

Erlaucht, es sind auch politische dabei: Mjeschkow, Wereschtschagin.

Wereschtschagin ... ist der noch nicht gehängt? schrie Rostoptschin? Bringt ihn her!

XXV

Um neun Uhr morgens, als die Armee schon über Moskau hinaus war, kam niemand mehr zu dem Grafen, um nach seinen Anweisungen zu fragen. Alle, die fahren konnten, fuhren von selbst, alle, die zurückblieben, sagten sich selbst, was sie zu tun hatten.

Der Graf hatte befohlen, daß sein Wagen vorfahre, er wollte nach Sokolniki fahren. Finster, gelb, schweigsam saß er, die Hände über die Brust gekreuzt, in seinem Arbeitszimmer.

Jeder Administrator glaubt in friedlichen, nicht stürmischen Zeiten, daß nur durch seine Kraft die ganze unter seiner Leitung stehende Bevölkerung sich bewegt, und in diesem Bewußtsein seiner Unentbehrlichkeit fühlt jeder Administrator den hauptsächlichsten Lohn für seine Mühe und Anstrengung. Es leuchtet ein, daß der steuernde Administrator, der in seinem schwachen Kahn das Schiff des Volks, das sich selbst bewegt, mit einer Stange stößt, glauben muß, daß das Schiff, das er stößt, sich durch seine Anstrengungen bewegt. Erhebt sich aber ein Sturm, tobt das Meer, und bewegt sich das Schiff von selbst, dann ist der Irrtum nicht mehr möglich. Das Schiff geht seinen unabhängigen Riesengang, die Verbindung mit dem dahinschwimmenden Schiff ist nicht mehr, und der Leiter geht plötzlich aus seiner Stellung als Herr, als Quelle der Kraft, in die eines nichtigen, unnützen, schwachen Menschen über. Rostoptschin empfand dies, und das war es, was ihn so erregte.

Da trat der Polizeimeister, den die Menge angehalten hatte, und der Adjutant, der melden wollte, daß die Pferde bereit seien, in das Zimmer des Grafen. Beide waren bleich, und der Polizeimeister, der über die Ausführung seines Auftrages berichtete, meldete zugleich, daß auf dem Hofe des Grafen eine ungeheure Menschenmenge versammelt sei, die ihn zu sehen wünsche.

Rostoptschin antwortete kein Wort, erhob sich und ging mit schnellen Schritten in seinen prächtigen, hellen Salon, trat an die Tür des Balkons, ergriff die Klinke und ließ sie wieder los; dann ging er an das Fenster, wo man die Menschenmenge besser sehen konnte. Der stämmige Bursche stand in den ersten Reihen und sprach mit ernstem Gesicht, mit den Händen durch die Luft fuchtelnd, zu der Menge. Der blutige Schmied stand mit finsterer Miene neben ihm. Durch die geschlossenen Fenster hörte man Stimmengewirr.

Ist der Wagen bereit? sagte Rostoptschin und trat vom Fenster zurück.

Zu Befehl, Erlaucht, sagte der Adjutant.

Rostoptschin trat wieder an die Tür des Balkons heran.

Aber was wollen sie denn? fragte er den Polizeimeister.

Erlaucht, sie sagen, sie hätten sich versammelt, um gegen die Franzosen zu ziehen, wie Sie befohlen haben, sie sprechen von Verrat. Aber die Menge ist frech, Erlaucht. Ich bin mit Mühe davongekommen. Ich erlaube mir, Euer Durchlaucht vorzuschlagen …

Gehen Sie, bitte, ich weiß ohne Sie, was ich zu tun habe, schrie Rostoptschin ärgerlich. Er stand an der Tür des Balkons und sah hinab auf die Menge. »Das haben sie aus Rußland gemacht! Das haben sie aus mir gemacht!« dachte Rostoptschin und fühlte, wie in seinem Herzen ein unüberwindlicher Zorn sich erhob gegen jemanden, dem man die Ursache alles dessen, was geschehen war, hätte zuschreiben können. Wie es häufig bei erregten Menschen der Fall ist, hatte ihn der Zorn schon übermannt, als er noch immer einen Gegenstand für ihn suchte. »Da ist sie, diese Volksmenge, diese Hefe der Bevölkerung«, dachte er, während er auf die Menge hinuntersah. »Der Janhagel, den sie durch ihre

Dummheit aufgerüttelt haben! Sie brauchen ein Opfer«, fiel ihm ein, als er den stämmigen Burschen betrachtete, der mit der Hand durch die Luft fuchtelte. Das fiel ihm darum ein, weil er selbst ein Opfer, einen Gegenstand für seinen Zorn brauchte.

Ist der Wagen bereit? fragte er zum zweiten Mal.

Zu Befehl, Erlaucht. Was bestimmen Sie über Wereschtschagin? Er wartet am Tor, antwortete der Adjutant.

Ah! rief Rostoptschin, wie von einer plötzlichen Erinnerung getroffen.

Er riß die Tür auf und trat mit entschlossenen Schritten auf den Balkon hinaus. Das Stimmengewirr verstummte sofort, die Hüte und Mützen flogen von den Köpfen, und aller Augen waren zu dem Grafen emporgerichtet.

Ich grüße euch, Kinder, sagte der Graf schnell und laut. Ich danke euch, daß ihr gekommen seid. Ich werde sogleich zu euch hinunterkommen, aber vor allem müssen wir mit einem Schurken fertig sein. Wir müssen den Schurken bestrafen, der Moskaus Untergang verschuldet hat. Erwartet mich! – und der Graf ging schnell wieder in sein Zimmer zurück und schlug die Tür laut zu.

Durch die Menge lief ein beifälliges Murmeln der Befriedigung.

Er wird schon mit allen Schurken fertig werden! Du sagst, der Franzose … Er wird's dir schon beibringen, hieß es in der Menge, als wollte einer dem anderen Vorwürfe machen wegen seines Kleinmuts.

Nach einigen Minuten trat aus dem Haupteingang eilig ein Offizier, erteilte einen Befehl, und die Dragoner setzten sich in Trab. Die Menge drängte gierig von dem Balkon zur Freitreppe heran. Rostoptschin trat mit schnellen Schritten auf die Freitreppe hinaus und sah hastig umher, als suche er jemanden.

Wo ist er? sagte der Graf, und in demselben Augenblick, in dem er das sagte, bemerkte er, wie ein junger Mann mit langem, dünnem Halse und mit einem zur Hälfte rasierten, zur Hälfte bewachsenen Kopf um die Ecke des Hauses herum kam. Der junge Mann trug eine schäbige Fuchspelzjacke aus blauem Tuch, die einmal elegant gewesen war, und schmutzige, leinene Arrestantenhosen, die in unsauberen, abgetretenen kleinen Schuhen steckten. An seinen dünnen, schwachen Beinen hing schwer die Kette herab, die den unsicheren Schritt des jungen Mannes behinderte.

Ah! sagte Rostoptschin, indem er sein Gesicht schnell von dem jungen Mann in der Fuchspelzjacke abwandte und auf die unterste Stufe der Freitreppe hinzeigte. Stellt ihn hierher!

Der junge Mann trat, mit den Ketten klirrend, schwerfällig auf die angegebene Stufe, indem er mit dem Finger den Kragen der Pelzjacke niederhielt, der sich aufgestellt hatte, reckte zweimal seinen langen Hals, seufzte auf und legte seine zarten, wohlgepflegten Hände auf seinen Leib.

Ein Schweigen von einigen Sekunden trat ein, bis der junge Mann auf der Stufe Platz genommen hatte. Nur in den hintersten Reihen der Menge, die auf einen Ort hindrängte, hörte man Krächzen, Stöhnen, Stoßen und das Auftreten wechselnder Füße.

Rostoptschin, der nur abgewartet hatte, bis er auf dem angewiesenen Platz stand, rieb sich finster mit der Hand das Gesicht.

Kinder, sagte Rostoptschin mit metallisch klingender Stimme, dieser Mensch ist Wereschtschagin, der Schurke, durch den Moskau zugrunde geht.

Der junge Mann im Fuchspelz stand in demütiger Stellung da, die Fäuste über den Leib gekreuzt und ein wenig zusammengesunken. Sein abgemagertes, jugendliches Gesicht mit dem Ausdruck der Hoffnungslosigkeit und entstellt durch den rasierten Kopf, war gesenkt. Bei den ersten Worten des Grafen erhob er langsam den Kopf, sah den Grafen von unten herauf an, als ob er ihm etwas sagen oder wenigstens seinem Blicke begegnen wollte. Rostoptschin aber sah ihn nicht an. An dem langen, dünnen Halse des jungen Mannes schwoll die Ader hinter dem Ohr wie ein Strick und trat blau hervor, sein Gesicht wurde plötzlich rot.

Aller Augen waren auf ihn gerichtet, er blickte die Menge an, und als ob der Ausdruck, den er auf den Gesichtern der Leute las, ihm Hoffnung eingegeben hätte, lächelte er traurig und scheu, dann senkte er wieder den Kopf und suchte für seine Füße einen besseren Platz auf der Stufe.

Er hat seinen Zaren und das Vaterland verraten, er hat sich Bonaparte in die Hände geliefert, er allein unter allen Russen hat den Namen eines Russen mit Schmach bedeckt, er ist es, durch den Moskau zugrunde geht – sagte Rostoptschin mit gleichmäßiger, fester Stimme; plötzlich aber warf er auf Wereschtschagin, der immer in derselben demütigen Stellung dastand, einen flüchtigen Blick hinunter. Als hätte dieser Blick ihn aus seiner Ruhe gebracht, erhob er den Arm und sagte beinahe schreiend, zu dem Volke gewandt: Richtet ihr ihn nach eurem eigenen Urteil, ich gebe ihn in eure Hand.

Das Volk schwieg und drängte nur immer enger, immer enger zusammen.

In der Menge fest zu stehen, zu atmen in dieser verpesteten Stickluft und nicht die Kraft zu haben, sich zu bewegen und etwas Unbekanntes, Unbegreifliches, zu erwarten wurde immer unerträglicher. Die Leute, die in den vorderen Reihen standen, die alles, was vor ihren Augen geschah, gesehen und gehört hatten, hielten alle mit erschrockenen, weit aufgerissenen Augen und offenem Munde unter Anspannung aller Kräfte den Andrang der hinteren Reihen mit ihren Rücken auf.

Schlagt ihn nieder! ... Nieder mit dem Verräter, der die Schmach über den russischen Namen gebracht hat! schrie Rostoptschin. Ergreift ihn, ich befehle es. Die Menge hörte nicht die Worte, sondern nur zornige Töne aus Rostoptschins Munde. Sie stöhnte auf und drängte vor, blieb aber wieder stehen.

Graf! ... ertönte inmitten der wiedereingetretenen Stille weniger Augenblicke die zaghafte und zugleich pathetische Stimme Wereschtschagins. Graf, der alleinige Gott über uns ... sagte Wereschtschagin und richtete den Kopf empor, und wieder füllte sich die dicke Ader an seinem dünnen Halse mit Blut, und sein Gesicht wurde bald rot, bald bleich. Er sprach nicht aus, was er sagen wollte.

Schlagt ihn nieder, ich befehle es, schrie Rostoptschin und wurde plötzlich so bleich wie Wereschtschagin.

Die Säbel blank! schrie ein Offizier den Dragonern zu und zog selbst blank.

Eine zweite, noch mächtigere Welle wogte über das Volk hin, sie glitt bis zu den vordersten Reihen, zog die Vorderen mit sich und drängte sich schwankend bis an die Stufen der Freitreppe. Der stämmige Bursche mit den versteinerten Zügen und mit dem noch immer erhobenen Arm stand neben Wereschtschagin.

Schlagt ihn nieder, sagte fast flüsternd der Offizier zu den Dragonern, und einer von seinen Soldaten hieb Wereschtschagin mit wutverzerrtem Gesicht mit flacher Klinge über den Kopf.

Ah! schrie Wereschtschagin kurz und erstaunt auf und sah sich erschrocken um, als ob er nicht begriffe, warum ihm dies geschehe. Und ein gleiches Stöhnen der Verwunderung und des Entsetzens lief durch die Menge.

O Gott! ertönte ein klagender Ausruf. Aber gleich nach dem Aufschrei der Verwunderung, der Wereschtschagins Munde entflohen war, schrie er klagend vor Schmerz auf, und dieser Schrei war sein Verderben. Die bis zum äußersten gespannte Schranke menschlichen Gefühls, welche die Menge noch zurückhielt, war im Augenblick durchbrochen. Das Verbrechen war begonnen, es mußte unaufhaltsam zu Ende geführt werden. Das klagende Stöhnen des Vorwurfs wurde von dem drohenden, zornigen Wutgebrüll der Menge übertönt.

Wie ein letzter, siebenter Anprall des Wassers die Schiffe zerschlägt, so wogte von den hintersten Reihen diese letzte unaufhaltsame Welle bis zu den vordersten hin, warf sie zu Boden und verschlang alles. Der Dragoner, der den ersten Schlag geführt, wollte einen zweiten führen. Wereschtschagin hielt den Arm vor sein Gesicht und stürzte sich mit einem Schrei des Entsetzens dem Volke entgegen. Der stämmige Bursche, auf den er stieß, krallte sich mit den Fingern in den dünnen Hals Wereschtschagins und fiel mit einem wilden Schrei mit ihm zusammen unter die Füße der heranprallenden heulenden Menge.

Die einen schlugen und zerrten Wereschtschagin, die anderen den stämmigen Burschen. Und das Geschrei der gequetschten Menschen und derer, die den stämmigen Burschen zu retten suchten, erregte nur noch die Tollwut der Menge. Lange konnten die Dragoner den blutigen, halbtoten Arbeiter nicht befreien, und lange konnten trotz der rasenden Eile, mit der die Menge das einmal begonnene Werk zu vollenden strebte, die Menschen, die Wereschtschagin schlugen, würgten und zerrten, ihn nicht töten; aber die Menge drängte sie von allen Seiten und schwankte, sie fest in der Mitte haltend, wie *eine* Masse, von einer Seite zur anderen und nahm ihnen die Möglichkeit, ihn zu töten oder liegenzulassen.

»Schlagt ihn nieder, mit dem Beil da ... erdrosselt ihn ... den Verräter, den Judas ... lebt er noch? ... ist er noch lebendig? ... Zahlt ihm nach seinen Taten! Mit dem Pfahl auf ihn! ... Lebt er immer noch?«

Erst als das Opfer schon aufgehört hatte, sich zu wehren, und sein Schreien sich in ein gleichmäßiges, gedehntes Röcheln verwandelt hatte, begann die Menge eilig, den daliegenden blutigen Leichnam zu umringen. Ein jeder trat heran, betrachtete, was vorgefallen war und drängte mit Entsetzen, mit Reue und Verwunderung zurück. »O Gott, das Volk ist wie ein reißendes Tier, was soll der Mensch beginnen!« hieß es in der Menge. – »Und der Bursche ist so jung ... er ist wohl Kaufmann, oh, was ist das für ein Volk! Es heißt, er ist nicht der richtige ... Wie, nicht der richtige? O Gott! der andere ist tot, heißt es, halb tot! ... Ach dieses Volk ... Wer frei von Sünde ist ...« sagten jetzt dieselben Menschen, da sie mit schmerzlich klagendem Gesicht den toten Körper mit dem blauen, blutbefleckten und staubbedeckten Gesicht und zerschlagenem, langem, dünnem Hals betrachteten.

Ein pflichteifriger Polizeibeamter, der es unschicklich fand, daß eine Leiche auf dem Hofe seiner Erlaucht liege, befahl den Dragonern, den Leichnam auf die Straße zu schleppen. Zwei Dragoner faßten ihn an den entstellten Beinen und zogen den Leichnam heraus. Der blutige, staubbedeckte, tote, geschorne Kopf auf dem langen dünnen Halse schleifte auf dem Boden nach. Das Volk drängte von dem Leichnam fort.

In dem Augenblick, als Wereschtschagin zu Boden sank und die Menge mit wildem Geheul sich auf ihn zudrängte und hin und her schwankte, war Rostoptschin plötzlich erbleicht. Anstatt nach der Freitreppe des Hinterausgangs zu gehen, wo ihn sein Wagen erwartete, ging er schnellen Schrittes und gesenkten Hauptes, ohne zu wissen wohin und warum, den Korridor entlang, der in die Zimmer des unteren Stockwerks führte. Das Gesicht des Grafen war bleich, und er konnte seine wie im Fieberschauer zitternden Kinnladen nicht ruhig halten.

Euer Erlaucht, hier geht's ... Wohin wollen Sie? ... Hierher, bitte, sagte hinter ihm eine zitternde, erschrockene Stimme. Graf Rostoptschin besaß nicht die Kraft, mit einem Worte zu erwidern; gehorsam kehrte er um und ging in der Richtung, die man ihm gewiesen hatte. Das ferne Stimmengewirr der heulenden Menge war auch hier zu hören. Graf Rostoptschin stieg schnell in seinen Wagen und gab den Befehl, nach seinem Landhaus in Sokolniki zu fahren. Als er auf die Mjasnizkajastraße kam, wo man das Geschrei der Menge nicht mehr hören konnte, überkam ihn die Reue. Unwillig dachte er jetzt an die Erregung und den Schrecken zurück, die er vor seinen Untergebenen gezeigt hatte. – »Die Volksmenge ist schrecklich, dachte er französisch. Sie ist wie die Wölfe: nur Fleisch stillt ihre Gier: »Graf, der alleinige Gott über uns« diese Worte Wereschtschagins fielen ihm plötzlich ein, und ein unangenehmer Schauer lief ihm über den Rücken. Aber dieses Gefühl währte nur einen Augenblick, und Graf Rostoptschin lächelte verächtlich über sich selbst. »Ich habe andere Pflichten gehabt, dachte er, viele andere Opfer sind gefallen und werden noch fallen für das allgemeine Wohl«, und seine Gedanken wandten sich den allgemeinen Pflichten zu, die er gegen seine Familie, seine (ihm anvertraute) Hauptstadt und gegen sich selbst hatte – nicht gegen Fjodor Wassiljewitsch Rostoptschin (Fjodor Wassiljewitsch Rostoptschin, war seine Meinung, opfere sich für das *bien public)*, sondern den Oberbefehlshaber, den Vertreter der Staatsmacht, den Bevollmächtigten des Zaren.

Wäre ich nur Fjodor Wassiljewitsch, so wäre mir ein ganz anderes Verhalten vorgeschrieben. So aber habe ich das Leben und die Würde des Oberbefehlshabers zu wahren.

Rostoptschin wiegte sich leicht auf den weichen Federn des Wagens und hörte die furchtbaren Laute der Menge nicht mehr; er beruhigte sich physisch, und wie das stets zu sein pflegt, schaffte der Geist gleichzeitig mit der physischen Beruhigung für ihn die Ursachen moralischer Beruhigung.

Der Gedanke, der Rostoptschin beruhigte, war nicht neu. Seit die Welt und die Menschen bestehen, tötet einer den anderen, nie hat ein Mensch ein Verbrechen an seinesgleichen begangen, ohne sich durch diesen Gedanken zu beruhigen. Dieser Gedanke ist das vorausgesetzte allgemeine Wohl der anderen Menschen.

Einem Menschen, der nicht von der Leidenschaft beherrscht wird, ist dieses Wohl ewig unbekannt. Ein Mensch aber, der dieses Verbrechen begangen hat, weiß immer genau, worin dieses Wohl besteht.

Auch Rostoptschin wußte es jetzt.

In seinen Betrachtungen machte er sich nicht nur selbst keine Vorwürfe wegen des begangenen Verbrechens, er fand sogar Gründe, sich vor sich selbst zu rechtfertigen, weil er so geschickt verstand, die Gelegenheit, die sich darbot, auszunutzen und zugleich einen Verbrecher zu bestrafen und die Menge zu beruhigen.

»Wereschtschagin war gerichtet und zum Tode verurteilt, dachte Rostoptschin (obgleich Wereschtschagin vom Senat nur zur Zwangsarbeit verurteilt war), er war ein Angeber und Verräter. Ich konnte ihn nicht ungestraft lassen, darum habe ich mit einem Stein zwei Schläge geführt: Ich habe dem Volk ein Opfer gebracht, um es zu beruhigen, und einen Verbrecher gerichtet.«

Als der Graf in seinem Landhaus ankam und sich der Ordnung seiner häuslichen Angelegenheiten hingab, beruhigte er sich vollständig.

Eine halbe Stunde später fuhr der Graf mit schnellen Pferden über das Feld von Sokolniki, dachte nicht mehr an das, was geschehen war, er dachte nur daran und malte sich nur aus, was bevorstand. Er fuhr jetzt zur Jausabrücke, wo Kutusow hielt, wie man ihm gesagt hatte. Graf Rostoptschin legte sich in seinen Gedanken die zornigen und spitzen Vorwürfe zurecht, die er Kutusow wegen seiner Täuschung machen wollte. Er würde diesen alten höfischen Fuchs schon fühlen lassen, daß die Verantwortung für alles Unglück, das aus der Räumung der Hauptstadt, aus dem Untergange Rußlands (wie Rostoptschin dachte) hervorgehen müsse, einzig und allein auf sein altes, vom Verstand verlassenes Haupt zurückfalle. Während Rostoptschin so im voraus überdachte, was er ihm sagen wollte, rückte er zornig im Wagen hin und her und sah ärgerlich nach allen Seiten umher.

Das Feld von Sokolniki war öde, und an seinem Ende bei dem Kranken- und dem Irrenhaus sah man Menschengruppen in weißen Kleidern und hie und da vereinzelte Menschen, die über das Feld gingen, laut schrien und mit den Armen durch die Luft fuchtelten.

Einer von diesen Leuten lief quer an dem Wagen des Grafen Rostoptschin vorüber. Graf Rostoptschin selbst und sein Kutscher und die Dragoner, alle sahen mit einem Gefühl, das aus Entsetzen und Neugier gemischt war, auf diese freigelassenen Irren, und besonders auf den, der auf sie zugerannt kam.

Der Irrsinnige schwankte auf seinen langen, hageren Beinen, rannte in seinem flatternden Kittel, die Augen fest auf Rostoptschin geheftet, unaufhörlich vorwärts, schrie ihm etwas mit heiserer Stimme zu und machte Zeichen, daß er halten möge. Das Gesicht des Irrsinnigen war mit ungleichen Bartfetzen bewachsen, finster und feierlich, hager und gelb. Seine schwarzen, gläsernen Augen liefen niedrig und unstet auf dem safrangelben Untergrunde hin und her.

Halt! stillgestanden! sage ich, rief er mit gellender Stimme, dann schrie er keuchend noch etwas mit eindringlicher Betonung und Gebärde.

Er hatte den Wagen eingeholt und lief neben ihm einher. Dreimal haben sie mich totgeschlagen, dreimal bin ich auferstanden. Gesteinigt haben sie mich ... gekreuzigt haben sie mich ... ich werde auferstehen ... ja auferstehen ... ich werde auferstehen. Zerrissen haben sie meinen Leichnam. Das Reich Gottes wird zusammenstürzen ... Dreimal werde ich es zusammenstürzen, und dreimal werde ich es wieder aufrichten! schrie er und erhob seine Stimme immer lauter und lauter. Graf Rostoptschin erbleichte plötzlich, wie er in dem Augenblick erbleicht war, als die Menge sich auf Wereschtschagin stürzte. Er wandte sich ab.

Vorwärts! schneller! schrie er dem Kutscher mit bebender Stimme zu. Der Wagen flog dahin, was die Pferde laufen konnten, aber noch lange hörte Graf Rostoptschin die verzweifelten Schreie hinter sich in immer größerer Entfernung, und vor seinen Augen stand immer noch das erstaunte, erschrockene, blutige Gesicht des Verräters in der Pelzjacke.

So frisch diese Erinnerung war, Rostoptschin fühlte jetzt, daß sie tief bis ins innerste Mark in sein Herz gegraben war. Jetzt fühlte er klar, daß die blutige Spur dieser Erinnerung nie verharschen würde, diese entsetzliche Erinnerung vielmehr je länger desto beißender, peinigender in seinem Herzen leben würde, bis an das Ende seines Lebens. Er glaubte jetzt den Widerhall seiner eigenen Worte zu hören: »Haut ihn nieder, ihr steht mir mit eurem Kopf für ihn ein.« Warum habe ich diese Worte gesprochen, wie konnten sie mir nur einfallen, ich hätte sie nicht sagen sollen (dachte er), dann wäre *nichts* geschehen. Er sah das erschrockene, dann plötzlich von Wut ergriffene Gesicht des Dragoners, der den Hieb geführt, und den Blick des schweigenden, zaghaften Vorwurfes, den dieser Bursche in dem Fuchspelz ihm zugeworfen ... »Aber ich habe das nicht für mich getan. Ich mußte so handeln ... Der Pöbel, der Verräter, das allgemeine Wohl« dachte er.

An der Jausabrücke drängte sich noch immer das Heer. Es war heiß. Kutusow saß düster, gedankenvoll auf einer Bank an der Brücke und spielte mit einer Peitsche im Sand, als der Wagen polternd herankam. Ein Mann in Generalsuniform, in einem Hut mit Federbusch, mit unsteten, halb zornigen, halb erschrockenen Augen, trat an Kutusow heran und sagte ihm etwas in französischer Sprache. Es war Graf Rostoptschin. Er sagte Kutusow, er sei hergekommen, weil es kein Moskau und keine Residenz mehr gäbe, nur eine Armee.

Etwas anderes wäre es, wenn Euer Durchlaucht mir nicht gesagt hätten, daß Sie Moskau nicht übergeben würden ohne Schwertstreich, dann wäre alles nicht gewesen, sagte er.

Kutusow sah Rostoptschin an, er schien die Bedeutung der an ihn gerichteten Worte nicht zu verstehen, und gab sich große Mühe, etwas Besonderes aus den Zügen des Mannes zu lesen, der jetzt mit ihm sprach. Rostoptschin war verlegen und schwieg. Kutusow wiegte leicht seinen Kopf und sagte, indem er Rostoptschins Gesicht unverwandt mit forschenden Blicken betrachtete, leise:

Ja, ich werde Moskau nicht ohne Schwertstreich preisgeben.

Dachte Kutusow an etwas ganz anderes, als er diese Worte sprach, oder sagte er sie absichtlich, obwohl er sich ihrer Sinnlosigkeit bewußt war – Graf Rostoptschin antwortete nichts und entfernte sich eilig von Kutusow. Und sonderbar! der Oberbefehlshaber von Moskau, der stolze Graf Rostoptschin, nahm eine Peitsche zur Hand, ging auf die Brücke zu und trieb laut schreiend die Wagen auseinander, die sich wieder angesammelt hatten.

XXVI

Um 4 Uhr nachmittags rückten Murats Truppen in Moskau ein. An der Spitze ritt eine Abteilung Württemberger Husaren, den Schluß des Zuges bildete mit großem Gefolge der König von Neapel selbst. In der Mitte des Arbats, in der Nähe der Nikolaikirche, hielt Murat; er erwartete von der Vorhut eine Nachricht über den Zustand der städtischen Festung »Le Kremlin«.

Um Murat hatte sich eine kleine Gruppe von Menschen und den zurückgebliebenen Einwohnern Moskaus gebildet. Alle betrachteten mit scheuer Verwunderung den seltsamen, mit Federn und Gold geschmückten Führer im langen Haar.

Sag, ist das ihr Zar selbst? Nicht übel, sagten die Leute leise.

Ein Dolmetsch ritt auf das Volkshäuflein zu.

Nehmt die Mützen ab, Mützen ab! rief in der Menge einer dem anderen zu. Der Dolmetsch wandte sich an einen alten Hauswächter und fragte, ob es weit sei nach dem Kreml?

Der Hauswächter, der verwundert aufhorchte bei der fremdartigen polnischen Betonung und der die Laute des Dolmetschs kaum als Russisch erkannte, verstand nicht, wonach er gefragt wurde, und verbarg sich hinter den anderen.

Murat ritt an den Dolmetsch heran und befahl ihm, zu fragen, wo die russischen Truppen stehen. Einer von den Russen verstand, wonach gefragt wurde, und plötzlich begannen mehrere Stimmen dem Dolmetsch zu antworten. Ein französischer Offizier kam von der Vorhut zu Murat heran und meldete, daß die Festungstore verrammelt seien und wahrscheinlich ein Hinterhalt dort liege.

Schön, sagte Murat und wandte sich an einen Herrn aus seinem Gefolge, gab ihm den Befehl, vier leichte Geschütze aufzufahren und das Tor zu beschießen.

Die Artillerie kam im Trabe hinter der Kolonne hervor, die in Murats Rücken marschierte, und fuhr nach dem Arbat. Als sie an das Ende der Wosdwishenka heruntergekommen waren, machten sie halt und stellten sich auf dem Platze auf. Mehrere französische Offiziere ordneten die Kanonen in abgemessenen Entfernungen und betrachteten den Kreml durch ein Fernrohr.

Im Kreml ertönte das Vespergeläut, und dieser Glockenton brachte die Franzosen in Bestürzung. Sie glaubten, es sei ein Aufruf zu den Waffen. Einige Mann vom Fußvolk rannten auf das Kutafjewtor zu. Im Tore lagen Balken und Palisaden. Zwei Gewehrschüsse ertönten unterhalb des Tores gerade in dem Augenblick, als der Offizier mit seiner Abteilung darauf zurückte. Der General, der die Kanonen gefehligte, rief dem Offizier ein Kommandowort zu, und der Offizier und seine Soldaten liefen zurück.

Da fielen noch drei Schüsse aus dem Tor.

Der erste Schuß verwundete einen französischen Soldaten am Fuße, ein seltsames Geschrei weniger Stimmen ertönte hinter den Palisaden. Auf den Gesichtern der Franzosen, des Generals, der Offiziere und der Soldaten wich gleichzeitig, wie auf ein Kommandowort, der Ausdruck der Heiterkeit und der Ruhe einem hartnäckigen, energischen Ausdruck der Bereitschaft zu Kampf und Leiden. Für sie alle, vom Marschall bis hinunter zum letzten Soldaten, war dieser Ort nicht die Wosdwishenka, die Mochowaja, das Kutafjew- oder das Dreieinigkeitstor, es war der Schauplatz eines wahrscheinlich blutigen Kampfes. Und alle waren bereit zu diesem Kampfe. Die Rufe hinter dem Tor verstummten. Die Geschütze waren gerichtet. Die Kanoniere bliesen die brennenden Lunten an. Der Offizier kommandierte »Feuer«, und zwei pfeifende, klirrende Töne folgten einer dem anderen; die Kartätschenkugeln rasselten auf die Steine des Tores, auf Balken und Palisaden, und zwei Rauchwolken erhoben sich ringelnd über den Platz.

Einige Augenblicke später, als das Knattern der Schüsse an dem steinernen Kreml verstummt war, ertönte ein seltsamer Laut über den Häuptern der Franzosen, eine ungeheure Schar Dohlen flog über den Mauern auf und kreiste krächzend, mit tausenden von Flügeln schlagend, in der Luft umher. Zugleich mit diesem Laut erscholl der vereinzelte Aufschrei eines Menschen im Tore, und aus dem Rauch trat die Gestalt eines Menschen in einem Kaftan und ohne Mütze hervor. Er hielt ein Gewehr in der Hand und zielte auf die Franzosen. »Feuer« wiederholte der Artillerieoffizier, und gleichzeitig krachte ein Gewehr und zwei Geschütze. Wieder hüllte Rauch das Tor ein.

Hinter den Palisaden rührte sich nichts mehr, und die französischen Fußsoldaten gingen mit ihren Offizieren auf das Tor zu.

Im Tore lagen drei Verwundete und vier Tote. Zwei Menschen in Kaftans entwichen unterhalb, die Mauer entlang, nach der Snamjenka.

Schafft das fort, sagte ein Offizier, und zeigte auf die Balken und Leichen hin. Die Franzosen schlugen die Verwundeten vollends tot und warfen die Leichen über die Mauer hinab. Wer diese Leute waren, wußte niemand. »Schafft sie fort«, war ihnen gesagt worden, und sie warfen sie nur darum hinaus und schafften sie dann fort, damit sie nicht mit ihrem Geruche die Luft erfüllten. Nur Thiers hat ihrem Andenken einige beredte Zeilen gewidmet. »Diese Unglückseligen hatten die geheiligte Feste besetzt, sich Waffen aus dem Arsenal geholt und auf die Franzosen geschossen. Mehrere von ihnen wurden vom Schwert niedergemacht, und der Kreml von ihrer Gegenwart gereinigt.«

Nun meldete man Murat, der Weg sei frei, die Franzosen zogen durch das Tor ein und schlugen ihr Lager auf dem Senatsplatze auf. Die Soldaten warfen durch die Fenster des Senatsgebäudes Stühle auf den Platz, und die Feuer wurden angezündet.

Andere Abteilungen zogen durch den Kreml hindurch und lagerten sich auf der Morossejka, Lubjanka, Pokrowka. Noch andere quartierten sich auf der Wosdwishenka, Snamjenka, auf der Nikolskaja und Twerskaja ein. Überall richteten sich die Franzosen, da sie nirgends Wirte vorfanden, nicht wie in Stadtquartieren, sondern wie in einem Lager ein, das sie in einer Stadt aufschlugen.

Obgleich die Franzosen zerlumpte, hungrige Geschöpfe und auf die Hälfte ihrer ursprünglichen Anzahl zusammengeschrumpft waren, zogen sie in Moskau noch in trefflicher Ordnung ein. Es war eine ermattete, erschöpfte, aber immer noch kampffähige und furchtbare Armee, aber nur bis zu dem Augenblick war es eine Armee, wo die Soldaten sich in ihre Quartiere verteilten. Als die Menschen anfingen, sich in den menschenleeren und reichen Häusern zu verteilen, war das Heer für immer vernichtet, und es entstanden nicht Einwohner, nicht Soldaten, sondern etwas, was zwischen diesen und jenen lag, und was man Marodeure nennt. Als fünf Wochen später dieselben Menschen Moskau verließen, bildeten sie nicht mehr eine Armee. Es war eine Schar von Marodeuren, von denen jeder einen Haufen von Sachen mit sich führte, die ihm kostbar und wertvoll erschienen. Das Ziel jedes einzelnen dieser Menschen bestand bei dem Verlassen Moskaus nicht wie früher darin, zu erobern, sondern nur darin, das Geraubte festzuhalten. Wie ein Affe, der seine Hand in den engen Hals eines Kruges gesteckt hat und eine Hand voll Nüsse ergriffen hat, die Faust nicht wieder aufmacht, um seinen Raub nicht zu verlieren und dadurch zugrunde geht, so mußten auch die Franzosen bei dem Verlassen Moskaus zugrunde gehen, weil sie den angehäuften Raub mitschleppten, und es ihnen ebenso unmöglich war, das Geraubte aufzugeben, wie es dem Affen unmöglich ist, die Hand voll Nüsse aufzumachen. Zehn Minuten nach dem Einzuge jedes französischen Regiments in irgendein Stadtviertel Moskaus, war kein Soldat und kein Offizier mehr vorhanden. In den Fenstern der Häuser sah man Menschen in Mänteln und Halbstiefeln, die lachend durch die Zimmerreihen gingen; in Küchen und Keller wirtschafteten diese Leute unter den Vorräten; in den Höfen öffneten und erbrachen diese Leute die Tore und Ställe; in den Küchen zündeten sie Feuer an und buken mit aufgestreiften Ärmeln, kneteten, kochten, erschreckten, neckten und liebkosten Frauen und Kinder. Und solcher Leute gab es überall – in Läden und Häusern – die Menge; ein Heer aber gab es nicht mehr.

An diesem Tage erließen die französischen Führer Befehl auf Befehl. Es wurde den Soldaten verboten, sich in der Stadt zu zerstreuen, es wurde streng verboten, den Einwohnern Gewalt anzutun, zu marodieren und für den Abend wurde ein allgemeiner Appell angesetzt; aber trotz all dieser Maßregeln ergoß sich die Menschenmenge, die bisher ein Heer gebildet hatte, weithin über die reichen Kostbarkeiten und Vorräte der menschenleeren Stadt. Wie eine hungrige Herde in einem Haufen über ein ödes Feld hinzieht und sich sofort auflöst, wenn sie auf eine reiche Weide trifft, so unaufhaltsam löste sich auch das Heer in der reichen Stadt auf.

Einwohner gab es in Moskau nicht, und die Soldaten versanken daselbst wie Wasser im Sande und ergossen sich strahlenförmig, unaufhaltsam nach allen Seiten vom Kreml aus, den sie zuerst betreten hatten. Kamen Kavalleristen in ein Kaufmannshaus, in dem alles Hab und Gut zurückgeblieben war, und fanden sie hier nicht bloß Standorte für ihre Pferde, sondern auch noch alles übrige, so besetzten sie trotzdem das Nachbarhaus, das ihnen noch besser erschien. Viele nahmen mehrere Häuser ein und schrieben mit Kreide an die Mauer, von wem es besetzt war. Sie stritten und zankten sich sogar mit anderen Mannschaften. Soldaten, die noch keine Unterkunft gefunden hatten, liefen in den Straßen umher, die

Stadt anzusehen, und eilten auf das Gerücht, daß alles verlassen sei, schnell dorthin, wo man umsonst Kostbarkeiten mitnehmen konnte.

Die Führer, die ausgegangen waren, um den Soldaten Einhalt zu tun, wurden selbst unwillkürlich in das Treiben mit hineingezogen. In dem Wagen-Kaufhaus waren die Läden noch nicht beraubt, hier sammelten sich die Generale an, um Equipagen und Karossen auszusuchen. Die zurückgebliebenen Einwohner luden die Anführer zu sich ein, denn sie hofften auf diese Weise sich vor Plünderung zu schützen. Reichtümer gab es ohne Zahl, unabsehbar; rings um die Orte herum, die von Franzosen besetzt waren, gab es noch undurchsuchte, unbesetzte Orte, in denen, wie die Franzosen glaubten, noch mehr Reichtümer lagen, und Moskau sog sie immer mehr, immer mehr in sich ein. Ganz so, wie das Wasser und die trockene Erde verschwindet, wenn man Wasser auf die trockene Erde gießt, ganz so verschwand das Heer und verschwand die üppige Stadt, als das hungrige Heer in die üppige, menschenleere Stadt eingezogen war; was übrig blieb, waren Schmutz, Feuersbrünste, Plünderungen.

Die Franzosen schrieben den Brand Moskaus *au patriotisme féroce de Rostopchin* zu; die Russen der Roheit der Franzosen. In Wirklichkeit aber gibt es, konnte es für den Brand Moskaus keine Ursache in dem Sinne geben, daß man die Verantwortlichkeit für diesen Brand einer oder mehreren Personen aufbürdet. Moskau brannte nieder, weil es in Verhältnisse versetzt war, unter welchen jede andere hölzerne Stadt niederbrennen muß, gleichviel ob es in dieser Stadt hundertdreißig schlechte Feuerspritzen gibt oder nicht. Moskau mußte niederbrennen, weil es die Einwohner verlassen hatten, es mußte so unvermeidlich niederbrennen wie ein Haufen Späne, auf den Tage hindurch Feuerfunken fallen. Eine hölzerne Stadt, in der während der Anwesenheit der Einwohner und Hausbesitzer und bei der Bewachung der Polizei fast täglich Brände vorkommen, kann der Verbrennung gar nicht entgehen, wenn die Einwohner nicht da sind und Soldaten in ihr hausen, die ihre Pfeifen rauchen, die auf dem Senatsplatze

Wachtfeuer aus den Senatsstühlen anzünden und zweimal am Tage ihr Essen kochen. Wenn einmal in Friedenszeiten Truppen ihr Quartier in den Dörfern einer bestimmten Örtlichkeit nehmen, so wächst die Zahl der Brände an diesem Orte sofort. Um wieviel mehr wächst die Wahrscheinlichkeit von Bränden in einer menschenleeren hölzernen Stadt, in der ein fremdes Heer Quartier nimmt? *Le patriotisme féroce de Rostopchin* und die Roheit der Franzosen trifft hier nicht die geringste Schuld. Moskau brannte nieder durch die Tabakspfeifen, durch die Küchen, durch die Wachtfeuer, durch die Nachlässigkeit der feindlichen Soldaten, dieser Einwohner, die nicht Hausherren waren. Wenn es Brandstiftungen gab (was sehr zweifelhaft ist, da niemand einen Grund zur Brandstiftung hatte und in jedem Falle nicht ohne Sorge und Gefahr darangehen konnte), so darf man doch die Brandstiftung nicht für die Ursache halten, da ohne Brandstiftung ganz dasselbe geschehen wäre.

So sehr es den Franzosen schmeichelte, Rostoptschin wilder Roheit zu bezichtigen, und den Russen, den Schurken Bonaparte zu bezichtigen, oder später die heroische Brandfakkel in die Hand des eigenen Volkes zu legen, leuchtet es doch ein, daß es so unmittelbare Ursachen des Brandes nicht geben kann. Moskau mußte verbrennen, wie jedes Dorf, jede Fabrik, jedes Haus niederbrennen mußte, das die Wirte verlassen, und in dem fremde Menschen sich häuslich eingerichtet haben und ihre Grütze kochen. Moskau ist von den Einwohnern eingeäschert worden, das ist wahr; aber nicht durch die darin Zurückgebliebenen, sondern durch die, die es verlassen hatten. Moskau blieb, da der Feind es genommen hatte, nicht unversehrt wie Berlin, Wien und andere Städte, lediglich aus dem Grunde, weil seine Einwohner den Franzosen nicht Salz und Brot und die Schlüssel der Stadt entgegengebracht, sondern sie verlassen hatten.

XXVII

Die Franzosen, die am 14. September sich strahlenförmig über Moskau ergossen hatten und immer mehr einsickerten, erreichten erst gegen Abend das Stadtviertel, in dem jetzt Pierre wohnte.

Pierre befand sich nach den zwei letzten Tagen, die er in der Einsamkeit und unter ungewöhnlichen Umständen verlebt hatte, in einem Zustande, der an Wahnsinn grenzte. Sein ganzes Sein war von einem einzigen, unabweisbaren Gedanken beherrscht. Er wußte selbst nicht, wie und wann dieser Gedanke über ihn Macht gewonnen, aber er beherrschte ihn jetzt so, daß er sich der Vergangenheit nicht mehr erinnerte, daß er die Gegenwart nicht begriff; alles, was er sah und hörte, schien im Traume zu geschehen.

Pierre hatte sein Haus nur verlassen, um sich von dem wirren Durcheinander der Anforderungen zu befreien, die das Leben, das über ihm zusammengeschlagen war, an ihn stellte, einem Durcheinander, das er bei seinem jetzigen Zustand nicht zu lösen imstande war. Er fuhr in die Wohnung Jossif Aleksejewitschs unter dem Vorwande, die Bücher und Papiere des Verstorbenen zu ordnen, nur um Ruhe vor der Bänglichkeit des Lebens zu suchen. Und mit der Erinnerung an Jossif Aleksejewitsch verknüpften sich in seiner Seele eine Welt ewiger, ruhiger, feierlicher Gedanken, die dem bänglichen Durcheinander, in das er sich hineingezogen fühlte, durchaus entgegengesetzt war. Er hatte einen Zufluchtsort gesucht und fand ihn wirklich in dem Arbeitszimmer Jossifs Aleksejewitschs. Als er in der Totenstille des Arbeitszimmers, die Hand auf den bestaubten Schreibtisch des Verstorbenen gestützt, niedersaß, trat ruhig und bedeutsam die Erinnerung der letzten Tage, eine nach der anderen vor seine Seele, besonders klar die Schlacht von Borodino und das unüberwindliche Gefühl seiner Nichtigkeit und seines Scheinlebens im Vergleich zu der wahren Einfalt und Kraft der Menschenschicht, die sich seiner Seele unter der Bezeichnung: *»sie«* eingeprägt hatte. Als Gerassim ihn aus seinem Brüten geweckt, war Pierre der Gedanke an die – wie er wußte – beabsichtigte

Volksverteidigung Moskaus gekommen. Darum hatte er Gerassim sogleich gebeten, ihm einen Kaftan und eine Pistole zu bringen, und ihm seine Absicht kundgegeben, mit Verheimlichung seines Namens im Hause Jossif Aleksejewitschs zu bleiben. Dann war ihm im Laufe der ersten einsam und müßig verbrachten Tage (Pierre hatte mehrere Male versucht, seine Aufmerksamkeit auf die mauerischen Handschriften zu konzentrieren) wiederholt unklar der Gedanke gekommen, der ihm auch früher schon eingefallen war, welche kabbalistische Bedeutung sein Name in Verbindung mit dem Namen Bonapartes habe; aber dieser Gedanke, daß ihm, *L'Russe Besuhof,* beschieden sein sollte, der Macht des »Tiers« eine Grenze zu setzen, kam ihm nur wie ein Traum, der grundlos, spurlos durch seine Einbildung huschte.

Pierre hatte sich den Kaftan gekauft (nur in der Absicht, an der Volksverteidigung Moskaus teilzunehmen), da traf er die Rostows, und Natascha fragte ihn: Sie bleiben? Ach wie gut! Und im Augenblick blitzte der Gedanke in ihm auf, daß es wirklich gut wäre, dazubleiben, auch wenn Moskau genommen werden sollte, und zu erfüllen, was das Schicksal ihm zuerteilt.

Am folgenden Tage ging er, nur mit dem Gedanken beschäftigt, sich nicht zu schonen und »ihnen« in nichts nachzustehen, hinaus an den Schlagbaum der Drei-Berge. Als er aber wieder heimkehrte in der Überzeugung, daß Moskau nicht verteidigt werden würde, fühlte er plötzlich, daß etwas, was ihm bisher nur als eine Möglichkeit erschienen war, jetzt eine unvermeidliche Notwendigkeit geworden. Er mußte in Moskau bleiben und seinen Namen verheimlichen, Napoleon aufsuchen und töten, und entweder selbst zugrunde gehen oder dem Unglück ganz Europas ein Ziel setzen, das, nach Pierres Ansicht, nur von Napoleon ausging.

Pierre kannte alle Einzelheiten des Attentats, das ein deutscher Student im Jahre 1809 in Wien auf das Leben Bonapartes verübt hatte. Er wußte auch, daß dieser Student erschossen worden war. Und die Gefahr, der er sein Leben aussetzte, reizte ihn noch mehr zur Tat.

Zwei gleichmäßig starke Gefühle zogen Pierre unüberwindlich zu seiner Absicht hin. Die eine war die Empfindung des Bedürfnisses für Opfer und Leiden bei dem Bewußtsein des allgemeinen Unglücks – die Empfindung, die ihn am 6. dazu getrieben hatte, nach Moshajk zu reisen, mitten in die Wogen der Schlacht hinein, die ihn jetzt trieb, aus seinem Hause zu entfliehen und, statt des gewohnten Reichtums und der gewohnten Lebensbequemlichkeiten, in voller Kleidung auf einem rauhen Diwan zu schlafen und mit Gerassim die Speise zu teilen; die zweite war jene unbestimmte, ausschließlich russische Empfindung der Verachtung alles Bedingten, Künstlichen, Menschlichen, alles dessen, was die Mehrzahl der Menschen als das höchste Erdenglück betrachtet. Zum ersten Male hatte Pierre diese seltsame, erquickende Empfindung im Palast der Vorstadt gehabt, als ihn plötzlich das Gefühl überkam, daß Reichtum, Macht, Leben – alles was die Menschen mit solcher Sorgfalt aufbauen und zusammenhalten – daß all dies, wenn es überhaupt einen Wert hat, seinen Wert nur in der Wonne hat, mit der man all dies von sich werfen kann.

Es war die Empfindung, welche den freiwilligen Rekruten treibt, den letzten Heller zu vertrinken, den trunkenen Menschen, ohne jegliche Ursache Spiegel und Gläser zu zerschlagen, obwohl er weiß, daß dies sein letztes Geld kosten wird – die Empfindung, die den Menschen treibt, durch die Vollführung (im gemeinen Sinne) törichter Handlungen gewissermaßen seine persönliche Macht und Kraft zu versuchen und dadurch das Dasein eines höheren, außerhalb der menschlichen Sphäre stehenden Gerichts über das Leben zu bekunden.

Von dem Tage an, als Pierre zum ersten Mal im Palast der Vorstadt diese Empfindung gehabt hatte, stand er ununterbrochen unter ihrem Einfluß, aber jetzt erst brachte sie ihm volle Befriedigung. Überdies ward Pierre im gegenwärtigen Augenblick durch das, was er auf diesem Wege schon getan hatte, in seiner Absicht bekräftigt, war ihm jede Möglichkeit, sie aufzugeben, genommen. Seine Flucht aus seinem Hause, sein Kaftan, seine Pistole, das Wort, das er den Rostows gesagt, daß er in Moskau bleibe – alles hätte nicht nur seinen

Sinn verloren, sondern wäre verächtlich und lächerlich geworden (und dagegen war Pierre empfindlich), wenn er nach alledem, wie die andern, Moskau verlassen hätte.

Pierres körperlicher Zustand entsprach, wie das immer zu sein pflegt, dem seelischen. Die ungewohnte rohe Nahrung, der Schnaps, den er die Tage hindurch getrunken hatte, der Mangel an Wein und Zigarren, die schmutzige, nicht erneute Wäsche, die zur Hälfte schlaflosen zwei Nächte, die er auf dem kurzen Diwan ohne Betten zugebracht – all dies hielt Pierre in einem Zustand der Erregung, der nahe an Wahnsinn grenzte.

Es war schon zwei Uhr nachmittags. Die Franzosen waren schon in Moskau eingezogen. Pierre wußte das, und doch dachte er, statt zu handeln, nur an seine Absicht und ging in Gedanken alle Einzelheiten durch, die ihm bevorstanden. Pierre malte sich weder den Vorgang des tödlichen Stoßes noch den Tod Napoleons deutlich aus, aber mit ungewöhnlicher Klarheit und einer bitteren Wonne malte er sich seinen eigenen Untergang und seine heldenhafte Tapferkeit aus.

»Ja, ich muß es tun oder zugrunde gehn, einer für alle! dachte er, ja ich will hingehen ... und dann mit einem Streich ... Pistole oder Dolch, dachte Pierre, übrigens das ist gleich. Nicht ich, die Hand der Vorsehung richtet dich ... werde ich sagen (so dachte sich Pierre die Worte, die er sprechen wollte, während er den Streich gegen Napoleon führte). Wohlan denn, schleppt mich fort, tötet mich«, sagte er weiter zu sich, und ließ mit einem traurigen, aber festen Ausdruck im Gesicht den Kopf sinken.

Während Pierre in der Mitte des Zimmers stehend solcher Art alles bei sich erwog, öffnete sich die Tür, und an der Schwelle erschien die völlig veränderte Gestalt des sonst so schüchternen Makar Aleksejewitsch.

Sein Schlafrock war offen. Sein Gesicht war rot und entstellt. Er war offenbar betrunken. Als er Pierre erblickte, war er im ersten Augenblick verlegen, als er aber auch in Pierres Zügen Verlegenheit bemerkte, raffte er sich auf und trat, auf seinen dünnen Beinen schwankend, in die Mitte des Zimmers.

Sie sind feig gewesen, sagte er mit heiserer, zutraulicher Stimme. Ich sage: Ich ergebe mich nicht, sage ich ... ist es nicht wahr? Er dachte nach, plötzlich erblickte er die Pistole auf dem Tisch, griff mit unerwarteter Schnelligkeit danach und lief hinaus in den Flur.

Gerassim und der Hauswächter folgten Makar Aleksejewitsch, brachten ihn im Flur zum Stehen und wollten ihm die Pistole entreißen. Pierre ging in den Korridor hinaus und betrachtete mit Mitleid und Abscheu den halb wahnsinnigen Greis. Makar Aleksejewitsch runzelte die Stirn vor Anstrengung, hielt die Pistole fest und schrie mit heiserer Stimme, offenbar in der Vorstellung eines feierlichen Vorgangs.

Zu den Waffen! Alle Mann an Bord! ... Narr, du nimmst sie mir nicht! schrie er auf.

Nicht doch, bitte, nicht doch. Haben Sie die Güte, bitte, lassen Sie los. Aber, bitte, Herr, sagte Gerassim und versuchte vorsichtig Makar Aleksejewitsch an den Ellbogen zur Tür zurückzubringen.

Wer bist du? Bonaparte? schrie Makar Aleksejewitsch.

Das ist nicht gut, Herr, kommen Sie, bitte, ins Zimmer, ruhen Sie, geben Sie mir die Pistole.

Fort, verächtlicher Sklave! Rühr mich nicht an! Hast du gesehen! schrie Makar Aleksejewitsch und schüttelte die Pistole. Alle Mann an Bord!

Faß an, flüsterte Gerassim dem Hauswächter zu.

Sie packten Makar Aleksejewitsch beim Arm und schleppten ihn zur Tür.

Die Gänge erfüllte gräßliches Geschrei, trunkene, heisere Töne einer kreischenden Stimme.

Plötzlich erscholl ein neuer gellender Schrei einer Frauenstimme von der Freitreppe her, und die Köchin stürzte in den Flur.

Sie sind da! Herr, du meine Güte! ... Bei Gott, sie sind da. Vier Mann zu Pferde! ... schrie sie. Gerassim und der Hauswächter ließen Makar Aleksejewitsch los, und durch den stillen Gang hörte man deutlich, wie mehrere Hände an der Eingangstür pochten.

XXVIII

Pierre war zu dem Entschluß gekommen, bis zur Ausführung seiner Absicht weder seine Stellung noch seine Kenntnis des Französischen zu verraten. Er stand in der halboffenen Tür des Korridors, um sich sofort zu verbergen, wenn die Franzosen hereinkämen. Aber die Franzosen kamen herein, und Pierre stand noch immer an der Tür; eine unüberwindliche Neugier hielt ihn fest.

Es waren ihrer zwei. Der eine, ein Offizier, ein hochgewachsener, stämmiger und schöner Mann, der andere, offenbar ein Soldat oder Bursche, ein unansehnlicher, hagerer, verbrannter Mann mit eingefallenen Wangen und stumpfen Gesichtszügen. Voraus ging der Offizier, auf einen Stock gestützt und hinkend. Er machte einige Schritte, dann blieb er stehen, als wäre er zu der Entscheidung gekommen, daß dieses Quartier schön sei, wandte sich zu dem in der Tür stehenden Soldaten zurück und schrie ihm mit lauter Kommandostimme zu, sie möchten die Pferde hereinbringen. Nachdem der Offizier dies Geschäft geordnet, strich er mit einer flotten Gebärde und hoch heraufgezogenen Ellbogen seinen Bart und legte die Hand an die Mütze.

Meinen Gruß der ganzen Gesellschaft, sagte er heiter und sah sich lächelnd um.

Niemand antwortete.

Sie sind der Hausherr, wandte sich der Offizier an Gerassim.

Gerassim sah den Offizier erschrocken, fragend an.

Quartier, Quartier! sagte der Offizier und betrachtete mit einem herablassenden und gutmütigen Lächeln den kleinen Mann. Die Franzosen sind gute Jungen, hol's der Teufel, wir werden uns nicht zanken, Alter, fügte er hinzu und klopfte dem erschrockenen, stumm dastehenden Gerassim auf die Schulter. Wie, spricht auch hier niemand französisch? fügte er hinzu, sah im Kreise umher und begegnete Pierres Blikken. Pierre zog sich von der Tür zurück.

Der Offizier wandte sich wieder an Gerassim. Er verlangte, Gerassim solle ihm die Zimmer im Hause zeigen. Herr nicht da, nicht verstehen ... Ihr mein ... sagte Gerassim, indem er sich Mühe gab, seine Worte dadurch verständlich zu machen, daß er sie verdrehte.

Der französische Offizier fuhr lächelnd mit der Hand unter Gerassims Nase vorüber, er wollte dadurch ausdrücken, daß auch er ihn nicht verstehe, dann ging er hinkend auf die Tür zu, an der Pierre stand.

Pierre wollte fortgehen, um sich vor ihm zu verbergen, aber in demselben Augenblick sah er, wie aus der geöffneten Küchentür Makar Aleksejewitsch mit der Pistole in der Hand heraustrat. Mit der Schlauheit der Wahnsinnigen betrachtete Makar Aleksejewitsch den Franzosen, erhob seine Pistole und zielte.

An Bord! schrie der Betrunkene und suchte den Hahn der Pistole.

Der französische Offizier wandte sich bei diesem Schrei um, und in demselben Augenblick stürzte Pierre auf den Betrunkenen. In dem Augenblick, in dem Pierre die Pistole erfaßt und in die Höhe gerichtet hatte, hatte Makar Aleksejewitsch endlich mit dem Finger den Drücker gefunden, und ein betäubender Schuß ertönte, der alles in Pulverdampf einhüllte. Der Franzose erblaßte und stürzte zur Tür zurück.

Pierre vergaß seinen Vorsatz, seine Kenntnis des Französischen zu verbergen, entriß Makar die Pistole, warf sie fort, eilte auf den Offizier zu und begann französisch:

Sie sind nicht verwundet? sagte er.

Ich glaube nein, antwortete der Offizier und betastete sich, für dieses Mal bin ich glücklich davongekommen, fügte er hinzu und zeigte auf ein Stück abgesprungenen Mauerwerks. Wer ist der Mann, fragte der Offizier mit einem strengen Blick auf Pierre.

Ach, ich bin wirklich in Verzweiflung über diesen Vorfall, sagte Pierre rasch, und vergaß ganz und gar seine Rolle. Das ist ein Unglücklicher, ein Wahnsinniger, der nicht wußte, was er tat.

Der Offizier trat an Makar Aleksejewitsch heran und faßte ihn beim Kragen.

Makar Aleksejewitsch sperrte den Mund auf, als ob er einschlafen wollte, schwankte hin und her und drückte sich an die Wand.

Räuber, das sollst du mir büßen, sagte der Franzose und zog seine Hand zurück. Wir sind barmherzig nach dem Siege, aber Verrat wird nicht verziehen, fügte er mit düsterer Feierlichkeit im Gesicht und mit einer schönen energischen Handbewegung hinzu.

Pierre redete noch immer weiter dem Offizier französisch zu, diesen betrunkenen, wahnsinnigen Menschen doch nicht zur Verantwortung zu ziehen. Der Franzose hörte ihm schweigend mit unverändert düsterem Aussehen zu. Plötzlich wandte er sich lächelnd zu Pierre.

Er sah ihn einige Augenblicke schweigend an. Sein schönes Gesicht nahm einen tragisch zärtlichen Ausdruck an, und dann streckte er ihm die Hand entgegen.

Sie haben mir das Leben gerettet. Sie sind ein Franzose, sagte er. Für einen Franzosen war dieser Schuß zweifellos. Eine große Tat konnte nur ein Franzose vollbringen, und die Rettung seines Lebens, des Lebens Monsieur Remballes, Kapitäns des 13. leichten Infanterieregiments, war zweifellos eine große Tat.

So zweifellos aber dieser Schuß und die aus ihm hervorgehende Überzeugung des Offiziers war, hielt es Pierre doch für nötig, ihm seine Täuschung zu nehmen.

Ich bin ein Russe, sagte Pierre schnell.

Ta, ta, ta! Erzählen Sie das anderen Leuten, sagte der Franzose, indem er einen Finger vor seiner Nase hin und her bewegte und lächelte. Sie sollen mir bald alles erzählen, sagte er. Ich bin sehr erfreut, einem Landsmanne zu begegnen. Was aber beginnen wir mit diesem Menschen, fügte er hinzu, indem er mit Pierre schon wie mit einem Landsmanne sprach. Wenn Pierre selbst kein Franzose war, so könnte er doch, hatte er erst einmal diesen höchsten Titel in der Welt erhalten, ihn nicht abweisen, sagten die Gesichtszüge und der Ton des französischen Offiziers. Auf die letzte Frage erklärte Pierre noch einmal, wer Makar Aleksejewitsch sei – er erklärte, daß unmittelbar vor ihrer Ankunft dieser betrunkene, wahnsinnige Mensch sich einer geladenen Pistole bemächtigt hatte, die man ihm noch nicht hatte abnehmen können, und bat, man solle seine Tat ungestraft lassen.

Der Franzose streckte seine Brust heraus und machte eine kaiserliche Geste.

Sie haben mir das Leben gerettet. Sie sind ein Franzose. Sie wünschen, daß ich ihm verzeihe? Ich verzeihe ihm. Führt diesen Menschen fort! sprach der französische Offizier rasch und energisch, dann nahm er Pierre, den er für die Rettung seines Lebens zum Franzosen ernannt hatte, unter den Arm, und ging mit ihm in das Zimmer.

Als die Soldaten, die im Hofe waren, den Schuß gehört hatten, waren sie in den Flur gekommen, um zu fragen, was vorgefallen und um ihre Bereitschaft zur Bestrafung des Schuldigen kundzugeben. Der Offizier aber gebot ihnen streng Halt.

Wenn's nötig sein wird, wird man euch rufen, sagte er. Die Soldaten entfernten sich. Der Bursche, der inzwischen Zeit gehabt hatte, sich in der Küche umzusehen, trat an den Offizier heran.

Herr Kapitän, hier in der Küche gibt es Suppe und Hammelbraten, sagte er, befehlen Sie, daß ich's hereinbringe?

Ja, und Wein dazu, sagte der Kapitän.

XXIX

Als der französische Offizier mit Pierre in das Zimmer getreten war, hielt es Pierre für seine Pflicht, dem Kapitän noch einmal zu versichern, daß er kein Franzose sei. Dann wollte er gehen, der französische Offizier aber wollte davon nichts wissen. Er war so höflich, so liebenswürdig, so gutmütig und so aufrichtig dankbar für die Lebensrettung, daß Pierre nicht den Mut hatte, seinen Wunsch abzuschlagen, und mit ihm in dem ersten Zimmer, in das sie eingetreten waren, Platz nahm. Auf Pierres Versicherung, daß er kein Franzose sei, zuckte der Kapitän, der augenscheinlich nicht begriff, wie man auf einen so schmeichelhaften Titel verzichten konnte, die Achseln und sagte, wenn er durchaus für einen Russen gelten wollte, so mag's dabei sein Bewenden haben, er sei darum nicht weniger für ewige Zeiten mit ihm verbunden durch das Gefühl der Dankbarkeit für seine Lebensrettung.

Hätte dieser Mensch im geringsten die Fähigkeit besessen, die Gefühle anderer zu verstehen, und hätte er Pierres Empfindungen erraten, so wäre Pierre wahrscheinlich von ihm gegangen. Aber die lebhafte Verständnislosigkeit dieses Menschen für alles, was nicht er selbst war, gewann den Sieg über Pierre.

Franzose oder russischer Fürst inkognito, sagte der Franzose mit einem Blick auf die zwar schmutzige aber feine Wäsche Pierres und auf den Ring an seinem Finger. Ich verdanke Ihnen mein Leben und biete Ihnen meine Freundschaft an. Ein Franzose vergißt nie, Schimpf so wenig wie Verpflichtungen. Ich biete Ihnen meine Freundschaft an, das ist alles, was ich Ihnen sagen kann.

In dem Ton seiner Stimme, in dem Ausdruck seines Gesichts, in den Gebärden dieses Offiziers war so viel Güte und Vornehmheit (im Sinne des Franzosen), daß Pierre unbewußt das Lächeln des Franzosen mit einem Lächeln beantwortete und die Hand, die sich ihm entgegenstreckte, drückte.

Kapitän Remballe vom 13. leichten Infanterieregiment, Ritter der Ehrenlegion für das Treffen vom 19. – stellte er sich mit dem selbstgefälligen Lächeln vor, das er nicht unterdrücken konnte, und das seine Lippen unter dem Bärtchen kräuselte. – Haben Sie noch die Güte, mir zu sagen, mit wem ich die Ehre habe, mich so angenehm zu unterhalten, während ich sonst auf dem Verbandplatz hätte liegen müssen mit der Kugel dieses Wahnsinnigen im Leibe?

Pierre erwiderte, er könne seinen Namen nicht nennen, und ward rot dabei, denn er hatte anfangs gesucht, einen Namen zu erfinden und die Gründe auseinanderzusetzen, die ihn veranlaßten, ihn zu verschweigen. Der Franzose aber unterbrach ihn rasch.

Lassen Sie, bitte, sagte er, ich verstehe Ihre Gründe, vielleicht sind Sie Stabsoffizier. Sie haben gegen uns gekämpft. Das kümmert mich nicht, ich verdanke Ihnen mein Leben. Das genügt mir, ich bin ganz zu Ihrer Verfügung. Sie sind

Edelmann? fügte er mit der leisen Andeutung einer Frage hinzu. Pierre nickte mit dem Kopf. Nach Ihrem Namen werde ich nicht mehr fragen. Monsieur Pierre haben Sie gesagt. Schön. Mehr brauche ich nicht zu wissen.

Als das Hammelfleisch, die Rühreier, der Samowar, der Schnaps und der Wein, den die Franzosen aus einem russischen Keller hergebracht hatten, aufgetragen war, bat Remballe Pierre, an dem Essen teilzunehmen, und begann selbst gierig und hastig wie ein gesunder hungriger Mensch zu essen. Er kaute mit seinen kräftigen Zähnen hastig, schnalzte ununterbrochen und hörte nicht auf zu sagen: Wundervoll, vortrefflich! Sein Gesicht rötete sich und geriet in Schweiß. Pierre war hungrig und nahm mit Freuden teil an dem Essen. Morel, der Bursche, brachte eine Kasserolle mit warmem Wasser und setzte die Flasche Rotwein hinein. Außerdem brachte er eine Flasche Kwas, die er zur Probe aus der Küche mitgenommen hatte. Dieses Getränk war den Franzosen schon bekannt, sie hatten ihm schon einen Namen gegeben. Sie nannten den Kwas »Schweine-Limonade« *(Limonade de cochon),* und Morel rühmte diese Limonade, die er in der Küche gefunden hatte. Da der Kapitän aber Wein bei sich hatte, den er bei seinem Durchzuge durch Moskau erbeutet, überließ er Morel den Kwas und machte sich an eine Flasche Bordeaux. Er wickelte die Flasche bis an den Hals in eine Serviette und goß sich und Pierre ein. Der befriedigte Hunger und der Wein belebten den Kapitän noch mehr, und er plauderte während des Essens unaufhörlich.

Ja, mein lieber Herr Pierre, ich fühle mich verpflichtet, für Sie eine hübsche Kerze in der Kirche zu stiften, weil Sie mich vor diesem Wahnsinnigen gerettet haben. Ich habe schon genug, müssen Sie wissen, an den Kugeln, die in meinem Körper stecken. Die eine hier habe ich bei Wagram bekommen (er zeigte auf die Seite). Die zweite bei Smolensk (er zeigte auf eine Schramme auf seiner Backe) und diesen Fuß, der sich nicht bewegen will, sehen Sie, – den habe ich mir in dem großen Treffen bei Moskau vom neunzehnten geholt. Oh, das war wundervoll! Das hätten Sie sehen müssen, das war eine wahre Feuerflut. Sie haben uns tüchtig Arbeit gemacht, Sie können sich dessen rühmen. Und auf mein Ehrenwort, trotz der Erkältung, die ich mir dort geholt habe, würde ich gleich wieder von vorn mitmachen. Die das nicht gesehen haben, tun mir leid.

Ich bin dabeigewesen, sagte Pierre.

Bah, wirklich? fuhr der Franzose fort, desto besser. Ihr seid tüchtige Feinde, das muß man sagen. Vortrefflich hat sich die große Schanze gehalten. Bei meiner Pfeife! Wir haben es euch teuer zahlen müssen. Ich war dreimal dort, so wahr Sie mich hier sehen; dreimal waren wir bei den Kanonen, dreimal haben Sie uns zurückgeworfen wie Bleisoldaten. Das war schön, Herr Pierre! Eure Grenadiere hielten sich wundervoll, bei Gott! Ich habe gesehen, wie ihre Reihen schwankten und wie sie ins Feuer rückten, wie bei der Parade. Prächtige Menschen! Unser König von Neapel, der in diesen Dingen Bescheid weiß, schrie ihnen zu, bravo! – Ha ha, ihr seid Soldaten wie unsereiner, sagte er nach einer minutenlangen Pause, um so besser, um so besser, Herr Pierre. Furchtbar in der Schlacht, liebenswürdig mit den Schönen, so sind wir Franzosen, Herr Pierre, nicht wahr?

Der Kapitän war derart naiv und gutmütig heiter, so mit sich selbst ganz einig und zufrieden, daß Pierre kaum das Zwinkern lassen konnte und ihn heiter ansah. Wahrscheinlich brachten die Worte »liebenswürdig mit den Schönen« den Kapitän auf den Gedanken an die Lage Moskaus.

A propos, sagen Sie mir gütigst, ist es wahr, daß alle Frauen Moskau verlassen haben? Sonderbare Idee! Was fürchten Sie eigentlich?

Hätten die französischen Damen Paris nicht verlassen, wenn die Russen dort eingezogen wären? sagte Pierre.

Ha, ha, ha ... lachte der Franzose lustig und lebhaft und klopfte Pierre auf die Schulter. Das heiß' ich einen Spaß, sagte er, Paris ... ja Paris ... Paris ...

Paris ist die Hauptstadt der Welt ... ergänzte Pierre seine Rede.

Der Kapitän sah Pierre an. Er hatte die Gewohnheit, mitten im Gespräch abzubrechen und mit stets lächelnden freundlichen Augen starr geradeaus zu blicken.

Wissen Sie, wenn Sie mir nicht gesagt hätten, daß Sie ein Russe sind, ich hätte wetten mögen, Sie seien ein Pariser. In Ihnen steckt etwas, – etwas – und nachdem er dieses Kompliment gesagt hatte, blickte er wieder schweigend vor sich hin.

Ich bin in Paris gewesen, ich habe dort ganze Jahre verlebt, sagte Pierre.

Oh, das sieht man. Paris! ... Ein Mensch, der Paris nicht kennt, ist ein Wilder. Einen Pariser erkennt man meilenweit. Paris – das ist Talma, die Duchenois, Potier, die Sorbonne, die Boulevards – und da er bemerkte, daß der Schluß schwächer war als das Vorhergesagte, fügte er schnell hinzu: Es gibt nur *ein* Paris in der Welt. Sie sind in Paris gewesen und sind ein Russe geblieben, aber das tut nichts, ich schätze Sie darum nicht weniger.

Unter der Einwirkung des Weines und nach den Tagen, die Pierre in der Einsamkeit allein mit seinen trüben Gedanken zugebracht hatte, empfand er unwillkürlich ein Vergnügen an dem Gespräch mit dem heiteren, gutmütigen Menschen.

Aber um wieder auf euere Damen zu kommen. Sie sollen sehr schön sein. Was für ein törichter Gedanke, davonzugehen und sich in der Steppe zu vergraben, während die französische Armee in Moskau ist! Sie haben eine wundervolle Gelegenheit vorübergehen lassen. Eure Bauern, das begreife ich, aber ihr, ihr Gebildeten – ihr hättet uns doch besser kennen müssen. Wir haben Wien, Berlin, Madrid, Neapel, Rom, Warschau, alle Hauptstädte der Welt genommen. Man fürchtete uns, aber man liebt uns. Es ist kein Nachteil, uns näher kennenzulernen. Und dann der Kaiser ... begann er; Pierre aber unterbrach ihn.

Der Kaiser, wiederholte Pierre, und seine Züge wurden plötzlich traurig und verlegen. Ist denn der Kaiser ...?

Der Kaiser? Das ist die Hochherzigkeit, die Gnade, die Gerechtigkeit, die Ordnung, das Genie – das ist der Kaiser. Das sage ich Ihnen, ich Remballe. Ich gebe Ihnen meine Versicherung, vor acht Jahren war ich sein Feind. Mein Vater war Graf, ein Emigrant. Aber er hat mich bekehrt, dieser Mensch. Er hat mich erobert. Ich konnte nicht standhalten angesichts des Schauspiels der Größe und des Ruhms, mit dem er Frankreich bedeckt hat. Als ich begriff, was er wollte, als ich sah, daß er uns ein Lager von Lorbeeren bereitet, sagte ich zu mir: Das ist der Kaiser – und ich ergab mich ihm ganz. So ist es ... Ja, mein Freund, er ist der größte Mann der vergangenen und der kommenden Jahrhunderte.

Ist er in Moskau? fragte Pierre stockend mit dem Gesicht eines Verbrechers. Der Franzose sah das Verbrechergesicht Pierres an und lächelte.

Nein, er wird morgen seinen Einzug halten, sagte er und fuhr in seiner Erzählung fort.

Das Gespräch wurde durch das Geschrei einiger Stimmen und durch die Ankunft Morels unterbrochen. Er meldete dem Kapitän, die Württemberger Husaren seien gekommen und wollten ihre Pferde in demselben Hause einstellen, in dem die Pferde des Kapitäns standen. Die Schwierigkeiten kämen vornehmlich daher, weil die Husaren nicht verständen, was man sagte.

Der Kapitän befahl, den ältesten Unteroffizier herbeizurufen, und fragte ihn in strengem Ton, zu welchem Regiment er gehöre, wer ihr Vorgesetzter sei und wie er sich erlauben könne, ein Quartier zu beziehen, das schon besetzt sei. Auf die ersten beiden Fragen nannte der Deutsche, der schlecht Französisch verstand, sein Regiment und seinen Chef, die letzte Frage hatte er nicht verstanden und mischte bei der Antwort in seine deutsche Rede verdrehte französische Worte, er sei der Quartiermacher des Regiments und habe von seinem Chef den Befehl, alle Häuser der Reihe nach zu besetzen. Pierre, der Deutsch verstand, verdolmetschte dem Kapitän, was der Deutsche sprach, und teilte die Antwort des Kapitäns dem Württemberger Husaren in deutscher Sprache mit. Nachdem der Deutsche verstanden hatte, was ihm gesagt worden, gab er sich zufrieden und führte seine Leute fort. Der Kapitän trat auf die Freitreppe hinaus und erteilte mit lauter Stimme Befehle.

Als er wieder ins Zimmer zurückkam, saß Pierre auf demselben Platze, auf dem er vorher gesessen hatte, und hielt den Kopf in die Hände gestützt. Sein Gesicht hatte einen Ausdruck des Leidens. Er litt in der Tat in diesem Augenblick. Als der

Kapitän hinausgegangen und Pierre allein geblieben war, besann er sich auf sich selbst und wurde sich der Lage bewußt, in der er sich befand. Nicht daß Moskau erobert war, auch nicht, daß die glücklichen Sieger darin hausten und seine Gönner spielten, nicht das quälte Pierre in diesem Augenblick, so schwer er es auch empfand. Ihn quälte das Bewußtsein seiner Schwäche. Die wenigen Glas Wein, die er getrunken hatte, das Gespräch mit diesem gutmütigen Menschen, hatten die konzentriert düstere Gemütsstimmung, in der Pierre diese letzten Tage verlebt hatte und die für die Ausführung seines Planes unentbehrlich war, zerstört. Die Pistole, der Dolch und der Bauernrock waren bereit, Napoleon feierte morgen seinen Einzug. Pierre hielt jetzt noch in gleicher Weise für eine nützliche und verdienstliche Tat, den Übeltäter zu töten; aber er fühlte, daß er es jetzt nicht ausführen würde. Warum? Das wußte er nicht. Aber er hatte eine Art Vorgefühl, daß er seine Absicht nicht ausführen würde. Er rang mit dem Bewußtsein seiner Schwäche, aber er fühlte dunkel, daß er es nicht über sich gewinnen würde, daß der düstere Gang seiner Gedanken, die Rache, Tod und Selbstaufopferung gesonnen hatten, bei der Berührung des ersten Menschen wie Staub zerfiel.

Der Kapitän trat leicht hinkend und etwas vor sich hin pfeifend in das Zimmer.

Das Geplauder des Franzosen, das Pierre bisher unterhalten hatte, kam ihm jetzt widerlich vor. Das Liedchen, das er pfiff, sein Gang, die Gebärde, mit der er den Schnauzbart strich, alles erschien Pierre jetzt kränkend.

»Ich will sofort gehen, ich will kein Wort mehr mit ihm sprechen«, dachte Pierre. Aber während er dies dachte, saß er immer noch auf demselben Platz. Ein sonderbares Gefühl der Schwäche hielt ihn an seinen Platz gefesselt. Er wollte aufstehen und gehen, aber er konnte nicht.

Der Kapitän dagegen schien sehr heiter zu sein. Er ging zwei-, dreimal im Zimmer hin und her. Seine Augen glänzten, sein Lippenbart zitterte leicht, als lächelte er vor sich hin über einen drolligen Einfall.

Famoser Mensch, der Oberst dieser Württemberger, sagte

er plötzlich. Er ist ein Deutscher und trotzdem ein prächtiger Kerl. Aber doch ein Deutscher!

Er setzte sich Pierre gegenüber.

Ach ja, Sie scheinen ja Deutsch zu können?

Pierre sah ihn schweigend an.

Wie heißt auf Deutsch *»asile«?*

Asile? wiederholte Pierre, *asile* heißt auf Deutsch »Unterkunft«.

Wie sagen Sie? fragte der Kapitän hastig und mißtrauisch.

Unterkunft, wiederholte Pierre.

Onterkoff, sagte der Kapitän und sah Pierre einige Augenblicke mit lachenden Augen an. Wie dumm diese Deutschen sind, nicht wahr, Herr Pierre? – Nun noch ein Fläschchen von diesem Moskauer Bordeaux, wie meinen Sie? Morel wärmt uns noch ein Fläschchen. Morel! rief der Kapitän heiter.

Morel brachte Lichte und eine Flasche Wein. Der Kapitän betrachtete Pierre in dem Lichtschein, und das verstörte Gesicht seines Tischgenossen überraschte ihn augenscheinlich. Remballe trat mit aufrichtigem Schmerz und mit Teilnahme in den Zügen auf Pierre zu und beugte sich über ihn.

Wie, wir sind traurig? sagte er und faßte Pierre bei der Hand. Habe ich Sie vielleicht gekränkt? In der Tat, haben Sie vielleicht etwas gegen mich, fragte er, oder hängt Ihre Traurigkeit vielleicht mit den Verhältnissen zusammen ...?

Pierre erwiderte kein Wort, sah aber dem Franzosen freundlich ins Auge. Dieser Ausdruck der Teilnahme war ihm angenehm.

Mein Ehrenwort! Ganz abgesehen davon, daß ich Ihnen verpflichtet bin, fühle ich für Sie Freundschaft. Kann ich etwas für Sie tun? Verfügen Sie über mich. Auf Leben und Tod! Ich sage Ihnen das, die Hand aufs Herz, sagte er und schlug sich dabei auf die Brust.

Ich danke Ihnen, sagte Pierre. Der Kapitän sah Pierre scharf an, so wie er ihn angesehen hatte, als er gelernt, wie *asile* auf deutsch heißt, und sein Gesicht strahlte plötzlich.

Oh, so trinke ich denn auf unsere Freundschaft! rief er fröhlich und goß zwei Glas Wein ein. Und Pierre ergriff das volle Glas und trank es aus. Remballe trank das seine, drückte noch einmal Pierres Hand und stützte in nachdenklicher, melancholischer Pause seinen Kopf auf den Arm. – Ja, mein Freund, das sind die Launen des Schicksals, fing er an. Wer hätte mir vorher gesagt, ich würde Soldat sein und Dragonerkapitän unter Bonaparte, wie wir ihn immer nannten. Und doch, nun bin ich mit ihm in Moskau. Sie müssen wissen, mein Freund – fuhr er in der traurigen und eintönigen Tonart eines Menschen fort, der sich anschickt, eine lange Geschichte zu erzählen –, unser Name zählt zu den ältesten in Frankreich.

Und mit der leichten und harmlosen Offenheit des Franzosen erzählte der Kapitän Pierre die Geschichte seiner Ahnen, seine Kindheit, seine Jugend, seine Mannesjahre, nannte er ihm alle seine Verwandten, seine Vermögensverhältnisse, seine Familienbeziehungen.

»Meine arme Mutter« spielte selbstverständlich eine wichtige Rolle in dieser Erzählung.

Aber all das sind nur die äußeren Umstände des Lebens. Sein Kern ist die Liebe. Die Liebe! Ist es nicht so, Herr Pierre? sagte er immer lebhafter. – Noch ein Gläschen!

Pierre leerte wieder sein Glas und goß das dritte ein.

Oh, die Weiber, die Weiber! rief der Kapitän, seine Augen blickten wie durch einen Schleier auf Pierre, und er fing an, von der Liebe und von seinen Liebesabenteuern zu plaudern. Sie waren sehr zahlreich, und das erschien leicht glaublich, wenn man das selbstgefällige hübsche Gesicht des Offiziers, die lebhafte Begeisterung, mit der er von den Frauen sprach, in Betracht zog. Obgleich alle Liebesgeschichten Remballes den Charakter des Gemeinen hatten, in dem die Franzosen den ausschließlichen Zauber und die Poesie der Liebe sehen, erzählte der Kapitän seine Geschichten mit so aufrichtiger Überzeugung davon, daß er allein alle Genüsse der Liebe erfahren und kennengelernt habe, und schilderte die Frauen so anziehend, daß Pierre ihm mit Teilnahme zuhörte.

Es war klar, *l'amour*, die der Franzose so liebte, war nicht jene Liebe, niedriger und einfacher Art, wie sie Pierre einst zu seiner Frau empfunden hatte. Auch nicht die von ihm selbst angefachte, romantische Liebe, die er zu Natascha empfunden hatte (beide Arten dieser Liebe waren Remballe gleich verächtlich: die eine war für ihn »Bauernliebe«, die andere »Narrenliebe«) – *l'amour,* der sich der Franzose beugte, bestand hauptsächlich in der Unnatürlichkeit der Beziehungen zum Weibe und in einer Häufung von Ausartungen, die dem Gefühl den Hauptreiz verleihen.

So erzählte der Kapitän eine rührende Geschichte von seiner Liebe zu einer bezaubernden Marquise von 35 Jahren und gleichzeitig zu dem entzückenden, unschuldigen, siebzehnjährigen Kinde, der Tochter der bezaubernden Marquise. Der Kampf der Großmut zwischen Mutter und Tochter, der damit schloß, daß die Mutter, mit Aufopferung ihrer eigenen Person, die Hand ihrer Tochter ihrem Liebhaber antrug, versetzte auch jetzt noch, wo er längst vergangene Erinnerung war, den Kapitän in Erregung. Dann erzählte er ein Abenteuer, in dem der Mann die Rolle des Liebhabers, und er (der Liebhaber) die Rolle des Mannes gespielt habe, und einige komische Episoden aus seinen Erinnerungen an Deutschland, wo *asile* »Unterkunft« heißt, wo »die Männer Krautsuppe essen« und wo »die jungen Mädchen furchtbar blond sind«.

Das letzte Abenteuer in Polen endlich, das noch frisch im Gedächtnis des Kapitäns war, und das er mit hastigen Gebärden und glühendem Gesicht erzählte, bestand darin, daß er einem Polen das Leben gerettet hatte (in den Erzählungen des Kapitäns kamen immer Szenen von Lebensrettung vor), und daß dieser Pole ihm seine bezaubernde Frau, »eine Pariserin in ihren Empfindungen«, anvertraut hatte, während er selbst in französische Dienste getreten sei. Der Kapitän war glücklich, die bezaubernde Polin wollte mit ihm entfliehen. Aber der Kapitän gab die Frau in einer Regung von Großmut ihrem Manne zurück und sagte ihm: »Ich habe Ihnen das Leben gerettet und rette Ihnen die Ehre.« Während der Kapitän diese Worte wiederholte, strich er sich über die Augen und schüttelte sich, als wollte er die Schwäche abwehren, die ihn bei dieser rührenden Erinnerung überkam.

Während der Kapitän erzählte, folgte Pierre allem, was er sagte, verstand alles und verfolgte doch gleichzeitig eine Reihe persönlicher Erinnerungen, die von ungefähr vor seiner Einbildung auftauchten, wie es oft in der späten Abendluft und unter dem Einfluß von Wein zu geschehen pflegt.

Während er diesen Liebesgeschichten lauschte, trat seine eigene Liebe zu Natascha unerwartet in seine Erinnerung, und während er in dem Buche dieser Liebe in seiner Phantasie Blatt um Blatt umwandte, verglich er sie mit den Erzählungen Remballes. Während er der Erzählung von dem Kampfe der Pflicht mit der Liebe folgte, tauchte jede kleinste Einzelheit seiner letzten Begegnung mit dem Gegenstande seiner Liebe am Wasserturm vor ihm auf. Damals hatte diese Begegnung keinen Eindruck auf ihn gemacht, er hatte auch nie wieder an sie zurückgedacht, jetzt aber schien es ihm, als hätte diese Begegnung etwas sehr Bedeutsames und Poetisches gehabt.

»Peter Kirillytsch, kommen Sie doch her, ich habe Sie erkannt«, hörte er sie jetzt sagen und sah ihre Augen, ihr Lächeln, ihr Reisehäubchen, ihre Stirnlocken vor sich ... und etwas Rührendes und Liebes lag für ihn in allem.

Als der Kapitän seine Erzählung von der bezaubernden Polin beendet hatte, richtete er an Pierre die Frage, ob er einmal ein ähnliches Gefühl der Selbstaufopferung für die Liebe und der Eifersucht gegen den angetrauten Mann empfunden hätte.

Herausgefordert durch diese Frage, erhob Pierre den Kopf, er fühlte das Bedürfnis, die Gedanken, die ihn beschäftigten, auszusprechen. Er begann auseinanderzusetzen, wie er Frauenliebe ein wenig anders auffasse. Er sagte, er habe sein ganzes Leben nur ein Weib geliebt und liebe nur sie, und dieses Weib könne nie die Seine werden.

In der Tat? sagte der Kapitän.

Dann setzte Pierre auseinander, wie er diese Frau seit frühester Jugend geliebt habe, er habe aber nicht gewagt, an sie zu denken, denn sie sei zu jung gewesen und er ein natürlicher Sohn ohne Namen. Später, als er Namen und Reichtum erhalten, habe er nicht gewagt, an sie zu denken, denn er habe sie zu sehr geliebt, er habe sie zu hoch über alles in der Welt gestellt und darum ganz besonders über sich selbst. Bei dieser Stelle seiner Erzählung wandte sich Pierre an den Kapitän mit der Frage: ob er ihn verstehe?

Der Kapitän machte eine Bewegung, die ausdrücken sollte, wenn er es auch nicht verstünde, so bäte er doch jedenfalls fortzufahren.

Platonische Liebe, Nebel ... brummte er vor sich hin.

Der Wein oder das Bedürfnis, sich auszusprechen, oder der Gedanke, daß dieser Mensch niemanden von den handelnden Personen seiner Geschichte kenne und je kennen würde – dies alles löste Pierre die Zunge. Und er erzählte mit lallendem Munde und mit seinen feuchten Augen ins Blaue schauend, seine ganze Geschichte: seine Heirat, die Geschichte von Nataschas Liebe zu seinem besten Freunde, ihren Treubruch und alle seine so wenig komplizierten Beziehungen zu ihr. Durch Remballes Fragen herausgefordert, erzählte er auch, was er anfangs unterdrückt hatte, von seiner Stellung in der Gesellschaft und nannte ihm sogar seinen Namen.

In Pierres Erzählung überraschte den Kapitän am meisten, daß Pierre sehr reich war, daß er zwei Paläste in Moskau besaß, daß er alles hatte stehen und liegen lassen und, ohne Moskau zu verlassen, in der Stadt geblieben war und Namen und Rang verborgen hielt.

Es war schon spät in der Nacht, als sie zusammen auf die Straße hinaustraten. Die Nacht war warm und hell. Links vom Hause leuchtete der erste Feuerschein des Brandes von Moskau an der Petrowka auf. Rechts stand am hohen Himmelsgewölbe die junge Mondsichel, und an der gegenüberliegenden Seite stand der helle Komet, den Pierre in seinem Herzen mit seiner Liebe in Zusammenhang brachte. Im Tore standen Gerassim, die Köchin und zwei Franzosen. Man hörte ihr Lachen und ihr Gespräch in zwei Sprachen, die sie gegenseitig nicht verstanden. Sie betrachteten den Feuerschein, der über der Stadt stand.

Der kleine, ferne Brand hatte in der Riesenstadt nichts Erschreckendes.

Pierre empfand bei der Betrachtung des hohen Sternenhimmels, des Mondes, des Kometen und des Feuerscheins eine freudige Erregung. »Oh, das ist schön, was braucht es noch?« dachte er, und plötzlich, als ihm sein Vorhaben einfiel, erfaßte seinen Kopf ein Schwindel; eine Schwäche überfiel ihn, und er mußte sich an den Zaun lehnen, um nicht umzusinken.

Ohne Abschied von seinem neuen Freunde entfernte sich Pierre mit schwankenden Schritten von dem Tore, ging in sein Zimmer zurück, legte sich auf den Diwan und schlief sofort ein.

XXX

Den Feuerschein des ersten Brandes am 14. September sahen die flüchtenden Einwohner und das rückweichende Heer von den verschiedenen Wegen aus und mit verschiedenen Empfindungen.

Der Wagenzug der Rostows stand in dieser Nacht in Mytischtschi, 20 Werst von Moskau entfernt. Sie waren am 13. September in später Stunde abgereist, der Weg war so verbarrikadiert mit Wagen und Soldaten, es waren so viele Dinge vergessen worden, die man von den Leuten holen ließ, daß man zu dem Entschluß gekommen war, in dieser Nacht 5 Werst von Moskau zu übernachten. Am anderen Morgen war man spät erwacht, und es gab wieder so viele Hindernisse, daß man nur bis Groß-Mytischtschi kam. Um 10 Uhr quartierten sich die Herren und Damen Rostow und die Verwundeten, die mit ihnen fuhren, alle in den Höfen und Hütten des großen Dorfes ein. Die Rostowschen Leute und Kutscher und die Burschen der Verwundeten besorgten ihre Herrschaft, dann nahmen sie das Nachtmahl ein, fütterten ihre Pferde und gingen hinaus auf die Freitreppe.

In einem Nachbarhäuschen lag ein verwundeter Adjutant Rajewskijs mit zerschmettertem Unterarm, und der schreckliche Schmerz, der ihn peinigte, entrang ihm unaufhörlich ein klägliches Stöhnen, das furchtbar durch das herbstliche Dunkel der Nacht ertönte. Die erste Nacht hatte dieser Adjutant auf demselben Herrenhofe zugebracht, in dem die Rostows Halt gemacht hatten. Die Gräfin sagte, sie könne kein

Auge schließen bei diesem Stöhnen, und sie bezog in Mytischtschi nur darum die schlechteste Hütte, um von dem Verwundeten entfernt zu sein.

Einer der Leute, der an dem Haupteingang hinter einem hohen Wagen stand, bemerkte im Dunkel der Nacht einen zweiten kleinen Feuerschein. Ein Feuerschein war längst sichtbar gewesen, und alle wußten, daß Klein-Mytischtschi in Brand stehe und daß die Mamonowschen Kosaken es angezündet hätten.

Seht doch, Leute, ein zweiter Brand! sagte der Bursche; alle richteten ihre Aufmerksamkeit auf den Feuerschein.

Die Leute sagen ja, die Mamonowschen Kosaken haben Klein-Mytischtschi in Brand gesteckt. Dort ist's auch – nein das ist nicht Mytischtschi, das ist weiter – Sieh nur, ob das nicht Moskau ist. – Zwei von den Leuten kamen die Freitreppe herunter, stellten sich hinter den Wagen und setzten sich auf den Tritt. – Das ist weiter links! Mytischtschi liegt ja dort, das kann's nicht sein, das ist auf einer ganz anderen Seite.

Nun kamen mehrere andere Leute dazu. – Schau, wie es um sich greift, sagte der eine. – Glaubt mir, das ist Moskau. Entweder in der Suschtschewskaja oder in der Rogoshskajastraße. – Niemand antwortete auf diese Bemerkung. Eine Weile schauten alle diese Leute schweigend auf die Flamme der neuen Feuersbrunst, die in der Ferne emporstieg. Der alte gräfliche Kammerdiener (wie man ihn nannte) Danilo Terentjitsch kam auf die Gruppe zu und rief:

Was gaffst du, Maulaffe? ... Der Graf ruft, und kein Mensch ist da; geh, hol den Mantel.

Ich bin ja nur nach Wasser gelaufen, sagte Mischka.

Was meinen Sie, Danilo Terentjitsch, nicht wahr, der Brand ist in Moskau, sagte einer von den Lakaien.

Danilo Terentjitsch erwiderte nichts, und wieder verharrten alle in Schweigen. Der Feuerschein wuchs und breitete sich schwankend immer weiter und weiter aus.

Ach Gott, erbarme dich, dieser Wind, diese Trockenheit! sagte wieder eine Stimme.

Seht nur hin, wie's weiterzieht. O Gott im Himmel, man sieht die Dohlen. Gott im Himmel, sei uns armen Sündern gnädig!

Sie werden es löschen mit Gottes Hilfe.

Wer soll löschen? sagte Danilo Terentjitsch, der bisher schweigend dagestanden hatte. Ja, das ist Moskau, gute Leute. Unser Mütterchen, unser weißes Mütterchen – die Stimme versagte ihm, und er brach in ein greisenhaftes Schluchzen aus. Und es war, als hätten alle nur darauf gewartet, um die ganze Bedeutung des Feuerscheins zu begreifen, den sie in der Ferne sahen, und sie brachen mit in das Schluchzen des alten gräflichen Kammerdieners, in Seufzer und Gebete aus.

XXXI

Der Kammerdiener ging ins Haus zurück und meldete dem Grafen, Moskau stehe in Brand. Der Graf zog seinen Schlafrock an und ging hinaus, um zu sehen. Sonja, die noch nicht ausgekleidet war, und Madame Schoß kamen mit ihm. Natascha und die Gräfin blieben allein im Zimmer. Petja war nicht mehr bei der Familie, er war mit seinem Regiment vorausgeeilt, das nach Troitza marschierte.

Die Gräfin brach in Tränen aus, als sie die Nachricht von dem Brande Moskaus erhielt. Natascha saß blaß mit starren Augen auf der Bank vor dem Bilderschrein (an derselben Stelle, wo sie sich gleich nach ihrer Ankunft niedergelassen hatte), und schenkte den Worten des Vaters keine Aufmerksamkeit. Sie lauschte auf das unaufhörliche Stöhnen des Adjutanten, das man drei Häuser weit hörte.

Ach, wie entsetzlich! sagte Sonja, die durchfroren und schaudernd vom Hofe kam. Ich glaube, ganz Moskau wird niederbrennen. Ein entsetzlicher Feuerschein! Schau nur, Natascha, jetzt kann man es von hier aus durch das Fenster sehen, sagte sie zu der Cousine. Sie hatte offenbar den Wunsch, sie durch irgend etwas zu zerstreuen. Natascha aber sah sie an, als verstünde sie nicht, was man von ihr verlangte, und heftete wieder ihre Augen auf die Ofenecke. Natascha befand sich seit heute morgen in diesem Zustande der Betäubung, seit dem Augenblick, wo Sonja zum Erstaunen und zum Ärger der Gräfin, ohne daß jemand verstand warum, für nötig befunden hatte, Natascha mitzuteilen, daß Fürst Andrej verwundet, und daß er sich mit ihnen im Wagenzuge befände. Die Gräfin war auf Sonja so böse, wie sie selten zu sein pflegte. Sonja weinte und bat um Verzeihung und machte sich beständig um die Cousine zu schaffen, als wollte sie so ihre Schuld wieder gutmachen. Sieh nur, Natascha, wie entsetzlich es brennt, sagte Sonja.

Was brennt? fragte Natascha, ach ja! und als ob sie fürchtete, Sonja zu kränken und um sie loszuwerden, wandte sie den Kopf zum Fenster und blickte so hinaus, daß sie augenscheinlich nichts sehen konnte, dann nahm sie wieder ihre frühere Stellung ein.

Aber du hast ja nichts gesehen!

Ja, wirklich, ich habe es gesehen, sagte sie in einem Tone, der um Ruhe bat.

Und die Gräfin und Sonja, beide begriffen nun, daß Moskau, der Brand von Moskau und was es sonst immer sein möchte, für Natascha keine Bedeutung haben könne.

Der Graf ging wieder hinter seine spanische Wand und legte sich hin. Die Gräfin trat auf Natascha zu, legte ihren Handrücken an deren Kopf, wie sie es zu tun pflegte, wenn ihre Tochter krank war, dann berührte sie ihre Stirn mit ihren Lippen, als wollte sie sehen, ob sie Fieber habe, und küßte sie.

Du bist ganz kalt, du zitterst am ganzen Körper, du solltest dich hinlegen, sagte sie.

Hinlegen? ja, gut, ich will mich hinlegen. Ich will mich gleich hinlegen, sagte Natascha.

Von dem Augenblick an, wo Natascha gehört hatte, daß Fürst Andrej schwer verwundet sei und daß er mit ihnen fahre, hatte sie nur im ersten Augenblick allerlei gefragt: Wohin, wie, ob er schwer verwundet sei und ob sie ihn sehen könne.

Da man ihr aber sagte, daß sie ihn nicht sehen dürfte, daß er schwer verwundet sei, sein Leben aber nicht in Gefahr schwebe, glaubte sie offenbar nicht, was sie hörte. Sie war überzeugt, daß man ihr auf alle Fragen die gleiche Antwort geben würde, und hörte auf zu fragen und zu sprechen. Den ganzen Weg über hatte Natascha mit ihren großen Augen, die die Gräfin so gut kannte und deren Ausdruck sie so fürchtete, unbeweglich im Winkel des Wagens gesessen, und so saß sie jetzt auf der Bank, auf die sie sich niedergelassen hatte. Sie hatte schon etwas ausfindig gemacht. Sie erwog in ihrem Geiste etwas oder war schon zu einem Entschlusse gelangt. Das wußte die Gräfin; was aber, wußte sie nicht, und das versetzte sie in Angst und Qual.

Natascha, kleide dich aus, mein Täubchen, lege dich auf mein Bett (nur für die Gräfin war ein ordentliches Bett hergerichtet. Madame Schoß und die beiden jungen Mädchen mußten auf einem Heulager schlafen, das ihnen auf dem Fußboden zurechtgemacht war).

Nein, Mama, ich werde mich hier hinlegen auf den Fußboden – sagte Natascha ärgerlich, trat an das Fenster und öffnete es. Das Stöhnen des Adjutanten drang durch das geöffnete Fenster noch deutlicher herein. Sie steckte ihren Kopf in die feuchte Nachtluft hinaus, und die Gräfin sah, wie ihr zarter Hals vor Schluchzen zuckte und gegen das Fensterkreuz schlug. Natascha wußte, daß der stöhnende Mann nicht Fürst Andrej war. Sie wußte, daß Fürst Andrej in dem Gehöft lag, wo sie war, in der hinteren Stube jenseits des Flures; aber dieses schreckliche, unaufhörliche Stöhnen rief ihr Schluchzen hervor. Die Gräfin und Sonja sahen sich an.

Lege dich hin, mein Täubchen, lege dich hin, mein gutes Kind, sagte die Gräfin und berührte mit der Hand leicht Nataschas Schulter. Geh, mein Kind, lege dich hin.

Ach, ja ... ich werde mich gleich hinlegen, gleich, sagte Natascha und kleidete sich so eilig aus, daß sie die Bänder der Unterröcke zerriß. Sie warf das Kleid ab, zog ihr Nachtgewand an und kauerte auf dem Bette am Fußboden nieder. Dann warf sie ihren kurzen, dünnen Zopf über die Schulter nach vorn und begann ihn aufzuflechten. Ihre dünnen, langen, geübten Finger lösten und flochten und banden den Zopf geschickt zusammen. Nataschas Zopf bewegte sich gewohnheitsmäßig nach der einen und nach der anderen Seite, ihre Augen aber waren fieberhaft aufgerissen und starrten unbeweglich vor sich hin. Als die Nachttoilette beendet war, ließ sich Natascha still auf das Bettuch nieder, das am Rande des Zimmers an der Tür auf Heu ausgebreitet war.

Natascha, lege dich in die Mitte, sagte Sonja.

Ich liege hier gut, sagte Natascha, lege du dich doch hin! fügte sie verdrießlich hinzu. Dann vergrub sie ihr Gesicht in das Kissen.

Die Gräfin, Madame Schoß und Sonja kleideten sich rasch aus und legten sich zu Bett. Im Zimmer brannte nur das Lämpchen vor dem Heiligenbild; aber draußen im Hofe leuchtete von dem Brande in Klein-Mytischtschi zwei Werst weit ein Feuerschein. Auf der Straße heulte der nächtliche Lärm des Volkes in der Schänke, die die Mamonowschen Kosaken erbrochen hatten, und das Gestöhn des Adjutanten war ununterbrochen zu hören.

Lange lauschte Natascha auf die Stimmen von innen und außen, die zu ihr drangen, und rührte sich nicht. Sie hörte, wie zuerst ihre Mutter betete und seufzte, wie ihr Bett unter ihr knarrte, dann hörte sie das pfeifende Schnarchen von Madame Schoß und Sonjas ruhiges Atmen. Dann rief die Gräfin Natascha an. Natascha antwortete ihr nicht.

Sie scheint zu schlafen, Mama, antwortete Sonja leise. Die Gräfin schwieg einen Augenblick, rief noch einmal, jetzt aber gab ihr niemand mehr Antwort.

Gleich darauf hörte Natascha das gleichmäßige Atmen der Mutter. Natascha rührte sich nicht, obgleich ihr kleiner, nackter Fuß, der unter der Decke hervorgekommen war, auf der bloßen Diele fror.

In einer Ritze zirpte eine Grille, als hätte sie einen Sieg über alle anderen errungen. Ein Hahn krähte in der Ferne, in der Nähe antwortete ihm ein anderer. Der Lärm in der Schänke war verstummt, nur das Stöhnen des Adjutanten war immer noch zu hören. Natascha erhob sich.

Sonja, schläfst du? Mama, flüsterte sie. Niemand antwortete. Natascha erhob sich langsam und vorsichtig, schlug ein Kreuz und schritt behutsam, mit dem schmalen, weichen nackten Füßchen über die schmutzige kalte Diele. Der Fußboden knarrte. Sie lief mit eiligen kurzen Schritten, wie ein Kätzchen, einige Schritte und ergriff die kalte Türklinke.

Ihr war, als pochte etwas Schweres in gleichmäßigen Schlägen an alle Wände des Zimmers: es war ihr Herz, das der Schreck zusammenpreßte und das vor Angst und Liebe verging.

Sie öffnete die Tür, schritt über die Schwelle und trat auf den feuchten, kalten Lehmboden des Flurs. Die Kälte erfrischte sie. Sie berührte mit dem nackten Fuße einen schlafenden Menschen, schritt über ihn hinweg und öffnete die Tür der Bauernstube, in der Fürst Andrej lag. In dieser Stube war es finster. In der äußersten Ecke an einem Bette, auf dem etwas lag, stand auf einer Bank ein stark kohlendes Talglicht.

Schon am Morgen, als man ihr von der Verwundung und der Anwesenheit des Fürsten Andrej erzählt hatte, war Natascha entschlossen, ihn zu sehen. Sie wußte nicht, warum sie diese Pflicht empfand, wohl aber wußte sie, daß das Wiedersehen qualvoll sein würde, und war darum um so mehr überzeugt, daß es notwendig war.

Den ganzen Tag über hatte sie nur von der Hoffnung gelebt, daß sie ihn in der Nacht sehen würde, jetzt aber, wo der Augenblick gekommen war, überfiel sie ein Entsetzen vor dem, was sie sehen sollte. Wie war er entstellt? Wie mag er aussehen? Sah er so aus, wie dieses ununterbrochene Stöhnen des Adjutanten? Ja, ganz so. Er stand vor ihrer Phantasie als die Verkörperung dieses entsetzlichen Stöhnens. Als sie eine undeutliche Masse in der Ecke erblickte und seine Knie, die unter der Decke emporgerichtet waren, für seine Schultern hielt, sah sie in ihrer Phantasie einen schrecklichen Körper und blieb entsetzt stehen. Aber eine unüberwindliche Kraft zog sie weiter. Sie ging langsam einen Schritt, noch einen und blieb in der Mitte des großen, verbarrikadierten Zimmers stehen. Auf der Bank vor dem Heiligenschrein lag noch ein Mensch (es war Timochin), und auf dem Fußboden lagen noch zwei Menschen. (Es waren der Arzt und der Kammerdiener.)

Der Kammerdiener erhob sich und sagte leise etwas. Timochin, dem sein verwundetes Bein Schmerz bereitete, schlief nicht und betrachtete mit großen Augen die seltsame Erscheinung des Mädchens in dem weißen Hemd, der Jacke und dem Nachthäubchen. Die schlaftrunkenen, zaghaften Worte des Kammerdieners: »Was wollen Sie, warum?« veranlaßten Natascha, nur um so schneller sich dem zu nähern, was in der Ecke lag. So entsetzlich auch dieser Körper war, so wenig er ihr menschenähnlich erschien, sie mußte ihn sehen. Sie ging vorbei an dem Kammerdiener, der kohlende Docht der Kerze fiel herab, und nun sah sie den Fürsten Andrej deutlich. Er lag, die Arme gerade über die Decke hingestreckt, wie sie ihn immer gesehen hatte.

Er sah aus wie immer; aber die glühende Farbe seines Gesichts, die glänzenden Augen, die entzückt auf sie gerichtet waren, und besonders der zarte kindliche Hals, der aus dem zurückliegenden Hemdkragen hervortrat, gaben ihm ein besonders unschuldiges Kindesaussehen, das sie noch nie an dem Fürsten Andrej wahrgenommen hatte. Sie trat auf ihn zu und sank mit schneller, gewandter, jugendlicher Bewegung in die Knie.

Er lächelte und streckte ihr die Hand entgegen.

XXXII

Sieben Tage waren seit der Zeit vergangen, wo Fürst Andrej auf dem Verbandplatz des Schlachtfeldes von Borodino wieder zu sich gekommen war. Diese ganze Zeit hindurch hatte er sich in fast ununterbrochener Bewußtlosigkeit befunden. Der hohe Fieberstand und eine Darmentzündung hätten ihn nach der Ansicht des Arztes, der den Verwundeten begleitete, wegraffen müssen. Am siebenten Tage aber aß er mit Behagen ein Stückchen Brot mit Tee, und der Arzt beobachtete, daß die allgemeine Hitze abnahm. Am Morgen kam Fürst Andrej zur Besinnung. In der ersten Nacht nach der Abreise aus Moskau war es ziemlich warm gewesen, darum hatte man den Fürsten Andrej die Nacht hindurch im Wagen übernachten lassen; in Mytischtschi aber verlangte der Verwundete selbst, daß man ihn heraushebe und ihm Tee gebe. Bei dem Schmerz, den ihm die Überführung in die Stube verursachte, stöhnte er laut auf und verlor wieder das Bewußtsein. Als man ihn auf ein Feldbett niedergelassen hatte, lag er lange mit geschlossenen Augen unbeweglich da, dann öffnete er sie und flüsterte leise: »Bekomme ich Tee?« Den Arzt überraschte dieses Gedächtnis für die winzigen Kleinigkeiten des Lebens. Er fühlte den Puls und sah zu seinem Erstaunen und Ärger, daß der Puls stärker war. Zu seinem Ärger bemerkte er es, weil er nach seiner Erfahrung überzeugt war, daß Fürst Andrej sterben müsse, und wenn dies jetzt nicht geschehe, er nur unter um so größeren Leiden in kurzer Zeit sterben würde. Zugleich mit dem Fürsten Andrej wurde auch der Major seines Regiments, Timochin, mit der kleinen roten Nase, transportiert. Er hatte auch in der Schlacht von Borodino eine Wunde am Beine erhalten und war in Moskau zu dem Zuge gestoßen. Ein Arzt, der Kammerdiener des Fürsten, sein Kutscher und zwei Burschen begleiteten sie.

Man brachte dem Fürsten Andrej Tee. Er trank gierig, die fiebernden Augen starr auf die Tür gerichtet, als wollte er sich etwas klarmachen oder ins Gedächtnis rufen.

Ich mag nicht mehr. Ist Timochin hier? fragte er. Timochin kroch auf der Bank zu ihm heran.

Ich bin hier, Erlaucht.

Wie steht's mit der Wunde?

Mit meiner? Es geht, aber wie steht's mit Ihrer Wunde? – Fürst Andrej versank wieder in Nachdenken, als wollte er sich auf etwas besinnen.

Kann ich nicht ein Buch bekommen? sagte er.

Was für ein Buch?

Das Evangelium! Ich habe keins.

Der Arzt versprach ihm, es holen zu lassen, und fragte ihn, wie er sich fühle. Fürst Andrej antwortete widerwillig, aber vernünftig auf alle Fragen des Arztes; dann sagte er, man möchte ihm doch eine Unterlage bringen, er liege unbequem und habe Schmerzen. Der Arzt und der Kammerdiener hoben den Mantel, mit dem er zugedeckt war. Ihre Stirn runzelte sich bei dem dumpfen Geruch des faulen Fleisches, der von der Wunde aufstieg, und sie fingen an, diese schreckliche Stelle zu betrachten. Der Arzt schien recht unzufrieden zu sein, veränderte etwas, legte den Verwundeten auf die andere Seite, so daß dieser wieder aufstöhnte und von dem Schmerz des Hin- und Herbewegens wieder das Bewußtsein verlor und zu phantasieren begann. Immer wieder sprach er davon, man möchte ihm so schnell als möglich das Buch bringen und hier unterlegen.

Was kostet Sie das? sagte er, ich habe keins. Lassen Sie doch eins holen und legen Sie es mir bitte auf eine Minute unter ... sagte er mit klagender Stimme.

Der Arzt ging in den Flur hinaus, um sich die Hände zu waschen.

Ach, diese gewissenlosen Menschen, wahrhaftig, sagte der Arzt zum Kammerdiener, der ihm das Wasser über die Hände goß. Nur einen Augenblick habe ich nicht hingesehen. Das ist ja ein solcher Schmerz, daß ich erstaune, wie geduldig er es trägt.

Wir haben es ihm doch gut gemacht, meine ich, du mein Herr und Heiland, sagte der Kammerdiener.

Zum ersten Mal war Fürst Andrej klargeworden, wo er war, und was mit ihm vorging. Er erinnerte sich, daß er verwundet war und daß er in dem Augenblick, wo der Wagen in Mytischtschi hielt, darum gebeten hatte, ihn ins Haus zu bringen. Als er vor Schmerz wieder das Bewußtsein verloren hatte, war er zum zweiten Mal in der Stube erwacht, als er etwas trank; und jetzt, wo er in seiner Erinnerung alles wiederholte, was mit ihm geschehen war, stand ganz besonders lebhaft der Augenblick auf dem Verbandplatze vor ihm, wo ihm beim Anblick der Leiden eines von ihm nicht geliebten Menschen dieser neue, glückverheißende Gedanke gekommen war. Und dieser Gedanke erfüllte jetzt wieder, wenn auch unklar und unbestimmt, seine Seele. Es fiel ihm ein, daß er jetzt ein neues Glück besaß, und daß dieses Glück etwas Gemeinsames mit dem Evangelium hatte. Darum bat er um das Evangelium. Aber die schlechte Lage, die man seiner Wunde gegeben hatte und das erneute Hin- und Herlegen hatte seine Gedanken wieder verwirrt, und zum dritten Mal erwachte er zum Leben erst im völligen Dunkel der Nacht. Alle um ihn her schliefen. Die Grille zirpte vom Flur her, draußen schrie und sang jemand, die Schaben raschelten auf dem Tisch, auf den Bildern, an den Wänden hin und her. Eine Schmeißfliege summte auf seinem Kissen und um die Talgkerze herum, die tief herabgebrannt neben ihm stand und stark kohlte.

Sein Geist war nicht in normalem Zustande. Ein gesunder Mensch denkt, fühlt und hält gleichzeitig eine zahllose Menge von Gegenständen im Gedächtnis fest, aber er hat die Gewalt, eine Reihe von Gedanken oder Erscheinungen herauszugreifen, und seine ganze Aufmerksamkeit auf diese eine Reihe der Erscheinungen zu heften. Der gesunde Mensch reißt sich im Augenblick tiefsten Nachdenkens los, um einem Eintretenden ein höfliches Wort zu sagen, und kehrt wieder zu seinen Gedanken zurück. Der Geist des Fürsten Andrej war in nicht normalem Zustande in dieser Hinsicht. Alle Kräfte seiner Seele waren reger, klarer als je, aber die wirkten ohne die Lenkung seines Willens. Die verschiedenartigsten Gedanken und Vorstellungen beherrschten ihn zu gleicher Zeit. Bisweilen begann sein Gedanke plötzlich zu arbeiten und mit solcher Kraft, solcher Klarheit und Tiefe, wie er nie im gesunden Zustande tätig zu sein vermocht. Plötzlich aber inmitten seiner Arbeit riß er ab, wurde durch eine unerwartete Vorstellung abgelöst, und es fehlte die Kraft, wieder zu ihm zurückzukehren.

»Ja, mir ist ein neues Glück aufgegangen, das dem Menschen nicht entrissen werden kann«, dachte er, als er so dalag in dem halbdunklen, stillen Stübchen und mit den fieberhaft aufgeregten starren Augen vor sich hin schaute: »Ein Glück, das außerhalb der materiellen Kräfte liegt, außerhalb der materiellen, äußeren Einflüsse auf den Menschen, ein Glück der Seele allein, das Glück der Liebe. Jeder Mensch kann es begreifen, erfassen, vorschreiben kann es nur Gott allein. Wie aber hat Gott dieses Gebot vorgeschrieben? Warum der Sohn?« und plötzlich riß dieser Gedankengang ab, und Fürst Andrej hörte (er wußte nicht, ob er es in seinen Phantasien oder in Wirklichkeit hörte) eine leise flüsternde Stimme, die unaufhörlich im Takte sagte: Tick-tick-tack – tick-tack und dann tick-tick und dann wieder tick-tick-tack, tick-tick-tack und dann wieder tick-tick, und zu gleicher Zeit fühlte Fürst Andrej, während er dieser flüsternden Musik lauschte, daß über seinem Haupte, gerade über seinem Gesicht sich ein sonderbarer Luftbau aus feinen Nadeln und Hölzchen erhob. Er fühlte (obgleich ihm das schwer wurde), daß er mit Mühe das Gleichgewicht halten müsse, damit der erstehende Bau nicht zusammenstürze. Aber er stürzte dennoch ein und erstand wieder langsam bei den Tönen der gleichmäßig flüsternden Musik.

»Es dehnt sich, es dehnt sich, dehnt sich immer weiter«, sprach Fürst Andrej zu sich selbst. Während er auf das Flüstern lauschte und den wachsenden, aufsteigenden Nadelbau fühlte, sah Fürst Andrej zugleich in Zwischenräumen die Flamme der Kerze mit dem roten Lichtkreis und hörte das Rascheln der Schaben und das Summen der Fliege, die bald das Kissen, bald sein Gesicht berührte. Und jedesmal, wenn die Fliege sein Gesicht berührte, erregte sie ein stechendes Gefühl; gleichzeitig versetzte es ihn in Erstaunen, daß die Fliege, die mitten in den Bau hineinflog, ihn nicht zusammenstürzte. Außerdem aber gab es noch etwas Wichtiges: ein weißes an der Tür, eine Sphinxgestalt, die ihn ebenfalls würgte.

»Aber vielleicht ist das mein Hemd, das auf dem Tische liegt«, dachte Fürst Andrej, »und dies sind meine Füße, und dies ist die Tür; aber warum dehnt sich das alles, hebt sich alles und tick-tick-tack, tick-tick-tack ... und tick-tick?«

Genug, so höre doch auf, laß doch sein! bat Fürst Andrej jemanden mit lallender Stimme. Und plötzlich tauchte wieder derselbe Gedanke und dasselbe Gefühl mit außerordentlicher Klarheit und Stärke empor.

»Ja, die Liebe«, dachte er und jetzt wieder mit vollkommener Klarheit, »aber nicht die Liebe, die für irgend etwas, die um etwas, die aus diesem Grunde liebt, sondern die Liebe, die ich zum ersten Mal empfunden habe, als ich, dem Tode nahe, meinen Feind erblickte und ihn doch liebgewonnen habe. Ich habe das Gefühl der Liebe erfahren, die das Wesen der Seele selbst ist und die keines Gegenstandes bedarf. Und auch jetzt erfahre ich dieses beseligende Gefühl ... seinen Nächsten lieben, seine Feinde lieben. Alles lieben – Gott lieben in allen Erscheinungen. Einen Menschen, der uns teuer ist, kann man mit menschlicher Liebe, den Feind aber kann man nur lieben mit göttlicher Liebe. Und darum habe ich eine solche Freude empfunden, als ich fühlte, daß ich jenen Menschen liebe. Was ist mit ihm geschehen? Lebt er? ... Liebt man mit menschlicher Liebe, so kann man von der Liebe übergehen zum Haß; die göttliche Liebe aber ist unveränderlich. Nichts, auch der Tod nicht, kann sie zerstören; sie ist das Wesen der Seele. Und wie viele Menschen habe ich in meinem Leben gehaßt! Und von allen Menschen habe ich niemanden mehr geliebt und niemanden mehr gehaßt als sie.« Und er sah Natascha lebhaft vor sich – nicht so, wie er sie früher gesehen hatte, nur in ihren Reizen, die ihn mit Wonne erfüllten; er sah zum ersten Male ihre Seele. Und er begriff ihr Gefühl, ihre Leiden, ihre Scham, ihre Reue. Er begriff jetzt zum ersten Mal die ganze Grausamkeit seiner Absage, er erkannte die Grausamkeit seines Bruches mit ihr. »Wenn ich sie nur noch einmal sehen könnte, noch einmal ihr in die Augen schauen und sagen ...«

Und tick-tick-tack, tick-tick und tick-tick-tack ... Bum! ... schlug die Fliege auf das Kissen ... und seine Aufmerksamkeit ging plötzlich in eine andere Welt der Wirklichkeit und der Phantasie über, in der etwas Besonderes vorging. Ganz so bewegte sich in dieser Welt der Bau, noch immer brannte die Kerze mit ihrem roten Lichtschein, noch immer lag die Sphinx, sein Hemd, an der Tür, aber außerdem knarrte etwas, duftete ein frischer Windzug, und eine neue weiße Sphinx erschien, aufrecht stehend, in der Tür. Und das Haupt dieser Sphinx zeigte das bleiche Gesicht und die glänzenden Augen derselben Natascha, an die er soeben gedacht hatte. »Oh, wie drückend sind diese Phantasien ohne Ende«, dachte Fürst Andrej und versuchte dieses Gesicht aus seiner Einbildung zu verscheuchen. Aber das Gesicht stand vor ihm mit der Kraft der Wirklichkeit, und das Gesicht näherte sich. Fürst Andrej wollte zurückkehren in die frühere Welt des reinen Denkens, aber er konnte nicht, und die Phantasien zogen ihn in ihren Bann. Die leise flüsternde Stimme setzte ihr Tuscheln fort, es würgte ihn etwas, es dehnte sich aus, und das seltsame Gesicht stand vor ihm. Fürst Andrej nahm alle seine Kräfte zusammen, um zu sich zu kommen. Er bewegte sich hin und her, und plötzlich klang es ihm in den Ohren, wurde es dunkel vor seinen Augen, und er verlor die Besinnung wie ein Mensch, der im Wasser versinkt. Als er zu sich kam, lag Natascha, die er von allen Menschen in der Welt so heiß lieben wollte mit der neuen, reinen, göttlichen Liebe, die ihm jetzt aufgegangen war, vor ihm auf den Knien. Er begriff, daß dies die lebendige, wirkliche Natascha war, und er wunderte sich, er freute sich nur im stillen. Natascha blieb in kniender Stellung und sah ihn erschrocken, fest auf ihren Platz gebannt, an (sie konnte sich nicht rühren) und hielt ihr Schluchzen zurück. Ihre Züge waren bleich und unbeweglich. Nur in dem unteren Teile ihres Gesichtes zuckte etwas.

Fürst Andrej seufzte erleichtert auf, lächelte und streckte die Hand aus. Sie? sagte er, welch ein Glück!

Natascha rückte mit einer schnellen, aber vorsichtigen Bewegung auf den Knien zu ihm heran, ergriff vorsichtig seine Hand, bewegte sich mit dem Gesicht darüber und küßte sie, kaum daß ihre Lippen sie berührten.

Verzeihung! sagte sie leise, erhob den Kopf und sah ihn an. Verzeihung!

Ich liebe Sie, sagte Fürst Andrej.

Verzeihung ...

Verzeihung? Wofür? fragte Fürst Andrej.

Verzeihung für das, was ich getan habe, sagte Natascha kaum hörbar, flüsternd und stockend und küßte noch hastiger seine Hand, so daß ihre Lippen sie kaum berührten.

Ich liebe dich mehr, besser als einst, sagte Fürst Andrej und hob mit der Hand ihr Gesicht empor, so daß er in ihre Augen sehen konnte.

Diese Augen, von Tränen des Glücks voll, sahen ihn schüchtern-mitleidsvoll und freudig-liebevoll an. Nataschas hageres, blasses Gesicht mit den geschwollenen Lippen war mehr als unschön – es war schrecklich. Fürst Andrej aber sah dieses Gesicht nicht, er sah die leuchtenden Augen, und die waren schön. Da wurde hinter ihnen Gespräch laut.

Der Kammerdiener Peter, der jetzt ganz wach geworden war, hatte den Arzt geweckt. Timochin, der die ganze Zeit über nicht geschlafen hatte, weil ihm sein Bein weh tat, hatte schon lange alles beobachtet, was vorging, er hatte seinen unbekleideten Körper sorgfältig in die Decke gehüllt und sich auf seiner Bank zusammengekauert.

Was ist los? sagte der Arzt, indem er sich von seinem Lager erhob; wollen Sie nicht gehen, mein Fräulein?

In diesem Augenblick klopfte ein Mädchen an die Tür. Die Gräfin hatte sie geschickt, um die Tochter zu holen.

Wie eine Nachtwandlerin, die man mitten im Schlafe stört, ging Natascha aus dem Zimmer, und als sie in ihre Stube zurückkam, sank sie schluchzend auf ihr Lager.

Seit diesem Tage wich Natascha während der ganzen weiteren Reise der Rostows, während aller Rasttage und Nachtruhen, nicht von dem Bette des verwundeten Bolkonskij, und der Arzt mußte erkennen, er hätte von dem Mädchen weder eine solche Standhaftigkeit noch eine solche Gewandtheit in der Krankenpflege erwartet.

So furchtbar für die Gräfin auch der Gedanke war, Fürst Andrej könnte (und es war nach den Worten des Arztes sehr wahrscheinlich) auf der Reise in den Armen ihrer Tochter sterben, so konnte sie doch Natascha nicht zurückhalten. Obgleich ihr bei der Annäherung, die sich jetzt zwischen dem verwundeten Fürsten Andrej und Natascha herausgebildet, der Gedanke kam, daß für den Fall einer Genesung das frühere Verhältnis von Braut und Bräutigam erneuert werden könnte, sprach doch niemand darüber, am wenigsten Natascha und Fürst Andrej. Die unentschiedene Frage von Tod und Leben, die nicht nur über Bolkonskij, sondern über ganz Rußland schwebte, hatte alles andere zurückgedrängt.

XXXIII

Pierre erwachte am 15. September in später Stunde. Er hatte Kopfschmerzen. Die Kleider, die er während des Schlafens nicht abgelegt hatte, belästigten seinen Körper, und seine Seele bedrückte das unklare Bewußtsein einer Schmach, die am vorhergegangenen Tage geschehen war; diese Schmach war das gestrige Gespräch mit dem Kapitän Remballe.

Die Uhr zeigte elf, draußen aber schien es eigentlich düster zu sein. Pierre stand auf und rieb sich die Augen. Da erblickte er die Pistole mit dem geschnitzten Schaft, die Gerassim wieder auf den Schreibtisch gelegt hatte, und er besann sich, wo er sich befand und was ihm am heutigen Tage bevorstand.

»Habe ich mich nicht schon verspätet?« dachte Pierre, »nein, *er* wird gewiß seinen Einzug in Moskau nicht vor zwölf Uhr halten.« Pierre gestattete sich nicht über das, was ihm bevorstand, lange nachzudenken. Er beeilte sich, so schnell als möglich zu handeln.

Er brachte seine Kleider in Ordnung, nahm die Pistole zur Hand und machte sich schon bereit, zu gehen. Da kam ihm zum ersten Mal der Gedanke, daß er auf der Straße die Waffe anders tragen müsse, nicht in der Hand; auch unter dem breiten Kaftan ließ sich die große Pistole schwer verbergen. Weder am Gurt noch unter der Achsel ließ sie sich unterbringen, ohne daß man sie merkte. Außerdem war die Pistole entladen, und Pierre war nicht dazu gekommen, sie wieder zu laden. »Ein Dolch tut's auch«, sagte Pierre zu sich selbst, obwohl er mehr als einmal, wenn er über die Ausführung seiner Absicht nachgedacht hatte, zu dem Schluß gekommen war, daß der Hauptirrtum des Studenten im Jahr 1809 darin bestanden hatte, daß er Napoleon mit einem Dolch ermorden wollte. Aber als hätte Pierres Hauptaufgabe nicht darin bestanden, ein geplantes Werk zu vollbringen, sondern darin, sich selbst zu beweisen, daß er seine Absicht nicht aufgebe und alles tue, um sie auszuführen, nahm Pierre eilig den stumpfen, schartigen Dolch in grüner Scheide, den er gleichzeitig mit der Pistole am Wasserturm gekauft hatte, und verbarg ihn unter der Weste.

Er gürtete seinen Kaftan, setzte die Mütze auf und bemühte sich so lautlos als möglich und ohne dem Kapitän zu begegnen, durch den Korridor auf die Straße hinaus zugelangen.

Der Brand, den er gestern abend so gleichgültig betrachtet hatte, war in der Nacht bedeutend größer geworden. Moskau brannte schon von verschiedenen Seiten. Die Flamme loderte gleichzeitig in den Wagenmagazinen empor, im Süden jenseits der Moskwa, im Bazar, in der Powarskaja, auf den Barken der Moskwa, auf den Holzplätzen an der Dorogomilowbrücke.

Pierres Weg führte durch die Gassen auf die Powarskajastraße und von hier auf den Arbat, zur Nikolaikirche. In seiner Phantasie hatte er hier schon lange den Platz ausersehen, an dem die Tat vollbracht werden sollte. Die Tore und Fensterläden der meisten Häuser waren geschlossen, die Straßen und Gassen waren menschenleer, die Luft war vom Brandgeruch und Rauch geschwängert. Hier und da sah man Russen mit unruhig scheuen Gesichtern und Franzosen, die feld- und lagermäßig aussahen, mitten durch die Straßen ziehen. Diese und jene sahen Pierre erstaunt an. Nicht bloß wegen seiner großen Gestalt und seiner Körperfülle, nicht bloß wegen des sonderbaren, düster gesammelten und leidenden Ausdrucks seiner Züge und seiner ganzen Erscheinung, betrachteten die Russen Pierre, sondern weil sie sich nicht erklären konnten, zu welchem Stande dieser Mensch gehören konnte. Die Franzosen aber folgten ihm erstaunt mit ihren Augen besonders darum, weil Pierre im Gegensatz zu allen anderen Russen, die erschrocken und neugierig die Franzosen betrachteten, ihnen gar keine Aufmerksamkeit schenkte. Am Tore eines Hauses hielten drei Franzosen, die mit Russen sprachen und von ihnen nicht verstanden wurden, Pierre an und fragten ihn, ob er Französisch verstände.

Pierre schüttelte verneinend den Kopf und ging weiter. In einer anderen Gasse schrie ihn ein Posten an, der an einem Pulverkasten stand, und Pierre verstand erst auf den wiederholten drohenden Anruf und bei dem Klirren des Gewehrs, das der Posten anschlug, daß er auf der anderen Seite der Straße zu gehen habe. Er trug mit Hast und Schrecken seine Absicht in sich, wie etwas Entsetzliches und seinem Wesen Fremdes, und fürchtete sich, durch die Erfahrung der letzten Nacht belehrt, er könnte sie verlieren; aber es war Pierre nicht beschieden, seine Stimmung unversehrt bis an den Ort zu bringen, auf den er zueilte. Aber auch sonst, selbst wenn er auf dem Wege durch nichts aufgehalten worden wäre, hätte er seine Absicht schon darum nicht ausführen können, weil Napoleon vor mehr als vier Stunden schon aus der Vorstadt Dorogomilow über den Arbat in den Kreml eingezogen war und jetzt in der düstersten Gemütsstimmung in dem Arbeitszimmer des Zaren im Kremlpalast saß und die umständlichsten, bis ins einzelne gehenden Befehle über die Maßregeln erteilte, die sofort ergriffen werden sollten, um den Brand zu löschen, das Marodieren zu verhindern und die Einwohner zu beruhigen. Aber Pierre wußte das nicht; er quälte sich, ganz von dem Bevorstehenden benommen, wie sich Menschen quälen, die hartnäckig etwas Unmögliches ausführen wollen – unmöglich nicht, weil es zu schwer ist, sondern weil die Tat ihrer Natur widerspricht; er quälte sich mit der Befürchtung, im entscheidenden Augenblick schwach zu werden und darum die Selbstachtung zu verlieren. Obgleich er nichts um sich her sah und hörte, fand er doch instinktiv den Weg und irrte sich nicht in den Gassen, die ihn auf die Powarskaja bringen sollten.

Je näher Pierre der Powarskaja kam, desto stärker wurde der Rauch, ja es wurde sogar warm von der Glut des Brandes. Von Zeit zu Zeit züngelte das Feuer über die Dächer der Häuser hinweg. Die Straßen füllten sich immer mehr mit Volk, und das Volk wurde immer erregter. Aber obgleich Pierre fühlte, daß irgend etwas Außerordentliches um ihn her geschah, gab er sich keine Rechenschaft darüber, daß er sich der Brandstätte näherte. Während er einen Fußpfad dahinschritt, der über einen großen unbebauten Platz führte, der wiederum mit der einen Seite an die Powarskaja, mit der anderen an die Gärten des Hauses des Fürsten Grusinskij grenzte, hörte Pierre plötzlich ganz in seiner Nähe das verzweifelte Jammern einer Frau. Er blieb stehen und hob den Kopf, wie jemand, der aus dem Traum erwacht.

Seitwärts von dem Fußpfade lag im trockenen, staubigen Grase allerlei Hausrat in großen Haufen herum: Betten, Samowar, Heiligenbilder und Koffer. Neben dem Koffer saß ein älteres, hageres Weib mit langen, hervorstehenden Oberzähnen in einer schwarzen Saloppe und einer Haube am Boden. Das Weib schüttelte den Kopf und sprach vor sich hin, dann brach sie wieder ab und weinte. Zwei Mädchen von zehn bis zwölf Jahren in schmutzigen, kurzen Kleidchen und Saloppen sahen die Mutter mit ihren bleichen, erschrockenen Gesichtern verzweifelt an. Ein kleiner Knabe von etwa sieben Jahren, in einem weiten Oberrock und einer großmächtigen Mütze, die ihm nicht gehörte, weinte in den Armen einer alten Wärterin. Ein barfüßiges, schmutziges Mädchen saß auf dem Koffer. Sie hatte ihren hellblonden Zopf aufgelöst, riß die angebrannten Haare heraus und roch daran. Der Mann, ein kleiner, untersetzter Mensch im Interimsrock, mit rundem Backenbart und glattgekämmten Schläfen, die unter der gerade sitzenden Mütze hervorlugten, schleppte mit starren Zügen die Koffer, die einer auf dem anderen standen, hin und her und zog unter ihnen allerlei Kleidung hervor.

Als die Frau Pierre bemerkte, stürzte sie ihm fast zu Füßen.

Ach, geliebter Bruder, rechtgläubige Christen, rettet, helft! Oh, wenn doch einer helfen wollte! sprach sie unter Schluchzen. Mein Kind! ... Meine Tochter! ... Meine kleine Tochter ist im Hause geblieben! ... Sie verbrennt! Oh, oh, oh! ... Dazu habe ich sie aufgezogen ... oh, oh, oh!

So hör doch auf, Maria Nikolajewna, wandte sich der Mann zu seiner Frau, offenbar nur, um sich vor dem fremden Manne zu rechtfertigen. Die Schwester hat sie gewiß mitgenommen, wo sollte sie denn sein? fügte er hinzu.

Du hast kein Gefühl, du herzloser Schuft, schrie das Weib wütend und hörte sofort auf zu weinen. Du hast kein Herz im Leibe. Kümmerst dich nicht um dein eigenes Kind. Ein anderer hätte es aus dem Feuer geholt. Und du bist ein fühlloses Stück Holz, kein Mensch, kein Vater. Sie sind ein edler Mensch, wandte sich das Weib hastig sprechend an Pierre. Nebenan hat es gebrannt, dann kam es zu uns herüber, da schrie das Mädchen: »Es brennt!« und alles rannte davon. Wie wir waren, so stürzten wir hinaus. Das ist alles, was wir retten konnten! Was Gott gegeben hat, das Bett zur Mitgift, alles verloren! Ich suche die Kinder, mein Käthchen ist nicht da, oh, oh, oh! o Gott im Himmel. Und wieder brach sie in Schluchzen aus. Mein liebes Kind verbrannt, verbrannt! ...

Und wo ist die denn, wo? sagte Pierre. In den Zügen seines lebhafter werdenden Gesichts las die Frau, daß dieser Mann ihr helfen könnte.

O Väterchen! schrie sie und umfaßte seine Knie, Wohltäter, beruhige doch wenigstens mein Herz ... Aniska geh, begleite den Herrn, schrie sie einem Mädchen zu und sperrte in der Wut weit ihren Mund auf, so daß ihre langen Zähne noch mehr hervortraten.

Begleite mich, begleite mich; ich ... ich ... will schon – sagte Pierre hastig mit stockender Stimme.

Das unsaubere Mädchen kam hinter dem Koffer vor, nahm ihren Zopf auf und ging seufzend mit ihren schwerfälligen nackten Füßen den Pfad voraus, Pierre war plötzlich wie nach schwerer Betäubung zum Leben erwacht. Er hob den Kopf höher, seine Augen leuchteten in lebhaftem Glanze, er folgte schnellen Schrittes dem Mädchen, holte sie ein und trat hinaus auf die Powarskaja. Die ganze Straße war von einer dikken Wolke schwarzen Rauches bedeckt. Hie und da züngelten Flammen aus dieser Wolke. Das Volk drängte sich in großen Scharen um die Brandstätte. In der Mitte der Straße stand ein französischer General und sagte etwas zu seiner Umgebung. Pierre war eben in der Begleitung des Mädchens zu der Stelle gekommen, wo der General stand; aber die französischen Soldaten hielten ihn zurück.

Hier geht's nicht durch, schrie ihm eine Stimme zu.

Hier, Onkelchen, schrie das Mädchen. Wir gehen durch die Gasse, durch Nikulins Haus.

Pierre kehrte um und ging weiter. Von Zeit zu Zeit mußte er laufen, um dem Mädchen nachzukommen. Sie lief die Straße entlang, bog links in die Gasse ein, ging durch drei Häuser und bog dann nach rechts in das Tor ein.

Wir sind gleich da, sagte das Mädchen, rannte über den Hof und öffnete ein Pförtchen in einem Zaun, blieb stehen und zeigte auf ein großes hölzernes Seitengebäude, das lichterloh brannte. Die eine Seite war eingestürzt, die andere brannte, und die Flamme schlug hell aus den Fensteröffnungen und unter dem Dache hervor.

Als Pierre durch die Pforte gegangen war, schlug ihm die Glut entgegen, und unwillkürlich blieb er stehen.

Welches ist euer Haus? fragte er.

O – o – och! heulte das Mädchen auf und zeigte nach dem Seitengebäude. Dieses hier, dies hier war unsere Wohnung. Du bist verbrannt, unser Schatz, Käthchen, mein Herzenskind o – och, heulte Aniska auf beim Anblick des Brandes, denn sie fühlte das Bedürfnis, auch ihre Empfindung auszudrücken.

Pierre eilte auf das Seitengebäude zu, aber die Glut war so stark, daß er unwillkürlich einen Bogen um den Bau machte und zu einem großen Hause kam, das erst von einer Seite brannte, von der Dachseite, und um das eine Schar von Franzosen herumwimmelte. Pierre begriff erst nicht, was die Franzosen, die etwas fortschafften, hier machten; als er aber einen Franzosen erblickte, der mit einem stumpfen Beil auf einen Bauern einhieb, dem er den Fuchspelz herunterriß, begriff Pierre allmählich, daß sie hier plünderten; aber er hatte keine Zeit, sich bei diesem Gedanken aufzuhalten.

Das Krachen und Knattern der einstürzenden Wände und Decken, das Zischen und Knistern der Flammen, das laute Geschrei der Menge, der Anblick der hin und her schwankenden, bald dicht zusammengeballten schwarzen, bald zerflatternden hellen Rauchwolken mit dem Funkenregen, hier einer dichten, in Garben emporschießenden roten, da einer goldig glänzenden, die Wände emporzüngelnden Flamme, die Empfindungen der Glut, des Rauches und der Lebhaftigkeit der Bewegung hatten auf Pierre jene erregende Wirkung, die ein Feuer gewöhnlich auf uns ausübt. Diese Wirkung war auf Pierre darum so besonders stark, weil er plötzlich beim Anblick dieses Brandes sich von den Gedanken befreit fühlte, die seine Brust beschwerten. Er fühlte sich jung, heiter, frisch, entschlossen. Er lief um das Hinterhaus vom Hauptgebäude herum und wollte schon in den Teil hineinstürzen, der noch aufrecht stand, als unmittelbar über seinem Haupte das Geschrei vieler Stimmen laut wurde, und gleich darauf ein Krachen und der Ton eines schweren Gegenstandes, der neben ihm niederfiel.

Pierre sah sich um und bemerkte in den Fenstern des Hauses Franzosen, die eine Kommodenschublade herausgeworfen hatten, die mit lauter Metallgegenständen gefüllt war. Andere französische Soldaten, die unten standen, gingen auf die Schublade zu.

Was will der noch hier! schrie einer der Franzosen Pierre an.

Hier ist ein Kind im Hause, habt ihr kein Kind gesehen? sagte Pierre.

Was schwatzt ihr da? Mach, daß du fortkommst! schrien verschiedene Stimmen, und einer der Soldaten, der offenbar fürchtete, Pierre könnte auf den Gedanken kommen, ihnen das Silber und die Bronze, die in der Schublade waren, fortzunehmen, drang drohend auf ihn ein.

Ein Kind? schrie der Franzose von oben, ja, ich habe auch etwas im Garten winseln hören. Vielleicht sucht der Mann seinen Bengel, man muß doch menschlich sein. Wir sind alle Menschen.

Wo ist es, wo ist es? fragte Pierre.

Hier, hier, schrie ihm der Franzose vom Fenster zu und zeigte nach dem Garten hinter dem Hause. Warten Sie, ich komme gleich herunter. Und wirklich kam eine Minute später der Franzose, ein schwarzäugiger Bursche mit einem Fleck auf der Wange, im bloßen Hemd aus dem Fenster des Erdgeschosses herausgesprungen, klopfte Pierre auf die Schulter und rannte mit ihm in den Garten. Ihr da, flotter, schrie er seinen Kameraden zu. Es wird heiß.

Der Franzose rannte um das Haus herum über einen sandbestreuten Weg, zog Pierre an der Hand nach und zeigte nach einem Rasenplatz. Unter einer Bank lag ein dreijähriges Mädchen im rosa Kleidchen.

Da ist Euer Kind! Ach, ein Mädchen, desto besser, sagte der Franzose. Auf Wiedersehen, dicker Geselle! Ja ja, man muß menschlich sein, wir sind alle sterblich – und der Franzose mit dem Fleck auf der Wange lief wieder zurück zu seinen Kameraden.

Pierre rannte, atemlos vor Freunde, auf das Mädchen zu und wollte es auf den Arm nehmen. Als das skrofulöse Kind, das der Mutter ähnlich und nicht hübsch war, den fremden Mann erblickte, schrie es auf und wollte davonlaufen. Pierre aber ergriff es und nahm es auf den Arm; das Mädchen schrie in verzweifelter Wut auf, es wollte mit seinen kleinen Händchen Pierres Arm von sich entfernen und biß mit wütendem Munde hinein. Pierre erfaßte ein Gefühl des Entsetzens und des Ekels, ein Gefühl, wie er es sonst bei der Berührung eines kleinen Tierchens hatte. Aber er tat sich Gewalt an, um das Kind nicht fallen zu lassen, und eilte mit ihm zurück zu dem großen Hause. Doch es war nicht mehr möglich, auf demselben Wege zurückzugehen. Aniska, das Dienstmädchen, war nicht mehr da, und Pierre eilte mit einem Gefühl des Erbarmens und des Abscheues, indem er das jämmerlich schluchzende, nasse Mädchen aufs zärtlichste an sich drückte, durch den Garten, um einen anderen Ausgang zu suchen.

XXXIV

Als Pierre über Höfe und Gassen mit seiner Last wieder zu Grusinkijs Garten an der Ecke der Powarskaja zurückgekommen war, erkannte er im ersten Augenblick den Platz nicht wieder, von dem er ausgegangen war, um das Kind zu holen. So war er von Volk und allerlei Hausgerät, das aus den Häusern geschafft war, überfüllt. Außer den russischen Familien, die sich hier mit ihren Habseligkeiten vor dem Brande gerettet hatten, waren auch noch einige französische Soldaten in verschiedenen Trachten da. Pierre schenkte ihnen keine Aufmerksamkeit. Er beeilte sich, die Familie des Beamten wiederzufinden, um der Mutter die Tochter zu übergeben und dann wieder hinauszugehen, um Menschen zu retten. Pierre hatte das Gefühl, als läge ihm noch viel und zwar möglichst bald zu tun ob. Von der Glut und dem Laufen warm geworden, empfand Pierre in diesem Augenblick noch mächtiger das Gefühl der Jugendlichkeit, der Frische und der Entschlossenheit, das über ihn gekommen war, als er zur Rettung des Kindes forteilte. Das Mädchen war jetzt still geworden, hielt sich mit den Händchen an Pierres Rock, saß auf seinem Arm und sah sich wie ein scheues Tierchen nach allen Seiten um. Pierre warf ihm von Zeit zu Zeit einen Blick zu und lächelte es an. Er glaubte etwas rührend Unschuldiges in diesem erschrockenen, kranken Gesichtchen zu sehen.

Weder der Beamte noch seine Frau waren auf ihrem alten Platz. Pierre ging mit raschen Schritten durch die Menge und betrachtete die verschiedenen Personen, die ihm in den Weg kamen. Unwillkürlich fiel sein Auge auf eine grusinische oder armenische Familie, die aus einem schönen Greise mit orientalischem Gesichtstypus bestand, der einen neu besetzten Pelz und neue Schuhe trug, aus einem alten Weib von gleichem Typus und einer jungen Frau. Diese sehr junge Frau erschien Pierre als die Vollendung orientalischer Schönheit mit ihren scharf geschnittenen, bogenartig gezeichneten schwarzen Brauen und dem langen außerordentlich zart geröteten und schönen Gesicht ohne jeglichen Ausdruck. Inmitten des herumliegenden Hausgerätes, in der Menge auf dem Platze erinnerte sie in ihrer reichen Atlassaloppe und dem hell lila Kopftuch an ein zartes Treibhausgewächs, das man auf den Schnee hinausgeworfen hat. Sie saß ein wenig hinter der alten Frau auf Bündeln und blickte mit ihren unbeweglich großen, schwarzen, mandelförmigen, lang bewimperten Augen zu Boden. Sie war sich offenbar ihrer Schönheit bewußt und fürchtete sich um ihretwillen. Dieses Gesicht fiel Pierre auf, und selbst in seiner Eile sah er sich, als er den Zaun entlangging, mehrere Male nach ihr um. Als er an das Ende des Zauns gekommen war und doch die Leute nicht fand, die er suchte, blieb er stehen und sah sich um. Die Gestalt Pierres mit dem Kinde auf dem Arm war jetzt noch auffälliger als bisher, und bald sammelten sich um ihn eine Anzahl Russen, Männer und Weiber.

Du hast wohl jemand verloren, lieber Freund? Sie sind von Adel, nicht wahr? Wem gehört das Kind? fragte man ihn.

Pierre erwiderte, das Mädchen gehöre einem Weibe in schwarzer Saloppe, die mit ihren Kindern auf diesem Platze gesessen hatte, und fragte, ob sie niemand kenne und wohin sie gegangen sei.

Das müssen die Anferows sein, sagte ein alter Diakon zu einem pockennarbigen alten Weibe gewandt – Gott erbarme dich, Gott erbarme dich, fügte er in den gewohnten Baßtönen hinzu.

Ach was, die Anferows! sagte ein Weib. Die Anferows sind schon am frühen Morgen fortgezogen. Es muß Maria Nikolajewna oder den Iwanows gehören.

Er sagt: ein Weib, und Maria Nikolajewna ist eine Dame, sagte ein Hofbedienter.

Ja, Sie müssen sie kennen. Lange Zähne hat sie, mager ist sie, sagte Pierre.

Das ist Maria Nikolajewna. Sie sind in den Garten gegangen, als diese Wölfe hierherkamen, sagte das alte Weib, indem es auf die französischen Soldaten hinzeigte.

O Gott erbarme dich, wiederholte der Diakon.

Sie müssen hier herumgehen, sie sind da. Sie ist es, sie hat sich abgehärmt, geweint, sagte wieder das alte Weib. Sie ist es, gehen Sie hier herum.

Pierre hörte nicht auf das Weib. Er beobachtete seit wenigen Augenblicken unverwandt etwas, das wenige Schritte von ihm entfernt geschah. Er beobachtete die armenische Familie und zwei französische Soldaten, die auf die Armenier zuschritten.

Einer von diesen Soldaten, ein kleines, bewegliches Männlein, trug einen blauen Mantel, mit einem Strick gegürtet, und hatte auf dem Kopf eine Mütze. Seine Füße waren unbekleidet. Der andere, der Pierre besonders auffiel, war ein langer, stämmiger, blonder, hagerer Mann, mit langsamen Bewegungen und idiotischem Gesichtsausdruck. Dieser trug eine Frieskapuze, blaue Hosen und große zerrissene Kanonenstiefel. Der kleine Franzose, der ohne Stiefel im blauen Mantel, ging auf die Armenier zu, sagte ein paar Worte und machte sich sogleich an die Beine des Alten; und der Alte begann eilig seine Stiefel auszuziehen. Der andere in der Frieskapuze stand vor der schönen Armenierin und betrachtete sie stumm, unbeweglich, die Hände in den Taschen.

Nimm, nimm das Kind, sagte Pierre eilig in befehlendem Ton zu dem alten Weibe und reichte ihr das Kind zu. Gib's ihnen wieder, gib's ihnen! sagte er fast schreiend zu dem Weibe, setzte das laut schreiende Mädchen auf die Erde nieder und sah wieder hin nach den Franzosen und der armenischen Familie. Der Alte saß schon barfuß da. Der kleine Franzose hatte den letzten Stiefel abgezogen und schlug mit einem Stiefel an den anderen. Der Alte sagte stammelnd etwas, Pierre aber sah dies nur flüchtig. Seine ganze Aufmerksamkeit war auf den Franzosen im Mantel gerichtet, der in diesem Augenblick langsam den Kopf hin und her bewegte, auf das junge Weib zuschritt, die Hände aus den Taschen zog und nach ihrem Halse griff.

Die schöne Armenierin saß noch immer in derselben unbeweglichen Stellung, die langen Wimpern tief gesenkt da, als sähe und fühlte sie nicht, was der Soldat mit ihr machte.

Während Pierre die wenigen Schritte hineilte, die ihn von dem Franzosen trennten, hatte der lange Marodeur in dem Mantel schon der Armenierin das Geschmeide, das sie trug, vom Halse gerissen, und die junge Frau griff mit der Hand nach ihrem Halse und schrie mit gellender Stimme auf.

Laß das Weib! schrie Pierre kreischend mit wütender Stimme, packte den langen, stämmigen Soldaten bei der Schulter und stieß ihn fort. Der Soldat fiel hin, erhob sich und rannte davon.

Sein Kamerad aber warf die Stiefel fort, griff nach dem Seitengewehr und schritt drohend auf Pierre zu.

Ei! laß die Dummheiten! schrie er.

Pierre war in der wahnsinnigen Wut, in der er alles um sich her vergaß und in der seine Kräfte sich verzehnfachten. Er stürzte sich auf den barfüßigen Franzosen, und noch ehe dieser Zeit hatte, seinen Säbel zu ziehen, hatte er ihn zu Boden gestreckt und bearbeitete ihn mit den Fäusten. Ein Beifallsrufen der versammelten Menge wurde laut, und in demselben Augenblick erschien um die Ecke eine berittene Patrouille französischer Ulanen. Die Ulanen sprengten im Trabe auf Pierre zu, und die Franzosen umringten sie. Pierre wußte nun nichts mehr von allem, was jetzt kam. Er wußte nur, daß er jemanden geschlagen hatte, daß er geschlagen wurde, und daß er schließlich das Gefühl hatte, daß ihm die Hände gebunden wurden und eine Schar französischer Soldaten um ihn herum gestanden und seine Kleider durchsucht hatte.

Er hat einen Dolch bei sich, Herr Leutnant, waren die ersten Worte, die Pierre verstand.

Ah, eine Waffe, sagte der Offizier und wandte sich an den barfüßigen Soldaten, der mit Pierre zusammen gefangen wurde.

Schön, schön, vor dem Kriegsgericht wirst du alles erzählen, sagte der Offizier. Dann wandte er sich zu Pierre zurück. Verstehst du Französisch?

Pierre sah mit blutunterlaufenen Augen umher und antwortete nicht.

Sein Gesicht mochte wohl schrecklich ausgesehen haben, denn der Offizier sagte leise noch etwas, und noch vier Ulanen traten ab und stellten sich neben Pierre hin.

Sprechen Sie Französisch? wiederholte der Offizier seine Frage, hielt sich aber in einer gewissen Entfernung von ihm. Der Dolmetsch, ein kleines Männlein in russischer Zivilkleidung, trat hervor. Pierre erkannte ihn an seiner Kleidung und an seiner Sprache sofort als einen Franzosen aus einem Moskauer Geschäft.

Er sieht nicht aus wie ein Mann aus dem Volke, sagte der Dolmetsch, nachdem er Pierre gemustert hatte.

Oh, oh, er sieht ganz wie ein Brandstifter aus, sagte der Offizier, fragen Sie ihn, wer er ist, fügte er hinzu.

Wer seist du? fragte der Dolmetsch. Du mußt dem Vorgesetzten antworten, sagte er.

Ich werde nicht sagen, wer ich bin, ich bin euer Gefangener. Führt mich fort, sagte Pierre plötzlich französisch.

Ah – ah! sagte der Offizier, die Stirn runzelnd, nun, vorwärts marsch!

Um die Ulanen hatte sich eine Menge Volks gesammelt. In Pierres nächster Nähe stand das pockennarbige Weib mit dem Kinde. Als die Patrouille sich in Bewegung setzte, bewegte auch sie sich vorwärts.

Wohin führen sie dich, mein Täubchen, sagte sie, wo soll ich das Mädchen hintun, das Mädchen, wenn sie nicht Ihnen gehört? sagte das alte Weib.

Was will sie? Was will das Weib? fragte der Offizier.

Pierre war wie trunken. Der Zustand der Begeisterung wuchs noch bei dem Anblick des Kindes, das er gerettet hatte.

Was sie will? sagte er. Sie bringt mein Töchterchen, das ich eben aus den Flammen gerettet habe. – Leb wohl! Und ohne daß er selbst wußte, wie ihm diese zwecklose Lüge entfahren war, ging er mit entschlossenen triumphierenden Schritten zwischen den Franzosen hin.

Die Patrouille gehörte zu denen, die auf Duronels Befehl durch die verschiedenen Straßen Moskaus ausgeschickt waren, um der Plünderung Einhalt zu tun, besonders auch, um die Brandstifter abzufassen, die nach einer allgemein verbreiteten, an diesem Tage bei den höheren Chargen auftauchenden Meinung die Ursache der Feuersbrünste waren. Die Patrouille ritt durch einige Straßen, nahm noch fünf verdächtige Russen gefangen, einen Krämer, zwei Seminaristen, einen Bauern, einen Hausbedienten und einige Marodeure. Aber von allen Verdächtigen erschien Pierre als der am meisten Verdächtigte.

Als man sie alle zum Nachtlager in das große Haus am Subow-Wall abgeführt hatte, wo die Hauptwache eingerichtet war, brachte man Pierre unter strenger Bewachung gesondert unter.

Teil Vier

ERSTE ABTEILUNG

I

In Petersburg herrschte um diese Zeit in den höheren Kreisen, hitziger als je, ein wirrer Kampf der Parteien: Rumjanzows, der Franzosen, Maria Fjodorownas, des Großfürsten Thronfolgers und anderer, der wie immer von dem lauten Summen der höfischen Drohnen übertäubt wurde. Aber das ruhige, nur von Truggestalten, von Scheinbildern des Lebens ausgefüllte Leben Petersburgs ging seinen gewohnten Gang; und man mußte sich sehr anstrengen, um durch das Leben hindurch die Gefahr und die schwierige Lage zu erkennen, in der sich das russische Volk befand. Die Empfänge, die Bälle, das französische Theater, die Hofinteressen, die Dienstangelegenheiten, die Intrigen, alles war wie sonst. Nur in den allerhöchsten Kreisen wurden Anstrengungen gemacht, um sich die Schwierigkeit der augenblicklichen Lage zum Bewußtsein zu bringen. Leise flüsterte man sich zu, wie verschieden die beiden Kaiserinnen in dieser schwierigen Lage handelten. Die Kaiserin Maria Fjodorowna hatte, besorgt um das Wohl der Wohltätigkeits- und Erziehungsanstalten, die ihrer Obhut unterstanden, einen Befehl erlassen, alle Institute nach Kasan zu verlegen, und alle Sachen dieser Anstalten waren schon reisefertig. Die Kaiserin Elisaweta Aleksejewna aber hatte auf die Frage, welche Bestimmungen sie zu treffen beliebe, mit dem ihr eigenen russischen Patriotismus zu antworten geruht, sie könne über Staatsinstitute keinerlei Bestimmungen treffen, das sei die Sache des Kaisers. Was aber ihre Person betreffe, geruhte sie zu sagen, so würde sie die letzte sein, die Petersburg verließe.

Bei Anna Pawlowna fand am 5. September, gerade am Tage der Schlacht bei Borodino, eine Gesellschaft statt, deren Höhepunkt die Vorlesung eines Briefes des Metropoliten sein sollte, mit dem dieser die Übersendung des Bildes des heiligen Märtyrers Sergej an den Kaiser begleitet hatte. Der Brief galt als ein Muster patriotischer, geistlicher Beredsamkeit. Vorlesen sollte ihn kein geringerer als Fürst Wassilij, der durch seinen Vortrag berühmt war (er pflegte auch den Vorleser der Kaiserin abzugeben). Die Kunst des Vortrags sah man darin, daß man laut in singendem Tone, zwischen bitterer Klage und zartem Gemurmel die Mitte haltend, die Worte dahingleiten ließ, gänzlich unabhängig von ihrer Bedeutung, so daß ganz zufällig das eine Wort volltönend, das andere murmelnd gesprochen wurde. Diese Vorlesung hatte, wie alle Gesellschaften bei Anna Pawlowna, eine politische Bedeutung. Man erwartete heute einige hervorragende Persönlichkeiten, die man wegen ihrer Besuche des französischen Theaters beschämen und für die Sache des Patriotismus begeistern wollte. Es waren schon viele Menschen versammelt, aber Anna Pawlowna vermißte im Salon alle diejenigen, die sie gerade brauchte; darum eröffnete sie die Vorlesung noch nicht, sondern führte Gespräche allgemeiner Natur.

Das Neueste vom Tage war damals in Petersburg die Krankheit der Gräfin Besuchow.

Die Gräfin war vor einigen Tagen plötzlich erkrankt, sie hatte einige Gesellschaften, deren Zierde sie zu sein pflegte, nicht besucht. Es hieß, sie empfange niemanden und habe sich nicht den berühmten Petersburger Ärzten, die sie gewöhnlich behandelten, sondern einem italienischen Arzte anvertraut, der sie nach einem neuen und ungewöhnlichen Heilverfahren behandelte.

Alle Welt wußte sehr wohl, daß die Erkrankung der reizenden Gräfin daher kam, daß es unmöglich war, zwei Männer zu gleicher Zeit zu heiraten, und daß die Behandlung des italienischen Arztes in der Beseitigung dieses Übelstandes bestand. Aber in Anna Pawlownas Gegenwart wagte nicht nur niemand daran zu denken, es schien sogar, als wüßte es niemand.

Die arme Gräfin soll sehr krank sein. Der Arzt hat gesagt, es sei die Bräune.

Bräune? Oh, das ist eine böse Krankheit.

Die Nebenbuhler sollen sich, dank dieser Bräune, versöhnt haben ... Das Wort angine (Bräune) wurde mit besonderem Behagen wiederholt.

Der alte Graf, heißt es, ist rührend. Er soll wie ein Kind geweint haben, als der Arzt ihm sagte, daß der Fall nicht ungefährlich sei.

Ah, das wäre ein großer Verlust. Eine so entzückende Frau ...

Sie sprechen von der armen Gräfin? Sagte Anna Pawlowna, die sich näherte. Ich habe hingeschickt, mich nach ihrem Befinden erkundigen lassen. Ich höre, es geht ihr etwas besser. Oh, sie ist unzweifelhaft die entzückendste Frau von der Welt, sagte Anna Pawlowna mit einem Lächeln über ihre eigene Begeisterung. Wir gehören zu verschiedenen Parteien, aber das hindert mich nicht, sie nach ihren Verdiensten zu würdigen. Sie ist so unglücklich, setzte Anna Pawlowna hinzu.

Ein unvorsichtiger, junger Mann, dem es vorkam, als hätte Anna Pawlowna mit diesen Worten leicht den Schleier des Geheimnisses gelüftet, der über der Krankheit der Gräfin lag, erlaubte sich seine Verwunderung darüber auszusprechen, daß man nicht berühmte Ärzte zu Rate gezogen habe, und daß die Gräfin von einem Scharlatan behandelt werde, der ihr gefährliche Mittel geben könnte.

Sie sind vielleicht besser unterrichtet als ich, fuhr Anna Pawlowna giftig den unerfahrenen jungen Mann an. Aber ich weiß aus guter Quelle, daß dieser Arzt ein sehr gelehrter, geschickter Mann ist. Er ist der Leibarzt der Königin von Spanien. Nachdem Anna Pawlowna den jungen Mann so vernichtet hatte, wandte sie sich zu Bilibin, der in einer anderen Gruppe saß und über die Österreicher sprach. Er hatte die Stirn gefaltet und schickte sich eben an, sie zu glätten, um ein Wort zu sagen.

Ich finde, das ist entzückend, sagte er. Er sprach von einem diplomatischen Schriftstück, welches die Übersendung der österreichischen Feldzeichen begleitet hatte, die Wittgenstein, »der Held von Petropolis« (so nannte man ihn in Petersburg), nach Wien gesendet.

Wie, wie meinen Sie das? Wandte sich Anna Pawlowna an

ihn, um die Ruhe für das »mot« herzustellen, das sie schon kannte.

Und Bilibin wiederholte die folgenden Worte aus dem Original der diplomatischen Depesche, die er verfaßt hatte.

»Der Kaiser sendet die österreichischen Feldzeichen zurück«, sagte Bilibin, »die befreundeten und verwirrten Feldzeichen, die er auf falschen Wegen gefunden hat«, schloß Bilibin, und seine Stirn glättete sich.

Köstlich, köstlich, sagte Fürst Wassilij.

Das heißt wohl auf den Wegen nach Warschau, sagte plötzlich laut Fürst Hippolyt.

Alle sahen ihn an, ohne zu verstehen, was er damit sagen wollte. Auch Fürst Hippolyt sah mit fröhlicher Verwunderung umher. Er verstand ebensowenig wie die anderen, was die Worte bedeuteten. Er hatte in seiner diplomatischen Karriere oft die Beobachtung gemacht, daß solche überraschend hingeworfenen Worte sehr geistreich erschienen. Er hatte für alle Fälle das erste beste, was ihm auf die Lippen kam, gesagt. »Vielleicht gelingt's«, dachte er, »und gelingt's nicht, die anderen werden's schon zu machen wissen.« In der Tat trat in dem Augenblicke, in dem das unbehagliche Schweigen im Zimmer herrschte, die Persönlichkeit mit den schwachen, vaterländischen Gesinnungen ein, die Anna Pawlowna in ihrem Bekehrungseifer erwartete, und sie bat, indem sie lächelnd Hippolyt mit dem Finger drohte, den Fürsten, am Tische Platz zu nehmen, reichte ihm zwei Kerzen und eine Handschrift und bat zu beginnen. Alles wurde still.

»Allergnädigster Herr und Kaiser!« begann Fürst Wassilij in strengem Tone und sah seine Zuhörer an, als wollte er sie fragen, ob jemand etwas dagegen zu sagen hätte. Aber es sagte niemand etwas. – »Die erste Residenz, die Stadt Moskau, das neue Jerusalem, empfängt *ihren* Christus – er betonte das Wort *ihren* von ungefähr – wie eine Mutter ihre heißgeliebten Söhne in ihrer Umarmung empfängt, und durch die aufsteigende Finsternis wird es, den strahlenden Ruhm deiner Herrschaft vorausschauend, laut aufjubelnd singen: Hosianna, gesegnet sei, der da kommt!« Fürst Wassilij las diese letzten Worte in weinerlichem Tone.

Bilibin betrachtete aufmerksam seine Nägel, und viele waren offenbar eingeschüchtert, als ob sie fragen wollten, was sie denn verschuldet hätten? Anna Pawlowna nahm flüsternd, wie ein altes Mütterchen bei dem Gebet der Beichte, das Folgende vorweg und sprach vor sich hin: »Möge der freche und übermütige Goliath ...«

Fürst Wassilij fuhr fort:

»Möge der freche und übermütige Goliath von den Fluren Frankreichs in die russischen Lande alle Greuel des Todes bringen; der demütige Glaube, diese Schleuder des russischen David, wird jählings das Haupt seines blutdürstigen Hochmuts vernichten. Dieses Bild des heiligen Sergej, des alten Schutzherrn des Wohls unseres Vaterlandes, bei Eurer Kaiserlichen Majestät dargebracht. Ich beklage schmerzlich, daß meine schwindenden Kräfte mich verhindern, mich an dem Anblicke Eurer Majestät huldvollsten Antlitzes zu erlaben. Heiße Gebete sende ich zum Himmel, auf daß der Allmächtige den Stamm der Gerechten erhöhe und die Wünsche Eurer Majestät zum Heile erfülle.«

Welche Kraft! Welcher Stil! ertönte es zum Lobe des Vorlesers und des Verfassers. Begeistert von dieser Rede sprachen Anna Pawlownas Gäste noch lange über die Lage des Vaterlands und stellten allerlei Vermutungen auf über den Ausgang der Schlacht, die in diesen Tagen geliefert werden mußte.

Sie werden sehen, sagte Anna Pawlowna, wir bekommen morgen am Geburtstage des Kaisers eine Nachricht; ich habe eine gute Vorahnung.

II

Anna Pawlownas Ahnung bestätigte sich wirklich. Am folgenden Tage, während des Gottesdienstes, der im Schlosse zum Geburtstage des Kaisers stattfand, wurde Fürst Bolkonskij aus der Kirche gerufen und ihm ein Brief von Kutusow überbracht. Es war ein Bericht Kutusows aus Tatarinowa, vom Tage der Schlacht. Kutusow schrieb, die Russen seien nicht einen Schritt gewichen. Die Franzosen hätten weit größere Verluste gehabt als die Unserigen. Er melde dies in höchster Eile vom Schlachtfelde, noch ehe die letzten Nachrichten bei ihm eingetroffen seien. Es war also ein Sieg. Sofort wurde, noch ehe man den Tempel verließ, dem Schöpfer für seinen Beistand und für den Sieg ein Dankgebet dargebracht.

Anna Pawlownas Vorahnung hatte sich bestätigt, und in der Stadt herrschte den ganzen Vormittag eine freudige, festliche Stimmung. Niemand zweifelte an dem errungenen Siege, viele sprachen schon von einer Gefangennahme Napoleons, von seiner Absetzung und der Wahl eines neuen Hauptes für Frankreich.

Fern von dem Kriegsschauplatze und inmitten der Verhältnisse des Hoflebens ist es kaum möglich, daß die Ereignisse sich in ihrer ganzen Fülle und Kraft widerspiegeln. Unwillkürlich gruppieren sich die allgemeinen Ereignisse um irgendeine besondere Zufälligkeit. So bestand jetzt die Hauptfreude der Hofgesellschaft ebensosehr darin, daß wir gesiegt hatten, wie darin, daß die Nachricht über diesen Sieg gerade an dem Geburtstage des Kaisers eingetroffen war. Das war geradezu wie eine gelungene Überraschung. In Kutusows Bericht war auch die Rede von den Verlusten der Russen, und unter ihnen waren Tutschkow, Bagration, Kutajssow mit Namen genannt. So gruppierte sich die traurige Seite des Ereignisses hier in der Petersburger Gesellschaft unwillkürlich um das eine Ereignis: den Tod Kutajssows. Alle hatten ihn gekannt, der Kaiser hatte ihn liebgehabt, er war jung und interessant gewesen. Und alle begrüßten sich an diesem Tage mit den Worten:

Ach, ein merkwürdiger Zufall! Gerade während des Gottesdienstes, und welch ein Verlust ... Kutajssow, ach, wie schade!

Was habe ich Ihnen von Kutusow gesagt? sagte jetzt Fürst Wassilij mit dem stolzen Bewußtsein eines Propheten. Ich habe immer gesagt, er allein ist imstande, Napoleon zu besiegen.

Am folgenden Tage aber kamen keine Nachrichten von der Armee, und die allgemeine Stimmung wurde immer erregter.

Die Hofleute litten unter den Leiden der Ungewißheit, in der sich der Kaiser befand.

Die Lage des Kaisers ist schlimm, sagten die Hofleute; sie rühmten nicht mehr, wie vorgestern, Kutusow, sie sprachen jetzt ungünstig über ihn, weil er die Ursache der Beunruhigung des Kaisers war.

Fürst Wassilij prahlte nicht mehr mit seinem Schützling Kutusow, sondern hüllte sich in Schweigen, wenn die Rede von dem Oberbefehlshaber war.

Als ob sich alles vereinigt hätte, um die Einwohner von Petersburg in Angst und Unruhe zu versetzen, war außerdem am Abend dieses Tages noch ein furchtbares Ereignis eingetreten. Die Gräfin Helena Besuchow war plötzlich an der schrecklichen Krankheit gestorben, die einen so angenehmen Namen hatte. In der höheren Gesellschaft hieß es offiziell, die Gräfin Besuchow sei an einem schrecklichen Anfall von Bräune gestorben, in dem Kreise der Vertrauten aber wußte man Einzelheiten zu erzählen, wie der Leibarzt der Königin von Spanien Helène kleine Dosen einer Arznei verschrieben hätte, um eine bestimmte Wirkung zu erzielen; Helène aber habe im Gram darüber, daß der alte Graf sie verdächtigte, und darüber, daß ihr Gatte, dem sie geschrieben hatte (dieser unglückliche, liederliche Pierre) ihr nicht geantwortet, auf einmal eine ungeheure Dosis der verschriebenen Arznei genommen und sei unter Qualen gestorben, ehe man ihr Hilfe bringen konnte. Fürst Wassilij und der alte Graf, hieß es, hätten den Italiener zur Rechenschaft gezogen, der Italiener aber hätte von der unglücklichen Verstorbenen solche Briefe vorgelegt, daß man ihn sofort seines Weges ziehen ließ.

Die allgemeine Unterhaltung konzentrierte sich auf die drei traurigen Ereignisse: das Schwanken des Kaisers, den Verlust Kutajssows und den Tod Helènes.

Drei Tage nach Kutusows Bericht kam ein Moskauer Gutsbesitzer nach Petersburg, und die Stadt durcheilte die Nachricht von der Übergabe Moskaus an die Franzosen. Das war furchtbar! In welcher Lage befand dich der Kaiser! Kutusow war ein Verräter, und Fürst Wassilij sprach bei den »Beileidsbesuchen«, die ihm nach dem Tode seiner Tochter gemacht wurden, von dem dereinst von ihm so gepriesenen Kutusow (es erschien ihm erlaubt, in der Trauer zu vergessen, was er dereinst gesagt hatte) – man hätte, sagte er, von einem blinden und ausschweifenden Greise nichts anderes erwarten dürfen.

Ich wundere mich nur, wie man einem solchen Manne das Schicksal Rußlands hat anvertrauen können.

Solange diese Nachricht nicht offiziell war, konnte man noch an ihrer Wahrheit zweifeln. Am Tage darauf aber traf folgende Meldung vom Grafen Rostoptschin ein:

»Ein Adjutant des Fürsten Kutusow überbrachte mir einen Brief, in dem er von mir Polizeioffiziere verlangt, welche die Truppen auf die Straße von Rjasan führen sollen. Er sagt, er verlasse Moskau mit schwerem Herzen. Majestät! Kutusows Schritt entscheidet das Schicksal der Hauptstadt und Ihres ganzen Reiches. Rußland wird erzittern, wenn es von der Preisgebung der Stadt hören wird, in der sich die Größe Rußlands konzentriert, in der die Asche Ihrer Ahnen ruht. Ich folge der Armee. Ich habe alles fortgeschafft, mir bleibt nichts übrig, als das Schicksal meines Vaterlandes zu beweinen.«

Nach dem Empfang dieses Berichtes übersandte der Kaiser Kutusow durch den Fürsten Bolkonskij das folgende Schreiben:

»Fürst Michail Ilarionowitsch! Seit dem 10. September habe ich keinen Bericht von Ihnen. Inzwischen erhalte ich vom 13. September über Jaroslawl durch den Oberbefehlshaber von Moskau die traurige Kunde, daß Sie sich entschlossen haben Moskau aufzugeben. Sie können sich vorstellen, welche Wirkung diese Nachricht auf mich gemacht hat. Ihr Schweigen aber vermehrt noch mein Erstaunen. Ich sende Ihnen hiermit den Generaladjutanten Fürsten Bolkonskij, um von Ihnen zu erfahren, in welcher Lage sich die Armee befindet, und welche Gründe Sie veranlaßt haben, einen so beklagenswerten Entschluß zu fassen.«

III

Neun Tage nach der Preisgabe Moskaus kam ein Bote von Kutusow mit dem offiziellen Bericht über die Preisgebung Moskaus. Dieser Bote war der Franzose Michaud, der kein Wort Russisch verstand, im übrigen aber »trotz seiner fremden Herkunft von ganzem Herzen und von ganzer Seele Russe war«, wie er selbst von sich zu sagen pflegte.

Der Kaiser empfing den Boten sofort in seinem Arbeitszimmer in seinem Schloß auf Kamennyj-Ostrow. Michaud, der Moskau vor dem Feldzuge nie gesehen hatte und kein Wort Russisch verstand, fühlte sich trotzdem tief ergriffen, als er vor unserm allergnädigsten Herrn (wie er schrieb) mit der Nachricht über den Brand von Moskau erschien, »dessen Flammen seinen Weg beleuchteten«.

Mochte nun auch die Quelle des Kummers des Herrn Michaud eine andere sein als die, aus der das Leid der Russen entsprang, so hatte Michaud doch ein so kummervolles Aussehen, als er in das Kabinett des Kaisers trat, daß der Kaiser ihn sofort fragte: »Was für Nachrichten bringen Sie mir? Trauerbotschaft, Oberst?«

Schlimme Trauerbotschaft, Majestät, antwortete Michaud und senkte seufzend die Augen. Die Übergabe Moskaus.

Ist meine alte Hauptstadt ohne Schlacht preisgegeben worden? sagte der Kaiser schnell und wurde purpurrot.

Michaud meldete ehrerbietig, was ihm Kutusow zu melden aufgetragen hatte, daß nämlich bei Moskau eine Schlacht unmöglich war, und daß ihm nur die Wahl geblieben wäre, zwischen dem Verlust der Armee und der Stadt Moskau oder nur der Stadt Moskau; der Feldmarschall habe darum das letztere wählen müssen.

Der Kaiser hörte schweigend zu, ohne Michaud anzusehen.

Ist der Feind in die Stadt eingedrungen? fragte er.

Ja, Majestät, in diesem Augenblick ist ganz Moskau ein Aschenhaufen. Als ich es verließ, stand es in Flammen, sagte Michaud entschlossen; als er aber einen Blick auf den Kaiser warf, erschrak er über das, was er getan. Der Kaiser atmete schwer und schnell, seine Unterlippe bebte, seine schönen blauen Augen waren plötzlich tränenfeucht.

Aber das währte nur einen Augenblick. Plötzlich runzelte der Kaiser die Stirn, als machte er sich selbst Vorwürfe wegen seiner Schwäche, richtete den Kopf empor und sagte mit fester Stimme zu Michaud:

An allem, was vorgeht, Oberst, sehe ich, daß die Vorsehung von uns große Opfer fordert ... Ich füge mich in allem demütig ihrem Willen. Aber sagen Sie mir, Michaud, wie haben Sie die Armee verlassen, die meine alte Hauptstadt ohne einen Schwertstreich aufgegeben hat. Haben Sie nicht gefunden, daß ihr Mut gesunken ist?

Als Michaud bemerkte, daß sein allergnädigster Herr sich wieder beruhigt hatte, beruhigte auch er sich. Er war aber noch nicht fähig, auf die direkte wesentliche Frage des Kaisers, die auch eine direkte Antwort erforderte, Bescheid zu geben.

Sire, gestatten Sie mir, mich frei auszusprechen, wie es einem ehrenhaften Soldaten geziemt, sagte er, um Zeit zu gewinnen.

Das verlange ich immer, Oberst, sagte der Kaiser. Verhehlen Sie mir nichts, ich will unbedingt die volle Wahrheit wissen.

Sire, sagte Michaud mit einem feinen, kaum wahrnehmbaren Lächeln um den Mund. Er hatte inzwischen seine Antwort in der Form eines leichten ehrerbietigen Wortspiels vorbereitet – Sire, ich habe die ganze Armee vom Führer bis hinunter zu dem letzten Soldaten ausnahmslos in großer, entsetzlicher Besorgnis verlassen.

Wie das? unterbrach ihn der Kaiser und runzelte düster die Stirn. Können meine Russen durch einen Mißerfolg mutlos werden? ... Niemals! ... Aber gerade darauf hatte Michaud gewartet, um sein Wortspiel anzubringen.

Sire, sagte er, mit einer ehrerbietigen, spielenden Gewandtheit. Sie besorgen nur das eine, Eure Majestät könnte in der Güte ihres Herzens Frieden schließen. Sie brennen vor Ungeduld, wieder in den Kampf zu ziehen – sagte der Bevollmächtigte des russischen Volkes – und Eurer Majestät mit dem Opfer ihres Lebens zu beweisen, wie sehr sie Ihnen ergeben sind! ...

Ah, sagte der Kaiser beruhigt, mit einem milden Glanz in den Augen, und klopfte dabei Michaud auf die Schulter. Sie beruhigen mich, Oberst.

Dann senkte der Kaiser den Kopf und schwieg eine Weile.

Gut, kehren Sie also zur Armee zurück, sagte er, dabei richtete er sich in seiner ganzen Größe auf und wandte sich mit einer gnädigen und majestätischen Geste zu Michaud. Sagen Sie unseren Tapferen, sagen Sie allen meinen braven Untertanten und überall, wo Sie hinkommen, wenn ich keine Soldaten mehr haben werden, werde ich selbst an die Spitze meiner lieben Edelleute und braven Bauern treten und so die letzten Hilfsquellen meines Reiches ausschöpfen. Diese Hilfsquellen sind reicher, als meine Feinde glauben, sagte der Kaiser mit immer steigender Begeisterung. Sollte aber die göttliche Vorsehung beschlossen haben, sagte er, indem er seine schönen, milden, in tiefer Empfindung strahlenden Augen zum Himmel emporrichtete, daß unser Haus aufhöre, auf dem Thron unserer Ahnen zu herrschen, so will ich, wenn ich alle Hilfsmittel erschöpft habe, die in meiner Macht sind, mir den Bart bis hierhin wachsen lassen (der Kaiser zeigte mit der Hand auf die Mitte der Brust) und lieber mit dem letzten meiner Bauern Kartoffeln essen, als die Schmach meines Vaterlandes und meines geliebten Volkes, dessen Opfer ich zu schätzen weiß, unterzeichnen! – Nachdem der Kaiser diese Worte mit erregter Stimme gesprochen hatte, wandte er sich plötzlich um, als wollte er Michaud die Tränen verbergen, die ihm in die Augen traten, und ging in die Tiefe seines Arbeitszimmers. Dort stand er einige Augenblicke; dann kam er mit großen Schritten zurück, ging auf Michaud zu und drückte seine Hand unterhalb des Ellbogens mit einer kräftigen Geste. Das schöne, milde Antlitz des Kaisers überzog sich mit Rot, und seine Augen leuchteten in einem Glanze von Entschlossenheit und Zorn.

Oberst Michaud, vergessen Sie nicht, was ich Ihnen gesagt habe; vielleicht gedenken wir dessen noch einmal mit Freuden ... Napoleon oder ich, sagte der Kaiser, und berührte dabei seine Brust. Wir können nicht mehr nebeneinander regieren. Ich kenne ihn jetzt, er soll mich nicht mehr täuschen ...

Der Kaiser runzelte die Stirn und schwieg. Als Michaud diese Worte hörte, als er den Ausdruck fester Entschlossenheit in den Augen des Kaisers sah, fühlte er, daß der »trotz seiner fremden Herkunft von ganzem Herzen und von ganzer Seele Russe war«, in diesem feierlichen Augenblick sich begeistert von allem, was er gehört hatte (wie er später zu sagen pflegte), und er drückte sowohl seine Empfindung als auch die Empfindung des russischen Volkes, als dessen Bevollmächtigten er sich betrachtete, in folgenden Worten aus:

Sire, sagte er, Eure Majestät unterzeichnen in diesem Augenblick den Ruhm Ihrer Nation und die Befreiung Europas!

Der Kaiser entließ Michaud mit einem Neigen des Kopfes.

IV

In der Zeit, da das halbe Rußland in den Händen des Feindes war, da die Bewohner Moskaus in die fernen Provinzen flüchteten und Landwehr auf Landwehr sich zur Verteidigung des Vaterlandes erhob, müssen alle Russen – so glauben wir, die wir diese Zeit nicht mit durchlebt haben –, von jung bis alt, nichts anderes getan haben, als sich zu opfern zur Rettung des Vaterlandes, als zu weinen über seinen Untergang. Die Berichte und Schilderungen aus jener Zeit, alle ohne Ausnahme, wissen nur von der Aufopferung, von der Vaterlandsliebe, von der Verzweiflung, von dem Schmerz und von dem Heldenmute der Russen zu erzählen. In Wirklichkeit aber stand es anders. Uns erscheint es darum so, weil wir in der Vergangenheit nur die allgemeine historische Aufgabe jener Zeit sehen, nicht alle jene kleinen menschlichen Interessen, welche die einzelnen hatten; und doch sind in Wirklichkeit diese persönlichen Interessen des Augenblicks in so hohem Grade bedeutender als die allgemeinen Interessen, daß man aus ihnen nie das (kaum bemerkbare) allgemeine Interesse herausfühlt. Der größte Teil der Menschen jener Zeit schenkte dem allgemeinen Gange der Dinge gar kein Aufmerksamkeit und war ganz dem persönlichen Interesse des Augenblicks hingegeben, und gerade diese Menschen dienten der guten Sache am meisten. Die Menschen, die den allgemeinen Gang der Weltgeschichte zu begreifen versuchten und mit Selbstaufopferung und Heldenmut an ihm teilnehmen wollten, waren die unnützesten Glieder der Gesellschaft; sie sahen alles verkehrt, und alles, was sie zum Nutzen zu tun glaubten, erwies sich als nutzloser Unsinn, wie z. B. die Regimenter Pierres, Mamonows, welche die russischen Dörfer plünderten, wie die Scharpie, welche die Damen zupften, die aber nie bis zu den Verwundeten gelangte usw. Selbst die Männer, die gern weise Reden führten, ihren Gefühlen Ausdruck gaben und über die jeweilige Lage Rußlands schwatzten, gaben unwillkürlich ihren Reden das Gepräge der Heuchelei oder Lüge oder nutzloser Nörgelei und Anfeindungen von anderen, denen sie eine Schuld beimaßen, welcher niemand bezichtigt werden konnte. In historischen Ereignissen spricht sich klarer als irgendwo das Verbot des Genusses vom Baume der Erkenntnis aus. Nur unbewußtes Handeln bringt Früchte, und der Mensch, der in einem geschichtlichen Ereignis eine Rolle spielt, versteht nie dessen Bedeutung. Versucht er es zu begreifen, so schlägt er sich mit Unfruchtbarkeit.

Die Bedeutung des Ereignisses, das sich damals in Rußland vollzog, war um so weniger zu durchschauen, je näher die Teilnahme der Menschen an ihm war. In Petersburg und in den Provinzen, die fern von Moskau lagen, beweinten Frauen und Männer in der Tracht der Milizen Rußland und die Hauptstadt und sprachen von Selbstaufopferung usw. In der Armee dagegen, die bis hinter Moskau zurückgegangen war, sprach man fast gar nicht, dachte man fast gar nicht an Moskau. Niemand schwur bei dem Anblick seines Aschenhaufens den Franzosen Rache, man dachte an das folgende Drittel der Löhnung, an die nächste Rast, an Matroschka die Marketenderin und dergleichen.

Nikolaj Rostow nahm, ganz ohne das Ziel der Selbstaufopferung, nur zufällig, da der Krieg ihn im Dienste traf, nahen und dauernden Anteil an der Verteidigung des Vaterlandes; darum sah er nicht ohne Verzweiflung und finstere Betrachtungen auf das, was damals in Rußland geschah. Wenn man ihn gefragt hätte, was er über die jeweilige Lage Rußlands denke, würde er gesagt haben, er habe nichts zu denken, dafür seien Kutusow und andere da, er habe nur gehört, daß man die Regimenter ergänzen ließ, daß man sich wahrscheinlich noch lange schlagen würde, und daß es unter den gegenwärtigen Verhältnissen wohl möglich wäre, im Laufe von zwei Jahren Regimentskommandeur zu werden.

Da er die Dinge so betrachtete, nahm er die Mitteilung, daß er bestimmt sei, auf Remonten für die Division nach Woronesh zu gehen, nicht nur ganz ohne Bedauern darüber auf, daß er der Teilnahme an der letzten Schlacht verlustig gehe, sondern mit der größten Befriedigung, die er auch gar nicht verbarg und die seine Kameraden sehr gut verstanden.

Wenige Tage vor der Schlacht bei Borodino erhielt Nikolaj das Geld und die Papiere. Er schickte seine Husaren voraus und fuhr selbst mit der Post nach Woronesh.

Nur wer selbst monatelang ununterbrochen die Atmosphäre des Kriegs- und Schlachtenlebens kennengelernt hat, kann das Wonnegefühl begreifen, das Nikolaj erfüllte, als er aus den Grenzen des Gebietes herauskam, bis zu welchen die Truppen beim Furagieren und Provianteinholen kamen und die Lazarette reichten. Als er ohne Soldaten, ohne Fuhren, ohne die schmutzigen Spuren des Lagerlebens die Dörfer mit den Bauern und Bauernfrauen, die Gehöfte des Gutsherrn, die Felder mit dem weidenden Vieh, die Stationshäuschen mit den schläfrigen Posthaltern sah, empfand er eine solche Freude, als sähe er alles dies zum ersten Male. Was sein Erstaunen und seine Freude besonders lange in Anspruch nahm, das waren die Frauen, die jungen, frischen Frauen, welchen nicht Dutzende von Offizieren den Hof machten, Frauen, die erfreut und geschmeichelt waren, wenn der fremde Offizier mit ihnen scherzte.

In heiterster Gemütsstimmung kam Nikolaj zu nächtlicher Stunde in Woronesh an, stieg im Gasthaus ab, bestellte alles das, was er lange in der Armee hatte entbehren müssen, und am anderen Tage rasierte er sich fein säuberlich und legte den schon lange nicht getragenen Paradeanzug an, um sich den Vorgesetzten vorzustellen.

Der Führer der Landwehr war ein Zivilgeneral, ein alter

Mann, dem es augenscheinlich Vergnügen machte, Titel und Amt eines Militärs zu führen. Er empfing Nikolaj ärgerlich (er meinte, darin bestehe das militärische Wesen) und fragte ihn mit wichtiger Miene, bald billigend und bald mißbilligend, als hätte er ein Recht dazu, und als wollte er die allgemeine Lage beurteilen, über alles aus. Nikolaj war in so guter Stimmung, daß ihn alles dies nur belustigte.

Von dem Befehlshaber der Landwehr begab er sich zu dem Gouverneur. der Gouverneur war ein kleiner, lebhafter, sehr freundlicher und schlichter Mann. Er wies Nikolaj die Gestüte nach, in denen man Pferde bekommen könnte, empfahl ihm einen Pferdehändler in der Stadt und einen Gutsherrn, der zwanzig Werst von der Stadt entfernt wohnte und bei dem man die besten Pferde bekommen könnte, und versprach ihm jegliche Hilfe.

Sie sind ein Sohn des Grafen Ilja Andrejewitsch? Meine Frau war mit Ihrer Mama sehr befreundet. Wir empfangen am Donnerstag. Heute ist gerade Donnerstag, bitte, beehren Sie uns, sagte der Gouverneur, als er von ihm Abschied nahm.

Vom Gouverneur fuhr Nikolaj in einem Postwagen mit seinem Wachtmeister geradewegs nach dem Gestüt zu dem Gutsbesitzer in der Nähe. In diesen ersten Tagen seines Aufenthaltes in Woronesh erschien Nikolaj alles heiter und leicht, und wie es zu gehen pflegt, wenn man selbst in guter Stimmung ist, alles machte und fügte sich von selbst.

Der Gutsherr, den Nikolaj besuchte, war ein alter Junggeselle, ehemaliger Kavallerist, ein Pferdekenner, ein Jäger, Besitzer einer Teppichfabrik, hundertjährigen Gewürzbranntweins, alten Ungarweins und wundervoller Pferde.

Nikolaj brauchte nicht viel Worte zu machen und kaufte für 6000 Rubel 17 Hengste, Auslese (wie er sagte), als Probestück seiner Remonte. Nachdem Rostow gespeist und von dem Ungarwein ein wenig über den Durst getrunken hatte, küßte er den Gutsbesitzer, mit dem er schon auf du und du stand, zum Abschied, fuhr auf dem scheußlichen Wege in der heitersten Stimmung zurück und trieb den Hofknecht beständig an, damit er noch zur rechten Zeit zur Gesellschaft beim Gouverneur ankäme.

Nikolaj kleidete sich um, parfümierte sich, goß sich kaltes Wasser über den Kopf und ging zum Gouverneur. Er kam zwar etwas spät, trat aber mit der vorbereiteten Wendung: »Besser spät als gar nicht« in das Zimmer.

Es war kein Ball, es war auch nicht zum Tanz geladen; und doch wußten alle, daß Katerina Petrowna auf dem Klavier Walzer und Ekossaise spielen und daß die Gesellschaft tanzen würde.

Darauf hatten alle gerechnet und waren in Ballkleidung erschienen.

Das Leben in den Provinzstädten war im Jahre 1812 ganz wie sonst, nur mit dem Unterschiede, daß es lebhafter in der Stadt zuging, weil viele reiche Familien aus Moskau angekommen waren und daß, wie in allem, was damals in Rußland vorging, ein gewisser Schwung lag – das Messer stand an der Kehle, das Leben war keinen Pfifferling wert. Die Alltagsunterhaltung, die den Menschen unentbehrlich ist und die bisher das Wetter und die gemeinsamen Bekannten zum Gegenstande hatte, beschäftigte sich jetzt mit Moskau, dem Heere und Napoleon.

Die Gesellschaft, die bei dem Gouverneur versammelt war, war die beste in der Stadt Woronesh.

Es waren viele Damen da, auch einige Moskauer Bekannte Nikolajs; von Männern war niemand da, der im entferntesten mit dem Ritter des Georgskreuzes, mit dem Husaren auf Remonte und mit dem gutherzigen und wohlerzogenen Grafen Rostow hätte wetteifern können. Unter den Männern befand sich auch ein gefangener Italiener, ein Offizier der französischen Armee, und Nikolaj fühlte, daß die Anwesenheit dieses Gefangenen ihm, dem russischen Helden, noch eine höhere Bedeutung gab. Es war gewissermaßen eine Siegestrophäe. Nikolaj fühlte das, und es war ihm, als betrachteten alle den Italiener von diesem Gesichtspunkte aus, und Nikolaj behandelte den Offizier mit einer liebenswürdigen Würde und Zurückhaltung.

Gleich als Nikolaj in seiner Husarenuniform eingetreten war und um sich her einen Duft von Parfüm und Wein verbreitet und zu wiederholten Malen die Begrüßungsformel

»Besser spät als gar nicht«, selbst gebraucht und gehört hatte, wurde er von allen Seiten umringt. Alle Blicke waren auf ihn gerichtet, und er hatte gleich das Gefühl, daß er in der Provinz die schmeichelhafte und stets angenehme, jetzt aber nach langer Entbehrung berauschende Stellung des allgemeinen Lieblings einnahm. Nicht nur die Aufmerksamkeit der Mägde auf den Stationen, in den Gasthäusern und in der Teppichfabrik des Gutsherrn schmeichelte ihm, sondern auch hier in der Gesellschaft des Gouverneurs gab es (wie es Nikolaj schien), eine unerschöpfliche Anzahl junger Frauen und hübscher Mädchen, die mit Ungeduld den Augenblick erwarteten, in dem Nikolaj ihnen seine Aufmerksamkeit zuwandte. Frauen und Mädchen taten schön mit ihm, und die alten Herren beschäftigten sich vom ersten Tage an damit, den schmukken, übermütigen Husaren zu verheiraten und zu einem gesetzten Manne zu machen. Zu diesen letzteren zählte auch die Frau des Gouverneurs selbst, die Rostow wie einen nahen Verwandten empfing, ihn »Nikolaj« und »du« nannte.

Katerina Petrowna spielte wirklich Walzer und Ekossaisen, und der Tanz begann. Nikolaj bezauberte nun durch seine Gewandtheit noch mehr die ganze Gesellschaft der Provinzstadt. Er setzte sogar alle durch seine besonderes nachlässige Art zu tanzen in Erstaunen. Nikolaj selbst war ein wenig verwundert über die Art, wie er an diesem Abend tanzte. In Moskau hatte er nie so getanzt, er hätte diese nachlässige Art zu tanzen für unpassend, für schlechten Ton gehalten; hier aber empfand er das Bedürfnis, alle durch etwas Ungewöhnliches in Erstaunen zu setzen, durch etwas, was sie für eine Mode der Residenz halten sollten, die bisher noch nicht in die Provinz gedrungen war.

Den ganzen Abend über hatte Nikolaj vor allen anderen einer blauäugigen, üppigen, reizenden Blondine seine Aufmerksamkeit geschenkt, der Gattin eines Provinzialbeamten. Mit der naiven Überzeugung vergnügter junger Leute, daß die Frauen anderer für sie geschaffen seien, war Rostow nicht von der Seite dieser Dame gewichen und benahm sich freundschaftlich, als wäre es so verabredet, gegen ihren Mann, und als wüßte sie, obwohl sie kein Wort darüber gesprochen hatten, wie gut sie zueinander paßten, Nikolaj nämlich und die Gattin dieses Mannes. Der Mann aber schien diese Überzeugung nicht zu teilen und benahm sich barsch gegen Rostow. Nikolajs gutherzige Naivität indessen war so grenzenlos, daß sich sogar der Mann bisweilen unwillkürlich der lustigen Stimmung Nikolajs fügte. Gegen das Ende der Gesellschaft jedoch wurde das Gesicht des Mannes desto finsterer und starrer, je röter und belebter das Gesicht seiner Frau wurde, sie schienen beide zusammen ein bestimmtes Maß von Lebhaftigkeit zu besitzen, und je nachdem sie bei der Frau wuchs, nahm sie bei dem Manne ab.

V

Nikolaj saß mit dem freundlichen Lächeln, das sein Gesicht nicht verließ, ein wenig vorgelehnt in seinem Sessel, ganz nah zu der Blondine hingebeugt, und machte ihr mythologische Komplimente.

Er wechselte fesch die Haltung seiner Beine in den eng anliegenden Reithosen, strömte den Duft von Parfüm aus, weidete sich an dem Anblick seiner Dame, an sich selbst, an den schönen Formen seiner Beine mit den eng anliegenden Kanonenstiefeln und erzählte dabei der Blondine, er habe die Absicht, hier in Woronesh eine Dame zu entführen.

Ei, wen denn?

Eine entzückende, göttliche Dame! mit blauen Augen (Nikolaj betrachtete seine Nachbarin), einem Korallenmündchen, einem Teint, weiß wie Schnee – er betrachtete ihre Schulter –, einer Gestalt wie Diana …

Der Mann trat zu ihnen heran und fragte seine Frau finster, wovon sie sprächen.

Ah, Nikita Iwanytsch, sagte Nikolaj, und erhob sich höflich. Und als wünschte er, Nikita Iwanytsch möchte an seinen Scherzen teilnehmen, erzählte er auch ihm von seiner Absicht, eine Blondine zu entführen.

Der Mann lächelte finster, die Frau heiter, die gute Gouverneursfrau kam mit einem tadelnden Blick zu ihnen heran.

Anna Ignatjewna möchte dich sprechen, Nikolaj, sagte sie und sprach die Worte Anna Ignatjewna mit einer Betonung, daß Rostow sofort klar wurde, Anna Ignatjewna müsse eine sehr einflußreiche Dame sein. Komm, Nikolaj. Du gestattest doch, daß ich dich so nenne?

O ja, Tantchen. Wer ist das?

Anna Ignatjewna Malwinzewa. Ihre Nichte hat ihr von dir erzählt, wie du sie gerettet hast ... Weißt du nun? ...

Wie viele habe ich schon gerettet! sagte Nikolaj.

Ihre Nichte, die Prinzessin Bolkonskij. Sie ist bei ihrer Tante hier in Woronesh. Oho, wie du rot wirst, oder? ...

Fällt mir gar nicht ein. Nicht doch, Tantchen.

Nun gut, gut. Oh, du bist ein ...

Die Gouverneursfrau führte ihn zu einer hochgewachsenen, sehr dicken, alten Dame in blauer Toque, die eben ihre Kartenpartie mit den bedeutendsten Persönlichkeiten der Stadt beendigt hatte. Das war Frau Malwinzew, die Tante der Prinzessin Maria mütterlicherseits, eine reiche, kinderlose Witwe, die in Woronesh ansässig war. Sie stand und war gerade mit der Abrechnung beschäftigt, als Rostow auf sie zutrat. Streng und würdevoll kniff sie die Augen zusammen, sah ihn an und fuhr fort, den General auszuschelten, der ihr das Geld abgenommen hatte.

Ich freue mich sehr, mein Lieber, sagte sie und streckte ihm die Hand entgegen. Bitte, machen Sie mir das Vergnügen!

Die würdevolle alte Dame sprach über die Prinzessin Maria, über ihren verstorbenen Vater, dem Frau Malwinzew offenbar nicht gewogen war, fragte ihn, was er über den Fürsten Andrej wußte, der sich ebenfalls nicht ihrer Gunst zu erfreuen schien, und entließ ihn, nachdem sie ihre Einladung wiederholt hatte.

Nikolaj sagte zu und errötete wieder, als er den Abschiedsgruß der Frau Malwinzew mit einer Verbeugung erwiderte. Bei der Erwähnung der Prinzessin Maria empfand Rostow ein ihm selbst unerklärliches Gefühl der Schüchternheit, ja der Angst.

Als Rostow Frau Malwinzew verließ, wollte er sich wieder zu den Tanzenden begeben, aber die kleine Gouverneursfrau legte ihr rundliches Händchen auf Nikolajs Ärmel, sagte, sie hätte mit ihm etwas zu besprechen, und zog ihn mit in das Diwanzimmer, das die Gäste sofort verließen, um die Gouverneursfrau nicht zu stören.

Weißt du, lieber Freund, sagte die Gouverneursfrau mit einem ernsten Ausdruck ihres kleinen guten Gesichts. Das ist eine Partie für dich. Willst du, so will ich für dich werben?

Bei wem denn, Tantchen, fragte Nikolaj.

Bei der Prinzessin Katerina Petrowna, meint Lili, aber ich meine, das ist nichts. – Die Prinzessin. Willst du? Ich bin überzeugt, deine Mama würde mir dankbar sein. Bei Gott, was für ein Mädchen, reizend! und sie ist gar nicht so häßlich.

Ganz und gar nicht, sagte Nikolaj, als ob er beleidigt worden wäre. – Ich, Tantchen, handle, wie es einem Soldaten ziemt, ich bettle nirgends und laß mich nicht lange bitten, sagte Rostow, ehe er Zeit gehabt hatte, über seine Worte nachzudenken.

Überlege es also, es ist kein Scherz.

Gewiß, kein Scherz.

Ja, ja, sagte die Gouverneursfrau, als spräche sie zu sich selbst. – Höre, mein Lieber, du machst übrigens der da, der im blonden Haar, zu sehr den Hof. Ihr Mann ist schön böse, wahrhaftig ...

Ach, woher denn, wir sind gute Freunde, sagte Nikolaj in seiner Herzenseinfalt: es kam ihn gar nicht in den Sinn, daß ein Zeitvertreib, der ihm soviel Vergnügen machte, einem andern Mißvergnügen bereiten könnte.

»Was habe ich aber der Gouverneursfrau für eine Dummheit gesagt«, fiel Nikolaj plötzlich während des Abendessens ein. »Sie könnte wirklich mit der Werbung Ernst machen, und Sonja? ...« Er nahm darum, als er sich von der Gouverneursfrau verabschiedete, als sie ihm noch einmal lächelnd sagte: »Vergiß also nicht«, die Dame beiseite.

Hören Sie, Tantchen, um Ihnen die Wahrheit zu sagen ...

Was, was mein Freund? Komm, setzen wir uns hierher.

Nikolaj empfand plötzlich den Wunsch und das Bedürfnis, dieser ihm fast fremden Frau seine innersten Gedanken auszusprechen (Gedanken, die er weder seiner Mutter noch seiner Schwester noch seinem Freunde ausgesprochen haben würde).

Als Nikolaj sich später des Ausbruchs dieser durch nichts erklärten Offenheit, die indessen für ihn höchst wichtige Folgen hatte, erinnerte, schien es ihm (wie es uns immer in solchen Fällen scheint), als wäre es plötzlich über ihn gekommen. Und doch hatte dieser Ausbruch von Offenheit neben anderen kleinen Ereignissen für ihn und für seine ganze Familie die wichtigsten Folgen.

Sehen Sie, Tantchen, Mama möchte mich schon lange mit einem reichen Mädchen verheiraten; mir aber ist der Gedanke an eine Heirat aus Geldrücksichten zuwider.

Nun wohl, ich verstehe das, sagte die Gouverneursfrau.

Aber mit der Prinzessin Bolkonskij ist es doch eine andere Sache. Erstens gefällt sie mir sehr, wenn ich Ihnen die Wahrheit sagen soll, sie ist ein Mädchen nach meinem Herzen, und dann, nachdem ich ihr in solcher Lage begegnet war, sonderbar ... kam mir öfter der Gedanke: das ist Bestimmung, besonders, denken Sie sich, Mama hatte schon immer die Idee, aber der Zufall hatte uns nicht zusammengeführt, wie es so zu gehen pflegt, wir waren uns nicht begegnet. Und damals, als meine Schwester Natascha die Braut ihres Bruders war, durfte ich ja gar nicht daran denken, sie zu heiraten; und da muß ich ihr gerade begegnen, wo Nataschas Verlobung sich löst, und dann ... Hören Sie, ich habe niemandem ein Wörtchen davon gesagt und werde es niemandem sagen, nur Ihnen.

Die Gouverneursfrau drückte dankbar seinen Arm.

Kennen Sie Sophie, meine Cousine? Ich liebe sie, ich habe ihr versprochen, sie zu heiraten, ich heirate sie. Sie sehen also, es kann davon nicht die Rede sein, sagte Nikolaj unsicher und errötend.

Was sagst du da, mein Lieber? Sophie hat doch nichts, und du hast mir selbst gesagt, daß die Vermögensverhältnisse deines Papas schlecht sind. Und deine Mutter? Das bringt ihr den Tod. – Das erstens, und dann, wenn Sophie wirklich ein Herz hat, was kann das für ein Leben für sie sein? Die Mutter in Verzweiflung, das Vermögen zerrüttet ... nein, mein Freund, das müßtet ihr beide einsehen, du und Sophie.

Nikolaj schwieg, es war ihm angenehm, diese Gründe zu hören.

Und doch, Tantchen, es kann nicht sein, sagte er seufzend nach einer kurzen Pause. Wird denn die Prinzessin mich auch jetzt noch nehmen? und sie ist jetzt wieder in Trauer – kann man da denn an so etwas denken.

Ja, glaubst du denn, daß ich dich auf der Stelle verheiraten will? Alles muß eine Art haben, sagte die Gouverneursfrau.

Was sind Sie für eine Werberin, Tantchen! sagte Nikolaj und küßte ihr rundliches Händchen.

VI

Als Prinzessin Maria nach ihrer Begegnung mit Rostow nach Moskau gekommen war, hatte sie dort ihren Neffen mit seinem Hauslehrer vorgefunden und einen Brief vom Fürsten Andrej, der ihnen die Weisung gab, nach Woronesh zur Tante Malwinzew zu reisen. Die Beschäftigung, die der Umzug mit sich brachte, die Sorgen um den Bruder, die Einrichtung in dem neuen Hause, die neuen Menschen, die Erziehung ihres Neffen, all dies erstickte in der Seele der Prinzessin Maria das der Versuchung verwandte Gefühl, das sie während der Krankheit und nach dem Hinscheiden ihres Vaters, besonders aber nach der Begegnung mit Rostow gepeinigt hatte. Sie war traurig. Der Eindruck, den der Verlust des Vaters gemacht, vereinigte sich in ihrem Herzen mit dem Untergange Rußlands, und sie empfand beides jetzt, nachdem ein Monat in dem ruhigen Leben dahingegangen war, immer mehr und mehr. Sie war beunruhigt. Der Gedanke an die Gefahren, welchen ihr Bruder ausgesetzt war, der einzige Mensch, der ihr jetzt in der Welt nahestand, quälte sie unaufhörlich. Sie war mit der Erziehung ihres Neffen beschäftigt und fühlte sich stets unfähig dazu. Aber in der Tiefe ihres Herzens herrschte eine Übereinstimmung mit sich selbst, die dem Bewußtsein entsprang, daß sie die persönlichen Gedanken und Hoffnungen, die sich in ihrer Brust bei dem Erscheinen Rostows erhoben, erstickt hatte.

Einen Tag nach ihrer Gesellschaft war die Gouverneursfrau zu Frau Malwinzew gegangen. Sie besprach mit der Tante ihre Pläne (sie schickte bald voraus, daß man zwar bei den gegenwärtigen Verhältnissen nicht an eine förmliche Verlobung denken könne, daß man aber doch die jungen Leute zusammenführen und ihnen Gelegenheit bieten könne, einander kennenzulernen), und nachdem sie die Zustimmung der Tante erhalten, sprach sie mit der Prinzessin Maria über Rostow, lobte ihn und erzählte, wie er errötet sei bei der Erwähnung der Prinzessin.

Prinzessin Maria empfand eher ein schmerzliches als ein freudiges Gefühl. Ihre innere Harmonie war dahin; und wieder erhoben sich in ihrer Brust Wünsche und Zweifel, Vorwürfe und Hoffnungen.

In den zwei Tagen, die von dieser Mitteilung bis zu Rostows Besuche vergangen waren, hatte Prinzessin Maria nicht aufgehört daran zu denken, wie sie sich Rostow gegenüber zu verhalten habe. Bald kam sie zu dem Entschlusse, nicht in den Salon zu kommen, wenn er die Tante besuchte, weil es ihr nicht anstünde, in ihrer tiefen Trauer Gäste zu empfangen; bald meinte sie, das könnte unhöflich sein nach dem, was er für sie getan hatte; bald fiel ihr ein, daß ihre Tante und die Gouverneursfrau mit ihr und Rostow Pläne hätten (ihre Blicke und Worte schienen diese Vermutung zu bestätigen); bald sagte sie sich, daß nur sie in ihrer Lasterhaftigkeit so etwas von ihnen glauben könnte. Sie mußten doch wissen, daß in ihrer Lage, wo sie noch nicht den Trauerschleier abgelegt, eine solche Werbung für sie wie für das Andenken ihres Vaters beleidigend sei. Prinzessin Maria nahm an, sie würde ihn begrüßen, und überlegte die Worte, die er ihr und die sie ihm sagen würde, und bald erschienen ihr diese Worte unverdient kalt, bald zu bedeutsam, vor allem aber fürchtete sie, bei einem Wiedersehen von einer Verlegenheit ergriffen zu werden, die sie verraten mußte, sobald er sie erblickte.

Als aber am Sonntag nach der Vesper der Diener den Grafen Rostow meldete, war die Prinzessin gar nicht verlegen. Nur eine leichte Röte trat auf ihre Wangen, und ihre Augen leuchteten in einem neuen Glanze.

Haben Sie ihn gesehen, Tantchen, sagte Prinzessin Maria mit ruhiger Stimme; sie begriff selbst nicht, wie sie äußerlich so ruhig und ungezwungen sein konnte.

Als Rostow ins Zimmer trat, senkte sie auf einen Augenblick den Kopf, als wollte sie dem Gaste Zeit lassen, die Tante zu begrüßen. Dann erhob sie in demselben Augenblicke, in welchem Nikolaj sich ihr zuwandte, den Kopf und begegnete seinem Blick mit ihren strahlenden Augen. Sie verbeugte sich, freudig lächelnd, mit einer Bewegung voll Würde und Anmut, streckte ihm ihre feine, zarte Hand entgegen und sprach zu ihm mit einer Stimme, aus der zum ersten Male ein neuer weiblicher, innerlicher Ton erklang. Mlle. Bourienne, die im Salon zugegen war, sah Prinzessin Maria mit staunender Verwunderung an. Sie, die geschickteste Kokette, sie selbst hätte nicht gewandter zu Werke gehen können bei der Begegnung mit einem Mann, dem sie hätte gefallen wollen.

»Entweder steht ihr Schwarz so zu Gesicht oder sie ist wirklich so viel hübscher geworden, ohne daß ich es bisher bemerkt habe, und vor allem dieser Takt, diese Anmut«, dachte Mlle. Bourienne.

Wäre Prinzessin Maria imstande gewesen, in diesem Augenblicke zu denken, sie wäre mehr noch als Mlle. Bourienne über die Veränderung, die mit ihr vorgegangen war, erstaunt gewesen.

Mit dem Augenblicke, wo sie dies hübsche, geliebte Gesicht erblickt hatte, war neue Lebenskraft über sie gekommen, unter deren Zwange sie wider ihren Willen sprach und handelte. Ihr Geist war seit dem Augenblicke, wo Rostow eingetreten war, plötzlich verwandelt. Wie wenn man in einer gemalten oder geschnitzten Laterne ein Licht anzündet und plötzlich die verschlungene, sorgfältige, künstlerische Arbeit, die bis dahin roh, dunkel und sinnlos erschienen war, in unerwarteter, überraschender Schönheit hervortritt, so war das Gesicht der Prinzessin Maria plötzlich verändert. Zum ersten Male war all die lautere, geistige, innere Arbeit, die ihr Leben bisher ausgemacht hatte, nach außen getreten. Ihre ganze innere, stets mit sich unzufriedene Arbeit, ihre Leiden, ihr Ringen nach dem Guten, ihre Demut, ihre Liebe, ihre Aufopferungsfähigkeit, alles leuchtete jetzt aus diesen strahlenden Augen, aus dem feinen Lächeln, aus jedem Zuge ihres zarten Gesichts.

Und Rostow sah alles so klar, als hätte er ihr ganzes Leben gekannt. Er fühlte, daß das Wesen, das vor ihm stand, ein ganz anderes, ein besseres war als alle, denen er bisher begegnet war, und besser vor allem als er selbst.

Das Gespräch war höchst einfach und unbedeutend. Sie sprachen über den Krieg und vergrößerten dabei, wie alle, unwillkürlich ihren Schmerz über das Ereignis; sie sprachen von ihrer letzten Begegnung, wobei Nikolaj das Gespräch auf einen anderen Gegenstand hinüberzuleiten suchte. Sie sprachen von der guten Gouverneursfrau, von Nikolajs und Marias Verwandten.

Prinzessin Maria sprach nicht von ihrem Bruder und suchte das Gespräch auf einen anderen Gegenstand hinüberzuspielen, sooft die Tante von Andrej beginnen wollte. Über das Unglück Rußlands konnten sie offenbar mit erkünsteltem Schmerz sprechen, ihr Bruder war aber ein Gegenstand, der ihrem Herzen zu nahe stand, und sie wollte und konnte nicht leichthin von ihm sprechen.

Nikolaj bemerkte das, wie er überhaupt mit einer ihm sonst nicht eigenen scharfsinnigen Beobachtungsgabe alle Schattierungen des Charakters der Prinzessin Maria bemerkte, und alles bekräftigte nur seine Überzeugung, daß sie ein ganz besonderes und außerordentliches Wesen sei. Nikolaj errötete ganz ebenso und war ganz ebenso verlegen wie die Prinzessin Maria, wenn man von der Prinzessin sprach, ja sogar, wenn er an sie dachte; aber in ihrer Gegenwart fühlte er sich vollkommen frei und sagte keineswegs das, worauf er sich vorbereitet hatte, sondern das, was ihm im Augenblick und stets an der rechten Stelle einfiel.

Während seines kurzen Besuchs nahm Nikolaj, wie es immer zu geschehen pflegt, wo Kinder sind, als eine Pause im Gespräch eintrat, zu dem kleinen Sohn des Fürsten Andrej seine Zuflucht, er streichelte ihn und fragte, ob er Husar werden wollte. Er nahm den Knaben auf den Arm, schwenkte ihn lustig herum und sah die Prinzessin Maria an. Ihr gerührter, glücklicher und schüchterner Blick folgte ihrem geliebten Knaben auf dem Arme des geliebten Mannes. Nikolaj hatte diesen Blick bemerkt, und als hätte er seine Bedeutung begriffen, errötete er vor Freude und küßte treuherzig-fröhlich den Knaben.

Prinzessin Maria machte während der Trauer keine Besuche, und Nikolaj hielt es nicht für passend, in ihr Haus zu kommen. Die Gouverneursfrau aber setzte trotzdem das Werk der Werbung fort, überbrachte es Nikolaj, wenn die Prinzessin Maria Schmeichelhaftes von ihm gesagt hatte und umgekehrt, und drang darauf, daß Rostow der Prinzessin Maria seinen Antrag mache. Um dieses Antrags willen führte sie eine Begegnung der jungen Leute bei dem Bischof vor der Vesper herbei.

Rostow sagte zwar der Gouverneursfrau, er würde der Prinzessin Maria keinerlei Antrag machen, versprach aber zu kommen. Wie Rostow bei Tilsit sich nicht gestattet hatte, daran zu zweifeln, ob das, was von allen für gut erkannt war, auch gut sei, so wählte er auch jetzt, nach einem kurzen aber ernsten Kampf, zwischen dem Versuch, seine Liebe nach seinem Verstande einzurichten und einer kampflosen Unterwerfung unter die Verhältnisse, das letztere und überließ sich der Macht, die ihn (er fühlte das) unbezwingbar mit sich fortzog. Er wußte, der Prinzessin Maria seine Gefühle offenbaren, nachdem er Sonja sein Versprechen gegeben, hieß eine Handlung begehen, die er eine Gemeinheit nannte, und er wußte, daß er eine Gemeinheit nie begehen würde. Er wußte aber auch (und er wußte es nicht nur, er fühlte es in tiefster Seele), daß er jetzt, wo er der Macht der Verhältnisse und der Menschen, die ihn leiteten, sich überließ, nicht nur nichts Schlechtes tat, sondern etwas, was sehr bedeutungsvoll war, etwas so Bedeutungsvolles, wie er es noch nie im Leben gekannt hatte.

Nach der Begegnung mit der Prinzessin Maria blieb zwar seine Lebensweise äußerlich dieselbe, aber alle früheren Begegnungen hatten für ihn ihren Reiz verloren, und er dachte häufig an die Prinzessin Maria; nie aber dachte er an sie so, wie er ausnahmslos an alle jungen Damen, denen er in der

Gesellschaft begegnet war, dachte, nicht wie er lange Zeit und oft mit Entzücken an Sonja gedacht hatte. An alle jungen Damen dachte er, wie fast jeder ehrenhafte junge Mann, wie an seine zukünftige Frau. Er übertrug alle Bedingungen des ehelichen Lebens in seiner Phantasie auf sie – die weiße Morgenjacke, die Hausfrau am Teetisch, den Wagen der Gattin, die Kinder; Mama und Papa, ihre gegenseitigen Beziehungen usw., und diese Phantasiebilder hatten ihm Freude bereitet. Dachte er aber an die Prinzessin Maria, die man zu seiner Frau machen wollte, so konnte er sich nie etwas aus seinem zukünftigen Eheleben ausmalen. Sooft er es versuchte, immer war es unklar und schief. Ihm wurde nur sehr schwer zumute.

VII

Die Schreckenskunde von der Schlacht bei Borodino, von unseren Verlusten an Toten und Verwundeten und die noch fruchtbarere Schreckenskunde von dem Verluste Moskaus kam nach Woronesh gegen Ende September. Prinzessin Maria, die von der Verwundung ihres Bruders bloß aus den Zeitungen wußte und keine bestimmten Nachrichten über ihn hatte, machte sich, wie Nikolaj gehört hatte (denn gesehen hatte er sie nicht) reisefertig, den Fürsten Andrej aufzusuchen.

Die Kunde von der Schlacht bei Borodino und von der Preisgabe Moskaus riefen nicht etwa in Rostow Verzweiflung, Entrüstung, Rache oder ähnliche Gefühle hervor, ihm war plötzlich alles in Woronesh langweilig, zuwider geworden, peinlich und unbehaglich. Alle Gespräche, die er hörte, schienen ihm erheuchelt. Er wußte nicht, was er von alledem denken sollte, und hatte das Gefühl, daß ihm alles erst wieder klar werden würde, wenn er bei seinem Regiment war. Er beschleunigte den Abschluß der Pferdeeinkäufe und war häufig ohne Grund heftig gegen seinen Diener und seinen Wachtmeister.

Einige Tage vor Rostows Abreise wurde in der Kathedrale

ein Dankgebet für den Sieg des russischen Heeres abgehalten, und Nikolaj ging auch in die Kirche. Er stand wenige Schritte hinter dem Gouverneur und hielt den ganzen Gottesdienst hindurch bescheiden auf seinem Platze aus, seine Gedanken waren auf die verschiedensten Gegenstände gerichtet.

Als der Gottesdienst zu Ende war, rief ihn die Gouverneursfrau zu sich heran.

Hast du die Prinzessin gesehen, sagte sie und zeigte mit dem Kopf auf eine Dame in Schwarz, die am Chorgitter stand.

Nikolaj erkannte sofort die Prinzessin Maria. Weniger an ihrem Profil, das unter dem Hute hervorlugte, als an dem Gefühl der Zurückhaltung, der Furcht und des Mitleids, das ihn sofort erfaßte. Prinzessin Maria schlug, offenbar tief in Gedanken versunken, die letzten Kreuze vor dem Verlassen der Kirche.

Nikolaj betrachtete ihr Gesicht verwundert. Es war dasselbe Gesicht, das er einst gekannt hatte, es lag in ihm derselbe allgemeine Ausdruck tiefinnerer, geistiger Arbeit; aber es war in diesem Augenblick ganz anders beleuchtet. Der rührende Ausdruck der Trauer, der Andacht und der Hoffnung lag auf ihm. Wie es Nikolaj früher in ihrer Gegenwart getan hatte, so trat er auch hier, ohne abzuwarten, bis ihm die Gouverneursfrau riet, sie anzusprechen, und ohne sich zu fragen, ob es gut, ob es geziemend sein würde oder nicht, sich hier in der Kirche an sie zu wenden, zu ihr heran und sagte, er habe von ihrem Leid gehört und nehme mit ganzer Seele daran teil. Sie hatte kaum seine Stimme gehört, als ein helles Rot in ihrem Gesicht entbrannte, das in demselben Augenblick ihre Trauer und ihre Freude beleuchtete.

Nur das eine wollte ich Ihnen sagen, Prinzessin, sagte Rostow. Wenn Fürst Andrej Nikolajewitsch nicht am Leben wäre, so hätte das in den Zeitungen gestanden, da er doch Regimentskommandeur ist.

Die Prinzessin sah ihn an, sie verstand nicht, was er sagte, aber sie freute sich über den Ausdruck teilnahmsvollen Mitleids, der auf seinem Gesicht lag.

Ich kenne so viele Fälle und so viele Beispiele davon, daß

eine Wunde von einem Splitter (in den Zeitungen heißt es Granate) entweder sofort tödlich wirkt oder wiederum sehr leicht ist, sagte Nikolaj. Man muß das Bessere annehmen, und ich bin überzeugt ...

Prinzessin Maria unterbrach ihn.

Ach das wäre so entsetz..., begann sie, aber die Erregung ließ sie nicht weitersprechen, sie neigte ihren Kopf in einer anmutigen Bewegung (wie alles anmutig war, was sie in seiner Gegenwart tat), warf ihm einen Blick des Dankes zu und ging ihrer Tante nach.

An diesem Abend machte Nikolaj nirgends Besuche. Er blieb zu Hause, um einige Berechnungen mit den Pferdeverkäufern zu Ende zu bringen. Als er seine Geschäfte erledigt hatte, war es schon zu spät, um Bekannte zu besuchen, aber es war noch zu früh, um schlafen zu gehen, und so ging Nikolaj allein lange im Zimmer hin und her und dachte über sein Leben nach, was bei ihm selten vorkam.

Prinzessin Maria hatte schon bei Smolensk auf ihn einen angenehmen Eindruck gemacht. Daß er ihr damals unter so besonderen Umständen begegnet war, daß ferner seine Mutter ihn einmal auf sie als auf eine reiche Partie hingewiesen, beides hatte gewirkt, daß er ihr besondere Aufmerksamkeit zuwandte. Zur Zeit seines Aufenthalts in Woronesh war dieser Eindruck nicht nur ein angenehmer, sondern auch ein starker. Nikolaj war von der eigentümlichen sittlichen Schönheit, die er dieses Mal in ihrem Wesen wahrnahm, betroffen. Indessen machte er Anstalten zur Abreise, und es fiel ihm gar nicht ein, zu bedauern, daß er mit seiner Entfernung von Woronesh der Gelegenheit beraubt sei, die Prinzessin zu sehen. Die jetzige Begegnung in der Kirche aber (das fühlte Nikolaj) hatte ihn tiefer ins Herz getroffen, als er geahnt, und tiefer als er um seiner Ruhe willen gewünscht hätte. Dieses blasse, zarte, traurige Gesicht, diese leuchtenden Augen, diese ruhigen anmutigen Bewegungen, und vor allem diese tiefe und innige Trauer, die aus all ihren Zügen sprach, erregte ihn und forderte seine Teilnahme heraus. Bei Männern konnte Rostow den Ausdruck eines höheren geistigen Lebens nicht ausstehen (darum hatte er auch den Fürsten Andrej nicht gern), er nannte das verächtlich Philosophie, Phantasterei. Bei der Prinzessin Maria sah er in dieser Trauer, in der sich die ganze Tiefe dieser für Nikolaj fremden Geisteswelt aussprach, einen unwiderstehlichen Reiz.

»Sie muß ein wunderbares Mädchen sein. Ein Engel!« sagte er zu sich selbst. »Warum bin ich nicht frei, warum habe ich mich so mit Sonja übereilt!« Unwillkürlich drängte sich ihm der Vergleich zwischen den beiden Mädchen auf: Bei der einen diese Armut, bei der anderen dieser Reichtum an *den* geistigen Gaben, die Nikolaj nicht besaß, und die er darum so hochschätzte. Er malte sich aus, was werden könnte, wenn er frei wäre. Wie er ihr seinen Antrag machen und sie seine Frau werden würde.

Nein, er konnte sich das nicht vorstellen. Ihm ward schwer zumute, er konnte sich keine klare Vorstellung machen. Mit Sonja hatte er sich längst das Bild der Zukunft ausgemalt, es war alles so einfach, so klar, denn es war alles von ihm selbst ersonnen, und er kannte Sonjas ganzen Inhalt; mit der Prinzessin Maria konnte er sich sein Zusammenleben in der Zukunft nicht ausmalen, denn er verstand sie nicht, er liebte sie nur.

In dem Zukunftstraum von Sonja lag etwas Heiteres, Kindliches, der Gedanke an die Prinzessin Maria war immer schwer und ein wenig beängstigend.

»Wie sie betete!« dachte er, »man sah's, ihre ganze Seele war im Gebet. Ja, das ist das Gebet, das Berge versetzt, und ich bin überzeugt, ihr Gebet geht in Erfüllung. Warum bete ich nicht um das, was ich brauche?« fiel ihm ein. – »Was brauche ich? Freiheit, Trennung von Sonja. Sie hat die Wahrheit gesagt«, fielen ihm die Worte der Gouverneursfrau ein, »nichts als Unglück kann dabei herauskommen, wenn ich sie heirate. Schwierigkeiten, Mamas Grab ... Die Verhältnisse, Schwierigkeiten, furchtbare Schwierigkeiten! Und ich liebe sie auch nicht. Ja, ich liebe sie nicht, wie man lieben muß. O Gott, führe mich heraus aus dieser entsetzlichen, hilflosen Lage!« begann er plötzlich zu beten. »Ja, das Gebet kann Berge versetzen, aber man muß glauben und nicht so beten, wie wir als Kinder beteten, Natascha und ich, daß der Schnee zu Zucker werde, und wie wir dann hinausliefen zu kosten, ob auch aus dem Schnee Zucker geworden ist. Nein, jetzt bete ich nicht um nichtige Dinge«, sagte er, setzte die Pfeife in die Ecke, faltete die Hände und blieb vor dem Heiligenbilde stehen; und voll Rührung in der Erinnerung an die Prinzessin Maria begann er zu beten, wie er schon lange nicht gebetet hatte. Tränen füllten seine Augen und preßten ihm die Kehle zusammen, als plötzlich Lawruschka mit Schriftstücken in das Zimmer trat.

Schafskopf, was willst du hier, ich habe dich nicht gerufen! sagte Nikolaj und nahm schnell eine andere Haltung an.

Vom Gouverneur, sagte Lawruschka in schläfrigem Ton, ein Kurier ist angekommen, ein Brief an Sie.

Schon gut, ich danke, geh!

Nikolaj nahm die beiden Briefe. Der eine war von seiner Mutter, der andere von Sonja. Er erkannte sie an der Handschrift und erbrach zuerst Sonjas Brief. Er hatte kaum einige Zeilen gelesen, als sein Gesicht erblaßte und seine Augen erregt und freudig aufleuchteten.

Nein, das ist nicht möglich, sagte er laut; er war nicht imstande auf einem Platze zu sitzen und lief, den Brief in der Hand, beständig lesend im Zimmer hin und her. Er überflog den Brief, dann las er ihn einmal, zweimal und blieb mitten im Zimmer mit offenem Munde und starren Augen stehen, zog die Schultern in die Höhe und fuhr mit den Armen durch die Luft. Was er eben erbeten hatte in der innigen Überzeugung, daß Gott sein Gebet erfüllen werde, es war erfüllt. Aber Nikolaj war darüber so verwundert, als wäre es etwas Außerordentliches, und als hätte er es nie erwartet, und als bewiese gerade die schnelle Erfüllung, daß sie nicht von Gott war, zu dem er gebetet, sondern ein gewöhnlicher Zufall. Der Knoten, der Rostows Freiheit gefesselt hielt und der ihm unlösbar erschienen, war durch diesen (wie es Nikolaj schien) unerwarteten, durch nichts hervorgerufenen Brief Sonjas gelöst. Sie schrieb, die letzten unglücklichen Umstände, der Verlust nahezu des ganzen Vermögens der Rostows in Moskau, der wiederholt ausgesprochene Wunsch der Gräfin, Nikolaj möchte die Prinzessin Bolkonskij heiraten, sein Schweigen und sein kühles Verhalten in der letzten Zeit – alles dies hätte sie zu dem Entschluß geführt, ihn seines Versprechens zu entbinden und ihm seine volle Freiheit wiederzugeben.

»Der Gedanke, daß ich die Ursache des Grames oder der Zwietracht in einer Familie sein könnte, die mich mit Wohltaten überhäuft hat, bedrückt mich zu sehr« – schrieb sie – »und meine Liebe hat nur ein Ziel, das Glück derer, die ich liebe; darum beschwöre ich Sie, Nikolaj, betrachten Sie sich als frei, und seien Sie überzeugt, daß Sie trotz alledem niemand inniger lieben kann als Ihre Sonja.«

Beide Briefe kamen aus Troitza. Der zweite Brief war von der Gräfin. Sie schilderte die letzten Tage in Moskau, die Abreise, den Brand und den Verlust ihres ganzen Vermögens. Unter anderem schrieb die Gräfin auch, Fürst Andrej und andere Verwundete wären mit ihnen zusammen gefahren. Sein Zustand sei ein sehr gefährlicher gewesen, jetzt aber sage der Arzt, es sei mehr Hoffnung. Sonja und Natascha pflegten ihn wie Krankenpflegerinnen.

Mit diesem Briefe besuchte Nikolaj am folgenden Tage die Prinzessin Maria. Weder Nikolaj noch die Prinzessin Maria äußerten ein Wort darüber, was der Satz, »Natascha pflegt ihn«, bedeuten könnte. Aber doch war Nikolaj der Prinzessin, dank diesem Briefe, plötzlich in beinahe verwandtschaftlicher Weise nähergetreten.

Am folgenden Tage nahm Rostow Abschied von der Prinzessin Maria vor ihrer Reise nach Jaroslawl, und einige Tage später reiste er selbst zu seinem Regiment ab.

VIII

Sonjas Brief an Nikolaj, der die Verwirklichung seines Gebets war, war aus Troitza datiert. Er war durch mancherlei veranlaßt. Der Gedanke einer Verheiratung Nikolajs mit der reichen Erbin beschäftigte die alte Gräfin immer mehr und mehr. Sie wußte, daß Sonja das Haupthindernis dafür war. Und Sonjas Leben war in der letzten Zeit, besonders nach dem Briefe, in welchem Nikolaj sein Zusammentreffen mit der Prinzessin Maria in Bogutscharowo geschildert, im Hause der Gräfin immer drückender geworden. Die Gräfin verabsäumte keine Gelegenheit, Sonja durch Anspielungen zu verletzen und zu kränken. Aber einige Tage vor der Abreise aus Moskau hatte die Gräfin, durch die Ereignisse verstört und erregt, Sonja zu sich gerufen, und statt sie zu schelten und Forderungen an sie zu stellen, sie unter Tränen gebeten, ihr das Opfer zu bringen und alles, was das gräfliche Haus für sie getan hätte, dadurch zu vergelten, daß sie ihr Verhältnis zu Nikolaj löse.

Ich werde nicht eher Ruhe finden, als bis du mir dieses Versprechen gegeben hast.

Sonja verfiel in ein hysterisches Schluchzen, antwortete unter Schluchzen, daß sie alles tun wolle, daß sie zu allem bereit sei, gab aber kein ausdrückliches Versprechen, und in ihrem Herzen konnte sie sich nicht zu dem Entschlusse aufraffen, den man ihr zumutete. Sie sollte sich opfern für das Glück einer Familie, der sie ihr Leben und ihre Erziehung verdankte. Sich für das Glück anderer aufzuopfern war Sonja gewohnt. Ihre Stellung im Hause war derartig, daß sie nur durch Opfer ihren Wert zeigen konnte, und sie hatte sich an Aufopferung gewöhnt und opferte sich gern.

Bisher aber hatte sie in allen Handlungen der Selbstaufopferung mit Freuden wahrgenommen, daß sie dadurch ihre Schätzung in ihren eigenen und anderer Augen erhöhe, und Nikolajs, den sie über alles in der Welt liebte, würdiger werde. Jetzt sollte ihr Opfer darin bestehen, auf das zu verzichten, was für sie den ganzen Lohn ihres Opfers, den ganzen Sinn des Lebens bildete. Und zum ersten Mal im Leben empfand sie eine Bitterkeit gegen die Menschen, die sie darum mit Wohltaten überhäuft hatten, um sie desto empfindlicher zu quälen; empfand sie einen Haß gegen Natascha, die nie etwas Ähnliches erfahren hatte, nie ein Opfer zu bringen hatte, die immer nur anderer Opfer entgegennahm und doch von allen geliebt wurde. Und zum ersten Mal fühlte Sonja, wie ihre stille, reine Liebe zu Nikolaj plötzlich zu einer leidenschaftlichen Empfindung erwuchs, die über alle Grundsätze, über alle Jugend und alle Religion hinausging; und unter dem Einfluß dieser Empfindung antwortete Sonja, die in ihrem abhängigen Leben sich unwillkürlich an Unaufrichtigkeit gewöhnt hatte, der Gräfin in allgemeinen, unbestimmten Worten, vermied jedes Gespräch mit ihr und war entschlossen, ein Wiedersehen mit Nikolaj abzuwarten, um ihn bei diesem Wiedersehen nicht etwa freizugeben, sondern vielmehr für immer zu finden.

Die Sorgen und Greuel der letzten Tage in Moskau hatten die trüben Gedanken, die Sonja bedrückten, zurückgedrängt. Sie war froh, in einer praktischen Tätigkeit Rettung vor ihnen zu finden. Als sie aber erfuhr, daß Fürst Andrej bei ihnen im Hause sei, erfaßte sie trotz allen aufrichtigen Mitleids, das sie für ihn und für Natascha empfand, das freudige, abergläubische Gefühl, Gott wolle nicht, daß sie von Nikolaj getrennt werde. Sie wußte, daß Natascha nur den Fürsten Andrej liebe, und daß sie nie aufgehört hatte, ihn zu lieben. Sie wußte, daß sie jetzt, wo sie unter so schrecklichen Verhältnissen zusammengetroffen waren, einander wieder liebgewinnen würden, und daß es dann wegen der Verwandtschaft, die zwischen ihnen sein würde, nicht mehr anginge, Nikolaj mit der Prinzessin Maria zu verheiraten. Trotz aller Schrecken der Ereignisse in den letzten Tagen in Moskau und während der ersten Tage der Reise versetzte dies Gefühl, dieses Bewußtsein des Eingreifens der Vorsehung in ihre persönlichen Angelegenheiten, Sonja in eine freudige Stimmung.

Im Troitzakloster machten die Rostows auf ihrer Reise die erste Rast.

In dem Fremdenhaus des Klosters hatten die Rostows drei große Zimmer genommen, eins davon war von dem Fürsten Andrej besetzt. Dem Verwundeten ging es an diesem Tage bedeutend besser. Natascha saß bei ihm. In dem Nachbarzimmer saßen der Graf und die Gräfin und führten ehrerbietig ein Gespräch mit dem Klostervorsteher, der sie als alte Bekannte und Gönner besuchte. Sonja saß auch da, und die Neugierde quälte sie, zu erfahren, was Natascha und Fürst Andrej zusammen sprachen. Sie hörte durch die Tür ihre Stimme. Die Tür zu dem Zimmer des Fürsten Andrej öffnete sich. Natascha trat mit erregtem Gesicht heraus und ging, ohne den

Mönch zu bemerken, der sich erhob, auf sie zuschritt und den breiten Ärmel seines Gewandes ergriff, auf Sonja zu und nahm sie bei der Hand.

Was hast du, Natascha? Komm her, sagte die Gräfin.

Natascha neigte sich unter die segnende Hand des Priesters, und er riet ihr, sich an die Hilfe Gottes und seiner Heiligen zu wenden.

Gleich nachdem sich der Priester entfernt hatte, nahm Natascha ihre Freundin bei der Hand und ging mit ihr in das leere Zimmer.

Sonja, sag, wird er am Leben bleiben? sagte sie – Sonja, wie glücklich bin ich und wie unglücklich. Sonja, mein Täubchen, es ist alles wie es war. Wenn er nur am Leben bliebe. Er darf nicht ... denn, denn ... hier brach Natascha in Tränen aus.

So, ich habe es gewußt! Gott sei Dank, sprach Sonja, er wird am Leben bleiben.

Sonja war nicht weniger erregt als ihre Freundin, sowohl durch die Sorge und den Schmerz der anderen wie durch die eigenen Gedanken, die sie niemandem verriet. Sie schluchzte beständig und küßte und tröstete Natascha. »Wenn er nur am Leben bliebe!« dachte sie. Nachdem sie sich ausgeweint, sich ausgesprochen und ihre Tränen getrocknet hatten, gingen beide Freundinnen auf die Tür des Fürsten Andrej zu. Natascha öffnete vorsichtig die Tür und sah in das Zimmer hinein. Sonja stand neben ihr an der halbgeöffneten Tür. Fürst Andrej lag hochgebettet auf drei Kissen. Sein blasses Gesicht war friedlich, seine Augen geschlossen, man sah, wie er gleichmäßig atmete.

Ach, Natascha, sagte Sonja plötzlich fast aufschreiend, ergriff die Hand ihrer Cousine und trat von der Tür zurück.

Was, was? fragte Natascha.

Sieh nur, sieh, da ..., sagte Sonja mit blassem Gesicht und zitternden Lippen.

Natascha schloß sachte die Tür und trat mit Sonja an das Fenster, sie hatte ihre Worte noch nicht verstanden.

Erinnerst du dich noch, sprach Sonja mit ängstlicher und feierlicher Miene, erinnerst du dich noch, wie ich für dich im

Ortradnoje in den Spiegel sah, in der Christnacht, denkst du noch daran, was ich damals sah?

Ja, ja, sagte Natascha und riß die Augen auf, sie erinnerte sich dunkel, daß Sonja damals etwas vom Fürsten Andrej gesagt hatte, den sie in liegender Stellung gesehen hatte.

Erinnerst du dich noch, fuhr Sonja fort, ich habe ihn damals gesehen, ich habe es allen gesagt, dir und Dunjascha. Ich sah, er lag auf einem Bett, sprach sie und machte bei jedem Worte eine Bewegung mit der Hand und dem ausgestreckten Zeigefinger – er hatte die Augen geschlossen, er war in eine rosa Decke gehüllt, und er hatte die Hände gefaltet, sprach Sonja, und je weiter, je ausführlicher sie alle Einzelheiten, die sie eben gesehen hatte, beschrieb, desto mehr ward sie überzeugt davon, daß sie dies alles damals *gesehen* hatte. Damals hatte sie nichts gesehen, sie hatte nur erzählt, daß sie das gesehen habe, was ihr gerade einfiel. Aber was sie sich damals ausgedacht hatte, stand ebenso wirklich vor ihr wie jede andere Erinnerung. Was sie damals gesagt hatte, daß er sich nach ihr umgesehen, daß er ihr zugelächelt, daß er mit etwas Rotem bedeckt war, lebte nicht nur in ihrer Erinnerung, sie war fest überzeugt davon, daß sie auch damals gesagt und gesehen hatte, daß er mit rosa bedeckt war, und zwar mit einer rosa Bettdecke, und daß seine Augen geschlossen waren.

Ja, ja, rosa war es, sagte Natascha, die sich jetzt zu erinnern schien, daß damals von rosa die Rede war, und sah darin eine außerordentliche und geheimnisvolle Prophezeiung.

Aber was bedeutet das? sagte Natascha nachdenklich.

Ach, ich weiß nicht, es ist alles so außerordentlich! sagte Sonja und griff mit den Händen nach ihrem Kopfe.

Nach einigen Minuten klingelte Fürst Andrej, und Natascha ging zu ihm; Sonja aber, die von einer seltenen Erregung und Rührung ergriffen war, blieb am Fenster stehen und sann über das Außerordentliche des Geschehenen nach.

An diesem Tage gab es eine Gelegenheit, Briefe an die Armee zu befördern, und die Gräfin schrieb an ihren Sohn.

Sonja, sagte die Gräfin und hob den Kopf von ihrem Schreiben, als ihre Nichte an ihr vorüberging. Sonja, wirst du nicht an Nikolaj schreiben? sagte die Gräfin mit leiser, zitternder Stimme, und in dem Blicke ihrer müden Augen sprach sich eine flehentliche Bitte und die Furcht vor einer Ablehnung aus, die Beschämung, die sie empfand, weil sie bitten mußte, und die Androhung unversöhnlichen Hasses für den Fall einer Ablehnung.

Sonja trat zu der Gräfin heran, ließ sich auf die Knie nieder und küßte ihre Hand.

Ich werde ihm schreiben, Mamachen, sagte sie.

Sonja war durch die Ereignisse dieses Tages, besonders durch die geheimnisvolle Erfüllung der Christnachtprophezeiung, die sie soeben erlebt hatte, weich gestimmt und gerührt. Jetzt, wo sie wußte, daß durch die Wiederanknüpfung des Verhältnisses zwischen Natascha und dem Fürsten Andrej Nikolaj die Prinzessin Maria nicht heiraten konnte, fühlte sie freudig, wie die Stimmung der Selbstaufopferung, in der sie zu leben gewohnt war und gern lebte, wieder über sie kam. Und so schrieb sie mit Tränen in den Augen und mit dem freudigen Bewußtsein, eine Tat der Großmut zu üben, immer wieder unterbrochen durch die Tränen, die ihre schwarzen Sammetaugen verschleierten, jenen rührenden Brief, dessen Eintreffen Nikolaj so wunderbar berührt hatte.

IX

Auf der Hauptwache, wohin Pierre gebracht worden war, behandelten ihn der Offizier und die Soldaten, die ihn in Empfang genommen hatten, feindselig, zugleich aber auch achtungsvoll. Es machte sich in ihrem Verkehr mit ihm noch der Zweifel über seine Person geltend (er konnte vielleicht eine gewichtige Persönlichkeit sein) und eine Feindseligkeit infolge ihres noch frischen persönlichen Kampfes mit ihm.

Als aber am Morgen des folgenden Tages die Ablösung kam, fühlte Pierre, daß er für die neue Wache – für die Offiziere, wie für die Soldaten – nicht mehr dieselbe Bedeutung hatte wie für die, die ihn eingebracht hatten. Und wirklich sahen die Posten des nächsten Tages in diesem großen, dicken Menschen im Bauernkostüme nicht mehr jenen lebendigen Menschen, der so verzweifelt auf die Marodeure und die Patrouille eingehauen und die pathetische Phrase von der Rettung des Kindes gesprochen hatte, sie sahen in ihm nur den siebzehnten unter den gefangenen Russen, der aus irgendeinem Grunde auf Befehl des Vorgesetzten in Gewahrsam gehalten wurde. Wenn sie in Pierre etwas Besonderes fanden, so war es nur sein festes, energisches, nachdenkliches Aussehen und sein Französisch, das er zur Verwunderung der Franzosen ausgezeichnet beherrschte. Trotzdem brachte man Pierre noch an diesem Tage mit den anderen gefangenen verdächtigen Personen zusammen, weil das besondere Zimmer, das er bisher einnahm, für einen Offizier gebraucht wurde. Alle die anderen Russen, die mit Pierre zusammen im Gewahrsam gehalten wurden, waren Leute von niedrigem Stande. Es hielten sich auch alle, da sie in Pierre den Herrn erkannten, fern von ihm, um so mehr, als er Französisch sprach. Mit Schmerz hörte Pierre, wie über ihn gespöttelt wurde.

Am folgenden Abend erfuhr Pierre, daß alle Gefangenen (wahrscheinlich auch er) wegen Brandstiftung abgeurteilt werden sollten. Am dritten Tage brachte man Pierre mit den anderen in ein Haus, wo ein französischer General mit weißem Schnurrbart, zwei Obersten und andere Franzosen mit Schärpen an den Ärmeln saßen. An Pierre wurden ganz so wie an die anderen, mit der vermeintlich über alle menschlichen Schwächen hinausgehenden Genauigkeit und Bestimmtheit, die man gewöhnlich gegen Angeklagte beobachtet, die Fragen gerichtet, was er sei, wo er gewesen sei, zu welchem Zwecke er dort gewesen sei usw.

Diese Fragen, die an dem Kern der lebendigen Angelegenheit vorbeigingen, und die Möglichkeit, diesen Kern aufzudecken, ausschlossen, wie alle Fragen, die vor Gericht gestellt werden, hatten nur den Zweck, die Leitrinne aufzustellen, in der, nach dem Wunsche der Richter, die Antworten des Angeklagten fließen sollen, um ihn zu dem erwünschten Ziele, d.h. zur Schuldigsprechung, zu führen. Sobald er etwas sagen wollte, was dem Zwecke der Schuldigsprechung nicht genügte, holte man die Rinne her, und nun konnte das Wasser fließen, wohin es wollte. Außerdem empfand Pierre, was die Angeklagten vor allen Gerichten erfahren, Erstaunen darüber, daß man ihm alle diese Fragen stellte. Er hatte das Gefühl, als gebrauche man nur aus Nachsicht oder gewissermaßen aus Höflichkeit diesen Kunstgriff der unterstellten Rinne. Er wußte, daß er sich in der Gewalt dieser Menschen befand, daß ihn nur Gewalt hierhergebracht habe, daß nur Gewalt ihnen das Recht gab, Antworten auf ihre Fragen zu verlangen, und daß der einzige Zweck dieser Versammlung darin bestand, ihn schuldig zu sprechen. Und da die Gewalt und das Verlangen, schuldig zu sprechen, da war, so bedurfte es weder des Kunstgriffs der Fragen noch des Gerichts. Es war augenscheinlich, daß alle Fragen zur Schuld führen mußten. Auf die Frage, was er getan habe, als man ihn gefangennahm, antwortete Pierre mit einem gewissen tragischen Pathos, er habe ein Kind, das er dem Flammentode entrissen, den Eltern zurückgebracht. – Warum er auf die Marodeure eingeschlagen habe? Pierre antwortete, er habe ein Weib verteidigt, die Verteidigung eines beleidigten Weibes sei die Pflicht eines jeden Menschen, und ... er wurde unterbrochen. Das gehörte nicht zur Sache. Wozu er sich auf dem Hofe des brennenden Hauses befunden habe, wo ihn Zeugen gesehen hätten? Er antwortete, er sei hingegangen, um zu sehen, was in Moskau vorgehe. Wieder wurde er unterbrochen. Er sei nicht gefragt worden, wohin er gegangen sei, sondern wozu er sich in der Nähe der Brandstätte befunden habe. Wer er sei? wurde er noch einmal gefragt, denn er hatte auf die erste Frage die Antwort verweigert. Er antwortete wieder, er könne das nicht sagen.

Schreiben Sie das auf, das ist schlimm, sehr schlimm! sagte der General mit dem weißen Schnurrbarte und dem roten frischen Gesicht in strengem Tone zu ihm.

Am vierten Tage begannen die Brände am Subowwall.

Pierre wurde mit dreizehn andern nach der Krimfurth in den Wagenschuppen eines Kaufmannshauses gebracht. Auf dem Wege durch die Straßen erstickte Pierre förmlich an dem Rauch, der über der Stadt zu liegen schien. Von allen Seiten flammten Brände auf. Pierre verstand damals die Bedeutung des Brandes von Moskau noch nicht und sah mit Entsetzen auf die Feuersbrünste.

In dem Wagenschuppen des vereinzelten Hauses an der Krimfurth blieb Pierre noch vier Tage. Während dieser Zeit erfuhr er aus dem Gespräch der französischen Soldaten, daß alle hier untergebrachten Gefangenen täglich die Entscheidung des Marschalls zu erwarten hätten. Von welchem Marschall die Rede war, konnte Pierre von den Soldaten nicht erfahren. Für sie war der Marschall offenbar ein höheres und in gewissem Grade geheimnisvolles Glied der Obergewalt.

Diese ersten Tage bis zum 20. September, dem Tage, an dem man die Gefangenen zu einem zweiten Verhör führte, waren für Pierre die allerschwersten.

X

Am 20. September trat zu den Gefangenen in den Schuppen ein Offizier von hoher Bedeutung, wie man nach der Ehrerbietung urteilen durfte, mit der die Leute von der Wache ihm entgegenkamen. Dieser Offizier, wahrscheinlich vom Stabe, hielt ein Verzeichnis in der Hand und rief alle Russen mit Namen auf; Pierre bezeichnete er als »den, der seinen Namen nicht nennen wollte«. Gleichgültig und träge musterte er alle Gefangenen und gab dem Offizier der Wache den Befehl, sie anständig zu kleiden und sauberzumachen, ehe er sie dem Marschall vorführte. Nach einer Stunde kam ein Regiment Soldaten, und Pierre wurde mit den dreizehn anderen auf das Jungfernfeld gebracht. Nach dem Regen war ein heller, sonniger Tag eingetreten. Die Luft war ungewöhnlich rein. Der Rauch lagerte nicht unten wie an dem Tage, an dem Pierre aus der Hauptwache vom Subowwall hierhergebracht wurde; der Rauch stieg in Säulen in die klare Luft empor. Die Flammen der Feuersbrünste sah man nirgends, aber von allen Seiten stiegen Rauchsäulen empor, und ganz Moskau, alles was Pierre sehen konnte, war eine Brandstätte. Überall sah man öde Plätze, Öfen und Schornsteine, und hier und da die verbrannten Mauern der steinernen Häuser. Pierre betrachtete die Brandstätte und erkannte die wohlbekannten Viertel der Stadt nicht wieder. Hier und da ragten wohlerhaltene Kirchen in die Luft. Der Kreml war nicht zerstört und erhob sich in der Ferne mit seinen Türmen und dem Iwan-Wjelikij weiß leuchtend in die Luft. In der Nähe glänzte heiter die Kuppel des Jungfernklosters, und lauter als sonst vernahm man von dorther das Glockengeläut. Dieses Glockengeläut sagte Pierre, daß es Sonntag war und das Fest der Mutter Gottes. Aber es schien kein Mensch dazusein, der dieses Fest feiern wollte. Ringsumher nichts als Trümmerhaufen, Brandstätten; und von Russen sah man nur hier und da zerlumpte scheue Menschen, die sich bei dem Anblick der Franzosen versteckten.

Es war klar, der Stammsitz Rußlands lag in Schutt und Trümmern; aber Pierre hatte die dunkle Empfindung, daß hinter dieser Zertrümmerung russischer Lebensordnung, über diesem eingeäscherten Stammsitz eine eigene, ganz anders geartete, aber bestimmte französische Ordnung erstanden war. Er fühlte das bei dem Anblick der lustig und heiter in geordneten Reihen marschierenden Soldaten, die ihm samt den anderen Verbrechern das Geleit gaben; er fühlte das bei dem Anblick eines hervorragenden Beamten in dem einspännigen, von einem Soldaten gelenkten Wagen, der ihm entgegengefahren kam. Er fühlte das aus den lustigen Klängen der Regimentsmusik heraus, die von der linken Seite des Feldes herüberklang, vor allem aber fühlte er es und ward es ihm klar durch das Namensverzeichnis der Gefangenen, das der französische Offizier, der heute früh gekommen war, verlesen hatte. Pierre war von Soldaten ohne Führer gefangen worden, war mit hundert anderen Leuten bald hierhin, bald dorthin gebracht worden; sie hätten ihn vielleicht vergessen, ihn mit andern verwechseln können. Aber das war nicht geschehen. Die Antworten, die er bei dem Verhör gegeben, kehrten zu ihm zurück, als zu »dem, der seinen Namen nicht nennen will«. Und unter dieser Bezeichnung, die Pierre entsetzlich war, brachte man ihn jetzt irgendwohin, und auf den Gesichtern seiner Begleiter war die zweifellose Überzeugung zu lesen, daß er und alle übrigen Gefangenen eben die waren, die da sein mußten, und daß man sie dorthin führte, wohin man sie führen mußte. Pierre fühlte sich als ein winziges Spänchen, das in das Räderwerk einer ihm unbekannten, aber pünktlich arbeitenden Maschine gefallen war.

Pierre wurde mit den anderen Gefangenen auf die rechte Seite des Jungfernfeldes gebracht, unweit des Klosters, zu einem großen, weißen Hause mit einem ungeheuren Garten. Es war das Haus des Fürsten Schtscherbatow, in dem Pierre früher viel verkehrt hatte und in dem jetzt, wie er aus dem Gespräch der Soldaten erfahren, der Marschall Herzog von Eckmühl wohnte.

Man führte sie an die Freitreppe und brachte sie einzeln in das Haus. Pierre war in der Reihe der Sechste. Durch eine Glasgalerie, einen Flur und ein Vorzimmer, die Pierre bekannt waren, wurde er in ein langes, niedriges Kabinett geleitet, an dessen Tür ein Adjutant stand.

Davoust saß, die Brille auf der Nase, am Ende des Zimmers an einem Tische. Pierre trat nah an ihn heran. Davoust war offenbar mit einem Schriftstück, das vor ihm lag, beschäftigt und erhob nicht einmal seine Augen. Und ohne die Augen zu erheben, fragte er auch ruhig: Wer sind Sie?

Pierre schwieg; er hatte nicht die Kraft, ein Wort zu sprechen. Davoust war für Pierre nicht einfach ein französischer General; Davoust war für Pierre der Mann, der durch seine Grausamkeit berüchtigt war. Und während Pierre das kalte Gesicht Davousts betrachtete, der wie ein strenger Lehrer eine Weile Geduld haben und die Antwort abwarten wollte, fühlte Pierre, daß jede Sekunde der Verzögerung ihm das Leben kosten konnte. Aber er wußte nicht, was er sagen sollte. Zu wiederholen, was er bei dem ersten Verhör gesagt hatte, wagte er nicht; seinen Stand und seinen Namen zu offenbaren war gefährlich und schmachvoll zugleich. Pierre schwieg. Aber noch ehe Pierre Zeit hatte, zu einem Entschluß zu kommen, erhob Davoust den Kopf, schob die Brille zur Stirn hinauf, kniff die Augen zusammen und sah Pierre starr an.

Ich kenne diesen Menschen, sagte er in gemessenem kalten Ton, der offenbar darauf berechnet war, Pierre Angst einzujagen. Der Schauer, der Pierre erst über den Rücken gelaufen war, erfaßte jetzt seinen Kopf wie mit einer Klammer.

Es ist nicht möglich, daß Sie mich kennen, General, ich habe Sie nie gesehen.

Das ist ein russischer Spion, unterbrach ihn Davoust und wandte sich zu einem anderen General, der im Zimmer war und den Pierre bisher nicht bemerkt hatte. Und Davoust wandte sich ab. Da sprach Pierre schnell mit einer unerwarteten Heftigkeit im Ton:

Nein, Hoheit, sagte er – es fiel ihm plötzlich ein, daß Davoust Herzog war –, nein, Hoheit, es ist nicht möglich, daß Sie mich kennen. Ich bin ein Offizier der Landwehr und habe Moskau nicht verlassen.

Ihr Name? wiederholte Davoust.

Besuchow.

Und was beweist mir, daß Sie nicht lügen?

Hoheit! schrie Pierre im Tone der Bitte, nicht der Beleidigung.

Davoust erhob die Augen und sah Pierre aufmerksam an. Einige Sekunden sahen sie so einander an, und dieser Blick war Pierres Rettung. Dieser Blick wob, allen Voraussetzungen von Krieg und Gericht zum Trotz, zwischen diesen beiden Menschen menschliche Beziehungen. Beide durchlebten in diesem Augenblick unklar eine endlose Zahl von Empfindungen und begriffen, daß sie beide Kinder einer Menschheit, daß sie Brüder seien.

Bei dem ersten Blick auf Davoust, der nur wenig den Kopf von seiner Liste erhoben hatte, in der menschliche Dinge und menschliches Leben Nummern waren, hatte Pierre das Gefühl, er sei nur ein Fall, und Davoust würde ihn erschießen lassen, ohne sich aus der bösen Tat ein Gewissen zu machen; jetzt aber sah er in ihm schon den Menschen. Er sann einen Augenblick nach.

Was beweist mir, daß Sie nicht lügen? sagte Davoust kalt.

Pierre fiel Remballe ein, er nannte sein Regiment, seinen Namen und die Straße, in der sein Haus stand.

Sie sind nicht das, wofür Sie sich ausgeben, sagte Davoust jetzt.

Pierre begann mit zitternder, stockender Stimme Beweise für die Richtigkeit seiner Aussage vorzutragen.

Aber in diesem Augenblick trat der Adjutant ein und machte Davoust eine Meldung.

Davoust strahlte bei der Nachricht, die der Adjutant brachte, und knöpfte sich den Waffenrock zu. Er hatte Pierre offenbar ganz vergessen.

Als der Adjutant ihn an den Gefangenen erinnerte, runzelte er die Stirn, winkte Pierre ab und befahl, ihn fortzuführen. Wohin er geführt werden sollte, wußte Pierre nicht; ob in die Baracken oder auf den Richtplatz, den ihm die Kameraden gezeigt hatten, als sie über das Jungfernfeld gekommen waren.

Er wandte sich um und sah, daß der Adjutant allerlei Fragen stellte.

Ja, versteht sich, sagte Davoust, aber was das »Ja« bedeuten sollte, wußte Pierre nicht.

Pierre wußte nicht, ob er lange gegangen war und wohin. Er befand sich in einem Zustande völliger Bewußtlosigkeit und Abstumpfung. Er sah nicht, was um ihn her vorging und bewegte nur die Füße wie die anderen taten, und blieb stehen, als alle stehenblieben.

Nur *ein* Gedanke beschäftigte ihn während dieser ganzen Zeit. Es war der Gedanke: Wer ihn nun eigentlich zum Tode verurteilt hatte. Es waren nicht dieselben Menschen, die ihn in der Kommission vernommen hatten; von diesen wollte und konnte auch offenbar niemand das tun. Es war nicht Davoust, der ihn so menschlich angesehen hatte. Noch einen Augenblick, und Davoust hätte eingesehen, daß sie schlecht handelten, aber diese Minute war durch den eintretenden Adjutanten verlorengegangen. Dieser Adjutant hatte augenscheinlich keine schlechte Absicht gehabt, aber er hätte doch auch *nicht* kommen können. Wer war es denn nun, der ihn, Pierre, mit allen seinen Erinnerungen, Bestrebungen, Hoffnungen, Gedanken verurteilte, zum Tode führte, des Lebens beraubte? Wer tat das? Pierre fühlte, daß es niemand war.

Es war die Ordnung, die Fügung der Verhältnisse.

Eine Ordnung war es, die ihn, Pierre, zum Tode führte, ihm das Leben, alles nahm, ihn zu nichts machte.

XI

Von dem Hause des Fürsten Schtscherbatow wurden die Gefangenen über das Jungfernfeld geradeaus geführt, zur Linken des Jungfernklosters, bis zu einem Wiesenplatz, auf dem ein Pfahl stand. Hinter dem Pfahl war eine große Grube aufgegraben, und daneben lag die ausgegrabene Erde. Rings um den Pfahl und die Grube stand eine große Volksmenge. Die Menge bestand aus einer kleinen Anzahl von Russen und einer großen Anzahl irregulärer napoleonischer Soldaten: Deutsche, Italiener, Franzosen in den verschiedenartigsten Uniformen; rechts und links vom Pfahl standen in Reih und Glied französische Soldaten in blanken Uniformen mit roten Epauletten, in Gamaschen und Tschakos.

Die Verbrecher wurden in der bestimmten Ordnung aufgestellt, die in der Liste angegeben war (Pierre war der sechste), und zu dem Pfahl hingeführt. Mehrere Trommeln ertönten plötzlich von zwei Seiten, und Pierre fühlte, wie mit diesem Trommelton gleichsam seine Seele in Stücke riß. Er verlor die Fähigkeit, Gedanken, Vorstellungen zu fassen. Er konnte nur sehen und hören. Und nur einen Wunsch hatte er – den Wunsch, daß das Schreckliche, das geschehen müsse, so schnell als möglich geschehe. Pierre ließ den Blick über seine Schicksalsgenossen schweifen und betrachtete sie.

Die beiden Leute am äußersten Ende, mit dem verschorenen Haar, waren Zuchthäusler: der eine, hochgewachsen, hager; der andere schwarz, struppig, muskulös und mit eingedrückter Nase. Der dritte ein Mann vom Hausgesinde, etwa fünfundvierzig Jahre alt, mit ergrauendem Haar, wohlbeleibt und gut genährt. Der vierte war ein Bauer, ein sehr schöner Mann mit einem breiten blonden Bart und schwarzen Augen. Der fünfte war ein Fabrikarbeiter, ein magerer, fahler Bursche von etwa achtzehn Jahren, er trug einen Arbeitskittel.

Pierre hörte, daß die Franzosen sich berieten, wie man schießen sollte, je einen oder je zwei. »Je zwei«, antwortete der vorgesetzte Offizier mit kalter Ruhe. In den Reihen der Soldaten entstand eine Bewegung: man konnte beobachten, wie alle sich beeilten, nicht wie man sich beeilt, um eine für jeden verständliche Sache auszuführen, sondern wie man eilt, um eine unumgängliche, aber lästige und unbegreifliche Sache abzutun.

Ein französischer Beamter mit einer Schärpe trat an die rechte Seite der Reihe der Verbrecher und verlas in russischer und französischer Sprache das Urteil.

Dann traten zwei Paar Franzosen an die Verbrecher heran und nahmen auf Befehl des Offiziers die beiden Zuchthäusler, die auf dem Flügel standen.

Die Zuchthäusler schritten auf den Pfahl zu, blieben stehen und schauten, während man die Säcke herbeibrachte, schweigend umher, wie ein angeschossenes Wild den herannahenden Jäger anblickt. Der eine von ihnen schlug beständig Kreuze, der andere kratzte sich den Rücken und machte mit den Lippen Bewegungen, die dem Lächeln ähnlich waren. Die Soldaten machten sich mit eiligen Händen daran, ihnen die Augen zu verbinden, ihnen die Säcke über den Kopf zu ziehen und sie an den Pfahl zu binden.

Zwölf bewaffnete Schützen traten in gleichmäßig festem Schritt aus Reih und Glied und machten in einer Entfernung von acht Schritt von dem Pfahle Halt. Pierre wandte sich ab, um nicht mit anzusehen, was jetzt geschehen sollte. Plötzlich vernahm man ein Krachen und Donnern, das Pierre gewaltiger vorkam als die furchtbarsten Donnerschläge, und er sah sich um. Eine Rauchwolke stieg auf, und die Franzosen machten sich mit blassen Gesichtern und zitternden Händen um die Grube zu tun. Man führte die nächsten zwei heran. Mit denselben Blicken sahen auch diese beiden alle an, hoffnungslos, und nur mit den Augen wortlos um Schutz flehend. Sie schienen nicht zu begreifen, was geschehen sollte, und es nicht zu glauben. Sie konnten es auch nicht glauben, denn sie wußten, was für sie ihr Leben bedeutete, und darum konnten sie es nicht begreifen und nicht glauben, daß man es ihnen nehmen könnte.

Pierre wollte nicht hinsehen und wandte sich wieder ab. Aber wieder traf sein Ohr etwas wie ein furchtbarer Knall, und gleichzeitig mit dem Klange nahm er den Rauch wahr, Menschenblut und die blassen Gesichter der Franzosen, die sich wieder um den Pfahl zu schaffen machten und einander mit zitternden Händen stießen. Pierre atmete schwer und sah sich im Kreise um, als wollte er fragen: Was ist das? Und dieselbe Frage lag auch in all den Blicken, die seinem Blicke begegneten.

Auf den Gesichtern aller Russen, auf den Gesichtern der französischen Soldaten und Offiziere, aller ohne Ausnahme, las er dasselbe Entsetzen, denselben Abscheu und denselben Kampf, die in seinem Herzten tobten. »Wer ist es nun eigentlich, der das macht? Sie alle leiden wie ich selbst. Wer ist es, wer?« schoß es einen Augenblick durch Pierres Geist.

Schützen vom 86. Regiment vor! rief jemand. Man holte den fünften, der neben Pierre stand – allein. Pierre begriff nicht, daß er gerettet war, daß er und alle übrigen nur hierhergebracht waren, um Zeugen der Hinrichtung zu sein. Mit immer wachsendem Entsetzen, ohne das Gefühl der Freude, voller Beunruhigung, sah er mit an, was geschah. Der fünfte war der Fabrikarbeiter im Kittel. Man hatte kaum die Hand an ihn gelegt, als er entsetzt zurücksprang und sich an Pierre klammerte (Pierre schauderte zusammen und riß sich los). Der Arbeiter konnte nicht gehen. Man packte ihn unter die Arme und schleppte ihn hin, er schrie beständig. Als man ihn zu dem Pfahl gebracht hatte, wurde er plötzlich still. Es war, als wäre ihm plötzlich etwas klargeworden. War es ihm klargeworden, daß er vergeblich schrie, oder daß es nicht möglich sei, daß ihn Menschen töten könnten, genug, er stand am Pfahl und erwartete, daß man ihm mit den anderen zusammen die Augen verbinde, und sah mit leuchtenden Augen um sich her, wie ein angeschossenes Wild.

Pierre konnte es nicht mehr über sich gewinnen, sich abzuwenden und die Augen zu schließen. Die Neugier und die Erregung hatten bei ihm und bei der ganzen Menschenmenge mit diesem fünften Morde den höchsten Grad erreicht. Ganz wie die anderen, schien auch dieser fünfte ruhig; er knöpfte seinen Kittel zu und kratzte mit dem einen nackten Bein das andere.

Als man ihm die Augen verband, rückte er selbst den Knoten auf dem Hinterkopf zurecht, weil er ihn drückte; dann fiel er, als man ihn an den blutigen Pfahl lehnte, zurück, und da ihm diese Stellung unbequem war, rückte er sich zurecht, stellte die Beine nebeneinander und lehnte sich ruhig an. Pierre wandte keinen Blick von ihm ab. Keine seiner Bewegungen entging Pierres Augen.

Nun mußte das Kommando ertönen, nach dem Kommando mußten Schüsse aus acht Gewehren krachen. Aber so sehr sich auch Pierre Mühe gab, sich daran zu erinnern, hatte er doch nicht den leisesten Laut eines Schusses gehört. Er hatte nur gesehen, wie plötzlich der Arbeiter aus irgendeinem Grunde in seinen Fesseln zusammenbrach, wie an zwei Stellen Blut zum Vorschein kam und wie die Fesseln selbst von der Last des willenlosen Körpers sich lösten, und der Arbeiter unnatürlich den Kopf sinken ließ, die Füße verdrehte und niedersank. Pierre eilte auf den Pfahl zu. Niemand hielt ihn zurück. Um den Arbeiter waren erschrockene, blasse Menschen beschäftigt. Dem einen alten, bärtigen, Franzosen bebte der Unterkiefer, als er die Fesseln losband. Der Leichnam wurde herabgelassen, die Soldaten schleppten ihn ungeschickt und eilig hinter den Pfahl und stießen ihn in die Grube.

Offenbar, unzweifelhaft wußten alle, daß sie Verbrecher waren, die so schnell als möglich die Spur ihres Verbrechens verbergen mußten.

Pierre warf einen Blick in die Grube hinein und sah, wie der Arbeiter darin lag, die Knie nach oben nahe an den Kopf gezogen, die eine Schulter höher als die andere. Und diese Schulter hob und senkte sich gleichmäßig in Krämpfen. Aber schon fielen Schaufeln von Erde auf den ganzen Leichnam nieder. Einer der Soldaten schrie Pierre zornig, wütend und schmerzlich erregt an, er sollte zurückgehen. Pierre aber verstand ihn nicht und blieb an dem Pfahl stehen, und niemand trieb ihn fort.

Als die Grube ganz zugeschüttet war, ertönte ein Kommando. Pierre wurde auf seinen Platz zurückgebracht, und die französischen Regimenter, die zu beiden Seiten des Pfahls in Reih und Glied aufgestellt waren, machten eine halbe Wendung und marschierten langsamen Schrittes an dem Pfahl vorüber. Die vierundzwanzig Schützen mit den entladenen Gewehren, die mitten im Kreise standen, schlossen sich laufend in Reih und Glied an, wenn ihre Kompanien an ihnen vorüberkamen.

Pierre sah jetzt mit gedankenlosen Blicken auf die Schützen, die paarweise aus dem Kreise gelaufen kamen. Alle, außer einem einzigen, schlossen sich den Kompanien an. Ein junger Mann stand mit todbleichem Gesicht, den Tschako in den Nacken geschoben, mit gesenktem Gewehr immer noch neben der Grube an derselben Stelle, von der aus er geschossen hatte. Er wankte wie ein Trunkener, ging einige Schritte vorwärts und dann wieder zurück, um seinen schwankenden Körper aufrecht zu erhalten. Ein alter Soldat, ein Unteroffizier, kam aus Reih und Glied gelaufen, packte den jungen Soldaten am Kragen und schleppte ihn zur Kompanie. Die versammelten Russen und Franzosen gingen auseinander. Alle schritten schweigend mit gesenkten Köpfen dahin.

Nun werden sie wissen, was Brandstiften heißt, sagte ein Franzose. Pierre sah sich nach dem Sprecher um und bemerkte, daß es ein Soldat war, der sich durch irgend etwas über das Geschehene trösten wollte, aber nicht konnte. Er sprach den angefangenen Satz nicht zu Ende, machte eine Handbewegung und ging seines Weges weiter.

XII

Nach der Hinrichtung wurde Pierre von den anderen Verurteilten getrennt und in einer kleinen, zerstörten, ausgebrannten Kirche allein gelassen.

Vor Abend erschien der Unteroffizier der Wache mit zwei Soldaten in der Kirche und kündigte Pierre an, daß er freigesprochen sei und jetzt in die Baracken der Kriegsgefangenen kommen würde. Ohne zu verstehen, was der Unteroffizier sagte, erhob sich Pierre und folgte den Soldaten. Sie brachten ihn zu den Holzhäusern, die sie oberhalb des Feldes aus angebrannten Brettern, Balken und Bohlen aufgebaut hatten, und führten ihn in eines hinein. In der Dunkelheit umringten

Pierre zwanzig verschiedene Menschen. Pierre sah sie an, ohne zu wissen, wer diese Leute sind, warum sie da sind und was sie von ihm wollen. Er hörte die Worte, die man zu ihm sprach, aber er konnte keine Schlüsse aus ihnen ziehen. Er verstand ihre Bedeutung nicht. Er antwortete selbst auf die Fragen, die man an ihn richtete, aber er dachte gar nicht daran, ob ihn jemand hörte und wie man seine Antworten auffaßte. Er sah die Personen und Gestalten, und alle erschienen ihm gleich unverständlich.

Von dem Augenblick, wo Pierre den schrecklichen Mord mit angesehen hatte, den Menschen vollzogen, die nicht den Willen hatten, ihn auszuführen, war aus seiner Seele plötzlich gleichsam die Feder herausgerissen, die alles hielt und zu lebendiger Vorstellung brachte, alles war in einen inhaltslosen Schutthaufen zusammengestürzt. In seiner Brust war, obgleich er sich keine Rechenschaft davon gab, der Glaube an die Harmonie der Welt, an die menschliche, an seine eigene Seele, an Gott vernichtet. Einen solchen Zustand hatte Pierre schon kennengelernt, nie aber mit solcher Kraft wie jetzt. Früher, wenn Zweifel dieser Art über ihn kamen, hatten diese Zweifel ihre Quelle in einer eigenen Schuld gehabt. Und in tiefster Seele fühlte Pierre damals, daß die Rettung von dieser Verzweiflung und diesen Zweifeln in ihm selbst lag. Jetzt aber fühlte er, daß nicht seine Schuld die Ursache davon war, daß die Welt vor seinen Augen zusammenstürzte und nur inhaltslose Trümmer übrigblieben. Er fühlte, daß es nicht in seiner Macht lag, zu dem Glauben an das Leben zurückzukehren.

Rings um ihn her, im Finstern, standen Menschen: wahrscheinlich interessierte sie etwas an seinem Wesen so sehr. Sie erzählten ihm etwas, fragten ihn nach etwas und führten ihn irgendwohin, und er kam schließlich in den Winkel des Schuppens neben Menschen, die herüber und hinüber schwatzten und lachten.

Da habt ihr's, Brüder ... derselbe Prinz, *welcher* (das Wort welcher wurde besonders betont) ... sagte eine Stimme aus dem gegenüberliegenden Winkel der Baracke.

Pierre saß stumm und regungslos an der Wand auf dem Stroh, bald mit offenen, bald mit geschlossenen Augen. Aber sobald er nur die Augen schloß, sah er das entsetzliche Gesicht des Fabrikarbeiters vor sich, entsetzlich besonders durch seine Einfalt, und die in ihrer Unruhe noch entsetzlicheren Gesichter der unfreiwilligen Mörder. Und wieder öffnete er die Augen und starrte gedankenleer in die Dunkelheit.

Neben ihm saß zusammengekauert ein kleiner Mann, dessen Anwesenheit Pierre anfangs an dem starken Schweißgeruch bemerkt hatte, der bei jeder seiner Bewegungen von ihm ausströmte. Dieser Mann machte in der Dunkelheit etwas an seinen Füßen, und, obgleich Pierre sein Gesicht nicht sah, fühlte er, daß dieser Mann ihn beständig anstarrte. Pierre durchdrang mit seinem Blick die Dunkelheit und begriff, daß dieser Mann seine Schuhe auszog. Und *wie* er das machte, fing Pierre an zu interessieren. Erst löste er die Schnur auf, mit der das Bein umbunden war, und legte die Schnur sorgfältig zusammen, dann machte er sich an das andere Bein, hörte aber nicht auf, Pierre anzusehen.

Während die eine Hand die Schnur aufhängte, begann die andere das zweite Bein aufzubinden. Auf diese Weise zog der Mann sorgfältig mit runden, vollen Bewegungen, die unverzüglich eine auf die andere folgte, sein Schuhwerk aus, hängte seine Schuhe auf die Pflöcke, die zu seinen Häuptern eingeschlagen waren, nahm ein Messerchen, schnitt etwas ab, legte das Messer wieder zusammen, steckte es unter das Kissen, setzte sich bequemer, umfaßte seine emporgezogenen Knie mit beiden Armen und richtete seinen Blick starr auf Pierre. Pierre empfand etwas Angenehmes, Beruhigendes und Abgerundetes bei diesen vollen Bewegungen, bei dieser geordneten Wirtschaft im Winkel, ja selbst bei dem Geruch, den dieser Mensch ausströmte, und er sah ihn unverwandt an.

Haben viel Schlimmes mitgemacht, Herr, hm? sagte plötzlich der kleine Mann, und es lag so viel Güte und Einfalt in der singenden Stimme des Mannes, daß Pierre ihm antworten wollte, aber sein Unterkiefer begann zu zittern und er fühlte, wie ihm die Tränen kamen. Der kleine Mann sprach, ohne Pierre Zeit zu lassen, seiner Verlegenheit Ausdruck zu geben, mit derselben angenehmen Stimme sofort weiter.

Ei, Falke, laß den Kopf nicht hängen! sagte er mit derselben zärtlich singenden Güte, mit der alte russische Weiber zu sprechen pflegen. Laß den Kopf nicht hängen, Freundchen; das Leid ist kurz und lang ist unser Leben! Ja, so ist's, mein Lieber. Und, Gott sei Dank, hier leben, heißt nicht Mangel leiden. Es gibt gute und schlechte Menschen – sagte er, und während er noch so sprach, bog er sich mit einer elastischen Bewegung auf die Knie vor, stand auf und ging hustend von seinem Platz.

Ei, da bist du ja, Schelm, hörte Pierre dieselbe liebevolle Stimme vom Ende der Baracke. Da bist du, Schelm. Sieh mal an, nun mach, daß du fortkommst! Und der Soldat stieß ein Hündchen, das auf ihn lossprang, von sich, ging auf seinen Platz zurück und setzte sich wieder. In der Hand hielt er etwas in einen Lappen eingewickelt.

Da, Herr, essen Sie, sagte er, indem er wieder den früheren ehrerbietigen Ton anschlug, das Papier entfaltete und Pierre einige gebratene Kartoffeln hinreichte. Zu Mittag gab's Suppe, aber die Kartoffeln sind vorzüglich.

Pierre hatte den ganzen Tag nichts gegessen, und der Duft der Kartoffeln schien ihm außerordentlich angenehm. Er dankte dem Soldaten und begann zu essen.

Wie ißt du denn? sagte der Soldat lächelnd und nahm eine von den Kartoffeln. So mußt du's machen. Er nahm wieder sein Taschenmesser, schnitt die Kartoffel auf der flachen Hand in zwei verschiedene Hälften, schüttete aus dem Lappen Salz darauf und hielt sie Pierre hin.

Die Kartoffeln sind vorzüglich, wiederholte er. Siehst du, so mußt du essen.

Pierre kam es vor, als hätte er nie im Leben eine schmackhaftere Speise genossen.

Nein, sagte Pierre, mir ist nichts geschehen. Aber warum haben sie diese Unglücklichen erschossen? ... Der letzte war kaum zwanzig Jahre alt.

St... St..., sagte der kleine Mann. Das darf man nicht, das darf man nicht, fügte er schnell hinzu, und als hätte er immer die Worte im Munde bereit, und als flögen sie von ungefähr daraus hervor, fuhr er fort: Wie kommt es, Herr, daß Sie in Moskau geblieben sind?

Ich habe nicht geglaubt, daß sie so bald kommen würden. Ich bin zufällig dageblieben, sagte Pierre.

Aber wie haben sie dich gefangengenommen, Falke, in deinem Hause?

Nein, ich ging hinaus, um die Brandstätte anzusehen. Da ergriffen sie mich und führten mich vor Gericht als Brandstifter.

Wo ein Gericht ist, ist auch Lüge, schaltete der kleine Mann ein.

Bist du schon lange hier? fragte Pierre, während er die letzten Kartoffeln verschluckte.

Ich? Letzten Sonntag brachten sie mich aus dem Spital in Moskau.

Was bist du, Soldat?

Ja, Soldat vom Apscheron-Regiment. Ich lag im Fieber auf den Tod. Kein Wort hat man uns gesagt. Zwanzig Mann von uns lagen so, wußte keiner, was aus ihm wird.

Sag, sehnst du dich fort von hier, fragte Pierre.

Ei, gewiß, mein Falke. Ich heiße Platon, Platon Karatajew, fügte er hinzu, offenbar in der Absicht, Pierre die Anrede zu erleichtern. Im Dienst nannten sie mich »Falke«. Wie sollte ich mich nicht fortsehnen, mein Falke! Moskau ist die Mutter der Städte. Wie sollte einen da nicht die Sehnsucht packen, wenn man das mit ansieht. Der Wurm frißt den Kohlkopf und stirbt doch früher als er: so haben die Alten gesagt, fügte er schnell hinzu.

Wie, wie sagst du? fragte Pierre.

Ich? fragte Karatajew. Ich spreche nicht mit meinem Sinne, sondern mit Gottes Stimme, sagte er, in der Meinung, das Gesagte zu wiederholen. Und ohne Unterbrechung fuhr er fort: Sie haben wohl ein Erbgut, Herr? Und ein Haus? Und einen gefüllten Keller? Und eine Frau? Und die alten Eltern leben noch? fragte er, und obgleich Pierre in der Dunkelheit nichts sehen konnte, fühlt er doch, daß der Mund des Soldaten sich in einem verhaltenen Lächeln der Zärtlichkeit zusammenzog, während er dies fragte. Es verursachte ihm augenscheinlich Leid, daß Pierre keine Eltern mehr hatte, besonders, daß er keine Mutter hatte.

Die Frau zum Rat, die Schwiegermutter zum Staat, nichts

aber ist herziger als die leibliche Mutter, sagte er. Und haben Sie Kinder? fuhr er fort zu fragen. Pierres verneinende Antwort bereitete ihm augenscheinlich wieder Schmerz, und er beeilte sich hinzuzufügen: Ei, Ihr seid ja noch jung, Gott schenkt Euch noch welche. Nur immer hübsch in Eintracht leben …

Ach, jetzt ist alles gleich, sagte Pierre unwillkürlich.

Nun ja, lieber Herr, erwiderte Platon. Man soll den Tag nicht vor dem Abend loben. Er setzte sich wieder bequemer und hüstelte, er bereitete sich offenbar auf eine lange Erzählung vor. Ja, ja, mein lieber Freund, ich war noch zu Hause, begann er, wir hatten ein reiches Erbe, viel Land, den Bauern ging's gut, und unser eignes Haus, Gott sei's gedankt. Zu sieben ging der Vater zur Feldarbeit. Wir lebten recht gut. Waren ehrliche Christen. Da war's … und Platon Karatajew erzählte eine lange Geschichte, wie er einmal in ein fremdes Wäldchen gegangen sei, Holz zu sammeln und in die Hände des Wächters gefallen war, wie sie ihn geprügelt, vor Gericht gestellt und unter die Soldaten gesteckt hatten. – Ja, ja, Falke, sagte er und seine Stimme veränderte sich zu einem Lächeln. Sie dachten mir Böses zu tun, und es kam gut heraus. Der Bruder hätte dran glauben müssen, wenn ich nicht die Sünde getan hätte. Aber der jüngere Bruder hat ein Fünfer Kinderchen, und ich, siehst du, hatte nur mein Soldatenweib. Wir hatten ein Mädchen, aber noch vor der Soldatenzeit hat Gott es zu sich genommen. Da kam ich auf Urlaub nach Hause, mußt du wissen, ich sehe, die leben jetzt besser als früher; der Hof war voll von Vieh, im Hause waren die Weiber, zwei Brüder gingen auf Arbeit. Nur einer, Michajlo, der Jüngste, war zu Hause. Und der Vater sagt: »Bei mir«, sagt er, »sind alle Kinder gleich: welchen Finger man abhaut, es gut gleich weh.« Und hätten sie damals den Platon nicht geschoren, hätte Michail gehen müssen. Dann rief er uns alle, willst du's glauben? und stellte uns vor die Heiligenbilder. »Michajlo«, sagte er, »komm her, bück' dich vor ihm, und du Weib, bück dich, und ihr Enkelchen bückt Euch. Verstanden?« sagt er. – Ja, ja, mein lieber Freund, das Schicksal braucht sein Opfer. Und wir urteilen über alles: das ist nicht gut, das ist nicht schön.

Unser Glück, Freundchen, ist wie Wasser im Fischnetz. Wirfst du's aus, wird's mehr, ziehst du's raus, ist's leer. Und Platon rückte wieder auf seinem Stroh hin und her.

Eine Weile schwieg er, dann stand er auf.

Wie? ich meine, du möchtest schlafen, sagte er und begann schnell, sich zu bekreuzen und sagte dabei:

Herr Jesus Christus, Nikola Wundertäter, Frola und Lawra … Herr Jesus Christus, Nikola Wundertäter! Frola und Lawra, Herr Jesus Christus, erbarme dich unser und erlöse uns! schloß er, beugte seinen Kopf bis zur Erde, dann erhob er sich, seufzte auf und setzte sich wieder auf sein Stroh. – So ist es. Lege mich hin, Herr Gott, wie einen Stein, und hebe mich auf wie ein Bretzelein, sagte er, legte sich hin und zog sich den Mantel über.

Was für ein Gebet hast du gesprochen? fragte Pierre.

Hm? sagte Platon (er war schon im Einschlafen.) Gesprochen? Ich habe gebetet. Betest du nicht?

Gewiß, ich bete auch, sagte Pierre, aber was war das für ein Gebet: Frolo und Lawra?

Weißt du nicht, antwortete Platon schnell, heut' ist der Tag der Pferde. Man muß sich auch seines Viehs erbarmen, sagte Karatajew. – Ei sieh, Schelm, bist du wieder da? Hast dich gewärmt? Hundekind, sagte er. Er hatte wieder den Hund zu seinen Füßen gefühlt, dann drehte er sich wieder um und schlief sofort ein.

Von draußen drang aus der Ferne Klage und Geschrei herein, und durch die Ritzen der Baracke schimmerte ein Feuerschein hindurch. In der Baracke aber war es still und dunkel. Pierre konnte lange nicht einschlafen und lag mit offenen Augen in der Dunkelheit auf seinem Platz. Er horchte auf das gleichmäßige Schnarchen Platons, der neben ihm lag, und fühlte, daß die vorhin zertrümmerte Welt jetzt in neuer Schönheit auf neuer und unerschütterlicher Grundlage in seiner Seele wiedererstand.

XIII

An der Baracke, in die man Pierre gebracht hatte, und in der er vier Wochen hinbrachte, waren dreiundzwanzig gefangene Gemeine, drei Offiziere und zwei Beamte. Sie alle standen später nur wie in einem Nebel vor Pierres geistigem Auge, nur Platon Karatajew blieb für immer in Pierres Seele als die stärkste und teuerste Erinnerung und als die Verkörperung alles Guten und Harmonischen im russischen Wesen. Als Pierre am folgenden Tage in der Dämmerung seinen Nachbarn erblickte, festigte sich der erste Eindruck des Harmonischen vollständig: Platons ganze Gestalt, in seinem mit einem Strick geschürzten Franzosenmantel, in seiner Mütze und seinen Bastschuhen, war abgerundet. Sein Kopf war vollkommen rund, Rücken, Brust, Schulter, selbst die Arme, die er hielt, als wäre er stets bereit, etwas zu umfassen, waren rund. Das angenehme Lächeln und die großen, braunen, zärtlichen Augen waren rund.

Platon Karatajew mochte fünfzig Jahre alt sein, wenn man nach seinen Erzählungen über die Feldzüge, die er als junger Soldat mitgemacht hatte, schließen durfte. Er selbst wußte nicht und war durchaus nicht imstande, bestimmt anzugeben, wie alt er war; aber seine hellweißen und starken Zähne, die man in zwei Halbkreisen sehen konnte, wenn er lachte (was er oft tat), waren alle schön und heil; nicht ein graues Fädchen hatte er in Bart und Haupthaar, und sein ganzer Körper bot das Bild der Biegsamkeit und besonders auch der Festigkeit und Ausdauer.

Sein Gesicht hatte trotz der kleinen runden Fältchen das Aussehen der Unschuld und Jugend; seine Stimme war angenehm und singend. Die Haupteigentümlichkeit seiner Rede aber bestand in der Unmittelbarkeit und Kernhaftigkeit. Er dachte offenbar nie nach über das, was er gesagt hatte und was er sagen wollte, und darum lag in der Schnelligkeit und in der Richtigkeit seiner Betonung eine besondere unwiderstehliche Überzeugungskraft.

Seine physischen Kräfte und seine Beweglichkeit waren in der ersten Zeit der Gefangenschaft derart, daß es schien, als verstände er nicht, was Müdigkeit und Krankheit heißt. Jeden Tag sagte er morgens und abends, wenn er sich niederlegte: »Lege mich hin, Herr Gott, wie einen Stein, und hebe mich auf wie ein Bretzelein«; und des Morgens, wenn er aufstand, zog er immer in gleicher Weise die Schultern hoch und sagte: »Hingelegt und ausgestreckt – aufgestanden, ausgereckt«. Und in der Tat, er brauchte sich nur hinzulegen, um sofort wie ein Stein zu schlafen, er brauchte sich nur auszurecken, um sofort ohne einen Augenblick Verzögerung an irgendeine Arbeit zu gehen, wie die Kinder in dem Augenblick, wo sie aufstehen, auch schon an ein Spielzeug gehen. Alles verstand er; nicht gerade sehr gut, aber doch auch nicht schlecht. Er backte, kochte, nähte, hobelte, schusterte. Er war immer beschäftigt, und nur in der Nachtstunde gestattete er sich, Gespräche zu führen, was er sehr gern tat, und Lieder zu singen. Er sang seine Lieder nicht wie die Sänger, welche pfiffen, daß man ihnen zuhört, er sang wie der Vogel singt, offenbar nur, weil es ihm ebenso ein Bedürfnis war, die Töne von sich zu geben, wie man wohl den Wunsch hat, sich zu recken oder hin und her zu gehen; und diese Töne waren stets fein, zart, nahezu frauenhaft, wehmütig, und sein Gesicht war, wenn er sang, sehr ernst.

In der Gefangenschaft, wo ihm der Bart wieder gewachsen war, hatte er augenscheinlich alles Fremde, Soldatische, das ihm angeflogen war, wieder abgestreift und war unwillkürlich zu dem früheren ländlichen, volkstümlichen Wesen zurückgekehrt.

Geht der Soldat nach Hause, trägt er das Hemd wieder auß', pflegte er zu sagen. Er sprach nicht gern von seiner Soldatenzeit, obgleich er sich nicht zu beklagen hatte und oft erzählte, daß er während seiner ganzen Dienstzeit nicht ein einziges Mal Ruten bekommen hatte. Kam er ins Erzählen, so erzählte er besonders aus seinen alten, ihm augenscheinlich teuren Erinnerungen seines Bauernlebens. Die sprichwörtlichen Wendungen, mit denen er seine Rede durchsetzte, waren nicht jene größtenteils unanständigen, frechen Sprichwörter, welche die Soldaten gebrauchen; es waren vielmehr jene volkstümlichen Aussprüche, die so unbedeutend erscheinen, wenn man sie einzeln nimmt, und die sofort die Bedeutung tiefer Weisheit bekommen, wenn sie an der rechten Stelle gebraucht werden.

Oft sagte er etwas, was einem Ausspruch, den er eben getan, vollkommen entgegengesetzt war, aber beide Male hatte er recht. Er sprach gern und sprach gut und schmückte seine Rede mit Kosewörtchen und sprichwörtlichen Wendungen, die er, wie Pierre glaubte, selbst ersann. Der Hauptpreis seiner Erzählungen aber bestand darin, daß in seinem Mund die einfachsten Ereignisse, oft solche, die Pierre gesehen hatte, ohne sie zu bemerken, den Charakter der Erhabenheit und Schönheit erhielten. Er hörte gern die Märchen mit an, die ein Soldat abends zu erzählen pflegte (es waren immer dieselben), aber am liebsten hörte er Erzählungen aus dem wirklichen Leben. Er lachte herzlich, wenn er solchen Erzählungen lauschte, warf Worte ein und stellte Fragen, die darauf hinzielten, sich die Schönheit des Erzählten klarzumachen. Neigungen, Freundschaft, Liebe, wie Pierre sie auffaßte, waren Karatajew fremde Dinge; er liebte alle und lebte in Liebe mit allem, womit ihn das Leben zusammenführte, besonders mit den Menschen – nicht mit einem bestimmten Menschen, sondern mit den Menschen, die ihm gerade begegneten. Er liebte seinen Hund, seine Kameraden, liebte die Franzosen, liebte Pierre, der sein Nachbar war; aber Pierre fühlte, daß Karatajew, trotz all seiner freundlichen Zärtlichkeit gegen ihn (mit der er unwillkürlich dem geistigen Leben Pierres seinen Tribut zollte), nicht einen Augenblick bei einer Trennung Schmerz empfinden würde. Und dasselbe Gefühl begann auch Pierre allmählich für Karatajew zu empfinden.

Platon Karatajew war für alle übrigen Gefangenen ein ganz gewöhnlicher Soldat; sie nannten ihn »Falke« oder Platoscha, neckten ihn gutmütig und schickten ihn allerlei Botengänge. Für Pierre aber blieb er für immer das, als was er ihm in der ersten Nacht erschienen war, die unerreichbare, harmonische, ewige Verkörperung des Geistes der Einfalt und der Wahrheit.

Platon Karatajew wußte nichts auswendig als sein Gebet. Wenn er seine Reden führte, schien er beim Anfang nicht zu wissen, wie er enden würde.

Oft bat ihn Pierre, durch den Sinn seiner Rede überrascht, das Gesagte zu wiederholen; dann konnte Platon sich nicht mehr dessen erinnern, was er eine Minute zuvor gesagt hatte, ebensowenig wie er imstande war, Pierre sein Lieblingslied in Worten herzusagen. Dort hieß es: »Heimatsdörfchen, Birkenwäldchen, wie sehn' ich mich nach dir«, aber wenn er es in Worten sprach, wollte es keinen rechten Sinn geben. Er verstand die Bedeutung der Worte, wenn er sie aus dem Zusammenhang nahm, nicht und konnte sie nicht verstehen. Jedes seiner Worte, jede seiner Handlungen war die Äußerung einer ihm unbekannten Kraft, die sein Leben war. Aber sein Leben hatte, wie er es selbst ansah, als gesondertes Leben keinen Sinn. Es hatte nur einen Sinn als Bruchteil eines Ganzen, das seinem Bewußtsein stets gegenwärtig war. Was er sprach und tat, entquoll ihm ebenso gleichmäßig, notwendig und unmittelbar, wie der Duft sich von der Blume löst. Ihm fehlte das Verständnis sowohl für den Wert wie für die Bedeutung einer einzeln genommenen Handlung oder eines einzeln gesprochenen Wortes.

XIV

Nachdem Prinzessin Maria von Nikolaj die Nachricht erhalten, daß ihr Bruder sich mit den Rostows in Jaroslawl befinde, rüstete sie sich, trotzdem die Tante abriet, sofort zur Reise, und zwar nicht allein, sondern mit ihrem Neffen. Ob es schwer oder leicht war, ob es möglich oder unmöglich war, danach fragte sie nicht, das wollte sie nicht wissen. Ihre Pflicht war, nicht nur selbst in der Nähe des vielleicht dem Tode entgegengehenden Bruders zu sein, sondern alles zu tun, was in ihrer Macht stand, um ihm seinen Sohn zuzuführen, und so machte sie sich zur Reise fertig. Daß Fürst Andrej ihr nicht selbst eine Mitteilung gemacht hatte, erklärte sich Prinzessin Maria damit, daß er zu schwach war, um zu schreiben, oder damit, daß er die lange Reise für sie und für seinen Sohn für beschwerlich und gefährlich hielt.

In wenigen Tagen war Prinzessin Maria reisefertig. Ihre

Wagen bestanden aus der ungeheuren Kutsche des Fürsten, in welche sie nach Woronesh gefahren war, aus einer Britschke und einem Gepäckwagen. Mit ihr fuhren Mlle. Bourienne, Nikoluschka und sein Hauslehrer, die alte Wärterin, drei Mädchen, Tichon, ein junger Lakai und ein Heiduck, den die Tante ihr mit auf den Weg gegeben hatte.

Daß man auf dem gewöhnlichen Wege über Moskau fahre, daran war nicht zu denken, daher war der Umweg, den die Prinzessin Maria über Lipezk, Rjasan, Wladimir, Schuja machen mußte, sehr lang, und da nicht überall Postpferde zu haben waren, sehr beschwerlich, und in der Umgebung von Rjasan, wo sich (wie es hieß) Franzosen gezeigt hätten, sogar gefährlich.

Während dieser beschwerlichen Reise staunten Mlle. Bourienne, Dessalle und die Dienerschaft der Prinzessin über ihre Entschlossenheit und Tatkraft. Sie legte sich später als alle zur Ruhe, stand früher als alle auf, und keine Schwierigkeit konnte sie veranlassen, Halt zu machen. Dank ihrer Tatkraft und Energie, die sich ihren Begleitern mitteilte, näherten sie sich gegen das Ende der zweiten Woche Jaroslawl.

In der letzten Zeit ihres Aufenthalts in Woronesh hatte die Prinzessin Maria das höchste Glück ihres Lebens empfunden. Ihre Liebe zu Rostow quälte, erregte sie nicht mehr. Diese Liebe erfüllte ihr ganzes Herz, war ein unlösbarer Teil ihres eigenen Ichs geworden. Sie kämpfte auch nicht mehr dagegen an. In der letzten Zeit gewann die Prinzessin Maria, obgleich sie es nie in klaren Worten sich selbst gestand, immer mehr die Überzeugung, daß sie liebte und geliebt war. Diese Überzeugung war ihr bei der letzten Begegnung mit Nikolaj geworden, als er gekommen war, um ihr zu melden, daß ihr Bruder bei den Rostows war. Nikolaj hatte nie auch nur mit einem Wörtchen angedeutet, daß jetzt (in dem Falle der Genesung des Fürsten Andrej) die alten Beziehungen zwischen ihm und Natascha erneut werden könnten. Die Prinzessin Maria aber las in seinem Gesicht, daß er das wußte und dachte, und trotzdem war er im Verkehr mit ihr – der stets zurückhaltend, zärtlich, liebevoll geblieben war – nicht nur nicht verändert; es war sogar, als machte es ihm Freude, daß jetzt seine Verwandtschaft mit der Prinzessin Maria ihm gestattete, ihr freier seine freundschaftliche Liebe auszudrücken, wie Prinzessin Maria manchmal dachte. Prinzessin Maria wußte, daß sie zum ersten und letzten Mal in ihrem Leben liebte, sie fühlte, daß sie geliebt wurde, und war darin glücklich und zufrieden.

Aber dieses Glück der einen Seite ihres Seelenlebens hinderte sie nicht etwa, den Schmerz um ihren Bruder in seiner ganzen Größe zu empfinden; diese seelische Ruhe in einer Hinsicht gab ihr vielmehr eine um so größere Möglichkeit, sich ganz dem Gefühle für ihren Bruder hinzugeben. Dieses Gefühl war in dem ersten Augenblicke ihrer Abreise aus Woronesh so stark, daß ihre Begleiter, die ihr ermattetes, verzweifeltes Gesicht sahen, überzeugt waren, sie müsse unterwegs krank werden; aber gerade die Schwierigkeiten und Sorgen der Reise, welchen sich die Prinzessin mit solcher Energie hingab, schützten sie eine Zeitlang vor ihrem Kummer und stählten ihre Kraft.

Wie es während der Reise immer zu gehen pflegt, dachte auch die Prinzessin Maria nur an die Reise selbst und vergaß ganz das Reiseziel. Als sie aber in die Nähe von Jaroslawl kamen, und ihre Gedanken sich wieder auf das richteten, was ihr bevorstehen könnte, nicht mehr in Tagen, sondern heute abend schon, erreichte die Erregung der Prinzessin Maria ihren Höhepunkt.

Als der Heiduck, den man vorausgeschickt hatte, um in Jaroslawl zu erkunden, wo die Rostows wohnten und in welchem Zustande sich Fürst Andrej befand, am Schlagbaum der großen Kutsche begegnete, war er entsetzt bei dem Anblick des erschreckend bleichen Gesichts der Prinzessin, das ihm aus dem Wagenfenster entgegenblickte.

Ich habe alles erfahren, Euer Durchlaucht: die Rostows wohnen am Markte, im Hause des Kaufmanns Bronnikow. Ganz nahe, ganz an der Wolga, sagte der Heiduck.

Prinzessin Maria betrachtete sein Gesicht mit zaghaften, fragenden Blicken und begriff nicht, warum er nicht auf die Hauptfrage antwortete: was der Bruder mache. Mademoiselle Bourienne stellte diese Frage für die Prinzessin.

Was macht der Fürst? fragte sie.

Seine Durchlaucht wohnen mit ihnen in einem Hause.

Er ist also am Leben, dachte die Prinzessin, und fragte leise: Was macht er?

Die Leute sagen: Es ist alles noch beim alten.

Was das bedeutete, alles noch beim alten, mochte die Prinzessin nicht fragen. Sie warf nur einen flüchtigen, kaum wahrnehmbaren Blick auf den siebenjährigen Nikoluschka, der vor ihr saß und sich über den Anblick der Stadt freute, ließ den Kopf sinken und hob ihn nicht eher, als bis die schwerfällige Kutsche polternd, schüttelnd und wiegend hielt. Der herabgelassene Tritt klirrte.

Die Wagentür wurde geöffnet. Links war Wasser – der große Strom, rechts eine Freitreppe; auf der Freitreppe waren Menschen, die Dienerschaft und ein rotwangiges Mädchen mit einem großen, schwarzen Zopf, das, wie es der Prinzessin Maria schien, unangenehm-gezwungen lächelte. (Es war Sonja.) Die Prinzessin lief die Treppe hinauf, und das Mädchen, das gezwungen gelächelt hatte, sagte: Hier, hier! Und die Prinzessin stand im Vorzimmer vor einer alten Dame mit orientalischen Gesichtszügen, die ihr mit dem Ausdruck der Rührung schnell entgegenkam. Es war die alte Gräfin. Sie umarmte die Prinzessin Maria und küßte sie.

Mein Kind, sprach sie, ich liebe Sie und kenne Sie lange!

Trotz ihrer großen Erregung war es der Prinzessin Maria klar, daß dies die Gräfin war, und daß sie ihr ein paar Worte sagen müsse. Sie brachte ein paar höfliche französische Worte heraus, sie wußte selbst nicht wie, in demselben Ton, in dem sie angesprochen worden war, dann fragte sie: Was macht er?

Der Arzt sagt, es sei keine Gefahr, sagte die Gräfin. Zugleich aber mit diesen Worten hob sie seufzend die Augen gen Himmel, und in dieser Gebärde lag ein Ausdruck, der ihren Worten widersprach.

Wo ist er? Kann man ihn sehen? Kann man? fragte die Prinzessin.

Gleich, Prinzessin, gleich, meine Liebe. Ist das sein Sohn? sagte sie zu Nikoluschka gewandt, der mit Dessalle ins Zimmer trat. – Wir haben alle Platz, das Haus ist groß. Ach was für ein reizender Junge!

Die Gräfin führte die Prinzessin in den Salon. Sonja sprach mit Mademoiselle Bourienne. Die Gräfin liebkoste den Knaben. Der alte Graf trat ins Zimmer und begrüßte die Prinzessin. Der alte Graf hatte sich außerordentlich verändert seit dem letzten Mal, wo ihn die Prinzessin gesehen hatte. Damals war er ein frischer, heiterer, selbstbewußter alter Herr, jetzt sah er aus wie ein elender, haltloser Mensch. Während er mit der Prinzessin sprach, sah er sich unaufhörlich um, als wollte er alle Anwesenden fragen, ob er auch tue, was er zu tun hatte. Nach der Zerstörung Moskaus und seines Vermögens hatte er, aus dem gewohnten Geleise gerissen, augenscheinlich das Bewußtsein seiner Bedeutung eingebüßt und fühlte, daß er nicht mehr den rechten Platz im Leben finden könne.

Obwohl sie nur den Wunsch hatte, sobald als möglich den Bruder zu sehen, und obwohl sie sich darüber kränkte, daß man sie in diesem Augenblicke, wo sie nur den einen Wunsch hatte – ihn zu sehen – aufhalte und ihren Neffen mit erkünstelter Höflichkeit lobte, bemerkte doch die Prinzessin alles, was um sie her geschah, und fühlte die Notwendigkeit, sich vorläufig dieser neuen Ordnung, in die sie eingetreten war, zu fügen. Sie wußte, daß dies alles notwendig war, und es war ihr lästig, aber sie war ihnen nicht böse.

Dies ist meine Nichte, sagte der Graf, indem er Sonja vorstellte, Sie kennen sie nicht, Prinzessin? Die Prinzessin wandte sich zu ihr, gab sich Mühe, das feindselige Gefühl, das in ihrem Herzen gegen dieses Mädchen erwacht war, zu unterdrücken, und küßte sie. Aber es bedrückte ihr Gemüt, daß die Stimmung ihrer ganzen Umgebung so weit entfernt war von dem, was ihre Seele erfüllte.

Wo ist er, fragte sie noch einmal, indem sie die Frage an alle richtete.

Er ist unten, Natascha ist bei ihm, antwortete Sonja errötend, es ist schon jemand hinuntergegangen, nachzufragen. Sie müssen müde sein, Prinzessin.

Der Prinzessin traten Tränen des Ärgers in die Augen. Sie wandte sich ab und wollte die Gräfin wieder fragen, wie man zu ihm kommen könnte, als von der Tür her leichte, eilige, gewissermaßen heitere Schritte hörbar wurden. Die Prinzessin sah sich um und erblickte Natascha, die beinahe hereinstürzte, dieselbe Natascha, die ihr bei der früheren Begegnung in Moskau so wenig gefallen hatte.

Aber die Prinzessin hatte kaum Zeit gehabt, dieser Natascha ins Gesicht zu sehen, als sie schon begriffen hatte, daß sie in ihr eine aufrichtige Teilnehmerin in ihrem Leid und darum eine Freundin hatte. Sie stürzte ihr entgegen, umarmte sie und weinte an ihrer Brust.

Sobald Natascha, die an dem Bette des Fürsten Andrej saß, die Ankunft der Prinzessin Maria erfahren hatte, war sie mit den schnellen Schritten, die der Prinzessin Maria heiter erschienen waren, leise aus dem Zimmer geschlichen und war zu ihr geeilt.

Als sie ins Zimmer gestürzt kam, lag in ihrem erregten Gesicht *ein* Ausdruck, der Ausdruck der Liebe, der grenzenlosen Liebe zu ihm, zu ihr, zu allem, was dem geliebten Manne nahestand, des Schmerzes, des Leidens für andere und des leidenschaftlichen Wunsches, sich selbst ganz hinzugeben, um ihm zu helfen. Man sah, in diesem Augenblick war in Nataschas Seele nicht ein Gedanke an ihr eigenes Ich, an ihr Verhältnis zu ihm. Die Prinzessin Maria, mit ihrer feinen Empfindung, hatte bei dem ersten Blick in Nataschas Züge dies alles verstanden und weinte mit bitterer Wonne an ihrer Brust.

Gehen wir, gehen wir zu ihm, Maria, sagte Natascha und zog sie in das andere Zimmer.

Prinzessin Maria erhob ihr Gesicht, trocknete die Tränen und wandte sich zu Natascha. Sie fühlte, von ihr würde sie alles verstehen lernen und hören.

Was ... wollte sie fragen, aber sie brach plötzlich ab. Sie fühlte, daß nicht Worte, weder Fragen noch Antworten, am Platze waren. Nataschas Züge und Blicke mußten alles klarer und inniger sagen.

Natascha sah sie an, aber sie schien in Angst und Zweifel, ob sie ihr alles sagen sollte, was sie wußte, oder nicht; sie hatte das unbestimmte Gefühl, daß sie vor diesen leuchten Augen, die in das tiefste Innere ihres Herzens drangen, die ganze volle Wahrheit, sie wie sie kannte, offenbaren mußte. Nataschas Lippe zuckte plötzlich, häßliche Runzeln bildeten sich um ihren Mund, sie bedeckte ihr Gesicht mit ihren Händen und schluchzte. Prinzessin Maria hatte alles verstanden.

Aber sie hoffte immer noch und fragte mit Worten, an die sie nicht glaubte:

Aber wie steht es mit seiner Wunde? Wie ist überhaupt sein Zustand?

Sie, Sie ... werden sehen – mehr konnte Natascha nicht sagen.

Eine Weile saßen sie unten im Zimmer neben dem seinen, um ihre Tränen zu trocknen und gefaßt zu ihm ins Zimmer zu treten. – Wie ist der Verlauf der Krankheit? Steht es schon lange schlecht mit ihm? Wann ist das geschehen, fragte die Prinzessin Maria.

Natascha erzählte, in der ersten Zeit hätte von dem Fieberzustand und von dem Schmerz Gefahr gedroht; bei dem Troitzakloster sei es vorübergegangen, und der Arzt habe nur eins befürchtet, den Brand. Aber auch diese Gefahr wäre vorübergegangen. Als sie nach Jaroslawl kamen, fing die Wunde zu eitern an (Natascha wußte alles, was mit der Eiterung und dergleichen zusammenhing), und der Arzt hatte gesagt, die Eiterung könne glücklich vorübergehen. Da kam das Fieber. Der Arzt hatte gesagt, das Fieber sei nicht so gefährlich. Aber vor zwei Tagen – begann Natascha – ist plötzlich *das* eingetreten ... sie unterdrückte ihr Schluchzen – ich weiß nicht woher es kam ... aber Sie werden sehen, wie es jetzt steht.

Schwäche, Magerkeit? fragte die Prinzessin.

Nein, das nicht, schlimmer.

Sie werden es sehen. Ach Maria, er ist zu gut, er kann nicht leben, er kann nicht, er ist ...

XV

Als Natascha mit der Bewegung, die sie gewohnt war, die Tür öffnete und die Prinzessin vorausgehen ließ, fühlte Prinzessin Maria schon, wie ihr die Tränen die Brust zuschnürten. Soviel sie sich vorbereitet hatte, soviel sie sich bemüht hatte, gefaßt zu sein, wußte sie doch, daß sie nicht die Kraft besitzen würde, ihn ohne Tränen anzusehen.

Prinzessin Maria hatte wohl begriffen, was Natascha unter den Worten verstand: »da ist vor zwei Tagen *das* eingetreten«. Sie hatte begriffen, daß das heißen sollte, er sei plötzlich weich geworden, und diese Weichlichkeit, diese Rührung seien die Anzeichen des Todes. Schon als sie sich der Tür näherten, sah sie in ihrer Phantasie Andrjuschas Gesicht, wie sie es in ihrer Jugend gekannt hatte, zärtlich, mild, liebevoll, wie es jetzt selten war, und darum eine so starke Wirkung auf sie ausübte. Sie wußte, er würde leise und zärtlich zu ihr sprechen, ganz wie ihr Vater vor dem Tode gesprochen hatte, und sie würde das nicht ertragen und an seinem Lager in Schluchzen ausbrechen. Aber ob früher oder später, es mußte sein, und sie trat ins Zimmer. Die Tränen drangen ihr immer näher und näher an die Kehle, als sie mit ihren kurzsichtigen Augen immer deutlicher seine Umrisse sah und die bekannten Züge suchte, und sie sah plötzlich sein Gesicht, und ihre Blicke begegneten sich.

Der Fürst lag auf einem Diwan, tief in Kissen, in einem mit Eichhorn besetzten Schlafrock. Er war hager und bleich. Mit der einen Hand, von durchsichtiger Weiße, hielt er ein Tuch, die andere strich mit einer leisen Bewegung der Finger über das dünne Schnurrbärtchen. Seine Augen richteten sich auf die Eintretenden.

Als die Prinzessin Maria sein Gesicht sah und ihre Augen seinem Blick begegneten, mäßigte die Prinzessin Maria sofort die Hast ihrer Schritte und fühlte, wie ihre Tränen plötzlich versiegten und ihr Schluchzen stiller wurde. Sie nahm den Ausdruck seiner Züge und seines Blickes in sich auf, und wurde plötzlich zaghaft und fühlte sich schuldig.

»Aber worin bin ich denn schuldig«, sagte sie sich selbst.

»Darin, daß du lebst und an einen Lebenden denkst, während ich! …« sagte darauf sein kalter, ernster Blick.

In dem tiefen Blick, der nicht heraus-, sondern in sich hineinsah, lag beinahe Feindseligkeit, als er träge über die Schwester und Natascha hinschweifte. Der Bruder und die

Schwester küßten einander die Hand, wie es ihre Gewohnheit war.

Willkommen, Maria! Wie kommst du hierher? sagte er mit einer Stimme, so eintönig und fremdartig wie sein Blick.

Hätte er mit einem verzweifelten Winseln aufgeschrien, es würde die Prinzessin Maria weniger entsetzt haben als der Klang dieser Stimme. Und Nikoluschka hast du mitgebracht, sagte er ebenso eintönig und langsam, und es machte ihm offenbar Mühe, sich zu erinnern.

Wie ist dein Befinden jetzt, sprach Prinzessin Maria, und sie war selbst erstaunt darüber, daß sie sprach.

Das mußt du den Arzt fragen, meine Liebe, sagte er und strengte sich offenbar wieder an, um freundlich zu erscheinen. Er sprach nur mit dem Munde, man sah, daß er gar nicht das dachte, was er sprach. Ich danke dir, meine Liebe, daß du gekommen bist.

Prinzessin Maria drückte ihm die Hand. Er zuckte kaum merklich bei ihrem Händedruck. Er schwieg und sie wußte nicht, was sie sagen sollte. Sie hatte begriffen, was mit ihm vor zwei Tagen geschehen war. In seinen Worten, in dem Ton seiner Stimme, besonders in diesem Blick – diesem kalten, beinahe feindseligen Blick – sprach eine für einen lebendigen Menschen entsetzliche Abgeschiedenheit von allem Weltlichen. Es machte ihm sichtlich Mühe, alles Lebendige zu verstehen; aber gleichzeitig fühlte er, daß er nicht deshalb für das Lebendige kein Verständnis hatte, weil er der Kraft des Verstehens beraubt war, sondern deshalb, weil er etwas anderes verstand, etwas, das die Lebenden nicht verstanden und nicht verstehen konnten und das sein ganzes Wesen beherrschte.

Wie seltsam hat uns das Schicksal zusammengeführt, sagte er, das Schweigen brechend, und zeigte auf Natascha. Sie pflegt mich unermüdlich.

Prinzessin Maria hörte und verstand nicht, was er sprach. Er, der zartfühlende, liebevolle Fürst Andrej, wie konnte er das sagen in Gegenwart des Mädchens, das er liebte und das ihn liebte? Hätte er daran gedacht zu leben, so würde er dies nicht in so kaltem, verletzenden Tone gesagt haben. Hätte er nicht gewußt, daß er sterben müsse, wie konnte er so wenig Mitleid mit ihr haben, wie konnte er in ihrer Gegenwart so sprechen? Nur eine Erklärung gab es dafür – daß ihm alles gleich war, und zwar darum alles gleich, weil ein anderes Höheres vor ihm offenlag.

Ihre Unterhaltung war kalt, zusammenhanglos und stockte jeden Augenblick.

Maria ist über Rjasan gekommen, sagte Natascha.

Fürst Andrej bemerkte, daß sie seine Schwester Maria genannt hatte, und Natascha, die sie vor ihm so genannt hatte, bemerkte das selbst zum ersten Mal. Nun, was ist dabei, sagte er.

Man hat ihr erzählt, daß ganz Moskau eingeäschert sei, ganz und gar, daß ...

Natascha hielt an, sie hätte nicht sprechen sollen. Er machte augenscheinlich Anstrengungen, zu hören, aber er konnte nicht.

Ja, eingeäschert, so heißt es, sagte er, das ist sehr traurig, und er blickte starr vor sich hin und zupfte zerstreut mit den Fingern seinen Schnurrbart. – Und du bist dem Grafen Nikolaj begegnet, Maria, sagte Fürst Andrej plötzlich; er hatte offenbar den Wunsch, ihr eine Freude zu bereiten. Er hat hierher geschrieben, daß er dich sehr liebgewonnen hat, fuhr er fort in schlichtem, ruhigem Ton; er besaß offenbar nicht die Kraft, die ganze komplizierte Bedeutung, die seine Worte für lebendige Menschen hatten, zu verstehen. Wenn du auch ihn liebgewonnen hättest, so wäre es sehr gut, daß ihr Euch heiratet, fügte er ein wenig schneller hinzu, als machte es ihm Freude, daß er endlich die Worte gefunden, nach denen er lange gesucht hatte. Prinzessin Maria hörte seine Worte, aber sie hatten für sie keine andere Bedeutung, als daß sie bewiesen, wie entsetzlich fern er jetzt von allem Lebendigen war.

Warum von mir sprechen, sagte sie ruhig, und warf Natascha einen Blick zu. Natascha fühlte ihren Blick auf sich ruhen und sah sie nicht an. Wieder schwiegen alle.

Andrej, will..., sagte plötzlich Prinzessin Maria mit bebender Stimme – willst du Nikoluschka sehen? Er hat die ganze Zeit über nach dir gefragt.

Zum ersten Mal lächelte Fürst Andrej kaum merklich, aber Prinzessin Maria, die sein Gesicht so gut kannte, ward es mit Entsetzen klar, daß dies nicht ein Lächeln der Freude oder der Zärtlichkeit für seinen Sohn war, sondern ein leiser, milder Spott darüber, daß Prinzessin Maria das ihrer Meinung nach letzte Mittel anwandte, um ihn zu sich zu bringen.

Ja, ich freue mich sehr mit Nikoluschka. Ist er gesund?

Als man Nikoluschka zum Fürsten Andrej brachte, sah er den Vater erschrocken an, weinte aber nicht, weil niemand weinte; Fürst Andrej küßte ihn und wußte augenscheinlich nicht, was er mit ihm sprechen sollte.

Als Nikoluschka fortgebracht wurde, trat Prinzessin Maria noch einmal zu dem Bruder heran, küßte ihn und brach, da sie nicht mehr die Kraft besaß, an sich zu halten, in Tränen aus.

Er sah sie unverwandt an.

Um Nikoluschka weinst du? fragte er.

Prinzessin Maria nickte unter Tränen bestätigend mit dem Kopf.

Maria, du kennst das Evan..., aber er brach plötzlich ab.

Was sagst du?

Nichts. Aber hier ist kein Grund zu weinen, sagte er und sah sie mit demselben kalten Blick an.

Als die Prinzessin Maria in Tränen ausgebrochen war, hatte er verstanden, daß sie darüber weinte, daß der kleine Nikolaj den Vater verlieren sollte. Mit großer Kraftanstrengung versuchte er sich in das Leben zurückzuversetzen und sich auf ihren Standpunkt zu stellen.

»Ja, ihnen muß das traurig vorkommen«, dachte er, »und wie einfach ist es doch!«

»Die Vöglein unter dem Himmel, sie säen nicht, sie ernten nicht, aber der himmlische Vater ernährt sie«, sagte er zu sich selbst und wollte das auch der Prinzessin sagen. »Aber nein, sie werden es auf ihre Art verstehen, sie werden es nicht verstehen. Das können sie nicht verstehen, daß all die Gefühle, die ihnen so teuer sind, alle unsere, alle diese Gedanken, die uns so erhaben scheinen, daß sie – unnütz sind. Wir können einander nicht verstehen!« Und er sagte nichts.

Der kleine Sohn des Fürsten Andrej war sieben Jahre alt. Er konnte kaum lesen, er wußte nichts. Noch vieles machte er nach diesem Tage durch, er erwarb Kenntnisse, Beobachtungen, Erfahrungen; aber hätte er damals alle die Fähigkeiten besessen, die er später erwarb, er hätte nicht besser, nicht tiefer die ganze Bedeutung der Szene zwischen seinem Vater, der Prinzessin Maria und Natascha, deren Zeuge er war, erfassen können, als er sie jetzt verstand. Er verstand alles und ging aus dem Zimmer, ohne eine Träne zu weinen, trat ohne ein Wort zu sprechen auf Natascha zu, die ihm gefolgt war, sah sie schüchtern mit seinen träumerischen, schönen Augen an; seine hochgezogene, rosige Oberlippe zuckte, er legte sein Köpfchen in ihren Schoß und weinte.

Seit diesen Tagen mied er Dessalle, mied er die Gräfin, die ihn immer liebkoste und saß entweder allein da oder kam scheu zur Prinzessin Maria oder zu Natascha, die er, wie es schien, jetzt noch mehr liebte als seine Tante, und liebkoste so viel und schüchtern.

Als Prinzessin Maria das Zimmer des Fürsten Andrej verließ, hatte sie alles vollkommen verstanden, was ihr Nataschas Züge gesagt hatten. Sie sprach mit Natascha nicht mehr über die Hoffnung, ihn am Leben zu erhalten. Sie saß abwechselnd mit ihr auf einem Diwan und weinte nicht mehr; aber sie betete ununterbrochen, die Seele zu jenem Ewigen, Unerreichbaren gewandt, dessen Gegenwart jetzt so fühlbar über dem sterbenden Menschen waltete.

XVI

Fürst Andrej wußte nicht nur, daß er sterben müsse, er fühlte auch, daß er sterbe, daß er schon halb gestorben war. Er empfand das Bewußtsein der Abgeschiedenheit von allem Irdischen und einer freudigen und eigentümlichen Leichtigkeit des Lebens. Ohne Hast und ohne Angst sah er dem entgegen, was ihm bevorstand. Das Drohende, Ewige, Unbekannte, Ferne, dessen Gegenwart er während seines ganzen Lebens stets empfunden hatte, war ihm jetzt nah und – vermöge jener eigentümlichen Leichtigkeit des Lebens, das er empfand – beinahe greifbar und fühlbar ... Einst hatte er das Ende befürchtet. Zweimal hatte er das entsetzlich quälende Gefühl der Todesangst, des Endes gehabt, jetzt begriff er es nicht mehr.

Das erste Mal hatte er dieses Gefühl empfunden, als die Granate vor ihm platzte und er die Erde, die Sträucher, den Himmel ansah und wußte, daß der Tod vor ihm stand. Als er nach der Verwundung zu sich gekommen war und in seiner Seele, wie befreit von der lastenden Bürde des Lebens, das Werk einen Augenblicks, die Blüte der freien, von diesem Leben unabhängigen Liebe aufgegangen war, fürchtete er den Tod nicht mehr, dachte er nicht mehr an ihn.

Je mehr er sich während dieser Zeit schmerzensreicher Vereinsamung und halber Bewußtloskeit, die er nach seiner Verwundung durchlebt, in den neu entdeckten Ursprung der ewigen Liebe hineindachte, um so mehr entfernte er sich, ohne es selbst zu fühlen, von dem irdischen Leben. Alles, alle lieben, stets bereit sein, sich für die Liebe zu opfern, hieß niemanden lieben, hieß, nicht dieses irdische Leben führen. Je mehr er durchdrungen ward von diesem Ursprung der Liebe, desto mehr entsagte er dem Leben und desto willkommener vernichtete er die furchtbare Schranke, die, wenn die Liebe fehlt, zwischen dem Leben und dem Tode steht. Wenn er in dieser ersten Zeit daran dachte, daß ihm der Tod bevorstehe, sagte er es sich selbst: Was tut's? desto besser.

Aber nach jener Nacht in Mytischtschi, als mitten in seinen Fieberphantasien jenes Mädchen vor ihm stand, nach dem er sich sehnte, und als er ihre Hand an seine Lippen drückte und in stille Freudentränen ausbrach, stahl sich die Liebe zu dem *einen* Weibe unbemerkt in sein Herz und verband ihn wieder mit dem Leben. Und seine Brust erfüllten freudige und beängstigende Gedanken. Wenn er sich jenes Augenblickes auf dem Verbandplatze erinnern wollte, in dem er Kuragin erblickt, so konnte er jetzt nicht mehr zurückkehren zu jenem

Gefühl: ihn quälte die Frage, ob er am Leben sei. Und er wagte nicht, diese Frage zu stellen.

Die Krankheit nahm ihren physischen Verlauf, aber das, wovon Natascha gesagt hatte: »*das* ist mit ihm vorgegangen«, war zwei Tage vor der Ankunft der Prinzessin Maria geschehen. Es war der letzte moralische Kampf zwischen dem Leben und dem Tode, in welchem der Tod der Sieger geblieben war. Es war das unerwartete Bewußtwerden dessen, daß er noch am Leben hänge, das für ihn die Form der Liebe zu Natascha angenommen hatte, und der letzte überwundene Anfall des Entsetzens vor dem Unbekannten.

Es war Abend. Er befand sich wie gewöhnlich nachmittags in einem leichten Fieberzustand, und seine Gedanken waren außerordentlich klar. Sonja saß am Tische. Er war eingeschlummert. Plötzlich erfaßte ihn ein Gefühl des Glücks.

Ah, sie ist hereingekommen! dachte er.

Und wirklich saß an Sonjas Stelle Natascha, die eben mit unhörbaren Schritten hereingekommen war.

Von der Stunde an, wo sie ihn zu pflegen begonnen, hatte er stets die körperliche Empfindung ihrer Nähe gehabt. Sie saß auf einem Stuhl, die eine Seite ihm zugekehrt, und hielt durch ihre Person das Licht der Kerze von ihm ab und strickte einen Strumpf (sie hatte das Strumpfstricken erlernt, als ihr Fürst Andrej einmal sagte, daß niemand so gut verstehe, Kranke zu pflegen, wie alte Wärterinnen, die Strümpfe strikken, und daß in dem Strümpfestricken etwas Beruhigendes liege). Ihre zarten Finger gingen eilig an den Nadeln hin und her, die von Zeit zu Zeit aneinanderklirrten, und er konnte das nachdenkliche Profil ihres gesenkten Kopfes deutlich sehen. Sie machte eine Bewegung – der Knäuel war ihr vom Schoße gerollt. Sie zuckte zusammen, sah nach ihm hin, hielt die Hand vor die Kerze, beugte sich mit einer vorsichtigen, biegsamen und schnellen Bewegung, hob den Knäuel auf und nahm wieder ihre frühere Stellung ein.

Er beobachtete sie, ohne sich zu rühren, und sah, daß sie nach dieser Bewegung das Bedürfnis hatte, aus voller Brust aufzuatmen. Sie wagte es aber nicht zu tun und atmete mit großer Vorsicht.

Im Troitzakloster hatten sie von der Vergangenheit gesprochen. Er sagte ihr, wenn er am Leben bleiben sollte, würde er Gott ewig danken für seine Wunde, die ihn wieder mit ihr zusammengeführt habe. Aber von dieser Stunde an sprachen sie nie mehr über die Zukunft.

»Konnte das sein oder konnte das nicht sein?« dachte er jetzt, während er sie ansah und dem leisen Stahlklange der Stricknadeln lauschte. »Hat mich das Schicksal nur darum so sonderbar mit ihr zusammengeführt, damit ich sterbe? ... Ist mir die Wahrheit des Lebens nur darum aufgegangen, damit ich in der Lüge lebe? Ich liebe sie mehr als alles in der Welt. Aber was kann ich tun, wenn ich sie liebe?« sagte er, und plötzlich stöhnte er unwillkürlich auf, eine Gewohnheit, die er während seiner Leiden angenommen hatte.

Als Natascha diesen Laut hörte, legte sie den Strumpf aus der Hand und neigte den Kopf näher zu ihm. Als sie seine leuchtenden Augen bemerkte, trat sie leisen Schrittes heran und beugte sich über ihn.

Sie schlafen nicht?

Nein, ich betrachte Sie lange schon; ich habe gefühlt, daß Sie hier waren. Niemand gibt mir, wie Sie, diese milde Stille, dieses Licht ... ich möchte weinen vor Freude.

Natascha näherte sich ihm noch mehr. Sein Antlitz strahlte in freudiger Verzückung.

Natascha, ich liebe Sie zu sehr! mehr als alles in der Welt!

Und ich? – Sie wandte sich einen Augenblick ab. Warum zu sehr? sagte sie.

Warum zu sehr? ... Sagen Sie, wie denken, wie fühlen Sie's in Ihrem Herzen, im tiefsten Herzen, werde ich am Leben bleiben? wie glauben Sie?

Ich bin überzeugt! rief Natascha fast schreiend und ergriff mit einer leidenschaftlichen Bewegung seine beiden Hände.

Er schwieg.

Oh, das wäre schön! sagte er, nahm ihre Hand und küßte sie.

Natascha war glücklich und erregt; und sofort fiel ihr ein, daß das nicht sein dürfe, daß er Ruhe brauche.

Aber Sie haben nicht geschlafen, sagte sie und kämpfte ihre Freude nieder, geben Sie sich Mühe einzuschlafen ... ich bitte.

Noch einmal drückte er ihre Hand, dann ließ er sie los. Sie ging wieder zu dem Licht zurück und nahm wieder die Stellung von vorhin ein. Zweimal sah sie sich nach ihm um, seine Augen leuchteten ihr entgegen. Sie gelobte sich selbst, sich nicht eher umzusehen, als bis der Strumpf, den sie eben strickte, fertig wäre.

Und in der Tat, kurz darauf schloß er die Augen und schlummerte ein. Er schlief nicht lange und erwachte plötzlich, in kalten Schweiß gebadet und in einem Angstgefühl.

Während er einschlief, hatte er beständig an das gedacht, was ihn in dieser Zeit immer beschäftigte, an das Leben und den Tod, mehr an den Tod. Er fühlte sich diesem näher.

»Die Liebe! Was ist die Liebe?« dachte er.

»Die Liebe läßt den Tod nicht nahen. Die Liebe ist das Leben, alles, alles, was ich begreife, begreife ich nur, weil ich liebe. Alles ist, alles existiert nur, weil ich liebe. Alles findet seine Einheit in ihr. Die Liebe ist Gott, und sterben heißt: Ich, ein Teilchen der Liebe, kehre zurück zu dem Urquell aller Dinge.« Diese Gedanken erschienen ihm tröstlich. Aber es waren nur Gedanken. Es fehlte ihnen etwas, sie hatten etwas Einseitig-Persönliches, Geistiges, es fehlte ihnen die Greifbarkeit. Er schlief ein.

Und er hatte einen Traum: »Er liegt in demselben Zimmer, in dem er in Wirklichkeit lag, aber er ist nicht verwundet, er ist gesund. Viele verschiedene, unbedeutende, gleichgültige Personen kommen zu dem Fürsten Andrej. Er spricht mit ihnen, streitet über irgend etwas Unnützes. Sie rüsten sich fortzugehen. Fürst Andrej schwebt es dunkel vor, daß alles dies nichtig ist, und daß er andere, wichtige Sorgen habe, aber er spricht immer weiter, viele leere, witzige Dinge, und die Leute staunen. Allmählich, unbemerkt verschwinden all diese Personen, und alles verwandelt sich in die *eine* Frage über die verschlossene Tür. Er erhebt sich und geht zur Tür, um den Riegel vorzuschieben und sie zu schließen. *Alles* hängt davon ab, ob er noch zur rechten Zeit kommt, sie zu verschließen oder nicht. Er geht, eilt, seine Füße bewegen sich nicht, er sieht, daß er nicht rechtzeitig die Tür schließen wird, aber er spannt alle seine Kräfte krampfhaft an. Und eine qualvolle

Angst erfaßt ihn, und diese Angst ist die Todesangst. Hinter der Tür steht *Es.* Aber in demselben Augenblicke, wo er kraftlos-schwerfällig zur Tür schleicht, dringt dieses entsetzliche Es schon von der anderen Seite an und durch sie hindurch. Etwas Unmenschliches – der Tod bricht durch die Tür und man muß sie festhalten, er erfaßt die Tür, spannt die letzten Kräfte an – schließen läßt sie sich nicht mehr – wenigstens will er sie halten; aber seine Kräfte sind schwach, schwerfällig, und unter dem Andringen des Entsetzlichen öffnet sich die Tür und schließt sich wieder.

Noch einmal dringt Es von der anderen Seite an. Die letzten übermenschlichen Anstrengungen sind vergeblich, und beide Flügel haben sich lautlos geöffnet. *Es* ist da. Es ist der *Tod.* Und Fürst Andrej war tot.«

Aber in demselben Augenblick, da er tot war, fiel dem Fürsten Andrej ein, daß er schlafe, und in demselben Augenblick, da er tot war, machte er eine gewaltsame Anstrengung und erwachte.

»Ja, es war der Tod, ich bin gestorben – ich bin erwacht. Ja, der Tod ist das Erwachen«, leuchtete es plötzlich in seiner Seele auf, und der Vorhang, der bis zu dieser Stunde das Unbekannte verhüllt hatte, war vor seinem geistigen Auge fortgezogen. Er fühlte etwas, er fühlte gleichsam die Befreiung der bisher in ihm gebundenen Kraft und eine eigentümliche Leichtigkeit, die ihm von dieser Stunde an verblieb.

Als er, in kalten Schweiß gebadet, erwachte und sich auf dem Diwan bewegte, trat Natascha zu ihm heran und fragte, was ihm sei. Er antwortete ihr nicht, er sah sie mit einem sonderbaren Blick an und verstand sie nicht.

Das war es, was mit ihm vorgegangen war, zwei Tage vor der Ankunft der Prinzessin Maria. Von diesem Tage an hatte das zerstörende Fieber, wie der Arzt sagte, einen bösartigen Charakter angenommen. Aber Natascha kümmerte sich nicht um das, was der Arzt sagte, sie sah die furchtbaren, moralischen Anzeichen, die für sie zuverlässiger waren.

Von diesem Tage begann für den Fürsten Andrej, zugleich mit seinem Erwachen aus dem Schlafe, das Erwachen aus dem Leben. Und dieses Verhältnis zu der Dauer des Lebens kam ihm nicht länger vor als das Erwachen aus dem Schlafe im Verhältnis zu der Dauer des Traums.

Es lag nichts Beängstigendes und Schreckliches in diesem verhältnismäßig langsamen Erwachen.

Seine letzten Tage und Stunden nahmen den gewöhnlichen und einfachen Verlauf. Auch die Prinzessin Maria und Natascha, die ihn nicht verließen, fühlten das. Sie weinten nicht, schauderten nicht in der letzten Zeit, und pflegten die letzten Tage nicht mehr ihn (er war nicht mehr, er war von ihnen gegangen), sondern die nächste Erinnerung an ihn, seinen Körper. Die Empfindung beider war so mächtig, daß auf sie nicht die äußeren schrecklichen Seiten des Todes wirkten, und sie nicht für nötig fanden, ihren Schmerz zu nähren. Sie weinten weder in seiner Nähe noch wenn sie allein waren, noch sprachen sie ein Wort über ihn zueinander. Beide fühlten, daß sie mit Worten nicht auszudrücken vermochten, was sie empfanden.

Sie beide sahen, wie er immer tiefer und tiefer, langsam und ruhig aus ihrer Nähe irgendwohin versank, und beide wußten, daß es so sein mußte, und daß es gut war.

Man nahm ihm die Beichte ab und gab ihm das Abendmal; alle traten an sein Lager und nahmen Abschied von ihm. Als man ihm den Sohn brachte, berührte er ihn mit den Lippen, dann wandte er sich ab, nicht weil es ihm leid und schmerzlich gewesen wäre (Prinzessin Maria und Natascha verstanden das), sondern nur weil er annahm, das sei alles, was man von ihm verlangte; aber als man ihm sagte, er möchte ihn segnen, tat er, was man von ihm verlangte, und sah sich um, als wollte er fragen, ob er nicht noch etwas zu tun hätte.

Als aber die letzten Zuckungen des Körpers kamen, den der Geist verlassen hatte, waren Prinzessin Maria und Natascha bei ihm.

Es ist zu Ende! sagte Prinzessin Maria, als sein Körper schon einige Minuten unbeweglich, erkaltet vor ihnen lag. Natascha trat näher und sah in die toten Augen, und beeilte sich sie zuzudrücken. Sie drückte sie zu und küßte sie nicht, aber sie legte ihren Kopf an das, was die nächste Erinnerung an ihn war.

Wo ist er hin? wo ist er jetzt? ...

Als der Leichnam gebadet und bekleidet im Sarge auf dem Tische lag, traten alle zu ihm heran und verabschiedeten sich unter Tränen.

Nikoluschka weinte vor schmerzlicher Ungewißheit, die sein Herz zerriß, die Gräfin und Sonja weinten aus Mitleid mit Natascha, und darüber, daß er nicht mehr war. Der alte Graf weinte darüber, daß auch ihm, wie er fühlte, bald der letzte Schritt bevorstand.

Natascha und die Prinzessin Maria weinten jetzt auch, aber sie weinten nicht aus dem eigenen persönlichen Schmerz, sie weinten unter der beseeligenden Rührung, die ihre Seele ergriffen hatte, bei der Erkenntnis des einfachen und erhabenen Mysteriums des Todes, das sich vor ihren Augen vollzogen hatte.

ZWEITE ABTEILUNG

I

Der menschlichen Vernunft ist der Zusammenhang der Ursachen der Erscheinungen unergründlich. Aber das Bedürfnis, diesen Ursachen nachzuforschen, ist dem menschlichen Geiste eingepflanzt. Und die menschliche Vernunft, der es nicht gelungen ist, in die zahllosen und komplizierten Vorbedingungen der Erscheinungen einzudringen, deren jede einzelne die Ursache sein kann, klammert sich an das erste, am leichtesten begreifliche Nächstliegende und sagt: das ist die Ursache. Bei geschichtlichen Ereignissen (wo den Gegenstand der Beobachtungen Handlungen der Menschen bilden) erscheint als das ursprünglichste Nächstliegende der Wille der Götter, dann der Wille derjenigen Persönlichkeiten, die auf dem sichtbarsten Platz in der Geschichte stehen – der geschichtlichen Helden. Aber man braucht nur in das Wesen jedes geschichtlichen Ereignisses einzudringen, d. h. in die Tätigkeit der gesamten Masse der Menschen, die an den Ereignissen teilhatten, um sich davon zu überzeugen, daß der Wille des geschichtlichen Helden nicht nur die Handlungen der Massen nicht lenkt, sondern selbst beständig gelenkt wird. Man könnte meinen, es sei ganz gleich, ob man die Bedeutung eines geschichtlichen Ereignisses so oder so auffaßt. Aber zwischen dem, der da sagt, die Völker des Westens seien nach dem Osten gezogen, weil Napoleon dies gewollt, und dem, der sagt, es sei deshalb geschehen, weil es geschehen mußte, besteht derselbe Unterschied, der zwischen den Menschen bestanden hat, welche behaupteten, die Erde stehe fest und die Planeten kreisten um sie herum, und denen, welche sagten, sie wüßten nicht, was die Erde halte, sie wüßten aber, daß es Gesetze gebe, die ihre und der anderen Menschen Bewegung regierten. Es gibt für ein geschichtliches Ereignis keine Ursachen und es kann keine anderen geben, außer der einzigen Ursache aller Ursachen. Aber es gibt Gesetze, welche die Ereignisse regieren, teils uns unbekannte, teils von uns empfundene. Diese Gesetze aufzudecken ist nur dann möglich, wenn wir ganz damit aufhören werden, die Ursachen in dem Willen *eines* Menschen zu suchen, gerade so, wie die Erforschung der Gesetze, nach welchen die Planeten sich bewegen, erst möglich wurde, als die Menschen sich freimachten von der Vorstellung, daß die Erde feststehe.

Nach der Schlacht von Borodino, der Besetzung Moskaus durch den Feind und dem Brande der Stadt betrachten die Geschichtsschreiber als die wichtigste Episode des Krieges vom Jahre 1812 die Bewegung der russischen Armee von der Rjasanerstraße nach der von Kaluga und nach dem Lager von Tarutino, den sogenannten Flankenmarsch von Krasnaja-Pachra. Die Historiker schreiben den Ruhm dieser genialen Tat verschiedenen Personen zu und streiten darüber, wem er vor allen gebühre. Sogar fremde, ja französische Geschichtsschreiber erkennen die Genialität der russischen Heerführer an, wenn sie von diesem Flankenmarsch sprechen. Warum aber die Kriegsschriftsteller und mit ihnen alle annehmen, daß dieser Flankenmarsch eine besondere tiefsinnige Erfindung irgend*einer* Persönlichkeit sei, die Rußland gerettet und Napoleon vernichtet hat – ist kaum zu verstehen. Erstens ist es kaum zu verstehen, worin der tiefe Sinn und die Genialität dieser Bewegung lag; denn um sich zu sagen, daß die beste Stellung für eine Armee (wenn sie nicht angegriffen wird) dort ist, wo sie am leichtesten ernährt werden kann, bedarf es keiner großen geistigen Anspannung. Und jedermann, selbst ein dummer dreizehnjähriger Knabe, konnte ohne Mühe wissen, daß im Jahre 1812 die vorteilhafteste Stellung nach dem Rückzuge von Moskau an der Straße von Kaluga war. Und so ist es nicht zu begreifen: erstens, durch welche Schlußfolgerungen die Geschichtsschreiber dahin kommen, in diesem Manöver etwas Tiefsinniges zu sehen. Zweitens ist es noch schwerer zu begreifen, worin die Geschichtsschreiber gerade die Heilsamkeit dieses Manövers für die Russen und ihre Verderblichkeit für die Franzosen sahen. Denn dieser Flankenmarsch hätte, wären andere Umstände vorausgegangen, gleichzeitig eingetreten oder nachgefolgt, für das russische Heer verderblich und für das französische Heer heilsam sein können. Wenn von dem Augenblicke an, wo diese Bewegung vollzogen wurde, die Lage des russischen Heeres sich verbesserte, so folgt daraus keineswegs, daß diese Bewegung die Ursache dafür war.

Dieser Flankenmarsch hätte nicht nur ohne Vorteil sein können für die russische Armee, er hätte sie sogar vernichten können, wenn nicht andere Umstände hinzugetreten wären. Was wäre geschehen, wenn Moskau nicht niederbrannte, wenn Murat die Russen nicht aus den Augen verloren hätte, wenn Napoleon nicht untätig geblieben wäre, wenn die russische Armee bei Krasnaja-Pachra, dem Rate Bennigsens und Barclays folgend, eine Schlacht geliefert hätte? Was wäre geschehen, wenn die Franzosen die Russen auf ihrem Marsche hinter Pachra angegriffen hätten? Was wäre geschehen, wenn dann Napoleon in der Nähe von Tarutino auf die Russen auch nur mit einem Zehntel der Energie einen Angriff gemacht hätte, mit der er in Smolensk den Angriff gemacht? Was wäre geschehen, wenn die Franzosen die Richtung nach Petersburg eingeschlagen hätten ...? Bei allen diesen Voraussetzungen hätte der Flankenmarsch, statt heilsam zu sein, in Verderben umschlagen können.

Das Dritte und Unbegreifliche besteht darin, daß Menschen, die sich der Geschichtsforschung widmen, absichtlich nicht sehen wollen, daß man diesen Flankenmarsch keinem einzelnen Mann zuschreiben kann, daß nie jemand ihn vorhergesehen, daß dieses Manöver, ganz so wie der Rückzug bei Fili, nie jemand in seiner Ganzheit vor Augen stand, und vielmehr Schritt für Schritt, Ereignis für Ereignis, Stunde für Stunde einer unzähligen Menge der verschiedenartigsten Umstände entsprang, und erst dann in seiner Ganzheit vor Augen stand, als er vollzogen, als er Vergangenheit geworden war.

Auf dem Kriegsrat zu Fili war bei der russischen Generalität der vorherrschende Gedanke: der selbstverständliche Rückzug in gerader Richtung, d. h. auf der Heerstraße von Nishnij-Nowgorod. Den Beweis dafür bietet der Umstand, daß die Mehrzahl der Stimmen im Rat in diesem Sinne abgegeben wurden, und vor allem das bekannte Lanzkoj nach dem Kriegsrat. Lanzkoj meldete dem Oberbefehlshaber, der Proviant für die Armee sei vornehmlich die Oka entlang in den Gouvernements Tula und Kasan gesammelt, und die Proviantvorräte würden, wollte man sich nach Nishnij zurückziehen, von dem Heere durch den großen Okastrom getrennt sein und die Überfahrt über den Fluß sei während der ersten Frostzeit unmöglich. Das war das erste Anzeichen für die Notwendigkeit eines Abweichens von der Richtung auf Nishnij, die ursprünglich als die natürlichste und geradeste erschien. Die Armee hielt sich mehr südlich an der Rjasaner Heerstraße, näher zu den Mundvorräten. Späterhin veranlaßten die Untätigkeit der Franzosen, welche die russische Armee ganz aus den Augen verloren hatten, die Sorge um die Beschützung der Gewehrfabrik in Tula, und vor allem die Vorteile der Nähe der Proviantvorräte die Armee, noch mehr nach Süden abzulenken, auf die Straße von Tula. Als das Heer in verzweifelten Bewegungen hinter Pachra auf die Tulaer Heerstraße kam, gedachten die Führer der russischen Armee bei Podolsk Halt zu machen, niemand dachte an die Position bei Tarutino. Aber eine unzählige Menge von Umständen und das Wiederauftauchen der französischen Heere, die die Russen bisher aus den Augen verloren hatten, Schlachtpläne und vor allem Proviantreichtum in Kaluga veranlaßten unsere Armee, noch mehr nach Süden einzulenken und mitten durch die Gegend ihres Proviants von der Tulaer-Straße auf die Kaluga überzugehen in der Richtung nach Tarutino. Gerade so, wie man auf die Frage: wann Moskau preisgegeben wurde, die Antwort schuldig bleibt, kann man auch *die* nicht beantworten, wann und von wem beschlossen wurde, nach Tarutino abzulenken. Erst als die Truppen schon in Tarutino angekommen waren, erst dann begannen die Menschen infolge unzähliger Differentialkräfte sich einzureden, daß sie dies beabsichtigt und lange vorhergesehen hätten.

II

Der berühmte Flankenmarsch bestand lediglich darin, daß das russische Heer, während es beständig in gerader Richtung vor dem Angriff zurückwich, als der Angriff der Franzosen aufhörte, von der ursprünglich eingeschlagenen geraden Richtung abbog und, als es sich nicht mehr verfolgt sah, naturgemäß nach der Seite abschwenkte, wohin der Überfluß an Mundvorrat es hinzog. Stellt man sich nicht geniale Heerführer an der Spitze der russischen Armee vor, sondern einfach eine Armee ohne Leitung, so hätte auch diese Armee nichts anderes tun können, als sich auf Moskau zurückzuziehen, in einem Bogen nach der Seite, auf welcher mehr Proviant war und wo das Land fruchtbarer war.

Dieser Übergang von der Straße von Nishnij-Nowgorod auf die von Rjasan und Kaluga war so natürlich, daß auch die Marodeure des russischen Heeres in dieser Richtung sich zerstreuten, und daß man von Petersburg aus verlangte, auch Kutusow sollte mit seinem Heere dieselbe Richtung einschlagen. In Tarutino bekam Kutusow nahezu eine Rüge vom Kaiser, weil er das Heer auf die Straße von Rjasan geführt hatte, und es wurde ihm dieselbe Stellung Kaluga gegenüber angewiesen, an der er sich in der Stunde, in welcher der Brief des Kaisers eintraf, bereits befand. Die Kugel der russischen Armee war in der Richtung des Stoßes gerollt, die sie während des ganzes Feldzugs und in der Schlacht von Borodino bekommen hatte, und nahm, da die Kraft des Stoßes aufhörte und neue Stöße nicht erfolgten, *die* Stellung ein, die ihr natürlich war.

Kutusows Verdienst bestand nicht in irgendeinem genialen, wie man es zu nennen pflegt, strategischen Manöver, sondern darin, daß er allein die Bedeutung des sich vollziehenden Ereignisses begriff. Er allein begriff schon damals die Bedeutung der Untätigkeit der französischen Armee. Er allein hörte nicht auf zu behaupten, daß die Schlacht von Borodino ein Sieg gewesen war. Er allein – er, der sich, wie man meinen müßte, in seiner Stellung als Oberbefehlshaber zum Angriff herausgefordert fühlen sollte –, er allein spannte alle seine Kräfte an, um das russische Heer von nutzlosen Kämpfen zurückzuhalten.

Das bei Borodino angeschossene Wild lag dort an der Stelle, wo der Jäger es forteilend verlassen hatte, aber, ob es lebendig war, ob es kräftig war, ob es sich nur verstellte, das wußte der Jäger nicht. Plötzlich vernahm man das Stöhnen dieses Wildes.

Das Stöhnen dieses verwundeten Wildes, der französischen Armee, der Verräter seiner Vernichtung, war die Sendung Lauristons; er kam in Kutusows Lager mit der Bitte um Frieden.

Napoleon, überzeugt, daß nicht *das* gut sei, was an sich gut ist, sondern das, was ihm einfiele, hatte an Kutusow einen Brief geschrieben, die ersten besten Worte, die ihm eingefallen waren, und die gar keinen Sinn hatten.

»Fürst Kutusow! – schrieb er – Ich sende Ihnen einen meiner Generaladjutanten, damit er mit Ihnen über viele wichtige Dinge verhandle. Ich bitte Eure Durchlaucht, allem, was er sagen wird, Vertrauen zu schenken, *besonders, wenn er Ihnen die Gefühle der Hochachtung und der besonderen Verehrung, die ich seit langer Zeit für Sie hege, aussprechen wird.* Ich bete zu Gott, daß er Sie unter seinen heiligen Schutz nehme.
Moskau, den 30. Oktober 1812 *Napoleon.*«

»Die Nachwelt würde mir fluchen, wenn man mich für den ersten Anstifter eines Vergleichs halten müßte. *Es ist der Wille unseres Volkes«,* antwortete Kutusow und richtete nach wie vor seine Kräfte darauf, das Heer von einem Angriff zurückzuhalten.

Während eines Monats – die französische Armee plünderte Moskau, die russischen Heere standen still bei Tarutino – vollzog sich die Änderung in bezug auf die Kräfte der beiden Heere (an Geist sowohl wie an Zahl), der zufolge die Übermacht sich auf seiten der Russen erwies. Obgleich die Lage des französischen Heeres und seine Größe den Russen unbekannt war, drückte sich die Notwendigkeit eines Angriffs, sobald das Verhältnis verändert war, in einer zahllosen Menge von Anzeichen aus. Solche Anzeichen waren: Die Sendung Lauristons, der Reichtum an Proviant in Tarutino, die Mitteilungen, die von allen Seiten über die Untätigkeit und Zuchtlosigkeit der Franzosen kamen, die Ergänzung der Regimenter durch Rekruten, das schöne Wetter, die lange Rast der russischen Soldaten und der gewöhnlich infolge der Rast bei den Truppen erwachende Drang nach einer Tat, zu der alle versammelt sind, der Wunsch zu wissen, was in der französischen Armee vorgehe, die man so lange aus dem Gesicht verloren hatte, die Kühnheit, mit der jetzt die russischen Vorposten um die in Tarutino stehenden Franzosen herumschwärmten, die Nachrichten von den leichten Siegen der Bauern und Freischaren über die Franzosen, der Neid, der daraus erwuchs, das Gefühl der Rache, das so lange in jedes Einzelnen Seele geschlummert, als die Franzosen in Moskau waren, (vor allem aber) das unklare, aber in der Seele jedes Soldaten keimende Bewußtsein davon, daß das Verhältnis der Kräfte jetzt verändert war, und sich das Übergewicht auf unserer Seite befand. Das wesentliche Verhältnis der Kräfte war verändert, und der Angriff war notwendig geworden. Und mit derselben Pünktlichkeit, wie in einer Uhr das Glockenspiel in Tätigkeit tritt, wenn der Zeiger seinen Umlauf vollendet hat, vollzog sich auch sofort in den höheren Sphären, entsprechend der wirklichen Veränderung der Kräfte, eine gesteigerte Bewegung, ein Surren und Spielen des Glockenwerks.

III

Das russische Heer wurde von Kutusow und seinem Stabe und von dem Kaiser von Petersburg her geleitet. In Petersburg hatte man noch, ehe die Nachricht von der Preisgabe Moskaus angelangt war, einen Plan des ganzen Krieges bis ins einzelne entworfen und Kutusow als Richtschnur zugestellt. Obgleich dieser Plan von der Voraussetzung ausgegangen war, daß Moskau noch in unseren Händen sich befand, wurde er von dem Stabe gutgeheißen und zur Ausführung bestimmt. Kutusow schrieb nur, große Diversionen seien immer sehr schwer auszuführen. Und so wurden zur Lösung der neuen sich darbietenden Schwierigkeiten neue Weisungen geschickt und Personen, die seine Schritte überwachen und über sie Bericht erstatten sollten.

Außerdem wurde jetzt in der russischen Armee der ganze Stab umgestaltet. Die Stellen des gefallenen Bagration und des gekränkten Barclay, der sich zurückgezogen hatte, wurden neu besetzt. Sehr ernsthaft erwog man, was besser sein würde: A an Stelle des B zu setzen und B an Stelle des C, oder umgekehrt, C an die Stelle des B usw., als wenn davon nichts anderes abhinge als die Befriedigung des A und B.

Im Stabe der Armee war, da Kutusow mit seinem Stabschef Bennigsen in Feinschaft lebte, und die Vertrauensmänner des Kaisers zugegen waren und um diese Neubesetzung verhandelten, das Intrigenspiel der Parteien noch größer als gewöhnlich: A untergrub den B, C den E usw. nach allen vorhandenen Möglichkeiten und Verbindungen. Bei allen diesen Minirarbeiten war der Gegenstand der Intrigen meist nur der Krieg, den alle diese Leute zu leiten glaubten, aber dieser Krieg nahm unabhängig von ihnen seinen Lauf, den Lauf, den er nehmen mußte, d. h. er deckte sich nie mit dem, was diese Leute ersonnen hatten, er entsprang vielmehr dem Wesen des Verhältnisses der Massen zueinander. Alle diese ersonnenen Ideen, die sich kreuzten und verwirrten, boten in den höheren Sphären nur ein um so treueres Abbild dessen, was sich vollziehen mußte.

»Fürst Michail Ilarionowitsch! – schrieb der Kaiser am 14. Oktober in einem Brief, der nach der Schlacht von Tarutino einlief – Seit dem 14. September ist Moskau in den Händen des Feindes. Ihre letzten Berichte sind vom 1. und in dieser ganzen Zeit ist nicht nur nichts geschehen, um dem Feinde entgegenzuwirken und die erste Reichshauptstadt zu befreien, Sie sind sogar, nach Ihrem letzten Berichte, noch zurückgewichen. Serpuchow ist schon von einer feindlichen Abteilung besetzt und Tula mit seiner berühmten und für das Heer unentbehrlichen Fabrik in Gefahr. Aus den Berichten des Generals Winzingerode sehe ich, daß ein feindliches Korps von zehntausend Mann sich auf Petersburg zu in Bewegung setzt. Ein anderes, ebenfalls einige tausend Mann stark, rückt auf Dmitrjewo zu. Ein drittes rückt auf der Straße von Wladimir vorwärts; ein viertes, nicht unbeträchtliches, steht zwischen Rusa und Moshajsk. Napoleon selbst hat sich bis zum 6. in Moskau befunden. Da, nach allen diesen Meldungen, der Feind seine Kräfte in starke Abteilungen zerstückelt hat, da Napoleon selbst mit seiner Garde noch in Moskau ist, wäre es wohl möglich, daß die feindlichen Kräfte, die Ihnen gegenüberstehen, so bedeutend wären und Ihnen nicht gestatteten, angriffsweise vorzugehen? Aller Wahrscheinlichkeit nach kann man vielmehr annehmen, daß er Ihnen in Abteilungen oder wenigstens in Korps nachsetzt, die bedeutend schwächer sind als das Heer, das Ihnen anvertraut ist. Wollten Sie diese Umstände ausnützen, so könnten Sie, möchte es scheinen, den schwächeren Feind mit Vorteil angreifen und ihn vernichten oder ihn wenigstens zwingen, zurückzuweichen und einen bedeutenden Teil der Provinzen, die jetzt der Feind besetzt hält, uns erhalten, und so die Gefahr von Tula und den anderen Städten des inneren Landes abwenden. Sie tragen die Verantwortung, wenn der Feind imstande sein wird, ein beträchtliches Korps abzuzweigen und gegen Petersburg zu schicken, um diese Hauptstadt zu bedrohen, in der nicht viele Truppen zurückbleiben konnten, denn Sie besitzen in dem Heere, das Ihnen anvertraut ist, wollten Sie mit Entschlossenheit und Tatkraft handeln, alle Mittel, dieses neue Unglück abzuwenden. Vergessen Sie nicht, daß Sie dem beschimpften Vaterlande Rechenschaft schulden über den Verlust von Moskau. Sie wissen aus Erfahrung, wie gern ich geneigt bin, Sie zu belohnen, ich werde auch fernerhin nicht weniger dazu bereit sein; aber ich und Rußland haben das Recht, von Ihnen alle Opfer, alle Festigkeit und Erfolge zu erwarten, wie sie Ihr Geist, Ihre militärischen Talente und die Tapferkeit der Truppen, die unter Ihrer Führung stehen, uns hoffen lassen.«

Aber während dieser Brief, der deutlich zeigt, daß man das wahre Verhältnis der Kräfte auch schon in Petersburg empfunden hatte, unterwegs war, hatte Kutusow nicht mehr vermocht, das Heer, das er befehligte, von dem Angriff zurückzuhalten, und die Schlacht war schon geschlagen.

Am 14. Oktober hatte der Kosak Schapowalow, der auf Patrouille geritten war, einen Hasen erlegt und einen zweiten angeschossen. Während Schapowalow dem angeschossenen Hasen nachsetzte, war er weit in den Wald hineingekommen und auf die linke Flanke von Murats Heer gestoßen, das ohne alle Vorsichtsmaßregeln ein Lager aufgeschlagen hatte. Der Kosak erzählte den Kameraden lachend, wie er beinahe in die Hände der Franzosen gefallen wäre. Der Kosakenfähnrich, der die Erzählung mit angehört hatte, machte dem Kommandeur Mitteilung davon.

Der Kosak wurde herbeigerufen, ausgefragt, die Kosakenkommandeure wollten den Zufall ausnützen, um Pferde einzufangen, aber einer von den Führern, der mit den höheren Offizieren der Armee bekannt war, teilte die Tatsache einem General vom Stabe mit. In der letzten Zeit war im Stabe der Armee die Stimmung eine äußerst gespannte. Jermolow war wenige Tage vorher zu Bennigsen gekommen und hatte ihn angefleht, seinen Einfluß auf den Oberbefehlshaber geltend zu machen, damit er zum Angriff schreite.

Wenn ich Sie nicht kennen würde, würde ich glauben, Sie wünschen das nicht, um was Sie bitten. Wenn ich etwas anrate, so ist es sicher, daß Durchlaucht das Gegenteil tut, antwortete Bennigsen.

Die Meldung der Kosaken, die noch durch ausgesandte Patrouillen bestätigt wurde, bewies die endgültige Reife des Ereignisses. Die angespannte Saite sprang, die Uhrräder zischten, das Spielwerk ertönte. Trotz all seiner vermeintlichen Macht, trotz seines Geistes, seiner Erfahrungen, seiner Menschenkenntnis konnte Kutusow, – wenn er das Schreiben Bennigsens, der dem Kaiser persönlich einen Bericht übersandt hatte, den einmütig ausgesprochenen Wunsch aller Generale, den Wunsch des Kaisers und die Nachricht der Kosaken in Erwägung zog –, die unvermeidliche Bewegung nicht mehr aufhalten; und er erteilte den Befehl zu etwas, was er für unnütz und schädlich hielt –, gab seinen Segen zu der vollzogenen Tatsache.

IV

Bennigsens Schreiben und die Berichte der Kosaken über den ungeschützten linken Flügel der Franzosen waren nur die letzten Zeichen der Notwendigkeit, den Angriffsbefehl zu geben, und der Angriff wurde auf den 17. Oktober festgesetzt.

Am 16. Oktober, am frühen Morgen, unterzeichnete Kutusow den Schlachtbefehl. Toll las ihn Jermolow vor und trug ihm auf, die weiteren Anordnungen zu treffen.

Schön, schön, ich habe jetzt keine Zeit, sagte Jermolow und ging aus dem Zimmer. Der Plan, den Toll entworfen hatte, war sehr gut. Ganz wie in dem Plan von Austerlitz hieß es da, wenn auch nicht in deutscher Sprache:

»Die erste Kolonne marschiert hierhin und dorthin, die zweite Kolonne hierhin und hierhin« usw. Und alle diese Kolonnen kamen auf dem Papier, jede zur bestimmten Zeit an ihren Ort und vernichteten den Feind. Wie in allen Schlachtplänen war alles wunderschön ersonnen und, wie bei allen Plänen, kam auch nicht eine Kolonne zur bestimmten Zeit und auf ihren bestimmten Platz.

Als der Plan in der nötigen Zahl von Exemplaren fertig war, wurde ein Offizier herbeigerufen und zu Jermolow geschickt, um ihm die Papiere zur Ausführung zu übergeben. Der junge Gardeoffizier, Kutusows Ordonnanz, dem die Wichtigkeit des Auftrags schmeichelte, ritt in Jermolows Quartier.

Sie sind fort, antwortete Jermolows Bursche.

Der Gardeoffizier begab sich zu dem General, bei dem Jermolow zu sein pflegte.

Nein, er ist nicht hier, auch der General ist nicht da.

Der Gardeoffizier bestieg sein Pferd und ritt zu einem zweiten.

Sie sind nicht hier, sie sind fort.

»Wenn man mich nur nicht für die Verzögerung verantwortlich macht. Ärgerlich!« dachte der Offizier. Er ritt durch das ganze Lager. Bald sagte man ihm, man habe Jermolow mit anderen Generalen vorüberreiten sehen. Bald hieß es, er sei gewiß wieder zu Hause.

Der Offizier suchte bis 6 Uhr abends, ohne gespeist zu haben. Jermolow war nirgends zu finden, und niemand wußte, wo er war. Der Offizier nahm eilig bei einem Kameraden einen Imbiß ein und ritt wieder zur Vorhut zu Miloradowitsch. Auch Miloradowitsch war nicht zu Hause; aber er erfuhr hier, daß Miloradowitsch auf dem Balle beim General Kikin sei, und daß Jermolow auch dort sein müsse.

Aber wo ist denn das?

Da, in Jetschkino, sagte der Kosakenoffizier und zeigte mit dem Finger auf ein entferntes Herrenhaus.

Wie ist das möglich? dort hinter der Postenkette?

Zwei von unseren Regimentern sind heute nach der Kette geschickt worden, es geht heute dort lustig her, zwei Musikbanden, drei Sängerchöre.

Der Offizier ritt durch die Postenkette nach Jetschkino.

Schon aus der Ferne hörte er den lustigen Chor eines Soldatentanzliedes.

»Auf den Auen ... auf den Auen« ... dazu wurde gepfiffen und die Theorbe gespielt. Von Zeit zu Zeit wurde das Lied durch Lärmen übertönt. Dem Offizier ward heiter zumut bei dem Klang dieser Stimmen, zugleich aber auch bänglich, denn er fühlte sich schuldig, weil er so lange den wichtigen Befehl, den man ihm aufgetragen hatte, noch nicht überbracht hatte. Es war schon neun Uhr. Er stieg vom Pferde und trat auf die Freitreppe des großen, unversehrt erhaltenen Gutshauses, das mitten zwischen den Russen und den Franzosen stand. Im Buffetzimmer und im Vorsaal bewegten sich die Lakaien mit Wein und Speisen hin und her. An den Fenstern standen die Sänger. Der Offizier wurde in den Saal geführt, und hier sah er plötzlich alle hervorragenderen Generale der Armee, unter ihnen auch die große stattliche Gestalt Jermolows. Alle Generale hatten die Röcke aufgeknöpft und standen im Halbkreis umher. Ihre Gesichter waren rot und lebhaft, sie lachten laut. Mitten im Saal tanzte ein schöner General von kleiner Figur mit gerötetem Gesicht schneidig und geschickt den Trepak.

Ha ha ha! Sieh einer den Nikolaj Iwanowitsch! Ha ha ha! ...

Der Offizier hatte die Empfindung, wenn er jetzt, in diesem Augenblick mit einem so wichtigen Befehle käme, würde er sich zwiefach schuldig machen, und er hatte die Absicht zu warten. Aber einer der Generale hatte ihn schon gesehen, den Grund seines Kommens erfahren und es Jermolow gesagt. Jermolow kam mit finsterem Gesicht dem Offizier entgegen, hörte ihn an, nahm das Papier aus seiner Hand und sagte kein Wort.

Du glaubst, daß er zufällig nicht zu Hause war? sagte an diesem Abend ein Kamerad vom Stabe zu dem Gardeoffizier mit Beziehung auf Jermolow. – Das sind so Kniffe, alles mit Absicht. Dann schiebt man es auf Konownizyn. Wirst sehen, was das morgen setzen wird.

V

Am anderen Tage wurde der gebrechliche Kutusow, wie er befohlen hatte, am frühen Morgen geweckt, er betete, kleidete sich an, stieg mit dem unangenehmen Bewußtsein, eine Schlacht leiten zu müssen, die er nicht für gut befunden hatte, in seinen Wagen und fuhr nach Letaschowka, fünf Werst hinter Tarutino, nach der Stelle, wo sich die angreifenden Kolonnen sammeln sollten. Kutusow schlummerte während der Fahrt ein und wachte wieder auf; er horchte, ob nicht von rechts her Schüsse ertönten, ob der Kampf nicht begonnen habe, aber es war noch immer still. Als sich Kutusow Tarutino näherte, bemerkte er Kavalleristen, welche ihre Pferde über den Weg, den sein Wagen fuhr, zur Tränke führten. Kutusow beobachtete sie, ließ seinen Wagen halten und fragte sie, zu welchem Regiment sie gehörten. Die Kavalleristen gehörten zu einer Kolonne, die schon lange weit voraus im Hinterhalte hätte liegen müssen. »Vielleicht ein Irrtum«, dachte der alte Oberbefehlshaber. Als Kutusow aber weiterfuhr, sah er Infanterieregimenter, die Gewehre zusammengestellt, die Soldaten beim Grützekochen und beim Holztragen in Unterhosen. Er ließ den Offizier rufen. Der Offizier meldete, es sei kein Befehl zum Ausrücken erfolgt.

»Kein Be...«, begann Kutusow, aber er sprach nicht weiter und befahl einen höheren Offizier zu rufen. Er stieg aus dem

Wagen, ließ den Kopf sinken und ging schweigend, erwartungsvoll und schweratmend auf und nieder. Als der gewünschte Offizier erschien, ein Offizier des Generalstabes, Eichen, wurde Kutusow purpurrot, nicht etwa, weil dieser Offizier an dem Irrtum schuldig gewesen wäre, sondern weil er ein würdiger Gegenstand für seinen Zorn war. Und zitternd, keuchend fuhr der alte Herr in jenem Zustand rasender Wut, in den er verfallen konnte und in dem er sich vor Zorn auf der Erde wälzen konnte, auf Eichen los, drohte ihm mit den Händen, schrie und schimpfte in den gemeinsten Worten. Ein anderer, der Kapitän Brosin, der auch herangekommen war und der ganz und gar unschuldig war, mußte dasselbe erdulden.

Diese Kanaillen! füsilieren muß man sie! Die Schurken! schrie er mit heiserer Stimme und fuchtelte mit den Händen durch die Luft. Er litt körperlich. Er, der Oberbefehlshaber, der Durchlautige, dem alle Welt versicherte, nie habe ein Mensch in Rußland eine solche Macht besessen wie er, er befand sich in einer solchen Lage – er war dem Spott des ganzen Heeres preisgegeben. »Ich habe also vergeblich gebetet um den heutigen Tag, vergeblich die Nächte nicht geschlafen und mein Hirn gemartert!« dachte er bei sich. »Als ich ein junger Offizier war, hätte kein Mensch wagen dürfen, mich so lächerlich zu machen ... und jetzt!« Er empfand einen physischen Schmerz, wie von körperlicher Züchtigung, und er mußte ihm Ausdruck geben in zornigem Wutgeschrei. Aber bald verließen ihn die Kräfte, er sah sich um, er fühlte, daß er vieles Unpassende gesagt hatte, stieg in seinen Wagen und fuhr schweigend zurück.

Der Zorn hatte seinen Ausdruck gefunden und kehrte nicht mehr wieder. Nur mit einem leichten Augenzwinkern hörte Kutusow die Rechtfertigung und die Worte der Verteidigung an (Jermolow selbst meldete sich vor dem folgenden Tage nicht), und das Drängen Bennigsens, Konownizyns und Tolls, den mißlungenen Schlag am nächsten Tag zu führen; und wieder war Kutusow genötigt, seine Zustimmung zu geben.

VI

Am folgenden Tage in der Abendstunde sammelten sich die Truppen an dem bestimmten Platze, und während der Nacht rückten sie aus. Es war eine Herbstnacht mit schwarzvioletten Wolken, aber ohne Regen. Die Erde war feucht, aber frei von Schmutz, und das Heer zog geräuschlos dahin, nur das Klirren der Artillerie war von Zeit zu Zeit leise hörbar. Es war verboten, laut zu sprechen, die Pfeife zu rauchen und Feuer zu schlagen; die Pferde wurden vom Wiehern abgehalten. Das Geheimnisvolle des Unternehmens steigerte seinen Zauber, die Mannschaften marschierten heiter. Einige Kolonnen machten halt, stellten die Gewehre zusammen und lagerten sich auf dem feuchten Boden; sie glaubten an der Stelle angelangt zu sein, die ihnen angewiesen war. Einige Kolonnen (die Mehrzahl) marschierten die ganze Nacht und gelangten offenbar nicht an die Stelle, die ihnen angewiesen war.

Graf Orlow-Denissow mit seinen Kosaken (die unbedeutendste von allen Abteilungen) war der einzige, der seine Stelle erreichte und zur rechten Zeit eintraf. Diese Abteilung machte am Rande des Waldabhanges Halt auf einem Pfade, der aus dem Dorfe Stromilowa nach Dmitrowskoje führte.

Vor Tagesgrauen wurde Graf Orlow, der eingeschlafen war, geweckt. Es war ein Überläufer aus dem französischen Lager eingebracht worden, ein polnischer Unteroffizier vom Korps Poniatowski. Dieser Unteroffizier setzte in polnischer Sprache auseinander, er sei deshalb übergelaufen, weil man ihn im Dienst gekränkt habe, er hätte längst Offizier sein müssen, er sei der Tapferste von allen, darum hätte er sich von ihnen losgesagt und wollte an ihnen Vergeltung üben. Er erzählte, Murat habe sein Nachtlager eine Werst von ihnen aufgeschlagen, und er sei bereit, ihn lebendig einzufangen, wenn man ihm hundert Mann zum Geleit mitgebe. Graf Orlow-Denissow beriet sich mit seinen Kameraden. Der Vorschlag war zu verlockend, als daß man ihn abweisen sollte. Alle erboten sich zu dem Unternehmen, alle rieten den Versuch zu machen. Nach langen Beratungen und Erwägungen entschloß sich der Generalmajor Grekow, an der Spitze zweier Kosakenregimenter mit dem Unteroffizier auszurücken.

Aber merke dir, sagte Graf Orlow-Denissow zu dem Unteroffizier beim Abschied, wenn du gelogen hast, lasse ich dich hängen wie einen Hund. Ist es die Wahrheit, sollst du 100 Goldgulden haben.

Der Unteroffizier setzte eine kecke Miene auf und antwortete nicht, er stieg zu Pferde und ritt mit dem schnell fertigen Grekow mit. Sie verschwanden im Walde. Graf Orlow schüttelte sich vor der Frische des heraufdämmernden Morgens. Er war erregt durch das Unternehmen, das er auf eigene Verantwortung gewagt hatte. Er gab Grekow das Geleit, ging aus dem Walde heraus und begann das feindliche Lager, das jetzt im Lichte des grauenden Morgens sichtbar wurde und die herniedergebrannten Biwakfeuer zu betrachten. Zur Rechten des Grafen Orlow-Denissow mußten auf der offenen Böschung unsere Kolonnen sichtbar werden. Graf Orlow schaute nach dieser Richtung aus. Aber obgleich man sie selbst aus der Entfernung hätte gewahren müssen, waren die Kolonnen nicht zu sehen. Im französischen Lager, wie Graf Orlow-Denissow zu sehen glaubte und wie besonders sein weitsichtiger Adjutant sagte, begann es lebendig zu werden.

Ach, es ist wirklich zu spät, sagte Graf Orlow, den Blick auf das Lager gerichtet. Wie es oft geschieht, wenn ein Mann, dem wir unser Vertrauen schenken, nicht mehr vor unseren Augen steht, wurde ihm plötzlich vollkommen klar und einleuchtend, daß dieser Unteroffizier ein Betrüger war, daß er gelogen habe und daß er durch das Fehlen dieser beiden Regimenter, die er Gott weiß wohin führen würde, nur das ganze Angriffswerk zerstören könnte. »Kann man aus einer solchen Menge von Truppen den Oberbefehlshaber herausholen?«

Wahrhaftig, er lügt, dieser Bandit, sagte der Graf.

Man kann sie zurückrufen, sagte einer aus dem Gefolge, dem ebenso, wie dem Grafen Orlow-Denissow, bei dem Anblick des Lagers Zweifel an dem Unternehmen aufgestiegen waren.

Ja wirklich ... Wie meinen Sie, oder soll man sie ziehen lassen? ... Nein?

Befehlen Sie, daß man sie zurückrufe?

Zurückrufen, zurückrufen! sagte Graf Orlow-Denissow plötzlich entschlossen mit einem Blick auf die Uhr – es wird zu spät sein – es ist schon ganz hell.

Und der Adjutant sprengte den Wald entlang hinter Grekow einher. Als Grekow zurück war, kam Orlow-Denissow, erregt durch die Veränderung des Unternehmens, wie durch das vergebliche Warten auf die Infanteriekolonnen, die immer noch nicht in Sicht waren und durch die Nähe des Feindes (alle Mannschaften seiner Abteilung hatten dieselbe Empfindung), zu dem Entschluß, anzugreifen.

Leise kommandierte er: »Aufsitzen!« Die Leute machten sich fertig, bekreuzten sich ... »Mit Gott!«

Hurra-a-a-a! schallte es durch den Wald, und eine Sotnie nach der anderen, stürmten die Kosaken, als kämen sie aus einem Sack geschüttelt, munter mit ihren Pferdchen, die Lanze eingelegt, über den Bach auf das Lager zu.

Ein verzweifelter Schrei des Entsetzens, den der erste Franzose ausstieß, der der Kosaken ansichtig wurde – und alles, was im Lager war, ließ Kanonen, Gewehre, Pferde im Stich und floh unbekleidet, aus dem Schlafe aufgeschreckt, blindlings davon.

Hätten die Kosaken die Franzosen verfolgt, ohne sich darum zu kümmern, was hinter ihnen und um sie her war, so hätten sie Murat, und alles, was mit ihm war, gefangen. Die Führer wollten das auch. Aber es war nicht möglich, die Kosaken von der Stelle zu bewegen, als die auf die Beute und die Gefangenen gestoßen waren. Niemand kümmerte sich um das Kommando, 1500 Mann wurden gefangengenommen, drei Geschütze und Feldzeichen erbeutet, und, was für die Kosaken das wichtigste war, Pferdesättel, Decken und allerlei Gegenstände geplündert. Mit allem mußte man fertig werden. Da hieß es, die Gefangenen ordnen, die Kanonen, die Beute teilen, schreien und zanken: Alles das beschäftigte die Kosaken.

Da die Franzosen nicht mehr verfolgt wurden, kamen sie wieder zu sich, sammelten sich in Abteilungen und begannen zu schießen.

Orlow-Denissow erwartete die anderen Kolonnen und schritt nicht mehr zum Angriff.

Inzwischen war nach dem Plane: die erste Kolonne marschiert usw. die Infanterie der verspäteten Kolonne, welche Bennigsen kommendierte und Toll führte, vorschriftsmäßig ausgerückt und war, wie gewöhnlich, an eine Stelle gekommen, die nicht die war, die im Plane bestimmt war. Und wie es immer zu kommen pflegt, machten sie Mannschaften, die munter ausgerückt waren, Halt; Unzufriedenheit wurde laut, man wurde sich der Unklarheit bewußt und zog sich zurück. Die Adjutanten sprengten hin und her. Die Generale schrien, wüteten, zankten, erklärten, die Stelle sei falsch, man sei zu spät gekommen, schalten hie und da einen aus usw.; und endlich ließen sie es gehen, wie es ging und marschierten vorwärts, um doch irgendwohin zu kommen. – »Nur vorwärts, wir kommen schon hin«, und sie kamen wirklich, nur nicht an die rechte Stelle; und kamen auch wirklich einige an die rechte Stelle, so kamen sie so spät, daß ihr Kommen nutzlos war und nur den einen Zweck hatte, daß sie das Ziel der feindlichen Schüsse abgaben. Toll, der in dieser Schlacht dieselbe Rolle spielte, die Weyrother bei Austerlitz gespielt, sprengte eifrig von Ort zu Ort und fand überall alles auf den Kopf gestellt. So stieß er auf Baggowuts Korps im Walde, als es schon ganz hell war, und dieses Korps hätte längst schon zur Stelle sein müssen bei Orlow-Denissow. Erregt und erbittert durch den Mißerfolg, sprengte Toll in der Voraussetzung, daß irgend jemand die Schuld haben müsse, zu dem Korpskommandeur heran, machte ihm in strengem Ton Vorwürfe und sagte: dafür müsse er erschossen werden. Baggowut, ein alter kriegserfahrener, ruhiger General, der ebenfalls durch das häufige Haltmachen, durch die Verwirrungen, die Widersprüche abgemattet war, geriet zum Erstaunen aller, ganz gegen seinen Charakter, in rasende Wut und sagte Toll die bittersten Dinge.

Ich lasse mir von niemandem Vorschriften machen, und sterben mit meinen Soldaten kann ich so gut wie jeder andere, sagte er, und marschierte mit einer Division vorwärts.

Baggowut marschierte ins Feld hinaus und kam in die Schußlinie der Franzosen; und ohne zu erwägen, ob seine

Teilnahme am Kampfe von Vorteil oder Nachteil sei, stürzte er sich erregt und tapfer, wie er war, mit einer Division vorwärts und führte sein Heer mitten in das Feuer. Gefahr, Geschosse und Kugeln, das war's, was er jetzt in seinem Zorn brauchte. Eine der ersten Kugeln tötete ihn, die folgenden streckten eine Anzahl von Soldaten zu Boden. Und seine Division stand eine Zeit lang nutzlos im Feuer.

VII

Inzwischen hätte eine andere Kolonne von der Front her sich auf die Franzosen stürzen sollen; aber bei dieser Kolonne war Kutusow.

Er wußte sehr gut, daß bei dieser, gegen seinen Willen eröffneten Schlacht nichts herauskommen würde als Verwirrung, und hielt das Heer, soweit es in seiner Macht lag, zurück. Er rückte nicht vorwärts.

Schweigend ritt Kutusow auf seinem grauen Pferdchen hin und her und antwortete nachlässig auf die Vorschläge zur Attacke.

Ihr führt immer das Wort »Attacke« im Munde und seht gar nicht, daß wir keine komplizierten Manöver auszuführen imstande sind, sagte er zu Miloradowitsch, der ihn bat, vorrükken zu dürfen. – Wir haben es nicht fertig gebracht, am Morgen Murat lebendig einzufangen und zur rechten Zeit auf dem Platze zu sein, jetzt ist nichts mehr zu machen! antwortete er einem anderen.

Als man Kutusow die Meldung brachte, daß im Rücken der Franzosen, wo nach den Berichten der Kosaken vorher niemand gewesen war, jetzt zwei Bataillone Polen standen, schielte er zu Jermolow hinüber (seit dem gestrigen Tage hatte er kein Wort mit ihm gesprochen).

Jetzt drängen sie zum Angriff, machen allerlei Vorschläge, aber kommt's zur Sache, ist nichts bereit, und der unterrichtete Feind trifft seine Maßregeln.

Jermolow kniff die Augen zusammen und lächelte leicht bei diesen Worten. Er wußte, daß der Sturm für ihn vorüber war, und daß sich Kutusow auf diese Andeutung beschränken würde.

Er macht sich lustig auf meine Rechnung, sagte Jermolow leise, und stieß dabei Rajewskij, der neben ihm stand, mit dem Knie an.

Gleich darauf trat Jermolow vor und meldete ehrerbietig:

Es ist nichts versäumt, Durchlaucht, der Feind ist da. Wenn Sie den Befehl zum Angriff geben wollten? Sonst wird die Garde keinen Pulverdampf zu sehen bekommen.

Kutusow sagte kein Wort. Als man ihm aber meldete, daß Murats Truppen wichen, befahl er vorzurücken; aber immer, wenn er hundert Schritte gemacht hatte, befahl er drei Viertelstunden Halt.

Die ganze Schlacht bestand nur in der Leistung der Kosaken Orlow-Denissows; die übrigen Truppen hatten nahezu umsonst einige hundert Leute verloren.

Infolge dieser Schlacht erhielt Kutusow einen Orden mit Brillanten, Bennigsen ebenfalls Brillanten und zehntausend Rubel; die anderen erhielten, ihrem Rang entsprechend, ebenfalls allerlei Auszeichnungen, und nach dieser Schlacht wurden noch viele Veränderungen im Stabe vorgenommen.

»Ganz wie *immer bei uns*, alles verkehrt!« sagten die russischen Offiziere und Generale nach der Schlacht von Tarutino, so wie sie es auch jetzt sagen, und damit ausdrücken, daß irgendein Dummer alles so verkehrt macht und sie es anders machen würden. Aber die Menschen, die so sprechen, kennen entweder die Sache nicht, über die sie sprechen, oder sie täuschen sich absichtlich. Jede Schlacht – ob Tarutino, Borodino oder Austerlitz – jede vollzieht sich anders, als ihre Leiter vermutet haben. Das ist eine Grundbedingung.

Die zahllose Menge freier Kräfte (denn nirgends ist der Mensch freier als in der Schlacht, wo es sich um Leben und Tod handelt) beeinflußt den Gang der Schlacht, und dieser Gang kann nie vorher bekannt sein und deckt sich nie mit der Richtung irgendeiner einzelnen Kraft.

Wenn viele zu gleicher Zeit tätige und verschieden gerichtete Kräfte auf einen Körper einwirken, so kann die Richtung der Bewegung dieses Körpers sich nie decken mit der Richtung einer dieser Kräfte, es wird vielmehr immer die mittlere, kürzeste Richtung sein, die Richtung, die man in der Mechanik durch die Diagonale des Parallelogramms der Kräfte ausdrückt. Wenn wir in den Schilderungen der Geschichtsschreiber, besonders der französischen, finden, daß bei ihnen Kriege und Schlachten sich nach einem vorher bestimmten Plane vollziehen, so ist der einzige Schluß, den wir daraus ableiten können, der, daß diese Schilderungen falsch sind.

Die Schlacht von Tarutino hat offenbar nicht den Zweck erreicht, den Toll im Auge hatte: ordnungsmäßig nach der Disposition die Truppen in die Schlacht zu führen; auch nicht den, den Graf Orlow haben konnte: Murat gefangenzunehmen, oder den Zweck, in einem Augenblicke das ganze Korps aufzureiben, den Bennigsen und andere Personen haben konnten, oder den Zweck, den die Offiziere hatten: am Kampfe teilzunehmen und sich auszuzeichnen, oder den der Kosak hatte, der gern mehr Beute gemacht hätte, als er gemacht hat usw. Wenn aber der Zweck das war, was wirklich geschehen ist, und das, was damals aller Russen gemeinsamer Wunsch war (die Vertreibung der Franzosen aus Rußland und die Vernichtung ihres Heeres), so ist vollkommen einleuchtend, daß die Schlacht von Tarutino, gerade infolge ihrer Verkehrtheiten, das war, was in dieser Periode des Feldzuges notwendig war. Es ist schwer, ja unmöglich, einen zweckmäßigeren Ausgang dieser Schlacht zu denken als den, den sie hatte. Mit der geringsten Anstrengung, bei der größten Verwirrung und den unbedeutendsten Verlusten wurden die größten Resultate des ganzen Feldzuges erzielt; wurde der Übergang von der Defensive zur Offensive gemacht, wurde die Schwäche der Franzosen aufgedeckt, wurde endlich der Anstoß gegeben, auf den das napoleonische Heer nur wartete, um die Flucht zu beginnen.

VIII

Napoleon zieht nach dem glänzenden Siege *de la Moskowa* in Moskau ein; an dem Siege ist nicht zu zweifeln, da das Schlachtfeld in den Händen der Franzosen bleibt. Die Russen ziehen sich zurück und übergeben ihre Hauptstadt, Moskau bleibt in den Händen Napoleons, übervoll von Proviant, von Waffen, von kostbarem Gerät und unerschöpflichen Reichtümern. Das russische Heer, nur halb so stark als das französische, macht im Verlauf eines Monats nicht einen einzigen Versuch eines Überfalls. Napoleons Lage ist die glänzendste. Um mit den doppelten Kräften sich über die Reste der russischen Armee zu stürzen und sie zu vernichten, um einen vorteilhaften Frieden zu diktieren oder, für den Fall einer Ablehnung, eine drohende Bewegung auf Petersburg zu machen, um selbst, in dem Falle eines Mißerfolgs, sich auf Smolensk zurückzuziehen oder in Moskau zu bleiben, um mit einem Worte die glänzende Lage, in welcher sich das französische Heer zu jener Zeit befand, zu erhalten, bedurfte es wohl nicht besonderer Genialität. Dazu bedurfte es nur, daß man das Einfachste und Leichteste tat, daß man das Heer nicht zum Plündern kommen ließ, daß man die Winterkleidung besorgte, die in Moskau für die ganze Armee zu haben war, und daß man regelrecht den Proviant sammelte, der sich in Moskau vorfand, und (nach dem Zeugnis französischer Geschichtsschreiber) auf länger als ein halbes Jahr für das ganze Heer gereicht hätte. Napoleon, dieses genialste aller Genies, das je die Macht über ein Heer gehabt hat, tat, wie die Historiker bestätigen, nichts von alledem.

Er tat nicht nur nichts von alledem, er gebrauchte vielmehr seine Macht dazu, um von all den Möglichkeiten des Handelns *die* auszuwählen, welche die törichtesten und verderblichsten waren. Von allem, was Napoleon vornehmen konnte: in Moskau überwintern, auf Petersburg losrücken, auf Nishni-Nowgorod losrücken, zurückgehen, nordwärts oder südwärts, auf *dem* Wege, den später Kutusow benutzte, genug, was man auch immer ausfindig machen möge, etwas Törichteres und Verderblicheres als das, was Napoleon tat, d. h. bis zum Oktober in Moskau bleiben und den Truppen die Stadt zur Plünderung überlassen, dann schwankend die Garnison zurücklassen, aus Moskau herausziehen, Kutusow entgegen, ohne eine Schlacht zu beginnen, den Weg nach rechts einschlagen, nach Malyi-Jaroslawjez kommen, wieder die Möglichkeit, sich durchzuschlagen, unversucht lassen, nicht den Weg einschlagen, den Kutusow benutzt hatte, sondern zurückgehen auf Moshaisk zu, auf dem ausgeplünderten Wege nach Smolensk – etwas Törichteres als dies, etwas Verderblicheres für das Heer konnte kein Mensch ersinnen, wie auch die Folgen erwiesen. Die geschicktesten Strategen sollen, in der Voraussetzung: Napoleons Ziel hätte darin bestanden, sein Heer zugrunde zu richten, die geschicktesten Strategen sollen eine andere Reihe von Handlungen finden, die mit einer solchen Sicherheit und so unabhängig von all dem, was die russischen Truppen vornehmen konnten, die ganze französische Armee so völlig vernichten könnten wie das, was Napoleon tat.

Der geniale Napoleon hat es fertiggebracht. Aber zu behaupten, Napoleon hätte seine Truppen zugrunde gerichtet, weil er dies gewollt hätte oder, weil er sehr dumm war, wäre ebenso unberechtigt wie zu behaupten, Napoleon hätte seine Truppen nach Moskau geführt, weil er dies wollte, und weil er sehr klug und genial war.

In dem einen wie in dem anderen Falle deckt sich seine persönliche Tätigkeit, der keine größere Kraft innewohnt als der persönlichen Tätigkeit jedes Soldaten, nur mit den Gesetzen, nach welchen sich die Erscheinungen vollzogen.

Durchaus fälschlich (nur weil die Folgen Napoleons Handlungen nicht rechtfertigten) schildern uns die Geschichtsschreiber Napoleons Kräfte in Moskau geschwächt. Ganz wie vorher, ganz wie nachher, wandte er im Jahre 1813 all sein Können und seine Kräfte an, um das zu tun, was ihm und seiner Armee am förderlichsten war. Napoleons Tätigkeit in dieser Zeit ist nicht weniger staunenswert als in Ägypten, in Italien, in Österreich und in Preußen. Wir wissen nichts Sicheres darüber, in welchem Grade die Genialität Napoleons in Ägypten wirksam war, wo vierzig Jahrhunderte auf seine Größe herabsahen, denn all diese großen Heldentaten haben uns nur Franzosen geschildert. Wir können nicht mit Sicherheit über seine Genialität in Österreich und Preußen urteilen, da die Zeugnisse seiner Taten wieder nur aus französischen und deutschen Quellen zu schöpfen sind; und die unerhörte Gefangennahme ganzer Heere ohne Schlacht, die Übergabe der Festungen ohne Belagerung muß die Deutschen geneigter machen zur Anerkennung der Genialität als der einzigen Erklärung des Krieges, dessen Schauplatz Deutschland war. Wir aber haben, Gott sei Dank, keinen Grund, um unsere Schmach zu verbergen, seine Genialität anzuerkennen. Wir haben das Recht, die Dinge klar und deutlich zu betrachten, teuer bezahlt, und wir werden dies Recht nicht aufgeben.

Seine Tätigkeit in Moskau ist ebenso erstaunlich und genial wie allerorten. Befehle auf Befehle, Pläne auf Pläne gehen von ihm aus, von der Stunde seines Einzugs in Moskau bis zu der Stunde, da er die Stadt verläßt. Die Entfernung der Bewohner, das Ausbleiben der Deputationen, selbst der Brand Moskaus setzen ihn nicht in Verwirrung. Er hatte beständig das Wohl seiner Truppen und die Bewegungen des Feindes, das Wohl der Nationen Rußlands, die Leitung der Geschäfte in Paris, die diplomatischen Betrachtungen über die Bedingungen eines zukünftigen Friedens im Auge.

IX

In militärischer Beziehung erteilt Napoleon gleich nach seinem Einzug in Moskau dem General Sebastiani die gemessenen Befehle, die Bewegung der russischen Armee zu verfolgen, er sendet Truppen auf den verschiedensten Wegen aus und erteilt Murat den Befehl, Kutusow aufzusuchen. Dann beschäftigt er sich sorgfältig mit der Befestigung des Kremls; dann macht er den genialen Plan des zukünftigen Feldzugs auf der ganzen Karte von Rußland. In diplomatischer Beziehung beruft Napoleon den ausgeplünderten und zerlumpten Kapitän Jakowlew zu sich, der nicht weiß, wie er aus Moskau herauskommen soll, setzt ihm seine ganze Politik und seine Großmut in allen Einzelheiten auseinander, schreibt einen Brief an den Kaiser Alexander, in dem er für seine Pflicht hält, seinem Freunde und Vetter mitzuteilen, daß Rostoptschin in Moskau schlecht gewirtschaftet, und sendet Jakowlew nach Petersburg. Auch Tutolmin setzt er in allen Einzelheiten seine Ansichten und seine Großmut auseinander und sendet auch diesen Greis nach Petersburg zu Verhandlungen.

In juridischer Beziehung wurde sogleich nach dem Brande der Befehl gegeben, die Schuldigen zu finden und sie abzuurteilen. Und der verbrecherische Rostoptschin wurde damit bestraft, daß der Befehl erteilt wurde, seine Häuser in Brand zu stecken.

In administrativer Beziehung wurde Moskau eine Konstitution gegeben. Es wurde ein Magistrat eingesetzt und folgendes verkündet:

»Einwohner von Moskau!

»Euer Unglück ist groß, aber Seine Majestät, der Kaiser und König, will ihm ein Ziel setzen. Drohende Beispiele haben Euch gelehrt, wie er Ungehorsam und Verbrechen bestraft. Strenge Maßregeln sind ergriffen, um der Unordnung Einhalt zu tun und die öffentliche Sicherheit wiederherzustellen. Euer Magistrat oder Stadtverwaltung bilden eine väterliche Verwaltung, aus Eurer eigenen Mitte gewählt. Sie wird die Sorge um Euer Leben, um Eure Bedürfnisse, um Eure Wohlfahrt in die Hand nehmen. Ihre Mitglieder sind durch ein rotes Band ausgezeichnet, das sie über der Brust tragen werden, und das Stadtoberhaupt wird außerdem noch eine weiße Schärpe tragen. Aber außerhalb ihrer Amtstätigkeit werden sie nur ein rotes Band um den linken Arm tragen.

»Die städtische Polizei ist auf der alten Grundlage wiederhergestellt, und Dank ihrer Tätigkeit hat sich die Ordnung schon verbessert. Die Regierung hat zwei Generalkommissare oder Polizeimeister und zwanzig Kommissare oder Reservevorsteher eingesetzt, die allen Revieren der Stadt vorstehen. Ihr werdet sie an dem weißen Bande, das sie um den linken Arm tragen, erkennen. Einige Kirchen verschiedener Bekenntnisse sind eröffnet, und ununterbrochen wird in ihnen Gottesdienst stattfinden. Eure Mitbürger kehren tagtäglich in ihre Wohnungen zurück, und es ist Befehl gegeben, daß sie die Hilfe und den Schutz finden, die dem Unglück gebühren. Dies sind die Mittel, welche die Regierung anwendet, um die Ordnung wiederherzustellen und Eure Lage zu erleichtern. Soll aber das Ziel erreicht werden, so ist es erforderlich, daß Ihr sie durch Eure Bemühungen unterstützt, daß Ihr die Leiden, die Ihr erduldet habt, wenn es möglich ist, vergeßt, daß Ihr Euch der Hoffnung einer besseren Zukunft hingebt, daß Ihr überzeugt seid, daß ein sicherer und schmachvoller Tod all diejenigen trifft, die ihre Hand gegen Euer Leben, gegen Euer Hab und Gut ausstrecken, daß Ihr endlich nicht zweifelt, daß sie geschützt werden, denn so ist der Wille des größten und gerechtesten aller Monarchen. Soldaten und Einwohner, welcher Nation Ihr auch angehört! Stellet das öffentliche Vertrauen, die Quelle des Glückes jedes Reiches, wieder her. Lebet wie Brüder, leihet Euch gegenseitig Hilfe und Schutz, haltet zusammen, um die Absichten Übelgesinnter zu vernichten, leistet den militärischen und bürgerlichen Behörden Gehorsam, und Eure Tränen sollen in kurzer Zeit getrocknet sein.«

In bezug auf die Ernährung der Truppen gab Napoleon allen Regimentern die Vorschrift, der Reihe nach *à la maraude* durch Moskau zu ziehen, um sich Proviant zu schaffen, damit das Heer auf diese Weise für die nächste Zukunft sichergestellt sei.

In religiöser Beziehung befahl Napoleon, die Popen zurückzuführen und den Gottesdienst in den Kirchen wiederaufzunehmen.

In bezug auf den Handel und die Verproviantierung der Truppen wurde überall folgender *Aufruf* verbreitet:

»Friedliche Einwohner der Stadt Moskau, Gesellen und Arbeiter, die das Unglück aus der Stadt entfernt hat; zerstreute Landleute, die eine unbegründete Furcht noch auf den Feldern zurückhält, höret! Ruhe kehrt zurück in diese Residenz, und die Ordnung wird wiederhergestellt. Eure Landsleute kehren aus ihren Zufluchtsorten wieder zurück, da sie sehen, daß man ihnen nicht feindlich gesinnt ist. Jede Gewalt, die gegen ihre Person oder gegen ihr Eigentum gerichtet ist, wird unverzüglich bestraft. Seine Majestät der Kaiser und König schützt sie; keiner unter Euch gilt ihm als Feind, der sich nicht seinen Befehlen widersetzt. Er will Euren Leiden ein Ende machen und Euch zurückführen in Euer Haus und Eure Familie. Unterstützt ihn in seinen edlen Absichten und kommet zu uns ohne Furcht vor Gefahr. Bewohner Moskaus! Kehret mit Vertrauen in Eure Wohnungen zurück: Ihr werdet schnell die Mittel finden, Eure Bedürfnisse zu befriedigen. Ihr Handwerker und arbeitsame Gesellen! Kehret zurück zu Eurem Handwerk: die Häuser, die Läden, die Schutzwachen erwarten Euch, und Eure Arbeit soll Euch gebührend bezahlt werden. Und Ihr, Ackerbauer, kommt aus den Wäldern, in die Euch der Schrecken gescheucht hat, kehret ohne Furcht in Eure Hütten zurück, in dem sicheren Vertrauen, daß Ihr Schutz finden werdet. Es sind Magazine in der Stadt errichtet, wohin die Landleute ihre überflüssigen Nahrungsmittel und den Ertrag ihres Bodens bringen können. Die Regierung hat folgende Maßregeln getroffen, um ihnen den freien Verkauf zu sichern: 1) Von heute ab können die Landleute, die Ackerbauer und die Bewohner der Umgegend von Moskau ohne jede Gefahr Waren jeglicher Art in die Stadt bringen, in die beiden dazu bestimmten Magazine, d. h. auf der Mochowajastraße und auf dem Ochotnyjmarkt. 2) Diese Lebensmittel sollen zu dem Preise abgegeben werden, den Käufer und Verkäufer untereinander bestimmen; erhält aber der Verkäufer nicht den von ihm geforderten, angemessenen Preis, so soll es dem Verkäufer freistehen, sie wieder in sein Dorf zurückzuführen, und niemand soll ihn hierin unter irgendeinem Vorwande hindern können. 3) Allwöchentlich finden am Sonntag und am Mittwoch große Märkte statt; eine hinreichende Zahl von Soldaten wird an den Dienstagen und Sonnabenden auf allen Hauptstraßen in einer gewissen Entfernung von der Stadt verteilt sein, um die Warenzüge zu beschützen. 4) Gleiche Maßregeln werden getroffen werden, damit den Landleuten mit ihren Wagen und Pferden auf dem Heimwege keine Schwierigkeiten gemacht werden. 5) Es werden unverzüglich Mittel in Angriff genommen werden, um die gewöhnlichen Märkte wiederherzustellen. Bewohner der Stadt und der Dörfer und Ihr Arbeiter und Gesellen, welcher Nation Ihr auch angehöret, Ihr werdet aufgefordert, die väterlichen Absichten Seiner Majestät des Kaisers und Königs auszuführen und mit ihm gemeinsam an der allgemeinen Wohlfahrt mitzuwirken. Leget ihm Verehrung und Vertrauen zu Füßen und zögert nicht, Euch mit uns zu vereinigen.«

Um den gesunkenen Mut des Heeres und des Volkes zu heben, wurden ununterbrochen Revuen abgehalten und Auszeichnungen verteilt. Der Kaiser ritt hoch zu Roß durch die Straßen und tröstete die Einwohner, ja er besuchte sogar, obgleich er von Staatsgeschäften stark in Anspruch genommen war, selbst die Theater, die auf seinen Befehl errichtet waren.

In bezug auf die Wohltätigkeit, die edelste Zierde des Gekrönten, tat Napoleon alles, was in seinen Kräften stand. Auf den Wohltätigkeitsanstalten ließ er die Inschrift anbringen: *Maison de ma mère* und verband durch diesen Akt die zärtlichen Empfindungen des Sohnes mit der Größe der Monarchentugend. Er besuchte das Findelhaus, ließ sich von den Waisen, die er gerettet hatte, die weißen Hände lecken und unterhielt sich gnädig mit Tutolmin. Dann ließ er nach den schönen Worten Thiers seinen Truppen den Sold in falschem russischen Gelde zahlen, das er gemacht hatte.

Um die Anwendung dieser Maßregeln durch eine Handlung zu erhöhen, die seiner und des französischen Heeres würdig war, ließ er den Abgebrannten Lebensmittel bringen. Da aber die Nahrungsmittel zu teuer waren, als daß man sie Söhnen des fremden Landes, die zum größten Teil feindlich gesinnt waren, geben sollte, zog Napoleon vor, ihnen Geld zu geben, damit sie sich ihre Nahrung unter der Hand besorgten, und ließ Papierrubel unter sie austeilen.

In bezug auf die Disziplin des Heeres wurden ununterbrochen Befehle über strenge Bestrafung wegen Nichterfüllung der Dienstpflicht und über die Plünderung erlassen.

X

Aber sonderbar! alle diese Erlässe, Bemühungen und Pläne, die durchaus nicht schlechter waren als andere, die in solchen Fällen gegeben wurden, berührten den Kern der Sache nicht und bewegten sich, wie die Zeiger eines Zifferblatts, das nicht mit dem Mechanismus in Verbindung steht, willkürlich und ziellos, ohne das Räderwerk zu erfassen.

In militärischer Hinsicht wurde der geniale Feldzugsplan,

von dem Thiers sagt: »Sein Genius hat nie etwas Tieferes, etwas Kunstvolleres und Erstaunlicheres erdacht«, und um dessentwillen Thiers in einer Polemik mit Fain beweist, daß die Abfassung dieses genialen Planes nicht auf den 4., sondern auf den 15. Oktober fällt, dieser Plan wurde nie durchgeführt und konnte nie durchgeführt werden, weil er nichts mit der Wirklichkeit gemein hatte. Die Befestigung des Kremls, um dessentwillen man *la Mosquée* (so nannte Napoleon die Wassilijkirche) niederreißen mußte, erwies sich als vollkommen unnütz. Die Unterminierung des Kremls kam nur dem Wunsche des Kaisers bei seinem Abzuge aus Moskau entgegen, den Kreml in die Luft zu sprengen, d. h. die Diele zu schlagen, an der sich das Kind gestoßen hat. Die Verfolgung der russischen Armee, die Napoleon so beschäftigte, bot eine unerhörte Erscheinung. Die französischen Heerführer hatten die russische Armee, in einer Stärke von 60 000 Mann, aus den Augen verloren, und nur der Kunst und wohl auch der Genialität Murats gelang es, wie Thiers sagt, diese 60 000 Mann russischer Truppen, wie eine Stecknadel, wiederzufinden.

In diplomatischer Hinsicht erwiesen sich alle Beweisführungen Napoleons über seine Großmut und Gerechtigkeit vor Tutolmin und Jakowlew, der besonders in Anspruch genommen war durch die Erfindung eines Mantels und eines Wagens, unnütz. Alexander empfing diese Abgesandten nicht und erwiderte mit keinem Wort auf die Sendung.

In juristischer Hinsicht ging nach der Verurteilung der vermeintlichen Brandstifter die zweite Hälfte Moskaus in Flammen auf. In administrativer Hinsicht machte die Einsetzung des Magistrats der Plünderung kein Ende und brachte nur einigen Personen Nutzen, die in dem Magistrat eine Stellung hatten und unter dem Vorwande der Wiederherstellung der Ordnung Moskau plünderten oder ihr eigen Hab und Gut vor Plünderung schützten.

In religiöser Hinsicht brachte das Werk, das in Ägypten durch den Besuch der Moscheen so leicht herzustellen war, hier keinerlei Nutzen. Zwei oder drei Priester, die man in Moskau auftreiben konnte, versuchten den Willen Napoleons auszuführen, aber den einen von ihnen ohrfeigte ein französischer Soldat während des Gottesdienstes, und über den anderen berichtete ein französischer Beamter folgendes: »Der Priester, den ich gefunden habe und den ich aufgefordert habe, die Vesper zu lesen, hat die Kirche gereinigt und zugeschlossen. Noch in derselben Nacht kamen Leute, welche die Tür und die Schlösser erbrachen, die Bücher herauszerrten und allerlei Unordnung anrichteten.«

In bezug auf den Handel erfolgte auf den Aufruf an die fleißigen Handwerker und an alle Landleute gar keine Antwort. Fleißige Handwerker gab es nicht, und die Landleute fingen die Kommissare, die sich mit diesem Aufruf allzu weit gewagt hatten, ein und schlugen sie tot.

Auch die Absicht der Belustigung des Volks und der Truppen durch die Theater mißglückte. Die im Kreml und im Haus Posnjakows begründeten Theater wurden sofort geschlossen, weil die Schauspielerinnen und Schauspieler beraubt wurden.

Und die Wohltätigkeit – auch die Wohltätigkeit brachte nicht die erwünschten Früchte. Falsche und nicht gefälschte Kassenscheine, die Napoleon so gnädig unter die Unglücklichen verteilt hatte, waren ohne Wert, sogar das Silber wurde für Gold unter seinem Wert abgegeben.

Aber der überraschendste Ausdruck der Unwirksamkeit der obrigkeitlichen Erlasse in jener Zeit waren die Bemühungen Napoleons zur Beseitigung der Plünderung und zur Wiederherstellung der Disziplin.

Und wie klangen die Meldungen der Offiziere!

»Die Plünderungen in der Stadt dauern fort, trotz aller Befehle. Die Ordnung ist noch nicht wiederhergestellt, nicht ein Kaufmann ist vorhanden, der seinen Handel in gesetzlicher Weise treibt. Nur Marketender gestatten sich, Waren zu verkaufen, und die sind geraubt.«

»Ein Teil meines Bezirks leidet fortgesetzt unter den Raubzügen der Soldaten des dritten Korps, die sich nicht damit zufriedengeben, die kargen Habseligkeiten der unglücklichen Einwohner, die sich in Kellern verborgen halten, zu nehmen, sondern sie auch noch grausam mit Säbeln schlagen, wie ich oft genug gesehen habe.«

»Nichts Neues, außer daß die Soldaten sich erlauben zu rauben und zu stehlen.« Den 9. Oktober.

»Diebstahl und Raub dauern fort. Es gibt eine Diebesbande in unserem Kreise, der man mit kräftigen Mitteln wird entgegentreten müssen.« Den 11. Oktober.

»Der Kaiser ist höchst unzufrieden, daß man, trotz seiner strengen Befehle, den Plünderungen Einhalt zu tun, nichts anders sieht als marodierende Gardeabteilungen, die nach dem Kreml zurückgehen. – In der alten Garde ist die Zuchtlosigkeit und die Raublust gestern, in der letzten Nacht und heute stärker wieder erwacht als irgendwann. Mit Kummer sieht der Kaiser, daß die Elitetruppe, welche die Aufgabe hat, seine Person zu schützen und die ein Muster der Subordination sein sollte, in solchem Grade die Disziplin hintansetzt, daß sie Keller und Magazine, die für die Truppen eingerichtet sind, plündert. Andere haben sich so weit erniedrigt, den Reviervorstehern und Wachoffizieren den Gehorsam zu verweigern, sie zu beschimpfen und zu schlagen.«

»Der Oberzeremonienmeister beklagt sich bitter darüber –«, schrieb der Gouverneur, »– daß die Soldaten, trotz aller Verbote, nach wie vor alle Höfe durchstreifen und sogar unter den Fenstern des Kaisers vorüberziehen.«

Dieses Heer, das wie eine aufgelöste Herde mit den Füßen die Nahrung zertrat, die sie vor dem Hungertode hätte schützen können, zersetzte sich mit jedem Tage, den es länger in Moskau zubrachte, immer mehr und ging immer mehr seinem Untergang entgegen.

Aber es rührte sich nicht.

Es floh nur, wenn es plötzlich von dem panischen Schrekken ergriffen wurde, den die Einnahme der Lager auf der Heerstraße von Smolensk und die Schlacht von Tarutino über sie brachte. Die Meldung von der Schlacht bei Tarutino, die Napoleon unerwartet bei einer Revue erhielt, rief in ihm, wie Thiers sagt, den Wunsch hervor, die Russen zu bestrafen, und er gab den Befehl zum Abzug, wie es das ganze Heer wünschte.

Auf der Flucht aus Moskau schleppten die Mannschaften dieses Heeres alles mit sich, was sie geplündert hatten. Auch Napoleon führte seinen eigenen *trésor* mit sich. Als Napoleon all die Sachen sah, mit welchen die Armee beladen war, ergriff ihn Entsetzen (wie Thiers erzählt): aber bei all seiner Kriegserfahrung gab er nicht den Befehl, alle überflüssigen Fuhren zu verbrennen, wie er dies mit den Fuhren des Marschalls getan hatte, als er sich Moskau näherte; er sah diese Wagen und Karossen, in welchen die Soldaten fuhren, und meinte, das sei sehr schön, diese Wagen brauche man zum Transport für die Kranken und Verwundeten.

Die Lage des ganzen Heeres glich der Lage eines verwundeten Tieres, das sein Ende nahen fühlt und nicht weiß, was es tut. Die kunstvollen Manöver und die Ziele Napoleons und seines Heeres von der Zeit seines Einzugs in Moskau bis zur Vernichtung dieses Heeres erforschen heißt so viel, wie die Bedeutung der Todeszuckungen und Krämpfe eines tödlich verwundeten Tieres erforschen. Oft stürzt sich das verwundete Tier, wenn es ein Geraschel hört, schnurstracks auf den Jäger, rennt hin und zurück und beschleunigt selbst sein Ende. Ganz dasselbe tat Napoleon unter dem Drucke seines ganzen Heeres. Das Geraschel der Schlacht von Tarutino hatte das Wild aufgescheucht, es stürzte sich schnurstracks vorwärts und rannte auf den Jäger zu, kehrte wieder um, und rannte schließlich, wie jedes Wild, nur auf die ungünstigste, gefährlichste, aber bekannte alte Spur zurück.

Napoleon, der uns als der Lenker dieser ganzen Bewegung erscheint (wie den Wilden die geschnitzte Figur am Schiffsschnabel als die Kraft erscheint, die das Schiff lenkt), Napoleon glich während dieser ganzen Zeit seiner Tätigkeit dem Kinde, das die Bändchen im Innern des Wagens in der Hand hält und glaubt, daß es den Wagen lenkt.

XI

Am 18. Oktober trat Pierre am frühen Morgen aus der Baracke heraus, kehrte wieder um und blieb an der Türe stehen; er spielte mit einem langen, blaufarbenen Hündchen, das auf seinen kurzen, krummen Beinchen um ihn herumschwänzelte. Dieses Hündchen lebte mit ihnen in der Baracke und pflegte bei Karatajew die Nacht zuzubringen, bisweilen lief es in die Stadt, kam aber immer wieder zurück. Es hatte wahrscheinlich nie jemandem gehört, gehörte auch jetzt niemandem und hatte keinen bestimmten Namen. Die Franzosen nannten es Azor, der Geschichtenerzähler unter den Soldaten nannte es Femgalka, Karatajew und die anderen nannten es Grauchen, manchmal auch Langohr. Das blaufarbene Hündchen schien sich aber wenig daraus zu machen, daß es niemandem gehörte, daß es keinen Namen trug, daß es zu keiner Rasse gehörte, auch keine ausgesprochene Farbe hatte. Sein haariger Schweif stand fest und rund, wie ein Federbusch, die krummen Beine leisteten ihm so gute Dienste, daß es oft schien, als legte es keinen Wert auf den Gebrauch aller Viere, den einen Hinterfuß anmutig hob und sehr gewandt und schnell auf drei Beinen lief. Alles war für das Hündchen ein Gegenstand des Vergnügens. Bald winselte es vor Freude, wenn es sich auf dem Rücken wälzte, bald sonnte es sich mit nachdenklichem, wichtigem Gesicht, bald trieb es seinen Mutwillen und spielte mit einem Span oder einem Halm.

Pierres Kleidung bestand jetzt aus einem schmutzigen, zerrissenen Hemde, dem einzigen Überrest seiner früheren Kleidung, Soldatenhosen, die er zum Schutz gegen die Kälte an den Knöcheln mit einer Schnur zusammengebunden hatte, und einer Bauernmütze. Pierre hatte sich körperlich während dieser Zeit sehr verändert. Er sah nicht mehr so dick aus, obgleich er noch dasselbe Ansehen von Stärke und Kraft hatte, das in seinem Geschlecht erblich war. Der Unterteil seines Gesichts war von einem Backen- und Schnurrbart bewachsen, sein wiedergewachsenes, wirres Kopfhaar, das voll von Läusen war, kräuselte sich jetzt in einem Schopfe. Der Ausdruck seiner Augen war fest, ruhig, lebhaft-empfänglich, ein Ausdruck, den Pierres Blick früher nie gehabt hatte. Seine frühere Lässigkeit, die auch aus seinen Augen sprach, war jetzt einer energischen und schlagfertigen Sammlung gewichen. Seine Füße waren unbekleidet.

Pierres Augen schweiften bald hinab über die Felder, über die heute morgen die Wagen und Reiter ihren Weg genommen hatten, bald in die Ferne über den Fluß, bald über das

Hündchen, das sich so anstellte, als ob es ihn im Ernst beißen wollte, bald über seine nackten Füße, denen er mit einer gewissen Befriedigung die verschiedensten Stellungen gab, und deren schmutzige, dicke, große Zehen er beständig bewegte. Und jedesmal, wenn sein Blick auf seine nackten Füße fiel, huschte über sein Gesicht ein bewegtes Lächeln der Zufriedenheit. Der Anblick der nackten Füße rief ihm alles das in Erinnerung, was er in dieser Zeit durchlebt und erkannt hatte, und diese Erinnerung war ihm angenehm.

Das Wetter war schon seit einigen Tagen still und hell. Am Morgen machte sich ein leichter Frost fühlbar. Es war der sogenannte Altweibersommer.

Die Luft war vom Sonnenschein durchwärmt, und diese Wärme, im Verein mit der stärkenden Frische des Morgenfrostes, der noch in der Luft lag, war besonders angenehm.

Auf allem, fern und nah, lag jener zauberhafte Kristallglanz, den nur diese Zeit des Herbstes kennt. In der Ferne schimmerten die Sperlingsberge mit dem Dörfchen, der Kirche und dem großen weißen Hause. Die kahlen Bäume, der Sand, die Steine, die Dächer der Häuser, die grünen Spitzen der Kirche, die Umrisse des fernen weißen Hauses – alles hob sich mit unnatürlicher Deutlichkeit in den schärfsten Linien in der durchsichtigen Luft ab. In der Nähe sah man die bekannten Trümmer eines halb niedergebrannten herrschaftlichen Hauses, das die Franzosen besetzt hielten, mit den noch dunkelgrünen Fliedersträuchern, die am Zaune wuchsen. Selbst dieses eingestürzte und zerstörte Haus, das bei unfreundlichem Wetter durch seine Ungestalt abstieß, erschien jetzt in dem hellen, unbewegten Sonnenschein beruhigend schön.

Ein französischer Korporal mit offenem Rock, in der Zivilmütze, sein kurzes Pfeifchen im Munde, trat aus der Ecke der Baracke hervor, nickte Pierre freundschaftlich zu und schritt zu ihm heran.

Was für ein Sonnenschein! Herr Kiril, hm? so nannten hier Pierre alle Franzosen. – Wahrer Frühling! – und der Korporal lehnte sich an die Tür und bot Pierre sein Pfeifchen an, obgleich er es schon öfter angeboten und Pierre es immer abgelehnt hatte.

Bei solchem Wetter ließe sich schon ein Märschchen machen ... begann er.

Pierre fragte ihn aus, was man vom Ausrücken höre, und der Korporal erzählte, daß beinahe alle Truppen ausgerückt, und daß heute der Befehl für die Gefangenen eintreffen müsse. In der Baracke, in der Pierre war, war ein Soldat Sokolow gefährlich krank, und Pierre sagte dem Korporal, man müsse wegen dieses Soldaten Anordnungen treffen. Der Korporal sagte, Pierre könne beruhigt sein, es seien zu diesem Zweck bewegliche und ständige Lazarette vorhanden. Es würden Anordnungen wegen der Kranken kommen, und es sei überhaupt alles von den Befehlshabern vorgesehen, was irgend eintreten könnte.

Und dann, Herr Kiril, brauchen Sie dem Kapitän nur ein Wort zu sagen; Sie wissen ja ... er ist ein so ... Er vergißt nichts. Sagen Sie's dem Kapitän, wenn er seine Runde macht, für Sie tut er alles ...

Der Kapitän, von dem der Korporal sprach, unterhielt sich oft und lange mit Pierre und erwies ihm allerlei Rücksichten.

Siehst du, St. Thomas, hat er mir gestern gesagt, Kiril – das ist ein gebildeter Mann, er spricht Französisch, ein russischer Edelmann, er hat Unglück gehabt, aber er ist – ein Mann. Er versteht was ... wenn er etwas haben will und mich bittet, kann man nicht Nein sagen. Wenn man etwas gelernt hat, siehst du, da hat man die Bildung und die wohlerzogenen Menschen gern. Ich meine Sie, Herr Kiril. Wenn Sie gestern nicht gewesen wären, es hätte ein schlimmes Ende genommen.

So plauderte der Korporal noch eine Weile, dann ging er. (Die Sache von gestern, die der Korporal meinte, war eine Prügelei zwischen Gefangenen und Franzosen, in der es Pierre gelungen war, seine Kameraden zur Ruhe zu bringen.) Einige von den Gefangenen hatten Pierres Unterhaltung mit dem Korporal mit angehört und fragten ihn gleich aus, was er gesagt habe. Während Pierre seinen Kameraden erzählte, was der Korporal von dem Ausrücken der Truppen gesagt hatte, trat an die Tür der Baracke ein hagerer, fahler, zerlumpter französischer Soldat heran. Mit schneller, scheuer

Gebärde führte er die Finger an die Stirn, zum Zeichen des Grußes, dann wandte er sich an Pierre und fragte ihn, ob in dieser Baracke der Soldat Platosch hause, dem er ein Hemd zum Nähen übergeben habe.

Vor einer Woche hatten die Franzosen Lederwaren und Leinwand erhalten und hatten sie den gefangenen Soldaten übergeben, damit sie ihnen Schuhe und Hemden nähten.

Es ist fertig, fertig, mein Falke, sagte Karatajew und trat mit einem sorgfältig zusammengefalteten Hemd heraus.

Karatajew hatte wegen der Wärme und um bequemer arbeiten zu können, nur Hosen und ein schmutziges, zerrissenes Hemd an, sein Haar war nach Gesellenart mit Bast zusammengebunden, und sein rundes Gesicht sah dadurch noch runder und freundlicher aus.

Ein Mann, ein Wort! Wie ich gesagt habe, zum Freitag habe ich gesagt, und fertig ist's, sagte Platon und faltete lächelnd das Hemd, das er genäht hatte, auseinander.

Der Franzose sah sich unruhig um, dann warf er, wie jemand, der den Zweifel überwunden hat, seine Uniform ab und zog das Hemd über. Der Franzose hatte unter der Uniform kein Hemd. Er trug auf dem bloßen, gelben, hageren Körper eine lange, schmierige, geblümte Seidenweste. Der Franzose hatte offenbar gefürchtet, die Gefangenen, die ihn sehen konnten, möchten über ihn lachen, darum zog er so schnell als möglich das Hemd über den Kopf. Keiner der Gefangenen sagte auch nur ein Wörtchen.

Schau, es sitzt wie angegossen, sagte Platon und zog das Hemd zurecht. Der Franzose, der Kopf und Arme durchgesteckt hatte, hielt die Augen nach unten gerichtet, betrachtete das Hemd und untersuchte die Naht.

Was willst du, Falke, hier ist doch keine Nähstube, und ordentliche Instrumente gibt's auch nicht; und es heißt auch: ohne Speck fängt man keine Maus, sagte Platon, dabei lächelte er über das ganze runde Gesicht und freute sich über seine eigene Arbeit.

Schön, schön, ich danke auch; aber du mußt noch Leinwand übrighaben, sagte der Franzose.

Es wird sich noch ausweiten, wenn du's auf dem Körper

trägst, sagte Karatajew, und seine Freude über sein Werk wurde noch größer; es wird dir gut sitzen und bequem sein.

Danke, danke lieber Freund. Den Rest ... Den Rest? wiederholte der Franzose lächelnd, zog einen Schein aus der Tasche und gab ihn Karatajew. – Den Rest gib mir.

Pierre sah, daß Platon nicht begreifen wollte, was der Franzose sagte, und sah sie beide an, ohne sich in die Sache hineinzumischen. Karatajew dankte für das Geld und hörte nicht auf, sich mit seiner Arbeit zu freuen. Der Franzose bestand darauf, daß er den Rest herausgebe, und bat Pierre zu übersetzen, was er gesagt hatte.

Was soll ihm der Rest? sagte Karatajew, davon könnte man ein paar gute Fußlappen haben. Nun, er soll's haben. Und Karatajew zog mit plötzlich verändertem, traurigem Gesicht ein Knäuel Leinwandfetzen aus dem Busen hervor und gab sie dem Franzosen, ohne ihn anzusehen. Ach da, sagte Karatajew und ging zurück. Der Franzose betrachtete die Leinwand einen Augenblick, sann nach, sah Pierre fragend an und rief plötzlich errötend, als hätte Pierres Blick ihm etwas gesagt, mit piepsender Stimme: Platosch, he Platosch! – behaltet das, sagte er, gab ihm die Restchen, wandte sich und ging.

Da siehst du wohl, sagte Karatajew und schüttelte den Kopf; sie sind Heiden, sagen die Leute, und haben doch eine Seele im Leibe. – Ja, ja, wie haben die Alten gesagt: Schweißige Hand öffnet sich leicht, trockne gibt nicht gern. Hat selbst nichts, und gibt doch noch was ab. – Karatajew betrachtete nachdenklich lächelnd die Reste und schwieg eine Weile. – Ja, Freundchen, das gibt noch ausgezeichnete Lappen, sagte er und ging zurück in die Baracke.

XII

Vier Wochen waren vergangen, seit Pierre in der Gefangenschaft war. Obgleich die Franzosen ihm den Vorschlag machten, ihn aus der Baracke der Gemeinen in die der Offiziere hinüber zu legen, blieb er in der Baracke, in der er vom ersten Tage an gewesen war.

In dem zerstörten und verbrannten Moskau lernte Pierre fast den äußersten Grad der Entbehrung kennen, den ein Mensch ertragen kann; aber dank seiner kräftigen Konstitution und seiner Gesundheit, der er sich bisher noch nicht bewußt geworden war, dank besonders dem Umstand, daß diese Entbehrungen so unvermerkt kamen, daß man nicht hätte sagen können, wann sie begonnen hatten, trug er seine Lage nicht nur leicht, sondern freudig. Und gerade in dieser Zeit erlangte er den Frieden und die Zufriedenheit mit sich selbst, nach der er vorher vergeblich gestrebt hatte. Lange hatte er in seinem Leben, nach allen Seiten spähend, diesen Frieden, diese Übereinstimmung mit sich selbst gesucht, das, was ihn bei den Soldaten in der Schlacht von Borodino so überrascht hatte – er hatte es in der Philanthropie, in der Freimaurerei, in den Zerstreuungen des weltlichen Lebens, im Wein, in der heldenmütigen Selbstaufopferung, in der romantischen Liebe zu Natascha gesucht; er hatte es auf dem Wege der Gedankenarbeit gesucht – und alle diese Bestrebungen und Bemühungen, alle hatten ihn getäuscht. Und ohne an sie zu denken, hatte er diese Ruhe und diese Übereinstimmung mit sich selbst erlangt nur durch das Entsetzen des Todes, durch Entbehrungen und durch das, was sich ihm in Karatajew offenbart hatte.

Die entsetzlichen Stunden, die er während der Hinrichtung verlebt, hatten gleichsam für immer die erregenden Gedanken, die ihm bis zu diesem Augenblick wichtig erschienen waren, aus seiner Einbildung und Erinnerung fortgespült. Er dachte weder an den Krieg noch an Rußland, noch an die Politik, noch an Napoleon. Es war ihm klar, daß ihn all dies nichts anging, daß er nicht dazu berufen war, über all dies zu urteilen und darum auch darüber nicht urteilen konnte. »Rußland und der Sommer brauchen keinen Freund« pflegte er mit Karatajews Worten zu sagen; und diese Worte beruhigten ihn ganz merkwürdig. Unbegreiflich, ja lächerlich erschien ihm jetzt seine Absicht, Napoleon zu töten und seine Berechnung der kabbalistischen Zahl des Tiers der Apokalypse. Sein Zorn gegen seine Frau und die Besorgnis, sein Name könnte beschimpft werden, erschien ihm nicht nur nichtig, sondern ergötzlich. Was kümmerte es ihn, daß dieses Weib dort irgendwo in der Welt ein Leben führte, wie es ihr gefiel? Wen konnte es kümmern, und wie sollte es gar ihn kümmern, ob jemand erführe oder nicht erführe, daß der Name des Gefangenen der Franzosen Graf Besuchow war?

Oft erinnerte er sich jetzt seines Gesprächs mit dem Fürsten Andrej und teilte ganz seine Ansicht. Er faßte nur den Gedanken des Fürsten Andrej etwas anders auf. Fürst Andrej hatte gedacht und ausgesprochen, das Glück sei nur negativ, aber er hatte dies mit einem Anflug von Bitterkeit und Ironie gesagt, als hätte er mit diesen Worten einen anderen Gedanken ausdrücken wollen, den nämlich, daß alles uns innewohnende Streben nach positivem Glück uns nur gegeben ist, damit wir uns unbefriedigt quälten. Pierre aber erkannte, ohne jeden Nebengedanken, die Berechtigung dieser Ansicht an. Freiheit von Leiden, Befriedigung der Bedürfnisse und infolgedessen Freiheit in der Wahl der Beschäftigung, d. h. der Lebensführung, erschien Pierre jetzt als das unzweifelhaft höchste Glück des Menschen. Hier, jetzt erst schätzte Pierre zum ersten Male nach ihrem ganzen Werte den Genuß des Essens, wenn er Hunger hatte, des Trinkens, wenn er Durst hatte, des Schlafens, wenn er schläfrig war, der Wärme, wenn ihm kalt war, der Unterhaltung mit einem Menschen, wenn er gern sprechen und eine menschliche Stimme hören wollte. Die Befriedigung der Bedürfnisse – gutes Essen, Reinlichkeit, Freiheit, erschienen Pierre jetzt, da er alles dessen beraubt war, als das vollkommene Glück, und die Wahl der Beschäftigung, d. h. das Leben, jetzt, da diese Wahl so beschränkt war, als eine so leichte Sache, daß er vergaß, daß der Überfluß der Lebensannehmlichkeiten das ganze Glück der Befriedigung der Bedürfnisse vernichtet, und die große Freiheit in der Wahl der Beschäftigung – die Freiheit, die ihm die Bildung, der Reichtum, seine gesellschaftliche Stellung gegeben hatten – daß eben diese Freiheit die Wahl der Beschäftigung bis zur Unentschlossenheit erschwert und das Bedürfnis und die Möglichkeit der Beschäftigung vernichtet.

Die Träume Pierres waren jetzt auf die Zeit gerichtet, wo er wieder frei sein würde. Und doch verweilte Pierre in Gedanken und Worten später und sein ganzes Leben hindurch mit Begeisterung bei diesem Monat der Gefangenschaft, bei diesen unwiederbringlichen, mächtigen, wonnigen Empfindungen, und hauptsächlich bei der völligen Seelenruhe, bei der vollkommenen inneren Freiheit, die er nur während dieser Zeit empfunden hatte.

Als er am ersten Tage am frühen Morgen aufgestanden und bei Tagesgrauen aus der Baracke getreten war und die anfangs dunklen Kuppeln und Kreuze des Jungfernklosters sah, den kalten Tau auf dem staubigen Grase, die Spitzen der Sperlingsberge und das waldige Ufer, das sich am Flusse hinschlängelte und in der blauen Ferne verschwand, als er die Berührung der frischen Luft empfand und den Flügelschlag der aus Moskau über das Feld hinflatternden Dohlen hörte, und als dann plötzlich im Osten das Licht aufblitzte und der Rand des Sonnenballs siegreich aus der Wolke hervorquoll, und die Kuppeln und die Kreuze und der Tau und der ferne Horizont und der Fluß – alles in freudigem Lichte erzitterte, überkam Pierre ein neues Gefühl der Freude und Lebenskraft, wie er es nie empfunden hatte.

Und dieses Gefühl hatte ihn während der ganzen Zeit seiner Gefangenschaft nicht nur nicht verlassen, es wuchs sogar in dem Grade, in dem die Schwierigkeiten seiner Lage sich steigerten.

Dieses Gefühl – ein Gefühl der Empfänglichkeit für alles, der sittlichen Sammlung – wurde in Pierre noch gesteigert durch die hohe Meinung, die sich gleich nachdem er in die Baracken gekommen war, unter den Kameraden über ihn gebildet hatte. Pierre mit seiner Sprachenkenntnis, mit der Achtung, die ihm die Franzosen erwiesen, mit seiner Schlichtheit, die ihn alles fortgeben ließ, um was man ihn bat (er erhielt als Offizier wöchentlich drei Rubel), mit seiner Kraft, welche die Soldaten bewundern konnten, wenn er Nägel in die Wand der Baracken eindrückte, mit der Zartheit in seinem Verkehr mit den Kameraden, mit der Fähigkeit, unbeweglich dazusitzen und nichts zu tun als zu denken, die ihnen unbegreiflich war –, Pierre erschien den Soldaten wie ein geheimnisvolles, höheres Wesen. Dieselben Eigenschaften, die ihm in der Gesellschaft, in der er bis dahin gelebt hatte, wenn nicht schädlich, so doch störend gewesen waren –, seine Kraft, seine Verachtung der Lebensannehmlichkeiten, seine Zerstreutheit, seine Einfachheit gab ihm hier unter diesen Menschen nahezu die Stellung eines Helden. Und Pierre fühlte, daß diese Meinung ihm Pflichten auferlegte.

XIII

In der Nacht vom 18. zum 19. Oktober begann der Marsch der ausrückenden Franzosen: die Küchen, die Baracken wurden abgebrochen, die Fuhren wurden verpackt, die Truppen und die Wagenzüge setzten sich in Bewegung.

Um sieben Uhr morgens stand die französische Bedekkungsmannschaft marschmäßig in Helm, Gewehr, Tornister und mit ungeheuren Säcken vor den Baracken, und die ganze Linie entlang ertönte lebhaftes Gespräch in französischer Sprache, mit Schimpfworten untermischt.

In der Baracke waren alle marschbereit, gestiefelt und gespornt und erwarteten nun den Befehl zum Abmarsch. Nur der kranke Sokolow saß bleich und abgemagert, mit blauen Rändern um die Augen, barfuß und unbekleidet, auf seinem Platz. Seine durch die Hagerkeit hervortretenden Augen sahen fragend die Kameraden an, die sich um ihn nicht kümmerten. Er stöhnte leise und eintönig. Offenbar war sein Stöhnen nicht nur durch die Leiden hervorgerufen – er litt an der Ruhr – als durch die Angst und den Kummer allein zu bleiben.

Pierre trat an den Kranken heran und kauerte neben ihm nieder. Er trug Schuhe, die Karatajew für ihn aus einem Zybik (lederne Teeballenhülle, Anm. d. H.) genäht, den ein Franzose ihm gebracht hatte, damit er ihm Sohlen daraus mache, und hatte seine Lenden mit Schnur umgürtet.

Was willst du, Sokolow, sie gehen ja nicht ganz weg. Sie haben auch ein Krankenhaus hier. Wer weiß, du wirst's da noch besser haben als unsereiner, sagte Pierre.

O Gott! Oh, das ist mein Tod! o Gott, stöhnte der Soldat laut.

Nun, ich will sie gleich noch einmal fragen, sagte Pierre,

erhob sich und schritt auf die Tür der Baracke zu. In dem Augenblick, wo Pierre auf die Tür zuging, trat von draußen derselbe Korporal, der Pierre gestern sein Pfeifchen angeboten hatte, mit zwei Soldaten ein. Auch der Korporal und die Soldaten waren marschmäßig in Tornistern und Helmen mit festgebundenen Sturmbändern versehen, was ihre bekannten Gesichter veränderte.

Der Korporal kam auf die Tür zu, um sie auf höheren Befehl zu schließen. Vor dem Ausrücken mußten die Gefangenen gezählt werden.

Korporal, was soll aus dem Kranken werden? begann jetzt Pierre; aber in dem Augenblick, wo er zu sprechen begann, kamen ihm Zweifel, ob das der ihm bekannte Korporal oder ein anderer fremder Mensch war: so ganz verändert sah der Korporal in diesem Augenblick aus. Außerdem erhob sich in dem Augenblick, in dem Pierre sprach, von beiden Seiten plötzlich Trommelwirbel. Der Korporal zog bei Pierres Worten die Stirne kraus, stieß sinnlose Schimpfreden aus und schlug die Tür zu. In der Baracke wurde es halbdunkel. Von beiden Seiten erklangen gellende Trommelwirbel und übertönten das Stöhnen des Kranken.

Da, da ist es wieder! sagte Pierre zu sich selbst, und ein kalter Schauer lief ihm über den Rücken. In den veränderten Gesichtszügen des Korporals, in dem Ton seiner Stimme, in dem erregenden und betäubenden Trommelwirbel erkannte Pierre jene geheimnisvolle, teilnahmslose Kraft, welche die Menschen zwang, gegen ihren Willen ihresgleichen zu töten – eben die Kraft, deren Wirkung er bei der Hinrichtung wahrgenommen hatte. Und es half nichts, daß man diese Kraft scheute, daß man sie vermied, daß man sich mit Bitten oder Ermahnungen an die Menschen wandte, die ihr zum Werkzeug dienten. Das wußte Pierre jetzt. Es hieß warten und dulden. Pierre ging nicht mehr zu dem Kranken und sah sich nicht mehr nach ihm um. Schweigend und düster stand er an der Tür der Baracke.

Als die Tür der Baracke geöffnet wurde und die Gefangenen wie eine Herde Schafe drängend durch den Ausgang stürmten, arbeitete Pierre sich durch sie hindurch und trat auf denselben Kapitän zu, der nach der Versicherung des Korporals für Pierre alles zu tun bereit war. Auch der Kapitän war marschmäßig gerüstet, und aus seinen kühlen Zügen schaute dieselbe Kraft, die Pierre in den Worten des Korporals und in den Wirbeln der Trommeln wiedererkannt hatte.

Immer weiter, immer weiter, sagte der Kapitän, indem er die Stirn runzelte und die Gefangenen im Auge behielt, die an ihm vorüberdrängten. Pierre wußte, daß sein Versuch vergeblich sein würde, aber er trat doch an ihn heran.

Nun, was gibt's denn noch? sagte der Offizier kalt und sah sich gleichgültig um, als erkenne er ihn nicht wieder. Pierre sprach etwas von dem Kranken.

Er wird schon gehen können, der Teufel soll ihn holen! sagte der Kapitän. Immer weiter, immer weiter, wiederholte er, ohne Pierre anzusehen.

Er kann's nicht, er liegt im Sterben, wollte Pierre weitersprechen.

Hol dich der ... schrie der Kapitän und runzelte wütend die Stirn.

»Dram da-da-dam, dam-dam« wirbelten die Trommeln, und Pierre begriff, daß die geheimnisvolle Kraft sich schon ganz dieser Menschen bemächtigt hatte, und daß es unnütz war, noch ein Wort zu sprechen.

Die Offiziere wurden von den Soldaten abgesondert und erhielten den Befehl, vorauszugehen. Es waren ihrer dreißig, und Pierre gehörte zu ihnen. Gemeine Soldaten waren 300. Die gefangenen Offiziere, die aus den anderen Baracken herausgelassen wurden, waren alle fremd und waren weit besser gekleidet als Pierre und betrachteten ihn in seinem Schuhwerk mit Mißtrauen und Befremden. In der Nähe von Pierre ging ein Major in einem kasanschen Chalat, den er mit einem Handtuch gegürtet hatte; er war dick, hatte ein feistes, gelbes, zorniges Gesicht und schien die allgemeine Achtung seiner gefangenen Kameraden zu genießen. In der einen Hand hielt er im Busen seinen Tabaksbeutel, mit der anderen stützte er sich auf ein Pfeifenrohr. Schnaubend und prustend brummte er etwas vor sich hin und schrie ärgerlich alle an, die, wie er glaubte, ihn stießen, die vorwärtsdrängten, wo es doch nirgends hinzudrängen gab, und die über etwas verwundert waren, wo es doch gar nichts zu verwundern gab. Ein anderer Offizier, klein und hager, begann mit allen ein Gespräch und stellte Vermutungen darüber an, wo man sie jetzt wohl hinführe, und wie weit sie wohl am heutigen Tage kommen würden. Ein Beamter lief mit seinen Filzstiefeln und seiner Kommissarsuniform nach allen Seiten, schaute nach dem abgebrannten Moskau aus und gab seine Beobachtungen über das, was abgebrannt war und welcher Teil der Stadt zu sehen war, allen zum besten. Der dritte Offizier, nach seiner Sprache zu schließen, von polnischer Abstammung, disputierte mit dem Kommissar und wollte ihm beweisen, daß er sich in der Bezeichnung der Stadtviertel irre.

Was streitet Ihr da, sagte ärgerlich der Major, ist das nicht ganz gleich, ob Nikolai oder Blasius? Ihr seht doch, alles ist abgebrannt und damit basta! Was stoßt Ihr so, habt Ihr nicht Platz genug, wandte er sich zornig an seinen Hintermann, der ihn gar nicht gestoßen hatte.

Ei, ei, ei, was sie angerichtet haben, riefen die Gefangenen beim Anblick der Brandstätte. Der ganze Süden und Subowo und der Kreml ... seht nur, kaum die Hälfte ist da. Ich habe es gleich gesagt, der ganze Süden, seht Ihr, daß es so ist!

Nun, Ihr wißt ja, daß alles verbrannt ist ... Was ist da viel zu reden, sagte der Major.

Als sie durch Chamowniki kamen (einen der wenigen Stadtteile Moskaus, die nicht abgebrannt waren), an der Kirche vorüber, drängte der ganze Haufe der Gefangenen plötzlich nach der einen Seite, und man hörte Ausrufe des Entsetzens und des Abscheus.

Oh, diese Schurken! diese Heiden! Ja es ist ein Toter, ein Toter ... sie haben ihn beschmiert. Auch Pierre wandte sich der Kirche zu, wo sich das befand, was diese Ausrufe hervorgerufen hatte, und sah dunkel etwas an die Mauer der Kirche gelehnt. Aus den Worten der Kameraden, die besser sahen als er, erfuhr er, daß es der Leichnam eines Menschen war, der aufrecht an die Mauer gestellt und im Gesicht mit Ruß bestrichen war.

Vorwärts, hol euch der Teufel! Vorwärts, Kreuzmillionendonnerwetter! ... schimpfte die Bedeckungsmannschaft, und die französischen Soldaten trieben in erneuter Wut mit ihren Seitengewehren den Haufen der Gefangenen auseinander, der den toten Menschen betrachtete.

XIV

Durch die Gassen von Chamowniki gingen die Gefangenen allein mit ihrer Bedeckung. Wagen und Fuhren, die der Bedekkungsmannschaft gehörten, zogen hinter ihnen her; als sie aber bei den Proviantmagazinen herauskamen, gerieten sie mitten in einen ungeheuren und dichtgedrängt vorrückenden Artilleriezug, der mit Privatfuhrwerk untermischt war.

Kurz vor der Brücke machte alles halt und wartete, bis die Vorausfahrenden weitergerückt waren. Von der Brücke aus taten sich den Blicken der Gefangenen hinten und vorn endlose Reihen anderer Züge auf, die sich ebenfalls vorwärtsbewegten. Rechts, dort wo die Straße von Kaluga am Njeskutschnyi-Garten ein Knie machte, in der Ferne verschwindend, zogen sich endlose Reihen von Wagenparken hin. Es waren die Truppen der Korps Beauharnais, die früher als die anderes ausgerückt waren. Im Rücken zogen sich durch die Uferstraße und über die steinerne Brücke die Truppen und der Train Neys hin.

Die Truppen Davousts, zu welchen die Gefangenen gehörten, kamen über die Krimfurth und waren schon zum Teil auf die Kalugaer Straße gelangt. Aber der Train war so weit gestreckt, daß die letzten Wagen Beauharnais' noch nicht aus Moskau heraus auf die Kalugaer Straße gelangt waren, während die Spitzen der Neyschen Truppen schon aus der großen Ordynka herausmarschierten.

Auf der Krimfurth kamen die Gefangenen nur schrittweise vorwärts. Immer wieder mußten sie halt machen, dann ging es wieder vorwärts und von allen Seiten drängten sich immer enger und enger Wagen und Menschen. Mehr als eine Stunde brauchten sie, um die wenigen hundert Schritt zu machen, welche die Brücke von der Kalugaer Straße trennt, und an dem Platz, wo sich die Straßen des südlichen Moskau mit der Kalugaer Straße kreuzten, machten die Gefangenen, in einen Haufen zusammengedrängt, halt und standen stundenlang an diesem Kreuzwege. Von allen Seiten hörte man ein ununterbrochenes Rasseln der Wagen, das wie das Rauschen der Meereswogen klang, Füßegetrappel und ununterbrochenes, wütendes Schreien und Schimpfen. Pierre stand an die Wand eines abgebrannten Hauses gelehnt und horchte auf die Töne, die in seiner Phantasie mit den Tönen der Trommel zusammenflossen.

Einige von den gefangenen Offizieren kletterten, um besser zu sehen, auf die Mauer des abgebrannten Hauses, an dem Pierre stand.

Ach, dies Volk! I, dies Volk! ... Auch die Kanonen über und über voll! Seht nur, die Pelze ... hieß es. Schau nur, was die Luder zusammengestohlen haben ... Da, der Kerl dahinten auf der Telega ... Ist das nicht von Heiligenbildern, bei Gott! ... das müssen Deutsche sein. Auch unsere Bauern, bei Gott! ... Die verfluchten Kerle! ... Seht nur, was der sich aufgepackt hat, kann kaum gehen! Daß dich ..., auch Wagen haben sie mitgeschleppt! ... Seht nur, der sitzt auf den Koffern. Oh, Kinder, Kinder! ... Sie prügeln sich!

Nur zu, hau ihm eine runter, in die Fresse, nur zu! Du erlebst so den Abend nicht. Da seht, seht ... Das gehört gewiß Napoleon selbst. Die prächtigen Pferde mit Namenszug und Krone! Das ist ein zerlegbares Zelt. Er hat den Pelz fallen lassen und sieht's nicht! Wieder hauen sie sich ... Ein Weib mit einem kleinen Kind, sie ist nicht übel. Na, ob sie sie wohl durchlassen ... Dort seht hin! ohne Ende. Russische Dirnen, bei Gott! Wie ruhig sie in ihrem Wagen sitzen.

Wieder brachte eine Welle allgemeiner Neugier, wie bei der Kirche in Chamowniki, alle Gefangenen zu dem Wege hin, und Pierre sah dank seinem Wuchs über die Köpfe der anderen hinweg, was die Neugier der Gefangenen so anzog. In drei Wagen, die zwischen Pulverkasten geraten waren, saßen, dicht aneinandergedrängt, aufgeputzte, geschminkte und mit kreischenden Stimmen laut schwatzende Weiber.

Seit dem Augenblick, wo Pierre die Erscheinung der geheimnisvollen Kraft erkannt hatte, kam ihm nichts mehr seltsam oder schrecklich vor. Weder die Leiche, die man zum Vergnügen mit Ruß beschmiert hatte, noch diese Weiber in ihren Wagen, noch die Brandstätte Moskaus. Alles, was Pierre jetzt sah, machte auf ihn fast gar keinen Eindruck, als wehrte sich seine Seele, während sie sich zu einem schweren Kampf rüstete, gegen die Aufnahme von Eindrücken, die sie schwächen könnten.

Der Zug der Frauen war vorüber, dann kamen wieder Telegen, Soldaten, Fuhren, Soldaten, Pulverwagen, Karossen, Soldaten, Protzkasten, Soldaten, hie und da auch Weiber.

Pierre sah nicht die einzelnen Menschen, aber er sah ihre Bewegungen.

Alle diese Menschen und Pferde schienen von einer unsichtbaren Macht vorwärtsgetrieben, alle kamen während der einen Stunde, während der Pierre sie beobachtete, aus den verschiedensten Straßen herausgeströmt, und alle hatten nur den einen Wunsch, so schnell als möglich weiterzukommen. Alle stießen und drängten sich, wüteten, schlugen sich, fletschten die weißen Zähne, zogen düster die Augenbrauen zusammen, warfen dieselben Schimpfworte hinüber und herüber, auf allen Gesichtern lag derselbe keck entschlossene und grausam-kalte Ausdruck, der Pierre heute morgen bei dem Ton der Trommel in den Zügen des Korporals aufgefallen war.

Schon vor dem Abend hatte der Führer der Bedeckungsmannschaft seine Leute zusammengerufen und sich mit Schreien und Zanken in den Wagenzug hineingedrängt, und so kamen die Gefangenen, von allen Seiten umringt, auf die Straße von Kaluga hinaus.

Sie gingen sehr schnell, ohne auszuruhen, und machten erst Rast, als die Sonne sich senkte. Die Wagenzüge kamen einer nach dem anderen heran, und die Mannschaften rüsteten sich zum Nachtlager. Alle schienen böse und unzufrieden. Lange hörte man von den verschiedensten Seiten Schimpfreden, wütendes Geschrei und Schlägereien. Eine Karosse, die hinter der Bedeckungsmannschaft fuhr, war an eine Fuhre der Bedeckungsmannschaft herangefahren und hatte sie mit der Deichsel durchbohrt. Von allen Seiten kamen Soldaten herangelaufen. Die einen hieben die Pferde, welche die Karosse zogen, über den Kopf und suchten sie zurückzuzerren, andere schlugen sich untereinander, und Pierre sah, daß ein Deutscher mit einem Seitengewehr eine schwere Kopfwunde erhielt.

Es war, als hätten alle diese Menschen, da sie mitten im Felde in der kühlen Dämmerung des Herbstabends halt machten, ein und dasselbe Gefühl unangenehmen Erwachens aus der Eile und Überstürzung der planlosen Bewegung, die sie alle bei dem Auszug ergriffen hatte. Jetzt, wo sie halt machten, schienen alle zu begreifen, daß sie ins Ungewisse gingen, und daß ihnen auf ihrem Wege viel Mühsal und Ungemach bevorstand.

Die Gefangenen wurden an dieser Raststätte schlechter behandelt als bei dem Ausmarsch. Auf dieser Raststätte erhielten die Gefangenen zum ersten Male anstatt der bisherigen Fleischkost Pferdefleisch.

Vom Offizier bis hinab zum letzten Gemeinen konnte man in jedem einzelnen eine gewissermaßen persönliche Feindseligkeit gegen jeden der Gefangenen sehen, die plötzlich an die Stelle der bisherigen freundschaftlichen Beziehungen getreten war. Diese Feindseligkeit wuchs noch, als sich bei dem Aufruf der Gefangenen ergab, daß während des Wirrwarrs des Auszuges aus Moskau ein russischer Soldat, der Leibschmerzen simuliert hatte, davongelaufen war. Pierre hatte gesehen, wie ein Franzose einen russischen Soldaten geschlagen hatte, weil dieser sich von der Heerstraße zu weit entfernt hatte, und gehört, wie der Kapitän, sein Freund, dem Unteroffizier wegen der Flucht des russischen Soldaten einen Verweis erteilte und ihm mit dem Gericht drohte. Auf den Einwand des Unteroffiziers, daß der Soldat krank sei und nicht gehen könne, antwortete der Offizier, es sei Befehl gegeben, alle Zurückbleibenden zu erschießen. Pierre fühlte, daß die Schicksalsmacht, die ihn während der Hinrichtung zu Boden gedrückt hatte, und die sich während der Zeit seiner Gefangenschaft nicht bemerkbar gemacht, sich jetzt wieder seines Daseins bemächtigt hatte. Es war ihm schrecklich zumut; aber er fühlte, wie in dem Maße der Anstrengung, welche die Schicksalsmacht entfaltete, um ihn zu würgen, in seiner Seele die von ihr unabhängige Lebenskraft wuchs und erstarkte.

Pierre aß den Abend eine Roggenmehlsuppe mit Pferdefleisch und unterhielt sich mit den Kameraden.

Weder Pierre noch einer von den Kameraden sprachen über das, was sie in Moskau gesehen, oder über die grobe Behandlung der Franzosen, oder über den Befehl zum Erschießen, den man ihnen verkündigt hatte. Alle waren, gewissermaßen der immer schlechter werdenden Lage zum Trotz, ungewöhnlich angeregt und heiter. Sie erzählten sich persönliche Erinnerungen, komische Szenen, die sie während des Marsches gesehen hatten, und begannen Gespräche über die gegenwärtige Lage.

Die Sonne war lange untergegangen. Helle Sterne glänzten hie und da am Himmel, der rote Feuerschein des emporsteigenden Mondes ergoß sich wie ein Brand über den Himmel, und die ungeheure rote Kugel schwamm wundervoll in dem grauen Nebel. Es wurde hell. Der Mond ging zur Neige, aber die Nacht hatte noch nicht begonnen. Pierre erhob sich, entfernte sich von seinen neuen Kameraden und ging zwischen dem Biwakfeuer hindurch nach der anderen Seite des Weges, wo, wie man ihm gesagt hatte, gefangene Soldaten standen. Er wollte mit ihnen plaudern. Auf der Straße hielt ihn ein französischer Posten an und befahl ihm umzukehren.

Pierre ging zurück. Aber nicht zu dem Wachtfeuer, zu den Kameraden, sondern zu einer ausgespannten Fuhre, bei der niemand war. Er zog die Füße ein und ließ den Kopf sinken. So setzte er sich auf den feuchten Boden, neben dem Rade des Wagens, und saß lange unbeweglich sinnend da. Mehr als eine Stunde verging. Niemand störte Pierre. Plötzlich lachte er so laut auf mit seinem fetten, gutmütigen Lachen, daß die Leute von allen Seiten verwundert auf dieses merkwürdige, augenscheinlich einsame Lachen hinschauten.

Ha ha ha! lachte Pierre und sagte laut vor sich hin: Der Soldat hat mich nicht durchgelassen, gefangen haben sie mich, unter Schloß und Riegel gesetzt, in der Gefangenschaft halten sie mich. Mich? Wen, mich? mich? mich – meine unsterbliche Seele! Ha ha ha! ... Ha ha ha! ... lachte er, und die Tränen traten ihm in die Augen.

Ein Mann erhob sich und kam heran, um zu sehen, worüber dieser seltsame, große Mensch so allein lache. Pierre hörte auf zu lachen, erhob sich, entfernte sich von dem Neugierigen und sah sich rings um.

Das ungeheure, endlose Biwak, das eben noch vom Knistern der Wachtfeuer und vom Geplauder der Leute laut widerhallte, war still geworden; die roten Flammen der Wachtfeuer erloschen und verblichen. Hoch oben am lichten Himmel stand der Vollmond. Felder und Wälder, die man vorher außerhalb des Lagers nicht gesehen hatte, wurden in der Ferne sichtbar, und hinter diesen Feldern und Wäldern tauchte die helle, zitternde, lockende, endlose Ferne auf. Pierre blickte empor zum Himmel, tief in die wechselnden, spielenden Sterne hinein. »Und alles das ist in mir, und alles das bin ich!« dachte Pierre. »Und alles das haben sie gefangengenommen und in die Baracke gesteckt, die mit Brettern vernagelt ist!« Er lächelte und ging, um sich bei seinen Kameraden schlafen zu legen.

XV

Um die Mitte des Oktobers kam zu Kutusow noch ein Parlamentär mit einem Brief von Napoleon und einem Friedensangebot, das absichtlich aus Moskau datiert war, während Napoleon schon ein wenig über Kutusow hinaus war, auf der alten Heerstraße von Kaluga. Kutusow beantwortete diesen Brief wie den ersten, den Lauriston gebracht hatte. Er sagte, es könne von Frieden keine Rede sein.

Kurz darauf kam aus der Freischärlerabteilung Dolochows, die links von Tarutino marschierte, die Meldung, daß sich in Fominskoje Truppen gezeigt hätten, daß diese Truppen aus der Division Broussier beständen, und daß diese Division von den anderen Truppen getrennt sei und leicht aufgerieben werden könnte. Die Soldaten und die Offiziere verlangten wieder, daß man vorgehe. Die Stabsgenerale, noch erregt von der Erinnerung an den leichten Sieg bei Tarutino, drängten Kutusow, den Vorschlag Dolochows auszuführen. Kutusow hielt jeden Angriff für überflüssig. Man griff zu einem Mittelwege, und es geschah – was geschehen mußte. Man schickte nach Fominskoje eine kleine Abteilung, die Broussier angreifen sollte. Durch einen sonderbaren Zufall erhielt diesen Auftrag – den schwierigsten und wichtigsten, wie sich in Zukunft erwies – Dochturow, derselbe bescheidene, kleine Dochturow, von dem uns niemand geschildert hat, wie er Schlachtpläne ausarbeitete, wie er vor den Regimentern einherfliegt, wie er den feindlichen Batterien entgegenstürmt usw., den man für unentschlossen und kurzsichtig ansah, und doch derselbe Dochturow, den wir während aller Kriege der Russen mit den Franzosen von Austerlitz bis zum Jahre 13 überall an der Spitze finden, wo die Lage eine schwierige ist. Bei Austerlitz ist er der letzte, der den Damm von Augesta verläßt, er sammelt die Regimenter, er rettet, was er kann, während alles flieht und ins Verderben rennt und im Nachtrab auch nicht ein General zu finden ist. Er geht, während ihn das Fieber schüttelt, mit 20 000 Mann nach Smolensk und verteidigt die Stadt gegen die ganze napoleonische Armee. Kaum ist er hier am Malachowtore im Paroxismus des Fiebers entschlummert, so weckt ihn der Geschützdonner von Smolensk, und Smolensk hält sich einen ganzen Tag. In der Schlacht von Borodino – Bagration ist gefallen, die Truppen unseres linken Flügels sind fast dezimiert, und alle Kräfte der französischen Artillerie sind auf einen Punkt gerichtet – wird kein anderer hingeschickt als gerade der unentschlossene und kurzsichtige Dochturow, und Kutusow beeilt sich, einen Irrtum gutzumachen, da er vorher einen anderen nach diesem Orte hingeschickt hatte. Und der kleine, stille Dochturow reitet hin, und Borodino – ist die schönste Ruhmestat des russischen Heeres. Viele Helden sind uns in Vers und Prosa geschildert, von Dochturow schweigt fast alles.

Und wieder wird Dochturow nach Fominskoje hingeschickt, und von da nach Malyi-Jaroslawjez, an den Ort, wo der letzte Kampf mit den Franzosen stattgefunden hatte, und an den Ort, an dem sichtlich schon der Untergang der Franzosen begann, und wieder erzählt man uns von vielen Genies und Helden aus dieser Zeit des Feldzugs, von Dochturow aber kein Wort, oder sehr wenig, oder Unsicheres. Dieses Schweigen beweist deutlicher als irgend etwas anderes Dochturows Wert.

Natürlich erscheint für einen Menschen, der den Gang einer Maschine nicht versteht, bei dem Anblick ihrer Tätigkeit als wichtigster Teil dieser Maschine der Span, der zufällig in sie hineingekommen ist, ihren Gang aufhält und in ihr herumpoltert. Der Mensch, der den Bau der Maschine nicht kennt, kann nicht begreifen, daß nicht dieser Span, der das Werk zerstört und lahmlegt, sondern das kleine Zahnrad, das sich geräuschlos dreht, einer der wichtigsten Teile der Maschine ist.

Am 22. Oktober, an dem Tage, an welchem Dochturow den halben Weg nach Fominskoje zurückgelegt hatte, und in dem Dorfe Aristowo Halt machte, um sich zur pünktlichen Ausführung des erhaltenen Befehls vorzubereiten, bog das ganze französische Heer, das in seiner krampfhaften Bewegung bis zu Murats Position gelangt war, wie es schien, um eine Schlacht zu liefern, plötzlich ohne Grund nach links ab auf die Straße nach Kaluga und eröffnete einen Marsch nach Fominskoje, wo bisher nur Broussier gestanden hatte. Unter Dochturows Kommando standen zu dieser Zeit außer Dolochow noch zwei kleine Abteilungen, die Figners und die Seslawins.

Am Abend des 23. Oktober kam Seslawin nach Aristowo zu seinem Chef mit einem gefangenen französischen Gardisten. Der Franzose sagte, die Truppen, die heute in Fominskoje einmarschiert wären, bildeten den Vortrab der ganzen großen Armee, auch Napoleon sei hier, und die ganze Armee habe schon vor fünf Tagen Moskau verlassen. An demselben Abend erzählte ein Mann aus dem Herrenhause, der aus Borowsk kam, er habe mit eigenen Augen den Einzug des ungeheueren Heeres in die Stadt gesehen. Kosaken aus Dolochows Abteilung meldeten, sie hätten französische Garden auf dem Wege nach Borowsk gesehen. Aus allen diesen Mitteilungen wurde klar, daß, wo man eine Division zu finden geglaubt hatte, jetzt die ganze französische Armee stand, die von Moskau aus in unerwarteter Richtung marschiert war – auf der alten Straße von Kaluga. Dochturow wollte nichts unternehmen, denn es war ihm jetzt nicht klar, worin seine Pflicht bestand. Er hatte den Befehl erhalten, Fominskoje anzugreifen. Aber in Fominskoje hatte bisher nur Broussier gestanden, jetzt war die ganze französische Armee dort. Jermolow wollte nach eigenem Ermessen vorgehen, Dochturow aber bestand darauf, er müsse Befehl vom Durchlauchtigsten haben. Es wurde beschlossen, eine Meldung an den Stab abzuschicken.

Man wählte dazu einen zuverlässigen Offizier, Bolchowitinow, der neben der schriftlichen Meldung mündlich die ganze Sache vortragen sollte. Bolchowitinow empfing einen Brief und einen mündlichen Befehl und sprengte um 12 Uhr nachts, begleitet von Kosaken, mit Handpferden zum Generalstab.

XVI

Es war eine finstere, warme Herbstnacht. Es regnete schon den vierten Tag. Zweimal hatte Bolchowitinow die Pferde gewechselt und in 1½ Stunden hatte er 30 Werst auf den schmutzigen, aufgeweichten Wegen zurückgelegt. So kam er um 2 Uhr nachts in Letaschowka an. Er stieg an dem Häuschen ab, auf dessen geflochtener Einzäunung ein Schildchen »Generalstab« hing; er ließ sein Pferd stehen und trat in den dunklen Flur.

Schnell zum diensthabenden General. Ein wichtiger Auftrag! sagte er zu einem Menschen, der sich in der Dunkelheit des Flurs schnarchend erhob.

Sie waren gegen Abend sehr krank, haben schon drei Nächte nicht geschlafen, flüsterte die Stimme eines Burschen vorsorglich. Wecken Sie doch erst den Kapitän.

Eine höchst wichtige Sache, vom General Dochturow, sagte Bolchowitinow und trat in die Tür, die er tastend gefunden und geöffnet hatte. Der Bursche ging ihm voraus und weckte jemanden. Euer Wohlgeboren, Euer Wohlgeboren, ein Kurier.

Was, was? Von wem? sprach eine schläfrige Stimme.

Von Dochturow und von Aleksej Petrowitsch. Napoleon ist in Fominskoje, sagte Bolchowitinow; er sah im Dunkeln den Mann nicht, der ihn fragte, aber aus dem Klange der Stimme schloß er, daß es nicht Konownizyn war.

Der Mann war nun wach und gähnte und reckte sich.

Ich möchte ihn nicht gern wecken, sagte er und tastete nach etwas. Er ist recht schwach! Vielleicht sind es nur Gerüchte.

Hier ist die Meldung, sagte Bolchowitinow. Ich habe Befehl, sie sofort dem diensttuenden General zu übergeben.

Warten Sie, ich will Licht anzünden. Wo steckst du immer alles hin, verfluchter Kerl? wandte er sich an den Burschen. Es war Schtscherbinin, Konownizyns Adjutant. Ich hab's schon, ich hab's schon, fügte er hinzu. Der Bursche schlug Feuer, Schtscherbinin hatte tastend den Leuchter gefunden.

Ach, die Kerle, sagte er mit Abscheu.

Im Scheine der Funken sah Bolchowitinow das junge Gesicht Schtscherbinins, der das Licht in der Hand hielt, und an der vorderen Ecke noch einen Menschen im Schlafe. Das war Konownizyn.

Als der Schwefelfaden vom Zunder Feuer gefangen und erst in blauem, dann in rotem Licht brannte, steckte Schtscherbinin die Talgkerze an, und die Schaben, die dicht auf ihr saßen, liefen den Leuchter hinunter. Jetzt betrachtete er den Boten. Bolchowitinow war von Kopf bis Fuß bespritzt, und da er sich mit dem Ärmel über das Gesicht fuhr, machte er sich das Gesicht vollkommen schmutzig.

Wer also meldet das? sagte Schtscherbinin und nahm den Brief.

Die Nachricht ist zuverlässig, sagte Bolchowitinow, die Gefangenen, die Kosaken, die Kundschafter, alle sagen übereinstimmend dasselbe.

Da hilft nichts, wir müssen ihn wecken, sagte Schtscherbinin. Er stand auf und ging auf den Mann in der Nachtmütze zu, der unter seinem Mantel lag. Peter Petrowitsch! sagte er. Konownizyn rührte sich nicht. An den Generalstab! sagte er lächelnd, er wußte, diese Worte würden ihn sicher zum Erwachen bringen. Und in der Tat, der Kopf in der Nachtmütze erhob sich sofort. Auf dem roten energischen Gesicht Konownizyns mit den fieberhaft glühenden Wangen lag noch einen Augenblick der Ausdruck der fernen, der Wirklichkeit entrückten Traumgedanken, dann aber schüttelte er sich plötzlich. Sein Gesicht nahm den gewohnten ruhigen, energischen Ausdruck an.

Nun was gibt's? Von wem? fragte er sogleich, aber ohne Hast, und seine Augen zwinkerten, vom Licht geblendet. Nachdem er die Meldung des Offiziers gehört, öffnete er den Brief und las. Gleich darauf ließ er die Beine in den wollenen Strümpfen auf den Lehmboden nieder und begann sich anzukleiden. Dann legte er seine Nachtmütze ab, strich sich die Schläfen glatt und setzte die Mütze auf.

Bist du schnell hergekommen? Gehen wir zum Durchlauchtigen.

Konownizyn begriff sofort, daß die Nachricht eine große Bedeutung hatte, und daß er nicht zögern durfte. Ob es gut oder schlecht war, daran dachte er nicht, das fragte er sich nicht, das interessierte ihn nicht. Er betrachtete das ganze Kriegshandwerk nicht mit dem Verstande, nicht mit der Überlegung, sondern mit etwas anderem. In seiner Seele lag die tiefe, unausgesprochene Überzeugung, daß alles gut sein würde; daß man aber dieser Überzeugung nicht trauen durfte, noch weniger ihr Ausdruck geben, und daß man stets nur seine Pflicht zu tun habe. Und diese Pflicht tat er, indem er ihr alle seine Kräfte widmete.

Peter Petrowitsch Konownizyn, der ebenso wie Dochturow gewissermaßen nur aus Anstand in die Liste der sogenannten Helden des Jahres 1812 aufgenommen ward – der Barclay, der Rajewskij, der Jermolow, der Platow, der Miloradowitsch –, genoß, ganz wie Dochturow, den Ruf eines Menschen von sehr beschränkten Fähigkeiten und Kenntnissen; ganz wie Dochturow hatte er nie Schlachtpläne gemacht, hatte sich aber stets dort befunden, wo die Lage am schwierigsten war. Stets hatte er bei offener Tür geschlafen seit dem Tage, wo er zum diensttuenden General ernannt war, und jedem Boten den Befehl gegeben, ihn zu wecken; in der Schlacht war er stets im Feuer, so daß Kutusow ihm Vorwürfe machen mußte und sich scheute, ihm einen Auftrag zu geben. Er war, ganz wie Dochturow, eines von jenen winzigen Zahnrädern, die ohne Gerassel und ohne Geräusch den wichtigsten Teil der Maschine bilden.

Während Konownizyn aus der Stube in die feuchte dunkle Nacht hinaustrat, runzelte er die Stirn, teils von dem stärker werdenden Kopfschmerz, teils wegen eines unangenehmen Gedankens, der ihm eingefallen war, des Gedankens, wie jetzt diese Meldung das Nest einflußreicher Stabsmitglieder erregen würde, besonders Bennigsen, der seit Tarutino mit Kutusow auf dem Kriegsfuße stand, was es für Vorschläge, Zwistigkeiten, Befehle, Veränderungen geben werde. Und diese Vorahnung war ihm unangenehm, obwohl er wußte, daß es ohne dies nicht abgehen könne.

In der Tat begann Toll, zu dem er hineinging, um die neue Nachricht mitzuteilen, dem General, der mit ihm in einer Stube wohnte, sofort seine Ideen auseinanderzusetzen, und Konownizyn, der schweigend und müde zuhörte, mußte ihn erinnern, daß er zum Durchlauchtigen gehen müsse.

XVII

Kutusow schlief, wie alle alten Leute, wenig in der Nacht. Am Tage schlummerte er häufig unerwartet ein; in der Nacht aber lag er unausgekleidet auf seinem Lager, hatte meist keinen Schlaf und dachte nach.

So lag er auch jetzt auf seinem Bette, den schweren, großen, entstellten Kopf auf die fleischige Hand gestützt, und starrte nachdenkend mit dem einen offenen Auge in die Dunkelheit.

Seit der Zeit, wo Bennigsen mit dem Kaiser Briefe austauschte und die einflußreichste Persönlichkeit im Stabe ihn mied, war Kutusow in bezug darauf, daß man ihn und das Heer wieder einmal nötigen könnte, an unnützen Angriffsunternehmungen teilzunehmen, ruhiger. Die Lehre der Schlacht von Tarutino und der Tag, der ihr vorangegangen, die Kutusow in schmerzlicher Erinnerung hatte, müßten auch wirken, meinte er.

»Sie müßten begreifen, daß wir nur verlieren können, wenn wir angreifend vorgehen. Geduld und Zeit, das sind meine Kriegshelden!« dachte Kutusow. Er wußte, man darf den Apfel nicht pflücken, solange er grün ist, er fällt von selbst, wenn er reif ist; pflückt man ihn grün, so zerstört man den Apfel und den Baum und beißt sich die Zähne stumpf. Er wußte als erfahrender Jäger, daß das Wild verwundet sei, so schwer, wie nur die ganze russische Kraft verwunden konnte; ob aber tödlich oder nicht, das war eine noch unaufgeklärte Frage. Jetzt, nach Lauristons und Berthémys Sendung, nach den Meldungen der Freischärler, wußte Kutusow fast, daß es tödlich verwundet war. Aber es fehlten noch die Beweise; es hieß, sie abwarten.

»Sie möchten gern hineilen, um nachzusehen, wie tödlich die Wunde ist, die sie ihnen geschlagen haben. Kommt Zeit, kommt Rat, immer nur Manöver, immer nur Angriffe!« dachte er. »Wozu? Immer nur, um sich auszuzeichnen. Als ob es ein Vergnügen wäre, sich zu schlagen. Sie sind wie die Kinder, von denen man nie recht erfährt, wie die Sache eigentlich war, weil alle nur beweisen möchten, wie trefflich sie sich schlagen, aber darum handelt es sich jetzt nicht.

»Und was für künstliche Manöver sie mir alle vorschlagen! Sie glauben, wenn sie zwei, drei Möglichkeiten erdacht haben (ihm fiel dabei der allgemeine Plan aus Petersburg ein), dann haben sie alle überdacht. Und diese alle sind ohne Zahl!«

Die unentschiedene Frage, ob die Wunde, die dem Wilde bei Borodino geschlagen war, tödlich oder nicht tödlich war, hing schon einen ganzen Monat über Kutusows Haupte. Einerseits hatten die Franzosen Moskau eingenommen. Andererseits war es unzweifelhaft, und Kutusow fühlte es mit seinem ganzen Wesen, daß der furchtbare Schlag, bei dem er, wie das gesamte Rußland, alle seine Kräfte angespannt hatte, tödlich sein mußte. Aber in jedem Falle bedurfte es der Beweise, und er harrte ihrer schon einen Monat, und je mehr

Zeit verrann, desto ungeduldiger wurde er. Wenn er so in seinen schlaflosen Nächten auf seinem Lager hingestreckt war, tat er dasselbe, was die jugendlich-stürmische Generalität tat, dasselbe, was er ihnen zum Vorwurf machte. Er überdachte alle Möglichkeiten, ganz wie die jugendlichen Herren, mit dem Unterschied jedoch, daß er keine Schlüsse aus seinen Voraussetzungen zog und daß er ihrer nicht zwei oder drei sah, sondern tausende. Je länger er nachdachte, desto größer wurde ihre Zahl. Er überdachte alle möglichen Bewegungen der napoleonischen Armee, der ganzen oder ihrer Teile – auf Petersburg zu, auf ihn zu, um ihn herum; er dachte daran (und das fürchtete er am meisten), Napoleon könnte anfangen, mit seiner eigenen Waffe gegen ihn zu kämpfen, er könnte in Moskau halt machen und sein Herankommen abwarten. Kutusow dachte an eine Bewegung der Armee Napoleons nach rückwärts auf Medyn und Juchnow zu; eines aber konnte er nicht ahnen, gerade das, was geschah – das sinnlose, krankhafte Hin- und Herwerfen des napoleonischen Heeres während der ersten elf Tage nach seinem Abzuge von Moskau – ein Umherwerfen, welches das ermöglichte, woran Kutusow trotz allem damals noch nicht zu denken wagte: die vollständige Vernichtung der Franzosen.

Dolochows Meldung über die Division Broussier, die Nachrichten, die von den Freischaren über die Leiden der napoleonischen Truppen kamen, die Gerüchte von Vorbereitungen zum Auszuge aus Moskau, – alles bestätigte die Vermutung, daß die französische Armee zerschlagen sei und sich zur Flucht anschicke. Aber das waren Vermutungen, die nur den Jüngeren wichtig erschienen, nicht Kutusow. Er mit seinen 60jährigen Erfahrungen wußte, welches Gewicht man Gerüchten zuschreiben dürfe, er wußte, wie die Menschen, die etwas wünschen, geneigt sind, alle Nachrichten zu gruppieren, daß sie ihren Wünschen entgegenkämen, er wußte auch, wie gern sie in dem einen Falle alles Widersprechende unbeachtet lassen. Und je mehr Kutusow selbst den Wunsch hegte, desto weniger erlaubte er sich, den Gerüchten Glauben zu schenken. Diese Fragen nahmen alle seine seelischen Kräfte in Anspruch. Alles übrige war für ihn nur die gewohnte Erfüllung des Lebens. Eine solche gewohnheitsmäßige Erfüllung des Lebens waren seine Unterhaltungen mit den Stabsoffizieren, seine Briefe an Frau Stahl, die er in Tarutino schrieb, die Lektüre von Romanen, die Verteilung von Auszeichnungen, der Briefwechsel mit Petersburg und dergleichen. Aber der Untergang der Franzosen, den er allein voraussah, war sein innigster, einziger Lebenswunsch.

So lag er auch in der Nacht des 23. Oktober, den Kopf auf den Ellbogen gestützt, und dachte darüber nach.

Im Nachbarzimmer regte es sich, er hörte die Schritte Tolls, Konownizyns und Bolchowitinows.

He, wer da? Herein, herein! Was gibt's Neues? rief sie der Feldmarschall an.

Während der Lakai das Licht anzündete, erzählte Toll den Inhalt der Meldung.

Wer hat sie gebracht? fragte Kutusow mit einem Gesicht, das Toll, als die Kerze ihr volles Licht gab, durch seinen kalten Ernst auffiel.

Es kann kein Zweifel sein, Euer Durchlaucht.

Rufe, rufe ihn hierher!

Kutusow hatte das eine Bein zum Bett herausgelegt, sein schwerer Leib war auf das eingeknickte andere Bein gewälzt, so saß er da. Er kniff sein sehendes Auge zusammen, um den Boten besser betrachten zu können, als wollte er in seinen Zügen lesen, was ihn beschäftigte.

Sag, sag mein Lieber, begann er zu Bolchowitinow mit seiner leisen, greisenhaften Stimme und faltete dabei das Hemd, das sich über der Brust geöffnet hatte, zusammen. Komm, komm näher. Was bringst du Gutes, hm, Napoleon hat Moskau verlassen? Steht es wirklich so, hm?

Bolchowitinow meldete zunächst ausführlich alles, was ihm befohlen war.

Sprich, sprich schneller, quäle mich nicht, unterbrach ihn Kutusow.

Bolchowitinow erzählte alles, dann verstummte er, des Befehls gewärtig. Toll hatte eben zu sprechen begonnen, aber Kutusow unterbrach ihn. Er wollte etwas sagen, aber plötzlich faltete sich sein Gesicht und runzelte er die Stirn; er winkte Toll, dann wandte er sich nach der entgegengesetzten Seite um, nach der Heiligenschreinecke der Hütte, die voll von Bildern war.

O Gott, mein Schöpfer! Du hast mein Gebet erhört ... sagte er mit zitternder Stimme und gefalteten Händen. Rußland ist gerettet, ich danke dir, Gott! – Und er brach in Tränen aus.

XVIII

Seit der Stunde, wo diese Nachricht kam, bis zum Ende des Feldzugs besteht Kutusows Tätigkeit nur darin, mit Gewalt, mit List, mit Bitten seine Truppen von unnützen Angriffen, Manövern und Zusammenstößen abzuhalten. Dochturow geht nach Malo-Jaroslawjez, Kutusow aber zaudert mit seinen Truppen und gibt Befehl, Kaluga zu räumen, weil ihm der Rückzug hinter diese Stadt sehr wohl möglich schien.

Kutusow weicht überall zurück, aber der Feind eilt, ohne seinen Abzug abzuwarten, nach der entgegengesetzten Seite zurück.

Die Geschichtsschreiber Napoleons schildern uns sein kunstvolles Manöver auf Tarutino und Malo-Jaroslawjez und stellen Vermutungen darüber auf, was geschehen wäre, wenn es Napoleon gelungen wäre, in die reichen Südprovinzen Rußlands zu gelangen.

Aber abgesehen davon, daß nichts Napoleon hinderte, nach diesen Südprovinzen zu ziehen (da die russische Armee den Weg freigab), vergessen die Geschichtsschreiber, daß die napoleonische Armee durch nichts zu retten war, weil sie in sich selbst schon damals die unausbleiblichen Bedingungen des Untergangs trug. Wie hätte diese Armee, die so reiche Nahrung in Moskau vorgefunden und sie nicht zu erhalten vermochte, sondern mit Füßen zertreten hatte, wie hätte diese Armee, als sie nach Smolensk kam, die Lebensmittel nicht sammeln, sondern plündern, wie hätte diese Armee im Gouvernement Kaluga besser werden wollen, das doch von denselben Russen wie Moskau bewohnt war und das ebensogut abbrennen konnte, wenn man es in Brand steckte.

Das Herr konnte nirgends besser werden. Es trug schon bei der Schlacht von Borodino und der Plünderung Moskaus gewissermaßen die chemischen Bedingungen der Zersetzung in sich.

Die Mannschaften dieser einstigen Armee liefen mit ihren Führern davon, ohne zu wissen wohin, und wollten (wie Napoleon, so jeder Soldat) nur eins: persönlich so schnell als möglich aus der rettungslosen Lage herauskommen, der sie sich alle, wenn auch nur dunkel, bewußt waren.

Nur darum verschloß auf dem Kriegsrat von Malo-Jaroslawjez, während sich die Generale heuchlerisch hin und her berieten und die verschiedensten Meinungen kundgaben, die letzte Meinung des harmlosen Soldaten Mouton, der das sagte, was alle dachten, daß man nämlich so schnell als möglich davongehen müsse, allen den Mund, und niemand, selbst Napoleon nicht, konnte etwas gegen diese von allen anerkannte Wahrheit sagen.

Aber obgleich alle wußten, daß es zu entkommen galt, blieb noch die Schmach des Bewußtseins, daß man fliehen müsse. Und es bedurfte des inneren Anstoßes, der diese Scham erstickte. Und dieser Anstoß kam zur nötigen Zeit. Es war das bei den Franzosen sogenannte *Hourra de l'Empereur*.

An dem Tage nach dem Kriegsrat ritt Napoleon am frühen Morgen, als wollte er die Truppen und die Stätte der vergangenen und zukünftigen Schlacht besichtigen, mit einem Gefolge von Marschällen und seiner Leibwache mitten durch die Truppenlinien. Kosaken, die auf Beute ausgezogen waren, stießen auf den Kaiser selbst und hätten ihn beinahe gefangengenommen. Wenn die Kosaken dieses Mal Napoleon nicht gefangennahmen, so hatte ihn *das* gerettet, was die Franzosen ins Verderben brachte: die Beute, auf die sich die Kosaken sowohl in Tarutino wie hier stürzten, ohne sich um die Menschen zu kümmern. Sie stürzten sich, ohne Napoleon Aufmerksamkeit zu schenken, auf die Beute, und es gelang Napoleon zu entkommen.

Hatten *les enfants du Don* die Möglichkeit so nahe, den Kaiser selbst inmitten seiner Armee zum Gefangenen zu machen, so war es klar, daß es nichts mehr zu tun gab, als so schnell als möglich auf dem nächsten Wege zu entfliehen. Napoleon, der mit seinem vierzigjährigen Bäuchlein nicht mehr die alte Beweglichkeit und Kühnheit in sich fühlte, hatte diese Andeutung verstanden. Und unter dem Einfluß der Angst, die ihm die Kosaken eingejagt hatten, stimmte er sofort Mouton zu und gab, wie die Geschichtsschreiber sagen, den Befehl zum Rückzug nach dem Wege nach Smolensk.

Daß Napoleon Mouton zustimmte und die Heere zurückwichen, erweist nicht, daß er es befohlen habe, sondern daß die Kräfte, die auf die ganze Armee einwirkten, in dem Sinne, sie auf den Weg von Moshaisk zu führen, gleichzeitig auch auf Napoleon einwirkten.

XIX

Wenn der Mensch in Bewegung ist, so ersinnt er sich immer ein Ziel dieser Bewegung. Um tausend Werst zu gehen, muß sich der Mensch notwendig vorstellen, daß am Ende dieser tausend Werst sich etwas Gutes befinde. Man muß die Vorstellung von einem gelobten Lande haben, um die Kraft zu besitzen, die Bewegung fortzusetzen.

Dies gelobte Land war für die Franzosen bei ihrem Einzuge – Moskau, bei ihrem Abzuge die Heimat. Aber die Heimat war zu weit, und ein Mensch, der tausend Werst geht, muß sich, des Endziels vergessend, unbedingt sagen, heute werde ich nach vierzig Werst an einen Ruhe- und Lagerort kommen, und so verhüllt bei dem ersten Schritt dieser Ort das Endziel und konzentriert in sich alle Wünsche und Hoffnungen. Die Bestrebungen, die in einem einzelnen Menschen ihren Ausdruck finden, erscheinen immer vergrößert bei einer Menge.

Für die Franzosen, die auf der alten Straße von Smolensk zurückgingen, war das Endziel der Heimat allzu entfernt, und das nächste Ziel, das, nach dem, in ungeheuren Verhältnissen durch ihre Menge gesteigert, alle Wünsche und Hoffnungen hinstrebten, war – Smolensk. Nicht etwa, weil die Mannschaften wußten, daß in Smolensk viel Proviant und frische Truppen waren, nicht etwa, weil man ihnen dies gesagt hätte (im Gegenteil, die höheren Chargen und Napoleon selbst wußten, daß dort wenig Proviant war), sondern nur, weil ihnen dies allein die Kraft geben konnte, vorwärtszugehen und die Entbehrungen des Augenblicks zu ertragen, strebten sie alle: sowohl die, die es wußten, als auch die, die es nicht wußten, gleicherweise sich selbst täuschend, Smolensk wie dem gelobten Lande zu.

Nachdem die Franzosen die große Heerstraße erreicht, eilten sie mit erstaunlicher Energie, mit unerhörter Schnelligkeit ihrem vermeintlichen Ziele zu. Außer diesem Grunde des allgemeinen Vorwärtsstrebens, welches die Haufen der Franzosen zu einem Ganzen verband und ihnen eine gewisse Energie gab. Dieser Grund bestand in ihrer großen Zahl. Ihre ungeheure Masse allein zog, wie bei dem physischen Gesetz der Anziehung, die einzelnen Atome der Menschen an sich. Sie bewegten sich vorwärts durch ihre hunderttausendzähligen Massen, wie ein ganzes Reich.

Jeder einzelne Mann hatte nur ein Streben – sich gefangenzugeben, sich von allen Schrecken und Leiden zu befreien; aber einerseits zog die Kraft des allgemeinen Weiterstrebens zu dem Ziele Smolensk jeden einzelnen in derselben Richtung fort, andererseits konnte sich ein Korps nicht einer Kompagnie gefangengeben; und obgleich die Franzosen jede günstige Gelegenheit benutzten, um sich voneinander zu trennen und unter dem ersten besten anständigen Vorwande gefangenzugeben, boten sich solche Vorwände nicht immer. Ihre Zahl allein und die enge, schnelle Bewegung beraubten sie dieser Möglichkeit und machten es den Russen nicht nur schwer, sondern unmöglich, dieser Bewegung Halt zu gebieten, auf welche die ganze Energie der Franzosen gerichtet war. Eine mechanische Zerreißung des Körpers konnte den Prozeß der Zersetzung, der sich vollzog, nicht über bestimmte Grenzen hinaus fördern.

Ein Schneeball kann nicht in einem Augenblick zu Tau aufgelöst werden. Es gibt einen bestimmten Zeitraum, unter welchem keine Wärme den Schnee auflösen kann; im Gegenteil, je mehr Wärme, desto mehr erstarkt der Rest des Schnees.

Von den russischen Heerführern begriff dies nur der eine, Kutusow. Als die Flucht der französischen Armee auf der Straße von Smolensk eine bestimmte Richtung einschlug, da begann das, was Konownizyn in der Nacht vom 23. Oktober vorhergesehen hatte, sich zu verwirklichen. Alle höheren Offiziere der Armee wollten sich auszeichnen, die Franzosen abschneiden, umgehen, gefangennehmen, zurückwerfen, und alle drängten zum Angriff.

Kutusow allein brauchte alle seine Kräfte (und diese Kräfte sind bei jedem Oberbefehlshaber sehr gering) dazu, einem Angriff entgegenzuwirken.

Er konnte ihnen nicht sagen, wie wir jetzt sprechen: wozu eine Schlacht, eine Verlegung des Wegs, ein Verlust an eigenen Leuten und das unmenschliche Gemetzel der ohnehin Unglückseligen, wozu all dies, wenn von Moskau bis Wjasma ohne Schlacht ein Drittel dieses Heeres geschmolzen war; aber er sprach ihnen, indem er aus seiner Greisenweisheit das ableitete, was sie begreifen konnten – er sprach ihnen von der goldenen Brücke, und sie lachten über ihn, verleumdeten ihn und brüsteten sich und prahlten über dem getöteten Wilde.

Bei Wjasma konnten Jermolow, Miloradowitsch, Platow und andere, die sich in der Nähe der Franzosen befanden, nicht dem Verlangen widerstehen, zwei französische Korps abzuschneiden und zurückzuwerfen. Kutusow schickten sie, um ihm Kunde zu geben von ihrer Absicht, statt einer Meldung einen Bogen weißen Papieres in einem Kuvert.

Und so sehr sich Kutusow auch Mühe gab, die Truppen zurückzuhalten, so machten unsere Truppen doch einen Angriff und bemühten sich, den Feinden den Weg zu versperren. Infanterieregimenter schritten, wie erzählt wird, mit Musik und Trommelschlag zum Angriff und töteten und vernichteten Tausende von Menschen.

Abzuschneiden und zurückzuwerfen gelang ihnen aber auch nicht einen Mann. Und die französischen Truppen, die durch die Gefahr sich enger aneinanderschlossen, setzten unaufhaltsam schmelzend ihren verderblichen Weg nach Smolensk fort.

DRITTE ABTEILUNG

I

Die Schlacht von Borodino und die ihr folgende Besetzung Moskaus und die Flucht der Franzosen ohne neue Schlacht ist eine der lehrreichsten Erscheinungen der Weltgeschichte.

Alle Geschichtsschreiber sind darin einig, daß die äußere Tätigkeit der Staaten und Völker, in ihren Zusammenstößen miteinander, sich in Kriegen ausspricht; daß unmittelbar infolge der größeren oder kleineren kriegerischen Erfolge die politische Macht der Staaten und Völker zu- oder abnimmt.

So sonderbar auch die geschichtlichen Schilderungen davon sind, wie ein König oder Kaiser, der mit einem andern Kaiser oder König in Streit kam, ein Heer sammelte, mit dem Heere des Feindes zusammentraf, den Sieg davontrug, 3000, 5000 oder 10 000 Mann erschlug und infolgedessen den Staat oder das ganze Volk mit mehreren Millionen unterwarf; so unbegreiflich es auch ist, warum die Lage des bloßen Heeres, eines Hundertstels aller Kräfte des Volks, zur Unterwerfung des Volks geführt hat – alle Tatsachen der Geschichte (soweit sie uns bekannt ist) bestätigen die Richtigkeit dessen, daß größere oder kleinere Erfolge des Heeres des einen Volkes über das Heer des anderen Volkes die Ursachen oder wenigstens die wesentlichen Merkmale der Zu- oder Abnahme der Macht der Völker sind. Das Heer hat einen Sieg davongetragen, und sogleich haben sich die Rechte des siegreichen Volkes auf Kosten des Besiegten vergrößert. Das Heer hat eine Niederlage erlitten, und sogleich verliert das Volk je nach der Größe der Niederlage Rechte und unterwirft sich vollständig bei einer vollständigen Niederlage des Heeres.

So war es (der Geschichte nach) von den ältesten Zeiten bis zur Gegenwart. Alle Kriege Napoleons dienen zur Bestätigung dieses Grundsatzes. Je nach der Größe der Niederlage der österreichischen Heere verliert Österreich seine Rechte, vergrößern sich die Rechte und Kräfte Frankreichs. Der Sieg der Franzosen bei Jena und Auerstädt vernichtete die Selbständigkeit Preußens.

Plötzlich aber im Jahre 1812 erringen die Franzosen den Sieg bei Moskau. Moskau wird genommen, und unmittelbar darauf, ohne daß neue Schlachten geschlagen wären, hörte nicht Rußland auf zu existieren, die 600 000zählige Armee hörte auf zu existieren und dann das napoleonische Frankreich. Die Tatsachen zu beugen, zur Bestätigung des Grundsatzes der Geschichte zu behaupten, das Schlachtfeld von Borodino wäre in den Händen der Russen geblieben, es hätte auch nach Moskau noch Schlachten gegeben, die Napoleons Heer vernichteten, ist unmöglich.

Nach dem Siege der Franzosen bei Borodino gab es keine einzige Hauptschlacht mehr, ja, nicht einmal ein irgendwie bedeutendes Treffen, und doch hörte die französische Armee auf zu existieren. Was bedeutet das? Wäre das ein Beispiel aus der Geschichte Chinas, so könnten wir sagen, diese Erscheinung sei keine historische (die Hintertür der Geschichtsschreiber, wenn etwas nicht in ihre Schablone paßt); handelte es sich um einen kurzen Zusammenstoß, an dem kleine Truppenzahlen teilgenommen hätten, so könnten wir diese Erscheinung als eine Ausnahme betrachten; aber das Ereignis hat sich vor den Augen unserer Väter vollzogen, für die die Fragen von Leben und Tod des Vaterlands zu entscheiden waren, und dieser Krieg war der größte aller bekannten Kriege.

Die Periode des Feldzugs des Jahres 1812 von der Schlacht von Borodino bis zur Vertreibung der Franzosen hat bewiesen, daß eine gewonnene Schlacht nicht nur kein Grund zur Eroberung, sondern nicht einmal ein sicheres Merkmal der Eroberung ist, – hat bewiesen, daß die Kraft, die das Schicksal der Völker entscheidet, nicht in den Eroberern liegt, auch nicht in den Heeren und Schlachten, sondern in etwas anderem.

Die französischen Geschichtsschreiber behaupten in ihrer Schilderung der Lage des französischen Heeres vor dem Abzuge aus Moskau, daß alles in der großen Armee in Ordnung war, mit Ausnahme der Kavallerie, der Artillerie und des Trains, und daß es kein Futter für die Pferde und das Zugvieh gab. Diesem Übel konnte durch nichts abgeholfen werden, weil die Bauern der Umgegend ihr Heu verbrannten und es nicht den Franzosen gaben.

Die gewonnene Schlacht brachte nicht die üblichen Vorteile, weil die Bauern Karp und Wlas, die nach dem Einzuge der Franzosen nach Moskau gefahren kamen, die Stadt zu plündern und auch sonst keinerlei persönliche heldenmütige Empfindungen hatten, ebenso wie die ganze zahllose Menge solcher Bauern für das gute Geld, das man ihnen anbot, kein Heu nach Moskau brachten, sondern es verbrannten.

Stellen wir uns zwei Menschen vor, die zum Degenduell antreten, nach allen Regeln der Fechtkunst; das Fechten hat eine bestimmte Zeit gedauert; plötzlich fühlt sich einer der Kämpfenden verwundet. Er begreift, daß es sich nicht um einen Scherz handelt, daß sein Leben auf dem Spiele steht, er wirft den Säbel weg, greift nach dem ersten besten Knüttel und geht mit ihm auf den Gegner los. Aber stellen wir uns vor, daß der Kämpfer, der so vernünftig das beste und einfachste Mittel zur Erreichung seines Zweckes angewandt hat, zugleich von den Traditionen der Ritterlichkeit begeistert ist und darum den Kern der Sache verbergen und behaupten wollte, er hätte nach allen Regeln der Kunst im Kampf auf Degen gesiegt. Man kann sich vorstellen, welch ein Wirrwarr, welche Unklarheiten aus einer solchen Schilderung des Zweikampfs hervorgehen würden.

Der Fechter, der den Kampf nach den Regeln der Kunst forderte, waren die Franzosen; sein Gegner, der den Degen fortwarf und zum Knüttel griff, waren die Russen; die Menschen, die alles erklären wollen nach den Regeln der Fechtkunst, sind die Geschichtsschreiber, die über das Ereignis geschrieben haben.

Von der Stunde an, wo Smolensk in Flammen aufging, begann der Krieg, der sich mit keiner Tradition früherer Kriege deckt. Die Einäscherung von Städten und Dörfern, der Rückzug nach den Schlachten, der Schlag bei Borodino, dann wieder der Rückzug, der Brand von Moskau, das Einfangen der Marodeure, die Beschlagnahme des Transports, der Freischarenkrieg – alles das war Abweichung von den Regeln.

Napoleon empfand das, und von der Stunde an, wo er in der regelrechten Stellung des Fechters in Moskau angetreten war und, statt des Säbels des Gegners, den Knüttel sah, der gegen ihn erhoben war, hörte er nicht auf, sich bei Kutusow und dem Kaiser Alexander darüber zu beklagen, daß der Krieg gegen alle Regeln geführt werde (als ob es Regeln gäbe, nach welchen man Menschen tötet). Trotz der Klage der Franzosen über die Nichtachtung der Regeln, trotzdem es den höhergestellten Russen als etwas Schmerzvolles erschien, sich mit dem Knüttel zu schlagen, und trotzdem sie gern nach allen Regeln der Kunst eine Quarte oder Terz geschlagen oder einen künstlichen Ausfall in der Prime gemacht hätten usw. – erhob sich der Knüttel des Volkskrieges in seiner drohenden und erhabenen Kraft; er erhob sich, ohne nach dem Geschmack und den Kunstregeln irgend jemandes zu fragen, in dummer Einfalt, aber mit Zweckmäßigkeit, und fiel nieder und zermalmte die Franzosen, bis die ganze Invasion der Feinde vernichtet war.

Und wohl dem Volke, das nicht, wie die Franzosen im Jahre 1812, nach allen Regeln der Kunst salutiert, den Degen umdreht und ihn anmutig und höflich dem großmütigen Sieger reicht, nein, wohl dem Volk, das in Stunden der Prüfung, ohne zu fragen, wie andere in ähnlichen Fällen nach Regeln handeln, mit Einfalt und harmlos den ersten besten Knüttel ergreift und so lange mit ihm einhaut, bis in seiner Seele das Gefühl der Schmach und Rache dem der Verachtung und des Mitleids gewichen ist.

II

Eine der handgreiflichsten und vorteilhaftesten Abweichungen von den sogenannten strategischen Regeln ist das Vorgehen einzelner Menschen gegen Menschen, die in Haufen zusammengedrängt sind. Derartige Unternehmungen treten immer zutage, wenn ein Krieg einen volkstümlichen Charakter annimmt, sie bestehen darin, daß die Mannschaften, anstatt Menge gegen Menge aufeinanderzustoßen, sich trennen, im einzelnen angreifen und sofort fliehen, wenn sie von größeren Streitkräften angegriffen werden, dann wiederum angreifen, wenn sich die Gelegenheit bietet. Das taten die Guerillas in Spanien, das taten die Bergvölker im Kaukasus, das taten die Russen im Jahre 1812.

Einen solchen Krieg nennt man Freischarenkrieg und meint, daß man mit diesem Namen seine Bedeutung erklärt hat. Indessen ist ein derartiger Krieg nicht nur unter keinerlei Regel zu bringen, sondern widerspricht geradezu der bekannten und als unfehlbar anerkannten taktischen Regel. Diese Regel sagt, daß der angreifende Teil seine Truppen zusammenziehen muß, um im Augenblicke des Kampfes stärker zu sein als der Gegner.

Der Freischarenkrieg (der immer erfolgreich ist, wie die Geschichte zeigt), widerspricht schnurstracks dieser Regel. Dieser Widerspruch kommt daher, weil die Kriegswissenschaft die Kraft der Heere ihrer Zahl gleichsetzt. Die Kriegswissenschaft sagt: je größer die Truppenzahl, desto größer die Kräfte. *Les gros bataillons ont tonjours raison.*

Die Kriegswissenschaft gleicht mit dieser Behauptung der Mechanik, die, gestützt auf eine Betrachtung der Kräfte nur nach ihren Massen, sagen wollte, daß Kräfte untereinander gleich oder ungleich sind, weil ihre Stoffe gleich oder ungleich sind.

Die Kraft (die Quantität der Bewegung) ist das Produkt aus Masse und Geschwindigkeit.

Im Kriege ist die Kraft der Heere ebenfalls das Produkt aus der Masse und einem anderen unbekannten Faktor, X.

Die Kriegskunst, die in der Geschichte eine ungeheure Zahl von Beispielen dafür sieht, daß die Masse der Truppen sich nicht mit der Kraft deckt und kleine Abteilungen große besiegen, erkennt ahnend das Vorhandensein des unbekannten Multiplikators an und sucht ihn bald in einer geometrischen Anordnung, bald in der Bewaffnung, bald, und das ist das gewöhnlichste, in der Genialität des Heerführers zu finden. Aber die Ansetzung aller dieser Bedeutungen des Multiplikators führt nicht zu Resultaten, die mit den geschichtlichen Tatsachen übereinstimmen.

Und doch braucht man sich nur von dieser hergebrachten, zugunsten der Helden irrigen Anschauung über die Wirksamkeit der Anweisungen der Oberleitung während des Krieges freizumachen, um dieses unbekannte X zu finden.

Dieses X ist der Geist des Heeres, d. h. das größere oder geringere Verlangen aller der Menschen, die das Heer bilden, sich zu schlagen und Gefahren auszusetzen, völlig unabhängig davon, ob sich die Menschen unter dem Kommando von Genies oder Nichtgenies schlagen, in drei oder zwei Linien, mit Knütteln oder mit Gewehren, die dreißigmal in der Minute schießen. Die Menschen, die das größte Verlangen danach haben, sich zu schlagen, werden sich auch immer in die vorteilhaftesten Bedingungen zum Schlagen bringen.

Der Geist des Heeres ist der Multiplikator der Masse, der das Resultat der Kraft ergibt. Die Bedeutung des Geistes des Heeres, dieses unbekannten Multiplikators, zu bestimmen und auszudrücken ist die Aufgabe der Wissenschaft.

Diese Aufgabe wird erst ausführbar sein, wenn wir aufhören werden, willkürlich statt der Bedeutung des unbekannten X die Bedingungen einzustellen, unter welchen sich die Kraft offenbart: wie die Weisung des Führers, die Bewaffnung usw., und sie einfach als Multiplikator zu betrachten, und wenn wir statt dessen dieses Unbekannte in seinem ganzen Umfange anerkennen, d. h. als das größere oder geringere Verlangen zu kämpfen und sich Gefahren zu unterziehen. Erst dann, wenn wir die bekannten geschichtlichen Tatsachen durch Gleichungen ausdrücken, können wir aus der relativen Bestimmung dieses Unbekannten hoffen, das Unbekannte selbst zu bestimmen.

Zehn Mann, zehn Bataillone oder Divisionen haben im Kampfe mit fünfzehn Mann, fünfzehn Bataillonen oder Divisionen die fünfzehn besiegt, d. h. getötet und alle ohne Rest gefangengenommen und selbst vier verloren – es sind also auf der einen Seite 4, auf der anderen 15 vernichtet worden.

Folglich waren 4 gleich 15, und folglich sind 4 x gleich 15 y, folglich x : y = 15 : 4. Diese Gleichung gibt nicht die Bedeutung des Unbekannten, aber sie gibt das Verhältnis zwischen zwei Unbekannten. Und bringt man die historischen Einheiten, jede für sich genommen (Schlachten, Feldzüge, Kriegsperioden), unter solche Gleichungen, so erhält man eine Reihe von Zahlen, welchen die Gesetze innewohnen müssen und aus welchen sie hergeleitet werden können.

Die taktische Regel, daß man beim Angriff in Massen vorgehen müsse, beim Rückzug getrennt, bestätigt unbewußt nur *die* Wahrheit, daß die Kraft eines Heeres von seinem Geist abhängt. Um die Menschen in den Kugelregen zu führen, bedarf es einer stärkeren Disziplin, wie man sie nur in Massenbewegungen erreicht, als dazu, den Angreifern zu entgehen. Aber diese Regel, bei welcher der Geist des Heeres außer acht gelassen wird, erweist sich beständig als unrichtig und widerspricht besonders auffällig der Wirklichkeit da, wo sich ein starker Aufschwung oder Niedergang des Geistes der Truppen zeigt – in allen Volkskriegen.

Die Franzosen, die sich der Taktik nach, bei ihrem Rückzuge im Jahre 1812 einzeln hätten verteidigen sollen, drängten sich zu Haufen zusammen, weil der Geist des Heeres so tief gesunken ist, daß nur die Masse das Heer zusammenhält. Die Russen dagegen hätten der Taktik nach in Massen angreifen müssen, in Wirklichkeit zerbröckeln sie sich, weil der Geist so gehoben ist, daß einzelne Männer ohne Befehl auf die Franzosen losschlagen und keines Zwanges bedürfen, um sich Mühen und Gefahren zu unterziehen.

III

Der sogenannte Freischarenkrieg hatte mit dem Einzug des Feindes in Smolensk begonnen. Ehe der Freischarenkrieg von unserer Regierung offiziell genehmigt war, waren schon tausende Mannschaften der feindlichen Truppen – zurückgebliebene Marodeure und Trains – von den Kosaken und Bauern aufgerieben worden, die diese Leute, ohne viel zu überlegen, erschlugen, ebenso wie Hunde instinktiv einen tollen Hund totbeißen, der sich zu ihnen verlaufen hat. Denis Dawydow war der erste, der mit seinem russischen Gefühl die Bedeutung dieses furchtbaren Knüttels erkannt hatte, der, ohne nach den Regeln der Kriegskunst zu fragen, die Franzosen vernichtete, und ihm gebührt der Ruhm des ersten Schrittes zur Legalisierung dieser Kriegsmethode.

Am 6. September wurden die ersten Freischärlerabteilungen Dawydows gebildet, und gleich nach seiner Abteilung entstanden andere. Je weiter der Feldzug fortschritt, desto größer wurde die Zahl dieser Freischaren.

Die Freischärler vernichteten die große Armee in Teilen. Sie sammelten die welken Blätter auf, die von selbst von dem trockenen Baum – des französischen Heeres fielen. Bisweilen schüttelten sie auch diesen Baum. Im Oktober, als die Franzosen nach Smolensk flohen, gab es solche Freischaren von verschiedenster Größe und mannigfachsten Charakters zu Hunderten. Es gab Scharen, die alle Eigenheiten einer Armee annahmen mit Fußvolk, Artillerie, Stäben, Lebensbequemlichkeiten. Es gab reine kosakische Kavalleriescharen; es gab kleine, gemischte, berittene und unberittene; es gab Scharen aus Bauern und Gutsherren, die niemand kennt. Da war ein Küster Führer einer Schar, die in einem Monat einige hundert Gefangene machte; da war die Starostenfrau Wassilissa, die Hunderte von Franzosen erschlug.

Die ersten Tage des November bildeten den Höhepunkt des Freischarenkriegs. Die erste Periode dieses Kriegs, in der die Freischärler, verwundert über ihre eigne Keckheit, jede Minute fürchten mußten, von den Franzosen gefangen und umringt zu werden, wo sie nie aus dem Sattel kamen, sich in den Dörfern verbargen und jede Minute die Verfolgung zu fürchten hatten – diese erste Periode war schon vorüber. Jetzt hatte dieser Krieg schon bestimmte Formen angenommen. Alle wußten nun, was man mit den Franzosen wagen könne und was man nicht wagen durfte. Jetzt hielten nur die Abteilungsführer, die mit Stäben, nach Regeln, in einiger Entfernung von den Franzosen vorrückten, noch vieles für unmöglich. Die kleinen Freischaren aber, die schon längst ihr Werk begonnen hatten und sich die Franzosen ganz aus der Nähe ansahen, hielten Dinge für möglich, an welche die Führer großer Abteilungen gar nicht zu denken wagten. Die Kosaken und Bauern aber, die zwischen den Franzosen herschlichen, glaubten, jetzt sei schon alles möglich.

Am 3. November befand sich Denissow, der auch unter den Freischärlern war, mit seiner Abteilung auf dem Höhepunkt der Freischarenbegeisterung. Seit dem frühen Morgen war er mit seiner Abteilung unterwegs. Ganze Tage verfolgte er in den Wäldern, die an die große Heerstraße stießen, den großen französischen Transport von Kavalleriesachen und russischen Gefangenen, der sich von den andern Truppen getrennt hatte, und wie die Kundschafter und Gefangenen gemeldet hatten, unter starker Bedeckung, nach Smolensk seinen Weg nahm. Von diesem Transport hatten nicht nur Denissow und Dolochow (der auch eine kleine Abteilung Freischärler führte und sich in der Nähe von Denissow hielt), sondern auch die Führer großer Abteilungen mit einem Stabe Kunde. Alle wußten von diesem Transport und wetzten, wie Denissow zu sagen pflegte, ihre Zähne darauf. Zwei von diesen Führern großer Abteilungen, ein Pole und ein Deutscher, hatten fast gleichzeitig Denissow die Aufforderung zukommen lassen, sich mit ihm zu vereinigen, um gemeinsam den Transport zu überfallen.

Nein, Bruder, das können wir selber, sagte Denissow, nachdem er die Briefe gelesen, und schrieb dem Deutschen, er müsse trotz des innigen Wunsches, unter der Führung eines so glänzenden, berühmten Generals zu dienen, auf dieses Glück verzichten, da er sich schon unter den Befehl des andern Generals, des Polen, gestellt hätte. Dem anderen General, dem Polen, schrieb er in gleichem Sinne und teilte ihm mit, er habe sich schon unter den Befehl des Deutschen gestellt.

Denissow hatte bei dieser Abfertigung den Plan, gemeinsam mit Dolochow, ohne dem Befehlshaber davon Meldung zu machen, den Transport mit seinen unbedeutenden Kräften zu überfallen und auszuheben. Der Transport zog am 3. November vom Dorfe Mikulino nach dem Dorfe Schamschewo.

Zur linken Seite des Wegs von Mikulino nach Schamschewo zogen sich große Wälder hin, die halb bis an die Heerstraße gingen, bald von ihr eine Werst und mehr entfernt waren. Diese Wälder entlang ritt Denissow den ganzen Tag, bald tief in ihr Inneres eindringend, bald den Rand entlang, mit seiner Abteilung, und ließ die Franzosen nicht einen Augenblick aus den Augen. Am Morgen hatten unweit von Mikulino, dort wo der Wald nahe an die Straße reichte, Kosaken aus Denissows Schar zwei französische Fuhren mit Kavalleriesätteln, die im Schmutz steckengeblieben waren, aufgegriffen und in den Wald gebracht. Von da bis zum späten Abend hatte die Schar die Bewegung der Franzosen verfolgt, ohne sie anzugreifen. Man durfte sie nicht erschrecken und mußte sie ruhig bis nach Schamschewo kommen lassen, dann erst im Verein mit Dolochow, der gegen Abend zu einer Beratung in das Wachthäuschen im Walde (eine Werst von Schamschewo) kommen sollte, im Morgengrauen von beiden Seiten, wie eine Lawine von oben herab, über sie herfallen und alle auf einmal zusammenhauen und gefangennehmen.

Im Rücken, zwei Werst von Mikulino, dort, wo der Wald bis an die Heerstraße heranreichte, ließ man sechs Kosaken zurück, die sofort Meldung machen sollten, wenn sich neue Kolonnen der Franzosen zeigten.

Vor Schamschewo sollte in gleicher Weise Dolochow den Weg erforschen, damit man wisse, in welcher Entfernung die anderen französischen Truppen seien. Bei dem Transport vermutete man fünfzehnhundert Menschen. Denissow hatte zweihundert, Dolochow konnte ebensoviel haben. Aber die Überlegenheit an Zahl machte Denissow nicht bedenklich. Nur eines mußte er noch wissen: was für Truppen es waren; und zu diesem Zweck mußte Denissow »Kundschaft« haben (d. h. einen Mann aus dem feindlichen Lager). Bei dem Überfall auf die Fuhren heute morgen war alles mit solcher Schnelligkeit geschehen, daß man die Franzosen, die bei den Fuhren waren, alle getötet und nur einen kleinen Burschen, einen Trommler, lebendig aufgegriffen hatte. Der aber war müde und wußte nichts Genaues über die Truppen der Kolonnen zu sagen.

Einen zweiten Überfall zu wagen schien Denissow gefährlich, er hätte damit die ganze Kolonne aufgescheucht, darum schickte er einen Bauern, der in seiner Schar war, nach Schamschewo voraus, Tichon Schtscherbatyi; er sollte, wenn es möglich wäre, wenigstens einen der dort befindlichen, französischen Quartiermeister aufgreifen.

IV

Es war ein warmer, regnerischer Herbsttag. Der Himmel und der Horizont hatten beide die Farbe trüben Wassers. Bald senkte sich etwas wie Nebel herab, bald stürzte ein schräger, starker Regen hernieder.

Denissow ritt auf einem hageren, langgestreckten Rassepferd in Filzmantel und Filzstiefeln, von denen das Wasser herabströmte. Er zog sich bei dem schräg herabfallenden Regen, wie sein Pferd, das den Kopf senkte und die Ohren hängen ließ, zusammen und sah achtsam in die Ferne. Sein hageres, von dem dichten, kurzen, schwarzen Bart umrahmtes Gesicht schien böse.

Neben Denissow ritt, ebenfalls in Filzmantel und Schafspelzmütze, auf einem wohlgenährten, kräftigen Donpferde der Kosaken-Essaul – Denissows Kriegskamerad.

Der Essaul Lowajskij war der dritte, auch er trug Filzmantel und Mütze. Es war ein langer, spindeldürrer Mensch mit blassem Gesicht, blondem Haar, schmalen, hellen Augen und einem ruhig selbstgefälligen Aussehen in Gesicht und Haltung. Hätte man auch nicht recht sagen können, worin die Eigentümlichkeit des Pferdes und des Reiters bestand, so mußte man doch bei dem ersten Blick auf den Essaul und Denissow sehen, daß Denissow sich feucht und unbehaglich fühlte, daß Denissow ein Mensch war, der das Pferd bestiegen hatte, betrachtete man aber den Essaul, so konnte man sehen, daß er sich so wohl und behaglich fühlte wie immer, und daß er kein Mensch war, der zu Pferde saß, sondern daß Mensch und Pferd ein durch doppelte Kraft verstärktes Wesen waren.

Wenige Schritte vor ihnen ging, durch und durch naß, ein

armes Bäuerlein, ihr Wegweiser, in grauem Kaftan und weißer Mütze.

Ein wenig hinter ihnen ritt auf einem hageren, dünnen Kirgisenpferdchen mit einem ungeheueren Schweif und einer großen Mähne und blutrünstigem Munde ein junger Offizier in einem blauen Franzosenmantel.

Neben ihm ritt ein Husar, der auf der Kruppe des Pferdes einen Knaben in einer zerrissenen französischen Uniform und einer blauen Mütze mit sich führte. Der Knabe hielt sich mit seinen frostigen, roten Händen an dem Husaren, rieb seine nackten Beine gegeneinander, um sich zu erwärmen, und sah mit hochgezogenen Brauen verwundert um sich her. Es war der kleine französische Trommler, den sie am Morgen gefangen hatten.

Hinter ihnen kamen zu dreien und vieren den schmalen, aufgeweichten und ausgefahrenen Waldweg entlang Husaren, dann Kosaken, die einen im Filzmantel, die anderen in Franzosenmänteln, noch andere mit Pferdedecken über den Köpfen. Die Pferde – Braune und Füchse – sahen in dem strömenden Regen alle wie Rappen aus. Die Hälse der Pferde sahen eigentümlich dünn aus durch die feuchten Mähnen. Alle Pferde dampften. Die Kleidung, die Sättel, die Zügel, alles war naß, schlüpfrig und aufgequollen wie der Boden und das herabgefallene Laub, das den Weg bedeckte. Die Menschen saßen zusammengekauert da und rührten sich nicht, um das Wasser, das bis auf den Körper durchgedrungen war, warm werden zu lassen und das neue kalte nicht durchzulassen, das unter dem Sitz an den Knien und am Halse zusammenlief. Mitten zwischen den langgestreckten Reihen der Kosaken polterten zwei Fuhren mit französischen Pferden in Kosakengeschirren über Baum und Wurzelwerk hin und plätscherten über die mit Wasser gefüllten Wegspuren.

Denissows Pferd wich einer Pfütze aus, die auf dem Weg war, strauchelte und stieß ihn mit dem Knie gegen einen Baum.

Du Teufelspferd! schrie Denissow wütend, fletschte die Zähne, gab dem Pferde drei Peitschenhiebe und bespritzte sich und die Kameraden mit Schmutz. Denissow war vom Regen und vom Hunger in schlechter Laune (seit dem Morgen hatte niemand etwas gegessen), und vor allem, weil von Dolochow bis zu dieser Stunde keine Nachricht gekommen war und der Bote, der die »Kundschaft« bringen sollte, nicht zurück war.

»Es wird kaum wieder eine so gute Gelegenheit kommen, einen Transport zu überfallen. Den Überfall allein zu machen ist zu gewagt, ihn verschieben – dann nimmt uns eine von den großen Freischaren vor der Nase die Beute fort«, dachte Denissow und schaute ununterbrochen in die Ferne, in der Hoffnung, den erwarteten Boten von Dolochow zu erspähen.

Denissow ritt in die Lichtung hinaus, von der man weit nach rechts ausschauen konnte, und hielt.

Es kommt jemand geritten, sagte er.

Der Essaul sah nach der Richtung, die Denissow zeigte.

Zwei kommen geritten, ein Offizier und ein Kosak, aber es ist nicht *vermutlich,* daß es der Leutnant selbst sei, sagte der Essaul, der gern Worte gebrauchte, die den Kosaken unbekannt sind.

Die Reiter waren den Berg hinabgeritten und aus dem Gesicht gekommen. Nach einigen Minuten waren sie wieder zu sehen. Voraus ritt in müdem Galopp, sein Pferd mit der Kosakenpeitsche antreibend, ein Offizier, zerzaust, durch und durch naß, die Hosen vom Reiten bis über die Knie aufgestreift. Hinter ihm, aufrecht in dem Steigbügel stehend, ritt im Trab ein Kosak. Dieser Offizier, ein ganz junger Bursche mit einem breiten, roten Gesicht und scharfen, lustigen Augen, sprengte auf Denissow zu und übergab ihm einen durchnäßten Brief.

Vom General, sagte der Offizier, verzeihen Sie, daß er nicht ganz trocken …

Denissow runzelte die Stirn, nahm den Brief und erbrach ihn.

Da haben alle gesagt, es sei gefährlich, gefährlich, sagte der Offizier zu dem Essaul, während Denissow den Brief las. Übrigens sind wir, Komarow und ich, vorbereitet. Wir haben zwei Pistolen … Aber was ist das? fragte er, als er den französischen Trommler erblickte. Ein Gefangener, sind Sie schon in der Schlacht gewesen? Kann man mit ihm sprechen?

Rostow! Petja! schrie Denissow plötzlich, nachdem er den Brief gelesen hatte. Aber warum hast du denn nicht gesagt, wer du bist? Und Denissow wandte sich lächelnd um und streckte dem Offizier die Hand entgegen.

Der Offizier war Petja Rostow.

Den ganzen Weg über hatte sich Petja darauf vorbereitet, wie er sich Denissow gegenüber verhalten wollte, ohne auf seine frühere Bekanntschaft zurückzugreifen, ganz wie es einem Erwachsenen und Offizier geziemt. Aber als Denissow nur zu lächeln anfing, strahlte Petja und errötete vor Freude. Er vergaß alle vorbereiteten Antworten und begann zu erzählen, wie er bei den Franzosen vorübergeritten sei, wie er sich freute, daß man ihm einen solchen Auftrag gegeben hatte, und daß er schon in der Schlacht bei Wjasma gewesen sei und daß sich dort ein Husar ausgezeichnet habe.

Nun, ich freue mich, dich zu sehen, unterbrach ihn Denissow, und sein Gesicht nahm wieder einen besorgten Ausdruck an.

Michail Feoklitytsch, wandte er sich an den Essaul, das ist doch wieder von dem Deutschen. Er ist ihm attachiert. Und Denissow erzählte dem Essaul, daß der Inhalt des Schreibens, das er eben erhalten habe, in der wiederholten Aufforderung des deutschen Generals bestand, sich mit ihm zu vereinigen, um den Transport zu überfallen. Wenn wir ihn morgen nicht nehmen, schnappt er ihn uns vor der Nase fort, schloß er.

Während Denissow mit dem Essaul sprach, schlug Petja, der durch den kalten Ton Denissows verlegen wurde und vermutete, die Ursache dieses Tones sei der Zustand seiner Hosen, damit es niemand bemerkte, unter dem Mantel die aufgestreiften Hosen wieder zurück und gab sich alle Mühe, so kriegerisch als möglich auszusehen.

Haben Euer Hochwohlgeboren einen Befehl zu geben, sagte er zu Denissow, legte die Hand an die Mütze und spielte wieder ganz die Rolle des Adjutanten, der einem General gegenübersteht, auf die er sich vorbereitet hatte, oder soll ich bei Euer Hochwohlgeboren bleiben?

Befehle? ... sagte Denissow nachdenklich. Kannst du bis morgen hierbleiben?

Oh, bitte ... darf ich bei Ihnen bleiben? rief Petja.

Hat dir der General denn nicht befohlen, sofort zurückzukommen? fragte Denissow.

Petja errötete.

Er hat nichts befohlen; ich denke, ich kann bleiben? sagte er fragend.

Nun schön, sagte Denissow und wandte sich an seine Leute. Er gab Befehl, daß ein Teil sich nach der Raststätte bei dem Wachthäuschen im Walde begeben, und daß der Offizier auf dem Kirgisenpferd (dieser Offizier tat Adjutantendienste) sich aufmachen sollte, um Dolochow zu suchen, zu hören, wo er sei und ob er abends kommen würde. Denissow selbst wollte mit dem Essaul und Petja nach dem Waldrand reiten, der nach Schamschewo hinaus lag, um die Stelle der feindlichen Position zu besichtigen, auf die morgen der Angriff gerichtet werden sollte.

Nun, Langbart, wandte er sich an den Bauern, ihren Führer, bring uns nach Schamschewo.

Denissow, Petja und der Essaul ritten, begleitet von einigen Kosaken und dem Husaren, der den Gefangenen mit sich führte, nach links durch den Hohlweg dem Waldesrand zu.

V

Der Regen hatte aufgehört, nur ein Nebel hatte sich herabgesenkt, und von den Zweigen der Bäume fielen Wassertropfen herab. Denissow, der Essaul und Petja ritten schweigend hinter dem Bauern in der Mütze her, der leicht und geräuschlos in seinen Bastschuhen mit seinen auswärtsschreitenden Beinen über die Wurzeln und das feuchte Laub dahinschritt und sie zu dem Waldesrande führte.

Als sie hinausgelangten an den Abhang, hielt der Bauer an, sah sich um und ging nach der Richtung zu, wo die Bäume weniger dicht standen. An einer großen Eiche, die ihre Blätter noch nicht abgeworfen hatte, blieb er stehen und winkte geheimnisvoll die anderen mit der Hand zu sich heran.

Denissow und Petja ritten nah zu ihm heran. Von der Stelle aus, wo der Bauer stehengeblieben war, konnte man die Franzosen sehen. Gleich hinter dem Wald zog sich, tiefer gelegen, ein Stoppelfeld, hügelig ansteigend hin, rechts wurde hinter einer steilen Schlucht ein kleines Dörfchen und ein Herrenhaus mit zertrümmerten Dächern sichtbar. In diesem Dörfchen und in dem Herrenhause und auf dem ganzen Hügel, im Garten, an den Brunnen und am Teiche und auf dem ganzen Wege, der von der Brücke hinauf zum Dorfe führte, in einer Entfernung von höchstens 200 Faden, konnte man durch den wogenden Nebel Volkshaufen sehen. Man hörte deutlich, wie sie in einer fremden Sprache die Pferde, die mit dem Wagen den Berg hinanklommen, anriefen und wie sie miteinander sprachen.

Bringt den Gefangenen her, sagte Denissow leise, ohne die Franzosen aus den Augen zu lassen.

Der Kosak stieg vom Pferde herab, nahm den Knaben herunter und ging mit ihm zu Denissow. Denissow zeigte auf die Franzosen hin und fragte, was für Truppen dies und was für Truppen das wären. Der Knabe hatte seine erfrorenen Hände in die Tasche gesteckt und sah erschrocken mit emporgezogenen Brauen Denissow an; trotz des offenbaren Wunsches, alles zu sagen, was er wußte, verwirrte er sich in seinen Antworten und bestätigte nur die Fragen Denissows. Denissow runzelte die Stirn, kehrte sich von ihm ab, wandte sich dem Essaul zu und teilte ihm seine Meinung mit.

Petja drehte mit raschen Bewegungen seinen Kopf hin und her, beobachtete bald den Trommler, bald Denissow, bald den Essaul, bald die Franzosen im Dorfe und auf der Straße, immer bemüht, nichts Wichtiges zu übersehen.

Ob Dolochow kommt oder nicht, wir müssen es nehmen, he? ... sagte Denissow, und seine Augen blitzten lustig auf.

Der Ort ist günstig, sagte der Essaul.

Die Infanterie schicken wir unten herum über die Sümpfe, fuhr Denissow fort; die schleichen in den Garten; Sie reiten mit den Kosaken hier herum – Denissow zeigte auf einen

Wald hinter dem Dorfe – und ich hier herum mit meinen Husaren. Und nach einem Schuß ...

Durch das Schilf wird's nicht gehen: das ist weicher Boden, sagte der Essaul, da bleiben die Pferde stecken, man muß mehr links herum ...

Während sie so halblaut miteinander sprachen, krachte unten im Schilf am Teich ein Schuß, weißer Rauch stieg in die Luft, ein freudiger Schrei von Hunderten von Stimmen wurde laut, er kam von den Franzosen drüben am Hügel. Im ersten Augenblick prallten Denissow und der Essaul zurück. Sie selbst waren dem Feinde so nahe, daß sie glaubten, die Ursache dieser Schüsse und Rufe gewesen zu sein; die Schüsse und Rufe hatten sich aber nicht auf sie bezogen; unten über die Sümpfe war ein Mann in einem roten Gewande gelaufen. Nach ihm hatten die Franzosen offenbar geschossen, und ihm hatten die Rufe gegolten.

Das ist ja unser Tichon, sagte er Essaul.

Gewiß, das ist er.

Ein verfluchter Kerl, sagte Denissow.

Er entkommt! sagte der Essaul und kniff die Augen zusammen.

Der Mann, den sie Tichon genannt hatten, lief auf das Flüßchen zu und plumpste so hinein, daß es hoch aufspritzte, er verschwand auf einen Augenblick, dann kroch er, ganz schwarz vom Wasser, auf allen Vieren heraus und lief weiter. Die Franzosen, die ihn verfolgt hatten, machten halt.

Ei, ein geschickter Kerl, sagte der Essaul.

Ein Teufelskerl, sagte Denissow mit dem gleichen Ausdruck des Ärgers. Was hat er nur bis jetzt gemacht?

Wer ist das? fragte Petja.

Das ist unser Schleichkosak. Ich habe ihn ausgeschickt, um »Kundschaft« zu bringen.

Ach ja, sagte Petja, der schon bei den ersten Worten Denissows genickt hatte, als hätte er alles verstanden, obwohl er in Wirklichkeit nicht ein einziges Wörtchen verstanden hatte.

Tichon Schtscherbatyi war einer der unentbehrlichsten Menschen in der Schar. Er war ein Bauer aus Pokrowskoje bei

Gshatj. Als Denissow im Anfang seiner Unternehmungen nach Pokrowskoje kam und, wie immer, den Starosten rufen ließ und ihn fragte, was er von den Franzosen wisse, antwortete der Starost, wie alle Starosten zu antworten pflegten, als fühlten sie das Bedürfnis, sich zu rechtfertigen, daß er von nichts wisse, daß er keinerlei Kunde habe. Nachdem ihm aber Denissow erklärt hatte, sein Ziel sei, die Franzosen zu schlagen, und als er gefragt hatte, ob nicht etwa Franzosen sich zu ihnen verirrt hätten, sagte der Starost, die »Mirodeure« seien wirklich dagewesen, bei ihm im Dorfe aber habe sich nur *ein* Mensch mit diesen Dingen abgegeben, Tischka Schtscherbatyi. Denissow ließ Tichon zu sich rufen, lobte ihn wegen seines Eifers und sagte in Gegenwart des Starosten etwas von der Treue gegen den Zaren und das Vaterland und dem Hasse gegen die Franzosen, die den Söhnen des Vaterlandes heilige Pflicht seien.

Wir tun den Franzosen nichts Böses, sagte Tichon, den diese Worte Denissows sichtlich eingeschüchtert hatten, wir haben nur zum Vergnügen mit den Burschen unser Spiel gehabt. Von den »Mirodeuren« haben wir an zwei Dutzend totgeschlagen, sonst haben wir ihnen nichts Böses getan ... Am folgenden Tage, als Denissow Pokrowskoje verließ, wurde ihm gemeldet, Tichon habe sich der Schar angeschlossen und gebeten, man möchte ihn dabehalten. Denissow befahl, ihn zu behalten.

Tichon, der anfangs die grobe Arbeit des Anzündens der Wachtfeuer, des Wassertragens, des Fellabziehens bei gefallenen Pferden und dergleichen machte, zeigte bald große Lust und Fähigkeiten zum Freischarenkrieg. Er ging in der Nacht auf Beute aus, und jedesmal brachte er einen französischen Anzug, ein französisches Gewehr mit, und gab man ihm den Auftrag, so brachte er auch Gefangene mit. Denissow befreite Tichon von den Arbeiten, ließ sich von ihm beim Patrouillieren begleiten und nahm ihn in die Kosakenschar auf.

Tichon ritt nicht gern, er ging immer zu Fuß und blieb nie hinter der Kavallerie zurück. Seine Bewaffnung bildete ein Karabiner, den er mehr zum Spaße trug, eine Pike und ein Beil, die er zu benutzen wußte, wie ein Wolf seine Zähne benutzt, der ebensoleicht mit ihrer Hilfe einen Floh aus dem Felle holt, wie er dicke Knochen zerbeißt. Tichon konnte ebenso sicher bei einem tüchtigen Schwung mit seinem Beile Holz spalten, wie mit kurzgefaßter Schneide die dünnsten Pflöckchen schneiden und Löffel schnitzen. In Denissows Schar nahm Tichon eine Ausnahmestellung ein. Wenn etwas besonders Schwieriges oder Unangenehmes zu machen war – zum Beispiel einen Wagen, der im Schmutz stecken geblieben war, vorwärtszubringen, ein Pferd am Schwanze aus dem Sumpfe zu ziehen, es abzuhäuten, mitten unter die Franzosen zu schleichen, oder fünfzig Werst an einem Tage zu machen – so zeigten alle lachend auf Tichon.

Was wird's ihm schaden, der Racker ist gesund, sagten die Leute.

Einmal hatte ein Franzose, den Tichon gefangen hatte, einen Pistolenschuß auf ihn abgefeuert und ihn in die Weichteile des Rückens getroffen. Diese Wunde, die Tichon innerlich und äußerlich nur mit Branntwein behandelte, war der Gegenstand der lustigsten Scherze in der ganzen Abteilung, Scherze, in die auch Tichon gern mit einstimmte.

Sag, Kamerad, wirst dich nun hüten? Kribbelt's tüchtig? spöttelten die Kosaken, und Tichon schnitt absichtlich die furchtbarsten Grimassen, tat, als ob er sich ärgerte, und schimpfte auf die Franzosen mit den komischsten Schimpfreden. Das Ereignis hatte auf Tichon nur den Einfluß, daß er nach der Verwundung selten Gefangene mitbrachte.

Tichon war der nützlichste und tapferste Mann in der Schar. Niemand entdeckte häufiger Gelegenheiten zum Überfall, niemand nahm mehr Franzosen gefangen, niemand tötete mehr, und darum war er der Spaßvogel aller Kosaken und Husaren und spielte gern diese Rolle. Jetzt war Tichon von Denissow mitten in der Nacht nach Schamschewo abgeschickt worden, um »Kundschaft« zu holen. Geschah es nun, weil er sich an einem Franzosen nicht genügen ließ, oder weil er die Nacht verschlafen hatte, genug, er hatte sich am Tage ins Gesträuch geschlichen, mitten unter die Franzosen und war, wie Denissow von der Anhöhe mit angesehen hatte, von ihnen entdeckt worden.

VI

Denissow sprach noch einige Zeit mit dem Essaul über den Angriff von morgen, den er jetzt, bei der Nähe der Franzosen, endgültig beschlossen zu haben schien, dann wandte er sein Pferd und ritt zurück.

Nun, Kamerad, jetzt wollen wir hinreiten, uns trocknen, sagte er zu Petja.

Auf dem Wege zu dem Wachthäuschen im Walde hielt Denissow und schaute in den Wald hinein. Zwischen den Bäumen ging mit großen, leichten Schritten ein Mann dahin, mit langen Beinen und langen, fuchtelnden Armen, in einem Jäckchen, in Bastschuhen und einem Tartarenhut; das Gewehr trug er über die Schulter, im Gürtel ein Beil. Als dieser Mann Denissow erblickte, warf er eilig etwas ins Gebüsch, zog den nassen Hut mit der herabhängenden Krempe und trat auf den Führer zu. Es war Tichon. Sein pockennarbiges, runzeliges Gesicht mit den kleinen, geschlitzten Augen strahlte in selbstgefälliger Lustigkeit. Er hob seinen Kopf hoch empor und starrte Denissow an, als ob er ein Lachen unterdrückte.

Na, wo bist du denn hingekommen? sagte Denissow.

Wo ich hingekommen bin? Den Franzosen bin ich nachgegangen! antwortete Tichon keck und schnell mit seiner heiseren, singenden Baßstimme.

Warum bist du denn am Tage hingeschlichen? Rindvieh! ... he, warum hast du keinen mitgebracht?

Mitgebracht? nun, habe schon einen mitgebracht, sagte Tichon.

Wo ist er denn?

Ich habe ihn ganz früh, beim Morgengrauen, genommen, fuhr Tichon fort, und trat mit seinen flach auswärtsgekehrten Beinen in den Bastschuhen hin und her, und habe ihn in den Wald gebracht. Ich sehe mir den Kerl an, taugt nicht. Gehst wieder runter, denk' ich, holst dir einen, der besser paßt.

Ein Teufelskerl, sieh mal an, sagte Denissow zum Essaul. Und warum hast du ihn nicht mitgebracht?

Was soll ich ihn schleppen, fiel Tichon böse und hastig ein, wenn er doch nichts taugt. Weiß ich denn nicht, was für welche Ihr braucht?

Ein verfluchter Kerl! ... Nun?

Ich ging aus, um einen andern zu fangen, fuhr Tichon fort. So schlich ich mich in den Wald und legte mich hin. Tichon warf sich plötzlich und gewandt auf den Bauch und schilderte anschaulich, wie er es gemacht hatte. Da kommt auch einer herangeschlichen, fuhr er fort, ich so auf ihn los und schwapp ... Tichon stand schnell und leicht auf. »Komm mit, sag' ich, zum Hauptmann!« Aber da brüllt er los! Vier Kerle waren's. Sie stürzten über mich her mit ihren leichten Säbeln, ich so auf sie los mit dem Beil ... Was meint Ihr, der Heiland sei Euch gnädig! schrie Tichon, fuhr mit den Händen durch die Luft, streckte die Brust hervor und runzelte drohend die Stirn.

Wir haben es von oben gesehen, wie du Purzelbäume geschossen hast über die Pfützen, sagte der Essaul und kniff seine glänzenden Augen zusammen.

Petja hatte rechte Lust zum Lachen, aber er sah, daß sich alle anderen das Lachen verbissen. Seine Augen schweiften schnell von Tichons Gesicht zu dem Gesicht des Essauls und Denissows hinüber; er verstand nicht, was das alles bedeutete.

Spiel du nur nicht den Narren, sagte Denissow und hustete zornig auf. Warum hast du den ersten nicht herangeschleppt?

Tichon kratzte sich mit der einen Hand den Rücken, mit der anderen den Kopf, und seine ganze Fratze verzog sich plötzlich zu einem strahlenden, dummen Lächeln, das eine Zahnlücke sehen ließ. (Davon hatte er auch seinen Namen, Schtscherbatyi, d. h. der Mann mit der Zahnlücke.) Denissow lächelte und Petja brach in lustiges Lachen aus, dem sich auch Tichon selbst anschloß.

Ach was, er war ganz unbrauchbar, sagte Tichon. Die Kleidung, die er trug, war ganz zerlumpt, was sollte ich ihn herbringen? Und ein Grobian war er, Euer Wohlgeboren; was, sagt er, ich bin ein Generalssohn, ich gehe nicht mit, sagt er.

Was für ein Rindvieh! sagte Denissow. Ich mußte ihn ausfragen ...

Ich habe ihn ausgefragt, sagte Tichon, er sagt, er weiß nicht viel. Unser, sagt er, sind viele, aber alle taugen nichts, nur Titel haben sie, sagt er. Wenn Ihr nur ordentlich losgeht, sagt er, kriegt Ihr alle, schloß Tichon und sah Denissow heiter und entschlossen in die Augen.

Ich lasse dir hundert Tüchtige aufzählen, dann wirst du den andern schon heimschicken, sagte Denissow streng.

Warum so ärgerlich, sagte Tichon, meint Ihr, ich habe Eure Franzosen nicht gesehen? Laßt's nur erst finster werden, dann bringe ich dir, wenn's sein muß, drei Stück an.

Reiten wir weiter, sagte Denissow, und ritt schweigend und mit finster gerunzelter Stirn bis zum Wachthäuschen.

Tichon ging hinter ihnen her, und Petja hörte, wie die Kosaken mit ihm und über ihn lachten wegen eines Paars Schuhe, die er in die Büsche geworfen haben sollte.

Als dies Lachen, das sie bei Tichons Erzählung und seinem Lachen nicht unterdrücken konnten, vorüber war, und Petja auf einen Augenblick begriff, daß Tichon einen Menschen getötet hatte, wurde ihm schwer zumute. Er warf einen Blick auf den gefangenen Trommlerbuben, und es gab ihm einen Stich ins Herz. Aber diese gedrückte Stimmung dauerte nur einen Augenblick. Er fühlte das Bedürfnis, den Kopf höher emporzurichten, sich Mut zu machen und den Essaul mit wichtiger Miene über das Unternehmen von morgen auszufragen, denn er wollte nicht unwürdig sein der Gesellschaft, in der er sich befand.

Der ausgesandte Offizier kam Denissow auf dem Wege mit der Nachricht entgegen, daß Dolochow selbst bald eintreffen würde, und daß bei ihm alles gut stehe.

Denissow wurde plötzlich heiter und rief Petja zu sich heran.

Nun erzähle mir, wie es *dir* ergangen ist, sagte er.

VII

Petja hatte, als er von dem Elternhaus Abschied nahm und Moskau verließ, sich seinem Regimente angeschlossen und wurde bald darauf Ordonanz bei einem General, der eine große Abteilung kommandierte. Von der Stunde an, wo er Offizier geworden und besonders, wo er in die aktive Armee eingetreten war und an der Schlacht bei Wjasma teilgenommen hatte, befand sich Petja beständig in einem glücklich erregten Zustand der Freude darüber, daß er erwachsen war, und in der beständig begeisterten Bereitwilligkeit, keine Gelegenheit vorübergehen zu lassen, in der er seinen wahren Heldenmut zeigen konnte. Er war sehr glücklich über alles, was er in der Armee gesehen und erfahren hatte, und doch glaubte er immer, dort wo er nicht sei, dort erst vollziehe sich das Wahre, das Heldenhafte, und er beeilte sich dort hinzukommen, wo er jetzt nicht war.

Als sein General am 4. November den Wunsch aussprach, jemanden zu Denissows Abteilung zu schicken, bat Petja so flehentlich, man möchte ihn schicken, daß der General es ihm nicht versagen konnte. Der General erinnerte sich aber der unvernünftigen Handlungsweise in der Schlacht von Wjasma, wo Petja, statt den Weg einzuhalten, den man ihn geschickt hatte, mitten durch die Vorpostenkette auf das Feuer der Franzosen zulief und dort zweimal seine Pistole abschoß. Deshalb verbot der General, als er ihn abschickte, nun ausdrücklich, an irgendeiner Unternehmung Denissows sich zu beteiligen. Darum war Petja rot geworden und verlegen gewesen, als Denissow ihn fragte, ob er dableiben dürfe. Bis sie an den Waldessaum gekommen waren, glaubte Petja, er müsse aufs strengste seine Pflicht erfüllen und sofort wieder umkehren. Als er aber die Franzosen gesehen hatte, als er Tichon sah, ward es ihm klar, daß man unbedingt in der Nacht einen Angriff machen würde, und er kam mit der Schnelligkeit des Übergangs von einer Ansicht zur anderen, wie sie jungen Leuten eigen ist, zu dem Schluß, sein General, den er bisher sehr geachtet hatte, sei ein elender Kerl, ein Deutscher, Denissow aber sei ein Held, auch der Essaul ein Held und Tichon ein Held, und es wäre eine Schmach für ihn, sie in so schwerer Stunde zu verlassen.

Es dämmerte schon, als Denissow mit Petja und dem Essaul sich dem Wachthäuschen näherte. Im Halbdunkel sah man die gesattelten Pferde, die Kosaken, die Husaren, die auf der Wiese Reisighütten bauten, und die Leute, die das rotleuchtende Feuer in der Waldschlucht angezündet hatten (damit die Franzosen den Rauch nicht sähen). Im Flur eines kleinen Bauernhäuschens stand ein Kosak mit zurückgeschlagenen Ärmeln und zerteilte Hammelfleisch. In dem Häuschen selbst waren drei Offiziere von Denissows Schar, die sich aus der Tür ihren Tisch hergestellt hatten. Petja legte seine nasse Kleidung ab, gab sie zum Trocknen und gesellte sich bald zu den Offizieren und half ihnen, den Mittagstisch herrichten.

In zehn Minuten war der Tisch bereit und mit einer Serviette gedeckt; Schnaps, Rum in einem Fläschchen, Weißbrot und Hammelbraten mit Salz standen auf dem Tisch.

Als er so mit den Offizieren am Tisch saß und mit seinen Fingern, von denen das Fett heruntertropfte, das saftige, duftende Hammelfleisch zerriß, befand sich Petja in dem entzückten kindlichen Zustand zärtlichster Liebe zu allen Menschen und war darum auch überzeugt von einer gleichen Liebe aller anderen zu ihm.

Was denken Sie also, Wassilij Fjodorowitsch, wandte er sich an Denissow, es tut wohl nichts, wenn ich so einen Tag bei Ihnen bleibe? Und ohne die Antwort abzuwarten, antwortete er sich selbst: Man hat mir ja befohlen, mich zu erkundigen – so will ich auch mit eigenen Augen ... aber Sie müssen mich auch an die wichtigsten ... an die Haupt ... ich brauche keine Aufzeichnung, ich will .... Petja biß die Zähne aufeinander und sah sich um, zuckte mit dem erhobenen Kopf in die Höhe und fuhr mit den Händen durch die Luft.

An die wichtigsten ... wiederholte Denissow lächelnd.

Geben Sie mir doch, bitte, das Kommando ganz, daß ich kommandieren kann ... fuhr Petja fort, was liegt Ihnen daran? ... Ah, Sie wünschen ein Messer, wandte er sich an einen Offizier, der den Hammelbraten schneiden wollte. Und er reichte ihm sein Taschenmesser.

Der Offizier fand das Messer sehr gut.

Behalten Sie es, bitte. Ich habe viel solche, sagte Petja errötend. Ach du lieber Gott! Ich habe ganz vergessen, schrie er plötzlich auf, ich habe wundervolle Rosinen, wissen Sie, solche ohne Kerne, wir haben einen neuen Marketender mit ausgezeichneten Sachen. Ich habe zehn Pfund gekauft. Ich bin gewöhnt ... etwas Süßes. Wollen Sie? – und Petja eilte nach dem Flur zu seinen Kosaken und brachte eine Tasche herbei, in der fünf Pfund Rosinen waren. Essen Sie, meine Herren, essen Sie! ... Brauchen sie nicht eine Kaffeemaschine? wandte er sich an den Essaul, ich habe eine bei unserem Marketender gekauft! Wundervoll! ... Er hat herrliche Sachen. Und er ist sehr ehrlich, das ist die Hauptsache. Ich muß sie Ihnen schicken. Und vielleicht sind Ihnen die Feuersteine ausgegangen oder abgeschlagen? ... Das kommt doch vor. Ich habe welche mitgenommen. Da bei mir habe ich an hundert Feuersteine, er zeigte auf die Tasche, ich habe sie sehr billig gekauft. Nehmen Sie, bitte, so viel Sie brauchen, nehmen Sie alle ... Plötzlich erschrak Petja, ob er nicht zuviel schwatzte, hörte auf zu sprechen und errötete.

Er dachte darüber nach, ob er nicht noch andere Dummheiten gemacht habe. Und während er so die Erinnerungen des heutigen Tages vorüberziehen ließ, trat die Erinnerung an den französischen Trommlerbuben vor sein Gedächtnis. »Wir lassen's uns wohl sein, wie mag es ihm gehen? Wo hat man ihn hingetan? Hat man ihm zu essen gegeben? Hat man ihm was zuleide getan?« dachte er. Aber da er bemerkte, daß er von den Feuersteinen zuviel geschwatzt hatte, scheute er sich jetzt.

»Fragen könnte man wohl?« dachte er, »aber sie werden sagen: selber ein Knabe, darum tut ihm der Knabe leid. Ich will ihnen morgen zeigen, was ich für ein Knabe bin! Aber ich schäme mich zu fragen, dachte Petja, na einerlei!« Und doch sagte er gleich darauf errötend und die Offiziere scheu ansehend, ob sich wohl auf ihren Zügen Spott zeigen würde:

Kann man wohl den Knaben hereinrufen, den Gefangenen, und ihm etwas zu essen geben? ... kann man? ...

Ja, der arme Knabe, sagte Denissow, und fand durchaus nichts Beschämendes in dieser Mahnung. Ruft ihn herein! Vincent Bosse heißt er. Ruft ihn herein.

Ich werde ihn rufen, sagte Petja.

Rufe ihn nur, rufe ihn nur. Bedauernswerter Junge, wiederholte Denissow.

Petja stand an der Tür, als Denissow das sagte. Petja drückte sich zwischen den Offizieren hindurch und ging ganz nahe an Denissow heran.

Lassen Sie sich küssen, Liebster, Bester, sagte er, ach wie herrlich, wie schön! Er küßte Denissow und rannte in den Hof.

Bosse! Vincent! schrie Petja in der Tür.

Wen wünschen Sie, Herr, wen, sagte eine Stimme aus der Dunkelheit. Petja antwortete, er rufe den kleinen Franzosen, den man heute gefangengenommen habe. – Ei, den Wessennij? sagte der Kosak.

Die Kosaken hatten seinen Namen Vincent schon in Wessennij (Frühling) umgewandelt und die Bauern und Soldaten in Wießenja.

Er ist dort, er wärmt sich am Wachtfeuer, he Wießenja, Wießenja, Wessennij, klangen durch die Dunkelheit die Stimmen, die den Ruf weitergaben, und das Gelächter. – Der kleine Kerl ist munter, sagte der Husar, der neben Petja stand, wir haben ihm vorhin zu essen gegeben, er war verteufelt hungrig.

Da hörte man durch die Dunkelheit Schritte, und der Trommlerbube kam, seine nackten Beine durch den Schmutz schleppend, auf die Tür zu.

Ah, da sind Sie, sagte Petja, wollen Sie essen? Fürchten Sie sich nicht, es soll Ihnen nichts Böses geschehen, fügte er hinzu, milde und freundlich seine Hand berührend, kommen Sie nur herein, kommen Sie.

Ich danke, antwortete der Trommler mit zitternder, beinahe kindlicher Stimme und wischte seine schmutzigen Füße an der Schwelle ab. Petja hätte dem kleinen Trommler gern noch mehr gesagt, aber er wagte es nicht. Er stand neben ihm im Flur und trat von einem Fuß auf den anderen. Dann nahm er ihn in der Dunkelheit bei der Hand und drückte sie. – Kommen Sie nur herein, kommen Sie nur herein! wiederholte er nur zärtlich leise. Ach, wenn ich doch etwas für ihn tun könnte, sagte Petja zu sich selbst, öffnete die Tür und ließ den Knaben vor sich eintreten.

Als der Trommler im Zimmer war, setzte sich Petja etwas entfernt von ihm, denn er hielt es für erniedrigend, ihm seine

Aufmerksamkeit zu schenken. Er betastete nur in der Tasche sein Geld und war im Zweifel, ob er sich schämen mußte, es dem Trommler zu geben.

VIII

Von dem kleinen Trommler, dem man auf Denissows Befehl Schnaps und Hammelbraten gab und den Denissow in einen russischen Kaftan stecken ließ, um ihn nicht mit den Gefangenen weiterzuschicken, sondern bei seiner Schar zu halten, wurde Petjas Aufmerksamkeit durch die Ankunft Dolochows abgelenkt. Petja hatte in der Armee viel von der außerordentlichen Tapferkeit und Grausamkeit Dolochows gegen die Franzosen erzählen hören, darum ließ er von dem Augenblick, wo Dolochow die Stube betreten hatte, kein Auge von ihm und gab sich immer mehr Haltung, den Kopf höher emporrichtend, um auch einer solchen Kameradschaft, wie Dolochow war, würdig zu erscheinen.

Dolochows Äußeres überraschte Petja seltsam durch seine Einfachheit.

Denissows Kleidung bildete ein Tschekmen. Er trug einen Bart und auf der Brust ein Bild des heiligen St. Nikolaus, des Wundertäters, und in der Art, wie er sprach, in seinem ganzen Gebaren kam die Besonnenheit seiner Lage zum Ausdruck. Dolochow hingegen, der einst in Moskau persische Tracht getragen, hatte jetzt ganz das Aussehen eines stutzerhaften Gardeoffiziers. Sein Gesicht war glattrasiert. Er trug einen wattierten Gardeüberrock mit dem Georgskreuz im Knopfloch und eine geradesitzende einfache Mütze. Er nahm in der Ecke seinen feuchten Filzmantel ab, trat ohne die anderen zu begrüßen auf Denissow zu und begann sofort nach dem Stande der Dinge zu fragen. Denissow erzählte ihm von den Absichten, welche die größeren Abteilungen auf ihrem Transport hätten, von Petjas Meldung, und was er den beiden Generalen geantwortet hätte. Dann erzählte Denissow alles, was er über die Lage der französischen Armee wußte.

Schon gut. Aber man muß doch wissen, was für Truppen

und wieviel, sagte Dolochow; es wird jemand hinreiten müssen. Wenn man nicht genau weiß, wie stark sie sind, darf man sich nicht in einen Kampf einlassen ... Ich gehe gern sorgfältig vor. Will vielleicht jemand von den Herren mit mir in ihr Lager hinunterreiten? Ich habe auch eine Uniform bei mir.

Ich, ich ... ich reite mit, rief Petja.

Du brauchst keineswegs hinzureiten, sagte Denissow zu Dolochow gewandt, ihn aber laß ich um keinen Preis mit.

Das wäre noch schöner, rief Petja, warum soll ich nicht hin? ...

Ganz einfach, weil es keinen Zweck hat.

Nehmen Sie mir's nicht übel, weil ... weil ich mitreiten will und damit basta. Sie nehmen mich mit, wandte er sich an Dolochow.

Wozu?! ... antwortete Dolochow zerstreut und sah dabei dem französischen Trommlerbuben ins Gesicht. Ist der Kleine schon lange bei dir? fragte er Denissow.

Heute hat man ihn eingebracht, aber er weiß nichts. Ich habe ihn bei mir behalten.

Und was fängst du mit den übrigen an, sagte Dolochow.

Mit den übrigen? ... Ich liefere sie ab und laß es mir bescheinigen! rief Denissow plötzlich errötend. Und ich kann dreist sagen, ich habe nicht ein Menschenleben auf dem Gewissen. Macht es dir etwa mehr Schwierigkeiten, dreißig oder dreihundert Menschen unter Bedeckung in die Stadt zu schicken, als, ich sage es frei heraus, die Ehre des Soldaten zu beflecken.

Das junge Gräflein mit seinen sechzehn Jahren dürfte solche Liebenswürdigkeiten sagen – sagte Dolochow mit einem kühlen Lächeln, aber für dich wäre es schon an der Zeit, dergleichen zu lassen.

Was denn, ich sage nichts, ich sage nur, daß ich unbedingt mit Ihnen reite, sagte Petja zaghaft.

Für uns beide aber, Kamerad, wäre es Zeit, diese Liebenswürdigkeiten an den Nagel zu hängen, fuhr Dolochow fort, als machte es ihm ein besonderes Vergnügen, über diesen Gegenstand zu sprechen, der Denissow aufregte. – Und warum hast du ihn hier zu dir genommen, sagte er, den Kopf schüttelnd, weil du Mitleid mit ihm hast? Wir kennen doch deine Bescheinigungen. Du schickst hundert Mann hin, und dreißig kommen an. Sie sterben vor Hunger oder sie werden getötet, ist's da nicht gescheiter, sie nicht erst gefangenzunehmen.

Der Essaul kniff seine leuchtenden Augen zusammen und nickte beifällig mit dem Kopf.

Das ist ganz einerlei, da gibt's nicht viel zu überlegen! Ich will es nicht auf mein Gewissen nehmen. Du sagst, sie sterben. Nun schön. Nur nicht durch meine Schuld.

Dolochow lachte.

Wer hat sie verhindert, mich zwanzigmal zu fangen? Sie werden mich und dich mit ihrer Ritterlichkeit gefangennehmen und ohne viel Federlesen an den nächsten Baum knüpfen. – Er schwieg. – Aber nun heißt's ans Werk! Mein Kosak soll mir das Bündel holen! Ich habe drei französische Uniformen; nun, reiten wir beide? fragte er Petja.

Ich? ... Ja, ja, unbedingt, rief Petja und errötete fast unter Tränen, als er Denissow ansah.

Während Dolochow mit Denissow darüber stritt, wie man sich den Gefangenen gegenüber zu verhalten habe, empfand Petja wieder ein Unbehagen und eine Unsicherheit, aber auch diesmal vermochte er wieder nicht recht zu verstehen, wovon sie sprachen ... »Wenn die großen, berühmten Leute so sprechen, so muß es wohl so sein, muß es wohl richtig sein«, dachte er. »Die Hauptsache aber ist, daß Denissow nicht etwa glaube, ich gehorchte ihm, er könnte mir etwas befehlen. Ich reite unbedingt mit Dolochow in das französische Lager. Kann er, so kann ich auch!«

Auf alle Ermahnungen Denissows, nicht mitzureiten, erwiderte Petja, auch er sei gewohnt, alles sorgfältig zu machen und nicht so von ungefähr, und an eine Gefahr, die ihm drohe, denke er nie.

Denn Sie werden selbst zugeben, wenn man nicht genau weiß, wie stark der Feind ist, so hängt davon vielleicht das Leben von Hunderten ab, wir sind aber nur zwei, und dann habe ich große Lust dazu und ich reite unbedingt, unbedingt mit. Sie sollen mich nicht abhalten, sagte er, das kann es nur schlimmer machen ...

IX

Petja und Dolochow warfen die Franzosenmäntel um, setzten die französischen Tschakos auf und ritten hinaus zu der Lichtung, von der aus Denissow das Lager betrachtet hatte. Sie kamen bei völliger Dunkelheit aus dem Walde heraus und ritten den Abhang hinunter. Unten am Fluß befahl Dolochow den Kosaken, die ihn begleiteten, hier zu warten und ritt in scharfem Trab den Weg entlang auf die Brücke zu. Petja ritt neben ihm einher, sein Herz stockte vor Aufregung.

Wenn es uns schlecht geht, sollen sie mich lebendig nicht bekommen, ich habe eine Pistole bei mir, sagte Petja leise.

Sprich nicht Russisch, sagte Dolochow hastig und leise, und in demselben Augenblick erklang durch die Dunkelheit der Anruf »Wer da?« und der Ton einer Flinte. Petja stieg das Blut ins Gesicht, er griff nach seiner Pistole.

Ulanen vom sechsten Regiment, sagte Dolochow, ohne sein Pferd anzutreiben oder zurückzuhalten. Die dunkle Gestalt einer Schildwache stand auf der Brücke.

Parole? Dolochow hielt sein Pferd zurück und ritt im Schritt.

Können Sie mir sagen, ob Oberst Gérard hier ist, sagte er.

Die Parole! sagte die Schildwache, ohne die Frage zu beantworten, und vertrat den Reitern den Weg.

Wenn ein Offizier die Vorpostenkette besichtigt, fragt die Wache nicht nach der Parole! schrie Dolochow, trieb sein Pferd gerade auf die Schildwache zu und wurde über und über rot. Ich frage, ob der Oberst hier ist?

Und ohne die Antwort des Postens, der ausgewichen war, abzuwarten, ritt Dolochow im Schritt den Berg hinan.

Da bemerkte er den schwarzen Schatten eines Mannes, der über den Weg ging. Dolochow hielt den Mann an und fragte ihn, wo der Kommandeur und die Offiziere wären. Der Mann, der einen Sack auf dem Rücken trug, ein Soldat, blieb stehen, trat nahe an Dolochows Pferd heran, berührte es mit der Hand und erzählte schlicht und freundlich, der Kommandeur und die Offiziere wären weiter oben auf dem Berge zur rechten Hand auf dem Hofe der Farm (so nannte er das Herrenhaus).

Dolochow ritt den Weg weiter. Von rechts und links klangen von den Wachtposten französische Gespräche herüber. Nun bog er in den Hof des Herrenhauses ein. Er ritt durch das Tor, stieg ab, trat an ein großes, lichterloh brennendes Wachtfeuer heran, um das unter lautem Geplauder mehrere Mann herumsaßen.

In einem Kessel kochte etwas, und ein Soldat in Tschako und blauem Mantel kniete daneben, hell vom Feuerschein beleuchtet, und rührte darin mit dem Ladestock.

Ach, das ist hart, das kriegst du nie weich, sagte einer von den Offizieren, der an der entgegengesetzten Seite des Wachtfeuers im Schatten saß.

Er wird den Kaninchen schon Beine machen! (französische Redensart), sagte ein anderer lachend. Beide verstummten, als sie in der Dunkelheit den Klang der Schritte Dolochows und Petjas vernahmen, die mit ihren Pferden auf das Wachtfeuer zukamen.

Guten Abend, meine Herren, sagte Dolochow laut und deutlich.

Die Offiziere regten sich im Schatten des Wachtfeuers, und ein hochgewachsener Mann mit langem Hals kam, um das Feuer herum, auf Dolochow zu.

Sind Sie es, Clément, sagte er, woher des Teufels? ... aber bald hielt er inne, da er seinen Irrtum erkannte, runzelte leicht die Stirn, begrüßte Dolochow, wie man einen Unbekannten begrüßt, und fragte, womit er dienen könne. Dolochow erzählte, er reite mit seinem Kameraden dem Regimente nach und fragte, indem er sich an alle Anwesenden wandte, ob die Offiziere nicht etwas vom sechsten Regiment wüßten. Niemand wußte etwas, und Petja hatte das Gefühl, als ob die Offiziere ihn und Dolochow feindselig und verdächtig zu betrachten anfingen. Einige Augenblicke schwiegen alle.

Wenn Sie auf Abendbrot gerechnet haben, so sind Sie zu spät gekommen, sagte eine Stimme hinter dem Wachtfeuer mit verhaltenem Lachen.

Dolochow antwortete, sie seien satt und müßten zur Nacht weiterreiten.

Er gab die Pferde dem Soldaten, der den Kessel umrührte, und kauerte bei dem Wachtfeuer neben dem Offizier mit dem langen Halse nieder. Der Offizier betrachtete Dolochow unverwandt und fragte ihn, aus welchem Regiment er sei. Dolochow antwortete nicht, als ob er die Frage nicht gehört hätte. Er zog ein kleines französisches Pfeifchen aus der Tasche, rauchte es an und fragte die Offiziere, ob sie nicht wüßten, wie weit die Straße vor ihnen vor Kosaken sicher sei.

Diese Räuber sind überall! antwortete ein Offizier hinter dem Wachtfeuer.

Dolochow meinte, die Kosaken seien nur für solche Zurückgebliebene gefährlich wie er und sein Kamerad, aber große Abteilungen würden die Kosaken wahrscheinlich nicht zu überfallen wagen, fügte er fragend hinzu. Niemand erwiderte ein Wort.

Nun, jetzt wird er wohl aufbrechen, dachte Petja jeden Augenblick, während er so vor dem Wachtfeuer stand und der Unterhaltung zuhörte.

Dolochow aber nahm das unterbrochene Gespräch wieder auf und fragte geradezu, wieviel Mann im Bataillon seien, wieviel Bataillone, wieviel Gefangene sie hätten. Bei der Frage über die russischen Gefangenen, die in ihrer Abteilung wären, sagte Dolochow:

Scheußlich, diese Leichen mit herumzuschleppen! Man sollte die Bande niederschießen … Dabei lachte er so laut mit einem so eigentümlichen Lachen, daß Petja glaubte, die Franzosen müßten sofort den Betrug erkennen, und unwillkürlich einen Schritt vom Wachtfeuer zurücktrat. Niemand erwiderte etwas auf Dolochows Worte und sein Lachen, und ein französischer Offizier, den man nicht sehen konnte (er lag dicht in seinen Mantel gehüllt da), erhob sich und flüsterte seinen Kameraden etwas zu. Dolochow stand auf und rief die Soldaten mit den Pferden heran.

»Ob sie die Pferde bringen werden oder nicht?« dachte Petja und näherte sich unwillkürlich Dolochow.

Die Pferde wurden gebracht; »Leben Sie wohl, meine Herren!« sagte Dolochow.

Petja wollte *bon soir* sagen, konnte aber kein Wort hervorbringen. Die Offiziere flüsterten miteinander! Dolochow brauchte viel Zeit, um sein Pferd zu besteigen, da es nicht stillstehen wollte, dann ritt er im Schritt zum Tor hinaus. Petja ritt neben ihm, er hatte weder den Wunsch noch den Mut, hinter sich zu blicken, um zu sehen, ob die Franzosen ihnen folgten oder nicht.

Als sie auf die Straße hinausgekommen waren, ritt Dolochow nicht zurück feldeinwärts, sondern das Dorf hinab. An einer Stelle hielt er, um zu lauschen. »Hörst du?« sagte er. Petja erkannte russische Stimmen und sah an den Wachtfeuern die dunklen Gestalten russischer Gefangener. Petja und Dolochow ritten hinab über die Brücke an der Schildwache vorüber, die ohne ein Wort zu sagen nur düster die Brücke auf und nieder schritt, und kamen hinaus an den Abhang, wo die Kosaken sie erwarteten.

Nun, jetzt lebe wohl. Sage Denissow, mit dem Morgengrauen, beim ersten Schuß, sagte Dolochow und wollte davonreiten, aber Petja streckte seine Arme nach ihm aus.

Nein, rief er, Sie sind ein solcher Held, ach wie schön, wie prächtig! Wie ich Sie liebe.

Schön, schön, sagte Dolochow. Aber Petja ließ ihn nicht los, und Dolochow sah in der Dunkelheit, wie Petja sich zu ihm hinüberbeugte. Er wollte ihn küssen. Dolochow küßte ihn, lachte, wandte sein Pferd um und entschwand in der Dunkelheit.

X

Als Petja in das Wachthäuschen zurückgekommen war, stand Denissow im Flur. Denissow hatte ihn erwartet, er war erregt, beunruhigt und ärgerlich über sich selbst, daß er Petja hatte gehen lassen.

Gott sei Dank! rief er nun, Gott sei Dank! wiederholte er, während er Petjas begeisterte Erzählung mit anhörte, aber hol dich der Teufel, ich habe deinetwegen kein Auge zugemacht! sagte Denissow; nun Gott sei Dank, jetzt lege dich schlafen. Wir können noch bis zum Morgen ein wenig schlummern.

Ja, nein, sagte Petja, ich bin noch nicht schläfrig, und dann kenne ich mich, schlafe ich erst ein, dann ist's vorbei. Außerdem bin ich gewohnt, vor einer Schlacht nicht zu schlafen.

Petja saß noch einige Zeit in der Stube, er dachte in freudiger Erregung an alle Einzelheiten seines Rittes zurück und sah lebhaft vor sich, was morgen sein würde. Da bemerkte er, daß Denissow eingeschlafen war. Er stand auf und ging hinaus. Draußen war es noch völlig dunkel. Der Regen war vorüber, aber von den Bäumen tröpfelte es noch. In der Nähe des Wachthäuschens sah man die schwarzen Umrisse der Kosakenhütten und der aneinandergebundenen Pferde. Hinter dem Häuschen waren zwei Fuhren zu sehen, bei welchen Pferde standen, und in dem Hohlweg glühte und schimmerte rötlich ein erlöschendes Feuer. Die Kosaken und Husaren schliefen nicht alle. Hie und da hörte man durch das Plätschern der Regentropfen und das nahe Wiehern der Pferde leise flüsternde Stimmen.

Petja trat aus dem Flur heraus, spähte durch die Dunkelheit und ging auf die Fuhre zu. Unter der Fuhre schnarchte jemand, und um sie herum standen gesattelte Pferde und frassen Hafer. Petja erkannte in der Dunkelheit sein Pferd, dem er den Namen Karabach gegeben hatte, obwohl es ein kleinrussisches Tier war, und trat näher darauf zu.

Nun, Karabach, morgen wollen wir zeigen, was wir können, sagte er, beroch seine Nüstern und küßte es.

Sie schlafen nicht, Herr? sagte der Kosak, der unter der Fuhre saß.

Nein. Ah ... Heißt du nicht Lichatschow? Ich bin ja eben erst angekommen. Wir haben einen Ritt zu den Franzosen gemacht. – Und Petja erzählte dem Kosaken ausführlich nicht bloß seinen Ritt, sondern auch den Grund des Rittes und warum er meinte, es sei besser sein Leben zu wagen, als sich dem blinden Zufall zu überlassen.

Aber Sie sollten lieber schlafen, sagte der Kosak.

Nein, ich bin's gewohnt, antwortete Petja. Sag, sind die Feuersteine in Euren Pistolen noch nicht abgeschlagen? Ich habe welche mitgebracht. Brauchst du welche? Hier nimm.

Der Kosak kam unter der Fuhre hervorgekrochen, um Petja näher zu betrachten.

Weil ich gewohnt bin, alles pünktlich zu machen, sagte Petja. Manche glauben, es geht auch so und bereiten sich schlecht vor, hinterher bedauern sie's, ich tue so was nicht.

Ganz recht, sagte der Kosak.

Und noch eins, Freundchen, möchte ich dich bitten, schleife mir meinen Säbel; er ist abgest... (aber Petja scheute sich zu lügen), er war noch nie geschliffen. Kannst du das machen?

Ei, gewiß.

Lichatschow stand auf, wühlte in seinem Bündel herum, und bald vernahm Petja den kriegerischen Klang von Säbel und Wetzstein. Er kletterte auf den Wagen und setzte sich auf den Rand. Der Kosak unter der Fuhre schliff seinen Säbel.

Wie, schlafen denn die Leute? sagte Petja.

Der eine schläft, der andere nicht.

Und wo ist der Junge?

Der Wessennej? Der hat sich im Flur hingeworfen. Vor Angst ist er eingeschlafen. Er war froh.

Petja schwieg eine lange Weile und lauschte dem Klange. Durch die Dunkelheit ertönten Schritte, und es erschien eine dunkle Gestalt.

Was schleifst du da, fragte ein Mann, der sich der Fuhre näherte.

Dem jungen Herrn da schleife ich den Säbel.

Ein gutes Werk, sagte der Mann, den Petja für einen Husaren hielt, sag', gibt's bei euch noch ein Glas?

Da neben dem Rade. – Der Husar nahm das Glas. Nun wird's auch bald wieder Tag, sagte er gähnend und ging weiter.

Petja hätte wissen müssen, daß er sich im Walde befand, in Denissows Freischar, eine Werst von der Heerstraße, daß er auf einer Fuhre saß, die man den Franzosen genommen hatte, an die die Pferde angebunden waren, daß unter ihm der Kosak Lichatschow saß und ihm seinen Säbel schliff, daß der große, dunkle Fleck rechts das Wachthäuschen und der rötliche, helle Fleck unten links ein erlöschendes Wachtfeuer war, daß der Mann, der nach dem Glase fragte, ein Husar war, der trinken wollte; aber er wußte von alledem nichts und wollte nichts davon wissen. Er war in einem Wunderlande, in dem nichts der Wirklichkeit ähnlich war. Der große schwarze Fleck war ja vielleicht das Wachthäuschen, er konnte aber auch eine Höhle sein, die tief in die Erde hineinführte. Der rote Fleck war vielleicht ein Feuer, er konnte aber auch das Auge eines Riesenungeheuers sein. Er saß jetzt vielleicht auf der Fuhre, aber es war wohl möglich, daß er nicht auf einer Fuhre saß, sondern auf einem ungeheuer hohen Turm, von dem man, wenn man herunterfiele, einen ganzen Tag, einen ganzen Monat bis zur Erde hätte, von dem man vielleicht auch nie bis zur Erde hinunterkam. Vielleicht saß unter der Fuhre schlechtweg der Kosak Lichatschow, aber es konnte wohl sein, daß es der beste, tapferste, wunderbarste, vortrefflichste Mann in der Welt war, den niemand kennt. Vielleicht war ein Husar dahergekommen, um Wasser zu trinken, und war dem Abhang zugegangen, er konnte aber eben verschwunden sein, ganz und gar verschwunden, vielleicht gar nicht dagewesen sein.

Was Petja auch jetzt hätte sehen mögen, nichts hätte ihn in Erstaunen gesetzt. Er war in einem Wunderlande, in dem alles möglich war.

Er richtete die Augen zum Himmel empor, und der Himmel war so zauberhaft wie die Erde. Am Himmel wurde es heller, und über die Wipfel der Bäume eilten die Wolken dahin, als wollten sie die Sterne enthüllen. Hier und da schien es, als wollte der Himmel sich entwölken, und dann erschien ein dunkler, reiner Himmel. Hie und da schien es, als wären diese schwarzen Punkte Wetterwölkchen, manchmal schien es, als hebe sich der Himmel höher über seinem Haupte; manchmal senkte er sich ganz hernieder, als brauchte man nur die Hand auszustrecken, um ihn zu fassen.

Petja schloß die Augen und wiegte den Kopf.

Die Tropfen tröpfelten. Ringsum flüsterndes Geplauder. Pferde begannen zu wiehern und sich zu beißen, Menschen schnarchten.

Shig – shig, shig – shig … pfiff der geschliffene Säbel, und plötzlich hörte Petja einen wundervollen Chor, der eine unbekannte feierlich-süße Hymne spielte. Petja war musikalisch, wie Natascha, und mehr als Nikolaj, aber er hatte nie Musik getrieben, nie an Musik gedacht, und darum waren ihm die Motive, die ihm so unerwartet einfielen, besonders neu und anziehend. Und die Musik wurde immer lauter und lauter. Die Melodie schwoll und ging von Instrument zu Instrument über. Es entstand das, was man eine Fuge nennt, obgleich Petja keine Vorstellung von einer Fuge hatte. Jedes Instrument, bald ein geigenähnliches, bald ein trompetenähnliches, aber schöner und reiner als Geigen und Trompeten – jedes Instrument spielte für sich und verschwamm, ehe das Motiv beendet war, mit dem andern, das dieselbe Melodie einsetzte, und so mit dem dritten und vierten, dann strömten sie alle in eins zusammen, trennten sich wieder und flossen wieder zusammen, bald zu einer feierlich kirchlichen, bald zu einer schallenden glänzenden Siegesmusik.

»Ach, ich träume ja«, sagte Petja zu sich und fiel mit dem Kopf nickend nach vorn. »Es klingt mir in den Ohren. Aber vielleicht ist es meine Musik. Da ist es wieder. Nur zu, spiele, spiele! Da ...«

Er schloß die Augen, und von allen Seiten erklangen die Töne wie aus weiter Ferne, gingen ineinander und teilten sich, strömten zusammen, und verbanden sich wieder alle zu dem süßen, feierlichen Hymnus. »Ach wie herrlich! So viel ich will und wie ich will«, sagte Petja zu sich selbst. Er versuchte, diesen ungeheuren Chor der Instrumente zu leiten.

»Noch leiser, leiser, jetzt verklingen!« - Und die Töne gehorchten ihm. – »Jetzt voller, heiterer. Noch, noch freudiger!« – und aus unbekannter Tiefe klangen schwellende, feierliche Töne empor. – »Jetzt, Stimmen einfallen!« sagte Petja, und aus der Ferne ertönten erste Männer- und dann Frauenstimmen, und die Stimmen wuchsen gleichmäßig, feierlich an. Petja ergriff eine bange Freudigkeit, da er ihrer außerordentlichen Schönheit lauschte.

Mit einem triumphierenden Siegesmarsch vereinigte sich ein Lied, und die Tropfen tröpfelten und »shig – shig – shig« pfiff der Säbel, und wieder bissen sich und wieherten die Pferde, aber sie störten den Chor nicht, sie vereinigten sich mit ihm. Petja wußte nicht, wie lange es dauerte. Er schwelgte im

Genuß und hörte nicht auf, sich über seinen Genuß zu verwundern und bedauerte, daß er ihn mit niemandem teilen konnte. Da weckte ihn die freundliche Stimme Lichatschows.

Fertig, Euer Wohlgeboren, nun können Sie den Franzosen mitten durchspalten.

Petja erwachte.

Es wird schon Tag, wahrhaftig Tag! rief er.

Die Pferde, die man bis dahin nicht gesehen hatte, wurden bis zum Schwanze sichtbar, und durch die kahlen Zweige schimmerte das feuchte Licht. Petja schüttelte sich, sprang auf, zog einen Rubel aus der Tasche und gab ihn Lichatschow, fuhr mit dem Säbel durch die Luft, um ihn zu prüfen und schob ihn in die Scheide. Die Kosaken banden die Pferde los und zogen die Sattelgurte an.

Da ist auch der Kommandeur, sagte Lichatschow.

Denissow war aus dem Wachthäuschen getreten, er rief Petja und befahl ihm, sich bereitzuhalten.

XI

Rasch nahm jeder im Halbdunkel seine Pferde, die Sattelgurte wurden angezogen, und die Mannschaften stellten sich in Reih und Glied. Denissow stand an dem Wachthäuschen und gab die letzten Befehle. Die Fußgänger der Schar marschierten, mit hundert Beinen den weichen Boden stampfend, voraus, die Straße entlang und verschwanden schnell zwischen den Bäumen in dem Nebel des Morgengrauens. Der Essaul gab seinen Kosaken Befehle. Petja hielt sein Pferd am Zügel und harrte mit Ungeduld des Befehls zum Aufsitzen. Sein Gesicht, das er mit kaltem Wasser gewaschen hatte, und besonders seine Augen brannten wie Feuer, kalter Schauer lief über seinen Rücken, und durch seinen jungen Körper ging ein schnelles, gleichmäßiges Zucken.

Nun, ist alles bei Euch fertig? sagte Denissow. Die Pferde her!

Man brachte die Pferde. Denissow schrie die Kosaken an, weil die Sattelgurte zu schwach waren, und scheltend saß er auf. Petja ergriff den Steigbügel. Das Pferd wollte ihn, wie so oft, in das Bein beißen, Petja aber sprang rasch, als ob er sein Gewicht nicht fühlte, in den Sattel, wandte sich nach den Husaren um, die hinter ihm in der Dunkelheit aufbrachen und ritt so auf Denissow zu.

Wassilij Fjodorowisch, Sie werden mir doch einen Auftrag geben? Ich bitte ... Um Gottes willen, sagte er. Denissow schien Petjas Existenz vergessen zu haben. Er sah sich nach ihm um.

Um eines bitte ich dich, sagte er streng, mir zu gehorchen und dich nirgends einzumischen.

Während des ganzen Weges sprach Denissow kein Wort mehr mit Petja und ritt schweigend dahin. Als sie sich dem Waldesrand näherten, begann es im Walde schon merklich hell zu werden. Denissow sprach flüsternd etwas mit dem Essaul, und die Kosaken ritten an Petja und Denissow vorüber. Als sie alle vorüber waren, gab Denissow seinem Pferde die Sporen und ritt bergab. Die Pferde kauerten sich auf die Hinterbeine und stiegen gleitend mit ihren Reitern in die Schlucht hinunter. Petja ritt neben Denissow. Das Zucken in seinem ganzen Körper wurde immer stärker. Es wurde immer heller und heller; nun hüllte ein Nebel die fernen Gegenstände ein. Nachdem Denissow unten angekommen war, schaute er zurück und winkte einem Kosaken, der neben ihm stand, mit dem Kopfe zu.

Das Signal! sagte er.

Der Kosak erhob die Hand, ein Schuß krachte. Und in diesem Augenblick hörte man den Hufschlag der vorwärtssprengenden Pferde, Rufe von allen Seiten und neue Schüsse.

In dem Augenblick, wo der Hufschlag und die Rufe laut wurden, schlug Petja sein Pferd und sprengte, ohne auf Denissow zu hören, der ihm nachschrie, mit verhängten Zügeln vorwärts. Petja war es, als wäre es plötzlich in dem Augenblick, in dem der Schuß gefallen war, völlig taghell geworden. Er sprengte auf die Brücke zu. Vor ihm ritten die Kosaken. Auf der Brücke stieß er mit einem zurückgebliebenen Kosaken zusammen und sprengte weiter. Vor ihm rannten Menschen – wahrscheinlich Franzosen – von der rechten Seite der Heerstraße zu der linken hinüber. Einer stürzte unter den Füßen von Petjas Pferd in den Straßenschmutz.

Bei einer Bauernhütte drängten sich die Kosaken zusammen. Aus der Mitte der Menge erscholl ein fürchterliches Geschrei, Petja sprengte zu der Menge hinüber, und das erste, was er sah, war das bleiche, zitternde Gesicht eines Franzosen, der den Schaft einer gegen ihn gerichteten Lanze festhielt.

Hurra! ... Kinder ... Wir haben ihn – schrie Petja, gab dem vorwärtsstürmenden Pferde die Zügel und sprengte die Straße hinauf.

Weiter vorn hörte man Schüsse, Kosaken und Husaren und zerlumpte russische Gefangene, die von beiden Seiten des Weges dahergerannt kamen, schrien laut und wirr durcheinander. Ein kecker Franzose, mit einem roten, düstern Gesicht, ohne Mütze, in einem blauen Mantel, wehrte sich mit einem Kolben gegen die Husaren. Als Petja heransprengte, lag der Franzose schon am Boden. »Wieder zu spät gekommen«, huschte es durch Petjas Kopf, und er sprengte an die Stelle, woher die häufigen Schüsse gehört wurden. Die Schüsse kamen aus dem Hofe des Gutshauses, auf dem er gestern nacht mit Dolochow gewesen war. Die Franzosen hatten sich dort hinter dem Zaun in dem dichten Buschwerk des Gartens festgesetzt und schossen auf die Kosaken, die sich an dem Tor zusammengedrängt hatten. Als Petja auf das Tor zuritt, sah er Dolochow im Pulverdampf, wie er mit grünlichem Gesicht den Leuten zuschrie. »Umzingelt sie! Das Fußvolk abwarten!« schrie er in dem Augenblick, als Petja auf ihn zuritt.

Warten? ... Hurraaa! ... schrie Petja, und ohne auch nur einen Augenblick zu zögern, sprengte er auf die Stelle zu, wo die Schüsse herkamen und wo der Pulverdampf am dichtesten war. Eine Salve ertönte, hohle, irgendwo einschlagende Kugeln pfiffen. Die Kosaken und Dolochow sprengten Petja durch das Tor des Hauses nach. Die Franzosen warfen, als der dichte Rauch zu schwanken begann, die Waffen fort und stürzten aus dem Gebüsch den Kosaken entgegen. Ein anderer Teil floh den Berg hinab dem Teiche zu. Petja sprengte auf seinem Pferde das Herrenhaus entlang und, anstatt die Zügel festzuhalten, fuchtelte er seltsam und hastig mit beiden Händen durch die Luft und glitt immer mehr und mehr auf die eine Seite des Sattels hinüber. Das Pferd rannte auf ein Wachtfeuer zu, das im Morgenlicht kohlte, und prallte zurück, und Petja fiel schwer auf die feuchte Erde nieder. Die Kosaken sahen, wie seine Arme und Beine hastig zuckten, obgleich sein Kopf sich nicht rührte. Eine Kugel war ihm durch den Kopf gedrungen.

Ein alter französischer Offizier kam hinter dem Hause hervor, trat mit einem weißen Tuch an seinem Degen auf Dolochow zu und erklärte ihm, daß sie sich ergäben. Dolochow stieg vom Pferde und ging auf den unbeweglich, mit ausgebreiteten Armen daliegenden Petja zu.

Fertig! sagte er mit gerunzelter Stirn, und ging durch das Tor auf Denissow zu, der ihm entgegengeritten kam.

Tot?! schrie Denissow auf, denn er hatte schon aus der Ferne die ihm wohlbekannte, unzweifelhaft leblose Lage bemerkt, in der Petjas Körper dalag.

Fertig, wiederholte Dolochow, als gewährte ihm die Wiederholung dieses Wortes eine Befriedigung. Dann ging er schnell zu den Gefangenen, die von den eilig herbeigekommenen Kosaken umringt waren. Wir nehmen keine mit, schrie er Denissow zu.

Denissow antwortete nicht. Er ritt an Petja heran, stieg vom Pferde und wandte Petjas Gesicht, das mit Schmutz und Blut bespritzt und schon ganz bleich geworden war, mit bebenden Händen sich zu.

»Ich bin's gewohnt ... etwas Süßes, vortreffliche Rosinen, nehmt alle ...«, kam ihm in die Erinnerung, und die Kosaken sahen sich mit Erstaunen um, da sie die gebellähnlichen Laute hörten, mit welchen Denissow sich schnell abkehrte, auf den Zaun zuging und sich an ihm festhielt.

Unter den russischen Gefangenen, die Denissow und Dolochow den Franzosen abgenommen hatten, war auch Pierre Besuchow.

XII

Für die Abteilung der Gefangenen, in der sich Pierre befand, war während des ganzen Marsches von Moskau kein neuer Befehl von der französischen Behörde gekommen. Die Abteilung befand sich schon seit dem 4. November nicht mehr bei den Truppen und Trains, mit welchen sie Moskau verlassen hatte. Die Hälfte des Wagenzuges mit Zwieback, die ihnen auf dem ersten Marsche gefolgt war, hatten ihnen die Kosaken abgejagt. Die andere Hälfte war vorausgefahren; von der Kavallerie zu Fuß, die vorausgegangen war, war auch nicht ein Mann mehr da; sie waren alle verschwunden. Die Artillerie, die auf den ersten Märschen an der Spitze sichtbar war, war jetzt abgelöst von den ungeheuren Trains des Marschalls Junot, die von Westfalen gedeckt waren. Hinter den Gefangenen zog ein Train von Kavalleriesachen.

Von Wjasma an waren die französischen Truppen, die bis dahin in drei Kolonnen marschiert waren, in einem Haufen marschiert. Die Anzeichen von Unordnung, die Pierre auf der ersten Raststätte hinter Moskau bemerkt hatte, hatten jetzt ihren höchsten Grad erreicht.

Die Straße, die sie zogen, war auf beiden Seiten von Pferdeleichen bedeckt; zerlumpte Menschen, die von den verschiedensten Truppenteilen zurückgeblieben waren, schlossen sich der marschierenden Kolonne an oder blieben wieder zurück.

Während des Marsches hatte es mehrere Male blinden Lärm gegeben, und die Soldaten der Bedeckungsmannschaft hatten zu den Gewehren gegriffen, geschossen und waren, einer den anderen drängend, in Verwirrung vorwärtsgestürzt, dann stellten sie sich wieder in Reih und Glied und schalten einander wegen der grundlosen Furcht.

Diese drei Züge – das Kavalleriedepot, das Gefangenendepot und der Train Junots, die zusammen marschierten, bildeten immer noch ein Besonderes und Ganzes, obgleich sie zusammengeschmolzen waren.

In dem Depot, zu dem anfangs 120 Wagen gehört hatten, waren jetzt nicht mehr als 60 übriggeblieben – die anderen hatte der Feind abgejagt, oder sie waren im Stiche gelassen worden. Auch von Junots Train waren mehrere Wagen zurückgeblieben oder fortgenommen. Drei Wagen waren von zurückgebliebenen Soldaten vom Korps Davoust, auf die man gestoßen war, geplündert worden. Aus der Unterhaltung der Deutschen erfuhr Pierre, daß bei diesen Wagenzügen eine größere Wache war als bei den Gefangenen, und daß einer von ihren Kameraden, ein Deutscher, auf persönlichen Befehl des Marschalls erschossen worden war, weil man bei dem Soldaten einen silbernen Löffel gefunden hatte, der dem Marschall gehörte.

Von den drei Zügen war jedoch am meisten das Gefangenendepot zusammengeschmolzen. Von 330 Mann, die aus Moskau ausgezogen waren, waren jetzt weniger als 100 übrig. Die Gefangenen waren der Bedeckungsmannschaft noch lästiger als die Sättel der Kavalleriedepots und der Wagenzug Junots. Die Sättel und Löffel Junots, das war ihnen klar, konnten noch einen Wert haben; aber wozu sollten die hungrigen und frierenden Soldaten noch auf Wache ziehen, um die nicht minder von Hunger und Frost geplagten Russen zu bewachen, die auf dem Wege dahinstarben und liegenblieben, worauf sie niedergeschossen werden sollten – das war nicht nur unbegreiflich, das war unerträglich. Und so gingen die Bedeckungsmannschaften, als fürchteten sie sich in dem traurigen Zustand, in dem sie sich selbst befanden, dem Gefühl des Mitleids gegen die Gefangenen zu erliegen und dadurch ihre eigene Lage noch schlimmer zu gestalten, besonders unfreundlich und streng mit ihnen um.

In Dorogobush hatten, während die Bedeckungsmannschaft die Gefangenen in einen Stall geschlossen hatten, um die eigenen Magazine zu plündern, mehrere Mann die Mauern untergraben und waren geflohen. Sie wurden aber von den Franzosen ergriffen und erschossen.

Die Ordnung, die man bei dem Abzuge aus Moskau eingeführt hatte, nach der die gefangenen Offiziere gesondert von den Gemeinen marschierten, war längst durchbrochen. Alles, was gehen konnte, ging zusammen, und Pierre hatte sich am dritten Marschtage schon wieder mit Karatajew vereinigt und dem blauen, krummbeinigen Hunde, der Karatajew zum Herrn erwählt hatte.

Karatajew hatte drei Tage nach dem Abzuge aus Moskau dasselbe Fieber bekommen, an dem er in dem Moskauer Lazarett darniedergelegen hatte, und je schwächer Karatajew wurde, desto mehr entfernte sich Pierre von ihm. Pierre wußte nicht, warum es geschah; aber er mußte von der Stunde an, wo Karatajews Kräfte abzunehmen begannen, sich Zwang antun, wenn er zu ihm ging. Und wenn er sich ihm näherte und das leise Stöhnen hörte, mit dem Karatajew sich gewöhnlich an der Raststätte niederlegte, und wenn er den Geruch spürte, den Karatajew ausströmte und der jetzt immer stärker wurde, entfernte sich Pierre mehr und mehr von ihm und dachte nicht an ihn.

In der Gefangenschaft, in der Baracke, hatte Pierre nicht mit der Vernunft, sondern mit seinem ganzen Wesen, seinem Leben die Erkenntnis gefunden, daß der Mensch zum Glück geschaffen sei, daß das Glück in ihm selbst ruhe, in der Befriedigung der natürlich menschlichen Bedürfnisse, daß alles Unglück nicht vom Mangel, sondern vom Überfluß komme; jetzt aber, während dieser letzten drei Wochen des Marsches, hatte er noch eine neue tröstliche Wahrheit erkannt: er hatte erkannt, daß es in der Welt nichts Schreckliches gäbe. Er hatte erkannt, daß es ebenowenig in der Welt einen Zustand gäbe, in dem der Mensch glücklich und völlig frei sei, wie einen Zustand, in dem er unglücklich und unfrei wäre. Er hatte erkannt, daß es eine Grenze des Leidens und eine Grenze der Freiheit gäbe, und daß diese Grenze sehr nahe sei; daß der Mensch, der darunter leidet, daß in sein rosa Bett ein Blättchen hineingeflogen ist, ganz ebenso leide, wie er jetzt leidet, wenn er auf dem bloßen feuchten Boden einschlief und eine Seite seines Körpers kalt, die andere warm wurde; daß er ebenso gelitten, als er schon ganz barfuß ging (sein Schuhwerk war längst zerfallen) und seine Füße mit Schorf bedeckt waren. Er erkannte, daß er nicht freier geworden war damals, als er glaubte, nach eigenem Willen seine Frau geheiratet zu haben, als jetzt, wo man ihn über Nacht in den Stall einschloß. Von allem, was auch er später Leiden nannte, was er aber jetzt kaum fühlte, war das Schlimmste die bloßen, wunden schorfüberzogenen Füße. (Das Pferdefleisch war schmackhaft und nahrhaft. Der Salpetergeruch des Pulvers, das man statt des Salzes gebrauchte, war sogar angenehm, große Kälte hatten sie nicht, und am Tage während des Marsches war es stets heiß, in der Nacht hatte man die Wachtfeuer; die Läuse, die ihn fraßen, wärmten seinen Körper.) Nur eins war in der ersten Zeit schwer erträglich, das waren die Füße.

Am zweiten Marschtage besah Pierre an dem Wachtfeuer seine wunden Füße. Er hielt es für unmöglich, so weiterzugehen, als sich aber alle erhoben, ging auch er, erst ein wenig hinkend, dann, als er sich erwärmt hatte, schmerzlos, obgleich gegen Abend seine Füße noch schlimmer aussahen. Aber er betrachtete sie nicht und dachte an andere Dinge ... Jetzt erst begriff Pierre die ganze Stärke menschlicher Lebenskraft und die dem Menschen eingepflanzte erlösende Kraft der Ablenkung der Aufmerksamkeit, die jenem erlösenden Ventil in den Dampfkesseln gleicht, das den überflüssigen Dampf herausläßt, sobald seine Dichtigkeit eine bestimmte Norm überschreitet.

Er hatte weder gesehen noch gehört, wie man die zurückgebliebenen Gefangenen erschossen hatte, obwohl schon mehr als hundert von ihnen auf diese Weise ihr Ende gefunden hatten. Er dachte nicht an Karatajew, der mit jedem Tage schwächer wurde und offenbar sehr bald demselben Schicksal entgegenging. Noch weniger dachte Pierre an sich. Je schwieriger seine Lage wurde, je schrecklicher die Zukunft war, desto unabhängiger von der Lage, in der er sich befand, kamen ihm die freudvollen und beruhigenden Gedanken, Erinnerungen und Vorstellungen.

XIII

Am 4. November um die Mittagsstunde ging Pierre den schmutzigen, schlüpfrigen Weg bergan und betrachtete seine Füße und die Unebenheiten der Straße. Von Zeit zu Zeit warf er einen Blick über die bekannte Menschenmenge, die ihn umgab, dann besah er wieder seine Füße. Beides war gleichermaßen sein Eigentum und ihm vertraut. Das bläuliche, krummbeinige Grauchen lief lustig an der Seite des Weges, zog von Zeit zu Zeit, um seine Geschicklichkeit und seine Zufriedenheit zu zeigen, die Hinterpfoten ein und sprang auf drei Beinen, dann auf allen vieren, und fiel mit Gebell über die Krähen her, die auf den Äsern saßen. Grauchen war lustiger und hübscher als in Moskau. Ringsum lag das Fleisch der verschiedensten Lebewesen – vom Menschen bis zum Pferd – in den mannigfachsten Stadien der Zersetzung, und die Wölfe wurden durch die marschierenden Menschen ferngehalten, so daß Grauchen sich nach Herzenslust gütlich tun konnte.

Es regnete vom frühen Morgen an, und immer, wenn man glaubte, der Himmel würde klar werden, trat nach einer kurzen Pause noch stärkerer Regen ein. Die vom Regen durchweichte Straße sog das Wasser nicht mehr auf, und die Spuren füllten sich mit Rinnsalen.

Pierre sah sich während des Marschierens nach allen Seiten um und zählte an den Fingern die Schritte ab. Innerlich sagte er gewissermaßen zu dem Regen: »Noch immer mehr, immer mehr, stärker!«

Er hatte das Gefühl, als denke er an nichts; aber weit und tief dachte seine Seele etwas Erhabenes und Trostreiches. Dieses Etwas war der feinste, geistige Auszug aus seinem geistigen Gespräch mit Karatajew.

Als man gestern zur Nacht Rast gemacht hatte, und es Pierre an einem verlöschenden Feuer kalt geworden war, hatte er sich erhoben und war zu einem nahe gelegenen, besser wärmenden Wachtfeuer gegangen. Bei dem Wachtfeuer, zu dem er ging, saß Platon. Er hatte seinen Mantel wie ein Priestergewand über den Kopf gezogen und erzählte den Soldaten mit seiner wohlklingenden, angenehmen, aber schwachen, kranken Stimme eine Geschichte. Pierre kannte die Geschichte. Es war um Mitternacht. Das war die Zeit, in der Karatajew gewöhnlich von seinem Fieberanfall wieder zu sich kam und besonders lebhaft zu sein pflegte. Als Pierre sich dem Wachtfeuer näherte und die schwache, kranke Stimme

Platons hörte und sein von hellem Feuerschein beleuchtetes, Mitleid erregendes Antlitz sah, gab es ihm einen schmerzlichen Stich ins Herz. Er erschrak über sein Mitleid mit diesem Menschen und wollte fortgehen, aber es gab kein anderes Wachtfeuer, und Pierre setzte sich hin und gab sich Mühe, Platon nicht anzusehen.

Wie geht es mit deiner Gesundheit? fragte er.

Gesundheit? Krankheit macht weinen – Gott läßt nicht sterben, sagte Karatajew und griff sofort wieder die begonnene Erzählung auf. Siehst du, lieber Freund, fuhr Platon mit einem Lächeln in dem mageren, blassen Gesicht und mit einem besonders freudigen Glanz in den Augen fort, siehst du, lieber Freund ...

Pierre kannte die Geschichte schon lange, Karatajew hatte sie ihm allein schon an die sechs Mal erzählt und immer mit einer besonders freudigen Empfindung. Aber so gut Pierre die Geschichte auch kannte, er hörte sie doch jetzt wie etwas ganz Neues mit an, und die stille Begeisterung, die Karatajew offenbar beim Erzählen empfand, teilte sich auch Pierre mit. Es war die Geschichte von einem alten Kaufmann, der fromm und gottesfürchtig mit seiner Familie lebte, und der einmal mit einem Freunde, einem reichen Kaufmann, auf die Messe fuhr.

In einem Kruge machten die beiden Kaufleute halt und legten sich schlafen. Am anderen Morgen fand man den Freund des Kaufmanns ermordet und beraubt. Das blutige Messer fand man unter dem Kissen des alten Kaufmanns. Der Kaufmann wurde vor Gericht gestellt, mit der Knute bestraft, man riß ihm die Nasenlöcher auf, »wie es die Ordnung vorschreibt«, sagte Karatajew, und schickte ihn nach Sibirien.

»Und siehst du, lieber Freund (bei dieser Stelle war Pierre hinzugekommen), zehn Jahre und mehr waren darüber vergangen. Der Alte lebt in Sibirien, wie sich's gebührt, demütig und gehorsam. Nur um den Tod bittet er Gott ... schön. Und in einer Nacht waren sie alle versammelt, die Sträflinge, so wie wir hier, und der Alte war mit ihnen. Da kommt das Gespräch darauf, wofür jeder bestraft ist und was er gegen Gott gesündigt hat. Und jeder erzählt: Der hat ein Menschenleben auf dem Gewissen, der zwei, der ist ein Brandstifter, der ist ein Flüchtling, also schuldig ... Nun wird der Alte gefragt: Wofür bist du bestraft worden, Alter? Ich, meine lieben Freunde, sagt er, ich leide für meine eigenen Sünden und für die Sünden der Menschen. Ich habe kein Menschenleben auf dem Gewissen, ich habe kein fremdes Gut genommen, ich habe nur den armen Nebenmenschen geholfen. Meine lieben Brüder, ich war ein Kaufmann, und ich besaß Reichtümer; so erzählt er ihnen seine ganze Geschichte; und er erzählt ihnen, wie die ganze Sache war, eines nach dem andern. Ich will nicht klagen, sagt er. Mich muß Gott gestraft haben. Mir tut's nur leid um meine gute Frau und meine Kinderchen. – Dabei weinte der Alte bittere Tränen. Da ist zufällig in ihrem Kreise derselbe Mensch, der den Kaufmann getötet hat. – Sag, Großvater, spricht er, wo war das, wann, in welchem Monat? Und so fragt er ihn über alles, das Herz fing ihm an weh zu tun. Und langsam kommt er an den Alten heran – und bauz, stürzt er ihm zu Füßen. Ach, guter Alter, sagt er, für mich leidest du. Bei Gott wahrhaftig; dieser Mensch leidet unschuldig, glaubt mir, Kinder, ich habe es getan, ich habe dir, während du schliefst, das Messer unter den Kopf gelegt, verzeih, Alter, sagte er, verzeih mir um Christi willen.«

Karatajew verstummte, ein freudiges Lächeln ging über sein Gesicht, er warf einen Blick auf das Feuer und schob die Scheite zurecht.

»Und der Alte sagt: Mag dir Gott verzeihen, wir, sagt er, sind allesamt Sünder vor Gott, ich leide für meine Sünden. Und wieder weinte er bittere Tränen. Was denkst du, mein Falke – sagte Katarajew, und sein Lächeln wurde immer lichter und lichter und strahlender vor Entzücken, als läge in dem, was er jetzt zu erzählen hatte, der höchste Zauber und die ganze Bedeutung seiner Erzählung – was glaubst du, mein Falke, dieser Mörder stellte sich selbst dem Gericht. Sechs Menschenleben habe ich auf dem Gewissen, sagt er (er war ein großer Bösewicht), aber nichts tut mir so weh wie dieser Alte. Er soll nicht um meinetwillen leiden. Nun kam es heraus. Sie schrieben ein Protokoll und schickten das Papier an Ort und Stelle. Das war weit, es dauerte lange, bis die Papiere alle am rechten Ort waren. Es kam zum Zaren. Endlich kam ein Ukas vom Zaren: der Kaufmann soll freigelassen werden, und man soll ihm eine Belohnung geben von soundsoviel; das Papier kam zurück, und man suchte den Alten. Wo ist der Alte, der so lange unschuldig gelitten hat? Vom Zaren ein Papier. Man suchte ihn überall. – Karatajews Kinn bebte. – Gott hatte ihn schon erlöst, er war tot. Ja, so, mein Falke!« schloß Karatajew und sah lange stumm lächelnd vor sich hin.

Nicht diese Erzählung selbst, wohl aber ihr geheimnisvoller Sinn, das freudige Entzücken, das aus Karatajews Blicken strahlte bei dieser Erzählung, die geheimnisvolle Bedeutung dieses Entzückens, das war es, was jetzt wirr, unklar und freudig Pierres Seele erfüllte.

XIV

An die Plätze! schrie plötzlich eine Stimme, und unter den Gefangenen und der Bedeckungsmannschaft entstand eine freudige Erregung, als ob sie etwas Glückliches und Feierliches erwarteten. Von allen Seiten ertönten Kommandorufe, und von links her erschienen Kavalleristen in prächtigen Uniformen auf prächtigen Pferden, welche die Gefangenen im Trab umritten. Auf allen Gesichtern lag der Ausdruck der Spannung, welche die Mannschaften bei der Annäherung der Befehlshaber zu zeigen pflegen. Die Gefangenen drängten sich zu einem Haufen zusammen, man stieß sie vom Wege herunter; die Bedeckungsmannschaft stellte sich in Reih und Glied.

Der Kaiser! Der Marschall! Der Herzog! Und kaum waren die wohlgenährten Reiter aus dem Gefolge vorbeigesprengt, als eine von vier Schimmeln gezogene Karosse donnernd herangefahren kam. Pierre sah im Fluge das ruhige, schöne, dicke, weiße Gesicht eines Mannes in einem Dreimaster. Es war einer der Marschälle. Der Blick des Marschalls fiel auf die große, auffallende Gestalt Pierres, und in dem Ausdruck, mit dem der Marschall die Stirn runzelte und sein Gesicht abwandte, glaubte Pierre Mitleid zu erkennen und zugleich den Wunsch, dies Gefühl zu verbergen.

Der General, der das Depot führte, trieb mit rotem, erschrockenem Gesicht sein mageres Pferd an und sprengte dem Wagen nach.

Mehrere Offiziere traten zu einer Gruppe zusammen, Soldaten umringten sie. Alle hatten erregte, gespannte Züge.

Was hat er gesagt? Was hat er gesagt? hörte Pierre.

Während der Marschall vorübergefahren war, hatten sich die Gefangenen eng zusammengedrängt, und Pierre bemerkte Karatajew, den er heute morgen noch nicht gesehen hatte. Karatajew saß in sein Mäntelchen gehüllt da und lehnte sich an eine Birke. Aus seinen Zügen leuchtete neben dem Ausdruck der freudigen Rührung noch von der gestrigen Erzählung über den unschuldig leidenden Kaufmann eine stille Feierlichkeit.

Karatajew sah Pierre mit seinen guten, runden Augen an, die jetzt von Tränen umschleiert waren, und schien ihm zuzuwinken, um ihm etwas zu sagen. Pierre aber war zu bange um sich selbst. Er tat, als hätte er seinen Blick nicht bemerkt, und ging eilig davon.

Als die Gefangenen sich wieder in Bewegung setzten, blickte Pierre hinter sich. Karatajew saß am Rande des Weges an der Birke. Zwei Franzosen standen neben ihm und sprachen. Pierre sah sich nicht mehr um. Er ging hinkend den Berg hinan.

Da hörte man im Rücken von da, wo Karatajew gesessen hatte, einen Schuß. Pierre hatte diesen Schuß deutlich gehört, aber in dem Augenblick, wo er an sein Ohr klang, fiel es Pierre ein, daß er mit der Berechnung der Zahl der Tagesmärsche bis Smolensk, die er vor der Ankunft des Marschalls begonnen hatte, nicht fertig war. Und er begann zu zählen. Zwei französische Soldaten, von welchen der eine das abgeschossene Gewehr in der Hand hielt, kamen an Pierre vorübergerannt. Beide waren bleich, und in ihren Gesichtszügen – der eine von ihnen sah Pierre scheu an – lag etwas, was er an den jungen Soldaten bei der Hinrichtung wahrgenommen hatte. Pierre sah den Soldaten an, da fiel ihm ein, wie dieser Soldat vorgestern sein Hemd verbrannt hatte, als er es am Wachtfeuer trocknen wollte und wie alle über ihn gelacht hatten.

Der Hund heulte weit hinten, dort wo Karatajew gesessen hatte. »Dummes Tier, worüber heult es«, dachte Pierre.

Auch die Kameraden, die neben Pierre marschierten, sahen sich, wie er, nicht nach dem Orte um, wo der Schuß gefallen und das Heulen des Hundes hergekommen war; aber auf allen Gesichtern lag ein ernster Ausdruck.

XIV

Das Depot, die Gefangenen und der Train des Marschalls machten im Dorfe Schamschewo halt. Alles drängte sich an den Wachtfeuern zusammen. Pierre trat an ein Wachtfeuer heran, aß von dem gebratenen Pferdefleisch, legte sich mit dem Rücken zum Feuer und schlief sofort ein. Er schließ wieder einen Schlaf, wie er ihn in Moskajsk nach dem Tage von Borodino geschlafen hatte.

Wieder verbanden sich ihm Ereignisse der Wirklichkeit mit Traumgesichtern, und wieder flüsterte ihm jemand, er selbst oder ein Fremder, Gedanken zu, ja sogar dieselben Gedanken, die ihm damals in Moshajsk zugeflüstert worden waren.

Das Leben ist alles. Das Leben ist Gott. Alles verändert und bewegt sich, und diese Bewegung ist Gott. Und solange Leben ist, ist auch die Wonne des Selbstbewußtseins der Gottheit. Das Leben lieben heißt Gott lieben. Am schwersten und am segensvollsten ist es, dieses Leben in seinen Leiden, in der Unschuld der Leiden zu lieben.

Karatajew! fiel es Pierre ein.

Und plötzlich trat, wie lebendig, der lang vergessene, milde Greis und Lehrer in Pierres Erinnerung, der ihn in der Schweiz Geographie gelehrt hatte. – »Schau her!« sagte der Alte. Und er zeigte Pierre einen Globus. Dieser Globus war eine lebendige wogende Kugel ohne Maße. Die ganze Oberfläche bestand aus Tropfen, die dicht aneinandergepreßt waren. Und alle diese Tropfen bewegten sich, veränderten sich, bald ergossen sich viele in einen, bald teilte sich einer in viele. Jeder Tropfen strebte sich auszubreiten, so viel Raum als möglich einzunehmen, aber die anderen strebten eben dahin und drängten ihn zurück, bald vernichteten sie ihn, bald vereinigten sie sich mit ihm.

Das ist das Leben, sagte der greise Lehrer.

»Wie einfach, wie klar das ist!« dachte Pierre, »wie habe ich das bis zu dieser Stunde nicht wissen können!« In der Mitte ist Gott, und jeder Tropfen strebt dahin, sich zu vergrößern, um ihn in größeren Dimensionen widerzuspiegeln. Und er wächst und fließt zusammen und drängt zusammen und verschwindet auf der Oberfläche, taucht in die Tiefe und steigt wieder empor. Das ist er, Karatajew, er hat sich aufgelöst und ist dahingeschwunden ...

Haben Sie verstanden, mein Kind, sagte der Lehrer.

Haben Sie verstanden, zum Teufel! schrie ein Stimme und Pierre erwachte.

Er richtete sich auf und setzte sich. Am Wachtfeuer saß kauernd ein Franzose, der eben einen russischen Soldaten fortgestoßen hatte, und briet ein Stück Fleisch am Ladestock. Sein nerviger, hoch aufgestreifter, behaarter, roter Arm mit den kurzen Fingern drehte geschickt den Ladestock hin und her. Sein gebräuntes, düsteres Gesicht mit den zusammengezogenen Brauen war von dem Schein der Kohlen hell beleuchtet.

Ihm ist's ganz gleich, brummte er und wandte sich schnell nach dem Soldaten um, der hinter ihm stand. Wahrhaftig, ein Räuber! Und der Soldat mit dem Ladestock sah Pierre finster an. Pierre wandte sich ab und spähte in die Dunkelheit. Ein russischer Soldat, eben der Gefangene, den der Franzose fortgestoßen hatte, saß am Wachtfeuer und klopfte etwas mit der Hand. Als Pierre näher hinsah, erkannte er das blaufarbene Hündchen, das neben dem Soldaten saß und mit dem Schwanz wedelte.

Ah, bist du auch da? sagte Pierre und Pla... wollte er sagen, aber er sprach nicht weiter. In seine Phantasie trat plötzlich, durch die Gedankenverbindung hervorgerufen, die Erinnerung an den Blick, mit dem Platon ihn angesehen hatte, als er unter dem Baume saß, an den Schuß, den er von dieser Stelle her gehört hatte, an das Heulen des Hundes, an die schuldbewußten Gesichter der beiden Franzosen, die an ihm vorübergelaufen, an das abgeschossene, dampfende Gewehr, an Karatajews Fehlen an dieser Raststelle, und er war schon nahe daran zu begreifen, daß Karatajew getötet worden war, als in demselben Augenblick in seiner Seele, Gott weiß woher, die Erinnerung an einen Abend auftauchte, den er mit einer schönen Polin im Sommer auf dem Balkon seines Hauses in Kiew verbracht hatte. Trotzdem schloß Pierre, ohne die Erinnerungen des heutigen Tages zu einem Ganzen zu verbinden, ohne Schlüsse aus ihnen zu ziehen, seine Augen, und das Landschaftsbild des Sommertages verfloß mit der Erinnerung an das Bad, an die fließende, wogende Kugel, und er tauchte in die Flut hinab, so daß die Wellen über seinem Haupte zusammenschlugen.

Vor Sonnenaufgang weckten ihn laute, heftige Schüsse und Rufe. Franzosen rannten an Pierre vorüber.

Die Kosaken! schrie einer von ihnen, und im Augenblick war Pierre von einer Menge russischer Leute umringt.

Lange konnte Pierre nicht begreifen, was mit ihm vorging. Von allen Seiten hörte er die Freudenrufe der Kameraden.

Brüder, Landsleute, liebe Freunde! schrien unter Tränen alte Soldaten und umarmten die Kosaken und Husaren.

Die Husaren und die Kosaken umringten die Gefangenen und boten ihnen bereitwillig Kleider, Stiefel, Essen an. Pierre schluchzte, mitten unter ihnen sitzend, und konnte kein Wort über die Lippen bringen; er umarmte den ersten Soldaten, der auf ihn zukam, und küßte ihn unter Tränen.

Dolochow stand an dem Tor des eingestürzten Hauses und ließ einen Haufen entwaffneter Franzosen an sich vorüberziehen. Die Franzosen waren durch das Geschehene erregt und sprachen laut miteinander; wenn sie aber an Dolochow vorüberkamen, der mit der Peitsche leicht auf seine Stiefel schlug und sie mit seinen kalten, gläsernen, nichts Gutes versprechenden Augen ansah, verstummten sie.

An der anderen Seite stand einer von Dolochows Kosaken und zählte die Gefangenen. Bei jedem Hundert machte er einen Kreidestrich an das Tor.

Wieviel? fragte Dolochow den Kosaken, der die Gefangenen zählte.

Es geht ins zweite Hundert, antwortete der Kosak.

Vorüber, vorüber! sagte Dolochow, der diesen Ausdruck von den Franzosen gelernt hatte, und wenn er den vorübergehenden Gefangenen mit den Augen begegnete, leuchtete sein Blick in wildem Feuer auf.

Denissow folgte mit düsterem Gesicht, die Mütze in der Hand, den Kosaken, die Petja Rostows Leichnam trugen, um ihn in die Grube zu senken, die man im Garten ausgegraben hatte.

XVI

Vom 10. November an, wo die Fröste eintraten, bekam die Flucht der Franzosen nur einen tragischeren Charakter, indem die Mannschaften erfroren und sich an den Wachtfeuern auf den Tod erhitzten, und die Fahrt der Kaiser, der Könige und der Herzöge in ihren Pelzen und Wagen mit dem geraubten Gute fortdauerte. Im Wesen aber veränderte sich der Prozeß der Flucht und Zersetzung der französischen Armee durchaus nicht.

Von Moskau bis Wjasma waren von 73 000 französischen Truppen, die Garde nicht mitgerechnet (die während des ganzes Krieges nichts tat als plündern), 36 000 übriggeblieben. (Und davon waren nicht mehr als 5000 in Schlachten geblieben.) Das ist das erste Glied der Progression, aus dem mit mathematischer Genauigkeit sich die folgenden bestimmen lassen. Die französische Armee schmolz zusammen und löste sich in gleicher Proportion auf von Moskau bis Wjasma, von Wjasma bis Smolensk, von Smolensk bis zur Beresina, von der Beresina bis Wilna, unabhängig von den höheren oder niedrigeren Graden der Kälte, der Verfolgung, der Verlegung des Wegs und allen anderen Umständen, einzeln betrachtet. Hinter Wjasma bildeten die Franzosen statt einer Kolonne einen dichten Haufen, und so marschierten sie bis an das Ende.

Berthier schrieb seinem Herrn (man weiß, wie weit die

Schilderungen der Heerführer von der Lage ihrer Armee von der Wahrheit entfernt zu sein pflegen). Er schrieb:

»Ich halte es für meine Pflicht, Eurer Majestät Meldung zu machen über den Zustand der verschiedenen Korps, die ich auf verschiedenen Märschen in den letzten drei Tagen besichtigt habe. Sie sind fast in der Auflösung. Kaum der vierte Teil der Soldaten befindet sich bei den Fahnen seines Regiments, die andern gehen jeder für sich nach den verschiedensten Richtungen weiter, suchen Proviant für sich zu finden und sich der Disziplin zu entziehen. Alle denken nur an Smolensk, wo sie zu rasten hoffen. In den letzten Tagen wurde bemerkt, daß viele Soldaten Patronen und Gewehre fortwarfen. Bei einer solchen Lage der Dinge müssen Eure Majestät, welches auch Ihre ferneren Absichten wären, um des erfolgreichen Dienstes willen die Truppen in Smolensk sammeln und die Untauglichen ausmustern. Solche sind: die pferdelosen Kavalleristen, die Waffenlosen, das unnütze Gepäck und ein Teil der Artillerie, denn sie steht jetzt nicht im Verhältnis mit der Zahl der Truppen. Unbedingt müssen die Truppen Proviant haben und einige Tage ruhen; die Soldaten sind von Hunger und Müdigkeit erschöpft; in diesen letzten Tagen sind viele unterwegs und in den Biwaks gestorben. Diese klägliche Lage verschlimmert sich unaufhörlich und erregt die Besorgnis, daß wir, wenn nicht schleunige Mittel ergriffen werden, um dies Übel abzuwenden, bald nicht mehr in der Lage sein werden, das Heer während der Schlacht zu regieren. Den 9. November, 30 Werst von Smolensk.«

Nachdem sich die Franzosen auf Smolensk gestürzt hatten, wo sie das gelobte Land zu finden gehofft, schlugen sie einander um Proviant tot, plünderten die eigenen Magazine und setzten, als alles geplündert war, ihre Flucht fort.

Alle marschierten, ohne zu wissen wohin und warum sie marschierten. Noch weniger als die andern wußte es das Genie Napoleons, weil ihm niemand befahl. Trotzdem aber behielten er und seine Umgebung ihre alten Gewohnheiten bei: Befehle, Briefe, Rapporte, Tagespläne wurden geschrieben; sie betitelten einander: Euere Majestät, mein Vetter, Prinz von Eckmühl, König von Neapel usw. Aber die Befehle und die Rapporte waren nur auf dem Papier, nichts geschah nach ihrem Inhalt, weil es nicht geschehen konnte. Und wenn sie sich auch Majestät, Hoheit und Vetter titulierten, so fühlten sie doch alle, daß sie beklagenswerte, gemeine Menschen seien, die viel Böses gestiftet hatten und jetzt dafür büßen mußten. Und wenn sie auch so taten, als ob sie für die Armee sorgten, dachte doch nur jeder an sich und daran, wie er so schnell als möglich entkommen und sich retten konnte.

XVII

Die Bewegungen der russischen und französischen Truppen während des Rückzugs von Moskau zur Memel gleichen dem Blindekuhspiel, wo man zwei Spielern die Augen verbindet, und der eine von Zeit zu Zeit mit einem Glöckchen klingelt, um dem andern, der ihn fangen soll, von sich Kunde zu geben. Erst klingelt der, der fängt, er fürchtet seinen Feind nicht; wenn es ihm aber schlecht geht, bemüht er sich, ganz leise aufzutreten, läuft seinem Feind davon und rennt, in dem Glauben zu entfliehen, ihm schnurstracks in die Arme.

Anfangs machten sich die napoleonischen Truppen noch bemerkbar: das war in der ersten Periode der Bewegung nach der Straße von Kaluga – dann aber, als sie auf die Straße von Smolensk gekommen waren, flohen sie, indem sie mit der Hand das Glockenzünglein festhielten, und rannten oft in dem Glauben, zu entkommen, den Russen schnurstracks entgegen.

Bei der Schnelligkeit der Flucht der Franzosen und der Verfolgung der Russen und der daraus hervorgehenden Erschöpfung der Pferde fehlte das Hauptmittel einer annähernden Kenntnis der Lage des Feindes – die Kavalleriepatrouillen. Überdies konnten die Nachrichten, die man hatte, infolge des häufigen und schnellen Wechsels der Lage beider Armeen nicht zur rechten Zeit eintreffen. Wenn am Zweiten die Nachricht kam, daß die feindlichen Truppen am Ersten dort gewesen seien, so hatten diese Truppen am Dritten, wo man etwas gegen sie hätte unternehmen können, bereits zwei Tagesmärsche zurückgelegt und befanden sich schon in ganz anderer Stellung.

Die eine Armee floh, die andere verfolgte. Von Smolensk ab standen den Franzosen viele Wege offen, und man hätte glauben mögen, daß sie hier, wo sie vier Tage halt machten, hätten erfahren müssen, wo der Feind war, irgendeinen Vorteil ersinnen und etwas Neues unternehmen können. Aber ihre Scharen liefen nach diesem viertägigen Aufenthalt weder nach rechts noch nach links, sondern ohne jegliche Manöver und Überlegung, die alte, schlechte Straße, die nach Krasnoje und Orscha führte – die ausgetretenen Spuren entlang.

Die Franzosen, die den Feind im Rücken und nicht vor sich vermuteten, flohen; so waren sie über 24 Wegstunden voneinander getrennt. Allen voraus floh der Kaiser, dann die Könige, dann die Herzöge. Die russischen Truppen, welche meinten, Napoleon müsse seinen Weg nach rechts über den Dnjepr nehmen, was das einzig Vernünftige war, wandten sich auch nach rechts und gelangten auf die große Heerstraße nach Krasnoje. Und wieder stießen, wie beim Blindekuhspiel, die Franzosen auf unsere Vorhut. Als die Franzosen unerwartet den Feind erblickten, gerieten sie in Verwirrung und machten infolge des plötzlichen Schreckens halt, dann aber flohen sie weiter und ließen die Kameraden, die ihnen folgten, im Stich. Nun gingen, gleichsam mitten durch die russischen Heere hindurch, drei Tage lang die einzelnen Abteilungen der Franzosen, eine nach der anderen, die des Vizekönigs, dann Davousts, dann Neys. Sie hatten alle einander im Stich gelassen, alle ihr Gepäck im Stich gelassen, von der Artillerie flohen die Hälfte der Leute, indem sie nur nächtlicherweise die Russen im Halbkreise umgingen.

Ney, der letzte im Zuge (er wollte trotz der unglücklichen Lage, oder vielleicht gerade deshalb die Diele schlagen, an der sie sich gestoßen hatten, und hielt sich mit der Niederreißung der Mauern von Smolensk auf, die niemandem im Wege waren), hatte von seinem 10 000 Mann zählenden Korps nach Orscha zu Napoleon nur 1000 mitgebracht. Er hatte alle

Mannschaften und alle Geschütze im Stiche gelassen und war verstohlen in der Nacht, von dem Walde geschützt, über den Dnjepr gelangt.

Von Orscha flohen sie weiter auf der Wilnaer Straße und setzten ihr Blindekuhspiel mit dem verfolgenden Feinde fort. An der Beresina entstand von neuem Verwirrung, viele ertranken, viele ergaben sich; die aber, die über den Fluß gelangten, flohen weiter. Ihr Oberbefehlshaber hüllte sich in einen Pelz, setzte sich in einen Schlitten und fuhr allein dahin, und ließ die Kameraden im Stich. Wer konnte, fuhr ebenfalls, wer es nicht konnte, ergab sich oder blieb.

XVIII

Man sollte glauben, auf dieser Flucht der Franzosen, wo sie alles Mögliche taten, um sich zugrunde zu richten, wo auch nicht in einer Bewegung dieser Massen, von der Abschwenkung auf die Straße von Kaluga bis zu dem Augenblick, wo der Oberbefehlshaber seinen Truppen entfloh, der geringste Sinn war – man sollte glauben, in dieser Periode des Feldzuges hätten die Geschichtsschreiber, welche die Taten der Massen dem Willen eines einzelnen Mannes zuschreiben, nicht mehr die Möglichkeit, diese Abschwenkung in ihrem Sinne zu schildern. Aber nein! Berge von Büchern haben die Historiker über diesen Feldzug geschrieben, und überall werden Napoleons Anordnungen und seine tiefsinnigen Pläne geschildert – Manöver, nach welchen das Heer geleitet wurde, und die genialen Anordnungen seiner Marschälle.

Die Abschwenkung von Malo-Jareslawjez in dem Augenblick, wo ihm der Weg in ein fruchtbares Land offenstand und die Parallelstraße vor ihm lag, auf der ihn späterhin Kutusow verfolgte, die unnütze Abschwenkung auf den verödeten Wegen wird uns aus den mannigfachsten, tiefsinnigsten Erwägungen erklärt. Mit ebenso tiefsinnigen Erwägungen wird seine Abschwenkung von Smolensk nach Orscha geschildert. Dann wird sein Heldenmut bei Krasnoje ausgemalt, wo er, wie es heißt, sich anschickt, eine Schlacht anzunehmen und selbst zu kommandieren und mit seinem Birkenstock herumgeht und spricht:

Ich bin lang genug Kaiser gewesen, jetzt ist es Zeit, General zu sein. – Und trotzdem flieht er kurz darauf weiter und überläßt die zerstückelten Teile seiner Armee, die sich hinter ihm befinden, der Willkür des Schicksals.

Dann schildert man uns die Großherzigkeit der Marschälle, besonders Neys – eine Großherzigkeit, die darin besteht, daß er zu nächtlicher Stunde durch den Wald über den Dnjepr und ohne Fahne und Artillerie und mit einem Zehntel seines Heeres nach Orscha gelangt.

Und endlich führen uns die Geschichtsschreiber die letzte Abreise des großen Kaisers von seiner heldenmütigen Armee als etwas Großes und Geniales vor. Selbst diese letzte Handlung der Flucht, die die menschliche Sprache als den äußersten Grad von niedriger Gesinnung bezeichnet, dessen sich jedes Kind zu schämen lernt, auch diese Handlung erhält in der Sprache der Geschichtsschreiber eine Berechtigung.

Da, wo es nicht mehr möglich ist, die so elastischen Fäden historischer Betrachtungen weiter auszudehnen, wo die Tat allzu offenbar dem widerspricht, was die gesamte Menschheit gut, ja gerecht nennt, tritt bei den Geschichtsschreibern der erlösende Begriff der Größe auf. Die Größe schließt sozusagen die Möglichkeit eines Maßes für Gut und Böse aus. Für den Großen gibt es nichts Böses. Es gibt kein Greuel, das man dem als eine Schuld anrechnen könnte, der groß ist.

Das ist groß *(C'est grand)!* sagen die Geschichtsschreiber, und da gibt es nicht gut, nicht böse, es gibt nur *»grand«* und »nicht-*grand*«. *Grand* ist gut, nicht-*grand* ist böse. *Grand* ist nach ihrer Auffassung eine Eigenschaft besonders gearteter Lebewesen, die sie Helden nennen. Und Napoleon, der in seinem warmen Pelze nach Hause eilt, fort von den verlorenen Kameraden, fort von den Menschen, die (nach seiner Meinung) er hierhergeführt hat, fühlt *c'est grand*, und seine Seele ist beruhigt.

»Vom Erhabenen zum Lächerlichen ist nur ein Schritt« (er sieht in sich etwas Erhabenes) sagt er, und die ganze Welt wiederholt fünfzig Jahre hindurch: Erhaben! Groß! Napoleon ist groß. Vom Erhabenen zum Lächerlichen ist nur ein Schritt.

Und niemandem kommt es in den Sinn, daß die Anerkennung der Größe, die nicht mit dem Maße des Guten und Bösen zu messen ist, nur die Anerkennung der eigenen Nichtigkeit und der unmeßbaren Kleinheit ist.

Für uns, die wir von Christus den Maßstab des Guten und Bösen haben, gibt es nichts Unmeßbares. Und es gibt keine Größe, wo nicht Einfalt, Güte und Wahrheit ist.

XIX

Welcher Russe, der die Schilderungen der letzten Periode des Feldzuges von 1812 liest, hätte nicht das drückende Gefühl des Ärgers, der Unzufriedenheit und der Unklarheit empfunden? Wer hätte sich nicht die Frage gestellt: Weshalb hat man nicht alle gefangenen Franzosen vernichtet, da doch alle drei Armeen sie mit Übermacht umzingelt hielten, da doch die Franzosen in wirrer Flucht, von Hunger und Frost gepeinigt, sich in Massen ergaben, und da doch (wie uns die Geschichte erzählt) das Ziel der Russen gerade darin bestand, allen Franzosen den Weg zu verlegen, sie abzuschneiden und in die Gefangenschaft zu schleppen?

Wie kommt es, daß dieses russische Heer, das in schwächerer Zahl den Franzosen die Schlacht von Borodino lieferte – wie kommt es, daß dieses Heer, als es die Franzosen von drei Seiten umzingelt hatte, mit der Absicht, sie zu Gefangenen zu machen, sein Ziel nicht erreicht hat? Haben die Franzosen eine so ungeheure Überlegenheit über uns, daß wir sie mit vortrefflichen Kräften, da wir sie schon umringt hielten, nicht schlagen konnten? Wie kommt es, daß das geschehen konnte? Die Geschichte (was man mit diesem Worte bezeichnet) beantwortet diese Fragen damit, daß sie sagt: es geschah, weil Kutusow, Tormassow und Tschitschagow und Soundso und Soundso diese oder jene Manöver nicht ausführten.

Aber warum führten sie diese Manöver nicht aus? Warum hat man, wenn sie schuld daran waren, daß das gesteckte Ziel nicht erreicht wurde, sie nicht vor Gericht gestellt und verurteilt? Aber wenn man selbst annehmen will, daß die Schuld des *Mißerfolgs* der Russen Kutusow und Tschitschagow und die anderen waren, begreift man doch nicht, warum unter den Bedingungen, unter welchen sich die russischen Truppen bei Krasnoje und an der Beresina befanden (in beiden Fällen hatten die Russen die Übermacht), das französische Heer samt seinen Marschällen, Königen und Kaisern nicht gefangengenommen wurde, während doch dies das Ziel der Russen bildete?

Die Erklärung dieser sonderbaren Erscheinung durch den Umstand, daß Kutusow den Angriff verhindert hat (wie das die russischen Kriegshistoriker tun), ist unbegründet, weil wir wissen, daß Kutusows Wille nicht imstande war, die Truppen bei Wjasma und bei Tarutino vom Angriff abzuhalten.

Wieso wurde das russische Heer, das mit schwächeren Kräften bei Borodino den Sieg davongetragen über den Feind in seiner ganzen Kraftfülle, bei Krasnoje und an der Beresina mit seinen überlegenen Kräften besiegt durch die ungeordneten Haufen der Franzosen?

Da das Ziel der Russen darin bestand, Napoleon und die Marschälle abzuschneiden und in Gefangenschaft zu nehmen, und dieses Ziel nicht nur nicht erreicht wurde, sondern alle Versuche, es zu erreichen, immer wieder auf die schmachvollste Weise vereitelt wurden, so wird diese letzte Periode des Feldzugs von den Franzosen mit vollem Recht als eine Reihe von Siegen geschildert und von den russischen Historikern mit vollem Unrecht als siegreich dargestellt.

Die russischen Historiker kommen, insoweit die Logik für sie bindend ist, unwillkürlich zu dem Schluß, und müssen, abgesehen von den lyrischen Ergüssen über Tapferkeit und Hingabe usw. unwillkürlich bekennen, daß der Abzug der Franzosen von Moskau eine Reihe von Siegen Napoleons und eine Niederlage Kutusows ist.

Setzt man aber die nationale Eigenliebe ganz beiseite, so fühlt man, daß dieser Schluß in sich selbst einen Widerspruch enthält, da die Reihe der Siege der Franzosen zur völligen Vernichtung, und die Reihe der Niederlagen der Russen sie zu einer völligen Vernichtung des Feindes und zur Befreiung ihres Vaterlandes geführt hat.

Die Quelle dieses Widerspruchs liegt darin, daß die Geschichtsschreiber, welche die Ereignisse nach den Briefen der Herrscher und Generale, nach Relationen, Rapporten, Plänen usw. erforschen, ein irriges, nie vorhandenes Ziel der letzten Periode des Jahres 1812 voraussetzen, ein Ziel, das darin bestanden hätte, Napoleon samt den Marschällen und der Armee abzuschneiden und in Gefangenschaft zu nehmen.

Dieses Ziel hat nie bestanden und hat nie bestehen können, weil es keinen Sinn hatte, und weil es eine Unmöglichkeit war, es zu erreichen.

Dieses Ziel hatte keinen Sinn, erstens, weil das aufgelöste Heer Napoleons mit größtmöglicher Schnelligkeit aus Rußland floh, d. h. das tat, was jeder Russe wünschen konnte. Wozu hätte man allerlei Operationen gegen die Franzosen vornehmen sollen, die so schnell davonliefen, als sie nur konnten?

Zweitens war es sinnlos, Leuten in den Weg zu treten, deren ganze Kraft auf die Flucht gerichtet war.

Drittens war es sinnlos, seine Truppen zur Vernichtung der französischen Truppen zu opfern, die sich ohne äußere Ursachen in solcher Progression vernichteten, daß sie ohne jede Wegverlegung nicht mehr hätten über die Grenze bringen können, als sie im Dezember hinüberbrachten, d. h. den hundertsten Teil des ganzen Heeres.

Viertens war der Wunsch, den Kaiser, die Könige, die Herzöge gefangenzunehmen, sinnlos – Leute, deren Gefangennahme die Tätigkeit der Russen im höchsten Grade erschwert haben würde, wie das auch die geschicktesten Diplomaten jener Zeit anerkannt haben. (J. Maistre und andere.) Noch sinnloser wäre das Verlangen gewesen, die Korps der Franzosen gefangenzunehmen, während die eigenen Truppen bis Krasnoje auf die Hälfte zusammenschmolzen und man den Korps der Gefangenen Bedeckungsmannschaften hätte zuweisen müssen, und während die eigenen Soldaten nicht immer den vollen Proviant erhielten und die früher Gefangenen vor Hunger starben.

Der ganze tiefsinnige Plan, Napoleon und die Armee abzuschneiden und gefangenzunehmen, gleicht dem Plan des Gärtners, der, um das Vieh aus dem Garten zu treiben, das seine Beete zerstampft, an die Pforte rennen und dort das Vieh auf den Kopf schlagen wollte. Das einzige, was sich zur Entschuldigung dieses Gärtners sagen ließe, wäre, daß er in großer Wut wäre. Aber das konnte man nicht einmal von denen sagen, die das Projekt ausgearbeitet haben, weil nicht sie unter der Zertretung der Beete gelitten hatten. Aber abgesehen davon, daß das Abschneiden Napoleons mit seiner Armee sinnlos war, war es auch unmöglich.

Unmöglich war es erstens, weil, so wie wir aus der Erfahrung wissen, daß die Bewegung von Kolonnen auf fünf Werst in einer Schlacht sich nie mit dem Plan deckt, auch die Wahrscheinlichkeit, daß Tschitschagow, Kutusow und Wittgenstein sich zur rechten Zeit an dem bestimmten Platz vereinigt hätten, in so hohem Grade nichtig war, daß sie der Unmöglichkeit gleichkam; und so dachte auch Kutusow, der es bei dem Empfang des Planes sagte, daß Diversionen auf große Entfernungen nicht die gewünschten Resultate brächten.

Zweitens war es unmöglich, weil, um das Beharrungsvermögen zu paralysieren, mit dem Napoleons Heer sich rückwärts bewegte, unvergleichlich mehr Truppen nötig gewesen wären, als die Russen hatten.

Drittens war es unmöglich, weil der strategische Ausdruck »abschneiden« gar keinen Sinn hat. Abschneiden kann man ein Stück Brot, aber keine Armee. Eine Armee abschneiden – ihr den Weg verlegen, ist ganz unmöglich, da es rings herum Raum genug gibt, wohin man gehen kann, und die Nacht vorhanden ist, in der niemand etwas sehen kann, wovon sich die gelehrten Strategen überzeugen können, sei es auch nur aus dem Beispiel Krasnoje und der Beresina. Gefangennehmen aber kann man keineswegs, ohne daß der, den man gefangennimmt, damit einverstanden sei, wie man auch die Schwalbe nicht fangen kann, wenn sie sich nicht auf die Hand setzt. Gefangennehmen kann man nur den, der sich, wie die Deutschen, nach den Regeln der Strategie und Taktik ergibt, aber die französischen Truppen fanden das mit vollem Recht nicht für gut, da sie der gleiche Tod an Hunger und Frost auf der Flucht wie in der Gefangenschaft erwartete.

Viertens aber, und das ist die Hauptsache, weil es nie, solange die Welt steht, einen Krieg gegeben hat unter so schrecklichen Umständen wie den vom Jahre 1812, und die russischen Heere in der Verfolgung der Franzosen alle ihre Kräfte anspannten und nicht mehr tun konnten, ohne sich selbst zugrunde zu richten.

Auf dem Marsche der russischen Heere von Tarutino bis Krasnoje blieben 50 000 Mann als krank und erschöpft zurück, d. h. eine Zahl, welche der Bewohnerschaft einer kleinen Gubernialstadt gleicht. Die Hälfte der Leute ging der Armee verloren ohne Schlacht.

Und von dieser Periode des Feldzugs, wo die Truppen ohne Schuhe und Pelze, mit ungenügendem Proviant, ohne Schnaps, Monate hindurch im Schnee und bei 15 Grad Kälte übernachteten; wo der Tag nur 7 bis 8 Stunden währte, der ganze Rest Nacht war, während welcher der Einfluß der Disziplin fehlt; wo nicht, wie in der Schlacht, die Menschen nur auf einige Stunden in den Bereich des Todes hineingeführt werden, wo es keine Disziplin mehr gibt, wo die Menschen monatelang leben, jede Minute mit dem Tod vor Hunger und Frost kämpfend; wo in einem Monat die Hälfte der Armee verlorengeht – von dieser Periode des Feldzugs erzählen uns die Historiker: wie Miloradowitsch einen Flankenmarsch hierherum hat machen müssen, und Tormassow dortherum, und wie Tschitschagow seinen Weg hierherum hat nehmen müssen (bis über die Knie im Schnee watend) und wie Soundso zurückwarf und abschnitt usw., usw.

Die Russen, deren Hälfte starb, taten alles, was man tun konnte, und was man tun mußte, um ein der Nation würdiges Ziel zu erreichen; sie sind nicht schuld daran, daß die anderen Russen, die in ihren warmen Stuben saßen, Vorschläge machten, die nicht auszuführen waren.

Dieser ganze sonderbare, jetzt unbegreifliche Widerspruch der Tatsache mit der Schilderung der Geschichte kommt nur daher, weil die Geschichtsschreiber, die diese Ereignisse geschildert haben, die Geschichte der edlen Gefühle und der

Worte verschiedener Generale geschrieben haben, und nicht die Geschichte der Ereignisse. Ihnen erscheinen die Worte Miloradowitschs, die Auszeichnungen, die dieser und jener General empfangen hat und ihre Vermutungen höchst interessant, und die Frage der 50 000, die in den Lazaretten und Gräbern zurückgeblieben, interessiert sie gar nicht, weil sie nicht zu ihrem Studium gehört.

Und doch braucht man sich nur von dem Studium der Rapporte und der Pläne der Generale abzuwenden, um in die Bewegung jener Hunderttausende von Menschen einzudringen, die an den Ereignissen einen unmittelbaren Anteil genommen haben, und alle die Fragen, die bisher unlösbar erschienen waren, finden mit außerordentlicher Leichtigkeit und Einfachheit ihre unzweifelhafte Lösung.

Das Ziel, Napoleon und seine Armee abzuschneiden, war nie vorhanden, es sei denn in der Phantasie eines Dutzends von Menschen. Es konnte gar nicht vorhanden sein, weil es sinnlos war und weil es unmöglich war, es zu erreichen.

Das Ziel der Russen war das eine: das Land von den Eindringlingen zu befreien. Dieses Ziel ist erreicht worden, erstens ganz von selbst, da die Franzosen flohen, und darum war es nur nötig, diese Bewegung nicht aufzuhalten. Zweitens wurde dieses Ziel erreicht durch die Taten des Volkskrieges, der die Franzosen vernichtete, und drittens dadurch, daß die große russische Armee den Franzosen auf dem Fuße folgte, stets bereit, ihre Kraft einzusetzen, wenn in der Bewegung der Franzosen ein Stillstand eingetreten wäre.

Die russische Armee mußte wirken wie die Peitsche auf ein rennendes Tier, und der erfahrene Treiber wußte, daß es am vorteilhaftesten ist, die Peitsche hochzuhalten und mit ihr zu drohen, und nicht das rennende Tier auf den Kopf zu schlagen.

VIERTE ABTEILUNG

I

Wenn der Mensch ein Tier verenden sieht, faßt ihn Entsetzen: was sein Selbst ist, sein Wesen, wird vor seinen eigenen Augen sichtbar vernichtet, hört auf zu sein. Ist aber das endende Wesen ein Mensch, und ein geliebter Mensch, dann fühlt man deutlich, neben dem Entsetzen vor der Vernichtung des Lebens, einen Riß, eine seelische Wunde, die wie eine physische Wunde manchmal tödlich ist, manchmal vernarbt, stets aber schmerzt und vor jeder äußeren erregenden Berührung zurückscheut.

Natascha und die Prinzessin Maria empfanden dies in gleichem Maße nach dem Tode des Fürsten Andrej. Moralisch gebeugt und verschüchtert von der drohenden Wolke des Todes, die über ihren Häuptern hing, wagten sie nicht dem Leben in das Antlitz zu schauen. Vorsichtig schützten sie ihre offenen Wunden vor verletzenden, schmerzlichen Berührungen. Ein schnell auf der Straße vorüberfahrender Wagen, die Mahnung zum Mittagessen, eine Frage des Mädchens über das Kleid, das sie bringen sollte, noch schlimmer, ein Wort unaufrichtiger, schwacher Teilnahme, alles erregte schmerzlich ihre Wunde, erschien ihnen als Verletzung, störte ihre nötige Ruhe, in der sie beide auf den immer noch in ihrer Phantasie nachklingenden schrecklichen, feierlichen Chor zu lauschen suchten, und hinderte sie, in die geheimnisvolle endlose Ferne zu spähen, die sich einen Augenblick vor ihnen aufgetan hatte.

Nur wenn sie beide allein waren, verletzte sie und schmerzte sie nichts. Sie sprachen wenig miteinander. Wenn sie sprachen, war es nur über die unwichtigsten Dinge, und beide vermieden in gleichem Maße jede Erinnerung an irgend etwas, was mit der Zukunft in Zusammenhang stand.

Die Möglichkeit eines Zukünftigen anerkennen erschien ihnen als eine Verletzung seines Gedächtnisses. Noch vorsichtiger mieden sie in ihren Unterhaltungen, was auf den Verstorbenen Bezug haben konnte. Sie hatten das Gefühl, als könnte das, was sie durchlebt und empfunden hatten, nicht in Worten ausgedrückt werden. Sie hatten das Gefühl, daß jede Erinnerung an Einzelheiten seines Lebens durch Worte die Erhabenheit und das Heiligtum des Mysteriums antastete, das sich vor ihren Augen vollzogen hatte.

Diese beständige Enthaltsamkeit in Worten, dieses ununterbrochene sorgfältige Vermeiden alles dessen, was auf die Rede von ihm führen konnte, dieses Haltmachen an der Grenze dessen, was nicht gesagt werden durfte, stellte noch reiner und klarer vor ihre Phantasie, was sie empfanden.

Aber eine reine, volle Trauer ist ebenso unmöglich wie eine reine volle Freude. Prinzessin Maria wurde in ihrer Stellung als alleinige und unabhängige Herrin ihres Schicksals, als Vormünderin und Erzieherin ihres Neffen zuerst durch das Leben aus jener Welt der Trauer geweckt, in der sie die ersten zwei Wochen gelebt hatte. Sie hatte Briefe von den Verwandten empfangen, und man mußte sie beantworten; das Zimmer, in dem man Nikoluschka untergebracht hatte, war feucht, und er fing an zu husten. Alpatytsch kam nach Jaroslawl mit der Abrechnung über geschäftliche Angelegenheiten und mit Vorschlägen und dem Rate, nach Moskau überzusiedeln, in das Haus an der Wosdwishenka, das ganz unversehrt geblieben war und nur geringer Ausbesserungen bedurfte. Das Leben stand nicht still, und man hatte die Pflicht zu leben. So schwer es der Prinzessin Maria ankam, aus dieser Welt einer vereinsamten Beschaulichkeit herauszutreten, in der sie bis zu dieser Stunde gelebt hatte, und so leid es ihr tat, so sehr sie sich gewissermaßen schämte, Natascha allein zu lassen – die Sorgen des Lebens forderten ihre Teilnahme, und sie gab sich ihnen unwillkürlich hin. Sie verglich die Rechnungen mit Alpatytsch, beriet mit Desalle über den Neffen und traf Anordnungen und Vorbereitungen zu ihrer Übersiedlung nach Moskau.

Natascha blieb allein und mied nun auch die Prinzessin

Maria, seitdem diese angefangen hatte, Reisevorkehrungen zu treffen.

Prinzessin Maria machte der Gräfin den Vorschlag, ihr Natascha nach Moskau mitzugeben, und Mutter und Vater nahmen diesen Vorschlag mit Freuden an, da sie mit jedem Tage mehr den Kräfteverfall der Tochter beobachteten und meinten, eine Ortsveränderung und die Hilfe der Moskauer Ärzte könnten heilsam für sie sein.

Ich gehe nirgends hin, antwortete Natascha, als man ihr den Vorschlag machte. Laßt mich nur, bitte, sagte sie und lief aus dem Zimmer. Nur mit Mühe hielt sie die Tränen, weniger des Schmerzes, als des Ärgers und der Kränkung zurück.

Jetzt, wo sie sich von der Prinzessin Maria verlassen sah und einsam in ihrem Schmerze dastand, brachte Natascha den größten Teil des Tages allein in ihrem Zimmer zu. Da saß sie in einer Ecke des Diwans zusammengekauert, zerriß irgend etwas oder spielte mit ihren zarten nervösen Fingern und starrte einen Punkt an, auf den sich gerade ihre Augen gerichtet hatten.

Diese Einsamkeit wurde ihr zur Erschöpfung und Qual; aber sie war ihr unentbehrlich. Sobald jemand zu ihr ins Zimmer kam, stand sie hastig auf, veränderte ihre Lage und ihren Blick, griff nach einem Buche oder nach einer Handarbeit und schien mit Ungeduld auf den Augenblick zu warten, wo der, der sie gestört hatte, wieder ging.

Immer glaubte sie, sie müsse jetzt, im Augenblick, verstehen lernen, durchdringen, worauf ihr geistiges Auge mit furchtbarer, ihre Kräfte übersteigenden Frage gerichtet war.

Gegen Ende des Dezembers saß Natascha in einem schwarzen Wollenkleide mit nachlässig in einen Knoten gebundenem Zopf, hager und bleich, in ihrer Diwanecke zusammengekauert, wickelte nervös die Enden ihres Gürtels auf und zu und starrte in die Spalte der Tür.

Ihr Blick war dorthin gerichtet, wo er hingegangen war, auf jene andere Seite des Lebens. Und jene Seite des Lebens, an die sie früher nie gedacht hatte, die ihr früher so fern, so unwahrscheinlich erschienen war, war ihr jetzt näher, verwandter, begreiflicher als diese Seite des Lebens, in der alles Leere und Zerstörung oder Leid und Kränkung ist.

Sie starrte dorthin, wo sie ihn wußte; aber sie konnte ihn nicht anders sehen als in der Gestalt, die er hier gehabt. Sie sah ihn wieder, wie er in Mytischtschi, in Troitza, in Jaroslawl gewesen war.

Sie sah sein Gesicht, sie hörte seine Stimme und wiederholte seine Worte und ihre eigenen Worte, die sie zu ihm gesprochen hatte. Manchmal ersann sie für sich und für ihn neue Worte, die sie damals hätten sagen können.

Er liegt da in seinem Stuhl, in seinem seidenen Pelz und hat den Kopf auf die hagere bleiche Hand gestützt. Seine Brust ist schrecklich eingefallen und die Schultern hochgezogen. Die Lippen fest zusammengepreßt, seine Augen glänzen, und auf der bleichen Stirn bildet sich eine Runzel und verschwindet wieder. Eines seiner Beine zittert kaum merklich. Natascha weiß, daß er mit einem qualvollen Schmerze ringt. Was bedeutet dieser Schmerz? Warum dieser Schmerz? Was fühlt er? Wie tut es ihm weh? denkt Natascha. Er hat ihre Aufmerksamkeit bemerkt, hat die Augen emporgerichtet und zu sprechen begonnen, ohne ein Lächeln.

Eines ist entsetzlich, sagt er, sich ewig mit einem leidenden Menschen zu verbinden. Das ist eine ewige Qual. Und nun sieht er sie mit einem forschenden Blicke an. Natascha antwortet wie immer, ehe sie noch Zeit gehabt, über das nachzudenken, was sie antworten sollte: Es kann so lange nicht währen, es wird nicht sein, Sie werden gesunden, ganz gesunden.

Und jetzt sieht sie ihn und durchlebt alles, was sie damals empfunden hatte; sie gedachte seines langen traurigen, ernsten Blickes bei diesen Worten und begriff die Bedeutung des Vorwurfes und der Verzweiflung dieses langen Blickes.

»Ich war auch der Ansicht«, sagte sich Natascha jetzt, »es wäre schrecklich, wenn er ewig leidend geblieben wäre, ich habe es damals nur gesagt, weil es für ihn entsetzlich gewesen wäre, und er hat es anders aufgefaßt, er meinte, es wäre für mich schrecklich gewesen, er wollte damals leben, fürchtete den Tod, und ich habe deshalb so dumm mit ihm gesprochen, ich habe das nicht gedacht, ich habe ganz etwas anderes gedacht. Hätte ich das gesagt, was ich dachte, so hätte ich gesagt: und wenn er ewig ein Sterbender bliebe, ein Sterbender vor meinen Augen, ich wäre glücklich im Vergleich zu dem, was ich jetzt bin ... Jetzt ist nichts, ist niemand. Hat er das gewußt? Nein, er hat es nicht gewußt und wird es nie wissen, und jetzt kann man das nie mehr, nie mehr wieder gutmachen.« Und wieder sprach er zu ihr dieselben Worte, aber jetzt antwortete ihm Natascha in ihrer Phantasie anders. Sie unterbrach ihn und sprach: »Entsetzlich für Sie, aber nicht für mich. Sie wissen, daß es für mich ohne Sie nichts im Leben gibt, mit Ihnen zu leiden ist mein höchstes Glück.« Und er ergriff ihre Hand und drückte sie so, wie er sie damals gedrückt hatte an jenem schrecklichen Abend, vier Tage vor seinem Tode. Und sie sagte in ihrer Phantasie noch andere zärtliche Liebesworte, die sie damals hätte sagen können, und die sie jetzt aussprach. »Ich liebe dich! dich ... ich liebe, ich liebe dich ...« sagte sie und drückte krampfhaft die Hände zusammen und preßte die Zähne mit grausamer Gewalt aufeinander ...

Und ein wonniger Schmerz erfaßte sie, und schon traten Tränen in ihre Augen, da fragte sie sich plötzlich: wem sie all dies sage; wo er und wer er jetzt sei. Und wieder war alles von einem nüchternen, harten Zweifel verschleiert, und wieder starrte sie mit nervös zusammengezogenen Brauen dorthin, wo er war. Und siehe da, schon glaubte sie das Geheimnis zu durchdringen ... Aber in dem Augenblick, da es sich ihr offenbarte, traf ein unbegreifliches, lautes Klirren der Türklinke schmerzlich ihr Ohr. Hastig und vorsichtig, mit erschrockenem Gesichtsausdruck, trat Dunjascha, das Dienstmädchen, in das Zimmer.

Kommen Sie, bitte, schnell zu Papa, sagte Dunjascha mit einem besonders lebhaften Ausdruck. Ein Unglück, von Peter Iljitsch ist ein Brief da, brachte sie schluchzend hervor.

II

Neben dem allgemeinen Gefühl der Entfremdung von allen Menschen hatte Natascha in dieser Zeit ein besonderes Gefühl der Entfremdung von den Mitgliedern der eigenen Familie. Alle ihre Angehörigen, der Vater, die Mutter, Sonja waren ihr so nah, so gewohnt, so alltäglich, daß alle ihre Worte und Gefühle ihr wie eine Verletzung jener Welt vorkamen, in der sie die letzte Zeit gelebt hatte, und sie war nicht nur gleichgültig gegen sie, sie betrachtete sie sogar feindselig. Sie hatte Dunjaschas Mitteilung über Peter Iljitsch, über ein Unglück gehört, aber sie hatte sie nicht verstanden.

Was kann es für ein Unglück für sie geben? Bei ihnen ist alles alt, gewohnt und ruhig, sagte sich Natascha in Gedanken.

Als sie in den Saal trat, kam der Vater eilig aus dem Zimmer der Gräfin. Sein Gesicht war runzlig und feucht von Tränen. Er war offenbar deshalb aus dem Zimmer gerannt, um den Tränen, die ihn erstickten, freien Lauf zu lassen. Als er Natascha erblickte, machte er eine verzweifelte Handbewegung und brach in ein schmerzlich krampfhaftes Schluchzen aus, das sein rundes, weiches Gesicht verzog.

Pe..., Petja ... geh, sie ruft dich ... – und er schluchzte auf wie ein Kind, wankte mit seinen schwachen Beinen auf einen Stuhl zu, sank fast auf ihn nieder und bedeckte sein Gesicht mit den Händen.

Plötzlich durchzuckte es Nataschas ganzes Wesen wie ein elektrischer Strom. Es hatte sie etwas furchtbar schmerzlich ins Herz getroffen. Sie empfand einen schrecklichen Schmerz, als wäre etwas in ihr gerissen und als stürbe sie. Gleich darauf aber fühlte sie augenblicklich eine Befreiung von dem Bann des Lebens, der auf ihr gelegen hatte. Als sie den Vater sah und den schrecklichen häßlichen Schrei der Mutter durch die Tür vernahm, vergaß sie augenblicklich sich und ihren Schmerz. – Sie eilte auf den Vater zu. Er winkte kraftlos mit der Hand und zeigte nach der Tür der Mutter. Prinzessin Maria ging bleich mit zitterndem Kinn aus der Tür, nahm Natascha bei der Hand und sprach mit ihr. Natascha sah und hörte sie nicht, sie ging mit schnellen Schritten zur Tür, hielt einen Augenblick wie im Kampfe mit sich selbst an, dann rannte sie auf die Mutter zu.

Die Mutter lag in einen Sessel hingestreckt in seltsamer und ungeschickter Stellung und schlug den Kopf an die Wand. Sonja und ein Mädchen hielten sie bei der Hand fest.

Natascha, holt Natascha! ... schrie die Gräfin, es ist nicht wahr, es ist nicht wahr ... er lügt ... Natascha! schrie sie und stieß die Mädchen von sich. Geht alle fort, es ist nicht wahr! Tot! ha ha ha! ... es ist nicht wahr.

Natascha setzte ein Knie auf den Sessel, beugte sich über die Mutter, umarmte sie, hob sie mit überraschender Kraft, wandte ihr Gesicht zu ihr und drückte sie an sich.

Mütterchen! ... Täubchen! ... Ich bin hier, geliebtes Mütterchen. Mütterchen, flüsterte sie immer wieder, ohne einen Augenblick zu ermüden. Sie ließ die Mutter nicht los, rang einen Kampf der Zärtlichkeit mit ihr, forderte ein Kissen, Wasser, dann knöpfte sie an dem Kleide der Mutter und riß es auf. Geliebtes Mütterchen, Täubchen ... herzliebstes Mütterchen – flüsterte sie unaufhörlich und küßte ihr den Kopf, die Hände, das Gesicht, und sie fühlte, wie ihre Tränen ihr unaufhaltsam in Strömen über Nase und Wangen liefen.

Die Gräfin drückte die Hand der Tochter, schloß die Augen und wurde einen Augenblick ruhig. Dann erhob sie sich mit ungewohnter Schnelligkeit, sah gedankenlos umher, und da sie Natascha erblickte, preßte sie aus allen Kräften ihren Kopf zusammen. Dann wandte sie ihr Gesicht, das sich vor Schmerz verzog, sich zu und sah lange hinein. Natascha, du liebst mich! sagte sie mit leise vertrauensvollem Flüstern. Natascha, du wirst mich nicht betrüben? Du wirst mir die ganze Wahrheit sagen?

Natascha sah sie mit Tränen in den Augen an, und in ihren Zügen lag nur die Bitte um Verzeihung und Liebe.

Meine herzliebste Mama, wiederholte sie und spannte die ganze Kraft ihrer Liebe an, um der Mutter von dem Übermaß des Schmerzes, der sie zuschnürte, etwas ab und auf sich zu nehmen. Und wieder rettete sich die Mutter in dem ohnmächtigen Kampf mit der Wirklichkeit, da sie nicht glauben wollte, daß sie leben könnte, während ihr blühender lebensstrotzender Sohn tot war, aus der Wirklichkeit in die Welt des Wahns.

Natascha wußte später nicht mehr, wie dieser Tag, die Nacht, der nächste Tag und die nächste Nacht vergangen war. Sie schlief nicht, und sie ließ die Mutter nicht einen Augenblick allein. Nataschas Liebe in ihrer Hartnäckigkeit und Geduld hielt die Gräfin nicht als eine Aufklärung, nicht als eine Tröstung, sondern als eine Aufforderung zum Leben, jeden Augenblick gewissermaßen von allen Seiten eingeschlossen. Am dritten Abend beruhigte sich die Gräfin auf einige Zeit, und Natascha schloß die Augen, den Kopf auf eine Armlehne des Sessels gestützt. Da knarrte das Bett, und Natascha öffnete die Augen. Die Gräfin saß aufrecht in ihrem Bette und sprach leise vor sich hin.

Wie freue ich mich, daß du gekommen bist, du bist müde, willst du Tee? – Natascha trat zu ihr. – Du bist hübscher, männlicher geworden, fuhr die Gräfin fort und nahm die Tochter bei der Hand.

Mamachen, was sprechen Sie! ...

Natascha, er ist nicht mehr. Er kommt nie mehr wieder – Die Gräfin fiel der Tochter um den Hals und weinte zum ersten Mal.

III

Prinzessin Maria hatte ihre Abreise verschoben, Sonja und der Graf gaben sich Mühe, Natascha abzulösen, aber sie konnten es nicht. Sie sahen, daß sie allein die Mutter von wahnsinniger Verzweiflung zurückhalte. Drei Wochen wich Natascha nicht von der Seite der Mutter. Sie schlief in dem Lehnsessel in ihrem Zimmer, gab ihr zu trinken und zu essen und sprach immerwährend mit ihr, sprach mit ihr, weil ihre zarte, kosende Stimme allein die Gräfin zu beruhigen pflegte.

Die Herzenswunde der Mutter konnte nicht vernarben. Petjas Tod hatte die Hälfte ihres Lebens mitgenommen. Einen Monat nach der Kunde von Petjas Tode, die der frischen und rüstigen fünfzigjährigen Frau zugegangen war, trat sie aus ihrem Zimmer als eine halb abgeschiedene Greisin, die keinen Anteil mehr am Leben nimmt. Aber dieselbe Wunde, die der Gräfin halb den Tod gebracht, diese neue Wunde hatte Natascha wieder zum Leben erweckt.

Herzenswunden, die von einem Riß des geistigen Ichs herkommen, vernarben ganz wie physische Wunden, so seltsam es auch erscheinen mag, nachdem die tiefe Wunde geheilt und scheinbar an ihren Rändern geschlossen ist – Herzenswunden vernarben ganz wie physische, nur durch die von innen herausdrängende Kraft des Lebens.

So vernarbte auch Nataschas Wunde. Sie glaubte, ihr Leben sei zu Ende. Plötzlich aber zeigte ihr die Liebe zu ihrer Mutter, daß das Wesen ihres Lebens – die Liebe – noch in ihr lebendig war. Die Liebe war erwacht – und das Leben war erwacht.

Die letzten Tage des Fürsten Andrej hatten Natascha und die Prinzessin Maria eng verbunden. Das neue Unglück führte sie noch näher zusammen. Prinzessin Maria hatte ihre Reise verschoben und war in den letzten drei Wochen um Natascha besorgt wie um ein krankes Kind. Die letzten Wochen, die Natascha im Zimmer der Mutter verbracht hatte, hatten ihre physischen Kräfte erschüttert.

Eines Tages um die Mittagszeit hatte Prinzessin Maria bemerkt, daß Natascha in Fieberschauern zitterte. Sie hatte sie zu sich gebracht und auf ihr Bett gelegt. Natascha lag ruhig da; als aber die Prinzessin die Vorhänge herunterließ und hinausgehen wollte, rief sie Natascha zu sich.

Ich kann nicht schlafen, Maria, setz dich zu mir.

Du bist müde, gib dir nur Mühe einzuschlafen.

Nein, nein, warum hast du mich aus dem Zimmer gebracht? Sie wird nach mir verlangen.

Ihr geht es viel besser, sie hat heute so gut gesprochen, sagte Prinzessin Maria.

Natascha lag im Bette und betrachtete in dem Halbdunkel des Zimmers die Züge der Prinzessin Maria.

»Ist sie ihm ähnlich?« dachte Natascha. »Ja, ja und nein. Aber sie hat etwas Besonderes, Fremdes, etwas ganz Neues, Unbekanntes. Und sie liebt mich. Was hat sie auf dem Herzen? Nur Gutes? Aber wie ... wie denkt sie? Was denkt sie von mir? Ja, sie ist ein vortreffliches Wesen!«

Mascha, sagte sie und zog schüchtern ihre Hand an sich, Mascha, glaube nicht, daß ich schlecht bin. Nein? Mascha, mein Täubchen, wie ich dich liebe! Laß uns Freundinnen sein, Herzensfreundinnen.

Und Natascha fiel der Prinzessin Maria um den Hals und küßte ihr Hände und Gesicht. Prinzessin Maria empfand zugleich Scham und Freude über diesen Gefühlsausbruch Nataschas.

Von dieser Stunde an entwickelte sich zwischen der Prinzessin Maria und Natascha eine leidenschaftliche und zärtliche Freundschaft, die nur unter Frauen vorkommt. Sie küßten sich unaufhörlich, sagten einander zärtliche Worte und verbrachten den größten Teil ihrer Zeit zusammen. Ging die eine aus, so war die andere unruhig und beeilte sich, sich ihr anzuschließen. Sie fühlten miteinander eine größere Übereinstimmung als jede einzeln mit sich. Das Gefühl, das sich zwischen ihnen entwickelte, war ein stärkeres als das der Freundschaft: es war das ausschließliche Gefühl, nur in Verbindung miteinander leben zu können.

Manchmal schwiegen sie ganze Stunden lang. Manchmal aber begannen sie, wenn sie schon im Bette lagen, lange Unterhaltungen und sprachen bis zum Morgen. Sie sprachen meist von der fernen Vergangenheit. Prinzessin Maria erzählte von ihrer Kindheit, von ihrer Mutter, von ihrem Vater, von ihren Ideen; und Natascha, die sich früher mit ruhiger Unempfänglichkeit von diesem Leben der Ergebenheit, der Demut, von der Poesie der christlichen Selbstverleugnung abgewandt hatte, gewann jetzt, da sie sich mit der Prinzessin Maria durch Liebe vereint wußte, auch die Vergangenheit der Prinzessin lieb, und eine ihr früher unverständliche Seite des Lebens wurde ihr nun verständlich. Sie dachte nicht daran, Demut und Selbstverleugnung zum Maßstabe ihres Lebens zu machen. Sie war gewohnt, andere Freuden zu suchen, aber sie begriff und liebte in der anderen diese Tugend, die ihr bisher unverständlich war. Auch der Prinzessin Maria tat sich eine bisher unverständliche Seite des Lebens auf, wenn sie den Erzählungen von der Kindheit und der ersten Jugend Nataschas lauschte, der Glaube an das Leben und die Freuden des Lebens.

Immer noch sprachen sie kein Wort von *ihm,* um, wie sie meinten, jene Höhe der Empfindung, die in ihnen lebte, nicht durch Worte anzutasten. Und dieses Schweigen bewirkte, daß sie allmählich, ohne daß sie es für möglich hielten, seiner vergaßen.

Natascha wurde so mager, so blaß und körperlich so schwach, daß alle beständig von ihrer Gesundheit sprachen, und ihr war das angenehm. Manchmal aber kam nicht die Angst vor dem Tod, aber die Angst vor Krankheit, Schwäche, Verlust der Schönheit über sie, und unwillkürlich betrachtete sie manchmal aufmerksam ihren nackten Arm und wunderte sich über seine Magerkeit, oder sie schaute am Morgen in den Spiegel und beobachtete ihr langgezogenes, wie es ihr vorkam, Mitleid erregendes Gesicht. Sie meinte, es müßte so sein, und war doch gleichzeitig ängstlich und traurig.

Einmal ging sie schnell oben hinauf und geriet dabei außer Atem. Sofort machte sie sich wieder unten etwas zu schaffen und lief wieder von hier oben hinauf, um ihre Kräfte zu prüfen und sich selbst zu beobachten.

Ein andermal rief sie Dunjascha, und ihre Stimme zitterte. Sie rief sie noch einmal, obgleich sie ihre Schritte hörte, sie rief mit dem Brustton, mit dem sie sang, und horchte auf den Klang.

Sie wußte es nicht, sie hätte es auch nicht geglaubt, und doch kamen schon unter der Schlammschicht, die auf ihrer Seele lag und die sie für undurchdringlich hielt, dünne, zarte, junge Grasspitzen hindurch, die Wurzel fassen, und den Schmerz, der sie gefesselt hielt, mit ihren Lebenstrieben so überdecken mußten, daß man ihn bald nicht sehen und nicht merken würde. Die Wunde vernarbte von innen heraus.

Ende Januar reiste die Prinzessin Maria nach Moskau, und der Graf bestand darauf, daß Natascha mit ihr reise, um dort die Ärzte um Rat zu fragen.

IV

Nach dem Zusammenbruch bei Wjasma, wo Kutusow dem Verlangen seiner Truppen, anzugreifen, abzuschneiden usw., nicht mehr widerstehen konnte, vollzog sich die weitere Bewegung der fliehenden Franzosen und der ihnen nachsetzenden Russen bis Krasnoje ohne Schlacht. Die Flucht war so übereilt, daß die russische Armee, die die Franzosen verfolgte, ihnen nicht nachkommen konnte, daß die Pferde der Kavallerie und Artillerie liegenblieben, und daß die Nachrichten über die Bewegung der Franzosen stets unrichtig waren.

Die Mannschaften des russischen Heeres waren durch diese ununterbrochene Bewegung, je 40 Werst in 24 Stunden, so ermattet, daß sie sie nicht beschleunigen konnten.

Um den Grad der Erschöpfung der russischen Truppen zu begreifen, braucht man nur die Bedeutung der Tatsache klar zu begreifen, daß die russische Armee, die an Verwundeten und Toten während des ganzen Marsches von Tarutino nicht mehr als 3000 Mann verloren hatte, die nicht Hunderte von Leuten an Gefangenen verloren hatte, von den 100 000 Mann, die aus Tarutino ausgezogen waren, nach Krasnoje mit 50 000 ankam. Die schnelle Bewegung der Russen auf den Spuren der Franzosen wirkte auf die russischen Truppen ebenso zerstörend ein wie die Flucht auf die Franzosen. Nur darin war ein Unterschied, daß die russische Armee sich frei bewegte, ohne die drohende Gefahr der Vernichtung, die über den französischen Truppen hing, und darin, daß die maroden und kranken Franzosen in den Händen des Feindes blieben, während die maroden Russen in der Heimat waren. Die Hauptursache der Verringerung der napoleonischen Armee war die Schnelligkeit ihrer Bewegung, und als untrüglicher Beweis dafür dient die entsprechende Verringerung der russischen Heere.

Kutusows ganze Tätigkeit war, wie bei Tarutino und bei Wjasma, nur darauf gerichtet – soweit es in seiner Macht lag –, diese für die Franzosen verderbliche Bewegung nicht aufzuhalten, wie man das in Petersburg wollte, und wie es in der Armee die russischen Generale wünschten, sondern sie zu fördern und die Bewegung der eigenen Truppen zu erleichtern.

Außerdem aber bot sich Kutusow von der Stunde an, wo sich in der Armee die Ermüdung und der ungeheure Menschenverlust herausstellte, den die Schnelligkeit der Bewegung mit sich brachte, noch ein zweiter Grund zur Verlangsamung der Marschbewegung und zum Abwarten. Das Ziel der russischen Truppen war die Verfolgung der Franzosen. Der Weg der Franzosen war unbekannt, und daher legten unsere Truppen, je näher sie den Franzosen auf den Fersen folgten, eine um so größere Strecke zurück. Nur indem man in einer gewissen Entfernung folgte, konnte man auf dem kürzesten Weg die Zickzacklinien durchschneiden, welche die Franzosen machten. Alle kunstvollen Manöver, welche die Generale vorschlugen, bestanden in der Hin- und Herbewegung der Truppen, in der Vergrößerung der Märsche, und das einzig vernünftige Ziel bestand darin, diese Märsche zu verkleinern. Und auf dieses Ziel war während des ganzen Feldzuges von Moskau bis Wilna Kutusows Tätigkeit gerichtet – nicht zufällig, nicht zeitweilig, sondern so folgerichtig, daß er ihm nicht ein einziges Mal untreu wurde.

Kutusow wußte, nicht durch Verstandeserwägung oder durch die Wissenschaft, er wußte und fühlte mit seinem ganzen russischen Wesen, was jeder russische Soldat fühlte, daß die Franzosen besiegt waren, daß die Feinde fliehen, und daß man sie hinausgeleiten müsse; zugleich aber fühlte er, ganz wie seine Soldaten, die ganze Bürde dieses seiner Schnelligkeit und der Jahreszeit nach unerhörten Zuges.

Aber die Generale, besonders die nichtrussischen, die das Verlangen hatten, sich auszuzeichnen, die Bewunderung der Menschen zu erringen, aus irgendeinem Grunde irgendeinen Herzog oder König in Gefangenschaft zu nehmen – die Generale meinten, jetzt sei die beste Zeit, eine Schlacht zu liefern und einen Sieg zu erfechten. Kutusow zuckte nur die Achseln, wenn ihm einer nach dem andern Vorschläge zu Manövern gegen diese schlecht beschuhten, schlecht bekleideten, halb verhungerten Soldaten machte, die in einem Monat ohne

Schlacht auf die Hälfte zusammengeschmolzen waren, und denen noch, wenn sich die fortgesetzte Flucht unter den besten Bedingungen vollzog, bis zur Grenze ein Weg bevorstand, der größer war als der bereits zurückgelegte.

Besonders trat dieses Bestreben, sich auszuzeichnen und zu manövrieren, zurückzuwerfen und abzuschneiden, in dem Augenblick hervor, wenn die russischen Truppen auf die Truppen der Franzosen stießen.

So geschah es bei Krasnoje, wo man eine von den drei Kolonnen der Franzosen zu treffen glaubte und auf Napoleon selbst mit 10 000 Mann stieß. Trotz aller Mittel, die Kutusow anwandte, um dem verderblichen Zusammenstoße zu entgehen und seine Truppen zu schonen, dauerte es bei Krasnoje drei Tage, bis die ermatteten Mannschaften der russischen Armee die ungeordneten Haufen der Franzosen geschlagen hatten.

Toll hatte die Disposition ausgearbeitet: die erste Kolonne geht hierhin ... usw., und wie immer vollzog sich alles anders, als die Disposition sagte. Prinz Eugen von Württemberg schoß von einer Anhöhe herab auf die vorübereilenden Haufen der Franzosen und bat um Verstärkung. Sie kam aber nicht. Die Franzosen umgingen in der Nacht die Russen und zerstreuten sich, verbargen sich in den Wäldern und sahen jeder, wie sie weiterkamen.

Miloradowitsch, der immer sagte, daß er mit den wirtschaftlichen Angelegenheiten der Abteilung nichts zu schaffen haben wolle, den man nie finden konnte, wenn man ihn brauchte, der Ritter ohne Furcht und Tadel, wie er sich selbst nannte, und der Freund von Unterhaltungen mit den Franzosen, schickte Parlamentäre, forderte zur Übergabe auf, verlor die Zeit und tat nicht, was ihm befohlen war.

Ich schenke euch diese Kolonne, sagte er, indem er an die Truppen heranritt und den Kavalleristen die Franzosen zeigte. Und die Kavalleristen sprengten auf ihren kaum vorwärtskommenden Pferden, die sie mit Sporen und Säbeln antreiben mußten, im Trab vorwärts, kamen nach großen Anstrengungen zu der Kolonne d. h. zu dem Haufen erfrorener, erstarrter und verhungerter Franzosen, und die geschenkte Kolonne streckte die Waffen und ergab sich, was sie schon längst gewollt hatte.

Bei Krasnoje wurden 26 000 Gefangene gemacht, 100 Geschütze, ein Stock erbeutet, den man den Marschallstab nannte, und man stritt hin und her, wer sich dort ausgezeichnet habe, und war befriedigt davon. Aber man bedauerte sehr, daß man Napoleon nicht gefangen hatte, oder wenigstens einen anderen Helden oder Marschall. Man machte sich gegenseitig Vorwürfe und tadelte besonders Kutusow.

Diese Leute, die von ihren Leidenschaften hin und her geworfen wurden, waren nur die blinden Vollstrecker des traurigen Gesetzes der Notwendigkeit. Aber sie hielten sich für Helden und wähnten, das, was sie getan, sei die würdigste und edelste Tat. Sie beschuldigten Kutusow und sagten, er habe sie vom Beginn des Feldzugs an gehindert, Napoleon zu besiegen, er denke nur an die Befriedigung seiner Leidenschaften, er habe die »Leinenfabriken« nicht verlassen wollen, weil er sich hier wohl gefühlt, er habe bei Krasnoje der Bewegung Einhalt geboten, weil er bei der Kunde von der Anwesenheit Napoleons ganz in Verwirrung geraten war, man könnte vermuten, er befände sich im Einverständnis mit Napoleon, er sei von ihm bestochen[1] usw., usw.

Nicht genug, daß die Zeitgenossen, die von ihren Leidenschaften beherrscht waren, so sprachen, auch die Nachwelt und die Geschichte haben Napoleon als *grand* anerkannt, und Kutusow nennen die Ausländer einen schlauen, ausschweifenden, schwachen, höfischen Greis, die Russen eine Wetterfahne, eine Puppe, die nur nützlich war durch ihren russischen Namen.

V

In den Jahren 1812 und 13 beschuldigte man Kutusow geradezu großer Irrtümer. Der Kaiser war unzufrieden mit ihm. Und in einem Geschichtswerk, das vor kurzer Zeit auf aller-

1 Wilsons Aufzeichnungen.

höchsten Befehl abgefaßt ist, heißt es: Kutusow war ein schlauer Hofmann und Lügner, der den Namen Napoleons fürchtete, und der durch seine Irrtümer bei Krasnoje und an der Beresina die russischen Truppen um den Ruhm brachte, die Franzosen aufs Haupt zu schlagen[1].

Das ist das Schicksal nicht der großen Männer, nicht des *grand-homme* – solche erkennt der russische Geist nicht an –, sondern das Schicksal jener seltenen, stets einsamen Männer, die den Willen der Vorsehung erkennen und ihr ihren eigenen Willen unterordnen. Haß und Verachtung der Menge ist die Strafe dieser Männer für die Beachtung der höheren Gesetze.

Für die russischen Geschichtsschreiber – es ist sonderbar und schrecklich, es auch nur auszusprechen – ist Napoleon, dieses nichtigste Werkzeug der Geschichte, das nirgends und nie, auch in der Verbannung nicht, ein Zeichen der Menschenwürde offenbart hat – ist dieser Napoleon ein Gegenstand des Entzückens und der Begeisterung: er ist *grand.* Kutusow dagegen, der vom Anfang bis zum Ende seiner Tätigkeit im Jahre 1812, von Borodino bis Wilna, nicht ein einziges Mal, nicht durch eine einzige Handlung, nicht durch ein einziges Wort sich selbst untreu wird, der ein in der Geschichte einzig dastehendes Beispiel der Selbstverleugnung und des Scharfsinns bietet, der in der Gegenwart die zukünftige Bedeutung eines Ereignisses erkennt – Kutusow ist in ihrer Schilderung ein schwankendes, klägliches Wesen. Wenn sie von Kutusow im Jahre 1812 sprechen, ist es immer, als überkäme sie selbst eine gewisse Scham.

Und doch ist es schwer, sich eine geschichtliche Persönlichkeit vorzustellen, deren Tätigkeit so unverrückt, so beständig auf ein und dasselbe Ziel gerichtet war. Es ist schwer, ein würdigeres und dem Willen der ganzen Nation entsprechenderes Ziel zu finden. Noch schwerer ist es, ein zweites Beispiel in der Geschichte zu finden, wo das Ziel, das sich die

1 Die Geschichte des Jahres 1812 von Bogdanowitsch: Charakteristik Kutusows und Betrachtung der Unzulänglichkeit der Ereignisse des Treffens von Krasnoje.

historische Persönlichkeit gesetzt hat, so vollkommen erreicht worden wäre wie das Ziel, auf dessen Erreichung Kutusows ganze Tätigkeit im Jahre 1812 gerichtet war. Kutusow sprach nie von vierzig Jahrhunderten, die von den Pyramiden auf ihn herabschauen, von den Opfern, die er dem Vaterlande bringe, von Dingen, die er zu vollbringen die Absicht hatte oder vollbracht hätte. Er sprach überhaupt kein Wort über sich, spielte keinerlei Rolle, trat immer als der einfachste und gewöhnlichste Mensch auf und sprach die einfachsten und gewöhnlichsten Dinge. Er schrieb an seine Tochter und an Madame Stahl Briefe, las Romane, war gern in der Gesellschaft schöner Frauen, scherzte mit den Generalen, Offizieren und Soldaten und widersprach nie Menschen, die ihm etwas beweisen wollten. Als Graf Rostoptschin an der Jausabrücke auf Kutusow zugesprengt kam und ihm Vorwürfe machte, daß er an dem Untergange Moskaus schuld wäre, und sagte: Haben Sie nicht versprochen, Moskau nicht ohne Schlacht preiszugeben? Da antwortete Kutusow: ich werde auch Moskau nicht ohne Schlacht preisgeben; obgleich Moskau bereits preisgegeben war. Als Araktschejew, vom Kaiser gesandt, zu ihm kam und sagte, man müsse Jermolow zum Befehlshaber der Artillerie machen, antwortete Kutusow: »Ja, das habe ich selbst *eben* erst gesagt«, obgleich er eine Minute vorher ganz etwas anderes gesagt hatte. Was ging es ihn an, ihn, der allein in der verständnislosen Menge, die ihn umgab, den ganzen gewaltigen Inhalt der Ereignisse begriffen hatte – was ging es ihn an, ob Graf Rostoptschin das traurige Schicksal der Hauptstadt sich oder ihm zuschrieb? Noch weniger berührte es ihn, wer zum Befehlshaber der Artillerie ernannt werden würde.

Nicht bloß in diesen Fällen, sondern immer wieder sprach dieser alte Mann, der durch die Erfahrung des Lebens zu der Überzeugung gekommen war, daß die Gedanken und die Worte, die ihnen zum Ausdruck dienen, nicht die bewegenden Kräfte der Menschen seien, völlig sinnlose Worte – die ersten besten, die ihm einfielen.

Aber derselbe Mann, der so wenig Wert auf seine Worte legte, sagte nicht ein einziges Mal während seiner ganzen

Wirksamkeit *ein* Wort, das nicht in Übereinstimmung gewesen wäre mit dem einzigen Ziele, auf dessen Erreichung er während des ganzen Krieges ausging. Offenkundig, unwillkürlich, mit der niederdrückenden Überzeugung, daß er nicht verstanden würde, sprach er häufig unter den verschiedensten Verhältnissen seine Gedanken aus. Von der Schlacht bei Borodino an, mit der sein Zwiespalt mit seiner Umgebung begann, war er der einzige, der behauptete, *die Schlacht von Borodino ist ein Sieg*, und der dies sowohl mündlich als auch in den Rapporten und in den Meldungen bis an seinen Tod wiederholte. Er war der einzige, welcher sagte, *der Verlust Moskaus ist nicht der Verlust Rußlands.* Er antwortete Lauriston auf seine Friedensvorschläge: *von Frieden könne keine Rede sein, denn so sei der Wille des Volkes.* Er allein sagte während des Rückzugs der Franzosen, *alle unsere Manöver seien unnütz, es käme alles von selbst besser, als wir es wünschen, und man müsse dem Feinde eine goldene Brücke bauen. Weder die Schlacht von Tarutino noch die bei Wjasma noch die bei Krasnoje seien nötig. Man müsse mit etwas an die Grenze kommen, und er gebe für zehn Franzosen noch nicht einen Russen hin.*

Er allein, dieser Hofmann, wie man ihn uns schildern will, der Mann, der Araktschejew belügt, in der Absicht, den Kaiser zufriedenzustellen, er allein, dieser Hofmann, sagt in Wilna, obwohl er weiß, daß ihn dafür die Ungnade des Kaisers trifft, *die Fortsetzung des Kriegs außerhalb Rußlands sei gefährlich und unnütz.*

Aber die Worte allein würden nicht beweisen, daß er damals die Bedeutung des Ereignisses begriffen hatte. Seine Handlungen sind alle – ohne die geringste Abweichung – auf ein und dasselbe dreifache Ziel gerichtet: erstens alle seine Kräfte aufzusparen zu einem Zusammenstoß mit den Franzosen, zweitens sie zu besiegen, und drittens sie aus Rußland zu vertreiben und dabei soweit als möglich die Leiden des Volkes und der Truppen zu vermindern.

Er, dieser Zauderer Kutusow, dessen Devise Geduld und Zeit sind, der Feind entschiedenen Vorgehens, er liefert die Schlacht bei Borodino und breitet über die Vorbereitungen zu ihr eine beispiellose Feierlichkeit. Er, derselbe Kutusow, der in der Schlacht von Austerlitz von ihrem Beginne vorhersagt, daß sie verloren sein wird, behauptet bei Borodino, trotz der Versicherung der Generale, daß die Schlacht verloren sei, trotz des in der Geschichte unerhörten Beispiels, daß nach einer gewonnenen Schlacht das Heer sich zurückziehen muß – er allein behauptet im Widerspruch mit allen bis an seinen Tod, daß die Schlacht von Borodino ein Sieg war. Er allein besteht während des ganzen Rückzugs darauf, keine Schlacht zu liefern, weil sie jetzt unnütz sei, und keinen neuen Krieg zu beginnen und die Grenzen Rußlands nicht zu überschreiten.

Heute die Bedeutung des Ereignisses zu verstehen, wenn man nur der Tätigkeit der Massen nicht ein Ziel unterschiebt, das in den Köpfen eines Dutzends von Menschen war, ist nicht schwer, da das einzige Ereignis mit seinen Folgen klar vor uns liegt.

Aber wie war es möglich, daß dieser alte Mann damals, ganz allein im Widerspruch mit der Ansicht aller, so richtig die Bedeutung des nationalen Inhalts des Ereignisses erfaßte, daß er ihm während seiner ganzen Wirksamkeit nicht ein einziges Mal untreu wurde.

Die Quelle dieser außerordentlichen Kraft der Einsicht in den *Sinn* der Erscheinungen, die sich vollzogen, lag in dem nationalen Gefühl, das er in seiner ganzen Reinheit und Kraft in sich trug.

Nur die Anerkennung dieses Gefühls in ihm war es, welche die Nation veranlaßte, auf so sonderbare Weise den in Ungnade stehenden Greis gegen den Willen des Zaren zum Vertreter des Nationalkrieges zu erwählen. Und nur dieses Gefühl stellte ihn auf jene erhabene Höhe der Menschheit, von der herab er als Oberbefehlshaber alle seine Kräfte darauf richtete, nicht die Menschen zu töten und zu vertilgen, sondern darauf, sie zu retten und zu schonen.

Diese schlichte, bescheidene und darum wahrhaft erhabene Gestalt konnte sich nicht in jene Lügenform eines vermeintlichen, die Menschen lenkenden europäischen Helden hüllen, wie ihn die Geschichte erfunden hat.

Für den Lakaien gibt es keinen großen Mann, weil der Lakai seinen eigenen Begriff von Größe hat.

VI

Der 17. November war der erste Tag der sogenannten Schlacht von Krasnoje. Vor Anbruch des Abends, als nach langem Streiten und vielen Irrtümern der Generale, die nicht an den bestimmten Ort gelangt waren, und nachdem die Adjutanten mit Gegenbefehlen nach allen Seiten ausgeschickt waren, als es bereits klar war, daß der Feind auf allen Punkten flieht, und eine Schlacht nicht stattfinden könne und würde, ritt Kutusow von Krasnoje nach Dobroje, wohin mit dem heutigen Tage das Hauptquartier verlegt worden war.

Es war ein heller, frostiger Tag. Kutusow ritt mit einem ungeheuren Gefolge von Generalen, die mit ihm unzufrieden waren und hinter ihm hertuschelten, auf seinem fetten Schimmelchen nach Dobroje. Auf dem ganzen Wege drängten sich Abteilungen heute eingebrachter französischer Gefangener um die Wachtfeuer, um sich zu wärmen (es waren 7000 an diesem Tage eingebracht worden). Nicht weit von Dobroje lärmte ein ungeheurer Haufen zerlumpter, verbundener und in allerlei Kleidungsstücke vermummter Gefangener, die neben einer langen Reihe abgeschirrter, französischer Geschütze am Wege standen, in lautem Gespräch. Als der Oberbefehlshaber sich näherte, verstummte das Gespräch, und aller Augen waren auf Kutusow gerichtet, der in seiner weißen, rot geränderten Mütze und seinem wattierten Mantel, der auf seinen gekrümmten Schultern mit einem Buckel lag, langsam den Weg daherkam. Einer der Generale meldete Kutusow, wo die Geschütze erbeutet und die Gefangenen gemacht wären.

Kutusow schien mit seinen Gedanken beschäftigt zu sein und hörte nicht, was der General sprach. Er kniff unzufrieden die Augen zusammen und betrachtete aufmerksam und scharf die Gestalten der Gefangenen, die ein besonders klägliches Aussehen hatten. Der größte Teil der französischen

Soldaten hatte entstellte Gesichter, erfrorene Nasen und Wangen, und fast alle hatten rote, gedunsene und eiternde Augen.

Ein Häuflein Franzosen stand ganz nahe an der Straße, und zwei Soldaten – das Gesicht des einen war von Beulen bedeckt – zerrissen mit den Händen ein Stück rohes Fleisch. Es lag etwas Schreckliches und Tierisches in dem unsteten Blick, mit dem sie die Vorüberreitenden ansahen, und in dem wütenden Ausdruck, mit dem der Soldat mit den Beulen Kutusow ansah, sich sofort wieder abwandte und seine Beschäftigung fortsetzte.

Kutusow betrachtete diese beiden Soldaten lange und aufmerksam; er runzelte die Stirn noch mehr, kniff die Augen zusammen und wiegte gedankenvoll den Kopf hin und her. An einer anderen Stelle bemerkte er einen russischen Soldaten, der lachend einem Franzosen auf die Schulter klopfte und freundlich mit ihm sprach. Wieder wiegte Kutusow mit derselben Miene seinen Kopf.

Was sagst du? fragte er den General, der seinen Bericht immer weiter fortsetzte und die Aufmerksamkeit des Oberbefehlshabers auf die erbeuteten französischen Feldzeichen lenkte, die vor der Front des Preobrashenzenregiments aufgestellt waren.

Ah, die Feldzeichen! sagte Kutusow, der offenbar Mühe hatte, sich von dem Gegenstande loszureißen, der seine Gedanken beschäftigte. Er sah sich zerstreut um. Tausend Blikke waren von allen Seiten auf ihn gerichtet, alles lauschte erwartungsvoll, was er sagen würde.

Vor dem Preobrashenzenregiment hielt er, seufzte schwer auf und schloß die Augen. Einer aus dem Gefolge winkte die Leute, die die Feldzeichen trugen, heran, damit sie sie um den Oberbefehlshaber aufpflanzten.

Kutusow schwieg eine Weile, dann erhob er mit sichtlichem Unwillen, nur dem Zwange gehorchend, den Kopf und begann zu sprechen. Scharen von Offizieren umringten ihn. Er ließ seine Augen aufmerksam über den Kreis der Offiziere schweifen und erkannte viele von ihnen.

Ich danke euch allen, sagte er, zu den Soldaten, dann wieder zu den Offizieren gewandt. In der Stille, die rings umher herrschte, hörte man deutlich seine langsam gesprochenen Worte; – ich danke euch allen für die schweren, treuen Dienste. Der Sieg ist ein vollkommener, Rußland wird euch nicht vergessen. Ruhm euch in Ewigkeit! – Er schwieg und sah im Kreise umher – beuge, beuge ihm den Kopf, sagte er zu einem Soldaten, der einen französischen Adler trug, und ihn zufällig vor der Fahne der Preobrashenzen gesenkt hatte – tiefer, tiefer, so ist's recht. »Hurra! Kinder«, rief er den Soldaten zu mit einer schnellen Aufwärtsbewegung des Kinnes.

Hurra-ra-ra! erscholl es aus tausend Kehlen.

Während des Hurrarufens der Soldaten beugte sich Kutusow auf seinem Sattel vor und senkte den Kopf, und seine Augen leuchteten in einem milden und, wie es schien, spöttischen Glanze.

Wißt ihr was, Kameraden ... sagte er, als die Hurrarufe verstummt waren.

Und seine Stimme und seine Mienen waren plötzlich verändert. Es war nicht mehr der Oberbefehlshaber, der zu ihnen sprach, es war der schlichte, alte Mann, der offenbar das Bedürfnis hatte, sich gegen seine Waffengefährten auszusprechen.

In der Schar der Offiziere und in den Reihen der Soldaten entstand eine Bewegung. Alle wollten deutlicher hören, was er jetzt zu sagen hätte.

Wißt ihr was, Kameraden, ich weiß wohl, es wird euch nicht leicht, aber was ist zu tun? Harret aus – es kann nicht mehr lange währen. Geleiten wir unsere Gäste hinaus, dann werden wir ruhen können. Der Zar wird eurer Dienste eingedenk sein. Euch wird es nicht leicht, und ihr seid doch in eurer Heimat; sie aber ... seht, wohin sie gekommen sind, sagte er und wies auf die Gefangenen hin. Schlimmer als die elendsten Bettler. Solange sie stark waren, haben wir uns nicht geschont, jetzt aber können wir ihrer schonen. Sie sind ja auch Menschen. Ist es nicht so, Kinder?

Er ließ seine Augen umherschweifen, und in den starren Blicken voll ehrerbietiger Verwunderung, die auf ihn gerichtet waren, las er die Zustimmung zu dem, was er gesagt hatte. Sein Gesicht leuchtete heller und heller in einem greisenhaften, milden Lächeln, das in sternartigen Runzeln um Mund und Augen spielte. Er schwieg und senkte wie im Zweifel den Kopf.

Und auch das muß gesagt werden. Wer hat sie zu uns gerufen? Geschieht ihnen schon recht, den verfluchten Hundesöhnen ... sagte er plötzlich mit erhobenem Kopfe, dann fuhr er mit der Peitsche durch die Luft und ritt zum ersten Male während des ganzen Feldzuges im Galopp fort von den freudig lachenden und »Hurra« rufenden Soldaten, die die Reihen lösten.

Kutusows Worte waren von den Truppen kaum verstanden worden. Niemand wäre wohl imstande gewesen, den Inhalt der anfangs feierlichen und zum Schluß gutmütig väterlichen Rede des Marschalls wiederzugeben; aber der herzliche Inhalt dieser Rede war nicht nur verstanden worden, sondern das gleiche Gefühl erhabener Feierlichkeit im Verein mit dem Mitleid für den Feind und dem Bewußtsein des eigenen Rechts, die in diesem, gerade in diesem gutmütigen, altväterlichen Schimpfwort ausgedrückt waren, das gleiche Gefühl lag in der Seele jedes Soldaten und sprach sich in den freudigen, lange nicht verstummenden Rufen aus. Als gleich darauf einer der Generale die Frage an den Oberbefehlshaber richtete, ob er wünsche, daß der Wagen vorfahre, brach Kutusow unerwartet, da er eben antworten wollte, in Schluchzen aus; in so starker Erregung befand er sich.

VII

Am 20. November, am letzten Tage der Schlachten von Krasnoje, dämmerte es schon, als die Truppen an den Ort kamen, wo sie Nachtlager halten sollten. Den ganzen Tag war das Wetter ruhig und kalt gewesen, und es war ein leichter, dünner Schnee gefallen; gegen Abend hellte sich der Himmel auf. Durch die Schneeflocken hindurch schimmerte ein dunkler, bläulicher Sternenhimmel, und der Frost nahm zu.

Ein Musketierregiment, das aus Tarutino mit 3000 Mann ausgerückt war, kam jetzt, 900 Mann stark, als eines der ersten an dem bestimmten Rastorte an, in einem Dorfe an der großen Heerstraße. Die Quartiermeister, die dem Regiment entgegenkamen, machten die Meldung, daß alle Hütten von kranken und toten Franzosen, Kavalleristen und Stabsoffizieren belegt wären. Es sei nur eine einzige Hütte für den Regimentskommandeur vorhanden.

Der Regimentskommandeur ritt nach seiner Hütte hin. Das Regiment zog durch das Dorf und stellte auf der Dorfstraße bei den letzten Hütten die Gewehre zusammen.

Wie ein gewaltiges, vielgliedriges Tier machte sich das Regiment daran, sein Lager und seine Speise zu bereiten. Ein Teil der Soldaten war, bis über die Knie im Schnee watend, in einen Birkenwald gelangt, der rechts vom Dorfe lag, und sofort vernahm man im Walde Axt- und Säbelhiebe, das Krachen brechender Äste und heitere Stimmen; ein anderer Teil war geschäftig um das Zentrum der Regimentswagen und der Pferde, die in einem Haufen zusammengedrängt standen, sie schleppten Kessel und Zwieback herbei und gaben den Pferden ihr Futter; ein dritter Teil hatte sich im Dorfe zerstreut und richtete Wohnungen für die Stabsoffiziere her, schleppte Leichen der Franzosen, die in den Hütten umherlagen, fort, und riß Bretter, trockenes Holz und Stroh von den Dächern zum Wachtfeuer und zu Schutzzäunen. Fünfzehn Mann rüttelten am Ende des Dorfes, wo die Hütten aufhörten, mit fröhlichem Geschrei an der geflochtenen Wand eines Speichers, von dem sie bereits das Dach heruntergerissen hatten, um ihn umzureißen.

Ho, ho, gleichzeitig anpacken! riefen Stimmen, und durch das Dunkel der Nacht hörte man, wie die ungeheure, schneebedeckte Wand mit frostigem Krachen barst.

Immer häufiger und häufiger knisterten die untersten Pfosten und endlich stürzte die Wand samt den Soldaten, die sich an sie gestemmt hatten, zusammen. Ein lautes, derblustiges Schreien und Lachen erschallte.

Zu zweien antreten, Hebebaum her! So ist's recht! Wo krauchst du hin?

He, gleichzeitig! ... halt, Kinder! ... auf Kommando!

Alle verstummten, und eine milde, sammetweiche Stimme

stimmte ein Lied an. Am Ende der drei Strophen, als der letzte Ton ausklingen wollte, schrien zwanzig Stimmen im Takte: »uuuu! Nun geht's! Zusammen! Frisch angepackt, Kinderchen! ...« Aber trotz der Bemühungen in gleichem Takte rührte sich die Wand nur wenig, und in dem Schweigen, das nun folgte, hörte man schweres Keuchen.

Ihr da, von der sechsten Kompagnie! Teufelskerle! kommt helfen! ... Wir können euch auch einmal noch nützen.

Zwanzig Mann von der sechsten Kompagnie, die auch in das Dorf gekommen war, vereinigten sich mit den Arbeitenden. Und die Wand, fünf Faden lang und einen Faden breit, gab schwankend nach und glitt, den keuchenden Soldaten die Schultern zusammendrückend und tief ins Fleisch schneidend, auf der Straße vorwärts.

Marsch, was stehst du! ... daß du ... Was machst du halt? Das ist doch zum ...

Und die ausgelassenen, häßlichen Schimpfworte hörten nicht auf.

Was treibst du da? erscholl plötzlich die Stimme eines Vorgesetzten, der auf die Träger stieß. Die Herren sind hier drinnen im Hause, der General selbst, und ihr verfluchten Kerle mit eueren gemeinen Redensarten! ... Daß euch! ... schrie der Feldwebel, fuhr mit der Hand durch die Luft und versetzte dem ersten Soldaten, der ihm in den Wurf kam, einen Stoß in den Rücken. Könnt ihr nicht ruhig sein?

Die Soldaten wurden still. Der Soldat, den der Feldwebel getroffen hatte, wischte sich hastig das Gesicht, das er sich an der Wand blutig gekratzt hatte.

Dieser Hund! Die ganze Fresse schlägt er einem blutig, sagte er leise und zaghaft, als der Feldwebel sich entfernt hatte.

Das hast du wohl nicht gern, sagte ein anderer lachend; und so zogen die Soldaten, indem sie ihre Stimmen mäßigten, weiter. Als sie aus dem Dorfe heraus waren, wurde ihre Unterhaltung wieder lauter, und es begannen wieder wie vorher die grundlosen Schimpfreden.

In dem Häuschen, an dem die Soldaten vorübergekommen waren, hatten sich die höheren Offiziere versammelt und führten beim Tee ein lebhaftes Gespräch über den vergangenen Tag und über die Manöver, die für die Zukunft vermutet wurden. Ein Flankenmarsch nach links wurde vermutet, damit der Vizekönig abgeschnitten und gefangengenommen werde.

Als die Soldaten ihre Wand an Ort und Stelle geschleppt hatten, brannten schon von allen Seiten die Küchenfeuer. Das Holz knisterte, der Schnee schmolz und die dunklen Schatten der Soldaten huschten über die ganze im Schnee ausgetretene Fläche.

Axt und Säbel arbeiteten auf allen Seiten. Alles geschah ohne jeden Befehl. Es wurde Holz herangeschleppt, damit Vorrat für die Nacht sei, für die Offiziere wurden Reiserhütten gebaut, die Kessel brodelten, Gewehre und Munition wurden bereit gemacht.

Die Wand, welche die achte Kompangnie herangeschleppt hatte, wurde im Halbkreis von Norden her aufgestellt und mit Pfählen gestützt. Vor ihr wurde ein Wachtfeuer angezündet. Dann wurde der Zapfenstreich gespielt, die Mannschaften gezählt, das Abendbrot gegessen. Dann lagerten sich die Leute zur Nachtruhe um die Wachtfeuer, die einen machten ihr Schuhwerk zurecht, die anderen rauchten ihr Pfeifchen, noch andere zogen sich nackt aus und brannten ihre Läuse aus.

VIII

Man hätte glauben müssen, daß bei den fast unsagbar schweren Daseinsbedingungen, in denen sich die russischen Soldaten damals befanden – ohne warmes Schuhwerk, ohne Pelzröcke, ohne Dach über ihrem Haupte, im Schnee bei 18 Grad Kälte, selbst ohne genügende Menge von Proviant, da der Proviant nicht immer der Armee rechtzeitig folgte –, man hätte glauben müssen, daß die Soldaten das traurigste und kläglichste Schauspiel darboten.

Das Gegenteil war der Fall. Nie bot das Heer, auch unter den besten materiellen Bedingungen, ein heiteres, lebhafteres Schauspiel. Das kam daher, weil an jedem Tage alles, was kränklich und schwächlich wurde, sich von dem Heere ablöste. Alles was physisch oder moralisch schwach war, war längst zurückgeblieben; was zur Stelle war, war nur die Blüte der Truppen, kräftig an Geist und Körper.

Zu der achten Kompanie, mit ihrer schützenden Wand, hatten sich am meisten Leute herangedrängt. Zwei Feldwebel setzten sich zu ihnen, und ihre Feuer brannten heller als die anderen. Für das Recht, in dem Schutze der Wand zu sitzen, forderten sie, daß man Holz heranschleppe.

Ei, Makjejew, was ist mit dir ... Wo steckst du denn; haben dich die Wölfe gefressen? Bring nur Holz! schrie ein Soldat mit rotem Gesicht und rotem Haar, der vor dem Rauch die Augen zukniff und blinzelte, sich aber trotzdem nicht vom Feuer wegrührte. – Komm du wenigstens her, Krähe, schleppe Holz heran, wandte sich dieser Soldat zu einem anderen. Der Rote war weder Unteroffizier noch Gefreiter, er war nur gesund, und darum erteilte er den Schwächeren Befehle. Der hagere kleine Soldat mit der spitzen Nase, der Krähe genannt wurde, erhob sich folgsam und wollte eben den Befehl ausführen; aber in diesem Augenblick trat in den Lichtschein des Wachtfeuers schon die zarte, schöne Gestalt eines jungen Soldaten, der eine Last Holz herbeitrug.

Gib her, so, das ist gut!

Das Holz wurde entzweigebrochen, aufgehäuft, dann bliesen sie es mit dem Munde und wedelten es mit den Mantelzipfeln an, und die Flammen zischten auf und knisterten. Die Soldaten rückten heran und steckten ihre Pfeifen in Brand. Der junge, schöne Soldat, der das Holz herbeigeschleppt hatte, stemmte die Arme in die Seite und stampfte mit den erfrorenen Beinen schnell und geschickt auf der Stelle auf.

Ach, Mütterchen, kalt ist der Tau, aber schön, und Musketier sein ... sang er und schien gleichsam bei jedem Wort des Liedes zu stottern.

He, du verlierst die Sohlen, schrie der Rote, da er bemerkte, daß die Sohle des Tänzers hin und her flatterte.

Wer wird so verrückt tanzen!

Der Tänzer hielt inne, riß das flatternde Leder ab und warf es ins Feuer.

Da siehst du, Bruder, sagte er, und er setzte sich hin, zog

aus dem Tornister ein Stück französischen blauen Tuches und wickelte es um seinen Fuß. Von der Hitze sind sie draufgegangen, fügte er hinzu und streckte die Beine zum Feuer hin.

Wir werden bald neue kriegen. Wenn wir mit ihnen fertig sind, heißt es, dann kriegt jeder von uns alles doppelt.

Sieh einer, der Hundesohn, der Petrow ist auch zurückgeblieben, sagte der Feldwebel.

Ich hab's ihm schon lange angesehen, sagte der andere.

Nun ja, so ein armseliges Kerlchen ...

Und in der dritten Kompanie, heißt es, haben gestern bei der Zählung neun Mann gefehlt.

Du hast gut reden, wenn dir die Füße erfrieren, wirst du dann mitgehen?

Ach, leeres Geschwätz, sagte der Feldwebel.

Möchtest du etwa, daß es dir ebenso geht? sagte der alte Soldat vorwurfsvoll zu dem, der erzählt hatte, daß er sich die Beine erfroren hätte.

Was denkst denn du? sprach der Soldat mit der spitzen Nase, der Krähe genannt wurde, mit piepsender und bebender Stimme, der sich plötzlich von der anderen Seite des Wachtfeuers erhob. Ist einer gesund, wird er elend, ist einer elend, stirbt er hin. Seht mich zum Beispiel. Ich kann mich kaum rühren, sagte er plötzlich, entschlossen zu dem Feldwebel gewandt, laß mich ins Lazarett schicken. Ich habe Gliederreißen, ich bleibe sowieso liegen.

Nun laß, laß nur, sagte ruhig der Feldwebel.

Der kleine Soldat verstummte, und das Gespräch ging fort.

Hat man heute nicht genug Franzosen eingebracht? aber ordentliche Stiefel hat nicht ein einziger, könnt mir's glauben; wenn sie's auch so nennen, begann einer der Soldaten ein neues Gespräch.

Die Kosaken haben ihnen alle von den Füßen gezogen. Eine Stube haben sie hergerichtet für den Obersten und alle Leute rausgebracht. Es ist ein Jammer, Kinder, das mit anzusehen, sagte der Tänzer. Hin und her haben sie sie geworfen, einer, könnt mir's glauben, war noch lebendig, der brummte was vor sich hin in seiner Sprache.

Aber ein schmuckes Volk, Kinder, sagte der erste, weiß, weiß wie die Birke und feine, sehr feine Leute.

Und was denkst du denn? Bei denen werden sie aus allen Ständen genommen.

Und kein Wort verstehen sie von unserer Sprache, sagte der Tänzer mit einem Lächeln der Verwunderung. Ich frage ihn: »Welches Reiches Sohn?« und er brummt was in seiner Sprache. Ein wunderbares Volk!

Ist's nicht merkwürdig, Kameraden, fuhr der fort, der sich über die Weiße gewundert hatte. Bei Moshajsk haben die Bauern erzählt, wie sie die Toten aufsammelten, da wo die Schlacht war, einen ganzen Monat können die da tot gelegen haben. Denke dir, sagen sie, liegt einer da, weiß und rein wie ein Blatt Papier, riecht nicht ein bißchen.

Wie kam das? Von der Kälte? fragte einer.

Ei, was du klug bist, von der Kälte! Es war doch heiß; wenn's von der Kälte käme, würden die Unserigen auch nicht verfault sein. Wenn sie zu einem von den Unserigen kamen, sagen sie, war er ganz verfault, sagen sie, voller Würmer ... Wir banden sie in Tücher ein, sagen sie, dann drehen wir uns um und ziehen; das war eine Arbeit! Die aber, sagen sie, waren weiß wie ein Blatt Papier und rochen nicht im mindesten.

Alle schwiegen.

Von ihrem Essen muß es kommen, sie fressen herrschaftliche Speisen.

Niemand erwiderte etwas.

Bei Smolensk, hat mir derselbe Bauer erzählt, da, wo die Schlacht war, hat man sie aus zehn Dörfern zusammengetrieben, zwanzig Tage haben sie fahren müssen, und haben noch nicht alle Toten zusammengebracht. Diese Wölfe, sagt er ... Das war eine wirkliche Schlacht, sagte der alte Soldat, das hat sich gelohnt; aber was dann kam ... Das war nur reines Leuteschinden.

Vorgestern, Großväterchen, da waren wir hinter ihnen her, ei, was denkst du, sie lassen uns gar nicht herankommen. Sie werfen die Gewehre von sich. Alle auf die Knie und schreien pardon! Das ist nur so ein Beispiel. Platow, erzählen die Leute, hat den Poleon selbst zweimal gefangengenommen. Was soll er beginnen. Gefangen hat er ihn und hält ihn fest. Aber denk dir, in der Hand verwandelt er sich in einen Vogel und fliegt davon. Totschlagen darf er ihn auch nicht.

Du schwatzest einen schönen Unsinn! Ich seh' dich bloß an!

Warum Unsinn? Die reine Wahrheit.

Wenn das mir passiert, wenn ich den gefangen habe, ich möchte ihn in die Erde eingraben und dann auf den Eschenpfahl. Was hat der für Menschen zugrunde gerichtet ...

Wir werden schon ein Ende mit ihm machen, sagte gähnend der alte Soldat, er wird nicht wieder aufstehen.

Das Gespräch verstummte; die Soldaten legten sich nieder.

Sieh nur, wie die Sterne leuchten! Schau nur hin, die Weiber haben die Leinwand ausgebreitet, sagte der Soldat, in den Anblick der Milchstraße versunken.

Das bedeutet ein fruchtbares Jahr.

Wir müssen noch Holz haben.

Den Rücken hat man warm und den Bauch erfriert man sich; merkwürdig!

Ach, du lieber Gott!

Was stöß'st du denn; denkst du denn, das Feuer ist nur für dich da? Wie er sich breit macht.

Durch das Schweigen, das nun eintrat, erklang das Schnarchen einiger, die schon eingeschlafen waren, die andren drehten sich hin und her und wärmten sich; nur selten sprach einer ein Wort. Von einem auf hundert Schritt entfernten Wachtfeuer klang ein lautes, heiteres Lachen herüber.

Hör nur, wie sie in der fünften Kompanie brüllen, sagte ein Soldat, und diese Menge!

Einer von den Soldaten erhob sich und ging zur fünften Kompagnie.

Das ist ein Spaß, sagte er, als er zurückkam. Zwei Franzosen waren da, einer ganz erfroren, der andere ein kouragierter Kerl. Er singt und spielt.

Oh, oh, da müssen wir hin ... und einige Soldaten gingen zur fünften Kompanie.

IX

Die fünfte Kompagnie stand ganz am Rande des Waldes. Mitten im Schnee brannte lichterloh ein ungeheures Wachtfeuer und beleuchtete die herabhängenden, bereiften Zweige.

Mitten in der Nacht hatten die Soldaten der fünften Kompanie im Walde Schritte im Schnee und ein Knistern in den Zweigen gehört.

Kinder, ein Bär, sagte einer von den Soldaten. Alle erhoben die Köpfe und horchten auf. Da traten aus dem Walde in den hellen Lichtkreis des Wachtfeuers zwei menschliche Gestalten in sonderbarer Tracht, die sich bei der Hand hielten.

Es waren zwei Franzosen, die sich im Walde verborgen hatten. Sie sagten mit heiserer Stimme etwas in einer Sprache, die die Soldaten nicht verstanden, und traten auf das Wachtfeuer zu. Der eine war etwas größer, trug eine Offiziersmütze und schien ganz entkräftet zu sein. Als er bei dem Wachtfeuer angekommen war, wollte er sich niedersetzen, aber er fiel zu Boden. Der andere, ein kleiner, stämmiger Soldat mit verbundenem Gesicht, war kräftiger. Er hob seinen Kameraden auf, zeigte mit dem Finger auf seinen Mund und sagte etwas. Die Soldaten umringten die Franzosen, betteten dem Kranken einen Mantel unter und brachten beiden Grütze und Schnaps.

Der entkräftete französische Offizier war Remballe, der mit dem verbundenen Gesicht war sein Bursche Morel.

Als Morel einen Schnaps getrunken und aus dem Kesselchen Grütze gegessen hatte, wurde er plötzlich krankhaft lustig und erzählte, ohne aufzuhören, den Soldaten etwas, was sie nicht verstanden. Remballe wies das Essen zurück, lag schweigend, auf den Ellbogen gestützt, am Feuer und betrachtete mit gedankenlosen, roten Augen die russischen Soldaten. Von Zeit zu Zeit gab er ein langgedehntes Stöhnen von sich, dann verstummte er wieder. Morel zeigte auf seine Schulter und wollte den Soldaten klarmachen, daß sie einen Offizier vor sich hätten, und daß man ihn erwärmen müsse. Ein russischer Offizier war zu dem Feuer getreten und schickte jemanden zu dem Obersten, um zu fragen, ob er nicht einen französischen Offizier zu sich nehmen wollte, um ihn zu erwärmen. Als die Boten zurückkamen und sagten, der Oberst habe befohlen, den Offizier hinzubringen, meldete man Remballe, er solle hingehen. Er erhob sich und wollte sich in Bewegung setzen, aber er schwankte und wäre umgefallen, wenn ihn nicht ein Soldat, der in der Nähe stand, aufgefangen hätte.

Nun, wird's nicht gehen? sagte ein Soldat spöttisch mit den Augen zwinkernd zu Remballe.

Ach Schafskopf, was schwatzest du Dummheiten. Das ist ein Bauer, ein rechter Bauer! erklangen von allen Seiten die Vorwürfe gegen den Soldaten, der den Scherz gemacht hatte.

Man umringte Remballe, zwei Leute kreuzten die Arme, setzten ihn darauf und trugen ihn so zu der Hütte hin. Remballe legte seinen Arm um den Hals der Soldaten und sagte klagend, während sie ihn trugen:

Ach, brave Leute, meine guten, guten Freunde. Das sind Menschen! Oh, meine braven, guten Freunde, und ließ seinen Kopf wie ein Kind auf die Schulter des einen Soldaten sinken.

Morel saß inzwischen auf dem besten Platz, umringt von den Soldaten.

Morel, der kleine, stämmige Franzose mit den entzündeten, triefenden Augen, der weibermäßig das Tuch über die Mütze gebunden hatte, trug auch einen Weiberpelzrock. Er war offenbar angeheitert, umarmte den Soldaten, der neben ihm saß, und sang mit heiserer, stockender Stimme ein französisches Lied. Die Soldaten hielten sich die Seiten, wenn sie ihn ansahen.

Na, weiter, weiter, lehr's uns auch! Ich lerne schnell, he? sagte der Spaßvogel und Sänger, den Morel umarmte.

Vive Henri quatre, es lebe der tapfere König ... sang Morel und blinzelte mit den Augen. - *Ce diable à quatre ...*

Vivarica! vive cerua cidiablaca! wiederholte der Soldat und fuhr mit der Hand durch die Luft. Er hatte die Melodie wirklich erfaßt.

Ei vortrefflich, hohohohoho, erklang von verschiedenen Seiten ein derbes, freudiges Lachen. Auch Morel lachte mit gerunzelter Stirn.

Na leg los, weiter, weiter.

»Er hatte drei Talente.
Saufen konnt' er, lieben
Und sich schlagen ...«

Das ist auch sehr hübsch, nun, nun, Saletajew!

Kü – brachte Salatajew mit Anstrengung hervor, - Kü, Kü, Kü ... sprach er gedehnt und zog mit Anstrengung die Lippen breit – letriptala de bu de ba und detravagala – sang er.

Ei, vortrefflich, das nenn' ich einen Franzosen, ei, hohoho. Sag, willst du noch essen?

Gib ihm noch Grütze, der hat seinen Hunger noch lange nicht gestillt.

Sie gaben ihm wieder Grütze, und Morel machte sich lachend an das dritte Kesselchen. Auf den Gesichtern der jungen Soldaten, die Morel zusahen, lag ein strahlendes Lächeln. Die alten Soldaten, die es für unpassend hielten, sich mit solchen Dummheiten abzugeben, lagen auf der andren Seite des Wachtfeuers, aber auch sie richteten sich von Zeit zu Zeit auf den Ellbogen auf und betrachteten lächelnd Morel.

Sie sind auch Menschen, sagte einer von ihnen und hüllte sich in seinen Mantel. Auch der Wermut hat seinen eigenen Stengel.

O Gott, o Gott! Wie ausgestirnt, schrecklich, es kommt Frost ... Dann wurde alles still.

Die Sterne führten am schwarzen Himmel ihren Tanz auf, als wüßten sie, daß sie jetzt niemand sieht, bald erglänzend, bald verlöschend, bald zitternd, flüsterten sie einander etwas Freudiges, aber Geheimnisvolles zu.

X

Die französischen Truppen schmolzen gleichmäßig in mathematisch regelmäßiger Progression. Und der Übergang über die Beresina, über den so viel geschrieben wird, war nur eine von den Zwischenstufen der Vernichtung des französischen Heeres und durchaus keine entscheidende Episode des Feldzuges. Wenn über die Beresina so viel geschrieben worden ist und geschrieben wird, so kam das von seiten der Franzosen nur daher, daß auf der zusammengestürzten Brücke der Beresina die Leiden der französischen Armee, die bisher eine gewisse Gleichmäßigkeit gehabt, plötzlich in einem Augenblicke sich häuften – zu einem tragischen Schauspiel, das allen im Gedächtnis blieb.

Von seiten der Russen aber wurde über die Beresina so viel gesprochen und geschrieben, weil man (und zwar Pfuel) in Petersburg, fern vom Schauplatze des Krieges, den Plan entworfen hatte, an der Beresina Napoleon in eine strategische Falle zu locken. Alle waren überzeugt, daß sich in Wirklichkeit alles so ergeben würde, wie es im Plane vorhergesehen war, und darum behauptete man zuversichtlich, daß gerade der Übergang über die Beresina die Franzosen vernichtet habe.

In Wirklichkeit aber waren die Folgen des Übergangs über die Beresina, in bezug auf den Verlust an Geschützen und Gefangenen, weit weniger verderblich für die Franzosen als Krasnoje, wie die Zahlen beweisen.

Die einzige Bedeutung des Übergangs über die Beresina besteht darin, daß dieser Übergang klar und unzweifelhaft die Unhaltbarkeit aller Abschneidungspläne und die Berechtigung der einzig möglichen sowohl von Kutusow wie von allen Heeren (von der Masse) geforderten Handlungsweise – des Hinterhergehens hinter dem Feinde – bewies. Der Haufen der Franzosen rannte mit beständig wachsender Schnelligkeit, mit voller, auf die Erreichung eines Ziels gerichteten Energie. Er floh, wie ein verwundetes Wild, und durfte auf dem Wege nicht stehenbleiben. Das bewies nicht so sehr die Art des Übergangs, wie die Bewegung auf den Brücken. Als die Brücken eingestürzt waren, rannten die waffenlosen Soldaten, die Bewohner Moskaus, Frauen und Kinder, die im Lager der Franzosen waren, alle unter dem Einfluß des Gesetzes der Trägheit vorwärts in die Kähne und in den eisigen Fluß.

Dieser Drang war vernünftig. Die Lage der Fliehenden und der Verfolger war gleich schlecht. Blieb man bei den Seinigen, so konnte man in der Not auf die Hilfe eines Genossen rechnen, auf einen bestimmten Platz unter den Seinigen; ergab man sich den Russen, so war man in derselben Notlage und wies sich selbst einen schlechteren Platz an in der Befriedigung seiner Lebensbedürfnisse. Die Franzosen brauchten keine zuverlässigen Nachrichten darüber zu haben, daß die Hälfte der Gefangenen, mit denen sie nichts anzufangen wußten, trotz des ersten Wunsches der Russen, sie zu retten, vor Frost und Hunger zugrunde gingen; sie fühlten, daß es nicht anders sein könnte. Selbst die russischen Offiziere und Freunde der Franzosen, die am meisten Mitleid mit ihnen hatten, die Franzosen in russischen Diensten, konnten nichts für die Gefangenen tun. Die Franzosen gingen zugrunde an der Notlage, in der sich das russische Heer befand. Man konnte nicht Brot und Kleidung den hungrigen, unentbehrlichen Soldaten nehmen, um sie den Franzosen zu geben, die weder schädlich noch gehaßt noch schuldig, sondern einfach überflüssig waren. Einzelne taten auch dies; aber das war nur eine Ausnahme.

In ihrem Rücken war der sichere Untergang; vor ihnen lag die Hoffnung. Die Schiffe waren verbrannt, es gab keine andere Rettung als die vereinte Flucht, und auf diese vereinte Flucht waren alle Kräfte der Franzosen gerichtet.

Je weiter die Franzosen flohen, je kläglicher ihre Reste wurden, besonders nach dem Beresinaübergange, auf den man, infolge des Petersburger Planes, besondere Hoffnungen gesetzt hatte, desto stärker entbrannte die Leidenschaft der russischen Heerführer, die sich gegenseitig, besonders aber Kutusow anklagten. Da man annahm, daß der Mißerfolg des Petersburger Beresinaplanes ihm zugeschrieben werden würde, fand die Unzufriedenheit mit ihm, die Geringschätzung und Verspottung seiner Person einen immer stärkeren Ausdruck. Verspottung und Geringschätzung äußerten sich selbstverständlich in einer ehrerbietigen Form – in einer Form, die es Kutusow unmöglich machte, zu fragen, weshalb und wessen man ihn beschuldige. Man sprach nicht ernst mit ihm; wenn man ihm die Meldung machte und nach seiner Entscheidung fragte, geschah es, als ob man eine Zeremonie zu erfüllen hätte, und hinter seinem Rücken gab man sich

Winke und bemühte sich, ihn auf Schritt und Tritt zu täuschen.

Bei allen diesen Leuten stand es fest, eben weil sie ihn nicht verstehen konnten, daß mit dem Alten nicht zu reden sei, daß er nie im Leben für die ganze Tiefe ihrer Pläne Verständnis haben würde, daß er immer mit seinen Phrasen (sie hielten alles nur für Phrasen) von der goldenen Brücke antworten und erklären würde, daß man die Grenze nicht mit einem Haufen von Landstreichern überschreiten dürfe, und dergleichen. Alles das hatten sie schon aus seinem Munde gehört. Und alles, was er sagte, z. B. man müsse den Proviant abwarten, die Leute seien ohne Schuhwerk – alles das war so einfach, und alles, was sie vorschlugen, war so kompliziert und gescheit, daß es für sie klar war, er sei töricht und alt, und sie seien geniale Heerführer ohne Gewalt.

Den höchsten Grad erreichte diese Stimmung und der Klatsch im Generalstabe nach der Vereinigung mit der Armee des glänzenden Admirals und Helden von Petersburg, Wittgenstein. Kutusow sah das, aber er konnte nur seufzen und die Achseln zucken. Nur einmal, nach dem Beresinaübergange, begehrte er auf und schrieb an Bennigsen, der an den Kaiser einen eigenen Bericht gemacht hatte, folgenden Brief:

»Wegen Ihrer Krankheitsanfälle wollen Eure Hohe Exzellenz nach dem Empfange dieses belieben, sich nach Kaluga zu begeben und dort die weiteren Befehle und Weisungen von Seiner Kaiserlichen Majestät abwarten.«

Aber gleich nach Bennigsens Verbannung kam der Großfürst Konstantin Pawlowitsch zur Armee, der auch den Anfang des Feldzugs mitgemacht hatte, und den Kutusow von der Armee entfernt hatte. Jetzt machte der Großfürst Kutusow die Mitteilung, der Kaiser sei unzufrieden wegen der geringen Erfolge unserer Truppen und wegen der Langsamkeit der Bewegung. Der Kaiser selbst habe die Absicht, in einigen Tagen bei der Armee einzutreffen.

Der alte Mann, gleich erfahren in Hofintrigen wie im Kriegswesen, derselbe Kutusow, der im August dieses Jahres gegen den Willen des Kaisers zum Oberbefehlshaber erwählt worden war, der Mann, der den Großfürsten und Thronfolger von der Armee entfernt hatte, der Mann, der, vermöge seiner Gewalt, gegen den Willen des Kaisers die Preisgebung Moskaus anbefohlen hatte – dieser Kutusow begriff jetzt, daß seine Zeit um war, daß seine Rolle ausgespielt sei, und daß er diese vermeintliche Gewalt nicht mehr besitze. Und nicht bloß aus den Hofbeziehungen ward ihm das klar. Er sah einerseits, daß der Krieg, in dem er eine Rolle gespielt hatte, aus sei; und fühlte, daß er seinen Beruf erfüllt habe. Andererseits aber empfand er in eben dieser Zeit eine physische Müdigkeit in seinem alten Körper und die Notwendigkeit physischer Ruhe.

Am 11. Dezember zog Kutusow in Wilna ein – in sein liebes Wilna, wie er zu sagen pflegte. Zweimal war Kutusow während seiner Dienstzeit in Wilna Gouverneur gewesen. In dem reichen, unversehrten Wilna fand Kutusow, außer den Annehmlichkeiten des Lebens, die er schon so lange entbehrt hatte, alte Freunde und Erinnerungen. Und er warf sofort alle Kriegs- und Staatsfragen von sich und versenkte sich in das gleichmäßige Alltagsleben, soweit ihm dies die Leidenschaften, die um ihn herum gärten, gestatteten, als kümmerte ihn alles das, was jetzt in der geschichtlichen Welt geschah und geschehen sollte, nicht im mindesten.

Tschitschagow, einer der leidenschaftlichsten Vertreter der Rückwerfungs- und Abschneidungsidee, Tschitschagow, der erst eine Seitenbewegung nach Griechenland, dann auf Warschau zu machen wollte, aber um keinen Preis dorthin gehen wollte, wohin man ihm zu gehen befahl, Tschitschagow, der durch seine kühne Art, mit dem Kaiser zu sprechen, bekannt war, Tschitschagow, der sich einbildete, er habe Kutusow eine Wohltat erwiesen, weil er damals, als er im Jahre 1811 abgesandt ward, um mit der Türkei über Kutusows Kopf hinweg Frieden zu schließen, da er sich überzeugt hatte, daß der Frieden schon geschlossen war, dem Kaiser gestand, das Verdienst des Friedensschlusses gebühre Kutusow – eben dieser Tschitschagow war der erste, der Kutusow in Wilna an dem Schlosse begrüßte, in dem Kutusow Quartier nehmen sollte. Tschitschagow trug die Interimsuniform eines Marineoffiziers mit dem Hirschfänger, stand mit der Mütze unter dem

Arm da und überreichte Kutusow den Regimentsrapport und die Stadtschlüssel. Das geringsschätzig-ehrerbietige Verhältnis des Jüngeren zu dem Alten mit dem greisenhaften Geist sprach sich mit besonderem Nachdruck in dem ganzen Verhalten Tschitschagows aus, der die Beschuldigungen, die man gegen Kutusow vorbrachte, schon kannte.

Kutusow sagte unter anderem im Gespräch mit Tschitschagow, daß die Wagen und das Geschirr, das man ihm bei Borissowo abgenommen hatte, unversehrt seien und ihm wieder zugestellt werden würden.

Sie wollen mir sagen, daß ich kein Tafelgeschirr habe? Oh, im Gegenteil, ich kann Ihnen mit allem dienen, selbst wenn Sie Feste gegen wollen, sagte Tschitschagow errötend. Er hätte gern mit jedem Worte gezeigt, wie Recht er habe, und nahm darum an, daß auch Kutusow dasselbe Bestreben habe. Kutusow lächelte mit seinem feinen, scharfen Lächeln, zuckte die Achseln und antwortete: Ich will das sagen, was meine Worte sagen, nicht mehr.

In Wilna ließ Kutusow gegen den Willen des Kaisers den größten Teil des Heeres halt machen. Kutusow hatte sich, wie seine nächste Umgebung sagte, außerordentlich gehen lassen, und war physisch während dieses Aufenthalts in Wilna sehr schwach geworden. Ungern beschäftigte er sich mit Militärangelegenheiten, überließ alles seinem General und gab sich, während er den Kaiser erwartete, einem planlosen Leben hin.

Am 23. Dezember zog der Kaiser, der mit seinem Gefolge – dem Grafen Tolstoj, dem Fürsten Wolkonskij, Arakschtejew und anderen – am 19. Dezember Petersburg verlassen hatte, in Wilna ein und fuhr in seinem Reiseschlitten unmittelbar am Schlosse vor. Vor dem Schlosse standen, trotz der großen Kälte, etwa hundert Generale und Stabsoffiziere in voller Paradeuniform und eine Ehrenwache des Semjenowregiments.

Ein Kurier war auf einem dampfenden Dreigespann dem Kaiser zum Schlosse vorausgeeilt und rief: »Er kommt!« Konownizyn stürzte über den Flur, um es Kutusow zu melden, der in der kleinen Pförtnerstube wartete.

Einen Augenblick später trat die dicke, große Gestalt des Alten in voller Paradeuniform mit allen Ordenszeichen, die seine Brust bedeckten, die Schärpe fest um den Leib gezogen, schaukelnden Ganges auf die Freitreppe. Kutusow trug seinen Hut mit den Spitzen zur Seite, die Handschuhe hielt er in der Hand, ging seitwärts, mit Mühe die Stufen herabschreitend, herunter und nahm den für den Kaiser bestimmten Rapport in die Hand.

Ein Rennen, ein Flüstern, dann kam ein dreispänniger Schlitten mit rasender Schnelligkeit daher, und alle Augen wandten sich dem herankommenden Schlitten zu, in dem man schon die Gestalten des Kaisers und Wolkonskijs erkennen konnte.

Alles das wirkte auf den alten General selbst nach der fünfzigjährigen Gewöhnung physisch erregend ein. Er betastete sich besorgt und hastig, rückte seinen Hut zurecht und richtete und reckte sich, gerade in dem Augenblicke, wo der Kaiser aus dem Schlitten stieg und seinen Blick auf ihn richtete, empor, überreichte den Rapport, und sprach dabei in seinem gemessenen, einschmeichelnden Tone.

Der Kaiser maß Kutusow mit einem raschen Blick vom Kopf bis zu den Füßen, auf einen Augenblick verfinsterten sich seine Züge, aber er überwand sich gleich, trat auf ihn zu, breitete seine Arme aus und umarmte den alten General. Ganz nach dem alten, gewohnten Eindruck, und im Zusammenhang mit seinen innersten Gedanken, wirkte auch diesmal die Umarmung wie gewöhnlich auf Kutusow: er brach in Schluchzen aus.

Der Kaiser begrüßte die Offiziere, die Ehrenwache vom Semjonowregiment, dann schüttelte er noch einmal dem Alten die Hand und ging mit ihm in das Schloß.

Als der Kaiser mit dem Feldmarschall allein war, sprach er ihm seine Unzufriedenheit wegen der Langsamkeit der Verfolgung, wegen seiner Irrtümer bei Krasnoje und an der Beresina aus, und teilte ihm seine Ansichten von dem zukünftigen Marsch über die Grenze mit. Kutusow machte keinerlei Einwendungen, keinerlei Bemerkungen. Dieselbe demütige und gedankenlose Miene, mit der er vor nun siebzehn Jahren die Befehle des Kaisers auf dem Felde von Austerlitz entgegengenommen, lag jetzt auf seinem fahlen Gesicht.

Als Kutusow aus dem Kabinett trat und mit seinem schwerfälligen, zitternden Gange gesenkten Hauptes durch den Saal schritt, brachte ihn eine Stimme zum Stehen.

Eure Durchlaucht! sagte jemand.

Kutusow richtete den Kopf empor und sah lange dem Grafen Tolstoj in die Augen, der mit einem kleinen Gegenstande auf einer silbernen Schale vor ihm stand. Kutusow schien nicht zu verstehen, was man von ihm wollte.

Plötzlich schien er zu sich zu kommen; ein kaum merkliches Lächeln huschte über sein dickes Gesicht, er beugte sich tief und ehrerbietig vor und nahm den Gegenstand, der auf der Schale lag. Es war das Georgskreuz erster Klasse.

XI

Am folgenden Tage war bei dem Feldmarschall Tafel und Ball. Der Kaiser beehrte ihn durch sein Erscheinen. Kutusow hatte das Georgskreuz erster Klasse erhalten; der Kaiser hatte ihm die höchsten Ehren erwiesen, und doch war die Mißstimmung des Kaisers gegen den Feldmarschall jedermann bekannt. Der Anstand war gewahrt, und der Kaiser war der erste, der dazu das Beispiel gab; aber es wußten alle, daß der Alte schuldig sei und zu nichts tauge. Als Kutusow nach der alten Sitte aus der Zeit Katharinas bei dem Eintritt des Kaisers in den Ballsaal den Befehl gab, ihm die erbeuteten Feldzeichen zu Füßen zu legen, runzelte der Kaiser unfreundlich die Stirn und sprach etwas vor sich hin. Einige Gäste wollten die Worte: »Alter Komödiant« gehört haben.

Die Mißstimmung des Kaisers gegen Kutusow wuchs in Wilna noch besonders darum, weil Kutusow offenbar die Bedeutung des bevorstehenden Feldzugs nicht begreifen wollte oder konnte.

Als der Kaiser am folgenden Tage am Morgen den Offizieren, die bei ihm versammelt waren, sagte: »Ihr habt nicht nur Rußland gerettet, ihr habt Europa gerettet«, da begriffen schon alle, daß der Krieg fortgeführt werden sollte.

Kutusow allein wollte das nicht begreifen und sprach offen

seine Meinung dahin aus, ein neuer Krieg könne die Lage Rußlands nicht verbessern und seinen Ruhm nicht vergrößern. Er könne vielmehr die Lage nur verschlechtern und den hohen Ruhm, den Rußland nach seiner Meinung jetzt errungen hatte, nur herabmindern. Er gab sich Mühe, dem Kaiser nachzuweisen, daß es unmöglich sei, neue Truppen zusammenzubringen, er sprach von der schwierigen Lage der Bevölkerung, von der Möglichkeit eines Mißerfolgs u. dergl. Bei solcher Stimmung war der Feldmarschall wirklich nur ein Hindernis und ein Hemmschuh für den bevorstehenden Krieg.

Um einen Zusammenstoß mit dem Alten zu vermeiden, fand sich von selbst ein Ausweg, wie bei Austerlitz, und wie im Anfange des Feldzugs unter Barclay sollte dem Oberbefehlshaber, ohne ihn zu verletzen und ohne es ihm deutlich zu sagen, der Boden der Macht, auf dem er stand, entzogen und diese dem Kaiser selbst übertragen werden.

Zu diesem Zweck wurde allmählich der Stab umgestaltet und die wirkliche Bedeutung von Kutusows Stabe vernichtet und auf den Kaiser übertragen. Toll, Konownizyn, Jermolow erhielten andere Stellungen. Alle Welt sprach laut davon, daß des Feldmarschalls Gesundheit zerrüttet sei.

Seine Gesundheit mußte zerrüttet sein, damit man seine Stellung *dem* geben konnte, der ihn ersetzen sollte. Und seine Gesundheit war wirklich zerrüttet.

So natürlich, einfach und allmählich Kutusow aus der Türkei nach Petersburg in das Schloß gekommen war, um den Landsturm zu sammeln, und dann in die Armee, gerade in dem Augenblick, da er unentbehrlich war, ganz so natürlich, allmählich und einfach trat jetzt, als seine Rolle ausgespielt war, an seine Stelle der neue, notwendige Mann.

Der Krieg von 1812 sollte außer seiner, jedem russischen Herzen teuren, nationalen Bedeutung auch noch eine andere – europäische haben.

Der Völkerbewegung von Westen nach Osten sollte eine Völkerbewegung von Osten nach Westen folgen, und zu diesem neuen Kriege war ein neuer Mann nötig, der andere Eigenschaften und Anschauungen hatte als Kutusow und von anderen Triebfedern bewegt war.

Alexander I. war für die Völkerbewegung von Osten nach Westen und zur Wiederherstellung der Grenzen der Völker ebenso unentbehrlich, wie Kutusow unentbehrlich war für die Rettung und den Ruhm Rußlands.

Kutusow hatte kein Verständnis dafür, was Europa, das Gleichgewicht, Napoleon bedeutete. Er konnte kein Verständnis dafür haben. Der Vertreter des russischen Volkes hatte, nachdem der Feind vernichtet, Rußland befreit war und die höchste Staffel des Ruhmes erklommen hatte, der Russe hatte als solcher nichts mehr zu tun. Dem Vertreter des Nationalkriegs blieb nichts übrig, als zu sterben. Und er starb.

XII

Pierre empfand, wie es meist zu sein pflegt, die ganze Bürde physischer Entbehrungen und Anspannungen, die er in der Gefangenschaft erduldet hatte, erst, als diese Anspannung und die Entbehrungen zu Ende waren. Nach seiner Befreiung aus der Gefangenschaft war er nach Orel gefahren. Drei Tage nach seiner Ankunft, gerade, als er nach Kiew reisen wollte, war er krank geworden und hatte drei Monate in Orel zu Bette gelegen; er hatte, wie die Ärzte sagten, ein Gallenfieber. Obgleich die Ärzte ihn behandelten, ihn zur Ader ließen und ihm Arzneien zu trinken gaben, wurde er doch gesund.

Alles, was Pierre von der Stunde der Befreiung bis zu seiner Krankheit erlebt hatte, hatte in ihm fast gar keine Eindrücke hinterlassen. Er entsann sich nur des feuchten, dunkeln, bald regnerischen, bald schneereichen Wetters, eines inneren physischen Grames, eines Schmerzes in den Beinen, in den Seiten; er entsann sich nur eines allgemeinen Eindrucks menschlichen Unglücks, menschlicher Leiden; er entsann sich nur der Neugier der Offiziere und Generale, die ihn mit ihren Fragen einschüchterten, seiner Sorgen, Wagen und Pferde zu finden, hauptsächlich aber entsann er sich dessen, wie er zu jener Zeit zu denken und zu fühlen unfähig gewesen. Am Tage seiner Befreiung hatte er die Leiche Petja Rostows gesehen. An demselben Tage hatte er erfahren, Fürst

Andrej habe noch einen Monat nach der Schlacht bei Borodino gelebt und sei erst vor kurzem in Jaroslawl im Hause der Rostows gestorben. An demselben Tage hatte Denissow, der Pierre die neue Nachricht mitteilte, im Gespräch des Todes Helènes gedacht, weil er vorausgesetzt hatte, Pierre habe lange Kenntnis davon. All dies war Pierre damals nur sonderbar erschienen, er hatte das Gefühl gehabt, daß er die Bedeutung aller dieser Mitteilungen nicht fassen konnte, er hatte sich damals nur beeilt, so schnell als möglich die Orte zu verlassen, wo die Menschen einander totschlugen, eine stille Zufluchtsstätte zu suchen, dort zu sich zu kommen, zu ruhen und all das Sonderbare und Neue zu überdenken, das er während dieser Zeit erfahren hatte. Aber in Orel angekommen, war er krank geworden. Als er von seiner Krankheit zu sich kam, sah er seine beiden Leute um sich – sie waren aus Moskau gekommen –, Terentij und Wasjka, und die älteste Prinzessin, die in Jelez wohnte, auf Pierres Gute, von seiner Befreiung und Krankheit gehört hatte und gekommen war, um ihn zu pflegen.

Während seiner Genesung entwöhnte sich Pierre nur allmählich der Eindrücke der letzten Monate, die ihm zur Gewohnheit geworden waren, und gewöhnte sich daran, daß ihn morgen niemand weitertreiben, daß ihm niemand sein warmes Bett nehmen, daß er bestimmt sein Mittagessen, seinen Tee, sein Abendbrot haben werde. In Träumen aber sah er sich noch lange in den alten Lebensbedingungen der Gefangenschaft. Und ebenso allmählich ging Pierre das Verständnis auf für die Neuigkeiten, die er nach seiner Befreiung aus der Gefangenschaft erfahren hatte: für den Tod des Fürsten Andrej, den Tod seiner Gattin, die Vernichtung der Franzosen.

Das freudige Gefühl der vollen, unveräußerlichen, dem Menschen eigenen Freiheit, die ihm zum ersten Mal an dem ersten Rasttage bei dem Ausmarsch aus Moskau zum Bewußtsein gekommen war, erfüllte Pierres Seele während der Zeit seiner Genesung. Er staunte darüber, daß diese innere Freiheit, die von äußeren Umständen unabhängig ist, sich jetzt auch mit äußerer Freiheit, wie mit einer Art Überfluß, Luxus umgab. Er war allein in der fremden Stadt, ohne Bekannte. Niemand hatte Ansprüche an ihn, niemand hatte ein Recht, ihn irgendwohin zu schicken. Er hatte alles, was er wünschte; der Gedanke an seine Gattin, der ihn bis dahin ewig gepeinigt hatte, war nicht mehr vorhanden, da sie nicht mehr war.

Ach wie gut, wie prächtig, sagte er zu sich, wenn man ihm den rein gedeckten Tisch mit der duftenden Brühe vorsetzte, oder wenn er sich zur Nacht auf sein weiches, reines Lager legte, oder wenn er daran dachte, daß seine Frau und die Franzosen nicht mehr waren. – Ach wie gut, wie prächtig! Und nach seiner alten Gewohnheit stellte er sich die Frage: Nun, und was dann? Was werde ich beginnen? Und er gab sich gleich die Antwort: Nichts. Ich werde leben. Ach wie prächtig!

Was ihn früher gequält hatte, was er beständig gesucht hatte, einen Zweck des Lebens, war jetzt für ihn nicht vorhanden. Dieser vermeintliche Zweck des Lebens war jetzt nicht etwa zufällig nur im Augenblick für ihn nicht vorhanden, er fühlte vielmehr, daß es keinen gibt und geben kann, und dieses Fehlen des Zwecks gab ihm das volle freudige Bewußtsein der Freiheit, das jetzt sein Glück ausmachte.

Er konnte keinen Zweck haben, denn er hatte jetzt den Glauben – nicht den Glauben an irgendwelche Grundsätze, Worte oder Ideen, sondern den Glauben an einen lebendigen, stets empfundenen Gott. Früher hatte er Ihn in den Zielen gesucht, die er sich steckte; dieses Suchen der Ziele war nur ein Suchen Gottes; plötzlich hatte er in seiner Gefangenschaft nicht durch Worte, nicht durch Nachdenken, sondern durch das unmittelbare Gefühl das erkannt, was ihm vor langen Jahren die Amme gesagt hatte, daß Gott hier und überall ist. In der Gefangenschaft hatte er erkannt, daß Gott in Karatajew größer und unendlicher und unfaßbarer sei als in dem von den Freimaurern anerkannten Baumeister des Weltalls. Er hatte das Gefühl eines Menschen, der unter seinen Füßen findet, was er sucht, während er den Blick angestrengt hat, um in die Ferne zu spähen. Sein ganzes Leben hindurch hatte er den Blick in die Ferne schweifen lassen, hoch über die Köpfe seiner Nebenmenschen hinweg, und er hätte seine Augen nicht anzustrengen und nur vor sich hin zu blicken brauchen.

Er hatte vorher in nichts das Große, Unerreichbare und Unendliche zu sehen vermocht. Er hatte nur empfunden, daß es irgendwo sein müsse, und hatte es gesucht. In allem, was nah und begreiflich war, hatte er nur das Beschränkte, Sinnlose gesehen. Er hatte sich mit einem geistigen Fernglas bewaffnet und in die Weite geblickt, dorthin, wo das kleinliche Irdische, im fernen Nebel verschwindend, groß und unendlich erschien, nur weil es nicht klar sichtbar war. So war ihm das europäische Leben, die Politik, die Freimaurerei, die Philosophie, die Philantropie erschienen. Aber in den Augenblicken, die er seine Schwäche nannte, drang sein Geist in diese Ferne ein, und dort sah er dasselbe Kleinliche, Sinnlose. Jetzt aber hatte er gelernt, in allem das Große, Ewige und Unendliche zu sehen, und es war nur natürlich, daß er jetzt, um es zu sehen und sich an seinem Anblick zu ergötzen, das Glas fortwarf, durch das er bis zu dieser Stunde über die Köpfe der Menschen hinweggesehen, und freudig um sich her das ewig wechselnde, ewig große, unfaßbare und unendliche Leben betrachtete. Und je näher sein Blick sich hielt, desto ruhiger und glücklicher wurde er. Die schreckliche Frage, die einst alle seine geistigen Bauten zusammengestürzt hatte: »Warum?«, war für ihn jetzt nicht vorhanden. Jetzt war auf diese Frage: »Warum?« in seiner Seele stets die einfache Antwort bereit: weil es einen Gott gibt, jenen Gott, ohne dessen Willen kein Haar von dem Haupte eines Menschen fällt.

XIII

Pierre hatte sich in seiner äußeren Erscheinung fast gar nicht verändert. Von Ansehen war er noch ganz so wie früher. Ganz wie früher war er auch zerstreut und schien in Anspruch genommen – nicht von dem, was vor ihm lag, sondern von etwas Eigenem, Besonderem. Der Unterschied zwischen seinem Zustand von früher und jetzt bestand darin, daß er früher, wenn er übersah, was vor ihm lag, was man ihm sagte, mit schmerzlich gerunzelter Stirn sich anzustrengen schien, etwas Entferntes zu suchen. Auch jetzt vergaß er, was man ihm sagte, und was vor ihm lag; aber jetzt versenkte er den Blick mit einem kaum wahrnehmbaren, etwas spöttischen Lächeln in das, was vor ihm lag, horchte er auf das, was man ihm sagte, obgleich er offenbar etwas ganz anderes sah und hörte. Früher war er allen zwar als ein guter, aber als ein unglücklicher Mensch erschienen, und darum hielten sie sich unwillkürlich fern von ihm. Jetzt spielte beständig ein Lächeln der Lebensfreude um seine Lippen, und aus seinen Augen leuchtete die Teilnahme an den Menschen – die Frage: ob sie so zufrieden seien wie er selbst? und die Leute fühlten sich wohl in seiner Nähe.

Früher hatte er viel gesprochen, war in Feuer geraten beim Sprechen und hatte wenig zugehört; jetzt ließ er sich selten vom Gespräch hinreißen und verstand so gut zuzuhören, daß die Menschen ihm gern ihre innersten Geheimnisse mitteilten.

Die Prinzessin, die Pierre nie gern gehabt, und die seit der Zeit, wo sie sich nach dem Tode des Grafen Pierre verpflichtet fühlte, ein besonders feindseliges Gefühl gegen ihn hatte, empfand zu ihrem Ärger und ihrer Verwunderung nach einem kurzen Aufenthalte in Orel, wohin sie gereist war, in der Absicht, Pierre zu beweisen, daß sie trotz seiner Undankbarkeit es für ihre Pflicht halte, ihn zu pflegen – die Prinzessin empfand bald, daß sie ihn liebe. Pierre bemühte sich in keiner Weise um die Zuneigung der Prinzessin, er betrachtete sie nur mit einer gewissen Neugier. Früher hatte die Prinzessin empfunden, daß er sie gleichgültig und spöttisch betrachtete, war gegen ihn wie gegen die anderen Menschen unfreundlich gewesen und hatte ihm nur das streitbare Element in ihrem Leben gezeigt, jetzt dagegen fühlte sie, daß er sich gewissermaßen zu den intimsten Seiten ihres Lebens den Weg gebahnt; und sie ließ ihn, anfangs mit einigem Mißtrauen, dann mit einer gewissen Dankbarkeit, die verborgenen guten Seiten ihres Charakters sehen.

Der listigste Mensch hätte sich nicht mit größerer Kunst in das Vertrauen der Prinzessin stehlen können, indem er ihre Erinnerungen an die schönste Zeit der Jugend wachrief und seine Teilnahme daran merken ließ. Und doch bestand Pierres ganze List nur darin, daß er sein Vergnügen suchte, indem er in der gekränkten, förmlichen und in ihrer Art stolzen Prinzessin die menschlichen Empfindungen weckte.

»Ja, er ist ein sehr, sehr guter Mensch, wenn er sich unter dem Einfluß guter Menschen befindet, solcher Menschen wie ich«, sagte sich die Prinzessin.

Die Veränderung, die mit Pierre vorgegangen war, wurde auch in ihrer Weise von seinen Dienern bemerkt – von Terentij und Wasjka. Sie fanden, er sei bedeutend einfacher geworden. Terentij blieb häufig, wenn er den Herrn ausgekleidet, mit den Schuhen und dem Rock über dem Arm gute Nacht gewünscht hatte, zögernd in der Tür stehen und wartete, ob der Herr nicht ein Gespräch mit ihm anknüpfen würde; und meist hielt Pierre auch Terentij zurück, wenn er bemerkte, daß er gern plaudern wollte.

Sag mir doch ... wie habt ihr euch Essen verschafft? fragte er, und Terentij begann zu erzählen von der Zerstörung Moskaus, von dem seligen Grafen, und stand lange mit dem Rokke in der Hand da und erzählte fort. Ein andermal hörte er Pierres Erzählung zu und ging in das Vorzimmer mit dem angenehmen Bewußtsein, daß der Herr ihm nahestehe und freundschaftliche Gefühle für ihn habe.

Der Arzt, der Pierre behandelte und ihn täglich besuchte, saß oft, obgleich er, wie es die Pflicht des Arztes ist, sich den Anschein eines Menschen gab, dem jede Minute teuer ist um der leidenden Menschheit willen, stundenlang bei Pierre, erzählte ihm seine Lieblingsgeschichten, seine Beobachtungen über das Verhalten der Kranken im allgemeinen und der Damen im besonderen.

Ja, mit einem solchen Manne zu plaudern ist ein Vergnügen, ganz anders als bei uns in der Provinz, sagte er.

In Orel lebten einige gefangene französische Offiziere, und der Arzt brachte einen von ihnen, einen jungen italienischen Offizier, mit.

Der Offizier besuchte nun Pierre häufig, und die Prinzessin lachte oft über die zärtlichen Gefühle, die der Italiener für Pierre hegte.

Der Italiener fühlte sich augenscheinlich nur dann glücklich, wenn er Pierre besuchen durfte, mit ihm plaudern und ihm aus seiner Vergangenheit, seinem häuslichen Leben, von seiner Liebe erzählen und seiner Mißstimmung gegen die Franzosen, besonders gegen Napoleon, Luft machen konnte.

Wenn alle Russen Ihnen auch nur ein wenig ähnlich sind, sagte er zu Pierre, so ist es eine Lästerung, mit einem Volke, wie das Ihrige, Krieg zu führen. Ihr, die ihr von den Franzosen so viel erduldet habt, hegt nicht einmal Groll gegen sie.

Und die leidenschaftliche Liebe des Italieners hatte sich Pierre jetzt nur dadurch erworben, daß er in ihm die besseren Seiten seiner Seele erweckt hatte und sich an ihnen erfreute.

In der letzten Zeit von Pierres Aufenthalt in Orel kam sein alter Bekannter, der Freimaurer Willarskij, zu ihm, derselbe Mann, der ihn im Jahre 1807 in die Loge eingeführt hatte. Willarskij hatte eine reiche Russin geheiratet, die im Gouvernement Orel große Güter besaß, und bekleidete in der Stadt zeitweilig ein Amt in der Intendantur.

Als Willarskij erfuhr, daß Besuchow in Orel war, kam er, obgleich er nie näher mit ihm bekannt war, zu ihm gereist mit Bekundungen der Freundschaft und Herzlichkeit, wie sie Menschen einander auszudrücken pflegen, die sich in der Wüste begegnen. Willarskij fühlte sich in Orel allein und war glücklich, einen Menschen aus gleicher Sphäre und, wie er voraussetzte, mit gleichen Interessen zu finden.

Aber zu seiner Verwunderung bemerkte Willarskij bald, daß Pierre dem wirklichen Leben sehr fernstand und, wie er selbst Pierre charakterisierte, in Apathie, in Egoismus verfallen war.

Sie vernachlässigen sich, mein Lieber, sagte er zu ihm. Trotzdem fühlte sich Willarskij jetzt wohler in Pierres Gesellschaft als früher und besuchte ihn jeden Tag. Pierre dagegen war es, wenn er Willarskij jetzt betrachtete und seinen Reden zuhörte, merkwürdig und kaum glaublich, daß er vor ganz kurzer Zeit ein ebensolcher Mensch gewesen war.

Willarskij war verheiratet, er hatte Familie und war von den Angelegenheiten des Gutes seiner Frau, von seinem

Amte, von seiner Familie in Anspruch genommen. Er hielt alle diese Beschäftigungen für Hindernisse im Leben und betrachtete alle mit Verachtung, weil ihr Ziel sein persönliches Glück und das Glück seiner Familie sei.

Militärische, administrative, politische und freimaurerische Betrachtungen beschäftigten beständig seine Aufmerksamkeit, und Pierre bemühte sich nicht, seine Anschauungen zu beeinflussen, tadelte ihn nicht und ergötzte sich, mit dem beständigen, stillen, freudigen Lächeln, das er jetzt immer zur Schau trug, an dieser sonderbaren, ihm so vertrauten Erscheinung.

In seinen Beziehungen zu Willarskij, zur Prinzessin, zu dem Doktor, zu allen Menschen, mit denen er jetzt in Berührung kam, gab sich ein neuer Zug Pierres kund, der ihm die Neigung aller Menschen eintrug. Das war die Anerkennung des Rechts eines jeden Menschen, in seiner Weise zu denken, zu fühlen und die Dinge zu betrachten, und die Anerkennung der Unmöglichkeit, einen Menschen durch Worte von seiner Überzeugung abzubringen. Diese berechtigte Eigentümlichkeit jedes Menschen, die Pierre früher erregt und gereizt hatte, bildete jetzt die Grundlage der Teilnahme und des Interesses, die er an den Menschen nahm. Die Bescheidenheit, bisweilen der vollkommene Widerspruch in den Anschauungen der Menschen mit ihrem Leben und untereinander machte Pierre Freude und rief bei ihm ein spöttisches und mildes Lächeln hervor.

In praktischen Dingen hatte Pierre unerwartet jetzt die Empfindung, daß er den Schwerpunkt gefunden hatte, den er früher nicht hatte. Früher hatte ihm jede Geldangelegenheit, besonders Bitten um Geld, die an ihn als einen reichen Mann sehr häufig herantraten, endlose Aufregungen und Zweifel verursacht: »Soll ich geben oder nicht? fragte er sich selbst, ich habe es, und der andere braucht es. Aber ein noch anderer braucht es noch nötiger. Wer braucht es nötiger? Und vielleicht sind beide Betrüger?« Und aus allen diesen Zweifeln wußte er früher keinen Ausweg zu finden und gab jedem, solange er was zu geben hatte. Und in ganz ähnlicher Zweifelstimmung hatte er sich früher bei jeder Frage befunden, die sein Vermögen betraf, wenn ihm der eine sagte, man müsse so, der andere, man müsse anders handeln.

Jetzt fand er zu seinem Erstaunen, daß es in allen diesen Fragen keinen Zweifel und keinen Zwang mehr gab. In seinem Innern hatte er jetzt einen Richter, der nach gewissen, ihm selbst unbekannten Gesetzen beurteilte, was man tun und was man lassen mußte.

Er war ebenso gleichgültig in Geldangelegenheiten wie früher; aber er wußte jetzt unzweifelhaft, was er zu tun und was er zu lassen hatte. Die erste Anwendung dieses neuen Richters bot ihm die Bitte eines gefangenen französischen Hauptmanns, der zu ihm kam, ihm viel von seinen Heldentaten erzählte und schließlich beinahe fordernd verlangte, Pierre solle ihm 4000 Franken geben, die er seiner Frau und seinen Kindern schicken wollte. Pierre schlug sie ihm, ohne die geringste Mühe und Anstrengung, ab und war späterhin nur verwundert, wie einfach und leicht das war, was ihm früher unlösbar schwer erschienen war. Gleichzeitig aber mit dieser Ablehnung der Forderungen des Hauptmanns ward ihm klar, daß er unbedingt Schlauheit anwenden müsse, um bei seiner Abreise aus Orel den italienischen Offizier dazu zu bringen, daß er Geld von ihm nehme, da er doch offenbar sehr nötig welches brauchte. Ein neuer Beweis dafür, wie Pierres Blick für praktische Dinge sich gestärkt hatte, war seine Entscheidung in der Frage der Schulden seiner Frau und der Wiederherstellung oder Nichtwiederherstellung der Moskauer Häuser und Landhäuschen.

Nach Orel war auch sein Oberverwalter gekommen, und Pierre machte mit ihm einen allgemeinen Überschlag seiner veränderten Einkünfte. Der Brand Moskaus hatte Pierre nach der Veranschlagung des Oberverwalters etwa zwei Millionen gekostet.

Zur Ausgleichung dieser Verluste legte der Oberverwalter Pierre einen Rechnungsanschlag vor, nach dem, trotz dieser Verluste, seine Einkünfte nicht nur nicht geringer, sondern größer werden könnten, wenn er darauf verzichten wollte, die Schulden zu bezahlen, die die Gräfin hinterlassen hatte, wozu er ja nicht verpflichtet sei, und wenn er die Häuser in

Moskau und bei Moskau, die ihn doch nur jährlich 80 000 kosteten und nichts einbrächten, nicht wiederherstellen würde.

Ja, ja, das ist richtig, sagte Pierre und lächelte heiter, ja, ja, ich brauche nichts von alledem, ich bin durch die Zerstörung noch reicher geworden.

In Januar aber kam Sawjelitsch aus Moskau, erzählte von der Lage in Moskau, von dem Anschlag, den ihm der Architekt für den Wiederaufbau des Hauses und der Landhäuser gemacht hatte und sprach darüber wie über eine beschlossene Sache. In derselben Zeit erhielt Pierre Briefe von dem Fürsten Wassilij und andern Bekannten aus Petersburg. In diesen Briefen war von den Schulden seiner Frau die Rede. Und Pierre kam zu dem Entschluß, daß der Plan seines Verwalters, der ihm so gut gefallen hatte, falsch war, daß er nach Petersburg reisen müsse, um die Angelegenheiten seiner Gattin abzuwickeln und daß er in Moskau bauen müsse. Warum er das müsse, wußte er nicht; er wußte aber unzweifelhaft, daß er es mußte. Seine Einkünfte verminderten sich infolge dieses Entschlusses um drei Viertel. Aber es mußte so ein, das fühlte er.

Willarskij reiste nach Moskau, und sie verabredeten, zusammen zu reisen.

Hatte Pierre schon während der ganzen Zeit seiner Genesung in Orel ein Gefühl der Freude, der Freiheit, des Lebens empfunden, so wurde, als er sich während der Reise in der freien Welt fühlte, Hunderte neuer Menschen sah, diese Empfindung noch stärker. Während der ganzen Reise empfand er eine Freude, wie sie der Schulknabe in den Ferien empfindet. Alle Menschen: die Kutscher, die Posthalter, die Bauern auf dem Wege oder im Dorfe – alle hatten für ihn einen neuen Sinn. Die Anwesenheit und die Bemerkungen Willarskijs, der nicht aufhörte, über die Armut und die Unwissenheit Rußlands, das so weit hinter Europa zurückstand, zu klagen, erhöhte nur Pierres Freude. Wo Willarskij Totenstarre sah, sah Pierre eine ungewöhnlich mächtige Kraft des Lebenstriebes – eine Kraft, die mitten im Schnee auf dieser großen Fläche das Leben dieses ganzen, eigentümlichen, einzigen Volkes aufrechterhielt. Er widersprach Willarskij nicht und lächelte freudig, wenn er ihm zuhörte, als stimmte er ihm zu (eine geheuchelte Zustimmung war das kürzeste Mittel, Auseinandersetzungen zu vermeiden, die doch zu keinem Ergebnis führen konnten).

XIV

Wie schwer es ist, zu erklären, warum und wohin die Ameisen aus dem zerstörten Haufen rennen, die einen, den Haufen verlassend und Sandkörnchen, Eier und Leichname mit sich tragend, die andern in den Haufen zurückeilend – warum sie sich stoßen, einander überholen, streiten; so schwer wäre es, die Ursachen zu erklären, die die Russen nach dem Auszuge der Franzosen veranlaßten, sich an dem Orte zusammenzudrängen, der früher den Namen Moskau trug. Aber wie man bei der Betrachtung der um einen zerstörten Hügel zerstreuten Ameisen, trotz der völligen Vernichtung des Hügels an dem Zusammenhalt, an der Energie, an der Zahllosigkeit der wimmelnden Insekten erkennen kann, daß alles zerstört ist, außer einem unzerstörbaren, unkörperlichen Etwas, das die ganze Kraft des Häufchens bildet, so war auch Moskau im Oktober, obgleich es weder eine Obrigkeit noch Kirchen noch Tempel noch Reichtümer noch Häuser gab, dasselbe Moskau, das es im August gewesen war. Alles war zerstört, außer dem unkörperlichen aber mächtigen und unzerstörbaren Etwas.

Die Triebe der Menschen, die von allen Seiten nach der Räumung der Stadt von dem Feinde nach Moskau strebten, waren die allerverschiedensten persönlichen und in der ersten Zeit größtenteils ungezügelte animalische. Nur ein Trieb war allen gemeinsam: das war das Streben dorthin, nach dem Orte, der früher Moskau geheißen hatte, um dort ihre Tätigkeit zu entfalten.

In einer Woche hatte Moskau schon 15 000 Einwohner, in zwei Wochen waren es 25 000 usw. Immer stieg, immer wuchs diese Zahl bis zum Herbst des Jahres 1813, bis zu einer Ziffer, die die Einwohnerschaft des Jahres 1812 übertraf.

Die ersten Russen, die den Boden Moskaus betraten, waren

Kosaken der Division Winzingerode, Bauern aus den benachbarten Dörfern und Bewohner Moskaus, die geflohen waren und sich in der Umgebung der Stadt verborgen hatten. Die Russen, die den Boden des zerstörten Moskaus betraten, fanden die Stadt geplündert und begannen ebenfalls zu plündern. Sie setzten fort, was die Franzosen begonnen hatten. Die Wagenzüge der Bauern kamen nach Moskau, um nach ihren Dörfern fortzuführen, was in den zerstörten Häusern und Straßen von Moskau herumgeworfen lag. Die Kosaken führten, so viel sie konnten, in ihre Standorte fort; die Wirte der Häuser nahmen alles, was sie in anderen Häusern fanden, und brachten es zu sich unter dem Vorwand, es sei ihr Eigentum.

Aber den ersten Plünderern folgten andere, noch andere, und die Plünderung wurde mit jedem Tage in dem Maße, in dem die Zahl der Plünderer wuchs, schwieriger und schwieriger und nahm immer bestimmtere Formen an.

Die Franzosen hatten Moskau zwar leer gefunden, aber doch mit allen Formen einer organisch-gesetzmäßig lebenden Stadt mit den verschiedenen Erscheinungen des Handels, der Religion. Diese Formen waren leblos, aber sie waren noch vorhanden. Es gab Budenreihen, Kaufläden, Geschäftsschuppen, Bazare – die meisten mit Waren; es gab Fabriken, Handwerksstätten; es gab Paläste, reiche Häuser, mit allen Gegenständen des Luxus angefüllt; es gab Krankenhäuser, Gefängnisse, Amtsbauten, Kirchen, Kathedralen. Je länger die Franzosen dablieben, desto mehr wurde diese Form des städtischen Lebens vernichtet, und zum Schluß war alles in eine unendliche leblose Plünderungsstätte verwandelt.

Je länger die Plünderung durch die Franzosen dauerte, desto mehr nahmen die Reichtümer Moskaus und die Kräfte der Plünderer ab. Die Plünderung der Russen, mit der die Wiederbesetzung der Hauptstadt durch die Russen begann, stellte den Reichtum Moskaus und das regelmäßige Leben der Stadt um so schneller wieder her, je länger sie dauerte und je mehr Menschen daran teilnahmen.

Außer den Plünderern strömte mannigfaltiges Volk, die einen von Neugier, die andern durch die Dienstpflicht, noch andere durch Belohnungen herangelockt; Hausbesitzer, Geistliche, höhere und niedere Beamte, Kaufleute, Handwerker, Bauern, von allen Seiten – wie das Blut nach dem Herzen – nach Moskau.

Nach Verlauf einer Woche wurden die Bauern, die mit leeren Wagen gekommen waren, um Sachen heimzuführen, schon von der Behörde festgehalten und gezwungen, die Leichen aus der Stadt fortzuführen. Andere Bauern, die von dem Mißgeschick ihrer Genossen gehört hatten, kamen mit Getreide, Hafer, Heu in die Stadt und unterboten einander so, daß der Preis niedriger war als früher. Die Artels der Zimmerleute kamen in der Hoffnung auf hohen Verdienst jeden Tag nach Moskau, und in allen Stadtteilen wurden neue Häuser aufgerichtet, und die alten, vom Brand zerstörten, gesäubert. Die Kaufleute eröffneten in den Buden ihren Handel. Die Schänken, die Gasthäuser, wurden in den abgebrannten Häusern wiederhergerichtet. Die Geistlichkeit erneuerte den Dienst in den zahlreichen, vom Feuer nicht zerstörten Kirchen, Opferbringende trugen die geplünderten Kirchengegenstände herbei. Die Beamten bedeckten in ihren kleinen Zimmern ihre Tische mit Tuch und ihre Schränke mit Schriftstücken. Die höchste Behörde und die Polizei verteilte, was die Franzosen an Gut hinterlassen hatten. Die Wirte der Häuser, in denen viele Gegenstände, die man aus den andern Häusern zusammengetragen hatte, zurückgeblieben waren, klagten über Ungerechtigkeit, da man alle Sachen nach dem Facettenpalast brachte, andere behaupteten, die Franzosen hätten aus verschiedenen Häusern alle Gegenstände an einen Ort zusammengeschleppt, und es sei darum ungerecht, dem Hauswirte die Dinge zu geben, die sich in seinem Hause vorfanden. Man schimpfte auf die Polizei, man suchte sie zu bestechen; man schrieb zehnfach hohe Kostenanschläge über die verbrannten Krongegenstände; man forderte von allen Seiten Unterstützungen. Graf Rostoptschin schrieb seine Proklamationen.

XV

Ende Januar kam Pierre nach Moskau und nahm in dem unversehrt gebliebenen Seitenflügel Wohnung. Er besuchte den Grafen Rostptschin, einige Bekannte, die nach Moskau zurückgekommen waren und schickte sich an, am dritten Tage nach Petersburg zu reisen. Überall feierte man den Sieg; allüberall in der zerstörten und wieder auflebenden Hauptstadt herrschte reges Leben. Alle freuten sich mit Pierre, alle wollten ihn sehen, alle fragten ihn aus über seine Erlebnisse. Pierre fühlte sich außerordentlich freudig gestimmt gegen alle Menschen, denen er begegnete. Aber unwillkürlich war er jetzt zurückhaltend gegen alle Menschen, um sich durch nichts zu binden. Auf alle Fragen, die an ihn gestellt wurden – wichtige oder noch so nichtige –, ob man ihn fragte: wo er wohnen werde, ob er bauen würde, wann er nach Petersburg fahren und ob er seine Koffer mitnehmen würde – antwortete er: Ja, vielleicht, ich denke usw.

Über die Rostows hörte er, daß sie in Kostroma seien, und der Gedanke an Natascha kam im selten. Wenn er ihm kam, so geschah es nur wie eine angenehme Erinnerung längst vergangener Dinge. Er fühlte sich nicht nur frei von den Bedingungen des Lebens, sondern auch von dem Gefühl, das er, wie ihm schien, absichtlich in sich zugelassen hatte.

Am dritten Tage nach seiner Ankunft in Moskau erfuhr er von den Drubezkojs, daß die Prinzessin Maria in Moskau sei. Der Tod, die Leiden und die letzten Tage des Fürsten Andrej beschäftigten Pierre häufig, und jetzt kamen sie ihm mit erneuerter Lebhaftigkeit in den Sinn. Bei Tische hatte er erfahren, daß die Prinzessin Maria in Moskau sei und in ihrem nicht niedergebrannten Hause auf der Wosdwishenka wohne, und noch an demselben Abend besuchte er sie.

Auf dem Wege zur Prinzessin Maria dachte Pierre unaufhörlich an den Fürsten Andrej zurück, an seine Freundschaft für ihn, an verschiedene Begegnungen mit ihm und besonders an die letzten Tage bei Borodino.

Sollte er wirklich in der bösen Stimmung gestorben sein, in der er sich damals befand? Sollte ihm wirklich nicht vor dem

Tode der Begriff des Lebens aufgegangen sein? dachte Pierre. Er gedachte zurück an Karatajew und seinen Tod, und unwillkürlich begann er diese beiden Menschen zu vergleichen, die so verschieden waren und doch wieder einander so ähnlich in bezug auf die Liebe, die er zu beiden hegte, und daß sie beide gelebt haben und gestorben sind.

In der ernstesten Gemütsstimmung fuhr Pierre vor dem Hause des alten Fürsten vor. Das Haus war unversehrt. Man sah wohl Spuren der Zerstörung an ihm, aber der Charakter des Hauses war der alte. Ein alter Diener empfing Pierre mit strengem Gesicht, als wollte er dem Gaste bedeuten, daß das Fehlen des Fürsten die Hausordnung nicht berührt hätte. Er meldete ihm, die Prinzessin habe geruht, sich in ihre Gemächer zurückzuziehen und empfange jeden Sonntag.

Melde mich nur, vielleicht werde sie mich empfangen, sagte Pierre.

Zu Befehl, antwortete der Diener, wollen Sie sich bitte in das Porträtzimmer begeben.

Nach einigen Minuten kam der Diener und Deffalle. Deffalle meldete Pierre im Namen der Prinzessin, daß sie sehr erfreut sei, ihn wiederzusehen, und ihn bitte, wenn er ihre Ungezwungenheit nicht übelnehmen wolle, herauf in ihr Zimmer zu kommen.

In einem niedrigen Zimmerchen, nur von einer Kerze erhellt, saß die Prinzessin und bei ihr eine Person in einem schwarzen Kleide. Pierre erinnerte sich, daß die Prinzessin immer Gesellschafterinnen hatte, aber wer und welcher Art die Gesellschafterinnen waren, wußte Pierre nicht, konnte er sich nicht erinnern. »Das ist eine von den Gesellschafterinnen«, dachte er, indem er die Dame in dem schwarzen Kleide betrachtete.

Die Prinzessin erhob sich, ging ihm schnell entgegen und reichte ihm die Hand.

Ja, sagte sie, nachdem er ihr die Hand geküßt hatte, und betrachtete sein verändertes Gesicht, so sehen wir uns wieder. Er hat auch in der letzten Zeit oft von Ihnen gesprochen, sagte sie und ließ ihren Blick von Pierre zu der Gesellschafterin mit einer Schüchternheit hinüberschweifen, die Pierre einen Augenblick überraschte. Ich war so froh, daß ich von Ihrer Rettung hörte. Das war die einzige freudige Nachricht, die wir seit langer Zeit erhielten. Wieder sah die Prinzessin noch unruhiger zu ihrer Gesellschafterin hinüber und wollte etwas sagen, aber Pierre unterbrach sie.

Sie können sich vorstellen, daß ich nichts von ihm gewußt habe, sagte er, ich glaubte, er sei gefallen. Alles, was ich von ihm erfuhr, erfuhr ich von anderen, durch einen dritten Mund. Ich weiß, daß er zufällig zu den Rostows kam … welche Fügung!

Pierre sprach schnell und lebhaft. Einmal warf er einen Blick auf das Gesicht der Gesellschafterin, bemerkte, wie ihre Augen aufmerksam, freundlich, neugierig auf ihn gerichtet waren und empfand, wie es so oft bei einem Gespräch vorkommt, daß diese Gesellschafterin im schwarzen Kleide ein liebes, gutes prächtiges Wesen sei, das ihn nicht hindern könne, mit der Prinzessin Maria ein vertrauliches Gespräch zu führen.

Als er aber die letzten Worte von den Rostows gesprochen hatte, trat die Verlegenheit in den Zügen der Prinzessin Maria noch deutlicher zutage. Sie ließ wieder ihre Augen von Pierres Gesicht zu dem Gesicht der Dame im schwarzen Kleide hinüberschweifen und sagte:

Sie erkennen sie wohl nicht?

Pierre sah noch einmal in das blasse, zarte Gesicht der Gesellschafterin mit den schwarzen Augen und dem sonderbaren Munde. Etwas Verwandtes, längst Vergessenes und mehr als Liebes schaute ihn aus diesen gespannten Augen an.

»Aber nein, das kann nicht sein«, dachte er. »Dieses strenge, hagere und blasse gealterte Gesicht? Das kann sie nicht sein. Es erinnert nur an sie«, aber in diesem Augenblick sagte die Prinzessin Maria »Natascha«, und das Gesicht mit den aufmerksam gespannten Augen lächelte mit Mühe, mit Anstrengung, wie eine verrostete Tür sich öffnet, und aus dieser geöffneten Tür duftete und strömte Pierre ein längst vergessenes Glück entgegen, an das er besonders jetzt nicht mehr dachte – und dieser Duft umspielte und umfing sein ganzes

Wesen. Da sie lächelte, konnte es keinen Zweifel mehr geben: es war Natascha, und er liebte sie.

Gleich im ersten Augenblick aber hatte Pierre unwillkürlich sowohl ihr als auch der Prinzessin Maria, und vor allem sich selbst ein ihm unbekanntes Geheimnis verraten. Er errötete freudig und schmerzlich-leidend. Er wollte seine Erregung verbergen; aber je mehr er sich Mühe gab, sie zu verbergen, desto deutlicher – deutlicher als durch die bestimmtesten Worte – sagte er sich und ihr und der Prinzessin Maria, daß er sie liebe.

»Nein, nein, es ist nur von der Überraschung«, dachte Pierre, aber kaum wollte er begonnene Gespräch mit der Prinzessin Maria fortsetzen, als er wieder Natascha anblickte; und ein noch stärkeres Rot bedeckte sein Gesicht, und eine noch stärkere Erregung der Freude und der Angst ergriff seine Seele. Er verwirrte sich in seinen Worten und hielt mitten in der Rede inne.

Pierre hatte Natascha nicht bemerkt, weil er gar nicht erwarten konnte, sie hier zu sehen. Aber er hatte sie nicht erkannt, weil die Veränderung, die seit der Zeit, wo er sie nicht gesehen hatte, mir ihr vorgegangen war, ungeheuer war. Sie war hager und bleich geworden. Aber nicht das machte sie unkenntlich: er konnte sie in dem ersten Augenblick, wo er eintrat, nicht erkennen, weil in diesem Gesicht, in dessen Augen früher stets ein verborgenes Lächeln der Lebensfreudigkeit geleuchtet, jetzt, wo er eintrat und sie zum ersten Mal anblickte, auch nicht der Schatten eines Lächelns lag; er sah nur die aufmerksam-gespannten, guten, traurig-fragenden Augen.

Pierres Verlegenheit rief in Natascha nicht Verlegenheit hervor, sondern ein Gefühl der Befriedigung, das kaum merklich ihr ganzes Gesicht aufhellte.

XVI

Sie ist bei mir zum Besuch, sagte die Prinzessin Maria. Der Graf und die Gräfin kommen auch in einigen Tagen. Die Gräfin ist in einem entsetzlichen Zustande, aber Natascha muß selbst zum Arzt. Man hat sie mir mit Gewalt mitgegeben.

Ja, gibt es eine Familie, die nicht ihren Kummer hätte? sagte Pierre zu Natascha gewandt. Sie wissen, es war an demselben Tage, an dem man uns befreit hat. Ich habe ihn gesehen. Was für ein entzückender Junge war er!

Natascha sah ihn an, und als Antwort auf seine Worte öffneten sich nur ihre Augen noch mehr und leuchteten noch heller.

Was kann man zum Troste sagen oder denken? sagte Pierre – nichts. Warum mußte ein so prächtiger, lebenstrotzender Knabe sterben.

Ja, in unsern Tagen wäre es schwer, ohne Glauben zu leben …, sagte Prinzessin Maria.

Ja, ja, das ist sehr wahr, fiel Pierre schnell ein.

Warum? fragte Natascha und sah Pierre aufmerksam in die Augen.

»Wie, warum? sagte Prinzessin Maria. Der bloße Gedanke an das, was dort unser wartet … Natascha, die die Worte der Prinzessin Maria nicht deutlich gehört hatte, blickte Pierre wieder fragend an.

Und weil nur der Mensch, fuhr Pierre fort, der daran glaubt, daß es einen Gott gibt, der unser Schicksal lenkt, einen solchen Verlust ertragen kann wie Ihrer und … Ihrer, sagte Pierre.

Natascha hatte schon den Mund geöffnet, um etwas zu sagen. Pierre beeilte sich, sich von ihr abzuwenden und drehte sich wieder zur Prinzessin Maria um, mit der Frage über die letzten Tage seines Freundes. Pierres Verlegenheit war jetzt fast ganz geschwunden. Gleichzeitig aber fühlte er, daß alle seine Freiheit von vorher geschwunden war. Er fühlte, daß er über jedes seiner Worte, jede seiner Handlungen jetzt einen Richter habe, dessen Urteil ihm teurer war als das Urteil aller Menschen in der Welt. Er sprach und dachte, während er sprach, an den Eindruck, den seine Worte auf Natascha machen würden. Er sprach nicht absichtlich, was ihr gefallen konnte; aber was er auch sprechen mochte, er beurteilte sich von ihrem Gesichtspunkte.

Prinzessin Maria begann, wie das immer zu sein pflegt, ungern von dem Zustande zu sprechen, in dem sie den Fürsten Andrej gefunden hatte. Aber Pierres Fragen, sein lebhaft irrender Blick, sein Gesicht, das vor Erregung zitterte, veranlaßte sie allmählich in Einzelheiten einzugehen, die sie sich vor sich selbst in der Erinnerung zu erneuern scheute.

Ja, ja, so so ... sagte Pierre und beugte sich mit dem ganzen Körper vor über die Prinzessin Maria und lauschte gierig ihrer Erzählung. – Ja, ja ... Er ist also ruhiger, milder geworden. Wie hat er mit allen Kräften der Seele immer nach einem gestrebt, danach, vollkommen gut zu sein, er hatte den Tod nicht zu fürchten. Die Fehler, die er hatte – wenn er welche hatte – kamen nicht von ihm. Er ist also milder geworden? sagte Pierre, ach, welch ein Glück, daß er Sie wiedergesehen hat, sagte er zu Natascha, plötzlich zu ihr gewandt und sie mit tränenfeuchten Augen anblickend.

Ihr Gesicht zuckte, ihre Züge verdüsterten sich, sie senkte einen Augenblick ihre Augen. Eine Weile schwankte sie, ob sie sprechen sollte oder nicht.

Ja, es war ein Glück, sagte sie mit leiser, voller Stimme; für mich war es sicherlich ein Glück. – Sie schwieg. – Und er ... er ... er sagte, er habe es gerade in dem Augenblick gewünscht, wie ich zu ihm kam ... Nataschas Stimme stockte. Sie wurde rot, preßte die Hände auf den Knien zusammen und erhob plötzlich, offenbar mit starker Anstrengung, den Kopf und sagte schnell:

Wir wußten von nichts, als wir Moskau verließen. Ich wagte nicht nach ihm zu fragen. Plötzlich sagte mir Sonja, er führe mit uns. Ich dachte nichts; ich konnte mir nicht vorstellen, in welchem Zustande er war. Nur sehen mußte ich ihn, bei ihm sein, sagte sie zitternd und schwer atmend. Und ohne sich von den anderen unterbrechen zu lassen, erzählte sie, was sie noch nie jemandem erzählt hatte: alles was sie in jenen drei Wochen ihrer Reife und ihres Aufenthalts in Jaroslawl durchlebt hatte.

Pierre hörte ihr mit offenem Munde zu. Er ließ keinen Augenblick seine tränenfeuchten Augen von ihr. Während er ihr zuhörte, dachte er weder an den Fürsten Andrej noch an den

Tod, noch an das, was sie erzählte. Er hörte ihr zu und fühlte nur mit ihr die Leiden, die sie jetzt während der Erzählung empfand.

Die Prinzessin runzelte die Stirn, um ihre Tränen zu unterdrücken; sie saß neben Natascha und hörte zum ersten Mal die Geschichte dieser letzten Tage der Liebe ihres Bruders und Nataschas.

Diese freudvolle und leidvolle Erzählung war offenbar für Natascha ein Bedürfnis.

Sie sprach und mengte die wichtigsten Einzelheiten mit den intimsten Geheimnissen und schien gar kein Ende finden zu können. Einige Male wiederholte sie, was sie schon gesagt hatte.

Aus dem andern Zimmer hörte man Dessalles Stimme, er fragte, ob Nikluschka hereinkommen dürfe »Gute Nacht« sagen.

Das ist alles, alles … sagte Natascha. Sie erhob sich schnell in dem Augenblick, in dem Nikoluschka ins Zimmer trat, sie rannte förmlich zur Tür, stieß mit dem Kopf an die Tür, die mit einer Portiere verhängt war, und stürzte mit einem Stöhnen des Schmerzes oder der Trauer aus dem Zimmer.

Pierre sah nach der Tür, durch sie hinausgegangen war und begriff nicht, warum er plötzlich so ganz allein in der ganzen Welt war.

Prinzessin Maria weckte ihn aus seiner Zerstreutheit und lenkte seine Aufmerksamkeit auf den Neffen, der in das Zimmer gekommen war.

Das Gesicht Nikoluschkas, der dem Vater ähnlich war, wirkte in dem Augenblicke weicher Seelenstimmung, in dem sich Pierre jetzt befand, so auf ihn, daß er Nikoluschka küßte, eilig aufstand, nach seinem Taschentuch griff und an das Fenster trat. Er wollte Abschied nehmen von der Prinzessin Maria, aber sie hielt ihn zurück.

Nein, Natascha und ich, wir sind häufig bis drei Uhr wach; bitte, bleiben Sie noch ein wenig. Ich will Abendbrot bringen lassen. Gehen Sie hinunter, wir kommen gleich nach.

Ehe Pierre das Zimmer verließ, sagte die Prinzessin zu ihm: Es ist das erste Mal, das sie von ihm gesprochen hat.

XVII

Pierre wurde in das erleuchtete, große Speisezimmer geführt; wenige Minuten darauf hörte er Schritte, und die Prinzessin und Natascha traten in das Zimmer. Natascha war ruhig, obgleich jetzt wieder der ernste Ausdruck in ihren Zügen lag und das Lächeln ganz verschwunden war. Prinzessin Maria, Natascha und Pierre empfanden in gleicher Weise das Gefühl der Unbehaglichkeit, das einem ernsten, intimen Gespräch zu folgen pflegt. Das Gespräch von vorhin fortzuführen ist unmöglich, von Nichtigkeiten zu sprechen unpassend, schweigen aber unangenehm, denn man hat den Wunsch zu sprechen und kommt sich mit dem Schweigen unehrlich vor. Sie traten schweigend an den Tisch. Die Diener schoben die Stühle hin und her. Pierre entfaltete die kühle Serviette, raffte sich auf, das Schweigen zu brechen und sah Natascha und die Prinzessin Maria an. Beide hatten augenscheinlich zu gleicher Zeit denselben Entschluß gefaßt: aus beider Blicken leuchtete Lebensfreudigkeit und das Geständnis, daß es neben den Leiden auch Freuden gibt.

Trinken Sie ein Schnäpschen, Graf? sagte Prinzessin Maria, und diese Worte verscheuchten plötzlich die Schatten des Vergangenen. Erzählen Sie etwas von sich, sagte Prinzessin Maria, man hört von Ihnen so unglaubliche Wunderdinge.

Ja, antwortete Pierre mit dem ihm jetzt eigenen Lächeln leichten Spottes. Mir selbst erzählt man Wunderdinge, von denen ich mir nie habe träumen lassen. Maria Abramowna hat mich eingeladen und hörte nicht auf, mir zu erzählen, was mit mir geschehen ist oder geschehen sein soll. Stepan Stepanowitsch hat mich gar gelehrt, wie ich zu erzählen hätte. Überhaupt habe ich die Bemerkung gemacht, es ist sehr bequem, ein interessanter Mensch zu sein (ich bin jetzt ein interessanter Mensch); man ladet mich ein, man erzählt mir.

Natascha lächelte und wollte etwas sagen.

Uns hat man erzählt, fiel ihr die Prinzessin Maria ins Wort, daß Sie in Moskau zwei Millionen verloren haben. Ist das wahr?

Und dabei bin ich dreimal so reich geworden, sagte Pierre.

Obgleich die Schulden seiner Frau und die notwendigen Bauten seine Verhältnisse verändert hatten, erzählte Pierre immer noch, daß er dreimal so reich geworden sei.

Daß ich gewonnen habe, ist sicher, sagte er – die Freiheit ... begann er ernst, aber er überlegte sich, ob er fortfahren sollte, da er bemerkte, daß dieser Gegenstand des Gesprächs doch wohl zu egoistisch sei.

Sie bauen?

Ja, Sjawjelitsch meint, ...

Sagen Sie, Sie wußten noch nichts von dem Tode der Gräfin, als Sie in Moskau geblieben waren? sagte Prinzessin Maria, errötete aber, als sie bemerkte, daß sie mit dieser Frage unmittelbar nach dem, was er von seiner Freiheit gesagt hatte, seinen Worten vielleicht eine Deutung gab, die sie nicht hatten.

Nein, antwortete Pierre, der offenbar die Auslegung, die die Prinzessin Maria seiner Erwähnung der Freiheit gegeben hatte, nicht anstößig fand. Ich habe es in Orel erfahren, und Sie können sich nicht vorstellen, wie es mich betroffen hat. Wir waren keine Musterehe, sagte er schnell, und sah dabei Natascha an und bemerkte in ihren Zügen, daß sie mit Neugier erwartete, wie er sich über seine Frau äußern würde, aber dieser Tod hat mich schrecklich betroffen. Wenn zwei Menschen in Zwist leben, sind immer beide schuld. Und die eigene Schuld wird plötzlich furchtbar bedrückend dem andern gegenüber, der nicht mehr ist. Und dann ein solcher Tod ... ohne Freude, ohne Tröstung. Sie tut mir sehr, sehr leid! schloß er und bemerkte mit Befriedigung die freudige Zustimmung in Nataschas Zügen.

Ja, so sind Sie wieder Junggeselle und ein Heiratskandidat, sagte die Prinzessin Maria.

Pierre wurde plötzlich purpurrot und gab sich lange Mühe, Natascha nicht anzusehen. Als er sich Mut faßte, sie anzublicken, war ihr Gesicht kühl, ernst, sogar wie er zu sehen glaubte, verächtlich.

Aber Sie haben doch Napoleon wirklich gesehen und gesprochen, wie man uns erzählt hat? sagte Prinzessin Maria.

Pierre lachte auf.

Nicht ein einziges Mal, nie. Die Leute glauben immer, in Gefangenschaft sein, heißt ein Gast Napoleons sein. Ich habe ihn weder gesehen noch etwas von ihm gehört. Ich war in weit schlechterer Gesellschaft.

Das Abendbrot war beendet, und Pierre, der sich anfangs gesträubt hatte, von seiner Gefangenschaft zu erzählen, war allmählich ins Erzählen hineingekommen.

Aber ist es doch wahr, daß Sie dablieben, um Napoleon zu töten? Fragte ihn Natascha mit leichtem Lächeln.

Ich habe es mir damals gleich gedacht, als wir Sie bei dem Wasserturm trafen, erinnern Sie sich?

Pierre gab zu, daß es so war, und von dieser Frage an hatte er sich, durch die Fragen der Prinzessin Maria, besonders aber Nataschas allmählich verleitet, zu einer eingehenden Erzählung seiner Erlebnisse verlocken lassen.

Erst erzählte er mit der spöttischen, sanften Betrachtungsweise, mit der er jetzt die Menschen und besonders sich selbst sah; dann aber, als er zu der Schilderung der Greuel und Leiden gelangte, die er gesehen hatte, ließ er sich, ohne es selbst zu merken, hinreißen und sprach mit der verhaltenen Erregung eines Menschen, der in der Erinnerung starke Eindrücke durchlebt.

Prinzessin Maria sah bald auf Pierre, bald auf Natascha mit einem sanften Lächeln. Sie sah in dieser ganzen Erzählung nur Pierre und seine Güte. Natascha hatte ihren Kopf auf ihren Arm gestützt und folgte mit beständig wechselndem Gesichtsausdruck der wechselnden Erzählung Pierres, ohne auch nur einen Augenblick unaufmerksam zu werden. Sie durchlebte offenbar mit ihm alles, was er erlebt hatte. Nicht nur ihr Blick, sondern die Ausrufe und die kurzen Fragen, die sie stellte, zeigten Pierre, daß sie aus allem, was er erzählte, gerade das heraus verstand, was er sagen wollte. Es war klar, daß sie nicht nur das verstand, was er erzählte, sondern auch das, was er gern mit Worten ausgedrückt hätte und nicht ausdrücken konnte. Seine Episode mit dem Kinde und der Frau, durch deren Verteidigung er in die Gefangenschaft geraten war, erzählte Pierre folgendermaßen: Es war ein entsetzliches Schauspiel, Kinder saßen verlassen da, viele kamen im

Feuer um ... in meiner Gegenwart zog man ein Kind heraus ... Frauen, denen man die Sachen vom Leibe riß, die Ohrringe mit Gewalt ...

Pierre errötete und stockte.

Da kam eine Patrouille, und alle, die nicht plünderten, alle Männer nahm man gefangen. Auch mich ...

Sie erzählen gewiß nicht alles; Sie haben gewiß etwas ... sagte Natascha, dann machte sie eine Pause – etwas Gutes getan.

Pierre fuhr in seiner Erzählung fort. Als er zu der Schilderung der Hinrichtung kam, wollte er die schrecklichen Einzelheiten umgehen; Natascha aber bat ihn, nichts auszulassen

Pierre hatte eben begonnen, von Karatajew zu erzählen, und er hatte sich schon vom Tisch erhoben und ging hin und her, und Natascha folgte ihm mit ihren Blicken, plötzlich hielt er inne.

Nein, Sie können nicht begreifen, was ich von diesem Menschen, der nicht lesen und schreiben konnte, gelernt habe.

Nein, nein, erzählen Sie, sagte Natascha, wo ist er denn?

Sie haben ihn erschossen, fast vor meinen Augen. Und Pierre erzählte von der letzten Zeit ihres Rückzugs, von der Krankheit Karatajews (seine Stimme zitterte beständig) und von seinem Tode.

Pierre erzählte seine Erlebnisse in einer Weise, wie er ihrer noch nie gedacht hatte. Er sah jetzt gewissermaßen einen neuen Sinn in allem, was er durchlebt hatte. Jetzt, da er all dies Natascha erzählte, empfand er die seltene Wonne, die Frauen gewähren, wenn sie dem Manne zuhören – nicht die »geistreichen« Frauen, die beim Zuhören sich Mühe geben, festzuhalten, was man ihnen erzählt, um ihren Geist zu bereichern, und bei Gelegenheit das Erzählte wieder zu erzählen oder ihrem Besitze einzufügen und so schnell als möglich die eigenen geistreichen Bemerkungen dazu zu machen, die sie in ihrer kleinen geistigen Wirtschaft zubereitet habe, sondern die Wonne, die echte Frauen gewähren, die mit der Fähigkeit begabt sind, alles Edle, was in Äußerungen eines Mannes liegt, herauszufinden und in sich aufzunehmen. Natascha war, ohne es zu wissen, ganz Aufmerksamkeit. Sie verlor nicht ein Wort, nicht einen Wechsel der Stimme, nicht einen Blick, nicht das Zucken einer Muskel in Pierres Gesicht, nicht eine Gebärde. Im Fluge fing sie das noch unausgesprochene Wort auf und trug es unmittelbar in ihr geöffnetes Herz und erriet so den geheimen Sinn der ganzen inneren Arbeit Pierres.

Prinzessin Maria verstand die Erzählung und nahm teil an ihr, aber sie sah jetzt etwas anderes, was ihre ganze Aufmerksamkeit verschlang: sie sah die Möglichkeit der Liebe und des Glückes zwischen Natascha und Pierre. Und dieser Gedanke, der ihr zum ersten Male kam, erfüllte ihre Seele mit Freude.

Es war drei Uhr nachts. Die Diener kamen mit traurig ernsten Mienen, um die Kerzen zu wechseln, aber niemand bemerkte sie.

Pierre stand am Ende seiner Erzählung. Natascha sah mit ihren glänzenden, belebten Augen unverwandt und aufmerksam auf Pierre, als wollte sie auch das übrige begreifen, was er vielleicht nicht ausgesprochen hatte. Pierre sah sie in schamhafter, glückseliger Verlegenheit von Zeit zu Zeit an und sann darüber nach, was er jetzt sagen könnte, um das Gespräch auf einen andern Gegenstand hinüberzuleiten. Prinzessin Maria schwieg. Niemanden von ihnen fiel es ein, daß es drei Uhr sei, und daß es Zeit sei, schlafen zu gehen.

Leiden, heißt es, sind ein Unglück, sagte Pierre. Und doch, wenn mir jetzt, auf der Stelle, jemand sagte: willst du bleiben, wie du vor der Gefangenschaft warst oder noch einmal all dies durchleben? – bei Gott, noch einmal Gefangenschaft und Pferdefleisch. Wir meinen, wenn uns etwas aus dem gewohnten Geleise wirft, ist alles verloren; und siehe da, es beginnt nur etwas Neues, Gutes. Wo Leben ist, ist Glück. Vor uns liegt viel, viel. Das sage ich Ihnen, sprach er weiter, zu Natascha gewandt.

Ja, ja, sagte sie, und diese Antwort bezog sich auf etwas ganz anderes. Auch ich möchte nichts, als alles noch einmal durchleben.

Pierre sah sie aufmerksam an.

Ja, und weiter nichts, wiederholte Natascha.

Unmöglich, unmöglich, rief Pierre. Ich bin nicht schuld daran, daß ich lebe und leben will; und auch Sie ...

Natascha ließ plötzlich den Kopf in ihre Hände sinken und brach in Tränen aus.

Was ist dir, Natascha, sagte Prinzessin Maria.

Nichts, nichts. Sie lächelte durch ihre Tränen Pierre zu.

Gute Nacht, es ist Zeit, schlafen zu gehen.

Pierre stand auf und verabschiedete sich.

Prinzessin Maria und Natascha trafen sich, wie immer, im Schlafzimmer. Sie plauderten über Pierres Erzählung. Prinzessin Maria sprach ihre Meinung über Pierre nicht aus. Auch Natascha sprach nicht über ihn.

Nun, gute Nacht, sagte Natascha. Weißt du, oft fürchte ich, wir sprechen nicht von ihm (von dem Fürsten Andrej), als fürchteten wir uns, unsere Empfindungen herabzustimmen, und so vergessen wir ihn.

Prinzessin Maria seufzte schwer auf und erkannte mit diesem Seufzer die Richtigkeit von Nataschas Worten an; aber in Worten stimmte sie ihr nicht zu.

Kann man denn vergessen? sagte sie.

Es hat mir heut so wohl getan, alles erzählen zu können; es war drückend und schmerzlich und gut zugleich. Sehr gut, sagte Natascha. Ich bin überzeugt, er hat ihn wirklich geliebt. Darum habe ich ihm auch erzählt ... es war doch kein Unrecht, daß ich ihm erzählte habe? fragte sie plötzlich errötend.

Pierre? O nein! was ist er für ein trefflicher Mensch, sagte Prinzessin Maria.

Weißt du, Maria, sagte Natascha plötzlich mit einem schelmischen Lächeln, wie es Prinzessin Maria schon lange nicht auf ihrem Gesicht gesehen hatte, er ist so rein, so zart, so frisch geworden, als wäre er aus dem Bade gestiegen; verstehst du mich? Aus einem moralischen Bade. Habe ich recht?

Ja, sagte Prinzessin Maria, er hat viel gewonnen.

Und das kurze Röckchen und die geschorenen Haare; wirklich ... nun wirklich, wie aus dem Bade ... Papa pflegte ...

Ich begreife es, daß er (Fürst Andrej) niemanden so geliebt hat wie ihn, sagte Prinzessin Maria.

Ja, und er ist ganz anders als er. Männer, sagt man, sind Freunde, wenn sie ganz verschieden sind. Das muß doch richtig sein? Nicht wahr, er ist ihm in nichts ähnlich?

Ja, und er ist wundervoll.

Nun, gute Nacht, antwortete Natascha, und das schelmische Lächeln lag noch lange wie festgebannt auf ihrem Gesicht.

XVIII

Pierre konnte an diesem Tage lange nicht einschlafen. Er ging im Zimmer auf und nieder, verzog halb düster die Stirn und suchte seine Gedanken mit schwierigen Dingen zu beschäftigen, bald wieder zuckte er plötzlich die Achseln und fuhr zusammen, bald lächelte er glückselig.

Er dachte an den Fürsten Andrej, an Natascha, an ihre Liebe, ward bald eifersüchtig auf ihre Vergangenheit, bald machte er sich deswegen Vorwürfe, bald wieder verzieh er es sich. Es war schon sechs Uhr morgens, und er ging immer noch im Zimmer hin und her.

»Nun, was soll ich tun, wenn es doch einmal nicht anders geht? Was also tun? Es muß wohl so sein«, sagt er zu sich selbst, kleidete sich schnell aus und legte sich glücklich und erregt, aber ohne Zweifel und Bangen zu Bette.

»So sonderbar, so unmöglich dieses Glück mir vorkommt, ich muß alles tun, um mit ihr vereinigt zu werden«, sagte er zu sich selbst.

Noch vor wenigen Tagen hatte Pierre den Freitag zu seiner Abreise nach Petersburg bestimmt. Als er am Donnerstag erwachte, kam Sawjleitsch zu ihm, um sich Befehle wegen des Packens der Sachen zu holen.

»Wie, nach Petersburg? Wer spricht von Petersburg? Was soll ich ihn Petersburg?« fragte er sich unwillkürlich, wenn auch nur für sich selbst. »Ja, vor langer Zeit, ehe das geschehen ist, wollte ich einmal nach Petersburg«, fiel ihm ein. »Warum wohl? Ich fahre vielleicht auch hin. Wie gut, wie aufmerksam es ist, wie er an alles denkt«, dachte er, während er in das alte Gesicht Sawjelitschs blickte. »Und was er für ein freundliches Lächeln hat!« dachte er.

Sag, Sawjelitsch, willst du noch immer nicht frei sein? fragte Pierre.

Was soll mir die Freiheit, Euer Erlaucht? Beim seligen Grafen, Gott hab' ihn selig, habe ich mein Lebtag ausgehalten, und auch bei Ihnen habe ich mich nicht zu beklagen.

Aber die Kinder?

Auch die Kinder werden's aushalten, Euer Erlaucht. Bei solchem Herren läßt's sich schon leben.

Ja, aber meine Erben? sagte Pierre. Wenn ich eines schönen Tages heirate ... Es könne doch sein? fügte er unwillkürlich lächelnd hinzu.

Darf ich wagen, Euer Erlaucht ein Wort zu sagen? Das wäre vortrefflich!

»Wie leicht er sich das denkt«, dachte Pierre, »er weiß nicht, wie schrecklich, wie gefährlich das ist, zu früh, aber zu spät ... Schrecklich!«

Was geruhen Sie zu befehlen? ... geruhen Sie morgen zu reisen? fragte Sawjelitsch.

Nein, ich schiebe es noch ein wenig hinaus. Ich sag's dir zur Zeit. Nimm mir nicht übel, daß ich dir Mühe gemacht habe, sagte Pierre, und dachte, da er Sawjelitschs Lächeln sah: »Es ist doch sonderbar, daß er nicht weiß, daß jetzt an Petersburg nicht zu denken ist, und daß vor allem diese Sache entschieden sein muß. Übrigens weiß er es gewiß, er verstellt sich nur. Ob ich mit ihm spreche, was er wohl denkt? dachte Pierre. Nein, später einmal.«

Beim Frühstück teilte Pierre der Prinzessin mit, daß er gestern bei der Prinzessin Maria gewesen sei und dort – könne Sie sich wohl vorstellen, wen ich dort getroffen habe? – Natascha Rostowa.

Die Prinzessin tat, als sehe sie in dieser Nachricht nichts Ungewöhnlicheres als in der, daß Pierre Anna Semjonowna gesehen habe.

Kennen Sie sie? fragte Pierre.

Ich habe die Prinzessin einmal gesehen, antwortete sie. Ich habe gehört, daß man sie mit dem jungen Rostow verheiraten wollte. Das wäre für die Rostows ein Glück. Es heißt, ihre Verhältnisse seien ganz zerrüttet.

Nein; kennen sie die Rostowa?

Ich habe damals nur von der Geschichte gehört. Sehr bedauernswert.

»Nein, Sie versteht mich nicht, oder sie verstellt sich«, dachte Pierre. »Es ist besser, ich sage ihr gar nichts.«

Die Prinzessin hatte ebenfalls für Pierre Reisezehrung vorbereitet.

»Wie gut sie alle sind«, dachte Pierre, »daß sie sich jetzt, wo sie das doch nicht mehr interessieren kann, mit alledem abgibt. Und alles mir zuliebe, wie merkwürdig.«

An demselben Tage kam der Polizeimeister zu Pierre und forderte ihn auf, einen Bevollmächtigten in den Facettenpalast zu schicken, um die Sachen abzuholen, die heute an die Eigentümer verteilt würden.

»Der auch!«, dachte Pierre, als er dem Polizeimeister ins Gesicht sah, »was für ein prächtiger, hübscher Offizier, und wie gut er ist! Sich *jetzt* mit solchen Kleinigkeiten abzugeben. Und da sagen die Leute noch, er sei nicht ehrlich und nehme ... Unsinn! Und übrigens, warum sollte er nicht nehmen? Er ist so aufgewachsen. Alle machen's so. Und was er für ein liebes, gutes Gesicht hat, und wie er lächelt, wenn er mich ansieht.«

Zum Mittagessen fuhr Pierre zur Prinzessin Maria.

Während er durch die Straßen fuhr, zwischen den Brandstätten der Häuser hindurch, staunte er über die Schönheit dieser Ruinen. Die Schornsteine der Häuser, die eingestürzten Mauern, die in ihrer malerischen Schönheit an den Rhein und das Kolosseum erinnerten, zogen sich in langer Reihe durch die eingeäscherten Viertel hin. Die Kutscher und die Fahrgäste, die Zimmerleute, die mit der Aufführung von Gebälken beschäftigt waren, die Hökerfrauen und Krämer, denen er begegnete, alle sahen Pierre mit heiteren, strahlenden Mienen an und schienen zu sagen: »Da ist er! Wollen sehen, was daraus wird.«

Als Pierre das Haus der Prinzessin Maria betrat, überkamen ihn Zweifel an der Richtigkeit dessen, daß er gestern hier gewesen, Natascha gesehen und gesprochen habe. »Vielleicht habe ich es geträumt, vielleicht komme ich hierher und finde niemanden.« Aber er hatte kaum das Zimmer betreten, als er schon mit seinem ganzen Wesen an dem plötzlichen Verlust seiner Freiheit ihre Gegenwart fühlte. Sie trug dasselbe schwarze Kleid mit den weichen Falten und dieselbe Haartracht wie gestern, aber sie war eine ganze andere. Wäre sie gestern so gewesen, als er ins Zimmer kam, er hätte sie auf den ersten Augenblick erkannt.

Sie sah aus, wie er sie als halbes Kind und dann als die Braut des Fürsten Andrej gekannt hatte. Ein heiterer, fragender Glanz leuchtete aus ihren Augen; auf ihren Zügen lag ein freundlicher, seltsam schelmischer Ausdruck.

Pierre blieb zu Mittag und würde den ganzen Abend dageblieben sein; die Prinzessin Maria aber fuhr zur Vesper, und Pierre fuhr mit ihnen fort.

Am andern Tag erschien Pierre schon früh, speiste mit ihnen und blieb den ganzen Abend da. Obgleich die Prinzessin Maria und Natascha sich mit ihrem Gaste freuten; obgleich der ganze Wert seines Lebens sich jetzt in diesem Hause konzentrierte, war doch gegen Abend ihr Gespräch erschöpft, und es sprang unaufhörlich von einem nichtigen Gegenstande zum andern über und stockte sogar häufig. Pierre saß an diesem Abend bis zu so später Stunde fest, daß die Prinzessin Maria und Natascha einander Blicke zuwarfen und zu erwarten schienen, daß er bald ginge. Pierre merkte das, aber er konnte nicht fort. Es war ihm drückend und unbehaglich, aber er saß fest, weil er sich nicht erheben *konnte.*

Prinzessin Maria, die kein Ende sah, erhob sich zuerst, klagte über Migräne und wünschte gute Nacht.

Sie reisen morgen nach Petersburg? sagte sie.

Nein, ich reise nicht, sagte Pierre rasch mit Verwunderung und geradezu beleidigt. Vielleicht doch; nach Petersburg! morgen; aber ich nehme noch nicht Abschied. Ich komme heran, um mir Ihre Aufträge zu holen, sagte er; er stand aufrecht vor der Prinzessin Maria und wurde immer wieder rot, aber er ging nicht.

Natascha reichte ihm die Hand und ging hinaus. Prinzessin Maria dagegen ließ sich nun, statt zu gehen, in einen Sessel nieder und sah Pierre mit ihren leuchtenden Augen ernst und aufmerksam an. Die Müdigkeit, die sie vorhin deutlich gezeigt hatte, war jetzt ganz vorüber. Sie seufzte schwer und lange, als mache sie sich auf ein langes Gespräch bereit.

Alle Verlegenheit und Unbehaglichkeit war mit Nataschas Entfernung plötzlich von Pierre gewichen und hatte sich in eine angeregte Lebhaftigkeit verwandelt. Er schob seinen Sessel nah zu der Prinzessin Maria heran.

Ja, ich wollte Ihnen noch sagen, begann er, indem er auf ihren Blick wie auf eine Frage antwortete. Prinzessin, stehen Sie mir bei. Was soll ich tun? Darf ich hoffen? Prinzessin, liebste Freundin, hören Sie mich an. Ich weiß alles. Ich weiß, daß ich ihrer nicht würdig bin; ich weiß, daß man jetzt unmöglich davon sprechen kann. Aber ich will ihr Bruder sein. Nein, nicht ... das will, das kann ich nicht ...

Er hielt inne und fuhr sich mit den Händen über Gesicht und Augen.

Hören Sie – fuhr er fort und zwang sich offenbar, zusammenhängend zu sprechen. Ich weiß nicht, seit wann ich sie liebe. Aber ich habe nur sie, nur sie allein mein ganzes Leben lang geliebt und liebe sie so, daß ich mir ein Leben ohne sie nicht mehr vorstellen kann. Sie jetzt um ihre Hand zu bitten, habe ich nicht den Mut; aber der Gedanke daran, daß sie vielleicht die Meine sein könnte, und daß ich diese Möglichkeit ... Möglichkeit ... vorübergehen lasse, ist mir schrecklich. Sagen Sie, darf ich hoffen? Sagen Sie, was soll ich tun? Teuerste Prinzessin, sagte er nach einer kurzen Pause. Dann berührte er ihre Hand, da sie ihm nicht antwortete.

Ich denke über das nach, was Sie mir gesagt haben, antwortete Prinzessin Maria. Hören Sie, was ich Ihnen sagen will. Sie haben recht; jetzt mit ihr von Liebe zu sprechen ... Die Prinzessin hielt inne, sie wollte sagen, jetzt mit ihr von Liebe zu sprechen ist unmöglich; aber sie hielt inne, weil sie vorgestern an der plötzlich veränderten Natascha gesehen hatte, daß Natascha durchaus nicht beleidigt sein würde, wenn Pierre ihr seine Liebe gestände, daß dies vielmehr ihr einziger Wunsch war.

Ihr jetzt von Liebe zu sprechen ... geht nicht gut, sagte Prinzessin Maria trotzdem.

Aber was soll ich tun?

Überlassen Sie es mir, sagte Prinzessin Maria, ich weiß ...

Pierre sah der Prinzessin in die Augen.

Ja, ja? ... sprach er.

Ich weiß, daß sie Sie liebhat ... Sie liebhaben wird, verbesserte Prinzessin Maria.

Sie hatte kaum diese Worte ausgesprochen, als Pierre mit erregter Miene aufsprang und den Arm der Prinzessin ergriff.

Warum glauben Sie? Sie glauben, daß ich hoffen darf? Sie glauben?! ...

Ja, ich glaube es, sagte Prinzessin Maria lächelnd. Schreiben Sie ihren Eltern und überlassen Sie es mir, ich will es ihr sagen, sobald es sich macht. Ich wünsche es, und mein Herz sagt mir, daß es glücken wird.

Nein, das ist nicht möglich! Wie glücklich bin ich! Aber es ist nicht möglich ... Wie glücklich bin ich! Nein, es ist nicht möglich! sagte Pierre und küßte der Prinzessin die Hände.

Sie reisen ruhig nach Petersburg; das ist das beste, und ich schreibe Ihnen, sagte sie.

Nach Petersburg ... reisen? Ja gut, ich reise. Aber morgen darf ich doch zu Ihnen kommen?

Am folgenden Tage kam Pierre, um Abschied zu nehmen. Natascha war weniger lebhaft als in den letzten Tagen, aber Pierre fühlte, wenn er ihr manchmal in die Augen sah, daß er kaum vorhanden war, daß weder er noch sie da war, daß nur ein Gefühl des Glücks da war. – Ist es denn wahr? Nein, es ist nicht möglich, sagte er jedem ihrer Blicke, ihrer Bewegungen, ihrer Worte, die seine Seele mit Freude erfüllten.

Als er beim Abschied ihre zarte Hand ergriff, hielt er sie unwillkürlich etwas länger in der seinigen.

Soll wirklich diese Hand, dieses Gesicht, diese Augen, dieser ganze mir fremde Schatz weiblicher Reize, soll wirklich all dies mein sein für immer? mir jeden Tag und jede Stunde gehören, so wie ich mir selbst gehöre? Nein, es ist unmöglich!

Leben Sie wohl, Graf, sagte sie laut zu ihm, und flüsternd fügte sie hinzu: Ich werde Sie ungeduldig erwarten.

Und diese einfachen Worte, der Blick und der Ausdruck, die sie begleiteten, bildeten zwei Monate lang den Gegenstand unerschöpflicher Erinnerungen, Gedanken und glücklicher Träume Pierres. – Ich werde Sie ungeduldig erwarten. Ja, ja, wie hat sie doch gesagt? Ja, ich werde Sie ungeduldig erwarten. Ach, wie bin ich glücklich! ... Was ist das, daß ich so glücklich bin? sagte Pierre zu sich selbst.

XIX

In Pierres Seele ging jetzt nichts von alledem vor, was in ihr unter den gleichen Umständen während seiner Werbung um Helène vorgegangen war.

Er wiederholte nicht, wie damals, mit schmerzlicher Beschämung die Worte, die er gesprochen hatte, er sagte sich nicht. »Ach, warum habe ich dies nicht gesagt, und warum, warum habe ich damals gesagt: ich liebe Sie.« Ganz im Gegenteil, jetzt wiederholte er jedes Wort, das sie, das er gesprochen hatte, in seiner Phantasie mit allen Einzelheiten der Züge, des Lächelns, und hatte nicht den Wunsch, das Geringste hinzuzufügen oder zurückzunehmen. Er hatte nur den Wunsch, es zu wiederholen. Von Zweifeln darüber, daß das, was er vorhatte, gut oder schlecht sei, war jetzt auch nicht ein Schatten vorhanden. Nur ein beängstigender Zweifel kam ihm manchmal in den Sinn: ist das nicht alles ein Traum? Hat sich die Prinzessin Maria nicht geirrt, bin ich nicht zu stolz, zu selbstvertrauend? Ich hoffe; und plötzlich wird es kommen, die Prinzessin Maria wird sagen, und sie wird lächeln und antworten: »Wie merkwürdig. Er hat sich gewiß geirrt. Weiß er denn nicht, daß er ein Mensch ist, eben nur ein Mensch, und ich? ... ich etwas ganz anderes, höheres.«

Nur dieser Zweifel überkam Pierre oft. Auch Pläne machte er jetzt nicht. Ihm erschien das bevorstehende Glück so unwahrscheinlich; erfüllte sich dies, dann konnte nichts mehr kommen. Dann war alles zu Ende.

Eine freudige, überraschende Sinnesverwirrung, zu der sich Pierre kaum fähig gefühlt, hatte sich seiner bemächtigt.

Der ganze Sinn des Lebens schien ihm – nicht für ihn allein, sondern für die ganze Welt – nur in seiner Liebe und in der Möglichkeit ihrer Liebe zu ihm beschlossen. Manchmal war es ihm, als wären alle Menschen nur mit einer Sache beschäftigt – mit seinem zukünftigen Glück. Es war ihm manchmal, als freuten sie sich alle ganz so wie er selbst, und als versuchten sie nur diese Freude zu verbergen und stellten sich, als ob sie von anderen Dingen in Anspruch genommen wären. In jedem Wort, in jeder Bewegung sah er eine Anspielung auf sein Glück. Oft setzte er Menschen, denen er begegnete, in Erstaunen durch seine bedeutungsvollen, ein heimliches Einverständnis ausdrückenden, glücklichen Blicke und Lächeln. Wenn ihm aber klar wurde, daß die Menschen vielleicht von seinem Glücke nichts wußten, bedauerte er sie von ganzem Herzen und empfand den Wunsch, ihnen in irgendeiner Weise klarzumachen, daß alles das, womit sie beschäftigt wären, nichts als Torheiten und Nichtigkeiten wären, die keine Aufmerksamkeit verdienten.

Wenn man ihm den Vorschlag machte, in den Dienst zu treten, oder wenn man über allgemeine politische Angelegenheiten oder über den Krieg sprach und die Vermutung aussprach, daß von diesem oder jenem Ausgang des Ereignisses das Glück aller Menschen abhänge, hörte er mit einem leichten Lächeln des Mitleids zu und setzte die anderen durch seine sonderbaren Bemerkungen in Erstaunen. Aber sowohl die Menschen, die nach Pierres Meinung den wahren Sinn des Lebens verstanden, d. h. seine Empfindungen verstanden, als auch die Unglücklichen, die ihn offenbar nicht verstanden – alle Menschen erschienen ihm in dieser Zeit so sehr in dem hellen Lichte der Empfindung, die ihn durchleuchtete, daß er ohne die geringste Anstrengung sofort, wenn er einem beliebigen Menschen begegnete, auf den ersten Blick erkannte, was an ihm gut und der Liebe wert war.

Während er die Angelegenheiten und Papiere seiner verstorbenen Frau durchging, empfand er für ihr Gedächtnis kein anderes Gefühl als das Bedauern darüber, daß sie nie das Glück gekannt habe, das er jetzt kannte. Fürst Wassilij, der jetzt auf die neue Stellung und den Orden, den er bekommen hatte, besonders stolz war, erschien ihm als ein rührender, guter und bedauernswerter Greis.

Pierre versetzte sich später oft in diese Zeit des holden Wahns zurück. Alle Anschauungen, die er sich von Menschen und Dingen in dieser Zeit gebildet hatte, blieben für ihn für alle Zeit maßgebend. Nicht nur, daß er sich später nie von dieser Betrachtung der Menschen und Dinge lossagte, er griff vielmehr, wenn innere Zweifel und Widersprüche ihn überkamen, zu der Anschauung zurück, die er in dieser Zeit des Wahns gehabt hatte, und diese Anschauung bewies sich immer als richtig

»Vielleicht«, dachte er, »bin ich den Leuten damals sonderbar und lächerlich vorgekommen, aber ich war nicht so wahnsinnig, wie es ihnen vorkam. Im Gegenteil, ich war damals klüger und scharfsichtiger als je und verstand alles, was im Leben verstehenswert ist, denn ... ich war glücklich.«

Pierres Wahn bestand darin, daß er nicht wie früher auf die persönlichen Ursachen, die er die menschlichen Vorzüge nannte, wartete, um die Menschen zu lieben, sondern daß die Liebe sein Herz ganz und gar erfüllte, und daß er die Menschen grundlos liebte und unzweifelhafte Gründe fand, die sie liebenswert machten.

XX

Seit jenem ersten Abend, wo Natascha nach Pierres Abschied mit freudig spöttischem Lächeln der Prinzessin gesagt hatte, daß er »wie aus dem Bade gestiegen aussähe ... Und das Röckchen und die geschorenen Haare«, seit diesem Augenblick war etwas Geheimnisvolles, ihr selbst Unbekanntes, aber Unüberwindliches in Nataschas Seele erwacht.

Alles: ihr Gesicht, ihr Gang, ihr Blick, ihre Stimme – alles an ihr war plötzlich verändert. Eine ihr selbst überraschende Kraft des Lebens, neue Glückshoffnungen waren emporgetaucht und heischten Befriedigung. Seit dem ersten Abend schien Natascha alles, was mit ihr vorgegangen war, vergessen zu haben. Von dieser Stunde an hatte sie nie wieder über ihren Zustand geklagt, hatte sie kein Wort über die Vergangenheit gesprochen, scheute sie sich nicht mehr, frohe Pläne für die Zukunft zu machen. Sie sprach wenig von Pierre. Wenn aber die Prinzessin Maria ihn erwähnte, entzündete sich ein lang erloschener Glanz in ihren Augen, und ihre Lippen kräuselten sich zu einem seltsamen Lächeln.

Die Veränderung, die mit Natascha vorgegangen war, setzte die Prinzessin Maria anfangs in Erstaunen, als sie aber ihre Bedeutung erkannt hatte, kränkte sie diese Veränderung. »Hat sie meinen Bruder so wenig geliebt, daß sie ihn so schnell vergessen konnte?« dachte Prinzessin Maria, wenn sie für sich allein über diese Veränderung nachdachte. Wenn sie aber mit Natascha zusammen war, war sie ihr nicht böse und machte ihr keine Vorwürfe. Die erwachte Lebenskraft, die Natascha ergriffen hatte, war offenbar für sie selbst so unbezähmbar, so unerwartet, daß Prinzessin Maria in Nataschas Gegenwart das Gefühl hatte, sie hätte kein Recht, ihr Vorwürfe zu machen, nicht einmal in ihrem Innern.

Natascha gab sich so ganz, so aufrichtig dem neuen Gefühle hin, daß sie sich gar nicht zu verbergen bemühte, daß sie jetzt nicht traurig, sondern freudig und heiter war.

Als Prinzessin Maria nach der Aussprache mit Pierre in damaliger Nacht in ihr Zimmer gekommen war, war ihr Natascha an der Schwelle entgegengeeilt.

Hat er gesprochen; ja? ... Hat er gesprochen? wiederholte sie, und ein freudiger und zugleich rührender Ausdruck, der um Verzeihung bat für ihre Freude, lag in Nataschas Zügen.

Ich wollte an der Tür horchen; aber ich wußte, du wirst es mir sagen.

So begreiflich, so rührend für die Prinzessin Maria der Blick war, mit dem Natascha sie ansah, so schmerzlich es ihr war, ihre Erregung mit anzusehen, Nataschas Worte berührten die Prinzessin Maria im ersten Augenblick doch unangenehm. Sie dachte an ihren Bruder, an seine Liebe.

»Aber was ist zu machen? Sie kann nicht anders«, dachte Prinzessin Maria und erzählte Natascha mit traurigem, etwas ernstem Gesicht alles, was Pierre gesagt hatte. Da Natascha hörte, daß er nach Petersburg reisen wollte, war sie verwundert.

Nach Petersburg! wiederholte sie, als hätte sie nicht recht verstanden. Als sie aber in der Prinzessin betrübtes Gesicht sah, erriet sie die Ursache ihrer Betrübnis und brach plötzlich in Tränen aus. Maria, sagte sie, lehre mich, was ich zu tun habe; ich fürchte, ich könnte schlecht sein. Was du sagst, das will ich tun; lehre mich ...

Liebst du ihn?

Ja, sagte Natascha leise.

Warum weinst du also? Ich bin mit dir glücklich, sagte Prinzessin Maria, die um dieser Tränen willen Natascha ihre Freude schon verziehen hatte.

Es wird nicht so bald sein, später einmal. Denke doch, welches Glück, wenn ich seine Frau werde und du Nikolai heiratest.

Natascha, ich habe dich gebeten, davon nicht zu sprechen! Sprechen wir von dir.

Beide schwiegen.

Aber warum nach Petersburg? sagte Natascha plötzlich und antwortete sich schnell selbst: Nein, nein, es muß wohl sein ... nicht wahr, Maria, es muß so sein? ...

Epilog

ERSTE ABTEILUNG

I

Sieben Jahre waren vergangen. Das aufgeregte geschichtliche Meer Europas war wieder in seine Ufer zurückgetreten. Man konnte meinen, es sei still geworden; aber die geheimnisvollen Kräfte, die die Menschen vorwärtstreiben (geheimnisvoll, weil die Gesetze, die ihre Bewegung regeln, uns unbekannt sind), hörten nicht auf zu wirken.

Obgleich die Oberfläche des geschichtlichen Meeres unbeweglich schien, bewegte sich doch die Menschheit vorwärts, so ununterbrochen, wie die Zeit vorwärtsschreitet. Die verschiedenartigsten Verbindungen menschlicher Gruppen knüpften und lösten sich. Die Ursachen der Entstehung und Auflösung von Reichen, von Umbildungen der Nationen bereiteten sich vor.

Nicht wie bisher wogte das geschichtliche Meer stürmisch bald an das eine, bald an das andere Ufer; es brodelte in der Tiefe. Die geschichtlichen Persönlichkeiten wurden nicht, wie bisher, von den Wellen von dem einen Ufer zu dem anderen getragen; sie schienen jetzt an einer Stelle vom Strudel im Kreise herumgeführt zu werden. Die historischen Persönlichkeiten, die bisher an der Spitze der Heere die Bewegungen der Waffen in Befehlen zu Kriegen, Feldzügen, Schlachten widerspiegelten, spiegelten diese Bewegung jetzt durch politische und diplomatische Erwägungen, Gesetze, Verträge.

Diese Tätigkeit der geschichtlichen Persönlichkeiten nennen die Geschichtsschreiber die Reaktion.

Wenn sie die Wirksamkeit dieser geschichtlichen Persönlichkeiten darstellen, die nach ihrer Meinung die Ursache dessen waren, was sie »Reaktion« nennen, sprechen die Geschichtsschreiber ein strenges Verdammungsurteil über sie aus. Alle berühmten Persönlichkeiten jener Zeit: von Alexander und Napoleon bis zu Mme. Staël, Photius, Schelling, Fichte, Chateaubriand u. a., gehen an ihrem strengen Gericht vorüber und werden freigesprochen oder verurteilt, je nachdem sie den »Fortschritt« oder die »Reaktion« gefördert haben.

Auch in Rußland hat sich, nach ihrer Darstellung, in dieser Periode eine Reaktion vollzogen, und der Haupturheber dieser Reaktion war Alexander I. – derselbe Alexander I., der nach der Darstellung derselben Geschichtsschreiber, der Haupturheber der liberalen Anfänge seiner Regierung der Errettung Rußlands war.

Heute gibt es in der ganzen russischen Literatur, vom Gymnasiasten bis zum gelehrten Historiker, keinen Menschen, der nicht sein Steinchen auf Alexander für seine unrechten Handlungen in dieser Periode seiner Regierung geworfen hätte. »Er hätte soundso handeln müssen. In diesem Falle handelte er gut, in diesem schlecht. Am Anfange seiner Regierung und im Jahre 1812 benahm er sich vortrefflich; aber er handelte schlecht, als er Polen eine Konstitution gab, als er die heilige Alliance abschloß, als er Araktschejew die Macht gab, als er Golizyn und den Mystizismus begünstigte, und als er dann Schischkow und Photius begünstigte. Er handelte falsch, als er sich dem Frondienst des Heeres widmete; er handelte falsch, als er das Semjonowregiment kassiert« usw.

Man müßte zehn Bogen vollschreiben, um all die Vorwürfe aufzuzählen, die ihm die Historiker machen, auf die Kenntnis von dem Wohle der Menschheit gestützt, die sie besitzen.

Was bedeuten diese Vorwürfe?

Dieselben Handlungen, für welche die Geschichtsschreiber Alexander I. günstig beurteilen, wie die liberalen Anfänge seiner Regierung, der Kampf gegen Napoleon, die Standhaftigkeit, die er im Jahre 1812 bewiesen hat, und der Feldzug des Jahres 1813, entspringen sie nicht denselben Quellen – den Vorbedingungen des Bluts, der Erziehung, des Lebens, welche die Persönlichkeit Alexanders zu dem machten, was sie war – denen auch die Handlungen entspringen, für welche die Geschichtsschreiber ihn tadeln; wie die heilige Alliance, die Wiederherstellung Polens, die Reaktion der zwanziger Jahre?

Worin besteht denn der Kern dieser Vorwürfe?

Darin, daß eine geschichtliche Persönlichkeit, wie Alexander I. – eine Persönlichkeit, die auf der höchsten Staffel menschlicher Macht steht, gewissermaßen in dem Brennpunkt des blendenden Lichtes aller auf ihn vereinigten geschichtlichen Strahlen –, eine Persönlichkeit, die um so stärkeren Einflüssen von Intrigen, Täuschungen, Schmeicheleien, Selbstberäucherung, die von der Macht unzertrennlich sind, unterliegt – eine Persönlichkeit, die in jedem Augenblicke ihres Lebens die Verantwortung empfindet für das, was in Europa geschieht, keine erdichtete, sondern eine wirkliche Persönlichkeit, ein Mensch wie alle, mit seinen Leidenschaften, Gewohnheiten, Strebungen zum Schönen, Guten, Wahren – daß diese Persönlichkeit vor nun fünfzig Jahren, nicht etwa nicht tugendhaft war (das werfen ihm die Geschichtsschreiber nicht vor), sondern nicht die Anschauungen hatte, die jetzt ein Professor hat, der sich von Jugend auf der Wissenschaft widmet, d. h. dem Lesen von Büchern, dem Anhören von Vorlesungen und dem Abschreiben dieser Bücher und Vorlesungen in einem sauberen Heft.

Will man aber selbst annehmen, daß Alexander I. vor nun fünfzig Jahren sich mit seiner Ansicht über das, was das Wohl der Nationen ist, im Irrtum befand, so muß man unwillkürlich annehmen, daß auch der Geschichtsschreiber, der über Alexander I. urteilt, nach Verlauf einer bestimmten Zeit sich als ganz ebenso ungerecht erweisen wird in seiner Ansicht über das, was das Wohl der Menschheit ausmacht. Diese Annahme ist um so natürlicher und notwendiger, als wir bei der Betrachtung der Entwicklung der Geschichte sehen, daß mit jedem Jahre, mit jedem neuen Schriftsteller, die Ansicht über das, was das Glück der Menschen ist, wechselt, so daß, was heute als Glück angesehen wird, in zehn Jahren sich als Übel darstellt. Und nicht genug an dem, finden wir selbst in der Geschichte vollkommen widersprechende Meinungen über das, was ein Glück und was ein Übel war: die einen machen Alexander I. aus der Konstitution, die er Polen gab, und der heiligen Alliance ein Verdienst, andere einen Vorwurf.

Man kann von der Wirksamkeit Alexanders I. und Napoleons I. nicht sagen, ob sie nützlich oder schädlich gewesen, denn wir können nicht sagen, wem sie nützlich und wem sie schädlich gewesen wäre. Wenn diese Wirksamkeit uns nicht gefällt, so gefällt sie uns nur deshalb nicht, weil sie sich mit unserer beschränkten Auffassung von dem, was Glück ist, nicht deckt. Ob ich das Glück ansehe: die Erhaltung des Hauses meines Vaters in Moskau im Jahre 1812, den Ruhm des Heeres, das Aufblühen der Petersburger oder anderer Universitäten, die Freiheit Polens, die Machtstellung Rußlands, das europäische Gleichgewicht, oder die vielgerühmte europäische Bildung, den Fortschritt – ich muß doch anerkennen, daß die historische Persönlichkeit neben diesen Zielen noch andere, allgemeinere, für mich nicht faßbare Ziele hatte.

Aber nehmen wir an, die sogenannte Wissenschaft hätte die Möglichkeit, alle Widersprüche zu versöhnen und besäße für geschichtliche Persönlichkeiten und Ereignisse einen unveränderlichen Maßstab des Guten und Bösen.

Nehmen wir an, Alexander hätte alles anders machen können. Nehmen wir an, er hätte nach der Anweisung der Leute, die ihn verurteilen – der Leute, die vom Katheder herab die Kenntnis eines bestimmten Zieles der Vorwärtsbewegung der Menschheit lehren –, nach dem Programm der Nationalität, der Freiheit, der Gleichheit und des Fortschritts (ein anderes scheint es ja nicht zu geben) handeln können, das ihm seine jetzigen Verurteiler gegeben haben; nehmen wir an, dieses Programm wäre ausführbar und wäre ausgearbeitet, und Alexander hätte danach gehandelt: was wäre dann aus der Wirksamkeit der Menschen geworden, die der damaligen Richtung der Regierung entgegenarbeiteten –, einer Wirksamkeit, die nach der Ansicht der Geschichtsschreiber gut und nützlich war? Diese Wirksamkeit wäre nicht gewesen; das Leben wäre nicht gewesen; nichts wäre gewesen.

Sobald man annimmt, daß das menschliche Leben von der Vernunft regiert werden kann, ist die Möglichkeit des Lebens vernichtet.

II

Nimmt man an, wie das die Geschichtsschreiber tun, daß die großen Männer der Menschheit zur Erreichung bestimmter Zwecke hinleiten, die in der Größe Rußlands oder Frankreichs, im europäischen Gleichgewicht, in der Verbreitung der Ideen der Revolution, im allgemeinen Fortschritt, oder in sonst irgend etwas bestehen, so ist es unmöglich, die Erscheinungen der Geschichte ohne die Begriffe »Zufall« und »Genie« zu erklären.

Bestand der Zweck der europäischen Kriege im Beginne dieses Jahrhunderts in der Größe Rußlands, so war dieser Zweck ohne all die vorhergehenden Kriege und ohne einen feindlichen Einfall zu erreichen. War ihr Zweck die Größe Frankreichs, so war dieser Zweck auch ohne Revolution und ohne Kaiserreich zu erreichen. War ihr Zweck die Ausbreitung von Ideen, so hätte die Buchdruckerkunst ihn bei weitem besser erfüllt als Soldaten. War ihr Zweck der Fortschritt der Zivilisation, so wird man unschwer zugeben, daß es neben der Ausrottung von Menschen und ihren Reichtümern andere, zweckmäßigere Mittel zur Ausbreitung der Zivilisation gibt.

Warum ist es aber so und nicht anders gekommen?

Weil es so gekommen ist. »*Der Zufall* hat die Lage geschaffen; das *Genie* hat sie ausgenützt«, sagt die Geschichte.

Was ist *Zufall*? was ist *Genie*?

Die Worte »Zufall« und »Genie« bezeichnen nichts wirklich Vorhandenes und können daher nicht definiert werden. Diese Worte bezeichnen nur einen bestimmten Grad der Erkenntnis einer Erscheinung. Ich weiß nicht, woher eine Erscheinung kommt – ich kann es nicht wissen, meine ich – darum will ich es nicht wissen und sage: Zufall. Ich sehe eine Kraft, die eine Wirkung hervorbringt, die mit den allgemeinmenschlichen Eigenschaften nicht im Verhältnis steht, ich begreife nicht, woher das kommt und sage: Genie. Eine Herde Schafe muß das Schaf, das der Hirt jeden Abend in eine besondere Hürde zum Weiden treibt und das doppelt so dick wird als die anderen, als ein Genie erscheinen. Und der Umstand, daß gerade dieses Schaf allabendlich nicht in den gemeinsamen Schafstall, sondern in einer besonderen Hürde zum Hafer kommt und daß dieses, eben nur dieses Schaf, das von Fett trieft, zum Essen geschlachtet wird, muß als eine staunenswerte Vereinigung der Genialität mit einer ganzen Reihe außerordentlicher Zufälligkeiten erscheinen.

Wollten aber die Schafe nur aufhören zu glauben, daß alles, was mit ihnen vorgenommen wird, nur geschieht zur Erreichung ihrer Schafszwecke; wollten sie nur annehmen, daß alles, was mit ihnen vorgeht, Zwecke haben kann, die sie nicht begreifen, so werden sie sofort in dem, was mit dem gemästeten Schaf vorgeht, Einheit und Folgerichtigkeit sehen. Wenn sie nicht wissen, zu welchem Zwecke es gemästet wurde, so werden sie doch jedenfalls wissen, daß alles, was mit dem Schafe geschehen, nicht planlos geschehen ist, und sie werden nicht mehr nach dem Begriff des *Zufalls* noch nach dem Begriff des *Genies* zu greifen brauchen.

Erst wenn wir auf die Kenntnis des nahen begreiflichen Zwecks verzichtet und anerkannt haben, daß der letzte Zweck uns unfaßbar ist, werden wir im Leben der geschichtlichen Persönlichkeiten eine Zweckmäßigkeit sehen; dann wird uns die Ursache jeder von ihnen hervorgerufenen Wirkung, die über die Verhältnisse allgemein menschlicher Eigenschaften hinausgeht, offenbar werden, und wir werden die Worte Zufall und Genie nicht brauchen.

Wollten wir nur anerkennen, daß der Zweck des Hin und Herwogens der europäischen Völker uns unbekannt ist, daß uns nur die Tatsachen bekannt sind, die im Morden bestanden, erst in Frankreich, dann in Italien, in Afrika, in Preußen, in Österreich, in Spanien, in Rußland, und daß die Bewegungen von Westen nach Osten und von Osten nach Westen den Kern und den Zweck der Ereignisse bilden – so werden wir nicht allein nicht nötig haben, in den Charakteren Napoleons und Alexanders etwas Außergewöhnliches und eine große Genialität zu sehen. Wir werden uns vielmehr diese Personen nicht anders vorzustellen brauchen, denn als Menschen wie alle übrigen auch. Und wir werden ferner nicht mehr durch *Zufälligkeit* die winzigen Ereignisse zu erklären brauchen, die die Männer zu dem gemacht, was sie waren, es wird uns vielmehr klar sein, daß alle die kleinen Ereignisse notwendig waren.

Haben wir auf die Kenntnis des letzten Zwecks verzichtet, so werden wir klar einsehen, daß es ebenso unmöglich ist, zwei andere Manschen zu finden, mit ihrer ganzen Vergangenheit, welche in solchem Grade, bis in alle kleinsten Einzelheiten der Bestimmung entsprachen, die sie zu erfüllen hatten, wie man zu keiner einzigen Pflanze entsprechende Blüten und Samen finden kann, als die, welche sie hervorbringt.

III

Der innerste, wesentliche Sinn der europäischen Ereignisse im Beginne dieses Jahrhunderts ist die kriegerische Massenbewegung der europäischen Völker von West nach Ost und dann von Ost nach West. Die erste Anstifterin dieser Bewegung war die Bewegung von West nach Ost. Damit die Völker des Westens die kriegerische Bewegung nach Moskau vollziehen konnten, die sie vollzogen, war es notwendig: 1. daß sie sich zu einer kriegerischen Gruppe von solcher Größe zusammentaten, daß sie imstande waren, den Zusammenstoß mit der kriegerischen Gruppe des Ostens auszuhalten; 2. daß sie alle festgegründeten Überlieferungen und Gewohnheiten aufgaben; 3. daß sie einen Menschen an der Spitze hatten, der vor sich selbst und vor ihnen all die Lügen, Räubereien und Mordtaten, die mit dieser Bewegung verbunden waren, rechtfertigen konnte.

Und mit der französischen Revolution beginnt sich die alte, nicht hinreichend große Gruppe aufzulösen; verfallen die alten Gebräuche und Überlieferungen; entwickelt sich Schritt für Schritt eine Gruppe neuer Maßstäbe, neuer Gebräuche und Überlieferungen, und entfaltet sich der Mann, der an der Spitze der zukünftigen Bewegung stehen und die ganze Verantwortung dessen, was sich vollziehen soll, auf seine Schultern nehmen soll.

Ein Mann ohne Überzeugungen, ohne Gewohnheiten, ohne Überlieferungen, ohne Namen, ja nicht einmal ein Franzose wird durch die, wie es scheinen könnte, merkwürdigsten Zufälligkeiten, durch alle Parteien, die Frankreich in Aufruhr versetzten, hindurchgeschoben und wird, ohne sich einer von ihnen anzuschließen, zu der bekannten Stellung emporgetragen.

Die Unwissenheit der Kriegskameraden, die Schwäche und Nichtigkeit der Gegner, die Zuversichtlichkeit der Lüge, und die glänzende und selbstbewußte Beschränktkeit dieses Menschen heben ihn bis an die Spitze der Armee empor. Die glänzende Zusammensetzung der Truppen der italienischen Armee, die Kriegsunlust der Gegner, knabenhafte Frechheit und Selbstbewußtsein gewinnen ihm kriegerischen Ruhm. Eine zahllose Menge sogenannter Zufälligkeiten kommt ihm überall zu Hilfe. Seine Unbeliebtheit bei den Männern, die die Franzosen regieren, schlägt ihn zum Nutzen aus. Seine Versuche, dem ihm gesteckten Wege untreu zu werden, mißlingen: man schlägt sein Dienstangebot in Rußland aus. Auch in der Türkei gelingt es ihm nicht anzukommen. Während der Feldzüge in Italien befindet er sich zu öfteren Malen am Rande des Verderbens, und jedesmal wird er auf unerwartete Weise gerettet. Die russischen Truppen, gerade die, die seinen Ruhm zu zerstören imstande sind, betreten aus mannigfachen diplomatischen Erwägungen den Boden Europas nicht, solange er dort ist.

Nach seiner Rückkehr aus Italien findet er die Regierung zu Paris in dem Zersetzungsprozeß, in dem die Männer, die in diese Regierung treten, sich unvermeidlich aufreiben und zugrunde richten. Und für ihn bietet sich als selbstverständlicher Ausweg aus dieser Lage die sinnlose, grundlose Expedition nach Afrika. Wieder kommen ihm dieselben sogenannten Zufälligkeiten zu Hilfe. Das uneinnehmbare Malta ergibt sich ohne Schwertstreich; die unbesonnensten Anordnungen krönt der Erfolg. Die feindliche Flotte, die später nicht den kleinsten Kahn hindurchläßt, läßt eine ganze Armee hindurch. In Afrika wird an nahezu wehrlosen Menschen eine ganze Reihe von Verbrechen begangen. Und die Menschen, die diese Verbrechen begehen, und besonders ihr Führer, reden sich ein, das sei schön, das sei ein Ruhm, das sei einem Cäsar, einem Alexander von Mazedonien ähnlich, und das sei gut.

Dieses Ideal des *Ruhms* und der *Größe*, das darin besteht, nicht nur nichts, was man selbst tut, schlecht zu finden, sondern sich mit jedem Verbrechen zu brüsten, indem man ihm eine unbegreifliche, übernatürliche Bedeutung beilegt – dieses Ideal, das diesen Menschen und die mit ihm verbündeten Leute leiten mußte, entwickelte sich in Afrika schrankenlos. Alles, was er unternimmt, gelingt ihm. Die Pest tut ihm nichts an. Die grausame Hinschlachtung der Gefangenen wird ihm nicht als Schuld angerechnet. Seine knabenhaft-unbesonnene, grundlose und ehrlose Abreise aus Afrika, das Verlassen der Freunde in der Not, wird ihm zum Verdienst gemacht, und wieder läßt ihn die feindliche Flotte zweimal entschlüpfen. In dem Augenblicke, wo er schon völlig betäubt von den glücklichen Verbrechen, die er begangen, auf seine Rolle vorbereitet, ohne ein bestimmtes Ziel in Paris ankommt, hat die Zersetzung der republikanischen Regierung, die ihn vor einem Jahre hätte vernichten können, ihren höchsten Grad erreicht, und seine Abwesenheit konnte ihm jetzt, der unberührt von allem Parteileben war, nur förderlich sein.

Er hat keinerlei Plan, er fürchtet alles; aber die Parteien hängen sich an ihn und fordern seine Teilnahme. Er allein, mit seinem Ideal des Ruhms und der Größe, wie es sich in Italien und Ägypten entwickelt hatte, mit seinem Selbstvergötterungswahn, mit seiner Verbrecherkühnheit, mit seiner Zuversichtlichkeit der Lüge – er allein kann rechtfertigen, was geschehen muß.

Es ist nötig für den Platz, der seiner wartet, und darum wird er fast unabhängig von seinem eigenen Willen und trotz seiner Unentschlossenheit, trotz des Mangels an einem Plan, trotz aller Irrtümer, die er begeht, in eine Verschwörung hineingezogen, die den Zweck hat, sich der höchsten Herrschaft zu bemächtigen, und die Verschwörung wird von Erfolg gekrönt.

Man drängt ihn in die Sitzung der Regierenden. Er will erschrocken entfliehen, denn er fürchtet seinen Untergang; er verstellt sich und fällt in Ohnmacht; er spricht die sinnlosesten Dinge, die ihm den Untergang hätten bereiten müssen. Aber die Männer, die Frankreich regieren, die bis dahin einsichtig und stolz gewesen waren, sind jetzt, wo sie fühlen, daß sie ihre Rolle ausgespielt haben, betroffen, noch betroffener als er, und sagen nicht, was sie hätten sagen müssen, um die Macht in ihren Händen zu behalten und ihn zu vernichten.

Eine *Zufälligkeit*, Millionen *Zufälligkeiten* geben ihm die Macht, und alle Menschen wirken, als ob sie sich verschworen hätten, daran mit, diese Macht zu befestigen. *Zufälligkeiten* machen ihm die Charaktere der damaligen Regierungsmänner unterwürfig; *Zufälligkeiten* machen den Charakter Pauls I., der seine Macht anerkennt; eine *Zufälligkeit* macht eine Verschwörung gegen ihn, die ihm nicht schadet, sondern seine Macht befestigt. Eine *Zufälligkeit* liefert ihm Enghien in die Hände und macht, daß er ihn unerwartet tötet, und eben durch dieses stärkste aller Mittel die Menge überzeugt, er habe das Recht, da er die Macht hat. Eine *Zufälligkeit* macht, daß er alle Kräfte zu einer Expedition nach England anspannt, die ihn zweifellos vernichtet haben würde, und daß er diese Absicht niemals ausführt und unerwartet die Österreicher unter Mack angreift, die sich ohne Schlacht ergeben. *Zufall* und *Genialität* geben ihm den Sieg bei Austerlitz, und zufällig erkennt jetzt alle Welt, nicht bloß die Franzosen, sondern auch ganz Europa mit Ausnahme Englands, das an den Ereignissen, die sich vollziehen sollen, keinen Anteil nehmen wird, trotz des bisherigen Entsetzens und Abscheus vor seinen Verbrechen, jetzt seine Macht, den Titel, den er sich gegeben, sein Ideal der Größe und des Ruhmes an, und dieses Ideal erscheint allen als etwas Schönes und Vernünftiges.

Als wollten sie sich versuchen und vorbereiten zu der bevorstehenden Bewegung, streben die Mächte des Westens 1805, 1806, 1807, 1809 nach dem Osten, immer stärker werdend, immer anwachsend. Im Jahre 1811 strömt die Menschengruppe, die sich in Frankreich gebildet hatte, zu einer ungeheuren Gruppe mit den Völkern Mitteleuropas zusammen. Zugleich mit der anwachsenden Menschengruppe entwickelt sich die Kraft der Rechtfertigung des Mannes, der an der Spitze der Bewegung steht. In der zehnjährigen Vorbereitungszeit, welche der großen Bewegung vorausgeht, kommt dieser Mann mit allen gekrönten Häuptern Europas zusammen. Die ihres Nimbus' entkleideten Herren der Welt können dem napoleonischen Ideal des *Ruhmes* und der *Größe*, das keinen Sinn hat, kein vernünftiges Ideal gegenüberstellen. Sie wetteifern miteinander, ihm ihre eigene Richtigkeit zu zeigen. Der König von Preußen schickt seine Gattin, die Gnade des großen Mannes zu erschmeicheln. Der Kaiser von Österreich betrachtet es als Gnade, daß dieser Mann die Tochter der Cäsaren in sein Ehebett aufnimmt; der Papst, der Hüter des Heiligtums der Völker, stellt sich mit seiner Religion in den Dienst der Erhöhung des großen Mannes. Nicht so sehr Napoleon selbst ist es, der sich zur Durchführung seiner Rolle vorbereitet, vielmehr bereitet ihn alles, was ihn umgibt, darauf vor, die ganze Verantwortung für das, was sich vollzieht und vollziehen soll, auf sich zu nehmen. Es gibt keine schlechte Handlung, kein Verbrechen, keinen kleinlichen Betrug, den er nicht begangen hätte, und der nicht sofort im Munde seiner Umgebung in der Gestalt einer großen Heldentat wieder auflebte. Das schönste Fest, das ihm die deutschen ausfindig machen können, ist die Feier von Jena und Auerstädt. Nicht nur er ist groß, auch seine Vorfahren sind groß, seine Brüder, seine Stiefsöhne, seine Schwäger. Es geschieht alles, um ihn der letzten Kraft seines Verstandes zu berauben und ihn auf seine furchtbare Rolle vorzubereiten. Und da er bereit ist, sind auch die Kräfte bereit.

Der Kriegszug strebt nach Osten und erreicht sein Endziel – Moskau. Die Hauptstadt ist genommen; das russische Heer ist gründlich vernichtet, als je die feindlichen Heere der früheren Kriege von Austerlitz bis Wagram vernichtet waren. Plötzlich aber treten an die Stelle der *Zufälligkeiten* und der *Genialität*, die ihn so folgerichtig bisher in einer ununterbrochenen Reihe von Erfolgen zu dem vorherbestimmten Ziele geführt haben, eine zahllose Menge entgegengesetzter *Zufälligkeiten*: von dem Schnupfen bei Borodino bis zu den Frösten und zu dem Funken, der Moskau in Flammen setzt, – und statt der *Genialität* zeigt sich Dummheit und Niedertracht ohnegleichen.

Die Invasion weicht zurück, kehrt wieder, weicht aufs neue zurück; und alle Zufälligkeiten sind jetzt beständig nicht mehr für, sondern wider ihn.

Es vollzieht sich eine Gegenbewegung von Ost nach West. Dieselben Versuche einer Bewegung von Ost nach West, wie im Jahre 1805–1807–1809, gehen der großen Bewegung voraus, dieselbe Gruppenbildung gewaltigen Umfangs, derselbe allmähliche Anschluß der mitteleuropäischen Völker an die Bewegung, dasselbe Schwanken inmitten des Weges, dieselbe Schnelligkeit bei der allmählichen Annäherung an das Ziel.

Paris – das äußerste Ziel ist erreicht. Napoleons Herrschaft und sein Heer sind zertrümmert. Napoleon selbst hat keinen Sinn mehr, alle seine Handlungen sind sichtlich kläglich und häßlich, aber wieder vollzieht sich eine unerklärliche *Zufälligkeit*: die Verbündeten hassen Napoleon, in dem sie den Urheber ihrer Leiden sehen; der Kraft und Macht beraubt, der Verbrechen und Ränke überführt, hätte er ihnen als derselbe erscheinen müssen, als der er ihnen zehn Jahre vorher und ein Jahre nachher erschien – als ein Räuber, der außerhalb des Geschehens steht. Aber durch einen sonderbaren Zufall sieht das niemand. Seine Rolle ist noch nicht ausgespielt. Den Mann, den sie zehn Jahre vorher und ein Jahr nachher als einen Räuber betrachtet haben, der außerhalb des Gesetzes steht, schicken sie, samt Garden und Millionen, zwei Tagereisen von Frankreich fort, auf eine Insel, die man ihm, Gott weiß wofür, in seinen Besitz gibt.

IV

Die Völkerbewegung beginnt in ihre Ufer zurückzutreten. Die Wogen der großen Bewegung haben sich gelegt, und auf dem beruhigten Meere bilden sich Strudel, auf denen die Diplomaten kreisen, in dem Wahne, sie seien es, die den Stillstand der Bewegung hervorgerufen.

Plötzlich erhebt sich das beruhigte Meer. Die Diplomaten glauben, ihre Meinungsverschiedenheiten seien die Ursache dieses neuen Andrangs der Kräfte. Sie erwarten einen Krieg zwischen ihren Herrschern, die Zustände scheinen ihnen unentwirrbar. Aber die Welle, deren Anprall sie fühlen, kommt nicht von der Seite, von der sie sie erwarten. Es erhebt sich dieselbe Welle an demselben Ausgangspunkt der Bewegung – Paris. Der letzte Rückprall der Bewegung von Westen vollzieht sich – ein Rückprall, der die diplomatischen Schwierigkeiten, die unentwirrbar scheinen, entwirren und der kriegerischen Bewegung dieser Periode ein Ziel setzen soll.

Der Mann, der Frankreich verwüstet hat, kommt allein, ohne Verschwörung, ohne Soldaten nach Frankreich. Jeder kleinste Hüter der Ordnung kann ihn verhaften, aber durch einen sonderbaren Zufall findet sich nur niemand, der ihn gefangennimmt, sondern empfangen alle mit Begeisterung denselben Mann, den sie gestern noch verflucht haben, den sie in einem Monat wieder verfluchen werden.

Dieser Mann ist noch nötig zur Rechtfertigung der letzten gemeinsamen Tat.

Die Tat ist vollbracht.

Die letzte Rolle ist ausgespielt. Der Schauspieler erhält den Befehl, sein Kostüm abzulegen und Schminke und Puder abzuwaschen – er wird nicht mehr gebraucht.

Und es vergehen Jahre darüber, daß dieser Mann in der Einsamkeit auf seiner Insel sich selbst eine jämmerliche Komödie vorspielt, Ränke schmiedet und lügt, um seine Handlungen zu rechtfertigen, wo diese Rechtfertigung nicht mehr nötig ist, und er der ganzen Welt zeigt, was das gewesen ist, was die Menschen für eine Kraft gehalten haben, während eine unsichtbare Hand es geleitet hat.

Nachdem das Spiel beendet und der Schauspieler entkleidet war, zeigte ihn der Regisseur der Menge.

Schauet her, wie ihr euch täuschen ließet … Hier steht er! Seht ihr nun, daß nicht er euch bewegt hat, sondern ich?

Aber geblendet von der Kraft der Bewegung, verstanden die Menschen dies lange nicht.

Eine noch größere Folgerichtigkeit und Notwendigkeit bietet das Leben Alexanders I., der Persönlichkeit, die an der Spitze der Gegenbewegung von Ost nach West stand.

Wessen bedurfte es für diesen Mann, der an der Spitze dieser Bewegung von Ost nach West stehen und die anderen mit seiner Person decken sollte?

Er mußte Gerechtigkeitsgefühl, Teilnahme für die Angelegenheiten Europas, nicht durch kleinliche Interessen abgezogene und getrübte Teilnahme haben, er mußte durch seine sittliche Höhe über seinesgleichen, den Herrschern seiner Zeit, stehen, er mußte eine einschmeichelnde und anziehende Persönlichkeit haben. Und alles das findet sich bei Alexander I.; und alles das ist durch die unzähligen, sogenannten *Zufälligkeiten* seines ganzen vergangenen Lebens vorbereitet: durch seine Erziehung, durch die Ratgeber, die ihn umgeben, durch Austerlitz, Tilsit, Erfurt.

Während des nationalen Krieges bleibt diese Persönlichkeit untätig, denn sie ist nicht nötig. Sobald sich aber die Notwendigkeit eines europäischen Krieges erweist, tritt diese Persönlichkeit im gegebenen Augenblick an ihre Stelle, vereinigt die europäischen Völker und führt sie zum Ziel.

Das Ziel ist erreicht. Nach dem letzten Krieg im Jahre 1815 befindet sich Alexander auf der höchsten Höhe menschlicher Macht. Wie wendet er sie an?

Alexander I., der Friedensstifter Europas, der Mann, der von Jugend auf nur nach dem Glücke seiner Völker strebt, der erste Urheber liberaler Einrichtungen in seinem Vaterlande, erkennt plötzlich, jetzt, wo er, wie man meinen sollte, die höchste Macht und somit die Möglichkeit besitzt, das Glück seiner Völker zu verwirklichen, während Napoleon in der Verbannung kindische und lügenhafte Pläne entwirft, wie er die Menschheit beglücken wollte, wenn er die Macht hätte – Alexander I. erkennt plötzlich, nachdem er seinen Beruf erfüllt und die Hand Gottes an sich erfahren, die Richtigkeit dieser vermeintlichen Macht an, wendet sich von ihr ab und legt sie in die Hände von ihm verachteter und verächtlicher Menschen, und sagt nur:

Nicht uns, nicht uns, sondern deinem Namen. Ich bin auch

nur ein Mensch wie ihr; lasset mich leben wie einen Menschen und an meine Seele und an Gott denken.

Wie die Sonne und jedes Atom des Äthers eine in sich abgeschlossene Kugel ist und zugleich nur ein Atom des Alls, das in seiner Riesengröße für den Menschen unfaßbar ist, so trägt auch jede Persönlichkeit ihren Endzweck in sich selbst, indessen nur, um durch ihn dem allgemeinen für den Menschengeist unfaßbaren Ziele zu dienen.

Die Biene hat auf einer Blume gesessen, nun hat sie ein Kind gestochen, und das Kind fürchtet die Bienen und sagt, der Zweck der Bienen sei, die Menschen zu stechen. Der Dichter ergötzt sich an der Biene, die sich in den Blütenkelch der Blume einsaugt, und sagt, der Zweck der Biene sei, den Duft der Blume einzusaugen. Der Bienenzüchter, der beobachtet, wie die Biene den Blütenstaub sammelt und in den Stock trägt, sagt, der Zweck der Biene sei, Honig zu sammeln. Ein anderer Bienenzüchter, der das Leben eines Bienenschwarms näher betrachtet, sagt, die Biene sammelt den Blütenstaub, um junge Bienen aufzuziehen und eine Königin zu erzeugen. Ihr Zweck sei die Fortpflanzung der Art. Der Botaniker beobachtet, daß die Biene, die mit dem Blütenstaub von einer zweibrüderigen Blüte zu dem Stempel hinüberfliegt, diesen befruchtet, und der Botaniker sieht darin den Zweck der Biene. Ein anderer, der den Ortswechsel der Pflanzen beobachtet, sieht, daß die Biene den Ortswechsel beeinflußt, und dieser neue Beobachter könnte sagen, hierin bestehe der Zweck der Biene. Aber der Endzweck der Biene wird weder durch diesen noch durch jenen noch durch einen dritten Zweck erschöpft, den der menschliche Verstand zu entdekken imstande ist. Je höher der menschliche Geist in der Entdeckung dieser Zwecke emporsteigt, um so klarer wird ihm die Unerforschlichkeit des Endzwecks.

Dem Menschen ist nur die Beobachtung des Zusammenhangs zwischen dem Leben der Biene und den anderen Erscheinungen des Lebens zugänglich. Und ebenso verhält es sich mit den Zwecken der geschichtlichen Persönlichkeiten und der Völker.

V

Die Hochzeit Nataschas, die im Jahre 1813 Besuchow heiratete, war das letzte freudige Ereignis in der alten Familie der Rostows. In demselben Jahre starb Graf Ilja Andrejewitsch, und wie das immer zu geschehen pflegt, zerfiel mit seinem Tode die frühere Familie.

Die Ereignisse des letzten Jahres: der Brand von Moskau, die Flucht aus der Stadt, der Tod des Fürsten Andrej, der Tod Petjas und der Gram der Gräfin – all dieses war Schlag auf Schlag auf das Haupt des alten Grafen gefallen. Er schien die Bedeutung aller dieser Ereignisse nicht zu begreifen, und fühlte nicht die Kraft in sich, sie zu verstehen. Er hatte seinen alten Kopf moralisch gebeugt, als erwarte er, als bäte er um neue Schläge, die seinem Leben ein Ende machten. Bald schien er erschrocken und zerstreut, bald unnatürlich lebhaft und unternehmend.

Nataschas Hochzeit hatte ihn eine Zeitlang mit ihren äußerlichen Anordnungen beschäftigt. Er bestellte die Diners und Soupers und hatte offenbar den Wunsch, heiter zu erscheinen; aber seine Heiterkeit teilte sich nicht, wie früher, den anderen mit, sie erweckte vielmehr das Mitleid der Menschen, die ihn kannten und liebten.

Als Pierre mit seiner Gattin abgereist war, wurde er still und begann über Beklemmungen zu klagen. Einige Tage später wurde er krank und legte sich zu Bett. Gleich in den ersten Tagen seiner Krankheit ward es ihm, trotz des tröstenden Zuspruchs der Ärzte, klar, daß er nicht wieder aufstehen würde.

Die Gräfin verbrachte zwei volle Wochen, ohne sich auszukleiden, in dem Sessel an seinem Krankenlager. Jedesmal, wenn sie ihm Arznei reichte, schluchzte er und küßte ihr schweigend die Hand. Am letzten Tage bat er unter Tränen seine Gattin und seinen abwesenden Sohn um Verzeihung wegen der Zerrüttung der Vermögensverhältnisse, an der er sich die Hauptschuld beimaß.

Nachdem er gebeichtet und das Abendmahl genommen, verschied er still, und am folgenden Tage füllte eine Menge von Bekannten, die hierhergereist waren, um dem Verstorbenen die letzte Ehre zu erweisen, die Mietwohnung der Rostows.

All diese Bekannten, die so oft bei ihm gespeist und getanzt, die so oft über ihn gelacht hatten, alle sagten jetzt mit demselben Gefühl des inneren Vorwurfs und der Rührung, als wollten sie sich vor jemandem rechtfertigen: Er war doch, was man auch sagen mag, ein prächtiger Mensch, solch' Leute findet man heute nicht ... wer hat denn nicht seine Schwächen?

Gerade zu der Zeit, wo die Verhältnisse des Grafen so wirr lagen, daß man nicht absehen konnte, wie das alles enden sollte, wenn noch ein Jahr darüber ging, starb er plötzlich.

Nikolai stand mit den russischen Truppen in Paris, als er die Nachricht vom Tode seines Vaters erhielt. Er reichte sofort seinen Abschied ein und nahm, ohne ihn abzuwarten, Urlaub, um nach Moskau zu reisen.

Die Vermögenslage war einen Monat nach dem Tode des Grafen vollkommen festgestellt, man war allgemein erstaunt über die Größe der Summe der verschiedenen kleinen Schulden, von deren Vorhandensein niemand etwas geahnt hatte. Die Schulden waren doppelt so groß als der Vermögensstand.

Die Verwandten und Freunde rieten Nikolaj, auf die Erbschaft zu verzichten. Nikolaj aber sah in dem Verzicht auf die Erbschaft den Ausdruck einer Verletzung des für ihn geheiligten Andenkens seines Vaters, darum wollte er nichts von Verzicht hören und trat die Erbschaft an, mit der Verpflichtung, die Schulden zu bezahlen.

Die Gläubiger, die so lange geschwiegen hatten, da sie bei Lebzeiten des Grafen durch jenen unbestimmten, aber mächtigen Einfluß gebunden waren, den seine ungebundene Güte auf sie ausübte, traten plötzlich alle mit ihren Forderungen hervor. Wie das immer zu geschehen pflegt, trat ein Wetteifer ein – wer zuerst Geld bekäme; und dieselben Leute, die, wie Mitjenka und andere, Wechsel, ohne Geld herzugeben – geschenkt bekommen hatten, zeigten sich jetzt als die anspruchsvollsten Gläubiger.. Sie ließen Nikolaj weder Frist noch Ruhe, und gerade diejenigen, die augenscheinlich den Alten, welcher die Schuld an ihrem Verluste trug, wenn überhaupt von Verlust die Rede sein konnte, geschont hatten, stürzten jetzt mitleidslos über den offenbar unschuldigen jungen Erben her, der gutwillig die Bezahlung auf sich genommen hatte.

Auch nicht eins von den Geschäften, die Nikolaj durchzuführen dachte, gelang. Das Gut kam unter den Hammer und wurde für den halben Wert verkauft, und trotzdem blieb die Hälfte der Schulden unbezahlt. Nikolaj nahm die ihm von seinem Schwager Besuchow angebotene Summe von 30 000 Rubeln zur Deckung des Teiles der Schuld, die er als Geld- oder wirkliche Schuld anerkannte. Und um für den Rest der Schulden nicht ins Gefängnis gesteckt zu werden, womit ihm seine Gläubiger drohten, trat er wieder in den Dienst.

Zur Armee, wo er bei der ersten Vakanz Regimentskommandeur geworden wäre, konnte er nicht abreisen, da die Mutter sich jetzt an den Sohn wie an den letzten Anker ihres Lebens klammerte, und darum legte er, obgleich er nicht den Wunsch hatte, in Moskau, im Kreise der Menschen zu bleiben, die ihn vorher gekannt hatten, und obgleich er gegen ein Zivilamt eine Antipathie hatte, die liebgewordene Uniform ab, und nahm mit seiner Mutter und mit Sonja eine kleine Wohnung am Siwzewyj-Wrajhek.

Natascha und Pierre lebten damals in Petersburg und hatten keine rechte Vorstellung von Nikolajs Verhältnissen. Nikolaj, der bei dem Schwager das Geld geliehen hatte, gab sich alle Mühe, ihm seine schwierige Lage zu verheimlichen. Nikolajs Lage war darum besonders schlecht, weil er mit seinen 1200 Rubeln Gehalt nicht nur sich, Sonja und die Mutter unterhalten mußte, sondern weil er die Mutter so unterhalten mußte, daß sie nicht bemerkte, wie arm sie wäre. Die Gräfin konnte die Möglichkeit eines Lebens ohne den Luxus, an den sie von Kindheit an gewöhnt war, gar nicht begreifen. Unaufhörlich verlangte sie, ohne zu verstehen, wie schwer es ihrem Sohne wurde, bald einen Wagen, den sie nicht hatten, um eine Bekannte holen zu lassen, bald ein teures Gericht für sich und Wein für den Sohn. Bald Geld, um Natascha, Sonja und Nikolaj selbst mit Geschenken zu überraschen.

Sonja führte die Hauswirtschaft, pflegte die Tante, las ihr

vor, ertrug ihre Launen und ihre versteckte Abneigung, und half Nikolaj, der alten Gräfin die Notlage, in der sie sich befand, zu verbergen. Nikolaj fühlte sich in einer unbezahlbaren Schuld der Dankbarkeit Sonja gegenüber für alles, was sie seiner Mutter zuliebe tat, war voll Bewunderung für ihre Geduld und ihre Ergebenheit, und bemühte sich doch, sich von ihr zu entfernen. Er machte ihr in seinem Innern gewissermaßen Vorwürfe darüber, daß sie zu vollkommen war, und daß er ihr für nichts Vorwürfe zu machen hatte. Sie besaß alles, was man an Menschen schätzt, aber wenig von dem, was uns Menschen lieben läßt, und er fühlte, je mehr er sie schätzte, desto weniger liebte er sie. Er hatte sie beim Worte genommen mit dem Brief, in dem sie ihm die Freiheit gegeben hatte. Jetzt verhielt er sich zu ihr, als wäre alles das, was zwischen ihnen geschehen war, schon lange, lange vergessen, und könne sich nie und nimmer wiederholen.

Nikolajs Lage wurde immer schlechter und schlechter. Der Gedanke, von seinem Gehalt etwas zu erübrigen, erwies sich als ein Traum. Nicht nur, daß er nichts erübrigte, er machte, um die Wünsche der Mutter zu befriedigen, kleine Schulden. Er sah keinen Ausweg aus dieser Lage. Der Gedanke an eine Heirat mit einer reichen Erbin, die ihm seine Verwandten vorschlugen, war ihm zuwider. Der zweite Ausweg aus seiner Lage – der Tod seiner Mutter – kam ihm nicht in den Sinn. Er hatte keinerlei Wunsch, keinerlei Hoffnung, und im tiefsten Innern seiner Seele empfand er den düsteren, herben Genuß, seine Lage ohne Murren zu ertragen. Er bemühte sich, den alten Bekannten aus dem Weg zu gehen, mit ihrem Mitleid und ihren Vorschlägen verletzender Hilfsbereitschaft, er vermied jede Zerstreuung, jedes Vergnügen, und beschäftigte sich auch zu Hause mit nichts anderem als mit Kartenlegen in Gesellschaft seiner Mutter, schweigsamen Aufundniedergehen im Zimmer und starkem Rauchen. Er nährte förmlich mit Sorgfalt diese düstere Gemütsstimmung in sich, denn nur so fühlte er sich imstande, seine Lage zu ertragen.

VI

Am Anfang des Winters kam Prinzessin Maria nach Moskau. Aus den Gerüchten, die in der Stadt gingen, bekam sie Kenntnis von der Lage der Rostows und hörte, daß »der Sohn sich für die Mutter aufopferte«, so hieß es in der Stadt; »ich habe nichts anderes von ihm erwartet«, sagte sich Prinzessin Maria, und hatte dabei aufs neue die freudige Gewißheit, daß sie ihn liebte.

In der Erinnerung an ihre freundschaftlichen, fast verwandtschaftlichen Beziehungen zu der ganzen Familie hielt sie es für ihre Pflicht, die Rostows zu besuchen. In Erinnerung aber an ihre Beziehungen zu Nikolaj scheute sie sich, es zu tun. Endlich gewann sie es über sich und machte, einige Wochen nach ihrer Ankunft in der Stadt, bei Rostows einen Besuch.

Nikolajs war der erste, der ihr begegnete, da man zur Gräfin nur durch sein Zimmer kommen konnte.

Bei dem ersten Blick nahm Nikolajs Gesicht statt des Ausdrucks der Freude, den die Prinzessin Maria auf ihm zu sehen gehofft, einen ihr früher unbekannten Ausdruck der Kälte, der Förmlichkeit und des Stolzes an. Nikolaj erkundigte sich nach ihrem Wohlbefinden, begleitete sie zur Mutter und saß fünf Minuten bei den Damen, dann ging er hinaus.

Als die Prinzessin die Gräfin verließ, begegnete ihr wieder Nikolaj und begleitete sie besonders feierlich und förmlich in das Vorzimmer. Auf ihre Bemerkungen über das Befinden der Gräfin antwortete er kein Wort. »Was geht das Sie an? lassen Sie mich in Ruhe«, schien sein Blick zu sagen.

Was rennt sie umher? was will sie? Ich kann diese Damen und all ihre Liebenswürdigkeiten nicht leiden, sagte er laut in Sonjas Gegenwart, als der Wagen der Prinzessin fortgefahren war; er war offenbar nicht imstande, seinen Ärger zu unterdrücken.

Ach, wie kann man so sprechen, Nikolaj, sagte Sonja, die kaum ihre Freude verbergen konnte. Sie ist so gut und *maman* hat sie so gern.

Nikolaj antwortete nicht, er hätte gern kein Wort mehr von

der Prinzessin gesprochen, aber von der Stunde ihres Besuches an begann die alte Gräfin jeden Tag mehrere Male von ihr.

Die Gräfin rühmte sie, wünschte, daß sie der Sohn besuchte, ihr den Wunsch ausspräche, sie häufiger zu sehen, war aber stets in schlechter Laune, wenn sie von ihr sprach.

Nikolaj gab sich Mühe zu schweigen, sooft die Gräfin von der Prinzessin sprach, aber sein Schweigen kränkte die Gräfin.

Sie ist ein vortreffliches und schönes Mädchen, sagte sie, und du mußt sie besuchen. Du wirst doch wenigstens unter Menschen kommen; bei uns, denke ich, mußt du dich langweilen.

Ich habe gar nicht den Wunsch, Mama.

Früher hattest du ihn und jetzt! ... Ich verstehe dich wahrhaftig nicht, mein Kind; bald langweilst du dich, bald willst du wieder niemanden sehen.

Aber ich habe ja gar nicht gesagt, daß ich mich langweile!

Wie, hast du nicht selbst gesagt, daß du sie nicht sehen willst? Sie ist ein vortreffliches Mädchen und hat dir immer gefallen, und jetzt mit einem Male solche Einfälle! Alles verbirgt man vor mir.

Aber durchaus nicht, Mama.

Wenn ich dich noch um irgend etwas Unangenehmes bitten würde, so bitte ich dich, eine Visite zu machen. Ich meine, die Höflichkeit erfordert es und ... nun, da ich dich darum gebeten habe, will ich mich von jetzt ab nicht mehr hineinmischen, wenn du Heimlichkeiten vor deiner Mutter hast!

Gut, ich will hin, wenn Sie es wünschen.

Mir ist es ganz gleich; ich will es nur deinetwegen.

Nikolaj seufzte und biß sich in den Schnurrbart und legte die Karten auf, um so die Aufmerksamkeit der Mutter auf einen anderen Gegenstand zu lenken.

Am zweiten, am dritten, am vierten Tage wiederholte sich ganz dieselbe Unterhaltung.

Nach ihrem Besuch bei den Rostows und dem unerwarteten kühlen Empfange, den ihr Nikolaj bereitet hatte, gestand sich die Prinzessin Maria, daß sie recht gehabt hatte, als sie nicht zuerst die Rostows besuchen wollte.

»Ich habe auch nichts anderes erwartet«, sagte sie zu sich und rief ihren Stolz zu Hilfe, »er geht mich nichts an, ich wollte nur die alte Gräfin sehen, die immer gut gegen mich war und der ich mich sehr verpflichtet fühle.«

Aber es gelang ihr nicht, sich durch diese Betrachtungen zu beruhigen. Ein Gefühl wie Reue peinigte sie, wenn sie an ihren Besuch zurückdachte. Obgleich sie zu dem festen Entschluß gekommen war, die Rostows nicht mehr zu besuchen und alles zu vergessen, fühlte sie sich doch beständig in einem schwankenden Zustande. Und wenn sie sich fragte, was sie eigentlich quälte, mußte sie sich bekennen, daß es ihr Verhältnis zu Rostow war. Der kalte, höfliche Ton entsprang nicht seinem Gefühl für sie (das wußte sie), dieser Ton verbarg etwas. Dieses Etwas mußte sie aufklären, und sie fühlte, daß sie nicht ruhig sein konnte, bis das geschehen war.

Mitten im Winter saß sie eines Tages in dem Unterrichtszimmer und beaufsichtigte die Arbeiten ihres Neffen, als man ihr den Besuch Rostows meldete. Mit dem festen Entschluß, ihr Geheimnis nicht zu verraten und ihre Verlegenheit nicht bemerken zu lassen, rief sie Mlle. Bourienne zu sich und ging mit ihr zusammen in den Salon.

Bei dem ersten Blick in Nikolajs Züge bemerkte sie, daß er nur gekommen war, um eine Pflicht der Höflichkeit zu erfüllen, und war fest entschlossen, ganz den Ton einzuhalten, den er ihr gegenüber angeschlagen hatte.

Sie sprachen über das Befinden der Gräfin, über gemeinsame Bekannte, über die letzten Kriegsnachrichten, und als die zehn Anstandsminuten vorüber waren, stand Nikolaj auf, um sich zu verabschieden. Unterstützt von Mlle. Bourienne führte die Prinzessin das Gespräch sehr gut; aber in dem letzten Augenblick, in dem Moment, wo er sich erhob, war sie so müde von dem Gespräch über Dinge, die sie gar nichts angingen, und der Gedanke daran, warum gerade ihr so wenig Freude im Leben beschieden war, beschäftigte sie so sehr, daß sie in einem Anfall von Zerstreutheit, ihre leuchtenden Augen stier ins Blaue gerichtet, unbeweglich dasaß, und nicht bemerkte, daß er aufgestanden war.

Nikolaj sah sie an, er wollte sich den Anschein geben, als

hätte er ihre Zerstreutheit nicht bemerkt, sprach einige Worte mit Mlle. Bourienne und warf wieder einen Blick auf die Prinzessin. Sie saß noch ganz so unbeweglich da, und auf ihrem zarten Gesicht sprach sich Leiden aus. Er empfand plötzlich Mitleid mit ihr und hatte dunkel die Vorstellung, daß er vielleicht die Ursache des Leides war, das aus ihren Zügen sprach. Er wollte ihr zu Hilfe kommen, ihr etwas Angenehmes sagen, aber er konnte nicht die richtigen Worte finden.

Leben Sie wohl, Prinzessin ... sagte er. Sie kam zu sich, errötete und seufzte schwer auf.

Ach, entschuldigen Sie, sagte sie, wie aus einem Traum erwachend, Sie wollen schon fort, Graf? Nun, leben Sie wohl! Und das Kissen für die Gräfin? ...

Warten Sie, ich hole es gleich, sagte Mlle. Bourienne und ging aus dem Zimmer.

Beide schwiegen, von Zeit zu Zeit sahen sie einander an.

Ja, Prinzessin, begann Nikolaj endlich mit traurigem Lächeln, es kommt mir vor, als ob es vor kurzem gewesen wäre, und doch, wieviel Wasser ist seit damals den Berg herabgeflossen, als wir uns zum ersten Male in Bogutscharowo sahen. Damals glaubten wir alle im Unglück zu sein, und was gäbe ich darum, könnte ich diese Zeit zurückrufen, die unwiederbringlich ...

Die Prinzessin sah ihm bei diesen Worten unverwandt mit ihrem leuchtenden Blick in die Augen. Sie schien den geheimen Sinn seiner Worte erforschen zu wollen, der ihr sein Gefühl für sie erklären sollte.

Ja, ja, sagte sie, aber Sie haben keinen Grund, das Vergangene zu beklagen, Graf. Wie ich Ihr Leben jetzt auffasse, werden Sie immer mit Freuden daran zurückdenken, und die Selbstverleugnung, die jetzt Ihr Leben ausmacht...

Ich kann ihr Lob nicht annehmen, unterbrach er sie hastig. Im Gegenteil, ich mache mir beständig Vorwürfe ... aber das ist kein interessantes und kein heiteres Gespräch.

Und wieder nahm sein Blick den früheren, förmlichen und kalten Ausdruck an. Die Prinzessin aber sah in ihm schon wieder den Mann, den sie gekannt und geliebt hatte, und sprach jetzt nur mit diesem Manne.

Ich habe geglaubt, sie würden mir gestatten, Ihnen das zu sagen, sagte sie. Ich habe Ihnen und ... Ihrer Familie so nahegestanden, und ich habe geglaubt, Sie würden meine Teilnahme nicht unpassend finden, aber ich habe mich geirrt ... Ihre Stimme fing plötzlich an zu zittern. Ich weiß nicht, weshalb, fuhr sie fort, und richtete sich auf, aber Sie waren früher ein anderer und ...

Es gibt tausend Gründe *weshalb* (er betonte besonders das Wort *weshalb*). Ich danke Ihnen, Prinzessin, sagte er leise. – Es ist manchmal schwer.

»Aber warum! warum!«, sagte eine innere Stimme in der Brust der Prinzessin Maria. »Ich habe nicht bloß diesen heiteren, guten, offenen Blick, nicht bloß das schöne Äußere in ihm liebgewonnen, ich habe seine edle, zuverlässige, opferfreudige Seele erraten, sagte sie zu sich. Ja, er ist jetzt arm, und ich bin reich ... Aber nur deshalb ... und wenn das nicht wäre ...« Sie gedachte seiner Zärtlichkeit von damals, und da sie jetzt in ein gutes, trauriges Gesicht blickte, begriff sie plötzlich die Ursache seiner Kälte.

Weshalb aber, Graf? weshalb? fragte sie plötzlich in überlautem Tone und trat unwillkürlich auf ihn zu, weshalb? Werden Sie es mir sagen? Sie müssen es mir sagen! – Er schwieg. – Ich kenne Ihr Weshalb nicht, Graf, fuhr sie fort, aber es bedrückt mich, es ... ich bekenne es Ihnen, Sie wollen mich aus irgendeinem Grunde der alten Freundschaft berauben, und das schmerzt mich. – Ihr standen Tränen in den Augen und in der Kehle. – Ich habe so wenig Glück im Leben, daß mir jeder Verlust schwer wird ... Entschuldigen Sie mich, leben Sie wohl! Sie brach plötzlich in Tränen aus und verließ das Zimmer.

Prinzessin, bleiben Sie, um Gottes willen! rief er, Prinzessin!

Sie wandte sich um. Einige Augenblicke sahen sie sich schweigend in die Augen, und was fernste Unmöglichkeit schien, ward plötzlich nah, möglich, unausbleiblich ...

VII

Im Herbst des Jahres 1814 heiratete Nikolaj die Prinzessin Maria und zog mit seiner Gattin, mit der Mutter und mit Sonja nach Lyssyja-Gory. Drei Jahre später hatte er, ohne das Gut seiner Gattin zu veräußern, den Rest der Schulden bezahlt und durch eine kleine Erbschaft, die ihm durch den Tod einer Cousine zugefallen war, auch Pierre das Geld zurückerstattet. In ferneren drei Jahren, im Jahre 1820, hatte Nikolaj seine Vermögensverhältnisse so geordnet, daß er noch ein kleines Gut im der Nähe von Lyssyja-Gory hinzukaufte und Verhandlungen führte über die Auslösung des väterlichen Erbgutes Ortradnoje, was immer sein Lieblingswunsch gewesen war. Er hatte sich der Landwirtschaft aus Notwendigkeit gewidmet, hatte aber bald eine solche Leidenschaft dafür bekommen, daß sie seine Lieblingsbeschäftigung, ja beinahe seine ausschließliche Beschäftigung wurde. Nikolaj war ein einfacher Landwirt, Neuerungen liebte er nicht, besonders die englischen nicht, die damals in Mode kamen. Theoretische Arbeiten über die Landwirtschaft verspottete er, Fabriken, teure Betriebe, teure Getreidesaaten hatte er nicht gern und beschäftigte sich überhaupt nicht gern mit einem Teile der Landwirtschaft. Er hatte stets nur das *Gut* im Auge und nicht irgendeinen einzelnen Teil.

Auf dem Gute aber war nicht der Stickstoff oder der Sauerstoff, der sich im Boden oder in der Luft befand, für ihn die Hauptsache, nicht ein besonderer Pflug oder Dünger, sondern das Hauptwerkzeug, mit dessen Hilfe sowohl der Sauerstoff als auch der Dünger und der Pflug wirkt, das heißt der arbeitende Bauer.

Als Nikolaj die Landwirtschaft ergriff und in ihre einzelnen Teile einzudringen begann, zog besonders der Bauer seine Aufmerksamkeit auf sich; der Bauer erschien ihm nicht nur als ein Werkzeug, sondern als der Zweck und als der Richter. Er bemühte sich, das Wesen der Bauern zu erforschen, um zu verstehen, welches seine Bedürfnisse sind, was er für schlecht und gut halte, und tat nur so, als ob er Anordnungen und Befehle gäbe; in Wirklichkeit aber lernte er nur von den

Bauern die Methoden, die Reden, die Urteile über das, was gut und schlecht ist. Und erst als er die Neigungen und Bestrebungen des Bauern begriffen hatte, als er in einer Sprache zu reden und den geheimen Sinn seiner Rede verstehen gelernt, als ihm seine Verwandtschaft mit ihm zum Bewußtsein gekommen war, erst dann begann er mutig, sie zu regieren, d. h. in betreff der Bauern die Pflicht zu erfüllen, deren Erfüllung von ihm gefordert wurde. Und Nikolajs Wirtschaft brachte die glänzendsten Ergebnisse.

Als Nikolaj sein Gut zu verwalten begann, machte er gleich zu Anfang, ohne sich zu irren, durch ein gewisses Ahnungsvermögen gerade die Leute zu Schulzen, Starosten, Wahlrichtern, welche die Bauern selbst gewählt hätten, wenn sie hätten wählen können, und seine Beamten wechselten nie. Ehe er die chemischen Bestandteile des Düngers prüfte, ehe er sich in »Debet und Kredit« einließ, wie er spöttisch zu sagen pflegte, machte er sich mit der Größe des Viehstandes bei den Bauern bekannt und erhöhte ihn mit allen möglichen Mitteln. Die Familien der Bauern stützte er im weitesten Maßstäbe und gestattete nicht, daß sie auseinandergingen. Den Faulen, Liederlichen und Schwachen saß er tüchtig im Nakken und bemühte sich, sie aus der Gemeinschaft fortzujagen. Bei der Saat und dem Einbringen des Heus und des Getreides wandte er den eigenen Feldern und denen der Bauern gleiche Aufmerksamkeit zu, und bei wenigen Landwirten waren die Felder so früh und so gut besät und bestellt, bei wenigen gab es so viel Ertrag wie bei Nikolaj. Mit den Hofleuten hatte er nicht gern zu schaffen, er nannte sie Tagediebe und hielt sie nicht stramm im Zügel; wenn irgendeine Anordnung zu treffen war wegen eines der Hofleute, besonders wenn jemand zu bestrafen war, war Nikolaj unentschlossen und fragte alle Leute um Rat; nur wenn es möglich war, einen der Hofleute statt eines Bauern unter die Soldaten zu stecken, tat er es ohne das geringste Schwanken. In allen seinen Anordnungen, die die Bauern betrafen, hatte er nie den geringsten Zweifel, jede seiner Anordnung, das wußte er, würde den Beifall aller gegen eine oder wenige Stimmen finden. Er erlaubte sich ebensowenig, einen Menschen zu belästigen oder zu strafen, nur weil es ihm die Laune so eingab, wie einen Menschen zu entlasten und zu lohnen, weil er den persönlichen Wunsch gehabt hätte. Er hätte nicht zu sagen vermocht, worin der Maßstab des Erlaubten und Nichterlaubten bestand, aber dieser Maßstab war in seiner Brust fest und unerschütterlich.

Oft sagte er, wenn er sich über einen Mißerfolg oder eine Unordnung ärgerte: ja, mit unserm russischen Volk ...« und bildete sich ein, er könne den Bauern nicht leiden.

Und doch liebte er mit allen Kräften seiner Seele dieses »unser russisches Volk«, und nur darum verstand er und eignete sich die einzige Art und Methode der Wirtschaft an, die die guten Resultate brachte.

Gräfin Maria war wegen dieser seiner Liebe eifersüchtig auf ihren Mann, es tat ihr leid, daß sie sie nicht teilen konnte, aber sie konnte nicht, sie konnte die Freuden und Leiden nicht begreifen, die ihm diese Welt bereitete, die ihr so fern, so fremd war. Sie konnte nicht begreifen, warum Nikolaj ungewöhnlich lebhaft und glücklich war, wenn er mit der Morgenröte aufgestanden war, den ganzen Morgen auf dem Felde oder in der Scheuer verbracht hatte, und zu ihr zum Tee heimkehrte von der Mahd, von der Saat oder der Ernte. Sie verstand nicht, was ihn so entzückte, wenn er mit Begeisterung von dem reichen wirtschaftlichen Bauern Matwej Jermischin erzählte, der die ganze Nacht hindurch mit seiner Familie Garben eingefahren, und daß noch bei niemandem etwas eingebracht sei, während bei ihm schon die Scheuer voll lag.

Sie begriff nicht, warum er so freudig unter seinem Schnurrbart lächelte und mit den Augen blinzelte, wenn er vom Fenster nach dem Balkon schritt, und von dem Balkon wieder zurück ans Fenster und von da aus sah, wie die dürren Haferfelder von einem warmen dichten Regen getränkt wurden, oder warum er, wenn bei der Mahd oder bei der Ernte eine drohende Wetterwolke vom Winde fortgetrieben wurde, rot, glühend und schwitzend mit dem Duft von Alaun und Wermut im Haar von der Scheuer gerannt kam, freudig die Hände rieb und sagte: nun, nur noch ein hübscher Tag, und wir haben alles in der Scheuer, ich und die Bauern.

Noch weniger konnte sie begreifen, warum er, mit seinem guten Herzen, er, der stets bereit war, ihren Wünschen zuvorzukommen, nahezu in Verzweiflung geraten konnte, wenn sie ihm irgendwelche Bitten von Weibern oder Bauern vorbrachte, die sich an sie gewandt hatten, um von den Arbeiten befreit zu werden, warum er, ihr guter Nikolas, dann ihre Bitte hart abschlug und sie erzürnt bat, sich nicht in Dinge zu mischen, die sie nichts angingen. Sie fühlte, daß er eine Welt für sich hatte, die er leidenschaftlich liebte, und in der Gesetze herrschten, die ihr unverständlich waren.

Manchmal gab sie sich Mühe, ihn zu verstehen, und wenn sie ihm etwas von seinem Verdienst sprach, das darin bestand, daß er seinen Untergebenen Gutes erwies, dann zürnte er und antwortete: »Auch nicht im entferntesten; das fällt mir gar nicht ein; zu ihrem Wohle tue ich auch nicht soviel – das ist alles Lyrik und Weibergerede –, dies ganze Wohl des Nächsten. Ich will, daß unsere Kinder nicht betteln gehen, ich muß unsern Wohlstand sichern, solange ich lebe. Das ist alles, und dazu ist Ordnung nötig, Strenge ... das ist alles!«, sagte er und preßte seine Faust feurig zusammen – »und Gerechtigkeit, versteht sich«, fügte er hinzu, »denn wenn der Bauer nackt und bloß ist, und wenn sein Kohl nichts taugt, dann schafft er weder für sich noch für mich was Rechtes!«

Und dann kam es daher, daß Nikolaj auch nicht den Gedanken zuließ, daß er irgend etwas für andere aus Tugend tue – alles was er tat, war fruchtbar. Sein Vermögen vergrößerte sich rasch; die Bauern aus der Nachbarschaft kamen zu ihm und baten ihn, er möchte sie kaufen, und noch lange nach seinem Tode lebte im Volke das fromme Gedächtnis an seine Verwaltung, »das war ein Herr ... erst kommen die Bauern, dann er. Ei und Zucht hielt er auch. Mit einem Worte – ein ganzer Herr!«

VIII

Das einzige, was Nikolaj manchmal in seiner Wirtschaft quälte, das war seine Heftigkeit, verbunden mit der alten Husarengewohnheit, ein wenig lose Hände zu haben. In der ersten Zeit hatte er darin nichts Tadelnswertes gesehen, aber im zweiten Jahre seiner Ehe änderte sich seine Ansicht von dieser Art Auseinandersetzung.

Eines Tages im Sommer war aus Bogutscharowo ein Starost gekommen; der an die Stelle des verstorbenen Dron berufen worden; er war wegen verschiedener Betrügereien und Unregelmäßigkeiten angeklagt. Nikolaj kam ihm auf der Freitreppe entgegen, und schon nach den ersten Antworten des Starosten hörte man im Flur Geschrei und Schläge. Als Nikolaj zum Frühstück nach Hause kam, ging er auf seine Frau zu, die mit tiefgesenktem Kopfe dasaß, und begann ihr wie gewöhnlich zu erzählen, was ihn am Morgen beschäftigt hatte und so sprach er auch von dem Starosten von Bogutscharowo. Gräfin Maria war rot und bleich und biß sich die Lippen, sie saß immer noch mit gesenktem Kopfe da und erwiderte nichts auf die Erzählungen des Mannes.

Dieser freche Schuft, sagte er, bei der bloßen Erinnerung noch in Wut geratend, hätte er mir wenigstens gesagt, daß er betrunken war, ich hätte ... aber was ist dir, Maria? fragte er plötzlich.

Gräfin Maria erhob den Kopf und wollte etwas sagen, aber sie senkte ihn bald wieder und zog die Lippen zusammen.

Was ist dir, meine Liebe? Gräfin Maria, die nicht hübsch war, wurde hübscher, wenn sie weinte. Sie weinte nie vor Schmerz oder Ärger, immer nur vor Traurigkeit und Mitleid, und wenn sie weinte, bekamen ihre leuchtenden Augen einen unwiderstehlichen Zauber.

Sobald Nikolaj ihre Hand genommen hatte, konnte sie sich nicht mehr überwinden und brach in Tränen aus.

Nicolas, ich habe es gesehen ... er ist schuldig, aber warum hast du ... *Nicolas*? und sie verdeckte ihr Gesicht mit beiden Händen.

Nikolaj sprach kein Wort, er wurde purpurrot, entfernte

sich von ihr und begann im Zimmer schweigend auf und nieder zu gehen. Er hatte begriffen, warum sie weinte; aber er konnte ihr nicht so bald in seinem Innern recht geben, daß das, was ihm von Kindheit an gewohnt, worin er aufgewachsen war, häßlich sein konnte. »Das sind Sentimentalitäten, Weibergerede, oder hat sie recht«, fragte er sich selbst. Und ehe er diese Frage beantwortet hatte, sah er noch einmal in ihr leidendes, liebevolles Gesicht, da ging es ihm auf, daß sie recht hatte, und er fühlte sich schon lange schuldig.

Marie, sagte er leise und trat auf sie zu, das soll nicht mehr vorkommen. Ich gebe dir mein Wort. Nie, wiederholte er mit bebender Stimme, wie ein Knabe, der um Verzeihung bittet.

Die Tränen strömten noch reichlicher über die Wangen der Gräfin, sie ergriff die Hände ihres Mannes und küßte sie.

Nicolas, wann hast du die Kamee zerschlagen, sagte sie, um den Gesprächsgegenstand zu ändern, und betrachtete seine Hand, auf der sich ein Ring mit einem Laokoonskopfe befand.

Heute; bei derselben Sache. Ach Marie, erinnere mich nicht mehr daran! Er wurde wieder ganz rot. Ich gebe dir mein Ehrenwort, es soll nicht mehr vorkommen, und das soll mir eine ewige Erinnerung sein, sagte er und zeigte auf den zerschlagenen Ring.

Sooft ihm von dieser Stunde an bei Auseinandersetzungen mit Starosten und Verwaltern das Blut zu Kopfe stieg und seine Hände sich zu Fäusten ballten, drehte Nikolaj den zerschlagenen Ring an seinem Finger und senkte den Blick vor dem Menschen, der ihn zur Wut gereizt hatte. Aber zwei-, dreimal im Jahre vergaß er sich auch, dann kam er zu seiner Frau, gestand ihr alles und gab ihr wieder das Versprechen, dies sei das letzte Mal gewesen.

Marie, du verachtest mich gewiß, sprach er zu ihr, ich verdiene es.

Geh, geh so schnell als möglich, wenn du dich nicht stark genug fühlst, dich zu überwinden, sagte Gräfin Maria traurig und gab sich Mühe, ihren Gatten zu trösten.

In den Adelskreisen des Gouvernements genoß Nikolaj Achtung, aber nicht Liebe. Die Angelegenheiten des Adels interessierten ihn nicht, darum hielten ihn die einen für stolz, die anderen für dumm. Im Sommer von der Frühlingsaussaat bis zur Ernte brachte er seine Zeit in der Wirtschaft zu. Im Herbst ergab er sich mit demselben geschäftlichen Ernst, mit dem er die Wirtschaft betrieb, der Jagd, und blieb auf ein oder zwei Monate mit einer Jagdgesellschaft vom Hause fern. Im Winter besuchte er die anderen Dörfer und beschäftigte sich mit Büchern. Seine Lektüre bildeten vorzugsweise geschichtliche Werke. Er kaufte alljährlich für eine bestimmte Summe. Er stellte sich, wie er sagte, eine ernste Bibliothek zusammen, und machte es sich zur Regel, alle die Bücher, die er angeschafft hatte, zu lesen. Mit wichtiger Miene saß er in seinem Kabinett bei dieser Lektüre, die er sich als eine Pflicht auferlegt hatte, und die später zu einer gewohnten Beschäftigung wurde, die ihm ein besonderes Vergnügen bereitete und ihm das Bewußtsein gab, sich mit ernsten Dingen zu beschäftigen. Mit Ausnahme der geschäftlichen Reisen brachte er im Winter die meiste Zeit zu Hause zu, im Zusammenleben mit seiner Familie und beschäftigt mit den kleinen Angelegenheiten der Mutter und der Kinder. Seiner Frau trat er immer näher und näher, und mit jedem Tag entdeckte er in ihr neue geistige Schätze.

Sonja lebte seit Nikolajs Verheiratung in seinem Hause. Noch vor seiner Heirat hatte Nikolaj seiner Gattin alles erzählt, was zwischen ihm und Sonja gewesen war. Dabei hatte er sich Vorwürfe gemacht und sie gelobt. Er hatte die Prinzessin Maria gebeten, gegen seine Cousine freundlich und gut zu sein. Gräfin Maria fühlte, wie sehr ihr Gatte gegen Sonja schuldig war, sie fühlte auch, daß sie selbst ihr gegenüber eine Schuld hatte, sie meinte, ihr Vermögen hätte Nikolajs Wahl bestimmt, sie konnte Sonja keine Vorwürfe machen und hatte den Wunsch, sie zu lieben, aber nicht nur, daß ihr dies nicht gelang, sie fand sogar häufig in ihrem Innern feindselige Empfindungen gegen sie und konnte sie nicht unterdrükken.

Eines Tages sprach sie mit ihrer Freundin Natascha über Sonja und über ihre Ungerechtigkeit gegen sie.

Weißt du was, sagte Natascha, du hast doch viel im Evangelium gelesen, da ist eine Stelle, die paßt vortrefflich auf Sonja.

»Was?« fragte die Gräfin Maria erstaunt.

»Dem, der hat, wird gegeben, aber dem, der nicht hat, wird genommen«, erinnerst du dich der Stelle, sie ist so eine, die nicht hat, warum, das weiß ich nicht; sie besitzt vielleicht keinen Egoismus – ich weiß das nicht –, aber ihr wird alles genommen, ihr ist alles genommen worden. Mir tut das manchmal furchtbar leid um sie, ich hatte früher furchtbar den Wunsch, *Nicolas* möchte sie heiraten, und doch hatte ich immer eine gewisse Vorahnung, daß es nie sein würde. Sie ist eine taube Blüte, weißt du? wie am Erdbeerstrauch. Manchmal tut sie mir leid, und manchmal denke ich, sie empfindet das gar nicht, wie wir es empfinden würden!

Und obgleich die Gräfin Maria Natascha auseinandersetzte, daß diese Worte des Evangeliums anders aufzufassen seien, war sie doch bei einem Blick auf Sonja mit der Erklärung, die Natascha gegeben hatte, einverstanden.

Wirklich schien Sonja von ihrer Lage nicht niedergedrückt, schien sie vollständig ausgesöhnt mit ihrer Bestimmung als taube Blüte. Sie schien nicht so sehr die anderen Personen hoch zu achten als diese ganze Familie. Wie ein Kätzchen hatte sie sich nicht in die Menschen, sondern in das Haus eingelebt. Sie pflegte die alte Gräfin, koste und verhätschelte die Kinder, war stets bereit, die kleinen Dienste zu leisten, deren sie fähig war; aber alles wurde wie selbstverständlich, mit allzu geringer Dankbarkeit aufgenommen.

Das Herrschaftshaus von Lyssyja-Gory war wieder neu aufgerichtet, aber nicht auf dem großen Fuß, auf den es der verstorbene Fürst gestellt hatte.

Die Bauten, die in der Zeit der Not gemacht waren, waren mehr als einfach. Das ungeheure Haus, das auf dem alten steinernen Fundamente ruhte, war von Holz, und nur von außen mit Kalk verworfen. Das große Herrenhaus mit der rohen Bretterdiele war mit den einfachsten, ungepolsterten Diwans, Sesseln, mit Stühlen und Tischen aus eigenen Birken, von den eigenen Tischlern gearbeitet, ausmöbliert. Das Haus war geräumig, hatte Stuben für die Hofleute und Abteilungen für Gäste. Die Verwandten der Rostows und Bolkonskijs kamen häufig zu Gaste nach Lyssyja-Gory in ganzen Familien, mit 16 Pferden, etlichen zehn Dienern, und blieben monatelang da. Außerdem kamen viermal im Jahr an den Namens- und Geburtstagen des Herrn und der Dame des Hauses an die hundert Gäste auf zwei bis drei Tage. Die übrige Zeit des Jahres ging das Leben in ungestörter Regelmäßigkeit, in der gewohnten Tätigkeit, in den regelmäßigen Mahlzeiten, Tee, Frühstück, Mittag, Abendbrot, alles von häuslicher Zubereitung, hin.

IV

Es war am Vorabende des Nikolaustages, am fünften Dezember 1820. In diesem Jahr war Natascha mit ihren Kindern und ihrem Mann seit dem Anfange des Herbstes als Gäste im Hause ihres Bruders. Pierre war in Petersburg, er war in seinen besonderen Angelegenheiten auf drei Wochen hingegangen und war jetzt schon die siebente Woche dort. Man erwartet ihn stündlich.

Am fünften Dezember war außer der Familie Besuchow bei Rostows noch Nikolajs alter Freund zu Gaste, der ausgediente General Wassilij Fjodorowitsch Denissow.

Am sechsten, dem Tage der Feier, an dem die Gäste zu kommen pflegten, würde Nikolaj, das wußte er, sein Beschmet ablegen müssen, einen Gehhock, die schmalen Stiefel mit den schmalen Spitzen anziehen, die neue Kirche besuchen, die er selbst gebaut hatte, dann die Glückwünsche entgegennehmen, einen Imbiß aufwarten, über die Adelswahlen und über die Ernteaussichten sprechen müssen; aber den Tag vorher glaubte er noch das Recht zu haben, wie gewöhnlich zu verleben. Vor Tisch sah Nikolaj die Rechnungen des Schulzen aus dem Rjasaner Dorfe durch, als Vertreter des Neffen seiner Gattin, schrieb zwei Geschäftsbriefe und machte einen Rundgang durch die Scheuer, durch den Vieh- und Pferdehof. Er traf Maßregeln gegen das übermäßige Trinken, das er für morgen wegen des wichtigen Feiertages befürchtete, kam dann zu Tisch und nahm, ohne daß es ihm möglich war, unter vier Augen ein Wort mit seiner Gattin zu sprechen, an dem langen Tische mit zwanzig Gedecken Platz, um den sich alle Hausleute versammelt hatten. Am Tische saßen die Mutter, die alte Bjelowa, seine Gattin, die drei Kinder, die Gouvernante, der Gouverneur, der Neffe mit seinem Hauslehrer, Sonja, Denissow, Natascha, ihre drei Kinder, ihre Gouvernante und der alte Michail-Inwanytsch, der Architekt des Fürsten, der in Lyssyja-Gory das Gnadenbrot aß.

Gräfin Maria saß am gegenüberliegenden Ende des Tisches.

Sobald ihr Gatte seinen Platz eingenommen hatte, war Gräfin Maria, welche die Gebärde bemerkt hatte, mit der er die Serviette genommen und die Flasche und das Gläschen, das vor ihm stand, hin und her geschoben, sogleich klar, daß er in schlechter Laune war, wie das manchmal bei ihm vorkam, besonders vor der Suppe, und wenn er unmittelbar aus der Wirtschaft zu Tische kam, Gräfin Maria kannte diese Stimmung bei ihm sehr genau, und wenn sie selbst in guter Stimmung war, wartete sie ruhig, bis er die Suppe gegessen hatte, dann begann sie mit ihm zu sprechen und brachte ihn dahin, einzugestehen, daß er ohne Grund in schlechter Laune war. Heute vergaß sie ganz diese ihre Beobachtung, es berührte sie schmerzlich, daß er ihr ohne Grund böse sei, und sie fühlte sich unglücklich. Sie fragte, wo er gewesen sei. Er antwortete, sie fragte weiter, ob in der Wirtschaft alles in Ordnung sei, er runzelte die Stirn bei ihrem gezwungenen Tone und antwortete flüchtig.

»So hab' ich mich also nicht geirrt«, dachte die Gräfin Maria, »und warum ist er mir böse?« Aus dem Ton, in dem er ihr geantwortet hatte, hörte Gräfin Maria eine Feindseligkeit gegen sich heraus und das Verlangen, das Gespräch abzubrechen. Sie fühlte, daß ihre Worte gezwungen waren; sie konnte sich aber nicht zurückhalten, noch einige Fragen zu tun.

Das Tischgespräch wurde dank dem General Denissow bald ein allgemeines und lebhaftes, und Gräfin Maria sprach nicht mit ihrem Gatten. Als man vom Tisch aufstand und alle zur alten Gräfin gingen, um ihr zu danken, küßte Gräfin Maria ihren Gatten und reichte ihm ihre Hand mit der Frage, warum er ihr böse sei?

Du hast immer so sonderbare Gedanken; es fällt mir gar nicht ein, böse zu sein, sagte er ihr. Aber das Wort *immer* sagte der Gräfin so viel wie: ja, ich bin böse und will dir's nicht sagen, warum.

Nikolaj lebte mit seiner Gattin in so gutem Verhältnis, daß selbst Sonja und die alte Gräfin, die gern aus Eifersucht ein Mißverständnis zwischen ihnen gehabt hätten, keinen Vorwand zu einem Vorwurfe finden konnten. Aber auch zwischen ihnen gab es Augenblicke der Feinseligkeit. Plötzlich kam, bisweilen gerade nach den allerglücklichsten Perioden, ein Gefühl der Entfremdung und Feindseligkeit über sie. Dieses Gefühl trat am heftigsten während der Schwangerschaft der Gräfin Maria auf; jetzt befand sie sich in einer solchen Periode.

Nun, *messieurs et mesdames*, sagte Nikolaj laut und scheinbar heiter (Gräfin Maria schien es, als täte er das absichtlich, um sie zu kränken), ich bin seit sechs Stunden auf den Beinen. Morgen geht es ins Joch, heute kann man noch ausruhen. Und ohne der Gräfin irgend etwas zu sagen, zog er sich in sein kleines Diwanzimmer zurück und legte sich auf den Diwan.

»So macht er es immer«, dachte Gräfin Maria, »mit allen spricht er, nur mit mir nicht, ich sehe es, ich sehe es, ich bin ihm unangenehm ... besonders in diesem Zustand.«

Und alles war ihr unangenehm: das Schreien und Lachen Denissows, Nataschas Unterhaltung, besonders aber der Blick, den Sonja ihr flüchtig zugeworfen hatte.

Sonja war stets der erste Vorwand, den Gräfin Maria für ihre Erregung fand.

Sie saß eine Weile bei ihren Gästen, ohne ein Wort von dem, was gesprochen wurde, zu verstehen, dann ging sie leise hinaus und ging in das Kinderzimmer.

Die Kinder machten auf Stühlen eine Reise nach Moskau und luden sie ein mitzufahren. Sie setzte sich zu ihnen, spielte mit ihnen, aber der Gedanke an ihren Mann und an seinen grundlosen Ärger quälte sie aufhörlich. Sie stand auf und ging schwerfällig, auf den Fußspitzen schreitend, in das kleine Diwanzimmer.

»Vielleicht schläft er nicht; dann kann ich mich mit ihm aussprechen«, sagte sie zu sich selbst. Andrjuschka, der ältere von den Knaben, machte ihr nach, wie sie auf den Fußspitzen ging. Gräfin Maria bemerkte ihn gar nicht.

Liebste Marie, er schläft, glaube ich, er ist so müde, sagte Sonja, die ihr, wie Gräfin Maria glaubte, überall begegnete – daß Andrjuschka ihn nicht weckt.

Gräfin Maria sah sich um und bemerkte Andrjuschka, der hinter ihr hertrippelte. Sie fühlte, daß Sonja recht hatte und wurde gerade darum purpurrot und unterdrückte mühsam ein hartes Wort. Sie sagte nichts und machte, um ihr nicht zu gehorchen, ein Zeichen mit der Hand, daß Andrjuschka keinen Lärm machen, aber doch mit ihr kommen solle und ging auf die Tür zu. Sonja ging durch die andere Tür. Aus dem Zimmer, in dem Nikolaj schlief, hörte man sein gleichmäßiges Atmen, das der Gattin bis in die kleinsten Nuancen bekannt war. Als sie ihn atmen hörte, sah sie seine glatte, schöne Stirn, seinen Bart, sein ganzes Gesicht, in das sie in der Stille der Nacht, wenn er schlief, so oft, so lang, hineingeschaut, deutlich vor sich. Plötzlich bewegte sich Nikolaj und räusperte sich, und in demselben Augenblick rief Andrjuschka von der Tür aus: »Papachen, Mamachen steht hier.« Gräfin Maria wurde bleich vor Schreck und machte dem Sohne Zeichen. Er schwieg, und eine Minute währte dieses für die Gräfin Maria schreckliche Schweigen. Sie wußte, wie ungern Nikolaj es hatte, daß man ihn weckte. Plötzlich hörte man durch die Tür ein neues Räuspern, eine Bewegung, und Nikolajs mißmutige Stimme sagte:

Nicht einen Augenblick lassen sie einen in Ruhe. Marie, bist du es, wozu bringst du ihn her?

Ich bin nur hergekommen, um nachzusehen. Ich habe nicht bemerkt … Verzeih …

Nikolaj hüstelte und verstummte. Gräfin Maria ging von der Tür zurück und führte den Knaben in das Kinderzimmer. Fünf Minuten später lief die kleine schwarzäugige, dreijährige Natascha, der Liebling des Vaters, da sie von ihrem Brüderchen gehört hatte, Papa schlafe und Mama sei im Diwanzimmer, ohne daß die Mutter es merkte, zu dem Vater hinein. Das schwarzäugige Mädchen knarrte herzhaft mit der Tür, ging mit den energischen Schritten ihrer breiten Füßchen auf den Diwan zu, betrachtete die Lage des Vaters, der ihr den Rücken zukehrte, stellte sich auf die Fußspitzen und küßte die Hand des Vaters, die unter seinem Kopfe lag. Nikolja wandte sich mit einem liebevollen Lächeln im Gesicht um.

Natascha, Natascha! erklang von der Tür her das erschrockene Flüstern der Gräfin Maria, Papachen will schlafen.

Nein, Mama, er will nicht schlafen, sagte die kleine Natascha zuversichtlich, er lacht. Nikolaj ließ die Beine herunter, setzte sich und nahm die Tochter auf seinen Arm.

Komm herein, Mascha, sagte er zu seiner Frau. Gräfin Maria trat in das Zimmer und setzte sich neben ihren Gatten.

Ich habe gar nicht bemerkt, daß er hinter mir herkam, sagte sie scheu, ich bin nur so gekommen.

Nikolaj, der auf dem einen Arm die Tochter hielt, warf seiner Gattin einen Blick zu, bemerkte den Ausdruck des Schuldbewußtseins in ihren Zügen, umfaßte sie mit dem anderen Arm und küßte ihr das Haar.

Darf ich Mama küssen? fragte er Natascha. Natascha lächelte schüchtern. Noch einmal, sagte sie mit befehlerischer Gebärde und zeigte mit dem Finger auf die Stelle, wo Nikolaj seine Frau geküßt hatte.

Ich weiß nicht, warum du glaubst, daß ich schlechter Laune bin, sagte Nikolaj und beantwortete so die Frage, die seine Gattin, wie er wußte, nicht aussprechen mochte.

Du kannst dir gar nicht vorstellen, wie unglücklich, wie einsam ich bin, wenn du so bist. Ich glaube immer …

Marie, sprich doch nicht so töricht. Wie, schämst du dich gar nicht, sagte er heiter.

Ich glaube immer, du kannst mich nicht lieben, weil ich so häßlich bin … und immer und … jetzt in diesem Zu…

Ach, was bist du komisch! Ich liebe dich nicht, weil du schön bist, du bist schön, weil ich dich liebhabe. Nur die Malwinen und die anderen liebt man, weil sie schön sind, aber meine Gattin, liebe ich die? Lieben nein, ich weiß nicht, wie ich es sagen soll. Wenn du nicht da bist, oder wenn zwischen uns irgend etwas ist, dann bin ich ein verlorener Mensch, zu nichts tauglich. Sag, Kind, liebe ich meinen Finger? Lieben, nein, aber versuche ihn abzuhacken ...

Nein, ich meine es nicht so, aber ich verstehe ... So bist du mir also nicht böse?

Furchtbar böse, sagte er lächelnd, und erhob sich, strich sein Haar zurück und fing an, im Zimmer hin und her zu gehen. Weißt du, Maria, woran ich gedacht habe? fing er an – jetzt, wo die Versöhnung geschehen war, begann er sofort in Gegenwart seiner Gattin laut zu denken. Er fragte gar nicht, ob sie bereit sei, ihm zuzuhören, das war ihm ganz gleich, ihm war etwas eingefallen, folglich auch ihr. Und er erzählte ihr, daß er die Absicht habe, Pierre zu überreden, daß er bis zum Frühling bei ihnen bleibe.

Gräfin Maria hörte ihm zu, machte ihre Bemerkungen und begann ihrerseits ihre Gedanken laut zu denken. Ihre Gedanken betrafen die Kinder.

Wie man schon das Weib in ihr erkennt, sagte sie französisch und zeigte auf die kleine Natascha. Ihr tadelt uns Frauen, weil wir unlogisch sind. Da hast du unsere Logik, ich sage: Papa will schlafen, und sie sagt: nein, er lacht, und sie hatte recht, sagte Gräfin Maria, glücklich lachend.

Nicht wahr, nicht wahr? und Nikolaj nahm sein Töchterchen auf seinen starken Arm, hob es hoch in die Höhe, setzte es auf seine Schulter, hielt es fest an dem Händchen und rannte mit ihr im Zimmer umher.

Vater und Tochter hatten beide gleiche gedankenlos-glückselige Gesichter.

Weißt du, du kannst ungerecht sein, du liebst diese zu sehr, sagte Gräfin Maria leise auf französisch.

Ja, was ist da zu tun? ... Ich gebe mir Mühe, es nicht zu zeigen ...

In diesem Augenblicke hörte man im Flur und Vorzimmer den Klang von Schritten und Koffern, wie sie Neuankömmlinge anzuzeigen pflegen.

Es ist jemand gekommen.

Ich bin sicher, es ist Pierre, ich will hingehen und nachsehen, sagte Gräfin Maria und verließ das Zimmer.

In ihrer Abwesenheit erlaubte sich Nikolaj, im Galopp mit der Tochter im Zimmer umherzureiten. Er jauchzte, schwang schnell das lachende Mädchen durch die Luft und drückte sie an seine Brust. Seine Sprünge erinnerten ihn zurück an die Zeit der Tänze, und wenn er in das glückliche Kindergesichtchen schaute, dachte er daran, wie sie aussehen wird, wenn er sie als alter Herr in die Gesellschaft führen würde, wie einst sein seliger Vater mit seiner Tochter bei Danilo Kupor getanzt hatte, wie er mit ihr in der Mazurka ein Paar bilden würde.

Er ist's, er ist's, *Nicolas,* sagte Gräfin Maria, die nach einigen Minuten in das Zimmer gekommen war. Jetzt ist unsere Natascha aufgelebt, du hättest ihr Entzücken sehen sollen, und was er abbekommen hat, weil er später zurückkehrt. Nun komm, komm schnell, trennt euch schon einmal, sagte sie lachend und sah das Mädchen an, das sich an den Vater drängte. Nikolaj ging aus dem Zimmer und führte sein Töchterchen an der Hand.

Gräfin Maria blieb in dem Diwanzimmer.

»Nie, nie hätte ich geglaubt«, flüsterte sie vor sich hin, »daß man so glücklich sein kann.« Ihr Gesicht strahlte in Lächeln, aber in demselben Augenblicke seufzte sie auf und eine stille Träne sprach von ihrem tiefen Glück, als gäbe es außer diesem Glück, das sie empfand, noch ein anderes, in diesem Leben unerreichbares Glück, das ihr unwillkürlich in diesem Augenblicke durch die Erinnerung zog.

X

Natascha hatte sich im Frühlingsanfang des Jahres 1813 vermählt, im Jahre 1820 hatte sie schon drei Töchter und einen Sohn, den sie sich gewünscht hatte, und den sie nun selbst nährte. Sie war stärker und voller geworden, so daß man in dieser kräftigen Mutter nur schwer die einst zarte, bewegliche Natascha wiedererkannte. Ihre Gesichtszüge waren ausgeprägter und hatten den Ausdruck milder Ruhe und Klarheit. Auf ihrem Gesicht lag nicht mehr, wie einst, das unaufhörlich lodernde Feuer der Lebhaftigkeit, die einst ihren Reiz bildete. Jetzt sah man häufiger nur ihr Gesicht und ihre Gestalt, eine Seele sah man gar nicht. Man sah nur das kräftige, schöne und fruchtbare Weibchen. Selten nur entzündete sich in ihr jetzt das Feuer von ehedem. Das kam nur vor, wenn, wie jetzt, der Mann heimkehrte, wenn ein Kind in der Genesung war, oder wenn sie mit der Gräfin Maria des Fürsten Andrej gedachte (mit ihrem Manne sprach sie nie von ihm, da sie vermutete, er sei eifersüchtig auf das Andenken des Fürsten Andrej), und höchst selten, wenn zufällig einmal etwas sie wieder zu singen veranlaßte; denn sie hatte den Gesang seit ihrer Verheiratung vollständig vernachlässigt. Und in solchen Augenblicken, wo das alte Feuer in ihrer üppig aufgeblühten, schönen Gestalt sich wieder entzündete, war sie noch anziehender als dereinst.

Seit ihrer Verheiratung lebte Natascha mit ihrem Manne in Moskau, in Petersburg und auf dem Lande bei Moskau und bei ihrer Mutter, das heißt bei Nikolaj. In der Gesellschaft sah man die junge Gräfin Besuchow wenig, und die sie sahen, waren nicht von ihr befriedigt. Sie war weder freundlich noch liebenswürdig. Nicht, daß Natascha die Einsamkeit gern gehabt hätte (sie wußte selbst nicht, ob sie sie gern hatte oder nicht, sie glaubte sogar nein), aber sie konnte in der Zeit der Schwangerschaft, der Geburt und des Nährens der Kinder und durch die Teilnahme an jeder Stunde des Lebens ihres Gatten diese Bedürfnisse nicht anders befriedigen als durch die Fernhaltung von der vornehmen Welt. Alle Menschen, die Natascha von ihrer Verheiratung gekannt hatten, waren über die Veränderung, die mit ihr vorgegangen war, wie über etwas Außergewöhnliches erstaunt. Nur die alte Gräfin, die mit ihrem mütterlichen Instinkt begriffen hatte, daß alle Wünsche Nataschas ihre Quelle nur in dem Bedürfnis hatten, eine Familie, einen Gatten zu besitzen, wie sie, weniger im Scherz, als in Wahrheit in Otradnoje ausgerufen hatte, war nicht verwundert; die Mutter wunderte sich über die Verwunderung der Menschen, die Natascha nicht begriffen, und wiederholte, sie hätte immer gewußt, Natascha würde eine musterhafte Gattin und Mutter werden.

Sie übertreibt nur ihre Liebe zu ihrem Gatten und ihren Kindern, pflegte die Gräfin zu sagen, das ist schon unvernünftig.

Natascha befolgte nicht die goldene Regel, die von klugen Leuten, besonders von Franzosen gepredigt wird, daß nämlich ein Mädchen, wenn es heiratet, sich nicht gehen lassen soll, ihre Talente nicht aufhören soll zu bilden, sich noch mehr als zu ihrer Mädchenzeit mit ihrem Äußern beschäftigen, und ihren Mann noch ebenso anzuziehen versuchen soll, wie sie ihn anzuziehen bemüht war, als er nicht ihr Mann war. Natascha dagegen vernachlässigte gleich alle ihre Reize, auch den, der bei ihr ungewöhnlich mächtig war – den Gesang. Und sie vernachlässigte ihn eben deshalb, weil es ein mächtiger Reiz war. Natascha achtete wenig auf ihre Manieren, noch auf die Zartheit ihrer Worte, noch darauf, ihrem Manne in den vorteilhaftesten Stellungen zu erscheinen, noch auf ihre Toilette, noch darauf, den Mann nicht durch ihre Ansprüche einzuengen, und tat gerade alles, was diesen Regeln widersprach. Sie hatte das Gefühl, daß alle jene Reize, die der Instinkt sie vorher anzuwenden gelehrt hatte, jetzt nur lächerlich sein würden in den Augen ihres Gatten, dem sie sich von erster Stunde ganz zu eigen gegeben hatte, d. h. mit ganzer Seele, so daß auch nicht der kleinste Winkel in ihrem Innern für ihn verschlossen war. Sie hatte das Gefühl, daß ihre Verbindung mit ihrem Gatten nicht durch jene poetischen Gefühle hergestellt werde, die ihn zu ihr hingezogen hatten, sondern durch etwas anderes, nicht fest zu bestimmendes, aber doch festes, wie die Verbindung in ihrer eigenen Seele mit ihrem Körper. Sich das Haar in Locken zu brennen, Prunkkleider anzuziehen, Lieder zu singen, um ihren Gatten an sich zu ziehen, wäre ihr ebenso sonderbar vorgekommen, wie wenn sie sich geschmückt hätte, um sich selbst zu gefallen. Sich zu schmücken, um anderen zu gefallen, das hätte ihr vielleicht Vergnügen gemacht – sie wußte das nicht –, aber sie hatte wirklich seine Zeit dazu. Der Hauptgrund, weshalb sie sich weder mit Gesang noch mit ihrer Toilette beschäftigte, lag darin, daß sie durchaus keine Zeit hatte, sich damit zu beschäftigen. Der Mensch besitzt, wie bekannt, die Fähigkeit, sich ganz in einen Gegenstand zu versenken, sei er auch noch so nichtig, und es gibt, wie bekannt, keinen so richtigen Gegenstand, der, wenn man ihm seine konzentrierte Aufmerksamkeit zuwendet, nicht bis ins Unendliche wüchse. Der Gegenstand, in den sich Natascha völlig versenkte, war ihre Familie, d. h. ihr Gatte, der so gefesselt werden mußte, daß er ihr, dem Hause, untrennbar angehörte, und die Kinder, die man tragen, gebären, nähren und erziehen mußte.

Und je mehr sie – nicht mit dem Verstande, sondern mit der ganzen Seele, mit ihrem ganzen Wesen – in den Gegenstand, der sie beschäftigte, eindrang, desto mehr wuchs dieser Gegenstand unter ihrer Aufmerksamkeit, und desto schwächer und nichtiger erschienen ihr ihre Kräfte, so daß sie sie ganz auf ein und dasselbe konzentrierte und es ihr trotzdem nicht gelang, alles das zu tun, was ihr notwendig erschien.

Meinungen und Betrachtungen über die Rechte der Frauen, über das Verhältnis der Ehegatten, über ihre Freiheit und ihre Rechte hießen zwar damals noch nicht wie heute »Fragen«, waren aber damals ganz wie heute auf der Tagesordnung; aber diese Fragen interessierten Natascha nicht, ja sie hatte absolut kein Verständnis für sie.

Diese Fragen bestanden damals, wie jetzt, nur für solche Menschen, die in der Ehe nichts als den Genuß sehen, den die Ehegatten einander gewähren, d. h. nur die Quelle der Ehe, nicht aber ihre ganze Bedeutung, die in der Familie liegt.

Diese Betrachtungen und die Fragen von heute, welche ganz den Fragen gleichen, auf welche Weise man einen möglichst großen Genuß von Mittagessen haben kann, bestanden damals und bestehen heute nicht für Menschen, für welche der Zweck des Mittagessens die Ernährung, und der Zweck der Ehe die Familie ist.

Ist der Zweck des Essens die Ernährung des Körpers, so wird jemand, der auf einmal zwei Mittage ißt, vielleicht einen größeren Genuß erreichen, nicht aber einen Zweck, denn die zwei Mittage werden von dem Magen nicht verdaut.

Ist der Zweck der Ehe die Familie, so wird jemand, der viele Frauen oder Männer haben wollte, vielleicht viel Genuß erlangen, er wird aber in keinem Falle eine Familie haben.

Ist der Zweck des Essens die Ernährung und der Zweck der Ehe die Familie, so wird die ganze Frage damit gelöst, daß man nicht mehr esse, als der Magen verdauen kann, und nicht mehr Frauen oder Männer habe, als nötig sind zu einer Familie, d. h. eine Frau und einen Mann. Natascha mußte einen Mann haben. Der Mann ward ihr. Und der Mann gab ihr die Familie. Nach einem anderen bessern Manne hatte sie nicht nur gar kein Bedürfnis, sondern da alle ihre Seelenkräfte darauf gerichtet waren, diesem Manne und ihrer Familie zu dienen, konnte sie sich gar nicht vorstellen, was wohl wäre, wenn es anders läge, und hatte gar kein Interesse daran, sich das vorzustellen. Natascha hatte den Verkehr im allgemeinen nicht gern, aber um so werter hielt sie den Verkehr mit ihren Angehörigen, mit der Gräfin Maria, ihrem Bruder, der Mutter und Sonja. Sie hielt den Verkehr mit den Menschen hoch, zu denen sie mit ungekämmten Haaren, im Hauskleid, mit ihren großen Schritten aus dem Kinderzimmer kommen konnte und mit freudig erregtem Gesicht eine Windel zeigen, die einen gelben Fleck statt eines grünen hatte, und von ihnen den Trost hören, daß es dem Kinde jetzt bedeutend besser gehe.

Natascha ließ sich so sehr gehen, daß ihre Kleidung, ihre Frisur, ihre voreiligen Worte, ihre Eifersucht – sie war eifersüchtig auf Sonja, auf ihre Gouvernante, auf jede hübsche und häßliche Frau – der übliche Gegenstand von Scherzen all ihrer Angehörigen war. Man war allgemein der Ansicht, daß Pierre unter dem Pantoffel seiner Frau stehe, und es war auch wirklich so. Vom ersten Tage ihrer Ehe an hatte Natascha ihre Forderungen ausgesprochen. Pierre war verwundert über diese ihm durchaus neue Anschauung seiner Gattin, daß nämlich jede Minute seines Lebens ihr und der Familie gehörte. Pierre war verwundert über den Anspruch seiner Gattin, zugleich aber fühlte er sich geschmeichelt und fügte sich.

Pierres Gefügigkeit bestand darin, daß er es nicht allein nicht wagte, einer anderen Frau den Hof zu machen, sondern daß er kaum den Mut hatte, lächelnd mit einer anderen zu sprechen, daß er nicht mehr wagte, Diners in den Klubs zu besuchen, bloß so, um die Zeit zu vertreiben, daß er nicht wagte, Geld für Liebhabereien auszugeben, daß er nicht wagte, auf lange Zeit zu verreisen, es sei denn in Geschäften, und zu diesen zählte seine Frau auch seine Beschäftigung mit den Wissenschaften, von denen sie nichts verstand, denen sie aber eine große Bedeutung zuschrieb. Zum Entgelt dafür hatte Pierre das volle Recht, in seinem eigenen Hause nicht bloß mit seiner eigenen Person, sondern auch mit seiner ganzen Familie zu schalten, wie er wollte. Natascha hatte sich in ihrem eigenen Hause die Stellung einer Sklavin ihres Gatten gegeben; und das ganze Haus ging auf den Fußspitzen, wenn Pierre beschäftigt war – wenn er in seinem Arbeitszimmer las oder schrieb. Pierre brauchte nur einen Wunsch merken zu lassen, und sogleich war das, was er gern hatte, erfüllt. Er brauchte nur ein Verlangen auszusprechen, und sogleich sprang Natascha auf und eilte es zu erfüllen.

Das ganze Haus wurde von den vermeintlichen Befehlen des Mannes regiert, d. h. von Pierres Wünschen, die Natascha zu erraten bemüht war. Die Lebensweise, der Aufenthaltsort, Bekanntschaften, Verbindungen, Nataschas Tätigkeit, die Erziehung der Kinder, das alles geschah nicht nur nach Pierres ausgesprochenen Wünschen, Natascha bemühte sich sogar zu erraten, was aus Pierres im Gespräch leicht hingeworfenen Gedanken zu schließen war. Und sie erriet richtig, worin der Kern von Pierres Wünschen bestand, und hatte sie es einmal erraten, so hielt sie fest an dem einmal Gewählten. Wollte dann Pierre selbst seinem Wunsche untreu werden, so kämpfte sie gegen ihn mit seiner eigenen Waffe.

So hatte ihr Pierre einmal in einer schweren Zeit, die ihm für immer denkwürdig blieb – es war nach der Geburt des ersten schwächlichen Kindes, bei dem sie dreimal die Ammen hatte wechseln müssen und Natascha vor Verzweiflung erkrankt war – Rousseaus Gedanken über das Unnatürliche und die Schädlichkeit des Nährens durch Ammen mitgeteilt, Gedanken, denen er vollständig zustimmte. Als das zweite Kind kam, setzte sie trotz des Widerspruchs der Mutter, der Ärzte und des eigenen Gatten, die gegen das Nähren wie gegen eine damals unerhörte und schädliche Sache ankämpften, ihren Willen durch und nährte von dieser Zeit an alle ihre Kinder selbst.

Häufig, in Augenblicken der Erregung, kam es vor, daß Mann und Frau sich stritten, aber lang nach einem solchen Streit fand Pierre zu seiner Freude und seinem Erstaunen nicht bloß in den Worten, sondern auch in den Handlungen seiner Frau eben den Gedanken, den sie bestritten hatte. Und er fand nicht bloß eben diesen Gedanken, er fand ihn sogar frei von alledem, was Überflüssiges, durch das Feuer des Streites Hervorgerufenes in der Darstellung seines Gedankens war.

Nach siebenjähriger Ehe empfand Pierre das freudige sichere Bewußtsein, daß er kein schlechter Mensch sei, und er empfand es, weil er sich in seiner Gattin widergespiegelt sah. In seinem eigenen Wesen fühlte er Gutes und Schlechtes miteinander vermischt, so daß eines das andere verdunkelte. In seiner Gattin spiegelte sich nur das, was wahrhaft gut war, alles nicht nur völlig Gute war ausgeschieden. Und diese Spiegelung hatte sich nicht auf dem Wege des logischen Denkens vollzogen, sondern durch eine andere geheimnisvolle unmittelbare Widerspiegelung.

XI

Zwei Monate vorher hatte Pierre, als er bei Rostows zu Gaste war, einen Brief von dem Fürsten Fjodor erhalten, der ihn aufforderte, nach Petersburg zu kommen zur Mitberatung gewisser wichtiger Fragen, welche die Mitglieder einer Gesellschaft in Petersburg beschäftigten, zu deren Hauptbegründern Pierre gehörte.

Nachdem Natascha diesen Brief gelesen hatte, denn sie las alle Briefe ihres Gatten, machte sie ihm selbst, so schwer es ihr wurde, ihn fern zu wissen, den Vorschlag, nach Petersburg zu reisen. Alles, was irgendeine geistige, abstrakte Angelegenheit ihres Gatten war, hielt sie, ohne es zu verstehen, für ungeheuer wichtig, und sie hatte immer Angst, sie könnte ihm in dieser Tätigkeit ein Hindernis sein. Pierres schüchternen, fragenden Blick nach dem Empfange des Briefes beantwortete sie mit der Bitte, er möge reisen, er möge nur sicher den Tag seiner Rückkehr bestimmen. Und sie gab ihm auf vier Wochen Urlaub.

Von der Stunde an, wo die Urlaubsfrist vorüber war, seit zwei Wochen, befand sich Natascha in einem beständigen Zustand der Angst des Kummers und der Erregung.

Denissow, der ausgediente General, der mit den gegenwärtigen Zuständen unzufrieden war, war in diesen letzten Wochen zu Gast gekommen; mit Verwunderung und Kummer betrachtete er Natascha, wie ein unähnliches Bildnis eines einst geliebten Menschen. Ihr sehnsüchtiger, suchender Blick, ihre unpassenden Antworten und ihre Gespräche über die Kinderstube – das war alles, was er von der früheren Zauberin jetzt sah und hörte.

Natascha war die ganze Zeit über traurig und erregt, besonders wenn ihre Mutter, ihr Bruder, Sonja oder die Gräfin Maria, um sie zu trösten, sich Mühe gaben, Pierre zu entschuldigen und Gründe für sein verspätetes Kommen zu finden.

Alles Torheit, alles Unsinn – sagte Natascha – alle seine Philosophie, die zu nichts führt, und alle diese dummen Gesellschaften – so sprach sie von denselben Dingen, von deren großer Wichtigkeit sie fest überzeugt war. Und dann ging sie in ihr Kinderzimmer, um ihren einzigen Knaben Petja zu nähren.

Niemand vermochte ihr so viel Beruhigendes, Vernünftiges zu sagen, wie dieses kleine Wesen von drei Monaten, wenn es an ihrer Brust lag und sie die Bewegung seines Mündchens fühlte. Dies Wesen sagte ihr:

»Du bist böse, du bist eifersüchtig, du möchtest dich an ihm rächen, du fürchtest dich, und ich bin doch er. Und ich bin doch er …« Und darauf war nichts zu antworten, das war mehr als die Wahrheit.

Natascha flüchtete während dieser zwei Wochen der Unruhe so häufig zu ihrem Kinde, um sich zu beruhigen, beschäftigte sich so viel mit ihm, daß sie es überfütterte und es krank wurde. Sie erschrak furchtbar über seine Krankheit, und doch war es gleichzeitig das, was sie brauchte. Während sie den Kleinen pflegte, trug sie leichter die Unruhe um ihren Gatten.

Sie nährte gerade, als Pierres Wagen polternd vor dem Hause vorfuhr, und die Wärterin, die wohl wußte, womit sie ihrer Herrin Freude machte, kam unhörbar, aber schnell mit strahlendem Gesicht in das Zimmer.

Ist er da? fragte Natascha, hastig flüsternd, sie fürchtete sich, sich zu bewegen, um das schlafende Kind nicht zu wekken.

Sie sind da, Mütterchen, sagte flüsternd die Wärterin.

Natascha stieg das Blut zum Gesicht und ihre Beine machten unwillkürlich eine Bewegung. Aber sie vermochte nicht aufzuspringen und hinauszulaufen.

Das Kind öffnete wieder die kleinen Äuglein und sah sie an. »Bist du da?« schien es zu sagen, und schnalzte wieder träge mit den Lippen.

Natascha entzog ihm langsam die Brust, schaukelte es, übergab es der Wärterin und ging mit raschen Schritten zur Tür. An der Tür aber blieb sie stehen, als empfinde sie Gewissensbisse darüber, daß sie in ihrer Freude zu schnell das Kind verlassen hätte, und sie sah sich noch einmal um. Die Wärterin hob eben mit hochgehobenen Händen das Kind über das Gitter in die Wiege.

Gehen Sie nur, gehen Sie nur, Mütterchen, seien Sie unbesorgt, gehen sie, sagte die Wärterin leise und lächelte mit der Vertraulichkeit, die sich zwischen der Wärterin und der Herrin herausgebildet hatte.

Und Natascha eilte mit leichten Schritten in das Vorzimmer.

Denissow war mit dem Pfeifchen im Munde aus dem Kabinett in den Saal gekommen, hier, zum ersten Male, erkannte er Natascha wieder. Ein helles, glänzendes, freudiges Licht ergoß sich in Strömen aus ihrem veränderten Gesicht.

Er ist da! sagte sie im Vorbeirennen zu ihm, und Denissow fühlte, daß er hocherfreut war über die Ankunft Pierres, den er gar nicht besonders gern hatte. Als Natascha in das Vorzimmer kam, erblickte sie eine hohe Gestalt im Pelz.

»Er, er! wirklich er«, sagte sie zu sich selbst. Sie flog ihm an den Hals, umarmte ihn, drückte ihn an sich, seinen Kopf an ihre Brust gelehnt, dann entfernte sie sich ein wenig von sich und sah in das gebräunte, rote und glückliche Gesicht Pierres. »Ja, er ist es, glücklich, zufrieden ...«

Und plötzlich gedachte sie wieder all der Qualen der Erwartung, die sie in den letzten zwei Wochen erduldet hatte! Die strahlende Freude wich aus ihrem Gesicht, sie runzelte die Stirn, und ein Strom von Vorwürfen und harten Worten ergoß sich über Pierre.

Ja, du hast's gut, du freust dich, du bist lustig ... Aber ich? Hättest du wenigstens an die Kinder gedacht. Ich nähre, ich leide an der Brust ... Petja war gefährlich krank. Und du lebst vergnügt. Ja, du lebst vergnügt ...

Pierre wußte sich ohne Schuld, denn er hatte nicht früher kommen können, er wußte, daß dieser Ausbruch ihres Zornes unpassend war, er wußte auch, daß er in zwei Minuten vorüber sein würde, er wußte vor allem, daß ihm heiter und froh zumute war. Er hätte lächeln mögen, aber er wagte gar nicht daran zu denken. Er machte ein betrübtes, verlegenes Gesicht und senkte den Kopf.

Es war nicht möglich, bei Gott, aber was macht Petja?

Jetzt geht es schon, komm. Wie, schämst du dich gar nicht? Hättest du nur sehen können, was ich gelitten habe, als du fort warst ...

Du bist doch gesund?

Komm, komm! sagte sie und ließ seine Hand nicht los. Und sie gingen in ihre Zimmer.

Als Nikolaj und seine Gattin kamen, um Pierre aufzusuchen, war er im Kinderzimmer und hielt den wachen Säugling auf seiner großen Handfläche und wiegte ihn. Auf seinem breiten Gesicht mit dem offenen, zahnlosen Munde lag ein freundliches Lächeln. Der Sturm war längst vorübergebraust, und hell und freudig strahlte die Sonne aus den Zügen Nataschas, die ihren Mann und ihren Sohn liebevoll betrachtete.

Und hast du alles mit dem Fürsten Fjodor gut besprochen? fragte Natascha.

Vortrefflich.

Siehst du, wie er gerade hält ... (den Kopf meinte Natascha) ach, wie er mich erschreckt hat! ... Und hast du die Fürstin gesehen? Ist es wahr, daß sie verliebt ist in diesen ...

Ja, du kannst dir vorstellen ...

In diesem Augenblick kamen Nikolaj und die Gräfin Maria ins Zimmer. Pierre gab den Sohn nicht aus der Hand, beugte sich vor, um sie zu küssen und antwortete auf ihre Erkundigungen. Aber trotz der vielen interessanten Dinge, die zu besprechen waren, verschlang doch das Bübchen in dem Schlafhäubchen mit dem wackelnden Köpfchen Pierres ganze Aufmerksamkeit.

Wie lieb er ist, sagte Gräfin Maria, indem sie den Knaben betrachtete und mit ihm spielte. Siehst du, Nikolaj, das verstehe ich nicht, wandte sie sich an ihren Man, wie du den Zauber, diesen Wunderzauber nicht begreifen kannst.

Ich begreife es nicht, ich kann's einmal nicht, sagte Nikolaj und sah das Kind mit einem kühlen Blicke an, ein Stückchen Fleisch. Komm mit, Pierre!

Die Hauptsache ist doch, er ist so ein zärtlicher Vater, sagte Gräfin Maria, indem sie ihren Gatten entschuldigte, aber erst wenn sie schon ein Jahr, oder so ...

Nein, Pierre weiß vortrefflich mit Kindern umzugehen, sagte Natascha, er meint, er habe eine Hand, die geradezu geschaffen ist für den Rücken des Kindes.

Nur nicht für diesen, sagte Pierre plötzlich lachend, nahm das Kind von der einen Hand in die andere und übergab es der Wärterin.

XII

Wie in jeder wirklichen Familie lebten auch im Herrenhause von Lyssyja-Gory mehrere vollkommen voneinander verschiedene Welten zusammen, jede hielt fest an ihrer Sonderheit und machte gleichzeitig der anderen Konzessionen, und so verschmolzen sie zu einem harmonischen Ganzen. Jedes Ereignis im Hause war für alle diese Welten gleich wichtig, freudig oder traurig; aber jede Welt für sich hatte ihre völlig eigenen, von den anderen unabhängigen Gründe der Freude oder der Trauer bei irgendeinem Ereignisse.

So war auch die Ankunft Pierres ein wichtiges, freudiges Ereignis, und so spiegelte es sich auch in allen wieder.

Die Diener, die zuverlässigsten Richter der Herrschaft, darum die zuverlässigsten, weil sie nicht nach Worten und Gefühlsausdrücken, sondern nach Handlungen und nach Lebensweise urteilen, waren erfreut über die Ankunft Pierres, denn sie wußten, während seiner Anwesenheit würde der Graf nicht täglich die Runde durch die Wirtschaft machen, würde er heiterer und freudiger sein. Dann auch noch, weil sie alle reiche Geschenke zum Festtage erwarteten. Die Kinder und Gouvernanten waren erfreut über Besuchows Ankunft, weil niemand sie wie Pierre zu geselligem Leben heranzog – er allein verstand auf dem Klavier die Eccossaise zu spielen (es war das einzige Stück, das er konnte), bei der man, wie er zu sagen pflegte, alle möglichen Tänze tanzen konnte, und sicherlich hatte er auch allen Geschenke mitgebracht.

Nikolenka, der jetzt ein fünfzehnjähriger, hagerer, kränklicher, kluger Knabe mit blonden, wallenden Locken und schönen Augen war, freute sich, weil Onkel Pierre, wie er ihn nannte, der Gegenstand seiner Bewunderung und einer leidenschaftlichen Liebe war. Niemand hatte Nikolenka diese besondere Liebe für Pierre eingeprägt, und er hatte ihn nur selten gesehen. Seine Erzieherin, die Gräfin Maria, hatte alles getan, um Nikolenka zur Liebe ihres Gatten zu erziehen, zu einer Liebe, die der ihrigen gliche, und Nikolenka liebte auch den Onkel; aber seine Liebe hatte einen kaum wahrzunehmenden Anflug von Geringschätzung. Pierre dagegen vergötterte er, er wollte weder Husar werden noch Ritter des Georgskreuzes wie Onkel Nikolaj, er wollte gelehrt, groß und gut werden wie Pierre. Wenn Pierre da war, lag auf seinem Gesicht stets ein freudiger Glanz, er errötete und der Atem stockte ihm, wenn Pierre seine Rede an ihn richtete, er verlor nicht ein Wort von allem, was Pierre sagte und rief sich dann mit Dessalle oder allein für sich jedes Wort Pierres in Erinnerung und dachte nach über seine Bedeutung. Pierres Vergangenheit, sein Unglück vom Jahre 1812 (von dem er sich aus aufgefangenen Worten eine dunkle, poetische Vorstellung gebildet hatte), seine Abenteuer in Moskau, seine Gefangenschaft, Platon Karatajew (der ihm aus Pierres Erzählungen bekannt war), seine Liebe zu Natascha (der der Knabe auch in eigentümlicher Liebe zugetan war) und vor allem seine Freundschaft mit seinem Vater, den Nikolenka nicht gekannt hatte – all dies machte Pierre für ihn zu einem Helden und zu einem Heiligtum.

Aus abgerissenen Reden über seinen Vater und Natascha, aus der Erregung, mit der Pierre von dem Verstorbenen sprach, aus der Vorsicht und andachtsvollen Zärtlichkeit, mit der auch Natascha von ihm sprach, hatte der Knabe, der eben anfing, Liebe zu ahnen, sich einen Begriff davon gemacht, daß sein Vater Natascha geliebt habe und auch sie auf seinem Sterbebette der Obhut seines Freundes empfohlen habe. Dieser Vater aber, den der Knabe nicht gekannt hatte, lebte in seinem Geiste als eine Gottheit, von der man sich kein Bild machen kann und an die er nicht anders dachte als mit beklommenem Herzen und mit Tränen der Trauer und des Entzückens. Und der Knabe war glücklich, weil Pierre gekommen war.

Die Gäste freuten sich mit Pierre, weil er ein Mann war, der in jede Gesellschaft Leben und Zusammengehörigkeit brachte.

Die erwachsenen Hausgenossen, von der Frau zu schweigen, freuten sich über den Freund, durch dessen Anwesenheit das Leben leichter und ruhiger wurde.

Die alten Damen freuten sich über die Geschenke, die sie von ihm erwarteten, vor allem aber, weil Natascha wieder aufleben würde.

Pierre hatte das Gefühl für die verschiedenen Gesichtspunkte, von welchen die verschiedenen Welten ihn betrachteten, und beeilte sich, jeder von ihnen das Erwartete zu bieten.

Pierre, der zerstreuteste und vergeßlichste Mensch, hatte

diesmal nach einem Verzeichnis, das ihm seine Frau gemacht hatte, alles gekauft, selbst die Aufträge der Mutter und des Bruders hatte er nicht vergessen, noch die Geschenke, den Stoff für die Bjelowa und das Spielzeug für die Neffen.

In der ersten Zeit seiner Ehe war ihm dieses Verlangen seiner Frau, alle Aufträge auszuführen und nichts zu vergessen, was er sich vorgenommen hatte einzukaufen, sonderbar erschienen, und ihr erster Ärger, als er bei seiner ersten Reise alles vergessen hatte, war ihm überraschend gewesen. Später hatte er sich daran gewöhnt. Da er wußte, daß Natascha für sich gar keine Aufträge gab und für die anderen nur dann, wenn er sich selbst dazu erbot, fand er jetzt unerwarteterweise selbst ein kindliches Vergnügen daran, für das ganze Haus Geschenke einzukaufen und vergaß nie etwas. Wenn er Nataschas Vorwürfe verdiente, so geschah das nur, weil er Überflüssiges gekauft und zu teuer bezahlt hatte. Zu allen seinen Fehlern, zu denen nach der Meinung der Mehrheit Unsauberheit und Nachlässigkeit gehörten, die aber in Pierres Augen nur berechtigte Eigentümlichkeiten von ihm bildeten, hatte Natascha noch den Geiz hinzugefügt.

Von der Stunde an, wo Pierre anfing, ein großes Haus zu führen, in der Familie zu leben, die große Ausgaben erforderte, beobachtete er zu seiner Verwunderung, daß er nur halb soviel brauchte als früher, und daß seine Verhältnisse, die in der letzten Zeit ganz besonders durch die Schulden seiner ersten Frau zerrüttet waren, sich zu bessern anfingen.

Man lebte billiger, weil das Leben einheitlicher war. Den teuren Luxus, der in einer Lebensweise bestand, die man jeden Augenblick ändern konnte, kannte Pierre nicht mehr, ja er wollte ihn nicht mehr kennen, er fühlte, daß seine Lebensweise jetzt bestimmte Formen hatte, die sich bis an seinen Tod nicht ändern sollten, daß es nicht in seiner Macht lag, sie zu ändern, und daß diese Lebensweise darum weniger kostspielig war.

Pierre packte mit heitrem, lachendem Gesicht seine Einkäufe aus.

Wunderschön, nicht wahr, sagte er und faltete wie ein Krämer ein Stück Stoff auseinander. Natascha saß ihm gegenüber, sie hielt ihr älteres Töchterchen auf den Knien und ließ ihre glänzenden Augen schnell von ihrem Manne zu dem Gegenstande hinüberschweifen, den er zeigte.

Ist das für Bjelowa? Wunderschön – sie befühlte den Stoff – einen Rubel die Elle?

Pierre nannte den Preis.

Teuer, sagte Natascha. Wie werden sich die Kinder freuen und *maman*! Aber das für mich, das war nicht nötig, fügte sie hinzu, konnte aber ein Lächeln nicht zurückhalten, so entzückt war sie über den perlbesetzten, goldenen Kamm, wie sie damals gerade in Mode gekommen waren.

Adele hat mich dazu verführt: Raufen und kaufen, sagte Pierre.

Aber wann soll ich denn das tragen? Natascha steckte den Kamm in ihren Zopf. Bis ich Maschenka in die Gesellschaft einführe; vielleicht wird man ihn da wieder tragen. Nun komm.

Sie raffte die Geschenke zusammen und ging erst in das Kinderzimmer, dann zur Gräfin.

Die Gräfin saß, wie gewöhnlich, mit Frau Bjelow bei ihrer *grande patience*, als Pierre und Natascha mit ihren Päckchen unter den Armen in den Salon traten. Die Gräfin war schon über sechzig. Sie war ganz grau und trug ein Häubchen, das ihr kurzes Gesicht mit einer Rüsche umrahmte. Ihr Gesicht war runzlich, ihre Oberlippe eingefallen, ihre Augen geschwollen.

Nach dem Tode ihres Sohnes und ihres Gatten, die so schnell aufeinander gefolgt waren, kam sie sich in dieser Welt wie ein verlorenes Wesen vor, das keinen Zweck und keinen Sinn hat. Sie aß, trank, schlief, machte sich zu tun, aber sie lebte nicht. Das Leben gab ihr keinerlei Eindrücke. Sie brauchte nichts vom Leben als Ruhe, und diese Ruhe konnte sie nur im Tode finden. Aber solange der Tod nicht kommen wollte, mußte sie leben, d. h. sie mußte ihre Lebenskräfte gebrauchen. In ganz besonderem Grade zeigte sich an ihr, was man bei sehr kleinen Kindern und sehr alten Leuten wahrnehmen kann. In ihrem Leben war kein äußerer Zweck sichtbar, man sah nur das Lebensbedürfnis, die verschiedenen

Neigungen und Fähigkeiten in Übung zu erhalten. Sie mußte essen, schlafen, denken, sprechen, weinen, arbeiten, sich ärgern usw., nur weil sie einen Magen, ein Hirn, Muskel, Nerven und Galle hatte. Alles das tat sie, ohne daß irgendein Äußeres es hervorgerufen hätte, nicht, wie es Menschen in der Vollkraft des Lebens tun, wo man neben dem Zweck, dem sie nachgehen, den zweiten Zweck, der Anwendung ihrer Kräfte, nicht wahrnimmt. Sie sprach nur, weil sie das physische Bedürfnis hatte, die Lunge und die Zunge zu bewegen. Sie weinte, wie ein Kind, weil sie das Bedürfnis hatte, sich zu erleichtern usw. Was für Menschen in der Vollkraft den Zweck bildet, war für sie offenbar nur Vorwand. So zeigte sich bei ihr in der Morgenstunde, besonders wenn sie am Vorabend etwas Fettes gegessen hatte, das Bedürfnis, sich zu ärgern, und dann suchte sie sich dafür den nächsten Vorwand aus – Frau Bjelows Taubheit.

Sie sprach vom anderen Ende des Zimmers leise zu ihr hinüber.

Es scheint heute etwas wärmer zu werden, meine Liebe, sagte sie im Flüstertone, und wenn dann die Bjelowa antwortete: »Wie? sind sie angekommen?« brummte sie ärgerlich: Du lieber Gott, wie taub und wie dumm sie ist?

Ein zweiter Vorwand war ihr Schnupftabak, bald war er ihr zu trocken, bald zu feucht, bald schlecht gerieben.

Nach solchen Erregungen ergoß sich ihr die Galle ins Gesicht, und ihre Dienstmädchen konnten sicher vorhersagen, wann Frau Bjelow wieder taub sein würde, wann der Tabak zu feucht und wann ihr Gesicht wieder gelb sein würde. So wie sie von Zeit zu Zeit ihre Galle in Tätigkeit setzen mußte, so müßte sie auch von Zeit zu Zeit ihre übrigen Fähigkeiten in Bewegung setzen – denken, und dazu bot den Vorwand die Patience. Hatte sie das Bedürfnis, zu weinen, so fand sie ihren Gegenstand in dem seligen Grafen, hatte sie das Bedürfnis, sich zu ängstigen, so war Nikolaj und sein Befinden der Vorwand dazu; hatte sie das Bedürfnis, giftige Reden zu führen, so war ihr Vorwand die Gräfin Maria. Hatte sie das Bedürfnis, ihr Gesprächsorgan zu üben – das war meist um sieben Uhr der Fall, wenn sie ihr Verdauungsschläfchen in der dunklen

Stube gehalten hatte –, so fand sie den Vorwand in der Erzählung immer derselben Geschichten vor den immer gleichen Zuhörern.

Dieser Zustand der alten Dame war allen Hausleuten klar, obwohl nie jemand ein Wort darüber sprach und sich alle die größte Mühe gaben, diese ihre Bedürfnisse zu befriedigen. Nur manchmal sprach sich in einem Anflug traurigen Lächelns, das Nikolaj, Pierre, Natascha und die Gräfin Maria austauschten, diese gemeinsame Auffassung ihres Zustands aus.

Aber diese Blicke sagten außerdem auch noch etwas anderes: sie sagten, ihr Lebenswerk sei getan, sie sei nicht ganz, was sie jetzt scheine; sie sagten, wir werden alle einst so sein, und es gewähre ihnen Freude, sich ihr zu fügen, sich zu überwinden, zugunsten dieses ihnen einst teuren, einst lebensvollen, jetzt so bedauernswerten Wesens. *Memento mori*! sagten diese Blicke.

Nur ganz schlechte und dumme Menschen und die kleinen Kinder waren die einzigen von den Hausleuten, die das nicht verstanden und sich von ihr fernhielten.

XIII

Als Pierre und seine Gattin in den Salon kamen, befand sich die Gräfin in dem gewöhnlichen Zustande des Bedürfnisses, sich mit der geistigen Arbeit der *grande patience* zu beschäftigen, und obgleich, wie es ihre Gewohnheit war, sie dasselbe sagte, was sie immer bei der Heimkehr Pierres oder ihres Sohnes sagte: Es war Zeit, es war Zeit, mein liebes Kind; du hast uns warten lassen. Nun, Gott sei Dank, und obgleich sie bei der Übergabe der Geschenke auch wieder sagte, was sie immer zu sagen pflegte: nicht das Geschenk, sondern der Geber ist teuer, ich danke dir, daß du an mich alte Frau gedacht hast, konnte man doch sehen, daß ihr Pierres Eintreten in diesem Augenblicke unangenehm war, weil er sie von der üblichen *grande patience* abzog. Sie legte ihre Patience zu Ende und machte sich erst dann über die Geschenke her. Die Geschenke bestanden in einem Kartenfutteral von wundervoller

Arbeit, einer hellblauen Sèvrestasse mit Deckel und einem Bilde, das Hirtenmädchen darstellte und aus einer goldenen Tabaksdose mit dem Bildnis des Grafen, das Pierre in Petersburg von einem Miniaturmaler hatte malen lassen. (Die Gräfin hatte schon lange diesen Wunsch gehabt.) Sie hatte jetzt keine Lust zu weinen, darum sah sie das Bildnis gleichgültig an und beschäftigte sich mehr mit dem Futteral.

Habe Dank, mein Lieber, du hast mir eine Freude gemacht, sagte sie, wie sie immer zu sagen pflegte, aber das Beste ist doch, daß du dich selbst mitgebracht hast. Das ist ja gar nicht zu sagen; du solltest deine Frau tüchtig ausschelten. Was soll das heißen? Wie eine Wahnsinnige ist die umhergegangen. Sie sieht nichts, sie hört nichts – sagte sie – wie sie immer zu sagen pflegte. Sieh nur, Anna Timofejwna, fügte sie hinzu, was uns mein Söhnchen für ein Futteral mitgebracht hat.

Frau Bjelow rühmte die Geschenke und war entzückt von ihrem Stoffe.

Obgleich Pierre, Natascha, Nikolaj, die Gräfin Maria und Denissow vieles zu erzählen hatten, was sie in Gegenwart der Gräfin nicht zu besprechen pflegten, nicht etwa, weil man Heimlichkeiten vor ihr hatte, sondern weil ihr so vieles so fremd geworden war, daß man ihr auf ihre Fragen hätte antworten müssen und hundertmal wiederholen, was man schon hundertmal wiederholt hatte: ihr erzählen, der sei gestorben, der habe geheiratet, was sie immer wieder vergaß; saßen sie doch wie gewöhnlich, beim Tee im Salon um den Samowar herum, und Pierre antwortete auf die Fragen, die die Gräfin stellte, die für ihn selbst überflüssig waren und keinen anderen interessierten, Fürst Wassilij habe gealtert, Gräfin Maria Aleksejewna lasse grüßen und freue sich usw.

So ging das Gespräch, das niemanden interessierte, das aber unvermeidlich war, während des ganzen Tees. Um den runden Teetisch, auf dem der Samowar stand, neben dem Sonja saß, pflegten sich alle erwachsenen Mitglieder der Familie zu versammeln. Die Kinder, die Gouverneure und Gouvernanten hatten schon ihren Tee getrunken und ihre Stimmen klangen aus dem Nachbarzimmer herüber.

Alle saßen auf ihren gewohnten Plätzen, Nikolaj am Ofen, an dem kleinen Tischen, wohin man ihm den Tee brachte. Die alte Milka, mit ihrem gänzlich grauen Gesicht, aus dem um so schärfer die großen, schwarzen Augen hervortraten, die Tochter der ersten Milka lag auf dem Stuhl neben ihm. Denissow mit seinem angegrauten, wolligen Haar, mit Schnauz- und Backenbart, saß im offenen Generalsrock neben der Gräfin Maria. Pierre saß neben seiner Frau und der alten Gräfin. Er erzählte Dinge, die – das wußte er – die alte Dame interessierten und von ihr verstanden werden konnten. Er sprach von auswärtigen Gesellschaftsereignissen und von den Leuten, die einst den alten Kreis der Gräfin gebildet hatten, die vor Zeiten einen lebendigen, eigenen Kreis gebildet hatten, die aber jetzt meist in der Welt zerstreut lebten, ganz wie sie ihre alten Jahre hinbrachten, indem sie den Rest der Ähren einsammelten, die sie im Leben gesät hatten. Aber nur ihre Altersgenossen waren für die Gräfin die ausschließlich ernst zu nehmende und wirkliche Welt.

Aus Pierres Lebhaftigkeit ersah Natascha, daß seine Reise interessant gewesen war, daß er vieles zu erzählen hatte, und daß er nur in Gegenwart der Gräfin nicht zu sprechen wagte.

Denissow, der ja nicht zur Familie zählte und darum für Pierres Vorsicht kein Verständnis hatte, der außerdem zu den Mißvergnügten gehörte, war auch neugierig zu erfahren, was in Petersburg vorging, und forderte Pierre immer wieder heraus, zu erzählen, was das für eine Geschichte wäre mit dem Semjonow-Regiment, mit Araktschejew, mit der Bibelgesellschaft. Manchmal ließ sich Pierre hinreißen und begann zu erzählen, aber immer wieder brachten Nikolaj und Natascha ihn zurück auf das Befinden des Fürsten Iwan und der Gräfin Maria Antonowna.

Was ist denn mit all dem Unsinn, mit Goßner und der Tatarinowa? fragte Denissow. Geht das immer noch fort?

Ob es fortgeht! rief Pierre laut, mächtiger als je. Die Bibelgesellschaft – das ist jetzt die ganze Regierung.

Was sagst du, *mon cher ami*, fragte die Gräfin, die ihren Tee getrunken hatte und offenbar einen Vorwand suchte, um sich nach der Verdauung zu ärgern. Wie meinst du: die Regierung? Ich verstehe das nicht.

Sie müssen wissen, *maman*, mischte sich Nikolaj ins Gespräch, der wußte, wie man solche Dinge in die Sprache seiner Mutter übertragen mußte. Fürst A.N. Golizyn hat eine Gesellschaft gegründet, und er hat einen großen Einfluß, heißt es.

Araktschejew und Golizyn, sagte Pierre unvorsichtig, sind jetzt die ganze Regierung, und was für eine! In allem sehen sie Verschwörung, alles setzt sie in Furcht.

Was soll Fürst Alexander Nikolajewitsch verschuldet haben? Er war ein sehr ehrenhafter Mann, ich bin ihm früher bei Maria Antonowna begegnet, sagte die Gräfin in beleidigtem Tone und fühlte sich noch mehr beleidigt, weil alle schwiegen. Heutzutage wird alles kritisiert, fuhr sie fort. Eine evangelische Gesellschaft – was ist da Schlimmes? und sie erhob sich (alle anderen erhoben sich ebenfalls) und ging stolz mit ernster Miene in das Diwanzimmer an ihren Tisch.

In das drückende Schweigen hinein klangen aus dem Nebenzimmer das Lachen und das Geplauder der Kinder. Bei den Kindern gab es offenbar eine freudige Erregung.

Fertig, fertig! übertönte der freudige Ruf der kleinen Natascha alle anderen. Pierre tauschte mit der Gräfin Maria und mit Nikolaj einen Blick (Natascha sah er immer) und lächelte glücklich.

Das nenne ich eine wundervolle Musik, sagte er.

Anna Makarowna hat ihren Strumpf zu Ende gestrickt, sagte die Gräfin Maria.

Da muß ich hineingehen, sagte Pierre und sprang auf. Weißt du, fügte er hinzu und blieb an der Tür stehen, warum ich diese Musik so gern habe? Sie lassen mich zuerst erkennen, daß alles gut steht. Heut, wie ich ankomme: je näher ich dem Hause komme, desto ängstlicher wird mir zumute. Wie ich in das Vorzimmer trete und höre, wie Andrjuscha sich vor Lachen nicht halten kann, weiß ich, es steht alles gut.

O ja, ich kenne dies Gefühl, bestätigte Nikolaj. Ich darf ja nicht hineingehen, die Strümpfe sind ja eine Überraschung für mich.

Pierre ging zu den Kindern hinein, und das Lachen und das laute Geschrei wurde noch stärker.

Nun, Anna Makarowna, erklang Pierres Stimme, hier, ganz in die Mitte, und auf Kommando – eins, zwei und sag' ich drei – so stellst du dich hierher. Nun pass auf, also eins, zwei, klang Pierres Stimme; dann folgte Schweigen. – Drei! –

Und ein begeisterter Aufschrei der Kinderstimmen schallte durch das Zimmer. – Zwei, zwei! schrien die Kinder.

Zwei Strümpfe hatte Anna Makarowna nach einem nur ihr bekannten Geheimnis gleichzeitig gestrickt, und wenn sie fertig war, pflegte sie immer feierlich in Gegenwart der Kinder den einen aus dem anderen herauszuziehen.

XIV

Kurz darauf kamen die Kinder, um Gute Nacht zu sagen. Die Kinder gaben jedem einen Kuß, die Gouverneure und Gouvernanten verbeugten sich und gingen aus dem Zimmer, nur Dessalle und sein Zögling blieben. Der Gouverneur rief leise seinen Zögling heran und bat ihn, hinunterzugehen.

Nein, Mr. Dessalle, ich will die Tante bitten, daß ich hierbleiben darf, antwortete Nikolenka ebenfalls leise.

Ma Tante, sagte Nikolenka, und ging auf die Tante zu, erlauben Sie mir, noch hierzubleiben? Aus seinem Gesicht sprach Bitte, Erregung und Entzücken. Gräfin Maria sah ihn an und warf einen Blick zu Pierre herüber.

Wenn Sie hier sind, kann er sich gar nicht trennen, sagte sie zu ihm …

Ich bringe ihn gleich hinunter, Mr. Dessalle. Gute Nacht, sagte Pierre, reichte dem Schweizer die Hand und wandte sich lächelnd zu Nikolenka … Wir haben uns noch gar nicht begrüßt; Marie, wie ähnlich er wird – fügte er hinzu – zur Gräfin Maria gewandt.

Dem Vater? sagte der Knabe, wurde purpurrot und blickte von unten herauf zu Pierre empor mit begeisterten, glänzenden Augen. Pierre nickte ihm mit dem Kopfe zu und setzte die Erzählung fort, die die Kinder vorher unterbrochen hatten.

Gräfin Maria sah unverwandt ihren Mann an, Nikolaj und Denissow standen auf, setzten sich wieder, baten um Tabakspfeifchen und rauchten, ließen sich von Sonja, die nachdenklich, ohne sich fortzuführen, bei dem Samowar saß, Tee reichen und fragten Pierre aus. Der krausköpfige, kränkliche Knabe mit den glänzenden Augen saß unbemerkt von allen in seinem Winkelchen, und nur von Zeit zu Zeit wandte er sein krauses Köpfchen auf dem zarten Halse, der sich frei in dem weiten Kragen bewegte, nach der Seite hin, wo Pierre saß, schauerte manchmal zusammen und flüsterte etwas vor sich hin, offenbar von einem neuen starken Gefühl erregt.

Das Gespräch drehte sich um den neuesten Klatsch aus den höchsten Regierungskreisen, in dem die meisten Menschen das Hauptinteresse der inneren Politik sehen. Denissow, der wegen seiner Mißerfolge im Dienst mit der Regierung unzufrieden war, erfuhr mit Freuden all die Dummheiten, die man jetzt nach seiner Meinung in Petersburg beginne, und machte in starken und scharfen Ausdrücken seine Bemerkungen zu Pierres Erzählungen.

Früher mußte man ein Deutscher sein, jetzt muß man mit Frau Tatarinow und Md. Krüdener tanzen, Eckartshausen und die Brüderschaft lesen, ach! Ich möchte am liebsten unsern lieben Bonaparte wieder einmal loslassen, er würde diesen Narren zeigen, was eine Harke ist. Was soll das heißen? Man gibt dem Gemeinen Schwarz das Semjonow-Regiment? schrie er.

Nikolaj hatte zwar nicht wie Denissow die Neigung, alles schlecht zu finden, hielt es aber auch für sehr schön und wichtig, die Regierung zu kritisieren und war der Meinung, die Ernennung A.s. zum Minister dieser Angelegenheiten und die Versetzung B.s. als Generalgouverneur nach diesem oder jenem Orte, diese oder jene Rede des Kaisers, diese oder jene Bemerkung eines Ministers, alles das seien höchst bedeutende Dinge. Und er hielt es für natürlich, seine Teilnahme daran kundzugeben und fragte Pierre aus. Bei dem Fragen dieser beiden Männer erhielt das Gespräch den gewöhnlichen Charakter des Klatsches aus den höheren Regierungssphären.

Natascha aber, die alle Eigenheiten und Gedanken ihres Mannes kannte, sah, daß Pierre lange schon den Wunsch hatte, dem Gespräch eine andere Wendung zu geben und seine heiligsten Ideen auszusprechen, die Ideen, die ihn nach Petersburg geführt hatten, um mit seinem neuen Freunde, dem Fürsten Fjodor zu beraten, und sie kam ihm zu Hilfe mit der Frage: Was er eigentlich mit dem Fürsten betreibe?

Was? fragte Nikolaj.

Immer dasselbe, immer dasselbe, sagte Pierre und sah im Kreise umher. Jeder Mensch sieht, daß die Dinge schlecht stehen, daß es so nicht bleiben kann, und daß es die Pflicht aller Ehrenmänner ist, nach ihren Kräften dem entgegenzuwirken.

Was können die Ehrenmänner tun? sagte Nikolaj mit leichtem Stirnrunzeln. Was kann man denn tun? ...

Das will ich dir sagen ...

Gehen wir ins Kabinett, sagte Nikolaj.

Natascha, die schon lange vorher gewußt hatte, daß man sie bald zu dem Kinde rufen würde, hörte die Stimme der Wärterin und ging in das Kinderzimmer. Gräfin Maria begleitete sie. Die Männer gingen in das Kabinett, und Nikolenka Bolkoskij kam unbemerkt von dem Onkel ebenfalls hinein und setzte sich in den Schatten in die Fensterecke am Schreibtisch.

Was willst du also tun? sagte Denissow.

Immer und ewig diese Phantasien, sagte Nikolaj.

Ich will dir sagen, begann Pierre, ohne sich hinzusetzen. Bald ging er im Zimmer auf und nieder, bald blieb er stehen und machte beim Sprechen lebhafte Bewegungen und verfiel manchmal in Lispeln. Ich will dir sagen, die Lage in Petersburg ist die: der Kaiser vernachlässigt die Geschäfte. Er ist ganz diesem Mystiszismus verfallen (Mystizismus verzeiht Pierre jetzt niemandem). Das einzige, wonach er jetzt strebt, ist Ruhe, und Ruhe können ihm nur diese Männer ohne Treue und Glauben geben, die alles um sich her vernichten und unterdrücken. Magnizkij, Araktschejew und *tutti quanti* ... Du wirst mir zugeben, wenn du dich nicht selbst der Wirtschaft widmen wolltest, sondern nur der Ruhe pflegen, so würdest du deinen Zweck um so schneller erreichen, je härter dein Verwalter wäre, wandte er sich an Nikolaj.

Aber was willst du damit sagen? fragte Nikolaj.

Und so geht alles zugrunde. Im Gerichtswesen herrscht Bestechlichkeit, in der Armee der Stock: der Drill, die Militärkolinien bedrücken das Volk; die Bildung wird unterdrückt. Was jung und ehrenhaft ist, wird zugrunde gerichtet! Alle Welt sieht ein, daß das nicht so weitergehen kann. Es ist alles zu straff gespannt und muß zerspringen, sagte Pierre (wie die Menschen immer sagen, solange eine Regierung existiert und bei der Beurteilung der Handlungen jeder Regierung). Ich habe ihnen in Petersburg das eine gesagt. –

Wem, fragte Denissow.

Nun, ihr wißt schon, wem, sagte Pierre und sah bedeutsam von unten herauf – dem Fürsten Fjodor und ihnen allen. Bildung und Wohlfahrt fördern, das ist alles sehr schön, selbstverständlich. Ein schönes Ziel und auch sonst sehr schön; aber unter den gegenwärtigen Verhältnissen müssen wir andere Dinge ...

In diesem Augenblick bemerkte Nikolaj die Anwesenheit seines Neffen. Seine Züge verdüsterten sich, er ging auf den Knaben zu.

Was willst du hier?

Warum, laß ihn doch, sagte Pierre, nahm Nikolenka bei der Hand und fuhr fort: Das genügt nicht, hab' ich ihnen gesagt: Wir müssen jetzt an andere Dinge denken. Wenn ihr dasteht und darauf wartet, daß die allzu straff gespannte Saite springt, wenn alle auf die unvermeidliche Umwälzung warten, müssen wir uns immer enger, immer zahlreicher aneinanderschließen, um der allgemeinen Katastrophe entgegenzuarbeiten. Alles, was jung und kräftig ist, wird in den Strudel hineingezogen. Den einen verführen die Weiber, den anderen locken die Ehren, den dritten der Ehrgeiz, das Geld, und es geht alles in ihr Lager über. Unabhängige, freie Menschen wie ihr und ich gibt es nicht mehr. Ich sage: erweitert den Kreis der Gesellschaft; das Losungswort darf nicht mehr die Jugend allein sein, Unabhängigkeit, Tätigkeit muß es heißen.

Nikolaj ließ den Knaben, rückte ärgerlich seinen Stuhl heran, setzte sich, hüstelte mürrisch bei Pierres Worten und wurde immer finsterer und finsterer.

Ja, aber welchen Zweck soll diese Tätigkeit haben, schrie er, und in welches Verhältnis wollt ihr euch zur Regierung stellen?

Das will ich dir sagen: in das Verhältnis von Gehilfen! Die Gesellschaft braucht keine geheime zu sein, wenn die Regierung sie zuläßt. Sie ist nicht nur der Regierung nicht feindlich gesinnt, sie ist eine Gesellschaft von wahrhaft Konservativen, eine Gesellschaft von Gentlemen in der ganzen Bedeutung dieses Wortes. Nur damit Pugatschow nicht ins Land komme, um uns abzuschlachten, und meine und deine Kinder zu würgen, und damit Araktschejew mich nicht in seine Militärkolonien schicke, schließen wir uns aneinander mit dem einzigen Zweck des allgemeinen Wohls und der allgemeinen Sicherheit.

Gut, aber die Gesellschaft ist eine geheime, folglich eine schädliche, und kann nur Böses gebären.

Warum? Hat etwa der Tugendbund, der Europa gerettet hat (damals wagte man noch nicht zu denken, daß Rußland Europa gerettet habe), schädlich gewirkt? Der Tugendbund, d. h. die Liebe, die gegenseitige Hilfe, das, was Christus am Kreuze gepredigt ...

Natascha, die mitten im Gespräch in das Zimmer getreten war, sah ihren Mann freudig an. Sie freute sich nicht über das, was er sagte, das interessierte sie gar nicht einmal, es kam ihr vor, als wäre das alles außerordentlich einfach und als hätte sie das alles längst gewußt (es kam ihr deshalb so vor, weil sie die Quelle ganz kannte, der es entsprang, die ganze Seele Pierres); aber sie freute sich bei dem Anblick seiner lebhaften, begeisterten Gestalt.

Mit noch freudigerer Begeisterung betrachtete Pierre der Knabe mit dem zarten Hals, der aus dem abstehenden Kragen hervortrat, und den die Anwesenden alle vergessen hatten. Jedes Wort, das Pierre sprach, machte sein Herz erglühen, und mit einer nervösen Bewegung seiner Finger zerbrach er, ohne es selbst zu merken, die Siegellackstangen und die Federn auf dem Tische des Onkels, die ihm gerade in die Hand fielen.

Durchaus nicht, wie du meinst, ich will dir sagen, was der deutsche Tugendbund war und was der Bund ist, den ich vorschlage.

Nun ja, lieber Freund, für die Wurstfresser ist der Tugendbund gut, aber ich verstehe das nicht, ich spreche über solche Dinge nicht, erklang die laute entschiedene Stimme Denissows. – Es ist alles häßlich und gemein, das behaupte ich auch, aber Tugendbund, das verstehe ich nicht. Gefällt's mir nicht, dann heißt's ein Bund, eine Verschwörung. *Je suis votre homme*!

Pierre lächelte, Natascha lachte auf, Nikolaj aber zog die Augenbrauen noch mehr zusammen und wollte Pierre beweisen, daß keinerlei Umwälzung zu befürchten sei, und daß all die Gefahren, von denen er spreche, nur in seiner Phantasie lebten. Pierre bewies das Gegenteil, und da seine geistigen Fähigkeiten stärker und gewandter waren, fühlte sich Nikolaj an die Wand gedrückt; das ärgerte ihn noch mehr, denn er war sich im Innersten, nicht auf Grund der Vernunft, sondern auf Grund eines Stärkeren als die Vernunft, der unumstößlichen Richtigkeit seiner Meinung bewußt.

Ich will dir was sagen … begann er, dabei erhob er sich und wollte in nervöser Hast seine Pfeife in den Winkel lehnen, warf sie aber schließlich hin. – Beweisen kann ich es dir nicht. Du sagst, alles bei uns sei schlecht, und wir stehen vor einer Umwälzung, ich kann das nicht sehen. Du sagst ferner, der Eid – ist etwas Bedingtes, darauf antworte ich dir: du bist mein bester Freund, das weißt du, aber gehörst du zu einer geheimen Gesellschaft, und fangt ihr an, der Regierung entgegenzuwirken, wer sie auch immer sei, so weiß ich, meine Pflicht ist, ihr zu gehorchen. Wollte mir Araktjeschew diesen Augenblick befehlen, euch mit einer Schwadron zu überfallen und euch niederzuhauen – ich würde keinen Augenblick zögern und losgehen, nun denke du, wie du willst.

Diesen Worten folgte ein drückendes Schweigen. Natascha ergriff zuerst das Wort, sie verteidigte ihren Mann und fiel über ihren Bruder her. Ihre Verteidigung war schwach und ungewandt, aber sie erreichte ihren Zweck. Das Gespräch war wieder aufgenommen und zwar nicht mehr in dem unangenehmen feindseligen Tone, in dem die letzten Worte Nikolajs gesprochen waren.

Als alle sich zum Abendbrot erhoben, trat Nikolenka Bolkonskij blaß, mit strahlenden, leuchtenden Augen auf Pierre zu.

Onkel Pierre ... Sie ... nein ... Wenn Papa noch lebte ... würde er so denken wie Sie? fragte er.

Pierre hatte sofort begriffen, welche ungewöhnliche, komplizierte und starke Arbeit des Fühlens und Denkens im Innern dieses Knaben während des Gespräches sich vollzogen haben müsse, und da er an alles zurückdachte, was er gesagt hatte, ärgerte er sich, daß der Knabe es gehört habe. Aber er konnte ihn nicht ohne Antwort gehen lassen.

Ich denke ja, sagte Pierre widerwillig und verließ das Kabinett.

Der Knabe senkte den Kopf und schien erst jetzt zu bemerken, was er auf dem Tische angerichtet hatte. Er wurde ganz rot und ging zu Nikolaj.

Onkel, verzeih mir, das hab' ich gemacht ... unabsichtlich, sagte er und zeigte auf die zerbrochenen Siegellackstangen und Federn.

Nikolaj zuckte ärgerlich zusammen.

Gut, gut, sagte er und warf die Stücke Siegellack und die Federn unter den Tisch.

Nur mit Mühe hielt er den Zorn nieder, der in ihm aufstieg, und wandte sich von dem Knaben ab. Es war auch ganz überflüssig, daß du im Zimmer warst, sagte er.

XV

Beim Abendbrot sprach man nicht mehr über Politik und Gesellschaften. Das Gespräch war vielmehr Nikolaj sehr angenehm, es handelte von den Erinnerungen des Jahres 1812, die Denissow angeregt hatte, und die Pierre besonders liebenswürdig und unterhaltend zu erzählen wußte, und so waren alle Familienmitglieder in der freundschaftlichsten Stimmung.

Als Nikolaj sich nach dem Abendbrot in seinem Kabinett entkleidet hatte und dem Verwalter, der den Abend über gewartet hatte, seine Befehle erteilte, kam er im Schlafrock ins Schlafzimmer und traf seine Frau am Schreibtisch: Sie schrieb etwas.

Was schreibst du, Marie, fragte er. Gräfin Maria wurde rot, sie fürchtete, was sie da schreibe, könnte ihr Gatte vielleicht nicht verstehen und mißbilligen.

Sie hätte ihm gern verborgen, was sie schrieb, und doch war sie wiederum froh, daß er sie betroffen hatte, und daß sie es ihm sagen mußte.

Ein Tagebuch, *Nicolas*, sagte sie und reichte ihm ein blaues Heftchen, in dem sie mit ihrer festen, großen Handschrift ihre Aufzeichnungen gemacht hatte.

Ein Tagebuch? ... sagte Nikolaj mit einem Anflug von Spott und nahm das Heftchen zur Hand. Es war französisch geschrieben ...

»Den 4. Dezember. Andrijuscha (der älteste Sohn) wollte sich heute beim Aufstehen nicht anziehen. Mlle. Louise ließ mich rufen, er war launenhaft und eigensinnig. Ich versuchte es mit Drohungen, aber er wurde nur wütender. Da überwand ich mich, ließ ihn in Ruh und begann mit der Wärterin die anderen Kinder zu wecken und ihm sagte ich, daß ich ihm nicht gut bin. Er schwieg lange, als ob er darüber verwundert wäre; dann kam er im bloßen Hemdchen zu mir gesprungen und schluchzte so sehr, daß ich ihn lange nicht beruhigen konnte. Der Gedanke, daß er mich geärgert habe, schien ihn mehr als alles zu kränken; als ich ihm dann abends sein Zettelchen gab und er mich küßte, fing er wieder kläglich zu weinen an. Bei ihm erreicht man alles mit Zärtlichkeit.«

Was ist das, sein Zettelchen, fragte Nikolaj?

Ich gebe den älteren Kindern jeden Abend Notizen, wie sie sich den Tag über aufgeführt haben.

Nikolaj blickte in die leuchtenden Augen, die auf ihn gerichtet waren, und blätterte weiter in dem Buch und las weiter. In dem Tagebuch war alles aus dem Kindesleben vermerkt, was für die Mutter bemerkenswert erschien, über den Charakter der Kinder, oder allgemeine Gedanken und Erziehungsmethoden. Es waren meist nichtige Kleinigkeiten; aber sie erschienen als solche weder der Mutter noch dem Vater, da er jetzt zum ersten Mal dieses Kindertagebuch las.

Unter dem fünften Dezember war aufgezeichnet:

»Mitja war bei Tisch unartig. Der Papa verbot, ihm Mehlspeise zu geben. Er bekam auch keine; aber er sah so bemitleidenswert und so gierig die anderen an, während sie aßen. Ich meine, bestrafen, indem man Süßigkeiten entzieht, entwickelt nur die Gier. Ich muß das *Nicolas* sagen.«

Nikolaj legte das Büchlein hin und sah seine Gattin an, ihre leuchtenden Augen sahen ihn fragend an (ob er das Tagebuch gutheißen würde, oder nicht). Aber es konnte kein Zweifel darüber sein, nicht nur, daß Nikolaj es billigte, sondern daß er voll Entzücken vor seiner Gattin stand.

Man braucht so etwas vielleicht nicht so pedantisch zu machen, man braucht es vielleicht gar nicht zu machen, dachte Nikolaj; aber diese unermüdliche, beständige Anspannung, die nur ein Ziel hatte, das sittliche Wohl der Kinder, entzückte ihn. Hätte Nikolaj seines Gefühls sich bewußt werden können, er hätte gefunden, daß die wesentlichste Grundlage seiner festen, zarten und stolzen Liebe zu seiner Gattin stets dieses Gefühl der Bewunderung von ihrem Seelenleben war, vor dieser Nikolaj fast unzugänglichen sittlichen Welt, in der seine Gattin beständig lebte.

Er war stolz darauf, daß sie so klug und gut war, und er erkannte seine Richtigkeit ihr gegenüber in der geistigen Welt an, um so mehr freute er sich darüber, daß sie mit ihrer Seele nicht nur ihm gehörte, sondern einen Teil seines Ichs bildete.

Ich finde es sehr, sehr gut, mein Lieb, sagte er mit gewichtiger Miene, und nach einer Weile des Schweigens fügte er hinzu: und ich hab' mich heute häßlich benommen. Du warst nicht im Kabinett, wir hatten einen Streit mit Pierre, und ich geriet in Feuer. Aber es ist wirklich nicht anders möglich. Er ist ein solches Kind. Ich weiß nicht, wie es mit ihm stände, wenn ... ihn Natascha nicht im Zügel hielte; kannst du dir denken, wozu er nach Petersburg gereist ist? ... Sie haben doch ...

Ja, ich weiß, sagte Gräfin Maria. Natascha hat es mir erzählt.

Du weißt es also, fuhr Nikolaj fort und geriet noch bei der Erinnerung an den Streit in Feuer. Er will mir klarmachen, es sei die Pflicht jedes Ehrenmannes, gegen die Regierung vorzugehen, während Eid und Pflicht ... Ich bedaure, daß du nicht dabei warst. Da sind sie alle über mich hergefahren ... Denissow, Natascha ... Natascha ist zu komisch. Du weißt, wie sie ihn unter dem Pantoffel hält, aber sowie es zu einer Diskussion kommt, hat sie gar keine eigenen Worte, sie spricht förmlich mit seinen Worten, fügte Nikolaj hinzu, ganz von dem unüberwindlichen Streben erfaßt, daß uns zur Kritik der teuersten nächsten Menschen herausfordert. Nikolaj vergaß, daß man das, was er von Natascha sagte, Wort für Wort von ihm im Verhältnis zu seiner Gattin hätte sagen können.

Ja, das habe ich bemerkt, sagte Gräfin Maria.

Als ich ihm sagte, Pflicht und Eid stünden höher als alles andere, fing er an, Gott weiß was zu beweisen. Schade, daß du nicht dabei warst, was hättest du gesagt?

Nach meiner Meinung hast du vollkommen recht. Ich habe das auch Natascha gesagt. Pierre sagt, alle plagen sich, richten sich zugrunde, und unsere Pflicht ist, dem Nächsten zu helfen. Natürlich hat er recht, sagte Gräfin Maria, nur vergißt er, daß wir andere Pflichten haben, nähere, die uns Gott selbst angezeigt hat, und daß wir wohl uns gefährden dürfen, aber nicht unsere Kinder.

Siehst du, siehst du, das hab' ich ihm auch gesagt! fiel Nikolaj ein, dem es wirklich vorkam, als hätte er dasselbe gesagt! Sie blieben aber immer bei der alten Geschichte, die Nächstenliebe und das Christentum ... und das alles in Gegenwart von Nikolenka, der sich in das Kabinett geschlichen und dort alles kurz und klein zerbrochen hat.

Ach, weißt du, Nikolas, Nikolenka macht mir oft Sorge, sagte Gräfin Maria. Er ist ein so außerordentlicher Junge. Ich fürchte, ich vernachlässige ihn neben meinen Kindern. Wir alle haben Kinder, sie alle haben eine Familie, und er hat niemanden. Er ist allein mit seinen Gedanken.

Ich denke doch, du hast dir seinetwegen keine Vorwürfe zu machen. Was nur die zärtlichste Mutter für ihren Sohn tun kann, das hast du für ihn getan und tust es immer. Und ich sehe das selbstverständlich gern. Es ist ein prächtiger, prächtiger Junge. Heute war er ganz abwesend, wie er Pierres Worten lauschte. Und du kannst dir vorstellen: wir gehen zum Abendbrot, da sehe ich, wie er alles auf meinem Tisch in kleine Stückchen zerbrochen hat. Aber er hat es mir gleich gesagt. Ich habe noch nie bemerkt, daß er eine Unwahrheit gesagt hätte, ein prächtiger, prächtiger Junge! wiederholte Nikolaj, dem Nikolenka im Innersten nicht ganz zusagte, der aber immer bereit war, ihm das Lob eines prächtigen Jungen zu erteilen.

Ich bin doch nicht das, was eine Mutter sein müßte, sagte Gräfin Maria, ich fühle das, und das quält mich. Er ist ein wunderbarer Knabe, aber ich fürchte entsetzlich für ihn. Ihm wäre Gesellschaft nötig.

Nun, es soll nicht mehr lange dauern; diesen Sommer bringe ich ihn nach Petersburg, sagte Nikolaj. Ja, Pierre war immer ein Träumer und wird stets einer bleiben, fuhr er fort und knüpfte an das Gespräch im Kabinett an, das ihn sichtlich erregt hatte; was kümmert mich die ganze Geschichte, daß Araktschejew schlecht ist, oder sonst was. Was hat mich die ganze Geschichte gekümmert, als ich mich verheiratete und ich so viel Schulden hatte, daß sie mich ins Loch stecken wollten, und als ich die Mutter bei mir hatte, die das nicht mit ansehen und begreifen konnte? Und dann du, die Kinder, die Geschäfte. Bin ich denn zu meinem Vergnügen von morgens bis abends in Wirtschaft und Kontor tätig, nein, ich weiß, ich muß arbeiten, um die Mutter zu beruhigen, dir gerecht zu werden und die Kinder nicht als solche Bettler zurückzulassen, wie ich einer war.

Gräfin Maria wollte ihm sagen, der Mensch lebe nicht vom Brot allein, und er schreibe diesen Geschäften zu viel Bedeutung zu; aber sie wußte, daß es weder nötig noch nützlich war, ihm das zu sagen. Sie ergriff nur seine Hand und küßte sie. Er hielt die Bewegung seiner Gattin für Zustimmung, für eine Bekräftigung seiner Gedanken; eine Weile dachte er schweigend nach, und dann setzte er laut seine Gedanken fort.

Du weißt, Marie, sagte er, Ilja Mitrosanytsch (das war der Verwalter) ist heute von dem Gute in Tambow gekommen und erzählte, daß für den Wald schon 80 000 geboten wären, und Nikolaj sprach mit belebten Zügen über die Möglichkeit, Otradnoje in kürzester Zeit auszulösen.

Wenn ich nur noch zehn Jährchen lebe, laß ich meine Kinder in trefflichen Verhältnissen zurück.

Gräfin Maria hörte ihrem Manne zu und verstand alles, was er ihr sagte. Sie wußte, wenn er so laut dachte, fragte er sie manchmal, was er gesagt habe und ärgerte sich, wenn er merkte, daß sie an etwas anderes gedacht hatte; sie mußte sich aber oft dabei Zwang antun, denn es interessierte sie nicht im mindesten, was er so sprach.

Sie betrachtete ihn dann, und wenn sie auch nicht gerade etwas anderes dachte, so empfand sie doch etwas anderes. Sie empfand eine demütige, zärtliche Liebe zu diesem Manne, der nie alles das Verständnis zeigte, wofür sie das Verständnis hatte. Und es war, als ob sie gerade darum ihn noch stärker, mit einem Anflug leidenschaftlicher Zärtlichkeit liebte. Außer ihrer Empfindung, die ihr ganzes Wesen ergriffen hatte, und die sie verhinderte, in die Einzelheiten der Pläne ihres Gatten einzudringen, huschten durch ihren Kopf Gedanken, die gar keinen Zusammenhang hatten mit dem, was er sprach. Sie dachte an ihren Neffen (die Erzählung ihres Mannes über seine Erregung während des Gespräches mit Pierre hatte sie stark überrascht), die verschiedenen Züge seines zarten, empfindsamen Charakters traten vor ihren Geist. Während sie dann über ihren Neffen nachdachte, dachte sie über ihre eigenen Kinder nach. Sie verglich nicht den Neffen mit ihren eigenen Kindern, sie verglich ihr Gefühl für sie und fand zu ihrem Schmerz, daß in ihrem Gefühl für Nikolenka etwas fehlte.

Manchmal kam ihr der Gedanke, daß dieser Unterschied im Alter liege; aber sie fühlte, daß sie eine Schuld gegen ihn hatte und gab sich im Innern das Versprechen, sich zu bessern, und das zu ermöglichen durch Liebe, d. h. in diesem Leben ihren Gatten und ihre Kinder und Nikolenka und jeden Nächsten so zu lieben, wie Christus die Menschheit geliebt. Die Seele der Gräfin Maria strebte immer dem Unendlichen, dem Ewigen, dem Vollkommenen zu, und darum konnte sie nie den Frieden finden.

Zu ihren Zügen lag der ernste Ausdruck eines verborgenen, hohen Leidens der Seele, die von dem Körper beschwert war. Nikolaj sah sie an. »O Gott! was soll aus uns werden, wenn sie stürbe, wie ich es fürchten muß bei diesem Aussehen?« dachte er, trat vor das Heiligenbild und las das Abendgebet.

XVI

Als Natascha mit ihrem Manne allein geblieben war, sprach auch sie mit ihm, so wie nur Mann und Frau miteinander sprechen, d. h. so, daß mit außerordentlicher Klarheit und Schnelligkeit einer des anderen Gedanken erkennt und auffaßt. Auf eine Weise, die allen Regeln der Logik widerspricht, ohne die Vermittelung von Erwägungen, Schlüssen und Betrachtungen, sondern auf eine völlig eigene Art.

Natascha war in so hohem Grade gewöhnt, mit ihrem Manne auf diese Weise zu sprechen, daß der logische Gedankengang bei Pierre das sicherste Anzeichen für sie war, daß irgend etwas zwischen ihr und ihrem Gatten nicht richtig war. Wenn er anfing, logisch auseinanderzusetzen, vernünftig und ruhig zu sprechen, und wenn sie, von seinem Beispiel fortgerissen, dasselbe tat, wußte sie, daß das unbedingt zu einem Streite führte.

Von dem Augenblicke, wo sie allein geblieben waren und Natascha mit weitgeöffneten, glückstrahlenden Augen leise auf ihn zuging, plötzlich hastig seinen Kopf umfaßte, ihn an ihre Brust drückte und sagte: »Jetzt bist du ganz, ganz mein! Jetzt laß' ich dich nicht fort!« – von diesem Augenblick an hatte dieses Gespräch begonnen, das allen Gesetzen der Logik widersprach, schon darum widersprach, weil es gleichzeitig über völlig verschiedene Dinge geführt wurde. Diese gleichzeitige Betrachtung vieler Dinge hinderte nicht allein die Klarheit der Auffassung nicht, im Gegenteil, es war das sicherste Anzeichen dafür, daß sie sich vollkommen verstanden.

Wie im Traume alles unrichtig, sinnlos und widerspruchslos ist, außer dem Gefühl, das den Traum eingibt, so sind auch in diesem Verkehr, der allen Gesetzen der Vernunft widerspricht, folgerichtig und klar nicht die Worte, sondern das Gefühl, das sie eingibt.

Natascha erzählte Pierre von dem Leben und Treiben ihres Bruders, wie sie gelitten und nicht gelebt habe in der Abwesenheit ihres Mannes. Wie sie Maria noch mehr liebgewonnen habe, und wie Maria in jeder Beziehung besser sei als sie. Natascha erkannte aufrichtig an, daß Maria höher stehe als sie, zugleich aber verlangte sie, daß Pierre sie trotzdem Marie und allen anderen Frauen vorziehe, und daß er ihr dies besonders jetzt, nachdem er in Petersburg so viele Frauen gesehen hätte, von neuem wieder sage.

Pierre ging auf die Worte Nataschas ein und erzählte ihr, wie unerträglich es für ihn gewesen wäre, in Petersburg die Gesellschaften zu besuchen und mit den Damen zu Tische zu sitzen.

Ich habe es ganz verlernt, mit den Damen zu plaudern, es langweilt mich und besonders, wo ich so beschäftigt war.

Natascha sah ihn unverwandt an und fuhr fort:

Marie ... sie ist so entzückend. Welches Verständnis sie für die Kinder hat, als ob sie ihre Seele sähe. Gestern zum Beispiel war Mitjenka eigensinnig ...

Und wie er dem Vater ähnlich ist, unterbrach sie Pierre.

Natascha begriff, warum er diese Bemerkung über die Ähnlichkeit zwischen Mitjenka und Nikolaj gemacht hatte: ihm war die Erinnerung an den Streit mit seinem Schwager unangenehm, und er wollte Nataschas Meinung darüber hören.

Nikolenka hat die Schwäche, um keinen Preis der Welt etwas anzuerkennen, wenn es nicht von allen Menschen anerkannt ist, und ich weiß wohl, du hältst es gerade für etwas Besonderes, *ouvrir une carrière*, sagte sie, indem sie Worte, die Pierre einmal gebraucht hatte, wiederholte.

Nein, die Hauptsache ist die, für Nikolaj sind Gedanken und Betrachtungen – ein Spiel, so etwas wie ein Zeitvertreib. Er sammelt eine Bibliothek und hat sich zur Regel gemacht, kein neues Buch zu kaufen, ehe er das vorher gekaufte gelesen hat: Sismondi, Rousseau, Montesquieu ... fügte Pierre lächelnd hinzu ... Du weißt ja, wie ich ihn ... wollte Pierre zur Milderung seiner Worte sagen, Natascha aber unterbrach ihn und gab ihm zu verstehen, daß das nicht nötig wäre.

Du meinst also, Gedanken sind für ihn ein Spiel ...

Ja, und für mich ist alles übrige Spiel. Ich habe in Petersburg die ganze Zeit über alle nur wie im Traume gesehen. Wenn mich eine Idee beschäftigt, ist alles übrige – Spielwerk.

Ach, wie schade, daß ich nicht dabei war, wie du die Kinder begrüßt hast! sagte Natascha. Wer von ihnen hat sich am meisten gefreut, gewiß Lisa?

Ja, sagte Pierre und fuhr in dem fort, was ihn beschäftigte: Nikolaj sagt, wir dürfen nicht denken. Aber ich kann nicht anders. Ich will gar nicht davon sprechen, daß ich in Petersburg das Gefühl hatte (dir darf ich es ja sagen), daß ohne mich sich alles auflösen, jeder nach einer anderen Richtung rennen würde. Aber mir ist es gelungen, sie alle zu vereinigen, und dann ist meine Idee so einfach, so klar. Ich sage ja nicht, wir sollten dem oder jenem entgegenarbeiten. Wir könnten uns ja irren. Ich sage nur, reicht euch die Hände, alle, die ihr das Gute liebt, und eines sei unser Feldzeichen – werktätige Tugend. Fürst Sergej ist ein prächtiger Mensch und klug.

Natascha hätte gar nicht daran gezweifelt, daß Pierres Idee eine große Idee war, aber eins beunruhigte sie: daß er ihr Gatte war. »Ein Mann von solcher Bedeutung, so unentbehrlich für die Gesellschaft, soll mein Mann sein? Warum ist das so gekommen?« – Sie hätte ihm gern diesen Zweifel ausgesprochen. – »Wer, wer sind eigentlich die Menschen, welche sagen könnten, ob er wirklich so viel klüger ist als alle«, fragte sie sich selbst und ging in Gedanken alle die Menschen durch, die Pierre hochschätzte. Niemanden von allen schätzte er, wie sie nach seinen Erzählungen urteilen durfte, so hoch wie Platon Karatajew.

Weißt du, woran ich denke? sagte sie dann: an Platon Karatajew ... Was würde er sagen, würde er dir jetzt zustimmen?

Pierre war über diese Frage nicht im mindesten verwundert. Er griff den Gedankengang seiner Frau auf.

Platon Karatajew? sagte er und sann nach, er war offenbar aufs innigste bemüht, sich Karatajews Ansicht über diesen Gegenstand vorzustellen. – Er würde es nicht verstehen, aber übrigens vielleicht doch.

Ich liebe dich furchtbar! sagte Natascha plötzlich, furchtbar, furchtbar!

Nein, er würde mir nicht zustimmen, sagte Pierre nach einigem Nachdenken. Was er gutheißen würde ... unser Familienleben. Er wollte so gern in allem Schönheit, Glück, Ruhe sehen, und ich hätte ihm mit Stolz uns beide gezeigt. Sieh, du sagst: Trennung, und du glaubst gar nicht, welches besondere Gefühl ich für dich habe nach der Trennung ...

Das wäre ... wollte Natascha sagen.

Oh, nicht so. Ich werde nie aufhören, dich zu lieben, und mehr lieben ist unmöglich; aber es ist etwas Besonderes ... nun ja ... er sprach nicht weiter, denn ihre Blicke trafen sich und sprachen das Ungesagte aus.

Unsinn, sagte plötzlich Natascha, die Flitterwochen, und daß das größte Glück in der ersten Zeit liegt. Im Gegenteil, jetzt ist es am höchsten. Wen du nur immer verreisen wolltest. Weißt du noch, wie wir uns gestritten haben. Und immer war ich schuld, immer ich. Und worüber wir uns gestritten haben, weiß ich gar nicht mehr.

Immer über dasselbe, sagte Pierre lächelnd. Eifer...

Sag's nicht, ich kann's nicht hören! schrie Natascha auf, und ein kalter, böser Glanz leuchtete in ihren Augen auf. Hast du sie gesehen? fügte sie nach einer Pause hinzu.

Nein, und wenn ich sie gesehen hätte, ich hätte sie nicht wiedererkannt.

Beide schwiegen.

Ach, weißt du was? Als du im Kabinett sprachst, hab' ich dich so betrachtet – begann Natascha. Sie war offenbar bemüht, die leichte Wolke zu verscheuchen. Wie zwei Tropfen Wasser saht ihr euch ähnlich, du und der Junge. So nannte sie ihren Sohn. Ach, es ist Zeit, daß ich zu ihm gehe … Ich muß … Aber es wird mir schwer, fortzugehen.

Sie schwiegen einige Minuten. Dann wandten sie sich plötzlich in demselben Augenblick einander zu und begannen beide zu sprechen. Pierre selbstzufrieden und begeistert. Natascha mit leisem, glückseligem Lächeln. Sie waren sich begegnet, hielten beide inne und gaben einander den Vortritt.

Nein, was wolltest du sagen? Sag's.

Nein, sprich du, ich wollte nur … Dummheiten, sagte Natascha.

Pierre sagte nun, was er hatte sagen wollen. Es war die Fortsetzung seiner selbstzufriedenen Auseinandersetzungen über seinen Erfolg in Petersburg. Er glaubte in diesem Augenblick dazu berufen zu sein, der ganzen russischen Gesellschaft und der ganzen Welt eine neue Richtung zu geben.

Ich wollte nur sagen, alle Ideen, die ungeheure Folgen haben, pflegen einfach zu sein. Meine ganze Idee ist die: wenn die schlechten Menschen sich verbinden und eine Macht ausmachen, so müssen die Ehrenmänner eben nur dasselbe tun. Ist das nicht einfach?

Ja.

Und was wolltest du sagen?

Ach, nichts … Dummheiten.

Nein, sag's doch.

Wirklich nichts, Torheiten, sagte Natascha, und ihr Gesicht strahlte in einem noch helleren Lächeln. Ich wollte nur von Petja erzählen, heute kam die Wärterin, um ihn von meinem Schoße zu nehmen, und er lächelte, kniff die Augen zu und drückte sich an meine Brust – er hat gewiß geglaubt, daß er sich versteckt hat. Er ist furchtbar lieb! Doch hör', er schreit. Nun Gute Nacht! – und sie ging aus dem Zimmer.

In derselben Zeit brannte unten, wo Nikolenka Bolkonskij wohnte, in seinem Schlafzimmer wie immer ein Lämpchen (der Knabe fürchtete sich in der Dunkelheit, und man konnte ihm diesen Fehler nicht abgewöhnen). Dessalle schlief noch auf seinen vier Kissen, und seine römische Nase gab regelmäßige Schnarchtöne von sich.

Nikolenka war eben in kalten Schweiß gebadet erwacht, er saß mit weitgeöffneten Augen auf seinem Bette und starrte vor sich hin. Ein schrecklicher Traum hatte ihn geweckt. Er hatte im Traum sich und Pierre in Helmen gesehen, in solchen Helmen, wie sie im Plutarch abgebildet waren. Er und Onkel Pierre zogen an der Spitze einer ungeheuren Armee einher. Die Armee bestand aus weißen, schrägen Linien, die die Luft wie die Spinngewebe erfüllten, die im Herbst herumfliegen, und die Dessalle *le fil de la Vierge* nannte. Voran schritt der Ruhm, er sah auch aus wie diese Fäden, nur ein wenig kräftiger. Sie schwebten beide, er und Pierre, leicht und freudig immer näher und näher ihrem Ziele zu. Plötzlich wurden die Fäden, die sie trugen, schwächer. Sie fühlten sich nicht mehr so leicht, und Onkel Nikolaj Iljitsch trat in drohender, strenger Haltung vor sie hin.

»Habt ihr das getan?« sagte er und zeigte auf die zerbrochenen Siegellackstangen und Federn hin. – »Ich hab euch gern gehabt, aber Araktschejew hat's mir befohlen, und ich töte den ersten, der es wagt, noch einen Schritt vorwärts zu tun.« Nikolenka sah sich nach Pierre um, aber Pierre war nicht mehr da.

Pierre war sein Vater – der Fürst Andrej, und der Vater hatte weder Wesen noch Gestalt, aber er war da, und Nikolenka empfand bei seinem Anblick die Schwäche der Liebe, er fühlte sich kraftlos, knochenlos, unstet. Der Vater küßte und tröstete ihn. Onkel Iljitisch aber trat immer näher und näher auf ihn zu. Ein Entsetzen erfaßte Nikolenka, und er erwachte.

»Mein Vater«, dachte er – »mein Vater (obgleich im Hause zwei gute Bildnisse waren, stellte sich Nikolenka den Fürsten Andrej nie in Menschengestalt vor). Mein Vater war bei mir und hat mich geliebkost, er hat mich gelobt, er hat Onkel Pierre gelobt ... Er sage, was er wolle, ich will es tun. Mucius Scävola hat sich den Arm verbrannt. Warum sollte nicht auch in meinem Leben so etwas geschehen? Ich weiß, sie wollen, ich soll lernen. Und ich will lernen. Aber einmal höre ich auf, und dann will ich es tun. Nur um eines bitte ich Gott: daß er mich werden lasse wie die Männer des Plutarch, und ich will ebenso handeln; ich will besser handeln. Alle Welt wird mich kennen, alle Welt wird mich lieben, alle Welt wird von mir begeistert sein …«

Und plötzlich fühlte Nikolenka, wie Schluchzen seine Brust zusammenschnürte, und er brach in Tränen aus.

Sind Sie nicht wohl? ließ sich Dessalles Stimme vernehmen.

Nein, antwortete Nikolenka und legte sich auf das Kissen nieder. »Er ist lieb und gut, ich liebe ihn«, dachte er über Dessalle. – »Aber Onkel Pierre! Das ist ein wunderbarer Mann! Und mein Vater? Mein Vater, mein Vater! – Ja, ich will so handeln, daß auch *er* mit mir zufrieden sei …«

ZWEITE ABTEILUNG

I

Der Gegenstand der Geschichte ist das Leben der Völker und der Menschheit. Das Leben nicht nur der Menschheit, sondern eines einzigen Volkes unmittelbar zu erfassen und mit Worten auszudrücken, zu beschreiben erscheint als eine Unmöglichkeit.

Alle Geschichtsschreiber des Altertums haben ein und dieselbe Methode angewandt, um das Leben eines Volkes, das unerfaßbar erscheint, zu beschreiben und zu erfassen. Sie haben die Wirksamkeit einzelner Männer geschildert, die ein Volk geleitet haben. Und diese Wirksamkeit drückte für die Geschichtsschreiber die Wirksamkeit des ganzen Volkes aus.

Auf die Fragen: auf welche Weise haben die einzelnen Männer bewirkt, daß die Völker nach ihrem Willen handeln, und wovon wurde der Wille dieser Männer selbst geleitet – antworteten die Alten, auf die erste Frage: indem sie einen Willen der Gottheit anerkannten, der die Völker dem Willen eines auserwählten Mannes unterwarf. Auf die zweite Frage: indem sie dieselbe Gottheit anerkannten, die diesen Willen des Auserwählten zu einem vorher bestimmten Ziele hinlenkte.

Für die Alten waren diese Fragen gelöst durch den Glauben an ein unmittelbares Eingreifen der Gottheit in die Geschichte der Menschheit.

Die neue Geschichtswissenschaft verwirft in ihrer Theorie beide Behauptungen.

Man sollte glauben, die neue Geschichtswissenschaft hätte, nachdem sie den Glauben der Alten an eine Unterwerfung der Menschheit unter die Gottheit und an ein bestimmtes Ziel, zu dem die Völker hingelenkt werden, abgelehnt hat, nicht die Erscheinungen der Gewalt, sondern die Ursachen, die sie bilden, erforschen müssen. Aber die neue Geschichtswissenschaft hat das nicht getan. In der Theorie hat sie die Anschauungen der Alten verworfen, in der Praxis folgt sie ihnen.

An die Stelle der Männer, die mit einer göttlichen Gewalt begabt sind und unmittelbar durch den Willen der Gottheit geleitet werden, hat die neue Geschichte entweder Helden gesetzt, die mit außerordentlichen, übermenschlichen Fähigkeiten begabt sind, oder einfach Männer mit den allerverschiedensten Eigenschaften, von den Monarchen bis zu den Journalisten, welche die Masse leiten. An die Stelle der früheren, von der Gottheit beliebten Ziele der Völker: des jüdischen, christlichen, römischen Volkes – die den Alten als die Ziele der Vorwärtsbewegung der Menschheit erschienen, hat die neue Geschichtswissenschaft ihre Ziele gesetzt – die Wohlfahrt des französischen, deutschen, englischen Volkes, und in ihrer höchsten Abstraktion die Ziele des Glücks der Zivilisation der ganzen Menschheit, unter der man gewöhnlich die Völker begreift, die den kleinen nordwestlichen Winkel des Festlandes einnehmen.

Die neue Geschichtsschreibung hat die Glaubenssätze der Alten verworfen, ohne an ihre Stelle eine neue Anschauung zu setzen, und die Logik der These hat die Geschichtsschreiber, welche die göttliche Gewalt der Fürsten und das Fatum der Alten verworfen zu haben glauben, auf anderen Wegen zu demselben Ausgang zurückgeführt: zur Anerkennung dessen, daß erstens die Völker geleitet werden von einzelnen Menschen, und zweitens, daß es ein bestimmtes Ziel gebe, auf das die Völker und die Menschheit zusteuern.

In allen Werken der neueren Geschichtsschreiber, von Gibbon bis Buckle, bilden trotz der scheinbaren Meinungsverschiedenheit und der scheinbaren Neuheit ihrer Anschauungen diese zwei alten unvermeidlichen Sätze die Grundlage.

Erstens schildert der Geschichtsschreiber die Wirksamkeit einzelner Persönlichkeiten, die nach seiner Meinung die Menschheit geleitet haben. Der eine hält nur die Monarchen, die Heerführer, die Minister für solche; ein anderer neben den Monarchen und Rednern – die Gelehrten, die Reformatoren, die Philosophen, die Dichter. Zweitens ist dem Geschichtsschreiber das Ziel, auf das die Menschheit hinsteuert, bekannt; für den einen ist dieses Ziel die Größe des römischen, des spanischen, des französischen Reiches, für den anderen ist es die Freiheit, die Gleichheit, die bekannte Zivilisation des kleinen Weltwinkelchens, den man Europa nennt.

Im Jahre 1789 entsteht in Paris eine Gärung. Sie wächst, breitet sich aus, findet ihren Ausdruck in der Bewegung der Völker von Westen nach Osten. Zu wiederholten Malen strebt diese Bewegung nach Osten und stößt auf eine Gegenbewegung von Osten nach Westen; im Jahre 1812 erreicht sie ihre äußerste Grenze – Moskau, und es vollzieht sich mit merkwürdiger Symmetrie eine Gegenbewegung von Osten nach Westen, die ganz wie die erste Bewegung die Völker Mitteleuropas mit sich fortreißt. Die Rückwärtsbewegung gelangt an den Ausgangspunkt der Bewegung im Westen – Paris – zurück und wird still.

Während dieses Zeitraums von zwanzig Jahren bleibt eine ungeheure Zahl von Feldern unbebaut, brennen Häuser nieder, ändert der Handel seine Richtung, werden Millionen Menschen arm, Millionen reich, wechseln Millionen Menschen ihren Wohnsitz, töten Millionen Menschen einander, Christen, die sich zu dem Gebot der Nächstenliebe bekennen.

Was bedeutet dies alles, wie ist das gekommen? Wer hat diese Menschen veranlaßt, Häuser niederzubrennen und ihresgleichen zu töten? Welches waren die Ursachen dieses Ereignisses? Welche Kraft hat die Menschen veranlaßt, so zu handeln? – Das sind die unwillkürlichen, von selbst sich darbietenden, gesetzmäßigsten Fragen, die sich die Menschheit vorlegen muß, wenn sie auf die Denkmäler und Überlieferungen der vergangenen Periode der Bewegung stößt.

Die Lösung dieser Fragen erwartet der gesunde Sinn der Menschheit von der Wissenschaft der Geschichte, deren Zweck die Selbsterkenntnis der Völker und der Menschheit ist.

Hielte sich die Geschichtswissenschaft an die Anschauung der Alten, so würde sie sagen: die Gottheit hat, um ihr Volk zu belohnen oder zu strafen, Napoleon die Gewalt gegeben und seinen Willen gelenkt zur Erreichung ihrer göttlichen Ziele. Und die Antwort wäre abgeschlossen und klar. Man könnte an die göttliche Bestimmung Napoleons glauben oder nicht glauben; für den, der an sie glaubt, würde alles in der ganzen Geschichte dieser Zeit begreiflich, für den könnte es nicht einen einzigen Widerspruch geben.

Aber die neue Geschichtswissenschaft kann so nicht antworten. Die Wissenschaft erkennt die Anschauung der Alten von der unmittelbaren Teilnahme der Gottheit an den Geschicken der Menschheit nicht an, darum muß sie andere Antworten geben.

Die neue Geschichtswissenschaft sagt, wenn sie diese Fragen beantworten will: Ihr wollt wissen, was diese Bewegung bedeutet, woher sie kam, und welche Kraft diese Ereignisse hervorgerufen hat? Hört:

»Ludwig XIV. war ein sehr stolzer und selbstbewußter Mensch, er hatte die und die Geliebten, die und die Minister, und er hat Frankreich schlecht regiert. Ludwigs Nachfolger waren auch schwache Menschen und haben auch Frankreich schlecht regiert. Und sie hatten die und die Günstlinge und die und die Geliebten. Dann schrieben auch damals einige Menschen gewisse Bücher. Gegen das Ende des achtzehnten Jahrhunderts traten in Paris etwa zwei Dutzend Menschen zusammen und begannen davon zu reden, daß alle Menschen gleich und frei seien, und darum begannen die Menschen in ganz Frankreich einander abzuschlachten und zu ertränken. Diese Menschen schlugen den König und noch viele andere tot. In dieser Zeit lebte in Frankreich ein genialer Mann – Napoleon. Er besiegte allerorten alle Menschen, d. h., er schlug viele Menschen tot, weil er sehr genial war, und er zog aus, um aus irgendeinem Grunde Afrikaner zu töten, und er tötete sie so gut und war so schlau und klug, daß er, als er wieder nach Frankreich kam, alle zwang, ihm zu gehorchen. Und alle gehorchten ihm. Dann wurde er Kaiser, und dann zog er wieder aus, um in Italien, Österreich und Preußen die Menschen zu töten, und auch dort tötete er viele. In Rußland aber war ein Kaiser Alexander. Und er beschloß, die Ordnung in

Europa wiederherzustellen, und darum führte er Krieg mit Napoleon. Aber im Jahre Sieben schloß er plötzlich mit ihm Frieden, im Jahre Elf entzweite er sich wieder mit ihm, und sie begannen wieder viel Volk zu töten, und Napoleon brachte allein 600 000 Mann nach Rußland und eroberte Moskau. Dann aber floh er plötzlich aus Moskau, und da vereinigte Alexander, auf die Ratschläge Steins und anderer gestützt, Europa zu einem Landsturm gegen den Ruhestörer. Alle Verbündeten Napoleons wurden plötzlich seine Feinde; und der Landsturm zog ins Feld gegen Napoleon, der inzwischen neue Kräfte zusammengebracht hatte. Die Verbündeten besiegten Napoleon, zogen in Paris ein, zwangen Napoleon, auf den Thron zu verzichten und schickten ihn nach der Insel Elba, entkleideten ihn aber nicht seiner kaiserlichen Würde und erwiesen ihm alle Hochachtung, obgleich sie alle – fünf Jahre vorher und ein Jahr nachher – ihn für einen Räuber hielten, der außerhalb des Gesetzes stand. Den Thron bestieg Ludwig XVIII., der bisher sowohl den Franzosen wie den Verbündeten nur lächerlich gewesen war. Napoleon aber vergoß Tränen im Angesicht der alten Garde, verzichtete auf den Thron und ging in die Verbannung. Dann hielten geschickte Staatsmänner und Diplomaten (besonders Talleyrand, dem es gelungen war, früher als ein anderer den Platz auf dem bestimmten Sessel einzunehmen und dadurch die Grenzen Frankreichs auszudehnen) in Wien Unterredungen ab, und machten durch diese Unterredungen die Völker glücklich oder unglücklich. Plötzlich wären die Diplomaten und Monarchen fast in Streit geraten: sie waren schon bereit, von neuem ihren Truppen den Befehl zu geben, einander totzuschlagen; aber in diesem Augenblicke kam Napoleon mit einem Bataillon nach Frankreich, und sofort leisteten ihm die Franzosen, die ihn haßten, Gehorsam. Aber die verbündeten Monarchen gerieten darüber in Zorn und überzogen die Franzosen mit Krieg; und sie besiegten den genialen Napoleon und brachten ihn auf die Insel St. Helena und erkannten ihn plötzlich als einen Räuber an. Und dort starb er, verbannt von allen, die seinem Herzen teuer waren, von seinem geliebten Frankreich, auf einem Felsen, langsamen Todes dahin und überlieferte der Nachwelt seine großen Taten. In Europa aber vollzog sich eine Reaktion, und alle Herrscher begannen wieder ihre Völker zu bedrücken.«

Man würde irren, wenn man glaubte, das sei Ironie, die Karikatur geschichtlicher Schilderung. Im Gegenteil, das ist der mildeste Ausdruck für die widerspruchsvollen und alle Fragen umgehenden Antworten, die die *ganze* Geschichtswissenschaft gibt – angefangen von den Verfassern von Denkwürdigkeiten und Geschichtsschreibern einzelner Staaten, bis zu den Universal- und Kulturgeschichten, wie sie neuerdings üblich sind.

Das Sonderbare und Komische dieser Antworten kommt daher, daß die neue Geschichtswissenschaft dem tauben Menschen gleicht, der Fragen beantwortet, die ihm niemand gestellt hat.

Wenn der Zweck der Geschichtsschreibung die Darstellung des Fortschreitens der Menschheit und der Völker ist, so ist die erste Frage, ohne deren Beantwortung alles übrige unverständlich bleibt, die folgende: welches ist die Kraft, die die Völker bewegt? Auf diese Frage erzählt die neue Geschichtsschreibung eifrig, entweder, daß Napoleon höchst genial war, oder daß Ludwig XIV. überaus stolz war, oder auch gar, daß die und die Schriftsteller die und die Bücher geschrieben haben.

Alles das kann wohl richtig sein, und die Menschheit wird dem gern zustimmen, aber es ist nicht das, wonach sie fragte. Alles das könnte interessant sein, wenn wir eine göttliche Macht anerkennten, die in sich selbst begründet ist und die ewig unveränderlich ist, und ihre Völker mit Hilfe der Napoleons, der Ludwige und der Schriftsteller lenkt; aber eine solche Macht erkennen wir nicht an, und darum müssen wir, ehe wir über die Napoleons, die Ludwige und die Schriftsteller sprechen, den Zusammenhang zwischen diesen Persönlichkeiten und den Bewegungen der Völker aufzeigen.

Wenn an die Stelle der göttlichen Macht eine andere Kraft getreten ist, so muß erklärt werden, worin diese neue Kraft besteht, denn gerade in dieser Kraft liegt das ganze Interesse der Geschichtsschreibung. Die Geschichtsschreibung setzt gewissermaßen voraus, daß sich diese Kraft von selbst versteht, und daß sie allen bekannt ist, aber trotz des aufrichtigen Wunsches, diese neue Kraft als etwas Bekanntes anzuerkennen, wird jeder, der viele Geschichtswerke gelesen hat, unwillkürlich daran zweifeln müssen, daß diese neue Kraft, die von den Historikern selbst so verschieden aufgefaßt wird, aller Welt vollkommen bekannt sei.

II

Welches ist die Kraft, die die Völker bewegt? Die Verfasser von Biographien und die Geschichtsschreiber einzelner Völker fassen diese Kraft als eine den Helden und Herrschern eigene Gewalt auf. Nach ihren Schilderungen vollziehen sich die Ereignisse ausschließlich durch den Wunsch der Napoleon, der Alexander, überhaupt der Persönlichkeiten, die der Einzelhistoriker schildert. Die Antworten, die Geschichtsschreiber dieser Art auf die Frage nach der Kraft, die die Ereignisse bewegt, geben, sind befriedigend, aber nur so lange, als für jedes Ereignis ein Historiker vorhanden ist. Sobald aber Geschichtsschreiber verschiedener Nationalität und Anschauung ein und dasselbe Ereignis zu schildern anfangen, verlieren die Antworten, die sie geben, sofort allen Sinn; denn diese Kraft wird nicht nur von jedem von ihnen verschieden, sondern häufig ganz entgegengesetzt aufgefaßt. Der eine Geschichtsschreiber behauptet, das Ereignis sei durch die Macht Napoleons hervorgerufen. Der andere behauptet, es sei durch die Macht Alexanders hervorgerufen. Ein Dritter, durch die Macht irgendeiner dritten Persönlichkeit. Außerdem widersprechen sich die Geschichtsschreiber dieser Art sogar auch in der Erklärung der Kraft, auf welcher die Macht einer und derselben Persönlichkeit beruht. Thiers, der Bonapartist, sagt, die Macht Napoleons habe auf seiner Tugend und Genialität beruht; Lanfrey, der Republikaner, sagt, sie habe auf seiner Schwindelhaftigkeit und der Täuschung der Nation beruht. Und so zerstören die Geschichtsschreiber dieser Art, indem sie die gegenseitigen Behauptungen zerstören, dadurch schon den Begriff der Kraft, die die Ereignisse hervorruft, und geben keinerlei Antwort auf die wesentliche Frage der Geschichte.

Die Welthistoriker, die es mit allen Völkern zu tun haben, erkennen gewissermaßen die Unrichtigkeit der Anschauung der Einzelhistoriker von der Kraft an; sie erkennen diese Kraft nicht als eine Macht an, die den Helden und Herrschern eigen ist, sie erkennen sie vielmehr als das Ergebnis vieler, in den verschiedensten Richtungen laufenden Kräfte an. Wenn der Welthistoriker einen Krieg oder die Unterwerfung eines Volkes schildert, sucht er die Ursache des Ereignisses nicht in der Macht einer Persönlichkeit, sondern in der Wechselwirkung vieler Persönlichkeiten, die mit dem Ereignis im Zusammenhang stehen.

Nach dieser Anschauung, müßte man meinen, dürfte die Macht der historischen Persönlichkeiten, die sich als das Erzeugnis vieler Kräfte darstellt, nicht mehr betrachtet werden als eine Kraft, die durch sich allein die Ereignisse hervorbringt. Und doch gebrauchen die Welthistoriker in den meisten Fällen den Begriff der Macht wieder als einer Kraft, die durch sich Ereignisse hervorbringt und sich zu ihnen verhält wie ihre Ursache. Nach ihrer Darstellung ist bald die geschichtliche Persönlichkeit ein Erzeugnis ihrer Zeit und ihre Macht nur das Erzeugnis verschiedener Kräfte, bald ihre Macht die Kraft, die die Ereignisse hervorruft.

Gervinus, Schlosser zum Beispiel und andere beweisen, Napoleon sei das Erzeugnis der Revolution, der Ideen des Jahres 1789 usw., oder sie sagen gerade heraus, der Kriegszug des Jahres 1812 und andere Ereignisse, die ihren Beifall nicht haben, seien nur Erzeugnisse eines falsch gelenkten Willens Napoleons, und die Ideen des Jahres 1789 selbst seien in ihrer Entwicklung gehemmt worden durch die Willkür Napoleons. Die Ideen haben die Macht Napoleons hervorgebracht. Napoleons Macht aber habe die Ideen der Revolution und die allgemeine Stimmung getötet.

Dieser seltsame Widerspruch ist nicht zufällig. Wir treffen ihn nicht nur auf Schritt und Tritt; aus einer folgerichtigen Reihe solcher Widersprüche bestehen vielmehr alle Darstellungen der Welthistoriker. Dieser Widerspruch kommt daher, daß die Geschichtsschreiber, wenn sie den Boden der Analyse betreten, auf halbem Wege stehenbleiben.

Will man die Komponenten der Diagonalkraft oder der Resultante finden, so muß die Summe der Komponenten der Resultante gleich sein. Diese Bedingung wird von den Welthistorikern nie beobachtet, darum müssen sie, wenn sie die resultierende Kraft erklären wollen, notwendig außer unzureichenden Komponenten noch eine unerklärte Kraft zulassen, welche in der Richtung der Resultante wirkt.

Der Einzelhistoriker, der den Kriegszug vom Jahre 1813 oder die Wiedereinsetzung der Bourbonen schildert, sagt einfach, diese Ereignisse seien durch den Willen Alexanders hervorgerufen. Der Welthistoriker Gervinus weist diese Anschauung des Einzelhistorikers zurück und ist bestrebt, nachzuweisen, daß der Kriegszug von 1813 und die Einsetzung der Bourbonen neben dem Willen Alexanders die Wirksamkeit Steins, Metternichs, der Madame Staël und anderer zur Ursache gehabt hat. Der Historiker hat hier offenbar die Macht Alexanders in ihre Komponenten: Talleyrand, Chateaubriand usw. zerlegt; die Summe dieser Komponenten, d. h. die Wechselwirkung der Chateaubriand, Talleyrand, Madame Staël und der anderen aufeinander, ist offenbar nicht der ganzen Resultante gleich, d. h. der Erscheinung, daß Millionen Franzosen sich den Bourbonen unterworfen haben. Aus dem Umstande, daß Chateaubriand, Madame Staël und andere einander dies und das gesagt, folgt nur ihr Verhältnis untereinander, nicht aber die Unterwerfung von Millionen. Um also zu erläutern, auf welche Weise aus diesem ihrem Verhältnis die Unterwerfung von Millionen sich ergab, d. h. aus Komponenten, die einem A gleichen, die Resultante hervorgingen, die 1000 A gleicht, muß der Historiker hier unbedingt die Kraft einer Macht zulassen, deren Vorhandensein er leugnet, indem er sie als das Resultat der Kräfte anerkennt, d. h. er muß eine unerklärte Kraft zulassen, die nach der Richtung der Resultante wirkt. Eben das tun die Welthistoriker, und darum widersprechen sie nicht nur den Einzelhistorikern, sondern auch sich selbst.

Die Dorfbewohner, je nachdem sie Regen oder Wind wünschen, sagen, ohne daß sie eine klare Vorstellung von den Ursachen des Regens haben: der Wind hat die Wolken fortgeweht und der Wind hat die Wolken hergeweht. Ganz so sagen die Welthistoriker, einmal, wenn sie gerade das wünschen, wenn das sich in ihre Theorie fügt, die Macht ist das Resultat der Ereignisse; ein andermal, wenn sie ein anderes beweisen müssen, sagen sie, die Macht bringt die Ereignisse hervor.

Wieder andere Geschichtsschreiber, die sich *Kultur*historiker nennen und die dieselben Wege gehen, die die Welthistoriker vorzeichnen und oft Schriftsteller und Frauen als die Kräfte anerkennen, die die Ereignisse hervorrufen, fassen diese Kraft noch völlig anders auf. Sie sehen sie in der sogenannten Kultur, in der geistigen Tätigkeit.

Die Kulturhistoriker sind vollkommen konsequent im Verhältnis zu ihren geistigen Vätern, den Welthistorikern, denn wenn man die geschichtlichen Ereignisse damit erklären kann, daß gewisse Persönlichkeiten sich so oder so zueinander verhalten haben, warum sollte man sie nicht damit erklären, daß gewisse Menschen gewisse Bücher geschrieben haben? Diese Historiker wählen aus der ungeheuren Zahl von Merkmalen, die jede lebendige Erscheinung begleiten, das Merkmal der geistigen Tätigkeit und sagen, dieses Merkmal ist die Ursache. Aber trotz aller dieser Bemühungen zu beweisen, daß die Ursache der Ereignisse in der geistigen Tätigkeit lag, kann man nur bei großer Fügsamkeit der Ansicht beistimmen, daß es zwischen der geistigen Tätigkeit und dem Fortschreiten der Nation etwas Gemeinsames gibt. Man kann aber in keinem Falle annehmen, daß die geistige Tätigkeit die Tätigkeit der Menschen lenkt; denn solche Erscheinungen, wie die grausamen Morde der französischen Revolution, die aus der Lehre der Gleichheit der Menschheit hervorgegangen sind, und die furchtbaren Kriege und Hinrichtungen, die aus der Lehre der Liebe hervorgehen, bestätigen diese Voraussetzung nicht.

Aber nimmt man auch an, alle diese schlau ausgeklügelten Betrachtungen, von welchen diese Geschichtsdarstellungen wimmeln, seien richtig, nimmt man auch an, die Völker seien von einer unbestimmten Kraft gelenkt, die man eine *Idee* nennt, so bleibt doch die Kernfrage der Geschichte ohne Antwort, oder zu der früheren Macht der Monarchen und zu dem von den Welthistorikern eingeführten Einfluß der Ratgeber und anderer Personen tritt noch eine neue Kraft – die der *Idee*, deren Zusammenhang mit den Massen einer Erklärung bedarf. Man kann wohl begreifen, daß Napoleon Macht besessen habe, und daß darum sich ein Ereignis vollzog; bei einiger Fügsamkeit kann man auch begreifen, daß Napoleon neben anderen Einflüssen die Ursache des Ereignisses war. Wie aber ein Buch, wie der *Contrat Social* bewirken konnte, daß die Franzosen einander ins Wasser warfen, kann man nicht begreifen, wenn man nicht den ursächlichen Zusammenhang dieser neuen Kraft mit den Ereignissen erläutert.

Es existiert unzweifelhaft ein Zusammenhang zwischen allen in einer Zeit Lebenden, und darum ist die Möglichkeit vorhanden, einen gewissen Zusammenhang zwischen der geistigen Tätigkeit der Menschen und ihrem geschichtlichen Fortschreiten zu finden, ganz so, wie man diesen Zusammenhang zwischen dem Fortschreiten der Menschheit und dem Handel, dem Handwerk, der Gartenkunst und was man sonst will, finden kann. Warum aber die geistige Tätigkeit der Menschen von den Kulturhistorikern als die Ursache oder der Ausdruck alles historischen Lebens dargestellt wird, das ist schwer zu begreifen. Zu einem solchen Schluß konnten die Historiker nur durch die folgenden Betrachtungen geführt werden: erstens, weil die Geschichte von Gelehrten geschrieben wird und es ihnen darum natürlich und angenehm ist zu denken, daß die Wirksamkeit ihres Standes die Grundlage des Fortschreitens der ganzen Menschheit ist – ganz wie es auch den Kaufleuten, den Ackerbauern und Soldaten natürlich und angenehm ist, so zu denken. (Das wird bloß nicht ausgesprochen, weil Kaufleute und Soldaten nicht die Geschichte schreiben.) Und zweitens, weil die geistige Tätigkeit, die Bildung, die Zivilisation, die Kultur, die Idee – weil alles dies unklare, unbestimmte Begriffe sind, unter deren Flagge es sehr bequem ist, Worte zu gebrauchen, die noch weniger klare Bedeutung haben und die darum leicht in jede Theorie einzufügen sind.

Aber abgesehen von dem inneren Werte der Geschichtsdarstellung dieser Art (die vielleicht für irgend jemanden aber zu irgend etwas nötig sind), schildern die Kulturgeschichten, zu denen allmählich alle Weltgeschichten sich umwandeln und die dadurch gekennzeichnet sind, daß sie die verschiedenen religiösen, philosophischen, politischen Lehren bis ins kleinste als die Ursache der Ereignisse ausführlich und ernsthaft entwickeln, sooft sie ein wirkliches historischen Ereignis zu schildern haben, wie z. B. die Märsche im Jahre 1812, sie unwillkürlich als ein Erzeugnis der Macht und sagen klar heraus, dieser Kriegszug sei ein Erzeugnis des Willens Napoleons. Indem sie so sprechen, widerlegen die Kulturhistoriker unwillkürlich sich selbst oder beweisen, daß diese neue Kraft, die sie erfunden haben, die historischen Ereignisse nicht ausdrückt, und daß das einzige Mittel zur Erkenntnis der Geschichte eben die Macht ist, die sie vermeintlich nicht anerkennen.

III

Es fährt ein Dampfwagen. Es entsteht die Frage, wodurch bewegt er sich? Der Bauer sagt: der Teufel treibt ihn. Ein anderer sagt: der Dampfwagen fährt, weil ihn die Räder im Inneren treiben. Ein Dritter behauptet, die Ursache der Bewegungen bestehe in dem Dampf, den der Wind fortweht.

Der Bauer ist nicht zu widerlegen; um ihn zu widerlegen, müßte ihm jemand beweisen, daß es keinen Teufel gibt, oder es müßte ihm ein anderer Bauer klarmachen, daß nicht der Teufel, sondern der Deutsche den Dampfwagen bewegt, erst dann würden sie aus dem Widerspruch erkennen, daß sie beide unrecht haben. Aber wer da sagt, die Ursache ist die Bewegung der Räder, der widerlege sich selbst, denn hat er einmal den Boden der Analyse betreten, so muß er immer weiter und weiter gehen. Er muß die Ursache der Bewegung der Räder erklären. Und ehe er nicht bis zur letzten Ursache der

Bewegung des Dampfwagens gekommen ist, zu der im Kessel zusammengepreßten Luft, hat er kein Recht, in der Aufsuchung der Ursachen halt zu machen.

Wer aber die Bewegung des Dampfwagens durch den Rauch erklärt hat, den der Wind zurückweht, hat nur, weil er bemerkt hat, daß die Erklärung von den Rädern die Ursache nicht ergibt, das erste beste Merkmal aufgegriffen und dieses seinerseits als die Ursache ausgegeben.

Der einzige Begriff, der die Bewegung des Dampfwagens erklären kann, ist der Begriff einer Kraft, die der sichtbaren Bewegung gleicht.

Der einzige Begriff, der uns die Bewegung der Völker erklären kann, ist der Begriff einer Kraft, die der ganzen Bewegung der Völker gleicht.

Indessen verstehen die verschiedenen Historiker unter diesem Begriff völlig verschiedene Kräfte, die alle der sichtbaren Bewegung nicht gleich sind. Die einen sehen in ihr eine dem Helden unmittelbar eigene Kraft, wie der Bauer im Dampfwagen den Teufel, andere eine von mehreren anderen Kräften abgeleitete Kraft, wie die Bewegung der Räder, wieder andere den geistigen Einfluß, wie den aufsteigenden Rauch.

Solange die Geschichte einzelner Persönlichkeiten – gleichviel, ob sie Cäsar, Alexander, Luther oder Voltaire heißen, geschrieben wird, und nicht die Geschichte *aller* Menschen, *aller*, ohne eine einzige Ausnahme, die an dem Ereignis teilgenommen haben, fehlt jede Möglichkeit, das Leben der Menschheit zu schildern, ohne den Begriff der Kraft, welche die Menschen treibt, ihre Tätigkeit auf *ein* Ziel zu richten, und der einzige Begriff dieser Art, der den Historikern bekannt ist, ist die Macht.

Dieser Begriff ist die einzige Handhabe, mit deren Hilfe man des Materials der Geschichtsschreibung in ihrer gegenwärtigen Darstellungsweise Herr werden kann. Und wer diese Handhabe zerstören wollte, wie das Buckle getan, ehe er eine andere Methode zur Bearbeitung des geschichtlichen Materials gefunden hat, würde sich nur der letzten Möglichkeit seiner Bearbeitung entheben. Die Unentbehrlichkeit des

Begriffs der Macht für die Erklärung geschichtlicher Erscheinungen beweisen am besten die Welthistoriker und die Kulturhistoriker selbst, die vermeintlich den Begriff der Macht verwerfen und sich auf Schritt und Tritt unvermeidlich seiner bedienen.

Die historische Wissenschaft gleicht bis heute in bezug auf die Frage der Menschheit dem Gelde, das im Verkehr ist – den Kassenscheinen und der klingenden Münze. Die biographische Geschichtsschreibung und die Darstellung eines Völkerlebens ist wie die Kassenscheine. Sie können im Verkehr von Hand zu Hand gehen, genügen ihrer Bestimmung, schaden niemandem, sie nützen sogar bis zu dem Augenblick, wo die Frage auftaucht, wodurch sie gedeckt sind. Man braucht nur an die Frage nicht zu denken, *wie* der Wille der Helden die Ereignisse hervorbringt, und die Geschichtsdarstellung eines Thiers werden interessant, belehrend sein, und werden überdies noch einen Schimmer von Poesie haben. Aber wie der Zweifel an dem baren Werte des Papiergeldes entsteht, entweder, weil man es so leicht hat, es zu machen, oder weil man gern Gold dafür haben möchte – so entsteht auch der Zweifel an der wahren Bedeutung der Geschichtsdarstellungen dieser Art, entweder, weil ihrer zu viel erscheinen, oder weil irgend jemand in der Unschuld seines Herzens fragt: durch welche Kraft hat Napoleon das bewirkt? – d. h., weil er das verkehrende Papiergeld eintauschen will gegen das lautere Gold eines wirklichen Begriffs.

Die Welthistoriker und die Kulturhistoriker aber gleichen den Menschen, die die Unbequemlichkeit der Kassenscheine erkannt haben und zu dem Schluß gekommen sind, statt des Papiergeldes klingende Münzen aus Metall zu prägen, das nicht den Vollwert des Geldes hat. Und so würden wirklich *klingende* Münzen entstehen, aber nur *klingende*. Das Papiergeld konnte Unkundige noch täuschen. Die Münze aber, die schwer klingt, aber nicht vollwertig ist, die kann niemanden täuschen. Sowie das Gold nur dann Gold ist, wenn es gebraucht werden kann, nicht bloß zum Umwechseln, sondern auch zum Geschäft, so werden auch die Welthistoriker nur dann Gold sein, wenn sie in der Lage sein werden, die Kernfrage der Geschichte zu beantworten: was ist Macht? Die Welthistoriker beantworten diese Frage widerspruchsvoll. Die Kulturhistoriker gehen ihr ganz aus dem Wege und beantworten etwas ganz anderes.

Und wie die dem Golde ähnlichen Jetons nur im Gebrauch sein können in einer Gemeinschaft von Menschen, die unter sich übereingekommen sind, sie als Gold anzuerkennen, so gelten auch die Welthistoriker und die Kulturhistoriker, die nicht die wesentlichen Fragen der Menschheit beantworten, um gewisser eigner Zwecke willen, als Scheidemünze den Universitäten und einer Menge von Lesern – Liebhabern ernster Bücher, wie sie es nennen.

IV

Nachdem die Geschichtsschreibung die Anschauung der Alten von der göttlichen Unterordnung des Willens eines Volkes unter einen Auserwählten und über die Unterordnung dieses Willens unter die Gottheit aufgegeben hat, kann sie nicht *einen* Schritt ohne Widerspruch machen, wenn sie sich nicht zu einem von beiden entschließen kann: entweder zurückzukehren zu dem alten Glauben an die unmittelbare Teilnahme der Gottheit an den Geschicken der Menschheit, oder bestimmt die Bedeutung der Kraft zu erklären, die die historischen Ereignisse hervorbringt und die wir die Macht nennen.

Zu dem ersten zurückzukehren ist eine Unmöglichkeit: die Gläubigkeit ist zerstört, wir müssen also unbedingt die Bedeutung der Macht erklären.

Napoleon hat den Befehl gegeben, Truppen zu sammeln und in den Krieg zu ziehen. Diese Darstellung ist uns derart gewohnt, wir haben uns so sehr in diese Betrachtungsweise eingelebt, daß uns die Frage, warum 600 000 Menschen in den Krieg ziehen, wenn Napoleon die und die Worte gesprochen hat, sinnlos vorkommt. Er besaß die Macht, und darum wurde das ausgeführt, was er anbefahl.

Diese Antwort ist vollkommen befriedigend, wenn wir

glauben, daß die Macht ihm von Gott gegeben war. Sobald wir aber dies nicht anerkennen, müssen wir unbedingt näher bestimmen, was diese Macht eines Menschen über die anderen ist.

Diese Macht kann nicht die unmittelbare Macht des physischen Übergewichts eines starken Wesens über die schwachen sein – das Übergewicht, das auf der Anwendung von physischer Kraft oder auf der Androhung dieser Anwendung beruht, wie die Macht des Herkules; sie kann auch nicht auf dem Übergewicht moralischer Kraft beruhen, wie das in der Einfalt ihres Herzens einzelne Geschichtsschreiber glauben, indem sie sagen, die historischen Persönlichkeiten sind Helden, d. h. Männer mit einer besonderen Kraft der Seele und des Geistes begabt, die man Genialität nennt. Diese Macht kann nicht auf dem Übergewicht moralischer Kraft beruhen, denn die Geschichte zeigt uns, um nicht von solchen Helden zu sprechen wie Napoleon, über deren moralische Vorzüge die Meinungen weit auseinandergehen, daß weder ein Ludwig der Elfte noch ein Metternich, die doch Millionen Menschen regierten, irgendwelche besondere Gaben einer geistigen Kraft besaßen, sondern im Gegenteil meist sittlich schwächer waren als jeder von den Millionen Menschen, die sie regierten.

Wenn die Quelle der Macht nicht in den physischen und nicht in den moralischen Gaben der Persönlichkeit liegt, die sie besitzt, so ist es klar, daß die Quelle dieser Macht außerhalb der Persönlichkeit liegen muß – in den Beziehungen zu den Massen, unter welchen sich die Persönlichkeit befindet, die die Macht besitzt.

So faßt auch die Rechtswissenschaft, die Wechselkasse der Geschichte, die Macht auf, und verspricht uns, die historische Auffassung der Macht in lauteres Gold einzuwechseln.

Die Macht ist der vereinigte Wille der Massen, durch eine ausgesprochene oder unausgesprochene Übereinstimmung auf die von den Massen gewählten Leiter übertragen.

Innerhalb der Wissenschaft des Rechtes, das aus Betrachtungen darüber besteht, wie man einen Staat und die Macht zu organisieren hätte, wenn es möglich wäre, all dies zu organisieren, ist das alles außerordentlich klar; aber in der Anwendung auf die Geschichte bedarf diese Erklärung der Macht der Erläuterung.

Die Wissenschaft des Rechtes betrachtet den Staat und die Macht, wie die Alten das Feuer betrachteten, als etwas absolut Existierendes. Für die Geschichte aber sind Staat und Macht nur Erscheinungen, ganz so wie für die Wissenschaft unserer Zeit das Feuer nicht ein Element, sondern eine Erscheinung ist.

Aus dieser Grundverschiedenheit in der Betrachtungsweise der Geschichte und der Rechtswissenschaft kommt es her, daß die Rechtswissenschaft in allen Einzelheiten sagen kann, wie nach ihrer Meinung die Macht einzurichten wäre, und was die Macht ist, die unbeweglich außerhalb der Zeit existiert. Aber auf die geschichtlichen Fragen über die Bedeutung der Macht, die zu allen Zeiten eine andere ist, weiß sie nichts zu antworten.

Wenn die Macht die Vereinigung der Willen, auf den Leiter übertragen, ist, ist Pugatschow der Vertreter des Willens der Massen? Wenn sie es nicht ist, warum ist Napoleon der Erste ein solcher Vertreter? Warum war Napoleon der Dritte, als man ihn in Boulogne gefangennahm, ein Verbrecher, und warum waren später diejenigen Verbrecher, die er gefangennahm?

Überträgt sich bei Palastrevolutionen, an welchen ja manchmal nur zwei, drei Personen teilnehmen, auch der Wille der Massen auf die neue Persönlichkeit? Überträgt sich in den internationalen Beziehungen der Wille der Massen eines Volkes auf den Eroberer? Ist im Jahre 1808 der Wille des Rheinbundes auf Napoleon übertragen worden? Ist der Wille der Masse des russischen Volkes auf Napoleon übertragen worden, als im Jahre 1809 all unsere Truppen im Bündnis mit den Franzosen gegen Österreich in den Krieg zogen?

Auf diese Fragen kann man dreierlei antworten:

Entweder man erkennt erstens an, daß der Wille der Massen stets bedingungslos demjenigen oder denjenigen Leitern übertragen wird, die sie gewählt haben, und daß darum jedes

Auftauchen einer neuen Macht, jeder Kampf gegen die einmal übertragene Macht lediglich als eine Verletzung der wirklichen Macht betrachtet werden muß.

Oder man erkennt zweitens an, daß der Wille der Massen auf die Lenker bedingt übertragen wird, unter bestimmten, genau umschriebenen Bedingungen, und zeigt, daß alle Einschränkungen, Verletzungen und sogar Zerstörungen der Macht daher kommen, daß die Lenker die Bedingungen, unter welchen ihnen die Macht übertragen ward, nicht beobachten.

Oder man erkennt drittens an, daß der Wille der Massen auf die Leiter bedingt übertragen wird, aber unter unbekannten, nicht fest umschriebenen Bedingungen, und daß das Auftauchen verschiedener Mächte, ihr Kampf und ihre Niederlage nur von der größeren oder geringeren Erfüllung der unbekannten Bedingungen von seiten der Leiter herkommt, unter welchen der Wille der Masse von einer Person auf die andere übertragen wird.

So, in dieser dreifachen Weise erklären auch die Geschichtsschreiber das Verhältnis der Massen zu den Regierenden.

Die einen, die in ihrer Herzenseinfalt die Frage von der Bedeutung der Macht nicht verstehen, eben die Einzelhistoriker und Biographen, von denen oben die Rede war, scheinen anzuerkennen, daß der Gesamtwille der Massen auf die historischen Persönlichkeiten bedingungslos übertragen wird, und diese Historiker setzen darum, wenn sie irgendeine Macht schildern, voraus, daß eben diese Macht die einzige absolute und echte ist, und daß jede andere Kraft, die dieser echten Macht sich widersetzt, nicht Macht ist, sondern eine Verletzung der Macht, Gewalt.

Ihre Theorie, die für die ursprünglichen und friedlichen Perioden der Geschichte Geltung haben mag, hat in der Anwendung auf die komplizierten und stürmischen Perioden des Völkerlebens, in denen gleichzeitig verschiedene Mächte aufstehen und gegeneinander ankämpfen, den Mangel, daß der Historiker, der Legitimist ist, beweisen wird, der Konvent, das Direktorium und Bonaparte seien nur eine Verletzung der

Macht gewesen, während der Republikaner und Bonapartist beweisen werden: der eine, der Konvent, der andere, das Kaisertum sei die echte Macht, und das übrige sei eine Verletzung der Macht gewesen. Es leuchtet ein, daß auf solche Weise die Erläuterungen der Macht, die diese Historiker geben, die sich gegenseitig widerlegen, für Kinder im zartesten Alter taugen können.

Eine andere Gattung der Geschichtsschreiber erkennt die Irrigkeit dieser Geschichtsbetrachtung an und sagt, die Macht beruhe auf der bedingten Übertragung des Gesamtwillens der Massen auf die Regierenden, und die historischen Persönlichkeiten haben die Macht nur unter der Bedingung, daß sie das Programm ausführen, das ihnen in schweigender Übereinstimmung der Volkswille vorgeschrieben hat. Worin aber dieses Programm besteht, sagen uns diese Historiker nicht, und wenn sie es uns sagen, so widersprechen sie beständig einer dem anderen.

Jeder Historiker sieht je nach seiner Auffassung von dem Zwecke der Bewegung eines Volkes dieses Programm in der Größe, im Reichtum, in der Freiheit, in der Bildung der Bürger Frankreichs oder eines anderen Staates. Aber abgesehen selbst von dem Widerspruch der Historiker in bezug auf dieses Programm selbst, angenommen sogar, es existiere ein allen gemeinsames Programm – widersprechen doch die geschichtlichen Tatsachen fast immer dieser Theorie. Bestehen die Bedingungen, unter welchen die Macht übertragen wird, im Reichtum, in der Freiheit, in der Bildung des Volkes, warum leben Männer, wie Ludwig XIV. und Johann IV. in Frieden eine lange Regierung hin, während Männer, wie Ludwig XVI. und Karl I. von ihren Völkern hingerichtet werden? Auf diese Frage antworten die Historiker damit, daß die Wirksamkeit Ludwigs XIV. die dem Programm widersprach, sich in Ludwig XVI. widerspiegelte. Warum aber spiegelte sie sich nicht in Ludwig XIV. und XV. wider, warum mußte sie sich gerade in Ludwig XVI. widerspiegeln. Und welches ist der Zeitraum für eine solche Wiederkehr? – Auf diese Fragen gibt es keine Antwort, kann es keine geben. Ebensowenig wird bei dieser Betrachtungsweise die Ursache dessen erläutert, daß der vereinigte Wille viele Jahrhunderte hindurch von Regenten und deren Nachfolgern nicht auf andere übergeht, und dann plötzlich im Laufe von fünfzig Jahren auf den Konvent, auf das Direktorium, auf Napoleon, auf Alexander, auf Ludwig XVIII., dann wieder auf Napoleon, auf Karl X., auf Louis Philipp, auf die republikanische Regierung, auf Napoleon III. übertragen wird. Bei der Erklärung dieser schnell sich vollziehenden Übertragungen der Willen von einer Persönlichkeit auf die andere, besonders in internationalen Beziehungen, Eroberungen und Bündnissen sind diese Historiker unwillkürlich genötigt anzuerkennen, daß ein Teil dieser Erscheinungen nicht mehr gesetzmäßige Übertragungen der Willen, sondern Zufälligkeiten sind, bald von Schlauheit, bald von Irrtümern oder Intrigen, oder von der Schwäche eines Diplomaten, eines Monarchen, eines Parteiführers abhängig. So daß der größte Teil historischer Erscheinungen – Bürgerkriege, Revolutionen, Eroberungen – von diesen Historikern nicht mehr als die Ergebnisse der Übertragung freier Einzelwillen geschildert wird, sondern als das Ergebnis des irregeleiteten Willens eines oder vieler Menschen, d. h. wiederum als Verletzung der Macht. Und daher werden die historischen Ereignisse auch von den Geschichtsschreibern dieser Gattung als abweichend von der Theorie dargestellt.

Diese Historiker gleichen dem Botaniker, der auf Grund der Beobachtung, daß einzelne Pflanzen dem Samen in zweibrüderigen Blättern entsprießen, behaupten wollte, daß alles, was wächst, in zwei Blätter geteilt wachse, und daß die Palme und die Weißbuche, selbst die Eiche, die sich bei völliger Entfaltung verzweigen und nicht mehr die Form von zwei Blättern haben, von der Theorie abweichen.

Die dritten Geschichtsschreiber erkennen an, daß der Wille der Massen den geschichtlichen Persönlichkeiten bedingt übertragen wird, daß diese Bedingungen uns aber unbekannt sind. Sie sagen, die historischen Persönlichkeiten haben die Macht, nur weil sie den auf sie übertragenen Willen der Massen erfüllen.

Aber worin besteht denn in einem solchen Fall, wenn die Kraft, die die Völker bewegt, nicht in den historischen Persönlichkeiten, sondern in den Völkern selbst liegt, die Bedeutung dieser historischen Persönlichkeiten?

Die historischen Persönlichkeiten, sagen die Historiker, sind an sich der Ausdruck des Willens der Massen; die Wirksamkeit der historischen Persönlichkeiten ist die Vertretung der Wirksamkeit der Massen.

Aber in diesem Falle taucht die Frage auf: ist die gesamte Tätigkeit der historischen Persönlichkeiten der Ausdruck des Willens der Massen, was ja manche meinen, so sind die Lebensbeschreibungen der Napoleon, der Katharinen, mit allen Einzelheiten des Hofklatsches, der Ausdruck des Lebens der Völker, und das ist offenbar Unsinn. Ist nur eine Seite der Wirksamkeit der historischen Persönlichkeiten der Ausdruck des Lebens der Völker, wie andere Pseudogeschichtsphilosophen meinen, so muß man, wenn man bestimmen will, welche Seite der Wirksamkeit der historischen Persönlichkeiten der Ausdruck des Volkslebens ist, erst vorher wissen, worin das Leben des Volkes besteht.

Sobald die Historiker dieser Art auf diese Schwierigkeit stossen, erdenken sie sich die unklarste, unfaßbarste und allgemeinste Abstraktion, unter welche man die größte Zahl der Ereignisse unterordnen kann und sagen, in dieser Abstraktion bestehe der Zweck der Bewegung der Menschheit. Die gewöhnlichsten, fast von allen Geschichtsschreibern angenommenen, allgemeinen Abstraktionen sind: die Freiheit, die Gleichheit, die Bildung, der Fortschritt, die Zivilisation, die Kultur. Nachdem die Historiker irgendeine Abstraktion hingestellt haben, erforschen sie die Menschen, die die größte Zahl von Denkmälern zurückgelassen haben: Fürsten, Minister, Heerführer, Schriftsteller, Reformatoren, Päpste, Journalisten – je nachdem alle diese Persönlichkeiten, nach ihrer Meinung, der bestimmten Abstraktion förderlich oder schädlich gewirkt haben. Da aber durch nichts bewiesen ist, daß der Zweck der Menschheit in der Freiheit, der Gleichheit, der Bildung oder Zivilisation besteht, und da der Zusammenhang der Massen mit Lenkern und Erleuchtern der Menschheit nur auf der willkürlichen Voraussetzung beruht, daß der Gesamtwille der Massen stets auf *die* Persönlichkeit übertragen wird, die wir wahrnehmen, so kommt die Tätigkeit der Millionen Menschen, die von einem Ort zum anderen wandern, Häuser in Brand stecken, den Ackerbau aufgeben, einander auszurotten, in der Schilderung der Wirksamkeit des Dutzend von Persönlichkeiten, die keine Häuser in Brand stecken, die nicht Ackerbau betreiben, die nicht ihre Mitmenschen töten, gar nicht zum Ausdruck.

Die Geschichte beweist dies auf Schritt und Tritt. Ist die Erregung der Völker des Westens gegen das Ende des vorigen Jahrhunderts und ihr Streben nach dem Osten durch die Wirksamkeit Ludwigs XIV., XV. und XVI., ihrer Geliebten, ihrer Minister, durch das Leben Napoleons, Rousseaus, Diderots, Beaumarchais' und anderer erklärt?

Wird die Bewegung des russischen Volkes nach Osten, nach Kasan und Sibirien, durch die Einzelheiten des krankhaften Charakters Johanns IV. und seines Briefwechsels mit Kurbskij erklärt?

Wird die Bewegung der Völker in der Zeit der Kreuzzüge durch das Leben und die Wirksamkeit der Gottfriede und der Ludwige und ihrer Damen erklärt? Für uns ist die Bewegung der Völker von Westen nach Osten unerklärt geblieben – ohne jedes Ziel, ohne Führerschaft, mit einem Haufen von Landstreichern, mit Peter dem Einsiedler. Noch unerklärlicher aber blieb das Aufhören dieser Bewegung in dem Augenblick, wo von den historischen Helden ein vernünftiges, heiliges Ziel diese Züge festgestellt worden – die Befreiung Jerusalems. Päpste, Könige und Ritter riefen das Volk zur Befreiung des heiligen Landes auf. Aber das Volk kam nicht, weil jene unbekannten Ursachen, die es vorher zu der Bewegung angeregt hatten, nicht mehr vorhanden waren. Die Geschichte der Gottfriede und Minnesänger kann doch augenscheinlich nicht das Leben der Völker in sich bergen. Und die Geschichte der Gottfriede und der Minnesänger ist die Geschichte der Gottfriede und der Minnesänger geblieben, und die Geschichte des Lebens der Völker und ihrer Antriebe ist unerkannt geblieben.

Noch weniger erklärt uns das Leben der Völker die Geschichte der Schriftsteller und Reformatoren.

Die Geschichte der Kultur erklärt uns die Antriebe, die Bedingungen des Lebens und Denkens eines Schriftstellers oder Reformatoren. Wir erfahren, daß Luther einen reizbaren Charakter gehabt, und daß er die und die Reden gehalten hat. Wir erfahren, daß Rousseau mißtrauisch war, und daß er die und die Bücher geschrieben; wir erfahren aber nicht, warum nach der Reformation die Völker einander abgeschlachtet, und warum während der französischen Revolution einer den anderen hingerichtet.

Vereinigt man diese beiden Geschichtsauffassungen, wie das neuere Historiker tun, so hat man die Geschichte der Monarchen und Schriftsteller, aber nicht die Geschichte des Lebens der Völker.

V

Das Leben der Völker läßt sich nicht in das Leben weniger Menschen einschließen, denn der Zusammenhang zwischen diesen wenigen Menschen und den Völkern ist nicht aufgefunden. Die Theorie, daß dieser Zusammenhang auf der Übertragung der Gesamtheit der Willen auf die historischen Persönlichkeiten beruhe, ist eine Hypothese, die durch die Erfahrung der Geschichte nicht bestätigt wird.

Die Theorie von der Übertragung des Gesamtwillens der Massen auf historische Persönlichkeiten erklärt vielleicht vieles auf dem Gebiete der Rechtswissenschaft und ist vielleicht unentbehrlich für ihre eigenen Zwecke; aber in der Anwendung auf die Geschichte erklärt diese Theorie nichts mehr, sobald Revolutionen, Eroberungen, Bürgerkriege in Betracht kommen, sobald die Geschichte beginnt.

Diese Theorie erscheint hauptsächlich darum unwiderleglich, weil der Akt der Übertragung der Willen eines Volkes nicht geprüft werden kann, da er nie vorhanden war.

Welches Ereignis auch immer sich vollzogen habe, wer auch immer an der Spitze des Ereignisses gestanden haben mag, die Theorie kann immer sagen, die und die Persönlichkeiten haben an der Spitze des Ereignisses gestanden, weil die Gesamtheit der Willen auf sie übertragen worden war.

Die Antworten, welche diese Theorie auf die Fragen der Geschichte gibt, gleichen den Antworten eines Menschen, der beim Anblick einer laufenden Herde, ohne die in ihrer Güte ungleichen Weideflächen auf den verschiedenen Stellen des Feldes oder das Antreiben des Hirten zu beobachten, über die Ursachen dieser oder jener Richtung, die die Herde einschlägt, nach dem Umstande urteilen würde, welcher Art das Tier ist, das an der Spitze der Herde geht.

»Die Herde schlägt diese Richtung ein, weil das an der Spitze gehende Tier es führt, und die Gesamtheit der Willen aller übrigen Tiere auf diesen Leiter der Herde übertragen ist«, so antwortet die erste Klasse der Historiker, die eine bedingungslose Übertragung der Macht anerkennt.

»Wenn die Tiere, die an der Spitze der Herde stehen, wechseln, so kommt das daher, daß der Gesamtwille aller Tiere von einem Leiter auf den anderen übertragen wird, je nachdem dieses Tier in der Richtung führt, die die ganze Herde gewählt hat«, so antworten die Historiker, welche anerkennen, daß der Gesamtwille der Massen auf die Leiter unter Bedingungen übertragen worden, die sie für unbekannt halten. (Bei dieser Methode der Beobachtung kommt es häufig vor, daß der Beobachter, der nach der gewählten Richtung forscht, diejenigen für die Führer hält, die durch den Wechsel der Richtung der Massen nicht mehr an der Spitze, sondern an der Seite laufen, bisweilen sogar am Ende.)

»Wenn die an der Spitze stehenden Tiere beständig wechseln, und die Richtung in den Bewegungen der ganzen Herde beständig wechselt, so kommt das daher, daß die Tiere, um die Richtung einzuschlagen, die uns bekannt ist, ihren Willen *den* Tieren übertragen, die uns in die Augen fallen. Darum muß man, um die Bewegung der Herde zu erforschen, alle uns bemerkenswerten Tiere beobachten, die auf allen Seiten der Herde ihren Platz haben.« So sprechen die Historiker der dritten Klasse, die alle historischen Persönlichkeiten von den Monarchen bis zu den Journalisten als den Ausdruck ihrer Zeit anerkennen.

Die Theorie der Übertragung des Gesamtwillen der Massen auf die geschichtlichen Persönlichkeiten ist nur eine Umschreibung, nur die mit anderen Worten ausgedrückte Frage.

Welches ist die Ursache der historischen Ereignisse? – Die Macht. Was ist Macht? – Macht ist die Summe der Einzelwillen, übertragen auf eine Persönlichkeit. Unter welchen Bedingungen wird der Gesamtwille der Massen auf eine Persönlichkeit übertragen? – Unter der Bedingung, daß die Persönlichkeit den Willen aller Menschen insgesamt ausdrückt. D. h. Macht ist Macht, d. h. Macht ist ein Wort, dessen Bedeutung uns unerklärlich ist.

Beschränkte sich die Sphäre menschlichen Willens lediglich auf das abstrakte Denken, so würde die Menschheit, wenn sie die Erklärung der Macht, die die *Wissenschaft* gibt, einer Kritik unterzieht, zu dem Schlusse gelangen, Macht sei nur ein Wort und sei in Wirklichkeit nicht vorhanden. Aber zur Erkenntnis der Erscheinung besitzt der Mensch außer dem abstrakten Denken das Werkzeug der Erfahrung, an dem er die Ergebnisse des Denkens prüfen kann. Und die Erfahrung lehrt, Macht ist nicht ein Wort, sondern eine wirklich vorhandene Erscheinung.

Abgesehen davon, daß nicht eine einzige Darstellung einer Gesamttätigkeit von Menschen ohne den Begriff der Macht fertig werden kann, wird das Vorhandensein der Macht sowohl durch die Geschichte als auch durch die Beobachtung gleichzeitiger Ereignisse bewiesen.

Stets, wenn ein Ereignis sich vollzieht, tritt ein Mensch oder mehrere auf, nach deren Willen das Ereignis sich vollzogen zu haben scheint. Napoleon III. schreibt es vor, und die Franzosen gehen nach Mexiko. Der König von Preußen und Bismarck schreiben es vor, und die Truppen ziehen nach Böhmen. Napoleon I. befiehlt, und die Truppen ziehen nach Rußland. Alexander I. befiehlt, und die Franzosen unterwerfen sich den Bourbonen. Die Erfahrung zeigt uns, daß immer, wo sich irgendein Ereignis vollzieht, es mit dem Willen eines oder mehrerer Menschen im Zusammenhang steht, die es anbefohlen haben.

Die Historiker wollen, indem sie nach alter Gewohnheit die Teilnahme der Gottheit an den Geschicken der Menschheit anerkennen, die Ursache des Ereignisses in den Willensausdruck einer mit der Macht bekleideten Persönlichkeit sehen; aber dieser Schluß wird weder durch die Vernunft noch durch die Erfahrung bestätigt.

Einerseits zeigt die Vernunft, daß der Willensausdruck eines Menschen, seine Worte, nur ein Teil der allgemeinen Tätigkeit sind, die sich in den Ereignissen ausspricht, wie zum Beispiel in einem Kriege, oder in einer Revolution, und darum kann man, ohne eine unerklärliche, übernatürliche Kraft – ein Wunder – anzuerkennen, nicht zugeben, daß Worte die unmittelbare Ursache der Bewegung von Millionen sein können; andererseits zeigt die Geschichte, wenn man selbst annehmen will, daß Worte die Ursache eines Ereignisses sein können, daß der Willensausdruck historischer Persönlichkeiten in den meisten Fällen gar keine Wirkung hervorruft, d. h. daß ihre Befehle nicht nur häufig nicht ausgeführt werden, sondern daß bisweilen sogar etwas geschieht, was ihrem Befehle völlig entgegengesetzt ist.

Ohne die göttliche Teilnahme an den Schicksalen der Menschheit anzunehmen, können wir nicht die Macht als Ursache der Ereignisse gelten lassen.

Macht ist, aus dem Gesichtspunkte der Erfahrung, nur die Abhängigkeit, die zwischen dem Willensausdruck einer Persönlichkeit und der Ausführung dieses Willens durch andere Menschen besteht.

Um sich die Bedingungen dieser Abhängigkeit zu erklären, müssen wir vor allem den Begriff des Ausdrucks des Willens wiederherstellen, indem wir ihn auf den Menschen, und nicht auf die Gottheit beziehen.

Wenn die Gottheit einen Befehl gibt, ihren Willen ausdrückt, wie uns das die Geschichte der Alten zeigt, so hängt der Ausdruck dieses Willens nicht von der Zeit ab, und ist durch nichts hervorgerufen, da die Gottheit durch nichts mit dem Ereignisse verbunden ist. Sprechen wir aber von Befehlen, von dem Willensausdruck eines Menschen, die in der Zeit wirken und untereinander in Verbindung stehen, so müssen wir, um den Zusammenhang der Befehle mit den Ereignissen zu erklären, wiederherstellen: erstens die Vorbedingungen alles Geschehenden: die Stetigkeit der Bewegung in der Zeit, sowohl für die Ereignisse, wie für die befehlende Persönlichkeit; und zweitens die Vorbedingung des notwendigen Zusammenhangs, in dem die befehlende Persönlichkeit zu den Menschen steht, die ihren Befehl ausführen.

VI

Nur der Ausdruck des Willens der Gottheit, der unabhängig von der Zeit ist, kann sich auf eine ganze Reihe von Ereignissen beziehen, die sich in mehreren Jahren oder Jahrhunderten vollziehen sollen, und nur die Gottheit kann, durch nichts angeregt, lediglich durch ihren Willen, die Richtung der Bewegung der Menschheit bestimmen; der Mensch aber handelt in der Zeit und nimmt selbst teil an dem Ereignis.

Wenn wir die erste aufgegebene Vorbedingung wiederherstellen – die Vorbedingung der Zeit, so sehen wir, daß nicht ein Befehl vollzogen werden kann, ohne daß ihm ein Befehl vorhergegangen sei, der die Erfüllung des letzten möglich macht.

Nie tritt ein Befehl losgelöst von allem anderen auf, und nie schließt er eine ganze Reihe von Ereignissen in sich; jeder Befehl entspringt vielmehr aus einem anderen und bezieht sich nie auf eine ganze Reihe von Ereignissen, sondern stets nur auf einen Moment des Ereignisses.

Wenn wir zum Beispiel sagen, Napoleon hat den Truppen befohlen, in den Krieg zu ziehen, so vereinigen wir in einem in einer bestimmten Zeit ausgesprochenen Befehle eine Reihe aufeinanderfolgender Befehle, die einer vom anderen abhängen. Napoleon hat den Kriegszug nach Rußland nicht befehlen können und hat nie befohlen. Er befahl heute, die und die Schriftstücke nach Wien, nach Berlin, nach Petersburg abzusenden, morgen die und die Dekrete und Befehle an die Armee, an die Flotte, an die Intendanz usw. – Millionen von Befehlen, aus denen eine Folge von Befehlen entstand, die der Folge der Ereignisse entsprechen, die die französischen Truppen nach Rußland geführt haben.

Wenn Napoleon während seiner ganzen Regierungszeit Befehle gibt zu einer Expedition nach England, für keine seiner Unternehmungen so viel Mühe und Zeit aufwendet, und trotzdem während seiner ganzen Regierungszeit auch nicht ein einziges Mal den Versuch macht, seine Absicht auszuführen, wohl aber eine Expedition nach Rußland unternimmt, mit dem er, nach seiner wiederholt ausgesprochenen Überzeugung, es für vorteilhaft hält verbündet zu sein, so kommt das daher, daß die ersten Befehle der Folge der Ereignisse nicht entsprachen, die zweiten dagegen ihr wohl entsprachen.

Damit der Befehl sicher ausgeführt werde, muß der Mensch einen Befehl aussprechen, der erfüllt werden kann. Zu wissen, was erfüllt werden kann und was nicht, ist nicht nur unmöglich für einen Napoleonischen Kriegszug nach Rußland, an dem Millionen teilnehmen, sondern auch für das allereinfachste Ereignis, denn sowohl für das eine wie für das andere können immer Millionen Hindernisse eintreten. Jeder erfüllte Befehl ist stets einer aus der ungeheuren Zahl der unerfüllten. Alle unmöglichen Befehle widerstreben dem Zusammenhang mit dem Ereignis und werden nicht ausgeführt. Nur die möglichen verbinden sich zu folgerichtigen Reihen von Befehlen, die den Reihen der Ereignisse entsprechen, und werden ausgeführt.

Unsere irrige Vorstellung, daß der dem Ereignis vorhergehende Befehl die Ursache des Ereignisses sei, kommt daher, daß wir – wenn ein Ereignis sich vollzogen hat, und die einen von den tausenden Befehlen, die sich mit den Ereignissen verbunden haben, ausgeführt wurden, – diejenigen vergessen, die es nicht wurden, weil sie nicht ausgeführt werden konnten. Außerdem kommt die Hauptquelle unseres Irrtums in dieser Hinsicht daher, daß in der historischen Darstellung eine ganze Reihe unzähliger, tausendfältiger, winzigster Ereignisse, wie zum Beispiel alles das, was die französischen Truppen nach Rußland geführt hat, zu *einem* Ereignis zusammengefaßt werden, nach dem Resultat, das diese Reihe von Ereignissen zutage gefördert hat; und entsprechend dieser Zusammenfassung wird auch die ganze Reihe von Befehlen in einen Willensausdruck zusammengefaßt.

Wir sagen: Napoleon hatte den Willen und unternahm einen Kriegszug gegen Rußland. In Wirklichkeit aber finden wir nie in der ganzen Tätigkeit Napoleons irgend etwas, was dem Ausdruck dieses Willens ähnlich wäre. Wir sehen vielmehr eine Reihe von Befehlen oder Willensausdrücken, die auf die verschiedenste und unbestimmteste Weise ihre Richtung nahmen. Aus der zahllosen Reihe unerfüllter Befehle Napoleons, entstand eine Reihe erfüllter Befehle für den Feldzug vom Jahre 1812, nicht, weil sich diese Befehle durch irgend etwas von den anderen, unerfüllten, unterschieden hätten, sondern weil die Reihe dieser Befehle mit einer Reihe von Ereignissen zusammenfiel, die die französischen Truppen nach Rußland gebracht haben; ganz wie in einem Transparent diese oder jene Figur erscheint, nicht, weil man es nach einer bestimmten Seite und in einer bestimmten Art mit Farben gestrichen hat, sondern weil man die Figur, die in dem Transparent ausgeschnitten ist, nach allen Seiten mit Farbe bemalt hat.

So finden wir denn, wenn wir in der Zeit das Verhältnis der Befehle zu den Ereignissen betrachten, daß der Befehl in keinem Falle die Ursache des Ereignisses sein kann, und daß zwischen dem einen und dem anderen eine bekannte, bestimmte Abhängigkeit besteht.

Um zu begreifen, worin die Abhängigkeit besteht, muß man notwendig die zweite aufgegebene Vorbedingung jedes Befehls wiederherstellen, der nicht von der Gottheit ausgeht, sondern von einem Menschen, die darin besteht, daß der Mensch, der den Befehl gibt, an dem Ereignis teilnimmt.

Eben dies Verhältnis des Befehlenden zu den Menschen, denen er befiehlt, ist, was wir Macht nennen. Dies Verhältnis besteht in folgendem:

Zu gemeinsamem Handeln tun sich die Menschen stets in bestimmten Vereinigungen zusammen, in welchen ohne Rücksicht auf die Verschiedenheit der Ziele, die dem gemeinsamen Handeln gesetzt sind, das Verhältnis zwischen den einzelnen Menschen, die an der Handlung teilnehmen, stets das gleiche ist.

Wenn sich die Menschen zu diesen Vereinigungen zusammentun, bringen sie sich untereinander stets in ein solches Verhältnis, daß die größte Zahl der Menschen den größten unmittelbaren Anteil, und die kleinste Zahl der Menschen den kleinsten unmittelbaren Anteil an der gemeinsamen Handlung nimmt, zu der sie sich zusammentun.

Von allen Vereinigungen, zu welchen sich Menschen zur Vollziehung gemeinsamer Handlungen zusammentun, ist eine der entschiedensten und bestimmtesten das Heer.

Jedes Heer besteht aus niederen Mitgliedern im militärischen Rang: Gemeinen, und diese sind immer in der größten Zahl; aus den nun folgenden höheren Chargen: den Korporalen, den Unteroffizieren, deren Zahl geringer ist als die der ersten; noch höheren, deren Zahl noch geringer ist usw. bis zur höchsten militärischen Gewalt, die sich in einer Person verkörpert.

Die militärische Rangordnung kann vollkommen genau durch die Figur eines Kegels ausgedrückt werden, dessen Basis mit dem größten Durchmesser die Gemeinen bilden, dessen höhere, kleinere Basis die höheren Chargen sind usw. bis zur Spitze des Kegels, deren Punkt der Heerführer bildet.

Die Soldaten, die in der größten Zahl da sind, bilden die unteren Punkte des Kegels und seine Basis. Der Soldat haut, sticht, brennt, plündert selbst unmittelbar und erhält stets den Befehl zu diesen Handlungen von den höherstehenden Personen, er selbst befiehlt nie. Der Unteroffizier (die Zahl der Unteroffiziere ist schon kleiner) vollzieht seltener die Handlung selbst als der Soldat, aber er befiehlt schon. Der Offizier vollzieht noch seltener die Handlung selbst und befiehlt noch häufiger. Der General befiehlt bloß noch den Truppen, vorwärtszugehen und zeigt ihnen das Ziel, gebraucht aber selbst fast nie die Waffe. Der Feldheer kann überhaupt nie unmittelbaren Anteil an den Taten selbst nehmen und gibt nur die allgemeinen Anordnungen über die Bewegung der Massen. Dasselbe Verhältnis der Personen zueinander zeigt sich in jeder Vereinigung von Menschen zu gemeinsamer Wirksamkeit: beim Ackerbau, beim Handel und in jeder Verwaltung.

Und so ergibt sich, wenn man nicht künstlich alle zusammenfließenden Punkte des Kegels und Chargen der Armee, oder Rangstufen und Stellungen irgendeiner Verwaltung oder eines Gemeinwesens von dem Untersten bis zu dem Obersten trennt, ein Gesetz, nach dem die Menschen zur Vollführung gemeinsamer Handlungen sich untereinander stets in einem solchen Verhältnis ordnen: je unmittelbarer die Menschen an der Ausführung der Tat teilnehmen, desto weniger können sie befehlen und desto größer ist ihre Zahl, und je kleiner der unmittelbare Anteil, den die Menschen an der Tat selbst nehmen, desto mehr befehlen sie und desto kleiner ist ihre Zahl, so aufsteigend, von den untersten Schichten bis zu dem einen letzten Menschen, der den geringsten unmittelbaren Anteil an dem Ereignisse nimmt und am meisten von allen seine Wirksamkeit aufs Befehlen richtet.

Dies Verhältnis der Befehlenden zu den Personen, denen sie befehlen, bildet das Wesen des Begriffs, den wir Macht nennen.

Indem wir die Vorbedingungen der Zeit, in der alle Ereignisse sich vollziehen, wieder aufgenommen haben, haben wir gefunden, daß der Befehl nur dann vollstreckt wird, wenn er sich auf eine entsprechende Reihe von Ereignissen bezieht. Indem wir aber die notwendige Vorbedingung des Zusammenhangs zwischen den Befehlenden und den Vollstreckern wieder herstellen, finden wir, daß die Befehlenden ihrer Natur nach den geringsten Anteil an dem Ereignis selbst nehmen, und daß ihre Tätigkeit ausschließlich auf das Befehlen gerichtet ist.

VII

Wenn sich irgendein Ereignis vollzieht, drücken die Menschen ihre Meinungen und Wünsche zu dem Ereignis aus, und da das Ereignis aus dem gemeinsamen Handeln vieler Menschen hervorgeht, so wird eine der ausgedrückten Meinungen oder Wünsche unbedingt erfüllt, wenigstens annähernd. Wenn eine von diesen vorher ausgedrückten Meinungen sich erfüllt, verbindet sich diese Meinung mit dem Ereignis wie ein vorausgegangener Befehl.

Die Menschen schleppen einen Klotz. Jeder spricht seine Meinung darüber aus, wie und wohin man ihn schleppen soll. Endlich bringen die Menschen den Klotz an Ort und Stelle, und es ergibt sich, daß das so geschehen ist, wie es einer von ihnen gesagt hat. Der hat den Befehl gegeben. Das ist der Befehl und die Macht in ihrer ursprünglichsten Form.

Der Mensch, der am meisten mit den Händen gearbeitet hat, hat am wenigsten über das nachdenken können, was er tat, und überlegen, was aus der gemeinsamen Tätigkeit hervorgehen kann, und befehlen. Der Mensch, der am meisten befohlen hat, offenbar vermöge seiner Tätigkeit mit Worten, weniger mit den Händen arbeiten können. Bei einer größeren Gruppe von Menschen, die ihre Tätigkeit auf ein Ziel richten, scheidet sich die Klasse von Menschen, die desto weniger unmittelbaren Anteil an der gemeinsamen Tätigkeit nimmt, je mehr ihre Tätigkeit auf das Befehlen gerichtet ist, noch schärfer.

Wenn der Mensch allein handelt, trägt er stets eine bestimmte Reihe von Vorstellungen in sich, die, wie er glaubt, seine vergangene Tätigkeit geleitet haben, die zur Rechtfertigung seiner gegenwärtigen Tätigkeit dienen und die ihn leiten in der Vornahme seiner zukünftigen Handlungen.

Ganz ebenso machen es Gruppen von Menschen, indem sie denjenigen, die an der Tat nicht teilnehmen, überlassen, sich Vorstellungen, Rechtfertigungen und Vornahmen über ihre gemeinsame Tätigkeit zu bilden.

Aus uns bekannten oder unbekannten Ursachen beginnen Franzosen einander zu ertränken oder zu morden. Und, entsprechend dem Ereignis, wird es von einer Rechtfertigung durch den ausgedrückten Willen der Menschen begleitet, der besagt, daß dies für das Glück Frankreichs, für die Freiheit, für die Gleichheit nötig ist. Die Menschen hören auf, einander zu morden, und dieses Ereignis wird begleitet von der Rechtfertigung der Notwendigkeit einer einheitlichen Macht, des

Widerstandes gegen Europa usw. Menschen ziehen von Westen nach Osten, um ihresgleichen zu töten, und dieses Ereignis wird begleitet von Worten über den Ruhm Frankreichs, über die Niedertracht Englands usw. Die Geschichte zeigt uns, daß diese Rechtfertigungen des Ereignisses keinen allgemeinen Sinn haben, daß sie sich selbst widersprechen, wie der Mord eines Menschen infolge der Anerkennung seiner Rechte, und der Mord von Millionen in Rußland zur Erniedrigung Englands. Aber diese Rechtfertigungen haben im zeitlichen Sinne eine notwendige Bedeutung.

Diese Rechtfertigungen befreien die Menschen, die die Ereignisse hervorbringen, von der moralischen Verantwortung. Diese zeitlichen Zwecke gleichen den Bürsten, die zur Reinigung des Weges vor dem Zuge die Schienen entlanglaufen: sie reinigen den Weg der moralischen Verantwortung der Menschen. Ohne diese Rechtfertigungen könnten wir die einfachste Frage, die sich bei der Betrachtung eines jeden Ereignisses darbietet, nicht erklären: wie ist es möglich, daß Millionen Menschen gemeinsame Verbrechen ausführen: Kriege, Morde usw.

Kann man bei den gegenwärtigen gefestigten Formen des staatlichen und gesellschaftlichen Lebens in Europa irgendein Ereignis denken, das nicht von einem Fürsten, von Ministern, von Parlamenten, von den Zeitungen vorgeschrieben, angeordnet, anbefohlen worden? Gibt es eine gemeinsame Tat, die nicht ihre Rechtfertigung fände in der staatlichen Einheit, in der Nationalität, in dem europäischen Gleichgewicht, in der Zivilisation? So, daß jedes Ereignis, das sich vollzieht, unvermeidlich mit irgendeinem ausgesprochenen Wunsch zusammentrifft, und indem es seine Rechtfertigung findet, sich als das Erzeugnis des Willens eines oder mehrerer Menschen darstellt.

Welche Richtung auch das fahrende Schiff nähme, stets wird vor ihm ein Streifen der Wellen zu sehen sein, die es durchschneidet. Für die Menschen, die auf dem Schiffe sitzen, wird die Bewegung dieses Streifens die einzig wahrnehmbare Bewegung sein.

Nur wenn wir ganz nahe, Augenblick für Augenblick, die

Bewegung dieses Streifens verfolgen und diese Bewegung mit der Bewegung des Schiffes vergleichen, überzeugen wir uns, daß jeder Moment der Bewegung des Streifens von der Bewegung des Schiffes bestimmt wird, und daß wir zu dem Irrtum verleitet wurden, weil wir selbst uns unbemerkt fortbewegen.

Und dasselbe sehen wir, wenn wir Moment für Moment der Bewegung historischer Persönlichkeiten (d. h. wenn wir die notwendige Vorbedingung alles Geschehenden wiederherstellen – die Vorbedingung der Stetigkeit der Bewegung in der Zeit) und den notwendigen Zusammenhang der historischen Persönlichkeiten mit den Massen nicht aus den Augen verlieren.

Was auch geschehe, es zeigt sich immer, daß es vorher geschehen und anbefohlen war. Welche Richtung das Schiff auch nehme, der Streifen gurgelt vor ihm her, ohne es zu leiten, ohne seine Bewegung zu verstärken, und wird uns aus der Ferne als etwas erscheinen, das nicht nur sich selbst frei bewegt, sondern auch die Bewegung des Schiffes leitet.

Indem die Historiker nur die Äußerungen des Willens historischer Persönlichkeiten, die sich zu den Ereignissen wie Befehle verhielten, betrachteten, haben sie angenommen, daß die Ereignisse sich in Abhängigkeit von den Befehlen befinden. Indem wir aber die Ereignisse selbst und den Zusammenhang mit den Massen, in dem sich die historischen Persönlichkeiten befinden, betrachteten, haben wir gefunden, daß die historischen Persönlichkeiten und ihre Befehle in einem Abhängigkeitsverhältnis zu dem Ereignisse stehen. Ein unzweifelhafter Beweis für diesen Schluß liegt darin, daß das Ereignis, soviel Befehle auch erlassen werden, sich nicht vollzieht, wenn es dafür nicht auch andere Ursachen gibt; sobald sich aber das Ereignis vollzieht – welcher Art es auch sei –, so finden sich unter all den ununterbrochenen Willensäußerungen der verschiedensten Personen solche, die sich nach Sinn und Zeit zu dem Ereignisse wie Befehle verhalten.

Kommen wir zu diesem Schlusse, so können wir direkt und

positiv auf die beiden wesentlichen Fragen der Geschichte antworten:

1. Was ist Macht?

2. Welches ist die Kraft, die die Bewegungen der Völker erzeugt?

1. Macht ist das Verhältnis einer bestimmten Persönlichkeit zu anderen Persönlichkeiten, nach dem diese Person, je mehr sie den Sinn, die Absicht und die Rechtfertigung einer gemeinsamen Handlung zum Ausdruck bringt, um so weniger Anteil an dieser Handlung nimmt.

2. Die Bewegung der Völker wird nicht durch die Macht, nicht durch die geistige Tätigkeit, auch nicht durch die Vereinigung beider hervorgerufen, wie die Historiker geglaubt haben, sondern durch die Tätigkeit *aller* Menschen, die an dem Ereignisse teilnehmen, und die sich immer derart verbinden, daß die, die den größten unmittelbaren Anteil an dem Ereignis nehmen, die geringste Verantwortung auf sich nehmen, und umgekehrt.

In moralischer Beziehung stellt sich als Ursache des Ereignisses die Macht dar, in physischer Beziehung, die, die sich der Macht unterordnen. Da aber eine moralische Wirksamkeit ohne eine physische nicht denkbar ist, so liegt die Ursache des Ereignisses weder in dieser noch in jener, sondern in der Vereinigung beider.

Oder mit anderen Worten, auf die Erscheinung, die wir hier betrachten, ist der Begriff der Ursache nicht anwendbar.

Bei immer fortgesetzter Analyse gelangen wir in den Bereich der Ewigkeit, zu jener äußersten Grenze, zu der der menschliche Geist in jeder Sphäre des Denkens gelangt, wenn er nicht mit seinem Gegenstande spielt. Elektrizität erzeugt Wärme, Wärme erzeugt Elektrizität. Die Atome ziehen sich an, die Atome stoßen sich ab.

Wenn wir von der Wechselwirkung der Wärme und der Elektrizität und den Atomen sprechen, können wir nicht sagen, woher sie kommt. Wir sagen, es ist so, weil es anders nicht denkbar ist, weil es so sein muß, weil es ein Gesetz ist. Ganz so die historischen Erscheinungen. Warum ein Krieg oder eine Revolution ausbricht, wissen wir nicht; wir wissen nur, daß die Menschen, damit das eine oder das andere geschehe, sich zu einer bestimmten Vereinigung gruppieren, an der sie alle teilnehmen, und wir sagen, es ist so, weil es anders nicht denkbar ist, weil es ein Gesetz ist.

VIII

Hätte die Geschichte mit den äußeren Erscheinungen zu tun, so wäre die Feststellung dieses einfachen und einleuchtenden Gesetzes genügend, und wir brauchten unsere Betrachtung nicht fortzusetzen. Aber das Gesetz der Geschichte bezieht sich auf den Menschen. Das kleinste Teilchen des Stoffes kann uns nicht sagen, daß es gar nicht das Bedürfnis fühlt anzuziehen oder abzustoßen, und daß das nicht wahr sei; der Mensch aber, der den Gegenstand der Geschichte bildet, sagt geradezu: ich bin frei und unterliege darum nicht den Gesetzen.

Das Vorhandensein der Frage über die Freiheit des menschlichen Willens wird selbst, wenn sie nicht ausgesprochen wird, auf jedem Schritte der Geschichte empfunden.

Alle ernstdenkenden Geschichtsschreiber sind unwillkürlich auf diese Frage gestoßen. Alle Widersprüche, Unklarheiten der Geschichte, der Irrweg, den diese Wissenschaft geht, beruhen nur auf der Unlösbarkeit dieser Frage.

War der Wille jedes Menschen frei, d. h., konnte jeder so handeln, wie er wollte, so ist die ganze Geschichte eine Reihe unzusammenhängender Zufälle.

Ja, hätte nur *ein* Mensch von Millionen in dem tausendjährigen Zeitraume die Möglichkeit gehabt, frei zu handeln, d. h. zu handeln, wie er wollte, so leuchtet es ein, daß die eine freie Handlung dieses Menschen, die den Gesetzen widerspricht, die Möglichkeit des Vorhandenseins irgendwelcher Gesetze für die gesamte Menschheit vernichtet.

Gibt es aber nur ein Gesetz, nach dem sich die Taten der Menschen vollziehen, so kann es keinen freien Willen geben, denn der Wille der Menschen muß diesen Gesetzen unterliegen.

Dieser Widerspruch enthält die Frage über die Freiheit des

Willens, die seit uralten Zeiten die besten Geister der Menschheit beschäftigt hat und seit uralten Zeiten in ihrer ganzen gewaltigen Bedeutung gestellt wurde.

Die Frage besteht darin, daß wir bei der Betrachtung des Menschen, als eines Gegenstandes unserer Beobachtung, gleichviel von welchem Gesichtspunkte aus, vom theologischen, historischen, ethischen, philosophischen – auf ein allgemeines Gesetz der Notwendigkeit stoßen, dem er, wie alles Existierende, unterliegt. Betrachten wir ihn aber aus uns heraus, als das, was in unserem Bewußtsein lebt, so fühlen wir uns frei.

Dieses Bewußtsein ist eine von der Vernunft vollständig losgelöste und unabhängige Quelle der Selbsterkenntnis. Durch die Vernunft beobachtet der Mensch sich selbst; er kennt sich selbst nur durch das Bewußtsein.

Ohne das Bewußtsein des eigenen Ichs ist keine Beobachtung, keine Anwendung der Vernunft denkbar.

Um zu begreifen, zu beobachten, Schlüsse zu ziehen, muß der Mensch sich erst seiner Existenz bewußt werden. Seine Existenz erkennt der Mensch nicht anders als dadurch, daß er will, d. h., er wird sich seines Willens bewußt. Seines Willens aber, der das Wesen seiner Existenz ausmacht, wird sich der Mensch bewußt als eines freien und kann sich seiner anders nicht bewußt werden.

Wenn der Mensch sich selbst beobachtet und sieht, daß sein Wille sich stets nach einem und demselben Gesetze richtet (ob er die Notwendigkeit, Speise zu sich zu nehmen, oder die Tätigkeit seines Gehirns oder was sonst beobachtet), so kann er diese stets gleiche Richtung seines Willens nicht anders auffassen, denn als eine Beschränkung des Willens. Was nicht frei wäre, könnte nicht auch beschränkt sein. Der Wille erscheint dem Menschen eben darum beschränkt, weil er sich seiner nur als frei bewußt wird.

Man sagt: ich bin nicht frei; und ich hebe doch, senke doch meinen Arm. Jedermann begreift, daß diese unlogische Antwort ein unwiderleglicher Beweis meiner Freiheit ist.

Diese Antwort ist der Ausdruck des Bewußtseins, das der Vernunft nicht unterliegt.

Wäre das Bewußtsein der Freiheit nicht die von der Vernunft losgelöste und unabhängige Quelle der Selbsterkenntnis, so würde es sich dem Denken und der Erfahrung unterordnen; in Wirklichkeit aber ist eine solche Unterordnung nicht vorhanden und nicht denkbar.

Eine Reihe von Erfahrungen und Betrachtungen zeigt jedem Menschen, daß er als Gegenstand der Beobachtung bestimmten Gesetzen unterliegt, und der Mensch ordnet sich ihnen unter und nimmt nie einen Kampf auf gegen das einmal von ihm anerkannte Gesetz der Schwere oder der Undurchdringlichkeit. Aber dieselbe Reihe von Erfahrungen und Betrachtungen zeigt, daß die vollkommene Freiheit, der er sich innerlich bewußt wird, unmöglich ist, daß jede seiner Handlungen von seiner Organisation, von seinem Charakter, von den auf ihn einwirkenden Motiven abhängt. Aber der Mensch ordnet sich nie den Schlüssen unter, die sich aus diesen Erfahrungen und Betrachtungen ergeben.

Der Mensch weiß aus Erfahrung und Betrachtung, daß der Stein zu Boden fällt, er glaubt das unbedingt und erwartet in allen Fällen die Erfüllung des von ihm erkannten Gesetzes.

Er weiß indessen auch unbedingt, daß sein Wille Gesetzen unterliegt, aber er glaubt es nicht und kann es nicht glauben.

Erfahrung und Betrachtung mögen dem Menschen noch so oft zeigen, daß er unter denselben Bedingungen mit demselben Charakter dasselbe tut wie früher, er fühlt doch, wenn er zum tausendsten Mal unter denselben Bedingungen mit demselben Charakter eine Handlung unternimmt, die stets gleich geendet hat, sich unbedingt so fest davon überzeugt, daß er handeln kann, wie er will, wie früher, als er die Erfahrung nicht hatte. Jeder Mensch, er sei ein Wilder oder ein Denker, fühlt, so unwiderleglich ihm auch Denken und Erfahrung gezeigt haben, daß man sich nicht zwei Handlungen unter ganz denselben Vorbedingungen vorstellen kann, daß er ohne diese sinnlose Vorstellung (die das Wesen der Freiheit ausmacht) sich das Leben nicht vorstellen kann. Er fühlt, daß es ist, so unmöglich es auch sein mag; denn ohne diese Vorstellung der Freiheit würde er nicht nur das Leben nicht begreifen, er könnte gar nicht auch nur einen Augenblick leben.

Er könnte nicht leben, weil alle Bestrebungen der Menschen, alle Antriebe zum Leben nur Bestrebungen zur Vergrößerung der Freiheit sind. Reichtum – Armut, Ruhm – Ruhmlosigkeit, Macht – Untertänigkeit, Stärke – Schwäche, Gesundheit – Krankheit, Bildung – Unwissenheit, Arbeit – Muße, Sättigung – Hunger, Tugend – Laster sind nur größere oder geringere Grade der Freiheit.

Einen Menschen ohne Freiheit können wir uns nicht anders vorstellen als des Lebens beraubt.

Wenn der Begriff der Freiheit für die Vernunft einen sinnlosen Widerspruch darbietet wie die Möglichkeit, zwei Handlungen in einem und demselben Augenblick oder eine Tat ohne Ursache auszuführen, so beweist das nur, daß das Bewußtsein nicht der Vernunft unterliegt.

Dieses unerschütterliche, unwiderlegliche, weder der Erfahrung noch dem Denken unterliegende Bewußtsein der Freiheit, das alle Denker anerkennen und alle Menschen ohne Ausnahme empfinden, – das Bewußtsein, ohne welches keinerlei Vorstellung vom Menschen denkbar ist, eben dieses Bewußtsein bildet die zweite Seite der Frage.

Der Mensch ist das Geschöpf des allmächtigen, gütigen und allwissenden Gottes. Was aber ist Sünde, deren Begriff aus dem Bewußtsein der Freiheit des Menschen hervorgeht? so lautet die Frage der Theologie.

Die Taten der Menschen unterliegen allgemeinen unabänderlichen Gesetzen, wie sie in der Statistik zutage treten. Worin besteht nun die Verantwortlichkeit des Menschen vor der Gesamtheit, deren Begriff aus dem Bewußtsein der Freiheit hervorgeht? – so lautet die Frage der Rechtswissenschaft.

Die Handlungen der Menschen entspringen seinem angeborenen Charakter und den Motiven, die auf ihn einwirken. Was ist das Gewissen und das Bewußtsein von Gut und Böse der Handlungen, die aus dem Bewußtsein der Freiheit hervorgehen? – so lautet die Frage der Ethik.

Im Zusammenhang mit dem Gesamtleben der Menschheit erscheint der Mensch Gesetzen unterworfen, die dieses Leben bestimmen. Aber derselbe Mensch erscheint, unabhängig von diesem Zusammenhang, frei. Wie haben wir das vergangene Leben der Völker und der Menschen zu betrachten, als das Erzeugnis der freien oder unfreien Tätigkeit der Menschen? – so lautet die Frage der Geschichte.

Nur in unserer selbstbewußten Zeit der Popularisierung des Willens ist, dank dem mächtigsten Werkzeug der Unwissenheit – der Verbreitung der Buchdruckerkunst, die Frage über die Freiheit des Menschen auf einen Boden verpflanzt worden, auf dem es die Frage selbst gar nicht geben kann. In unserer Zeit hat die Mehrheit der sogenannten führenden Menschen, d. h. ein Haufen Nichtswisser, die Arbeiten der Naturforscher, die sich nur mit einer Seite der Frage befassen, für die Lösung der ganzen Frage genommen.

Es gibt keine Seele und keine Freiheit, weil das Leben des Menschen sich in Muskelbewegungen ausdrückt, und die Muskelbewegungen durch die Nerventätigkeit bedingt werden; es gibt keine Seele und keine Freiheit, weil wir in einer unbekannten Vorzeit von dem Affen erzeugt sind, sagen, schreiben und drucken diese Leute, ohne auch nur zu ahnen, daß vor Tausenden von Jahren von allen Religionen, von allen Denkern eben dies Gesetz der Notwendigkeit, das sie mit solchem Kraftaufwand bemüht sind, jetzt durch die Physiologie und die vergleichende Zoologie zu beweisen, nicht nur anerkannt, sondern auch nie bestritten worden ist. Sie sehen nicht, daß die Rolle der Naturwissenschaft in dieser Frage nur darin besteht, ein Werkzeug zur Beleuchtung einer ihrer Seiten zu sein. Denn die Ansicht, daß vom Gesichtspunkte der Beobachtung Vernunft und Wille nur Ausscheidungen (*sécrétion*) des Gehirns sind, und die Ansicht, daß der Mensch nach einem allgemeinen Gesetz sich nur aus den niederen Tierarten in einer unbekannten Vorzeit hat entwickeln können, beleuchtet nur von einer neuen Seite die seit Tausenden von Jahren von allen Religionen und philosophischen Theorien anerkannte Wahrheit, daß vom Gesichtspunkte der Vernunft der Mensch den Gesetzen der Notwendigkeit unterliegt, bringt aber die Lösung der Frage, die noch eine andere entgegengesetzte, auf dem Bewußtsein der Freiheit beruhende Seite hat, nicht um ein Haarbreit vorwärts.

Daß die Menschen in unbekannter Vorzeit von dem Affen

ihre Abstammung ableiten, ist ebenso begreiflich wie das, daß die Menschen in einer unbekannten Zeit von einem Erdkloß abstammen (im ersten Falle ist x die Zeit, im zweiten die Abstammung), und die Frage, wie das Bewußtsein der Freiheit des Menschen mit dem Gesetz der Notwendigkeit, dem der Mensch unterliegt, sich vereinigen läßt, kann nicht gelöst werden durch die vergleichende Physiologie und Zoologie; denn in dem Frosch, in dem Kaninchen und dem Affen können wir nur eine Tätigkeit der Muskel und Nerven beobachten, beim Menschen aber neben der Tätigkeit der Muskel und Nerven auch ein Bewußtsein.

Die Naturforscher und ihre Anhänger, die diese Frage zu lösen glauben, gleichen den Stukkateuren, die man anstellt, um eine Wand der Kirche zu verzieren, und die die Abwesenheit des Arbeitleiters benutzen, um in ihrem Übereifer Fenster, Bilder, Balken und die noch nicht befestigten Wände mit ihrer Stukkatur zuzuschmieren, und sich freuen wollten, daß von ihrem Stukkateurgesichtspunkt alles so schön und glatt aussieht.

IX

Die Lösung der Frage von der Freiheit und Notwendigkeit hat für die Geschichte vor den anderen Wissenszweigen, in welchen die Lösung dieser Frage gesucht wird, das voraus, daß sich für die Geschichte diese Frage nicht auf das eigentliche Wesen des menschlichen Willens bezieht, sondern auf die Vorstellung von der Erscheinung dieses Willens in der Vergangenheit und unter bestimmten Vorbedingungen.

Die Geschichte tritt bei der Lösung dieser Frage zu den anderen Wissenschaften in das Verhältnis einer Erfahrungswissenschaft zu den Geisteswissenschaften.

Der Gegenstand der Geschichte ist nicht der menschliche Wille selbst, sondern unsere Vorstellung von ihm.

Und darum gibt es für die Geschichte nicht wie für die Theologie, die Ethik und die Philosophie das unlösbare Geheimnis der Vereinigung zweier Widersprüche – der Freiheit und der

Notwendigkeit. Die Geschichte betrachtet die Vorstellung von dem Leben des Menschen, in dem die Vereinigung dieser beiden Widersprüche schon vollzogen ist.

Im wirklichen Leben wird jedes historische Ereignis, jede menschliche Tat vollkommen klar und bestimmt verstanden, ohne die Empfindungen des geringsten Widerspruchs, obgleich wir uns jedes Ereignis als ein zum Teil freies, zum Teil notwendiges vorstellen.

Zur Lösung der Frage, wie die Freiheit und die Notwendigkeit vereinigt werden könne, und was das Wesen dieser beiden Begriffe ausmache, kann und muß die Philosophie der Geschichte einen Weg geben, der dem, den die anderen Wissenschaften eingeschlagen haben, entgegengesetzt ist.

Anstatt die Begriffe Freiheit und Notwendigkeit an sich zu bestimmen, die Erscheinungen des Lebens unter die angesetzten Begriffsbedingungen unterzubringen, muß die Geschichte aus der ungeheuren Zahl der Erscheinungen, die ihrer Betrachtung unterliegen, und die sich stets von der Freiheit und der Notwendigkeit abhängig darstellen, die Definition der Begriffe Freiheit und Notwendigkeit selbst ableiten.

Welche Vorstellung von der Tätigkeit vieler oder eines Menschen wir immer betrachten mögen, wir begreifen sie nicht anders, denn als das Erzeugnis der Freiheit des Menschen einerseits, der Gesetze der Notwendigkeit andererseits.

Ob wir von der Völkerwanderung und den Barbareneinfällen oder von der Anordnung Napoleons III., oder von der Handlung eines Menschen sprechen, die vor einer Stunde geschehen ist und die darin bestanden hat, daß er von den vielen Richtungen, nach denen er gehen konnte, eine gewählt hat – wir sehen nicht den geringsten Widerspruch. Das Maß der Freiheit und der Notwendigkeit, die die Handlungen dieser Menschen lenken, ist für uns klar bestimmt.

Häufig ist die Vorstellung von der größeren oder geringeren Freiheit verschieden, je nach den verschiedenen Gesichtspunkten, von denen wir die Erscheinung betrachten; aber stets in gleicher Weise stellt sich uns jede Tat des Menschen als die bekannte Vereinigung von Freiheit und Notwendigkeit dar. In jeder Tat, die wir betrachten, sehen wir einen bestimmten Teil Freiheit und einen bestimmten Teil Notwendigkeit. Und immer, wo wir in irgendeiner Handlung mehr Freiheit sehen, sehen wir weniger Notwendigkeit, und je mehr Notwendigkeit, desto weniger Freiheit!

Das Verhältnis der Freiheit zur Notwendigkeit vermindert und vergrößert sich je nach dem Gesichtspunkt, von dem wir die Handlung betrachten; aber das Verhältnis bleibt immer ein umgekehrt proportionales.

Ein Mensch, der im Ertrinken ist und nach einem anderen greift und ihn ertränkt, oder eine hungerige Mutter, die von dem Nähren ihres Kindes erschöpft ist und Essen stiehlt, oder ein Mensch, der an Disziplin gewöhnt ist und auf Kommando in Reih und Glied einen wehrlosen Menschen tötet, erscheinen weniger schuldig, d. h. weniger frei und mehr von dem Gesetz der Notwendigkeit abhängig, für den, der die Bedingungen kennt, unter welchen diese Menschen gehandelt haben, und mehr frei für den, der nicht weiß, daß dieser Mensch selbst im Ertrinken war, daß die Mutter hungrig war, daß der Soldat in Reih und Glied stand usw. Ganz so erscheint ein Mensch, der vor zwanzig Jahren einen Mord begangen hat und dann friedlich und unschädlich in der Gesellschaft gelebt hat, weniger schuldig, seine Handlung mehr von dem Gesetz der Notwendigkeit abhängig, für den, der seine Handlung nach dem Verlaufe von zwanzig Jahren betrachtet, und mehr frei für den, der dieselbe Handlung einen Tag, nachdem sie geschehen war, betrachtet hat. Und so stellt sich auch jede Handlung eines Wahnsinnigen, Betrunkenen oder stark erregten Menschen weniger frei und mehr notwendig dar für den, der den Geisteszustand dessen, der die Handlung ausgeführt hat, kennt, und mehr frei und weniger notwendig für den, der ihn nicht kennt. – In allen diesen Fällen vergrößert oder vermindert sich der Begriff der Freiheit und dementsprechend vermindert oder vergrößert sich der Begriff der Notwendigkeit je nach dem Gesichtspunkt, von dem man die Handlung betrachtet. Je größer die Notwendigkeit, desto geringer erscheint die Freiheit, und umgekehrt.

Die Religion, der gesunde Menschenverstand, die Rechtswissenschaft und die Geschichte selbst fassen dieses Verhältnis zwischen Notwendigkeit und Freiheit in gleicher Weise auf.

Alle Fälle, in welchen sich unsere Vorstellung von der Freiheit und der Notwendigkeit vergrößern und vermindern, haben ausnahmslos nur drei Voraussetzungen:

1. Das Verhältnis des Menschen, der die Handlung ausgeführt hat, zur Außenwelt.

2. Zur Zeit und

3. zu den Ursachen, die die Handlung hervorgerufen haben.

1. Die erste Voraussetzung ist das größere oder geringere von uns wahrgenommene Verhältnis des Menschen zur Außenwelt, der mehr oder weniger klare Begriff von dem bestimmten Platz, den jeder Mensch im Verhältnis zu allen in derselben Zeit Existierenden einnimmt. Das ist *die* Voraussetzung, die es uns einleuchtend macht, daß ein Ertrinkender weniger frei ist und mehr von der Notwendigkeit beherrscht wird als ein Mensch, der auf festem Boden steht; die Voraussetzung, in deren Folge die Taten eines Menschen, der im engen Zusammenhang mit anderen Menschen an einem dicht bevölkerten Orte lebt, die Taten eines Menschen, der durch Familie, durch ein Amt, durch Unternehmungen gebunden ist, sich unzweifelhaft als weniger frei und mehr von der Notwendigkeit abhängig zeigen als die Handlungen eines alleinstehenden und einsamen Menschen.

Betrachten wir *einen* Menschen, ohne sein Verhältnis zu allem, was ihn umgibt, so erscheint uns jede seiner Taten frei. Sehen wir aber auch nur eine einzige seiner Beziehungen zu dem, was ihn umgibt, sehen wir seinen Zusammenhang mit irgend etwas: mit einem Menschen, der mit ihm spricht, mit einem Buche, das er liest, mit einer Arbeit, die ihn beschäftigt, ja mit der Luft, die ihn umfließt, selbst mit dem Licht, das auf die Gegenstände seiner Umgebung fällt – so sehen wir, daß jede dieser Vorbedingungen Einfluß auf ihn hat und wenigstens *eine* Seite seiner Tätigkeit bestimmt. Und in dem Maße, in dem wir diese Einflüsse sehen, in dem Maße vermindert sich unsere Vorstellung von seiner Freiheit und vergrößert sich die Vorstellung von der Notwendigkeit, die ihn beherrscht.

2. Die zweite Voraussetzung ist: das größere oder geringere von uns wahrgenommene zeitliche Verhältnis des Menschen zur Welt, die mehr oder minder klaren Begriffe von der Stelle, die die Tat des Menschen in der Zeit einnimmt. Das ist die Voraussetzung, infolge derer der Fall des ersten Menschen, der die Erzeugung des Menschengeschlechts zur Folge hatte, sich offenbar als weniger frei darstellt als die Eheschließung eines Menschen in der Gegenwart. Das ist die Voraussetzung, infolge deren das Leben der Menschen, die Jahrhunderte vor uns gelebt haben, ihre Tätigkeit, die mit mir in der Zeit verbunden ist, mir nicht so frei erscheinen kann wie das Leben der Gegenwart, dessen Folgen mir noch unbekannt sind.

Die Zu- oder Abnahme der Vorstellung von der größeren oder geringeren Freiheit und Notwendigkeit in diesem Verhältnis hängt von dem größeren oder geringeren Zeitraume ab, der zwischen der Ausführung der Handlung und ihrer Beurteilung liegt.

Betrachte ich eine Handlung, die ich vor einer Minute vollzogen habe, unter annähernd denselben Bedingungen, unter welchen ich mich jetzt befinde, so erscheint mir meine Handlung unzweifelhaft frei. Beurteile ich aber eine Handlung, die ich vor einem Monate ausgeführt habe, als ich mich unter anderen Bedingungen befand, so erkenne ich unwillkürlich an, daß ohne die Vollziehung dieser Handlung viel Nützliches, Angenehmes, so sogar Notwendiges, das aus dieser Handlung hervorging, nicht stattgefunden hätte. Greife ich in der Erinnerung zu einer in ferner Vergangenheit liegenden Handlung zurück, zehn Jahre und mehr, so stellen sich mir die Folgen meiner Handlung noch einleuchtender dar; und es macht mir Mühe, mir vorzustellen, was wohl wäre, wenn diese Handlung nicht gewesen wäre! Je weiter ich in meinen Erinnerungen zurückgreife, oder was dasselbe ist, mit meinem Denken vorauseile, um so zweifelhafter wird meine Anschauung von der Freiheit der Handlung werden.

Ganz dieselbe Progression der Überzeugungskraft von

dem Anteil des freien Willens an den allgemein menschlichen Dingen finden wir auch in der Geschichte. Ein Ereignis der Gegenwart, das sich eben vollzogen hat, erscheint uns unzweifelhaft als das Erzeugnis aller bekannten Männer, aber in einem weiter zurückliegenden Ereignis sehen wir schon seine unausbleiblichen Folgen, neben welchen wir uns nichts anderes vorzustellen vermögen. Und je weiter wir zurückgehen in der Betrachtung der Ereignisse, um so weniger willkürlich erscheinen sie uns.

Der Krieg zwischen Österreich und Preußen erscheint uns als die unzweifelhafte Folge der Tätigkeit des schlauen Bismarcks usw.

Die napoleonischen Kriege erscheinen uns, wenn auch schon bedingt, als die Erzeugnisse des Willens der Helden; in den Kreuzzügen aber sehen wir schon ein Ereignis, das bestimmt seinen Platz einnimmt und ohne das die neuere Geschichte Europas undenkbar ist, obgleich den Chronisten der Kreuzzüge dieses Ereignis ebenso nur als das Erzeugnis des Willens einiger Persönlichkeiten erschien. Bei der Völkerwanderung kommt schon niemandem in unserer Zeit der Gedanke, als ob es in der Willkür Attilas gelegen hätte, die europäische Welt zu erneuern. Je weiter wir in der Geschichte den Gegenstand unserer Beobachtung zurückversetzen, desto zweifelhafter wird die Freiheit der Menschen, die die Ereignisse hervorgerufen haben und desto einleuchtender wird das Gesetz der Notwendigkeit.

3. Die dritte Voraussetzung ist die größere oder geringere Faßbarkeit des unendlichen Zusammenhangs der Ursachen, der eine unvermeidliche Forderung der Vernunft bildet, und in dem jede aufzufassende Erscheinung, und darum jede Handlung eines Menschen, ihren bestimmten Platz haben muß, als Folge der vorhergegangenen und als Ursache der folgenden.

Das ist die Voraussetzung, infolge deren unsere Taten und die Taten anderer Menschen uns einerseits um so mehr frei und um so weniger notwendig erscheinen, je bekannter uns die aus der Beobachtung abgeleiteten, philosophischen, psychologischen und historischen Gesetze sind, denen der

Mensch unterliegt, und je richtiger wir die philosophische, psychologische oder historische Ursache der Tat beobachtet haben – andererseits je einfacher die beobachtete Tat selbst ist, und je weniger kompliziert an Charakter und Geist der Mann ist, dessen Tat wir betrachten.

Wenn wir die Ursachen einer Handlung durchaus nicht begreifen: sei es im Falle einer bösen Tat oder einer tugendhaften, ja sogar bei einer in bezug auf gut oder schlecht gleichgültigen Handlung, so erkennen wir dieser Handlung das größte Maß von Freiheit zu. Im Falle einer Übeltat fordern wir vor allem für die Handlung Strafe; im Falle einer edlen Tat schätzen wir eine solche Handlung als besonders hoch. In dem gleichgültigen Falle erkennen wir die größte Individualität, Originalität, Freiheit an. Wenn uns aber auch nur eine von den Ursachen bekannt wird, erkennen wir schon ein bestimmtes Maß von Notwendigkeit an und fordern weniger Vergeltung für das Verbrechen, erkennen weniger Verdienst an der edlen Handlung an, weniger Freiheit an der Tat, die uns originell erschien. Daß ein Verbrecher in einer Umgebung von schlechten Menschen aufgewachsen ist, mildert schon seine Schuld. Die Selbstverleugnung eines Vaters, einer Mutter – eine Selbstverleugnung mit der Aussicht auf eine mögliche Belohnung – ist uns begreiflicher als eine grundlose Selbstverleugnung und erscheint darum weniger unserer Teilnahme würdig, weniger frei. Der Begründer einer Sekte, einer Partei, der Erfinder setzt uns weniger in Erstaunen, wenn wir wissen, wie und wodurch seine Wirksamkeit vorbereitet war. Wenn wir eine große Reihe von Erfahrungen haben, wenn unsere Beobachtung beständig auf die Erforschung der Wechselbeziehungen von Ursachen und Folgen in den Handlungen der Menschen gerichtet ist, so erscheinen uns die Taten der Menschen um so mehr notwendig und um so weniger frei, je richtiger wir die Folgen mit den Ursachen in Verbindung bringen. Wenn die betrachteten Taten einfach sind und wir zur Beobachtung eine große Menge solcher Taten hatten, so wird unsere Vorstellung von ihrer Notwendigkeit noch vollkommener sein. Die ehrlose Handlung des Sohnes eines ehrlosen Vaters, die schlechte Führung einer Frau, die das Schicksal in eine bestimmte Sphäre gebracht hat, der Rückfall eines Trunkenbolds in die Trunkenheit und dergleichen sind Handlungen, die uns um so weniger frei erscheinen, je begreiflicher uns ihre Ursachen sind.

Steht aber der Mensch selbst, dessen Handlungen wir betrachten, auf der niedrigsten Stufe geistiger Entwicklung, wie z. B. ein Kind, ein Wahnsinniger, ein Idiot, so sehen wir, da wir die Ursachen der Tat und die geringe Kompliziertheit des Charakters und des Geistes kennen, schon ein so großes Maß von Notwendigkeit und ein so kleines Maß von Freiheit, daß wir, sobald uns die Ursache bekannt ist, die die Tat hervorrufen muß, die Handlung vorhersagen können.

Nur auf diese drei Voraussetzungen stützt sich die in allen Gesetzgebungen existierende Verantwortlichkeit für Verbrechen, zugleich mit der Erwägung der die Schuld mildernden Umstände. Die Verantwortlichkeit erscheint größer oder kleiner, je nach der größeren oder geringeren Kenntnis der Bedingungen, in welchen sich der Mensch befunden hat, dessen Handlung abgeurteilt wird, je nach dem größeren oder geringeren Zeitraum, der von der Ausführung der Handlung bis zu ihrer Beurteilung verstrichen ist, und je nach dem größeren oder geringeren Verständnis der Ursachen der Tat.

X

Und so vermindert und vergrößert sich stufenweise unsere Vorstellung von der Freiheit und der Notwendigkeit, je nach dem größeren oder geringeren Zusammenhange mit der Außenwelt, je nach der größeren oder geringeren Abhängigkeit von den Ursachen, in denen wir eine Erscheinung des Menschenlebens betrachten.

Wenn wir einen solchen Zustand eines Menschen betrachten, in dem der Zusammenhang mit der Außenwelt am bekanntesten ist, der Zeitraum, der zwischen der Beurteilung und der Ausführung der Handlung liegt, am größten ist, und die Ursachen der Handlung am leichtesten faßbar sind, bekommen wir eine Vorstellung von der größten Notwendigkeit und der geringsten Freiheit. Betrachten wir aber einen Menschen in der geringsten Abhängigkeit von äußeren Vorbedingungen, ist seine Tat in jüngster Vergangenheit geschehen, und sind die Ursachen seiner Tat für uns nicht faßbar, so bekommen wir eine Vorstellung von der geringsten Notwendigkeit und der größten Freiheit.

Aber weder in dem einen noch in dem anderen Falle, wir mögen unseren Gesichtspunkt ändern wie wir wollen, wir mögen uns den Zusammenhang, in dem der Mensch mit der Außenwelt steht, erklären wie wir wollen, die Ursachen mögen uns so begreiflich oder so unfaßbar sein, als denkbar – nie können wir uns vollkommene Freiheit oder vollkommene Notwendigkeit vorstellen.

1. Wie wir uns auch den Menschen losgelöst denken mögen von den Einflüssen der Außenwelt, nie werden wir eine Vorstellung bekommen von Freiheit im Raume. Jede Tat eines Menschen ist unvermeidlich auch bedingt durch das, was ihn umgibt – durch seinen bloßen Körper. Ich hebe den Arm und senke ihn. Meine Tat erscheint mir frei; wenn ich mich aber frage: hätte ich nach allen Richtungen meinen Arm heben können, so sehe ich, daß ich den Arm nach der Richtung gehoben habe, nach der für diese Tat weniger Hindernisse vorhanden waren, die sowohl in den Körpern, die mich umgeben, als auch in dem Bau meines eigenen Körpers liegen. Wenn ich von allen möglichen Richtungen eine gewählt habe, habe ich sie darum gewählt, weil in dieser Richtung die wenigsten Hindernisse lagen. Damit meine Tat frei ist, ist es notwendig, daß sie keinerlei Hindernisse begegne. Um sich einen Menschen frei vorzustellen, müßten wir ihn uns außerhalb des Raumes vorstellen, und das ist offenbar unmöglich.

2. Wir mögen den Zwischenraum zwischen der Zeit des Urteils und der Handlung noch so kürzen, nie gelangen wir zu der Vorstellung der Freiheit in der Zeit. Denn wenn ich eine Handlung betrachte, die vor einer Sekunde vollführt ist, muß ich doch die Unfreiheit der Handlung anerkennen, da die Handlung in den Zeitmoment gebannt ist, in dem sie voll-

zogen wurde. Kann ich meinen Arm erheben? Ich erhebe meinen Arm; aber ich frage mich: habe ich in dem schon vergangenen Zeitmoment meine Hand nicht erheben können? Um mich davon zu überzeugen, hebe ich meine Hand in dem folgenden Momente nicht. Aber ich habe meine Hand nicht in jenem ersten Moment nicht erhoben, als ich die Frage von der Freiheit stellte. Die Zeit ist vorüber, die zurückzuhalten nicht in meiner Macht lag, und der Arm, den ich vorhin erhoben, und die Luft, in der ich vorhin die Bewegung gemacht habe, ist nicht mehr die Luft, die mich jetzt umgibt, nicht der Arm, mit dem ich jetzt die Bewegung nicht mache. Der Moment, in dem sich die erste Bewegung vollzogen hat, ist unwiederbringlich, und in diesem Moment habe ich nur eine Bewegung machen können, und welche Bewegung ich auch machen mochte, diese Bewegung konnte nur eine sein. Daß ich in der folgenden Minute den Arm nicht erhoben habe, hat nicht bewiesen, daß ich die Freiheit hatte, ihn nicht zu erheben. Und da meine Bewegung nur eine sein konnte in einem Zeitmomente, so konnte sie auch nicht eine andere sein. Um sie sich frei vorzustellen, muß man sie sich in der Gegenwart vorstellen, in der Grenzlinie der Vergangenheit und der Zukunft, d. h. außerhalb der Zeit, und das ist unmöglich.

3. Die Schwierigkeit, die Ursache zu erforschen, mag noch so groß sein, wir kommen nie zu der Vorstellung einer vollkommenen Freiheit, d. h. zu dem Nichtvorhandensein einer Ursache. So unerforschlich für uns die Ursache eines Willensausdrucks zu irgendeiner eigenen oder fremden Handlung sein mag, die erste Forderung des denkenden Geistes ist die Voraussetzung und die Erforschung einer Ursache, ohne die keine Erscheinung denkbar ist. Ich erhebe den Arm, um eine Handlung zu vollziehen, die von jeder Ursache unabhängig ist, aber eben daß ich eine Handlung vollziehen will, die keine Ursache hat, ist die Ursache meiner Handlung.

Wollten wir aber auch, – indem wir uns einen Menschen von allen Einflüssen losgelöst vorstellen, und indem wir nur seine augenblickliche, von keiner Ursache hervorgerufene

Gegenwartshandlung betrachten – einen unendlich kleinen Rest von Notwendigkeit annehmen, der gleich Null ist, auch dann würden wir nicht zu dem Begriffe einer vollkommenen Freiheit des Menschen kommen; denn ein Wesen, das keine Einflüsse der Außenwelt empfängt, das sich außerhalb der Zeit befindet und nicht von den Ursachen abhängig ist, ist kein Mensch mehr.

Ebenso können wir uns auch nie Taten eines Menschen ohne einen Anteil der Freiheit und nur von dem Gesetz der Notwendigkeit beherrscht vorstellen.

1. So sehr sich unsere Kenntnis der Raumbedingungen vergrößerte, in denen sich der Mensch befindet, diese Kenntnisse kann nie eine vollkommene sein, da die Zahl dieser Bedingungen eine unendlich große ist, wie auch der Raum unendlich ist. Darum gibt es auch, sobald nicht *alle* Bedingungen der Einflüsse auf den Menschen bestimmt sind, keine vollkommene Notwendigkeit, gibt es ein bestimmtes Maß von Freiheit.

2. So weit wir den Zeitraum von dem Ereignis, das wir betrachten, bis zu der Zeit, wo wir es beurteilen, verlängerten, der Zeitraum wird ein endlicher sein; die Zeit aber ist unendlich, darum kann es auch in dieser Beziehung nie eine vollkommene Notwendigkeit geben.

3. Die Kette der Ursachen einer beliebigen Handlung mag noch so leicht erforschlich sein, nie werden wir die ganze Kette kennen, da sie unendlich ist, und so werden wir wiederum nie eine vollkommene Notwendigkeit erhalten.

Außerdem aber würden wir, wenn wir selbst den kleinsten Rest der Freiheit, der gleich Null ist, annehmen und in irgendeinem Falle, wie z. B. bei einem sterbenden Menschen, bei dem Embryo, bei dem Idioten die volle Abwesenheit der Freiheit anerkennen wollten, so würden wir dadurch schon den Begriff vom Menschen, den wir betrachten, vernichten; denn wenn die Freiheit nicht ist, ist auch der Mensch nicht. Darum ist die Vorstellung von der Tat eines Menschen, die nur dem Gesetze der Notwendigkeit unterliegt, ohne den geringsten Rest von Freiheit, ebenso unmöglich wie die Vorstellung von einer völlig freien Tat des Menschen.

Und darum müßten wir, um uns die Tat eines Menschen vorzustellen, die nur dem Gesetze der Notwendigkeit unterliegt, ohne Freiheit, die Kenntnis der *unendlichen* Menge der Raumbedingungen in dem *unendlich* großen Zeitraum und der *unendlichen* Reihe von Ursachen annehmen.

Um uns einen völlig freien Menschen vorzustellen, der dem Gesetz der Notwendigkeit nicht unterliegt, müßten wir uns ihn allein *außerhalb des Raumes, außerhalb der Zeit* und *außerhalb der Abhängigkeit von Ursachen* vorstellen.

Im ersten Falle, d. h., wenn eine Notwendigkeit ohne Freiheit möglich wäre, kämen wir zu einer Definition des Gesetzes der Notwendigkeit durch eben diese Notwendigkeit, d. h. zu einer bloßen Form ohne Inhalt.

Im zweiten Falle, wenn eine Freiheit ohne Notwendigkeit möglich wäre, kämen wir zu einer bedingungslosen Freiheit außerhalb des Raums, der Zeit und der Ursachen, die dadurch allein, daß sie bedingungslos und schrankenlos wäre, eben nichts, oder bloßer Inhalt ohne Form wäre.

Wir kämen überhaupt zu den beiden Voraussetzungen, aus denen die ganze Weltanschauung des Menschen besteht – zu dem unerforschlichen Wesen des Lebens und zu den Gesetzen, die dieses Wesen bestimmen.

Die Vernunft sagt: 1. Der Raum mit allen Formen, die ihm seine sichtbare Erscheinung – die Materie, gibt, ist unendlich und kann auch nicht anders gedacht werden. 2. Die Zeit ist unendliche Bewegung, ohne einen Augenblick der Ruhe, und sie kann nicht anders gedacht werden. 3. Der Zusammenhang von Ursachen und Folgen hat keinen Anfang und kann kein Ende haben.

Das Bewußtsein sagt: 1. Ich nur bin, und alles, was existiert, ist nur ich – folglich schließe ich den Raum ein. 2. Ich messe die flüchtige Zeit mit dem unbeweglichen Augenblick der Gegenwart, in dem allein ich mir meines Lebens bewußt bin – folglich bin ich außerhalb der Zeit. Und 3. Ich bin außerhalb der Ursache, denn ich fühle mich als die Ursache jeder Äußerung meines Lebens.

Die Vernunft drückt die Gesetze der Notwendigkeit aus. Das Bewußtsein drückt das Wesen der Freiheit aus.

Die durch nichts begrenzte Freiheit ist das Wesen des Lebens in dem Bewußtsein des Menschen. Die Notwendigkeit ohne Inhalt ist die Vernunft des Menschen in ihren drei Formen.

Die Freiheit ist das, was der Betrachtung unterliegt. Die Notwendigkeit ist das, was man betrachtet. Die Freiheit ist der Inhalt. Die Notwendigkeit ist die Form.

Nur wenn man die beiden Quellen des Erkennens trennt, die sich zueinander verhalten wie Form und Inhalt, erhält man einzeln die einander ausschließenden und unerforschlichen Begriffe: Freiheit und Notwendigkeit.

Nur bei ihrer Vereinigung erhält man eine klare Vorstellung von dem Leben des Menschen.

Außerhalb dieser beiden, in ihrer Vereinigung einander – wie Form und Inhalt – bestimmenden Begriffe ist keine Vorstellung von Leben möglich.

Alles, was wir vom Leben der Menschen wissen, ist nur ein bestimmtes Verhältnis der Freiheit zur Notwendigkeit, des Bewußtseins zu den Gesetzen der Vernunft.

Alles, was wir von der äußeren Welt der Natur wissen, ist nur ein bestimmtes Verhältnis der Naturkräfte zur Notwendigkeit, oder des Wesens des Lebens zu den Gesetzen der Vernunft.

Die Lebenskräfte der Natur liegen außerhalb unseres Ichs und werden uns nicht bewußt, und wir nennen diese Kräfte Schwerkraft, Beharrungsvermögen, Elektrizität, Lebenskraft usw., aber der Lebenskraft des Menschen werden wir uns bewußt, und wir nennen sie Freiheit.

Aber wie die an sich unerforschliche Schwerkraft, die von jedem Menschen empfunden wird, uns nur insoweit begreiflich wird, als wir die Ursachen der Notwendigkeit kennen, denen sie unterliegt (von dem ersten Wissen, daß alle Körper schwer sind, bis zu dem Newtonschen Gesetz), so ist auch die an sich unerforschliche Kraft der Freiheit, die jedem bewußt wird, uns nur insoweit begreiflich, als wir die Gesetze der Notwendigkeit kennen, denen sie unterliegt (von dem Wissen, daß jeder Mensch stirbt, bis zu den verwickeltsten ökonomischen oder historischen Gesetzen).

Alles Wissen ist nur die Unterordnung des Wesens des Lebens unter die Gesetze der Vernunft.

Die Freiheit des Menschen unterscheidet sich von jeder anderen Kraft dadurch, daß dieser Kraft der Mensch sich bewußt ist; für die Vernunft aber unterscheidet sie sich in nichts von jeder anderen Kraft. Die Schwerkraft, die Kraft der Elektrizität oder der chemischen Wahlverwandtschaft unterscheiden sich voneinander nur dadurch, daß diese Kräfte von der Vernunft verschieden definiert werden. Ebenso unterscheidet sich die Kraft der Freiheit des Menschen für die Vernunft von den anderen Kräften der Natur nur durch die Definition, die ihr diese Vernunft gibt. Freiheit aber ohne Notwendigkeit, d. h. ohne die Gesetze der Vernunft, die sie bestimmen, unterscheidet sich in nichts von der Schwerkraft oder der Wärme oder Vegetationskraft – sie ist für die Vernunft nur ein augenblickliches, unbestimmbares Empfinden des Lebens.

Und wie das unbestimmbare Wesen der Kraft, die die Himmelskörper lenkt, das unbestimmbare Wesen der Wärmekraft, der Elektrizität, oder der Kraft der chemischen Wahlverwandtschaft, oder des Lebenstriebes den Inhalt der Astronomie, der Physik, der Chemie, der Botanik, der Zoologie usw. bilden, so bildet auch das Wesen der Kraft der Freiheit den Inhalt der Geschichte. Aber ebenso wie der Gegenstand jeder Wissenschaft die Äußerung dieses unbekannten Wesens des Lebens ist, dieses Wesen selbst aber nur der Gegenstand der Metaphysik sein kann – ebenso bildet die Äußerung der Kraft der menschlichen Freiheit im Raume, in der Zeit und in der Abhängigkeit von den Ursachen den Gegenstand der Geschichte; die Freiheit selbst aber ist der Gegenstand der Metaphysik.

In den Erfahrungswissenschaften nennen wir das, was uns bekannt ist, Gesetze der Notwendigkeit; was uns nicht bekannt ist, nennen wir Lebenskraft. Die Lebenskraft ist nur der Ausdruck eines unbekannten Restes von dem, was wir von dem Wesen des Lebens wissen.

Ganz so nennen wir in der Geschichte, was uns bekannt ist, Gesetze der Notwendigkeit; was unbekannt ist, Freiheit. Freiheit ist für die Geschichte nur der Ausdruck des unbekannten

Restes von dem, was wir über die Gesetze des Lebens des Menschen wissen.

XI

Die Geschichte betrachtet die Äußerungen der menschlichen Freiheit im Zusammenhange mit der Außenwelt in der Zeit und in der Abhängigkeit von den Ursachen, d. h. sie bestimmt diese Freiheit durch die Gesetze der Vernunft, und darum ist die Geschichte nur insoweit eine Wissenschaft, als diese Freiheit durch diese Gesetze bestimmt wird.

Für die Geschichte ist die Anerkennung der Freiheit der Menschen als eine Kraft, die auf die geschichtlichen Ereignisse einwirken kann, d. h. einer nicht den Gesetzen unterworfenen Kraft, dasselbe, was für die Astronomen die Anerkennung einer freien Kraft der Bewegung der Himmelskörper ist.

Diese Anerkennung zerstört die Möglichkeit des Vorhandenseins von Gesetzen, d. h. irgendwelcher Kenntnis. Existiert auch nur ein sich frei bewegender Körper, so existieren die Keplerschen und Newtonschen Gesetze nicht mehr, so existiert keine Vorstellung mehr von der Bewegung der Himmelskörper. Gibt es eine freie Handlung des Menschen, so gibt es nicht ein historisches Gesetz und keinerlei Vorstellung von historischen Ereignissen.

Für die Geschichte existieren Bewegungslinien des menschlichen Willens, deren erstes Ende im Unbekannten sich verliert und an deren zweitem Ende im Raume, in der Zeit und in der Abhängigkeit von Ursachen das Bewußtsein der Freiheit des Menschen in der Gegenwart schwebt.

Je mehr sich vor unseren Augen dieses Feld der Bewegung entfaltet, desto einleuchtender sind die Gesetze der Bewegung. Diese Gesetze ausfindig zu machen und zu bestimmen ist die Aufgabe der Geschichte.

Von dem Gesichtspunkte, von dem die Wissenschaft jetzt ihren Gegenstand betrachtet, auf dem Wege, den sie wandelt, wenn sie die Ursachen der Erscheinungen in dem freien

Willen der Menschen sucht, ist es der Wissenschaft unmöglich, Gesetzen Ausdruck zu geben; denn so sehr wir auch die Freiheit des Menschen beschränken wollten, sobald wir sie nur als eine von den Gesetzen unabhängige Kraft anerkannt haben, ist das Vorhandensein eines Gesetzes unmöglich.

Nur wenn wir diese Freiheit bis zur Unendlichkeit beschränkt haben, d. h. wenn wir sie als eine unendlich kleine Größe betrachten, werden wir uns von der vollkommenen Unerreichbarkeit der Ursachen überzeugen, und dann wird die Geschichte, anstatt Ursachen aufzusuchen, sich das Aufsuchen von Gesetzen zur Aufgabe stellen.

Das Aufsuchen dieser Gesetze hat schon längst begonnen, und die neuen Denkmethoden, die sich die Geschichte aneignen muß, entwickeln sich gleichzeitig mit der Selbstvernichtung, der die alte Geschichtsschreibung zueilt, indem sie die Ursachen der Erscheinungen in immer kleinere und kleinere Teilchen zerlegt.

Diesen Weg sind alle menschlichen Wissenschaften gegangen. Bei dem unendlich Kleinen angelangt, gibt die Mathematik, die genaueste der Wissenschaft, den Prozeß der Bruchteilung auf und beginnt den neuen Prozeß der Summierung unbekannter, unendlich Kleiner. Indem die Mathematik den Begriff der Ursache fallen läßt, sucht sie das Gesetz, d. h. die, allen unbekannten, unendlich kleinen Elementen gemeinsamen Eigenschaften.

Wenn auch in anderer Form, sind doch auch die anderen Wissenschaften diesen Weg des Denkens gegangen. Als Newton das Gesetz der Schwere aussprach, sagte er nicht, die Sonne oder die Erde habe die Eigenschaft anzuziehen – er sagte, alle Körper, vom größten bis zum kleinsten, haben die Eigenschaft, gewissermaßen einander anzuziehen, d. h., er ließ die Frage von der Ursache der Bewegung der Körper beiseite und drückte die allen Körpern gemeinsame Eigenschaft aus, von den unendlich Großen bis zu den unendlich Kleinen. Ebenso gehen die Naturwissenschaften zu Werke: die Frage nach der Ursache umgehen sie und suchen die Gesetze auf. Auf demselben Wege steht auch die Geschichte. Und wenn die Geschichte zum Gegenstande hat, die Bewegungen der Völker und der Menschheit zu erforschen und nicht Episoden aus dem Leben der Menschen zu schildern, so muß sie den Begriff der Ursachen beiseite lassen und die, allen gleichen und in einem untrennbaren Zusammenhange stehenden, unendlich kleinen Elemente der Freiheit gemeinsamen Gesetze aufsuchen.

XII

Von dem Augenblick an, wo das Gesetz des Kopernikus gefunden und bewiesen war, hat die Anerkennung des Satzes, daß die Sonne und nicht die Erde sich bewegt, die ganze Kosmographie der Alten zunichte gemacht. Man konnte wohl das Gesetz verwerfen und die alte Anschauung von der Bewegung der Himmelskörper festhalten, man konnte aber nicht, ohne es zu verwerfen, das Studium der ptolemäischen Welten fortsetzen. Aber auch noch lange nach der Entdeckung des kopernikanischen Gesetzes wurde das Studium der ptolemäischen Welten fortgesetzt.

Von dem Augenblick an, wo der erste Mensch aussprach und bewies, daß die Zahl der Geburten oder Verbrechen mathematischen Gesetzen unterliegen und daß bestimmte geographische und nationalökonomische Umstände dieses oder jenes Regierungssystem bestimmen, daß gewisse Verhältnisse der Bevölkerung und des Bodens Völkerbewegungen hervorrufen – von dem Augenblick wurden die Voraussetzungen, auf welchen die Geschichte aufgebaut war, in ihrem Wesen vernichtet.

Man konnte wohl die neuen Gesetze verwerfen und an der alten Betrachtung der Geschichte festhalten, man konnte aber ohne sie zu verwerfen, nicht gut länger das Studium der geschichtlichen Ereignisse als das Erzeugnis des freien Willens der Menschen betreiben. Denn wenn ein bestimmtes Regierungssystem sich gebildet oder eine bestimmte Völkerbewegung sich vollzogen hat infolge bestimmter geographischer, ethnographischer oder ökonomischer Vorbedingungen, so kann der Wille der Menschen, die uns als die Schöpfer dieses

Regierungssystems oder als die Erreger der Völkerbewegung erscheinen, nicht mehr als die Ursache betrachtet werden.

Und doch ist die alte Geschichtsbetrachtung immer noch in derselben Weise Gegenstand des Studiums wie die Gesetze der Statistik, der Geographie, der Nationalökonomie, der vergleichenden Sprachkunde und Geologie, die ihren Voraussetzungen geradezu widersprechen.

Lang und hartnäckig hat in der Naturphilosophie der Kampf zwischen den alten und den neuen Anschauungen gewährt. Die Theologie stand auf der Wacht der alten Anschauung und bezichtigte die neue der Zerstörung der Offenbarung. Als aber die Wahrheit gesiegt hatte, wurde die Theologie ebenso fest auf der neuen Grundlage aufgebaut.

Ebenso lange und hartnäckig währt in der Gegenwart der Kampf zwischen der alten und neuen Geschichtsbetrachtung, und ganz ebenso steht die Theologie auf der Wacht der alten Anschauung und bezichtigt die neue der Zerstörung der Offenbarung.

In beiden Fällen weckt der Kampf auf beiden Seiten die Leidenschaften und übertönt die Wahrheit. Auf der einen Seite ist es ein Kampf der Angst und der Sorge um das in Jahrhunderten aufgerichtete Gebäude, auf der anderen der Kampf der Zerstörungssucht.

Die Männer, die gegen die neue Wahrheit der Naturphilosophie ankämpfen, glaubten, wenn sie diese Wahrheit anerkennen, würde der Glaube an Gott, an die Schöpfung der Erde, an das Wunder Josua zerstört sein. So glaubten die Verteidiger der Gesetze des Kopernikus und Newtons, Voltaire z. B., die Gesetze der Astronomie zerstörten die Religion, und er bediente sich der Gesetze der Anziehungskraft als einer Waffe gegen die Religion.

Und so glaubt man auch jetzt, man brauche nur das Gesetz der Notwendigkeit anzuerkennen, um die Vorstellung von der Seele, von Gut und Böse und alle auf diesen Begriffen aufgebauten staatlichen und kirchlichen Einrichtungen zu zerstören.

Ganz wie Voltaire zu seiner Zeit, brauchen auch jetzt die unberufenen Verteidiger des Gesetzes der Notwendigkeit dieses Gesetz der Notwendigkeit als eine Waffe gegen die Religion; während, ganz wie das kopernikanische Gesetz in der Astronomie, das Gesetz der Notwendigkeit in der Geschichte nicht nur den Boden, auf dem die staatlichen und kirchlichen Einrichtungen aufgebaut sind, nicht zerstört, sondern sogar befestigt.

Wie damals in der Frage der Astronomie, so beruht auch jetzt in der Frage der Geschichte der ganze Unterschied der Anschauung auf der Anerkennung oder Nichtanerkennung einer absoluten Einheit, die als Maßstab aller sichtbaren Erscheinungen betrachtet wird: in der Astronomie war es die Unbeweglichkeit der Erde; in der Geschichte ist es – die Unabhängigkeit der Persönlichkeit, die Freiheit.

Wie für die Astronomie die Schwierigkeit der Anerkennung der Bewegung der Erde darin bestand, daß man sich von dem unmittelbaren Gefühl der Unbeweglichkeit der Erde und dem gleichen Gefühl der Bewegung der Planeten lossagen mußte, so besteht auch für die Geschichte die Schwierigkeit der Anerkennung einer Unterordnung der Persönlichkeit unter die Gesetze des Raumes, der Zeit und des ursächlichen Zusammenhanges darin, daß man sich von dem unmittelbaren Gefühl der Unabhängigkeit seiner Persönlichkeit losmachen muß. Aber wie in der Astronomie die neue Anschauung gesagt hat: »Gewiß, wir fühlen die Bewegung der Erde nicht, nehmen wir aber ihre Unbeweglichkeit an, so kommen wir zum Unsinn, nehmen wir dagegen die Bewegung an, die wir nicht fühlen, so kommen wir zu Gesetzen« – so sagt auch in der Geschichte die neue Anschauung: »Gewiß, wir fühlen unsere Abhängigkeit nicht, aber nehmen wir unsere Freiheit an, so kommen wir zum Unsinn, nehmen wir dagegen unsere Abhängigkeit von der Außenwelt, der Zeit und den Ursachen an, so kommen wir zu Gesetzen.«

In dem ersten Falle mußte man sich von dem Bewußtsein der nichtexistierenden Unbeweglichkeit im Raume lossagen und die von uns nicht empfundene Bewegung anerkennen; in diesem Falle muß man sich ebenso notwendig von der nichtexistierenden Freiheit lossagen und die von uns nicht empfundene Abhängigkeit anerkennen.